20세기 한국문학의 탐험

장석주

장석주張錫周(1955~)는 시인 · 비평가 · 작가로 활동하고 있다. 충남 논산에서 태어나고 서울에서 사십여 년을 살았다. 2000년부터 경기도 안성으로 내려가 시골생활을 하고 있다. 1975년에 『월간문학』 신인상 공모에 시가 당선하고, 다시 1979년에 『조선일보』와 『동아일보』 신춘문예에 시와 문학 평론이 입상하면서 본격적으로 작품 활동을 펼쳤다. 출판사 '청하'의 발행인으로 있었으며, 『현대시세계』와 『현대예술비평』 같은 문학 계간지를 펴내면서 당대의 첨예한 논쟁 속을 헤쳐 나왔다. 2002년부터 동덕여대 · 경희사이버대학교 · 명지전문대 등에서 문학창작에 관한 강의를 하고 있다. 2002년 조선일보 '이달의 책' 선정위원, 2003년 MBC '행복한 책읽기' 자문위원을 역임했으며, 『월간 MBC가이드』, 『출판저널』 등에 북리뷰를 기고했다. 2007년 현재 『출판저널』과 『북새통』의 '이달의 책' 선정위원으로 활동하며, 주간 『뉴스메이커』, 월간 『현대시학』, 월간 『숲』에 정기적으로 기고를 하고, 불교방송에서 월요일 밤마다 '장석주의 책과 삶'이란 코너에서 책 이야기를 한다. 지은 책으로는 『햇빛사냥』(1979), 『붕붕거리는 추억의 한때』(1994), 『크고 헐렁헐렁한 바지』(1996), 『간장 달이는 냄새가 진동하는 저녁』(2001), 『물은 천 개의 눈동자를 가졌다』(2002), 『붉디붉은 호랑이』(2005) 등의 시집, 『느림과 비움』(2005), 『비주류 본능』(2005) 등의 산문집, 『한 완전주의자의 책읽기』(1986), 『비극적 상상력』(1989), 『세기말의 글쓰기』(1993), 『문학의 죽음』(1994), 『문학, 인공 정원』(1997), 『풍경의 탄생』(2005), 『장소의 탄생』(2006), 『들뢰즈, 카프카, 김훈』(2006) 등의 문학 평론집, 『이산의 사랑』(1995), 『세도나 가는 길』(1997) 등의 장편 소설을 펴낸 바 있다.

20세기 한국 문학의 탐험 · 4(1973-1988)

2000년 10월 25일 초판 1쇄 발행
2007년 3월 16일 개정판 1쇄 발행
2020년 2월 7일 개정판 4쇄 발행

지은이 | 장석주
발행인 | 윤호권

발행처 (주)시공사
출판등록 1989년 5월 10일(제3-248호)

주소 | 서울특별시 서초구 사임당로 82(우편번호 06641)
전화 | 편집(02)2046-2869 · 마케팅(02)2046-2800
팩스 | 편집 · 마케팅(02)585-1755
홈페이지 www.sigongsa.com

사진 제공 : 갑오농민혁명계승사업회, 국립중앙도서관, 나혜석기념사업회, 동서문학관, 문학과지성사, 문학세계사, 사계절출판사, 삼성출판박물관, 세계사, 소명출판사, 증산도 서울사무소, 창작과비평사, 천도교 중앙총부, 조선일보자료실, 성암잡지도서관, 서울대중앙도서관

ISBN 978-89-527-4861-4 04810 978-89-527-4857-7 (set)

1973~1988

장석주

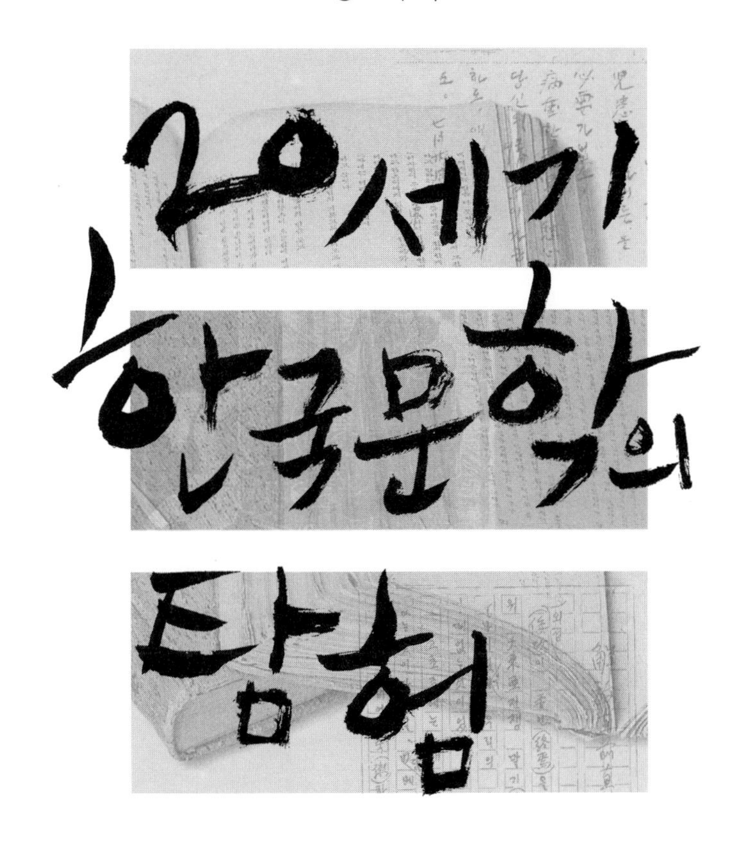

4

시공사

일러두기

서술과 인용

1. 한글로 쓰는 것을 원칙으로 하되, 이해를 위해 필요할 경우 용어, 인 · 지명, 술어, 도서명 등에 한자 또는 원어를 붙여 썼다.

보기 / 이인직李人稙
언더우드H. G. Underwood
생민 존망生民存亡
『정감록鄭鑑錄』

2. 맞춤법은 문교부 제정 '한글 맞춤법' 및 국정 교과서의 표기 원칙을 따르되, 띄어쓰기의 경우 필요에 따라 허용 규정을 따랐다.

3. 외래어 표기는 문교부 발행 『편수 자료-외래어 표기 용례』 '지명 · 인명' 편과 '일반 외래어' 편을 따르되, 중국과 일본의 지명과 인명 가운데 용례를 찾을 수 없는 경우는 부득이 우리식 한자 발음으로 표기했다.

보기 / 도쿄東京
아베阿部

4. 한글 고어체로 씌어진 작품이나 문장을 인용할 때는 그 내용을 다치지 않는 범위 안에서 현재의 표기법으로 고치기도 했다.

5. 작품이나 글을 인용할 경우에는 끝에 작품의 제목이나 그 글의 지은이와 출전, 그리고 재인용 여부를 밝혔다.

6. 본문을 집필하는 데 참고로 삼은 자료는 직접 인용한 경우에는 각주 처리하고, 내용을 참고한 경우에는 '참고 자료'로 구분해 출전을 밝혔다. 또 한 문헌의 판본이 여럿일 경우, 독자의 편의를 위해 최근의 것을 수록했다.

7. 인물의 생몰 · 활동 · 작품 관련 연도는 정확을 기하려고 노력했으나, 참고한 여러 백과 사전과 문학 관련 문헌의 기록이 서로 다를 경우에는 어느 한 가지를 따랐고, 알 수 없거나 불명확한 연도는 '?'로 대신했다.

보기 / 현상윤玄相允(1893~?)

문장 부호

“ ” 인용
‘ ’ 재인용, 강조, 다른 부호 속에서 언급되는 작품 제목
· 비슷한 사항의 열거
『 』 문헌 자료, 단행본, 정기 간행물
「 」 단위 예술 작품, 단위 논문
( ) 생몰 연도 등 보충 설명
/ 인용문(시)에서 행을 구분할 때
// 인용문(시)에서 절(연)을 구분할 때

사진의 사용

사진 자료는 작가와 문학 작품의 표지나 본문, 당시의 주요 사건이나 사회상을 드러내는 데 알맞은 것을 골라 실었다. 각 사진의 출처와 소장자를 사진마다 일일이 표기하지 않고, 판권란에 일괄해 그 내용을 기록했다.

4 1973 ~ 1988

20세기 한국문학의 탐험

1973 ~ 1979

1980 ~ 1988

1973~1988

우리 국민은 헌법 개정 발의권으로부터의 소외를 극복하고
천부의 권리를 제시하는 방법으로 대통령에게 현행 헌법의
개정을 요구하는 백만 인 청원 운동을 전개하는 바이다

1973

개헌 청원 운동 취지문

— 민주주의 회복, 현행 헌법 개정을 요구하는 청원 운동을 전개하며

오늘의 모든 사태는 궁극적으로 민주주의를 완전히 회복하는 문제로 귀착된다. 경제의 파탄, 민심의 혼란, 남북 긴장의 재현이란 상황 속에서 학원과 교회, 언론계와 가두에서 울부짖는 자유화의 요구 등 이 모든 것을 종합하면 오늘의 헌법하에서는 살 수가 없다는 것으로 요약된다. 그러나 오늘의 헌법은 그 개정의 발의권이 사실상 대통령에게만 속해 있는 것이다. 이에 우리 국민은 이와 같이 헌법 개정 발의권으로부터의 소외를 극복하고 우리들의 천부의 권리를 제시하는 방법으로 대통령에게 현행 헌법의 개정을 요구하는 백만 인 청원 운동을 전개하는 바이다. 이 운동은 우선 우리들 모두의 내 집안에서부터 시작하여 학원과 교회 그리고 각 직장과 가두에서 확대될 것이다.

청원 내용

현행 헌법을 개정하여 현행 헌법이 이전의 민주 헌법 본래의 모습을 되찾는다.

1973년 12월 24일

서명자

장준하 · 함석헌 · 법정 · 김동길 · 김재준 · 유진오 · 이희승 · 김수환 · 백낙준 · 김관석 · 안병무 · 천관우 · 지학순 · 김지하 · 문동환 · 박두진 · 김정준 · 김찬국 · 문상희 · 백기완 · 이병린 · 계훈제 · 김홍일 · 이인 · 이상은 · 이호철 · 이정규 · 김윤수 · 김승경 · 홍남순

박정희의 유신 선포 이후 처음으로 학생들이 '유신 체제 비판 불용' 이라는 금기를 깨고 시위에 나선다. 이것은 유신 이후 패배주의와 냉소주의에 빠져 있던 재야 운동권을 일깨운 의미 심장한 사건이다. 1973년 10월 2일 서울대 문리대생들의 시위는 전국 대학의 유신 철폐 시위, 재야 인사들의 시국 선언문 발표, 기자들의 자유 언론 실천 선언으로 이어지는 반독재 투쟁의 기폭제가 된다. 해가 저물어가던 12월 24일, 함석헌 · 장준하 · 천관우 · 계훈제 · 백기완 등 각계의 민주 인사들이 서울 YMCA에서 헌법개정청원운동본부를 발족시키고 '개헌 청원 운동 취지문' 을 발표하며 유신 헌법 철폐를 위한 활동에 본격적으로 나선다.

1973

1월

24 박정희 대통령, 파월 국군 철수 지시, 전후 베트남 재건 협조를 내용으로 하는 성명 발표

24 닉슨 미국 대통령, 베트남평화협정 발표

2월

12 미국, 달러화 10% 평가 절하

3월

1 국제 통화 위기 재연, 유럽 외환 시장 폐쇄

3 한국방송공사KBS 발족

29 베트남 주둔 미군 최종 철수

30 한국방송윤리위원회 창립 총회 개최

4월

10 한국 여자 탁구 선수단, 유고 사라예보에서 열린 세계 선수권 대회에서 우승

30 미국, 워터게이트 사건으로 사법 장관과 대통령 보좌관 2명 사임

5월

7 레바논, 팔레스타인 게릴라와의 교전 격화로 비상 사태 선포

6월

22 우리 나라 최초의 현수교인 남해대교 개통

23 박정희 대통령, 평화 통일 외교 정책 7개항 발표

7월

3 포항종합제철 준공

8월

8 김대중 전 신민당 대통령 후보, 일본 도쿄에서 괴한 다섯 명에게 피랍

9월

14 가트GATT 각료 회담 '도쿄 선언' 채택

14 라오스 좌·우파, 평화 협정서에 조인(30년 내전 종결)

10월

6 이화여대생들, 쌍쌍 파티 중단 결의

6 이집트 · 시리아군, 이스라엘 점령지 공격(제4차 중동전 발발)

15 소양강다목적댐 준공

17 서울 장충동에 새 국립극장 개관

11월

4 석유수출국기구OPEC, 원유 생산량 25% 감축 결정

최인호와 청년 문화

1970년대에
청년 문화의 중심에
선 작가 최인호

신중현 · 송창식 · 이장희, 장발 · 미니스커트 · 생맥주 · 고고장 · 통기타, 『선데이서울』, 「국민 교육 헌장」, 「별들의 고향」 · 「겨울 여자」……. 이 모든 것은 1970년대를 상징하는 '시대의 기호' 들이다. '청년 문화' 라는 용어가 대중 매체의 각광을 받고, 이에 대한 진지한 논쟁이 벌어진 것도 이즈음의 일이다. 앞에 보기로 든 시대의 기호들은 청년 문화의 기호와 적지 않게 겹친다.

1973

1970년대 한국의 청년 문화는 1960년대에 미국과 서구를 휩쓴 반전 운동, 여성 해방 운동, 인종 차별 반대 투쟁, 히피 문화 등 주류 문화에 맞서는 반문화反文化 운동의 영향 아래서 꿈틀거린다. 청바지와 장발, 밥 딜런의 저항 노래, 히피 문화를 낳은 미국의 반문화 운동은 기존의 낡고 제도화된 주류 문화에 맞서 그것을 새롭게 바꾸려는 '전위' 정신을 바탕으로 새로운 문화의 질서를 추구하는 '대안 문화' 를 일구려는 움직임으로 나타난다. 한국의 청년 문화는 체제의 산물인 대학생의 군사 교련 반대 투쟁과 정부 견제 기능을 잃어버린 언론 매체에 대한 화형식 같은 형태로 체제와 주류 문화를 비판하고 부정하면서 싹이 트지만, 유신 독재의 어둠 속에서 채 피어나지도 못한 채 시들어버린다. 이내 먹고 마시고 취해 고성 방가하며 무절제하게 젊음을 소모하는 혼란과 무질서로 흐르는 통에, 1970년대의 청년 문화에는 반문화 운동의 정치적 '전복성' 과 '전위성' 이 제대로 깃들이지 못한다. 이렇게 생맥주와 장발과 청바지와 통기타만 남은 한국의 청년 문화는 '비판 정신' 과 '부정 정신' 은 잃어버린 채 소비적이고 상업주의적인 문화로 변질되고 만다.

최인호崔仁浩(1945~)는 1970년대 청년 문화의 중심에 선 작가다. 세련된 문체로 '도시 문학'의 지평을 넓히며 그 가능성을 탐색한 그는 황석영 · 조세희와는 또다른 측면에서 1970년대를 자신의 연대로 평정한 작가라고 할 수 있다. 1973년 스물여덟 살짜리 젊은 작가 최인호는 파격적으로 『조선일보』에 소설 「별들의 고향」을 연재하게 되는 행운을 거머쥔다. 이 소설의 주인공 '경아'는 평범한 집안의 외동딸로 태어나지만 아버지의 죽음으로 갑자기 가세가 기울자 대학 진학을 포기하고 무역 회사의 경리 사원으로 취직한다. 첫 연애에서 남자로부터 버림받고 나이 차이가 많은 상처한 남자와 결혼했다가 실패한 뒤 경아는 술집 호스티스로 전락한다. 경아는 우연히 만난 미술 대학의 시간 강사와 잠깐 동거를 하게 되지만 이마저 깨지고 방황하다가 눈 덮인 들판에서 수면제를 삼키는 것으로 삶을 마감한다.

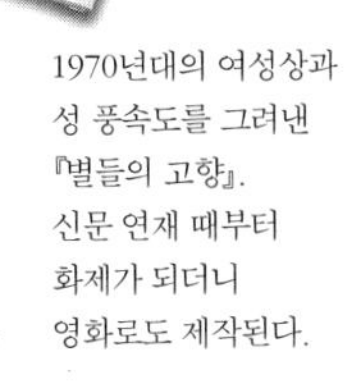

1970년대의 여성상과 성 풍속도를 그려낸 『별들의 고향』. 신문 연재 때부터 화제가 되더니 영화로도 제작된다.

여주인공의 비극적 죽음으로 마무리한 것에서 볼 수 있듯이 「별들의 고향」은 '대중 소설'의 범주를 벗어나지 않는 작품이다. 그러나 이 소설은 신문에 연재될 때부터 화제가 되더니 단행본으로 묶여 나오자 단숨에 베스트셀러에 오르고, 또 얼마 뒤에는 영화로 만들어져서 크게 인기를 모은다.

1974년에 개봉된 영화 「별들의 고향」 포스터

작가는 이 작품에서 운명처럼 여러 남자를 거치게 되는 경아라는 여자를 통해 1970년대의 여성상과 성 풍속도를 그려낸다. 비현실적일 만큼 순수하고 자유 분방한 여성상을 그려내면서도 그를 자살에 이르게 함으로써 작가는 이 남자 저 남자의 품을 '자유롭게' 오간 여주인공의 삶에 도덕적인 단죄를 가한다. 대부분의 독자들은 주인공 경아의 비극에 대해 동정을 하면서도 한편으로는 '아무 남자한테나 덜컥 몸을 내준 여자는 결국 불행해질 수밖에 없다.'고 단정짓고 만다. 말하자면 최인호의 소설 「별들의 고향」은 실패한 삶의 책임을 주인공 개인에게만 물음으로써

흥행 기록을 세운 「별들의 고향」이 상영되고 있는 국도극장 앞에서

여성의 삶을 일그러뜨리고 억누르는 남성 중심의 불평등한 사회 구조, 가부장제의 모순과 폐해 등은 가려버린다.

1967년 『조선일보』 신춘 문예에 「견습 환자」라는 작품이 당선되어 문단에 나온 그는 이윽고 "미래에의 전망이 결여된 암울한 시대를 살아가는 1970년대 대중들의 감수성과 최인호 문학의 감수성이 일치된 상태"*를 보여준다는 말까지 듣는다. 『별들의 고향』으로 대중의 선풍적인 인기를 끌며 1970년대 작가군의 선두주자로 나선 그는 단숨에 이 무렵에 일어난 청년 문화의 기수로 각광을 받는다. 그는 "1960년대에 김승옥이 시도했던 '감수성의 혁명'을 더욱 더 과감하게 밀고 나간 끝에 가장 신선하면서도 날카로운 감각으로 삶과 세계를 보는 작가"** 라는 찬사를 받기도 하지만, 한편으로는 '호스티스 작가', '퇴폐주의 작가', '상업주의 작가'라는 달갑지 않은 평가를 받기도 한다. 그는 '대중 소설'로 명성과 인기를 한꺼번에 거머쥔 데 따른 대가를 치른 작가에 속한다. '최인호'라는 이름을 모르는 사람이 없을 정도로 유명해지지만 그에게는 '통속적 소비 문학'을 생산하는 작가라는 꼬리표가 붙어, 정작 만만치 않은 문학적 성취를 이룬 다른 작품들마저 제대로 평가받지 못한 채 묻혀버리는 것이다. 김병익은 그의 소설이 어느 정도 '타락한 상업주의'에 연루되어 있다는 점을 인정하면서도 "그의 문학이 퇴폐적이라면 그 문학이 가능하게끔 만든 이 사회가 퇴폐적이라는 말이 되고 이 세계가 타락한 상업주의의 구조라면 그의 문학 또한 운명적으로 그렇게 될 수밖에 없다."고 작가를 감싼다. 어쨌든 최인호가 1970년대 대중 문화의 특성을 가장 잘 대변한 작가라는 사실은 부인하기 어렵다.

최인호는 '해방둥이'로, 1945년 10월 평양에서 3남 3녀 가운데 둘째아들로 태어난다. 같은 해 12월, 갓난아기일 때 그는 변호사인 아버지를 따라 어머니의 품

---

* 문흥술, 「외연적 넓이의 확장과 내포적 깊이의 부재, 그리고 70년대적인 문학」, 최인호 『깊고 푸른 밤 외』(동아출판사, 1995) 해설

** 조남현, 「한국 현대 소설사략」, 『한국 문학 개관』(어문각, 1988)

에 안겨 서울로 온다. 6 · 25가 터지는 바람에 그는 피난지 부산에서 초등 학교에 입학하는데, 얼마 뒤 2학년으로 월반할 정도로 명석함을 보여 주변 사람들을 기쁘게 한다. 1953년 환도령과 함께 서울로 올라온 최인호는 영희국민학교와 덕수국민학교 등으로 전학을 다니며 공부한다. 1955년에 아버지의 죽음을 겪으면서 그는 또래의 아이들에 비해 일찍 정신적으로 성숙해진다.

그는 서울중학교와 서울고등학교를 거치게 되는데, 고등 학교 2학년 때 『한국일보』 신춘 문예에 단편 「벽구멍으로」가 가작으로 뽑혀 문단과 주변 사람들을 놀라게 한다. 1964년 연세대학교 문리대 영문과에 들어간 그는 1966년 11월 휴학을 하고 공군에 입대한다. 최인호는 군 복무중인 1967년 『조선일보』 신춘 문예에 단편 「견습 환자」가 당선되어 정식으로 문단에 나온다. 1970년 2월 군에서 제대한 뒤 그는 『현대문학』에 단편 「술꾼」을 발표한다. 「술꾼」은 참담한 일상 속에서 어른들의 행태를 관망하던 어린아이가 술꾼으로 전락하는 과정을 그린 작품이다. 이어 「모범 동화模範童話」 · 「사행」 등을 내놓은 그는 같은 해 11월 결혼을 한다. 1971년 그는 신흥 개발지를 무대로 음성 나환자촌의 미감아들과 지역 주민들이 대립하는 얘기를 담은 「미개인未開人」을 비롯해 「예행 연습豫行練習」 · 「침묵의 소리」 · 「처세술 개론處世術概論」 · 「타인他人의 방」 등을 잇달아 선보이고, 「타인의 방」 · 「처세술 개론」 등으로 1972년 '현대 문학상'을 받는다. 이 가운데 산업화 사회의 산물인 핵가족 제도와 '아파트'라는 인공 공간을 배경으로, 현대 도시인의 비정함과 소외, 불안, 고독 등을 의식의 흐름 수법으로 묘파한 「타인의 방」은 특히 주목받는다.

아파트 거주자의 고립된 삶과 소외를 우화적으로 그려낸 「타인의 방」이 실린 같은 제목의 작품집

출장에서 돌아온 주인공은 파김치가 되어 아파트의 초인종을 누르지만 안에서는 아무런 응답이 없다. 제 열쇠로 문을 열고 들어가기보다 아내가 문을 열어주었으면 하는 바람에서 그는 문을 두드린다. 여전히 안에서는 대답이 없고 따로 안면이 없는 이웃 사람들은 그의 행동을 수상하게 여긴다. 3년 가까이 같은 아파

트에서 살면서도 이웃끼리 서로 얼굴조차 본 적이 거의 없는 것이다. 수상쩍게 여기는 사람들의 시선을 느낀 그는 보라는 듯 열쇠로 문을 열고 들어서지만, 그의 눈에 들어오는 것은 아내가 남긴 메모와 어질러진 채 비어 있는 아파트 내부다. 그는 샤워를 하고 소파에 길게 누워 음악을 듣거나, 말라버린 빵 조각과 주스로 배를 채우기도 하며, 좁은 아파트 공간에서 자취도 없이 사라진 아내를 기다린다. 문득 아파트 내부와 이런저런 가구가 빚어내는 풍경이 예전과 다른 느낌으로 다가오고, 그 속에 있는 제 존재마저 낯선 '타인'으로 느껴져 그는 맹렬한 고독감에 휩싸인다. 마침내 그는 제 몸이 아파트 내부의 가구들처럼 딱딱한 각질로 굳어가고 있음을 놀라움 속에서 발견한다.

최인호의 어떤 단편들은 이처럼 1970년대 도시 중산층의 의식 구조와 밀접하게 얽혀 있다. 산업화가 진행되고 도시적 삶의 기반 위에 제 실존을 세울 수밖에 없는 이들은 어느덧 기능화와 고립화를 피할 수 없게 된다. 작가는 「타인의 방」에서 아파트 거주자의 고립된 삶과 소외를 우화적으로 펼쳐 보이며 현대인의 물화현상物化現象을 날카롭게 짚어낸다.

그의 초기 단편 가운데 「술꾼」·「모범 동화」·「예행 연습」·「처세술 개론」 등은 교활하고 잔인한 아이들을 주인공으로 내세운 작품들이다. 그들은 순진성을 잃어버리고 우리 사회의 타락한 어른들처럼 음주벽, 도박, 남색 같은 좋게 받아들이기 힘든 습관과 영악함으로 무장하고 있는 위악적인 어린애들이다. 작가는 그들을 통해 세계의 허위와 위악성, 병리 현상, 삶의 허무를 기묘하게 드러낸다. 이동하는 최인호의 초기 작품 세계를 한 마디로 "병적인 도피의 세계, 과장된 관능의 세계"라고 요약하고 있는데, 이는 작가의 현실 응전 전략에서 비롯된 측면이 크다.

1972년 연세대 영문과를 졸업한 작가는 "세계 젊은이들의 동향"을 취재하기 위해 유럽 곳곳을 둘러보고 돌아온다. 이어 그는 몇몇 일간지에 장편 「별들의 고향」·「내 마음의 풍차」·「바보들의 행진」 등을 잇달아 연재하고, 단편 「황진이·1」·「전람회의 그림·1」과 중편 「무서운 복수」 등을 발표한다. 1973년 그는 초기 단편들을 묶어 '예문관' 에서 작품집 『타인의 방』을 펴낸다. 이후 그는 여러 매체에 「기묘한 직업」 · 「죽은 사람들」 · 「다시 만날 때까지」 · 「두레박을 올려라」 · 「하늘의 뿌리」 등을 발표하고, 『바보들의 행진』(1974) · 『맨발의 세계 일주』(1974) · 『영가靈歌』(1974) · 『내 마음의 풍차』(1975) · 『구르는 돌』(1975) · 『돌의 초상』(1978)을 잇달아 출간한다. 이 시기에 그는 절정의 역량과 보기 드문 대중성을 과시하며 1970년대 작가군의 선두 주자로 내닫는다.

> 최인호의 문학은, 한 마디로 말해서, 매력적이다. 그의 모든 작품들은 냉정한 분석을 방해하고 독자들의 감수성에 맹렬한 기세로 달려드는 현란한 원색의 매력으로 충만해 있다. 그는 현대 도시인의 의식 속에 숨겨져 있는 성감대를 찾아내고 그것을 교묘하게 자극하는 데 실로 비상한 재주를 가지고 있다. 과장된 수사, 팽팽한 속도감, 관능적인 분위기, 생동하는 문체, 흥미 만점의 구성, 우상 파괴적 제스처—어느 하나도 오늘날의 대중에게 어필하지 않는 것이 없다.
>
> 이동하, 「도피와 긍정」, 『타인의 방』(민음사, 1983) 해설

이 무렵 작가는 소설말고도 희곡 「가위 바위 보」를 써서 극단 '산울림' 의 무대에 올리는가 하면, 영화에도 관심을 기울여 「걷지 말고 뛰어라」의 시나리오를 쓴 뒤 연출까지 맡는다.

1978년 그는 『문학사상』에 장편 「지구인」을 연재한다. 이 작품은 교도소에서 탈주한 살인범들이 인질을 붙들고 경찰과 대치해 많은 사람을 놀라게 한 실제 사건을 소설화한 것이다. 같은 시기에 발표한 중편 「돌의 초상」은 치매에 걸려 길에 버려진 노인을 자신의 아파트로 데려왔다가 아무래도 같이 생활하기가 불편해지자 내다버리는 중산층의 인물을 통해 '돌' 처럼 냉혹한 도시적 윤리와 인간의 이중 심리를 파헤친 작품이다.

본격 소설과 상업 소설을 오가며 대중성과 문학성을 동시에 추구한 최인호의 소설집 『위대한 유산』

1980년대에 접어들어 그는 여러 일간지와 여성지에 장편 「적도의 꽃」 · 「고래 사냥」 · 「물 위의 사막」 · 「겨울 나그네」 · 「잃어버린 왕국」 등을 연재하고, 단편 「아버지의 죽음」 · 「이상한 사람들 1 · 2 · 3」 · 「방생」 · 「위대한 유산」 · 「천상의

계곡」·「깊고 푸른 밤」 등을 발표한다. 「깊고 푸른 밤」은 1970년대의 폐쇄적이고 억압적인 사회 현실에 적응하지 못해 도망치듯 미국으로 건너온 두 젊은이의 내면과 절망의 궤적을 치밀하게 그려낸 소설이다. 최인호는 이 작품으로 제6회 '이상 문학상'을 차지한다. 작가는 수상 소감에서 문학을 하나의 '종교'에 빗댐으로써 자신의 문학관을 내비친다.

문학은 하나의 종교입니다. 하나의 종교가 율법을 이루기 위해서 순교도 필요하고, 희생도 필요하고, 또한 악마의 상징적 존재도 필요한 것이라면 문학은 그 모든 요소와 결탁하여 새로운 인간의 존재를 자각케 하는 하나의 사설 종교와도 같은 것입니다.…… 다만 문학이 종교와 다른 것이 있다면 천국과 지옥을 내세에서 구하는 것이 아니라 바로 우리가 살아가다가 소멸될 이 지상 위에서 찾으려는 그 자체일 것입니다.

1980년대에도 최인호는 여전히 지칠 줄 모르는 생산력을 보여준다. 이 시기에 작가는 개인주의에 물든 도시 중산층의 생리를 파악하고, 그들의 욕망과 환상을 감각적 문체로 그려낸다. 본격 소설과 상업 소설을 오가며 놀라운 대중 장악력을 보인 작가는 이 시기에 『불새』(1980)·『지구인』(1980)·『안녕하세요, 하느님』(1981)·『위대한 유산』(1982)·『적도의 꽃』(1982)·『가면 무도회』(1983)·『전람회의 그림』(1983) 등을 펴낸다.

1987년 작가는 어머니의 죽음을 겪으며 가톨릭에 귀의해 '베드로'라는 세례명으로 영세를 받고, 작품집 『저 혼자 깊어 가는 강』·『가족 2』를 '샘터사'에서 출간한다. 이어 KBS 다큐멘터리 5부작 「잃어버린 왕국」의 제작을 위해 꽤 오래 일본에 머물다 돌아온 그는 『생활성서』에 어머니에 대한 사랑과 그리움이 담긴 「어머니가 가르쳐 준 노래」를 연재한다. 그는 1989년 『중앙일보』에 장편 「길 없는 길」, 1990년 『현대문학』에 「구멍」, 1991년 『조선일보』에 「왕도의 비밀」을 잇달아 연재한다. 1992년에는 중편 「산문」과 시나리오 「천국의 계단」을 내놓고, 동화집 『발명왕 도단이』를 펴내기도 한다. 1993년 '샘터사'에서 전 4권의 『길 없는 길』

을 간행한 그는 가톨릭 전문지 『서울주보』에 칼럼을 연재하는 한편, '일본 속 한민족 고대사 탐방' 기획과 관련해 다시 일본에 다녀온다.

1994년에 들어 뜻하지 않은 교통 사고를 당한 최인호는 3개월 동안 요양한 뒤, SBS 다큐멘터리 「왕도의 비밀」 기획과 관련해 한 달쯤 만주 지방을 여행하고 돌아온다. 1995년 『한국일보』에 장편 「사랑의 기쁨」을 연재한 그는 1997년 같은 신문에 '경제의 신철학'을 문학으로 표현해보겠다는 포부를 갖고 장편 「상도商道」를 연재한다.

참고 자료

김현, 「재능과 성실성」, 『잠자는 신화』 해설, 우석, 1990
김윤식·정호웅, 『한국 소설사』, 예하, 1993
이재선, 『현대 한국 소설사 1945~1990』, 민음사, 1997
김치수, 「최인호론—개성과 다양성」, 『한국 현대 작가 연구』, 문학사상사 1993
이동하, 「도시 중산층의 사고와 감각의 정직한 반영」, 『최인호—이상 문학상 수상 작가 대표 작품선』 해설, 문학사상사, 1986
성민엽, 「불화와 허위의 세계의 비극성」, 『다시 만날 때까지』 해설, 나남, 1987
문흥술, 「외연적 넓이의 확장과 내포적 깊이의 부재, 그리고 70년대적인 문학」, 『깊고 푸른 밤 외』 해설·연보, 동아출판사, 1995

조선작, 밑바닥 인생의 곡절과 애환

산업화 사회의 그늘에서

밑바닥 인생들의 치열한 생존 현장에 주목한 작가 조선작

황석영이 '노동자'의 소외된 삶을 다루고, 최인호가 '도시 중산층'의 물화된 삶과 소외 의식에 눈길을 줬다면, 조선작趙善作(1940~)은 우리 사회의 가장 밑바닥 계층에 속하는 '창녀'의 삶을 그려내는 것에서 자기 문학의 정체성을 찾는다. 1973년 『세대』에 발표한 「영자의 전성 시대」는 널리 알려진 조선작의 대표작이다. 이 소설은 한국 사회가 농경 사회에서 산업 사회로 탈바꿈하는 과정에서 중심부에 편입되지 못하고 변두리로 떠도는 남녀의 끈끈한 유대 의식을 담아낸 작품이다. 배운 것도 없고 가진 것도 없이 오로지 몸뚱이 하나로 팍팍한 현실과 부딪친 젊은 남녀의 삶과 사랑을 사실주의의 문체로 그려낸 이 소설은 독특한 각도에서 한국 사회의 근대화 또는 산업화의 그늘을 조명하며 1970년대를 증언한다. '창녀'는 더 내려갈 곳 없는 밑바닥 인생이다. 버림받은 이들의 치열한 생존 현장에 포커스를 맞추고 있는 조선작은 소설에 임해 스스로 치열하며, 치열함을 넘어 위악僞惡적이기조차 하다.

이 소설에 나오는 남녀는 사랑이라는 말조차 사치스럽게 느낄 수밖에 없는 인물들이다. 이들은 고달프고 척박한 삶을 견디는 과정에서 끈끈한 유대 의식으로 서로 기대며 부족한 것을 채워주고 따뜻한 정을 나누는 것이다. 그것이 이들의 사랑이다. 가진 것이라곤 몸뚱이밖에 없는 이들끼리 주고받는 마음에는 어떤 사랑보다 더 뜨겁고 짙은 진솔함이 흐른다. 아무 희망도 없이 밑바닥으로 굴러떨어진 창녀와 때밀이의 교감에서는 뜻밖에도 한 줄기 '희망'이 피어오른다. 창녀이며, 게다가 팔 하나가 없는 불구인 영자의 '전성 시대'를 전하는 이 소설의 어둡고 비참한 배경 속에서 피어오른 '희망'이라는 이름의 가느다란 빛은 다발로 쏟아지는 빛처럼 환하고 따뜻하게 느껴진다.

「영자의 전성 시대」

빠르게 탈바꿈하는 산업화 사회에서 낙오해 변두리로 떠도는 젊은 남녀의 삶과 사랑을 사실주의의 문체 속에 담아낸 「영자의 전성 시대」를 표제로 내세운 창작집

베트남에서 돌아와 목욕탕 때밀이로 취직한 '나'는 서울 청량리 사창가인 일명 '오팔팔'에 갔다가, 예전에 알고 지내던 영자를 우연히 만난다. 영자는 팔 하나가 없는 불구 상태로 몸을 팔고 있다. '내'가 청계천 철공소에서 용접공으로 일할 때 그 집 가정부로 있던 여자가 바로 영자다. 집 주인과 아들에게 번갈아가며 성적 농락을 당하던 영자는 그 집을 뛰쳐나와 버스 안내양으로 취직한다. 영자가 팔 하나를 잃은 것은 안내양으로 일할 때 만원 버스에서 떨어지는 사고를 당한 탓이다. 영자는 '나'에게 자주 찾아달라고 하고 그렇지 않아도 은근히 영자를 좋아하던 '나'는 자주 그 곳에 간다. '나'는 일손이 한가해진 여름철을 틈타 나무를 깎아 영자의 의수義手를 만든다. 영자는 의수 덕분에 그 동안 손님을 유인해주던 '나이롱 아줌마'의 도움 없이도 하룻밤에 몇 차례나 손님을 받을 수 있게 되자 돈을 모으게 된다. 바야흐로 '영자의 전성 시대'가 온 것이다. 얼마 뒤 영자를 찾아간 '나'는 영자와 실랑이를 벌이는 남자를 보자 울화가 치밀어 흠씬 패준 끝에 석 달 동안 감방살이를 하고 나온다. 그 사건 뒤로 '나'는 청량리 사창가 일대에서 영자의 기둥 서방으로 알려지게 된다.

어느 날 경찰의 사창가 일제 단속 바람이 불어닥치고, '나'는 영자를 빼내 '나'의 일터인 목욕탕으로 끌고 온다. 그러나 '나이롱 아줌마' 한테서 찾을 돈이 있다며 다시 그 곳에 드나들던 영자는 어느 날 불이 나는 바람에 거기서 빠져나오지 못하고 죽는다. 라디오에서 소식을 듣고 화재 현장으로 달려간 '나'는 팔 하나가 없는 주검 한 구를 찾아낸다.

조선작은 1940년 대전에서 가난한 집안의 맏아들로 태어난다. 1950년 선화국민학교 5학년 때 6·25를 만나는데, 전란중에 아버지가 행방 불명되며 가세가 더욱 기운다. 1954년 대전사범중학교에 입학한 그는 1960년에 같은 학교를 졸업한다. 사범 학교를 나온 그는 1년 동안의 군 복무를 마치고 대전에서 교사 생활을 시작한다. 평범한 교사로 지내고 있던 그는 어머니의 죽음을 겪은 뒤 심경에 변화가 생겨 1966년 서울로 올라온다.

그는 서울에서도 교사 생활을 하는 한편 독서와 습작에 몰두하며 남몰래 작가 수업을 쌓는다. 1971년 그는 일간지 신춘 문예에 응모하지만 떨어지고 만다. 실의에 젖어 있던 그는 마침 『세대』에서 기상 천외한 기획에 따라 신춘 문예 낙선 작품 공모를 하자, 거기에 「지사총志士塚」을 다시 보내 당선된다. 일종의 패자 부활전을 통해 당선의 영예를 차지한 셈이다. 6·25 때 죽은 사람들의 무덤인 지사총에 얽힌 내력을 다룬 이 단편 소설이 같은 해의 일간지 신춘 문예 당선 작품들보다 더 각광을 받으면서 그는 문단의 눈길을 끌게 된다. 이러구러 문단에 발을 들여놓은 그는 곧 성장기 소년이 겪는 6·25의 파괴적 실상과 궁핍, 어른들의 무책임성을 그린 중편 「시사회試寫會」와 단편 「불나방 이야기」 등을 발표한다. 1973년 작가는 유신 체제에 반대하는 '문학인 101인 선언'에 가담하고, 「성벽」과 「밀도살」 그리고 문제작 「영자의 전성 시대」를 발표한다. 「성벽」은 도시 변두리 빈민층의 소외된 삶을 높다란 담으로 둘러싸인 고립 지대에 버려진 삶에 비유한 작품이다.

조선작은 '치열한' 작가다. 이는 그가 채택한 '현실'에서 비롯된 것이다. 김병익은 그의 치열성에 대해 다음과 같이 말한다.

> 조선작 소설의 치열함은 바로 이 "구린내를 풍기며 언제나 도도하게 고여 있던 냇물"과 같은 현실에서 온다. 그는 삶의 뿌리를 잃고 아무런 전망도 기대할 수 없는 계층의…… 발버둥치는 사람들이 갖는 생존의 양식을 드러내기 위해 창녀와 때밀이, 개백정과 '뚝발이', 매춘賣春과 수간獸姦, 방화放火와 자살, "그 증오와 분노, 불타는 듯한 복수심의 징표와 끓어오르는 듯한 원한의 빛"(「성벽」)을 거의 위악적僞惡的인 잔인성으로 등장시키고 묘사한다. 상식을 배반

하는 삶, 구제가 불가능한 소외된 집단, 그리고 그들의 꿈을 파멸시키는 현실—들의 치열함을 위해 그는 고상한 언어, 세련된 구성, 유추類推의 가능성을 배제한다. 그의 입심 센 육담肉談, 요설스런 대화,…… 전통적인 소설 미학의 완벽성을 위배하면서까지 소재의 치열함을 부각시킨다. 그것은 삶의 현장이며 혹은 버림받은 자, 안락할 수 없는 자의 삶 그 자체이다.

김병익, 「삶의 치열성과 언어의 완벽성—조선작의 경우」, 『문학과 지성』(1974 여름)

1974년 조선작은 단편 「미술 대회」·「고압선」·「모범 작문」·「여자 줍기」·「외야수」·「경자의 코」 등을 발표하고, '민음사'에서 첫 창작집 『영자의 전성 시대』를 출간한다. 그 동안 주로 창녀를 내세워 밑바닥 사회의 단면을 파헤쳐온 작가는 단편 「고압선」에서 평범한 일상인을 통해 우리 사회의 폭압성에 항변하고 나선다. 그러나 상황에 대한 분노의 크기와 무게에 비하면 이 소설의 어조는 지극히 담담하고 냉정하다.

「고압선」

아내와 함께 검소한 생활을 한 끝에, 회사원 생활을 시작한 지 12년 만에 목돈을 마련한 주인공은 아내의 성화에 못 이겨 집을 사기 위해 온 동네 복덕방을 찾아다닌다. 그러나 마음에 드는 집들은 값이 안 맞기 일쑤고, 값이 맞는다 싶으면 북향집이거나 수도가 없거나 공중 변소를 사용해야 하거나 석탄 가루가 날아오거나 어떤 식으로든 결함이 있는 집들만 나온다. 어느 날 값도 맞고 흠 잡을 데 없는 집을 찾게 된 주인공은 달뜬 마음으로 계약 전에 식구들을 모두 이끌고 집 구경을 간다. 그런데 바로 그 때 주인공의 눈에 띈 것이 지붕 위를 지나는 고압선이다. 그는 식구들을 먼저 돌려보낸 뒤, 복덕방 영감에게 이 문제를 따진다. 그러나 복덕방 영감은 피뢰침이 있어 벼락맞을 염려가 없기 때문에 서양 사람들은 오히려 고압선이 지나는 집만 찾는다며 그를 설득한다. 혼자 고민하던 주인공은 저희가 살던 셋집이 금세 나가는 바람에 어쩔 수 없이 그 집을 사게 된다. 이사한 뒤 주인공은 고압선 때문에 한동안 강박 관념에 시달리면서도 식구들에게 말도 꺼내지 못한 채 속으로 끙끙 앓지만, 시간이 지나면서 그 자신도 이를 거의 의식하지 않게 된다.

어느 날 집 근처 고압선이 지나는 4층 건물 옥상에서 연을 날리던 아이 하나가 감전사하는 사고가 일어나자 주인공은 다시 걱정과 불안에 빠져든다. 죽은 아이가 저희 반 아이라며 불안을 드러내던 아들이 잠자리에 들자, 그는 이사오기 전부터 지붕 위로 '고압선'이 지난다는 사실을 이미 알고 있었노라고 아내에게 실토한다. 이튿날 바로 집을 내놓자 복덕방 영감은 여전히 한국 사람들은 왜 고압선 아래 있는 집을 싫어하는지 모르겠다고 투덜거린다. 얼마 뒤 주인공은 외국에 자주 드나드는 친구로부터 우리보다 잘사는 서양 여러 나라에서는 고압선을 지하 케이블로 연결한다는 얘기를 듣는다.

조선작은 초기작인 「지사총」·「영자의 전성 시대」 등에서 주로 창녀나 때밀이 같은 밑바닥 인생들의 단면을 파헤치다가, 이 무렵에 이르러서는 「고압선」에서처럼 평범한 소시민의 일상으로 눈길을 돌린다. 그러나 조선작의 소설에 나오는 소시민은 중산층으로 편입되지 못한 채 가난과 열악한 환경 속에서 어려운 살림을 꾸려가는 하층민으로, 직종은 다르지만 창녀나 때밀이보다 별로 나을 것도 없는 삶을 감당해야 할 때가 많다. 열두 해 동안 제대로 못 먹고 못 입으며 악착같이 모은 돈으로 사방 팔방을 헤맨 끝에 겨우 마련한 집의 상공을 가로지르는 고압선은 그야말로 "가난한 소시민의 가슴에 꽂히는 비수"* 와 다를 바 없다.

도시 변두리 빈민층의 소외된 삶을 높다란 담으로 둘러싸인 고립 지대에 버려진 삶에 비유한 작품 「성벽」이 실린 같은 제목의 창작집

1975년 그는 『동아일보』에 장편 「미스 양의 모험」을 연재하고, 단편 「아버지 찾기」 등을 발표한다. 이어 그는 1976년 '예문관'에서 창작집 『외야수』, '서음출판사'에서 『성벽』, 1977년 '열화당'에서 중·단편집 『고독한 청년』, '서음출판사'에서 장편 소설 『말괄량이 도시』를 펴내고, 단편 「진눈깨비」·「쥐고기는 맛있어!」 등을 내놓는다. 1978년에는 단편 「점박이 말을 훔치지 않았다면 당신은

* 김용직, 『한국 현대 명작 해설/감상 사전』 조선작 편(관악출판사, 1989)

……」·「방향」 등을 발표하고, 『경향신문』과 『여원』에 각각 장편 「초토」와 「미완의 사랑」을 연재하는 한편, '아람사' 에서 콩트집 『나를 슬프게 하는 천사들』을 펴낸다.

1977년에 펴낸 장편 『고독한 청년』에 자필 사인하고 있는 조선작

1980년 그는 단편 「운전 교습」·「좋은 남자」 등을 발표하고, 장편 「말괄량이 도시」를 개작한 『장대높이뛰기 선수의 고독』을 '삼조사' 에서 펴낸다. 1981년에는 『한국일보』에 연재한 장편 『모눈종이 위의 생』을 묶어 '신작사' 에서 간행한다. 1982년 그는 『중앙일보』에 「우수의 사슬」을 연재하고, '해외 문인 시찰단' 의 일원으로 인도 · 리비아 · 이탈리아 · 프랑스 등지를 여행하고 돌아온다. 이어 그는 1983년 '고려원' 에서 장편 『완전한 사랑』, 1984년 '중앙일보사' 에서 『우수의 사슬』을 펴낸다. 1985년에는 중편 「사이렌 탑」 등을 발표하고, 『동아일보』에 「바람의 집」을 연재한다. 조선작은 1986년 '어문각' 과 '문학사상사' 에서 『바람의 집』과 『고독한 청년』을 각각 펴내고, 1987년 『매일경제신문』에 장편 「굴레」, 1988년 『서울신문』에 장편 「떠도는 별」을 연재한다. 1989년에는 「떠도는 별」을 『마조히스트 M양의 초상』으로 개제해 '우석출판사' 에서 출간하며, '해냄' 에서 『미끼와 고삐』를 펴낸다.

조선작은 1990년 『내외경제신문』에 「꿈길」, 1991년 『조선일보』에 「그대는 별인가」를 연재한 뒤, 『꿈길』 1 · 2권은 '청한출판사' 에서, 『그대는 별인가』는 '자유문학사' 에서 펴낸다. 1993년 그는 『경향신문』에 「퇴계로의 숲」을 연재한 뒤 이듬해 '민음사' 에서 같은 제목으로 출간하는데, 이후로는 작품 활동이 뜸해진다.

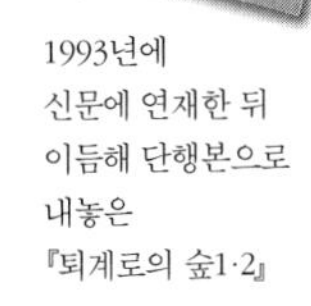

1993년에 신문에 연재한 뒤 이듬해 단행본으로 내놓은 『퇴계로의 숲1·2』

참고 자료

김병익, 「삶의 치열성과 언어의 완벽성—조선작의 경우」, 『문학과 지성』 1974 여름
김현, 「반관습적 사랑의 모험」, 『김현 문학 전집』 5권, 문학과지성사, 1992
권영민, 『한국 현대 문학사 1945~1990』, 민음사, 1993
류준필, 「어둠 속에 담긴 진실」, 『성벽 외』 해설 · 연보, 동아출판사, 1995
김용직, 『한국 현대 명작 해설/감상 사전』, 관악출판사, 1989

박태순, '정든 땅 언덕 위'의 빈민들

뿌리 뽑힌 빈민의 삶

사회 의식을 바탕으로 창작 활동에 임하며 군부 독재 시절 현실 문제에 참여하는 면모를 보여주기도 한 작가 박태순

다섯 살 때 황해도 신천信川에서 부모님 손에 이끌려 남하한 피난민이었던 나는 1년에 일곱 번씩 이사를 다니며 어린 시절을 보냈다. 묵정동 부근의 낡은 아파트, 삼청동 꼭대기의 바라크, 청운동의 문간방, 효창공원 어귀의 빈민촌 등을 전전해야 했다. '외촌동' 시리즈의 무대인 신림동新林洞 도림천 주변은 내가 대학생이었던 1960년대 초에 헤매던 곳이다. 대학에 입학하자마자 4·19를 겪었던 나는 친구들과 함께 경무대 앞에서 데모를 하다가 친구의 죽음을 목도했다. 그 사건은 나에게 큰 충격이었고, 모든 의욕을 빼앗긴 채 학교 생활조차 낭비라고 느껴졌었다. 나는 난민촌을 떠돌며 그 상처를 달랬고, 난민촌을 소설화하면서 상처에서 벗어날 수 있었다.

박태순, 「박태순—정든 땅 언덕 위」—김훈·박래부 외, 『문학기행』(한국일보사, 1987) 재인용

1973

거듭된 외침外侵, 분단과 전쟁, 그리고 혁명과 쿠데타로 얼룩진 굴곡과 파행, 수난과 형극의 한국 현대사는 숱한 난민을 만들어낸다. 거기에 1960년대 이래의 경제 개발 계획에 따른 급격한 산업화와 함께 농촌 경제가 황폐해지며 촉진된 이촌 향도離村向都 현상은 도시 변두리에 집단으로 거주하는 빈민 계층을 만들어 낸다. 어찌 보면 도시 빈민은 또다른 난민인 셈이다. 경제학의 관점에서 빈민이란 최저 생계비에 미달하는 수입으로 근근히 살림을 꾸려가는 계층을 가리킨다. 작가 박태순朴泰洵(1942~)은 다섯 살 때 부모의 손에 이끌려 남하한 '난민'이고, 오랫동안 '빈민'으로 살아온 사람이다. 박태순은 1966년 9월 『문학』에 발표한 「정든 땅 언덕 위」를 시작으로 "버림받은 사람들의 최후의 땅"인 '외촌동'을 무대로 도시 빈민의 삶의 실상과 구체를 연작 소설 형태로 담아낸다. 도시 빈민 또는 난민 집단 때문에 급조된 외촌동은 "대한민국의 온갖 쓰레기들을 갖다 버리

는 장소"이며 "싸움질, 도둑질, 강간질, 살인질, 전염병 등이 그칠 줄 모르는 개판" 그 자체인 곳이다. 작가는 「무너지는 산」·「모기떼」·「재채기」·「기신氣神」·「한 오백 년」·「옥숭玉崇이의 가출」 등 10여 편의 연작을 통해 가난과 타락의 끝, 최후의 땅인 외촌동에 모여 오글거리는 도시 빈민의 삶을 생생하게 그려낸다. 1973년 박태순은 이런 연작을 묶은 창작집 『정든 땅 언덕 위』를 '민음사'에서 펴낸다.

「정든 땅 언덕 위」

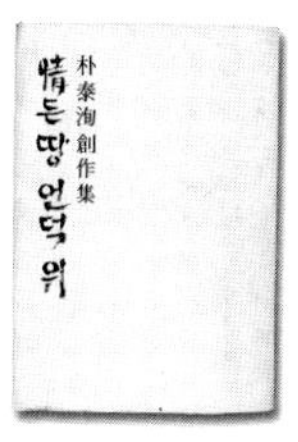

외촌동을 무대로
도시 빈민들의
삶의 실상과 구체를
담아낸 연작을 묶은
창작집
『정든 땅 언덕 위』

'외촌동'에서는 적당하게 블록으로 칸을 막아 닭장 짓듯 날림으로 지은 집에 매겨진 일련 번호가 입주자의 이름을 대신한다. 즉 '74호 복덕방', '193호 과부댁 술집', '55호 상회' 하는 식이다. 이 중에서 '193호 과부댁'은 막걸리 장사로 생계를 이어가는데, 반 년 전만 해도 장사가 제법 되더니, 지금은 파리를 날리고 있다. 왜냐하면 손님을 끌어들이던 스물한 살 먹은 그 집 미순이가 지난 가을 동네에 들어온 약장수 패거리의 기타를 치는 사내와 배가 맞아 달아났기 때문이다. 기타 치는 사내를 따라나서기 전부터 미순이한테는 애인이 있었는데, 군에서 제대한 지 얼마 안 된 나종열이라는 젊은이가 바로 그다. 나종열은 대학 2년을 중퇴한 이력으로 시 당국에 보내는 청원서를 작성하거나 동네에 버스 노선을 끌어들이는 일에 앞장서고, 좀도둑이 들끓는 동네의 보안을 위해 야경대를 조직한 인물이기도 하다. 나종열은 야경 일을 마치고 '193호 과부댁 술집'에 들르면서 미순이와 사귀는 사이가 되었으나, 미순이 엄마의 집요한 반대에 부딪혀 결합하지 못한다. 그러던 차에 약장수 패거리를 따라 미순이가 달아나버린 것이다.

미순이 어머니는 나종열의 여동생 종애에게 자신의 술집에서 일할 것을 권유하고, 나종애의 부모도 딸이 무슨 일이든 해서 어려운 살림을 받쳐주길 은근히 기대한다. 그러나 종애는 얼마 전 애인 정의도가 동네를 떠나면서 꼭 자신을 데

리러 오겠다고 한 약속을 떠올리며 미순이 엄마의 청을 단호히 거절한다.

고리 대금업자이자 홀아비인 변 노인은 이 동네에 흘러 들어와 유지 행세를 한다. 변 노인은 이자는 비싸지만 급전을 선선히 꿔주는가 하면, 박식한 편이어서 동네의 대소사에도 앞장선다. 그런데 한 가지 의아한 일이 벌어진다. 변 노인과 미순이 엄마인 과부댁이 가까이 지낸다는 소문이 돌더니 급기야 동거에 들어가고, 변 노인은 노인회를, 미순이 엄마는 부인회를 주도하며, 외촌동에는 거의 날마다 술마시고 춤추고 노래하는 분위기가 이어진다.

어느 날 변 노인 집에서 도난 사건이 발생함으로써 미순이 엄마의 전성 시대는 막을 내린다. 순경은 조사 끝에, 나종열의 옛 애인인 미순이가 일 주일 전쯤 동네에 들어와 나종열을 만나고, 밤에 변 노인의 방에 숨어 들어가 돈을 훔쳐 함께 달아난 것으로 추측한다. 약장수 패거리를 따라나선 미순이는 목청이 고와 가는 곳마다 인기를 얻지만 얼마 뒤 이리저리 떠도는 딴따라 생활에 싫증이 나서 외촌동으로 돌아온다. 엄마는 저한테 눈앞에서 당장 사라지라고 호통을 치고, 나종열의 태도도 예전 같지 않다는 것을 느끼자 미순이는 영영 외촌동을 떠나기로 결심한다. 이에 따라 미순이는 먼저 변 노인의 방에 들어가 돈과 패물을 훔친 뒤 나종열을 불러내어 함께 달아난 것이다.

변 노인이 미순이 엄마를 곧바로 내쫓자 미순이 엄마는 나종열의 부모에게 찾아가 분풀이를 해대며, 그 부모는 또 애꿎은 종애를 못살게 군다. 나종애의 애인 정의도는 새로 생긴 극장에 취직하려고 마음먹고 있으며, 취직이 되는 대로 종애를 데리러 오겠노라는 내용의 편지를 보내 온다. 얼마 뒤 변 노인은 종애에게 어처구니없는 제안을 한 가지 한다. 변 노인은 독일에 광부로 가 있는 아들 얘기를 꺼내면서, 결혼해 가정을 꾸리고 있는 광부한테는 가족 수당이 나오니 종애가 자기 아들과 서류 결혼을 해주면 좋겠다고 말한다. 부모는 변 노인의 제안을 받아들이도록 종용하지만 종애는 이를 뿌리친다. 종애는 머리카락을 팔아 그 돈으로 부모의 욕심을 채워줄 생각으로 미장원에 찾아간다. 종애가 머리카락을 자르고 일어날 때 저편 어디서 정의도가 나타난다.

외촌동의 실제 공간은 지금의 행적 구역으로 서울 관악구 신림1동 1635번지와 1636번지 일대다. 본디 이 일대는 주로 해방촌과 용산 철도청 부지에서 쫓겨난 철거민들이 들어와 정착하며 생긴 난민촌이다. 외촌동은 '도시의 바깥이자 농촌의 바깥' 이다. 이 곳에 착지하려는 사람들은 도시에서도 농촌에서도 뿌리를 내리지 못하고 쫓겨난 '난민' 들이다. 그들은 근대화가 내장하고 있던 갖가지 모순과 갈등에 희생된 사람들이다. 작가는 이 변두리에 몰려든 기층 민중의 끈질긴 생명력에 주목한다. 비록 빈곤 · 무지 · 광태로 얼룩져 있지만 그들은 더불어 어울리며 저마다 고단한 삶을 꾸려간다. 외촌동 연작이 생동감 속에 다가오는 것은 작가 자신의 생생한 난민 체험이 작품을 뒷받침하고 있기 때문이다. 작가는 "나는 뿌리 뽑힌 자이며, 삼팔 따라지이며, 영원히 고향을 잃어버린 정신적 이민자이다. 이 서울이 나에게 영원히 타향인 것처럼 이 시대도 나에게는 타향이다."라고 말한다.* 박태순은 1942년 황해도 신천군 용문면 삼황리 소산동에서 2남 2녀 가운데 맏아들로 태어난다. 다섯 살 때인 1947년 그는 가족을 따라 해주에서 서울로 넘어온다. 이후 서울에서 성장기를 보낸 그는 서울중학교와 서울고등학교를 거쳐 서울대학교 문리대 영문과에 입학한다. 1960년 작가는 대학 1학년생으로 4 · 19혁명에 가담하기도 한다.

1964년 대학을 졸업할 무렵, 박태순은 『사상계』 신인 문학상에 단편 「공알앙당」을 응모해 입상한다. 이어 그는 1966년 『세대』 제1회 신인 문학상에 중편 「형성」이 당선되고, 같은 해 『경향신문』 신춘 문예에 단편 「향연」이 당선작으로, 『한국일보』 신춘 문예에 「약혼설」이 당선작 없는 가작으로 동시에 뽑혀 문단에 나온다. 그는 등단하자마자 외촌동 연작의 첫 작품이라고 할 수 있는 「정든 땅 언덕위」를 내놓으며 문단의 주목을 받는다.

---

* 박태순, 앞의 책

등단 이듬해인 1967년 그는 단편 「생각의 시체」·「푸른 하늘」·「뜨거운 물」·「벌거벗은 마네킹」·「이륙」 등을 발표한다. 이어 1968년에는 중편 「전범자」와 단편 「결빙」·「삼두 마차」·「저녁밥」·「도깨비 하품」·「무너진 극장」 등을 내놓는다. 이 가운데 「무너진 극장」은 외촌동 연작과 함께 박태순을 4·19 세대의 대표 작가 가운데 한 사람으로 부각시킨 작품이다. 그는 이 소설로 "4·19를 증언한 작품은 많지만 박태순의 「무너진 극장」처럼 그 본질을 날카롭게 찍어올린 것은 찾기 어렵다."*는 찬사를 듣기도 한다. 이 작품은 이승만 정부가 무너지기 하루 전인 1960년 4월 25일 밤, 흥분한 군중에 의해 임화수가 운영하던 극장이 파괴된 사건을 다루고 있다.

「무너진 극장」

1973

4·19 때 경미한 부상을 입은 '나'는 시위 현장에서 총에 맞아 망우리 묘소에 묻혀 있는 평길이의 무덤을 친구들과 함께 찾아간다. 일행은 다시 서울의대 부속병원에 입원해 있는 친구 혼수를 문병하고 문리대 쪽으로 가다가 대학 교수단의 시위를 본 뒤, 해 저물 무렵 술집에 앉아 침통하게 자유와 행복 등을 주제로 토론을 벌인다. 밤 늦게 술집을 나선 일행은 임화수가 운영하는 평화극장으로 몰려가는 시위대에 합류한다. 시위 군중은 기괴한 소리를 지르고 광기를 번뜩이며 극장 내부와 시설물들을 파괴하다가 나중에는 불까지 지르게 된다. 그 때 또다른 군중이 극장을 에워싸더니 "성난 이리 떼"처럼 극장 안으로 밀려들어 불길을 짓밟는다. 먼저 들어와 있던 시위 군중은 그들을 적으로 생각하고 싸울 태세를 갖춘다. 그러나 알고 보면 그들은 불이 번져 저희까지 피해를 보게 되지 않을까 걱정한 나머지 모여든 극장에 인접한 주택가의 주민들이다.

---

* 김윤식·정호웅, 『한국 소설사』(예하, 1993)

군중이 뿔뿔이 흩어져 돌아간 뒤 들이닥친 군인들의 눈을 피해 '나'는 컴컴한 극장 바닥에 엎드려 숨을 죽인 채 하룻밤을 지새운다. '나'는 아침에 '무너진 극장'에서 몰래 빠져나오면서, 과연 앞으로 새로운 극장과 새로운 무대는 어떤 형태로 나타날 것인지 상상한다.

평론가 김종철로부터 "4·19혁명의 횡단면을 날카롭게 부조해낸 기념비적 작품"*이라는 평가를 받은 「무너진 극장」은 1960년 4월의 상황을 담아낸 문학 작품들이 흔히 4·19를 우리 역사상 유례없는 시민 혁명으로 다루던 관례에서 벗어나 혁명의 창조적 측면과 함께 그것의 한계를 냉정하고 객관적으로 보여준다는 점에서 특기할 만하다. 시위 군중은 독재 정권에 짓눌려 사는 동안 쌓인 노여움과 울화를 정치 깡패 임화수가 사장으로 있던 평화극장을 파괴하는 충동적인 행동을 통해 해소하려고 든다. 그러나 작가는 독재 정권에 대한 저항과 반감에서 비롯된 이 파괴 행위가 나중에는 목적을 잊어버린 듯 원시적이고 광기 어린 쾌감 자체에 묻히고 마는 것을 눈여겨본다.

어둠과 밝음의 경계는 뚜렷이 이루어지고 있지 않았다. 그러나 어둠보다는 밝은 쪽이 더욱 광기를 내포하고 있었다. 아래층이고 이층이고 할 것 없이 사람들은 아무런 의미도 없는 마치 원시인들과도 같이 꺅꺅 고함을 지르며 제멋대로 날뛰고 있었다. 여기저기 불길이 번지기 시작하는 곳에 마치 이 세계에 종말이 다가왔다는 것처럼 이상한 냄새를 피우며 연기가 퍼져 가고 있었다.

작가는 꼭 이런 상황만이 아니라, 그 동안 독재 정권에 맞서 싸워온 시위대의 힘이 인간의 광기와 충동에서 비롯된 것은 아닐까 하는 의문을 제기한다.

아마 이것이야말로, 사람들이 불만스러워할 때 막연히 느끼는 그러한 방심 상태일는지도 모른다. 원시적이고 본능적인 무질서에로의 해방 상태. 이런 본능이야말로 최루탄을 맞으면서도 애써 진행시켜 갔고 대열을 만들어 갔던 데모의 다른 한쪽 면이 아니겠는가?

* 김종철, 「진정한 삶을 위한 편력」, 한국 소설 문학 대계 50 『정든 땅 언덕 위』(동아출판사, 1995) 해설

작가는 4월혁명이 진지하고 성숙한 시민 정신에 의해 싹트고 뒷받침된 것이 아니라, 인간의 파괴 욕구나 공포 같은 무의식적이고 본능적인 감정의 분출에 의해 이루어진 '무질서' 한 소요 사태는 아닐까 하는 의문을 제기한다. 이것은 특히 극장이 파괴되는 과정에서 같은 시민 계급조차 혁명의 대열에 선 군중과 사유 재산을 지키기 위해 몰려온 군중으로 분열되고, 두 집단 사이에 긴장과 대립의 기류가 흐르는 데서 분명하게 확인된다. 인근 주민들이 저희의 재산을 지키기 위해 시위대를 뚫고 필사적으로 화재 진압에 나서는 장면 속에는 아무리 명분이 뚜렷한 혁명이나 항쟁도 충동에 휩싸인 '무질서' 한 집단 행동으로 전락해버리면 폭도의 소요와 다를 바가 없다는 작가의 전언이 담겨 있다.

1969년 박태순은 단편 「타자가 보내는 신호」·「당나귀는 언제 우는가」·「삼두마차 2」 등과 중편 「정처」 등을 발표하고, 『주간한국』에 장편 「낮에 나온 반달」을 연재한다. 이어 1970년에는 단편 「물 흐르는 소리」·「옥숭이의 가출」·「단씨의 형제들」·「독재자의 아내」·「구멍탄 냄새」를, 1971년에는 역시 외촌동 이야기를 담은 단편 「한 오백 년」을 비롯해 「어떤 외출」·「우스꽝스런 정밀」·「대지 모신의 민족」 등과 르포 「광주단지 3박 4일」을 내놓는다. 1972년 그는 단편 「홍역」·「무비불無非不」·「재채기」·「무너지는 산」과 중편 「뜨눈」을 발표하는 한편, 장편 「님의 침묵」을 『여성동아』에 연재한다. 그는 1973년에 들어 단편 「홍역 2」·「이야기, 이야기, 이야기」·「모기 떼」 등과 작가 기행 「한국 탐험」을 발표하고, 『한국문학』에 장편 「사월제」를 연재하는 한편, 그 동안 내놓은 작품들을 골라 묶어 '민음사' 에서 첫 창작집 『정든 땅 언덕 위』를 펴낸다.

1972년
마산의 부둣가를
거닐며

박태순은 1974년 고은·백낙청 등과 함께 '문인 61인 선언' 에 가담하고, '문인 간첩단 사건' 과 관련해 진정서를 제출하며, '자유실천문인협의회' 발기 등에 앞장서 현실 문제에 참여하는 작가의 면모를 보여준다. 같은 해 그는 강원도 상동을 배경으로 광부들의 고단

한 삶을 그린 단편 「정선 아리랑」과 「신생」·「작가 지망」·「최씨가의 우울」 등을 내놓는다. 1975년에는 4·19가 남긴 상처와 관련해 새로운 치유 방안을 제시한 단편 「환상에 대하여」를 발표하고, '삼중당'에서 창작집 『단씨의 형제들』, '민음사'에서 산문집 『작가 기행』을 간행한다. 그러나 이 무렵 박태순은 시국이 어두운 상황인 만큼 '문학 성명서'가 더 급하면 그것부터 써야 할 테고, 잘못된 진상을 알리기 위해서는 현장 르포가 더 요청된다며 소설 절필을 선언한 뒤 한동안 창작 활동을 중단한다.

1975년에 펴낸 산문집 『작가 기행』과 1986년에 펴낸 창작집 『신생』

얼마 동안 공백기를 거친 작가는 1977년 『창작과 비평』에 단편 「벌거숭이산의 하룻밤」을 내놓으며 다시 활동에 나선다. 같은 해 그는 여러 잡지에 단편 「뜨거운 소주」·「실금失禁」·「독가촌 풍경」·「수화」 등을 발표하고, '열화당'에서 장편 소설 『가슴 속에 남아 있는 미처 하지 못한 말』을 펴낸다. 아울러 『세대』에 청소년 시절 6·25를 겪은 세 인물의 파란 만장한 삶의 행로와 정신적 고뇌를 그린 장편 「어느 사학도의 젊은 시절」을, 『서울신문』에 장편 「어제 불던 바람」을 연재한다. 1978년 그는 '자유실천문인협의회 제3선언' 발기인으로 가담하고, '인권운동협의회'와 '평화시장대책위원회'에 참여하는 등 실천 차원의 행동에도 적극성을 보인다. 1979년에는 '전예원'에서 장편 소설 『어제 불던 바람』을 펴내고, 무크 『실천문학』의 창간에 발기인으로 참여하며, '지식인 선언'에도 뜻을 같이한다.

1980년에 접어들어 그는 단편 「18년」을 발표하고, 『문예중앙』에 장편 「청학동」을 연재한다.* 1982년에는 단편 「끈」·「3·1절」·「잘못된 이야기」 등을 내놓고, 『실천문학』에 장편 「골짜기」를 연재한다. 1983년 그는 '한길사'에서 기행 문집 『국토와 민중』을 펴내며, 『교육신보』에 「국어 교과서와 민족 교육」을 연재**하

* 연재하다가 중단된다.
** '한길사'에서 나온 『한국 사회 연구』 2권에 다시 실린다.

기도 한다. 1984년에는 『마당』에 장편 「풀잎들 긴 밤 지새우다」를 연재하고, 단편 「침몰」·「유곽아파트 사람들」·「귀거래사」 등을 발표한다. 1985년에 들어서는 『실천문학』에 조사 연구 논문인 「자유실천문인협의회와 1970년대 문학 운동」을 내놓고, 소설 「어머니」를 연재한다. 1986년에는 '민음사'에서 창작집 『신생』, '한길사'에서 산문집 『민족의 꿈, 시인의 꿈』을 펴내며, 1987년에는 단편 「낯선 거리」와 연작 단편인 「울력 1」·「울력 2」 등을 발표하고, '신동엽 창작 기금'의 수혜자로 선정된다. 1988년 그는 『월간조선』에 장편 「광화문」, 『월간중앙』에 국토 기행문 「한국의 기층 문화를 찾아서」를 연재하고 중편 「밤길의 사람들」을 발표하는데, 이 작품으로 '한국일보 문학상'을 받는다. 이어 1989년에는 『월간중앙』에 국토 기행문 「사상의 고향」, 『서울신문』에 역사 인물 소설 「원효」를 연재한다.

1990년에 이르러 그는 『월간중앙』의 연재물 「1960년대의 사회 운동」을 김동춘과 공동 집필하며, '사월혁명연구소'의 발기인으로 참여하는 한편, '한길문학예술연구원'의 소설창작과 주임을 맡는다. 작가는 이 무렵 『서울신문』에 역사 인물 소설인 「연암 박지원」을 연재하는가 하면, 중국을 둘러보고 돌아와서 『서울신문』에 「박태순 중국 기행—신열하일기」를 여러 회에 걸쳐 나누어 싣기도 한다. 1992년 그는 '민주일보사'의 객원 논설 위원과 '한글문화연구회' 이사로 취임한다. 1993년에 들어 박태순은 충북 중원군 상모면에 집필실을 마련하고 새로운 작품을 준비한다.

1973

참고 자료

김윤식·정호웅, 『한국 소설사』, 예하, 1993
김종철, 「진정한 삶을 위한 편력」, 『정든 땅 언덕 위 외』 해설, 동아출판사 1995
오생근, 「박태순의 작품 세계」, 『단씨의 형제들』 해설, 삼중당, 1978
최원식, 「떠돌이 체험의 진정성—박태순 소론」, 『낯선 거리』 해설, 나남, 1989
박태순, 「갈등의 시대에 선 모순의 문학을 위하여」, 『낯선 거리』 서문, 나남, 1989
김병걸, 「외촌동 사람들의 이야기」, 『현대문학』 1980. 3.
최원식, 「이야기꾼과 역사가」, 『정경문화』 1983. 1.

김원일, 지평을 넓혀가는 분단 문학

'순진한 눈'에 비친 빨치산

나는 삶이 괴로웠다. 그래서 태어나지 않은 상태나 빨리 늙어 노인이 되기를 원했다. 노인이 되면 장남으로서의 의무도 벗고 죽는 날만 기다리며 일을 하지 않아도 아무 사람 눈흘기지 않으리라 생각했던 것이다. 가진 자나 행복해 보이는 자를 이유없이 증오했다.

김원일, 『사랑하는 자는 괴로움을 안다』(문이당, 1991)

분단사의 소설화를 통해 문학적 입지를 확고히 구축한 작가 김원일

좌익 활동을 하던 아버지가 6 · 25 때 월북하는 바람에 가난한 월북자 집안의 장남으로 신산스런 삶을 꾸려나가며 "가난한 자, 억눌린 자, 슬피 우는 자의 옹호자"로서의 작가를 꿈꾼 김원일金源一(1942~). 분단사의 소설화를 통해 작가로서 확고한 입지를 구축한 그를 문학의 길로 내몬 것은 "가난 · 열등 의식 · 전쟁 · 장터 거리 · 추위 · 결손 가정 · 고향 · 들판 · 굶주림 · 월북자 · 고학생 · 죽음의 유혹……"이다. 그의 초기 소설을 물들이고 있는 것은 음울한 어둠인데, 이는 초기 소설의 제재로 다루어지는 "강도 · 강간 · 자살 · 탈출, 제도적인 강제에 의한 허무한 죽음"에서 비롯된 것이다. 1973년 김원일은 그의 '출세작'인 「어둠의 혼魂」을 발표한다.

나는 서라벌예대 시절 초고로 써두었던 장편의 묵은 원고지 3백 장에서 추려내어 1백 장 정도의 단편 하나를 만들어, 당시 이문구 형이 편집을 맡고 있던 『월간문학』에 맡겼다. 두어 달 뒤 1973년 1월호에 발표된 그 소설이 「어둠의 혼」이다. 이념이나 분단 문제에 대해 깊은 생각을 가지지 않은 상태에서 무심코 가족사의 한 부분을 소설화했을 따름이었다. 남들이 나의 출세작이라 말하는 만큼 나는 이 단편을 발표하고 갑자기 주목을 받게 되어, 그해 일곱 편의 소설을 썼다. 청탁이 밀려 들어오고, 즐거운 마음으로 열심히 썼다.

김원일, 앞의 책

「어둠의 혼」은 윤흥길의 「장마」, 현기영의 「순이 삼촌」 등과 함께 어린아이의 '순진한 눈'을 통해 해방기에서 6 · 25에 이르는, 좌익과 우익의 대립과 갈등으로 얼룩진 시대를 조명하는 소설의 원형에 해당한다. 「어둠의 혼」은 작가 김원일의 분단 문학의 시발점이기도 하다.

「어둠의 혼」

어린아이의 순진한 눈을 통해 해방기에서 6·25에 이르는 좌·우익의 대립과 갈등으로 얼룩진 시대를 조명한 단편 「어둠의 혼」을 표제로 한 창작집. 김동리가 제호를 써준다.

1973

어느 날 갑해는 제 아버지가 전날 밤 잡혀와 진영지서에 묶여 있으며 곧 총살당할 거라는 소문을 듣는다. 그러나 갑해는 이태 전부터 밤에만 불쑥 나타났다가 금세 사라지곤 하던 아버지가 죽는다는 사실보다 당장 자신의 배고픔이 더 괴롭다고 느낀다. 배에서 나는 쪼르륵 소리를 들으며 큰소리로 울고 있는 천치 누나와 그 옆에서 누나를 달래는 여동생 분선이와 함께 갑해는 양식을 구하러 나간 어머니가 빨리 돌아오기만을 기다린다.

갑해는 학교에서 1～2등을 다툴 만큼 공부를 잘하지만 그마저도 오래 하지는 못할 거라고 생각한다. 지금은 이모부가 학비를 대주지만 그것이 언제까지나 계속되지는 못할 것이기 때문이다. 갑해는 아버지가 집안을 돌보지 않기 때문에 저희가 가난하게 산다고 생각하며, 보이지 않는 아버지를 향해 "죽어뿌리라, 어디서든 콱 죽고 말아뿌리라!" 하고 저주의 말을 내뱉기도 한다. 실제로 아버지 때문에 나머지 가족은 끊임없이 괴롭힘을 받는다. 한밤중에 경찰이 들이닥쳐 어머니를 걷어차며 아버지 있는 곳을 대라고 윽박지르다가 어머니를 지서로 끌고 가면 어린 세 남매는 무서운 나머지 서로 부둥켜안고 울면서 밤을 지새운다.

갑해는 어머니를 찾으려고 장터에서 술을 파는 이모네 집으로 간다. 어머니는 갑해를 보자마자, 누이들을 돌보지 않고 어디로 싸질러 다니느냐고 핀잔하며 몇대 쥐어박는다. 이모는 아이를 구박하는 어머니를 나무라고 숭국에 밥을 말아 조카에게 먹인 뒤 지서에 이모부가 있는지 알아보고 오라고 보낸다. 이모부는 관동대지진 때 일본인들한테 두들겨 맞아 절름발이가 되었으나 학식이 높아 동네 사람들이 존경하는 인물이다. 지서 주임과 먼 친척 뻘인 이모부는 아버지와 관련한 청을 넣기 위해 지서에 가 있는 것이다. 갑해는 배가 찬 뒤에야 비로소 아버지에 대한 연민과 그리움을 느낀다. 그러나 갑해가 가보니 아버지는 이미 지서 뒷마당에서 총살된 상태다. 이모부는 가마니를 젖히고 피에 얼룩진 아버지의 주검을 갑해에게 보여준다.

갑해는 어른이 된 뒤에도 이모부가 당시 왜 구태여 어린 자신에게 아버지의 주검을 보여줬는지 궁금하게 여긴다. 그러나 이 대목은 끝내 수수께기로 남는다. 왜냐하면 아버지가 총살당한 해에 6 · 25가 터지고, 이모부 또한 이 세상 사람이 아니기 때문이다.

「어둠의 혼」은 고학으로 일본 유학을 마치고 돌아와 해방 전후에 좌익 활동을 벌여 경찰에 쫓기는 생활을 하던 지식인을 아버지로 둔 소년의 '순진한 눈'을 통해, 해방기의 이념 대립과 이로 말미암은 혼란과 불안으로 소용돌이친 상황을 과거와 현재의 시점을 교차시키며 묘사한 작품이다. 소년의 '순진한 눈'으로 그려지는 소설은 아무래도 서술에 일정한 한계를 보일 수밖에 없다. 그 한계 때문에 이념 모순에 대한 분석이나 비판은 철저히 차단된다. 이 작품에서 드러나는 것은 거창한 이념이나 사회에 대한 소리 높은 비난이 아니라, 제목 '어둠의 혼'에서 느낄 수 있듯이 어둠의 혼을 뚫고 밝게 빛나는 세상이 오기를 바라는 작가의 간절한 마음이다.

대추나무 뒤편 하늘은 벌써 짙은 보라색이다. 나는 보라색을 싫어한다. 손톱에 들이는 봉숭아물도, 닭벼슬 같은 맨드라미꽃도, 코스모스의 보라색 꽃도 다 싫다. 어머니의 젖꼭지 빛깔까지도 싫다. 보라색은 어쩐지 아버지의 하는 일을 떠올리게 해주고 어머니의 피멍 든 얼굴을 생각나게 한다. 보라색은 또 말라붙은 피와 같고 캄캄해질 징조를 보이는 빛깔이다. 옅은 보라에서 짙은 보라로, 그래서 야금야금 어둠이 모든 것을 잡아먹다가 끝내 깜깜한 밤이 온다는 것은 참으로 무섭다. 이 세상에 밤이 없는 곳이 있다면 나는 늘 그곳에서 살고 싶다. 나는 빛 속에 함께 끼여 놀고 싶고, 또 빛 속에서 자고 싶다.

철없는 어린아이의 시선을 통한 관찰은, 이념이나 당대의 사회 모순을 직접적으로 거론하지 않고도 분단 문제에 접근할 수 있다는 점에서 꽤 효과적인 방법으로 보인다. 그러나 이런 방법은 작가가 정작 문제의 핵심에 다가서고 싶어도 '순진한 시선'의 한계 때문에 직접적으로 서술할 수 없다는 점에서 함정 또한 피할 수 없다. 이 때문인지 작가 자신도 소년의 시선을 통해 비극적 역사를 증언하던 방법에서 차츰 벗어나 전쟁과 분단의 고착화를 불러온 이념 대립과 갈등의 문제에 정면으로 부딪치는 방향으로 나아간다.

김원일은 1942년 경남 김해군 진영읍 진영리에서 태어난다. 1947년 그는 진영 대창국민학교에 입학하는데, 이 무렵 그의 아버지는 좌익 운동에 뛰어들어 읍내 좌익의 좌장 노릇을 한다. 1948년 좌익 운동에 대한 탄압으로 고향에서 활동하기가 어렵게 되자 그의 아버지는 가족을 이끌고 서울로 올라온다. 그의 가족은 아버지가 회계를 맡은 퇴계로 4가의 '영진공업사'에서 살게 된다. '영진공업사'는 알고 보면 남로당 아지트였고, 아버지는 그 때 남로당 책임 당원이었다. 6 · 25가 터지자 그의 아버지는 곧 서울시의 행정 업무를 맡는데, 인민군이 쫓겨 갈 때 함께 북으로 간다. 아버지의 월북으로 나머지 가족은 갖은 수난과 고통을 당한다. 특히 장남인 김원일은 아홉 살밖에 안 된 어린 몸으로 집안의 가장 역할까지 떠맡게 된다. 그의 일생을 따라다닌 '장자 의식'이라는 무거운 굴레는 자의에 의한 것이라기보다 남편이 떠난 뒤 고통스러운 세월 속에서 혼자 자식들을 키워야만 하는 고달픈 처지에 빠지게 된 어머니의 강요에 의해 덧씌워진 측면이 크다.

전쟁이 일어난 해인 1950년 10월 하순, 작가의 어머니는 장남인 그를 고향의 장터 거리에서 술을 팔던 '울산댁'에게 맡긴 채, 동생들을 데리고 대구로 간다. 작가는 1954년 초등 학교를 졸업한 뒤에야 대구의 가족과 합류하게 되는데, 이후에도 그는 신문 배달 등으로 학비와 생활비를 장만해야 하는 고된 일상에서 벗어나지 못한다. 수성중학교와 대구농림고등학교를 졸업할 때까지도 이 고단한 생활은 계속되는데, 작가는 어머니가 안겨주는 중압감과 가난의 굴레로부터 벗어나기 위해 때로 가출을 시도하지만 번번이 실패에 그친다. 작가가 이 시기에 겪은 고생과 마음의 고통은 전쟁 그 자체보다는 전쟁으로 말미암은 아버지의 부재, 또는 아버지의 월북으로 말미암은 주위의 따가운 시선과 어머니의 매몰참 등에서 비롯된 것이라고 할 수 있겠다. 이 모든 것이 모여 성장기의 작가를 소외, 억압, 불안, 고독의 세계로 이끌고, 이와 같은 성장기의 고뇌가 바로 그에게 강렬한 문학적 자극으로 작용했을 것이라는 점도 빼놓을 수 없는 대목이다. 1959년께 그는 이미 학생 잡지 『학원』에 단골로 투고하는 작가 지망생이 된다. 이 무렵에는 김화영 · 김원두 · 오탁번 · 이청준 · 조세희 · 조해일 · 이성부 등도 『학원』을 통해 문학적 재능을 선보인다.

1960년 김원일은 서울 서라벌예술대학 문예창작과에 입학함으로써 얼마 동안 어머니의 채근과 억압으로부터 벗어날 수 있게 된다. 작가의 고백에 따르면 서라벌예대 시절 그는 알코올과 재즈에 빠져들고, 한국 문학의 후진성을 매도하고, 서구 실험 소설에 심취하고, 음악실을 들랑거리고, 문우 김용성 · 신중신 · 조세희 · 조해일 · 이세방 등을 만난다. 작가는 대학 1학년 때 4 · 19를 겪는데, 특기할 만한 것은 그의 정치적 무관심이다.

> 1학년 때 4 · 19를 겪었고 이듬해 5 · 16으로 군사 정권이 들어섰다. 그러나 나는 정치 현실에는 별 관심이 없었다. "사상에 미쳐 처자식 놔두고 이북에 간 애비는 미친 놈이다." 란 원성을 귀에 딱지 앉을 만큼 듣고 자란 나는 정치나 사상이 거대한 허깨비로 보였고 이념 문제라면 애써 등을 돌렸다. 사상 · 좌익이란 말은 꿈에라도 찾아올까봐 진저리쳤다. 나는 경찰서와 지서로 끌려다닌 어머니의 뼈아픈 상처를 기억하고 있었던 것이다.
>
> 김원일, 앞의 책

서라벌예대 졸업 뒤 대구 청구대 국문과 3학년으로 편입해 공부하다가 징집된 그는 육군 사병으로 군 복무를 마친다.

1967년 3월 경북 청도에서 교사 생활을 하던 시절. 『현대문학』 장편 소설 공모전에 보낼 「어둠의 축제」 원고 뭉치를 들고.

김원일은 1966년 대구 『매일신문』 신춘 문예에 소설 「1961 · 알제리아」가 당선되고, 이듬해인 1967년 6월 『현대문학』 제1회 장편 소설 공모전에 「어둠의 축제」가 준당선되어 문단에 나온다. 1968년 청구대의 후신인 영남대를 졸업한 작가는 서울로 올라와서 주로 아동물을 출판하는 '국민서관' 편집부에 입사한다. 국민서관에 입사한 초기에 그는 거의 날마다 야근을 하고, 때로는 부근의 여관방에서 철야 작업까지 하는 고단한 직장 생활을 이어간다. 그는 주간, 상무, 전무직을 두루 거치며 17년 동안 성실하게 근무하다가 1985년에 국민서관에서 퇴사한다. 생활의 기틀이 잡히고 안정된 가정을 꾸리게 되면서 그는 드문드문 작품을 발표한다. 이렇게 내놓은 것이 단편 「소설적 사내」(1968) · 「그대 죽어 눈뜨리」(1969), 중편 「상실」(1971), 단편 「앓는 바다」(1971) · 「피의 체취」(1972) · 「빛의 함몰陷沒」(1972) · 「절망絶望의 뿌리」(1973) · 「바라암波羅庵」(1974) · 「잠시 눕는 풀」(1974) · 「오늘 부는 바람」(1975) · 「어둠의 사슬」(1977) 등이다.

작가는 초기 작품에서 6 · 25가 남긴 상처나 이념의 문제 등을 정면으로 다루는 것을 기피한다. 좌익 활동을 하다가 월북해버린 아버지 때문에 겪은 고통이 너무 커서 선뜻 내키지 않은 것이다. 그러나 1970년대에 들어서며 작가는 이런 문제를 마냥 묻어둘 수만은 없다고 생각하게 된다. 그 전환점이 된 작품이 1973년에 내놓은 「어둠의 혼」이다. 같은 해에 김원일은 초기 작품을 엮어 '국민서관'에서 첫 창작집 『어둠의 혼』을 펴낸다. 그는 1974년 「바라암」과 「잠시 눕는 풀」로 제20회 '현대 문학상'을 받고, 1975년 '예문관'에서 장편 소설 『어둠의 축제』를 출간한다. 1976년에는 '문학과지성사'에서 두 번째 창작집 『오늘 부는 바람』을 펴내고, 1977년에는 장편 「노을」을 연재하며 중편 「어둠의 사슬」, 단편 「어느 예언가」 · 「행복한 소멸」 등을 발표한다. 1978년 그는 단편 「절명」 · 「박명」 · 「달맞이꽃」 등을 내놓고, '문학과지성사'에서 펴낸 장편 소설 『노을』로 제4회 '한국 소설 문학상'과 제4회 '대한민국 문학상' 대통령상을 동시에 거머쥔다.

『노을』

가족사의 비극을 우리 민족이 겪은 수난의 역사, 분단 심화의 틀로 확대하고 있다는 점에서 분단 문학의 큰 성과로 꼽히는 『노을』

『노을』은 작가의 고향인 진영을 배경으로 하고 있다. 40대 중반이며 출판사 편집국장인 '나' 김갑수는 삼촌의 죽음을 전하는 부고를 받고, 소년 시절 떠나와 영원히 망각 속에 묻어두고 싶어하던 고향을 29년 만에 아들과 함께 찾는다. 『노을』에서는 이렇게 찾아간 고향에서 장례를 치르고 돌아오기까지 걸린 나흘 동안의 이야기가 펼쳐진다. 1 · 3 · 5 · 7장으로 구성되어 있는 현재 시간은, 2 · 4 · 6장으로 구성되어 있는 과거 시간과 중첩되고 대비됨으로써 소설 내부의 시 · 공간은 훨씬 넓어진다. '나'의 그 아픈 기억의 뿌리 끝에 잡리잡고 있는 것은 백정이었던 아버지 김삼조다. 아버지는 술, 도박, 계집질을 좋아하고 걸핏하면 폭력을 일삼아, 마을에서는 그를 '개삼조'라고 부른다. 어머니와 어린 자식들을 개 잡듯이 패는 건 예사이고, 하루는 노름판에서 시비가 붙어 상대방의 오른팔을 낫으로 끊기까지 한다. 이 일로 5년형을 받고 부산형무소에 갇혀 있던 아버지는 해방 덕에 감옥에서 곧 풀려난다. 더 기가 살아서 설치고 다니는 아버지를 견디다 못해 어머니가 누나를 데리고 집을 나가는 바람에, '나'와 동생 갑득이는 굶주림 속에서 설움의 나날을 보낸다.

언제부터인가 아버지는 빨갱이로 이름난 오추골의 고추 대장을 비롯해 마을의 좌익 청년들과 어울리더니, 기어이 좌익 폭동에 앞장서고, 나중에는 소 잡듯이 사람을 죽이는 일조차 서슴지 않는다. 우익 전경대에 의해 좌익 세력이 제압되자 아버지는 봉화산으로 피신한다. 어느 날 폭우가 쏟아지는 틈을 타 마을로 내려온 아버지는 양식을 구한 뒤, '나'를 데리고 다시 산으로 들어간다. 산 속에 깃들인 빨치산 대원들은 이내 월북파와 잔류파로 갈린다. 그 때 아버지는 '나'를 인민의 영웅으로 만들겠다며 북조선으로 데려가려 하지만, 우두머리인 배도수를 비롯한 다른 사람들이 어린 '나' 까지 데리고 월북하는 것은 무리라고 만류한다. 아버지는 월북파에 끼여 북으로 올라가고, '나' 는 배도수가 써준 소개장을 갖고 부산에서 서점을 경영하는 그의 친구를 찾아간다.

얼마 뒤 '나' 는 아버지 대신 지서에 끌려가 갖은 수모를 겪고 풀려난 어머니와 미국인 집에서 식모살이를 하던 누나와 만나 고향에 있는 동생 갑득이를 데려와 함께 살자고 다짐한다. 그러나 미군에게 몸을 짓밟힌 누나는 양공주 생활을 하다가 6 · 25 피난길에서 숨을 거두며, 나머지 세 식구는 뿔뿔이 흩어져서 살게 된다. 동생 갑득이는 지방에서 장사를 하고, '나' 는 출판사에서 일하며 고생 끝에 자리를 잡아 어머니를 모셔 온다. 그러는 동안 '나' 는 삼촌을 통해 아버지 소식을 전해 듣는데, 당시 생포된 빨치산의 입에서 흘러나온 얘기에 따르면, 아버지는 월북 도중에 전경대에게 포위되자 늘 품고 다니던 소 잡는 칼로 자결하는 것으로 삶을 마쳤다는 것이다.

이렇듯 고통으로 얼룩진 삶을 떠안긴 곳이기에, '나' 는 다시는 고향을 찾지 않으리라 다짐하며 살아온 것이다. 게다가 지난날의 어둠 속에서 망령이 기어나오는 낌새마저 감지되어 이마적에 들어 '나' 는 더욱 기분이 언짢던 참이다. 일본으로 밀항했다는 풍문만 남긴 채 사라진 배도수가 27년 만에 '나' 의 앞에 나타난 것이다. 다시 그를 만난 '나' 는 착잡한 기분을 떨쳐내지 못한다. 대부호의 맏아들로 태어나 고향에서 좌익 분자들의 우두머리로 이름을 날린 배도수는 무지한 '나' 의 아버지를 꼬드겨 좌익 사상에 물들게 하고 끝내 죽음에 이르게 한 장본인이자, 또 한편으로는 '나' 에게 소개장을 써줘 지금 이만큼이나마 자리를 잡고 살게 해준 '은인' 이기도 한 사람이기 때문이다.

백발의 배도수는 '나' 에게 그 동안 자신이 살아온 얘기를 들려준다. 그는 일본에서 15년 동안 조총련계로 활동하다가 '민단' 으로 전향한 뒤, 이제는 귀국해 고향에서 과수원을 지키며 여생을 보내고 있다. 그 뒤에 '나' 는 배도수가 '민단' 일로 절친하게 지내던 사람의 아들이라는 한 재일 교포의 출판 관련 부탁을 순순히 들어준다. 그런데 재일 교포 진필재는 민단 소속으로 위장한 조총련계 인물이어서, 얼마 뒤 '나'는 그 일로 기관에 연행되어 심문을 받는다. 다행히 '나'는 별다른 혐의가 드러나지 않아 경찰에서 간단한 조서만 쓰고 풀려난다. 배도수 또한 일부러 저지른 일이 아니라는 게 밝혀지긴 하지만, 잊고 싶은 과거가 새삼스레 불거져 나온 것에 '나'는 불쾌한 느낌을 지우지 못한다. 이런 연유로 '나'는 삼촌이 죽었다는 소식을 접하고서도 선뜻 고향을 찾고 싶은 마음이 들지 않은 것이다.

고향에서 며칠을 보내는 동안 '나'는 왠지 애틋한 감정이 솟구치고, 아버지에 대한 미움도 그리움으로 바뀌어간다. '나'는 고향을 떠나기 전, 지난날 아버지와 함께 빨치산으로 활동하다가 죽은 오추골 고추 대장의 아들인 치모와 함께 배도수의 과수원을 찾아가 이런저런 얘기를 나눈다. 서울행 열차에 몸을 실은 '나'는 차창 밖으로 비치는 노을을 바라보며, 객지에서 떠도는 동안 그토록 증오하고 잊으려 애쓴 고향이 어느 새 마음속에 자리잡고 있음을, "객지와 햇살과 비와 눈발 속에 떠돌면서도 뿌리만은 언제나 고향에다 내리고 살아왔음"을 깨닫는다. '나'는 "상처 깊은 고향이기보다는 내일 아침을 예비하는 다시 오고 싶은 고향일 수도 있으리라"는 생각을 하면서 집으로 향한다.

『노을』이 분단 문학의 주요 성과로 꼽히는 이유 가운데 하나는, 전쟁으로 빚어진 참상과 분단의 비극을 단순히 개인이나 집단의 이념 대립 차원에서 해석하지 않고 우리 민족 내부에 깊숙이 뿌리 내리고 있던, 왜곡된 봉건 사회 구조 속에서 투시해낸다는 점이다. 『노을』은 작가의 삶의 뿌리, 고통의 뿌리를 정면으로 파헤쳐 보여준 소설이다. 그 고통의 뿌리는 '아버지'로부터 비롯되고, 전쟁과 분단과 이념 대립의 역사로 얼룩진 아버지의 시대에 닿아 있다. 가족사의 비극을 우리 민족이 겪은 수난의 역사, 분단 심화의 틀로 확대하고 있다는 점에서 『노을』은 분단 문학의 큰 성과로 꼽힌다. 김원일의 분단 문학 속에서 나타나는 아버지의 의미를 평론가 류보선은 이렇게 짚어낸다. "아버지의 삶을 당시의 총체성 속에서 정확하게 위치지어야 한다는 인식을 보이고 있는 것이다. 이제 본래 그대로의 아버지의 모습을 복원해야 할 뿐 아니라, 당대의 총체성 속에서 아버지의 삶의 양상까지도 정확하게 자리매김해야 한다는 의식이 새로이 성립한 것이다. 이 때 그의 아버지는 작가 김원일의 아버지로서가 아니라 '공적 애비'로 확산되며, 그의 가족사의 수난도 민족사의 비극으로 확대된다."* 작가 김원일은 그의 소설 속에서 이념이나 민족 같은 거시 차원의 것이 아니라 나날의 삶을 버겁게 이어간 사람들, 그 사람들의 심리와 사소한 행위를 담아내려고 애쓴다. 이런 측면에서 김원일은 "이념보다는 개인과 삶, 이질성보다는 동화 가능성을, 파탄보다는 균형을 그리고 무엇보다도 적대감보다는 사랑에 더 마음을 쓰고 있는 작가"**라는 평을 듣기도 한다.

「도요새에 관한 명상」

당시 생소하던 환경 문제를 다루었다는 의의를 지닌 중편 「도요새에 관한 명상」을 표제로 삼은 창작집

1979년 김원일은 또 하나의 문제작 중편 「도요새에 관한 명상」을 내놓는다. 한 월남민 가족 내부의 갈등과 대립을 통해 실향민의 비애와 역사 참여 문제, 물질 만능주의에 대한 비판, 낙동강 하구언 공사 이후의 오염 상태를 둘러싼 환경 문제 등을 다룬 소설이 「도요새에 관한 명상」이다. 월남한 뒤로 무기력하게 살아가는 아버지, 이와 대조적으로 물질을 최고의 가치로 신봉한 나머지 부동산 투기를 일삼으며 일확 천금을 꿈꾸는 어머니, 학생 운동을 하다가 대학에서 제적당한 뒤 행동에 앞장서진 못하지만 되도록 세상을 순수하게 살아가려는 장남 병국, 어머니 쪽의 성향을 이어받아 물질에 대한 욕망과 이기심을 충족시키기 위해 수단을 가리지 않는 차남 병식. 작가는 이 소설에서 가족 사이의 갈등, 특히 형제인 병국과

* 류보선, 「어둠에서 제전으로, 비극에서 비극성으로」, 『작가세계』(1991 여름)
** 조남현, 「김원일론— '긴장'의 인간학, 그 분광」, 『한국 현대 작가 연구』(문학사상사, 1993)

병식의 갈등을 효과적으로 드러내기 위해 '도요새'라는 매개체를 내세운다. '자유'를 상징하는 이 도요새를 보호하기 위해 장남 병국은 훼손된 강의 실태를 조사, 연구하고 진정서를 낸다. 이 소설은 1980년대를 거치며 전세계에 걸쳐 심각한 문제로 떠오르는, 그러나 이 시기에는 아직 일반인에게 생소하게 느껴진 환경 문제를 문학 작품에서 다루었다는 점에서 커다란 의의가 있다. 또 「도요새에 관한 명상」은 1인칭 화자의 시점을 택하되, 사건과 사물의 해석과 관련해 주관화나 단순성을 피하기 위해 화자의 시점을 동생—형—아버지로 바꿔가고 있는데, 이런 수법은 이 시기의 문학 작품에서는 좀처럼 볼 수 없던 것이다.

1979년 김원일은 단편 「목숨」·「비가悲歌」·「모자母子」·「연」 등을 발표하고, '홍성사'에서 창작집 『도요새에 관한 명상』을 펴내는데, 표제작으로 제10회 '한국 창작 문학상'을 받는다. 1980년에 들어 그는 단편 「오누이」·「시골 여인숙」을 발표하고, 『문학사상』에 6·25 전후를 배경으로 하면서도 이전의 작품보다 훨씬 다양한 인물들이 벌이는 사건과 당대의 세태를 통해 전쟁과 분단의 원인을 좀더 총체적 시각에서 규명하고자 한 장편 「불의 제전」을 연재한다.

1981년 그는 어느 의사의 심부에 잠재해 있는 이기심을 파헤쳐 보인 「따뜻한 돌」과 함께 「사진 한 장」 등을 발표하고, 1982년 6·25 때 좌익 사상에 물든 아버지의 실종 이후 깊어진 할머니와 어머니 사이의 불화를 통해 현대사에 배어 있는 비애를 조명한 단편 「미망未忘」을 발표한다. 1983년에는 월북해 사는 동안 사회주의에 대한 환멸과 남녘의 가족을 향한 그리움을 키우던 인물이 제 심정을 담은 글을 바다에 띄워 보내는데, 이를 전달받은 가족이 고통과 무력감에서 헤어나지 못하는 것을 통해 분단의 상처를 복합적인 구도로 그려낸 「환멸을 찾아서」와 중편 「세상살이」 등을 발표한다. 같은 해 그는 '문학과지성사'에서 장편 소설 『불의 제전』 1·2권, '동서문화사'에서 창작집 『환멸을 찾아서』를 출간하고, 중편 「환멸을 찾아서」로 제16회 '동인 문학상'을 받는다. 이 무렵 작가는 여전히 전쟁, 분단, 통일 문제를 다루면서도 이전보다 한결 절제된 어조로 표현하려고 애쓴다. 그는 또 소외된 사람들을 짙은 연민의 시선으로 껴안는 한편, 이 황폐한 세계마저 너그럽고 긍정적으로 바라보려는 마음을 작품에 담게 된다.

1984년 김원일은 철도원의 아들로 장래가 촉망되던 주인공이 시위에 참여했다는 이유로 제적당한 뒤 상심의 나날을 보내다가 노동판에 끼여들고, 그 속에서 건실한 삶의 의미를 깨닫는다는 내용의 단편 「숨어 있는 땅」과 중편 「불망기不忘記」 등을 발표한다. 이 무렵 그는 단국대학교 대학원 국문과를 수료하고, 이어 17년 동안 몸담고 있던 '국민서관'에서 퇴사하는 등 몇 가지 일신상의 변화를 겪는다. 그는 곧 중앙대학교 예술대학에 출강하며, 경험에서 우러난 지식을 후학들에게 전수한다. 작가는 1985년에 장편 「바람과 강」과 연작 형태의 소설 「겨울 골짜기」를 내놓는 한편, 『학원』에 「불의 제전」 2부를 연재한다. 「바람과 강」은 일제 때 자신의 변절로 말미암아 많은 사람이 죽은 뒤 고뇌를 안은 채 바람처럼 방랑의 세월을 보내는 동안 인생의 덧없음과 초탈의 의미를 깨닫고 땅에 묻힘으로써 비로소 한 곳에 정착하게 되는 한 남자의 삶을 담아낸 작품이다.

전쟁 피난민들의 삶의 행태를 통해 고난에 찬 시대의 풍속도를 세밀하고 생생하게 축약해 보여준 『마당 깊은 집』

작가는 1986년 중편 「세월의 너울」, 단편 「어느 여름 저녁」 등을 발표하고 '요산 문학상'을 받는다. 1987년에는 중편 「깨끗한 몸」 등을 내놓고 장편 소설 『겨울 골짜기』 상 · 하를 펴내는 한편, 『중앙일보』에 「늘푸른 소나무」를 연재한다. 1988년 작가는 장편 소설 『마당 깊은 집』을 출간한다. 6 · 25 직후 어느 '마당 깊은 집'에 깃들인 한 가족과 주변 인물들의 다양한 삶의 행태를 통해 전쟁 피난민들의 고달픈 일상과 풍속을 세밀하고 생생하게 담아낸 이 작품은 얼마 뒤 일어와 불어로 번역되고, TV 드라마로도 만들어져 큰 인기를 모은다. 1990년 그는 중편 「마음의 감옥」으로 '이상 문학상'을 차지한다. 「마음의 감옥」에서 작가는 4 · 19 세대인 형의 세계와 1970년대와 1980년대를 투쟁 속에서 살아온 동생의 세계를 교차시키며 삶에 대한 진지한 성찰을 시도한다.

「마음의 감옥」은 작가의 가족사적 체험이 소설의 흐름에서 큰 비중을 차지하는 작품이다. 6 · 25 때 목사인 아버지가 인민군에게 끌려가던 도중 폭사爆死함으로써 아버지 대신 가장 노릇을 하게 된 어머니는 아이들에게 "도둑질말고는 부끄러버 할 끼 아무것도 없는기라." 하는 식으로 강인한 생존 욕구를 심어준다. 어머니는 강한 모성애를 보이며 타관의 모진 세파 속에서 형제를 키워낸다. 형은 4 · 19혁명에 참여하지만 이내 기성 체제에 녹아들어 소규모 출판사의 경영자로 살아가며 불의에 대해 방관자의 태도를 취하게 되고, 아우는 1980년대의 정치 사회적 혼란 속에서 노동 운동에 뛰어들어 투옥과 병원 생활을 되풀이한다.

폭압적인 정치 체제에 맞서 싸우던 동생의 죽음을 눈앞에 두고 형은 자신을 포함해 이기심과 일상에 안주하려는 욕망으로 비겁한 삶을 이어가는 사람들의 마음속에 동생이 "자신이 들어앉아 숨쉴 감옥 한 칸을 짓기 시작"했음을 깨닫는다. 6 · 25 때 피난살이 속에서 키운 강인한 생존 욕구와 4 · 19혁명의 시위 대열에 가담했을 때의 벅찬 흥분과 열기를 떠올린 형은 죽어가는 동생을 '거주 제한 구역'인 병원에서 빼돌려 자신이 사는 산동네로 피신시킨다. 이는 사소한 행위 같지만, 아우의 마지막 가는 길을 함께 하려는 형의 실천적 의지를 보여주는 것이다.

「마음의 감옥」에 나오는 동생 박현구는 사회 구조적 모순을 혁파하기 위해 몸과 마음을 바쳐 싸우는 열혈 운동권 학생이라고 할 수 있는 인물이다. 그러나 작가는 이 소설에서도 이념이나 영웅적 행위에 특별히 눈길을 주기보다는 인간 내부의 심층에 자리잡고 있는 타협할 줄 모르는 순수성과 의지를 그려내는 데 더 중점을 둔다.

김원일은 같은 해 대하 장편 소설 『늘푸른 소나무』 1부 1 · 2권을 펴내고 1991년에 들어 첫 산문집 『사랑하는 자는 괴로움을 안다』를 출간한다. 1992년 작가는 중편 「그곳에 이르는 먼길」을 발표한 뒤 이 작품을 책으로 펴내는 한편 5년여 동안 연재한 「늘푸른 소나무」를 마무리짓고, 이 작품으로 '우경 문화상'을 받는다. 1993년에는 계원학원 재단 이사를 역임하면서 전 9권짜리 대하 장편 소설 『늘푸른 소나무』를 출간하고, '예술문화사'에서 중편집 『마음의 감옥』을 내놓으며 '서라벌 문학상'을 받는다. 한국 문학의 중견으로 입지를 굳힌 작가는 1994년 중편 「믿음의 충돌」을 발표하는 등 꾸준히 저작 목록의 부피를 늘여가고 있다.

참고 자료

김윤식 · 정호웅, 『한국 소설사』, 예하, 1993

조남현, 「김원일론— '긴장'의 인간학, 그 분광」, 『한국 현대 작가 연구』, 문학사상사, 1993

김병익, 「'핏빛'에서 '가을볕'으로—김원일의 문학적 진전」, 『연』 작품론 · 연보, 나남, 1985

김현, 「달관의 역사적 의미」, 『바람과 강』 해설, 문학과지성사, 1985

김주연, 「모자 관계의 소외/동화의 구조—김원일 문학의 원숙을 바라보며」, 『마당 깊은 집』 해설, 문학과지성사, 1988

성민엽, 「소외된 삶을 껴안는 따뜻한 시선」, 『환멸을 찾아서』 해설, 태성, 1990

「김원일 특집」, 『작가세계』 1991 여름

오규원, 물신 시대 비틀기 또는 뒤집기

『순례』

세속 사회의
물신화 현상에 대한
시의 방법적 응전에
관심을 보여온
시인 오규원

자본주의 세계에서 '광고'는 공기와 같다. 우리는 거의 날마다 대중 매체를 통해 쏟아지는 광고 속에서 '숨쉬며' 산다. 태생적으로 자본주의의 구조 속에 예속되어 그 젖줄을 물고 몸피를 키워온 광고는 바로 이런 배경에 기댄 채 자본주의의 속성과 생리를 가장 숨김 없이 보여준다. 오늘날의 광고는 패러디, 혼성 모방, 낯설게 하기 같은 다양한 기법을 동원한다. 오랫동안 광고가 패러디하려고 애써온 대상 가운데 하나가 바로 시다. 그런데 시를 패러디해온 광고를 거꾸로 다시 패러디해 시 속으로 끌어들이는 시인이 있다. 그가 바로 오규원吳圭原(1941 ~)이다. 한동안 "도시적 서정성, 소시민의 일상성에 대한 반란, 그것도 광고 문투를 통한 야유와 풍자의 언어에 기반을 둔 언어 반란"*을 능기로 삼아온 시인은 1987년에 펴낸 『가끔은 주목받는 생이고 싶다』에서 본격적으로 광고를 시 속에 끌어들인 '광고시'를 선보이게 된다. "전통적인 서정시를 가지고는 자본주의라는 이 거대한 체제와 싸우기가 너무 힘들다."는 인식이 내면에서 싹트게 되자, 시인은 자본주의 사회의 속성과 현실을 비판하기 위해 과감하게 광고를 시 속에 끌어들이는 것이다. 시와 광고의 화간, 그 지점에서 오규원의 시는 누구도 흉내낼 수 없는 진면목을 드러낸다.

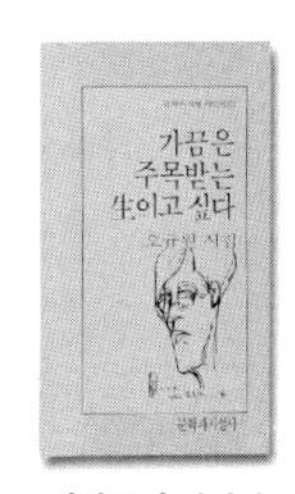

자본주의 사회의
속성과 현실을
비판하기 위해
시 속에 광고를
끌어들인
『가끔은 주목받는
생이고 싶다』

오규원은 1941년 경남 밀양군 삼랑진읍 용전리에서 6남매 가운데 막내로 태어난다. 본명은 규옥圭沃이고, '규원'은 필명이다. 정미소와 과수원을 소유하고 있던 아버지 덕분에 전형적인 농촌 마을인 고향에서 그는 꽤 유족한 어린 시절을

* 김주연, 「시와 구원, 혹은 시의 구원」, 『문학과 사회』(1999 가을)

보낸다. 그러나 초등 학교 시절에 겪은 어머니의 갑작스런 죽음과 6 · 25는 그의 삶에 원체험으로 작용한다. 시인은 "나의 유년은 열두 살로 끝"났으며, "나의 유년이 끝남과 동시에 나는 도시로 떠돌기" 시작했다고 털어놓는다. 부산중학교 1학년 때 누이 집에서 기숙하고, 2학년 때 대학생과 고등 학생이던 다른 형제들과 자취 생활을 한 그는 이어 숙부 집에서 얹혀 지낸다. 이 시절 그는 대본 가게와 일본 유학생 출신인 숙부의 장서를 통해 책읽기에 재미를 붙이고, 시 비슷한 것을 흉내내기도 한다. 그는 부산중학교를 졸업한 뒤 부산사범학교에 진학한다. 호적상으로 열여섯 살이 되던 해(그는 호적에 1944년으로 올라 있다.)에 사범 학교를 졸업한 그는 부산 사상국민학교 교사로 부임한다. 시인은 "터무니없는 어린 나이에 사령장을 들고 국민 학교 교사로 부임을 하러 간 나의 눈에, 다른 어느 것보다 그 학교의 화단에서 처음 본, 화단에 가득했던 달맞이꽃을 신기해 하며, 한참 바라보고서야 현관을 들어설 만큼 병들어 있었다."고 어느 글에서 밝힌 바 있다. 그는 교장, 교감, 장학사와 부딪치며 학교를 옮겨 다닐 만큼 어린 나이에 시작한 교사 생활에 쉽게 적응하지 못한다. 교편을 잡은 다음해 그는 동아대 법학과에 들어가 공부를 계속한다.

1962년 사범 학교를 졸업한 뒤 교직에 나가 선배 교사들과 함께. 뒷줄 왼쪽이 오규원.

1973

1964년 신춘 문예에 응모했다가 떨어진 오규원은 습작품들을 정리해 『현대문학』에 보낸다. 이를 좋게 읽은 김현승에 의해 그는 1965년에 『현대문학』의 추천을 받게 된다. 그는 같은 해 5월 군에 입대해 논산에서 신병 훈련을 마치고 대구 군의학교에서 교육을 받던 중에 초회 추천작인 「겨울 나그네」가 실린 『현대문학』 7월호를 접하게 된다. 1967년 「우계의 시」로 2회 추천을 받은 그는 1968년 10월 「몇 개의 현상」으로 추천 과정을 마치며 "감성과 지성을 갖춘 신인"으로 문단에 나온다. 그는 부산 3육군병원의 수술실, 비뇨기과, 정형 외과를 거쳐 진료 원장실에서 의무 행정을 담당한 끝에 1967년에 군에서 제대한다. 1969년 2월 동아대 법학과를 졸업한 그는 '한림출판사' 편집부에서 근무하며 비로소 생활의 안정을 찾는다. 1971년 오규원은 첫 시집 『분명한 사건』을 펴내는데, 이즈음 그는 자신의 작품 세계에 대해 이상의 입을 빌려 다음과 같이 말한다.

그가 『분명한 사건』을 쓸 무렵에는 그의 의식은 비교적 순수했어요. 언어에 대한 믿음이 깊었다고나 할까, 혹은 시에 대한 인식이 그랬다고나 할까요. 허나 대상을 명확히 묘사하려고 할 때 언어는 항상 대상의 편이 되어 그로부터 멀어져 갔지요. 결국 그는 자신이 틈입할 수 있는 글을 모색하지 않을 수 없었어요. 『분명한 사건』의 언어는 대상을 객관적으로 드러내는 일에 한해서는 그의 편이었지만, 그 자신의 삶을 표백시키고 있었다는 점에 있어서는 그를 배반하고 있었지요.

오규원, 『길 밖의 세상』(나남, 1987)

1971년 시인은 "서울특별시特別市 개봉동開峰洞으로 편입되지 못한/경기도京畿道 시흥군始興郡 서면西面 광명리光明里"로 이사한다. 거주지를 옮기는 것과 거의 같은 시기에 그는 태평양화학 홍보실로 직장을 옮긴다. 1973년에 들어 그의 두 번째 시집 『순례』가 나온다. 이 시집의 표지는 김승옥이 맡고, 발문은 김현이 쓴다. 이 무렵부터 1975년에 '민음사'의 '오늘의 시인 총서'로 내놓은 『사랑의 기교技巧』에 이르기까지 시인의 머릿속을 채우고 있던 것은 언어에 대한 자의식, 바꿔 말해 언어에 대한 집착이다.

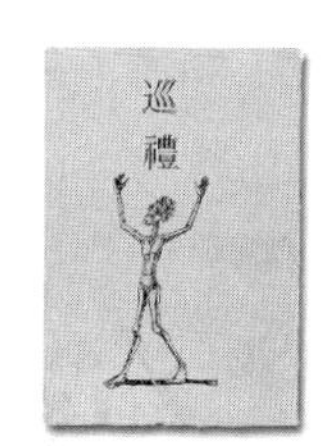

김승옥이 표지를 맡고 김현이 발문을 쓴 두 번째 시집 『순례』

나를 확신하기 위하여/나의 말을 믿는다/만상萬像을 확실하게 하기 위하여/나는 말을 믿는다/……/꽃을, 꿈을, 한국을, 인간을 하나의 대명사로 믿을 때, 꽃도 꿈도 한국도, 물론 인간인 그대도 행복하다. 행복하기를 바라는 사람은 믿으라. 이 말은 예술의 말이 아니므로 믿으라.

오규원, 「말」, 『순례』(민음사, 1973)

그의 언어에 대한 예민한 자의식은, 인간은 끊임없이 세계를 의미화하고 조직화하는 존재인데, 그 방법적 도구가 언어라는 생각에서 비롯된 것이다. 시인은 언어를 물고 늘어지며 그 언어와 장난질을 한다. 시인의 초기 시들이 자주 언어 유희적인 측면을 드러내는 것도 이런 까닭이다.

1979년 시인은 한동안 "밥을 벌어먹고 있던" 직장 태평양화학을 그만두고 출판사 '문장'을 차린다. 이 출판사를 경영하며 시인은 자신이 사사한 『김춘수 전집』과 『이상 전집』 등을 비롯해 50여 권의 단행본을 펴낸다. 1983년에 들어 시인은 출판사를 그만두고 서울예술전문대학 문예창작과 전임 교수로 자리를 옮긴다. 이 사이 그는 『왕자가 아닌 한 아이에게』(1978) · 『이 땅에 씌어지는 서정시』(1981) 등의 시집을 '문학과지성사'에서 펴낸다. 이 두 시집은 굳어진 형식 자체를 해체하고 기존의 시적 언어들을 비틀어 써야만 직성이 풀리는 그의 해체 · 재구성의 능기가 발휘된 마당이다.

오규원의 다섯 번째 시집인 『가끔은 주목받는 생이고 싶다』에 실린 작품들은 시인 스스로 말하고 있듯이 상품 광고 문안, 즉 "상품적 메시지를 그대로 시 속에 옮기는" 관념 해체, 형식 파괴 등을 실험한 시들이다. 그 시편들은 편안하고 아름다운 서정시를 즐기려는 독자의 기대를 여지없이 무너뜨리며 의식을 아주 불편하게 만든다. 성급한 사람들은 도대체 이런 게 시라면 세상에 시 아닌 것이 어디 있느냐고 말할지도 모르겠다. 어쩌면 마저 읽기도 전에 시집을 집어던질지도 모를 일이다. 상품 광고, 텔레비전의 광고, 영화 광고, 상표, 상품 포장 안내문 등을 그대로 시 속에 옮기는 것을 시인은 "방법적 인용" 또는 "인용적 묘사"라고 말한다. 과연 이런 파격적 시작 행위의 뒤에 숨어 있는 시인의 의도는 무엇일까?

오규원의 시들은 세속 사회의 세속화에 대한 시의 방법적 응전이라는 면에서 더할 수 없이 날카롭고 신랄한 풍자와 야유의 독기를 품고 있다. 왜냐하면 시인의 판단에 따르면 이런 흐름이 우리 삶의 진정성을 훼손하고, 기만하며, 인간의 가치와 의미를 물신적 차원으로 끌어내리는 까닭이다. 바꿔 말해 허구의 욕망을 창출해 행복의 신기루를 보여주고(「MIMI HOUSE」), 암시적인 성적 자극을 통해 상품 광고의 소구력을 드높이기(「롯데 코코아 파이 C. F.」) 때문이다. 이런 시는 모두 비진정한 가치 체계의 지배를 받는 세속 사회에서의 인간의 물질주의적 행복과 욕망의 헛된 추구, 그 허구성과 기만성을 폭로한다. 아울러 이런 시는 물신주의에 대한 분노를 머금은 야유이자, 시와 상품 광고 문안을 등가시等價視함으로써 타락한 세계 앞에서 전투력을 상실한 시 자체의 무력함에 대한 야유까지 겸한다(「가끔은 주목받는 생이고 싶다—슈발리에」).

1.「양쪽 모서리를/함께 눌러 주세요」//나는 극좌와 극우의/양쪽 모서리를/함께 꾸욱 누른다//2.따르는 곳/⇩//극좌와 극우의 흰/고름이 쭈르르 쏟아진다//3.빙그레//——나는 지금 빙그레 우유/200㎖ 패키지를 들고 있다/빙그레 속으로 오월의 라일락이/서툴게 떨어진다//4.⇨//5.⇨를 따라/한 모서리를 돌면//빙그레—가 없다//다른 세계이다//6.⇧ 따르는 곳을 따르지 않고/거부한다//다른 모서리로 내 다리를/내가 놓는 오월의 음지를/내가 앉는 의자의/모형을 조금씩 더/옮긴다…… 이 지상地上/이 지상 오월의 라일락이/서툴게 떨어진다

오규원, 「빙그레 우유 200㎖ 패키지」, 『가끔은 주목받는 생이고 싶다』(문학과지성사, 1987)

빙그레 우유 곽에 나와 있는 안내문을 읽으며 시인은 잠시 장난기 섞인 명상의 세계로 들어선다. "극좌와 극우의/양쪽 모서리를/함께 꾸욱" 누르는 시인의 속을 더듬어보면, 그 행위의 결과 "흰 고름"이 쏟아진다는 시인의 상상을 추동하는 것은, 극좌/극우의 대립, 그 단선적 흑백 논리에 의한 가치 판단의 병폐와 그 단세포적 의식 구조에 대한 역겨움과 강한 부정 정신이다.

자아바, 자아바/쿵(발을 구른다)/고올라, 자바/짝짝(손뼉을 친다)/아무 놈이나/쿵, 짝짝//자아바, 자아바/쿵(발을 구른다)/고올라, 자바/짝짝(손뼉을 친다)//여기는 남대문 시장 오후의/난장이다 티를 파는 이씨는/리어카 위에 올라 육탁肉鐸을 친다/하루의 햇빛은 쿵 할 때마다 흩어지고/짝짝 손뼉에 악마구리처럼 몰려오고/여자들은 제각기 두 발로 와서/이씨의 가랑이 밑에 허리를/구부린다 엘리제 카사미아 캐논 히포/아놀드 파마 새미나 마리안느를/두 손으로 잡는다 건방진 여자들/한 손으로 제 얼굴까지 바싹 끌어당긴다//상가의 건물은 금강金剛의 영혼으로/여자들의 어깨를 짚고/여자들은 우뚝 선 이씨 무릎 아래 엎디어//자아바, 쿵/(잡는다)/고올라, 자바/짝짝/(골라 잡는다)/고올라, 고올라/(잽싸게 고른다)/자바자바/(끌어 당긴다)//여기는 서울의 난장이다/이씨는 잡히는 대로 티를/구석으로 팽개친다//자바자바/그놈/골라 자바/그놈

오규원, 「'자바자바' 셔츠」, 앞의 책

이 시는 남대문시장에서 티셔츠를 파는 이씨의 호객 행위와 거기에 이끌려 악마구리처럼 몰려든 여자들이 "이씨의 가랭이 밑에/허리를 구부"리고, "엘리제 카사미아 캐논 히포/아놀드 파마 새미나 마리안느"를 고르는 풍경을 보여준다. 이 난장의 풍경을 통해 시인은 자신이 전달하려는 메시지를 직접적으로 언술하지는 않는다. 시인은 다만 그 풍경을 보여줄 뿐인데, 이는 그의 말대로 "인용적 묘사"다. "상가의 건물은 금강의 영혼으로/여자들의 어깨를 짚고/여자들은 우뚝 선 이씨 무릎 아래 엎디어"라는 구절에 암시되어 있듯이 그는 물건의 구매에 정신이 팔린 인간들의 우스꽝스러운 모습을 물신주의의 성전聖殿에 모인 광신도들로 희화화하며, 물신 숭배에 사로잡힌 인간들에게 야유를 퍼붓는다. 이 야유와 노골적인 비꼼은 객관적 묘사의 적확성으로 빛난다. 오규원의 작품들은 자본주의적 속성을 공공연하게 드러내며, 또 그 속의 모순과 문제들을 날카롭게 제기하는 상품 광고의 방법적 인용 또는 인용적 묘사를 통해 산업 사회에서 발흥한 세속주의의 한 상징인 광고에 의한 대중 조작(또는 마취!)에 강력한 시적 대응을 보여준 사례로 꼽힐 만하다.

1989년 연암 문학상 시상식장에서 작가 최인훈(왼쪽)과 함께

오규원은 1990년대에 들어와서 세 권의 시집을 더 펴낸다. 『사랑의 감옥』(1991) · 『길, 골목, 호텔 그리고 강물 소리』(1994) · 『토마토는 붉다 아니 달콤하다』(1999)가 그것이다. 그런데 『길, 골목, 호텔 그리고 강물 소리』에서부터, 자본주의 세속 사회의 속물성과 타락에 대한 역겨움을 풍자와 비판의 언어로 난도질하는 것을 능기로 삼아온 시인은 작은 변화의 낌새를 보여준다. 시집의 제목으로 드러나 있는 "길, 골목, 호텔" 등은 자본주의 세속 사회의 실상을 집약적으로 보여주는 도시의 표상물들이다. 시인의 눈길과 관심은 여전히 도시에 머물러 있지만, 한편으로 귀는 '강물 소리'를 쫓아간다. 이는 오랫동안 관념적으로 세상을 보는 데 익숙해져 있던 시인이 인간 중심적 사고의 습성인 자의적인 사고의 틀을 벗어나 있는 그대로의 자연을 발견했음을 보여주는 중요한 낌새다.

자의적인 사고의 틀을 벗어나 있는 그대로의 자연을 보여주기 시작한 『길, 골목, 호텔 그리고 강물 소리』

1973

그때 나는 강변의 간이 주점 근처에 있었다/해가 지고 있었다/주점 근처에는 사람들이 서서 각각 있었다/한 사내의 머리로 해가 지고 있었다/두 손으로 가방을 움켜쥔 여학생이 지는 해를 보고 있었다/젊은 남녀 한 쌍이 지는 해를 손을 잡고 보고 있었다/주점의 뒷문으로도 지는 해가 보였다/한 사내가 지는 해를 보다가 무엇이라고 중얼거렸다/가방을 고쳐쥐며 여학생이 몸을 한 번 비틀었다/젊은 남녀가 잠깐 서로 쳐다보며 아득하게 웃었다/나는 옷 밖으로 쑥 나와 있는 내 목덜미를 만졌다/한 사내가 좌측에서 주춤주춤 시야 밖으로 나갔다/해가 지고 있었다

이것은 "관념을 통해 관념을 허물기"라는 시인의 오랜 시적 관행으로부터 벗어난, 이 시기를 대표하는 작품 가운데 하나인 「지는 해」다. 해질녘의 강변 풍경을 "있는 그대로" 보여주는 이 시는 오규원 시 세계의 변화를 반영한 작품이다. '관념'이란 현상에 대한 인간 중심적인 해석의 산물이다. 그런데 이 시에는 아무리 눈을 씻고 봐도 관념은 없고, 명징하게 드러나 있는 실재에 대한 환유적 묘사만 있다. 「지는 해」는 관념에서 실재로, 도시에서 자연으로, 방법적 해체에서 날(生) 이미지 드러내기로, 그의 관심과 시적 방법이 주목할 만한 변화의 기로에서 있음을 느끼게 해준다. 시인은 1991년께 만성 폐쇄성 폐 질환 진단을 받고 거처를 도시에서 자연과 한결 가까이할 수 있는 지방으로 옮기는데, 어쩌면 이런 환경의 변화와 시 세계의 변화가 맞물려 있는지도 모를 일이다.

참고 자료

김병익, 「물신 시대의 시와 현실」, 『상황과 상상력』, 문학과지성사, 1979
김승희, 「시는 패배이니 승리는 오해 마라」, 『영혼은 외로운 소금밭』, 문학사상사, 1980
정과리, 「관념 해체의 비극성」, 『문학, 존재의 변증법』, 문학과지성사, 1985
신범순, 「가벼운 언어의 폭풍 속에서 시적 글쓰기의 검은 구멍과 표류」, 『세계의 문학』 1991 가을
김정란, 「살의 말, 말의 살 또는 여자 찾기」, 『오늘의 시』 1992 상반기
김주연, 「시와 구원, 혹은 시의 구원」, 『문학과 사회』 1999 가을
「오규원 특집」, 『작가세계』 1994 가을

김윤식, ‘근대적인 것’의 의미 찾기

『한국 근대 문예 비평사 연구』

100권이 넘는 저서를 내놓은 다산성의 현장 비평가이자 근대 문학 연구가인 김윤식

“우리 지성사에서 전무 후무한 다산성의 비평가—학자”* 로 꼽히는 문학 평론가이자 근대 문학 연구가이고, 서울대학교 인문대 국문학과 교수인 김윤식金允植(1936~)의 첫 저술은 『한국 근대 문예 비평사 연구』다. 그는 박사 과정을 이수하는 동안 줄곧 이 원고에 매달리는데, 집필을 마무리한 것은 1967년 가을의 일이다. 집필을 마친 뒤 그는 원고 뭉치를 들고 여기저기 출판사를 기웃거리지만 선뜻 책으로 펴내겠다는 곳이 나서지 않는다. 출판사들의 재정 사정이 어렵기도 했지만, 그 원고의 내용 또한 문제가 된다. 그 원고는 임화 · 김남천 · 한설야 · 이기영 · 안함광 · 송영 · 이북만 · 조벽암 등을 중심으로 하는 ‘카프 연구’를 담고 있어서, 반공 이데올로기의 서슬이 시퍼렇던 시절에 출판사들은 그것을 책으로 만들어 내놓을 엄두를 좀처럼 내지 못한다. 몇몇 출판사를 떠돌던 이 원고 뭉치가 우여 곡절 끝에 한 신생 출판사에 의해 책으로 나온 것은 1973년의 일이다.

반공 이데올로기가 활개를 치던 시절에 ‘카프 연구’의 성과를 담아 내놓은 김윤식의 첫 저서 『한국 근대 문예 비평사 연구』

김윤식은 1936년 8월 10일 경남 진영에서 태어난다. 마산동중과 마산상고를 거친 그는 서울대학교 사범대 국어교육과를 졸업한다. 그는 서울대학교 대학원 국문학과에서 석사 과정을 밟으면서 우리 근대 문학에 대한 연구를 시작한다. 1962년 그는 『현대문학』에 평론 「문학사 방법론 서설」이 추천되어 문단에 나온다. 어릴 적에 둘째누나의 책을 훔쳐보는 것으로 시작된 그의 독서 편력은 마산

* 고종석, 『책읽기 책일기』(문학동네, 1997)

에서 중학교와 고등 학교를 다니던 시절에도 계속된다. 책읽기를 통해 그는 자연스럽게 문학에 열정을 갖게 된다. 이런 열정은 1950년대 후반 염색한 군복을 걸치고 커다란 군화를 신은 대학생 김윤식을 청계천 헌책방 거리에서 헤매게 만들며, 심지어 군대 시절에도 달빛의 도움을 받아 독서 삼매경에 빠져들게 한다. 1965년 서울대학교 대학원에서 박사 과정까지 모두 마치고, 1968년 서울대학교 교양 과정부 전임 강사에 임명되기까지 그는 국립도서관, 한국연구도서관, 고려대학교 도서관에서 자료 수집에 전념한다. 바로 이 시기에 수집한 자료가 『한국 근대 문예 비평사 연구』의 밑거름이 된다. 방대한 저술의 기획과 구상 단계에서 자료 수집까지 포함해 준비 작업을 충분히 한 다음 비로소 집필에 들어가는 철저함은 사실史實 복원을 일차 목표로 삼는 그의 실증주의적 글쓰기의 태도를 엿보게 한다.

1970년부터 1년 동안 김윤식은 하버드 옌칭 뉴 프로그램 장학금으로 일본 도쿄대학교 동양문화연구소에서 유학 생활을 하며 전공을 문예 비평사 쪽으로 굳히고 근대 문예 비평사 연구에 심혈을 기울인다. 논쟁사, 이론사, 창작 비평사, 현장 비평사를 포괄하는 문학사 기술은 모든 문학 연구의 기본이자 궁극의 목표다. 현대 한국 문학은 1930년대 중반을 넘으며 임화의 『신문학 연구』를 시작으로 근 · 현대 문학의 사적 체계를 세우려는 많은 연구자와 비평가를 배출한다. 이 가운데 김윤식은 한국 근 · 현대 문학 연구 분야에서 누구와도 비교할 수 없는 뚜렷한 성과를 남기고 있다. 『한국 근대 문학의 이해』(1973) · 『근대 한국 문학 연구』(1973) · 『한국 근대 문학 사상』(1974) · 『한국 근대 작가 논고』(1974) · 『한국 현대 문학사』(1976) · 『속 한국 근대 문학 사상』(1978) · 『한국 근대 문학 양식 논고』(1980) · 『속 한국 근대 작가 논고』(1981) · 『한국 현대 문학 비평사』(1982) · 『한국 근대 문학과 문학 교육』(1984) · 『한국 근대 문학 사상사』(1984) 등으로 이어지는 저술들은 그

한국 근·현대 문학에 대한 집요한 탐구욕과 생산적 글쓰기의 결과물들

의 비평적 관심의 중심에 한국 근 · 현대 문학 사상사가 놓여 있음을 보여준다. 한국 근 · 현대 문학 연구에 대한 그의 집요한 탐구욕과 생산적 글쓰기가 없었다면 한국 근 · 현대 문학 연구의 볼륨은 형편없이 얇았을 것이 틀림없다. 그의 근 · 현대 문학 연구의 화두는 한국인에게 '근대적인 것' 이 갖는 의미가 무엇이냐 하는 것이며, 이는 곧 근 · 현대 문학 연구자인 그 자신의 무의식 속에서 소용돌이치고 있는 정체성 찾기의 연장선 위에 놓여 있다. 그는 '근대성' 이라는 용어의 개념과 범주를 '가치 중립성', '중인 의식', '합리성', '균형 감각', '일상적 삶의 감각', '방관자의 심리적 메커니즘', '역사적 상대주의', '도저한 허무주의' 로 확대하거나 변용한다.* 그가 신채호 · 이광수 · 김동인 · 주요한 · 나도향 · 김교신 · 양주동 · 김남천 등을 집요하게 읽어내고, 카프 문학과 임화 · 이상 · 김동리에 대한 뛰어난 연구 저술들을 낳은 근본 동력은 '근대적인 것' 의 본질과 의미를 규명하려는 의지에서 비롯된 것이다.

김윤식은 문학사 기술에서 세 가지 요체를 강조하는데, 이는 텍스트와 역사 자료 그리고 이론적 방법이다. 그는 작품 내용의 분석뿐 아니라, 작품 생산자인 작가의 가족사적 배경, 인간 관계, 작가를 둘러싼 시대 상황과 정신사, 당대의 다양한 문화적 맥락을 함께 실증적인 방법으로 검토한다. 방대한 독서량, 엄청난 품을 들인 치밀한 자료 수집, 사실史實 복원을 위해 기울인 집요한 노력이 뒷받침되지 않았다면 그의 저술들은 나오기 힘들었을 것이다. 그가 스스로 밝힌 『이광수와 그의 시대』의 집필에 얽힌 뒷얘기는 그의 이와 같은 글쓰기의 태도를 엿보게 한다.

지속적인 쓰기가 가능하려면 물론 먼저 자료 수집이 충분히 돼야 합니다. 내가 일본에 가서 이광수 자료를 찾아 헤맨 것도 그 때문이었지요. 그 헤맴 끝에 『개조改造』 잡지에서 일본어로 된 「만 영감의 죽음」을 찾아들었을 때, 아, 이제는 쓸 수 있겠구나, 하는 생각이 들었어요. 그래

* 고종석, 앞의 책

서 계획된 여정을 남겨 놓고 세밑에 부랴부랴 다시 돌아온 겁니다. 그리고는 정초부터 썼어요. 쭉 써 가는데, 4월이 되면서 붓방아를 찧었지요. 자료 조사가 미진했던 겁니다. 춘원이 빛날 때가 아니라 어두울 때, 춘원이 뻗어갈 때가 아니라 주춤거릴 때, 그를 붙잡아 준 사람을 찾지 않으면 글을 쓸 수 없다는 생각이 들었어요. 그래서 춘원이 위태로울 때 안식을 찾던 홍지동 산장, 봉선사 근처를 글이 써지지 않을 때마다 돌아보고 기웃거렸는데, 거기서 춘원의 삼종제 이학수를 발견했습니다. 그래서 다시 글을 쓸 수 있었는데, 유월이 되니까 또 막히는 거지요. 총독부와 어깨를 나란히 했던 이광수가 가능하기 위해서는 또 누군가 있지 않으면 안 된다, 이런 생각으로 집필을 중단하고 한 달 동안 도서관에 파묻혔습니다. 『경성일보』와 『매일신보』를 다시 뒤지기 시작했지요. 그리고는 이 신문들의 사장이자, 총독부 고문이었던 아베와의 관계를 찾아낸 것입니다. 그렇게 해서 이광수의 후기 행적이 다시금 선명해질 수 있었지요.

고종석은 김윤식에 대한 짧은 글에서 "김윤식이라는 이름은 동사 '쓰다'의 주어처럼 보인다."고 말한 바 있다. 김윤식은 거의 하루도 쉬지 않는 꾸준한 글쓰기를 통해 비평가로 이름을 세운 이래 2백자 원고지 10만 장을 훨씬 웃도는 엄청난 분량의 원고를 생산한다. 그의 유명한 하루 20장씩이라는 글쓰기의 리듬이 정식화된 것은 1980년대에 들어서면서부터의 일이다.

하루 20매란 말하자면 내 건강의 리듬 감각입니다. 그 이상도 그 이하도 나에게는 부적합했어요. 그러니까 하루 70매를 쓸 때는 사흘을 앓고, 또 하루 3매밖에 쓰지 못할 때도 또 사흘을 앓았습니다. 이렇게 해서 20매의 분량이 나의 리듬 감각이라는 것을 알았는데, 지금은 암만해도 그렇게 할 수 없지만, 그때는 그렇게 해서 몇 달씩이라도 지속할 수 있었어요.

이렇게 해서 그는 독립적인 전기 비평의 전범으로 꼽히는 『이광수와 그의 시대』(1986)를 시작으로 『염상섭 연구』(1986)·『안수길 연구』(1986)·『김동인 연구』(1987)·『이상 연구』(1987)·『임화 연구』(1989)·『박영희 연구』(1989)·『김동리와 그의 시대』(1995) 같은 평전을 쓰며 1980년대를 보낸다.

그를 여느 문학 연구자나 비평가와 차별화시키는 것 가운데 하나는 현장 비평가로서의 감각 유지를 위해 그가 들이는 노력에서 찾을 수 있다. 그는 현장 비평의 가장 현장다움을 담보하는 '월평' 형식에 누구도 견줄 수 없을 만큼 많은 시간과 노력을 쏟아붓는다. 그는 한시도 쉬지 않고 대가의 작품에서 갓 등단한 신인 작가의 작품에 이르기까지 각종 공식 지면에 실리는 숱한 작품을 찾아 읽고 이런 것에서 의미를 길어올리며, 이를 문학사 안에 자리매김하는 일을 묵묵히 해낸다. 그가 현장의 소설 읽기를 통해 문학과 연관된 현장 감각을 유지하는 데 이토록 공을 들이는 것은 "문학의 변화에 대한 세밀한 감각의 유지 없이는 문학사 연구도 불가능하다."고 생각하기 때문이다.

> 일반적으로 문학 이론은 문학의 원리, 범주, 기능 양식 등을 포함하는 넓은 개념이라면 비평은 작품의 구체적 평가와 해명이며 문학사는 문학 이론과 비평 양자로부터 관점을 부여받아 문학을 역사적으로 체계화하는 것이라 할 수 있다. 그런데 이는 서로 상관된 영역들이자 개념으로 운용하기 어렵다는 사실이다. 문학 이론을 생각지 않고는 비평을, 비평을 생각하지 않고는 문학사를 상상할 수 없다는 것이다.
>
> 김윤식, 『근대 한국 문학 연구』(일지사, 1973)

문학사 기술은 문학 비평가들의 마지막 착지다. 김윤식이 현장 비평에서 눈길을 떼지 못하고 다른 비평가들이 무게를 크게 싣지 않는 '월평'에 열심인 이유도 바로 여기에 있다. 앞서 말한 대로 그에 따르면 문학사 기술의 세 가지 요체는 텍스트, 역사 자료, 이론적 방법이다. 놀라운 독서량과 자료 수집에 들이는 공, 외국 이론과 동향의 기민한 수용과 적용 등은 문학사 기술에 대한 그의 남다른 열망을 보여준다. 그는 역사적 실증주의와 해체적 분석주의를 결합하는 데서 문학사 기술의 방법론을 찾아내고, 헤겔 · 루카치 · 골드만 · 바흐친 · 푸코 등에서 비평 이론의 전거를 끌어낸다. 그러나 더러는 김윤식의 다작을 염두에 두고 그 저작물의 방만함, 논리적 정교함과 함량에 대해 의심의 눈초리를 보내는 사람도 없지 않다. 그를 비판하는 이들은 비약이 심하고 의미의 맥락이 툭툭 끊기는 불친절하고 거친 문장, 뜻이 모호한 개념어의 남용, 이를테면 '이념과 형식의 등가 사상', '포플러의 사상', '현해탄의 사상', '사막의 사상', '내면 풍경의 사상' 같은 표현을 의심의 근거로 지적한다.

김윤식의 엄청난 저술량은 후학들을 질리게 만든다. 그의 저작물은 공저 · 편저 · 역서 등을 빼고도 100권이 넘는다. 그는 30여 년에 걸친 저술 활동의 업적인 이 저작물들을 정리해 1996년에 전 6권으로 된 『김윤식 전집』을 '솔출판사'에서 펴낸다. 제1권 『문학 사상사』, 제2권 『소설사』, 제3권 『비평사』, 제4권 『작가론』, 제5권 『시인/작가론』, 제6권 『예술 기행/에세이/연보』로 구성된 이 전집은 그 동안 김윤식이 한국 근 · 현대 문학 연구에 바쳐온 열정의 결정체이며, 아울러 '근대적인 것'의 의미를 묻는 데 대한 응답이다. 2000년에 들어 김윤식은 『초록빛 거짓말, 우리 소설의 정체』를 '문학사상사'에서 내놓는다. 이 현장 비평집이 바로 그의 100권째 저서다. 그는 한국 근 · 현대 문학 연구의 부피를 늘려오는 동안 현대 문학상(1973), 제1회 대한민국 문학상 평론상(1987), 제1회 김환태 문학 평론상(1989), 팔봉 문학상 등을 받는다.

30여 년에 걸친
저술 활동을 정리해
1996년에
전 6권으로 내놓은
『김윤식 전집』

김윤식은 자신의 비평은 "손끝으로 쓰는 것이 아니라 발로 쓰는 것"이라고 말한 바 있다. 그가 한국 근 · 현대 문학의 자료 수집을 위해 그린 동선을 따져보면 누구라도 이 말의 진실성을 수긍할 수밖에 없으리라. 그는 이제까지 한국 문학의 '현장'에 있었으며, 앞으로도 한국 문학의 현장을 지킬 것이다.

참고 자료

권성우, 「비평이란 무엇인가 — 김윤식과 김현의 비평론에 대하여」, 『비평의 시대』 창간호, 1991

권성우, 「동경과 분석, 그리고 유토피아」, 『문예중앙』 1992 여름

김우창, 「사고와 현실—김윤식의 '한국 근대 문예 비평사 연구'와 '근대 한국 문학 연구'」, 『궁핍한 시대의 시인』, 민음사, 1977

조남현, 「초인적 글쓰기의 교훈과 과제」, 『세계의 문학』 1996 가을

류철균, 「문학 비평의 근대성과 유토피아—김윤식론」, 『문학과 사회』 1989 여름

이동하, 「실증의 넓이와 사상의 깊이」, 『문예중앙』 1984 가을

언론 자유 수호 선언의 사실을 보도하기 위해 기자들이 집단으로 투쟁해야 했던 사건은 실로 오늘의 우리 언론에 얼마나 부조리가 만연해 있는가를 드러낸 것이라 아니할 수 없다

1974

언론 자유 수호 선언

한국기자협회는 최근 각사 기자들이 벌인 언론 자유 수호 선언의 내용을 전적으로 지지하고 앞으로 각 언론 기관의 일선 기자들이 이번 선언에서 천명한 사항을 실천할 수 있도록 뒷받침할 것을 밝힌다.

또 최근 동아일보와 한국일보의 발행인, 편집국장, 실무 책임부장 등이 제작과 관련하여 정보부에 연행을 당하였고 이러한 사실을 보도하기 위해 일선 기자들이 집단으로 투쟁해야 했던 사건은 실로 오늘의 우리 언론에 얼마나 부조리가 만연해 있는가를 드러낸 것이라 아니할 수 없다.

이러한 사태를 가져온 것은 각 회원사의 기자들이 선언문에서 명백히 밝힌 대로 언론에 대한 외부의 부당한 간섭에서 비롯되는 것이며 언론 내부에서도 경영진과 편집진의 사고와 호흡이 일치되지 못한 데도 원인이 있음을 지적하지 않을 수 없다.

우리는 1971년도, 1973년도와 최근에 일어나고 있는 각사 기자들의 언론 자유 수호 운동이 이러한 부조리를 척결하기 위한 기자들의 일관된 투쟁의 일환이라 보며 다음 사항을 결의한다.

1. 우리는 1971년 5월 15일에 채택한 언론 자유 수호 행동 강령을 재확인한다.

1. 각 언론 기관은 보도 자유가 침해당하는 사건과 이에 관련된 언론 기관 및 단체의 대응책을 빠짐없이 보도할 것을 요구한다.

1974년은 이른바 대통령 긴급 조치가 남발된 해다. 1월 8일에는 유신 헌법에 대한 논의 자체를 금지하는 긴급 조치 1호와 비상 군법 회의 설치를 규정한 2호가 선포되더니, 4월 3일에는 이른바 민청학련 사건으로 이어진 4호가 선포된다. 민청학련 사건의 여파로 한동안 움츠러들어 있던 학원가는 2학기 개강과 함께 다시 반유신 투쟁의 불길을 지펴나간다.

야당 · 학생 · 종교인 · 문학인들이 합세해 민주화 운동에 나서는 것을 지켜보던 언론계에서도 10월 24일 『동아일보』 기자들이 숨막히는 침묵을 깨고 '자유 언론 실천 선언'을 내놓는다. 이 여파로 곧 한국기자협회에서 '언론 자유 수호 선언'을 발표하고 전국의 언론사 기자들에게 세부 실천 사항을 지침으로 내려보낸다. 이런 움직임은 1971년과 1973년에 일어난 바 있는 언론 자유 수호 운동에서 한 걸음 나아간 것이다. 그러자 재야 운동권이 기자들의 선언을 환영하고 국제기자연맹이 격려 메시지를 보내는 등 우리 언론계의 동향에 나라 안팎의 관심이 쏠린다. 파문이 확산되면서 정부 여당의 강경파는 '선언'의 진원지인 『동아일보』의 숨통을 조이려고 든다. 같은 해 12월 말부터 일곱 달 동안 이어진 『동아일보』 광고 탄압 사태는 이렇게 해서 불거진 것이다. 박정희 정권은 이듬해인 1975년 사주를 움직여 146명의 언론인을 한꺼번에 쫓아냄으로써 유례를 찾기 힘든 대규모 기자 해직 사태가 벌어진다.

1974

1월
8 박정희 대통령, 긴급 조치 1·2호 선포
18 박정희 대통령, 연두 기자 회견에서 남·북한 불가침 협정 체결 제의

2월
13 소련, 작가 알렉산드르 솔제니친 추방
25 서울지검 공안부, '문인·지식인 간첩단 사건' 발표, 이호철 등 구속

3월
18 아랍석유수출국기구OAPEC 7개국, 생산 제한 철회와 가격 동결 결정

4월
3 박정희 대통령, '전국민주청년학생총연맹'(민청학련)의 활동을 금지하는 내용의 긴급 조치 4호 선포

7월
11 문교부, 중고 교과서 한자 병용하기로 결정
15 세계 최초로 시험관 아기 세 명 탄생

8월
9 닉슨 미국 대통령 워터게이트 사건으로 사임(부통령이던 포드가 38대 미국 대통령으로 취임)
15 광복절 기념식장에서 박정희 대통령 저격 사건 발생, 육영수 여사 사망
15 서울 지하철 1호선 개통식 거행

10월
25 한국기자협회, 기자들의 언론 자유 수호 선언 지지 성명 발표
28 고려대생 2천여 명과 이화여대생 4천여 명, 민주 헌정 회복과 자유 언론 요구하며 시위
30 아랍 정상 회담, 석유를 무기화하지 않기로 합의

11월
7 서울공대생 8백여 명, 가톨릭의대생 4백여 명, 항공대생 2백여 명, 동아대생 9백여 명, 유신 철폐와 중앙정보부 해체 및 특권층 재산 공개 등 요구하며 시위
14 제1회 세계 식량 회담, 국제곡물은행 설치키로 합의

12월
9 서울대 백낙청 교수, '민주 회복 국민 선언' 참여 뒤 권고 사직 거부하나 문교부의 조치로 파면

염무웅, '민중 시대'의 문학

민중 문학 진영을 대표하는 평론가 가운데 한 사람으로서 민중 지향적 지식인의 의미와 소임을 강조한 염무웅

1970년대와 1980년대에 걸쳐 한국 문학의 가장 전위적인 화두가 된 것은 '민중'이다. 염무웅廉武雄(1941~)은 백낙청이 창간한 『창작과 비평』의 편집 동인에 합류한 뒤로 백낙청과 더불어 민중 문학 진영을 이끈 평론가 중의 한 사람이다. 문학을 평가하는 그의 일관된 잣대는 "민중적 현실과 민중적 실천에 대한 참여의 정도"다. 염무웅은 민중 자체보다 민중 지향적 지식인의 의미와 소임을 더 강조하는 논리를 펼치곤 한다.

염무웅은 1941년 강원도 속초에서 태어난다. 서울대학교 독문과와 같은 학교 대학원을 나온 그는 1964년 『경향신문』 신춘 문예에 평론 「최인훈론」이 당선되며 문단에 나온다. 그는 한양대 · 서울대 · 중앙대 강사를 거쳐 1973년 덕성여대 국문과 교수로 임용되는데, 1976년 초에 이르러 용공 혐의로 해임되는 수난을 겪기도 한다. 현재 그는 영남대 독문과 교수로 재직중이다. 그는 1968년부터 『창작과 비평』 편집 동인으로 가담하면서 민족 문학 논의에 참여하고, '민중 시대'를 선포한다. 지금까지 그는 『한국 문학의 반성』(1976) · 『민중 시대의 문학』(1979) · 『혼돈의 시대에 구상하는 문학의 논리』(1995) 등 세 권의 평론집을 펴낸 바 있다.

리얼리즘을 옹호하고 민중주의적 문학관을 피력한 평론집 『민중 시대의 문학』

민중 시대의 문학의 주체는 물론 민중 문학이다. 그러나 이 시대에 있어서도 민중 문학만이 문학의 유일한 형태인 것은 아니다. 그것은 무엇보다도 민중이 역사의 주인이라는 말이 아직은 역사적 현실의 표현이기보다 가능성의 표현에 불과하다는 사실의 반영이다. 또한 어떤 시대가 되더라도 민중 문학이 결코 배타적인 개념으로 되어서는 안 될 것이라는 점에서 그것은 민중 시대의 역사적 현실화에 참여한 모든 계층의 생활을 예술적으로 포용한 문학일 것이다. 동시에 그것은 과거 봉건주의 시대의 양반 문학과 현대 서양 문학에서도 그 긍정적 요소를 적극 수용한 문학일 것이며, 또한 제3세계의 여러 전위적 문학과도 올바르게 연대된 문학일 것이다. 새 시대의 민중 문학은 이 모든 문학들을 전면적으로 흡수하고 그 바탕 위에서 진정 인간다운 삶의 차원을 향해 주체적으로 재창조되는 문학이어야 한다.

염무웅, 『민중 시대의 문학』(창작과비평사, 1979)

문학 창작의 원리로 리얼리즘을 옹호하고, 민중적 현실에 대한 각성 위에 문학을 세워야 한다는 그의 민중주의적 문학관은 여러 비평문에 뚜렷하게 표현되어 있다. 이런 문학관은 1970년대라는 정치적 폭압이 횡행한 시대의 억압과 수탈로 말미암은 하중을 온몸으로 감당한 기층 민중의 권익을 대변하는 윤리적 정당성 때문에 적지 않은 힘을 얻는다.

염무웅의 1970년대 비평 작업의 과제는 식민지 문학관의 극복이었다고 할 수 있다. 그가 1970년대에 잇달아 내놓은 「식민지 시대 문학의 인식」·「일제하 지식인의 고뇌」·「근대 문학과 항일 의식」 등의 평론들은 식민지 유산의 극복을 위한 실천 행위다. "압박받는 민중 속으로 몸뚱이를 던져넣어 탄압자에 대한 민중적 투쟁의 대열에 참가하는 것만이 식민지 시대에 있어 지식인의 자기 존재를 가능케 하며, 이러한 절실한 삶만이 위대한 작품을 태어나게 한다."는 그의 신념은 한용운 · 윤동주 · 염상섭 · 채만식 등 작품 속에 올곧은 민족 의식을 나타낸 식민지 시대의 문학인들을 높이 평가하고, 친일의 오점을 남긴 서정주를 역사적 현실에 둔감한 시인으로 평가하게 한다. 그의 리얼리즘 창작론에 입각한 진보성의 원칙은 윤동주 문학의 논의에서도 잘 드러난다. 그는 "그러나 위대하지 않은 삶이 위대한 문학을 낳을 수는 없다. 요컨대 본질적인 것은 어떤 삶을 사느냐 하는 것이며, 이 삶의 무게가 작품 속에 올바르게 운반될 때 그것은 작품 자체의 무게로 전화되는 것이다."라는 논리를 펼친다. 이런 논리는 염무웅의 비평적 잣대를 선명하게 보여주며, 동시에 그의 단선적 경직성의 한계를 여지없이 보여준다. 염무웅 자신도 1990년대에 들어 펴낸 『혼돈의 시대에 구상하는 문학의 논리』에서 이런 것이 지나치게 "기계주의적"이고 "일종의 실천주의적 오류"에 빠진 논리라는 사실을 인정한다.

그러나 1990년대에 들어서도 염무웅의 비평적 잣대가 크게 달라진 것은 아니다. 이를테면 『혼돈의 시대에 구상하는 문학의 논리』에서 서정주의 「동천」과 이시영의 「기러기 떼」를 비교, 평가하는 글에서 드러나듯이, 염무웅 비평의 중심에는 여전히 '민중'이 자리잡고 있다. 그는 "서정주의 새가 철저히 개인주의와 신비주의에 기초하고 있음에 반하여 이시영의 기러기 떼는 바로 이 땅의 역사적 현실 한가운데에서 고통과 억압을 당하는 오늘의 민중들의 모습으로, 민중적 전사의 형상으로 떠오르고 있다."고 말한다. 이렇듯 그는 두 시의 심미적 차원의 문제는 뒷전이고, "민중적 현실과 민중적 실천에 대한 참여의 정도에 따라" 작품을 평가하는 논리적 비약에서 거의 벗어나지 못한다. 그는 여전히 작품 그 자체를 곧바로 현실적 삶으로 환원시키거나, 삶으로 작품을 규정하려는 "기계주의적"이고 "일종의 실천주의적 오류"에 빠져 있는 것이다.

1990년대에 들어서도 여전히 민중을 강조한 염무웅의 평론집 『혼돈의 시대에 구상하는 문학의 논리』

1974

우리는 민족 운동의 이 다섯 단계를 관통하는 하나의 경향을 인지할 수 있을 것 같다. 그것은 다름아니라 민중 세력의 지속적인 성장이다. 민중이 민족의 실체요 역사의 주인이라는 이론이 한갓 관념적 주장이 아니고 역사의 필연적 추세임을 우리는 깨닫게 되는 것이다. 따라서 오늘의 올바른 민족 문학관은 이러한 민중 사관에 기초하지 않으면 안될 것이며……

염무웅, 『민중 시대의 문학』(창작과비평사, 1979)

염무웅이 지향하는 문학은 '민중 사관'에 바탕을 둔 문학이다. 그것은 민중에게 계몽적 · 해방적 작용을 하는 문학이다. 그러나 염무웅의 '민중'은 현실적 존재로서의 민중이라기보다 이상화된 민중이며, 따라서 그의 논의는 자칫 관념과 추상 쪽으로 흐르기 쉽다.

한편 그는 월북 문인들의 작품 발굴에도 힘쓰며 민족 문학론의 구체적이고 역사적인 근거를 마련하는 데 이바지한다. 염무웅에게 민족 문학은 민중적 의의를 저버리지 말아야 한다는 점에서 민중 문학과 통한다. 그는 '위대한 작가'란 어떤 시대이건 제 양심의 실체를 제가 속한 공동체의 운명 속에서 발견하는 사람이며, '위대한 작품'이란 일상 생활에 길든 범인들에게 계몽적 · 해방적 작용을 하는 작품이라고 주장한다. 따라서 그는 문학 작품에서 민중적 삶의 전형을 읽기보다 민중적 투쟁의 위대함을 읽으려고 하며, 현실 속에서의 민중보다 이상 속에서의 민중을 부각시키려고 한다. 그는 심지어 민중의 편에 선 지식인에게 눈길이 쏠려, 지식인의 의미와 역할을 민중보다 더 강조하는 것으로 비칠 때도 있다.

참고 자료

최원식, 「1970년대 비평의 향방」, 『창작과 비평』 1979 겨울

고종석, 「민족적 관점으로 '민중 시대' 선포」, 『책읽기 책일기』, 문학동네, 1997

홍정선, 「삶의 무게와 비평의 논리」, 『문학의 시대』 3집, 1986

권성우, 「비평적 열정과 새로운 문학적 전성기」, 『창작과 비평』 1995 가을

김주연, '문학을 넘어서'

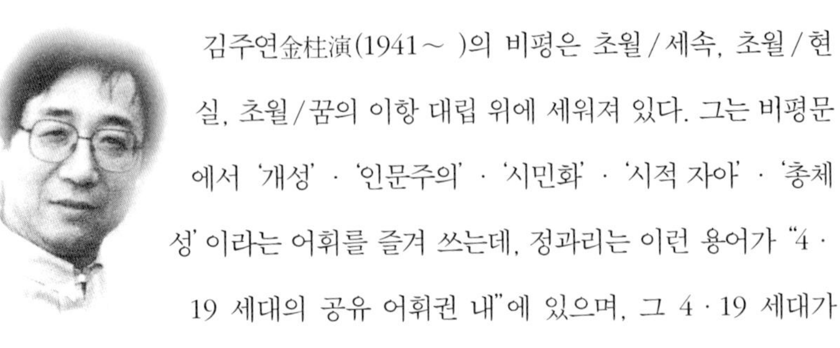

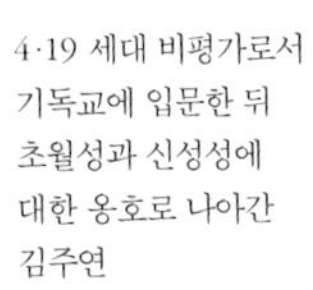

4·19 세대 비평가로서 기독교에 입문한 뒤 초월성과 신성성에 대한 옹호로 나아간 김주연

김주연金柱演(1941~)의 비평은 초월/세속, 초월/현실, 초월/꿈의 이항 대립 위에 세워져 있다. 그는 비평문에서 '개성' · '인문주의' · '시민화' · '시적 자아' · '총체성' 이라는 어휘를 즐겨 쓰는데, 정과리는 이런 용어가 "4 · 19 세대의 공유 어휘권 내"에 있으며, 그 4 · 19 세대가 "한국 문학의 성립과 민족어의 수립을 동궤에 놓음으로써 문학의 지반을 확보"하고, "작가의 상상 세계와 현실의 대결에 착목함으로써 권력과 생활, 언어와 현실, 문학과 사회 사이에 교통로를 개설"했다고 말한다.* 김주연의 비평은 4 · 19 세대의 정신 속에서 싹트고 자라난 비평이다.

김주연은 1941년 서울 종로구 명륜동에서 태어난다. 1960년 서울대학교 문리대 독문과에 입학한 그는 1학년 때 4월혁명을 겪는다. 대학 시절에 그는 문리대 신문 『신세대』의 기자로 일하고, 3학년 때 편집장을 지낸다. 1963년 그는 『경향신문』 견습 기자 시험에 합격해 사회부에서 기자 생활을 시작한다. 1964년 서울대학교 독문과를 졸업한 그는 같은 해에 문화부로 부서를 옮긴다. 그는 1966년 월간 『문학』에 평론이 당선되며 비평 활동에 나선다.

1969년 그는 『서울신문』 문화부로 직장을 옮기나 곧 그만두고 미국 버클리의 캘리포니아대학교 대학원으로 떠난다. 1년 뒤 그는 다시 독일 프라이부르크대학교에서 1년 동안 수학하고 돌아온다. 그는 서울대학교 문리대 등에 출강하는 한

* 정과리, 「논쟁적 사랑 : 방법적 이원론의 세계」, 『문학과 사회』(1990 여름)

편 계간 『문학과 지성』 6호부터 김현 · 김병익 · 김치수 등과 함께 편집 동인으로 참여하며 비평의 지평을 넓혀간다. 김주연은 지금까지 『상황과 인간』(1969) · 『문학 비평론』(1974) · 『변동 사회와 작가』(1979) · 『새로운 꿈을 위하여』(1983) · 『문학을 넘어서』(1986) · 『문학과 정신의 힘』(1990) · 『문학, 그 영원한 모순과 더불어』(1992) · 『사랑과 권력』(1995) · 『가짜의 진실, 그 환상』(1998) 같은 평론집을 펴낸 바 있다.

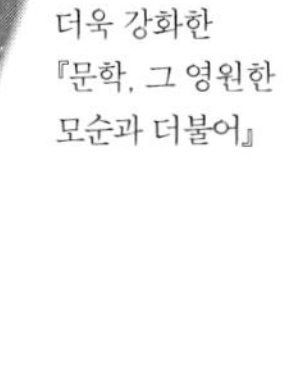

정신주의의 면모를 더욱 강화한 『문학, 그 영원한 모순과 더불어』

1979년 세 번째 평론집 『변동 사회와 작가』를 펴낼 즈음 김주연은 프랑크푸르트 학파의 마르쿠제와 아도르노의 비판 이론을 통해 독일 문학의 이상주의와 낭만주의를 섭렵하며 문학과 현실의 관계를 살핀다. 『변동 사회와 작가』에서 그는 1970년대에 우리 사회에 몰아친 산업화의 필연성을 인정하면서도 이 과정에서 파생되는 모순과 부조리의 의미를 황석영 · 조선작 · 최인호 · 박완서의 소설을 통해 짚어본다.

산업화의 필연성과 그 과정에서 파생되는 모순과 부조리를 동시에 짚어본 『변동 사회와 작가』

1983년 김주연은 기독교에 입문하면서 세계관의 변화와 관련해 중요한 전기를 맞는다. 이 시기에 "범속한 트임"이라는 개념을 통해 김광규의 시 세계를 설명한 김주연은 "풍자와 제의를 넘어서" 마침내 신성성에 대한 옹호로 나아간다. 평소 서양 문화에 관심이 많던 그는 합리적 세계관의 추구라는 맥락에서 기독교 이념을 내면화해 비평 활동의 중심에 세운다. 그는 교조적 사회주의 이념이 득세한 1980년대의 문학판에서 거친 언어로 정치 권력에 저항하는 시들에 대해 회의하며 기독교적 신성성 또는 "정신의 무량한 힘"을 옹호하는 기조를 유지한다.

1986년에 그가 내놓은 평론집 『문학을 넘어서』의 키워드는 '초월성'이다. 이즈음 그는 초월성이라는 것을 제 나름의 논리 체계로 정립해 문화와 문학을 평가하는 잣대로 이용한다. 김주연의 초월성은 현세적 · 세속적인 것과 단절된 무엇이 아니라 그것과 끊임없이 소통하는 정신의 힘이다. 더러는 현실과 엇갈리기도 하지만, 범속한 현실을 포용하며 그것의 부정성을 지양하는 반성적 정신의 산

끊임없이 소통하는 정신의 힘으로서의 초월성을 강조한 『문학을 넘어서』

1992년 체코 프라하의
한 광장에서
소설가 김원일(가운데),
시인 오규원(오른쪽)과
함께

물이 그의 초월성이다. 김주연은 이렇게 말한다. "인간은 아주 높은, 혹은 아주 깊은 어떤 경험을 함으로써 거듭 태어날 수 있고, 세계를 새롭게 볼 수 있을 뿐이다. 그 아주 높고 깊음이 초월성이다."* 1992년에 펴낸 『문학, 그 영원한 모순과 더불어』에서 그가 일관되게 밀고 나가는 원리는 "사회 지배의 보편적 원리로서 문학 정신을 구현해나가는 일"이라는 명제다. 이미 1970년대부터 "물질 문명의 후진성보다 더욱 무서운 것은 정신 문화의 후진성이다."라고 단호하게 선언하며 "정신의 높은 힘 그 윤활력"**을 강조해온 김주연은 이 시기에 들어 정신주의의 면모를 더욱 강화한다. 현실의 표면 위에서 끓어 넘치는 욕망은 우리 사회가 어느덧 후기 산업 사회를 지나 고도 소비 사회로 진입했음을 보여준다. 김주연은 이런 사회가 만들어내는 온갖 폐해와 맞서는 것이 초월성이라고 말한다. 그가 "초월성은 현세성을 무화 내지 약화시켜주는 개념이 아니라, 그 자체를 강화 · 승화시켜주는 방법 정신"***임을 강조할 때 정신주의자로서의 그의 정체성은 한결 뚜렷하게 드러난다.

김주연의 평론에서 빼놓을 수 없는 중요한 개념 중의 하나가 바로 '시적 자아'다. 이는 단순한 주관성을 넘어서는 것으로 "시의 힘을 버텨주는 근본 원리"이며, "외계에 대한 인식이 완성되는 순간에 획득되는 자신의 주체적 각성"을 뜻한다.

시적 자아는 일상적 자아의 초월로서 성취되는 그 어떤 정신의 힘이며 공간이다…… 괴테가 그의 자연시에서 골몰한 이래 아직까지 시의 힘을 버텨주는 근본 원리로 통용되는 것으로서, 외계에 대한 인식이 완성되는 순간에 획득되는 자신의 주체적 각성을 의미한다.

김주연, 『변동 사회와 작가』(문학과지성사, 1979)

---

* 김주연, 『문학을 넘어서』(문학과지성사, 1987)
** 김주연, 『문학 비평론』(열화당, 1974)
*** 김주연, 『문학을 넘어서』(문학과지성사, 1987)

말하자면 시적 자아란 시인의 경험적 자아, 일상적 자아와 같은 층위에 있으면서 이런 것을 뛰어넘는, 즉 초월하는 절대적 정신의 힘이다. 김주연은 끊임없이 "삶에 올바른 의미를 부여하는 어떤 인간적 힘"으로서의 정신을 적극적으로 옹호하고 추구한다. 인습과 현실, 타자와 자아 사이에 내재한 대립과 갈등을 넘어선 자리에 시적 자아가 있다. 이는 인문주의적 상상력 또는 인문주의적 정신에서 솟아나며 이런 것에 의해서만 획득되는 그 무엇이다.

따라서 우리가 사회학적 상상력에 의해 의식이 억압을 받고 있다고 느낀다면, 마땅히 이 같은 선택적 · 제한적인 대상 수용의 자세를 반성하고 전면적이며 총체적인 세계 이해로의 눈을 열어야 할 것이다. 이러한 태도를 굳이 사회학적 상상력과 대비해서 말한다면, 인문학적 상상력 또는 인문주의적 상상력이라고 불러 무방할 것이다.…… 인문주의적 상상력이란, 세계를 인간의 눈으로 보는 것을 말하는 바, 이때 그 인간은 어떤 정치적 · 경제적 · 역사적 · 도덕적 이념의 구속을 받지 않는 순수한 인간 그 자체이다.

김주연, 『새로운 꿈을 위하여』(지식산업사, 1983)

김주연의 비평적 기반은 인문주의를 지향하는 정신이다. 주체와 타자가 한데 어울린 세계에 대한 총체적 이해는 이런 정신에서 싹튼다는 것이 그의 생각이다. 그는 현실과 절연된 그 무엇이 아니라 현실 속에서 현실을 포괄하며 현실을 뛰어넘는 정신의 힘을 추구한다. 정신의 힘에 대한 이런 갈망이 그를 "산업화 논리의 바탕이 되는 도구적 · 합리적 이성, 과학 기술 만능 사상, 맹목적 자연 정복 사고를 뛰어넘는 대초월"로 이끈다.* 김주연이 유난히 '초월성'과 '정신'을 강조한다고 해서 그의 사유가 현실과 동떨어져 있다고 생각하는 것은 옳지 않다. 그는 사회와의 소통이 없는 폐쇄적 주관주의에 빠져 있는 문학이나 단순히 객관적 현실을 반영하는 문학을 모두 비판한다. 그의 비평 정신은 주관과 객관, 문학의 자율성과 사회성을 아우른다. 그는 "주체성은 객관성을 획득할 때 비로소 주관성을

* 김주연, 『문학을 넘어서』(문학과지성사, 1987)

동시에 획득할 수 있는 것이기 때문에, 주관과 객관은 발생의 선후나 가치의 우열을 가릴 수 없는 이를테면 운명적으로 짝을 이루는 개념"*이라고 결론을 내린다. 이마적에도 김주연은 여전히 현실 너머의 "초월적 신성의 세계"에 눈길을 주고 있다.

해체와 포스트모더니즘으로 대표될 수 있는 현대시의 첨단적 극점은, 그것이 걸어오고 생산되어진 뿌리와 줄기로서의 인문주의의 결과와 내용이라는 점에서 우리를 전율시키고, 때론 절망시킨다. 과연 인간은, 인간성의 내면을 조명하고 그것을 드러낼 때 어두운 욕망의 덩어리밖에 건질 것이 없는가 하는 질문과 자책 때문에 생겨나는 전율과 절망이다.…… 신성 회복은 그것이 초월적 신성의 세계로 가자는 것이 아니라 하더라도 올바른 인간성 회복이라는 차원에서도 매우 중요한 현대시의 관심이 되지 않을 수 없다.

김주연, 『가짜의 진실, 그 환상』(문학과지성사, 1998)

참고 자료

정과리, 「논쟁적 사랑 : 방법적 이원론의 세계—김주연론」, 『문학과 사회』 1990 여름
최동호, 「비평가의 정신사와 독자적 개성」, 『삶의 깊이와 시적 상상』, 민음사, 1995
진형준, 「시적 자아에서 초월까지—김주연론」, 『문학의 시대』 3집, 1986
권오룡, 「문학과 초월」, 『세계의 문학』 1987 가을
이동하, 「우리 문학과 초월성의 문제」, 『문학과 사회』 1992 여름

* 김주연, 「아도르노의 문학 이론」, 『외국문학』(1985 봄)

김치수, 열린 비평의 태도

정신의 모험과
다양성을 받아들이며
'열린 비평' 과
'공감의 비평' 을
추구하는 김치수

김치수金治洙(1940~)에게서 무엇보다 두드러지는 것은 열린 비평의 태도다. 열린 비평의 태도는 자유로운 정신의 모험과 다양성을 낳는다. 1970년대 이래 그는 누보로망과 문학 사회학, 구조주의와 형식주의, 그리고 프랑크푸르트 학파의 비판 이론에서 비평 체계의 전거를 길어 올린다.

김치수는 전북 고창에서 태어난다. 서울대학교 문리대 불문과와 같은 학교 대학원을 졸업한 그는 프랑스 프로방스대학교에서 문학 박사 학위를 받는다. 그는 부산대학교와 한국외국어대학교 교수를 거쳐 이화여자대학교 불문과 교수로 재직중이며, 한국기호학회 회장을 맡고 있기도 하다. 김치수는 1966년 『중앙일보』 신춘 문예에 평론이 당선되어 비평 활동을 시작한다. 그는 지금까지 『한국 소설의 공간』(1976) · 『문학 사회학을 위하여』(1979) · 『박경리와 이청준』(1982) · 『문학과 비평의 구조』(1984) · 『공감의 비평을 위하여』(1991) 같은 평론집을 펴낸 바 있다.

역사적이고 통시적인
관점에서의
문학 읽기를 보여준
『문학 사회학을 위하여』

김치수의 초기 비평은 외국 문학 전공자답게 서구 문학 이론들에 대한 명료한 이해에서 출발한다. 젊은 비평가의 눈에는 문학 이론이나 사조와 관련해 부정확한 개념이 통용되는 게 우리 비평계가 후진성을 벗어나지 못한 증거로 비친다. 이런 점에서 "외국의 문학 사조를 이 땅에 도입하기 위해서는 그 사조의 개념을 정확히 파악하고 그것의 굴절 가능성에 관한 고찰을 통해야 한다."는 그의 주장은 일정한 설득력이 있다. 1966년 『중앙일보』 신춘 문예 당선작인 「자연주의 재고―염상섭론」에서 그는 앞 세대의 비평가들인 백철이나 조연현 등이 드러낸 바 있는 문예 사조에 대한 부정확한 이해를 지적하고 바로잡기를 시도한다. 지금과 달리 문예 사조나 이론에 대한 부정확한 이해나 오류가 통용되던 당시 평단의 현실에서 김치수의 이런 주장과 시도는 적지 않은 파장을 일으킨다.

그러나 김치수는 서구 문예 이론에 기계주의적으로 작품을 대입해 해독하는 이론에 갇힌 태도를 지양한다. 그는 작품을 이론적으로 이해하기보다 작품 자체의 자율성과 독자성을 강조하고 존중하는 한편, 거기서 의미의 풍요로움을 길어 올린다. 김치수의 초기 비평들은 문학의 독자성과 자율성을 존중하면서도, 그것의 의미나 가치를 역사적 맥락 속에서 찾아내려고 한다. 이는 문학이 시대 정신의 산물이라는 믿음에서 나온 태도다. 역사학 분야의 다양한 성과를 받아들이며 작품을 문학 사회학적인 틀 속에서 이해하려고 한 그의 태도는 정치를 비롯한 여러 분야에서 변혁기를 거치고 있던 우리 사회의 현실과도 관련이 없지 않았을 것이다. 그의 역사적이고 통시적인 관점에서의 문학 읽기는 이내 『문학 사회학을 위하여』라는 결실을 낳는다. 문학 사회학에 대한 그의 깊은 관심은 문학이 정신의 산물일 뿐 아니라 사회 현실과의 상동적 구조물이라는 인식을 낳게 된다. 아울러 그는 젊은 작가들에 의해 시도된 실험 문학의 전위성에 배어 있는 전복적 성격에 주목한다. 그의 비평 논리는 문학의 전복성이 궁극적으로 사회 변화를 낳는 힘이 될 수 있을 것이라는 믿음을 실어 나른다.

> 문학은 말이라는 형식 밑에서 경험의 대상들을 재구성함으로써 경험을 변형시킨다.…… 그러므로 새로운 문학 양식이 경험의 대상들을 해체 구성한다는 것이 문학 작품이 가지고 있는 가장 본질적이고 전복적이며 전위적인 성격에 속한다.

문학은 다양한 형태로 주체를 위협하는 "죽음의 위협"과의 싸움이다. 김치수의 비평문에 따르면 "우리가 여기 '있음'을 '없음'으로 만들어버리는 것", "우리가 옳다고 생각하는 것을 불의로 만들어버리는 것", "우리의 정신이 살아서 움직임으로써 얻게 되는 창조적 능력을 말살시키는 것, 나아가서는 정신의 깨어 있음 자체를 방해하는 모든 것"이 의식의 마비를 불러오는 "죽음의 위협"의 범주에 든다.* 좋은 문학은 "인간의 지각의 무의식적이고 습관적인 현상에 충격을 가"해 마비 상태에 빠지지 않고 늘 깨어 있도록 만든다.

새로운 문학 양식의 실험은 언제나 "전복적이며 전위적인 성격"을 갖는다. 이런 확신에 따라 그는 실험 정신이 배제된 구태 의연하고 정형화된 작품을 폄하하고, 전위적이며 형태 파괴적인 문학 작품을 높이 평가한다. 특히 그는 러시아 형식주의 이론에서 가져온 '낯설게 하기', 즉 의식과 지각의 인습적 자동화를 깨뜨리고 "의식의 일깨움"을 일으키는 소격疏隔 효과에 주목하며 그 실천적인 방식인 형식의 가능성을 탐구한다.

문학 언어의 경우 '기표signifiant'는 하나이지만 '기의signifié'는 무수하거나 무수하게 생성되는 '다의적' 기호 체계인 것이다. 그렇기 때문에 문학 작품이란 총체성을 띠고 있는 것이고 삶의 모든 것을 포함하고 있는 것이다. 따라서 한 편의 문학 작품은 어느 것이나 모든 인문 · 사회 과학적 방법에 의한 접근이 가능한 것이며 또 그 접근의 방법에 따라 다른 의미를 나타내게 되는 것이다.

김치수, 「문학 언어와 일상적인 삶」, 『문학과 비평의 구조』(문학과지성사, 1984)

작품을 중심으로 독자를 설득하고 이해시키는 텍스트 중심의 비평이 펼쳐지는 김치수의 평론집들

문학 작품은 닫힌 의미의 체계가 아니다. 문학 작품은 열린 의미의 체계이며, 따라서 그 안에 깃들인 다의성 때문에 위대한 문학 작품은 시대를 뛰어넘어 읽히는 것이다. 바로 이와 같은 이유로 김치수는 하나의 문학 작품에 접근하는 다양한 관점을 받아들이며, 하나의 고정된 세계관으로 작품을 재단하는 단선적 비평 행위를 지양한다. 김치수의 비평관은 "비판 이전에 이해를 함으로써 한 작가 안

* 김치수, 『문학과 비평의 구조』(문학과지성사, 1984)

에 열려 있는 무한한 공간을 내다보는 행위가 선행되어야 할 것"이라는 말 속에 잘 녹아 있다. 그의 비평은 작품을 중심으로 그 안에서 추출된 논리로 독자를 설득하고 이해시키는 텍스트 중심적이고 설명적인 비평이다. 김치수는 자신의 비평을 한 마디로 "공감의 비평"이라고 규정한다.

참고 자료

권오룡, 「상황과 선택」, 『문학과 사회』 1992 봄

김태현, 「부드러움의 두 갈래」, 『열린 세계의 문학』, 문학과지성사, 1988

조남현, 「새로운 스타일의 문학 평론집」, 『신동아』 1983. 1.

김병익, 「문학과 사회에의 새로운 관점」, 『심상』 1980. 5.

이동렬, 「김치수의 '문학 사회학을 위하여'」, 『뿌리깊은 나무』 1980. 1.

김인환, 드넓은 인문학의 지평을 향해

인문학적 소양뿐 아니라
사회 과학적 통찰과
자연 과학적 지식까지
두루 활용하며
기존 비평의 경계를
넓혀놓은 김인환

김인환金仁煥(1946~)은 자신의 비평 이론의 전거를 언어학과 경제학, 정신 분석학에서 마련한다. "경제학 책과 정신 분석 책에서 나는 문학의 밭이고 터인 삶의 논리를 엿볼 수 있었다."고 말하는 그는 '문학'을 좁은 개념 속에 가두지 않고, 드넓은 인문학의 지평에 수렴해 그 의미를 캔다. 김인환은 운율과 비유, 구성과 문체를 문학의 본유 개념이라고 믿는 비평가다. 그는 "비평가는 시각의 방향을 정하여 하나의 길을 선택하고 다른 길을 포기해야 한다. 비평은 제외되었거나 망각되었던 작품들을 흡수할 수 있는 새로운 맥락 구성 방법을 찾아 구축하고 해체하고 다시 구축하는 선택과 대치의 놀이이다."라고 말한다.

김인환은 1946년 서울에서 태어난다. 고려대학교 국문과를 졸업한 그는 1982년에 같은 학교 대학원에서 「희극적 소설의 구조 원리」로 박사 학위를 받는다. 그는 1979년부터 현재까지 고려대학교 국문과 교수로 재직중이다. 1971년 『현대문학』에 「박두진 시론試論」이 추천되어 문단에 나온 그는 지금까지 『문학과 문학사상』(1978) · 『문학 교육론』(1981), 그리고 한국 문학의 내재 구조를 파악하고 체계화한 문학 연구서이자 평론집인 『한국 문학 이론의 연구』(1986)와 『상상력과 원근법』(1993) · 『비평의 원리』(1994) · 『언어학과 문학』(1999) 등을 펴낸 바 있다.

한국 문학의 내재
구조를 파악하고
체계화한 문학
연구서이자 평론집인
『한국 문학 이론의 연구』

김인환은 이런 저작에서 문학을 문학으로 받쳐주는 운율과 비유, 구성과 문체 같은 내재적 문학성의 체계화에 초점을 맞춘다. 문학은 다른 무엇이기 이전에 언어의 조직이며 구성체다. 바로 이런 점에 주목해 김인환은 언어학에 의지하는 내재 분석 방법을 따른다. 그에게 음운론과 의미론은 문학을 해명할 수 있는 궁극의 원리다. 그는 음운론과 의미론에 의거해 문학의 구조를 해체하고 운율과 비유, 구성과 문체를 분석한다. 그는 이런 것으로도 채 해명되지 않는 문학성의 어떤 범주를 설명하기 위해 음악과 미술에서 개념을 빌리는 일도 서슴지 않는다. 나아가 그는 문학의 사회적 효용성을 해명하기 위해 자신의 인문학적 관심을 경제학과 정신 분석학으로까지 넓힌다.

나는 1960년대 후반기에 내재 분석의 훈련을 받으면서 문학을 공부하기 시작하였다. 운율과 비유의 이론, 구성과 문체의 이론은 내 공부의 출발점이었던 것이다. 대학을 나온 후에 몇 차례나 방황하였지만, 지난 5년 동안의 작업에서 나는 운율과 비유, 구성과 문체가 문학의 본유本有 개념이라는 명제를 다시 확인하였다…… 경제학 책과 정신 분석 책에서 나는 문학의 밭이고 터인 삶의 논리를 엿볼 수 있었다…… 그러므로 이 연구서는 심리 비평이나 사회 비평의 관점이 아니라, 작품의 내재 분석에 경제학과 정신 분석을 조심스럽게 참고하는 관점으로 씌어졌다고 할 수 있다.

김인환, 『한국 문학 이론의 연구』(을유문화사, 1986)

1974

언어학과 예술, 경제학과 정신 분석학을 아우르는 폭넓은 인문주의적 소양에 바탕을 둔 그의 비평은 문학의 자율성을 긍정하면서 그것의 현실적 의의를 통합하려는 움직임을 보인다.

1993년에 펴낸 『상상력과 원근법』은 비평에 대한 비평집이다. 그는 비평을 "참다운 과학 정신과 참다운 비판 정신이 결혼하여 낳은 아이"라고 정의한다. 이런 정의는 비평 행위에 대한 그의 자부심에서 나온 것이다. 김인환에 따르면 창작이 상상력이라면 비평은 원근법이다.

본문의 한 글자 한 글자를 살피면서 비평가의 바라보는 시선은 글자를 넘어 우리 시대에 내재하는 허위와 모순으로 향한다. 본문을 통해서 본문을 뚫고 넘어서서 비평가는 모든 것에 마술을 걸고 있는 거짓된 자기의 사회와 만나는 것이다. 확실성을 숭배하지도 경멸하지도 않으면서 본문에 사로잡힌 체하는 비평가의 정신은 복합적이고 경이적인 현실의 전체성으로 육박한다.⋯⋯ 비평의 언어는 개념의 질서에 굴복하지 않고, 개념의 상호 작용을 그대로 방치하며 포용한다. 여기에 일반적 개괄을 천박하게 생각하고 현실의 균열을 매끄럽게 가리는 거짓 체계를 오류로 단정하는 비평의 태도가 나타난다.

김인환, 『상상력과 원근법』(문학과지성사, 1993)

1993년에 펴낸
비평에 대한 비평집
『상상력과 원근법』

김인환은 텍스트에 주석 붙이기라는 기존 비평의 범주를 답답하게 여긴다. 그는 텍스트를 넘어 복합적인 현실의 전체성을 뭉뚱그려 그 의미를 해명하는 비평, 그 원근법으로서의 비평을 자신의 것으로 받아들인다. 이와 관련해 김인환은 자본주의 사회라는 복합적인 현실을 바로 보기 위해 경제학과 정신 분석학에 그치지 않고 문학 또는 현실과 맥락이 닿을 것 같지 않은 수학에까지 관심을 뻗친다.

김인환은 장르에 대한 고정 관념과 폐쇄성에서 벗어나 '관계', '맥락', '구조', '상황', '열림', '대화' 같은 개념들에 주목하면서 '비평의 비평'을 선보인다. 그는 자신의 다양한 인문학적 지식과 소양을 뽐내며 사회 과학적 통찰과 자연 과학적 지식을 두루 동원해 기존 비평의 경계를 한껏 넓혀놓는다. 김인환 비평의 특징은 경계 넓히기 또는 경계 허물기에 있다. 동 · 서양의 고전에 관해 박물적 지식을 갖춘 그는 인접 학문의 성과까지 한껏 소화해 한국 문학의 내재 구조를 체계화한다.

김인환은 문학의 자율성을 옹호하는 비평가다. "시인의 취하는 정치적 입장"이 곧 좋은 문학을 보장해주는 게 아니라 "운율과 비유 자체가 하나의 성과로서 싸워서 획득한 하나의 힘"이 그것을 만들어낸다는 주장도 문학의 자율성을 중시하는 자세에서 비롯된 것이다.* 그렇다고 해서 그가 현실 변혁의 문제를 외면하는 것은 아니다. 문학은 생산 주체의 정치적 태도가 아니라 문학의 자율성, 다시

* 김인환, 『한국 문학 이론의 연구』(을유문화사, 1986)

말해 그것을 구성하는 내재적 체계로 사회에 메시지를 전달한다고 그는 말한다. 김인환에 따르면 문학의 열린 체계 자체가 그것의 힘을 통해 세계를 변혁하려는 의지의 구현이자 활동인 것이다.

> 우리는 닫힌 체계가 여기 있고 열린 체계는 여기 없다고 말하면 안 된다. 우리 시대의 닫힌 체계를 통하여 열린 체계는 드러난다. 닫힌 체계와 열린 체계가 하나의 세계 안에 있는 것이다.
>
> 김인환, 앞의 책

참고 자료

정과리, 「열린 내재 구조의 문학」, 『존재의 변증법』, 문학과지성사, 1988
성민엽, 「비평적 진정성의 힘」, 『문학과 사회』 1994 봄
이동하, 「논리와 비평」, 『물음과 믿음 사이』, 민음사, 1989
김학동, 「한국 시가의 이해와 문학 교육」, 『세계의 문학』 1980. 6.

오생근, '삶을 위한 비평'

초현실주의와
대중 문화에 주목하며
현실에서 문학이
할 수 있는 일이
무엇인지를 물어온
오생근

오생근吳生根(1946~)은 프랑스 초현실주의 운동으로부터 "개인의 삶과 사회 현실은 동시에 함께 바꾸고 변혁시켜야 되는 것임을, 개인의 삶이라는 문제보다 사회 전체의 삶이라는 문제가 참으로 중요한 것"이라는 사실을 배운 비평가다. 오생근의 비평은 "우리가 살고 있는 민족적 현실 혹은 도시를 중심으로 번창한 소비 사회에서 문학이 할 수 있는 일은 무엇인가 하는 물음"을 끊임없이 던지고, 그 주변을 서성거리는 비평이다. 그는 불문학 전공자답게 푸코의 권력 이론과 르네 지라르의 욕망 이론, 그리고 보드리야르의 소비 사회 이론 등을 흡수해 자신의 비평 이론의 틀을 강화한다.

오생근은 1946년 서울에서 태어난다. 서울대학교 문리대와 같은 학교 대학원 불문과를 졸업한 그는 1983년에 프랑스 파리10대학교에서 「앙드레 브르통의 초현실주의 3부작 연구」로 문학 박사 학위를 취득한다. 현재 그는 서울대 불문과 교수로 재직중이다. 그는 1970년 『동아일보』 신춘 문예에 평론 「이상李箱의 상상적 세계—동물의 이미지를 중심으로」가 당선되어 문단에 나온다. 등단 평론의 제목에서도 알 수 있듯이 오생근의 주요 관심 영역은 초현실주의다. 1977년 김종철과 함께 『문학과 지성』의 편집 동인으로 참여하며 비평 활동을 펼친 그는 지금까지 『삶을 위한 비평』(1978) · 『현실의 논리와 비평』(1994) 같은 평론집을 펴낸 바 있다.

역사 의식과 현실,
삶이 중심 화두로
떠오른 두 번째 평론집
『현실의 논리와 비평』

지극히 개인적인 문제에만 매달려 있었지만 그때부터 지금까지 변함이 없는 생각이 있다면, 그것은 문학이 삶의 문제와 관련 없는 순수한 학문의 대상도 아니며 문학적 재능이 있는 사람만이 즐길 수 있는 세련된 표현도 아니라는 점이었다. 프랑스 초현실주의 운동을 통해서 문학적 정신과 삶의 태도가 별개의 것이 아니라 보다 더 적극적으로 관련지워져야 되는 것이며, 개인의 삶과 사회 현실은 동시에 함께 바꾸고 변혁시켜야 되는 것임을 배우게 되면서부터 개인의 삶이라는 문제보다 사회 전체의 삶이라는 문제가 참으로 중요한 것임을 서서히 깨닫게 되었다.

오생근, 『삶을 위한 비평』(문학과지성사, 1978)

앙드레 브르통의 초현실주의에서 "사랑과 자유와 시를 동시에 추구하려는 행동 원칙"을 발견한 오생근의 관심은 점차 문학의 사회학으로 옮아간다. 『문학과 지성』의 다른 편집 동인들과 마찬가지로 1970년대에 프랑크푸르트 학파의 사회 비판 이론을 부분적으로 받아들이면서 그가 도달한 곳은 대중 문화론이다. 오생근은 문화가 바뀌지 않고서는 사회도 바뀔 수 없다고 본다. 그는 새로운 문화를 건설하는 문제와 관련해, 부르주아 계급의 전유물이던 고급 문화에서 출발하기보다 현실과 밀착해 있고 사회 구성원들의 공통 분모를 많이 함축하고 있는 대중 문화에서 출발하는 것이 유리하다는 논리를 펼친다.

1974

대중 문화는 예술의 민주화라는 각도에서 긍정적으로 평가될 수 있고, 또한 그러한 각도에서 끊임없이 개선돼야 한다. 대중 문화의 질적인 문제에 대해서 비판적인 견해를 갖는 사람들도 오늘날 대중 민주주의 사회에서 대중 문화의 홍수를 피하기는 어렵다는 사실을 부인할 수 없을 것이다.

대중은 고정된 실체가 아니다. 대중은 시대에 따라 끊임없이 변화하는 살아 움직이는 존재들이다. 그들이 향유하는 문화는 상업주의에 예속된 천박한 것일 수도 있다. 그러나 대중 문화는 한편으로 그 사회의 가장 폭넓은 계층의 꿈과 갈망을 드러낸다. 오생근은 "교육과 노동과 생활"이 하나로 조화롭게 융화를 이룬 대중 문화를 제창하는데, 그것이 바로 "인간 본성의 자유로운 발산"을 억압하지 않는 "삶을 위한 문화"다.

그 어느 때보다도 우리는 이제 문화를 위한 문화로부터 벗어나서 삶에 탄력을 주고 인간으로 하여금 참된 자유를 누리게 하며 인간 본성의 자유로운 발산을 이룩할 수 있는 진정한 의미에서의 유희의 문화, 다시 말해서 삶을 위한 문화가 대중의 참된 문화라고 이해를 해야 한다. 물론 모든 재미와 유희가 그것 자체로 바람직한 것은 아니겠지만, 적어도 그것은 어떤 창조적인 과정을 통해서 완성을 지향할 때 교육과 노동과 생활이 하나로 조화롭게 어울려 있는 대중들의 문화가 이루어질 것이다. 물론 이러한 문화는 짧은 시일 내에 이루어질 수도 없으며, 희망과 신념을 갖는다고 해서 달성될 수도 없다. 그것은 대중 문화의 현상을 더욱 깊이 있는 차원에서 분석하고 이해하려는 계속적인 노력을 통해서, 그리고 무엇보다도 대중들의 의식의 각성을 돕는 실천적인 작업을 통해서 현실화될 수 있을 것이다.

김현, 「두 비평가의 시선」—『김현 문학 전집 14』(문학과지성사, 1993) 재인용

그의 대중 문화론은 자연스럽게 문학의 사회학에 대한 관심으로 옮아가고, 제도로서의 문학에까지 뻗어간다. 그는 「문학 제도의 시각과 위상」에서 '문학의 제도', '장場', '아비튀스', '상징적 재산의 시장' 같은 개념을 통해 문학과 현실의 관계 맺음의 양상을 꼼꼼하게 따진다. 1990년대에 들어 펴낸 그의 두 번째 평론집 『현실의 논리와 비평』에서는 '역사 의식', '현실', '삶'이 중심 화두로 떠오르는 것을 엿볼 수 있다. 이런 화두는 우리 사회가 급격하게 도시화 · 산업화하는 과정에서 개인의 삶이 주체성과 자율성을 잃고 볼품없이 일그러진 현존으로 전락하고 말았다는 사유의 맥락과 무관하지 않을 것이다. 그에 따르면 좋은 문학이란 "상투화의 틀을 깨뜨리면서 현실을 변화시키고자 하는 의지와 문학적 인식이 맞물려서 표현되는 형태"의 문학이다. 그는 오정희 · 이청준 · 황석영 · 현길언 · 김원우 · 복거일 · 임철우 등의 작가들에게서 좋은 문학의 가능성을 타진한다.

오생근의 비평은 화려한 수사를 구사하지도 않고, 그다지 날카로워 보이지도 않는다. 그는 "정독을 바탕으로 하여, 대상으로서의 작가나 작품에게 봉사하는 언설을 펼치는 것"이 비평이라는 소박한 비평관을 갖고 있다. 그는 자기 도취나 지식의 현시를 자제하며, 성실한 작품 읽기에 바탕을 두고 대상 작가의 좋은 점을 부각시키는 비평 활동을 펼친다. 그의 이와 같은 비평의 최종 목적지는 "인간의 삶을 삶답게 만드는 것"이다.

꿈을 지향하는 생명력으로서 욕망은 어떤 현실 원칙의 억압과 검열 아래서도 살아 있고 불가능성을 꿈꾼다. 인간의 삶을 삶답게 만드는 것은 어떤 의미에서 그러한 불가능성의 의미를 추구하는 일이라고 볼 수 있다. 그런 점에서 문학적 행위는 허위의 욕구가 아닌 욕망의 진실에 가장 가깝게 다가서면서 그 욕망의 목소리로 표현되고, 결코 정형화될 수 없는, 언제나 새로운 시도로 그 불가능성의 의미를 추구하는 일이다. 문학은 개인적 차원을 넘어선 욕망과 상상적인 것의 사회적 회원을 표현하고, 억압의 정체를 밝히고 극복하며, 그 어떤 표상적 체계 속에 환원되지도 않는다.

오생근, 『현실의 논리와 비평』(문학과지성사, 1994)

참고 자료

성민엽, 「비평적 진정성의 힘」, 『문학과 사회』 1994 봄

김인환, 「비평의 논리」, 『상상력과 원근법』, 문학과지성사, 1993

고종석, 「초현실주의 딛고 '문학 제도' 탐구」, 『책읽기 책일기』, 문학동네, 1997

조남현, 「발견과 절제의 비평」, 『1990년대 문학의 담론』, 문예출판사, 1998

김현, 「두 비평가의 시선」, 『김현 문학 전집 14』, 문학과지성사, 1993

김종철, '시적 인간과 생태적 인간'

괴테는 말한다. "모든 이론은 다 회색빛 무용지물이니, 생명의 황금나무야 푸르러라."라고. 문학 평론가 김종철金鍾哲(1947～)은 '문학' 마저 회색빛 무용지물의 목록으로 생각했을지도 모른다. 그는 실제 비평 분야에서 뛰어난 솜씨를 보이다가 어느 날부터 문학의 현장에서 슬쩍 몸을 빼내 생태학적 사유의 세계로 건너간다. 그 구체적 실천 행위의 하나가 격월간지 『녹색평론』의 발간이다.

문학의 현장에서 생태학적 사유의 세계로 건너간 김종철

김종철은 1947년 경남 마산에서 태어난다. 그는 서울대학교 영문과를 졸업한 뒤, 여러 대학을 거쳐 미국의 뉴욕주립대학교와 영국 스코틀랜드의 에딘버러인문연구소에 있다가 지금은 영남대학교 영문과 교수로 재직중이다. 1970년대에 비평 활동을 시작한 그는 『문학과 지성』의 편집 동인으로 가담하기도 한다. 그러나 『문학과 지성』이 추구하는 문학 이념과 자신의 문학관이 달라 그는 편집 동인을 그만두고 독자적인 길을 걷는다. 그는 이제까지 『시와 역사적 상상력』(1978) · 『시적 인간과 생태적 인간』(1999) 등 문학 평론집은 단 두 권만 내놓았을 뿐이다.

'인간 · 흙 · 상상력' 의 고리 속에서 의식의 대전환을 촉구한 평론집 『시적 인간과 생태적 인간』

김종철은 "문학의 임무는 있는 그대로의 현실을 드러내는 것인데 아마 이것이야말로 문학의 유일하고 최종적인 기능"일 것이라고 말한다.* 그는 비평 활동에 나선 초기부터 문학의 사회적 효용성에 크게 관심을 두고 프란츠 파농 · 맬컴 엑스 · 리처드 라이트 등의 글을 읽으며 민족 문학의 논리를 강화하고 제3세계 리얼리즘론을 자신의 비평적 입지로 삼는다. 그가 비평의 잣대로 중요하게 생각하

* 김종철, 『시와 역사적 상상력』(문학과지성사, 1978)

는 것은 "실존하는 개인의 살아 있는 경험"이다. 그는 문학 작품을 읽을 때 그것을 낳은 당대 사회의 문화적 · 정치적 · 경제적 · 도덕적 성향이 경험의 세부에 어떻게 충실하게 표현되어 있는지를 따진다. 그가 '싱싱한 체험', '실존하는 개인의 살아 있는 체험', '경험에의 충실성' 등을 강조하는 것도 같은 맥락이다. 김종철의 관점에 따르면 체험의 세부를 표현하는 정도가 성기고 거칠면 나쁜 작품이고, 그것이 치밀하고 생생하면 좋은 작품이다.

김종철은 또 문화와 관련해, 심미적으로 세련된 소수 집단에 의해 지배되고 향유되는 고급 문화보다는 대다수 사회 구성원들이 민주적으로 함께 향유하는 대중 문화를 더 발전시켜야 한다는 주장을 편다. 그는 한편 고급 문화와 대중 문화를 가르는 것 자체가 일종의 사회적 억압의 산물이라고 말한다. 그가 말하는 대중 문화란 천박한 소비 욕망과 결탁된 일회적 소모의 문화가 아니라 대중의 삶 속에서 나오고 대중의 삶을 고양시키는 대중 문화다.

진정한 민주적 문화는 하나의 이상일지도 모른다. 그러나 목표가 이상적이라는 것은 거기에 도달하려는 노력을 포기할 명분을 제공하지 않는다. 적어도 민주적 문화의 소중함과 어려움에 대한 의식화의 작업만이라도 필요한 것이다. 또 우리는 문제를 지나치게 극단적으로 생각할 필요는 없다. 설사 완전한 뜻에서의 민주적 문화가 실현 불가능한 것일지언정 지금 단계보다는 조금 나은 실현 가능한 문화는 생각할 수 있으며, 그것만이라도 엄청나게 값진 것이다.

김현, 「두 비평가의 시선」, 『김현 문학 전집 14』(문학과지성사, 1993) 재인용

김종철은 『시와 역사적 상상력』에서 "식민 통치의 현실이 한국 문학에 끼친 가장 치명적인 해독의 하나는 문학적인 상상력이란 정치나 사회 현실, 요컨대 삶의 전반적인 과정과는 근본적으로 별개라는 관념이 광범위하게 조장"된 데 있다고 말한다. 김종철 비평의 또 하나의 특징은 정치에 대한 관심이다. 그는 정치적으로 진보 좌파 성향을 지니고 있다. 그가 추구하는 정치적 가치는 자유와 평등이다. 그는 인간 개개인의 경험은 독자적인 것이라기보다 시대적인 조건과의 일정한 상관 관계에 의해 규정된다고 본다.

그의 구체적 경험의 실감이 지니고 있는 중요성과 연관된 확고한 신념, 그리고 정치적 관심은 생태론적 정치 철학으로 이어진다. 이에 따라 그는 격월간 『녹색평론』을 창간하고, 생태 철학적 세계관에 입각한 새로운 공동체의 건설을 주창하는 사회 생태학으로까지 나아간다. 『녹색평론』은 자본주의 체제의 반환경적 본질을 비판하고 자연과 인간의 공생을 모색하는 담론을 주로 싣는 잡지다. 김종철은 직접적인 문학 평론 활동보다는 『녹색평론』의 발행인 및 편집인으로 일하는 데 더 힘을 기울이고 있다.

김종철이 창간한 격월간지 『녹색평론』. 자본주의 체제의 반환경적 본질을 비판하고 자연과 인간의 공생을 모색하는 담론을 주로 싣는다.

지금은 생태학적 관심을 중심에 두지 않는 어떠한 새로운 창조적인 사상이나 사회 운동도 있을 수 없는 상황이라고 나는 믿는다.…… 그러니까 이 시점에서 좀더 절실한 것은 결국 내면화의 과정, 생태적 존재로서의 우리 자신의 본성을 깊이 느낄 수 있는 능력일 것이다.…… 아마도 오늘의 산업 사회의 치명적인 약점이라고 할 수 있는 생태학적 사유의 빈곤은 오랜 세월 '어머니 대지'를 섬기며, 생태적으로 지극히 지혜로운 삶을 살아온 토착 민족들이 보여주는 것과 같은 정신적 균형을 상실한 데 따른 불가피한 귀결일지 모른다.

김종철, 『시적 인간과 생태적 인간』(삼인, 1999)

『시적 인간과 생태적 인간』과 거의 비슷한 시기에 펴낸 『간디의 물레』(1999)는 주로 『녹색평론』을 발간하며 틈틈이 쓴 글들을 엮어낸 것이다. 오늘의 지구가 처한 생태적 위기의 근본 원인은 자연을 파괴하는 인간 중심적이며 자본 중심적인 기술 문명이다. 산업 기술 문명 속에서 인간은 구태여 자연을 훼손할 필요가 없는 상황에서도 다만 이윤 추구를 위해 자연에 대해 착취적이며 폭력적인 관계를 강화해온 것이다. 이로 말미암아 '반딧불이'나 '할미꽃' 같은 생물종은 언제 사라질지 모를 처지에 빠져 있다. 김종철은 이런 생물종의 소멸에서 인간에게 닥칠 위기를 감지한다.

인간은 자연의 일부이고, 만물은 나의 형제이다. 나는 나 자신의 개인적인 의지나 욕망 때문에 이 세상의 삶을 향유하고 있는 게 아니다. 나를 살아 있게 하는 것은 내 능력으로는 헤아리기 어려운 깊고 거대한 근원적인 생명 충동이며, 그 충동은 자연의 심층에 내재되어 있다. 내가 존재하는 것은 반딧불이나 할미꽃이 이 세상에 존재할 수 있게 하는 것과 같은 힘, 같은 원리에 의존하고 있다. 반딧불과 할미꽃의 소멸은 인간도 얼마 안 있어 사라질 것임을 예고해준다. 인간은 수십억 년에 걸친 생물 진화의 긴 과정에서 가장 섬세하고 복잡한 지성과 자의식을 갖춘 존재로 진화해 왔다. 그러나 이런 사실이 다른 생명체에 대한 인간의 지배를 정당한 것으로 하는 것은 아니다. 오히려 그것은 인간의 책임을 말하는 것으로 해석되어야 한다. 인간은 본래 흙에서 나왔으므로 어떻게 보면 우리 각자는 움직이고 말하는 흙이나 바위라고 할 수 있다. 이것은 누구도 인위적인 변결을 가할 수 없는 타고난 인간 조건이며 운명이다. 그런데 산업 기술 문명은 이런 근원적인 인간 조건을 무시하도록 강요한다. 여기에 우리가 일상 경험하는 삶의 폭력성과 문화의 극단적인 퇴폐의 근본 원인이 있는 것이다.

김종철, 『간디의 물레』(녹색평론사, 1999)

김종철은 "산업 문화의 공식적 기구와 제도를 통해서 생태적 위기를 극복한다는 것은 원리상으로 불가능한 일"이라고 말한다. 그가 제안하는 것은 "인간은 자연의 일부이고, 만물은 나의 형제"라는 사고다. 그것이 '시적 존재'가 마땅히 가져야 할 사고다. 시적 존재라는 개념은 그의 근본 생태주의 철학을 함축하고 있는 개념이다. 그에 따르면 시적 존재란 "생태적 존재로서 우리 자신의 본성을 깊이 느끼는 내면화 과정으로의 전환"을 이룬 존재로 "가장 심오한 생태론자"를 일컫는다. 김종철은 『시적 인간과 생태적 인간』을 통해 '인간 · 흙 · 상상력'의 연결고리 속에서 "의식의 대전환"을 촉구한다. "인간적인 자기 쇄신"과 관련해 그는 "다른 무엇보다 시적 존재로서의 자기 자신을 재발견하고 강화"하는 쪽으로 의식을 전환해야 한다고 말하는 것이다.

1974

나무 한 그루가 상처를 입으면 자기 자신의 아픔으로 느끼고 고통을 같이하는 감수성이 중요합니다. 저는 시인들의 마음이 대개 그러한 것이 아니었을까 싶습니다. 시적 사고라는 것은 본질적으로 모든 생명을 하나로 보는 사고 방식이건든요.…… 그러므로 본질적으로 만물은 형제라는 관점이야말로 모든 시적 은유의 근거를 형성하는 것입니다.…… 하다못해 가을날 나뭇잎 하나가 떨어지기 위해서도 온 우주의 힘이 필요하다는 이야기가 있지 않습니까? 모든 것이 조화와 균형 속에 하나로 맺어져 있다는 생각이 여기에 들어 있는 셈입니다. 이것이 시적 감수성의 본질이고, 시의 마음의 핵심이라고 저는 생각합니다. 그렇기 때문에 일견 다른 존재, 다른 생명으로 보이는 것들도 내 생명의 일부라고 보고, 시인은 생명에 가해지는 상해에 마음

아파하고 고통을 함께 나누는 것이라고 생각됩니다.

김종철, 『시적 인간과 생태적 인간』(삼인, 1999)

참고 자료

김현, 「두 비평가의 시선」, 『김현 문학 전집 14』, 문학과지성사, 1993
염무웅, 「근본적 전환을 향하여」, 『당대비평』 1999 가을
김우창, 「시적 인간과 자연의 정치」, 『시적 인간과 생태적 인간』 해설, 삼인, 1999

오늘의 시인 총서

문학이 그것을 산출케 한 사회의 정신적 모습을 가장 날카롭게 보여주고 있다면, 시는 그 문학의 가장 예민한 성감대性感帶를 이룬다. 시를 이해한다는 것은 한 사회의 이념理念과 풍속風俗 그리고 그것을 표현할 수 있는 힘을 개인의 창조물 속에서 이해하는 것을 뜻한다. 한국 사회의 구조적 모순과 갈등을 이해하는 것이 지식인들의 중요한 작업이 되어 있는 오늘날, 시인들의 창조적 자기 표출을 예리하게 감득하지 못하는 한, 그것도 한낱 도로에 그칠 가능성을 갖는다. 시인의 직관은 논객의 논리를 뛰어넘는 어떤 것을 그 작품 속에 표출하기 때문이다. 우리가 '오늘의 시인 총서詩人叢書'를 발간하기로 결정한 것은 시인들의 그 날카로운 직관을 통해 한국 사회의 정신적 상처와 기쁨을 이해하기 위해서이다.

— '오늘의 시인 총서' 편집 동인

1974년 '민음사'에서 '오늘의 시인 총서'라는 이름으로 김수영 · 김춘수, 그리고 정현종 · 이성부 · 강은교 등의 시집을 한꺼번에 내놓는다. 그 이전까지 한국에서 시집 출판은 대부분 시인 스스로 발간 경비를 부담하는 형식으로 이루어진다. 이는 무엇보다 "시집은 잘 팔리지 않는다."는 출판계의 오랜 속설 때문에 출판사들이 시집 출판을 꺼린 까닭이다. 그런데 대중에게 거의 알려져 있지 않던 젊은 시인들의 시집을 포함한 민음사의 이 새롭고 야심 찬 기획은 뜻밖에 독자들로부터 큰 호응을 얻는다. 이 총서로 민음사는 일약 시의 대중화 운동의 기수이자 개척자로 떠오른다. 시집의 상업 출판의 길을 연 이 '오늘의 시인 총서'를 실질적으로 착안하고 운영한 이들은 평론가 김현과 시인 고은으로 알려져 있다. 이 총서가 상업적으로 크게 성공하자 비로소 유력한 출판 자본들이 대중을 염두에 둔 시집 출판에 관심을 갖기에 이른다. '오늘의 시인 총서'의 성공은 영원한 '마이너 장르'로 여겨지던 시가 문학의 중심이 되고, 시집이 밀리언셀러가 되는 1980년대의 저 유례없는 '시의 시대'의 도래를 알리는 하나의 예광탄이었음이 곧 밝혀진다.

신경림, 농경 사회의 풍물과 정서

『농무』

농경 사회의 풍물과 음영을 인류학자적인 시선으로 관찰하고 사실적 언어로 그려낸 시인 신경림

1974

멸실의 운명 앞에 놓인 농경 사회의 풍물과 그 음영을 인류학자적인 시선으로 관찰하고 사실적 언어로 그려낸 신경림申庚林(1935~)의 『농무農舞』는 1973년에 자비 출판으로 나왔다가 이듬해인 1974년에 '창작과비평사'에서 다시 출간된다. 『농무』는 '창비 시선'의 제1권이다. 그것은 '창비 시선'이 추구하는 이념으로 볼 때 썩 잘 어울린다. 『농무』는 1960년대에서 1970년대에 걸친, 농경 사회가 해체되고 산업 사회가 형성되는 시대 변화의 중심을 가로지르는 시집이다. "비료값도 안 나오는" 농사를 짓는다는 것은 무능력의 표지이고, 그럼에도 농사에 매달릴 수밖에 없는 대다수의 사람들을 짓누른 것은 "답답하고 고달프게 사는 원통함"이다. 그들은 "꺽정이처럼 울부짖"거나, "서림이처럼 해해 대"고, "기름집 담벽에 기대 서서 철없이 킬킬 대고" 있는 처녀들의 눈길을 의식해 신명을 내기도 한다. 그러나 어쩐지 그 신명은 공허하다. 그들의 신명은 "발버둥 친들 무엇하랴"라는 자포 자기 또는 무력감에 짓눌려 있는 것이다. 기껏해야 함께 몰려다니며 소줏집에서 술을 마시는 것으로 한 서린 가슴을 달래는 농투성이들. 그 피폐한 삶의 풍경을 사실주의적 문체로 보여준 신경림의 『농무』. 시는 비밀스럽고 암호적인 은유와 상징의 고급 언어 예술로 여겨지기 일쑤다. 그러나 『농무』에 실린 시편들은 친근한 민중 언어로 농경 사회적 풍물과 정서를 알뜰하게 담아낸다. 신경림은 이 한 권의 빼어난 시집으로 다음 세대 앞에 민족 문학의 큰 어른으로 떠오른다.

친근한 언어로 민중의 현실과 정서를 생생히 담아낸 『농무』. 이 시집으로 신경림은 단번에 민족 문학 진영을 대표하는 시인으로 떠오른다.

신경림은 1935년 봄 충북 충주군 노은면 연하리에서 4남 2녀의 맏아들로 태어

난다. 본명은 응식應植이고, 경림은 문예지에 작품을 투고하던 시절부터 쓰던 필명이다. 1989년 3월, 신경림을 비롯한 남북 작가 회담 대표들이 경찰에 연행되었을 때의 일이다. 한 명씩 조사를 받던 중에 형사가 "신응식." 하고 부르자 그것이 신경림의 본명인 줄 모르는 사람들은 어리둥절한 표정을 짓는다. 그 때 신경림이 불쑥 일어나더니 쑥스러운 표정으로 "나여." 하고 나선다. 긴장이 감돌던 좌중에서는 와르르 웃음이 터져 나온다.

신경림네는 시골에서 살았지만 농촌의 그만그만한 집안은 아니었다. 한학을 한 할아버지의 형제들은 모두 개화주의자로 일찍이 한글 전용과 농촌 계몽 운동에 앞장섰으며 후손 중에는 일본 유학을 다녀온 사람도 적지 않았다. 시인의 아버지는 면 서기와 농협 서기로 일했는데 술과 친구를 무척 좋아했다고 한다. 어머니는 독립 운동에 비밀 자금을 지원하던 명문가 출신으로 한학에 밝고 꼼꼼한 성품의 소유자였다. 당숙이 하나 있었는데 일자 무식이었으나 악단의 단장을 맡고 연극과 소리, 피리 불기 등 예능에 재주가 많은 이였다. 신경림은 어릴 적에 이 당숙과 즐겨 어울린다.

1943년 신경림은 노은국민학교에 입학한다. 4학년 때 그는 당숙과 어른들의 얘기 속에 낙원의 이미지로 나오곤 하던 목계에 가게 된다. 그는 이 때 본 목계의 풍경을 공책 한 귀퉁이에 글로 남기는데, 이것이 선생의 눈에 띄면서 '시인'이라는 별명을 얻는다. 그 뒤 도에서 시행한 글짓기 대회에서 자신은 물론 전교생과 교사들까지 모두 그의 장원을 따놓은 당상으로 여기고 있다가 기대와는 달리 보기 좋게 낙방한 기억은 그에게 오래 상처로 남는다.

1948년 충주사범병설중학교에 입학해 정춘용 선생을 만난 것은 그의 문학 인생에 커다란 행운으로 작용한다. 담임이자 문예반 지도 교사이던 정춘용은 일찍이 신경림의 시재詩才를 알아보고 격려와 도움을 아끼지 않는다. 정춘용 선생의 권유로 그는 나중에 졸업만 하면 취업이 보장되는 사범 학교를 그만두고 충주고등학교에 들어간다. 그가 사범 학교를 그만둔 더 결정적인 이유는 자신이 전교에서 풍금을 칠 줄 모르는 단 두 사람 가운데 한 명이었기 때문이다. 당시 사범 학교 학생이 풍금을 칠 줄 모른다는 것은 결격 사유에 들었다.

중학교 시절 신경림은 집안에 굴러다니던 이광수 · 김동인 · 현덕 · 이기영 · 김내성 등의 문학 서적들을 닥치는 대로 읽어댄다. 6 · 25는 그가 중학교 3학년이 되던 해에 터진다. 피난살이를 하던 그의 가족은 9 · 28수복 뒤 곧바로 집을 찾았다가 낭패에 빠지기도 한다. 1 · 4후퇴 때 다시 피난을 간 그는 미군 하우스 보이로 몇 달을 지낸 끝에 가족과 함께 집으로 돌아온다. 전란중에 시인의 집안은 좌익과 우익의 틈바구니에서 해를 입고 풍비 박산의 비운을 겪는다. 전쟁으로 말미암아 집안에서 운영하던 광산은 폐쇄되고, 보도연맹 사건에 연루되어 당숙이 목숨을 잃기도 한다.

> 9 · 28수복 후 우리는 너무 성급하게 집으로 돌아왔기 때문에 미처 후퇴하지 못한 인민군 패잔병을 피해 또 한번 몸을 숨기지 않으면 안 되었다. 아버지와 나는 광산 가까운 산 속에 숨어 며칠을 지냈다.
>
> 인민군 패잔병이 거의 도망쳤을 것으로 판단되는 어느 날, 한 대의 지프차가 광산에 들이닥쳤다. 태극기를 꽂은 헌병차였다…… 몇 갱구를 뒤진 헌병 소위는 굴 속에 숨어 있던 광부 셋을 끌고 나왔다. 금을 찾아내지 못한 그는 제 정신이 아니었다. "이 빨갱이들이 금을 가지고 도망치려 했다."고 여럿 앞에서 이들을 심문하기 시작했다…… 헌병 소위는 더욱 약이 오른 듯했다. 마침내 참다못해 권총을 꺼내 셋 중의 하나를 쏘았다. 또 하나를 쏘았다.
>
> 신경림, 「내 시의 뒷이야기」, 『삶의 진실과 시적 진실』(전예원, 1983)

사람을 죽이는 충격적 장면을 목격한 뒤 시인은 며칠 동안 악몽에 시달리며, 뒷날 만일 글을 쓰게 된다면 제일 먼저 광산에 관한 글을 쓰리라 다짐한다. 이 결심은 실제로 「폐광」이라는 시를 낳게 한다.

고등 학교에 들어간 시인은 학업에 마음을 붙이지 못하고 한 나절씩 남한강가를 배회하는가 하면 국어 시험지를 백지로 내는 등 문제 학생이라는 딱지가 붙을 지경이 된다. 그러나 당시 국어 교사이던 유촌 선생은 처벌 대신 시 다섯 편을 써 오라는 과제를 내리는데, 이 과제물을 매개로 신경림은 뒷날 평론가가 되는 유종호와 처음 만나게 된다. 바로 유촌 선생의 아들이며 고등 학교 선배인 유종호가 신경림이 낸 시를 읽고 그를 찾아온 것이다. 이렇게 맺어진 인연은 나중까지 이어져 문단에서 유종호는 시인의 든든한 후원자가 된다.

신경림은 학과 공부보다 책읽기에 빠져 시간을 보내는데 3학년 때 도스토예프스키 전집 열 권을 독파하고, 투르게네프의 소설과 백석 · 임화 · 이용악 · 오장환 · 정지용 · 윤동주, 그리고 청록파의 시집을 밤새워 읽곤 한다. 이 가운데 그의 마음을 특히 사로잡은 것은 백석과 정지용의 시로, 특히 백석의 「남신의주 유동박시봉방南新義州柳洞朴時逢方」을 읽고는 책을 떨어뜨릴 정도로 감동하며 "나중에 내가 시를 쓰면 백석 같은 시를 쓰겠다."고 마음먹는다. 임화 · 이용악 · 백석의 시에서 그는 쉽고 간결한 시적 구문, 서사적 맥락, 묘사의 사실성을 배우고 익혀 뒷날 자기 시의 능기로 삼는다. 대학에 들어가서도 백석의 시집 『사슴』을 읽었을 때의 감동은 매우 커서 며칠 동안 그는 마음을 가누지 못한다.

> 나는 그날 밤 한숨도 자지 못했고, 얼마 동안은 매일처럼 그 시집을 가방에 넣고 다니며 다방에서고 강의실에서고 꺼내 읽었다. 한동안 나는 『사슴』의 포로가 되어 있었다고 말한대도 지나치지 않을 것이다.
>
> 신경림, 「내 인생의 책」, 『동아일보』(1999. 5. 1.)

그가 고교 시절 교지에 발표한 「이형기론」은 문예반 학생들을 깜짝 놀라게 한다. 그러나 정작 그는 문예반 소속이 아니어서 더욱 화제가 된다.

1955년 신경림은 동국대학교 영문과에 입학한다. 유종호와 함께 하숙한 그는 독서회에 나가면서 『공산당 선언』 등의 좌익 책자를 구해 읽는다. 그 사이 집안 형편은 더욱 기울어 그는 스스로 학비와 생활비를 조달하며 어렵게 서울 생활을 유지한다. 1956년 신경림은 이한직의 추천으로 진보적 성향의 문예지 『문학예술』에 「갈대」를 발표하며 문단에 나온다. 이즈음 그는 금서를 읽던 친구가 진보당 사건으로 검거되는 일을 겪는다. 그는 이 일로 말미암은 충격과, 평소 품고 있던 문단에 대한 불신이 겹쳐 서울 생활을 청산하고 낙향한다.

1954년
충주고 3학년 때

1950년대 말에서 1960년대 초까지 신경림은 평창 · 영월 · 문경 · 춘천 등지를 떠돌며 광부 · 농부 · 장사꾼 · 인부 · 강사 등으로 지낸다. 하루는 술자리에서 정권을 비난하는 말을 몇 마디 했다가 붙잡혀 가서 29일 만에 풀려나기도 한다. 이 시기에 그는 시와 점점 멀어지면서 사회 과학 서적은 더러 봐도 문학 서적은 읽지 않으며, 소중히 간직해온 시집과 문학 잡지를 몽땅 버리기까지 한다. "아무것도 할 수 없는" 자신의 처지에서 비롯된 무력감 내지 절망감, 그리고 동료 시인들에 대한 불타는 듯한 질투심이 그를 이런 식으로 흐르게 만든다.

이때 내게 남아 있는 것이라고는 오직 이 증오심뿐이었다. 이 증오심만이 나를 지탱해주고 있었다. 나는 모든 사람을 미워했다. 잘사는 사람을, 높은 자리에 있는 사람을, 학식 있는 사람을 미워했다. 가난한 사람을 미워하고 무지한 사람을 미워했다. 더욱 미워한 것은 이른바 시인들이었다. 나는 이들의 성실성을 도무지 믿을 수가 없었다. 그들의 얘기는 전부가 거짓으로 느껴졌다. 그리고 이것이 다분히 아무것도 할 수 없는 나로서 이들에 대하여 갖는 질투심에 연유함은 물론이었다.

신경림, 「내 시의 뒷이야기」, 『삶의 진실과 시적 진실』(전예원, 1983)

짧지 않은 이 방황기에 신경림은 평소 존경하던 정치가 조봉암의 사형 소식을 접하고는, 밤새도록 술을 마시며 치밀어오르는 울분과 쓸쓸함을 속으로 삭인다. 죽산 조봉암은 사회주의 노선에 입각해 독립 운동을 하다가 해방 뒤에는 공산당과 결별하고 제헌 국회 의원에 이어 농림부 장관을 지낸 인물이다. 혁신 정당인 진보당을 꾸려 1956년 5월의 제3대 대통령 선거 때 후보로 나선 조봉암은 남북 총선거에 의한 평화 통일안을 내놓기도 한다. 조봉암은 이승만 정권의 과녁이 되어 이윽고 '진보당 사건'에 휘말린다. 국가 보안법 위반으로 엮인 조봉암은 1959년 2월 대법원에서 사형이 확정되고 같은 해 7월 31일 형장의 이슬로 사라진다.

시인은 뒤늦게 정미소 뒷방에서 신문을 뒤적이다가 사형 집행 사실을 알게 된다. 이 때문에 시인은 더욱 세상과 담을 쌓고 지낸다. 시인은 시 쓰기며 사회 활동을 작파해버리고 산골을 돌며 약초를 구하는 이들의 길 안내를 맡아 충청북도 북부와 강원도 남서부 일대를 떠돈다. 이 때 가난하고 세상에 대한 복수심과 체념으로 일그러진 사람들을 만나면서 혼자 삶의 속내를 짚어보곤 하는데, 시인은 뒷날 이런 기억을 「눈길」·「그날」 등의 시편에 담아낸다.

1965년 신경림은 충주의 한 사설 학원에서 영어 강사 노릇을 하며 영어로 된 『공산당 선언』의 문장을 가르치는 위험한 짓을 하는데, 어느 날 시내에서 거지몰골로 쏘다니던 김관식과 만난다. 술을 걸친 김관식은 막무가내로 "네가 안 쓰면 나도 안 쓰겠다."며 그의 꺼져가는 시심에 불씨를 지피고, 시골 생활에 적당히 지쳐 있던 그를 서울로 불러 올린다. 김관식의 강권으로 충주에서 짐을 싸들고 서울 홍은동 김관식의 집으로 거처를 옮긴 뒤 시인은 비로소 본격적으로 시 쓰기에 몰두한다. 마침내 『농무』의 시편들이 태어나는 것이다.

징이 울린다 막이 내렸다/오동나무에 전등이 매어 달린 가설 무대/구경꾼이 돌아가고 난 텅 빈 운동장/우리는 분이 얼룩진 얼굴로/학교 앞 소줏집에 몰려 술을 마신다/답답하고 고달프게 사는 것이 원통하다/꽹가리를 앞장세워 장거리로 나서면/따라붙어 악을 쓰는 건 쪼무래기들뿐/처녀애들은 기름집 담벽에 붙어 서서/철없이 킬킬 대는구나/보름달은 밝아 어떤 녀석은/꺽정이처럼 울부짖고 또 어떤 녀석은/서림이처럼 해해 대지만 이까짓/산구석에 처박혀 발버둥친들 무엇하랴/비료값도 안 나오는 농사 따위야/아예 여편네에게나 맡겨 두고/쇠전을 거쳐 도수장 앞에 와 돌 때/우리는 점점 신명이 난다/한 다리를 들고 날나리를 불꺼나/고갯짓을 하고 어깨를 흔들꺼나

신경림, 「농무」, 『농무』(창작과비평사, 1975)

1970년 신경림은 오랜 침묵을 깨고 유종호의 소개로 『창작과 비평』에 시 몇 편을 발표하는데, 「농무」는 이 가운데 한 작품이다. 민중적 화자를 내세워 민중의 현실과 정서를 생생히 보여주는 그의 빼어난 사실주의적인 작품들은 당대 문단에 신선한 충격파를 던진다. 이 때만 해도 문단 일각에서는 그의 시를 '이상

한' 시로 치부하며 애써 무시하려는 기류가 흐르기도 한다. 그러나 1973년 3백부 한정판으로 자비 출판한 시집 『농무』가 서점에 깔리자마자 싹 팔려 나가면서 신경림이라는 존재는 문단과 독자들로부터 크게 주목받게 된다. 『농무』는 1960년대 이래의 공업화 우선 정책에 밀려 결딴나버린 살림에서 비롯된 농민들의 암울한 심정과 절망, "남의 땅이 돼 버린 논뚝, 조합 빚이 되어 없어진 돼지 울" 앞에서 울분을 터뜨리는 노여움으로 빚어진 시집이다. 그의 시는 "민중시의 물꼬를 텄다.", "민중시의 개막이 그로 인해 시작되었다."는 찬사와 함께 당시 『창작과 비평』이 걷고 있던 민족 문학론의 창작 성과로 거론된다. 이에 따라 신경림은 단숨에 현실 비판적인 민족 문학 진영을 대표하는 시인으로 떠오른다.

45편의 시를 품은 『농무』는 철저히 민중적 소재, 민중적 가락, 민중적 정서, 민중적 언어에 바탕을 두고 있다. 『농무』의 시적 공간은 광산과 산촌, 들판, 논 같은 일터와 먼지로 뒤덮인 길이며, 등장 인물들은 한결같이 주변부로 밀려난 광부, 농민, 노동자, 빈민, 건달, 아편쟁이들이다. 『농무』의 시편들은 시인이 시골 곳곳을 떠돌면서 만난 민초들의 삶을 밑거름 삼아 일궈낸 것이다. 전쟁의 상처, 답답한 현실, 그리고 궁상맞고 스산한 삶……. 그들이 가슴에 품고 있는 슬픔과 한, 노여움, 서글픔, 절망, 낙담, 실의, 죽음의 이야기를 시인은 알기 쉬운 민중 언어로 풀어낸다. 시인은 이런 것을 자신의 목소리 대신에 그들을 화자로 내세워 전달한다. 결과적으로 독자들은 화자의 눈으로 현실을 보게 되고 생생함을 맛본다.

산업화에서 소외되고 몰락해가는 농민들의 비애를 감상적으로 과장하지 않고 삶의 구체성과 현장의 숨결을 그대로 담아 생생하게 재현했다는 데 『농무』의 드높은 문학적 성취가 있다. 『농무』에 실린 대표적인 시편들로서는 「겨울밤」·「시골 큰집」·「파장」·「농무」·「눈길」·「그날」·「폐광」·「갈대」 등이 있다. 백낙청은 스스럼없이 『농무』에 "이제 우리는, 보아라 이런 시집도 있지 않은가라고 마음놓고 말할 수 있게 되었다."는 평을 덧붙인다. 신경림은 『농무』 한 권으로 새로운 시대의 가장 영향력 있는 시인으로 자리매김되고, 제1회 '만해 문학상' 을 거머뭔다. 나중에는 『농무』의 영역판 『Farmer's Dance』가 출간되어 미국 코넬대학교의 한국학 강의 교재로 쓰이기도 한다.

『농무』로 이름이 알려지긴 했지만 1970년대에 신경림은 거듭된 불운과 궁핍으로 몹시 가파르고 힘든 나날을 보낸다. 어려운 시절을 군말 없이 함께 견딘 아내가 첫 시집이 나오는 것을 못 보고 눈을 감으며, 4년 뒤에는 어머니가, 또 한 해가 못 되어 병중에 있던 아버지마저 세상을 버린다. 김관식의 집에서 나와 안양으로 내려간 그는 동료 시인 조태일과 어울려 기원에서 하루를 보내거나, 잠시 『교육평론』의 편집부원으로 몸을 담기도 하나 이마저 기관의 압력으로 말미암아 그만두고 만다. 다행히 이 때 받은 퇴직금으로 길음동에 집을 한 채 사서 가까스로 서울에 삶의 근거를 마련하지만 궁핍한 생활은 그의 곁을 떠날 줄 모른다.

1975년 동료 문인들과. 뒷줄 오른쪽부터 염무웅·유주호(유종호의 동생)·김시종·신경림·이호철.

신경림과 민요의 긴 인연이 시작된 것은 1970년대 후반의 일이다. 이 무렵 민중적 화자를 내세워 그들의 삶과 언어로 그들의 정서를 표현하려는 시인의 태도는 더욱 굳건해져 민중이 스스로 쓰고 읽는 시를 지향하게 되는데, 이 과정에서 찾아낸 것이 바로 민요다. 시인은 자신이 쓸 시의 전범을 민요에서 찾고, 민요의 전통을 차용해 민중성을 넓혀나간다.

하늘은 날더러 구름이 되라 하고/땅은 날더러 바람이 되라 하네/청룡 흑룡 흩어져 비 개인 나무/잡초나 일깨우는 잔바람이 되라네/뱃길이라 서울 사흘 목계나루에/아흐레 나흘 찾아 박가분 파는/가을볕도 서러운 방물장수 되라네/산은 날더러 들꽃이 되라 하고/강은 날더러 잔돌이 되라 하네/산서리 맵차거든 풀 속에 얼굴 묻고/물여울 모질거든 바위 뒤에 붙으라네/민물 새우 끓어넘는 토방 툇마루/석삼 년에 한 이레쯤 천치로 변해/짐 부리고 앉아 쉬는 떠돌이가 되라네/하늘은 날더러 바람이 되라 하고/산은 날더러 잔돌이 되라 하네

신경림, 「목계장터」 전문, 『새재』(창작과비평사, 1979)

1979년 봄, 신경림은 민요와 『농무』의 민중적 서정이 어우러진 두 번째 시집

민요와 『농무』의 민중적 서정이 어우러진 두 번째 시집 『새재』. 시인의 신념과 민중적 가락이 더욱 구체성을 띠고 있다.

『새재』를 내놓는데, 여기에 실린 「목계장터」는 특히 절창이어서 많은 사람의 사랑을 받는다. 「목계장터」는 민요의 기본 율조인 4음보의 가락을 바탕에 깔면서 3음보 가락을 적절히 배치해 지루함을 조절하고 있는, 이 시대 민중 문학이 거둔 또 하나의 뜻깊은 성과다. 단형 소품 서정시 32편에 장시 「새재」가 실려 33편으로 구성된 『새재』에서는 시인의 신념과 민중적 가락이 이전보다 더욱 구체성을 띤 채 펼쳐진다. 신경림은 두 번째 시집 『새재』를 펴낸 지 이태 만에 제8회 '한국문학 작가상'을 받는다.

'민중'과 '현실'에 대한 핍진한 묘사, 백석 등으로부터 알게 모르게 받은 영향, 민요에서 체득한 율격 등으로 신경림의 시는 이야기 요소의 도입, 서사 지향성 등이 두드러진 단편 서사시, 이야기시, 장시의 세계로 나아간다. 시를 보는 눈이 밝은 평론가 유종호는 "도시에서 멀리 떨어진 주변부의 풍물과 정서에 충실했던 시인" 백석과 신경림의 시를 비교하며 "신경림 시의 내포 화자와 백석 시의 내포 화자 사이에는 어떤 근친성이 보인다."고 짚어낸다.*

우리는 사이좋은 친구였다/골마루에서 벌도 같이 서고/깊드리에서 메뚜기도 함께 잡았다/그러다가 우리는 싸웠구나/할퀴고 꼬집고 깨물면서//힘센 아이들의 시새움 때문에/큰 아이들의 꼬드김 때문에//우리는 물어뜯고 발길질하고/서로 붙안고 뒹굴었구나//……//우리는 사이좋은 친구였다/따지기때 풀개떡도 나눠먹고/장마 지나 도랑뒤짐도 함께 했다/그러다가 우리는 싸웠구나//크고 힘센 아이들의 시새움 때문에/크고 힘센 나라들의 장난질에 넘어가

신경림, 「북으로 간 친구」, 『달 넘세』(창작과비평사, 1985)

「북으로 간 친구」는 60행에 이르는 긴 시인데, 친구와 '나'의 이야기 형식에 남북 분단의 정황을 빗대어 우의적으로 드러낸 작품이다. 장편 서사시 형식은 「새재」(1978) · 「남한강」(1981) · 「쇠무지벌」(1985)로 이어지며 시인의 사람살이와 역사 현실에 대한 한결 깊어지고 그윽해진 의식을 담아낸다.

* 유종호, 「서경 혹은 풍물 서정」, 『작가세계』(1998 가을)

1980년 7월, 신경림은 '김대중 내란 음모 사건'에 연루되어 고은 · 송기원 · 조태일 · 구중서 등과 함께 서대문구치소에 갇혀 있다가 두 달 만에 공소 기각으로 풀려난다. 침묵을 강요당한 그 시절에 시인은 자신을 부르는 곳이면 어디든 달려가 강연을 한다. 그뿐 아니라 1984년에는 '자유실천문인협의회' 고문, '민주화청년운동연합' 지도 위원, 1985년에서 1987년까지는 '민족민주통일운동연합' 중앙위원회 위원 등 재야의 중요한 직책을 기꺼이 맡는다.

1984년 신경림은 '민요연구회'를 꾸려 그 동안 혼자 해오던 민요 채집을 여럿이 함께 하며 문화 운동 차원으로 끌어올린다. 그가 민요를 찾아 발품을 팔며 돌아다닌 기록을 갈무리해 펴낸 『민요 기행 1』(1985)은 큰 호응을 받는다. 민요연구회의 활동은 기대 이상의 성과를 낳아 나라 안의 여러 대학에 민요 연구 동아리가 만들어지고 지역 문화 단체에도 민요 모임이 잇달아 생긴다. 1985년 그는 통일을 노래한 본격 민요 시집 『달 넘세』를 내놓는다. 이어 1987년에는 장시집 『남한강』, 1988년에는 시집 『가난한 사랑노래』를 펴낸다. 『가난한 사랑노래』에서 신경림은 도시 변두리 빈민들의 삶으로 눈길을 돌려, 농민 시인에서 민중 시인, 노동 시인으로 발돋움한다.

통일을 노래한
본격 민요 시집
『달 넘세』

도시 변두리
빈민들의 삶으로
눈길을 돌린
『가난한 사랑노래』.
이 시집으로
신경림은 농민 시인에서
민중 시인,
노동 시인으로
발돋움한다.

1989년 『민요 기행 2』를 펴낸 그는 1990년에 들어 이 땅의 구석구석까지 뻗어 있는 길과 그 길 위에서 만난 인연을 노래한 기행 시집 『길』을 내놓는다. 『길』에서 시인은 그 동안 저도 모르게 얽매인 나머지 민요의 형식을 도식적으로 시에 적용하려고 들던 강박증에서 풀려나 비로소 "민요의 알맹이가 고스란히 녹아든 새로운 언어와 문법"에 바탕을 둔 민요시들을 선보인다.* 그는 이 시집으로 제2회 '이산 문학상'을 차지한다.

신경림은 1993년 시집 『쓰러진 자의 꿈』을 내놓고, 1998년 중국 · 베트남 · 일본 등지를 여행하고 돌아온 뒤 시집 『어머

길과 그 길 위에서
만난 인연을 노래한
기행 시집 『길』

* 이희중, 「시, 사람과 세상을 사랑한 기록—문학적 연대기」, 『작가세계』(1998 가을)

니와 할머니의 실루엣』을 펴내면서 제6회 '공초 문학상'을 받는다. 이마적에 나온 두 시집에서 두드러지는 것은 개개의 욕망들이 어우러지고 부딪치고 서로 밀어내며 만들어내는 사람살이에 대한 그윽한 관찰에서 나오는 성찰의 언어들이며, 강조되는 메시지는 "공생의 윤리"다.* 1995년에는 프랑스어로 번역된 시선집이 '갈리마르출판사'에서 나와, 신경림 시의 문학성은 이제 국제적으로 공증되는 시기에 접어들었음을 보여준다. 그가 요즈음 관심의 중심에 놓고 있는 것은 더불어 살아가는 사람살이이며, 그의 눈길은 여기서 비켜나지 않는다. 신경림이 시만 쓰는 게 아니라 민족문학작가회의 이사장을 지내고 환경운동연합 대표를 맡는가 하면 동국대학교 석좌 교수가 된 것도 더불어 사는 삶에 대한 이런 관심 때문이다.

참고 자료

구중서 외 엮음, 『신경림 문학의 세계』, 창작과비평사, 1995
김종철, 「새로운 세계의 발견과 상투성—농무」, 『문학과 지성』 1973 가을
김현, 「울음과 통곡」, 『분석과 해석』, 문학과지성사, 1988
서준섭, 「현대시와 민중—1970년대 민중시의 세 가지 목소리」, 『감각의 뒤편』, 문학과지성사, 1995
유종호, 「슬픔의 사회적 차원」, 『동시대의 시와 진실』, 민음사, 1982
유종호, 「서사 충동의 서정적 탐구—신경림의 단시」, 『문학의 즐거움』, 민음사, 1995
「신경림 특집」, 『작가세계』 1998 가을
한만수, 「신경림 왜 널리 오래 읽히나」, 『창작과 비평』 1990 가을

* 구모룡, 「고통과 초월—신경림의 후기시」, 『작가세계』(1998 가을)

이성부, 사실주의적 관찰의 시

「전라도」 연작 시편

"기다리지 않아도 오고/기다림마저 잃었을 때에도 너는 온다."고 절망 속에서 사랑과 희망을 노래한 시인 이성부李盛夫(1942~)는 1942년 1월 22일에 광주에서 태어난다. 1954년 광주사범병설중학교에 입학하면서 시를 쓰기 시작한 그는 학생 잡지 『학원』에 여러 차례 작품을 발표한다. 그는 광주고등학교에 진학한 뒤에도 고교 선배인 박성룡 · 윤삼하 · 정현웅 · 강태열 등을 만나며 문학적 분위기 속에서 습작을 계속한다. 전국 규모의 고교생 문예 작품 현상 모집에 여러 차례 입상하며 시적 재능을 뽐낸 그는 고등 학교를 졸업하던 해인 1960년 『전남일보』 신춘 문예에 시 「바람」을 응모해 당선된다. 1960년 그는 조병화 · 황순원 · 김광섭 등이 교수로 있던 경희대학교 국문과에 진학해 본격적인 습작기를 가진다. 이성부는 이듬해인 1961년 『현대문학』에 「소모消耗의 밤」으로 초회 추천을 받고 이어 「백주」 · 「열차」 등으로 완료 추천을 받으며 정식으로 문단에 나온다. 그는 1967년 『동아일보』 신춘 문예에 「우리들의 양식糧食」이 당선되면서 다시 이름을 알리기도 한다.

시대의 어둠을 직시하며 민중의 내면 속에 있는 분노와 희망을 노래한 시인 이성부

1968년 그는 '68문학' 동인으로 참여해 「전라도」 연작을 발표하면서 1970년대부터 활발하게 일어나는 민중시의 흐름을 계시하고 민중 지향적 서정시의 기반을 닦는다. 1969년 '한국일보사' 기자로 입사한 뒤 곧바로 첫 시집인 『이성부 시집』을 '시인사'에서 펴내는데, 그는 이 시집으로 제15회 '현대 문학상'을 받는다. 1974년 그는 두 번째 시집 『우리들의 양식』을 '민음사'에서 간행한다. 그는 같은 해 '자유실천문인협의회' 창립에 참여하고, '문학인 101인 선언'에 서명한

현실과 사물에 대한 사실주의적 관찰을 바탕으로 현실의 모순과 부조리에 대한 비판적 감수성을 드러낸 두 번째 시집 『우리들의 양식』

다. 1977년 세 번째 시집 『백제행百濟行』을 '창작과비평사'에서 펴낸 그는 이 시집으로 제4회 '한국 문학 작가상'을 받는다. 이 시집은 고통스런 삶과 역사의 어둠을 이겨내고 일어서고자 하는 극복과 인고의 정신을 노래한 시편들로 채워져 있다. 광주민중항쟁이 일어난 이듬해인 1981년에 네 번째 시집 『전야前夜』를 '창작과비평사'에서 출간한 뒤 이성부는 여러 해 동안 시를 발표하지 않는다. 그가 다섯 번째 시집인 『빈 산 뒤에 두고』를 '풀빛'에서 펴낸 것은 1989년의 일이다. 오랜만에 내놓은 이 시집에서 그는 비극의 현장에 같이 있지 못한 데 따른 죄의식 탓인지 시에 대한 회의, 꺾인 희망과 의지 등을 드러낸다.

'5월 광주'를 겪은 시인의 깊은 회의와 패배 의식이 배어 있는 네 번째 시집 『전야』

시에 대한 회의, 꺾인 희망과 의지 등이 드러나는 『빈 산 뒤에 두고』

모두 서둘고, 침략처럼 활발한 저녁/내 손은 외국산 베니어를 만지면서/귀가하는 길목의 허름한 자유와/뿌리 깊은 거리와 식사와/거기 모인 구리빛 건강의 힘을 쌓아둔다/톱날에 잘려지는 베니어의 직세織細,/쾌락의 깊이보다 더 깊게/파고 들어가는 노을녘의 기교들,/잘 한다 잘 한다고 누가 말했어./한 손에 석간을 몰아쥐고/빛나는 구두의 위대偉大를 남기면서/늠름히 돌아보는 젊은 아저씨./역사적인 집이야, 조심히 일하도록./흥, 나는 도무지 엉터리 손발이고/밤이면 건방진 책을 읽고 라디오를 들었다./함마 소리, 자갈을 나르는 아낙네가 십여 명,/몇 사람의 남자는 철근을 정돈한다./순박하고 땀에 물든 사람들/힘을 사랑하고, 배운 일을 경멸하는 사람들,/저녁상과 젊은 아내가 당신들을 기다린다./일찍 돌아간다고 당신들은 뱉어내며/그러나 어딘가 거쳐서 헤어지는/그 허술한 공복,/어쩌면 번쩍이는 누우런 연애./거기엔 입, 입들이 살아 있고 천재가 살아 있다./아직은 숙달되지 못한 노오란 나의 음주飮酒,/친구에게는 단호하게 지껄이며/나도 또한 제왕처럼 돌아갈 것이다./늦도록 잠을 잃고 기다리던 내 아내/문밖에 나와 서 있는 그 사람/비틀거리며 내 방에 이르면/구석 어딘가에 저녁이 죽어 있다./아아, 내 톱날에 잘려지는 외국산 나무들./외롭게 잘려서, 얼굴을 내놓은 김치, 깍두기,/차고 미끄러운, 된장국 시간./베니어는 잘려 나가고/무거운 내 머리, 어제 읽은 페이지가 잘려 나간다./허리 부러진 흙의 이야기/활자들도 하나씩 기어서 달아나는/딩구는 낱말, 그 밥알들을 나는 먹겠지./상을 물리고 건방진 책을 읽기 위하여/나는 잠시 아내를 멀리하면/바람이 차네요. 그만 주무셔요../퍽 언짢은 자색紫色 이불 속에 누워/아내는 몇 차례 몸을 뒤채지만/젊은 아내여 내가 들고 오는 도시락의 무게를/구멍난 내 바지 가랑이의 시대를/그러나 나는 읽고 있다./모두 서둘고, 침략처럼 활발한 저녁/철근공, 십여 명 아낙네, 스스로의 해방으로 사라진 뒤,/빈 공사장에 녹슨 서풍이 불어올 때/나도 일어서서 가야 한다면/계절은 몰래 와서 잠자고, 미움의 짙은 때가 쌓이고/돌아볼 아무런 역사마저 사라진다./목에 흰 수건을 두른 저 거리의 일꾼들/담배를 피워 물고 뿔뿔이 헤어지는/저 떨리는 민주의 일부, 시민의 일부./우리들은 모두 저렇게 어디론가 떨어져 간다.

이성부, 「우리들의 양식」, 『이성부 시집』(시인사, 1969)

아직은 거의 민중을 말하지 않을 때, 이성부는 노동의 삶에 깃들인 당당함을 이렇게 노래한다. 이 시는 톱날, 베니어, 집, 자갈, 철근, 석간, 노을녘 등이 암시하듯이 어둠에 묻혀가는 건축 공사장을 배경으로 하고 있다. 활달한 어조로 펼쳐지는 것에 비해 이 시 전체를 감싸고 있는 분위기는 밝고 희망에 차 있기보다는 어둡고 무겁다. 더러 비장감이 묻어나는가 하면 곳곳에서 짙은 좌절의 그림자가 어른거리기도 한다. 아울러 이 시에는 고된 노동에 지친 사람들의 고단한 삶에 대한 소묘, 그리고 그 고된 노동을 감당하는 남성적 힘에 대한 찬탄과 신뢰가 뒤섞여 있다. 그러나 시적 화자는 여느 노동자들과 다르다. 그는 "구멍난 내 바지 가랑이의 시대를/그러나 나는 읽고 있다."고 말한다. 다른 사람들은 거친 노동과 음주, 가난을 강요하는 현실에 무자각적으로 길들여지지만, '나'는 밤이면 "건방진 책"을 읽으며 동시에 "구리빛 건강의 힘을 쌓아둔다". 시적 화자는 모순과 불평등을 만들어내는 현실에 대한 통찰력과 함께 이런 인식을 현실 속에서 구체적으로 행동으로 옮길 수 있는 힘을 키우는 것이다.

1960년대 한국 시의 큰 흐름이 인간의 내면성에 대한 탐구였지만, 이성부의 초기 시는 그 흐름에서 비켜나 현실과 사물에 대한 사실주의적 관찰을 통해 얻은 현실의 모순과 부조리에 대한 비판적 감수성을 드러낸다. 그러나 이성부의 시는 민중 문학의 도식적 구호나 소재주의에 함몰되지 않는다. 그는 시대의 어둠을 직시하는 동시에 민중의 내면 속에 있는 분노와 희망을 노래한다.

시인의 현실 인식은 어둠에 물들어 있다. 그의 시의 기본 정조는 현실의 모순과 부조리에 짓눌려 패배하고, 그 오랜 소외와 억압 속에서 일상화된 불행을 제 것으로 삼은 이들의 내면화된 슬픔과 한의 정조다. 그의 시구를 빌린다면 그들은 "이미 너무나 강력한 패배에 길들고 말았다"(「자연」). 그러나 그들은 그냥 쓰러져 죽지는 않는다.

하나 남은 불빛은 씨앗처럼 죽어/보다 가까운 아침을 태어나게 한다./걷어붙인 팔뚝과 힘이 만드는/불빛의 장례, 피로 사랑하는/세계와의 만남, 그리하여 불빛은/누리의 밝음 속 그 어두움에/깊이깊이 파묻힌다.

이성부, 「승리 1」, 『우리들의 양식』(민음사, 1974)

이성부의 시편들은 패배와 불행만을 얘기하는 게 아니라 그것에 대한 승리, 낙관적 기대를 함께 새겨 넣는다. 불빛은 죽지만, 그 죽음으로 "가까운 아침"을 태어나게 하는 것이다. 공동체에 대한 믿음, 미래에 대한 낙관주의를 가능케 하는 게 "걷어붙인 팔뚝과 힘"이고, 또 그것을 작동하게 하는 것은 다름아니라 인간에 대한 사랑이다. 김종철은 사랑이 이성부 시의 기본적인 주제이며, 나아가 "사랑은 삶을 가능케 하는 원천적인 힘이다. 뿐만 아니라 사랑이 그의 낙관주의와 관련하여 특별히 중요성을 갖은 것은 그것이 어떤 압력이나 가난에도 불구하고 끝끝내 사라지지 않는 믿음 때문이다."라고 말한다.*

전라도 · 백제 · 광주 · 무등산은 시인의 태생의 기억을 안고 있는 고향이며, 동시에 시적 상상력의 원천이다. 그의 상상 세계의 넓은 들에는 영산강이 흐르고, 그 중심에는 무등산이 솟아 있다. 전라도 연작 시편들은 시작/끝, 어둠/빛, 죽음/생명, 불/고요, 피/가난, 기대/무너짐, 용기/패배 등의 중층 구조 속에 놓여 있다. '전라도'에 겹치는 어둠 · 흉터 · 끝남 · 죽음 · 피 · 가난 등의 이미지는 이 고장이 수난과 수탈의 땅임을 상징하는 곳이며, 고통스런 현존의 자리임을 말해준다.

아침 노을의 아들이여 전라도여/그대 이마 위에 패인 흉터, 파묻힌 어둠/커다란 잠의, 끝남이 나를 부르고/죽이고, 다시 태어나게 한다.//짐승도 예술도/아직은 만나지 않은 아침이여 전라도여/그대 심장의 더운 불, 손에 든 도끼의 고요/하늘 보면 어지러워라 어지러워라/꿈속

* 김종철, 「이성부의 시 세계」, 『우리들의 양식』(민음사, 1974) 해설

에서만 몇 번이고 시작하던/내 어린 날, 죽고 또 태어남이/그런데 지금은 꿈이 아니어라.//사랑이어라./광주 가까운 데서는/푸른 삽으로 저녁 안개와 그림자를 퍼내고/시간마저 무더기로 퍼내 버리면/거기 남는 끓는 피, 한 줌의 가난//아아 사생이여 아침이여/창검이 보이지 않는 날은/도무지 나는 마음이 안 놓인다./드러누운 산하山河에는/마음이 안 놓인다.

이성부, 「전라도 2」, 『이성부 시집』(시인사, 1969)

전라도는 특정 지역을 가리키는 지명이면서 동시에 수난과 소외를 내면화한 사람들이 사는 곳에 대한 하나의 상징이다. 그것은 "아침 노을"이며, "이마 위에 패인 흉터"이고, "아직은 만나지 않은 아침"이다. 「전라도」와 「백제」 연작을 관통하고 있는 것은 유배 의식이며, 피착취 의식이다. 그러나 "심장의 더운 불", 새로운 "태어남"을 통해 시인은 꺾이지 않는 삶에 대한 뜨거운 의지와 희망을 새겨 넣는다.

밤 · 어둠에서 아침 · 빛의 세계를 향해 한 걸음씩 내딛는 동안 시인의 다소 추상적이고 막연한 세계관은 구체적 현실성을 획득하면서 공동체 의식에 근거한 민중적 세계관으로 나아간다. 그것이 가장 명징하게 드러나 있는 시가 「벼」라는 작품이다.

벼는 서로 어우러져/기대고 산다./햇살 따가워질수록/깊이 익어 스스로를 아끼고/이웃들에게 저를 맡긴다.//서로가 서로의 몸을 묶어/더 튼튼해진 백성들을 보아라./죄도 없이 죄지어서 더욱 불타는/마음들을 보아라. 벼가 춤출 때,/벼는 소리없이 떠나간다//벼는 가을 하늘에도/서러운 눈 씻어 맑게 다스릴 줄 알고/바람 한 점에도/제 몸의 노여움을 덮는다/저의 가슴도 더운 줄을 안다.//벼가 떠나가며 바치는/이 넓디넓은 사랑,/쓰러지고 쓰러지고 다시 일어서서 드리는/이 피묻은 그리움,/이 넉넉한 힘…….

이성부, 「벼」, 앞의 책

"서로 어우러져 기대고" 사는 '벼' 한 포기 한 포기는 나약하고 하잘것없지만 그 개체의 힘들이 모이면 큰 힘이 된다. 그 작은 벼 포기들을 떠받치고 있는 것은 "넓디넓은 사랑"이며, 쓰러지고 쓰러져도 다시 일어서는 "피묻은 그리움"이고,

"넉넉한 힘"이다. 시인은 서로 기대고 묶일 때 비로소 저력을 발휘하는 '벼'에서 공동체적 삶의 원리에 바탕을 두고 있는 민중 의식을 끌어낸다. 이 시는 그 민중 의식이 구현될 때 비로소 참된 평등 세상이 올 것이라는 믿음을 담고 있다.

아무리 깊은 절망 속에서도 꺾일 줄 모르는 불굴의 의지로 사랑과 희망을 노래하던 이 시인은 1980년대로 접어들면서 갑자기 깊은 회의와 패배주의에 사로잡힌다. 그는 1981년에 네 번째 시집 『전야前夜』를 내놓으며 후기에서 "시작詩作의 쓸모없음, 모든 언어에 대한 깊은 불신 등 최근에 갖게 된 나의 절망이 해소될 기미는 이 시집 출판을 통해서도 전혀 찾아볼 수 없다."고 털어놓고 있다.

나는 싸우지도 않았고 피흘리도 않았다./죽음을 그토록 노래했음에도 죽지 않았다./나는 그것들을 멀리서 바라보고만 있었다./비겁하게도 나는 살아 남아서/불을 밝힐 수가 없었다. 화살이 되지도 못했다./고향이 꿈틀거리고 있었을 때,/고향이 무너지고 있었을 때,/아니 고향이 새로 태어나고 있었을 때,/나는 아무것도 손쓸 수가 없었다.

이성부, 「유배 시집 5」, 『빈 산 뒤에 두고』(풀빛, 1989)

1974

그의 회의와 패배주의의 이면에는 1980년 5월의 광주에 대한 원죄 의식이 숨어 있다. 오랜 세월 동안 누적된 사회 경제적 모순이 민중의 분노로 폭발한 이 광주항쟁의 바깥에 서 있을 수밖에 없던 시인의 내면은 부끄러움과 죄의식으로 물들고 만다. 그 죄의식은 깊어져 언어에 대해 깊은 불신을 하게 되고 시조차 멀리하게 만든다.

찬바람 벌판 어둠 끝에서/혼자 걸어오시던 이./한 마리 학처럼 목이 길게/느릿느릿 걸어오시던 이./그 큰 두 팔로/이 고장 사람들의 슬픔을 껴안으며/이 고장 사람들의/희망을 어루만지던 이.//넓은 가슴으로 어깨로/이 고장 사람들과 함께 승리했던 이./저 들판 적시는 영산강만큼이나/넘치는 사랑 그 안에 담고 있던 이.//오늘은 근심걱정 다 마감하고/훌훌 손 털고// 다시 그 벌판 혼자서 걸어가시네/빈 산 뒤에 두고 가시네.

이성부, 「빈 산 뒤에 두고」, 앞의 책

사랑은 과거의 일로 변하고, 이즈음 시인은 등산을 현실 도피와 자기 학대의 수단으로 택한다. 『빈 산 뒤에 두고』에서부터 그는 시의 방향을 '산'으로 돌리고 그것에 매달린다. 1996년에 나온 여섯 번째 시집 『야간 산행』 또한 그가 산으로 눈길을 돌린 뒤의 시 세계를 담고 있다. 그러나 『야간 산행』에 이르러 시인은 이전과는 달리 언제나 새로운 미지의 길에 대한 가능성을 열어두고 있는 긍정적 지향으로서의 산을 노래한다. 이성부는 이 시집에서 "이제 비로소 시작이다"* 라고 선언하며 새로운 출발점에서 미지의 세계, 삶의 적들을 향해 정면으로 나아가고자 한다.

참고 자료

김재홍, 『한국 현대 시인 비판』, 시와시학사, 1994
김재홍, 「이성부론—부정 정신과 희망의 변증법」, 『한국 현대 시인 연구』, 민음사, 1989
김용직 외, 『한국 현대 시인 연구』, 민음사, 1989
김현, 「죽음과 태어남」, 『빈 산 뒤에 두고』 해설, 풀빛, 1989
김종철, 「이성부의 시 세계」, 『우리들의 양식』 해설, 민음사, 1974
천이두, 「건강한 삶에의 의지」, 『한국 대표시 평설』, 문학세계사, 1983

* 이성부, 「우리 앞이 모두 길이다」, 『야간 산행』(창작과비평사, 1996)

집회·시위 또는 신문·방송·통신 등 공공 전파 수단이나
문서·도서·음반 등 표현물에 의하여 헌법을 부정·반대·왜곡 또는
비방하거나 개정 또는 폐지를 주장·청원·선동 또는 선전하는 행위

1975

대통령 긴급 조치 제9호

1. 다음 각 호의 행위를 금한다.

가. 유언 비어를 날조, 유포하거나 사실을 왜곡하여 전파하는 행위

나. 집회 · 시위 또는 신문 · 방송 · 통신 등 공공 전파 수단이나 문서 · 도서 · 음반 등 표현물에 의하여 대한민국 헌법을 부정 · 반대 · 왜곡 또는 비방하거나 그 개정 또는 폐지를 주장 · 청원 · 선동 또는 선전하는 행위

다. 학교 당국의 지도 · 감독하에 행하는 수업 · 연구 또는 학교장의 사전 허가를 받았거나 기타 의례적 · 비정치적 활동을 제외한 학생의 집회 · 시위 또는 정치 관여 행위

라. 이 조치를 공연히 비방하는 행위

5. 주무부 장관은 이 조치 위반자, 범행 당시의 그 소속 학교 · 단체나 사업체 또는 그 대표자나 장에 대하여 다음 각 호의 명령이나 조치를 할 수 있다.

가. 대표자나 장에 대한 소속 임직원 · 교직원 또는 학생의 해임이나 제적의 명령

나. 대표자나 장, 소속 임직원, 교직원이나 학생의 해임 또는 제적 조치

다. 방송 · 보도 · 제작 · 판매 또는 배포의 금지 조치

라. 휴업 · 휴교 · 정간 · 폐간 · 해산 또는 폐쇄의 조치

마. 승인 · 등록 · 인가 · 허가 또는 면허의 취소 조치

朝鮮日報

憲法비방·改廢선전 禁止

國家安全·公共질서 수호 緊急조치 9號 선포

流言비어·學生 政治관여 不容

違反내용 報道하면 停·廢刊도

公務員收賄 加重처벌

高大 休校令해

모든國力 總集結해야

週刊朝鮮 復刊號 오늘發賣

1975년 5월 13일 오후 3시, "국가 안전과 공공 질서의 수호를 위한" 것이라는 명목으로 대통령 긴급 조치 제9호가 발동된다. 이 악법은 긴급 조치 제1호와 제4호의 요지를 되살린 것으로, 유신 헌법의 부정·반대·왜곡·비방·개정 및 폐기를 주장하거나, 청원·선동 또는 선전하는 행위를 일절 금지하고, 학생의 사전 허가 없는 집회·시위 및 정치 관여를 금지하는 내용으로 되어 있다.

1975

1월
19 중국, 신헌법 발표(사회주의 국가 규정)
0 개인용 컴퓨터PC 시판 개시

2월
8 『동아일보』 간부들, '10·24 자유 언론 실천 선언' 재확인
12 유신 헌법 찬반 국민 투표 실시(투표율 79.84%, 찬성률 73.11%)

3월
13 김지하, 옥중 수기 「고행 —1974」로 다시 구속
15 자유실천문인협의회, '165인 선언' 발표
17 서울 면목동의 YH무역 여공 2백여 명, 임금 인상과 근로 조건 개선을 요구하며 시위

4월
5 장 제스 타이완 총통 사망
8 박정희 대통령, 긴급 조치 7호 선포, 고려대 휴교 조치
11 서울대 농대생 김상진, 양심 선언 발표 뒤 할복 자살
11 민속박물관 개관

5월
1 김지하, 자신을 공산주의자로 몰지 말라는 내용의 양심 선언 발표
13 박정희 대통령, 긴급 조치 9호 선포

7월
17 미국의 아폴로 우주선과 소련의 소유즈 우주선이 대서양 상공에서 도킹

8월
6 워싱턴에서 미일 정상 회담 열림, 아시아 평화 5원칙 선언
7 장준하, 등산 도중 의문의 죽음
27 문공부, 긴급 조치 9호 위반 출판물 15종 판금 조치

9월
13 조총련계 재일 교포 7백여 명, 추석 성묘차 모국 방문
22 전국 각지에서 민방위대 발대식 열림

10월
8 연쇄 살인 사건 범인 김대두 검거(범행 9건에 17명 피해)

12월
30 라오스, 군주제 폐지

최일남, 세태 변화에 대한 문학적 보고

농경 사회가 해체되고 급격히 산업화·도시화하는 변동의 중심에 삶의 근거가 놓이게 되면서 체험한 일들을 풍자와 해학의 문체로 녹여낸 작가 최일남

일제 강점기 내내 이어진 가혹한 수탈과 해방에 이어 터진 6 · 25 전쟁 등으로 거덜이 나버린 1950년대의 한국 경제는 미국의 원조에 기대어 가까스로 명맥을 이어간다. 세계의 극빈국으로 꼽히던 우리 나라는 제당 · 제분 · 면방직 등 이른바 '삼백 산업'을 중심으로 미미하나마 자본 축적이 이루어지기도 한다. 그러나 미국 잉여 농산물의 과다 도입과 농업 기반의 궤멸로 이 무렵 우리 농촌의 살림은 그야말로 초근 목피草根木皮의 세월을 면치 못한다. 1960년까지 농촌의 평균 가계비 지출이 도시 봉급 생활자의 절반에도 훨씬 미치지 못하는 양상을 보인 것은 농촌 사람들을 짓누른 빈곤의 무게를 말해준다. 가난의 구렁텅이에 빠진 농촌 사람들은 고리채와 장리 빚에 발목이 잡히는 한편 보릿고개에는 굶기를 예사로 하며 허기진 나날을 보낸다.

1950년대에 최저 생계비에도 못 미치는 벌이로 말미암아 "밥꼴을 못 보고 아침 저녁을 거의 쑥죽으로만 살"던 비참한 농촌 현실을 실감나게 묘사한 단편 「쑥 이야기」로 문단에 나온 작가 최일남崔一男(1932~). 그가 『문예』에 첫 추천작 「쑥 이야기」를 내놓은 것은 1953년의 일이다. 그는 번뜩이는 감각과 현실의 안팎을 두루 꿰뚫는 예리한 투시력 등으로 소설가로서의 자질을 인정받는다. 그러나 등단 뒤 왕성한 작품 활동을 펼치며 신인 작가로 이름을 내기 시작한 지 몇 해 만에 공식 지면에서 그의 작품이 별로 눈에 띄지 않게 된다. 소설가의 소임을 뒤로 한 채 오랜 공백기를 가진 그가 1975년 『한국문학』에 「서울 사람들」이라는 작품을 선보이며 돌연 문단으로 돌아온다. 작가 최일남에게 오랜 공백기가 생긴 것은

1962년 '경향신문사'를 시작으로 '동아일보사' 등에서 기자로 있었기 때문이다. 신문사에서 열세 해 동안 숨돌릴 틈도 없이 기자 생활에 휘둘리던 그가 이 무렵에서야 겨우 숨을 고르며 소설을 돌아볼 여유를 갖게 된 것이다. 오랜 기간에 걸쳐 습득한 기자로서의 직관과 사실의 핵심에 파고드는 옹골진 투시력은 그가 작가 생활을 하는 데 큰 도움이 된다.

「서울 사람들」

「서울 사람들」은 본디 농촌 태생이지만 고달픈 객지 생활을 거치며 어느덧 서울 사람이 되어버린 소시민들의 짧은 여행담이다. 화자인 '나'를 포함한 일행 넷은 시골 고교 동창생으로, 어렵게 대학을 마치고 가정을 꾸려 지금은 서울에 삶의 근거를 마련하는 데 성공한 30대 후반의 남자들이다. 어느 날 이들은 답답하고 사람을 지치게 만드는 서울 살이에서 벗어나 토장국과 호박쌈을 먹던 그 옛날의 시골 정취를 찾기로 하고 서로 짬을 낸다. 일행은 시외 버스를 타고 여행길에 오른다. 목적지를 따로 정하지 않고 무작정 버스 종착지인 강원도 어느 읍내에서 내린 일행은 거기서 다시 버스를 타고 백리나 더 깊은 산골 마을로 들어간다. 해가 저문 뒤 산골에 도착한 이들은 마을에서 묵을 곳을 찾지 못해 난감한 상황에 빠진다. 이들은 저희를 수상하게 여기는 이장집에서 숙식을 해결하기로 의견을 모은다. 김치와 우거지국에 막걸리를 곁들여 저녁을 먹으면서 일행은 옛 고향의 맛이라고 흥겨워하며 남폿불을 밝힌 채 고향 이야기로 밤을 새운다. 이튿날, 서울을 떠나온 지 하루밖에 되지 않았음에도 이들은 찬 맥주와 커피 타령을 하는가 하면 텔레비전이 보고 싶다는 등 인이 박인 생활을 떠올리게 되고, 결국 일정을 앞당겨 서울로 향한다. 시골은 도시 생활자의 관습에 길들여진 이들을 더 받아들이지 않는다. 바꿔 말해 이들에게는 시골이 답답하고 불편하다. 일행이 시골을 떠나면서 안도의 숨을 내쉰 것도 이 때문이다. 서울에 닿자마자 이들은 다

급격한 도시화로 고향을 잃게 된 1970년대 시골 출신 도시 생활자들의 초상을 담담한 문체로 그려낸 『서울 사람들』

방에 들러 커피를 마시고, 다시 생맥주를 걸친 뒤 저마다 집으로 돌아간다.

작가는 이 소설에서 급격한 도시화로 말미암아 고향을 잃게 된 1970년대 시골 출신 도시 생활자들의 초상을 담담한 문체로 그려낸다. 각박하고 메마른 도시인들은 늘 고향과 자연을 꿈꾸지만 실제로 이런 것과 마주치면 저희의 생각이 환상에 지나지 않았음을 깨닫게 되고, 그 환상은 곧 환멸로 바뀌어버린다. 농촌 생활과 자연이 산업화에 밀려 훼손되고 멸실되어가는 것도 사실이지만, 이보다 더 빠르게 변해가는 것은 시골의 된장국과 막걸리보다 쌉쌀한 생맥주와 커피 맛에, 토담집 남폿불의 정취보다는 아파트의 기능적 편리함과 텔레비전의 오락에 몸과 마음이 길들여진 인간 자체라는 것을 이 소설은 보여준다.

최일남이 소설에서 즐겨 다루는 것은 급속한 산업화 · 도시화의 과정 속에서 소외된 농민들의 궁핍과 서민들의 삶의 비애, 자질구레한 일상에 대한 깊은 애정, 물질 만능의 세태에 대한 묘사와 그 속에서 빚어지는 인간성 상실과 회복 등이다. 공백기 이전이나 이후에도 그의 변함없는 소재는 역시 '가난'이다. 초기 작품에서 그는 가난 자체에 대해 묘사하거나 가난의 문제와 관련해 사회 현실을 비판하기보다 인간의 근원적 욕망을 들추는 것에 더 중점을 둔다. 그런데 다시 소설가의 자리로 돌아온 뒤 그의 작품들은 가난과 관련된 문제를 현실의 삶에 밀착시키려고 애쓰는 것을 엿볼 수 있다. 이런 문제를 직설적 어법으로 드러내기보다는 풍자와 역설의 기지로 엮어내는 데 능기를 발휘하는 작가를 두고 어떤 평론가는 그가 박완서와 더불어 "건전한 윤리 의식을 프리즘으로 삼아 1970년대 세태와 풍속을 풍자적으로 또는 비판적으로 그려"낸 "채만식의 후예"라는 평가*를 하기도 한다.

최일남은 1932년 전북 전주시 다가동에서 태어난다. 전주사범학교를 나온 그는 1952년 서울대학교 국문과에 입학한다. 그는 대학에 다니고 있던 1953년 『문

* 조남현, 「한국 현대 소설 사략」, 『한국 문학 개관』(어문각, 1988)

예』에 「쑥 이야기」로 1차 추천을 받은 데 이어, 1956년 『현대문학』에 「파양爬痒」이 추천됨으로써 문단에 나온다. 1957년 서울대학교 국문과를 졸업할 즈음에 그는 『현대문학』에 「진달래」·「감나무골 낙수」 등의 작품을 발표한다.

1958년 고려대학교 대학원 국문과에 들어간 작가는 1959년 『민국일보』 문화부장이 된다. 1960년 그는 대학원을 수료하게 되는데, 이렇게 학업과 직장 생활을 병행하면서도 「동행」·「보류」·「경련」·「여행」·「성적」 등의 작품을 내놓는다. 1962년 『경향신문』 문화부장을 거쳐 1963년 『동아일보』 문화부장으로 옮겨 앉는 등 언론계 생활을 계속한 그는 1966년 「두 여인」·「하일초」, 1967년 「축축한 오후」·「골목길」, 1972년 「가을 나들이」, 1973년 「빼앗길 자리」·「노란 봉투」·「이런 해후」, 1974년 「장미다방」 등 짬짬이 작품을 발표한다.

최일남은 드문드문 작품을 내놓지만 눈에 띄는 변화를 보여주는데, 초기 소설에서 많은 비중을 차지하던 농촌 생활에 대한 묘사가 차츰 줄어들면서 그 자리를 도시 생활에 대한 묘사로 채워가는 것이다. 작가적 관심이 농촌에서 도시로 옮아가는 과정에서 그 과도기적 삶을 다룬 작품이 바로 1975년에 내놓은 「서울 사람들」이다. 작가는 같은 해 「우리 아버지」·「노새 두 마리」·「둘째사위」 등을 발표하고, '세대사'에서 첫 창작집 『서울 사람들』을 펴내며 '월탄 문학상'을 받는다.

1976년 그는 서울 변두리의 시장 바닥을 배경으로 거기서 일어나는 갖가지 삶의 풍속도를 생생하게 담아낸 「타령」을 비롯해 「홍소」 등을 발표한다. 1977년에 「너무 큰 나무」·「생활 속으로」·「빠스깐」 등을 발표한 그는 같은 해 '민음사'에서 창작집 『타령』, '삼중당'에서 『흔들리는 성』을 펴낸다. 1978년에 들어 그는 『동아일보』 편집 부국장이 된다. 1979년에는 중편 「우리들의 넝쿨」·「춘자의 사계」·「춤추는 버마재비」 등을 발표하고, '문학과지성사'에서 중편집 『춘자의 사계』, 창작집 『손꼽아 헤어보니』를 출간하며 '소설 문학상'을 받는다.

1980년, 박정희의 죽음으로 유신 체제가 무너진 뒤 권력을 잡으려는 신군부 세력과 이에 맞서 민주화를 요구하는 민중의 충돌로 시국이 뒤숭숭하던 그해, 작가는 '동아일보사'에서 해직된다. 정든 직장에서 갑작스럽게 떨려난 아픔을 가슴에 묻어두고 작가는 이 무렵부터 소설 집필에 매달리게 된다. 같은 해 중편 「달리는 거위들」을 내놓은 그는 이듬해인 1981년 「골방」·「숙부는 늑대」 등을 발표하는 한편 창작집 『너무 큰 나무』·『홰치는 소리』를 잇달아 펴내며 '한국 창작 문학상'을 받는다. 1982년에는 일제 강점기를 거쳐 해방과 6·25를 지나는 동안 서로 대조적인 길을 걸어온 두 형제의 삶을 그린 「거룩한 응달」, 어느 집안의 가족사를 통해 이념보다 근친의 정이 앞선다는 것을 보여준 「누님의 겨울」과 「고향에 갔더란다」 등을 발표하고, 장편 소설 『거룩한 응달』을 출간한다.

「고향에 갔더란다」는 작가가 능기로 삼고 있는, 도시에 비해 낙후된 고향의 희생을 딛고 출세한 '촌놈의 귀향기'다. 도시에서 번듯한 자리에 올라 우쭐한 마음으로 오랜만에 고향을 찾은 주인공은 고향 사람들에게 따돌림을 당하며 씁쓸함을 맛보게 된다. 고향 사람들이 자신의 출세를 부러워하고 칭송하리라 생각한 주인공의 허황된 기대는 이 귀향기에서 여지없이 빗나간다. 자기 과시욕이 깨진 것보다 더 주인공을 당혹케 하고 씁쓸하게 하는 것은 도시보다 더 냉정하게 변해버린 고향의 세태다. 주인공은 농촌 공동체를 떠받치고 있던 인정이라는 미덕을 잃어버린 고향과 마주친 것이다. 이런 사실은 삶이 팍팍해지고 버거워질 때면 언제고 고향에 돌아가 쉬리라는 꿈을 품고 사는 시골 출신 도시 생활자에게 이제 '고향'은 사라지고 없다는 씁쓸한 확인과 함께 비애 섞인 절망감을 안겨준다. 이 작품의 주인공은 삶의 진정한 가치를 잃어버린 채 자기 과시와 물질에 끌려 부나비처럼 도시에서 떠돈 1970년대 한국 중산층의 초상이기도 하다.

1983년 작가는 「서울의 초상」 등을 발표하고, 대담집 『그 말 정말입니까』를 출간한다. 1984년에 들어 『동아일보』 논설 위원으로 복직되어 안정을 되찾은 그는 「장씨의 수염」·「놀이」 등을 내놓고, 창작집 『누님의 겨울』과 장편 소설 『그리고 흔들리는 배』를 펴낸다. 1985년에는 「무화과꽃은 언제 피는가」를 발표하고, 이문구·송기숙과 함께 3인 연작 소설집 『그리고 기타 여러분』을 펴내는 한편 에세이집『기쁨과 우수를 찾아서』를 출간한다. 1986년 최일남은『문학사상』에 발표한「흐르는 북」으로 제10회 '이상 문학상' 을 받는다.

「흐르는 북」

「흐르는 북」은 1980년대 서울 중산층 집안을 배경으로, 처자와 가정을 내팽개치고 광대들과 함께 떠돌며 북에 한평생을 바친 노인을 중심으로 펼쳐지는 3대의 이야기다. 북에 미쳐 가족을 돌보는 일마저 게을리하는 무책임한 아버지를 둔 탓에 민 노인의 아들은 신문 배달 등을 하며 근근히 학업을 마친다. 이제는 제법 직장에서도 자리를 잡고 중산층 집안의 가장이 된 그는 아버지의 광대 기질이 도져 자신의 안정된 삶에 흠집을 내지 않을까 걱정한 나머지 아버지가 북을 다시 만지는 것을 극구 막는다. 그러나 그의 아들, 즉 민 노인의 손자인 성규는 할아버지의 예술가 기질과 생애를 이해하고 때로는 자랑스러워한다.

3대에 걸친 한 가족의 갈등과 화해의 이야기를 굴곡 많은 우리 현대사의 맥락 속에서 풀어낸 「흐르는 북」으로 최일남은 1986년 제10회 이상 문학상을 받는다.

성규의 친구들이 집으로 놀러온 어느 날 저녁, 민 노인은 손자 친구들의 성화에 못 이겨 북채를 잡게 된다. 민 노인은 곧 이 사실을 알고 마땅찮게 여기는 아들의 잔소리를 듣는다. 그러나 손자 성규와 민 노인 사이에는 은밀한 유대감이 생겨 두 사람은 조손 관계의 격식을 떠나서 마주 앉아 소주를 마시며 화기 애애한 얘기를 나누기도 한다. 어느 날 성규로부터 저희 학교 봉산 탈춤 공연에 참여해달라는 부탁을 받은 민 노인은 고민 끝에 승낙하게 된다. 민 노인은 아들 내외 몰래 북을 갖고 나와 젊은이들과 연습하면서 즐거움과 만족감을 맛보고, 공연 당일에는 신들린 사람처럼 북을 쳐 청중들을 환호하게 한다. 뒤늦게 이 사실을 알게 된 아들 내외는 민 노인과 성규를 싸잡아 나무라고 윽박지른다. 그러자 성규가 민 노인을 옹호하며 아버지의 처사를 비난하고 나선다. 감정 대립 끝에 이 자리에서 성규는 아버지로부터 따귀까지 얻어맞는다.

1주일 뒤에 성규는 시위를 하다가 경찰에 연행되고, 아들 내외는 성규를 찾아

부랴부랴 경찰서로 간다. 아파트에 남은 민 노인은 북에 미쳐 떠돌던 자신의 역마살 낀 삶 위에 성규를 겹쳐 떠올리고 '역마살'과 '데모'의 차이는 뭘까 생각하며 북을 두드린다.

「흐르는 북」은 3대에 걸친 한 가족의 갈등과 화해의 이야기를 굴곡 많고 파란만장한 우리 현대사의 맥락 속에서 풀어낸 작품이다. 1대와 2대, 2대와 3대는 서로 반목하지만 한 세대를 건너뛴 1대와 3대는 손을 맞잡는다. 봉건 인습으로 말미암아 자신의 예술혼을 이해받지 못한 채 고난과 불운으로 점철된 삶을 이어온 민 노인, 그 아버지 때문에 어린 시절을 가난 속에 보내며 제 꿈을 펼치지 못한 아들, 그리고 할아버지의 성향과 기질을 물려받아 '예술'과 '자유' 속에서 숨쉬고 싶어하지만 몰이해한 아버지와 사회 제도에 짓눌리는 손자 성규. 결국 이들 3대는 서로 그 실체나 내역은 다를지언정 외부로부터 끊임없이 억압받고 상처받는다는 공통점을 안고 있다. 어느 세대가 가장 힘들고 큰 해를 입었는지, 또는 어느 세대의 오류가 더 큰지를 따지는 것은 부질없는 일이다. 여기서 이런 것은 세대를 나누어 살필 문제가 아니라 서로 강하고 뿌리깊게 맞물려 있기 때문이다.

1986년 문학 선집 『장씨의 수염』을 펴낸 최일남은 1987년 중편 「젖어드는 땅」을 내놓고 자선 작품집 『틈입자』를 펴낸다. 1988년 그는 오랫동안 몸담은 『동아일보』를 떠나 『한겨레신문』 논설 고문으로 자리를 옮긴다. 이 무렵 '가톨릭 언론문학상'을 받은 작가는 오랜 신문 기자 생활을 거치며 농익은 예리한 정치 감각과 현실 비판 의식을 능기로 내세워 타락한 정치 행태와 물질 만능에 빠진 세태를 담은 풍자와 해학의 소설들을 선보인다. 1989년 그는 투옥된 운동권 학생을 뒷바라지하는 어머니의 고달픈 심사를 통해 타락한 정치와 정치인의 위선을 풍자한 「그때 말이 있었네」를 비롯해, 「숨통」과 「꿈길과 말길」 등을 발표한다. 「숨통」은 1960년대 후반부터 1970년대에 이르기까지 한 신문사를 중심으로 일어나는 사건들을 통해 정치 권력의 횡포, 지식인의 우유 부단함과 위선적인 면모, 언론의 무기력함을 응축해 보여준 작품이다. 작가는 같은 해 '한국문학사'에서 장편 소설 『숨통』을, '나남'에서 창작집 『그때 말이 있었네』를 펴낸다.

최일남은 1990년대에 들어서도 지칠 줄 모르는 창작욕을 분출하며 『히틀러나 진달래』(1991) · 『달리는 거위들』(1992) · 『오십년대 안개』(1993) 같은 작품집과 장편 소설 『하얀 손』(1994) 등을 내놓는다. 1994년 '인촌 문화상' 문학 분야의 수상자로 선정되기도 한 최일남은 세태를 풍자하는 능변의 문체로 일가를 이룬 작가다. 그는 농경 사회가 해체되고 급격히 산업화 · 도시화하는 변동의 중심에 삶의 근거가 놓이게 되면서 체험한 일들을 역사적 맥락 속에서 관찰하고 이런 것을 풍자와 해학의 문체 속에 녹여낸다. 이런 점에서 최일남의 소설 세계는 1970년대의 사회 변동에 대한 문학적 보고라고 할 수 있다. 그의 소설 세계가 1970년대 중반부터 새삼스럽게 주목받은 것도 바로 이 때문이다.

참고 자료

김윤식 · 정호웅, 『한국 소설사』, 예하, 1993
권영민, 「최일남론—삶의 진실과 소설적 상상력」, 『한국 현대 작가 연구』, 문학사상사, 1993
권영민, 『한국 현대 문학사 1945~1990』, 민음사, 1993
김용직, 『한국 현대 명작 해설/감상 사전』, 관악출판사, 1989
이동하, 「건전한 상식의 세계」, 『꿈길과 말길 외』 해설, 동아출판사, 1995
김윤식, 「막힘없이 흐르는 부계 문학—최일남의 작품론」, 『문학사상』 1986. 11.

조해일, 1970년대의 성의식 변화

『겨울 여자』의 작가 조해일

1960년대 초만 해도 세계의 극빈국 가운데 하나로 꼽히던 우리 나라는 이내 가난과 무기력을 떨치고 일어서는가 싶더니, 1960년대 말과 1970년대에 경제 개발 정책 속에서 고도 성장을 거듭한다. 서구 자본주의 국가들이 1백여 년에 걸쳐 이룩한 산업화를 불과 20여 년 만에 이룩하며 우리 나라는 1970년대에 들어 개발 도상국의 성공 사례로 꼽히기에 이른다. "한강의 기적"이라는 말까지 낳으며 나라의 살림이 펴고 중산층이 형성되기 시작한 게 이 무렵의 일이다. 아울러 1970년대에는 한국 사회에 과소비 분위기가 확산되며 바와 맥주 홀, 카바레 같은 유흥업소의 수가 급격히 늘어나는 현상이 나타난다. 이와 때를 같이해 유흥업소에서 손님을 치르는 여급, 일명 '바걸'이나 '호스티스'가 소설의 주인공으로 등장하게 되는데, 최인호의 「별들의 고향」에 나오는 '경아'가 대표적인 보기라고 할 수 있다. 1970년대 작가군의 한 사람으로 꼽히는 조해일趙海一(1941～)이 『중앙일보』에 연재한 장편 소설 「겨울 여자」의 주인공 '이화'는 최인호의 「별들의 고향」의 '경아', 조선작의 「영자의 전성 시대」에 나오는 '영자'와 함께 1970년대를 표상하는 또 하나의 여성상이다. 대중 소설의 맥락 속에서 읽어야 하겠지만, 「겨울 여자」는 한국 사회의 변화하는 여성 의식을 엿볼 수 있는 작품 가운데 하나다.

시대와 사회에 따라 소설에 나오는 여성의 직업이나 의식 구조도 변모를 거치게 된다. 1930년대에는 이상의 「날개」에 등장하는 '금홍이'처럼 술집 여급이나 다방 종업원 또는 마담이 주류를 이루고, 1940년대 후반에서 1950년대에는 해방과 전란 과정에서 미군과 함께 유입된 지아이G · I 문화의 부산물인 이태원이나 동두천의 양공주 또는 창녀가 소설 속에 나타난다. 격동의 세기인 20세기에 한반도에서 일어난 변화 가운데 특히 주목할 만한 의미를 머금고 있는 것이 바로 여성의 위상과 관련된 변화다. 여성의 변화는 곧 "남성의, 가족의, 제도의, 사회의 변화를 이끄는 동인"*이 되기 때문에 커다란 사회적 파장을 불러일으킨다. 여성의 몸과 마음, 본성과 의식은 오랫동안 가부장적인 인습과 전통, 윤리 의식에 억눌려왔다. 서구식 신교육을 통해 개화된 그들은 저희를 옥죄고 있던 억압과 미몽의 사슬을 끊기 위해 '자유'로 나아가는 발걸음을 떼어놓으며 변화의 큰 도정을 시작한다. 1930년대에 이상이 창조해낸 '금홍이'에서부터 1950년대에 정비석이 보여준 '자유 부인', 1960년대에 방영웅이 『분례기』에서 내세운, 패배주의와 무기력과 나태에 빠진 농촌 사회를 배경으로 비천하게 태어나 남성의 무지와 폭력에 피기도 전에 꺽이고 마는 '똥예', 그리고 1970년대의 '경아'와 '이화'에 이르기까지, 사회 변동과 함께 그들의 영지는 크게 넓어지고 의식은 한결 자유로워지며 지위와 신분은 높아진다.

『겨울 여자』

목사의 딸인 '이화'는 고등 학교 3학년 때 거의 1년에 걸쳐 익명의 연애 편지를 받는다. 이화에게 익명의 편지를 보낸 사람은 부패한 정치가의 아들로서 죄의식과 수치심 때문에 폐쇄적인 생활을 하던 민요섭이라는 청년이다.이화가 대학에 들어갈 즈음 둘은 만나게 되고, 사랑하는 사이가 된다. 어느 날 같이 머물던 별장에서 요섭은 이화에게 육체 관계를 요구한다. 그러나 이화는 요섭의 요구를 거절한다. 이로 말미암아 폐쇄적이고 소심한 성격의 요섭은 자살로 치닫고

1970년대를 표상하는 또 하나의 여성상인 '이화'를 창조해낸 『겨울 여자』. 신문 연재 때부터 화제에 오르더니 단행본으로 나오자마자 베스트셀러가 된다.

* 김진송, 『현대성의 형성 — 서울에 딴스홀을 허許하라』(현실문화연구, 1999)

1977년에 영화로 만들어진 「겨울 여자」의 포스터

만다. 민요섭의 자살은 이화에게 큰 충격과 상처를 준다. 이화는 이 때 자책감 속에서 자신을 강박 관념으로 옭아매고 있는, 가부장제 사회가 주입한 '순결 컴플렉스'에 대해 반성하는 과정을 거친다. 그 뒤로 이화는 세 남자를 거치며 당대 여성의 보편적 성의식보다 한 걸음 앞선 '진보적' 행동 양식을 보인다. 요섭이 죽은 뒤 이화가 사귀는 첫 번째 남자는 대학 선배이며 학보 기자다. 둘은 다방이나 맥주집에서 만나 시간을 보내고, 연인 사이가 되자 여관에서 육체 관계를 맺는다. 그러나 이 남자는 군에 입대한 지 얼마 안 되어 주검으로 돌아오고, 이화는 그의 뼛가루를 강물에 뿌린 뒤 다시 한 번 사랑에 대해 숙고하게 된다. 그 뒤로 이화는 누구든지 자신을 필요로 하는 사람에게 사랑을 베풀기 위해, 그리고 자유롭게 사랑하기 위해 결혼을 하지 않겠다고 마음먹는다. 이화가 두 번째로 만난 남자는 대학 교수이며 이혼남이다. 그는 이화가 자신의 제자라는 사실 때문에 사랑의 감정을 선뜻 행동으로 옮기지 못하며 괴로워한다. 이화는 사회가 만들어놓은 인습과 편견의 벽을 뛰어넘어 한 남자와 한 여자로 그와 사랑을 나눈다.

얼마 뒤 이 남자는 이화에게 청혼을 한다. 그러나 이화는 청혼을 받아들이지 않고 그의 곁을 떠난다. 이화는 대학을 졸업하고 여성 잡지사 기자가 된다. 이화가 세 번째로 만난 남자는 르포 기사를 취재하며 알게 된 사람이다. 이 남자는 무허가 판잣집들이 들어선 마을에 이발소를 차리고 천막 교실에서 아이들을 가르치는 빈민 운동가다. 이화는 잡지사를 그만두고 나와 그가 운영하는 야학에 동참하고 이발 기술도 배워 그를 돕는다. 어느 해 겨울, 당국에 의해 마을의 집들이 철거되면서 그들은 좌절에 빠진다. 이화는 잿더미로 변해가는 마을 귀퉁이에서 눈물을 글썽이고 있던 그를 위로하며, 시련을 뚫고 나가겠다는 마음을 다진다.

「겨울 여자」의 '이화'는 '영자'나 '경아'와는 달리 고학력의 여성이며, 중산층 출신이다. 아울러 이화는 사회적 인습이나 편견을 피동적으로 받아들이며 고난 끝에 죽음을 맞는 비련의 여주인공도 아니다. 이화는 남성 중심의 가부장제 사회가 강요하는 순결 이데올로기를 벗어 던지고 자유로운 성의식을 바탕으로 발랄하게 행동하는 여성이다. 이화가 지닌 성의식과 행동 양식은 이전의 소설 속에 나오는 여성들의 그것과 퍽 다르다. 이화의 이런 변별성이 당시의 독자들에게는 매력의 요소로 비치고 신선하게 받아들여진 것으로 보인다. 「겨울 여자」는 이처럼 예전의 소설들과 견주어 여성 억압적 성의식의 틀에서 꽤 벗어나 있다. 그러나 이 작품에서 주인공 이화가 자유로운 성행동으로 나아간 동기는 선뜻 받아들이기 어렵다. 기존의 윤리 의식에 투철하던 이화가 개방된 성의식으로 쏠린 것은 주체적 선택에 의한 결정이 아니라 자신의 행동이 한 남자를 죽음으로 몰아넣었다고 여긴 나머지 품게 된 죄의식 때문이다. 그 뒤로 이화는 제 몸을 원하는 남자라면 누구한테든 서슴지 않고 내주겠다는 생각을 갖게 되는데, 당대의 윤리적 기준에 비춰보아 매우 파격적인 이런 태도가 자신의 성적 정체성에 대한 적실한 자각에서 이루어진 것으로 보기는 어렵다. 작가는 이화의 '진보적' 성행동을 제 것을 남에게 기꺼이 베풀며 함께 나눈다는 기독교적 윤리성의 실천으로 포장하고 있는 것이다.

조해일은 1941년 중국 만주의 하얼빈에서 태어난다. 해일은 필명이고, 본명은 해룡이다. 그는 해방 뒤 가족과 함께 귀국해 서울에서 성장기를 보낸다. 아홉 살 나던 해에 6 · 25가 터지는데, 그의 가족은 서울에 남아 있다가 이듬해 1 · 4후퇴 때 부산으로 피난한다. 고달픈 피난살이 속에서도 난생 처음 본 부산 앞바다는 어린 조해일에게 깊은 인상을 심어준다. 1954년 환도령과 함께 서울로 올라온 그는 보성고등학교에 다닐 때 소설을 써서 '학원 문학상' 을 받는 등 일찍부터 문학적 재능을 드러낸다. 그는 경희대학교 국문과에 입학해 작가로서의 소양과 자질을 닦는다. 그러나 요식 절차를 거쳐 쉽게 등단할 것으로 보이던 그는 거듭된 신춘 문예 낙방으로 쓰디쓴 실의를 맛본다.

조해일은 군에서 제대한 다음해인 1970년 『중앙일보』 신춘 문예에 한 영화 엑스트라의 삶을 통해 소외된 인간의 비애와 죽음 앞에 놓인 인간의 허무를 그린 「매일 죽는 사람」이 당선되며 문단에 나온다. 같은 해 그는 군대라는 폐쇄적 공간 속에서 일어난 죽음을 통해 집단 폭력의 잔혹성을 파헤친 단편 「멘드롱 따또」와 「야만사 抄野蠻史抄」 · 「이상한 도시의 명명이」 등을 내놓는다. 1971년에는 제 방 하나만이라도 갖는 것이 절실한 소망인 변두리 빈민층의 가난과 설움을 그린 단편 「방」, 한반도가 통일된 뒤의 가상 현실을 그린 「통일절 소묘」 등을 발표한다. 1972년에는 뒤로 걷는 지게꾼의 모습을 뿔 달린 아름다운 한 마리의 짐승에 비유해 이 세계의 불합리성을 거꾸로 극복하려는 인간의 의지를 그린 「뿔」과 「대낮」 · 「전문가」 · 「항공 우편」 등의 단편, 그리고 미군 기지촌 주변의 고달픈 삶의 풍경을 통해 분단이 빚어낸 현실의 불행과 그 의미를 조용히 반추하는 중편 「아메리카」를 내놓는다. 그의 초기 소설 세계의 특징에 대해 한 평론가는 이렇게 설명한다.

1975

그의 대부분의 소설들은 평균적 일상과 삶으로부터 일탈한 인간이 보여줄 수 있는 '비극적인 아이러니'의 표정들을 머금고 있다. 그 인물들이 한결같이 표정 짓고 있는 모습들은 칙칙한 회색의 이미지들로, 1960년대나 1970년대 초 도시(그렇다. 그의 소설의 감성이 기반하고 있는 것은 도시적 그것이다.) 변두리의 궁색한 삶을 밑그림으로 하며, 그 발원지의 자양을 공급하는 것은 뿌리를 내리지 못한 하층민들이다. 그런데 그들로부터 작가가 흡수하는 것은 그 가난, 삶의 고통, 비애, 가난의 반복 · 재생산이지만, 그것을 착색하는 과정에서 보여주는 동화적인 발상이 조해일 소설 문법의 주요한 기율을 이루고 있다.

신철하, 「한 현실주의자의 상상 세계」, 『술래야 술래야 외/아메리카 외』 한국 소설 문학 대계 제65권(동아출판사, 1995) 해설

1973년 조해일은 경희대학교 대학원 국문과 과정을 밟는 한편 숭의여전에 강사로 나간다. 그는 같은 해 버스 안에서 소매치기를 당한 한 여인과 소매치기 사건에 대한 승객들의 반응을 통해 인간의 나약함과 비굴함을 보여준 단편 「심리학자들」과 「임꺽정 1」 · 「내 친구 해적」 · 「무쇠탈 1」 · 「1998년」 등을 발표한다. 조해일은 1974년 '민음사'에서 첫 작품집 『아메리카』를 펴낸다. 같은 해 그는 단편 「애란」 · 「할머니의 사진」 · 「임꺽정 2」와 중편 「어느 하느님의 어린 시절」 등을

발표하고, 장편 「왕십리」를 『문학사상』에 연재한다. 1975년 그는 단편 「임꺽정 3」·「나의 사랑하는 생활」과 중편 「연애론」*·「우요일雨曜日」 등을 내놓는 한편, '삼중당' 에서 소설집 『왕십리』를 출간한다. 같은 해 『중앙일보』에 연재한 장편 「겨울 여자」는 줄곧 화제가 되는가 싶더니, 연재가 끝난 이듬해에 '문학과지성사' 에서 단행본으로 나오자마자 베스트셀러에 올라 작가에게 뜻하지 않은 명성을 안겨준다.

중편 「아메리카」의 무대인 동두천 공동 묘지에서

1977년 그는 단편 「무쇠탈 2」·「임꺽정 4」 등을 내놓고, '서음출판사' 에서 단편집 『매일 죽는 사람』, '지식산업사' 에서 중편집 『우요일』, '열화당' 에서 장편 소설 『지붕 위의 남자』를 펴낸다. 1978년에는 「겨울 여자」를 연재한 바 있는 『중앙일보』에 다시 장편 「갈 수 없는 나라」를 싣기 시작한다. 이듬해인 1979년에는 집단 안에서 발생한 폭력을 비폭력으로 제압하는 과정을 그린 「자동차와 사람이 싸우면 누가 이기나」 등을 발표하고, '삼조사' 에서 장편 소설 『갈 수 없는 나라』를 간행한다.1980년 단편 「도락」·「비」·「낮꿈」·「임꺽정 5」 등을 발표한 그는 1981년 단편 「임꺽정 6」 등을 선보이는 한편 『동아일보』에 장편 「X」를 연재한다. 1982년 그는 '현암사' 에서 장편 소설 『X』를 펴낸다. 1986년에는 「임꺽정 7」 등을 내놓고, '고려원' 에서 중편집 『아메리카』를 간행한다.

조해일은 1980년대에 들어 작품 발표가 차츰 줄어들더니 1986년에 이르러 그 동안 단편으로 내놓은 임꺽정 시리즈를 묶어 『임꺽정에 관한 일곱 개의 이야기』라는 제목으로 '책세상' 에서 펴낸 뒤로는 거의 절필하다시피 한다. 1973년에 첫 작품을 선보인 뒤 아주 더딘 걸음으로 한 편씩 보태다가 무려 열세 해 만에 일곱 번째 작품을 내놓은 뒤 한 권의 단행본으로 묶어낸 이 소설은 벽초 홍명희의 『임꺽정』을 본으로 삼아 그 이야기를 변용한 작품이다. 김현은 이 소설의 해설에서 "1973년 뜻의 결핍을 혹심하게 느끼던 임꺽정은 1986년 바른 글과 바

홍명희의 『임꺽정』을 본으로 삼아 그 이야기를 변용한 소설 『임꺽정에 관한 일곱 개의 이야기』. 조해일은 이 작품 이후 거의 절필하다시피 한다.

* 나중에 「반연애론」으로 개제

른 생각과 바른 삶은 하나라는 뜻깊은 철학으로 무장된 지식인으로 나타난다. 그는 글을 배워 무식의 상태에서 유식의 상태로 변화한 장사이다."라고 쓰고 있다.*

조해일은 1990년 '솔출판사'에서 단편집 『무쇠탈』과 중편집 『반연애론』을 펴내는데, 여전히 새로운 소설은 써내지 못한 채 기왕에 발표한 작품들을 다시 편집해 출간하는 데 그치고 있다. 1991년에 '솔출판사'에서 장편 소설 『겨울 여자』의 개정판을 펴낸 작가는 현재 경희대학교 국문과 교수로 재직하고 있다.

참고 자료

김병익, 「과거의 언어와 미래의 언어—조해일의 근작들」, 『문학과 지성』 1973 가을

김윤식, 「조해일 소설집 '아메리카'」, 『창작과 비평』 1974 가을

김현, 「덧붙이기와 바꾸기—임꺽정 이야기의 변용」, 『임꺽정에 관한 일곱 개의 이야기』 해설, 책세상, 1986

진형준, 「연애의 풍속도」, 『반연애론』 해설, 솔, 1991

홍정선, 「현실로서의 비현실」, 『무쇠탈』 해설, 솔, 1991

신철하, 「한 현실주의자의 상상 세계」, 『술래야 술래야 외/아메리카 외』 해설 · 연보, 동아출판사, 1995

김진송, 『현대성의 형성—서울에 딴스홀을 허許하라』, 현실문화연구, 1999

* 김현, 「덧붙이기와 바꾸기—임꺽정 이야기의 변용」, 『임꺽정에 관한 일곱 개의 이야기』(책세상, 1986) 해설

최하림

『우리들을 위하여』

저는 담장을 튼튼하게 하고, 그 속에서 개인적으로 살고 싶습니다. 개인이 확실하게 존재하지 않고 개인이 행복하지 않은 공동체는 의미를 잃습니다. 개인이 그의 존재성을 확인하며, 가장 낮은 차원에 이르는 감각을 총동원할 수 있는 순간이 올 때 초월은 이루어지고 영혼의 울림이 울린다고 저는 봅니다.

최하림, 「모든 존재하는 것들에 대한 인사이고 싶습니다—이산 문학상 수상 소감」, 『문학과 사회』(1999 가을)

독재 정권에 대한 저항 의지를 서정성으로 녹여 존재의 비원과 희망을 따뜻한 시로 표현한 최하림

1970년대에 반체제 저항 시인의 길을 따른 이들의 시는 흔히 '나', 즉 개인이 지워진 자리에 민족·민중을 채워 넣는다. 그 민족·민중은 살아 숨쉬는 개체들의 집합이라기보다는 가치 개념으로서의 공동체를 지시하는 관념에 가깝다. 따라서 세계를 억압/저항의 단순 대립 구조로 파악한 그들의 시는 관념의 녹 속에서 민족·민중을 기리느라 살아 있는 삶의 낌새가 아니라 화석화된 분노의 언어들로 채워지곤 한다. 이로 말미암아 적지 않은 시가 삭막한 정치 구호로 떨어지고 만다. "개인이 행복하지 않은 공동체는 의미"가 없다고 말하는 최하림崔夏林(1939～)은 유신 독재 정권에 대한 저항 의지를 직설적으로 토해내는 대신, 드물게 이를 서정성으로 녹여 존재의 비원과 희망을 따뜻한 시로 표현해낸 시인이다.

부르짖음이 홀로 진동하여/어느날 무섭게 땅을 가르고/사나운 파도로 달려가/어떠한 법도 없이 달려가/다름없는 골목과 하늘에 이르려,/솟아오르리, 우리들은, 파도여, 너무나 가파로운 파도여/그날이 한 세상과 다른 세상의 지옥이라 해도/비록 새날과 같은 시푸런 빗줄기라 해도

최하림, 「해일」, 『작은 마을에서』(문학과지성사, 1982)

현실과 대상을 쓸쓸히 바라보는 정서가 주조를 이루고 있는 『작은 마을에서』

그의 두 번째 시집인 『작은 마을에서』에서 가장 두드러지는 것은 시인이 "세계를 쓸쓸한 눈으로 보고 있다"는 사실이다. 시집 곳곳에 펼쳐져 있는 삶의 곤핍함 또는 수난을 환기시켜주는 압도적인 어둠과 겨울의 이미지들은 그의 상상력이 세계에 대한 비극적인 전망 위에서 움직인다는 사실을 뚜렷하게 보여준다. 이런 비극적 전망에 바탕을 둔 현실과 대상에 대한 쓸쓸한 바라보기라는 시적 태도는 시적 자아를 수동적 관조에 묶어두기 쉽다. 이렇게 되면 퍼스나를 수난 의식 안에 가둬버리거나 함몰시킬 수가 있는데, 그의 시는 남다른 도덕적 정열의 뒷받침에 의해 싱싱한 에너지와 시적 탄력을 얻어내고 있다. 위의 시에서 볼 수 있듯이, 진동하는 부르짖음과 함께 무섭게 땅을 가르고 사나운 파도로 달려가 해일처럼 솟아오르겠다는 것은, 바람직하지 못한 현실 상황을 타파하고 더 나은 세계로 나아가겠다는 시인의 도덕적 의지의 적극성을 보여준다. 이와 같이 『작은 마을에서』의 여러 시편은 수난의 상황에 대한 내면적 고뇌와 절망을 안으로 감싸 안는 동시에 그 수난의 상황을 뚫고 나아가려는 시적 자아의 능동적 의지를 명료하게 드러낸다.

큰 나무들이 넘어진다 산과 산 새에서/강과 강 새에서 마을 새에서/길을 벗어난 사람이 어디로인지 달리고/길러진 개들이 일어서서/추운 겨울을 향해 짖는다//한 방향으로 흐르는 작은 강을 따라/우리들은 입을 다물고 걸어간다/저녁 그림자처럼 걸어간다 마을도/나루터도 사라지고 과거도 현재도/보이지 않는다 날아가는 새들의/불길한 울음만 공중에 떠돌며/얼어붙은 겨울을 슬퍼하고//언덕도 상점도 폭설에 막히고/거리마다 바리케이트 쳐져/사람들이/어이어이어이 울부짖고/갈색 옷을 입은 사내 몇, 들리지 않는 소리로/진정하라고 말하고 또 다른 소리로/진정하라고 말하고 그 소리들이 모여/겨울나무를 넘어뜨린다//꽁꽁 언 새벽 여섯 시, 지령地靈처럼 걷는/사람들 새로 우리들은 걸어간다/살얼음의 아픔이 여울마다 일어나고/흰 말의 무리가 하늘의 회오리 속으로/경천 동지하며 뛰어올라 갈기를 날리고,/우리와는 다른 방향으로 일단의 사내들이/사냥개를 끌고 온다 개들이 짖는다/이제는 얼어붙은 우리들의 꿈이여/눈과 같은 결정체로 삼한三韓의 삼림에 내리어 오라/기다리는 노변에서 상수리숲도 우어이우어이/울고 겨울새도 울고 우리도 울고 있다

최하림, 「겨울 정치精緻」, 앞의 책

겨울은 억압적 정치 상황에 대한 명백한 은유다. 이 시는 겨울 속에 갇혀 있는 사람과 사물의 풍경에 대한 묘사를 통해, 현실의 지배적 원리로 움직이는 정치 상황을 우의적으로 드러낸다. "우리들은 입을 다물고 걸어간다/저녁 그림자처럼 걸어간다"라는 구절과 "과거도 현재도 보이지 않는다"—독자들은 이 구절에서 겉으로 드러나 있지는 않지만, 미래도 보이지 않는다는 전언을 읽어낸다.—라는 구절에서 볼 수 있듯이, 시 전체를 감싸고 있는 암담한 전망은 쉽게 감지된다. 그러므로 한 방향으로 흐르는 강, 그 강을 따라 한 방향으로 걷고 있는 저녁 그림자 같은 사람들과 같은 시적 진술들도 억압적인 획일주의 정치에 의해 규정되는 삶을 사는 사람들의 희망 없는 또는 미래 없는 삶이라는 불길한 의미를 전달한다. 이어지는 "언덕도 상점도 폭설에 막히고/거리마다 바리케이트 쳐져" 같은 구절에서도 억압적 정치 상황 때문에 자기 실현의 계기가 차단되는 현실을 은유적으로 드러낸다. "아아, 또 몸서리를, 쳐야겠구나."(「영동嶺東」), "아무도 모르는 새 우리 집은/점령당하고/아이들은 꽁꽁 묶인 채/잠들었다……"(「어두운 골짜기에서」) 같은 시구도 그 의미를 정치적 맥락에서 읽게 된다. 그것은 부자유한 정치 상황이 우리 삶에 가할 폭력과 수난을 예감한 데서 문득 느끼는 섬뜩한 공포이거나, 공포스런 사회적 분위기의 상징화다. 이런 것은 황동규가 그의 초기 시에서부터 즐겨 쓰던 수법임을 우리는 기억하고 있다. 폭압의 정치 상황을 '겨울'이라는 계절적 정황에 비유한 시는 1970년대의 한국 시에서 흔히 볼 수 있다. 그 중에는 뛰어난 시편도 있지만 상상력의 도식화에서 벗어나지 못한 추상적 정치시의 수준을 넘어서지 못한 것도 적지 않다. 이런 상투성과 추상성을 넘어서려면, 개인적 삶의 체험이 아우르는 세목들의 결에 충실하면서, 동시에 시인의 탁월한 직관력과 사유의 명징성이 뒷받침되어야 하리라.

최하림의 『작은 마을에서』에 실린 시들은, 시인의 한국 사회 현실에 대한 어두운 진단이 하나의 강박 관념으로까지 심화 · 고착되고 있음을 보여준다. 그러나 방법적 새로움이 크게 느껴지지 않는 것은 시인의 의식에 드리운 시대의 당위적

도덕에 대한 채무 의식이 너무 크고 무겁기 때문이다. 도덕이 삶의 내연적 원리이고, 문학이 의식적이든 무의식적이든 가르침의 기능을 내포하고 있으며, 또 그 가르침의 가장 중요한 영역이 인간의 도덕적 가능성에 대한 것이라는 사실은 누구나 아는 바다. 그러나 문학의 도덕성은 문학을 그것의 무거움 속에 예속시키는 도덕이 아니라 문학의 자유로움 속에 녹아 있는 도덕이어야 한다. 좋은 시는 도덕적 정당성에 대한 주장의 유무에 있는 것이 아니라 도덕적 정당성에 대한 새로운 깨우침이 있는가 없는가, 그 새로운 이해, 새로운 확인이 한데 조화롭게 어우러진 방법론적 충격에서 비롯되는 감동과 전율의 유무에 있다고 봐야 할 것이다. 최하림은 그의 시 속에 도덕적 정당성을 구현하려는 열정이 큰 시인이지만 이 때문에 문학을 도구화하는 시인은 아니다.

최하림은 1939년 3월 7일 전남 무안군 안화면 원산 마을에서 태어난다. 고향 마을에서 유년기를 보낸 시인은 6 · 25가 터진 직후 가족을 따라 목포로 이사한다. 1961년 『조선일보』 신춘 문예에 장시 「회색 수기」로 입선한 그는 이듬해인 1962년 김현 · 김승옥 · 김치수 등과 함께 동인을 결성하고 전주에서 동인지 『산문시대』를 펴내면서 문학에 대한 꿈을 키운다. 최하림은 1964년 『조선일보』 신춘 문예에 「빈약한 올페의 초상」이 당선되며 정식으로 문단에 나온다. 그의 초기 시는 부재에 대한 명징한 인식에서 출발해 끊임없이 그 무엇을 찾아 헤매는 외로운 의식의 유랑이 주조를 이룬다. 시인은 초기 시에서 미지의 진실된 삶을 찾아 떠나는 이의 뒷모습을 담아내곤 하는데, 그 주요 배경은 겨울의 눈 덮인 산야다.

> 하늬바람 불고 눈보라 치는 밤 그이는 하마 / 취비강을 건너갔을까 보내는 이들이 밤을 / 설치며 그리는 그 얼굴 그 눈동자가 / 가슴에 불붙어 타오르는데 / 그이는 수많은 노두를 건너서 바람과 눈보라를 / 헤치고 무사히 자유에 발 디뎠을까
>
> 최하림, 「설야雪夜」, 『우리들을 위하여』(창작과비평사, 1976)

눈보라가 몰아치는 혹독한 겨울의 상황은 억압과 고문이 일상적으로 자행되는

암담한 정치 현실에 대한 은유다. '떠나는 이'는 현실의 모순과 부조리한 상황에 대해 강한 부정 정신과 저항 의지를 품고 길을 가는 지사를 떠올리게 한다. 비극적 현실에 갇힌 자아의 고뇌, 상황적 폭압에 저항하는 정신적 각성과 자아 확인의 극화가 초기 최하림 시의 특징이다. 그가 화적패, 비렁뱅이, 술집 여인, 노동자, 부랑자, 창녀, 행상, 주물 공장 견습공 등 소외된 민중 또는 궁핍한 하층민을 시편에 등장시킨 것은 삶의 구체적인 현장과 음산한 생활 풍경의 점묘를 통해 작품 속에 민중 의식을 구현하려는 시도다. 그는 민중 의식을 도식화된 분노의 언어 속에 욱여넣지 않고 따뜻한 연민과 애정의 언어로 녹여낸다. 이런 태도는 삶의 밑바닥을 투시하고 당대의 아픔을 시적 체험의 장으로 끌어당겨 좀더 인간다운 삶으로 나아가고자 하는 시인의 치열한 역사 의식에서 비롯된다.

1986년
고향을 찾아가는 길에
동료 시인들과 함께.
오른쪽부터 박진환,
뒷줄 정영일·허형만,
맨 왼쪽이 최하림.

1976년 최하림은 '창작과비평사'에서 첫 시집 『우리들을 위하여』를 펴낸다. 이후에 나온 그의 시집으로는 『작은 마을에서』(문학과지성사, 1982)·『겨울 깊은 물소리』(열음사, 1987)·『속이 보이는 심연으로』(문학과지성사, 1991)·『굴참나무숲에서 아이들이 온다』(문학과지성사, 1998) 등이 있다. 절제와 엄격한 시적 기율, 범속한 것을 세련되게 드러내는 지적 감각, 당대의 현실을 서정적 감각으로 감싸는 형상화 능력, 아름다움의 추구 등이 최하림 시를 관통하는 요소다. 그는 시집말고도 김수영 평전 『자유인의 초상』(문학세계사, 1982)과 평론집 『시와 부정의 정신』(문학과지성사, 1984) 등을 내놓기도 한다. '지식산업사'와 '열음사'의 주간을 지내고 서울예전에 출강하던 시인은 20년 남짓한 출판사며 잡지사 생활을 접고 1988년 신문 기자로 전직해 광주로 내려간다.

당대 현실을
서정적 감각으로
감싸며
형상화한
최하림의 첫 번째 시집
『우리들을 위하여』

……내가 발전 또는 진보에 대해서 회의적 시선을 보내는 것은 그것이 '필요 불가결한 요소'라는 사실을 몰라서가 아니다. 그보다는 그것이 필요 불가결한 요소를 넘어서서 발전을 위한 발전, 진보를 위한 진보로 치달리고 있는 듯한 모습을 보기 때문에 나는 그것을 회의라고

믿는 것이다.

최하림, 「나의 시론 — '쓸쓸한 세계' 를 보기」, 『침묵의 빛』(문학사상, 1988)

차츰 역사의 진보에 회의를 느끼고 물질적 풍요와 문명이 인간다운 삶을 보장해주지 않는다는 것을 깨달으며 그의 시 세계는 변화의 조짐을 보인다. 이윽고 그는 유년 시절의 고향 마을을 그리는 마음과 공동체에 대한 동경을 드러내며, 그 안에서 인간적 진실을 찾아내려고 애쓰게 된다. 이에 따라 예전의 현실 비판적 지식인의 강인한 결의나 치열한 역사 의식은 엷어지고, 삶에 드리운 쓸쓸한 고적감과 투명한 혼의 응시로 그 자리를 채워나간다.

우리들 삶의 소란스러움과 거리와 시장 언저리에서 떠난다/그리고 그 시간의 어머니들의 머리는/어느 때보다도 빛나고 요란스럽다/그리하여 밤으로 달려가고 있는 제 가정의 슬픔을/벗어나려는 여인들이여/나는 오늘 별들처럼 총총하고 싶어서/없는 유리창의 유리를 닦고 있다

최하림, 「유리창 앞에서」 — 조창환, 「자유에의 의지」, 『한국 현대 시인 연구』(민음사, 1989) 재인용

1975

자연이 중요한 소재로 자리잡은 『속이 보이는 심연으로』

1991년에 펴낸 『속이 보이는 심연으로』에서 두드러지는 것은 자연의 발견이다. 자연에 대한 그윽한 성찰에서 비롯된 세계의 신비로움에 대한 발견에 인간적 진실을 투사하며 시인은 현실적 대립과 갈등을 넘어 존재하는 모든 것의 화해와 동화를 꿈꾼다. 『속이 보이는 심연으로』는 최하림 시인이 뇌졸중으로 오래 고생한 뒤 펴낸 시집이다.

1998년에 펴낸 『굴참나무숲에서 아이들이 온다』에서 시인은 더욱 그윽해진 사유의 세계를 열어 보인다. 이 시집에서는 모든 상처를 응시할 뿐 아니라 주체를 고요로 비워낸 뒤 그 모든 상처의 기억마저 고스란히 끌어안는 시인의 면모를 엿볼 수 있다.

많은 길을 걸어 고향집 마루에 오른다/귀에 익은 어머님 말씀은 들리지 않고/공기는 썰렁하고 뒤꼍에서는 치운 바람이 돈다/나는 마루에 벌렁 드러눕는다 이내 그런/내가 눈물겨워진다 종내는 이렇게 홀로/누울 수밖에 없다는 말 때문이/아니라 마룻바닥에 감도는 처연한

고요/때문이다 마침내 나는 고요에 이르렀구나/한 달도 나무도 오늘 내 고요를/결코 풀어 주지는 못하리

최하림, 「집으로 가는 길」, 『굴참나무숲에서 아이들이 온다』(문학과지성사, 1998)

이 시집은 한결 원숙해진 서정적 성취를 보여주며, "조용한 평형과 명징한 명상"과 "온갖 복잡함을 가볍게 감싸안고 떠오르는 저 투명성"의 시들로 채워졌다는 평가와 함께*, 1999년 '이산 문학상' 수상작으로 결정된다. 첫 시집 『우리들을 위하여』의 후기에서 시인은 "침략 자본주의가 우리들에게 무엇인가를 알게 되었고, 그에 대한 반동으로 일어나는 보수주의가 무엇인가를 알게 되었으며, 그 밖에도 역사라든가 인간 관계" 등 그 모든 것을 알게 되었다고 고백한다. 그런데 이마적에 들어 그는 "시가 구원의 형식이라고 생각해본 적이 없습니다. 그저 마음을 의지할 작은 무엇이라고만 여겼지요."**라며 현실 변혁을 꿈꾸는 지사나 예언자의 시가 아니라 역사의 마디에서 상처 받고 삶의 시름에 기진한 이들의 마음을 따뜻하게 위무하는 작은 진실의 시를 꿈꾼다. 1998년 논설 위원으로 몸담고 있던 『전남일보』에서 정년 퇴직해 충북 영동으로 거처를 옮긴 시인은 그 동안의 삶을 정리하며 조용히 시 쓰기에 전념하고 있다. 1999년 회갑을 맞은 그는 제자와 문우들이 묶어준 기념집 『밝은 그늘』과 근·현대 문학사에 나오는 유명 시인들의 일화와 기행을 엮은 『시인을 찾아서』를 '프레스21'에서 펴낸다.

그윽한 사유의 세계를 펼치며 한결 원숙해진 서정적 성취를 보여준 『굴참나무숲에서 아이들이 온다』

참고 자료

김용직 외, 『한국 현대 시인 연구』, 민음사, 1989
황현산, 「'지나버린 시간'에서 건져올리는 존재의 비원과 희망」, 『한국 대표 시인선 50』 제2권, 중앙일보사, 1995
김현, 「보이는 심연과 안 보이는 역사 전망」, 『말들의 풍경』, 문학과지성사, 1990
안수환, 「절망과 극복—최하림론」, 『현대시학』 1982. 11.
김영길, 「민중에 대한 애정과 연민」, 『한국 대표시 평설』, 문학세계사, 1983
오생근, 「고전적 정신과 생성의 시」, 『속이 보이는 심연으로』 해설, 문학과지성사, 1991
김윤배, 「고요하게 흐르는 시간의 강에 선 존재」, 『현대시학』 1998. 11.

* 김주연, 「시가 뭐길래 삶을 걸었을까—이산 문학상 심사평」, 『문학과 사회』(1999 가을)
** 『동아일보』 인터뷰 기사(1999. 8. 3.)

조태일

『국토』

대지의 강인한
생명력을 바탕으로
시대의 폭력에
당당히 맞선
시인 조태일

내 시의 관심은 우선 현실 쪽입니다. 현실을 제대로 알지 못하고 어찌 감히 미래를 창조할 수 있겠습니까? 내 시의 진실은 바로 현실입니다. 현실 속에 모든 시의 싹이 움트고 있습니다. 현실의 부조리함이나 허위의식, 거기에서 파생되는 인간 정신의 위기로부터 도피하거나 현실을 만족하고 방종하게 살아갈 아무런 이유도 내겐 없습니다. 꼼짝없이 나는 현실인일 뿐입니다. 나는 지식인의 무사 안일한 침묵이나 혼자만 아는 지적인 유희를 경멸합니다. 인간 삶의 정도正道가 흐트러진 사회에서 침묵은 굴종이며 허위에 대한 방조에 지나지 않습니다. 인간의 순수함이 짓밟히는 획일주의나 독재주의 횡포 아래서 인간 정신의 상실을 막기 위해 저항합니다.

조태일, 「오늘의 나의 문학을 말한다」, 『연가』(나남, 1985)

1975

"소주에 밥을 말아 먹는다."는 소문이 나돌 만큼 문단의 호주가로 이름이 높고, 듬직한 몸집에 걸맞은 남성적 기개가 드높아 사람과 시가 하나이던 시인. 대지의 강인한 생명력을 바탕으로 시대의 폭력에 '식칼' 같은 시로 당당히 맞서 한국 시사에서 이육사나 유치환의 맥을 잇는 시인으로 자리매김되기도 하는 조태일趙泰一(1941~1999). 조태일은 1941년 전남 곡성군 죽곡면 원달1리에 있는 '태안사'에서 태어난다. 그의 아버지는 태안사 대처승이었다. 이런 까닭에 어린 조태일은 한 번도 입 밖으로 아버지를 불러본 적이 없다. 그는 열두 살 나던 해에 혈육의 끈끈한 정도 나누지 못한 채 아버지를 여의고 만다. 그의 가족은 고향 곡성에서 여순사건을 맞아 여러 차례 죽을 고비를 넘긴 끝에 가산을 다 팽개치고 광주 시내로 나와 산다. 전남고등학교를 졸업한 그는 1962년 경희대학교 국문학과에 입학하며 시인의 꿈을 키워나간다.

조태일은 1964년 『경향신문』 신춘 문예에 「아침 선박」이 당선되며 문단에 나온다. 등단 이래 첫 시집 『아침 선박』(선명문화사, 1965)에서부터 『식칼론』(시인사, 1970) · 『국토』(창작과비평사, 1975)에 이르기까지 그는 반체제 저항 시인의 길을 꿋꿋하게 걷는다. 그는 줄기차게 민중의 강인한 생명력을 찬미하고, 민중을 억누르는 권력과 제도의 불순한 힘을 서슬 퍼런 언어로 탄핵하고 고발한다.

야성적이고
원초적인 언어로
민중의 삶의 근거인
조국 땅을 향한
질박한 사랑을
노래한 『국토』

벼랑을 건너 뛰는 이 무적의 칼빛은/나와 너희들의 가슴과 정신을/단 한 번에 꿰뚫어 한 줄로 꿰서 쓰러뜨렸다가/다시 일으키고 쓰러뜨리고 다시 일으키고/메마른 땅 위에 누운 나와 너희들의 국가 위에서/아직 오지 않은 미래를 끌어다 놓고/더욱 퍼런 빛을 사방에 쏟으면서/천둥보다 번개보다 더 신나게 운다/독재보다도 더 매웁게 운다.

조태일, 「식칼론 · 4」, 『식칼론』(시인사, 1970)

1970년대를 풍미한 민족주의와 민중 의식을 고취하는 시들이 문학적 형식미라는 관점에서 결함을 드러내는 경우가 종종 있었으나 조태일의 시 세계는 그렇지 않다. "현실 비판 의식을 잃지 않으면서도 자연과의 교감을 바탕으로 빼어난 서정시를 보여준 시인"이라는 것이 그에 대한 문단의 일반적인 평가다. 독재와 외세를 향해 거부와 저항의 목소리를 높일 때조차 그의 시는 고도의 상징을 통해 높은 미학적 성취를 일궈낸다. 조태일의 초기 시 세계는 "자기 표현의 확고함, 선언적 어투, 일종의 자기 과시, 시위, 각성의 촉구"를 특징으로 한다.*

발바닥이 다 닳아 새 살이 돋도록 우리는/우리의 땅을 밟을 수밖에 없는 일이다.//숨결이 다 타올라 새 숨결이 열리도록 우리는/우리의 하늘 밑을 서성일 수밖에 없는 일이다./……
버려진 땅에 돋아난 풀잎 하나에서부터/조용히 발버둥치는 돌멩이 하나에까지/이름도 없이 빈 벌판 빈 하늘에 뿌려진/저 혼에까지 저 숨결에까지 닿도록…… 일렁이는 피와 다 닳아진 살결과/허연 뼈까지를 통째로 보탤 일이다.

조태일, 「국토 서시」, 『국토』(창작과비평사, 1975)

* 이동순, 「눈물, 그 황홀한 범람의 시학」, 『시 정신을 찾아서』(영남대학교 출판부, 1998)

『국토』는 1970년대 초부터 5년에 걸쳐 쓴 48편의 연작시를 묶은 조태일의 대표적인 시집이다. 여기서 그는 야성적이고 원초적인 언어로 민중의 삶의 근거인 조국 땅을 향한 질박한 사랑을 노래한다. 시인은 "나의 시는 내가 태어난 전남 곡성 동리산 태안사에서 발원해 전국토를 온몸으로 내달려 민족과 역사 앞에 올바르게 서고자 하는 몸부림이다."라고 털어놓은 바 있다. 시인에게 '국토'는 그를 낳고 길러준 모태이고, 민중의 살림살이를 떠받들고 있는 소중한 터전이며, 민족과 역사 앞에 바로 서고자 하는 뜻을 세우게 하는 궁극의 땅이다. 이런 국토의 순결성을 훼손하는 독재 정권과 외세를 향해 그는 거침없이 직정적인 분노의 언어를 쏟아낸다. 유신 시대에 출간된 『국토』는 긴급 조치 9호 위반으로 곧바로 판매 금지 처분을 받는다. 국내에서 판매 금지된 이 시집은 1978년 일본에서 현대 한국 시선 시리즈로 일역되어 나오기도 한다.

『국토』 이후 여러 해 동안 시집을 내지 않던 조태일은 1983년 『가거도』를, 1987년 『자유가 시인더러』를 펴내며 시 세계에 커다란 변모를 보여준다. 두 시집에서 그의 눈길은 홍시, 피라미 떼, 어린 짐승 새끼, 달빛, 이슬, 실개천, 강물, 바다 같은 것에 모아진다. 어느덧 사회에서 자연으로 관심의 영역이 옮아간 것이다. 그 동안의 현실 비판 의식을 자연과의 폭넓은 교감을 통해 서정적인 시 세계로 승화시켰다는 평가와 함께 조태일은 1995년 '만해 문학상'을 받는다.

1999년에 이르러 그는 여덟 번째 시집 『혼자 타오르고 있었네』를 펴낸다. 그는 이 시집에서 자연의 품에 안기는 자세로 한 단계 더 변모한 끝에 복원한 유년 시절의 추억과 자연 친화적 서정을 바탕으로 민초들의 보편적 고향으로서의 자연에 대한 애정을 담아낸다.

유년 시절의 추억과 자연 친화적 서정을 바탕으로 민초들의 보편적 고향으로서의 자연에 대한 애정을 담아낸 『혼자 타오르고 있었네』

> 바람들은 천상 세 살바기 어린아이다/내 바짓가랑이에, 소맷자락에, 머리카락에/매달려서 보채며 잡아끌며/한시도 가만 있질 못한다.//허리 굽혀 보아라/내 작은 눈길에도 가볍게 떨고 마는/작고 작은 들꽃들에게도/바람들은 매달려서 보채며 잡아끌며/한시도 가만 있질 못한다.
>
> 조태일, 「바람과 들꽃」, 『혼자 타오르고 있었네』(창작과비평사, 1999)

시인의 상상력이 안착한 곳은 모성과 여린 동심의 세계다. 시인이 가냘픈 들꽃, 여린 것, 작아서 아름다운 것에 경외감을 느끼고 분꽃 씨, 붉은 고추, 보름달 등에서 '어머니'를 찾아내는 것은 이승에서 삶을 다하고 죽은 어머니가 자연의 모든 사물 속에 깃들여 있다는 시인의 믿음을 배경으로 한다. 시인은 어머니가 세상을 뜬 지 5년이 되도록 젊은 시절부터 다달이 내놓던 용돈을 차마 끊지 못하고 계속 통장에 입금할 만큼 어머니에 대한 그리움과 애착이 컸다고 한다.

조태일은 그 자신이 1970년대의 대표적인 저항 시인이기도 하지만 시 전문지 『시인』의 주간으로 활동하며 뛰어난 저항 시인들인 김지하 · 김준태 · 양성우 등을 발굴하기도 한다. 시인은 1974년 11월 뜻있는 문인들과 함께 '자유실천문인협의회'를 결성해 이 단체의 간사를 맡고, 1977년 양성우의 시집 『겨울 공화국』 발간 사건에 연루되어 시인 고은과 함께 투옥되는 수난을 당한다. 1980년에 들어서는 자유실천문인협의회 임시 총회와 관련해 계엄법 및 포고령 위반으로 구속되어 5개월 동안 감옥살이를 한다.

1987년 그는 자유실천문인협의회가 민족문학작가회의로 바뀌면서 초대 상임이사를 맡는다. 늦은 나이에 대학원 과정을 밟은 그는 1989년 광주대학교 문예창작과 조교수로 임용된 다음 같은 학교 예술대 학장을 지내며, 1999년 『무등無等 둥둥』이라는 창작 오페라 대본을 쓰기도 한다. 마지막 시집이 된 『혼자 타오르고 있었네』를 펴낸 뒤 관련 기사를 쓴 한 신문 기자에게 "나중에 술 한잔 하자."는 말을 남긴 조태일은 건강이 나빠져 그 약속을 지키지 못한 채 요양소로 떠났다가, 1999년 9월 7일 밤 11시에 숙환인 간암으로 세상을 뜬다.

참고 자료

김우창, 「조태일의 낭만적 현실 인식의 시」, 『연가』 해설, 나남, 1985
김영무, 「핵심 껴안기와 꿈 뒤집어 꾸기」, 『시인의 언어와 삶의 언어』, 창작과비평사, 1990
고정희, 「인간 회복과 민중시의 전개」, 『기독교사상』 1983. 6.
이동순, 「눈물, 그 황홀한 범람의 시학」, 『시 정신을 찾아서』, 영남대학교 출판부, 1998

시인이라는 것은 본래부터 가난한 이웃들의 저주받은
생의 한복판에 서서 그들과 똑같이 고통받고 신음하며
가난한 이웃들을 희망과 결합시켜주는 사람입니다

1976

김지하 법정 최후 진술

현 정부는 내가 가난한 환경에서 태어나 가난뱅이로 자라나, 바로 가난뱅이이기 때문에 생리적으로 부자와 자본주의를 증오하는 악랄한 공산주의자가 되었다고 합니다. 1964년 한일 회담 반대 시위로 법정에 선 이래, 현 정부는 상투적으로 정부 비판의 동기를 가난뱅이이기 때문이라고 말하고 있습니다. 이 나라는 절대 다수가, 국민의 8할 이상이 가난한 민중입니다. 가난한 8할의 민중을 가난하다는 이유 하나만으로 가상 적, 즉 공산주의자의 우범으로 몰아세우는 정부라면 이것을 어떻게 국민의 정부라고 할 수 있겠습니까?…… 나는 시인입니다. 시인이라는 것은 본래부터 가난한 이웃들의 저주받은 생의 한복판에 서서 그들과 똑같이 고통받고 신음하며 또 그것을 표현하고, 그 고통과 신음의 원인들을 찾아 방황하고, 그 고통을 없애며, 미래의 축복받은 아름다운 세계를 꿈꾸고, 그 꿈의 열매를 가난한 이웃들에게 선사함으로써 가난한 이웃들을 희망과 결합시켜주는 사람입니다. 그렇기 때문에 우리는 참된 시인을 민중의 꽃이라고 부르는 것입니다. 만약에 시인이 혁명을 선택했다면 그것은 그가 사랑하는 가난한 이웃들에게 꿈을 주기 위해서이며, 때문에 그 혁명은 이 세상에서 전혀 새로운 창조적인 혁명에 대한 몽상의 단계일 수밖에 없습니다. 그러므로 시인이 꿈꾸는 혁명적 사상의 몽상에 대해 판단하려면, 때묻은 이데올로기의 논리나 형식적인 법정 논리에 의해서가 아니라 시인의 상상력의 자율적인 운동법칙과 직결시켜서 이해하지 않으면 안 됩니다.

김지하 시인이 다시 구속된다. 그는 내·외신 기자 회견과 『동아일보』에 투고한 「고행—1974」에서 인혁당 사건이 조작되었다는 등의 발언을 해 반국가 단체를 찬양·고무했다는 혐의로 법정에 선다. 1975년 3월 13일에 붙잡혀 중앙정보부에서 조사를 받고 구속된 김지하를 위한 구명 운동이 나라 안팎에서 활발하게 벌어지는 가운데 재판은 해를 넘긴다. 1976년 12월 23일, 제14차 공판에서 변호인의 최종 변론과 김지하의 최후 진술이 아침 10시부터 밤 10시까지 이어진다. 김지하는 최후 진술을 하는 자리에서 무려 3시간 15분에 걸쳐 자신의 주장을 펼친다.

1976

1월
8 중국 총리 저우 언라이周恩來 78세로 사망
21 영국과 프랑스가 공동 개발한 초음속 여객기 콩코드 운항 개시
26 유엔 안보리, 팔레스타인의 독립과 이스라엘의 생존권 보장을 내용으로 하는 비동맹 6개국 결의안 부결(미국이 거부권 행사)

2월
3 '한국 미술 5000년전' 일본 도쿄에서 개막

3월
11 서울지검, '3·1 민주 구국 선언'을 정부 전복 선동 사건이라고 발표, 11명 구속(명동 사건)

4월
5 중국, 베이징 톈안먼天安門광장에서 고 저우 언라이 총리를 지지하는 시위 발생
25 중국과 인도, 대사 교환 합의하고 15년 만에 관계 정상화
30 내무부, 매월 말일을 '반상회의 날'로 지정

6월
18 경제기획원, 제4차 경제 개발 5개년 계획 발표

7월
22 키신저 미 국무 장관, 한반도 문제와 관련해 4자 회담, 교차 승인, 유엔 동시 가입 등의 방안 제시

8월
1 양정모 선수, 몬트리올 올림픽 레슬링 자유형 페더급에서 해방 이후 첫 금메달 획득
12 남아프리카공화국, 흑인 폭동 전국으로 확대(소웨토 봉기)
17 고려대장경의 초장경初藏經인 '도행반야경제사道行般若經第四' 발견
18 북한군, 판문점에서 도끼로 미군 살해

9월
9 마오 쩌둥 중국 주석, 82세로 사망

10월
11 전남 신안 앞바다에서 송·원대의 유물 대량 인양

11월
26 미 국무부, 행방 불명된 김상근 참사관이 연방수사국FBI에 미국 체류를 요청했다고 통보

12월
10 소련, 2백 해리 경제 수역 선포
17 OPEC 긴급 총회, 원유가 2중 가격을 통해 인상키로 결의

구자운

『벌거숭이 바다』

고아한 수사와 형식미로 한국적 사상事象을 산뜻하게 그려낸 시인 구자운

1976

어떤 시인에게 불행은 시인이라는 천분과 함께 짝으로 주어진다. 이럴 때 더러는 불행이 시인에게 시적 영감의 원천이 되기도 한다. 가난 속에서 불구의 몸으로 시를 쓴 구자운具滋雲(1926~1972)이 이와 같은 경우에 해당한다.

구자운은 1926년 11월 3일 부산시 중구 부용동에서 태어난다. 경기도 여주군 대신면 후포리가 고향인 아버지 구명회는 일본 메이지대학 출신의 인텔리였다. 시인은 1남 3녀 가운데 독자로 태어나는데, 두 살 때 심한 열병을 앓고 나서 평생 다리를 절게 된다. 그는 어린 시절을 부산에서 보내며 부산진보통학교와 입정상업학교를 졸업한다. 1944년 그는 고등 학교를 마친 뒤에 아버지의 고향인 경기도 여주로 간다. 그림에 남다른 재주가 있던 그는 이 무렵 문학은 물론 그림 공부에도 열중한다. 이런 습작 과정은 뒷날 그의 작품에 세련된 미의식이 스며드는 바탕이 된다.

1945년 해방을 맞은 뒤 아버지가 서울로 발령을 받자 그의 가족은 삶의 터전을 서울로 옮긴다. 아버지는 불구인 자식의 교육에 태만했지만, 구자운은 뛰어난 영어 실력으로 한 개업의의 영어 가정 교사를 하며 스스로 학비를 벌어 1949년부터 동양외국어전문학교 노문과에서 수학한다. 그러나 6 · 25가 터져 학업은 중도에 접고 피난지 여주에서 읍사무소 직원으로 근무하며 시 쓰기에 매달린다. 1954년께 서울로 돌아온 그는 대한광업회에 취직을 하고 결혼까지 한다. 구자운은 1955년부터 1957년에 걸쳐 서정주의 추천으로 『현대문학』에 「균열龜裂」 · 「청자 수병靑磁水甁」 · 「매梅」 등을 발표하며 등단한다. 그의 2회 추천작인 「청자 수병」에 대해 서정주는 다음과 같은 추천사를 보탠다.

구군具君의 「청자 수병」은 보시는 바와 같이 먼저 형식 세련에 있어 근래에 보기 드문 역작이다. 이만큼 시의 말솜씨를 유창하게 마련해 가지기도 여간 어려운 일이 아니다. 작년 봄 그가 처음으로 우리에게 보였던 작품 「균열」의 의미 중심의 시업詩業에서부터 1년 잘 되는 동안에 그는 그의 정신의 운율까지를 마련하는 데 성공해 가고 있는 것을 이 작품에서 보여주어 여간 반갑지 않다.

서정주, 『현대문학』(1956. 5.)

이 시기에 그는 옛 항아리나 병과 같은 고기古器에서 느낄 수 있는 그윽한 정적미를 세련된 언어로 형상화해 1959년 제4회 '현대 문학상' 을 차지한다.

아련히 번져 내려/구슬을 이루었네./버레들 살며시/풀포기를 헤치듯/어머니의 젖빛/아롱진 이 수병水甁으로/이슥고 이르렀네.//눈물인들/또 머흐는 하늘의 구름인들/오롯한 이 자리/어이 따를손가!/서려서 슴슴히/희맑게 엉긴 것이랑/여민 입/은은히 구을른 부풀음이랑/궁글르는 바다의/둥긋이 웃음지은 달이랗거니.//아롱아롱/묽게 무늬지어 어우러진 운학雲鶴/엷고 아스라하여라/있음이여!/오, 저으기 죽음과 이웃하여/꽃다움으로 애설푸레 시름을/어루만지어라.//오늘/뉘 사랑 이렇듯 아늑하리야?/꽃잎이 팔랑거려/손으로 새는 달빛을 주우려는 듯/나는 왔다.//오, 수병이여!/나의 목마름을 다스려/어릿광대/바람도 선선히 오는데/안타까움이야/호젓이 우로雨露에 젖는 양/가슴에 번져 내려/아렴풋 옥을 이루었네.

구자운, 「청자 수병」, 『청자 수병』(삼애사, 1969)

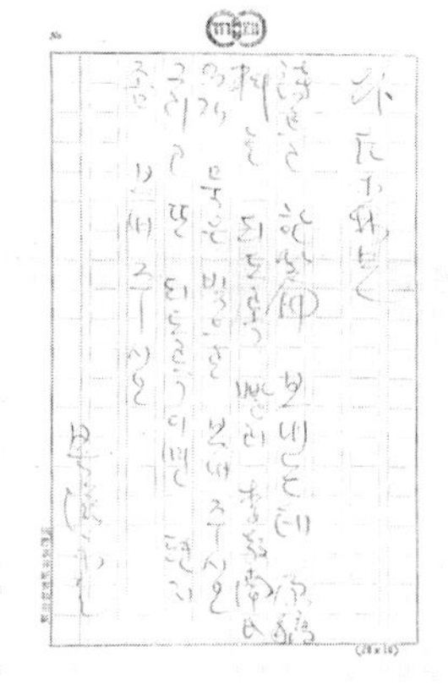

구자운의 육필. 박재삼에게 보낸 편지.

이렇듯 아어雅語의 멋을 살린 고아한 수사와 형식미로 한국적 사상事象을 산뜻하게 그려내던 구자운은 "순수 서정에 발디딤을 하여 민족적 언어—시조로부터 이어온 우리의 현대시를 이룩해야 한다."고 주장하면서 한국적 · 동양적 미의식을 시에 투영하려고 애쓴다. 그는 현대 문학 신인 문학상을 받은 소감을 밝히는 자리에서도 '동양적 방법' 을 강조한다.

심오하고 지혜로운 동양 고전의 총림叢林은 반드시 우리에게 새로운 방법을 제시할 것이다.…… 그리고 문학에 있어서 서양의 지성인들에게 동양적 방법을 제시함은 결코 의의 없는 일이 아닐 것이다.

구자운, 「동양적 방법」, 제4회 '현대 문학 신인 문학상' 수상 소감(1959)

구자운은 1960년 4월혁명을 통해 자유당 독재 정권이 무너지는 것을 바라보며 예전과는 달리 부쩍 사회적 관심을 드러낸다. 이어 5 · 16정변을 겪으며 그는 시인의 사회적 소임을 자각하고 현실 인식과 날카롭게 벼린 정치 감각에 바탕을 둔 시를 써낸다. 그는 당시 젊은 문인군이던 고은 · 권태웅 · 김동립 · 박성룡 · 박희진 · 서기원 · 송기동 · 송병수 · 안동림 · 이경남 · 이문희 · 이호철 · 정인영 · 주명영 등과 '전후문인협회'에 참여해 간사를 맡는가 하면, '60년대 사화집' 동인으로도 활약한다. 이 무렵이 구자운으로서는 가장 무르익은 시를 써내는 한편 문단 활동도 왕성하게 펼친 시기라고 할 수 있다.

이즈음 시에 한층 물이 오른 그는 시 쓰기에만 전념하기 위해 대책도 없이 직장인 대한광업회를 그만두어 살림은 더욱 곤궁해진다. 얼마 뒤 그는 생계를 잇기가 버거워지자 한동안 『국제신보』 논설 위원으로 일한다. 그러나 명색이 논설 위원임에도 제대로 보수를 받지 못해 생계에 거의 보탬이 되지 않는다. 이마저 2년 만에 작파한 데 이어 엎친 데 덮친 격으로 어려운 살림을 꾸려가던 아내조차 그를 외면해버려 두 사람은 별거에 들어간다. 시인은 번역을 하거나 『월간스포츠』 편집장으로 근무하는 등 이 일 저 일에 손을 대지만 살림은 좀처럼 펴지 않는다. 가난과 불구와 가정적 불행에 목덜미를 잡힌 채, 오로지 불운과 불행에 의해서만 견인되는 삶을 참담하게 끌어안고 있던 시인은 그 슬픔과 비장함을 「벌거숭이 바다」에서 이렇게 노래한다.

비가 생선 비늘처럼 얼룩진다/벌거숭이 바다.//괴로운 이의 어둠 극락의 구름/물결을 밀어 보내는 침묵의 배/슬픔을 생각키 위해 닫힌 눈 하늘 속에/여럿으로부터 떨어져 섬은 멈춰 선다.//바다, 불운으로 쉴 새 없이 설레는 힘센 바다//거역하면서 싸우는 이와 더불어 팔을 낀다.//

여럿으로부터 떨어져 섬은 멈춰 선다./말없는 입을 숱한 눈들이 에워싼다./술에 흐리멍텅한 안개와 같은 물방울 사이//죽은 이의 기旗 언저리 산 사람의 뉘우침 한복판에서/뒤안 깊이 메아리치는 노래 아름다운 렌즈/헌 옷을 벗어 버린 벌거숭이 바다.

구자운, 「벌거숭이 바다」, 『청자 수병』(삼애사, 1969)

1969년 구자운은 첫 시집이자 생전의 마지막 시집이 되고 만 『청자 수병』을 펴낸다. 가난과 평생 떠나지 않은 불운을 버무려 빼어낸 서정으로 빚어낸 이 단 한 권의 시집으로 구자운은 한국 현대 시사의 한 귀퉁이에 자신의 자리를 마련한다. 이즈음 그는 아버지가 유산으로 남긴 견지동의 집을 팔아 마련한 밑천으로 10여 채의 집을 지어 집장사에 나서는데, 그 바닥에서 잔뼈가 굵은 다른 장사꾼들과 경쟁이 안 된다.

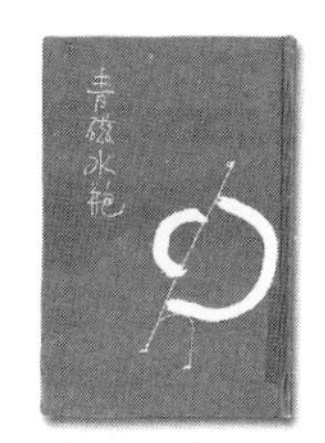

첫 시집이자
생전의 마지막
시집이 된
『청자 수병』

섣불리 집장사에 나선 시인은 이문은커녕 누적되는 손해를 감당하지 못하고 자재 값을 물지 못하는 등 고생만 하다가 결국 밑천까지 날리고 만다. 빈털터리가 되어 하루하루 먹고 살기도 힘들어지자, 1971년 그는 궁색한 살림을 더 줄여 두 아들을 데리고 동대문구 면목동의 셋방으로 이사한다. 이듬해인 1972년 12월 15일 오전 10시, 오랫동안 가난과 병고에 시달리던 시인은 그 면목동 셋방에서 아무도 지켜보는 이 없이 쓸쓸하게 숨을 거둔다. 1976년 '창작과비평사'에서 그의 시 전집 『벌거숭이 바다』가 나온 것은 뒤늦게나마 구자운이 누린 지복이라고 하겠다.

'창작과비평사'에서
나온 유고 시 전집
『벌거숭이 바다』

참고 자료

김용성, 『한국 현대 문학사 탐방』, 현암사, 1984
『한국 현대 문학 작은 사전』, 가람기획, 2000
권영민, 『한국 현대 문인 대사전』, 아세아문화사, 1991

한수산, 감성의 문체로 빚은 삶의 표정들

섬세한 감수성과
시적이고
감각적인 문체로
한정된 삶 속에서의
불안과 방황,
죽음의 문제를 다룬
한수산

1981년 봄, 나는 어떤 신문에 연재중이던 소설의 내용으로 인해 그때 몸담아 살고 있던 제주에서 서울로 압송되었다. 일종의 필화라면 필화겠지만, 그것은 터무니없는 조작의 시작에 불과했다. 나는 공항에서 눈이 가려졌고, 신원을 알 수 없는 세 명의 폭행 속에서 승용차 재떨이에 이마를 처박힌 채, 어디론가 끌려갔다. 거기서의 며칠 몇 밤을 이제 와서 떠올릴 분노조차 나는 가지고 있지 않다. 도구만은 기억한다. 찢기고 부서져 가는 내 알몸 위로 쏟아지던 몽둥이, 물, 전기, 주먹과 발길, 매어달림……. 그리고 굴비 엮듯 끌려와 무슨 골프 코스라도 된다고, 같이 돌아야 했던 나의 정 깊었던 선배 친구들. '산문시와 같은 언어와 사랑과 죽음의 미학' 을 그려낸다는 비평적 관형사를 이름 위에 얹고 살아가던 한 작가를 그들이 쥐어짜 무엇을 얻어내려고 했는지를 나는 아직 모른다. 다만 20여 일의 입원 생활을 끝내고 나오며 내가 한 결심의 부스러기란, 아들을 낳아야겠다는 것이었고, 그 이름 노 아무개를 잊지 않으리라는 것이었다. 나는 아들을 낳았고, 그 이름을 잊지 않았고, 담배 세 곽 이상 피워야 하는 정서 불안에 살아가고 있고, 그 '사건' 에 엮어졌던 시인 하나는 지금 거의 폐인이 되어 있다.

한수산, 「노태우 후보의 부천 유세 참관기」, 『신동아』(1987. 12.)

1981년 5월께 한수산韓水山(1946～)은 느닷없는 필화 사건에 휘말려 엄청난 고초를 겪는다. 이 필화 사건은 그가 1980년 5월 1일부터 『중앙일보』에 연재한 장편 「욕망의 거리」의 한두 대목이 불씨가 된다.

어쩌다 텔레비전 뉴스에서 만나게 되는 얼굴, 정부의 고위 관리가 이상스레 촌스런 모자를 쓰고 탄광촌 같은 델 찾아가서 그 지방의 아낙네들과 악수를 하는 경우, 그 관리는 돌아가는 차 속에서면 다 잊을 게 뻔한데도 자기네들의 이런저런 사정을 보고 들어 주는 게 황공스럽기만 해서, 그 관리가 내미는 손을 잡고 수줍게 웃는 얼굴…….

월남전 참전 용사라는 걸 언제나 황금빛 훈장처럼 닦으며 사는 수위는 키가 크고 건장했

1976

다…… 하여튼 세상에 남자놈치고 시원치 않은 게 몇 종류가 있지. 그 첫째가 제복을 입은 자들이라니까. 그런 자들 중에는 군대 갔다 온 얘기 빼놓으면 할 얘기가 없는 자들이 또 있게 마련이지…….

"정부의 고위 관리"와 "제복을 입은 자"들을 비꼰 이런 대목은 알고 보면 소설의 서사적 맥락과 상관없이 그저 스쳐 지나가는 사소한 일상의 묘사다. 「욕망의 거리」는 "가난을 줄 간 스타킹처럼 벗어던지고 습기진 골목을 박쥐처럼 살아간" 세희라는 여주인공의 삶을 통해 그늘진 욕망의 삶을 그린 작품으로 현실 정치 비판과는 전혀 무관한 소설이다. 여리고 섬세한 필치로 젊은 남녀의 연애 심리를 담아낸 작가의 소설을 제대로 읽어본 사람이라면 '필화'와는 전혀 어울리지 않는 그의 '비정치성'을 단번에 알 수 있을 텐데도 이런 어처구니없는 사건이 터진다. 이 필화 사건 때 '수사 당국'은 모진 고문 끝에 한수산을 주동 인물로, 그리고 '고려원' 편집부장이자 시인인 박정만朴正萬과 '중앙일보사'의 문화부장이자 평론가인 정규웅鄭奎雄 등 작가의 지인 일곱 명을 배후 인물로 조작한다. 나중에 이들은 모두 무혐의 판정을 받지만 이 "터무니없는" 필화 사건은 작가를 포함해 관련된 모든 이에게 살아 있는 한 결코 잊을 수 없는 치명상을 남긴다. 고문에 따르는 "육체적 고통보다는 인간에 대한 혐오감 극복이 더 힘들"어 이후 작가는 걸핏하면 폭음을 하고 며칠씩 자취를 감추어 가족을 곤경에 빠뜨리곤 한다.

한수산은 1946년 11월 23일 강원도 인제군 기린면 하남리에서 태어난다. 그의 아버지 한은철은 초등 학교 교사였다. 교사를 아버지로 둔 까닭에 그는 1952년 초등 학교에 입학한 뒤 아버지가 근무지를 옮길 때마다 전학을 다닌다. 어린 시절의 거처는 관사였고, 그는 초등 학교를 네 군데 거친 뒤에야 졸업한다. 잦은 이사와 전학 때문에 그는 이리저리 옮겨 다니는 유목의 삶을 자신의 운명처럼 받아들이게 된다.

1964년 춘천고등학교를 졸업한 그는 1965년 춘천교육대학에 입학한다. 그러나 이듬해에 자퇴한 뒤 그는 아무런 사회적 소속감 없이 방황하며 책읽기와 글쓰기에 몰두한다. 한수산이 처음에 관심을 기울인 부문은 시로, 그는 1967년 『강원일보』 신춘 문예에 시 「해빙기의 아침」을 응모해 당선되기도 한다. 그는 좀더 체계적으로 문학 공부를 하기 위해 1969년 경희대학교 국문과에 입학한다. 곧 영문과로 적을 옮긴 그는 소설 습작에 정진하며 작가의 꿈을 키운다. 그러나 한수산은 시국과 맞물린 위수령과 휴교령, 학교 폐쇄로 말미암아 강의가 제대로 이루어지는 날보다 휴강하는 날이 더 많은 어수선한 대학 생활을 보낸다. 대학에서 그는 '백단白檀'이라는 서클에 들기도 한다. 그가 서클 활동을 한 얼마 동안은 "민족, 정치, 이념 등의 이름으로 불리우는 실체 없는 개념들의 허위성과 집단적인 목소리의 공허함을 통감하고 그 반대 급부로서의 집단보다도 개인의 존재 가치와, 시대적인 일회성보다는 예술의 영원성"에 눈을 뜬 시기로 기록될 만하다.* 이윽고 그에게는 다른 학생들이 집회에 나가 텅 빈 강의실을 혼자 지키며 소설 습작을 하거나 책을 읽는 날이 많아진다. 한수산은 1972년 『동아일보』 신춘 문예에 단편 「사월의 끝」이 당선되어 문단에 나온다. 「사월의 끝」은 죽음을 앞둔 서른 한 살의 형수와 다방에 마주 앉아 형을 기다리는 동안 나누는 짧은 대화, 빛나는 사월 오후의 풍경, 과거의 죽음에 관한 몇 가지 기억 등을 겹쳐 보여주며, 삶과 죽음의 문제를 깔끔하고 가벼운 문체로 점묘한 작품이다.

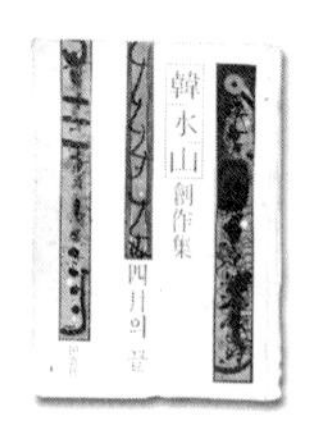
1978년에 나온 첫 창작집 『사월의 끝』. 삶과 죽음의 문제를 깔끔하고 가벼운 문체로 점묘해낸 같은 제목의 소설이 실려 있다.

1972년부터 1977년까지 「대설부待雪賦」·「미지의 새」·「어제 내린 비」·「난중일기」·「목탄화」 같은 빼어나게 아름다운 단편을 잇달아 발표하며 문단의 눈길을 끈 그는 이 작품들을 모아 1978년 '민음사'에서 첫 창작집 『사월의 끝』을 펴낸다. 한 비평가는 그의 소설에 대해 "사랑과 죽음을 통한 현실 진단에서 한수산이 제기하고 있는 문제는 현대인의 자아 인식 분열 과정과 왜소화, 그리고 소외화 현상이다. 따라서 그의 주인공들은 자신이 잘못 던져진 주사위이며, 가장 불행한 조건 아래 있고, 조직화해버린 사회 체계 속에서 무력하며 고독하다는 것

* 김문현, 「노정의 문학적 정착 컴플렉스—문학적 연대기」, 『작가세계』(1993 봄)

을 절감하고 있다."고 말한다. 그의 첫 번째 창작집 『사월의 끝』에 수록된 거의 모든 작품의 바탕에 일관되게 깔려 있는 주제 의식은 시간 속에서 덧없이 마멸되어가는 인간의 삶과 생명의 의미에 대한 근원적 물음이다. 한 작가의 등단작은 그의 작품 세계의 원형적인 요소를 담고 있는 경우가 드물지 않다.

「사월의 끝」은 불치의 병에 걸린 형수가 진찰을 받기 위해 대학 병원에 가기 전, '나'와 함께 병원 앞의 한 찻집에서 형을 기다리는 짧은 시간 동안의 이야기를 담고 있다. 이 작품에서는 형수와의 덧없고 무의미한 대화로 채워지는 현재 시간의 흐름 속에, 회상 형식으로 각기 다른 세 사람의 죽음과 연관된 과거로의 잠행이 끼여들며 삶과 죽음의 의미가 서서히 떠오른다. 「사월의 끝」에서 눈여겨봐야 할 것은 죽음과 관련된 산 사람들의 심정적 반응이다. 작중 화자인 '나'는 세 가지 죽음을 회상한다.

누나의 죽음, 불유쾌한 감정의 흔적으로 얼룩져 있는 할아버지의 죽음, 사랑하던 여자의 죽음이 그것이다. 목욕을 하러 강에 들어간 사이에 작중 화자인 어린 '내'가 옷을 갖고 집으로 돌아오는 바람에 물 속에서 나오지 못한 누나는 그 뒤 고열에 시달리다가 죽는다. 이 누나의 죽음은 한수산의 여러 작품에서 조금씩 변형되어 자주 나타나는데, 그의 원체험인 것으로 보인다. 작가는 죽음이라는 무겁고 어두운 주제를 다루면서도 아주 경쾌하고 밝으며 약간의 슬픔이 깃들인 독특한 분위기의 작품으로 빚어 내놓고 있다.

작품의 밑바닥에 앙금처럼 가라앉아 있는 죽음이라는 암울한 존재의 조건과, 작품의 전면을 장식하는 살아 있음의 생동감 또는 발랄함의 선명한 대비는 매우 인상적이다. 이를테면, 죽음을 앞둔 여자의 심리를 축으로 하는 소설의 첫머리를 "참 싱싱해 뵈죠?"라는 대화로 시작한다든지, 사랑하는 여자의 참담한 생명의 소멸을 정밀하게 묘사하며 그 '어두운' 죽음과 집에서의 흥겹고 유쾌한 파티 분위기, 산 사람들의 웃음 소리, 불빛 등의 '밝은' 이미지가 대조적으로 배치되는 것이다. 소설의 끝머리에 이르러서는 형수의 죽음을 확실한 것으로 규정해놓고,

"새로 피어난 나뭇잎"이라든지 "유리창마다 번쩍이는 햇빛" 같은 살아 있음의 기쁨과 발랄함을 환기시키는 이미지를 끌어들여 죽음과 삶을 다시 한 번 명징하게 대비해 보여준다. 따라서 이 소설에서 죽음은 결코 무겁지 않다. 그것은 슬쩍슬쩍 스쳐 지나가면서 무심한 척 삽입시킨 범상한 대화 속의 재치 있는 농담 위에 가볍게 떠 있다. 창작집에 해설을 덧붙인 평론가 이상섭이 한수산의 작품 세계를 "인상주의적"이라고 말한 것도 이와 같은 이유 때문일 것이다.

> 확실히 한수산의 작품은 민감한 성격의 깊은 인상을 남기는 힘이 있다. 구태여 현학적인 용어를 사용하자면 그의 작품은 '인상주의적'이라고 할 수 있겠다. 미술사에서 애용되는 이 용어를 문학에다 전용하면, 그것은 외부 사실의 세밀, 정확한 묘사라는 정통적 사실주의를 떠나 외부 사물이 순간적으로 작가(또는 작가가 내세운 인물)의 감각과 감정에 비쳐지는 그대로를 적어놓는 것을 뜻한다.
>
> 이상섭, 「위악과 진실의 표리」, 『사월의 끝』(민음사, 1978) 해설

죽음은 그의 작품 곳곳에 스며들어 있다. 이를테면 「대설부待雪賦」에서는 형의 죽음이, 「미지의 새」에서는 초분이라는 장례 풍속과 낙태가, 「어제 내린 비」에서는 할머니의 제사와 다람쥐와 누렁이라는 동물의 죽음이, 「목탄화」에서는 다시 누나의 죽음이 나온다. 작가 한수산은 죽음이 살아 있는 사람들의 감수성에 어떤 충격을 주는지, 그들의 심정 속에 어떤 형태로 양각되는지를, 외부 사물들의 순간적인 변화를 '인상주의적' 기법으로 날카롭게 포착해 죽음으로 말미암은 심정의 변화를 정교하게 묘사해낸다.

1978년에 발표한 중편 소설 「안개 시정 거리視程距離」에도 죽음이라는 소도구가 나온다. 그러나 여기서의 죽음은 사회 환경이라는 구체적인 가해자를 내세움으로써 앞의 작품들에서 보던 죽음과는 그 성격과 의미가 다르다. 이 작품의 전체를 감싸고 있는 '안개'는 산업화라는 보이지 않는 망령을 가시적으로 물상화하는 이미지다. 작가는 '안개'라는 기상 현상을 상징으로 사용하고 있는데, 그 안개 속에서 젊은 작중 인물들의 의식이 어떻게 서서히 마모되고 붕괴되어가는지

를 묘사함으로써, 사회 · 역사적 환경 조건이라는 외연적 변수와 충돌한 젊은이들의 자아 의식의 분열 과정, 그리고 그들을 감싸고 있는 무력감과 방향 상실의 아픔을 분명하게 그려낸다. 「안개 시정 거리」는 산업화의 소용돌이에 휘말리게 된 도시민 개개인의 실존에 사회 변동이 가하는 압력에 대한 탐구인 셈이다. 이 작품에서는 한 젊은이의 죽음을 통해 그 압력의 심각성과 구체적 실감이 드러난다. 그 죽음은 조직화되고 거대해진 물질 문명의 미로 속에서 파멸당하는 현대인의 비극의 한 전형으로 떠오른다.

1973년 한수산은 『한국일보』 창간 19돌 기념 장편 소설 모집에 「해빙기의 아침」으로 입선하며 장편 소설 집필에 필요한 폐활량을 확인한다. 이듬해인 1974년 그는 우연히 찾은 서커스 공연장에서 본 곡마단 단원들의 얼굴과 힘겨운 일상에 충격을 받고, 그들의 삶을 소설에 담아내기 위해 유랑 예인들의 애환과 곡절을 집요하게 취재한다.

그들에게는 표정이 없었다. 춤을 추고 있었고, 자전거를 타고 있었고, 통을 굴리고 있었고, 몸을 꺾으며 아크로바트를 하고 있었고, 오토바이를 타고 허공에 매단 줄을 오가고 있었고…… 남에게 무엇을 보여주는 것을 숙명으로 하는 사람들이 무대 위에서 결코 웃지 않으며 공연을 하고 있다는 것은 하나의 충격이었다.

그들의 튿어진 타이츠에 내비치는 가난, 그들의 주름잡힌 얼굴에 기어다니고 있는 파란 가득했던 인생살이의 사연들, 그들의 공연 내용과 우리가 살고 있는 시대와의 격리감, 쇠락해 가는 사람들에게서 보여지는 뼈아픈 비애…… 털썩털썩 소리를 낼 듯이 그런 것들이 내 가슴에 떨어져내렸다. 그리고 그 모든 것들은 그 무렵 내가 내 안에서 키워가고 있던 '시간과 죽음'이라는 주제와 어울려들며 하나의 화려한 윤무輪舞를 보여주기 시작했다. 달무리처럼 떠도는 말의 강강수월래, 그 고리들을 껴안고 나는 그 서커스 천막을 나왔다. 그것이 작품 「부초浮草」의 시작이었다.

한수산, 「부초의 현장」, 『기억의 안개숲』(동서문학사, 1989)

1976년 한수산은 마침내 떠돌이 유랑 예인 집단의 삶과 비애를 조명한 장편 소설 『부초』를 완성해 『세계의 문학』에 전재全載하고, 이 작품으로 이듬해인 1977년 '오늘의 작가상'을 받으며 문단에서 입지를 굳힌다.

『부초』

떠돌이 유랑 예인 집단의 삶과 비애를 정확한 관찰과 심층적인 접근을 통해 조명한 장편 소설 『부초』

'일월곡예단'의 공연은 주로 겨울에 이루어진다. 1970년대에 들어서며 사양 산업이 된 '곡마단'은 이미 도시 사람들로부터 외면당한 지 오래다. 그나마 곡마단은 지방 공연으로 근근히 명맥을 유지하는데, 주관객인 농민들은 봄부터 가을까지는 일손이 바빠 짬을 내기가 어렵다. 이에 따라 곡마단은 얼음이 풀리면 북상을 하고, 늦가을이 되어 서릿발이 비치면 철새처럼 따뜻한 남쪽으로 가서 천막을 친다. 언제부터인가 서커스단 안에서의 남녀 관계는 금기시되고 있음에도, '하명'과 줄타기 곡예사인 '지혜'는 다른 사람들의 눈을 피해 사랑을 나누는 사이가 된다. 그런데 은근히 지혜에게 눈독을 들이고 있던 같은 곡마단의 '규오'가 지혜를 강제로 범하고, 그날 이후 지혜는 하명을 피한다. 어느 날 지혜가 줄타기 곡예 도중에 떨어지는 사고를 당해 입원하게 되고, 자신을 애써 외면하는 지혜의 태도 때문에 마음 고생을 하던 하명은 곡마단의 연장자인 '윤재'에게 속내를 털어놓는다. 마술사로 평생을 보낸 윤재는 단원들의 정신적 지주 노릇을 하는 인물인데, 특히 하명은 그를 친아버지처럼 따른다. 윤재는 규오가 지혜를 겁탈하는 것을 우연히 목격한 터라 지혜가 하명을 피하는 이유를 짐작하고 있지만, 하명의 하소연을 묵묵히 듣기만 한다. 하명은 곧 지혜의 냉담함에 지쳐 곡마단을 떠난다.

곡마단의 단장 '준표'가 병으로 쓰러지자 준표의 동생 '광표'가 그 자리에 대신 앉게 된다. 형과 달리 군림하는 태도를 보이고 부정을 예사로 저지르는 새 단장 광표에게 실망한 단원들은 하나둘씩 곡마단을 떠난다. 그 빈 자리는 광표가 다른 곳에서 데려온 새 단원들로 메워진다. 기존 단원들과 새로 들어온 단원들의 이질감은 이윽고 곡마단 내부의 갈등 요인이 된다. 어느 날 대낮부터 술에 잔뜩 취해 들어온 광표는 '석이네'가 곡예를 하다가 저지른 실수를 트집잡아 폭행을 가한다. 이에 윤재와 기존 단원들이 석이네를 옹호하며 들고 일어나자 광표가 끌어들인 단원들이 가로막고 나서 내부 갈등은 패싸움으로 번진다. 결국 노쇠한 윤

1976

재가 그 싸움이 원인이 되어 쓰러져 죽는 바람에 그를 따르던 단원들은 곡마단을 떠나고, 속풀이 술을 마신 석이네의 실수로 천막에 불이 붙어 일월곡예단은 삽시간에 잿더미로 변한다. 『부초』는 산업화 · 도시화 과정에서 텔레비전이며 영화 같은 새로운 미디어 문화에 밀려 소외되고 뿌리 뽑힌 떠돌이 집단의 처량한 삶과 그 속에서 피어나는 사랑, 죽음, 고뇌, 허무를 그려낸 작품이다. 이미 소설의 제목 '부초'에 암시되어 있듯이, 떠돌이 인생들의 이런 비참함이나 허무는 잡초처럼 끈질긴 생명력과 의지로 극복된다.

사라진 것은 '일월곡예단'이라는 집단이지, 곡마단을 구성하고 있던 사람들이 아니다. "어디엘 가 있든 내가 디디고 있는 땅이 무대가 아니겠어. 하늘이 천막이지. 시퍼렇게 살아 있는 목숨 가지고 어디든 발을 붙여볼란다."라는 하명의 비장한 다짐처럼 곡마단원들은 희망을 잃지 않고 저마다 깜냥대로 삶의 길을 찾아 떠나며, 이는 언제까지나 계속될 것임을 소설은 또한 암시한다.

『부초』는 작가가 등단 이래 추구하던 사랑과 죽음 또는 시간이라는 사인성私人性의 존재론적인 주제를 넘어 그의 고백대로 "인간의 보편성을 발견하게 해준 삶에의 접근"을 시도하고 있다. 이 작품은 구석으로 밀려난 소외 집단으로 '길 위의 삶'을 영위할 수밖에 없는 곡마단에 소속되어 있는 개개인의 삶의 애환과 우수를 생동감 있게 조명함으로써 단단한 사실감을 풍기며 감동을 주는 데 성공한다. 곡마단 사람들의 삶에 대한 피상적인 접근이 아니라, 정확한 관찰과 심층적인 접근을 통해 획득한 이런 사실감은 『부초』의 가장 큰 미덕이다. 『부초』의 작중 인물들은 저마다 개성을 지니고 살아 숨쉬는 느낌을 주며, 인물 사이의 이런저런 얽힘도 자연스러워 사실감을 보태준다. 이처럼 튼튼한 리얼리티가 뒷받침되어 이 작품은 생생한 현장감에서 나온 탄력을 끝까지 이어가며, 피륙의 올처럼 빈틈없는 문학적 긴장의 밀도를 유지한다.

1978년 자신의 작품 가운데 최초로 영화화된 「부초」 포스터 앞에서

1977년부터 1980년대 초까지 작가는 신문이며 잡지의 연재 소설을

써내느라 심신을 혹사하기도 한다. 이 시기에 그는 『조선일보』·『중앙일보』·『동아일보』·『여학생』 등의 신문과 잡지에 「밤의 찬가」·「달이 뜨면 가리라」·「욕망의 거리」·「가을 나그네」·「바다로 간 목마」·「어떤 개인 날」·「이별 없는 아침」 등을 연재한다. 일에 쫓기던 작가는 1979년 뭔가 변화를 구하기 위해 주거지를 서울에서 제주도로 옮긴다. 그러나 잇달아 베스트셀러를 낸 작가의 대중적 인기에 기대어 덕을 보려는 이런저런 매체의 성화도 그치지 않아 1983년에는 『조선일보』·『문학사상』·『현대문학』에 각각 장편 「밤에서 밤으로」·「엘리아의 돌계단」·「푸른 수첩」을 연재하고, 1984년에는 『여성동아』에 「거리의 악사」를 연재한다. 이 사이에 그는 연재 소설을 쓰느라 지친 몸을 추슬러 「사막」·「빛의 갑옷」·「겨울 숲」 등의 중·단편을 발표한다. 아울러 1978년부터 『신동아』에 공들여 연재해온 대하 소설 「유민流民」의 일부를 '고려원'에서 2권으로 펴낸 작가는 제4회 '녹원 문학상'을 받기도 한다. 1985년에는 「흙」·「빛의 제일祭日」·「궁弓」을 발표하고, 그 동안 연재를 끝낸 장편 소설들을 여러 출판사에서 단행본으로 펴낸다.

등단 이래 거의 쉬지 않고 문학 활동을 펼쳐온 한수산은 작품의 질과 대중성을 두루 인정받아 명성과 부를 얻지만, 자신과 세계 사이의 갈등을 치열하게 탐구하는 현실 의식이 결여되어 있다는 일부 평자들의 지적과 함께 이 무렵 스스로도 문학과 삶에 대한 심한 회의에 빠져든다.

1986, 1987년 당시 나는 극도로 지쳐 있었어요. 겉으로 보기엔 성공한 소설가에, 안정된 생활인이었지만 나의 내면에서 뭔가 부족하다는 인식이 지워지질 않았습니다. 낭비, 부패, 죽음과 연결되는 허무감으로 인해 나의 내부는 썩어가고 있었던 것이지요.

한수산, 「일본 속의 한수산, 한수산 속의 일본」, 『작가세계』(1993 봄)

필화 사건 이후부터 "기약 없이 떠나고 싶다."는 말을 입버릇처럼 되뇌던 작가는 결국 1988년에 이르러 그 동안 연재하던 소설마저 중단하고 훌쩍 일본으로 건너간다. 그는 처음 한동안 지바현에 있다가 이듬해인 1989년부터 도쿄에 가서 머문다. 그 사이 국내에서는 '중앙일보사'에서 장편 소설 『가을 꽃 겨울 나무』, '자유문학사'에서 『푸른 수첩』, '동서문학사'에서 산문집 『시간의 숲』이 나온다.

일본에 머물 당시

일본에 머물며 그 동안 삶과 유리된 자신의 문학 세계와 죽음에 대한 인식 방법에 강한 회의를 품고 새로운 돌파구를 찾던 작가는 1990년 『월간조선』에 「진흙과 갈대」를 연재하고, 「타인의 얼굴」 등을 발표한다. 이런 모색기의 고뇌에서 싹튼 작품이 1991년에 들어 발표한 「날개와 사슬」이다. 서른아홉 살의 나이로 자살한 일본 작가 다자이 오사무의 무덤과 생가를 찾는 화자를 통해 죽음으로 죽음에서 자유로워지는 이야기를 담은 이 작품으로 그는 '현대 문학상'을 받게 된다.

1992년 일본에서 돌아온 한수산은 『진흙과 갈대』·『모래 위의 집』을 출간한다. 1993년 그는 징용으로 일본에 끌려간 어느 재일 교포의 고백을 담은 중편 「국경」과 단편 「맑고 때때로 흐림」 등을 발표하고, 『중앙일보』에 「해는 뜨고 해는 지고」, PC 통신 하이텔에 장편 「먼 그날 같은 오늘」을 연재한다. 1995년에는 '삼진기획'에서 장편 소설 『아침에 피고 저녁에 지다』를 펴내고, 한일 비교 문화론인 『벚꽃도 사쿠라도 봄이면 핀다』를 한국의 '고려원'과 일본의 '도쿠칸 쇼텐德間書店'에서 동시 출간해 화제를 모은다.

참고 자료

김혜순, 「안개, 혹은 부패의 형상화」, 『안개 시정 거리』 해설, 고려원, 1980
장경렬, 「감성의 언어와 정지의 미학」, 『부초 외』 해설 · 연보, 동아출판사, 1995
김화영, 「모래와 안개, 그리고 섬으로 가는 길—한수산의 내적 풍경」, 『모래 위의 집』 해설, 나남, 1992
이상섭, 「위악과 진실의 표리」, 『사월의 끝』 해설, 민음사, 1978
조선희, 「7년 만에 되살아나는 한수산 씨 필화 사건」, 『한겨레신문』 1988. 9. 20.
「한수산 특집」, 『작가세계』 1993 봄

민주주의와 인권의 증진을 위한 한국민의 고난에 찬 노력에
자유와 평화를 사랑하는 세계의 모든 민중들이 함께 연대하는 것은
인간으로서의 당연한 권리이며 의무이다

1977

민주 구국 헌장

우리는 이 문서가 시민들 사이에 널리 전파될 수 있기를 희망하며 그것을 위하여 많은 사람들의 보이지 않는 노력이 있기를 간절히 희망한다.

1. 3 · 1 민주 구국 선언과 1 · 23 원주 선언은 모두 민중의 선언이다. 우리는 민중의 선언을 탄압하는 법정에서 선언에 참여한 인사들과 함께 서 있음을 자처한다. 3 · 1 민주 구국 선언 피고인의 상고 이유서는 바로 민주주의를 갈망하는 모든 민중의 역사와 진리의 법정에의 상고 이유서이다.

2. 최근 한반도를 둘러싸고 나타나고 있는 모든 사태와 징후—미군 철수 논의와 인권 문제와 뇌물 스캔들 등 국제 선린 관계의 파탄—는 오로지 현정부의 독재와 인권 유린에서 비롯되는 것으로 현정부에 그 책임이 있다. 우리는 모든 민중의 진정한 단결을 확보할 수 있는 민주주의의 회복과 실현이 미군 철수에 선행되어야 할 역사적 사명임을 직시한다.

3. 이 시점에서 현정부가 민족사적 도전을 극복하기 위하여 할 수 있는 모든 것은 (ㄱ) 유신 헌법과 긴급 조치의 철폐와 무효 선언, (ㄴ) 모든 정치범의 완전한 인권 회

복과 비민주적 제도와 법의 폐지, (ㄷ) 고문, 사찰 등 폭압과 정보 정치의 종식, (ㄹ) 언론, 학원, 종교의 자유 및 사법권 독립의 보장, (ㅁ) 노동자, 농민 등 모든 민중의 생존권 보장, (ㅂ) 국내외적으로 부정, 부패의 척결과 정당하고도 공개적인 선린 외교의 자세 확립을 지체없이 실천에 옮기는 일이다.

4. 인류의 평화와 공동선을 지향하는 우리는 인간의 존엄과 권리와 그것을 위한 노력에는 국경이 있을 수 없다는 확신을 갖고 있다. 한국의 민주화는 한반도의 평화를 위한 길일 뿐만 아니라 세계의 평화를 위한 길이기도 하다. 그러므로 민주주의와 인권의 증진을 위한 한국민의 고난에 찬 노력에 자유와 평화를 사랑하는 세계의 모든 민중들이 함께 연대하는 것은 인간으로서의 당연한 권리이며 의무이다.

1977년 3월, 명동 구국 선언 1주년을 맞아 재야 지도자 10인은 또 한 차례 유신과 긴급 조치의 철폐를 촉구하는 선언문을 내놓으며 박정희 정권에 맞선다. 재야 지도자들은 3 · 1 명동 사건 최종 판결과 관련해 시국에 대한 견해를 담은 '민주 구국 헌장'을 발표한다. 이들은 성명에서 "인간으로서의 자존심과 자유와 생존의 권리를 짓밟"는 유신 철폐와 고문 · 사찰 등 폭압과 정보 정치의 종식을 촉구한다.

1977

1월

3 팔레스타인해방기구PLO, 건국을 조건으로 이스라엘과 정전할 수 있다고 발표
28 박정희 대통령, 핵과 전투기를 제외한 모든 무기를 국산화하고 있다고 언명

2월

27 미 국방부, 한국전쟁 당시의 외교 관계 기밀 문서 공개

3월

7 아랍·아프리카 수뇌 회담 개막, 새 정치 블록을 지향하기 위한 카이로선언에 60개국 대표 서명
9 카터 미국 대통령, 기자 회견에서 주한 미 지상군 4~5년에 걸쳐 철수할 것이라고 발표
22 간디 인도 총리 사임
23 윤보선·지학순·정구영 등 10인, 「민주 구국 헌장」 발표

4월

14 미국, 재미 영주권 가진 외국인의 북한 지역 여행 제한 철폐
21 충북대, 청원군에서 20만 년 전의 동물 벽화 발견

5월

26 카터 미국 대통령, 한국 피침被侵 때 핵 무기 사용을 언명

6월

9 국내 최초의 원자력 발전소인 고리원자력발전소 1호 발전기 점화
20 『뉴욕 타임스』, 미 중앙정보부CIA가 1975년부터 고성능 전파로 청와대 도청 사실 보도

7월

1 부가 가치세와 직장 의료 보험제 시행

9월

9 서울 청계천 피복 상가 노동자 2백여 명, 노동교실에서 노동 3권 보장 및 이소선(고 전태일의 어머니) 여사의 석방을 요구하는 집회 가짐
28 일본 적군파, JAL기(156명 탑승) 납치

11월

1 미국, 국제노동기구ILO 탈퇴 발표
11 전북 이리역에서 한국화약의 화약 수송 열차 폭발, 사상자 다수 발생

12월

16 국회, 12해리 영해 법안 통과
29 한국인권운동협의회 결성(회장 조남기 목사)

윤흥길, 도시 빈민의 삶

「장마」에 이어
「아홉 켤레의 구두로
남은 사내」를 내놓으며
한국 소설의
문제 의식을 보여준
작가 윤흥길

1971년 8월 10일, 광주대단지 주민 5만여 명이 정부의 무계획한 도시 정책과 졸속 행정에 반발해 폭동을 일으킨다. 경기도 광주군의 광주대단지*는 서울시가 1968년부터 서울 시내의 무허가 판잣집 정리 사업의 한 방책으로 철거민을 집단 이주시키며 조성한 곳이다. 서울시는 애초에 강제 이주시킨 철거민들에게 가구당 20평씩 평당 2천 원에 분양하고 대금은 2년 거치据置, 3년 분할 상환토록 통고한다. 그러나 서울시는 얼마 뒤 갑자기 태도를 바꿔 땅값을 평당 8천 원에서 1만6천 원까지 올리고, 그것도 한꺼번에 내라는 통고를 한다. 게다가 토지 취득에 따른 취득세 · 재산세 · 영업세 · 소득세 등 갖가지 조세까지 부과하자 철거민들의 불만과 분노는 주체할 수 없을 지경으로 끓어오른다. 주민들은 이내 '불하가격시정대책위원회'를 구성하고 불하 가격 인하, 세금 부과 연기, 긴급 구호 대책 취역장 알선 등을 요구하지만 당국은 이를 묵살한다. 8월 10일 11시, 대책 위원회와의 예정된 면담 자리에 서울시장이 아무 말 없이 나타나지 않자 분노한 주민들은 플래카드를 들고 거리로 몰려나와 출장소와 경찰차를 파괴하면서 광주대단지 전역은 6시간 동안이나 무법 천지의 마비 상태에 빠져든다. 뒤늦게 나타난 서울시장이 요구 사항을 무조건 수락하겠다고 약속함으로써 주민들은 흩어지지만, 이 사건으로 주민과 경찰 1백여 명이 부상하고, 주민 23명이 구속된다.

1977

* 얼마 뒤 성남시가 된다.

해방 이후 최초의 대규모 도시 빈민 투쟁으로 기록된 이 광주대단지 사건의 현장에 있던 사람 가운데 한 명이 작가 윤흥길尹興吉(1942~)이다. 1968년 「회색 면류관의 계절」로 문단에 나와 어려운 살림 속에서 창작 활동을 하던 작가는 이 광주대단지 사건 체험을 살려 1977년에 들어 「아홉 켤레의 구두로 남은 사내」라는 역작을 내놓는다.

「아홉 켤레의 구두로 남은 사내」

작가의 체험을 토대로 선량한 한 소시민이 어떻게 폭력 전과자에 이르게 되었는지를 실감나게 그려 보인 「아홉 켤레의 구두로 남은 사내」를 표제로 삼은 작품집

단대리 시장 근처 한 돌팔이 의사의 집 단칸방에 세들어 살던 오 선생 부부는 다소 무리가 따르는 줄 알면서도 성남에 집 한 채를 사서 이사한다. 이들은 모자라는 집값을 채우기 위해 방 한 칸을 세놓는데, 자신이 양반 핏줄인 '안동 권씨'임을 표나게 내세우는 권기용이라는 사내와 임대 계약을 맺는다. 권씨가 이사 오기도 전에 인근 파출소의 순경이 찾아와 권씨의 동태를 감시해 달라는 부탁을 하자, 오 선생은 사람을 잘못 들인 걸 후회하게 된다. 그런데 권씨의 동태를 감시해 달라고 부탁한 순경은 오 선생이 권씨를 사랑할 수밖에 없을 거라는 아리송한 말을 남기고 돌아간다.

권씨는 입주 예정일보다 일찍 처자와 함께 봇짐을 주렁주렁 들고 나타난다. 오 선생의 아내는 예전 세입자였을 때의 처지를 잊고 집 주인 행세를 하려고 든다. 아내는 계약 당시에 권씨가 분명히 아이가 둘이라고 했는데 권씨 아내의 부른 배를 보고 아이가 셋이라고 투덜거리는가 하면, 입주 뒤에는 권씨네 아이들이 콘돔으로 풍선을 불면서 노는 것 등을 놓고 남편에게 시시콜콜 불만을 털어놓는다. 곧 권씨의 행색과 관련해 특이한 점이 눈에 들어오는데, 그것은 궁색한 살림과 전혀 어울리지 않게 유리처럼 반짝거리는 권씨의 구두다. 권씨는 거의 날마다 대여섯 켤레씩이나 되는 구두를 공들여 광나도록 닦고, 평소에도 "한쪽 발을 들어 다른 쪽 다리 바짓자락에다 구두코를 쑥 문지르고 이어서 발을 바꾸어 같은 동작을 반복"하는 등 구두에 몹시 신경을 쓴다.

어느 날 오 선생은 학생들의 집에 가정 방문을 다니다가 공사장에서 일하는 권씨와 마주친다. 그날 저녁 권씨는 술에 취해 오 선생 내외에게 전과자인 자신의 과거를 털어놓는다. 작은 출판사 직원이던 권씨는 성남 지구 택지 개발이 시작될 때, 내 집 마련의 꿈을 안고 철거민의 권리를 사서 들어온다. 그런데 국회 의원 선거가 끝나자, 느닷없이 그 땅 위에 보름 안으로 집을 짓지 않으면 건축 허가가 취소된다는 통고가 날아든다. 권씨는 가까스로 변통한 돈으로 손수 벽돌을 날라 집을 완성한다. 그러자 이번에는 토지 취득세 부과 통지서가 날아든다. 대부분 철거 이주민들로 권씨와 처지가 비슷하던 주민들은 투쟁 위원회를 만들고, 권씨도 그 위원회에 끼게 된다. 그러나 무슨 일에건 앞에 나서길 좋아하지 않던 권씨는 주민들이 농성과 시위를 벌일 때면 자꾸 집안에 숨는다. 권씨는 직장에 가기 위해 어렵게 합승 택시를 잡아 타고 성남을 빠져나가다가 길목을 지키던 다른 투쟁 위원이 자신을 알아보는 바람에 반강제로 차에서 내려 시위대에 합류하게 된다. 권씨는 최루탄에 투석으로 맞서는 주민들을 방관자의 태도로 바라본다. 바로 그 때, 트럭 한 대가 엎어지면서 참외들이 마구 굴러 떨어진다. 그러자 시위를 하던 주민들이 벌떼처럼 달려들어 진흙탕에 떨어진 참외를 주워 어적어적 깨물어 먹는다. 그 뒤의 일은 스스로 기억조차 못할 정도로 제 정신이 아닌 상태에서 벌어진다. 며칠 뒤, 권씨는 각목과 석유 깡통 등을 들고 시위를 주동하는 자신의 모습이 담긴 사진을 여러 장 갖고 나타난 순경에게 붙들려 간다.

얼마 뒤 해산이 임박한 권씨의 아내는 진통이 그치지 않자 산부인과에 입원하게 된다. 권씨는 오 선생의 학교로 찾아와 수술비를 빌려달라고 부탁한다. 오 선생이 이를 거절하자, 권씨는 부끄러운 듯 "이래 뵈도 나 대학 나온 사람이오!"라는 말 한 마디를 던지고 돌아간다. 오 선생은 꿔준 돈을 못 받으면 방세의 보증금에서 제하면 된다는 생각으로 학교 동료들한테서 빌린 돈과 가불해 마련한 돈으로 수술비를 대납한다. 권씨의 아내는 별탈없이 아이를 낳지만, 권씨는 돈을 구

1977

하러 나간 뒤 소식이 없다. 그날 밤 오 선생네 집에 복면을 쓴 강도가 드는데, 오 선생은 단박에 그 강도가 권씨임을 알아채고 적당히 구슬려 돌려보낸다. 권씨는 제가 강도라는 것을 깜빡 잊고 문간방으로 가려다가 오 선생이 "대문은 저쪽이오."라고 일러주자 멈칫하더니 다시 돌아와 "이래 뵈도 나 대학 나온 사람이오!"라는 말을 남기고 사라진다. 권씨는 이후 행방 불명되고 오 선생은 그의 방 안에서 가지런히 놓여 있는 아홉 켤레의 구두를 찾아낸다.

1977년 『창작과 비평』에 발표한 「아홉 켤레의 구두로 남은 사내」는 작가 스스로 겪은 가난하고 고단한 성남에서의 생활과 광주대단지 사건을 토대로, 선량한 한 소시민이 어떻게 폭력 전과자에 이르게 되었는지를 실감나게 그려 보인 작품이다. 권씨는 대학을 나와 출판사에서 일하는 자신을 '중산층 지식인' 쯤으로 인식한다. 그러나 이것이 허구라는 사실은 금세 밝혀진다. 그는 자신이 '지식인 노동자' 라는 어정쩡한 계층임을 깨닫는다. 그나마 권씨를 노동자가 아닌 '지식인' 으로 인정해주는 사람은 아무도 없다. 이렇게 되자 그는 알량한 자부심과 자존심을 지키기 위해 자신이 '안동 권씨' 라거나 '대학 나온 사람' 임을 애써 드러낸다. 권씨가 자꾸 닦아 광을 내는 '아홉 켤레의 구두' 는 바로 자신의 계층적 정체성에 집착하는 그의 강박증적 심리의 표상물인 것이다.

윤흥길은 이 작품에서 어느 한 계층을 두둔하고 나서지 않는다. 1970년대의 민중 소설들이 대개 하층민을 선량하게 그리는 데 반해, 작가는 하층민의 내부에 도사리고 있는 이기주의와 탐욕 같은 부정적인 속성까지 냉정하게 까발린다. 이는 작가가 객관적인 의식과 열린 시선을 가졌다는 증거다. 「아홉 켤레의 구두로 남은 사내」에서 오 선생 부부와 권씨, 그리고 기층 민중인 철거 이주민들은 크게 다를 바 없는 사람들로 그려진다. 작가의 인생 역정에 비춰본다면, 이 작품에 나오는 단대리 사람들, 오 선생, 권씨는 모두 작가가 거쳐온 계층의 분신이며 표상이다. 작중 인물들 사이에 나타나는 심리적 편차를 그토록 섬세하게 그려낼 수 있었던 것은 그들 모두가 작가 자신의 분신이기 때문이다. 작가는 그들을 통해 스스로의 내부 속에서 들끓는 자기 연민, 자기 혐오, 자기 반성을 정직하게 보여준다.

「아홉 켤레의 구두로 남은 사내」와 이어지는 작품들인 「직선과 곡선」·「날개 또는 수갑」·「창백한 중년」 등에서 권씨는 '대학'이나 '안동 권씨' 같은 게 허영에 지나지 않으며, 그것이 자신의 계층적 정체성을 보장해주기보다는 "일방적인 손해를 보도록 고안된 장치에 불과"할 수도 있다는 사실을 깨닫는다. 이를테면 그는 대학 출신이라는 자의식이 "당연히 분노해야 할 대목에 가서도 감정을 억제"해야 하는 거추장스러운 것임을 느끼게 된다. 그가 매달린 '구두'는 자신의 계층적 자부심의 표상으로서의 '심리적' 구두다.

권씨의 실종 이후 상황을 그린 「직선과 곡선」에서 그는 자신의 무능력과 상처받은 자존심으로 말미암아 자살을 기도하지만 실패한다. 이 '죽는 연습'을 통해 권씨는 오히려 전보다 삶에 강한 애착을 느낀다. 아울러 그는 "대학이란 이름에 가려 사회의 실상을 보지 못하고 허상만을 보아 온" 자신에 대한 반성에 이르게 된다. 그는 어정쩡하게, 그러면서도 끈질기게 매달려온 '지식인'이라는 계층적 정체성의 탈을 벗는 상징적 행위로 자신이 신고 있던 것을 제외한 나머지 아홉 켤레의 구두를 불태워버린다. 그러고 나서 권씨는 노동자 속에 뛰어들어 하층민 계층에 섞이고자 애쓰게 된다. 「창백한 중년」에서 그는 한 여공이 재단기에 팔 하나를 잃는 사고를 보고 "여태껏 그들과 자기 사이에 가로놓은 허구의 공간이 주먹과 발길 끝에 조금씩 조금씩 무너져내"리는 것을 느낀다. 그는 「날개 또는 수갑」에서 산재産災로 잘린 여공의 팔을 보상받기 위해 회사 대표와 맞선다. 이렇게 권씨는 소시민적 허위 의식을 차츰 벗어 던지며 하층민과 동화되어간다.

윤흥길은 1942년 전북 정읍군 정주읍 시기리에서 2남 4녀 중 맏아들로 태어난다. 해방 뒤 익산군청의 서기로 취직한 아버지를 따라 이리시로 나온 그는 1949년 이리국민학교에 입학한다. 그의 아버지는 당시 명문으로 꼽히던 강경상업학교를 나와 일제 말기에 금융 조합과 산업 조합 직원으로 일하고, 해방 뒤에 군청

서기, 세무사 주사, 외자청 이리사무소 서무, 계리사, 화장품 공장 경리 등 금융계와 관직과 기업체를 고루 거친다. 그러나 아버지는 남과 원만하게 지내지 못하는 대쪽 같은 기질이 문제가 되어 자주 직장을 그만두고 걸핏하면 실업 상태로 지내는 바람에 그의 가족은 극빈 생활을 벗어나지 못한다. 그는 어린 시절 내내 이리역 근처의 빈민 지역에서 이리저리 이사다녀야 했고, 굶기를 밥 먹듯이 한다. 또 공납금이 밀려 수업 도중에 집으로 쫓겨간 적도 많으며, 하루는 "곡기가 끊기어 사흘째 굶던 끝에 눈이 뒤집히어 집 안에 있는 넝마 조각들을 닥치는 대로 긁어모아 엿 한 가락과 바꾸어 먹었다가 속에서 불이 일어 까무러"*친 적도 있다. 옷과 신발은 오래 입고 신으라고 몸집보다 큰 것을 장만해준 탓으로 늘 작은 몸뚱이와 따로 놀았으며, 머리가 쉽게 자란다는 이유로 늘 '막깎이'로 머리를 밀어버려 다른 애들처럼 상고머리를 해보는 게 그의 소원이 되기도 한다.

6 · 25 직후 그의 가족은 미처 피난하지 못한 채 아버지는 노무자로 끌려나가고, 어린 동생은 홍역과 굶주림으로 "허기진 배를 안고 진종일 울어 보채"다가 코앞에서 죽어 나자빠지는 것을 보고도 속수 무책인 뼈아픈 시절을 보낸다. 1953년 휴전이 되고는 어렵게 장만한 집이 무허가라는 이유로 철거반원들에 의해 순식간에 폭삭 주저앉는 허망한 광경을 목격한다. 이후 그의 가족은 창고 안에 거적을 깔고 그 위에 가구며 김장독 같은 가재 도구를 늘어놓고 새우잠을 자는 수용소 생활을 겪는다. 그는 이 무렵 무기력한 아버지에 대한 반항심으로 걸핏하면 싸움질을 하고 서점에서 책을 훔치는가 하면, 학교에 가지 않고 딴 길로 새어 시내를 배회하거나 가출해 기차를 타고 대전역에 내려 어슬렁거리다가 돌아오곤 한다. 공납금을 빼돌리고도 담임 선생과 부모 앞에서 딱 잡아떼는가 하면, 담임의 숙제 검사 도장을 위조하기도 하는 등 얼마 전까지 반장으로 있던 그는 성적이 떨어지는 것은 물론 이내 학교의 문제아로 취급된다.

---

* 윤흥길, 자전 소설「궁상 반생窮狀半生」,『우리 시대의 작가 연구 총서—윤흥길』(은애, 1979)

1956년 이리동중학교에 입학한 윤흥길은 육상, 아령, 기계 체조, 유도, 구기, 권투로 몸을 단련시킨다. 중학교에 들어가서도 그는 한동안 문제아로 지내며 가출벽을 버리지 못한다. 이윽고 그의 명석함을 눈여겨보게 된 담임 선생과 독실한 기독교 신자인 어머니의 회유와 설득으로 그는 조금씩 변화를 보이며 문제아 생활을 벗어난다. 고등 학교 3학년 때부터 공부에 매달린 그는 높은 경쟁률을 뚫고 전주사범대학에 합격한다. 사범 학교에 들어갔으나 그는 학교 수업이 적성에 맞지 않아 방황하게 된다. 어느 날 그는 학생들의 돈을 갈취하는 불량배들과 싸움판을 벌여 그 가운데 한 사람에게 전치 6주의 상처를 입힌다. 특수 폭행 혐의로 전주지검에 불려가 조사를 받고 나온 그는 종합 생활 기록부에 "난폭하고 경조부박輕佻浮薄하여 치유 불능의 문제아"라는 문구를 흉터처럼 남기고 사범 학교를 졸업하게 된다. 졸업 뒤 교사 발령이 나지 않아 전전 긍긍하고 있던 그는 1961년 10월 공군에 자원 입대한다. 은신처로 여겨 자원 입대한 군에서도 그는 마음 편히 지내지 못한다. 제대를 몇 달 앞둔 1963년 10월 아버지가 뇌일혈로 쓰러져 숨지고, 그의 가족은 여전히 가난에 허덕이는 생활을 이어간다. 그는 비행기 추락 사고로 격납고가 폭발하는 참사 속에서도 아슬아슬하게 살아남는다.

1964년 만기 제대한 그는 연말에 가서 전북 익산의 춘포국민학교 교사로 첫 발령을 받는다. 이 때 그는 따분한 교사 생활을 견디기 위해 책읽기에 매달려 세계 명작은 물론 아이들한테서 압수한 저질 만화와 독심술, 최면술, 요가법, 심령과학을 다룬 덤핑판 책 등을 가리지 않고 읽어치운다. 10대 시절의 방랑벽이 도진 것인지 그는 방학만 되면 학습 자료 수집을 핑계 삼아 무전 여행을 다니는데, 이 때의 과로와 영양 실조가 원인이 되어 급성 간염을 앓기도 한다. 이즈음 그는 이리국민학교 동기 동창이자 자신이 몸담고 있던 춘포국민학교에 새로 부임한 한 여선생에게 연정을 품고 연애 편지를 써 보내곤 한다. 1966년 초, 윤흥길은 연애 편지의 수신자이던 여선생으로부터 소설 습작 권유를 받게 된다. 그는 소설이 도대체 뭘까 궁금하게 여기며 문학 개론, 문예 사조사, 문장 작법, 소설 문예학, 문학 입문 등의 이론서들을 사와 밤새워 읽는다. 이내 그는 희곡과 소설 습작을 하고, 심심풀이로 『사상계』 신인 문학상 공모에 단편 소설을 보내기도 한다. 이렇게 응모한 작품이 최종 심사까지 오르자 자신감을 얻은 그는 "문학도 별거 아니구나 싶"은 생각이 들어, 1967년 외딴 바닷가에 있는 전북 부안의 진서국민학교에 자원 부임한 뒤 본격적으로 습작에 들어간다.

윤흥길은 1968년 『한국일보』 신춘 문예에 단편 소설 「회색 면류관의 계절」이 당선되어 문단에 나온다. 「회색 면류관의 계절」은 그의 공군 복무 체험과 한 가족이 겪는 처절한 가난의 고통을 겹쳐 그린 작품이다. 신춘 문예에 당선한 뒤 그는 "어떻게 하면 하기 싫은 초등 학교 선생을 면해 볼 수 있을까 하는 불순한 일념"으로 교사직을 내놓고 원광대학교 국문과에 입학한다. 그는 대학 국문과 공부를 하며 1970년 『현대문학』에 단편 「황혼의 집」, 1971년 「지친 날개로」·「건널목 이야기」, 1972년 「집」 등을 발표한다. 「집」은 무허가 판잣집의 철거에 얽힌 하층민의 애환과 고통을 담아낸 작품이다.

1973년 원광대학교 국문과를 졸업한 그는 곧바로 성남시 숭신여중고 교사로 부임하게 되어 단대리의 천변 동네에 셋방을 얻는다. 그러나 사립 학교의 불법과 파행으로 얼룩진 경영 행태가 마음에 들지 않아 그는 한 학기도 마치기 전에 교사직을 팽개치고 집에 들어앉아 글쓰기에만 매달린다. 이 무렵 작가는 「하루는 이런 일이」·「동정」·「장마」 같은 역작을 쏟아내지만, 가난 때문에 무척 힘든 시기를 보낸다. 1973년 『문학과 지성』에 그가 발표한 「장마」는 이데올로기 대립에 따른 우리 민족의 상처를 다룬 작품이면서도 어린아이의 시점이라는 장치와 함께 토속적 샤머니즘의 요소를 잘 살려내 높은 평가를 받는다. 물론 전통적 '한'의 정서나 토속적 샤머니즘은 일찍

1987년
가족과 함께
온양
민속 박물관에서

이 김동리를 비롯한 선배 작가들도 다룬 바 있지만, 그들의 작품이 대체로 현실과 유리된 채 순수 예술 지향으로 흐른 데 반해, 윤흥길의 토속적 샤머니즘은 우리 민족의 당면 과제인 이데올로기 대립과 절묘하게 뒤섞이며 강렬한 '현실성'을 빚어낸다.

「장마」

'나'의 집에는 전란으로 말미암아 갈 곳이 막막해진 외할머니와 이모가 함께 산다. 친할머니가 외가 식구들에게 사랑채를 비워주고 난리가 끝날 때까지 서로 의지하고 살자며 호의를 베푼 것이다. 한동안 두 사돈은 말다툼 한 번 없이 의좋게 지낸다. 수복 뒤 완장을 두르고 설치던 친삼촌은 인민군을 따라 사라지고, 대밭 속에서 숨어 지내던 외삼촌은 국군에 입대한다. 빨치산이 된 친삼촌은 어느 날 밤을 틈타 집에 내려왔다가 아버지와 할머니의 끈질긴 설득으로 마음을 돌려 자수하기로 하지만, 공교롭게도 이 때 문 밖에서 인기척이 나는 바람에 놀란 나머지 산으로 달아나버린다.

잠에서 깨어 이 광경을 낱낱이 본 '나'는 삼촌의 친구로 가장하고 찾아온 낯선 남자가 내민 초콜릿 몇 조각의 유혹에 넘어가 간밤의 일을 털어놓는다. 이튿날 아버지는 어제의 그 낯선 남자에게 오라에 묶인 채 끌려가고, 어린 '나'는 커다란 고통과 분노, 그리고 "눈을 후비고 가슴을 찌"르고 싶을 정도의 슬픔과 함께 어른들에 대해 엄청난 배신감을 느낀다. 일주일 뒤 모진 고문 끝에 다리 하나를 절며 아버지는 풀려나고, '나'는 식구들의 따가운 눈총 속에서 지내지만 그래도 외할머니만은 '나'의 편이 되어준다. '나'는 어렴풋이 그것이 일종의 공모 의식 같은 것이라고 생각한다. 친삼촌이 찾아온 날 밤, 문 밖에서 기척을 낸 사람이 바로 외할머니임을 '나'는 알고 있다. "칠흑의 밤을 온통 물걸레처럼 질펀히 적시고 있는" 장마비가 내리는 가운데, 국군 장교인 외삼촌의 전사 통보가 날아든다. 어머니는 며칠 동안 통곡을 하고, 이모는 눈물 한 방울 흘리지 않고 이전보다 더 집안 일에 매달리며 고통을 견딘다. 하나밖에 없는 아들을 잃어 가장 큰 고통과 슬픔을 안게 된 외할머니는 의연하게 참아낸다. 그러나 장대비가 퍼붓고 천둥이 치는 어느 날 울분을 참지 못한 외할머니는 마침내 "더 쏟아져라! 어서 한 번 더 쏟아져서 바웃새에 숨은 뿔갱이마자 다 씰어 가그라! 나뭇틈새기에 엎딘 뿔갱이 숯뎅이같이 싹싹 끄실러라!" 하고 저주의 말을 쏟아낸다. 이 소리를 들은 친할머니는 오갈 데 없는 것들을 거두어주니까 남의 집 아들 죽기를 바란다며 크게 노한다. 외할머니는 외할머니대로 이런 "뿔갱이" 집에서 더 살고 싶지 않다는 폭언을 퍼부어 두 노인 사이의 대립은 절정으로 치닫는다. 줄기차게 비가 내리고 집안 분위기는 뒤숭숭하기만 하다. 고모와 함께 용하다는 점쟁이한테 다녀온 친할머니는 점쟁이가 둘째아들이 돌아올 날짜를 점지해줬다며 이를 철석같이 믿는다. 친할머니는 식구들을 들볶으며 그날만을 기다린다. 드디어 점쟁이가 점지해준 전날, 친할머니는 각 방과 대문 처마 밑에 온통 불을 밝힌다. 친할머니는 둘째아들이 좋아하는 전까지 부치게 하고 아들을 기다린다. 그러나 친할머니 앞에는 빨치산 아들이 아니라 커다란 구렁이가 나타난다. 친할머니는 기절을 하고, 동네 아이들은 구렁이 쪽으로 돌을 던진다. 이 때 외할머니가 나서 아이들의 돌팔매질을 제지하고, 친할머니의 머리칼을 뽑아오게 한 뒤 불태우는 제식을 주관하며 구렁이를 달래 보낸다. 구렁이가 집 밖으로 빠져나가고, 친할머니는 외할머니에게 고맙다고 말한다. 일주일 뒤 친할머니가 숨을 거둔 뒤, '나'는 "정말 지루한 장마였다."고 털어놓는다.

「장마」를 뒤덮고 있는 것은 장마철의 칙칙한 비 냄새와 눅눅함이다. 이를 배경으로 펼쳐지는 좌익 아들을 둔 친할머니와 우익 아들을 둔 외할머니의 극적인 대립과 화해는 퍽 실감난다. 두 가족 공동체의 대립은 마치 남북으로 갈려 우익과 좌익으로 맞서고 있는 한반도의 현실을 축약해놓은 것처럼 보인다. 작가 윤흥길은 혈연과 심정주의에 바탕을 두고 좌익과 우익의 갈등과 대립, 그리고 용서와 화해를 그려낸다. 남북 또는 좌우 이데올로기를 표상하는 두 삼촌은 회상이나 기억 속에서만 잠깐씩 나타난다. 좌익과 우익의 대립 위에 두 할머니의 꿈, 점쟁이의 예언, 구렁이의 출현 같은 샤머니즘의 요소들이 겹치며, 이 작품은 풍부한 사실감 속에 이념 대립과 분단의 비극과 고통을 길어올린다.

1974년 작가는 속물적 사회와 인간에 대해 회의를 품은 교사가 숙직 날 교사들의 근무 상황을 기록하는 타임 레코더를 부수는 내용을 그린 단편 「타임 레코더」와 「양」·「어른들을 위한 동화」 등을 발표한다. 같은 해 11월 윤흥길은 '자유실천문인협의회'에 가담해 활동하다가 정보 기관에 연행되어 곤욕을 치르기도 한다. 1975년에는 동향의 선배이자 소설가인 최창학의 소개로 출판사 '일조각'의 편집 사원으로 근무하며, 그 동안 살고 있던 성남을 떠나 서울 중곡동의 셋방으로 이사하게 된다.

윤흥길은 등단한 지 8년이 흐르고 그 사이에 뛰어난 문제작을 잇달아 내놓았음에도 크게 주목받지는 못한다. 이런 작가의 진가를 알아본 이가 있는데, 바로 평론가 김현이다. 그는 김현으로부터 출간 제의를 받고 1976년 첫 창작집 『황혼』을 '문학과지성사'에서 펴낸다. 이 책이 나온 뒤 윤흥길은 문단에 이름이 서서히 알려지고, 많지 않으나마 고정 독자도 생긴다. 형편이 좀 풀리자 그는 소설에만 전념할 생각으로 1977년 '일조각'에서 나와 전업 작가의 길로 들어선다. 이즈음 내놓은 것이 바로 「아홉 켤레의 구두로 남은 사내」와 그 연작인 「직선과 곡선」·「날개 또는 수갑」·「창백한 중년」 등이다.

1977년 그는 『문학과 지성』에 장편 「묵시의 바다」를 연재하며, 어느 병사의 우연한 죽음을 영웅화해 개인의 진정성을 왜곡시키는 집단의 음모와 허위 의식을 파헤친 단편 「빙청氷淸과 심홍深紅」, 포주의 횡포에 시달리는 창녀들의 생활을 그린 「돛대도 아니 달고」를 내놓는다. 작가는 이어 바보스럽지만 착한 농촌 청년이 부동산 투기꾼의 협잡으로 죽음에 이르는 이야기를 담은 「그것은 칼날」, 출근길의 버스가 노선을 벗어나 다른 버스와 경쟁을 벌이는 사건을 통해 조국 근대화라는 명분으로 저지르는 독재와 이에 길들여지는 소시민들의 노예 근성을 풍자한 「어른들을 위한 동화 3」, 그리고 「몸」 · 「바늘과 실과」 등을 꾸준히 발표한다. 그는 같은 해 이런 작품을 한데 묶어 '문학과지성사'에서 두 번째 창작집 『아홉 켤레의 구두로 남은 사내』를 펴내고, 이것으로 제4회 '한국 문학 작가상'을 받는다.

1978년 추위에 못 이겨 땔감을 도둑질한 가난한 사람들의 이야기를 담은 단편 「땔감」을 비롯해 「그믐밤」 · 「무지개는 언제 뜨는가」와 중편 「무제」 등을 발표한 그는 『동아일보』에 장편 「옛날의 금잔디」를 연재한다. 1979년에는 단편 「환상의 날개」 · 「기억 속의 들꽃」과 장편 「순은의 넋」 등을 발표하고, '창작과비평사'에서 창작집 『무지개는 언제 뜨는가』를 펴낸다.

이 무렵 일본의 나카가미 겐지中上健次와의 문학 교류가 결실을 맺어 일어판 소설집 『장마』가 '도쿄신문 출판국'에서 출간된다. 이후 일본의 유수 소설가와 비평가들이 일본의 유력 일간지와 문예지를 통해 앞다투어 윤흥길의 작품 세계에 대해 놀라움과 찬사를 표시한다. 특히 소설가 나카가미 겐지는 윤흥길의 문학에 대해 "토속이나 서민을 묘사하는 방식이라든가 '교통'으로서의 전쟁을 파악하는 방식은 식민지화나 강제 연행, 그리고 숱한 학대를 받으면서도 지금 여기에 굳건히 서 있는 많은 사람들의 존재까지 뜨겁게 부각"* 시킨다고 말한다. 또 평론가 다카노高野斗志美는 윤흥길에 대해 "타인의 고통을 자신의 것으로서 감수하고 그럼으로써 타인 이상으로 괴로워하는 그런 자질"을 갖고 있으며, 일본 문학에서는 "손을 떼려 하고 있는 문학의 기본을, 지금 한국의 한 작가가 신음하면서 짊어지고, 그렇게 함으로써 훌륭한 작품을 낳아 우리의 눈의 비늘을 씻어주고 있다."** 며 찬사를 아끼지 않는다.

영어와 일어판으로도 출간된 소설집 『황혼의 집』

1980년 윤흥길은 장편 소설 『순은의 넋』과 중 · 단편집 『장마』를 펴내고, 두 번째 일어판 소설집 『황혼의 집』을 역시 '도쿄신문 출판국'에서 출간한다. 이듬해

* 나카가미 겐지, 『마이니치신문』(1979. 5. 8.)
** 다카노, 『도쇼圖書신문』(1979. 6. 2.)

인 1981년에 들어서는 나카가미 겐지와의 문학 대담집 『동양에 위치하다』를 공저로 내놓고, 국내에서는 중편 「비늘」 등을 발표한다. 1982년 그는 단편 「오점」, 중편 「꿈꾸는 자의 나성」 등을 발표하고, 장편 「완장」을 연재한다. 작가는 같은 해 전쟁과 남자라는 폭력적 힘에 짓눌려 살아온 한 여인이 모성과 샤머니즘으로 역사의 수난을 이겨내는 과정을 그린 장편 소설 『에미』를 펴내는데, 이 작품은 일본의 '슌초샤'를 통해 동시에 『모母』라는 제목으로 출간되어 화제를 모은다.

1983년에 들어 윤흥길은 중편 「꿈꾸는 자의 나성」으로 '한국일보사' 제정 제15회 '한국 창작 문학상'을 받은 데 이어, 권력의 횡포를 풍자와 해학의 정신으로 그려낸 「완장」으로 제28회 '현대 문학상'을 차지한다. 같은 해 그는 단편 「코파와 비코파」·「그림자 밟기」·「오늘의 운세」 등을 발표한다. 그의 문학적 역량은 문단에서 충분히 검증된 셈이지만, 같은 시대에 활동하며 인기까지 얻은 몇몇 작가와는 달리 "유감스럽게도" 그것이 대중의 인기로 이어지지는 못한다.

내가 가진 허영심은 그래도 작고 소박한 편에 속할 것 같다. 나는 시내버스나 길거리에서 내 책을 들고 있는 독자를 내 눈으로 보게 된다면, 바로 그 순간부터 내 인생은 한결 살 맛이 날지도 모른다는 생각을 주욱 품어 나왔다. 전철 같은 데서 내 작품을 열심히 읽고 있는 독자를 발견하는 그 즉시 나는 그를 덥석 업어 줄 용의마저 있었다. 그런데 매우 유감스럽게도 15년 이상을 눈을 씻고 둘러봐도 아직까지 그런 독자들을 만나지 못했다. 내 발길이 미치지 못할 만큼 세상이 너무 넓은 탓이거나 아니면 소수의 내 독자들이 너무 수줍음을 타는 성격 탓이거나 두 가지 이유 중의 어느 하나일 것이다.

윤흥길, 작가 노트 「변사체와 보리밭—작가의 입장에서 본 독자」, 윤흥길 수상 작품집 『빙청과 심홍』(시몬출판사, 1989)

윤흥길은 1985년 단편 「겨울 원주민」을 발표하고, 장편 「언덕 위의 백합」과 연작 소설 「아버지는 나귀 타고」를 연재하며, '삼성출판사'에서 장편 『백치의 달』을 펴낸다. 1986년 그는 단편 「오리 무중」을 발표하고, 일본의 '가도카와 쇼텐角川書店'과의 전작 소설 계약에 따라 장편 「낫」을 집필한다. 1987년에는 「매우 잘생긴 우산 하나」·「어른들을 위한 동화 4」를 내놓고, '문학과지성사'에서 중편집

『꿈꾸는 자의 나성』을 펴낸다. 1988년에는 장편 「밟아도 아리랑」을 연재하고, 단편 「죽어야 나을 병」을 발표한다. 1989년 그는 단편집 『빙청과 심홍』, 연작 가족 소설집 『말로만 중산층』을 내놓는다. 작가는 이 무렵 영어판 소설집 「황혼의 집 The House of Twilight」을 영국의 '기더스 인터내셔널' 출판사에서 펴내며, 프랑스의 국제 저작권 대행사인 TIP—TV와 해외 번역 및 출판과 관련해 전속 계약을 맺는다.

1991년에 들어 윤흥길은 '문학과지성사'에서 장편 소설 『밟아도 아리랑』 1 · 2권, '지학사'에서 『옛날의 금잔디』를 펴낸다. 1993년에는 『현대문학』에 장편 「빛 가운데로 걸어가면」을 연재하며, '세계사'에서 장편 소설 『산에는 눈, 들에는 비』를 출간한다. 그는 1994년에 들어 한서대학교 교수로 임용되어 강의와 창작 활동을 병행하고 있다.

참고 자료

천이두, 「묘사와 실험」, 『장마』 해설 · 연보, 민음사, 1996

성민엽, 「소시민적 갈등의 진정성」, 『꿈꾸는 자의 나성』 해설, 문학과지성사, 1987

윤흥길, 「변사체와 보리밭—작가의 입장에서 본 독자」, 『빙청과 심홍』 작가 노트, 시몬출판사, 1989

김병익, 「전반적 검토—세계의 타락과 진정한 가치」, 『우리 시대의 작가 연구 총서—윤흥길』, 은애, 1979

이문구, '입말'의 문체로 그려낸 농촌 현실

경제 개발 계획, 농촌 공동체의 해체

풍자와 해학의
토속어 문체로
근대화에 휘말린
농촌의 실상을
생생하게 펼쳐 보인
작가 이문구

5·16정변 직후 박정희 군사 정권은 쿠데타를 정당화하고 민심을 붙잡기 위해 절대 빈곤의 해결 방안으로 경제 개발 5개년 계획을 추진한다. 박 정권은 이에 필요한 자산과 자본을 자체 조달할 수가 없어 외국에서 막대한 차관을 들여오거나, 외국 자본에 기댄 수출 주도형 공업화 정책으로 문제를 풀어나가려고 한다. 이런 정책이 성공을 거두어 박 정권은 한때 "한강의 기적"이라는 찬사를 받을 만큼 고도 경제 성장기를 이끈다. 그러나 시간이 흐르면서 '개발 독재'의 모순과 부작용이 속속 드러나고, 1960년대 말에 이르러서는 한국 경제 전반에 심각한 위기가 닥친다. 무역 수지 적자 폭이 커지면서 경제 구조의 해외 의존도가 깊어지는 한편, 투자 재원을 마련하기 위해 돈을 마구 찍어낸 결과 통화 팽창에 따른 인플레이션이 발생하고, 과도한 외자 도입 때문에 외채 상환 부담이 날로 커지게 되는 것이다. 이로 말미암아 전국의 도매 물가가 20퍼센트에서 35퍼센트까지 올라 서민 생활을 불안에 빠뜨리더니, 경제의 안정 기조마저 뒤흔들어놓는다. 이 시기에는 공업화 우선 정책으로 농업 부문에 대한 투자가 뒤따르지 않고 부족한 식량을 수입으로 충당하게 되는데, 이에 따라 농업 생산 기반의 위축 현상이 빚어진다.

경제 개발 계획에서 소외된 농촌은 빠르게 쇠락의 길로 접어든다. 농촌 경제가 거덜나면서 이농 인구는 날로 늘기만 한다. 세습되는 가난과 굶주림에 지친 사람들이 집과 농토를 버리고 도시로 나와 빈민 계층에 편입되는 과정을 거치는 것이다. 농촌은 어느덧 공장 폐수와 농약 등의 공해로 오염되고, 상업 자본과 천박한 소비 문화에 물들어 자발적 상호 부조의 전통 위에 세워진 공동체가 급격히 무너져내리며, 회복이 불가능한 황폐화의 길로 접어든다. 도작 농토稻作農土에 바탕을 둔 명실 상부한 농촌은 어느덧 죽어버린다. 이는 농경 사회적 정서를 내면화하고 있는 농촌 출신의 많은 도시인에게는 곧 심정적 고향의 상실을 뜻한다. 1970년대 중반에 들어 소설가 이문구李文求(1941~)는 해체의 위기에 빠진 우리 농촌의 현실을 자신의 체험과 충청도 농경 유림農耕儒林의 질펀하고 익살맞고 호흡이 유장한 요설체의 토속어 문체로 버무려 그려낸다.

이문구는 1941년 충남 보령군 대천면 대천리 관촌의 한 명문가에서 태어난다. 일찍이 아버지가 군 서기와 등기소 서기를 지내고 향리에서 사법 서사로 일한 까닭에 그는 엄격한 유교 교육을 받으며 비교적 풍요로운 어린 시절을 보낸다. 그러나 작가가 아홉 살 나던 해에 일어난 6 · 25로 말미암아 그의 집안은 풍비 박산이 난다.

남로당 보령군 총책이던 아버지가 전쟁이 터지자마자 예비 검속되고 인민군에 밀려 철수하던 향읍 치안 기관에 의해 목숨을 잇기는 것이다. 육사 2기로 들어가나 위장병을 얻어 자퇴하고 집에서 요양하고 있던 둘째형도 오랏줄에 묶인 채 죽음을 맞고, 농업 중학을 다니다가 자퇴한 셋째형도 아버지의 활동과 연루된 혐의로 대천 앞바다에 산 채로 수장된다. 몇 해 뒤인 1956년에 어머니마저 여읜 그는 넷째로 태어났음에도 졸지에 소년 가장이 되고 만다. 고향에서 중학교를 졸업하고 주린 배를 안은 채 농사를 짓던 그는 1959년에 이르러 좌익의 혈육을 바라보는 고향 사람들의 따가운 눈총을 피해 무작정 상경을 한다. 서울로 올라온 그는 건어물 행상이며 도로 공사장 잡역부 등으로 닥치는 대로 일하며 어렵게 생계를 꾸려간다.

은근히 작가의 꿈을 키우고 있던 이문구는 1961년 서라벌예술대학 문예창작과에 입학한다. 당시 서라벌예대에는 김동리 · 서정주 · 박목월 · 조연현 · 김구용 등 일급 문사들이 나와 강의하고, 그와 앞서거니 뒤서거니 입학한 박상륭 · 한승원 · 조세희 · 이건청 등이 모여 창작 수업을 쌓는다. 서라벌예대를 졸업할 즈음 그는 해인사에 있는 한 암자에서 하숙을 하며 단편 13편을 습작할 만큼 작가의 길에 대한 집념을 보이기도 한다. 그러나 이 때 써낸 작품들은 성에 차지 않아 거의 다 스스로 폐기한다.

1965년 9월 이문구는 김동리의 추천으로 『현대문학』에 '연묘'라는 여승의 환속 얘기를 담은 단편 「다갈라 불망비不忘碑」를 발표한다. 1963년 그는 막상 대학을 졸업하지만 형편은 여전히 쪼들린다. 그는 다시 도로 포장, 건축, 공동 묘지 이장 공사장 등을 떠돌며 잡역부나 십장으로 일한다. 연희동 외국인 공동 묘지 이장 공사판에서 "임자 없는 유골 2천여를 떡 주무르듯" 한 별스러운 일을 비롯해 그는 갖가지 험한 일을 거친다. 이런 나날의 버거운 삶을 감당하면서도 습작을 게을리하지 않은 그는 1966년 『현대문학』 7월호에 단편 「백결百結」로 완료 추천을 받고 문단에 나온다. 고생이 되긴 했지만 이런저런 밑바닥 직업을 전전한 체험은 이문구 소설의 소재를 다채롭게 하고 실감의 부피를 늘려주는 바탕이 된다. 1967년 그는 돈 때문에 생사의 문턱에 이를 정도로 심한 싸움을 벌이는 두 사람의 옛 전우 얘기를 담은 단편 「생존 허가원」을 비롯해, 미군 보급 부대 주차장 포장 공사 현장을 배경으로 하고 있는 「지혈地血」, 뱃놀이 나온 젊은 남녀들을 상대로 강도짓을 하다가 거꾸로 봉변을 당하는 지독히 운이 없는 한 밑바닥 인생을 그린 「부동행不動行」을 발표한다.

1968년에는 소풍 나온 학생의 부모들을 꼬드겨 금전을 갈취하는 야바위꾼의 행각을 담은 「두더지」, 집을 나와 서울에서 식모 생활을 하다가 고향에 돌아가 결혼하나 의처증에 시달리는 한 여성의 황폐한 삶을 그린 「담배 한 대」, 전란 뒤 고철 줍기로 생계를 꾸려가는 하층민의 비참한 생활을 그린 「이삭」, 십장 생활 30년이 된 노동자가 제2한강교 교각 작업 현장에서 일하며 겪는 갈등을 담은 「가을 소리」 등을 내놓아 소재와 등장 인물 면에서 다양성을 보여준다.

이 무렵 서라벌예대 동창인 소설가 박상륭과 특히 가까이 지낸 이문구는 라디오 드라마 보조 작가 자리를 기웃거리기도 하며 용돈이나 벌어 쓰는 처지였는데, 1968년 8월에 한국문인협회에서 신문학 60년 기념 사업의 하나로 『월간문학』을 창간하게 되자 박상륭의 천거로 업무 직원이 되어 제작 · 배본 · 수금 · 광고 업무를 도맡는다.

1969년 단편 「백의」 · 「몽금포 타령」 등을 발표한 그는 1970년 『월간문학』 편집장을 맡아 바쁜 와중에도 단편 「덤으로 주고받기」 · 「장난감 풍선」 · 「이 풍진 세상을」 · 「암소」 · 「매화 옛 등걸」 등을 내놓는다.

「암소」

「암소」는 직정적 사투리로 걸쭉하게 반죽된 긴 요설체의 문장 속에 한 머슴의 얘기를 담고 있는 작품이다. 4년 동안 황구만의 집에서 머슴살이를 한 박선출은 군에 입대하면서 그 동안 모은 재산을 주인 황구만에게 맡긴다. 이 돈을 종잣돈으로 영세 직조 공장을 차린 황구만은 화학 섬유가 나오는 바람에 밑천을 송두리째 날린다. 월 3부 이자를 주기로 하고 머슴한테서 빌린 돈을 갚을 길이 없게 된 황구만은 이 무렵 정부가 시행한 '농어촌 고리채 정리 기간'에 자신의 채무 건을 신고한다. 제대한 박선출은 이 사실을 알고 펄펄 뛰지만 달리 손을 쓰지 못한다. 악덕 고리 대금업자로부터 영세 농민들을 구제하기 위해 입안한 정책이 엉뚱한 피해자를 낳은 것이다. 황구만과 박선출은 '암소'를 주고받음으로써 채권 채무 관계를 해소하기로 타협을 본다.

이 과정에서 암소가 새끼를 밴 사실을 알게 된 두 사람은 뱃속에 있는 송아지의 소유권을 놓고 다툼을 벌인다. 그러나 얼마 뒤 술 지게미 맛을 본 암소가 헛간에 놓아둔 막걸리 한 항아리를 몽땅 비우고 쓰러져 죽어버려, 박선출의 꿈은 물거품이 되고 만다.

작가는 여기서 끈적거리는 토속어 문체로 산업화 · 도시화 · 근대화와 함께 와

해되는 농촌 공동체, 이를 떠받치고 있던 자기 헌신과 상호 유대 정신의 멸실, 그 와중에 농민들의 소박한 희망과 기대가 깨지고 꺽이는 현장을 생생하게 보여준다. 「암소」는 소설가 이문구의 이름을 평론가들의 기억 속에 뚜렷하게 새기는 계기가 된 작품이다. 채만식 · 김유정에서 발원한 "평민 문학적 골계미의 전통"을 바탕으로 하는 풍자와 해학의 문체를 이어받은 작가는 농촌 소설이 빠져들 수 있는 인물의 소영웅화, 인정 삽화, 지방주의 등을 극복하고 1970년대를 대표하는 '농촌 작가'로 우뚝 서게 된다.

이문구는 직장 생활을 하면서도 『창작과 비평』 1970년 겨울호부터 한때 공동묘지 유골을 이장하는 작업 현장에서 일한 체험을 바탕으로 초기 산업화 사회의 단면을 파헤친 200자 원고지 3천 장 분량의 장편 「장한몽長恨夢」을 연재할 만큼 왕성한 창작욕을 보여준다.

「장한몽」이 씌어지고 발표되던 1970~1971년은 작가 이문구의 나이가 30세였고 문단에 「다갈라 불망비」로 데뷔한 지 5, 6년 되던 때, ―작가로서는 가장 정력적이고 도전적이며 또 그만큼 자신 만만한 시절이었다. 이때 그는, 그 자신의 기록에 따르면, 문단 정치의 '선거꾼'으로 부지런하게 뛸 걸음으로 발을 움직이던 시기였고 『월간문학』 편집장으로 숱한 필자들을 상대로 쉼 없는 입놀림을 해야 하던 철이었는데, 그러면서도 그는 다방 "한구석에 붙박여 앉아 20여 잔의 다방 커피를 없애가며 해전에 근근이 백 장"을 쓸 수 있었던 왕성한 머리―손 움직임을 보여줄 수 있었다. 눈 · 눈썹 · 뼈대가 굵고 그래서 결코 지칠 것 같지 않은 굵직한 남성적 인상을 주는 그는, 물론 이 정력을 한때만의 것으로 그칠 리 없어, 고은 · 박태순과 함께 유신 시절의 강력한 저항 문인 조직이었던 '자유실천문인협의회'를 이끌어가면서 『한국문학』 편집의 책임을 맡고 영업까지 사실상의 사장―편집자 ―사원―급사의 여러 몫을 한꺼번에 해치우기도 하며, 한동안 수원 근교에서 농삿일을 거들다가 다시 상경, 실천문학사를 인수 · 경영하며 무크―계간―무크로 변전하는 『실천문학』을 발행하고, 이렇게 많은 일을 하는 가운데에서도 글 쓰는 일은 더욱 활발해져…… 여러 권의 단편 · 산문집들을 잇달아 발표했다.

김병익, 「한에서 비극까지」, 『장한몽』(책세상, 1995) 해설

작가는 1971년에 단편 「그때는 옛날」 · 「못난 돼지」 · 「떠나야 할 사람」, 1972년에 중편 「해벽海壁」과 단편 「추야장秋夜長」 · 「이풍헌」 · 「금모래빛」 · 「다가오

는 소리」·「임자 수록壬子隨錄」·「낙양 산책」·「만고 강산」·「그가 말했듯」·「그럴 수 없음」 등을 발표한다. 이 무렵 그는 『현대문학』에 고향인 충남 대천을 중심 무대로 삼아 농촌의 급작스런 변모와 전통 질서의 와해 과정을 그윽한 회고조의 문장으로 담아낸 「관촌 수필」 연작의 첫 작품인 「일락 서산日落西山」을 내놓는다. 아울러 '정음사'에서 첫 단편집 『이 풍진 세상을』, '삼성출판사'에서 문고판 한국 문학 전집의 하나로 『장한몽』을 펴내며, 「장한몽」으로 제5회 '한국 창작 문학상'을 받는다.

1971년 겨울
박완서 출판 기념회에서.
왼쪽부터 김승옥·
이문구·김지하·정현종·
박덕매.

1973년에 들어 이문구는 그 동안 몸담아온 『월간문학』을 떠나게 된다. 김동리의 선거 참모로 '한국문인협회' 이사장 선거에 깊숙이 관여하던 그가 '문협'의 새로운 이사장으로 조연현이 취임하면서 떨려난 것이다. 이후 그는 김동리의 부인이자 소설가인 손소희를 도와 도서 출판 '한국문학사'를 설립하고 월간 『한국문학』을 창간하는 데 힘쓴다. 같은 해 그는 잡지 편집장으로 일하며 단편 「간이역」·「우산도 없이」·「초부艸夫」와, 「관촌 수필」 연작인 「화무 십일花無十日」·「행운 유수行雲流水」·「녹수 청산綠水青山」·「공산 토월空山吐月」 등을 잇달아 내놓는다. 1974년에는 '자유실천문인협의회'를 띄워 실무 간사를 지내며 단편 「만추」·「새로 생긴 곳」·「낚시터 큰 애기」·「죽으면서」·「백면 서생」 등을 발표하고, '창작과비평사'에서 창작집 『해벽』을 펴낸다. 1975년 그는 『한국문학』 편집장직을 사임하고 '한국소설가협회' 창립 발기인으로 활동하며 단편 「빈 산에 둥근 달이」·「그전 애인」 등을 내놓고, 『월간중앙』에 장편 「오자룡」을 연재한다. 이 무렵 '삼중당' 문고본으로 단편 선집 『몽금포 타령』이 나오고, 일본의 '휴주리샤冬樹社'에서 「다갈라 불망비」가 일역 출간된다.

1976년 이문구는 「관촌 수필」 연작인 「관산 추정關山芻丁」·「여요 주서麗謠註序」와 중편 「엉겅퀴 잎새」 등을 내놓는다. 1977년에 들어 그는 '국제펜클럽' 한국본부 감사로 피선*되고, 영화 감독 하길종의 추천으로 '한진출판사'의 편집 고문을 지낸다. 그는 같은 해에 주거지를 경기도 화성군 향남면 행정리, 일명 쇠면 부락으로 옮긴다. 시골에서 살며 그는 상업주의와 소비 문화에 잠식당한 우리 농촌의 현실을 생생하게 보고 겪는데, 이런 체험은 뒤이어 나오는 「우리 동네」 연작의 밑바탕이 된다.

한편 이 무렵 작가는 『월간중앙』에 발표한 「월곡 후야月谷後野」를 마지막으로 「관촌 수필」 연작을 매듭짓는다.

「관촌 수필」 연작

농촌의 급작스런 변모와 전통적인 질서의 와해 과정을 회고조의 문장으로 담아낸 연작 『관촌 수필』

여덟 편의 중 · 단편으로 이루어진 「관촌 수필」은 작가의 유 · 소년기에 걸친 고향 체험에서 길어올린 연작 소설이다. 여기서 그는 양반 토호 가문과 유림 같은 봉건적 신분 질서의 잔재가 남아 있고, 부락 공동체의 풍습과 인정이 살아 있는 근대 문명에 잠식되기 이전의 고향을 복원한다. 「관촌 수필」에 일관되게 흐르는 정서는 상실감이다. 이 연작 소설에서 고향 또는 농촌 공동체는 전쟁과 이념의 대립과 충돌로 엄청난 균열을 겪고, 뒤이은 근대화 과정에서 도시 자본주의 문명에 의해 잠식되며 다른 사회로 해체 또는 변모되어간다. 작가는 전근대 농촌 사회가 지니고 있던 공동체적 속성과 농토라는 물적 터전 위에 삶을 세워온 농민들의 순박함과 인정, 전통 윤리와 질서가 멸실되어가는 것을 아쉬워한다. 고향은 예전의 고향이 아니고, 거기서 사는 사람들의 풍속이며 심성도 예전과 다르다. 작가는 「관촌 수필」 연작의 곳곳에서 어린 시절에 얽힌 아련한 추억을 풀어놓는 한편, 예스러운 것이 지닌 가치를 감싸는 자세를 보인다. 이에 따라 「관촌 수필」은 현실 의식이 결여되어 있으며 주자학적朱子學的 교양의 바탕 위에서 봉건의

* 이후 1995년까지 이사로 연임한다.

잔영을 그리는 데 치우쳤다는 일부 평자들의 지적을 받기도 한다. 이런 것이 부담스러웠는지 작가는 농촌 현장을 몸으로 겪은 뒤 농촌에 대해 품고 있던 낙관론적 기대를 허물고 농촌 문제를 정치 사회적 맥락에서 바라보고 비판적으로 파헤친다.

「관촌 수필」 연작을 내놓기 시작한 지 얼마 안 된 시점인 1972년에 발표한 「해벽」은 이와 관련해 눈길을 끄는 작품이다. 「해벽」은 반농 반어半農半漁의 가난한 염전 마을을 배경으로 하고 있다. 작가는 여기서 정치 세력을 등에 업은 기업과 외세에 의해 파괴되어가는 농·어촌 현실을 파헤쳐 그 안에 잠재된 문제들을 까발림으로써, 근대화 정책 속에서 얼마나 많은 민초의 삶이 왜곡되고 훼손되는지를 보여준다.

1977년부터 내놓은 「우리 동네」 연작에서 이문구는 그 동안 애써 지켜온 화해적·긍정적 문학관을 감당하기에는 농촌을 비롯한 한국 사회의 현실이 너무 황폐하고 몰인정해졌다는 인식에 이르게 되었음을 드러낸다. 이 연작에서 농촌은 서정성이나 토속성 짙은 막연한 그리움의 대상이 될 수가 없다. 농촌은 근대화의 희생양, 도시 자본주의의 수탈 대상일 뿐이다. 「우리 동네」 연작의 농촌은 절대빈곤에서는 벗어난 듯하되 여전히 잠재적 빈곤 의식에 허덕이고, 관청의 횡포에 속수 무책이며, 텔레비전 등 상업주의 매스컴의 영향과 독점 자본이 조장하는 소비 문화에 휩쓸린다. 이 연작은 각박해지는 농민들의 심성, 멸실되어가는 풍속과 유대감, 날로 황폐해지는 농촌의 실상을 작가 특유의 풍자적 문체로 실어 나른다. 그러면서도 작가는 이 타락하고 부정적인 현실을 극복할 수 있는 희망 섞인 기대와 가능성으로 농민의 건강한 생명력과 윤리 의식을 제시한다.

「우리 동네」 연작

'우리 동네' 연작은 1977년 『한국문학』 11월호에 발표한 「우리 동네 김씨」를

1970년대 우리 농촌의 현실을 여러 성씨의 농민들을 내세워 구석구석 보여준 연작 『우리 동네』

시작으로 1981년까지 여러 문예지에 분재分載된다. 작가는 「우리 동네 김씨」에서 민방위 교육장에서 벌어지는 일을 희화적으로 그려낸다. 오랜 가뭄으로 논이 말라가자 꾀를 낸 '김씨'는 몰래 전기를 끌어들여 남의 논에 가야 할 저수지 물을 퍼올리다가 한전 직원과 물 감시원에게 들킨다. 그러나 김씨는 이 위기를 능청스럽게 넘기고, 사태는 엉뚱하게도 한전 직원과 물 감시원 사이의 싸움으로 번진다. 때마침 민방위 교육이 열리는 바람에 사건은 흐지부지되고, 민방위 교육장에서도 김씨는 능청스런 한 마디를 던져 좌중을 웃음과 박수의 도가니로 만든다.

작가 이문구는 「우리 동네」 연작을 통해 농촌 아이들에게까지 번진 망년회, 부녀자들의 무분별한 관광 여행과 춤바람, 농협의 변칙 운영, 조미료 중독, 도시인들의 사냥 때문에 받는 피해, 외곽에 들어선 공장에서 일어난 노사 문제, 모내기에 동원된 고등 학생들의 새참 요구 농성, 통일주체국민회의 대의원 선거 사기 사건, 추곡 수매 비리, 지도소의 영농 교육에 대한 농민들의 반감, 중개상으로 전락한 농협에 대한 농민들의 적대감, 농한기의 도박 풍조 등 나날이 변해가는 우리 농촌의 현실과 풍속을 생생한 실물대로 그려낸다. 근대화 바람 속에 변화하는 농촌이란 "창조와 필요와 쓰임이 균형을 이루고 있는"(김우창) 자족적인 생활 체계가 무너지고, 이로 말미암아 경제적 · 도덕적으로 파탄의 위기에 빠진 농촌을 말한다.

이문구의 「우리 동네」는 노동 인력이 썰물처럼 빠져나가 차츰 활기를 잃고 피폐화되는 1970년대 우리 농촌의 현실을, 여느 농민을 상징하는 여러 성씨를 중심 인물로 내세워 그려낸 연작 소설이다. 극적인 전환이나 결말 없이 비슷한 양상의 짧은 삽화들로 소설을 이어나감에도, 작가는 여기서 풍부한 토속어와 비속어, 역동적인 판소리체 대화, 속담과 격언 등을 적절하게 써서 민중 언어의 활력을 되살려낸다. 이 연작의 짧은 삽화들은 서로 깊은 연관 없이 우리 농촌의 세태와 풍속을 드러내지만, 이런 것이 중첩되고 영역을 넓혀가면서 안으로는 이웃고 하나의 구심점을 향해 집중된다. 따라서 이 연작을 따라가는 독자들은 가만히 앉아 농촌의 구석구석을 엿보는 듯한 느낌을 받기 일쑤다.

1977년
한진출판사에서
일할 때

이문구는 1977년에 '문학과지성사'에서 연작 소설집 『관촌 수필』, '진문출판사'에서 산문집 『아픈 사랑 이야기』, '열화당'에서 중편집 『엉겅퀴 잎새』, '한진출판사'에서 단편집 『으악새 우는 사연』 등을 앞서거니 뒤서거니 펴낸다. 1978년 작가는 「우리 동네」 연작을 계속 써내는데, 「우리 동네 이씨」로 제5회 '한국문학 작가상'을 받는다.

1979년에는 무크 『실천문학』의 편집 위원으로 활동하며 「우리 동네 유씨」 등을 내놓는 한편, '전예원'에서 산문집 『지금은 꽃이 아니라도 좋아라』를 펴낸다.

1980년에 들어 이문구는 생활난 때문에 서울로 이사한 뒤, 단편 「소설 김주영」·「연애는 아무나 되나」·「곽산 기생 보름이」·「버드나무가 있는 풍경」·「이모 연의李某演義」 등을 쓴다. 작가는 이 무렵 문인으로서는 유일하게 국보위의 이른바 정치 쇄신 특별법에 따라 '정치 활동 규제자' 명단에 오른다. 1981년 그는 단편 「안개 낀 마포 종점」·「남의 여자」 등을 발표한다. 아울러 『세계의 문학』 겨울호에 실은 「우리 동네 조씨」를 끝으로 연작 소설을 매듭짓고, 이를 묶어 '민음사'에서 『우리 동네』라는 제목으로 펴낸다. 작가는 1982년에 단편 「광화문 근처의 두 사내」·「변 사또의 약력」을 내놓는 한편, 제1회 '신동엽 창작 기금' 수혜자로 선정된다. 1983년 정치 활동 규제에서 풀려난 그는 『서울신문』의 기획물인 「신동국여지승람—충남·북편」의 집필에 참여하고, 「개구장이 산복이」 외 25편의 동시를 발표한다.

1984년 이문구는 '한진출판사'에서 나온 뒤 문단 선배와 동료들의 권유로 '실천문학사'의 발행인으로 취임한다. 그는 같은 해 『농민신문』에 장편 「산 너머 남촌」을 연재하고, 「강동 만필江東漫筆」 연작과 「명천 유사鳴川遺事」 등을 내놓는다. 이무렵 그는 부정기 간행물이던 『실천문학』을 계간지로 바꿔 선보인다. 그러나 『실천문학』은 이른바 언론 기본법 제1호 위반 혐의로 문공부 청문회를 거쳐 강제 폐간된다. 1987년에 들어 작가는 '삼중당'에서 단편집 『다가오는 소리』, '창작과비평사'에서 동시집 『개구장이 산복이』를 펴낸다. 이문구는 얼마 뒤 가족을 서울에 남겨둔 채 충남 보령군 청라면 장산리로 내려가 요양과 집필을 겸하게 된다. 1989년 그는 『서울신문』에 장편 「토정 이지함 1부」를 연재한다. 이 무렵 「우리 동네」 연작이 드라마로 만들어져 KBS 제1TV를 통해 방송되고, 또 「암소」가 극단 '사조'에 의해 '대한민국 연극제' 무대에 올려진다. 그가 제1회 '춘강 문예 창작 기금' 수령자로 선정된 것도 이즈음의 일이다.

1990년 여름, 김동리가 병으로 쓰러지자 이문구는 서울로 올라와 석 달 동안 간병한다. 같은 해 그는 '창작과비평사'에서 장편 『산 너머 남촌』을 펴내며, 제7회 '요산 문학상'을 받는다. 1991년에는 단편 「장곡리 고욤나무」·「유자 소전」 등을 발표하고, 「장곡리 고욤나무」로 제9회 '흙의 문예상'을, 『산 너머 남촌』으로 제15회 '펜 문학상'을 차지한다. 작가는 중국을 거쳐 백두산에 다녀온 뒤, 1992년에 들어 '문이당'에서 장편 소설 『매월당 김시습』을 펴낸다. 『매월당 김시습』은 그의 작품으로서는 드물게 독자들의 사랑을 듬뿍 받는다. 두둑한 인세 수입까지 안겨준 이 작품으로 그는 제1회 '서라벌 문학상'을 차지한다. 이 무렵 「관촌수필」 연작이 SBS TV '창사 2주년 기념 작품'으로 선정, 30부작 드라마로 제작 방송되어 큰 인기를 끈다. 얼마 뒤 작가는 러시아의 모스크바와 페테르부르크 등지를 여행하고 돌아온다.

1993년 이문구는 창작집 『유자 소전』을 '벽호'에서, 산문집 『소리나는 쪽으로 돌아보다』를 '열린세상'에서 펴내며, 「유자 소전」으로 제8회 '만해 문학상'을, 농민 문학에 힘쓴 공로로 제4회 '농민 문화상'을 받는다. 같은 해 「우리 동네」 연작이 「친애하는 기타 여러분」이라는 제목의 드라마로 만들어져 SBS TV에서 50부작으로 방송된다. 이 무렵 작가는 인도를 여행하고 돌아온다. 1994년에는 단편 「장척리 으름나무」를 발표하고 러시아 연해주 지역을 둘러보고 오며, 1995년에는 단편 「장동리 싸리나무」 등을 내놓는다. 1996년 그는 '한국소설가협회' 상임 이사 겸 계간 『한국소설』 편집 위원장, '문학의 해' 집행위원회 홍보 · 출판분과 위원장을 동시에 지내고, '동아출판사' 에서 『장곡리 고욤나무』를 펴낸다.

이문구는 2000년에 들어 '민족문학작가회의' 이사장을 맡는다. 그가 이사장을 맡고서 가장 먼저 한 일은 제명 처분에 대해 정중히 사과하고 김지하 시인을 자문 위원으로 위촉한 일이다. 민족문학작가회의의 모체는 1974년에 닻을 올린 '자유실천문인협의회' 다. 이 단체는 유신 독재 치하에서 구속된 김지하의 구명 운동을 계기로 만들어진 것이다. 균형 감각이 뛰어난 그는 이토록 민족문학작가회의와 깊이 얽혀 있는 김지하를 제명 상태로 내버려두는 것은 온당치 못한 일이라고 생각한다. 이문구는 이사장이 된 뒤 문인들의 복리 후생을 증진시키는 일에 특별히 관심을 기울여 정부의 유관 기관을 상대로 교섭에 나서 생활 형편이 어려운 전업 작가들을 위해 창작 지원금을 내놓도록 설득한다. 그는 이처럼 성심껏 민족문학작가회의 이사장직을 수행하는 한편, 『유자 소전』 이후 7년 만에 연작 소설집 『내 몸은 너무 오래 서 있거나 걸어왔다』를 펴내며 작가로서의 무르익은 기량도 보여준다.

참고 자료

권영민, 『한국 현대 문학사 1945~1990』, 민음사, 1993

김윤식 · 정호웅, 『한국 소설사』, 예하, 1993

김우창, 「근대화 속의 농촌—이문구의 농촌 소설」, 『우리 동네』 해설 · 연보, 민음사, 1981

진정석, 「이야기적 상상력의 힘과 아름다움」, 전집 『우리 동네』 해설 · 연보, 솔, 1996

김병익, 「한에서 비극까지」, 『장한몽』 해설 · 연보, 책세상, 1995

유종호, 「농촌 최후의 시인—다시 읽는 이문구」, 『문학의 즐거움』, 민음사, 1995

김우창, 당대 인문학의 한 봉우리

『궁핍한 시대의 시인』

문학 · 예술 · 철학을 아우르는 폭넓은 지식과 형이상학적 통찰력을 바탕으로 문학 비평의 경계를 넓힌 김우창

1977

동 · 서양의 고전을 두루 꿰뚫고, 문학 · 철학 · 사회학 · 미술사 · 정치학 · 경제학 · 물리학까지 경계 없이 넘나들며 사유의 부피를 키워온 김우창金禹昌(1936~)은 한국 인문학이 도달한 하나의 정점을 보여준다. 이 대가 비평가는 '근본에 대한 탐구'와 '깊이에 대한 천착'을 비평적 지표로 삼고 30여 년 동안 활동을 펼치며 '문학'을 좁은 의미의 문학으로만 읽지 않고, 사람살이의 궁극의 의미를 통찰할 수 있는 철학적이고 정치 사회적인 전체성이라는 맥락 속에서 그 뜻과 가능성을 두루 탐구하는 면모를 보여준다. 그는 박물적 지식과 폭넓은 지적 체계에 바탕을 둔 형이상학적 통찰력을 발휘하며 철학과 사회학의 영토까지 감싸 안으며 문학 비평의 경계를 한껏 넓혀놓는다. 1977년에 펴낸 평론집 『궁핍한 시대의 시인』은 이런 과정에서 거둔 첫 열매로, 여기서 김우창은 그 동안 자신이 일궈낸 문학과 사회에 깊은 사유의 세계의 한 모서리를 드러낸다.

김우창은 일제 강점기인 1936년에 전남 함평군 엄다면에서 태어난다. 광주 서석국민학교와 서중학교를 거쳐 광주고등학교를 나온 그는 1954년에 서울대학교 문리대 정치학과에 입학하지만, 중간에 과를 옮겨 문리대 영문과를 졸업한다. 1959년 그는 미국으로 건너가 오하이오 웨슬리안대학교에서 수학하고, 코넬대학교에서 영문학 석사 학위를 취득한다. 국내로 돌아와서는 1961년부터 한국외국어대학교와 덕성여자대학교 강사를 거쳐 서울대학교 문리대 영문과 조교 및 전임 강사를 지낸다. 그는 1968년에 다시 미국으로 건너가 하버드대학교에서 미국 문명사 박사 학위를 취득한다. 버팔로 뉴욕주립대학교 미국학 과정 연구원 및 조교수를 거친 그는 귀국 뒤 1974년부터 고려대학교 문과대 영문과 교수로 강단에 선다. 1976년부터 계간 『세계의 문학』 편집 위원을 맡게 된 그는 1977년에 들어 첫 평론집 『궁핍한 시대의 시인』을 '민음사'에서 펴낸다. 『궁핍한 시대의 시인』은 특유의 날카로운 관찰력과 견고한 논리, 세련된 기품, 그리고 심미적 이성과 초월 · 구체성 · 전체성을 강조해온 김우창 비평의 진수가 배어 있는 평론집이다.

1981년 김우창은 농경 사회에서 산업 사회로 이행하는 변동 속에서 우리가 "나와 물건, 주관과 객관, 감정과 사실"이 하나이던 통일되고 조화스러운 삶의 방식으로부터 어떻게 멀어지고 있는지를 꼼꼼하게 따지고 살펴본 『지상의 척도』를 '민음사'에서 펴낸다. 1992년 그는 '솔출판사'에서 비평 선집 『심미적 이성의 탐구』를 출간한다. 1993년에는 '민음사'에서 이미 나와 있는 『궁핍한 시대의 시인』과 『지상의 척도』에 『시인의 보석』 · 『법 없는 길』 · 『이성적 사회를 향하여』를 보탠 다섯 권짜리 '김우창 전집'이 나온다.

문학과 사회에 대한
깊은 사유로
김우창 비평의 진수를
보여준 첫 번째 평론집
『궁핍한 시대의 시인』

김우창은 1966년 김종길의 저서 『시론』의 서평 형식으로 쓴 「감성과 비평」을 『창작과 비평』에 발표하며 뛰어난 한 비평가의 탄생을 예고한다. 이미 김윤식 · 김현 · 백낙청 · 유종호 등이 평론가로 나선 뒤에 나오나 그는 처음부터 제 목소리로 개성을 드러낸다. 「감성과 비평」에서 두드러지게 나타나는 것은 엄격한 비평적 기준과 비판의 자세다. 그의 윤리적 태도에서 발현된 것으로 보이는 이런 엄격함은 비평가 김우창이라는 이름을 널리 알리는 데 이바지한 「한국 시와 형이상形而上」에서도 변함없이 발휘된다. 그는 「한국 시와 형이상」에서 최남선부터 서정주의 시에 이르기까지 한국 시의 뿌리를 이루는 주관적 정서와 정신적 기율을 꼼꼼하게 살피고 따지며 현대 한국 시의 전개 과정 전체를 단호한 어조로 실패라고 규정한다.

서정주徐廷柱의 시적 발전은 한국의 현대시 50년의 핵심적인 실패를 가장 전형적으로 보여준다. 그의 초기시의 특징은 한쪽으로는 강렬한 관능과 다른 한쪽으로는 대담한 리얼리즘을 그 특징으로 했다. 이것은 육체와 정신의 필연적인 갈등, 개인과 사회의 갈등을 솔직하게 인정함으로써 가능한 것이었다. 그러나 후기시에 있어서의 종교적인 또는 무속적巫俗的인 입장은 그 직시적直時的인 구체의 약속으로 그의 현실 감각을 마비시켰다. 서정주는 매우 고무적인 출발을 했으나, 그 출발로부터 경험과 존재의 모순과 분열을 보다 넓은 테두리에 싸 쥘 수 있는 변증법적 구조를 발전시키는 방향으로 나아가는 대신, 그것들을 적당히 발라 맞추어 버리는 일원적一元的 감정주의感情主義로 후퇴하였다. 그 결과 그의 시는 한국의 대부분의 시처럼 자위적自慰的인 자기 만족의 시가 되어 버린 것이다. 다시 한 번 말하여, 서정주의 실패는 한국 시 전체의 실패이며, 이것은 간단히 말하여 경험의 모순을 계산할 수 있는 구조를 이룩하는 데 있어서의 실패이다.

김우창, 「한국 시와 형이상」, 『궁핍한 시대의 시인』(민음사, 1977)

김우창은 이렇듯 한국 현대 문학을 대표하는 시인 중의 한 사람인 서정주의 시 세계를 놓고 "일원적 감정주의로 후퇴"한 실패라고 추호의 머뭇거림도 없이 단호하게 말하며, 아울러 서정주의 실패는 "한국 시 전체의 실패"라고 비약해 규정짓는다.

그의 엄격한 기준에 따르면, 주요한의 경우는 "어둠과 밝음의 대치"를 끝까지 유지하지 못해 사적 감정의 토로에 그치고 말았고, 김소월 또한 현실과 시인의 의식 사이의 팽팽한 긴장을 잃어버리고 "감정의 주관적인 세계로 잠수"했으며, 김기림은 "시각적인 단편들을 커다란 것으로 생의 현실에 보다 더 직접적인 의미를 갖는 것으로 모아 쥘 구조적 상상력"이 없었는데, 이는 식민지 현실과 정면으로 대결할 만한 "도덕적 성실성"이 결여된 결과였으며, 자연의 시인이라고 일컬어지는 박목월의 자연은 인간과 자연의 진정한 혼융의 소산이기보다는 "주관적인 욕구에 의하여 꾸며낸 자기 만족의 풍경"에 머물고 말았다고 지적된다. 그는 자아를 압도하는 현실의 도저한 불행과 맞서는 자아의 주체적 의지가 뒷받침되지 않을 때 시인은 보잘것없는 시적 인식에 이르게 된다고 말한다. 김우창의 이런 엄격함은 개인과 세계의 대결 또는 대립이라는 형이상학적 주제를 바탕으로, 자아의 주체적 의지와 에너지에 대한 강조에서 비롯된다.

김우창은 부분과 전체의 변증법을 빌려 우리 문학의 실패를 말하기도 한다. 사람이 구체적으로 경험하는 현실은 지각 범위나 인식 능력의 한계 같은 요인 때문에 부분적인 성격을 벗어날 수 없고, 전체는 이 부분적 현실의 암시와 초월적 지향에 의해 가능성으로 존재할 뿐이다. 그런데 일제 강점기는 부분과 전체의 변증법적 소통 가능성이 차단된 시대로, "식민지 지배와 더불어 이 전체의 변증법은 정지"해버리고 이로 말미암아 "개별자와 전체성의 관계는 얼어붙은 전체와 다른 한쪽으로 자신을 규정하고 제약하는 전체에 대하여 아무런 영향을 줄 수 없는 개별자와의 관계"가 되고 말았다는 것이 그의 주장이다.

그러나 김우창은 일부 논자들의 과격한 식민지 시대 문학 부정론에 견주어 매우 온건하고 균형 잡힌 시각을 제시한다. 그는 어디까지나 이성적인 토론과 합의를 존중하는 합리주의자의 면모를 보인다.

오늘날 우리 사회에 팽배한 윤리주의의 대부분이 그러하듯이 전면 부정은 후대의 우리의 기분을 만족시켜 주기는 하겠지만 사실의 해명에는 별 도움을 주지 못한다. 어떻게 보면 노예의 역사는 늘 존재하게 마련이고 그 역사적 과정을 정확히 이해하는 것은 가장 중요한 일 중의 하나이다. 뿐만 아니라 일제하에서 이루어진 사고가 일체 거짓일 수는 없다. 아무리 시대가 어두워도 새로운 역사가 배태되는 곳은 그 어둠의 뱃속 이외의 다른 어떤 곳일 수도 없다. 그리고 아무리 사회의 표면에서만 명멸하는 현상들일지라도 그것은 이 씨앗에 관계된다.

김우창, 「사고와 현실」, 앞의 책

침착한 계몽적 이성주의자로서의 면모와 함께 김우창은 우리 문학에 대한 따뜻한 애정도 드러낸다. 그러면서도 그는 우리 근대시의 한계를 신랄하게 비판하고, 이광수의 허위 의식을 가차없이 까발리는 등 한국 근대 문학에 대한 객관적인 이해와 탁월한 통찰을 보여준다. 그뿐 아니라 그는 어려운 시대를 살아가는 지식인들에게 끊임없이 삶의 윤리에 관해 뜻깊은 시사를 제공한다. 그의 또 하나의 특징인 이런 윤리성 또한 이성주의자로서의 면모에 입각해 구축된 것이라고 할 수 있다.

소설이나 시에 나타나는 현실은 무엇보다도 개체적인 삶 또는 개개의 순간의 구체적인 직접성 속에 체험되는 현실이다. 구체성과 직접성에 대한 문학의 집착이야말로 문학적 작업에, 그것이 인간 현실을 이해하고 창조하는 거의 유일한 방법이라는 특별한 지위를 부여하는 것이다.…… 그렇다고 하나 구체적이고 직접적이라는 것이 우리의 개체적인 삶의 외로운 감옥 속에 남아 있다는 것과 같은 뜻이라면 문학의 현실이 유독 나날의 삶을 있는 그대로 기록한 사실의 보고보다 한 단 높은 위치에 있는 것으로 평가되어야 할 이유가 없다. 문학이 단순한 사실의 보고와 다른 것은 그것이 전체성을 향한—구체적이고 직접적인 것이 의미 속으로 전체화되고 삶의 부분과 전체 사이의 균열이 하나로 이어져서 인간의 영웅적 가능성이 실현될 수 있는 차원을 향한 발돋움이기 때문이다.…… 하나의 작품의 전체성은 하나의 삶의 전체성, 서로 한데 어울려 살고 있는 여러 사람의 다양하면서도 통일되어 있는 전체성, 또 삶 전체의 전체성에 이어진다. 하나의 작품은 이 복합적인 차원의 전체성에 다양하게 이어져 있으면 있을수록 그만큼 위대한 작품이 된다. 그러한 작품만이 개체로서, 사회적 존재로서의 인간, 인간의 가장 구체적이고 전형적인 모습을 보여줄 수 있다.

김우창, 「일제하의 작가의 상황」, 앞의 책

문학에서 구체성과 전체성을 추구하는 것의 중요성은 김우창 평론의 곳곳에서 거듭 강조되고 있는 바다. 궁극적 전체로서의 세계는 그 안에 무수히 다양한 구체적 현실들을 거느리고 있고, 이 현실들의 "동심원적 확산"이 궁극적으로 세계를 이룬다.

그는 개체적 차이를 규정하는 전체적 동일성은 그것대로 개체적 차이에 의해 규정되며 개체적 차이를 통해서만 전체가 실현될 수 있다고 말한다. 이런 시각에서 그는 이전의 비평에 대해 현실과 유리된 사고의 소산에 지나지 않는 것이 많다고 지적하며, 문학과 삶의 다양한 현실과의 밀접한 관련에 압도적인 비중을 둔다.

특히 소설과 소설의 리얼리즘에 대한 그의 관심은 구체성과 밀접히 관련되어 있다. 그는 문학 자체를 "삶의 구체적 경험을 가장 구체적인 언어로써 포착하려는 의식 활동"이라고 규정할 정도다. 그에 따르면 구체성이 증발되어버린 추상어 · 상투어에 기댄 문학은 구체적 삶이 살아 숨쉬는 가변성을 잃어버린 문학이 되고 만다. 그것은 "삶 그 자체의 움직임과 함께 있으려는" 문학 언어의 본질적 정향과 정면으로 어긋난다. 구체성과 관련된 그의 소설 비평의 면모는 『소설가 구보 씨의 일일』에 대한 비평인 「남북조 시대의 예술가의 초상」, 염상섭의 초기 소설들을 대상으로 한 「리얼리즘에의 길」, 황석영론인 「밑바닥 삶과 장사의 꿈」 등에 잘 나타나 있다. 초기의 낭만주의적 태도에서 벗어나 리얼리즘으로 이행하는 염상섭 소설의 진화 과정을 밝힌 「리얼리즘에의 길」로 김우창은 제1회 '서울 예술 문화 평론상'을 받는다.

김우창이 말하는 전체성이란 결코 고정된 실체가 아니다. 살아 있는 사람들의 의지와 행동이 고정되어 있지 않고, 끊임없는 유동성과 가변성에 의해 새롭게 유기적인 관련을 만드는 것처럼, 그것은 늘 움직이며 새롭게 형성되는, "한데 어울려 살고 있는 여러 사람의 다양하면서도 통일되어 있는 전체성"이다. 위대한 문학이란 이 복합적인 전체성에 다양한 맥락을 형성하고 있는 문학을 일컫는다.

전체성은 끊임없는 초월의 과정에서 새롭게 극복되고 재형성되는 것, 더 나아가 초월의 과정 자체이기도 하다. 이것은 삶과 역사와 사회를 주체적으로 형성하는 인간의 주체성을 강조하는 자세와 불가분의 관계에 있다. 삶의 주체성에 대한 강한 의지는 다시 지리 멸렬한 모든 것을 전체인 하나의 삶으로 집약한다. 이런 맥락에서 김우창은 한용운을 "범속한 삶의 무정형성과 좁은 테두리"를 벗어나 창조적 주체의 삶에 접근한 근대 문학인으로 높이 평가하고, 그에 대한 여러 편의 글을 남긴다.

> 그는 객체화된 부분이 아니라 창조의 주인인 주체이기를 원했고 주체를 통하여 전체에 이르기를 원했다. 이것은 그에게 전인적全人的인 이성을 추구하게 하였다. 한용운은 종교가며 혁명가며 시인이었다. 어떤 때는 종교가, 어떤 때는 혁명가, 어떤 때는 시인이 아니라, 그는 어느 때나 이 모든 것이기를 원했다.
>
> 김우창, 「궁핍한 시대의 시인—한용운의 시」, 앞의 책

한용운이 식민지 현실에 굴종하는 "객체화된 부분"이기를 거부하고 주체의 삶을 살 수 있었던 것은 그가 가진 삶의 "근본 동력"으로서의 불교적 세계관과 전통에 근거한 "정신적 기율"과 전인적 이성, 그리고 거기서 나오는 "행동주의" 때

문이다. 그는 결국 주체의 의지와 전체화의 의지를 실현하며 종교가 · 혁명가 · 시인으로서 성공적인 삶을 이룩한 사람으로 기록된다. 김우창은 한용운의 삶과 문학을 그를 둘러싼 당대의 다양한 현실과의 관련 속에서 이해하려는 노력을 통해 문학 이해의 보편성 수립에 이바지한다. 그의 이해의 체계 속에서 보편이란 "다자多者의 원리를 넘어서 있는 일자一者의 원리"이며, 특수하고 다원적인 모두를 포괄하는 전체로서의 하나를 가리킨다.

한편, 김우창의 보편성은 윤리성을 기반으로 한다. 김우창은 문학의 보편성 추구는 곧 그것의 윤리성에 대한 추구와 직결되는 것으로 파악하며, 보편성의 추구를 통해 삶과 문학의 윤리성이 구체적으로 어떻게 표현되는지에 주목한다.

> 우리는 우리 시대에 있어서 자유의 이념이 예술가의 삶에 어떻게 관계되며 또 그것이 우리 개개의 삶에 어떠한 의미를 갖는가를 김수영의 생애와 저작에서 읽을 수 있는 것이다. 자유는 말할 것도 없이 정치적인 이념이지만, 김수영은 그것이 삶의 근본적인 있음에서 우러나오는 것이며, 예술적 충동이 삶의 근본적인 정서에서 뗄 수 없는 한, 예술가는 그 양심과 생애와 저작을 통해 자유를 요구하지 않을 수 없다고 말한다.
>
> 김우창, 「예술가의 양심과 자유—김수영론」, 앞의 책

1977

이 글에서 김우창은 김수영의 시문학을 검토하며 "삶의 근본적인 있음"에서 비롯된 "예술적 충동"이 사람살이의 궁극적 가치인 자유의 요구로 표출된다는 사실을 확인한다. 김우창은 첫 평론 「감성과 비평」에서부터 일관되게 주체의 자유와 세계의 물질성 사이의 변증법에 주목한다. 그 변증법적 실천 과정 속에서 주체의 의지에 상충하는 물질적 세계는 곧 "인간의 의지를 한정하고 저항하는 반대 의지"에 다름아니다. 이런 맥락에서 행동이란 근본적으로 주체의 자기 실현을 위한 결단과 모험이 되고, 주체의 자유가 외부 세계에서 거침없는 자기 실현 의지로 표현되는 것이 이상적 삶이라고 설명한다. 이는 매우 세련된 형태의 개인주의적 · 자유주의적 철학이다. 김우창은 이런 철학과 형이상학의 틀에 의거해 염상섭 · 이상 · 한용운 · 김수영의 문학 세계를 훌륭하게 설명해낸다. 문학과 사회

현실의 관계를 필연의 얽힘으로 구조화하는 김우창의 비평적 입지는 그 이론적 근거를 형이상학적인 철학에서 길어내고, 그 방법적 구체는 단단한 사실과 현실적 토대 위에서 형성된다고 말할 수 있다.

김우창은 문학의 윤리성을 보편성의 기반 위에서 찾는다. 바로 이런 점 때문에 김우창의 태도는 일반적인 참여론자들의 그것과 차이가 생긴다. 그는 문학의 현실 참여를 정치적 행동으로 해석하지 않고, 역사적 · 사회적 조건들이 필연성과 부딪치며 이루어지는 삶과 문학의 보편성에서 나오는 것으로 이해한다.

그는 또 문학에서의 리얼리즘을 옹호하면서도 주류 리얼리스트들의 이해와는 차이를 드러낸다. 그가 옹호하는 리얼리즘은 편협한 의미의 리얼리즘이 아니라 열린 리얼리즘, 다시 말해 심미적 이성이 뒷받침되는 리얼리즘인 것이다.

나는 어떤 리얼리즘론을 비난하는 것이 아니라 리얼리즘론이 좀더 폭넓어졌으면 하는 것이다. 자유롭고 평등한 사회에 대한 소망은 리얼리스트라면 누구나 가지고 있는 것이다. 그러나 진정한 리얼리즘은 그러한 사회에 대한 단순한 신앙 고백을 통해서가 아니라, 그러한 소망이 현실 속의 어떤 계기를 통해 드러나는가를 민첩하게 포착함으로써 이뤄지는 것이 아닐까. 현실은 아주 다양하므로 우리의 리얼리즘도 열어놓을 필요가 있고 거기서 요구되는 것이 심미적 이성이다. 만일 진보적 이념을 표방하는 것만으로 리얼리즘이 완성된다면 가장 급진적인 입장에 서 있는 사람이 가장 뛰어난 리얼리스트가 될 게 아닌가.

고종석, 「반성적 이성으로 현실 해부 — 김우창」, 『책읽기 책일기』(문학동네, 1997) 재인용

김우창은 1960년대 중반에 비평가로 나선 이래 줄곧 "삶의 구체성과 그것의 보다 큰 가능성"에 대한 탐구인 문학을 사유의 중심에 두고 자신의 비평 세계를 펼쳐 보인다. 그는 개체의 삶의 의미를 개체의 삶과 소통하는 전체성의 맥락 속에서 읽어내며, 삶 · 사회 · 문학을 심미적 이성의 자장 속으로 끌어올려 그 의미를 길어낸다. 아울러 그는 한국 사회와 문화를 지배하는 갖가지 몰이성적 요소를 적시하고 이를 준열하게 따지는 비판적 지식인

1993년에 민음사에서 나온 『김우창 전집』

의 면모를 분명히 보여준다. "철학적 사변과 문학적 감수성 사이의 장력"을 보여주는 그의 문체는 깊은 통찰과 사색 속에서 숙성된 것이다. 그는 우아하고 세련된 고품격을 실현하고 있는 이런 문체 속에 문학 · 예술 · 철학을 두루 아우르며 우리 사회에서는 매우 희귀한 계몽적 이성주의자의 사유의 세계를 실어 나른다.

김우창은 2000년에 들어 "우리 삶의 구체적 존립 근거로서 소사회의 문제들"을 다룬 새 평론집 『정치와 삶의 세계』를 '삼인'에서 펴낸다. 이 책에서 그는 1990년대 말에 들이닥친 경제 위기의 파급 양상을 목도하며, 흔들리는 지역 공동체와 이런 것을 구성하는 단자로서의 사람, 그리고 사람과 사람, 사람과 사회의 관계를 조절하고 지탱하며 사회적 생존의 복합 구조 안에서 쉴새없이 작동하는 '예절' · '도덕' · '규범' 등을 정치 사회적 맥락에서 살핀 사유의 결과물을 정연한 논리로 펼쳐 보인다.

참고 자료

김흥규, 「문학 · 개인 · 현실」, 『창작과 비평』 1977 가을
김흥규, 「부분과 전체의 변증법」, 『세계의 문학』 1981 여름
고종석, 「반성적 이성으로 현실 해부—김우창」, 『책읽기 책일기』, 문학동네, 1997
이동하, 「이성주의자의 깊이와 한계—김우창론」, 『문학의 시대 3』, 1986
권오룡, 「문학의 위엄—김우창 교수 비평의 방법과 주제」, 『문학과 사회』 1993 가을
황병하, 「어느 자기 갱신적 계몽주의자의 명중 모색—김우창론」, 『무애』 창간호, 열음사, 1998

노향림, 풍경을 점묘하는 시

『K읍 기행』

회화성과 무의미의 추구라는 개성을 보여준 시인 노향림

1930년대의 김광균이 처음 찾아내고, 김춘수 · 김종삼이 발자취를 남긴 그 길 위에 노향림盧香林(1942~)은 서 있다. 다만 '나'의 밖에 있는 세계를 묘사하는 시. 도시 또는 자연의 풍경 속에 "서경과 서정의 상호 침투"라는 방법을 통해 시인의 내면을 투사하는 시. 이를테면 노향림은 "손이 텄는지 창고 근처의 낮모를 풀들이 힘차게 손 비비고 있다."거나 "풀들 속엔 교인들이 내버리고 간 허리 다친 언덕이 피해 살았다."라고 쓴다. 햇빛 · 풀꽃 · 바람 · 언덕 · 하늘 등은 근친화된 이미지들로 몸을 바꾼다. 이렇게 이미지스트들은 풍경을 인간화한다. 그러나 풍경의 인간화가 곧 의미화는 아니다. 오히려 그들은 풍경 속에 의미가 개입되는 것을 애써 경계한다.

노향림은 1942년 전남 해남에서 태어난다. 1965년 중앙대학교 영문과를 졸업한 그는 1970년 『월간문학』 신인상에 시 「불」이 당선되며 문단에 나온다. 지금까지 그는 『K읍 기행』(1977) · 『눈이 오지 않는 나라』(1987) · 『그리움이 없는 사람은 압해도를 보지 못하네』(1992) · 『후투티가 오지 않는 섬』(1998) 등의 시집을 낸 바 있다. 그는 암시적 묘사의 세계를 통해 삶의 이면에 깃들이는 존재론적인 절망 · 허무 · 고통을 드러내는 작품을 내놓는다. 그의 시가 다소 메마른 느낌을 주는 것은 일체의 감정을 배제한 채 냉정한 객관성의 시각으로 풍경을 점묘해 내기 때문이다. 그의 시가 일반적 여성시의 계보학에서 벗어나 현대적이고 전위적이라는 평가*를 받는 것도 이런 까닭이다.

* 최동호, 「부재의 인식과 사물들의 존재」, 『눈이 오지 않는 나라』(문학사상사, 1987) 해설

나만의 공간에서 내가 꿈꾸는 나만의 독특한 시선. …… 사람과 사람 사이에 있는 약속과 약호 그것을 뛰어넘는 꿈꾸는 공간에 나의 시가 있어야 한다.

노향림, 「새로운 화법과 긴장감」, 『시와 반시』(1998 겨울)

작고 하찮은 사물과 풍경들이 새로운 의미를 머금고 떠오르는 노향림의 첫 시집 『K읍 기행』

인간 존재의 고독과 모순을 구체적이고 명징한 언어로 형상화한 『후투티가 오지 않는 섬』

이런 말에서 드러나듯이 노향림은 자신만의 시적 방법론에 대한 자의식을 일찍부터 갖고 있던 시인이다. 그는 작고 하찮은 세계를 오래 관조한 뒤 거기서 몇 가지 이미지를 건져올리는 시적 방법론을 첫 시집 『K읍 기행』에서부터 이마적의 시집인 『후투티가 오지 않는 섬』에 이르기까지 일관되게 운용한다. 시인은 사물과 현상을 관찰하고, 사실적으로 존재 그 자체를 드러낸다. 감각적인 언어로 가볍게 스케치한 듯한 풍경이 모여 그의 시 세계를 이루는 것이다. 회화적 은유가 명쾌한 그의 시는 언뜻 언어로 그려진 무의미한 그림 같지만, 그 속에 삶에 대한 독특한 해석을 담고 있다. 그의 시에서는 작고 하찮은 사물과 풍경들이 새로운 의미를 머금고, 그 의미는 우리의 삶을 되돌아보게 한다.

"회화성과 무의미의 추구"라는 시인의 개성은 1987년에 펴낸 『눈이 오지 않는 나라』에서도 의미를 지워버린 무의미의 시를 통해 다시 한 번 활짝 피어난다. 『눈이 오지 않는 나라』에서 시인은 사물과 풍경을 정확한 데생으로 묘파한 뒤 거기에 눈물과 감상을 일절 배제한 극기의 정신을 투사한다. 그것은 개인적 감정의 토로를 허락치 않는 메마른 세계, 완벽한 조형적 감각으로 쌓아올린 세계다. 시인은 메마른 현실의 풍경 속에 들어 있는 의미 부재의 삶에 대한 인식, 그 부재의 미학을 명징한 언어로 보여준 이 시집으로 1987년 '대한민국 문학상'을 받는다.

1992년 노향림은 '압해도'라는 부제가 붙은 60여 편의 연작 시편으로 구성된 『그리움이 없는 사람은 압해도를 보지 못하네』를 펴낸다. 압해도가 실재하는 섬이든, 아니면 시인의 관념 속의 섬이든, 이는 별로 중요하지 않다. 그 섬은 시인의 뜻없이 반복되는 나날의 삶 저 너머에 있는 이상향이다. 그 섬은 "살아서는 아무도 보지 못하는 섬"이다. 시인은 지도에 존재하지 않는 그 이상향을 꿈꾸는 것으로 일상의 무의미성을 견디는 것이다.

맑은 날이면 압해도는 안 보이네./둔덕 너머 사는 여자들이/허리춤에 제각기/갈쿠리와 그물을 차고 나갔다가/살이 까지거나 허벅지가 긁힌 채/모두 빈손으로/돌아오네./……/살아서는 아무도 보지 못하는 섬./실눈을 뜨고 그 섬을/몰래 본 사람들은/인기척도 없이 어디론가 사라지네.

노향림, 「해녀(압해도 · Ⅰ)」, 『그리움이 없는 사람은 압해도를 보지 못하네』(문학사상사, 1992)

살아서는 갈 수 없는 섬인 압해도는 따라서 시적 화자가 끝내 닿을 수 없는 불가능의 지평 위에 떠 있는 섬이다. 이런 점에서 압해도는 유한한 존재인 인간의 한계성을 깨닫게 하는 촉매 인자이기도 하다. 시인의 상상 세계는 이렇게 지상에 없는 공간, 아니 어디엔가 인간의 손길이 닿지 않는 곳에 홀연히 존재할지도 모를 공간을 끌어다가 우리 앞에 펼쳐놓는다. 그 속에서 시인은 자신만의 눈길로 이를 바라보고, 꿈꾸는 것이다. 시인의 관조적 시선이 머무는, 의미를 지워낸 그 메마른 공간에는 아련한 비애와 애틋한 회한의 정조가 드리운다. 흔히 노향림의 시 속에서 펼쳐지는 다양한 풍경은 죽음으로 끝나는 인간의 허무와 절망, 시인의 마음의 움직임을 반영한다.

손바닥만한 밭을 일구던/김 스테파노가 운명했다.//그에게는/십자고상과 겉이 다 닳은 가죽 성경,/벗어놓은 전자시계에서 풀려나간/무진장한 시간이/전부였다.//그가 나간/하늘 뒷길 쪽으로/창문이 무심히 열린 채 덜컹거린다.//한평생/그에게 시달렸던 쑥부쟁이꽃들이/따사로운 햇볕 속/상장喪章들을 달고 흔들리는//조객弔客이 필요 없는 평화로운/곳.

노향림, 「창」, 『후투티가 오지 않는 섬』(창작과비평사, 1998)

십자고상, 겉이 다 닳은 가죽 성경, 벗어놓은 전자시계, 무심히 열린 창, 쑥부쟁이꽃 등의 이미지들은 이 시의 마지막 행인 "조객이 필요 없는 평화로운 곳"에 집약되어 맺힌다. 시인의 마음은 그 풍경에 흔들리고 있다. 왜냐하면 마르고 여리고 부서지기 쉬운 이런 것 위에 드리운 소멸의 운명을 선취한 시인의 애틋한 마음은 곧 "상장들을 달고 흔들리는 조객"이기 때문이다.

노향림의 시에는 사물이 먼저 등장하는데, 이런 사물은 시 속에서 인간화된 가시적 존재로 떠오른다. 이것은 읽는 이에게 자연이 가진 원초적 슬픔, 생명의 유한성이라든지 존재의 모순 등을 느끼게 한다.

남천은 괴롭다./고층 아파트 베란다로 이사온/그가 까마득히 내려다보는/절벽이 삶일까 생각하는 사이/멈췄던 생각들이 주춤주춤 빠져나간다.//각혈하듯 제 잎들을 토해서/빨갛게 언 발등을 덮는다./추위에 꼼지락거리는 화분 위로 내놓은/발가락이 많이 텄다.//강변도로에는 혼돈이 식어서 밀리며 정체중이다./밀리는 것은 사람만이 아니다./나트륨 가로등의 목에 겨우 걸터앉아 조는/짧은 오후가 서쪽 하늘에 밀려 있다.//눈 뜨면 이마에서 사라지는/쇠오리들의/발꿈치.//밤섬이 한순간 수많은 은빛 가락지들을/뒷발질해 띄워올린다./출렁거리던 섬이 마침내 상공으로/떠서 날아간다.//온몸에 오소소 소름이 돋는/한겨울 오후/남천은 벌겋게 달아오른 얼굴로/찬 땀을 매달고 섰다.

노향림, 「남천」, 앞의 책

'남천' 은 남국 식물인데, 이것이 한겨울 아파트 베란다에 놓여 있다. 남천과 그것을 둘러싼 정황은 상호 모순의 불편한 관계에 있다. 한겨울이라는 계절적 상황, 차량이 정체되고 있는 강변 도로, 고층 아파트의 베란다……. 시 「남천」에서 이런 것은 암시적으로 배치되어 있다. 시인은 다만 이런 정경을 말없이 보여줌으로써 '절벽의 삶' 에 대해 얘기하고 있는 것이다.

1998년에 나온 『후투티가 오지 않는 섬』 또한 살아 있는 것과 시간의 유한성, 인간 존재의 본질적인 고독과 근원적인 모순 등을 시적 전언으로 담고 있다. 노향림은 이 시집에서 비교적 무거운 주제를 다루면서도 삶의 경험을 구체적이고 명징한 언어로 유연하고 재치 있게 형상화한다.*

바닷바람 속에는/치아가 누렇게 삭은 작은 꽃이/웃지 않는다./얼굴 가린 채/흔들린다./당산 나무에는 무감각과 짚꾸러미/지폐 몇 닢이/옛날 옛적처럼 묶였다./목욕 재계하고 술잔 올리듯/몇 구의/죽음이 엎드려 있다./후투티 새가 오지 않는 압해도였다.

* 제31회 '한국 시인 협회상' 심사평

노향림, 「후투티가 오지 않는 섬」, 앞의 책

시인은 불길한 징조인 "후투티가 사는 섬을 후투티 새가 오지 않는" 섬이라고 굳게 믿는다. 아울러 그 속에서 견디는 마르고 여린 갖가지를 사랑하고 보듬는다. "치아가 누렇게 삭은 작은 꽃", "당산나무에는 무감각과 짚꾸러미/지폐 몇 닢", "몇 구의/죽음" 등의 시구들은 여전히 이미지로 풍경을 빚어내는 시인의 능기를 보여준다. 이런 이미지를 한꺼풀 벗겨보면 그 밑에는 시인이 이미 봐버린 한없이 깊고 서늘한 삶의 본연이며 심연이 들어 있다. 노향림은 1999년에 『후투티가 오지 않는 섬』으로 제31회 '한국 시인 협회상'을 받는다.

참고 자료

이숭원, 「정적의 아름다움과 생의 아이러니」, 『후투티가 오지 않는 섬』 해설, 창작과비평사, 1998
최동호, 「부재의 인식과 사물들의 존재」, 『눈이 오지 않는 나라』 해설, 문학사상사, 1987
김영태, 「풍경으로 드러나는 여백의 미」, 『심상』 1980. 10.
노향림, 「새로운 화법과 긴장감」, 『시와 반시』 1998 겨울

이 땅에 인간다운 사회를 실현하고자 하는 우리는
격동하는 국내외의 역사 속에서 그 어느 때보다도 슬기롭게 생각하고
용기있게 행동할 사명을 띠고 있다.

1978

우리의 교육 지표

정의롭고 평화로운 사회, 한 마디로 인간다운 사회는 아직도 우리 현실에서 한갓 꿈에 머물고 있다. 따라서 이러한 현실을 바로 알고 그것을 개선할 힘을 기르는 일이야말로 인간다운 인간을 교육하는 길이다. 그러나 이러한 교육 역시 이 사회에서는 우리 교육자들의 꿈에 머물고 있다. 사람이 사람을 마구 누르고, 자손 대대로 물려준 강산을 돈을 위해 함부로 오염시키는 풍조가 만연한 가운데 진실과 인간적 품위를 존중하는 교육은 나날이 찾아보기 어려워가고 있다. 무상의 의무 교육은 빈말에 그치고 중고등학교에 진학한 학생들도 과밀 교실과 이기적 경쟁으로 몸과 마음을 동시에 해치고 있으며 재수생 문제와 청소년 범죄는 이미 걷잡을 수 없는 사회 문제가 된 지 오래다. 그리고 온갖 시련과 경쟁 끝에 들어간 대학에서는 진실이 외면되기 일쑤고 소중한 인재가 번번이 희생되고 교육적 양심이 위축되는 등 안타까운 수난을 거듭하고 있다.

대학인으로서 우리의 양심과 양식에 비추어볼 때 오늘날 교육의 실패는 교육계 안팎의 모든 국민으로 하여금 자발적 일치를 이룩할 수 있게 하는 민주주의에 우

리 교육이 뿌리박지 못한 데서 온 것이다. 국민교육헌장은 바로 그러한 실패를 집약한 본보기인바, 행정부의 독단적 추진에 의한 그 제정 경위 및 선포 절차 자체가 민주 교육의 근본 정신에 어긋나며 일제하의 교육 칙어를 연상케 한다. 뿐만 아니라 그 속에 강조되고 있는 형태의 애국 애족 교육도 그냥 지나칠 수 없는 문제를 안고 있다. 지난날의 세계 역사 속에서 한때는 흥하는 듯하다가 망해버린 국가주의 교육 사상을 짙게 풍기고 있는 것이다.……

민주주의 교육이 선행되지 않은 애국 애족 교육은 진정한 안보에도 도움이 되지 않는다. 민주주의의 실천이 결핍된 채 민주주의보다 반공만을 앞세운 나라는 다 공산주의 앞에 패배한 역사를 우리는 알고 있지 않는가?

이 땅에 인간다운 사회를 실현하고자 하는 우리는 격동하는 국내외의 역사 속에서 그 어느 때보다도 슬기롭게 생각하고 용기있게 행동할 사명을 띠고 있다. 이에 우리 교육자들은 각자가 현재 처한 위치의 차이나 기타 인생관, 교육관, 사회관의 차이를 초월하여 다음과 같은 우리의 교육 지표에 합의하고 그 실천을 다짐한다.

1978년 6월 27일, 전남대학교 교수 11명이 성명서 '우리의 교육 지표'를 발표한다. 교수들은 이 성명서에서 물질보다 사람을 존중하며, 진실을 배우고 가르치는 교육을 위해 학원과 일상 생활의 인간화·민주화를 주장한다.

1978

1월

3 카터 미국 대통령, 미국·인도 공동 성명에 서명(핵 무기 제거 주장)
8 박정희 대통령, 연두 기자 회견에서 '선평화 후통일' 방침 발표
18 여배우 최은희, 홍콩에서 실종
26 김승균 『사상계』 전 편집장, 김지하의 「오적」(『사상계』 1970년 5월호 게재)과 관련 구속

2월

24 3·1 민주 구국 선언 발표, 유신 체제 비판, 종교·학원·언론 탄압 중단 촉구
27 인권운동협의회, 미 국무부의 인권 보고서에 대해 반박하는 '우리의 인권 현실', '한국 국민의 인권 선언' 발표

3월

13 자유실천문인협의회, 동대문성당에서 '김지하구출위원회' 결성

4월

3 박동선, 85만 달러를 32명의 미국 전직 의원들에게 제공했다고 증언
12 천주교 정의구현사제단, 긴급 조치 철폐 요구하는 '4월 선언' 발표
14 세종문화회관 개관
21 KAL기, 소련 영토에 강제 착륙
24 전남 함평에서 고구마 부정 수매 사건 항의 농민 대회 개최

6월

12 카터 미국 대통령, 비핵국에 대해 핵 무기 불사용 선언
26 서울대·고려대·숭전대·이화여대생 등 7백여 명, 세종문화회관 앞에서 유신 반대 가두 시위
27 전남대 송기숙 교수 등 11명, 학원의 인간화와 민주화를 위한 '우리의 교육 지표' 발표

7월

5 민주주의국민연합 결성, 재야 12개 단체가 공동 서명한 '민주 국민 선언' 발표
20 한국노동조합총연맹, 5인 가족 최저 생계비 190687원, 최저 임금 하한선 5만 원 주장

8월

12 일본·중국, 평화 우호 조약 조인

9월

13 니카라과, 내전 확대로 계엄령 선포

11월

3 중국·베트남, 전면전에 돌입
7 한미연합군사령부CFC 창설

1970년대와 '민중' 그리고 문학

전태일 · 청계피복노조 · 『난장이가 쏘아올린 작은 공』 · 민중시

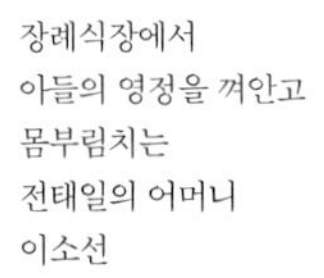

장례식장에서
아들의 영정을 껴안고
몸부림치는
전태일의 어머니
이소선

1970년대에 한국 사회는 본격적으로 도시화 · 산업화 단계로 접어든다. 기술 발달에 힘입은 대량 생산 체제, 공업화를 축으로 하는 경제 성장, 자본주의 체제의 팽창, 사회 구조의 변동 등을 겪으며 한국 사회는 근대화를 향해 치닫는다. 이 과정에서 힘없는 노동자 · 농민과 도시 빈민 계층은 왜곡된 분배 구조와 사회 구조의 모순 때문에 성장의 과실을 챙기지 못한 채 소외된다.

1970년 11월 13일 오후 1시 30분, 서울 청계천 평화시장 구름다리 밑에서 평화시장의 영세 봉제 공장 노동자이던 당시 스물한 살의 '아름다운 청년' 전태일은 온몸이 불길에 휩싸인 채 "근로 기준법을 준수하라!", "우리는 기계가 아니다!"라고 외치며 열악하기 짝이 없는 노동 조건에 목숨을 걸고 항의한다. 1970년대 초, 박정희 정권은 유신 체제와 조국 근대화, 선성장 후분배 논리로 노동자 · 농민과 도시 빈민 등 기층 민중의 생존권 요구를 억누른다. 전태일은 열일곱 살 께부터 평화시장 봉제 공장 노동자로 채광 · 통풍 시설조차 없는 열악한 작업 환경 속에서 최저 생계비에도 턱없이 못 미치는 저임금을 받으며 하루 15시간 이상 중노동에 시달린다. 몇 해 뒤 재단사가 된 그는 노동자들의 참상을 세상에 알리고 노동 조건의 개선을 위해 싸우기로 마음을 굳힌다. 평화시장 일대에 밀집해 있는 봉제 공장들의 노동 실태를 꼼꼼하게 조사한 뒤 동료들과 친목회를 꾸린 그는 고용주들에게 근로 기준법을 들어 노동 시간 단축, 환풍기 설치, 임금 인상,

건강 진단 실시 등을 요구한다. 그러나 돈벌이에만 눈이 어두운 나머지 고용주들은 들은 척도 하지 않고, 노동 조건이 개선될 낌새는 전혀 보이지 않는다. 1970년 11월 13일 그날, 전태일은 평화시장 앞길에서 동료들과 피켓 시위를 벌이다가 경찰이 강제로 해산시키려고 들자 제 몸에 휘발유를 끼얹고 불을 댕긴다. 그는 병원으로 옮겨지나 "내 죽음을 헛되이 말라."라는 말을 남기고 끝내 숨을 거둔다. 이 사건으로 노동자들이 처해 있는 참담한 현실이 알려지고, 사회 각계는 충격과 분노로 들끓는다. 언론 매체들이 나서 노동 문제를 특집 기사로 다루며 사회적 관심을 환기시키고, 대학가와 종교계에서는 추모 집회, 시위, 철야 농성 등이 잇따른다. 전태일의 뜻을 기려 '전국연합노조 청계피복지부'가 닻을 올린 것은 같은 해 11월 27일의 일이다.

몇 해 뒤인 1977년 7월, 노동 현장에서 또 하나의 충격적인 사건이 터진다. 일명 '동일방직' 사건이 일어난 것이다. 섬유 제조업체인 동일방직의 여성 노동자들은 회사측이 대의원 선거를 치르며 저지른 부정과 비리에 반발하고 나선다. 작업복을 벗어 던지고 알몸으로 시위하던 여성 노동자들에게 경찰과 진압대는 무차별적으로 주먹과 곤봉을 휘두르고 똥물까지 끼얹는다. 경찰과 폭력배를 앞세워 여성 노동자들을 짓밟은 회사측은 시위 주동자와 적극 가담자들을 무더기 해고한다. 이 사건은 비인격적인 대우와 열악한 노동 환경에 시달려온 노동자들이 더욱 거세게 분노를 터뜨리며 생존권 보장과 근로 조건의 개선을 요구하는 계기가 된다.

한 노동자의 분신 자살은 분배 정의를 세우지 못한 부도덕한 사회를 향한 가장 격렬한 방식의 항의였다고 할 수 있다. 전태일 사건은 일부 문학인을 포함한 한국 사회의 의식 있는 지식인들이 주리고 짓눌려 있는 민중의 삶에 관심을 돌리는 데 하나의 기폭제가 된다. 1970년대에 한국 사회는 권력과 재벌의 자본 독점 현상으로 구조적 모순이 깊어지며 성장의 한계와 발전의 왜곡을 겪는 한편, 저변에서 민중 의식과 사회 의식이 싹트고 자란다. 이에 힘입어 생존권 보장을 요구하며 항거하는 노동 운동과 농민 운동의 목소리가 커진다. 문학에서도 민중의 현실에 대한 자각이 증폭되기 시작하며 민중의 편에 서는 작가와 시인들이 나오게 된다. 황석영 · 윤흥길 · 조세희 같은 작가들은 민중의 삶을 소설로 형상화하고, 이시영 · 김준태 · 정희성 같은 시인들은 민중의 애환과 분노를 노래하는 것이다. 이 시대를 대표하는 소설 가운데 하나인 조세희의 『난장이가 쏘아올린 작은 공』에는 동일방직 사건의 자취가 곳곳에 스며 있다.

민중시는 민중의 생활 내역과 정서를 뿌리로 삼고 그 감정과 사상을 꽃과 잎으로 피워내는 문학이다. 그것은 내용과 형식의 변화를 한꺼번에 아우르는, 이전의 시에 대한 혁명이며, 전복이다. 민중 시인의 계보학에 따르면 김수영 · 신동엽 · 고은 · 신경림 · 김지하 등이 그 길을 닦고, 이어 이성부 · 조태일 · 정희성 · 김준태 · 양성우 · 이시영 등이 그 길을 넓힌다. 한 비평가는 민중시와 관련해 "지금까지의 지식인 시인으로서의 자기 중심적 사유 방식과 주관적인 시작詩作 태도로부터의 일대 전환을 의미한다. 사유의 전환은 새로운 형식을 요구하게 마련이다. 주관적 서정시에서 벗어나야 하고, 시에서의 화자와 말하는 방법과 표현 방식, 어조의 변화가 요구되는 것이다."라고 말한다.*

참고 자료

문학사와 비평연구회 편, 『1970년대 문학 연구』, 예하, 1994
임영태, 『대한민국 50년사』, 들녘, 1998
권영민 엮음, 『한국 문학 50년』, 문학사상사, 1995
유종호 외, 『현대 한국 문학 100년』, 민음사, 1999

* 서준섭, 「현대시와 민중」, 『1970년대 문학 연구』(예하, 1994)

조세희, 산업 노동자와 유토피아

내 주인공의 키는 1백17센티미터, 몸무게는 32킬로그램이다. 그의 이름은 김불이이다. 노비였던 증조부가 남긴 이름으로 바로 읽자면 '금뿌리'가 된다.

『난장이가 쏘아올린 작은 공』의 작가 조세희

『난장이가 쏘아올린 작은 공』이라는 단 한 권의 소설집으로 작가 조세희趙世熙(1942~)는 1970년대를 자신의 연대로 평정해버린다. 반으로 갈린 한반도의 남쪽에 삶의 근거를 세운 도시 빈민과 노동자들에게 1970년대의 삶은 '지옥'의 삶이나 다름없었고, 하루하루는 견디기 힘든 '전쟁'이었다고 해도 지나치지 않다. 지옥에 살면서 가망 없는 천국을 꿈꾸는 그 삶을 두고 작가는 "지상에서는, 시간은 터무니없이 낭비되고, 약속과 맹세는 깨어지고, 기도는 받아들여지지 않는다. 눈물도 보람없이 흘려야 하고, 마음은 억눌리고 희망은 이루어지지 않는다."라고 쓴다.

조세희는 1942년 경기도 가평군 설악면 묵악리에서 태어난다. 그는 세 살 때 아버지를 여의고, 어머니와 향촌의 한학자인 할아버지 밑에서 자란다. 6·25가 지나가고 환도 직후인 초등 학교 5학년 때 서울로 와서 중학교와 고등 학교에 다니는데, 그는 어머니와 떨어져 홀로 생활하는 외로움을 책읽기로 달래곤 한다. 이 무렵 그는 적십자 문고에서 널리 알려진 고전부터 『찔레꽃』·『고개를 넘을 때』 같은 대중 소설에 이르기까지 가리지 않고 대출해서 읽는 남독의 시기를 거친다. 어느 날 서가에서 도스토예프스키 전집을 꺼내 읽은 뒤 그는 비밀스럽게 작가의 꿈을 키우며 "아주 좋은 원고를 3천 장만 쓰자."고 결심한다.

조세희는 서라벌예술대학 문예창작과를 졸업할 즈음 암으로 입원한 어머니를 간병하며 병실 한구석에서 쓴 단편 「돛대 없는 장선葬船」이 1965년 『경향신문』 신춘 문예에 당선되어 문단에 나온다. 암과 힘겹게 싸우던 어머니가 3년 만에 세상을 뜨자 그는 경제적 궁핍과 함께 고아 의식을 느끼기도 한다. 그는 서라벌예대에 이어 경희대학교 국문과를 졸업하지만, 도스토예프스키 · 카프카 · 포크너 · 보르헤르트 · 카뮈 등에 짓눌려, 문단에 나온 뒤 10년 가까운 공백기를 거친다.

1970년께 어느 출판사의 편집 사원으로 있던 조세희는 과중한 업무에 시달려 심신이 몹시 지친 상태에서도 시간을 쪼개 공책에 깨알 같은 글씨로 소설을 써나간다. 그는 이렇게 쓴 작품 가운데 「칼날」을 1975년에 들어 첫 번째로 발표한다. 이 때부터 1978년까지 그는 여러 지면에 「뫼비우스의 띠」 · 「우주 여행」 · 「난장이가 쏘아올린 작은 공」 · 「육교 위에서」 · 「궤도 회전」 · 「기계 도시」 · 「은강 노동 가족의 생계비」 · 「잘못은 신에게도 있다」 · 「클라인 씨의 병」 · 「내 그물로 오는 가시고기」 · 「에필로그」를 잇달아 내놓는다. 조세희는 1978년에 이 12편을 한데 묶어 '문학과지성사'에서 『난장이가 쏘아올린 작은 공』을 펴낸다.

『난장이가 쏘아올린 작은 공』

기왕에 나와 있던 사실주의 소설과 차별화된 미적 경험을 하게 만들어 1970년대 후반에 비평가들의 가장 많은 조명을 받은 『난장이가 쏘아올린 작은 공』

『난장이가 쏘아올린 작은 공』은 산업화 시대와 어울리지 않게 날품팔이 노동으로 생계를 책임지는 난쟁이 아버지를 비롯해 어머니, 두 아들 영수와 영호, 그리고 딸이자 막내인 영희 등 다섯 식구로 이루어진 한 가족의 이야기다. 서술자 시점의 자유로운 이동, 과거와 현재를 넘나드는 기법, 환상과 사실의 병치, 시적 환상 등이 결합된 이 연작 소설은 사실주의 소설이 주류를 이루고 있던 당대의 한국 문단에 신선한 충격을 준다. 한국 사회는 1970년대에 경제 개발 5개년 계획과 수출 드라이브 정책에 의한 고도 성장에 목을 맨다. 그러나 성장의 그늘에서는 최저 생계비에도 미치지 못하는 저임금, 열악하기 짝이 없는 작업 환경과 근로 조건, 노동 운동 탄압 등 병리적 징후들이 버섯처럼 돋아난다. '난장이' 연작 소설은 이런 개발 독재의 어둠이 짙게 깔린 1970년대의 한국 사회를 한 줄기 빛으로 밝히는 예광탄 같은 작품이다.

1970년대 초에 발표된 황석영의 「객지」에 나오는 노동자들은 가족과 고향을 떠나 간척 사업 같은 막노동을 찾아 떠도는 부랑 노동자의 유형에 속한다. '난장이' 연작에서 아버지는 채권 매매, 칼 갈기, 고층 건물 유리 닦기, 펌프 설치, 수도 고치기 같은 일을 하는 도시 일용 근로자로 가족의 생계를 꾸려간다. 황석영의 주인공들이나 '난장이' 연작 속의 아버지는 모두 산업 시대로 진입하기 이전의 전근대적 생산 도구에 의지하는 노동자들이다. 그러나 난쟁이 아버지의 자식 세대는 인쇄 공장, 방직 공장, 자동차 공장 등 도시의 거대 산업체 조직 속에 흡수된 집단 노동자들로 바뀐다. 이는 농경 사회에서 산업 사회로 옮아가는 이행기 세대의 직업 변이를 보여주고 있는 것이다.

이렇게 빠르게 시대가 변하고 근로 직종이나 노동의 형태, 강도 등이 달라지지만 기층 민중에 속하는 난쟁이 일가의 삶의 질은 전혀 나아지지 않는다. 난쟁이 일가의 조상은 노비 문서로 묶여 있었고, 그들에 대해 배타적 독점권을 가진 '주인들'에게 세습하며 신역을 바친다. 그 조상은 상속 · 매매 · 기증 · 공출의 대상이었으며, 따라서 그들은 사람이 아니라 일종의 자산으로 간주된다. 그 후손인 난쟁이 일가는 여전히 도시 변두리의 언제 철거될지도 모를 판자촌이라는 불안정한 주거 형태에서 살고 있으며, 열악한 노동 환경과 저임금에 짓눌린 삶을 힘겹게 이어간다.

> 난장이네 식탁에는 보리를 섞은 밥, 시래기를 넣어 끓인 된장국, 새우젓, 양념이 덜된 짠 김치가 오른다. 세 아이가 공장에 나가 일하는데도 나아진 기미가 별로 보이지 않는다. 저임금 때문이다. 난장이의 아들딸이 한 시간에 1백원을 벌 때 일본의 근로자는 6백98원, 서독의 근로자는 8백56원, 미국의 근로자는 1천43원, 노르웨이의 근로자는 1천87원을 번다.
>
> 조세희, 「환경 파괴」, 『난장이 마을의 유리 병정』

작가는 이렇게 세계 여러 나라 노동자들의 단위 시간당 임금을 비교하며 1970

년대 우리 나라 노동자들의 저임금 실상을 임상 보고서에 적어, 그들의 삶이 왜 개선되지 않는지를 작가의 주관을 배제한 채 객관화한다. 이런 객관화의 이면에는 근로 직종과 형태만 다를 뿐 예나 이제나 근로자가 누리는 삶의 수준은 전혀 나아지지 않고, 오히려 산업 발전의 속도에 역행하고 있다는 사실에 대한 작가의 절망이 숨어 있다. '난장이' 연작 소설은 사회 전체 단위에서 성장의 잠재력이 커지고 경제 관련 수치는 개선되었으나, 이를 이루는 데 가장 크게 이바지한 노동자들의 저임금과 근로 환경 등은 좀처럼 달라지지 않는 현실에 대한 절망과 분노에서 하나둘씩 빚어진 것이다.

'난쟁이'는 이런 1970년대 우리 나라의 경제 생산, 소비 및 분배 구조 속에서 억압, 소외받는 계층의 '작아진 삶'을 신체적 불구성으로 보여주는 상징적 기호다. 난쟁이는 산업 사회의 그늘에서 짓눌리는 삶을 딛고 이 땅에 뿌리박기 위해 바동거리면서도 하늘로 희망이라는 이름의 '작은 공'을 쏘아올린다. 그러나 난쟁이 아버지는 나날의 삶에서 늘 지기만 하는 전쟁을 치르고, 그의 꿈은 꺾인다. 난쟁이는 굴뚝에서 투신 자살을 하는 것으로 삶을 마치게 된다. 힘없고 가난한 이들에 대한 끊임없는 수탈과 착취로 몸피를 부풀려가는 자본주의의 폭압적 구조에 아무 저항 없이 순응하려고 애쓰는 아버지 세대에 비해 영호와 영수 같은 자식 세대는 노조에 가담하는 등 현실의 모순과 맞서 싸우려는 실천적 의지와 자세를 드러낸다. 그러나 난쟁이의 아들 또한 현실의 높은 벽에 부딪쳐 살인을 저지르고, 사형이라는 극단적 방식에 의해 사회에서 영원히 격리된다. '난장이' 연작에는 이렇게 민중이 강렬히 소망하는 평화로운 유토피아는 영영 이루어질 수 없을 것이라는 작가의 절망적 비전이 예시된다.

이런 좌절과 절망을 넘어 난쟁이 일가가 꿈꾼 세계는 '사랑의 세계'다.

아버지는 사랑에 기대를 걸었었다. 아버지가 꿈꾼 세상은 모두에게 할 일을 주고, 일한 대가로 먹고 입고, 누구나 다 자식을 공부시키며 이웃을 사랑하는 세계였다. 그 세계의 지배 계층은 호화로운 생활을 하지 않을 것이라고 아버지는 말했다.…… 지나친 부의 축적을 사랑의 상실로 공인하고 사랑을 갖지 않은 사람네 집에 내리는 햇빛을 가려버리고, 바람도 막아버리고, 전기줄도 잘라버리고, 수도선도 끊어버린다. 그런 집뜰에서는 꽃나무가 자라지 못한다. 날아들어갈 벌도 없다. 나비도 없다. 아버지가 꿈꾼 세상에서 강요되는 것은 사랑이다. 사랑으로 일하고 사랑으로 자식을 키운다. 사랑으로 비를 내리게 하고, 사랑으로 평형을 이루고, 사랑으로 바람을 불러 작은 미나리아재비 꽃줄기에까지 머물게 한다.

조세희, 「잘못은 신에게도 있다」, 『난장이가 쏘아올린 작은 공』(문학과지성사, 1978)

조세희가 작품 속에 새겨 넣은 '사랑의 이념'을 두고 여러 평자는 그것이 지나친 낭만적 환상과 추상에서 빚어진 것이라고 말한다. 염무웅은 조세희의 작품 세계가 "노동 현장과의 괴리"를 보이고 있다고 말하며, 백낙청은 "노동자의 육성이 안 들린다"고 지적한다. 더러는 지면에서만이 아니라 작가의 면전에서 "당신 같은 사람 때문에 우리 나라의 발전이 늦어진다."는 모욕적인 언사까지 퍼붓는다.*

작가는 굴뚝에서 나온 깨끗한 아이와 더러운 아이에 관한 질문, 내부와 외부를 경계 지을 수 없는 입체 또는 안과 겉을 구별할 수 없는 곡면인 '뫼비우스의 띠'나 '클라인 씨의 병' 등으로 현실의 불가해성과 "복잡하고 순환적인 세계 인식"(김병익)을 하나의 의미로 개념화 또는 도형화해 보여준다. 이런 것은 작가의 현실 이해가 자명하게 보이는 보편적 진리, 안·밖, 앞·뒤 같은 이분법적 논리를 뛰어넘어 세계에 대한 다의적 이해에 바탕을 두고 있음을 입증한다.

「난장이가 쏘아올린 작은 공」 연극 공연 때 출연 배우와 함께 선 작가 조세희(왼쪽)

『난장이가 쏘아올린 작은 공』이 거둔 여러 성과 중에서 가장 괄목할 만한 것은 그 문체와 형식에서 거둔 새로움의 미학에서 찾을 수 있다. 현재 상황과 기억이 겹치며, 현실과 꿈이 경계 없이 섞이고, 그 속에서 동화적인 환상의 세계가 현실의 시공간과 우주를 넘나들며 펼쳐진다. 공문서 서식을 그대로 소설 속에 옮겨놓은 듯한 독창성이 돋보

* 성민엽, 작가와의 대화 「상황과 작가 의식」, 『조세희』(삼성출판사, 1991)

이는 형식, 문장과 문장 사이의 여백, 접속어 없이 단문으로 이어져 시적 함축이 느껴지는 "스타카토 문체"* 등은 지극히 사실주의적인 소재를 환상의 미학으로 감싸는 구실을 한다. 저임금, 열악한 작업 환경, 사용자들의 폭력적 행태, 폐수, 피 등 현실의 어둠의 목록들은 햇살, 꿈, 꽃, 소녀 같은 시적인 이미지들과 겹치며 독자들에게 이전에 나온 어떤 사실주의 소설과도 차별화된 미적 경험을 할 수 있게 한다. 낡은 세대/새로운 세대, 자연/문명, 공동체/개인, 빈곤/풍요, 정상/기형, 착취/피착취의 이항 대립 위에 서 있는 이 연작 소설은 그 동안 하나로 묶이지 못한 채 서로 배제하며 숱한 논쟁을 만들어내던 사회와 개인, 참여와 순수, 리얼리즘과 반리얼리즘 등이 어떻게 하나로 융화될 수 있는지를 보여준다. 이 연작 소설에 대해 김병익은 "사실주의 관찰법"과 "반사실주의적 문체 실험"이 결합한 "1970년대 상황에 대한 문학적 수용의 완성"이라고 극찬하며, 염무웅도 "우리 문학에 새로운 비약을 마련"했다고 평가한다.

'난장이' 연작 소설의 프롤로그 격인 「뫼비우스의 띠」에 나오는 수학 교사와 꼽추, 앉은뱅이는 「에필로그」에 다시 등장한다. 따라서 이 연작 소설은 처음과 끝이 마치 제 꼬리를 물고 있는 뱀처럼 이어진다. 그러나 이 연작 소설에서는 몇 가지 문제점이 드러나기도 한다. 먼저 지적할 수 있는 것은 작가가 소설 속에서 제시하는 문제 해결의 방식이 자살, 살해, 절도, 방화 같은 도식의 틀을 벗어나지 못함으로써 현실의 문제들을 지나치게 단순화하고 있다는 점이다. 물론 이런 해결책은 합리적인 방법을 통해서는 현실을 바꿔낼 수 없다는 작가의 비관적 세계관을 다시 환기시키는 것으로 해석될 수도 있을 것이다.

1970년대 후반에 비평가들의 가장 많은 조명을 받고 수작으로 꼽힌 '난장이' 연작을 끝맺은 뒤, 작가는 난쟁이를 죽인 사람이 결국 자신이 아니었나 하는 자책감과 함께 『난장이가 쏘아올린 작은 공』에 대한 일부의 부정적 평가에 괴로움

* 김병익, 「난장이 혹은 소외 집단의 언어」, 『상황과 상상력』(문학과지성사, 1979)

을 느낀다. 어느 날 한 강연회에서 어떤 평론가는 작가의 지식인 관점의 소설과 "노동자와의 괴리"를 들먹이며, 그것이 "당신의 한계"가 아니냐고 묻는다. 그 때 작가는 '난장이' 연작을 쓰는 동안 "10만 개의 한계에 부딪"쳤다고 맞받아치는데, 이를 보아도 그가 얼마나 심하게 자책을 했는지 가늠할 수 있다. 이 무렵 작가가 어느 정도로 회의와 고통과 침체에 빠졌으며, 거기서 어떻게 빠져나왔는지 김병익의 말을 들어보기로 하자.

> ⋯⋯ 1970년대의 치열한 현실과 그것에 대한 진지한 문학적 접근간의 유례없는 긴장어린 자장磁場 가운데에, '하나의 폭탄' 처럼 「난장이가 쏘아올린 작은 공」을 던진 이후, 작가 조세희는 오랜 침체의 늪에서 헤매고 있는 듯했다. 그는 한때 침묵을 선언했고 실제로 한동안 글을 발표하지 않았으며, 거처를 지방으로 옮기기도 했었고, 그리고 자의에 의해서든 잡지 편집자들의 강요에 의해서든 다시 나타나기 시작한 작품들은 대체로 단편적인 스케치나 콩트들이거나 또는 그나마 당초 예상했던 것보다 단명한 연재들이었고, 혹은 예고된 장편 소설은 중편 분량에서 중단했으며, 가까스로 '끝' 자를 붙일 수 있었던 신문 연재 소설도 그 구성은 무리스러움이 보였으며 결코 완성작으로는 치부할 수 없는 것이었다. 그런 그가 지난 봄에 의욕적으로 발표한 것이 석 달에 걸쳐 분재된 중편 소설 「시간 여행」이었다.
>
> 김병익, 「조세희의 작품 세계 — 역사에의 분노 혹은 각성의 눈물」, 『조세희』(삼성출판사, 1991)

조세희는 1980년께부터 사진 찍는 일에 한눈을 팔면서, 1981년에 단편 「나무 한 그루 서 있거라」·「모두 네 잎 토끼풀」·「모독」, 1983년에 중편 「시간 여행」과 단편 「어린 왕자」 등을 발표한다. 이윽고 '난장이' 연작의 한계를 극복하려는 의지 속에 써낸 그 동안의 중·단편 소설을 묶은 『시간 여행』이 '문학과지성사'에서 나온다.

『시간 여행』

『난장이가 쏘아올린 작은 공』과 『시간 여행』을 가르는 첫 번째 뚜렷한 차이점은 서술 화자의 교체다. 난쟁이 일가에서 '신애' 라는 중산층 여자에게로 서술 화

난장이 연작의 한계를 극복하려는 의지 속에 써낸 중·단편을 묶은 『시간 여행』

자가 옮아가는 것이다. 신애는 작가의 사회 계급적 눈높이와 겹치는 '반성하는 중간층' 에 속하는 여성이다. 한때 신애는 난쟁이 일가와 이웃이었지만, 지금은 중산층 거주지의 상징인 아파트에서 산다. 신애는 현재로부터 5 · 16쿠데타, 4 · 19혁명, 한국전쟁, 일제 강점기, 조선 시대를 되짚으며 우리 역사를 거슬러오르는 시간 여행을 한다. 지난날의 우리 역사가 차례차례 눈앞에 펼쳐지기 시작한다.

……그날 가차 없는 눈물의 단단한 토대가 되어 준 빈곤 — 질병 — 무지 — 기아 — 기근 — 홍수 — 죽음 — 이별, 그리고 깜깜한 악마의 얼굴을 한 전쟁 같은 것들은 백년이라는 한정된 시기를 자유롭게 넘나드는 것이었지만 그것들의 이런 말, 타들어 가는 논빼미 — 보리밥 — 보리밥 없음 — 엄마의 뱃속에 적 들었음 — 아버지 없음 · 죽었음 — 징용 —징병 — 전차길에서도 보인 애총에 많은 아이 묻혔음 — 오늘은 설거지할 것도 없음 — 어제는 공출날 — 38선의 여름 — 아버지에게 없었던 우리 땅에 밤새도록 불총 쏨 — 서로 적 많이 죽임 — 모두 알 만한 얼굴 — 집중 포화 — 기총 소사 —장질부사 — 폭격 — 폭파 — 아버지 또 죽었음 — 아내의 길 — 미망인의 노래 — 보리밥 또 없음 — 아들도 죽었음 —배급소 — 전진 · 후퇴 · 전진 — 5촌의 4촌 사살 — 깃발 잘못 들었음 · 바뀌었음 — 학살 — 밀고 — 복수 — 적 안 보임 · 보임 — 없음 · 있음 · 있음 — 발사 — 발사……와 같은 말들은 모두 백년 이쪽의 일, 오십 년, 또는 삼사십 년 안쪽의 일……로, 참 모를…… 장님의 일 같은…… 다시 말하지만, 남은 설명할 수 있어도 우리는 설명할 수 없는…… 참 알 수 없는……눈물의 성분과 슬픔의 무게…… 또 덧붙이자면, 제삿날 — 그쳐 · 뚝 · 뚝 — 모든 보따리에 대물린 놋수저 — 놋수저에 사별한 혈육이 남긴 입술 자국 — 우리 보따리에 사별한 식구들의 빛바랜 사진 많음……

조세희, 『시간 여행』(문학과지성사, 1983)

말더듬이의 목구멍에서 나오는 것처럼 끊겼다가 이어지는 이 말은 난쟁이가 걸어온 눈물의 역사에 대한 함축을 담고 있는 말이다. 그 역사란 빈곤, 질병, 기아, 홍수, 기근, 죽음, 이별 등으로 얼룩진 암울하고 고통스런 나날의 연속이다. 그러나 '불행의 사정권' 밖에서 소수의 사람들은 저희가 누리는 부와 안락이 소외 계층의 지속 · 반복 · 순환하는 희생과 눈물의 역사라는 토대 위에 세워져 있음을 잊고 있다. '반성하는 중간층' 인 신애는 소수의 사람들을 제외한 대다수 사람들이 겪는 불행의 청산을 위해 사회 모든 계층의 각성이 필요하다는 사실을 깨닫는다. 작가는 "눈물의 정신이야말로 자유의 정신이다."라고 말한다. 중간에 서 있는 신애는 '불행의 사정권' 밖에 있는 계층과 '불행의 사정권' 안에 있는 소외 계층 모두에게 각성을 촉구한다. 신애가 대립적인 두 계층에게 요구하는 눈물은 둥그런 눈물이 아니라 각이 진 눈물이다.

물론 각이 진 눈물이라는 게 있을 리 없다. 그것은 하나의 상징일 뿐이다. 그 눈물은 그냥 흘리는 것이 아니라 "반신 불수가 된 몸의 아픔으로 각성하지 않는 한" 흘릴 수 없는 아픈 눈물이다. 그 아픔을 수반한 눈물은 "폐허 위에 새로운 무엇을 세울 수" 있는 대속代贖의 뜻을 머금고 있다.

작가의 관점에 따르자면, 신애 세대는 "눈물의 긴 세기를 통해 둥그런 눈물을 거부한" 최초의 세대다. 그러나 이 세대는 질곡의 역사를 뒤엎고 사랑과 희망의 새로운 역사를 일궈내지는 못한다. 따라서 역사에 대한 더욱 철저한 반성과 각성을 거쳐 현실에 나서는 다음 세대로부터 비판을 받으며 때로는 그 세대와 대립하는 위치에 선다. 신애 세대는 1970년대 이후 한결 과격한 방법으로 현실 변혁을 요구하는 학생 운동권에 의해 비판받는 앞 세대 소지식인의 초상을 떠오르게 한다. 『시간 여행』에서도 신애 세대에 이어 등장하는 영희 세대는 독서회를 꾸려 학습을 통해 사회 의식을 벼리고 시장에서 빈민들에게 수제비를 나눠주는 등 한결 실천적인 행동으로 현실 변혁에 나선다. 영희는 신애 세대에게 심한 반발을 하고, 마침내 두 세대 사이에 마찰이 일게 된다. 여기서 신애는 자신이 과거로의 시간 여행에서는 자유롭지만, 영희 세대가 떠나는 미래로의 시간 여행과는 단절된 느낌을 받는다. 신애는 위험에 빠진 영희와 영희의 도망자 친구 그리고 신애 자신의 미래를 향한 시간 여행의 탈출구를 위해 "끊어지지 않을 싱싱한 동아줄"을 내려보내 달라고 기도한다. 그런데 이 과정에서 신애는 영희의 도망자 친구로부터 "우리가 원하는 것은 진보요."라는 성마른 말을 듣게 되고, 이 소리를 들은 신애는 주방으로 달려가 수납장 문을 연다. 거기에는 "행복동 땅집에서 옮겨온 것들이 철망 선반 위에 놓여 있었다." 그 중에는 물론 30년 전 신애네 수도를 고쳐준 난쟁이를 못살게 굴던 사람들을 향해 내밀던 칼도 있다.

조세희는 그 동안 자신과 자신의 작품을 향해 쏟아진 많은 비판을 염두에 두고 새 작품을 쓴다. 작가 스스로 중산층에 가까우면서 노동자 계급과 겹치는 도시 빈민의 삶을 그려나가는 데 한계를 느끼고, 『시간 여행』에서는 '난장이' 연작에서와 달리 서술자의 시점을 중산층으로 옮긴다. 이미 밝힌 대로 「칼날」의 '신애'가 이야기를 끌고 나가는 중심 인물인데, 신애는 난쟁이 일가와 크게 다를 바 없는 서민이었으나 계급의 수직 상승으로 새롭게 중산층 집단에 편입된 인물이다. '눈물의 형이상학' 이라는 독특한 개념으로 우리 역사와 현실의 고통스런 억압과 그것의 극복을 환기시킨 이 『시간 여행』에서 작가는 섬세한 문체, 시점의 혼재, 상징과 비약의 심화, 독백의 도입 같은 기법을 혼용하고 있다. 작가는 『시간 여행』으로 '난장이' 연작에 이어 다시 한 번 실험성과 역량을 인정받는다. 그럼에도 이야기 구조가 좀 느슨하고 난해하게 비친 탓인지 반응은 기대에 미치지 못한다. 게다가 스스로 그토록 피하려고 했음에도 이 새로운 소설이 『난장이가 쏘아올린 작은 공』의 후일담으로 받아들여진 것 또한 작가의 불만으로 남는다.

1978

1985년에 펴낸
사진 산문집
『침묵의 뿌리』

조세희는 1985년 '열화당' 에서 사진 산문집 『침묵의 뿌리』를 펴내고, 1986년 콩트를 사진과 함께 엮은 『고통의 뿌리』를 내놓는다. 1990년 『작가세계』에 「하얀 저고리」를 연재한 그는 1994년 '청아출판사' 에서 작품집 『풀밭에서』를 펴낸다.

참고 자료

김윤식 · 정호웅, 『한국 소설사』, 예하, 1993
김정란, 「죽일 수 없는 난장이의 꿈」, 『비어 있는 중심—미완의 시학』, 언어의 세계, 1993
이성욱, 「우리 시대의 죄, 혹은 죄의식」, 『난장이가 쏘아올린 작은 공』 해설 · 연보, 동아출판사, 1995
우찬제, 「복합 시선, 그 심미적 이성의 열린 가능성」, 『풀밭에서』 해설, 청아출판사, 1994
김병익, 「난장이 혹은 소외 집단의 언어」, 『상황과 상상력』, 문학과지성사, 1979
김병익, 「조세희의 작품 세계—역사에의 분노 혹은 각성의 눈물」, 『조세희』, 삼성출판사, 1991
조세희 · 성민엽, 작가와의 대화 「상황과 작가 의식」, 『조세희』, 삼성출판사, 1991
정호웅, 「근본주의의 문학—조세희론」, 『내 그물로 오는 가시고기』 해설, 솔, 1996
김병익, 「대립적 세계관과 미학」, 『난장이가 쏘아올린 작은 공』 해설, 문학과지성사, 1993

정희성, 노동자의 슬픔과 노여움

『저문 강에 삽을 씻고』

날품팔이 노동자 등 기층 민중을 화자로 내세워 그들의 슬픔과 괴로움, 노여움을 형상화한 시인 정희성

도시 빈민으로 편입된 날품팔이 노동자를 시적 화자로 내세워 그들의 곤궁한 삶에서 비롯된 슬픔 · 고통 · 한을 형상화한 시인 정희성鄭喜成(1945～)은 많은 작품을 내놓지는 않았으나 당대의 대표적인 민중 시인으로 꼽힌다. 1945년 2월 21일 서울에서 태어난 그는 서울대학교 국문과에서 고전 문학을 전공한다. 그는 아직 군복을 입고 있던 시절인 1970년 『동아일보』 신춘 문예에 시 「변신」이 당선되어 문단에 나온다. 등단 30년이 지나도록 그는 『답청』(1974) · 『저문 강에 삽을 씻고』(1978) · 『한 그리움이 다른 그리움에게』(1991) 등 세 권의 시집을 냈을 뿐이다. 조용히 고등 학교 교사 생활을 하면서 문단 활동도 뜸하고 작품도 많이 내놓지 않은 그에게 1981년 제1회 '김수영 문학상'이 주어진 것은 시대의 요청에 부응한 그의 시 세계가 한국 현대 시사에서 어떻게 자리매김되고 있는지를 잘 보여준다.

춤을 추리라/부르는 소리 없이 노래도 없이/그 뉘라서 날 찾는가/날 찾을 이 없건마는/이 땅에 사람 있나/사람 가운데 사람 소리 들리지 않고/대답 소리 없어도/춤을 추리라/아린 말명 쓰린 말명 다 불러서/아으 하고 넘어가는/이승과 저승/열두 곡절 넘나드는 소맷자락아/아리고 쓰린 고통 다 불러서/이 땅에 죽은 영산/춤을 추리라

정희성, 「넋청請」, 『답청』(샘터사, 1974)

첫 시집 『답청』에는 모두 합쳐 37편의 작품이 실려 있는데, 들뜸이나 허장 성세와는 거리가 먼 깐깐하고 곧은 어조의 이 시들은 잘못된 세상을 바로잡으려다

죽어간 넋을 기리는 진혼가다. 그의 시에서는 엄격한 시적 기율, 절제와 긴장의 언어가 돋보인다. 생활과 처신에 엄격한 선비의 눈으로 우리 시대의 들뜬 삶을 통찰하는 자세가 시의 문면에 배어 나오는 것이다. 그의 단아하고 절제된 시 세계는 자신의 삶과 두루 조응하고 있다. 때로 그의 시는 고전의 품격과 아취를 머금기도 한다. 이는 의고적 취향에서가 아니라 옛 선비들의 기개와 지조를 본받으려는 시인 자신의 정신적 지향에서 비롯되는 것이다.

매헌梅軒 옛집에 들어 지난 일을 연애憐愛하노니/나라는 기울어/매화 향기 홀로 아득하고/찢어진 문풍지엔 바람과 비만 있구나/오늘밤 덕산德山의 달이/아아라히 아름다운 이의 얼굴로 젖어 있고/이 나라여 외쳐 불러/눈물이 손에 가득하다/죽은 자여, 그대 넋이 아무리 홀로 있어도/불운한 시절에 다시 만나리라

정희성, 「매헌 옛집에 들어」, 앞의 책

1978

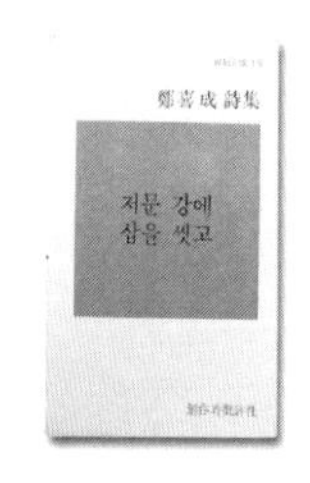
기층 계급에 속하는 이들의 고단한 삶과 생활 감정을 고스란히 담아낸 정희성의 대표 시집 『저문 강에 삽을 씻고』

마치 한시를 우리말로 옮긴 듯한 시적 분위기와 이미지들이 부여잡고 있는 것은 "불운한 시절"을 살아갈 수밖에 없는 이의 넋에 일렁이는 슬픔과 노여움이다.

정희성은 1978년에 들어 그의 대표 시집으로 평가되는 『저문 강에 삽을 씻고』를 펴낸다. 이 무렵 시인은 눈을 낮은 데로 돌려 여공 · 노동자 · 농민 · 대장장이 같은 이 시대의 밑바닥에서 곤궁한 삶을 꾸려가는 계층의 삶을 노래한다. 그는 특히 노동자나 농민을 시적 화자로 내세운 시들로 비평가들의 눈길을 끈다.

흐르는 것이 물뿐이랴/우리가 저와 같아서/강변에 나가 삽을 씻으며/거기 슬픔도 퍼다 버린다/일이 끝나 저물어/스스로 깊어가는 강을 보며/쭈그려 앉아 담배나 피우고/나는 돌아갈 뿐이다/삽자루에 맡긴 한 생애가/이렇게 저물고, 저물어서/샛강 바닥 썩은 물에/달이 뜨는구나/우리가 저와 같아서/흐르는 물에 삽을 씻고/먹을 것 없는 사람들의 마을로/다시 어두워 돌아가야 한다

정희성, 「저문 강에 삽을 씻고」, 『저문 강에 삽을 씻고』(창작과비평사, 1978)

삽은 노동의 신성함과 그것에 의지해 삶을 꾸려가는 노동자 자신의 운명을 함

축하고 있는 이미지다. 날이 저문 뒤 노동자는 그 삽을 흐르는 물에 씻고 "사람들의 마을"로 돌아간다. 뛰어난 서정성과 고전적 품격이 조화를 이룬 이 시의 문면이 실어 나르는 것은 아무리 일해도 곤궁한 삶으로부터 벗어날 길이 없는 노동자 계급의 분노와 실의다. 1970년대의 민중시는 지식인이 현실에서 소외된 계층에 관심을 돌려 그들의 애환과 분노를 노래하는 것이 큰 흐름을 이룬다. 이 시는 지식인이 쓴 것이지만, 과감하게 그 화자로 날품팔이에 기대어 곤궁한 삶을 꾸려가는 노동자를 내세워 기층 계급의 고단한 삶과 생활 감정을 고스란히 담아낸다. 비평가 서준섭은 "시선(화자)의 전환은 인식의 전환이고 새로운 인식 내용은 새로운 형식을 요구한다."고 말한다. 노동자를 일인칭 화자로 내세운 것은 시인의 현실 인식의 전환을 보여주는 징후다.

노동자의 삶에 꾸준히 관심을 보이던 정희성은 1990년대에 들어 내놓은 『한 그리움이 다른 그리움에게』에서 범속한 시민의 일상을 끌어안는다. "일상 속에서 심상치 않은 인생의 기미를 발견해내는 일"의 중요성을 시인 스스로 깨달은 것이다.

범속한 시민의 일상 속에서 심상치 않은 인생의 기미를 찾아내는 『한 그리움이 다른 그리움에게』

> 살아오면서 모서리가 닳고 뻔뻔스러워진 탓도 없지 않으리라. 입술을 깨물면서 나는 다시 시의 날을 벼린다. 일상을 그냥 일상으로 치부해버리는 한 거기에 시는 없다. 일상 속에서 심상치 않은 인생의 기미를 발견해내는 일이야말로 지금 나에게 맡겨진 몫이 아닐까 싶다. 나는 작은 목소리로 외친다.
>
> 정희성, 『한 그리움이 다른 그리움에게』(창작과비평사, 1991) 후기

1997년 어느 날 술집에서 신경림과 자리를 함께 한 정희성(왼쪽)

일상에 대한 관심은 시의 세계와 시인 자신의 현실 사이에 가로놓여 있던, 노동자/지식인 사이의 간격과 차이에서 빚어진 어떤 한계성을 서서히 극복해나가는 단초다. 그는 『한 그리움이 다른 그리움에게』에서 일상의 삶과 현실 조건을 시의 화두로 삼는다. 여기서도 그의 시는 여전히

흐트러짐 없이 선비의 단아한 품격을 유지하고 있다. 그러나 이 시집에서 정희성은 어려운 한자투와 회고 또는 과거 지향적 어조를 청산하고, 삶의 경험적 진실을 찾으려는 쉬운 표현과 현재 진행형의 일상 어법을 보여준다.

참고 자료

권영민, 「정희성론—자기 인식에서 일상성의 회복까지」, 『한국 현대 시인 연구』, 민음사, 1989
김현, 「숨김과 드러남의 변증법」, 『문학과 지성』 1978 봄
김영무, 「거역과 순명의 체험 구조」, 『창작과 비평』 1976 여름
임규찬, 「우리네 슬픔에 맞는 사랑의 갈구」, 『답청』 해설, 문학동네, 1997
이동하, 「노동자와 선비의 두 목소리」, 『한국 대표시 평설』, 문학세계사, 1983

김준태, '희망의 시, 삶의 시'

『참깨를 털면서』

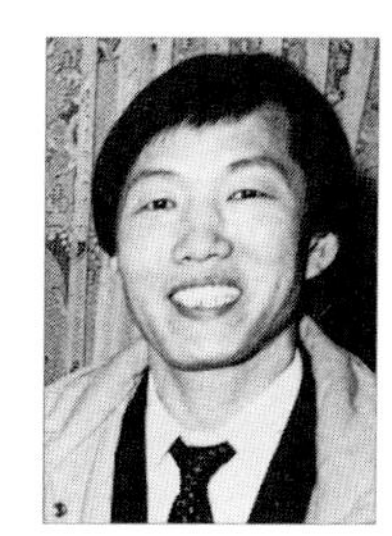
'5월 광주'를 대표하는 시인으로 꼽히는 김준태

광주민중항쟁이 일어난 지 보름째 되는 날, 1980년 6월 1일 아침의 일이다. 광주 전남고등학교 독일어 교사로 있던 시인 김준태金準泰(1948~)는 『전남매일신문』 편집국장 대리로 있던 소설가 문순태의 전화를 받는다. 같은 날 오전 11시 30분까지 시 한 편을 써서 신문사로 나오라는 말. 시인은 아내와 두 아이를 밖으로 내보내고 단칸 셋방에서 한 시간 남짓 만에 109행이나 되는 시를 무엇에 홀린 듯이 단번에 써낸다. 이렇게 쓴 시를 신문사 편집국에 전달하고 김준태는 그날부터 23일 동안 집에 들어가지 못하고 잠행한다. 그 뒤로 시인은 교직에서 해직되고, 다른 직장을 구하지 못해 수박 장사에 나서기도 한다. 이런 곡절이 배어 있는 시가 「아아, 광주여 우리 나라의 십자가여!」다.

1980년 『전남매일신문』에 「아아, 광주여 우리 나라의 십자가여!」를 발표해 '5월 광주'를 대표하는 시인으로 떠오른 김준태는 전남 해남에서 태어난 토박이 '전라도 촌놈'이다. 그는 조선대부속고등학교를 거쳐 조선대학교 사범대 독어교육과를 졸업한다. 그는 1969년 『전남일보』와 『전남매일신문』에 각각 「재기」·「이 봄의 교향악」이 당선되고, 또 시인 조태일이 펴내던 『시인』에 「시작詩作을 그렇게 하면 되나」·「아메리카」·「신 김수영新金洙暎」 등을 발표하며 시인으로 나선다. '목요시' 동인으로 활동하며 한결같이 "희망의 시, 삶의 시"를 추구해온 시인은 지금까지 『참깨를 털면서』(1977)·『나는 하느님을 보았다』(1981)·『국밥과 희망』(1983)·『넋통일』(1986)·『아아 광주여, 영원한 청춘의 도시여』(1988)·『불이냐 꽃이냐』(1989)·『칼과 흙』(1989)·『꽃이 이제 지상과 하늘을』(1994) 등의 시집을 낸 바 있다.

나는 촌놈이다. 전라도 해남 촌놈이다. 말이 좋아서 시골이라는 그런 식의 촌놈은 아니다. 살구꽃이 피고, 보리꽃이 피고, 봄마다 뜸북새가 울고, 여름마다 물꼬 싸움이 찾아들고, 매미가 울고, 가을엔 저녁노을처럼 들기러기가 내려앉는 곳. 뿐이랴, 논밭들이 헐떡거리는 들판 건너 바다도 보이는 곳. 그곳이 나의 고향이다.

김준태, 『참깨를 털면서』(창작과비평사, 1977) 후기

농경 사회의 노동 행위에서 삶의 지혜와 도덕성을 끌어낸 초기 대표작을 표제로 삼은 김준태의 첫 번째 시집 『참깨를 털면서』

그는 고향의 시인으로 출발한다. 시인은 고향에 대해 첫 시집의 「후기」에서 "나의 고향은 나의 우주宇宙다. 나의 고향은 나의 교과서敎科書요, 바이블이요, 눈알이요, 망원 렌즈요, 배꼽이요, 천국天國이요, 개똥이요, 구정물통이다. 요컨대 나의 고향은 나의 모든 것이다. 나의 미래未來다."라고 털어놓는다. 이 정도로 고향의 풍물과 정서에 대한 그의 집착은 다른 어느 시인과 비길 바가 아니다. 시인의 고향은 한가로운 목가적 정서를 간직한 곳이 아니다. 오히려 한국 사회가 근대화 · 산업화의 길을 걷는 동안 거덜이 나버린 분노와 소외의 땅이다. 그래서 시인은 울분에 찬 목소리로 "네 놈이 떠나버린 밭귀퉁이에 / 홀로 남아서 시詩를 쓴다"고 노래한다.

산그늘 내린 밭귀퉁이에서 할머니와 참깨를 턴다. / 보아하니 할머니는 슬슬 막대기질을 하지만 / 어두워지기 전에 집으로 돌아가고 싶은 젊은 나는 / 한번을 내리치는 데도 힘을 더한다. / 세상사世上事에는 흔히 맛보기가 어려운 쾌감이 / 참깨를 털어대는 일엔 희한하게 있는 것 같다. / 한번을 내리쳐도 셀 수 없이 / 쏴아쏴아 쏟아지는 무수한 흰 알맹이들 / 도시에서 십 년을 가차이 살아본 나로선 / 기가 막히게 신나는 일인지라 / 휘파람을 불어가며 몇 다발이고 연이어 털어댄다. / 사람도 아무 곳에나 한번만 기분좋게 내리치면 / 참깨처럼 쏴아쏴아 쏟아지는 것들이 / 얼마든지 있을 거라고 생각하며 정신없이 털다가 / 〈아가, 모가지까지 털어져선 안 되느니라〉 / 할머니의 가엾어 하는 꾸중을 듣기도 했다.

김준태, 「참깨를 털면서」, 앞의 책

그의 초기 대표작으로 꼽히는 「참깨를 털면서」는 참깨를 터는 농경 사회의 전형적인 노동 행위에서 삶의 지혜와 도덕성을 끌어낸다. 할머니는 슬슬 막대기질

을 하지만 손자는 힘을 다해 내리쳐 참깨의 모가지까지 털어낸다. 노동의 효율성에만 집착하는 손자를 가엾어 하며 할머니는 "아가, 모가지까지 털어져선 안 되느니라" 하고 은근히 꾸중을 한다. 할머니는 오랜 농업 노동을 통해 터득한 지혜와 인고의 삶의 양식을 손자에게 전수하고 있는 것이다. 김훈은 김준태의 시를 말하는 자리에서 " '밭' 위에서 인간과 자연은 서로 삼투하면서 길항한다. '밭'은 인격화된 자연이고, 자연화된 인격이다."라고 말하며, 그 때 밭 위에서 이루어지는 노동은 "생산을 위한 근로 행위일 뿐만 아니라 도덕성을 완성해가는 인격 행위"임을 지적한다.* 시인에게 고향은 농업 노동의 터전인 흙 · 논밭의 동의어이며, 맹목적 복고주의를 자극하는 낭만의 자리가 아니라 "자연 속에서 인간의 본질을 경건하게 연마시키는" 흙의 도량이며, "당대의 현실에 대응할 수 있는 가장 원초적인 힘"이 나오는 생명의 근원이 되는 곳이다.

국밥을 먹으며 나는 신뢰한다/국밥을 먹으며 나는 신뢰한다/인간의 눈빛이 스쳐간 모든 것들을/인간의 체온이 얼룩진 모든 것들을/국밥을 먹으며 나는 노래한다// 오오,국밥이여/국밥에 섞여 섞여 있는 뜨거운 희망이여/국밥 속에 뒤엉켜 춤을 추는/인간의 옛 추억과 희망이여

김준태,「국밥과 희망」,『국밥과 희망』(풀빛, 1983)

옛 추억과 희망이 뒤엉켜 있는 '국밥'은 바로 그 '밭'에서 나온다. 아니, 그 '밭'에서 이루어지는 인격화된 노동 행위로부터 나온다. '밭'에서 '국밥'으로, 다시 그것은 역사의 맥락 속에서 '광주'로 건너뛴다. 고향의 사람과 논밭과 산천초목, 그리고 그 안에서 기생하는 온갖 미물까지 포용하는 시인의 드넓은 생명주의적 상상력은 어느덧 '도시'마저 덮어버린다.

1980년 7월 31일 오후 5시/뭉게구름 위에 앉아 계시는/내게 충만되어 오신 하느님을/나

* 김훈,「대지 정신과 통일 정신」,『통일을 꿈꾸는 슬픈 색주가』(미래사, 1991) 해설

"희망의 시, 삶의 시"를 추구해온 김준태의 또다른 시집들

는 광주의 신안동에서 보았다/그런 뒤로 가슴 터질 듯 부풀었고/세상 사람들 누구나가 좋아졌다/내 몸뚱이가 능금처럼 붉어지고/사람들이 이쁘고 환장하게 좋았다/이 숨길 수 없는 환희의 순간/세상 사람들 누구나를 보듬고/첫날밤처럼 씩씩거려 주고 싶어졌다/아아 나는 절망하지 않으련다/아아 나는 미워하거나 울어버리거나/넋마저 놓고 헤매이지 않으련다/목숨이 붙어 있는 것이라면 피라미/한 마리라도 소중히 여기련다/아아 나는 숨을 쉬는 것이라면 무엇이든지/사람이 만든 것이라면 하찮은 물건이라도/입 맞추고 입 맞추고 또 입 맞추고 살아가리라/사랑에 천 번 만 번 미치고 열두 번 둔갑하면서/이 세상 똥구멍까지 입 맞추리라/아아 나는 정말 하느님을 보았다

김준태, 「나는 하느님을 보았다」, 『나는 하느님을 보았다』(한마당, 1981)

1980년 '5월 광주'의 시점에서 불과 두 달 정도의 시차를 두고 씌어진 이 시가 말하는 바는 너무나 분명하다. 오랜 세월 동안 중첩된 온갖 현실 모순과 분단 모순으로 화농化膿된 자리가 터지면서 피고름으로 뒤범벅되고 만 그 '5월 광주'. 그 곳은 도시이면서도 묵은 한과 비극으로 점철된 곳이라는 점에서 고향의 연장선 위에 있다. 시인이 거기서 만난 사람들을 터질 듯한 가슴으로 끌어안는 행위는 모진 역사의 토벌과 유린에도 꿋꿋이 살아남은 그 생존 자체를 축제화해 생명을 기리려는 것이다. 걸어다니는 모든 사람은 곧 걸어다니는 고향 자체인 것이다.

"광주 · 5월 · 통일 · 분단 · 모순 · 억압 · 외세 · 해방 · 민주"는 1980년대를 규정하는 개념어들이다. 시인은 온갖 현실 모순과 분단 모순이 일거에 터져 나오며 벌겋게 속살까지 드러낸 채 입을 벌리고 있는 상처의 도시 '광주'에서 다시 생명의 밑자리인 '밭'으로 돌아간다.

누가 흘렸을까//막내딸을 찾아가는/다 쭈그러진 시골 할머니의/구멍난 보따리에서/빠져 떨어졌을까//역전驛前 광장/아스팔트 위에/밟히며 뒹구는/파아란 콩알 하나//나는 그 엄청난 생명을 집어들어/도회지 밖으로 나가/강 건너 밭 이랑에/깊숙이 깊숙이 심어 주었다//그 때 사방 팔방에서/저녁노을이 나를 바라보고 있었다

김준태, 「콩알 하나」, 앞의 책

도시 복판의 역전 광장 아스팔트 위에서 함부로 뒹구는 "파아란 콩알 하나"는 오늘의 생명이 처해 있는 정황에 대한 절묘한 상징성을 함축하고 있다. 시인은 그것을 집어 도회지 밖으로 나가 "밭 이랑"에 심는다. 이는 시인의 생명주의 정신의 구현이자, "인간의 본질을 경건하게 연마시키는" 삶의 원초의 자리로 귀환하는 의미를 머금고 있는 상징적 행위다.

시인 김준태의 상상력은 '밭'에서 '광주'까지 드넓게 펼쳐진다. 그의 야성적이며 동물적인 시적 리듬이 실어 나르는 것은, 목숨붙이들이 더불어 그 개체를 늘려가는 평화와 공존의 자리로서의 고향에 대한 찬미의 언어들이다.

참고 자료

김치수, 「고향의 의미」, 『나는 하느님을 보았다』 해설, 한마당, 1981

김훈, 「대지의 정신과 통일 정신」, 『통일을 꿈꾸는 슬픈 색주가』 해설, 미래사, 1991

김준태, 「아아 광주여! 우리 나라의 십자가여!」, 『한국 문학 필화 작품집』, 황토, 1989

이한성, 「잊었던 고향의 신선한 충격」, 『현대문학』 1988. 3.

이경호, 「삶의 긍정, 부정 혹은 그 사이」, 『세계의 문학』 1989 가을

이동순, 「분단 시대 시의 꿈과 정치적 신화」, 『창작과 비평』 1989 가을

양성우, '겨울 공화국'의 시인

『겨울 공화국』

투사적 민중 시인으로 옥고를 치르기도 한 양성우

1977년 6월 어느 날, 시인 양성우梁成祐(1943 ~)가 수사 기관에 붙잡혀 갔다는 소문이 문단에 퍼진다. 그 소문은 곧 사실로 밝혀진다. 광주 중앙여고 교사이던 양성우는 1975년 광주 YWCA의 민청학련 사건 관련 구속자 석방 환영회 겸 구국 기도회 자리에서 자작시 「겨울 공화국」을 낭독한다. 그는 이 일이 빌미가 되어 교사직에서 쫓겨난다. 서울로 올라온 그는 1977년 일본에서 발행되는 『세카이世界』 6월호에 발표한 「노예 수첩」과 「우리는 열 번이고 책을 던졌다」가 국가를 모독하고 대통령 긴급 조치 9호를 위반했다는 이유로 구속되는 것이다. 이 사건으로 시인은 재판부로부터 징역 3년에 자격 정지 3년을 선고받는다. 서대문구치소에서 복역중이던 그는 다른 긴급 조치 위반자들과 함께 반정부 구호를 외친 것 때문에 2년형을 추가로 언도받는다. 나라 안팎의 거센 항의와 석방 운동 끝에 시인은 1979년 제헌절 특사 형식으로 풀려난다.

양성우는 1943년 전남 함평군 학교면 월호리에서 6남매 가운데 막내로 태어난다. 그의 집안은 고조부와 증조부가 갑오농민전쟁 때 동학군에 가담했다가 전사했을 정도로 반골 의식이 투철한 집안이다. 초등 학교 시절부터 문학에 재능을 보이던 그는 학다리중학교를 거쳐 조선대부속고등학교에 입학한다. 그는 이 무렵 광주고등학교에 다니고 있던 이성부와 조태일 · 문순태 등과 교유한다. 1960년 고등 학교 2학년 때 그는 자유당 정권의 부정 선거를 규탄하는 시위를 주도한다. 이듬해에는 민통련 호남 지역 고등학생총연맹 회장으로 활동하다가 5 · 16정변 때 체포 · 구속되어 4개월 동안 광주교도소에 수감된다. 가을에 풀려나지만

갈등에서 싹튼 것으로 해석하기보다 한결 근원적인 차원으로 승화시킨다. 교사직에서 파면된 그는 아예 광주에서 떠나라는 종용을 받고 한동안 '천은사' 라는 절에 가서 머문다. 그는 몇 달 뒤 고은 시인을 따라 서울로 올라와 이영희 교수가 재직중이던 한양대학교 '중국문제연구소' 에서 일한다.

1980년 5월 광주에서. 오른쪽부터 작가 문순태, 국회 의원 박석무, 시인 고은, 맨 왼쪽이 양성우.

1976년 양성우는 대한성서공회에서 공동 번역 성서 문장 위원으로 일하며 장시 「노예 수첩」을 쓴다. 그는 이 장시에 외세와 분단, 민족 통일 문제까지 두루 담아낸다. 「노예 수첩」을 계기로 그는 투사적 민중 시인으로 변모한다. 그 동안 향토적 미학에 바탕을 둔 농민시를 선보이고, 서정성과 한의 정서를 머금은 민중시를 추구해온 데서 한 걸음 더 나아가는 것이다. 시인은 「노예 수첩」에서 역사의 모든 죄악을 폭력으로 상정하고, 폭력을 행사하는 세력에게 시달리는 사람들의 고통, 폭력의 부당성과 폭력 극복을 위한 각성의 촉구 등을 직설적으로 노래하며 고발적 요소를 강하게 드러낸다.

양성우는 「노예 수첩」으로 국가 모독과 긴급 조치 9호 위반 등의 혐의로 구속된다. 곧 조태일 · 고은 · 임정남 등이 나서 시집 『겨울 공화국』을 펴내는데, 이 일로 이번에는 고은 · 조태일 등이 붙잡혀 간다. 1978년에 들어 일본에서 『겨울 공화국』이 일역되어 나온다. 같은 해 시인은 그 동안 옥바라지를 해준 정정순과 옥중 결혼식을 올리기도 한다. 감옥에서 풀려난 이듬해인 1980년, 그는 수형 생활중 은박지나 성경 갈피에 못으로 눌러 써둔 옥중시를 엮은 『북치는 앉은뱅이』를 '창작과비평사' 에서 펴내나, 당국의 판매 금지 처분이 내려진다. 부당하고 억울하게 탄압을 받아온 시인은 이에 굴하지 않고 1981년 '실천문학사' 에서 『청산이 소리쳐 부르거든』을 발간하고, 1983년 '일월서각' 에서 『넋이라도 있고 없고』를 펴낸다. 이 시기의 시들은 기독교의 신으로 해석되어도 좋을 '그대' 와 '님' 에 대한 여러 편의 노래, 역사에 대한 낙관과 달관, 그리고 현저한 성서적 수

은박지나 성경 갈피에 못으로 눌러 써둔 옥중시를 엮어 내놓은 『북치는 앉은뱅이』. 곧바로 당국으로부터 판금 조치를 당한다.

사법과 상상력을 보여준다. 이를테면 독사 · 알곡 · 가라지 · 회초리 · 채찍 같은 이미지들은 성서의 맥락 속에서만 그 의미가 명료하게 드러날 수 있다. 1984년 그는 '풀빛'에서 시집 『낙화』를 펴낸다. 시인은 『낙화』에서 그 동안 간과한 노동자 문제에 접근하는 자세를 보이며 낮은 데로 눈길을 돌린다. 1985년에는 감옥살이를 하게 만든 문제의 시집 『노예 수첩』을 '풀빛'에서 펴낸다. 같은 해 그는 '자유실천문인협의회' 대표로 추대되며, 제4회 '신동엽 창작 기금'의 수혜자로 선정된다.

양성우는 1986년부터 민주통일민중운동연합(약칭 민통련) 중앙 위원 및 서울 민통련 부의장을 맡으며 군사 독재에 맞서 민주화 운동에 주도적으로 참여한다. 이 무렵 그는 여러 대학을 다니며 민주화를 촉구하는 시국 강연을 하기도 한다. 1988년 공민권 박탈 11년 만에 사면 복권된 그는 평화민주당에 들어가 중앙당 당무 위원으로 활동한다. 얼마 뒤 그는 총선에 나가 당선되어 국회 의원을 지내기도 한다.

참고 자료

채호석, 「어두운 땅에 내린 부활의 뿌리」, 『꽃 날리기』, 미래사, 1991
양성우, 「겨울 공화국」, 『한국 문학 필화 작품집』, 황토, 1989
권영민, 『한국 현대 문인 대사전』, 아세아문화사, 1991

이시영, 실천적 관심의 시

『만월』

1990년대에 들어 자연에서 얻은 직관적 사유를 짧은 서정시에 담는 변모의 궤적을 보인 시인 이시영

1970년대에 농경 사회에서 길어올린 이야기시를 쓰던 이시영李時英(1949~)은 1990년대로 접어들며 자연에서 얻은 직관적 사유를 짧은 서정시에 담아내는 변모의 궤적을 그린다.

이시영은 1949년 8월 6일 전남 구례의 양반 가문 종손으로 태어난다. 1965년 처음으로 도시에 나온 그는 전주 영생고등학교를 거쳐 1968년 서울의 서라벌예술대학 문예창작과에 입학한다. 그 뒤로 고려대학교 대학원 국문과를 졸업하고, 『주간시민』 기자와 고등학교 교사 생활을 짧게 거쳐 민중 문학의 '베이스 캠프'인 『창작과 비평』의 주간으로 오랫동안 활동한다.

이시영은 1969년 『중앙일보』 신춘 문예에 시조 「수繡」, 『월간문학』 신인상에 시 「채탄採炭」·「어휘」 등이 각각 당선되며 문단에 나온다. 등단 뒤 그는 민중 의식에 바탕을 둔 현실 비판 색채의 시를 쓰면서도 "역사성과 예술성, 개인 의식과 공동체 의식"의 균형을 유지하는 작품 세계를 펼쳐 보인다. 이시영은 1976년 '창작과비평사'에서 첫 시집 『만월滿月』을 펴낸다. '5월 광주'를 겪은 뒤 『바람 속으로』(1986)를 출간한 그는 이어 『길은 멀다 친구여』(1988)·『피뢰침과 심장』(1989)·『이슬 맺힌 노래』(1991)·『무늬』(1994)·『사이』(1996) 등 30여 년의 시력詩歷을 쌓는 동안 모두 일곱 권의 시집을 내놓는다. 그는 1970년대와 1980년대에 걸쳐 폭압적 정치 상황에 저항하는 민중의 분노와 실의, 삶의 애환과 곡절을 서사적 골격의 이야기시에 담아냄으로써 리얼리즘 시의 독특한 경지를 일궈냈다는 평가를 받는다.

시와 삶을 일치시키려고 애쓴 이시영은 유신 헌법에 반대하는 청원 지지를 시작으로 '자유실천문인협의회'와 '민족문학작가회의' 등에서 활동한다. 1989년에는 『창작과 비평』 겨울호에 국가 보안법을 어기고 도피중이던 황석영의 북한 방문기 「사람이 살고 있었네」를 실어 이적 출판물 발행 혐의로 구속되는 수난을 겪기도 한다. 이시영의 초기 시에서 드러나는 기법상의 특징은 이야기체 서술 방식이다. 따라서 그의 초기 시는 백석 · 이용악 · 서정주 · 신경림 등이 개척한 이야기시와 한줄기를 이루고 있는 것으로 보인다. 그의 이야기시는 주로 유년기에 얽힌 기억에서 길어올려지는데, 특히 다양한 인물의 곡절과 애환을 회고투의 어조 속에 담아낸다. 이미 어른이 되어 삶의 근거를 도시로 옮긴 시인이 길에서 스쳐 지나는 사람 중에는 어린 시절에 알던 어떤 인물을 떠오르게 하는 이가 더러 있는 것이다. 대개 도시 빈민층으로 곤궁한 삶에 허덕이는 그들은 좌판을 벌이고 있거나, 역전에서 몸을 팔거나, 중소 공장에서 일한다. 그들은 곧바로 시인의 상상력을 자극해 그를 고향으로 달려가게 만든다. 이시영의 시에서는 그들을 매개로 고향 사람들의 이야기가 질펀하게 펼쳐진다.

1978

장사가 잘 되는지 몰라/흑석동 종점 주택은행 담을 낀 좌판에는 싯푸른 사과들/어린애를 업고 넋 나간 사람처럼 물끄러미/모자를 쓰고 서 있는 사내/어릴 적 우리 집서 글배우며 꼴머슴 살던/후꾸도가 아닐는지 몰라

이시영, 「후꾸도」, 『만월』(창작과비평사, 1976)

민중의 애환과 곡절을 이야기체 서술 방식으로 담아낸 이시영의 첫 시집 『만월』. 리얼리즘 시의 독특한 경지를 개척했다는 평가를 받는다.

용산 역전 늦은 밤거리/내 팔을 끌다 화들짝 손을 놓고 사라진 여인/운동회 때마다 동네 대항 릴레이에서 늘 일등을 하여 밥솥을 타던/정님이 누나가 아닐는지 몰라/이마의 흉터를 가린 긴 머리, 날랜 발/학교도 못 다녔으면서/운동회 때만 되면 나보다 더 좋아라 좋아라/머슴 만득이 지게에서 점심을 빼앗아 이고 달려오던 누나/수수밭을 매다가도 새를 보다가도 나만 보면/흙 묻은 손으로 달려와 청색 책보를/단단히 동여매 주던 소녀

이시영, 「정님이」, 앞의 책

이처럼 그의 상상력의 밑자리는 유년기의 고향이며, '후꾸도'나 '정님이' 처럼 고향에서 고달픈 삶을 꾸려가던 사람들이다. 1960년대에 고향을 등지고 도시로 흘러들어 도시 빈민층에 편입한 그들은 여전히 가난의 굴레를 벗지 못한 채 살아간다. 그들은 농경 사회에서 산업 사회로 이행하는 한국 사회의 변동기에 이룩한 경제 성장의 과실을 나누어 받지 못한 채 주변부로 밀려난 사람들이며, 희생자들이다. 1970년대의 고도 성장은 바로 그들이, '희생자'들이 제공한 값싼 노동력이라는 토대가 힘겹게 떠받친 것이다. 한국 사회의 밑바닥에 흩어져 있는 숱한 '후꾸도'나 '정님이' 처럼, 따스한 인정이 깃들여 있던 농촌 공동체 또한 훼손되고 주변부로 밀려난다.

내 마음의 집은 전라남도 구례군 마산면 사도리 396번지. 동네 앞에서 택시를 내려 마을을 향해 정중앙으로 걸어 올라가면 우물이 나오고 그 우물가의 대문을 곧장 밀면 너른 마당이 시원스러운 집. 황토 마당 가득 갓 깬 노란 병아리들이 늙은 어미닭을 싸고 혹은 구구거리고 종종거리던 곳. 저녁이면 늙은 암소가 볏가리에 몸을 숨긴 송아지를 찾아 착한 핑경을 딸랑이는 곳. 그러나 지금은 지상에 없는 집. 나의 집.

이시영, 「마음의 고향 : 나의 집」

시인이 고향을 그리워하는 것은 그 곳이 행복한 삶의 자리로 기억되기 때문이다. 그러나 시인 자신도 어린 시절의 그런 고향은 이미 사라지고 없다는 사실을 잘 알고 있다. 따스한 인정이 살아 숨쉬는 곳, 각박한 도시의 삶에 지쳤을 때 찾아가 쉴 수 있는 곳, 그런 고향은 이제 없다. 시인의 고향 또는 고향 사람들에 대한 관심은 사회적 요청에 대한 양심의 응답이기도 하다.

1984년
내장산에서
신경림(왼쪽)과
함께

농경 사회를 중심으로 가지를 치던 상상력이 1980년대 중반에 서서히 도시로 뻗으면서 시인의 의식은 농촌/도시의 대립과 분열을 드러낸다.

어머니/이 높고 높은 아파트 꼭대기에서/조심조심 살아가시는 당신을 보면/슬픈 생각이

듭니다./죽어도 이곳으론 이사 오지 않겠다고/봉천동 산마루에서 버티시던 게 벌써 삼 년 전인가요?/덜컥거리며 사람을 실어 나르는 엘리베이터에/아직도 더럭 겁이 나지만/안경 쓴 아들 내외가 다급히 출근하고 나면/아침마다 손주년 유치원 길을 손목 잡고 바래다주는 것이/당신의 유일한 하루 일거리/파출부가 와서 청소하고 빨래해주고 가고/요구르트 아줌마가 외치고 가고/계단 청소 하는 아줌마가 탁탁 쓸고 가버리면/무덤처럼 고요한 14층 7호/당신은 창을 열고 숨을 쉬어보지만/저 낯선 하늘 구름 조각말고는/아무도 당신을 쳐다보지 않습니다./이렇게 사는 것이 아닌데/허리 펴고 일을 해보려 해도/먹던 밥 치우는 것말고는 없어/어디 나가 걸어보려 해도/깨끗한 낭하 아래론 까마득한 낭떠러지/말 붙일 사람도 걸어볼 사람도 아예 없는/격절의 숨막힌 공간/철컥거리다가 꽝 하고 닫히는 철문 소리/어머니 차라리 창문을 닫으세요

이시영, 「어머니」, 『바람 속으로』(창작과비평사, 1986)

이 시는 1970년대에 씌어진 이성부의 「어머니」나 고은의 「새벽길」과 같은 맥락 속에 있다. 그러나 이 시에서는 익명의 삶에 대한 객관적 묘사를 넘어, 어머니의 삶과 나의 삶 사이에 가로놓여 있는 상호 연관성, 그 비극적 연계에 대한 시적 자아의 치열한 자기 반성의 응축이 다소 느슨한 편이다. 여기에는 고층 아파트의 숨막힐 듯한 공간 속에 유폐된 어머니의 삶에 대한 연민이 평면적 서술로 녹아 있다. 삶의 가치와 의미가 창출되기 위해서는 건강한 인간 관계와 자기 실현의 수단으로서의 참다운 노동의 매개가 있어야 한다. 그러나 아파트 공간은 차가운 콘크리트 벽으로 이 모든 것을 냉정하게 차단해버리고 만다. 아파트 공간은 진정한 삶의 터전이 아니라 인간 소외와 억압을 낳는 기능 중심의 문명 공간이다. 거기에 수난의 한국 근대사를 헤쳐오면서 온몸으로 고통을 받아들여야 했던 익명의 한 보편적 삶의 주인공인 어머니가 갇혀 있다. "그 너른 들 다 팔고 고향을 아주 떠나올 때/몇 번씩이나 뒤돌아보며 눈물 훔치시며/나 죽으면 저 일하던 진새미 밭가에 묻어 달라고 다짐다짐"하던 어머니의 소망은 애절하다. 그 애절함의 뒤안길에는 나고 자란 삶의 터전으로서의 농촌 공동체의 해체에 대한 슬픔과 아픔이 깃들여 있다.

폐허의 거리에 봄이 왔단다/친구야 일어서서 우리 얼굴을 보자/재 너머 눈 시린 황토 무덤에/그날의 피맺힌 숨결인 듯/자욱히 민들레씨 인다

이시영, 「지평선에서」, 앞의 책

이것은 「지평선에서」라는 시편의 전문이다. 대담한 생략과 비약, 간결한 표현이 두드러진 이 시는 앞서 살핀 「어머니」보다 훨씬 큰 울림을 낳는다. 폐허의 거리와 황토 무덤은 깊이 관련되어 있다. 그것은 또 "그날의 피맺힌 숨결" 속에 수렴된다.

그날 어떤 비극적인 일이 있어서 거리는 폐허가 되고, 그날 누가 죽어서 황토 무덤으로 누워 있을까? 그 일은 쉽게 의식 속에서 지워버려서는 안 될 일인 듯하다. "친구야 일어서서 우리 얼굴을 보자"는 청유의 말 속에는 이런 다짐이 숨어 있다. 생명의 약동이 눈부신 봄이라는 계절적 배경 속에 잊어서는 안 되는 비극적인 사건이 부드럽게 감싸여 있다. 그 날카로운 대비가 이 시의 비극적 긴장을 일으키고 있다. 어떤 일이 있었을까? 그 일은 피할 수 없는 것이었을까? 이 시에서는 이런 의문의 메아리들이 독자의 마음을 흔든다. 그 과정에서 독자는 이 시가 내면에 감추고 있는 비장함을 자연스럽게 경험하게 된다.

1970년대의 민중시는 민중의 삶에 불평등 · 소외 · 억압 · 종속을 가져온 왜곡된 분배 구조, 분단의 고착화를 조장하는 파행적 이념과 체제를 깨뜨리고 나가는 현실 부정적 상상력에서 배태된다. 그러나 한편으로는 민중시를 쓰던 적지 않은 시인이 이념의 도식성과 추상성에 빠져 '시'를 잃어버리고 만 것도 부정하기 어렵다. 시인 이시영은 "자기 내면의 고통과 극기를 거치지 않은 시는 믿을 수 없다.", "모든 작품을 들여다보면, 반드시 그 사람이 산 만큼밖에 쓸 수 없음을 안다."고 말한다. 그만큼 자신의 체험과 언어로 육화된 것만을 추구한 까닭에 시인은 1970년대의 민중시가 더러 빠져들곤 하던 도식성과 추상성을 극복하고 녹록치 않은 성취를 보여준다.

1990년대에 들어 이시영이 내놓은 어떤 시들은 자기 절제와 엄격성이 더해져

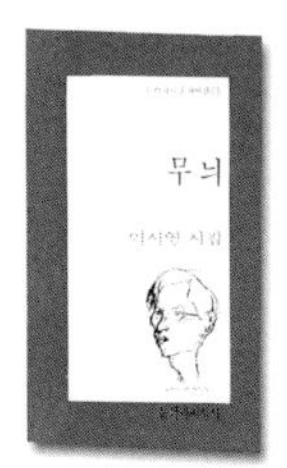
자연 속에서
우주의 질서를
찾아내고
인간과 자연의
조화에 주목한
단시들을 선보인
『무늬』

마치 잠언 또는 외마디 비명처럼 느껴질 정도다. '들꽃세상'에서 펴낸 『이슬 맺힌 노래』에서 시인은 뻗쳐오르던 젊은 날의 감성을 다독이고 자리에 앉혀 엄격하게 절제된 시행 속에 축약시키고 있다. 어느덧 그는 현실과 역사에 대한 시각의 유연성도 생겨서 낱낱으로 떼어놓고 보면 작고 나약해 보이는 민중의 개체적 삶을 역사적 맥락 속에서 다시 바라보고 그 가치와 희생의 의미를 따지는 쪽으로 조심스럽게 시의 무게 중심을 옮긴다. 아울러 생멸의 자연 법칙이나 인간과 자연의 조화에 대한 그윽한 응시는 시인의 현실 인식에 깊이와 유장함을 보태준다. 이런 색채는 뒤이어 나온 『무늬』·『사이』에 가면 더욱 짙어진다.

1994년 이시영은 '문학과지성사'에서 시집 『무늬』를 펴낸다. 『무늬』에 실린 단시들은 대체로 자연을 매개로 하고 자연을 대상으로 하는 자연 서정시다.

> 대추나무에 올해도 대추물 들겠다/찌는 듯한 삼복 더위에 빳빳이 고개 내밀고 푸른 하늘과 맞서고 있으니/대추 열매에 올해도 서늘한 태양빛 들겠다
>
> 이시영, 「태양빛」, 『무늬』(문학과지성사, 1994)

「태양빛」은 자연 속에서 땡볕을 받으며 익어가는 대추 열매를 노래한 시편이다. 여기서 대추 열매는 불볕 더위의 기세에 눌려 늘어지는 것이 아니라 "빳빳이 고개 내밀고" 맞서는 응전의 힘과 기세를 드러낸다. 자연이 내리는 시련을 당당하게 견딘 뒤에야 대추 열매는 "태양빛"으로 단단하게 여무는 것이다. "태양빛"이란 무르익음 또는 내면의 충일을 드러내는 상징이며 표지다. 이시영은 불볕 더위 속에서 익어가는 대추 열매로부터 순환하는 자연 질서를 찾아내고, 이를 자신의 내면에 거둬들여 새롭게 그 뜻을 반추하고 있다. 자연의 오묘하고 완벽한 질서와 섭리에 찬탄하고 경외를 느낀 시인은 그 앞에서 긴 말이 필요하지 않다는 것을 깨닫는다.

1996년 '창작과비평사'에서 나온 『사이』에 실린 시편들은 아주 짧은 것이 많다. 이를테면 "가로수들이 촉촉이 비에 젖는다/지우산 쓰고 옛날처럼 길을 건너

는 한 노인이 있었다/적막하다"(「사이」), "벌레들이 먼저 일어나/저렇듯 우주의 한쪽을 파랗게 물들이고 있었구나"(「새벽에」), "토끼풀꽃 하나가 무엇에 흔들린다/그 옆의 들국 한 송이도 무엇에 흔들린다/바람인가/모두들 뜨겁게 잠 오지 않는 밤이다"(「백야白夜」) 등에서 볼 수 있듯이, 『사이』에 실린 어떤 시들은 언어의 잉여를 일절 허락하지 않는다. 그 짧은 시들은 어느 순간 시인의 의식을 스쳐 지나가는 유한한 삶과 현실을 꿰뚫는 직관을 담아낸다.

참고 자료

방인태, 「잃어버린 고향 되찾기」, 『한국 현대 시인 연구』, 민음사, 1989

이경희, 「가장 진지한 독자로서」, 『이슬 맺힌 노래』 발문, 들꽃세상, 1991

전정구, 「무궁한 적요」, 『사이』 발문, 창작과비평사, 1996

김주연, 「다시 하늘을 바라보며」, 『무늬』 해설, 문학과지성사, 1994

김현, 「돌과 별의 세계」, 『문예중앙』 1981 겨울

저희들의 회사가 정상화되어 일할 수 있게 해주십시오
그리하여 저희들이 바라는 이 나라의 산업 역군으로서
희망을 가지고 살아가게 해주세요

1979

YH무역 근로자 호소문

어제보다는 오늘, 오늘보다는 내일이 점점 심각하게 되어가고 문 닫는 회사들과 많은 실직자가 생기는 지금에 저희 3백20명마저 직장을 잃고 거리에 내동댕이쳐진다면 약하고 먹을 것 없는 저희들은 죽으란 말입니까…… 저희 근로자들이 신민당에 올 수밖에 없었던 것은 회사, 노동청, 은행이 모두 문제를 해결할 수 없다기에 오갈 데 없었기 때문입니다. 악덕한 기업주는 기숙사를 철폐하고 밥은 물론 전기, 수돗물마저 먹을 수 없었을 뿐 아니라 6일 새벽 4시경 여자들만 잠자고 있는 기숙사 문을 부수고 우리 근로자를 끌어내려 했습니다.

이렇게 약자만 당해야 하는 건가요. 저희들의 회사가 정상화되어 일할 수 있게 해주십시오. 그리하여 저희들이 바라는 이 나라의 산업 역군으로서 희망을 가지고 살아가게 해주세요. 저희들의 근본 문제 해결은 조흥은행이 책임을 져야 합니다. 왜냐하면 YH무역(주)의 모든 주식 및 공장을 압류하고 있기 때문입니다. 해결이 아니면 우리는 여기서 죽어 나갈 수밖에 없습니다. 저희들의 이 호소가 꼭 이루어지기를 간절히 간절히 바랍니다.

'YH 사건' 은 유신 체제 몰락의 서곡이다. 1979년 8월 9일 새벽, 서울 마포의 신민당사에서 가발 제조 수출 업체인 YH무역 여성 노동자 170여 명이 회사 운영 정상화와 근로자의 생존권 보장을 요구하며 점거 농성을 시작한다. YH무역 사태가 정치 문제로 번지자, 여성 노동자들이 지친 몸으로 농성중이던 8월 11일 새벽 2시, 경찰은 이른바 '101호 작전' 을 개시한다. 당사에 난입한 1천여 명의 경찰은 농성 노동자들을 강제로 끌어내고, 신민당 당직자와 취재 기자들을 무차별 폭행한다. 이 과정에서 노동자 김경숙이 건물에서 떨어져 죽고 1백여 명의 여성 노동자들이 다친다. YH무역 신민당사 농성 노동자 폭력 진압 사건은 민주화 운동 세력들이 새롭게 공동 전선을 펼치는 계기가 된다. 이 사건은 김영삼 신민당 총재 제명 파동과 부마민중항쟁으로 이어지며, 나아가 10·26사태의 도화선이 된다.

1979

1월
1 미국, 중국과 수교하고 타이완과 단교
30『동아일보』해직 기자들, 해고 처분 무효 확인 소송 상고심에서 전원 패소

2월
6 자유실천문인협의회, 인천에서 학생 등 1천여 명 참석 속에 '김지하 문학의 밤' 개최
8 천주교 정의구현전국사제단, '버림받은 형제들을 위한 기도회' 개최
11 호메이니, 이란의 정권 장악
14 정부, 3년 만에 최저 임금제 폐지
17 중국군, 베트남 침공

3월
1 함석헌 · 김대중 등 재야 인사, '민주주의와 민족통일을 위한 국민연합' 결성하고 선언문 발표
26 이집트 · 이스라엘, 평화 조약 조인(30년 교전 상태 종료)

4월
3 한국기독교교회협의회 회장단 등, 크리스찬아카데미 관계자 무더기 연행 · 구속 사태에 대응해 각 교단 대표들이 대책 위원회 구성
7 국제올림픽위원회IOC, 중국 가입 승인
24 자유실천문인협의회, '고난받는 문학인의 밤' 개최

7월
17 천주교 정의구현전국사제단, '시국에 대한 우리의 견해' 발표
31 경북도경, 오원춘과 정호경 지도 신부 등을 긴급 조치 9호 위반 혐의로 구속

8월
24 국제사면위원회 런던본부, 문익환 목사를 '8월의 양심수' 로 선정 발표

9월
29 중국, '새 중국공산당 선언' 에서 현대화를 최우선 정책으로 결정

10월
3 시아누크 캄보디아 전 국가 원수, 민족주의연합 조직
18 정부, 0시 기해 부산에 비상 계엄령 선포(부마민중항쟁 관련)
26 박정희 대통령, 김재규 중앙정보부장의 총격으로 사망

12월
21 최규하, 제10대 대통령에 취임

오정희, 여성성의 뜻을 캐묻는 소설

「완구점 여인」에서 「옛우물」까지

존재 깊숙이 자리잡고 있는 불안과 고뇌 등을 섬세하게 파헤쳐 보인 작가 오정희

1979

한국 여성 소설의 한 정점에 작가 오정희吳貞姬(1947~)의 자리가 있다. 그의 소설은 "개인적 · 존재론적 차원에서 신화적인 차원, 원형 상징의 공간"(이혜원)으로 나아간다. 이 작가가 즐겨 다루는 것은 "삶의 불구성, 낙태, 불임, 가족간의 왜곡된 관계, 비정상적인 성장, 중산층 중년 여성의 심리적 갈등"(하응백)이다. 무엇보다도 놀라운 것은 그의 소설이 보여주는 높은 미학적 성취다. 이에 따라 오정희의 작품들은 한국 여성 소설의 계보학에서 정점의 자리를 확고 부동하게 차지하고 있는 것이다.

오정희가 단편 「완구점 여인」으로 『중앙일보』 신춘 문예에 당선되던 해, 그는 갓 스물이 지난 앳된 얼굴로 한국 문단에 나타난다. 그는 이미 열아홉 살 때 "정결한 사랑, 문학과 나 사이에 어떤 매개항도 두지 말 것. 아름답고 힘 있는 문학을 살(生) 것."을 결심한다. 오정희가 등단작을 쓰던 스무 살 때 그의 소설은 이미 충분히 무르익어 농염하게 실존의 의미를 머금는다. 삶의 현존을 감싸고 도는 의미에 대한 통찰력, 겹으로 둘러싸인 의미를 명료하게 포착해내는 복합적이면서도 명확한 구도, 때로는 섬뜩할 정도로 그로테스크하고 대담한 작중 인물들의 행위, 암시와 절제로 상상력을 증폭시키는 문체의 기교, 섬세하고도 집요한 묘사 등 오정희의 소설은 한국 단편 문학이 도달할 수 있는 최고의 수준을 보여준다. 그는 당돌하게도 당선 소감을 묻는 인터뷰에서 "가능하면 앞으로 이름을 밝히지 않고 소설을 쓰고 싶다."고 말한다.

오정희는 1947년 11월 9일 서울 종로구 사직동에서 태어난다. 형제가 많은 편이어서 그는 4남 4녀 가운데 다섯째로 태어난다. 그의 부모는 해방 무렵에 황해도 해주에서 월남해 별다른 생활 기반 없이 곤궁한 살림을 꾸려가고 있었다. 오정희가 네 살 되던 해에 6 · 25가 터지는데, 바로 아래 동생을 임신한 어머니 때문에 피난하지 못하고 인공 치하의 서울에서 몇 달을 보낸다. 그는 1951년 1 · 4후퇴 때 출산 뒤 몸조리도 제대로 못 한 어머니와 함께 피난길에 오른다. 그의 가족이 간신히 군용 트럭 한 귀퉁이를 얻어 타고 가다가 무작정 내린 곳은 충남 홍성군 홍주읍 오관리라는 마을이다. 물살이 세고 폭이 넓은 개울과 다리, 타관에서 흘러든 피난민에 대한 마을 사람들의 경계심과 적대감, 허기진 채 동생과 방안에 갇혀 있던 이 시절의 기억들을 오정희는 「유년의 뜰」에서 알뜰히 털어놓는다. 식탐이 많아 아랫목에 묻어놓은 그릇가의 밥 알갱이를 떼어 먹고 동생의 고구마를 빼앗아 먹어 통통하게 살이 오른 도벽이 있는 아이, 전쟁을 겪으며 지나치게 조숙해져 불순하게 심사가 뒤틀려버린 아이가 바로 오정희의 유년기 자화상이다.

전쟁통에 소식을 알 수 없는 아버지를 둔 가족의 뒤틀린 삶과 황량한 어린 시절의 삽화들을 담은 두 번째 창작집 『유년의 뜰』

1954년에 오정희는 피난지에서 좀 떨어진 홍주읍의 홍주국민학교에 입학한다. 어머니가 장사를 하러 나가 외할머니와 함께 입학식에 간 그는 분홍색 인조견 치마에 노란 솜저고리를 입고 있었는데, 외할머니의 실수로 속옷 챙겨 입는 것을 빠뜨린다. 그는 할머니가 무서워 차마 말은 못 하고, 수치심과 불안 속에서 입학식을 치른다. 휴전 이태 뒤인 1955년, 제2국민병으로 징집되어 나가 있던 아버지가 돌아와 석유 회사 인천출장소 소장으로 취직되면서, 그의 가족은 5년여에 걸친 홍성에서의 피난살이를 정리하고 인천시 중앙동으로 이주한다. 그의 가족은 인천 자유공원 언저리에 있는 일명 '차이나타운' 또는 '중국인촌'이 내다보이는 작은 일본식 집에 짐을 부린다. 오정희는 신흥국민학교 2학년으로 전학하는데, 가뜩이나 소심한 그로서는 갑자기 바뀐 도시 학교의 분위기 속에서 심한 열등감에 시달려 학교 생활에 재미를 붙이지 못한다. 대신 그는 학교가 파한 뒤 자유공원 꼭대기에 올라가 묵묵히 인천 앞바다를 바라보거나, 신문 연재 소설부터 야담류에 이르기까지 닥치는 대로 읽는 것을 낙으로 삼는다. 이 시절의 오정희는 소심함 못지않게 한편으로는 장난기와 당돌한 구석도 있는 아이였다. 집 근처 언덕의 중국인촌에 세들어 사는 '양공주' 들의 하이힐과 플레어드 스커트와 페티코트 등의 이국적인 화려함과 아름다움은 그를 온갖 비밀스럽고 괴기스러운 상상 세계로 이끌어가곤 한다. 이 때의 체험과 상상 세계가 뒷날 「중국인 거리」에서 그려진다.

조용히 학교를 오가던 오정희가 느닷없이 학교에서 눈길을 끄는 일이 생긴다. 초등 학교 3학년 때인 1956년 어느 날, 작문 시간에 쓴 「오늘 아침」이라는 산문이 담임 선생의 눈에 띈 것이다. 난생 처음 학교에서 칭찬을 받은 그는 방과 뒤에 남아 글짓기 지도를 받게 되고, 같은 해 가을 경기도 내의 백일장에서 산문으로 특선을 차지함으로써 단번에 '글 잘 쓰는 아이' 로 소문이 난다. 글쓰기를 통해 주위 사람들로부터 인정받고 열등감을 한꺼번에 보상받은 오정희는 그것이 자신에게 주어진 운명의 길임을 깨닫고 드디어 소설가가 되고 싶다는 소망을 품게 된다.

1959년 아버지의 전근과 함께 꽤 넓은 마당이 딸린 서울 마포구 신수동 집으로 이사하고, 그는 수송국민학교 6학년으로 전학한다. 이 무렵 그는 다른 아이들과 마찬가지로 학교 수업을 마친 뒤 과외에 시달리고, 때로는 잠을 쫓는 약까지 몰래 복용하며 중학교 입시에 매달린다. 이와 같은 입시 중압감 속에서도 그는 대학생 오빠가 사들인 니체 · 헤세 · 지드 · 도스토예프스키의 책들을 가방 속에 몰래 넣고 다니면서 보거나 이광수 · 김동인 · 박화성 · 최정희 · 황순원과 한국 전후 작가들의 소설을 손에 잡히는 대로 읽어치운다.

1960년 이화여중에 입학한 오정희는 병약하고 반에서는 물론 전교에서도 가장 작은 축에 드는 아이로 꼽힌다. 그는 학교 정구 코치와 절친한 아버지의 후광으로 정구부에 들어가게 되는데, 이는 병약한 몸을 튼튼하게 만들겠다는 뜻도 없지 않았지만, 무엇보다 소설가가 되겠다는 '허황된' 꿈을 품은 딸의 생각을 돌려 놓겠다는 아버지의 생각이 더 크게 작용한 선택이다. 중학교 2학년 때 막내동생이 교통 사고로 죽자, 집이 싫어진 그는 새벽부터 밤까지 운동장에서 라켓만 휘둘렀고, 이런 맹연습 끝에 3학년 때는 주전 선수 자리를 꿰찬다. 그는 합숙소나 정구 코트 벤치에서 틈틈이 독서를 하고, 가끔은 사랑과 우정을 소재로 한 짧은 글을 써보며 소설가의 꿈을 은밀하게 키워간다.

그러던 중에 운동 선수의 동계 고등 학교 진학 특전 제도가 없어지자 오정희는 중학교 3학년 늦가을부터 선수 생활을 집어치우고 고교 입시 공부에 매달린다. 1963년 이화여고에 입학한 뒤 그는 한동안 입시 중압감 속에 파묻혀 있던 내면의 열등감이 다시 꿈틀거린다. 그는 친구 · 가족 · 세상에 대해 강한 불신과 적의를 품고 반항아가 되어 결석과 조퇴를 밥 먹듯이 한다. 이 시절 그는 책가방을 든 채로 혼자 교외선을 타고 돌아다니거나, 심한 문학병을 앓으면서 닥치는 대로 책을 읽는다. 어느 날 그는 마침내 등록금과 속옷, 일기장, 서머셋 몸의 『서밍업』을 가방에 챙겨 넣고 가출을 감행한다. 그는 어느 민박집에 잠시 머물면서 춘천 어느 병원의 간호 보조원 자리까지 약속받으나, 실행에 옮기기 직전 어머니에게 덜미를 잡혀 집으로 돌아온다. 최소한의 효심을 발휘해 "성공해서 돌아올 테니 찾지 말라."는 편지를 띄웠는데, 편지 봉투에 찍힌 소인을 본 어머니가 그를 찾아낸 것이다.

1966년 오정희는 작가가 되려는 뜻을 품고 서라벌예술대학 문예창작과에 입학해 김동리 · 서정주 · 박목월 · 김수영 · 김현의 강의를 듣는다. 그는 이동하 · 김형영 같은 선배와 이경자 · 윤정모 · 김민숙 · 송기원 · 이시영 같은 동기와 함께 공부하며 작가 수업을 쌓는다. 특히 이경자와는 대번에 "인생의 미궁 속에서 아직 불도 지피지 않은 문학의 등잔불을 들고 음울하게, 온갖 열등감의 헝겊 쪼가리들에 감싸여 살고 있"다는 점에서 일맥 상통함을 느끼고 급속도로 가까워진다. 작품 속에서도 문득문득

1970년
서라벌예대
졸업식 때
어머니와 함께

드러나듯이, 유년 시절부터 내재해 있던 오정희의 돌출적이고 기상 천외한 말과 행동들은 이경자에게 신선한 충격을 준다.

> 아무리 생각해봐도 오정희는 괴물이다. 그 애는 자기 오빠가 인턴인가 뭔가로 있는 서울대학병원에 가 보자고 했다. 시체실이라는 게 있는데 밤이 되면 유령인가 귀신인가가 나온다는 것이었다. 얼마나 뒤숭숭한 유혹인가. 귀신을 볼 수 있다니. 아마 우리는 밤에 그 곳에 갔으리라.
> 이경자, 「내 마음의 굴뚝」, 『오정희 문학 앨범』(웅진출판, 1995)

이즈음 오정희는 몇 편의 소설을 써보며 문학의 어려움을 어렴풋이 알게 된다. 그는 자신에게 소설 쓰기의 어려움을 감당할 만한 재능이나 광기가 없다는 생각과, 여기에 겹치는 스무 살 시절의 지적 열망과 절망에 사로잡혀 참담한 시간을 보낸다. 2학기 가을 무렵부터는 아예 학교 나가는 일을 작파해버리고 방안에서 뒹굴며 정처없이 유랑에 나설 것인가, 고아원 보모가 될 것인가, 아니면 중이 될 것인가, 앞날에 관한 온갖 궁리를 하며 우울하고 불안한 나날을 보낸다. 결과를 놓고 볼 때 이처럼 괴로움 속에서 보낸 나날이 오정희의 문학에는 오히려 밑거름이 된다. 마침내 그는 1968년 『중앙일보』 신춘 문예에 응모한 단편 「완구점 여인」이 당선되어 문단에 첫발을 내딛는다.

「완구점 여인」

소녀의 집에 어릴 적 가정부로 들어온 여인은 어느 순간, 소녀의 어머니 자리에 앉는다. 가슴이 두껍고 걱실걱실한 목소리를 가진 계모는 쉴새없이 아이를 낳으면서 차츰 소녀에게 냉담해지고 아버지 또한 소녀에게 무관심해진다. 가족에 대한 미움이 자꾸 커질 즈음 동생의 죽음을 겪은 소녀는 이제 세상에 대해 전면적인 거부감과 적의를 품는데, 이는 도벽 · 살해 · 방화 욕구 등으로 표현된다. 소녀는 학교가 파한 뒤 어두운 교실에 혼자 남아 서랍을 뒤지면서 "빳빳한 스커트를 허리께까지 훌쩍 걷어올리고 그대로 선 채 오줌을 누고 싶다는 충동"을 느끼거나, 분필 토막으로 변소에 "선생님 나쁜 년, 엄마 나쁜 년"이라고 낙서를 해대며 증오심을 해소한다.

언제부터인가 소녀는 휠체어를 탄 완구점 여인에게 매혹된다. 소녀는 날마다 상점의 유리문을 통해 불구의 여인을 바라보거나, 교실 서랍에서 훔친 돈으로 완구점에 있는 오뚝이를 사 모은다. 완구점 여인의 휠체어를 보며 소녀는 죽은 동생을 떠올리곤 한다. 소아 마비이던 동생은 휠체어를 타고 손이 닿는 높이의 흰 벽에 종일 그림을 그리는 것이 삶의 전부이다시피 했는데, 어느 날 학교에서 돌아와 막 이층 계단을 밟는 누나를 반기면서 나오다 휠체어가 굴러 떨어져 죽은 것이다.

어느 날 소녀는 시간이 너무 늦어 집에 갈 수 없다는 핑계로 완구점 여인과 나란히 누워 관능적인 접촉을 한다. 그 뒤로 소녀는 심한 수치심과 관능의 유혹을 동시에 느끼며 밤마다 여인의 꿈을 꾼다. 그러나 소녀는 유리문을 통해 여인의 모습을 훔쳐보거나 편지를 쓰기만 할 뿐 여인을 찾아가지는 못한다. 얼마 뒤 완구점 유리문에 '내부 수리중'이라는 팻말이 붙더니, 그 자리에 새로 다방이 들어선다.

「완구점 여인」은 가족과 주변 세상으로부터 내동댕이쳐진 한 소녀의 소외감, 고아 의식, 좌절감, 방황, 그리고 자아를 찾아가는 과정을 그린 작품이다. 구체적인 사건의 서술 없이 몇몇 삽화와 이미지만이 몽롱하게 드러나는 게 이 작품의 특징이다. 오정희는 여기서 자신의 존재 깊숙이 자리잡고 있는, 때로는 끔찍하게 여겨질 정도의 불안과 고뇌 등을 결코 미화하지 않고, 섬세하고 예리한 칼날로 환부를 도려내듯 속속들이 파헤쳐 보인다. 그의 소설에 등장하는 인물들은 흔히 그 고통으로부터 벗어나기 위해 자폐적인 몽상에 잠기거나 자신이나 타인에게 충동적 · 파괴적 행동을 시도하기도 한다. 그러나 작중 인물들은 이런 수단이나 행위로 상처를 근본적으로 치유하지는 못한다. 따라서 그의 소설은 거부당한 영혼들과 철저히 단절된 삶, 죽음의 냄새들로 채워지곤 한다. 이렇게 끊임없는 결핍을 견뎌나가는 작중 인물들의 삶에 때로 독자들은 원인 모를 답답함을 느끼게 된다. 이것이 바로 오정희 문학의 한 특징이다.

1969년에 「주자走者」·「산조」 등을 발표한 오정희는 1970년에 서라벌예대를 졸업한 뒤 같은 학교 조교로 일하며 「번제燔祭」 등을 선보인다. 1971년부터 그는 잡지사와 출판사를 옮겨다니며 일하고 「봄날」·「관계」·「직녀」 등을 내놓다가 1974년에 결혼한다. 결혼 뒤 그는 가정을 건사하는 일과 글쓰는 일에 모두 충실하리라 다짐하지만, 살림을 제대로 못 하는 데 따른 열등감과 소설가로서 작품을 써내지 못하는 두려움이 겹쳐 몹시 힘든 시기를 보낸다. 쓸데없이 자꾸 냉장고 문을 여닫는가 하면 냉수나 차를 쉬지 않고 마셔대는 일로 그는 초조함을 달랜다. 문단에 나온 지 몇 해 만에 결혼 생활과 출산을 경험하며 서서히 범속한 일상에 매여 고정되기 시작하는 자아의 정체성에 대해 그는 불안과 함께 일탈 욕구에 시달린다.

오정희의
첫 번째 창작집
『불의 강』

오정희는 1975년 「목련초」, 1976년 「안개의 둑」·「적요」·「미명」, 1977년 「불의 강」·「야곱의 꿈」·「동행」 등을 발표한다. 그가 첫 창작집 『불의 강』을 '문학과지성사'에서 펴낸 것은 1977년의 일이다. 1978년에는 강원대학교 사회학과 전임 강사로 임용된 남편을 따라 춘천으로 이사하고 「꿈꾸는 새」 등을 발표한다. 1979년에 들어 오정희는 「중국인 거리」·「비어 있는 들」·「저녁의 게임」 같은 문제작을 잇달아 내놓는다. 그에게 제3회 '이상 문학상'을 안겨준 「저녁의 게임」은 어릴 적에 화투를 배워 "자나깨나 화툿장이 눈앞에 어른대는 통에 한 학년 위의 오빠를 꾀어 학교를 가지 않고 벽장 속에 숨어들어가 화투를 치던, 끝내 어머니에게 들켜 죽지 않을 만큼 매맞"은 체험이 모티브가 된 작품이다. 이 소설은 저녁 식사를 마친 뒤 화투판을 벌이는 아버지와 딸, 그 사이사이에 낀 대화, 과거에 대한 회상, 그리고 짧은 외출 등으로 연결되는, 아주 단순한 내용으로 이루어져 있다. 작가는 여기서 권태롭고 공허하고 무의미하지만 충실히 이행하는 '화투'

라는 행위를 통해, 삶이 일종의 무료한 게임에 지나지 않음을 보여준다. 「저녁의 게임」은 이야기의 완만하고 단순한 흐름과 의식의 흐름을 쫓는 수법이 잘 조화된 작품이다. 여기에 나오는 여주인공은 작가의 다른 소설에 나오는 인물들과 좀 다르다. 이 소설의 여주인공은 무작정 가출 또는 일탈을 시도하는 게 아니라, 책임량을 완수하듯 저녁 시간 아버지와의 게임이 끝난 뒤, 즉 철저하게 일상의 의무를 다하고 나서 비로소 바깥 나들이에 나선다. 그런데 이런 나들이가 오히려 어떤 충동적이고 격렬한 일탈 행위보다 일상의 허위성과 권태를 인상 깊게 전달하는 것이다.

「저녁의 게임」과 같은 해에 발표된 「중국인 거리」는 인천의 중국인촌 언저리에서 살던 때의 체험을 배경으로 하고 있다. 이 소설은 김병익으로부터 "우리 단편 문학의 한 뛰어난 범례가 될 작품"이라는 찬사를 받은 오정희의 수작이다.

「중국인 거리」

「중국인 거리」에서는 북풍이 실어 나르는 탄가루 때문에 늘 거무죽죽한 공기, 회충약을 먹은 탓에 노오랗게 보이는 하늘, 일곱 번째 아이를 임신해 잔뜩 부른 배를 내밀고 다니는 어머니, 입만 열면 커서 양갈보가 되겠다고 말하는 친구 치옥이, 일곱 마리의 새끼를 모조리 잡아먹고 피범벅이 된 입으로 야옹야옹 밤새도록 울어대는 고양이, 아편을 피우는 늙은 중국인의 모습이 무채색의 판화처럼 펼쳐진다.

젊은 남자의 눈길을 느끼고, 알지 못할 슬픔이, 비애라고나 말해야 할 아픔이 가슴에서부터 파상波狀을 이루며 온몸으로 퍼져나가는 것을 느끼는 주인공 '나'는 전쟁 직후의 혼란스러운 시절에 막 사춘기에 접어든 소녀다.

그런데 다 깎은 뒤 거울 속에 남은 것은 여전히 뒷박머리였다.

이왕 깎은 걸 어떡하니 다음 번에 다시 잘 깎아주마.
그러길래 왜 아저씨는 이발만 열심히 하지 잡담을 하느냔 말예요.
나는 바락바락 악을 썼다. 마침내 이발사는 덜컥 의자를 젖히며 말했다.
정말 접시처럼 발랑 되바라진 애구나, 못 쓰겠어. 엄마 뱃속에서 나올 때 주둥이부터 나왔니?
못 쓰면 끈달아 쓸 테니 걱정 말아요 아저씨는 손모가지에 가위부터 들고 나와 이발쟁이가 됐단 말예요?

맵시 없는 머리를 만들어놓은 이발사에 대한 '나'의 분노는 단순히 외모에 대한 관심 때문만이 아니다. 그것은 "발랑 되바라진 애"의, 이제 막 인생에 대한 자의식을 갖기 시작한 한 소녀의, 자신의 욕망을 수용하지 못하는 현실에 대한 강렬한 거부와 항변이다. 사춘기는 자의식이 팽창하는 시기다. 부풀어오른 자의식은 필경 현실 구조의 강제에 부딪쳐 억제를 강요당한다. 이런 억제에 직면할 때 일반적으로 나타나는 심리 기제는 분노다. 흔히 청소년기가 '이유 없는 반항'이나 '성난 젊은 시절'이라는 말로 축약되곤 하는 이유가 여기에 있다. 「중국인 거리」의 작중 화자 '나' 또한 바로 이와 같은 시기에 당도해 있는 것이다.

나는 따스한 핏속에서 돋아오르는 순筍을, 참을 수 없는 근지러움으로 감지했다.
인생이란…….
나는 중얼거렸다. 그러나 뒤를 이을 어떤 적절한 말도 떠오르지 않았다. 알 수 없는, 다만 복잡하고 분명치 않은 색채로 뒤범벅된 혼란에 가득 찬 어제와 오늘과 수없이 다가올 내일들을 뭉뚱그릴 한마디의 말을 찾을 수 있을까.

따뜻한 핏속에서 근지럽게 돋아오르는 순筍, 이것이 무엇이겠는가. 바로 자의식이다. 자의식의 순이 돋아오른다. 그 자의식의 촉수는 복잡하고 분명치 않은 색채로 뒤범벅된 혼란에 가득 찬 인생 앞에서 의문의 미로를 더듬는다. 그러나 청소년기에 인생의 본질과 심연을 이해하고 느낀다는 것은 불가능하다. 그 의문은 "한없는 상상과 호기심의 효모"가 되어 상상력을 부풀어오르게 할 뿐이다. 그래서 입 속으로 모르는 것의 이름을 부르듯이 "인생이란……" 하고 혼자 중얼거려보는 것이다.

오정희는 1980년에 들어 전쟁통에 소식을 알 수 없는 아버지를 둔 가족의 뒤틀린 삶과 황량한 어린 시절의 삽화들을 담은 「유년의 뜰」을 발표한다.

기생 출신의 외할머니, 아버지를 기다리며 술을 마시다가 급기야는 수상한 외박을 하는 어머니, 밤 외출을 자주 하는 언니, 아버지 대신 가장 노릇을 하며 언니를 때리는 것으로 제 욕망 · 슬픔 · 분노를 분출하는 큰오빠, 미국인 부부의 양자로 들어간 고아들을 부러워하며 영어 공부에 매달리는 작은오빠, 병약한 동생, 이들과 더불어 생활하는 주인공 소녀. 「완구점 여인」에 나오는 아이처럼 도벽과 게걸스러운 탐식 습관이 있는 소녀는 방에 갇힌 채 지내다가 주검으로 들려 나오는 주인집 딸의 정체에 대해 호기심을 보이고 대책 없는 허기를 느끼며 자란다. 이런 가족의 뒤틀린 현재의 풍경과 과거의 기억들은 집안의 '거울' 에 낱낱이 비친다. 어느 날 이 거울이 깨지며 가족은 이웃 동네로 이사를 가게 되며, 동시에 소식이 없던 아버지가 돌아온다.

「유년의 뜰」에서만이 아니라 다른 작품에서도 '거울' 은 오정희가 즐겨 사용하는 소도구다. 우리 문학사에서 '거울' 의 이미지는 흔히 참회나 환상적 나르시시즘의 의미를 지니고 있는 데 비해, 오정희의 '거울' 은 등장 인물들의 하찮은 행동과 허위 의식, 광기와 절망 그리고 삶의 권태와 고통 등 복잡 다기한 세계를 비추는 구실을 한다.

같은 해 오정희는 집에 홀로 남은 주인공이 등화 관제 훈련으로 말미암은 어둠의 시간 속에서 느끼는 감정을 묘사한 「어둠의 집」과 「겨울 뜸부기」 등을 더 내놓는다. 이어 1981년에는 어느 소도시 중산층 집안의 파티를 통해 중산층 사회의 속물 근성과 허위 의식에 찬 일상, 이에 대한 모멸감을 드러낸 「야회」를 비롯해 「인어」 · 「별사別辭」 등을 발표하는 한편, 두 번째 창작집인 『유년의 뜰』을 '문학과지성사' 에서 출간한다. 1982년 그는 새로운 삶에 대한 기대라고는 없는

1981년
서울 화곡동
친정집 뜰에서
딸을 안고 선 오정희

어린 시절과 전쟁이 남긴 상처를 기억 속에서 하나씩 길어올리는 과정을 그린 세 번째 창작집 『바람의 넋』

노부부의 삶과 심리를 그린 「동경銅鏡」, 결혼 뒤 일상을 감당하지 못해 "바람처럼 펄럭이며" 가출을 일삼다가 결국은 치한들로부터 윤간을 당하게 되는 여주인공이 그 충격으로 말미암아 망각한 어린 시절과 전쟁이 남긴 상처를 기억 속에서 하나씩 길어올리는 과정을 그린 「바람의 넋」, 그리고 「하지」 등을 내놓으며 제15회 '동인 문학상'을 받는다.

오정희는 1983년 같은 아파트에서 사는 늙은 악사의 추락사를 그린 「전갈」을 비롯해 「불망비」·「멀고 먼 저 북방에」 등을 발표한다. 1984년에는 「지금은 고요할 때」와 「순례자의 노래」·「새벽별」을 내놓는데, 8월부터 미국 뉴욕주립대 교환교수로 나가는 남편을 따라 가족이 모두 올바니로 건너가서 머물게 된다. 이태 뒤인 1986년에 귀국한 그는 곧 세 번째 창작집 『바람의 넋』을 '문학과지성사'에서 펴낸다. 이어 1987년에는 「그림자 밟기」, 1989년에는 「불꽃놀이」·「저 언덕」·「파로호」 등을 꾸준히 선보인다.

이즈음 오정희는 "낡은 거푸집 하나로 똑같은 물건들을 거듭 찍어내고 있다는 느낌"에 사로잡힌다. 이런 느낌을 견딜 수 없어 그는 창작 활동은 잠시 미루고, 1990년 이미 발표한 작품들을 가려 엮은 『야회』, 1993년 장편 동화 『송이야, 문을 열면 아침이란다』와 여기저기 흩어져 있던 짧은 소설들을 묶은 『술꾼의 아내』 등을 펴내는 데 만족한다. 그러나 아예 붓을 놓은 건 아니어서 집 근처의 산에 다녀오는 일 이외에는 거의 외출을 삼가고, 식구들이 나간 빈 집에서 책을 보거나 글을 쓰는 일에 매달린다. 그러나 좀처럼 메워지지 않는 원고지 칸에 대한 두려움은 여전히 작가를 괴롭힌다.

"평생 말뚝에 묶인 소처럼 달아나지도 못하고, 그 언저리를 빙빙 돌며 겁내고 눈치나 보며 살겠어? 부닥쳐 봐야지. 맞대결을 하면 어쨌든 결판이 나겠지."

한밤중 일어나 냄비를 닦으며 이가 끓듯 토막진 생각만 두서없이 버글거리는 머리를 휘두르고 홀로 비장해져 중얼거리는데 누군가 비스듬한 시선으로 바라보며 나지막히 말한다. "비장한 건 포즈지 문학이 아냐. 허상과 치기를 버리고 현란한 수사와 과장된 몸짓도 버리고 꿈속의 바위, 생시에도 가슴을 짓누르는 바위를 끌어안고 싸워 봐. 어렵기 때문에 해볼 만하지 않은가."라고.

「깃광목처럼 튼튼하고 진솔하게」, 오정희 문학선 『야회』(나남, 1990) 저자 서문

오정희가 "속이 타고 막막하여 책상 위에 얼음을 갖다 놓고 깨물어 가면서, 소설 쓰기에 대한 주눅을 깨뜨리려"는 자기와의 싸움을 거쳐 1994년에 발표한 작품이 「옛우물」이다.

「옛우물」

이 소설은 여성의 정체성 위기와 여성적 현존의 의미를 탐구한 작품이다. 「옛우물」은 "만성적인 편두통과 임신중의 변비로 인한 치질에 시달리는 중년의 주부"인 일인칭 화자가 마흔다섯 살의 생일 아침을 맞으며 시작된다. 「옛우물」에서는 현재와 과거, 현실과 환상이 끊임없이 중첩된다. 오그라든 어머니의 자궁, 죽은 친구, 아버지, 삭아가는 옛집, 매몰된 우물의 이미지들이 꼬리에 꼬리를 물고 이어지며, 탄생의 비의성과 죽음의 불모성 사이에 걸쳐 있는, 우리가 삶이라고 부르는 것에 대한 직관과 예감으로 가득 차 있는 소설이 「옛우물」이다.

작가는 여기서 어머니의 마지막 해산 날에 대한 회고로부터 이야기를 풀어간다. 온 집안을 수런거리게 만드는 어머니의 해산. "이슬이 비친다거나 양수가 터졌다거나 문이 덜 열렸다거나" 하는 할머니의 수선스런 목소리와 함께 어머니의 "고통에 찬 외침"으로 불안한 밤이 지나가고 아침이 왔을 때, 화자는 밤 사이에 어머니가 아이를 낳았다는 사실을 알게 된다. "밤을 지샌 고통, 피와 땀과 젖 냄새가 비릿하고 후덥덥하게 뒤섞인 공기" 속에서 할머니는 "피 묻은 짚과 태"를 태우고, 거기서 피어오르는 "시커먼 연기와 검댕이"는 할머니가 장독대에 떠놓은 정화수 대접의 물 위에 날아와 앉는다.

김혜순의 지적대로 여성적 상징물들인 "바가지, 무쇠솥, 아궁이, 장독대, 옛우물, 독, 물초롱, 흰 사발, 조왕각시 사발, 정화수 흰 대접" 사이를 할머니는 부지런히 오가며 어머니의 해산 뒷바라지에 여념이 없다. 이 공간에서 남성이란 전혀 쓸모없는 존재다. 그래서 할머니는 아버지를 이 여성적 공간에서 "마실이나 갔다 오게. 아이야 여자가 낳는 거지."라는 말과 함께 추방한다.

남편이 러시아에서 사온 "똑같은 모양의 인형들이 크기의 차례대로 겹겹이 들어 있는" 러시아 민속 인형은 '나'의 안에 중첩되어 있는 여성적 실존, 즉 "보다 덜 늙은 여자, 늙어가는 여자, 젊은 여자, 파과破瓜기의 소녀, 이윽고 누군가, 무엇인가가 눈 틔워주기를 기다리는 씨앗으로, 열매의 비밀로 조그맣게 존재하는 어린 여자아이"라는 문맥과 완벽하게 조응한다. 러시아 민속 인형처럼 '나'의 안에는 여러 여자가 겹쳐 있다.

늙은 어머니는 더 출산할 수 없게 되었으며, 생산의 자리였던 자궁은 "말린 오얏처럼 쭈그러"든다. 이 닫힘은 그 자궁이 이제는 어떤 살아 있는 것도 잉태할 수 없게 되었음을, 다시 말해 영원한 불모의 닫힘으로 돌아갔음을 뜻한다. '나'는 그 늙은 어머니와, 어머니의 마지막 해산 과정을 엿보며 한 생명의 탄생을 "영원한 암호, 비밀"로 받아들이던, 여성적 생산의 가능성을 품어 안은 어린 여자 사이에 있다. '나'는 말 그대로 중년에 도달해 있는 것이다.

중년이란 늙어가는 것을 서서히 의식하기 시작하는 나이다. 주인공은 "조용한 휴가와 깨끗한 물과 공기에 대해, 연금과 전원 주택에 대해 나누는 대화에서 우리가 늙어가고 있다는 것을 느낀다." 어린 시절의 "심한 허기와 도벽, 노란 거품을 게워내던 횟배앓이의 흔적"들을 지우고, 남자들은 "머리가 벗어지기 시작하고 몸이 붓기 시작하는 장년"의 안정감에 안착하며, 여자들은 그 남자들과 함께 더는 생산적일 수 없는 나이에 이르렀음을 갑자기 깨닫는다. 어린 시절을 거쳐 관습과 제도에 길들여진 중년이 되어 아이들을 바라보며 "소망과 걱정을 나누고 자잘한 생활의 문제, 음식과 성"을 나누면서 서서히 늙어간다는 것, 이것이 「옛우물」의 여주인공이 마흔다섯 살의 아침에 확인하는 현존의 양상이다.

그 중년의 일상을 감싸고 있는 "충실한 관습, 질서" 밑에는 "텅 빈 공허, 사라짐의 공포"가 도사리고 있다. 마치 "나는 기능을 잃어 멸종된 새"인 도도와 같이 젊음을 잃어버린 '나'는 사멸에 대한 예감에 사로잡혀 진저리를 친다. 이런 장면은 주인공이 강가의 찻집 유리벽에 비친 자신의 모습을 보고 놀라는 대목에서 날카롭게 드러난다. "유리 밖의 내 모습이 유령처럼 그 물상 위로 비비적대며 어른거렸다. 나는 훅 숨을 들이마시며 눈을 부릅떴다. 그것은 텅 빈 공허, 사라짐의 공포였을까." 중년에 이른 주인공의 의식을 지배하는 죽음에 대한 예감은 자신의 모습을 '유령'으로 받아들이게 한다.

사라져가는 갖가지 것의 잔상이 내면에 일으키는 파문은 어디서 오는가. 그것은 "어릴 때 해가 지고 노을이 물들 무렵이면 까닭없이 서러워 목놓아 울게 하던 것은 어찌해 볼 수 없는 운명, 어쩌면 비겁하고 허약할 수밖에 없는 인간으로서의 열패감, 두려움 때문이 아니었을까."라는 대목을 통해 드러나듯이, 어린 시절의 경험 속에 이미 투영되어 있는 절대의 운명과 열패감이 불러오는 '두려움'에서 비롯되는 측면이 크다. 사라져가는 것은 많다. 서쪽 하늘에 지는 저녁놀, 어린 시절, 멸종해 지구에서 볼 수 없게 된 도도새, 죽은 아버지, 죽은 친구, 신문의 부고란에서 마주친 '그'의 죽음, 곧 헐릴 퇴색한 연당집, 친구가 빠져 죽어 메워버린 우물, 옛우물과 함께 사라질 금빛 잉어……. 이런 것 사이사이에 크고 작은 죽음이 있다.

'나'의 여성적 정체성의 위기는 남성인 '그'의 죽음으로부터 온다. 한때 '나'를 애욕으로 몸서리치게 만들던, "허둥대는 어미의 기색을 본능적으로 느"끼고 "필사적으로 젖꼭지를 물고 놓지 않"는 아이의 뺨까지 후려쳐서 떼놓고 그에게 달려가던 날들이 지나가자 '나'의 현존은 뜻없이 반복되는 일상으로 추락한다. "이제 범상히 살아가는 내게 그의 흔적은 없다. 밥을 먹고 잠을 자고 혼자 있는 시간에 뜻없이 내뱉는 탄식처럼 짧고 습관적인 성교를 한다. 그러나 모든 죽은 사람들이, 그들에 대한 기억이 소멸한 뒤에도 그들이 남긴 살아 있는 사람들의 유전자 속에 깃들이듯 그는 나의 사소한 몸짓과 습관 속에 남아 있다". '그' 의 죽음이 확인된 날 '나' 는 거울을 본다. "왜 그랬는지 어떤 마음의 움직임이 나를 거울 앞으로 이끌었는지 나 자신도 알 수 없었다. 거의 무의식적으로 다가간 거울에 조각조각 균열된 얼굴이 비쳤다. 갑자기 눈에 띄는 주름살도, 처음의 놀람처럼 거울이 깨진 것도 아니었다. 오랜 세월 길들여진 관습과 관행이 한순간에 깨진 얼굴이었다. 아, 내 안의 비명이 새어나오기도 전에 깨진 얼굴은 스러지고 익히 알고 있는 얼굴이 나타났다." 거울에 비치는 '균열된 얼굴' 은 정체성의 위기에 빠진 '나' 의 마음의 혼돈과 균열을 보여준다. 이는 "길들여진 관습과 관행" 밑에 억눌려 있는 여성적 현존에 대한 의혹들이 얇아진 껍질을 뚫고 나오면서 생긴 심리적 균열이다.

그렇다면 '옛우물' 은 어떤 상징성을 갖고 있는 것일까. 다시 어머니의 해산 날로 돌아가보자. '옛우물' 은 어머니의 마지막 해산 날 정화수 대접에 담을 물을 길어오는 곳이다. 원형 상징 체계에서 물은 생명력과 정화력의 표상이다. 양수 · 침 · 피 · 정액 등은 물로 이루어져 있고, 이런 것은 모두 생명과 바로 이어지는 액체다. 생명의 근원인 깨끗한 물을 샘솟게 하고 그것을 감싸 안고 있는 우물은 여성적 창조와 생산의 근원에 대한 완벽한 상징이다.

소멸에 대한 예감을 "어찌해 볼 수 없는 운명"으로 받아들일 수밖에 없는 폐경기 중년 여자의 의식 위로 중첩되며 나타나는 그 모든 죽음의 잔상들을 제압하며, 어느 순간 '옛우물' 에서 산다는 전설의 '금빛 잉어' 가 찬란한 빛을 뿌리며 그 존재를 드러낸다. '금빛 잉어' 는 여성성의 내면에 간직되어 있는 불멸의 생명력이다. '금빛 잉어' 가 나타나는 순간 이 작품은 실제적 · 현재적 공간에서 환상적 · 신화적 공간으로 옮아간다.

작가가 즐겨 그리던 거울의 이미지가, 이 작품에서는 우주의 생성과 소멸, 충만과 고갈, 삶과 죽음의 양면을 동시에 비추는 우물로 변용되어 나타난다. 비록 그 우물은 이미 소녀 시절에 메워지고 없지만, 그 때 할머니로부터 전해 들은 금빛 잉어를 향한 동경과 꿈은 수십 년이 지나 중년이 된 지금까지도 가슴속에 생생하게 살아 있으며, 앞으로도 그럴 것이라는 강렬한 암시는 매혹적이기까지 하다.

오정희는 같은 해 신작 소설 「옛우물」과 자선 소설을 한데 묶은 『옛우물』을 '청아출판사' 에서 펴낸다. 이즈음 그는 10년 가까이 살던 춘천의 스무 평짜리 아파트에서 서른 평짜리 아파트로 늘려 이사하며, 비로소 자신만의 서재를 갖게 된다. 자신의 서재가 생긴 작가는 한결 안정을 찾고, 이런 안정된 느낌 속에서 써낸 소설 「새」 등을 1995년에 내놓는다.

인간의 근원적 존재상인 허무를 보아버린 이의 전율과 공포를 세밀하게 그려온 작가는 '이상 문학상' 수상 소감에서 "내가 문학에서 나를 아낀다면 그것은 나를 아끼는 게 아니라 나를 죽이는 게 될 것이다."라고 말한 바 있다. "언어를 통해, 그러나 결코 언어에 취함이 없이 정직하고 성실"하게 문학에 임할 것을 다짐한 대로 오정희는 소설 쓰기에 혼신의 힘을 다한다. 그에게 소설 쓰기는 "보상을 바랄 수 없는 짝사랑, 지독한 연애"이기 때문이다.

참고 자료

김윤식 · 정호웅, 『한국 소설사』, 예하, 1993
김치수, 「오정희론—삶의 양면성에서 느껴지는 긴장감」, 『한국 현대 작가 연구』, 문학사상사, 1993
오생근, 「오정희 문학론—허구적 삶과 비관적 인식」, 『야회』 해설 · 연보, 나남, 1990
정호웅, 「생명의 능동」, 『저녁의 게임』 해설 · 연보, 동아출판사, 1995
김혜순, 「여성적 정체성을 향하여」, 『옛우물』 해설 · 연보, 청아출판사, 1994
우찬제, 「'텅 빈 충만', 그 여성적 넋의 노래」, 『오정희 문학 앨범』, 웅진출판사, 1995
오정희, 「소설쓰기, 소설짓기」, 『오정희 문학 앨범』, 웅진출판사, 1995
「오정희 특집」, 『작가세계』 1995 여름

현기영, 원혼들을 달래는 굿

1979년 11월 24일, 명동 위장 결혼식 사건

제주도에서 일어난 항쟁이나 민란을 소설로 복원하며 민중을 압살하는 야만의 역사에 대해 저항 의지를 분명하게 보여준 작가 현기영

1979

1979년 10월 26일 밤, 현직 대통령 박정희가 심복인 중앙정보부장 김재규의 총탄에 쓰러진다. 박정희가 죽은 뒤 희망과 환멸이 엇갈리는 뒤숭숭한 날들이 이어진다. 국무 총리이던 최규하가 대통령직을 물려받지만, 나라의 앞날은 누구도 제대로 내다볼 수 없을 만큼 혼미를 거듭한다. 아직 전국에 비상 계엄령이 내려져 있고, 한편에서는 유신 헌법과 긴급 조치를 철폐하고 정치범을 석방하라는 목소리도 울려 퍼진다. 이즈음 재야의 여러 인사 앞으로 1979년 11월 24일 토요일 오후 명동 YWCA회관에서 열리는 결혼식 청첩장이 배달된다. 그런데 이 행사는 '민주주의와 민족통일을 위한 국민연합', '해직교수협의회'의 구성원과 제적 학생 등 천여 명이 모여 유신 정부와 그 잔당 퇴진 및 거국 내각 조직을 요구하는 집회를 갖기 위한 위장 결혼식으로 밝혀진다.

1975년 『동아일보』 신춘 문예를 통해 탐미주의 경향이 뚜렷한 단편 소설 「아버지」로 등단한 현기영玄基榮(1941~)은 바로 그 얼마 전에 '창작과비평사'에서 나온 첫 번째 창작집 『순이順伊 삼촌』 몇 권을 갖고 이 집회에 참석한다. 그는 고향 출신 후배들인 친목회 회원들에게 전하기 위해 창작집 몇 권을 들고 행사장에 찾아간 것이다. 이 친목회는 제주사회문제협의회의 모체가 된다. 결혼식으로 위장한 이날의 집회는 반 시간도 채 지나지 않아 경찰 진압대가 들이닥치고, 대회장 안으로 난입해 마구 휘젓고 다니는 연행조 때문에 아수라장으로 변해버린다. 경찰의 호송 차량 두 대는 강제 연행된 사람들로 금세 가득 찬다.

이틀 뒤인 11월 26일, 계엄사는 YWCA회관 결혼식 위장 집회 사건과 관련해 함석헌 · 박종태 · 양순직 · 김병걸 등 96명을 포고령 위반으로 검거해 조사중이라고 발표한다. 바로 이날, 현기영은 재직중인 서울사대부고에 출근해 수업을 하러 들어가는 길에 교실 앞 복도에서 성동경찰서로 붙잡혀 간다. 며칠 뒤 그는 검정색 승용차에 실려 남산 중앙정보부로 갔다가 보안사의 악명 높은 서빙고동 합동수사본부에 인계된다. 그는 곧바로 군복으로 갈아 입혀진 뒤 꼬박 2박 3일 동안 고문과 육체적 학대를 당한다. 작가는 뒷날 이 때 경험한 고통을 소설 속에 "아, 이 고통스러운 육체를 벗어버릴 수만 있다면! 정신을 배반하는 육체, 제 몸이 이렇게 저주스러울 줄이야. 영혼과 육체가 분리되어, 차라리 죽을 수만 있다면!"이라고 새겨 넣는다. 큰 곤욕을 치른 그는 구류 20일 처분을 받고 풀려나지만, 1980년 8월 중순에 또 한 차례 종로경찰서에 연행되어 조사를 받는다. 그리고 『순이 삼촌』은 곧바로 당국에 의해 판금 조치되어 전국의 서점에서 자취를 감춘다.

「순이 삼촌」

한 여인의 비극적 일생을 통해 제주 4 · 3항쟁의 역사를 사실적으로 그려낸 같은 제목의 소설을 표제로 내세운 창작집 『순이 삼촌』. 출간 이듬해에 판금 조치를 당한다.

폐병으로 죽은 어머니와 일본으로 밀항한 아버지 때문에 일곱 살 때 고아 아닌 고아가 된 '나'는 큰아버지 밑에서 사촌과 함께 자란다. 이후 '나'는 고향 제주도를 떠나 뭍으로 건너와 공부하고 직장을 얻는다. 어느 날, 가족 묘지 매입 문제로 상의할 게 있으니 할아버지 제삿날에 맞춰 내려오라는 큰아버지의 부름을 받고, '나'는 고향 제주도 서촌으로 간다. '나'는 친척 중에서 순이 삼촌이 눈에 띄지 않아 의아하게 여긴다. 순이 삼촌은 먼 친척 뻘로서, 1년 동안 '나'의 서울 집에서 살림을 돌봐주다가, 불과 두 달 전에 고향으로 내려간 여인이다. 이 고장에서는 촌수를 따지기 어려운 먼 친척 어른이면, 남녀 구별 없이 삼촌이라고 부른다.

'나'는 여드레 전쯤에 순이 삼촌이 자신의 밭에서 자살했다는 뜻밖의 얘기를 듣고 놀란다. 외동딸을 시집보낸 뒤 혼자 살던 그가 며칠째 모습을 보이지 않다가, 도로변에 있는 자신의 밭에서 죽은 채 발견된 것이다. 주검이 부패된 정도로 봐서 20일은 족히 되어 보이더라는 얘기.

이런 얘기를 듣고 있던 '나'는 혹시라도 순이 삼촌의 죽음이 '나'와 무슨 연관이 있지나 않을까 하고 슬그머니 가책에 빠져든다. 순이 삼촌은 얼마 전 서울 '내' 집에 와서 1년 정도를 함께 지내며 가사 노동을 하다가 고향으로 돌아간 것이다. 순이 삼촌은 서울에서 머무는 동안 아무도 탓하지 않는데도 밥을 많이 먹어 사람들이 자신을 흉본다고 노여워하고, 공원에 놀러 가서 사진을 찍어주면 구태여 사진 값을 자신이 치르겠다고 우긴다. 그의 이해할 수 없는 행동을 겪으며 '나'는 애꿎은 아내를 탓하게 되어 직장에 다니는 아내와 심하게 다투기도 한다. 그런데 어느 날 시골에서 올라온 순이 삼촌의 사위가 하는 얘기를 듣고는, 그의 이런 기행이 모두 과거의 충격에서 비롯된 신경 쇠약과 환청 증세와 관련이 있다는 사실을 알게 된다.

이런저런 생각을 하고 있던 '내' 앞에 친척 어른들은 30년 전 그 악몽 같은 날의 얘기를 펼쳐놓는다. 당시 제주도는 좌익의 활동에 힘입어 5 · 10 단독 선거를 무마시키는 데 성공한다. 그러나 이 사건은 직접적으로 그 일과 관련이 없는 많은 무고한 주민까지 모진 고초를 겪게 만든다. 낮에는 군경들이 나타나 좌익 분자와 도피자를 색출한다며 마을을 뒤지고, 밤에는 반란을 일으킨 세력이 내려와 저희의 임무에 동조할 것을 요구하며 식량을 빼앗아 간다. 이렇게 양쪽으로부터 시달리게 되자 젊은 남자 가운데 일부는 뭍으로 피신하거나 일본으로 가는 밀항선을 타는데, '나'의 아버지 또한 이런 경우였다. 이도 저도 못 하고 마을에 남은 젊은 남자들은 낮에는 한라산 기슭의 동굴로 피신했다가 밤에 내려오거나, 아낙네들이 그 곳으로 먹을 것과 이부자리를 날라줘 하루하루 버티는 힘겨운 생활을 한다. 순이 삼촌과 그의 남편은 이런 부류였다. 그런데 이렇게 반란 세력과 군경을 피해 산으로 피난한 양민을 당국은 좌익 사상자로 간주한다. 군경은 반란 세력이 발붙일 근거를 없앤다는 명목으로 무고한 양민을 무차별 학살한다.

마을에 아녀자와 노인들만 남아 있던 그날 점심께의 일이다. 무장 군인들은 마을 사람 전원을 초등 학교 운동장으로 모이게 한다. 잠시 뒤 군경은 운동장에 모인 마을 사람 가운데 군인과 경찰, 공무원 가족을 따로 분류한다. 그 때 '나'는 일곱 살이었는데, 매부가 군인이어서 큰아버지 가족과 함께 우익 가족으로 분류되어 목숨을 구한다. 이미 운동장 저 너머 마을은 온통 불길에 휩싸여 있었다. 군경은 우익 가족을 추려낸 뒤 나머지 사람들을 몽둥이와 장대로 위협해 교문 밖으로 내몬다. 교문 밖으로 나가면 곧 죽게 된다는 것을 감지한 주민들은 살려달라고 애원하지만 아무 소용이 없다. 순이 삼촌과 그의 두 아이도 그 대열에 포함되어 있었다. 양민을 학살하는 총소리는 저물녘까지 이어진다.

군인들이 떠나고, 살아남은 이들은 학교 교실에서 밤을 넘긴다. 그런데 놀랍게도 순이 삼촌이 집단 학살의 주검 더미 속에서 구사 일생으로 살아나 돌아온다. 교실에 들어온 그는 극도의 공포감에 휩싸인 나머지 사람들을 가까이하려 들지 않고, 울지도 않는다.

그 사건 뒤 마을 사람들은 함덕으로 피신했다가 두 달 만에 고향으로 돌아온다. 순이 삼촌은 그 끔찍한 일을 겪은 뒤에도 수시로 경찰에 불려 가서 남편의 행방과 관련해 고문을 받는 등 시달리다가 어느 날 딸을 낳는다. 그리고 자신의 두 아이가 죽은, 아직도 많은 주검이 널려 있는 밭에 들어가 다시 농사를 짓기 시작한다. 이후 30년이 지났는데도 그 밭에서는 납 탄환과 그날 죽은 사람들의 뼈가 발견된다. 순이 삼촌은 그 죽음의 환청 속에서 30년 세월을 살아온 것이다. '나'는 이런 기억의 조각들을 주워 담으며, 순이 삼촌은 한 달 전에 죽은 게 아니라 이미 30년 전 그날 그 사건이 일어났을 때 죽은 거나 다름없다는 생각을 굳힌다.

1993년 제주도 '4·3연구소' 회원들과 함께 4·3 유적을 찾아 나선 현기영(오른쪽)

현기영은 이미 등단작인 「아버지」에서도 4·3사태를 다룬 바 있다. 그러나

「아버지」는 사태에 대한 적확한 묘사나 불합리한 현실에 대한 비판 의식보다는 소년의 불안 심리를 보여주는 데 치우친 작품이다. 그가 초기에 경도된 서구 모더니즘의 영향이 짙게 밴 작품이라고 할 수 있다. 작가는 "처음에는 문학을 예술로 이해했다. 비록 내가 택한 문학 언어가 시가 아니고 소설이라 할지라도, 내 소설이 시적이고, 개성적이고, 실험적이고, 심미적인 발명품이 되기를 원했다."라고 자신의 문학적 편력에 대해 털어놓기도 한다. 그러나 「순이 삼촌」에서 작가는 우리 시대를 지배한 반공 이데올로기에 의해 그 진상이 가려져 있던 제주 4·3 항쟁의 역사를, 그 참혹한 죽음의 역사를 한 여인의 비극적 인생을 축으로 아주 구체적이고 사실적으로 그려낸다. 그런데 이렇게 많은 사람이 한꺼번에 억울한 죽음을 당한 이 사건의 진상이 오래도록 밝혀지지 않은 이유는 무엇일까.

그러나 누가 뭐래도 그건 명백한 죄악이었다. 그런데도 그 죄악은 30년 동안 여태 단 한번도 고발되어 본 적이 없었다. 도대체가 그건 엄두도 안 나는 일이었다. 왜냐하면 당시의 군 지휘관이나 경찰 간부가 아직도 권력 주변에 머문 채 아직 떨어져나가지 않았으리라고 섬 사람들은 믿고 있기 때문이다. 섣불리 들고 나왔다간 빨갱이로 몰릴 것이 두려웠다. 고발할 용기는커녕 합동 위령제 한번 떳떳이 지낼 뱃심조차 없었다. 하도 무섭게 당했던 그들인지라 지레 겁을 먹고 있는 것이다. 그렇다. 그들이 원하는 것은 결코 고발이나 보복이 아니었다. 다만 합동 위령제를 한번 떳떳하게 올리고 위령비를 세워 억울한 죽음들을 진혼하자는 것이었다. 그들은 가해자가 쉬쉬해서 30년 동안 각자의 어두운 가슴 속에서만 갇힌 채 한번도 떳떳하게 햇빛을 못 본 원혼들이 해코지할까봐 두려웠다.

현기영, 「순이 삼촌」, 『순이 삼촌』(창작과비평사, 1979)

「순이 삼촌」에서 젊은 세대에 속하는 '나'와 사촌형은 그 사건의 진상을 밝혀야 한다고 생각한다. 왜냐하면 "그것은 때때로 망령처럼 무고한 사람들을 덮쳐 부당한 혐의로 심신을 피폐시키는 현재적 사건"이기 때문이다. 그러나 문중 어른인 큰당숙이나 고모부 세대에 의해 젊은 세대의 의지는 억눌린다. 전쟁이란 다 그런 것이며, 긁어 부스럼 만들지 말라는 것이 그들의 충고다. '나'와 사촌형을 사로잡고 있는 것은 분노와 증오다. 이들은 "그걸 역사의 금기로 묶어두면 둘수록 역사는 다시 그 전철을 되풀이할 뿐 한치도 발전하지 못한다."는 신념을 가진 작가를 대변하는 존재다. 그러나 현기영은 「순이 삼촌」에서 과거의 상황에 대한 사실적 묘사와 젊은 세대가 어른들에게 대드는 정도의 소극적 저항만을 보여주는 데 그친다. 그것이 글쓴이의 한계이든, 작품 발표 당시의 갖가지 억압 상황 때문이든, 「순이 삼촌」에서 작가는 사회나 역사와의 유기적인 관계 속에서 사건이 일어나게 된 근본 동기까지 파헤치지는 못한다.

현기영은 1941년 제주읍에서 한참 떨어진 노형리 함박이굴에서 한 농가의 맏아들로 태어난다. 그는 1947년 노형국민학교에 입학하지만 3 · 1운동 기념 집회 발포 사건으로 일어난 시위를 주동한 좌익 검거 바람 때문에 제주도 전체가 혼란에 빠지게 되어 학교를 제대로 다니지 못한다. 이듬해인 1948년에 들어, 4 · 3사태 발발 직전 가족이 모두 제주읍으로 피난함으로써, 현기영은 북국민학교에 재입학한다. 어린 시절에 본 숱한 살상과 굶주림의 실상, 그리고 제주도 전체를 뒤덮은 공포 체험은 이후 그의 세계관과 문학에 커다란 영향을 미친다.

1954년 오현중학교에 입학한 현기영은 몇 차례 교내외 백일장에 나가면서 막연하나마 글쓰기에 대해 동경을 품게 된다. 1957년 오현고등학교에 입학한 뒤에는 문학과 철학 서적들을 탐독하며 실존주의에 빠지기도 하고, 선배 현길언이 있던 학내 문학 서클 '석좌'에 가입해 "객적은 언어 유희와 방만한 낭만주의"적 분위기에 젖은 채 학창 시절을 지낸다. 현기영은 1961년 서울대학교 사범대 불어교육과에 입학하게 된다. 배삯만 달랑 들고 서울로 올라온 그는 자취나 하숙 생활을 하는 고향 친구들에게 얹혀 지낸다. 이듬해인 1962년 그는 체질에 맞지 않는 가정 교사 노릇을 관둘 요량으로 해병대에 자원 입대한다. 1964년 제대한 뒤에는 전공을 영어교육과로 바꿔 복학한다. 그는 같은 해 『대학신문』 현상 문예 공모에 단편 「산정을 향하여」로 가작 입선하게 된다.

1967년 사범 대학을 졸업한 그는 서울 광산중학교로 발령을 받는다. 1970년에 들어 서울사대부중으로 자리를 옮긴 그는 학생들을 가르치는 틈틈이 독서와 습작에 몰두한다. 현기영은 1975년 『동아일보』 신춘 문예에 4 · 3사태 때 '폭도'에 가담한 아버지를 둔 주인공 소년의 불안한 심리를 그린 단편 「아버지」가 당선되어 문단에 나온다. 작가의 길로 나선 현기영은 유신 체제와 뒤이은 신군부 세력의 압제와 부딪치면서 자신의 무의식 속에 가라앉아 있던 제주 4 · 3항쟁을 떠올린다. 이윽고 그는 「도령 마루의 까마귀」 · 「해룡海龍 이야기」 · 「순이 삼촌」 등 제주 4 · 3사태를 다룬 일련의 소설을 내놓으며 문단의 주목을 받는다. 그의 소설은 억울한 죽음을 당한 뒤 아직도 한을 풀지 못한 채 땅에 묻혀 있는 제주도의 원혼들을 달래는 진혼굿이라고 할 수 있다. 그는 여기에 그치지 않고 19세기 말과 20세기 초에 제주도를 휩쓴 두 민란, 즉 1889년의 '방성칠의 난'과 1901년의 '이재수의 난'을 소재로 장편 『변방에 우짖는 새』(1983)를 내놓는가 하면, 1948년에 일어나는 4 · 3항쟁의 전사에 해당하는 1932년의 제주도 잠녀 투쟁을 그린 또 하나의 장편 『바람 타는 섬』(1989년)을 선보이기도 한다. 현기영이 1970년대에 시작한 제주도 4 · 3사태의 문학적 형상화를 이마적까지 계속하는 이유는 "저승에 안착하지 못한 원혼들을 음습한 금기의 영역에서 대명 천지의 밝은 태양 아래 불러내어 공개적으로 달래주"기 위한 것이다.

방성칠의 난과 이재수의 난을 소재로 한 장편 『변방에 우짖는 새』

1932년의 제주도 잠녀 투쟁을 그린 장편 『바람 타는 섬』

1990년대에 들어 가벼운 문학이 문단을 휩쓰는 분위기 속에서도 현기영은 여전히 시류에 맞서 "오연한 거역의 자세"(염무웅)를 흐트러뜨리지 않는다. 1986년 두 번째 창작집 『아스팔트』를 간행한 데 이어 그는 1994년 세 번째 창작집 『마지막 테우리』를 펴낸다. 1998년 그는 『실천문학』에 자전 장편 소설 「지상에 숟가락 하나」를 새로 연재한다. 이런 노력은 그가 '신동엽 창작 기금' 수혜자(1986), 제2회 '오영수 문학상' 수상자(1994)로 결정되며 조금이나마 보상을 받는다. 작가는 망각 속에 방치되거나 역사 속에 암매장된 제주 4 · 3사태와 해방 전에 제주도에서 일어난 민란이나 항쟁을 줄기차게 소설로 복원하며 민중을 억압하고 민중의 생명을 압살하는 야만의 역사에 대해 저항 의지를 분명하게 보여준다. 이로써 작가 현기영은 음습한 금기의 습기 속에서 삭아가던 "육지 중앙 정부가 돌보지 않던 머나먼 벽지, 귀양을 떠난 적객謫客들이 수륙 2천 리를 가며 천신 만고 끝에 도착하던 유배지" 제주도를 휩쓸고 지나간 민란과 항쟁의 세월 속에 죽어간 무고한 민중의 한과 슬픔으로 얼룩진 역사가 백주의 빛 속에 환하게 드러날 수 있도록 한다.

참고 자료

김윤식 · 정호웅, 『한국 소설사』, 예하, 1993

임헌영 · 김재용 편, 『한국 문학 명작 사전』, 한길사, 1994

신승엽, 「고발과 화해 정신을 넘어서서 역사적 현실의 형상화로」, 『순이 삼촌』 해설 · 연보, 동아출판사, 1995

「현기영 특집」, 『작가세계』 1998 봄

송상일, 「자연적 삶과 역사적 삶」, 『창작과 비평』 1980 봄

홍정선, 「제주도 4·3 사건을 보는 세 가지 시각」, 『월간중앙』 1988. 10.

김헌선, 「제주도 4·3 문학의 실상과 의의」, 『문학정신』 1990. 4.

전상국, 지배와 종속의 메커니즘

「아베의 가족」과 「우상의 눈물」 같은 문제작을 거푸 내놓은 작가 전상국

「아베의 가족」에 이어 「우상偶像의 눈물」 같은 문제작을 내놓은 전상국全商國(1940~)의 삶을 헤집어보면, 그가 이런 역작을 일궈내는 상상력을 주로 어릴 때의 6·25 체험과 어른이 되어 직업으로 삼게 된 교사 체험에서 퍼올리고 있음을 알 수 있다.

전상국은 1940년 강원도 홍천군 내촌면 물걸리에서 태어난다. 어릴 적에는 '일랑'이라는 이름을 썼다고 한다. 여섯 살께인 1946년, 그는 홍천읍으로 이사해 난생 처음 자동차를 보고 마냥 신기하게 여긴다. 그는 이듬해 홍천국민학교에 입학하나, 4학년 때 6·25가 일어나는 바람에 고향 물걸리로 돌아와 동창국민학교를 다니다가 졸업한다. 휴전 뒤인 1954년 그는 홍천중학교에 입학하는데, 이 무렵부터 탐정 소설을 비롯한 갖가지 문학 서적을 읽는 데 빠져든다. 1957년 춘천고등학교에 입학한 그는 담임 교사인 시인 이희철을 통해 문학의 세례를 받고 '봉의문학회'라는 문학 모임을 만들어 활동한다. 비록 책읽기와 글쓰기보다 풀빵을 안주로 소주를 마셔대는 치기를 더 일삼지만, 어쩌다 써서 내본 「산에 오른 아이」가 1959년 제6회 '학원 문학상' 3위에 입상하고, 이어 「황혼기」가 『강원일보』 신춘 학생 문예에 당선 없는 가작 1석에 오르며 그는 작가의 꿈을 확고하게 다진다.

1960년 전상국은 황순원이 교수로 있다는 이유 하나만으로 경희대학교 국문과에 지원해 무시험 입학한다. 그는 1962년 제6회 '경희대 문화상'에 단편 「동행」을 응모해 당선한다. 「동행」은 한적하고 눈 덮인 겨울 강원도를 배경으로 서로 신분을 감춘 범인과 형사가 함께 길을 가는 것을 통해 우리 민족 내부 깊숙이 흐르고 있는 남북 분단 현실을 상징적으로 그려낸 여로형 소설이다. 전상국은 이 작품을 다듬어 1963년 『조선일보』 신춘 문예에 응모한 것이 당선되어 문단에 나온다.

그러나 작가의 꿈을 이룬 전상국은 1964년 『현대문학』 2월호에 「광망」을 발표하고는 돌연 "문학의 사회적 효용성에 대한 회의"를 느끼고 고향으로 돌아가버린다. 이후 그는 홍천에서 재건 국민 운동에 참여하고, 원주의 육민관고등학교 교사로 근무하며 창작 활동은 제쳐두고 산다. 1966년 그는 도교육위원회에서 시행한 공립 학교 교원 채용 순위 고사를 거쳐 주문진중학교로 발령을 받는다. 곧 춘천중학교로 자리를 옮긴 그는 이후에도 여러 해 동안 소설을 멀리한 채 교사 생활에 만족한다. 그러나 가만히 들여다보면 그에게 이 시절은 출근, 수업, 축구 시합, 바둑, 화투로 이어진 자학과 소비의 나날이었다. 자취와 하숙, 월세방을 전전하는 고단한 생활의 연속이기도 했다. 그가 이런 생활을 청산한 것은 경희대학교 문리대 학장이던 시인 조병화의 부름을 받고 서울로 다시 올라온 1972년의 일이다. 경희고등학교 국어 교사로 부임하며 서울 생활을 시작한 그는 심기 일전해 1974년 『창작과 비평』에 단편 「전야前夜」를 발표함으로써, 거의 10년 만에 작품 활동을 재개한다. 이후 왕성한 작품 활동을 펼친 전상국은 1976년 「껍데기 벗기」와 「사형私刑」으로 제22회 '현대 문학상'을 받고, 1977년 첫 창작집 『바람난 마을』을 펴낸다. 1978년에는 김원일 · 김문수 · 유재용 · 현기영 · 최창학 · 김국태 · 한용환 · 이진우 등과 함께 동인 '작단作壇'을 결성해 활동한다. 1979년 그는 '문학과지성사'에서 두 번째 창작집 『하늘 아래 그 자리』를 출간하고, 중편 「외등」 · 「아베의 가족」을 내놓는다. 「아베의 가족」은 한 여인의 가족사를 통해 세월이 흘렀으나 아직도 아물지 않은 한국전쟁의 상처를 그린 작품으로 발표되자마자 문단의 주목을 크게 받는다. 전상국은 이 작품으로 제6회 '한국 문학상'을 차지한다.

「아베의 가족」

비극에 물든 가족사를 통해 아직 아물지 않은 6 · 25 전쟁의 상처를 보여준 같은 제목의 중편이 실려 있는 소설집 『아베의 가족』

가족과 함께 미국으로 이민을 떠났던 '나'는 3년 반 만에 미군이 되어 한국에 돌아온다. '나'는 이복형 '아베'를 찾기 위해 한국으로 돌아온 것이다. 아베의 뒤에는 전쟁으로 말미암아 뒤틀리고 왜곡된 나의 가족사가 숨어 있다.

어머니는 6 · 25가 일어나기 두 달 전, 한 대학생과 결혼한다. 초등 학교 교사로 있던 그는 남편의 권유대로 결혼과 함께 직장 생활을 그만두고 춘천 근교의 시집에 들어간다. 일주일 동안 신혼을 보내고 남편은 곧 학업을 마치기 위해 서울로 올라가고, 얼마 지나지 않아 어머니는 임신한 사실을 알게 된다. 남편이 4대 독자 집안의 아들이었기 때문에 그의 임신은 크나큰 경사로 받아들여진다.

그러나 이 행복을 시샘이라도 하듯이 6 · 25가 터진다. 곧 인민군이 밀려들고 부면장을 지낸 지주 계층인 시아버지와 남편이 붙잡혀 간다. 이들을 구하기 위해 어머니는 인민위원회에 나가 여맹 일을 열성적으로 돕는다. 얼마 뒤 풀려난 남편은 의용군으로 징집되고, 시아버지는 패퇴하는 인민군에 의해 목숨을 잃는다. 그리고 어느 날 느닷없이 들이닥친 외국인 병사들에게 임신중인 그와 시어머니가 함께 윤간을 당한다. 어머니는 몸과 두뇌 모두 정상아에 훨씬 못 미치는 아이를 조산하는데, 그 아이가 바로 '나'의 이복형인 아베다.

어머니가 부엌에서 일하고 있을 때, 고향이 황해도이고 군에서 제대한 지 얼마 안 된 한 남자가 우연히 길을 가다가 아베를 보고 친근하게 느껴져 들렀다면서 아베를 안고 마당에 들어선다. 그것이 인연이 되어 남자는 아예 그 집의 식객이 되어버린다. 아무도 관심을 보이지 않는 모자라는 아이를 덥석 안아 드는 사내에게 어머니는 고마움과 함께 야릇한 감정에 휩싸인다. 시어머니는 남편이 없는 집에서 시집살이를 하는 며느리의 장래를 생각해 억지 누명을 씌워 두 사람을 떠나보낸다. 재혼한 어머니는 아베의 출산에 얽힌 비극적 사건의 경위를 새 남편에게 들려주고, 그 남자 또한 전쟁 때 뜻하지 않게 살인을 저질렀으며, 그 살인 현장

곁에 있던 반편 아이의 영상 때문에 아베에게 남다른 감정을 느꼈노라고 털어놓는다. 이후 두 사람은 자식을 넷 두게 되는데, 그 중에 가장 먼저 태어난 것이 바로 '나', 김진호다.

아베는 어른이 되어서도 불구성을 벗어나지 못한다. 그가 입으로 내뱉을 수 있는 유일한 단어는 "아-아-아베"다. 그러나 어른이 된 아베는 정신 연령이 턱없이 낮은 반면 성욕만은 넘친다. 이로 말미암아 아베는 식구들에게 참을 수 없을 만큼 "귀찮고 역겨운" 존재가 된다. 당연히 집안 분위기는 저주받은 듯이 늘 무겁고 어둠에 잠기게 된다. 자신의 피를 이어받지 않았음에도 아베를 향한 아버지의 사랑은 오래도록 변함이 없다. 한때 '양공주' 생활을 하다 국제 결혼을 한 뒤 미국으로 건너가 영주권을 딴 고모가 가족 앞에 나타나 끈질기게 미국 이민을 권유한다. 아버지와 어머니는 나머지 가족의 행복을 위해, 마침내 아베만을 한국에 남겨둔 채 미국 이민길에 오른다.

한국에서 무능력자로 지내던 아버지는 미국에 이민온 뒤 활력을 찾아 열심히 가족을 부양하고 한인 교회에 나가는 일에도 열성을 보인다. 다른 식구들도 제 나름으로 새로운 생활에 적응하기 위해 애쓰는데, 어머니만은 미국에 온 뒤로 멍하니 넋을 놓고 있거나 눈물로 나날을 보내더니 나중에는 폐인이 되다시피 한다. '나'를 포함한 가족은 어머니의 우울증이 한국에 두고 온 아베 때문임을 어렴풋이 짐작하면서도 그 문제를 입에 올리길 꺼린다. 어느 날 여동생 정희가 트렁크 밑바닥에서 어머니의 노트를 발견함으로써 '나'와 정희는 아베에 얽힌 비밀을 알게 된다. 심한 혼란에 빠져든 '나'는 아베를 찾기 위해 한국 주둔 미군에 자원한다.

'나'는 아베의 행방을 알아보려고 동료인 토미와 함께 아베의 친할머니 집이 있는 춘천 샘골로 간다. 그러나 '나'는 마을이 댐 공사로 수몰되었고 아베의 할머니는 4년 전쯤 강도에게 살해되었으며, 그 뒤 어머니가 아베와 함께 다녀간 적이 있다는 얘기를 사람들로부터 전해 듣는다. '나'는 이복형 아베를 찾아내리라

다짐하면서, 토미와 함께 소주 한 병을 사들고 아베의 할머니 무덤을 찾는다.

「아베의 가족」은 6 · 25를 소설 문학에 수용한 훌륭한 성과로 기록될 만한 작품이다. 그러나 이 소설은 6 · 25로 말미암은 가족, 사회 집단, 신분 계층의 해체와 붕괴 그리고 재편성 과정을 정공법으로 묘사하거나 전쟁의 소용돌이와 그 상흔에 휩싸인 인간의 삶을 총체적으로 담아낸 작품이라고 말할 수는 없다. 이 소설은 우리 민족의 현실에 비춰볼 때 6 · 25는 아직도 진행중인 전쟁이라는 작가의 독특한 시각을 반영하고 있다. 6 · 25를 오래 전에 끝난 전쟁으로 여겨 과거 완료형의 역사에 편입시키는 것을 작가는 완강하게 거부한다. 작가는 여기서 6 · 25가 아직도 현실의 여러 측면에 음울한 그림자를 드리운 채 우리를 지배 · 간섭하고 있으며, 실제로 우리 삶의 꼴을 규정하는 요소로 작용하고 있음을 실감나게 묘사한다.

「아베의 가족」은 제목대로 '아베' 라고 불리는 불구의 인간을 구성원으로 하고 있는 한 가족의 얘기를 축으로 펼쳐진다. 아베는 6 · 25가 이 가족에게 남기고 간 상처의 구체적 표상이다. 아베 때문에 그의 가족은 죄의식 · 증오 · 분노 · 불만 · 무기력 속에 빠져 좀처럼 헤어나지 못한다. 아베는 그의 가족에게 온갖 불행의 근원이며, 뒤틀려 있는 뿌리다. 나머지 가족은 이런 불행과의 연결 고리를 끊기 위해 고의로 아베를 유기하고 도망치듯이 미국으로 이민을 떠난다. 그러나 이런 선택은 상처를 낫게 하는 게 아니라 덧나게 하는 것임이 드러난다. 아베를 버리고 도망치는 것은 가족의 비극과 불행을 진정으로 극복하는 길과는 거리가 멀다. 고통스럽지만 그 비극과 불행을 끌어안고 그것의 의미를 정확하게 인지하는 게 극복의 첫 번째 단계다. 한 평론가는 아베가 "분단 체제를 살아가는 우리 모든 가족들의 뿌리이자 '아비' 이며, 분단 이후 삶의 우리 뿌리 없음의 상징이다."라고 말한다.*

* 권명아, 「덧댄 뿌리에서 참된 뿌리로」, 『작가세계』(1996 봄)

「아베의 가족」은 6·25와 분단으로 말미암은 상처가 얼마나 끈질기게 우리 삶의 근원에 들러붙어 있는 불행의 원인인지를, 또 그것이 시간이 흐르거나 보기 싫어 덮어둔다고 해서 저절로 없어지는 게 아님을 말해준다. 이런 점에서 '아베'는 아무리 잊으려 해도 여전히 살아 있는 불행과 비극의 씨앗인 전쟁의 상징이며, 한국인은 모두 '아베의 가족'이라고 할 수 있을 것이다. 그러나 이 소설의 화자인 '나' 진호가, 어머니와 아버지 세대가 겪은 그 불행과 비극의 뿌리를 찾아 나선다는 설정은 전쟁에서 비롯된 어떤 상처가 다음 세대에는 치유될 수 있지 않을까 하는 가능성의 실마리를 보여준다. 「아베의 가족」 외에도 전상국의 소설에는 다른 작가들의 작품에 비해 정신·신체 박약자, 실성한 이, 치매에 걸린 노인 등 비정상적인 인물들이 자주 나온다. 이런 유형의 인물들을 내세우면 얘기의 비극성이 증폭되는 효과가 있을 테지만, 자칫 소설이 어떤 도식에 빠질 수도 있지 않을까 싶다.

1980년을 앞뒤로 전상국의 작품 활동은 절정기에 이른 느낌을 줄 정도로 활발해진다. 이 무렵에 발표된 작품이 단편 「우상의 눈물」·「이것은 기분 문제가 아니다」·「어떤 이별」과 중편 「여름의 껍질」·「추억의 눈」 등이다. 1980년에 들어 작가는 「아베의 가족」으로 '대한민국 문학상' 자유 문학 부문을, 「우리들의 날개」로 제14회 '동인 문학상'을 받는다. 같은 해 그는 창작집 『아베의 가족』, 첫 장편 소설 『늪에서는 바람이』, 창작 선집 『우상의 눈물』을 펴낸다.

「우상의 눈물」

「우상의 눈물」은 고등 학교의 한 학급을 배경으로 하고 있는 작품이다. 여기서 작가는 문제아 집단의 우두머리로 잔인성과 포악성 때문에 동급생들에게 공포의 대상인 '기표', 학급이 공동 운명체임을 유난히 강조하는 담임 선생, 그 담임 선생의 지시에 충실히 따르며 학급을 이끌어가는 반장 '형우' 사이의 대립과 충돌을 실감나게 묘사하고 있다. 작가는 이들의 대립과 충돌을 통해 우상의 허구성과 그 허구성을 베낌으로써 새로운 우상이 되는, 소시민적 삶의 뿌리에 잠겨 있는 가짜 선善의 전율스러움을 폭로한다. 기표는 담임 선생이 사준 교내 체육 대회 매스 게임용 운동복을 칼로 찢어버리고 다른 아이의 것을 빼앗아 입음으로써, 그리고 담임 선생과 형우의 주도 면밀한 계획 아래 진행된 학급 문제아들을 유급으로부터 구하기 위한 시험 부정 행위를 오히려 거부함으로써, 악의 화신답게 행동한다.

위선적 질서로 포장된 이 세계를 움직이는 지배와 억압의 이데올로기의 실상을 생생하게 보여준 같은 제목의 중편이 실려 있는 작품집 『우상의 눈물』

그러나 형우는 이에 굴하지 않고 자신에게 폭력을 행사한 아이들의 이름을 끝내 발설하지 않을 뿐 아니라 몹시 가난하게 사는 기표네를 돕는 일에 앞장섬으로써 많은 사람을 감동시킨다. 이 미담은 전교에 퍼진 데 이어 신문에 보도되면서 영화화 단계에까지 이르게 된다. 그 때 돌연 기표가 "무섭다. 나는 무서워서 살 수가 없다."는 내용의 편지를 남기고 가출한다.

위악적인 언행과 이유 없는 적의로 동급생 사이에 공포의 대상으로 자리매김된 기표가 갑작스럽게 두려움에 떨기 시작한 것은 선이라는 이데올로기 뒤에 숨어 있는 철저한 음모와 위선을 봐버렸기 때문이다. 담임 선생과 반장 형우는 선의 이데올로기로 무장된, 그래서 이를 내세워 위선과 허위 위에 세워진 세계의 질서에 순응하기를 강요하는 이데올로그다.

「우상의 눈물」은 한 학급의 선생과 학생들로 이루어진 소집단에서 일어나는 사건과 그들의 심리를 통해 사랑, 온정 뒤에 감춰진 권위, 지배욕, 허위를 폭로한 작품이다. 소설에서 기표는 철저한 '악'의 화신으로, 담임 선생과 반장 형우는 '선'을 상징하는 존재로 나온다. 작가는 이 신화적 구도의 소설에서 우리 일상에 널리 퍼져 있는 선악善惡과 관련된 고정 관념을 완전히 뒤엎는다.

그런데 놀라운 일은 형우의 혀였다. 나한테 얘기를 들려 줄 때의 그런 적대감은 씻은 듯 감추고 오직 우의와 신뢰 가득한 말로써 우리의 친구 기표를 미화하는 일에 열을 올렸던 것이다.

이는 사정이 딱한 기표네를 돕는다는 명목으로 학급 아이들에게 협조를 구하는 형우한테서 발견하는 그의 이중성과 교활함을 화자인 '내'가 전하는 대목이다. '나'는 형우의 '혀'에서 에덴동산의 이브를 유혹한 사탄의 대리자인 뱀의 혀를 떠올린다. '악의 화신'인 기표에 대한 작가의 변론을 보노라면, 이런 해석이 아주 근거 없는 것은 아님을 느끼게 된다.

신이 매우 거북하게 생각하는 악마란 바로 네가 말한 놈처럼 착함을 가질 수 있는 가능성이 전혀 없는 그런 순수한 악마지. 그러한 순수한 악마만이 신을 돋보이게 하기 때문에 신은 마음 속으로 괴로운 거야. 그렇기 때문에 신은 결코 악마를 영원히 추방하지 않아. 항상 곁에 두고 자신을 돋보이게 하는 일에 그것을 이용할 뿐이야.

아무튼 소설 속에서 선으로 상징되는 담임 선생과 형우, 악으로 상징되는 기표는 제 나름껏 최대의 '힘'을 발휘해 상대방과 팽팽한 대결을 벌이며 주변의 무리를 제압하려고 든다. 그러나 결국 순수한 '악마'는 교활한 '신' 또는 '선'에 의해 무참히 패배하고 만다.

형우는 기표네 가정 사정을 낱낱이 얘기함으로써 이제까지 우리들에게 신화적 존재로 군림해 온 기표의 허상을 빈곤이라는 그 역겨운 것의 한 자락에 붙들어맨 다음 벌거벗기려 하는 것 같았다. 기표는 판잣집 그 냄새나는 어두운 방에서 라면 가락을 허겁지겁 건져먹는 한 마리 동정받아 마땅한 벌레로 변신되어 나타났다.

형우와 담임 선생의 동정과 연민 뒤에 숨어 있는 것은 위선적인 세계 질서를 받아들여 내면화한 사람의 소시민적 교활함과 악의다. 이들의 교활함과 악의에 의해 가련한 우상은 그 허상을 벗고 벌레와도 같은 형편없는 존재로 전락하고 만다. 이 지점에서 작가는 우리에게 누가 진정한 선인이며 누가 악인인지를 묻는다. 「우상의 눈물」에서 작가는 고등 학교 교실을 하나의 세계로 설정한다. 그는 이 작품에서 세계 구석구석에 숨어 있는 가짜 선善의 거짓을 폭로하고, 더 나아가 위선적 질서로 포장된 이 세계를 움직이는 지배와 억압의 이데올로기의 생생한 실상을 보여준다.

1985년 겨울 춘천의 『예맥』 동인들과 함께. 가운데가 전상국.

전상국은 1981년 중편 「외딴 길」을 발표하고, '동서문화사'에서 『우리들의 날개』를 펴낸다. 1982년에는 경희대학교 대학원 국문과에 입학해 공부하면서 연작 소설 '길'의 중편 「출향」을 비롯해 단편 「술래 눈뜨다」·「이산」 등을 발표하고, 『경향신문』에 장편 「불타는 산」을 연재한다.

1985년 전상국은 강원대학교 국문과 조교수로 임용되어 꼬박 20년에 걸친 중등 학교 교사 생활에 마침표를 찍고 고향으로 간다. 같은 해 그는 연작 장편 소설 『길』을 펴내고, 1987년에 들어 창작집 『형벌의 집』을 내놓는다. 1989년 『지빠귀 둥지 속의 뻐꾸기』를 펴낸 그는 1993년 장편 소설 『유정의 사랑』을 선보이며 여전히 마를 줄 모르는 창작욕을 과시한다. 이 사이에 전상국은 1988년 제4회 '윤동주 문학상'을 받고, 1990년 「사이코 시대」로 제1회 '김유정 문학상'을 차지한다.

1979

참고 자료

권영민, 「전상국, 역사와 현실의 폭의 길이」, 『소설과 운명의 언어』, 현대소설사, 1992
신재성, 「한국 사회의 병폐와 소설적 대응」, 『우상의 눈물 외』 해설 · 연보, 동아출판사, 1995
김인환, 「주제와 변형」, 『우상의 눈물』 해설, 민음사, 1980
김종회 · 서준섭 · 전상국, 「삶, 그 갈등과 화해의 대위법」, 『문학정신』 1992. 5.
「전상국 특집」, 『작가세계』 1996 봄
이광훈, 「뿌리 혹은 고향의 작가」, 『소설문학』 1981. 3.
김병익, 「혼란과 허위」, 『문학과 지성』 1978 여름

유재용, 역사의 격랑 위를 떠가는 사람들

실향민의 한과 고통을 인생 유전의 다양한 면면 속에 담아 보여준 작가 유재용

실향의 아픔과 가난, 병마 그리고 무명의 외로움과 싸우며 오로지 펜 한 자루에 삶 전체를 의탁하고 소설을 쓰던 유재용柳在用(1936~)은 1980년에 중편 「사양의 그늘」·「기억 속의 집」과 단편 「관계」 등을 내놓는다. 실향민의 한과 고통을 인생 유전人生流轉의 다양한 면면 속에 담아내는 데 솜씨를 보여온 작가는 같은 해에 제25회 '현대 문학상'과 제4회 '이상 문학상'을 한꺼번에 받으며 작가로서 최고의 해를 맞는다.

유재용은 1936년 강원도 금화군 창도에서 지주인 아버지와 일제 강점기에 초등 학교 교사를 지낸 어머니 사이에서 3남 2녀 가운데 차남으로 태어난다. 해방 뒤 좌익에게 집안의 토지와 가옥을 몰수당한 끝에 그는 고향을 떠나 형이 있는 인천으로 가서 창영국민학교 4학년으로 편입해 같은 학교를 졸업한다. 서울사대 부중에 입학한 해에 터진 6·25로 그는 형과 헤어져 경기도 용인군 원삼면에 있는 외가로 내려간다. 그는 육군 소위로 임관되어 나간 형이 전사한 데 따른 충격과 전란중의 심한 노동과 영양 부족으로 생긴 관절염 때문에 고통스런 성장기를 보낸다. 1952년 아직 관절염이 채 낫지 않은 상태에서 그는 공부를 계속해야 한다는 생각으로 면 소재지에 개설된 중학교 과정의 고등 공민 학교에 들어간다. 이듬해인 1953년 휴전이 되자 그는 서울의 균명고등학교(나중에 환일고등학교로 개명)로 전학한다. 1955년께 그는 관절염이 척추염으로 번지는 바람에 졸업을 포기한 채 집에서 쑥뜸 같은 민간 요법으로 치료를 한다. 이 때문에 징병 검사에서도 불합격 판정을 받아 그는 징집 면제가 된다.

이후 유재용은 거의 10년 동안 병마의 고통과 외로움 속에서 독학하며 습작 시절을 거친다. 1965년 『조선일보』 신춘 문예에 동화가 당선되어 문학에서 나오는 한 줄기 구원의 빛을 보게 된 그는 이 무렵부터 더욱 습작에 정진한다. 오랫동안 몸과 마음을 괴롭히던 병이 조금씩 회복세를 보이자 그는 소설로 장르를 바꿔 습작을 해나간다. 유재용은 1968년 '공보부 신인 예술상'에 소설 「손 이야기」가 문학 부문 특상으로 뽑히고, 이어 『현대문학』에 소설 「상지대」로 추천을 받으며 문단에 나온다. 그는 1969년 『현대문학』에 단편 「동거기」를 발표한 것을 시작으로, 단편 「환희」·「달의 신화」·「꼬리 달린 사람」·「마흔 살에 얻은 행복」, 「추정」 등을 잇달아 내놓는다.

1973년께에 이르러 그는 건강을 많이 회복해 의사로부터 이제 결혼해도 지장이 없다는 판정을 받는다. 이에 따라 그는 결혼을 하고 문구점을 차려 분가한다. 문구점을 운영하며 어려운 살림을 꾸려가느라 한동안 작품을 쓰지 못한 그는 1976년에야 단편 「가발」을 내놓으며 문학 활동을 다시 펼치게 된다. 이태 뒤인 1978년에 들어 그는 아예 문구점을 처분하고 집에 틀어박혀 집필에만 몰두한다. 이렇게 창작 활동에 힘을 실으면서 유재용은 같은 해 단편 「풍경화 속의 자전거길」·「어떤 생애」·「누님의 초상」 등을 발표하고, 첫 창작집 『꼬리 달린 사람』을 펴낸다. 작가는 이어 역사의 소용돌이 속에서 놀라운 처세술로 위기와 어려움을 헤쳐나가는 한 여성상을 그린 「누님의 초상」으로 비평가들의 주목을 받는다.

1979

「누님의 초상」

역사의 소용돌이 속에서 놀라운 처세술로 위기를 헤쳐나가는 한 여성상을 그린 「누님의 초상」을 앞세운 소설집

화자인 '나'의 누나는 빼어난 미모와 비상한 머리, 재능을 갖춘 여성이다. 여학교를 수석으로 졸업한 누나는 8·15해방을 한 해 앞두고 일본으로 건너가 고등 여자 사범 학교에 다닌다. 누나는 방학을 맞아 집에 돌아왔다가 정세가

불안정해지자 일본으로 건너가는 것을 포기하고 고향 집에 머문다. 형도 도쿄에서 유학 생활을 한 지식인이지만, 독립 운동 혐의로 1년 동안 감옥살이하고 나온 뒤로 징병과 징용 때문에 전전 긍긍하는 처지다. 광산 노무자가 되면 징병과 징용을 면제받을 수 있다는 소문에 귀가 솔깃해진 아버지는 순사부장을 찾아가 아들의 문제를 부탁한다. 그러나 아버지는 토지를 헌납하거나 딸을 정신대에 보내면 손을 써보겠다는 순사부장의 말을 듣고 상심한다.

그런데 그 도도하던 순사부장이 굽실거리며 집까지 찾아오는 사건이 벌어진다. 누나가 유학 시절에 알고 지내던 경찰서장의 아들을 통해 순사부장에게 압력을 넣은 것이다. 이 뒤로 마을에서는 누나가 왜놈 서장의 첩이라는 소문이 나돈다. 해방이 되자 마을 사람들이 몰려와 매국노, 화냥년이라는 욕을 퍼부어 '나'의 가족은 곤욕을 치른다. 이 때 형이 마을 사람들 앞에 나서 누나가 한 일은 독립 운동 전과가 있는 자신을 위해 불가피하게 취한 행동이라며 누나를 옹호한다.

일본이 패망하고 물러가자 이번에는 소련군이 진주한다. 좌익에 가담했다가 이탈해 중학교 교사로 있던 형은 수업 시간에 무심코 내뱉은 말이 빌미가 되어 교사직에서 파면당한다. 형의 월남과 지주 집안이라는 것을 트집잡아 공산 정권은 가족을 탄압한다. 누나가 보안서원에게 끌려간 뒤 소식이 묘연해지고, 아버지는 면 인민위원회 소사로, 어머니는 여맹 사무실 청소원으로 일하면서 남은 가족은 겨우 목숨을 부지해나간다. 그런데 한동안 소식이 없던 누나가 소련군 고위 장교와 함께 나타남으로써 '나'의 가족은 위기에서 벗어난다.

곧 6 · 25가 터지고 미처 피난하지 못한 가족은 인공 치하에서 다시 생존을 위협받는 상황에 빠진다. 월남한 경력이 있는 형은 의용군에 입대하고 남은 가족은 충청북도 진천으로 피신하지만, 거기서도 월남 가족이라는 사실이 드러나는 바람에 아버지가 인민 재판에서 처형될 지경에 이른다. 바로 이 때, 다시 기적처럼 인민군 고위 장교를 대동하고 나타난 누나 덕택에 아버지는 목숨을 건진다.

의용군에 입대했다가 탈출한 형은 1 · 4후퇴 무렵 영장을 받고 이번에는 국군으로 입대한다. 소위 계급장을 달고 잠깐 집에 들른 형은 누나가 보고 싶다는 말만 남긴 채 다시 전선으로 떠난다. 그러나 전선에 나간 지 두 달 만에 형은 유골이 되어 돌아온다. 그 뒤 30년이라는 세월이 흐르고, 할머니가 되어 곤경에 빠져 있을지도 모를 누나를 생각하며 '나'는 안타까워한다.

한 마디로 말해서, 이 소설 속의 '누님'은 그때 그때 상황에 따라 재빠르게 변신하며 위기를 모면하는 기회주의적 인간형의 한 전형을 보여준다. 전광용의 「꺼삐딴 리」에 나오는 주인공을 떠오르게 하는, 놀라운 처세술로 위험한 상황을 벗어나는 기회주의적 인간형을 그리면서도 작가는 냉소적 시선 대신에 따뜻한 연민의 시선으로 인물을 감싼다. 화자인 '나'는 격동하는 역사의 소용돌이라는 불운만 없었다면 누나의 삶은 많이 달라졌을 것이라고 여긴다. 작가는 「누님의 초상」에서 '나'의 생각을 통해 개별적 인간의 비도덕성에 대한 비난에 앞서, 양심이나 도덕을 저버리지 않고서는 자신과 가족이 살아남을 수 없었던 우리 역사의 기구함과 어두운 뒷면을 역설적으로 보여주는 것이다.

유재용은 자주 전쟁과 분단으로 말미암은 실향의 고통을 가족사 속에 녹여 보여주는데, 이런 작품 가운데 대표적인 것으로는 「누님의 초상」 외에 「아버지의 강」·「고목」·「사양의 그늘」·「내 우상 쓰러지다」·「기억 속의 집」 등을 꼽을 수 있다.

1979년 그는 아버지의 죽음을 겪지만 흔들리지 않고 성실하게 작품을 써내며 문단의 인정을 받는다. 1980년에 들어 권위 있는 문학상을 거푸 거머쥔 것은 그의 성실성을 우리 문단이 신임한 결과라고 볼 수 있다. 유재용은 같은 해 '홍성사'에서 장편 소설 『성역』을, '고려원'에서 창작집 『사양의 그늘』을 펴낸다. 그의 소설 세계에 대해 한 비평가는 다음과 같이 말하고 있다.

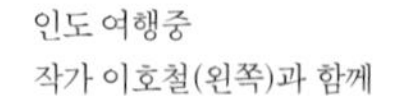
인도 여행중
작가 이호철(왼쪽)과 함께

> 유재용, 그는 플롯이 아니라 스토리의 작가이다…… 유재용의 소설 세계는

…… 그냥 보여줄 뿐인, 말하자면 인생 유전流轉의 다양한 면면으로 가득 차 있다. 변화의 원인에 대한 탐구는 없거나 극히 미미하니 그 같은 변화를 꿰뚫어 흐르는 시간은 사회 · 역사적 관계의 그물과는 무관한 그냥 흐름일 뿐이다. 인물들의 처지는 세월을 따라 변화하지만 이 때문에 그의 소설은 철저히 무시간적이다. 당연하게도 유재용의 소설에는 결말이 없다. 이야기는 언제나 시작될 수 있고 아무 데서나 끝날 수 있다. 플롯의 세계가 아니기에 기승 전결의 논리적 구조는 중요하지 않은 것이다.

김윤식 · 정호웅, 『한국 소설사』(예하, 1993)

1981년 유재용은 창작집 『관계』와 『누님의 초상』을 동시에 펴내고, 『경향신문』에 장편 「비바람 속으로 떠나가다」를 연재한다. 1982년에는 이북 출신 남자와 이남 여자가 결혼한 뒤 겪는 내면의 갈등을 그린 중편 「그림자」를 비롯해 단편 「아버지 돌아오다」 · 「구경꾼」 등을 발표하고, '대한민국 문학상' 을 받는다. 이 뒤로도 그는 다른 직업 없이 꾸준히 문예지에 작품을 내놓고 신문이나 잡지에 연재 소설을 쓰면서 생계를 꾸려나가는 한편, 장편 소설 『침묵의 땅』(1990) · 『성자여 어디 계십니까』(1991), 중편 소설 『하오의 길목』(1993) 등을 펴낸다. 전통적 소설 양식에 충실한 작품 세계를 일궈온 유재용은 제4회 '조연현 문학상' (1985), 제18회 '동인 문학상' (1987), '박영준 문학상' (1994) 등을 더 받는다.

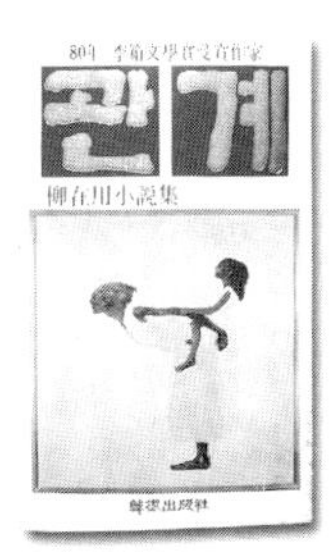

1981년에 펴낸
창작집 『관계』

참고 자료

김윤식 · 정호웅, 『한국 소설사』, 예하, 1993
김용직, 『한국 현대 명작 해설/감상 사전』, 관악출판사, 1989
권보드래, 「역사와 이야기의 거리」, 『관계 외』 해설 · 연보, 동아출판사, 1995
김윤식, 「스토리의 세계와 플롯의 세계—유재용론」, 『현대문학』 1980. 8.
이남호, 「분단 비극의 현재성」, 『월간조선』 1987. 10.

이외수, '가난은 내 평생의 직업'

타락한 세계에서의 꿈꾸기

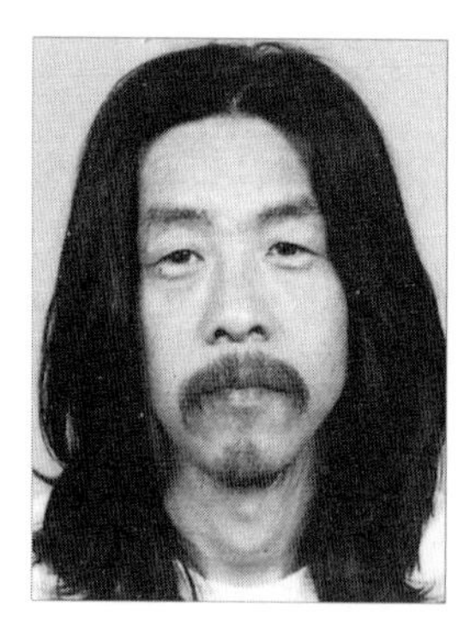

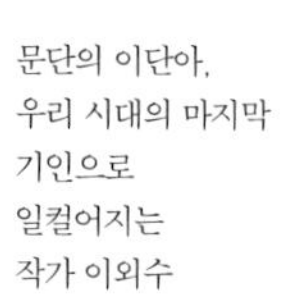
문단의 이단아,
우리 시대의 마지막
기인으로
일컬어지는
작가 이외수

세상이 온통 병들었는데도 아무도 아파하지 않는다. 그뿐 아니라 자신이 바로 세상의 병의 한 부분, 즉 병소病巢라는 사실도 인정하지 않는다. 작가란 병든 세계 속에서 온몸으로 그 병을 앓고 있는 이의 다른 이름이다. 어떤 상황의 중심 속에 서 있으면 그 실체가 잘 보이지 않는 법이다. 작가가 병든 세상의 병소를 꿰뚫어볼 수 있는 것은 그가 세계 안에 있으면서 그 세계로부터 한 발 비켜나서 세계를 바라보고 있기 때문이다. 더 정직하게 말하자. 작가는 도둑, 장님, 고아, 칼잡이, 무당, 광대와 마찬가지로 세계 안에 정주하지 못하고 세계 바깥을 하염없이 떠돌아야 하는 저주받은 운명을 타고난 사람이다. 저주받은 운명이란 범속한 인간에게는 견디기 힘든 고통이지만 예인藝人에게는 그 예술을 위한 하나의 지복至福이다.

1979

한국 문단의 영원한 이단아 또는 우리 시대의 마지막 기인으로 일컬어지는 작가 이외수李外秀(1946~)의 절대 궁핍과 방랑으로 점철된 삶의 편력을 알고 있는 이라면 그가 자신의 저주받은 운명을 기피하지 않고 예인의 지복으로 담담하게 받아들였다는 사실을 인정하지 않을 수 없을 것이다.

이외수는 그를 유명하게 만든 『꿈꾸는 식물』(1978)에서 "염력으로 구름 모으기, 나비 한 마리로 온 천지에 함박눈 쏟아지게 만들기, 다른 차원의 세상으로 이동하기, 타락한 세계를 피해 그림 속에 들어 있는 신선 동네로 찾아가는 방법에 평생 매달리는 사람의 얘기"를 들려준다. 그는 실제로 도道에 관심이 많다. 그의 소설에서 초현실적 염력, 신선, 풍류도, 도교의 흔적을 찾는 것은 어려운 일이 아니다. 그가 『꿈꾸는 식물』을 쓸 때는 뱀이 문지방을 넘어 들어오고, 『개미귀신』을 쓸 때는 명주잠자리 떼가 방안에서 날아다니고, 『장수하늘소』를 쓸 때는 희귀한 천연 기념물인 장수하늘소가 실제로 날아들었다고 한다. 심지어 그가 영계에 다녀왔다는 믿기 어려운 소문도 떠돈다.

『장수하늘소』(1981) · 『칼』(1982) · 『벽오금학도』(1992) · 『황금 비늘』(1997)로 이어지는 이외수 소설의 계보에는 어떤 흐름이 느껴진다. 그의 초기 소설에서는 염세주의적 색채가 짙게 묻어난다. 그러나 작가에게는 당대 현실의 묘사 외에도 어디에도 뿌리를 내리지 못하고 방황하는 사람들에게 구원의 방식을 제시해야 하는 의무도 있다는 깨달음이 오고 나서부터 그의 관심은 도道의 세계로 옮아간다. 그는 더러운 현실의 오탁으로부터 자기를 지키고 순수를 유지할 수 있는 근본 바탕을 도에서 찾는다. 이에 따라 그의 소설들은 도의 세계에 천착하고 있다. 이외수는 자신의 소설들이 방부제조차 썩어버린 이 세상의 단 하나 남은 방부제가 되기를 꿈꾼다.

순수를 유지할 수 있는 근본 바탕으로서의 도의 세계를 그린 『벽오금학도』

그의 집에는 내방객이 끊이지 않는다. 하루 평균 7~8명, 한 달이면 2~3백 명의 사람들이 찾아온다. 동료 문인, 이런저런 매체 종사자, 독자, 스님, 연예인, 깡패, 거지, 외국인……. 한 달이면 쌀 두어 섬 정도가 들어간다. 시장 상인 중에는 그의 아내가 음식점을 하는 줄 아는 사람도 있다. 아무튼 그의 집에는 다양한 사람들이 찾아와서 다양한 말들을 풀어놓고 간다.

"가난은 내 평생의 직업이다. 어려서부터 참 많이도 굶었다."고 말하는 이외수는 1946년 경남 함양에서 태어난다. 세 살 때 어머니가 숨지고 아버지는 곧바로 집을 나가버린다. 그는 부양 능력이 없는 외할머니와 산자락 밑 오두막에서 동냥밥으로 연명하며 유년기를 보낸다. 아버지는 군 하사관이 되어 재혼을 한 뒤 그 앞에 나타난다. 아버지의 근무지가 바뀔 때마다 그는 초등 학교를 옮겨다닌다. 그는 대구 · 화천 · 양구 · 인제 등지의 초등 학교를 여섯 군데나 전전한 끝에 가까스로 졸업한다. 그가 강원도 인제에서 중 · 고등 학교 과정을 마치고 춘천교육 대학에 입학한 것은 1965년의 일이다. 당시에는 2년이면 교육 대학 과정을 마칠 수 있었다. 그는 거듭되는 휴학과 군 입대 등으로 8년 동안이나 춘천교대 학적을 보유하지만 끝내 졸업은 하지 못한다. 어깨를 덮는 장발과 수염, 장화, 몇 해씩 목욕하지 않기, 이미 그 시절부터 이외수는 기인적 면모를 유감없이 드러낸다. 이후 그는 화전민 자녀들이 다니는 인제남국민학교 소사 노릇, 프린트업과 도장업, 춘천에서의 필경사 생활, 구두닦이 등을 거친다. 그는 한때 춘천에서 가장 유명한 거지였다. 이 무렵은 그가 스스로 가장 비천한 신분으로 자신을 낮추고 세상을 관조한 시기였다.

1972년 그는 한 후배가 하숙방에서 몸을 웅크린 채 쓰고 있던 소설을 빼앗아 단숨에 완성한다. 밀린 방값과 여기저기 널려 있는 외상값을 갚기 위해 그는 이 소설을 『강원일보』 신춘 문예에 투고해 당선된다. 「견습 어린이들」이라는 기묘한 제목의 단편이 그 작품이다. 이것이 계기가 되어 그는 인제로 들어가 3년 동안 칩거하며 소설 습작에 매달린다. 이 시절에 완성한 소설이 중편 「훈장」이다. 그는 이 작품으로 1975년 당시 권위 있는 신인 등용문 가운데 하나로 꼽히던 『세대』의 중편 공모에 당선되어 정식으로 중앙 문단에 '이외수' 라는 이름을 알린다.

누구는 이외수를 두고 걸레 스님 중광, 작고한 시인 천상병과 함께 이 시대의 마지막 기인이라고 한다. 누구는 그를 광인이라고도 한다. 누구는 그를 버마재비, 신이 만들어낸 사기꾼, 도사라고도 한다. 그는 이 모든 것이며, 이 가운데 무엇도 아닌 사람이다. 무엇보다 그는 자유혼을 가진 자유인이다. 그는 심안心眼으로 세상을 바라보고, "가슴으로 사는 삶" 을 배워야 한다고 말하는 자유인이다.

이외수는 『꿈꾸는 식물』을 내놓기 전까지만 해도 문단에 나온 이듬해 「꽃과 사냥꾼」이라는 단 한 편의 소설을 발표한 무명 작가였다. 문단으로부터 철저하게 소외되어 있던 그는 한 신생 출판사의 전작 장편 기획으로 1978년 『꿈꾸는 식물』을 펴내며 처음으로 주목을 받는다.

『꿈꾸는 식물』

이외수의 장편 소설 『꿈꾸는 식물』은 부정적 상상력의 세계다. 이것은 있는 현실의 부정을 통해 있어야 할 현실의 세계를 보는 시인의 상상력의 세계이기도 하다. 『꿈꾸는 식물』의 주인공이 그토록 되고 싶어 한 것은 시인이다. 이 작품의 주인공은 타락한 현실 세계에서 천체 망원경으로 밤하늘을 관측하고 별자리에 이름을 붙이며 자신의 열망을 상징적으로 표현한다. 그는 자신이 찾아낸 별자리에 시인들의 이름을 따서 이상좌, 로트레아몽좌, 고트프리트 벤좌, 보들레르좌, 이하좌, 매도좌, 앙리 미쇼좌, 레이몽 끄노좌, 윤동주좌, 엘리어트좌, 로르카좌, 뮈쎄좌, 발레리좌, 김소월좌, 말라르메좌, 콰지모도좌, 박인환좌, 랭보좌 같은 이름을 붙인다. 시인은 대립하는 세계에서 행복한 조화를, 분열된 세계에서 전체성을 꿈꾸는 이다. 시인은 제도 안에 있으면서 언제나 그 제도 밖을 꿈꾼다. 다시 말해 시인은 지상 높이 떠 있는 별자리처럼 타락한 현실 속에서 드물게 그것을 초월해 사는 사람이다.

한 집안을 배경으로 타락한 인간에 의해 억압받고 파괴되는 순수한 인간의 삶을 형상화한 장편 『꿈꾸는 식물』

『꿈꾸는 식물』은 '타락한 집'에 대한 기록이다. 한 창녀를 사이에 두고, 아버지와 아들들이 얽히고 설킨다. 아버지는 그 여자와 동거하고, 큰아들은 눈독을 들이고 있다가 그 여자를 강간하며, 막내아들은 그 여자에게 동정을 잃는다. 한 가족 구성원의 성적 무절제와 혼음, 이 막돼먹은 집안은 타락한 현실의 상징이다. 이 타락한 집안의 구성원은 전직 화물 트럭 운전사이자 포주인 아버지와 세 아들이다. 아버지 밑에서 매춘 사업을 거드는 해병대 출신의 큰아들, 이 소설의 화자이자 지방 국립 대학교 법과에 다니지만 문학에 빠져 있는 막내아들, 그리고 미친 둘째아들이 아버지와 같은 집에서 산다. 이 타락한 현실 속에서 둘째아들은 염력으로 구름 모으기, 뇌파로 우주인들과 교신하기, 시간을 더디 가게 만들어 내일을 미리 보기, 빛의 속도를 줄이기, 가만히 앉아서 똥오줌을 화장실로 보내기, 날아가는 참새를 은행잎으로 만들어 팔랑팔랑 떨어지게 하기, 파란 잉크가 든 볼펜으로 빨간 글씨 써보기, 나비 한 마리로 온 천지에 함박눈 쏟아지게 하기, 돌 속에다 촛불 켜놓기 같은 비현실적인 일에 몰두한다. 그가 몰두하는 일의 비현실성만큼이나 그는 현재적 질서나 윤리관을 부정하는 것이다.

『꿈꾸는 식물』에서는 양극의 세계가 대립하고 있다. 그 하나는 고용된 창녀들을 학대하고 착취하며 도색 필름까지 제작하는 큰아들과 아버지로 대표되는 '타락한' 동물의 세계다. 다른 하나는 그 타락한 현실의 세계로부터 초월의 세계로 끝없이 도피하는 둘째아들이 속한 식물의 세계다. 전자가 "정액으로 얼룩진 이불, 더러운 콘돔, 임질, 매독, 곤지름, 요도염, 사면발이, 욕지거리와 싸움, 때묻은 지전, 동물적인 숨소리, 가면과 신분, 남근과 위선, 아버지와 큰형의 무지, 어둠, 절망, 퇴폐, 목마름" 등을 아우르는 타락한 세계라면, 후자는 이 타락한 현실과 맞서 싸우는, 밤하늘의 별자리와 시의 세계가 상징하는, 인간의 품위가 지켜지는 진정한 가치의 세계다.

작은형이 하는 짓의 비현실성은 그 비현실성만큼의 현실에 대한 부정이며, 타락한 세계에서의 일탈 행동은 그 일탈만큼의 파괴인 셈이다. 또 그 파괴의 방법으로 택한 작은형의 비폭력적 행동은 그럼으로써 윤리적 당위성을 부여받는다. 그것은 파괴라는 말이 가진 깨뜨려 헐어버린다는 뜻의 울림을 생각한다면 알맞지 않다는 생각도 든다.

그 울부짖음은 동물 특유의 야성을 가지고 있었으며 두 마리의 개들이 서로의 목덜미를 물고 사납게 뒤엉킬 때 내는 소리와 흡사했다. 그 소리는 날카로왔으며 튼튼한 이빨과 격렬한 뒤채임을 연상케 했다.…… 아아. 내가 지하실을 들여다보았을 때, 거기엔 끔찍한 광경 하나가 벌어지고 있었다. 작은형이었다. 작은형이 세퍼드 밑에 깔려 있었다. 세퍼드는 작은형의 몸 곳곳에 이빨을 박아넣고 미친 듯이 울부짖으며 세차게 목덜미를 흔들어대고 있었다. 지하실 바닥에는 여기저기 피칠이 되어 있었다.…… 작은형은 완전히 얼굴이 짓이겨져 있었다. 살점들이 뜯겨져 여기저기 너덜거렸고 곳곳에 이빨 자국이 박혀 있었다. 작은형의 몸에서는 심하게 피비린내가 나고 있었다.

이외수, 『꿈꾸는 식물』(고려원, 1978)

이 대목은 타락한 현실 속에서 타락한 현실의 풍속에 마취되기를 거부하는 인간에게 가해지는 폭력의 가장 극적인 구체화다. 이런 폭력은 작은형이 미치게 된 직접적인 계기로 작용하는 최음제를 강제로 먹여 억지 성교를 시키는 것이나 구타 등으로 나타나기도 하지만, 도색 필름을 제작하기 위해 들인 셰퍼드에 의해 참혹하게 찢겨 죽음으로써 적나라하게 그 잔인성과 광포함을 드러낸다. 우리의 의식은 그 처참함에 깜짝 놀라 깨어난다. 그 깨어남은 일상적인 것 속에 깊숙이 안주해 현실의 뒤틀린 실상과 타락의 양상을 제대로 바라보지 못한 인간의 의식에 가해지는 가열한 충격에 화들짝 놀란 의식의 깨어남이다. 더구나 『꿈꾸는 식물』에서 둘째아들은 '식물성의 세계'의 인물로 그려지는데, 그는 다름아닌 '동물성의 세계'의 표상물인 셰퍼드에 의해 찢겨 죽는다. 이는 타락한 세계가 진정한 가치를 추구하는 이에게 가하는 억압과 폭력의 극적인 효과를 노리는 묘사임을 알아차릴 수 있다. 이런 폭력이 피를 나눈 '가족'이라는 끈끈한 유대 관계를 맺고 있는 사람들 사이에서 섬광적으로 드러남으로써 그 충격은 더욱 우리의 의식 속에서 강한 울림을 가진다.

"한 권의 책보다는 한 프로의 텔레비를, 한 악장의 심포니보다는 한 소절의 유행가를, 한 폭의 미켈란젤로보다는 한 장의 벌거벗은 여배우 사진을" 더 사랑하는 사람들이 살고 있는 도시, 쾌락 지향적이며 능률 · 성취 · 소비만을 강조하는, 산업 사회의 소비 문화만이 꽃피는 도시에서 "연극에 눈 멀어 있는 이 도시 시민들에게 일대 개안 수술"을 단행하겠다고 벼르는 한 젊은 연극인은 자신이 직접 쓴 연극 대본에서 "썩었어, 이제 우리는 썩었어,"라고 외친다. 여기서 우리가 주목할 것은 '썩음'과 '쓰러짐'이라는 말이다. 작게는 가족 구성원 사이의 성적 무절제를 통해 타락한 현실의 한 축도로 제시되는 사창가에 자리잡고 있는 '나'의 집이나, 크게는 그 사창가를 안고 있는 '목도시' 전체가 철저하게 부패한 현실 세계로 제시된다. 그런데 이 부패한 도시의 타락한 풍속과 대립하고 있는 진정한 가치를 추구하는 사람들, 이를테면 시인이 되고 싶어하는 둘째형, 베토벤과 엘비스 프레슬리를 같이 취급할 수 없다는 고집 때문에 문 닫을 형편이 되었으면서도 끝까지 고전 음악만을 틀어대는 음악 감상실 주인, 국전에 출품하지 않는 것을 긍지로 여기며 굶어 죽을 각오로 팔아 먹기 위한 그림은 그리지 않겠다는 무명 화가, 그리고 젊은 연극인, 이들 모두는 현실의 경제적 압력에 굴복해 세속화되지 않겠다고 다짐하며 외롭게 투쟁하지만 결국은 참혹하게 찢겨 죽거나, 문을 닫거나, 적당히 타협해 초상화를 그리거나 하는 식으로 패배하는 것이다.

작가 박범신(오른쪽)과 나들이 길에서

이 소설의 화자인 '나'는 "환경의 덫 속에 철저하게" 갇혀 있는 "나약한 짐승"이다. '내'가 거기에 저항할 수 있는 방법이라고는 고작 "정신없이 취할 때까지" 술을 마시는 것밖에 없다. 이는 참다운 의미에서의 저항이 아니며, 의식의 마비를 통해 현실의 타락상을 잠시 잊는 소극적인 대응 방식이다. 그래서 '나'는 스스로를 "소심, 나약, 비겁 따위로만 뭉쳐져" 있다고 생각한다. '나'는 자신이 마술에 걸려 있다고 생각하는데, 그것은 현실 세계가 "혼미한 마술적 분위기"에 휩싸여 있기 때문이다. '내' 의식의 '나른함'은 현실의 병리나 타락의 양상을 잘 알고 있긴 하지만, 그것을 타파하고 개선할 아무런 대책도 세울 수 없어 무력감에 빠져 지낼 뿐이라는 사실을 드러낸다.

우리는 타락한 현실에 대해 무력한 이 작중 화자가 어떻게 의식의 각성에 이르게 되고, 타락한 현실의 마취로부터 깨어나 존재의 전환을 성취하게 되는지 관심을 가질 필요가 있다. 타락한 현실의 비윤리성에 맞서다가 미쳐버리고 끝내 그 비윤리성의 구체적 표상물인 사나운 셰퍼드에게 참혹하게 찢겨 죽는 작은형을 통해 '나'는 의식의 각성에 이르게 되고 존재의 전환을 성취한다.

우우우우 불길은 짐승처럼 울어대고 있었다. 사방이 후끈후끈 달아오르고 있었다. 거대한 성욕의 불, 그 타오름의 축제 주변을, 검은 나비들이 영혼처럼 이리저리 떠다니다가, 불길과 맞닥뜨리면 어디론가 한정없이 떠내려가곤 했다. 따닥 따따닥 목재들이 튀는 소리, 가루 같은 불씨들이 사방으로 흩어지고 있었다. 나는 몇 번이나 고조된 성적 흥분에 몸을 떨다가 갑자기 세포들이 까무라쳐 드는 듯한 절정에 사로잡히곤 했다. 내 몸 속에 축적되어 있던 성욕의 찌꺼기들이 한꺼번에 모조리 몸 속을 빠져나가는 듯한 황홀함을 맛보면서 나는 몇 번의 사정 끝에 서서히 탈진하고 있었다.

이외수, 앞의 책

시인을 꿈꾸던 둘째아들이 개에게 찢겨 참혹하게 죽은 뒤 아버지와 큰아들은 구속되고, 매춘부들은 뿔뿔이 흩어진다. 이 타락한 집에 혼자 남은 막내아들은 완벽한 알리바이를 만들어놓고 거기에 불을 지른다. 타락한 현실의 표상물인 그 집이 불타는 것을 바라보며 화자인 '나'는 성적 쾌락의 절정감에 빠져든다. 그 절정감은 타락한 현실이 인간의 의식과 삶에 가하는 폭력과 억압으로부터의 해방, 덫으로 작용하는 현실 풍속으로부터의 자유, 이에 대한 화자의 열망이 얼마나 크고 간절했는지를 잘 말해준다.

산업 사회는 도덕의 타락과 비윤리적인 가치관, 욕구나 충동의 인위적인 조작 같은 사회 병리 현상을 빚으면서 인간의 상품화와 비인간화를 불러오고, 마침내 인간을 생태학적 · 실존적 위기의 막다른 골목으로 내몬다. 이외수는 『꿈꾸는 식물』에서 막돼먹은 한 집안을 배경으로 이런 문제를 빼어난 솜씨로 형상화한다. 작가는 여기서 아버지와 큰아들이 상징하는 타락한 가치관의 세계, 좀더 구체적으로 말하면 탐욕에 물들고 염치라곤 없는 인간이 순수한 영혼을 지키려는 인간의 삶을 어떻게 억압하고 파괴하며 훼손하는지를 잘 보여주고 있다. 『꿈꾸는 식물』은 독자를 끊임없이 '나는 타락한 현실의 풍속에 마취되어 있는 인간일까, 아니면 그것에 저항하는 시인일까.' 라는 반성으로 이끈다.

참고 자료

김현, 「이외수의 '꿈꾸는 식물'」, 『우리 시대의 문학』, 문장, 1980

유익서, 「작가 이외수」, 『소설문학』 1981 봄

1980~1989

1980

5.18 광주민중항쟁 발발

7.31 문공부, 사회 정화 작업을 이유로 『창작과 비평』 · 『씨알의 소리』 · 『뿌리깊은 나무』 · 『문학과 지성』 등 정기 간행물 172종 등록 취소

10.31 중국, 사회주의 경제와 자유 경제를 혼합한 새로운 경제 체제 도입키로 결정

1981

2.25 전두환 후보, 제12대 대통령으로 당선

6.30 중국, 마오 쩌둥 사상 폐기, 덩 샤오핑의 실용주의 지도 체제 채택 선언

12.11 동 · 서독 정상 회담 열림

1982

3.24 브레즈네프 소련공산당 서기장, 20년 만에 중국에 화해 제의

3.26 중국, 브레즈네프 서기장의 제의 거부

7.27 정부, 일본 교과서의 역사 왜곡 기술과 관련해 일본측에 진상 규명을 공식 요구

1983

6.30 한국방송공사KBS, 이산 가족 찾기 텔레비전 생방송 시작(~11. 14)

9. 1 소련 전투기, 사할린 부근에서 항로 이탈해 자국 영토로 들어간 KAL기 격추(탑승자 269명 전원 사망)

10. 9 전두환 대통령 일행 버마 아웅산 묘소 참배중 폭발 사건 발생, 서석준 부총리 등 17명 사망

10.22 서독 · 영국 · 이탈리아 · 미국 등지에서 수십만 명 반핵 시위

0. 0 인터넷 표준화 이룩

1984

4. 9 판문점에서 제1차 남북 체육 회담 개최

5 이란 · 이라크기, 페르시아만에서 연일 유조선 공격, 북해산 유가油價와 금가金價 및 선박 보험료 폭등

6.27 올림픽고속도로 개통

10.31 간디 인도 총리, 시크교도 경호원에게 피살

1985

3.31 고르바초프 소련공산당 서기장, 동서 긴장 완화와 평화 공존 정책 추구 선언

6. 7 국방부, 국회 국방위원회에서 '광주사태 전모' 발표(사망 191명으로 집계)

9.20 남북 고향 방문단과 예술 공연단 각 151명, 서울과 평양 교환 방문

1986

1.28 미국, 우주 왕복선 챌린저호 발사 직후 공중 폭발, 승무원 9명 전원 사망

5.15 대학 교수와 전 · 현직 교사 120여 명, 민주교육실천협의회 발족

6.12 남아프리카공화국, 전국에 비상 사태 선포하고 종교인 · 학생 등 인종 차별 반대 운동가 검거

9.20 서울 잠실종합운동장에서 제10회 아시안 게임 개막

1987

6 서울을 비롯한 전국 대도시에서 '독재 타도'와 '호헌 철폐'를 구호로 대규모 시위 지속(6월항쟁)

6.29 노태우 민정당 대표 위원, 직선제 개헌과 김대중 사면 · 복권 등 8개항의 시국 수습을 위한 특별 선언 발표(6 · 29선언)

10.27 대통령 직선제 중심의 새 헌법안, 국민 투표로 확정(찬성 93.1%)

12. 8 미소 정상 회담 개최(~10.), 중거리 핵 전략 무기INF 폐기 협정에 조인

1988

1.20 미 국무부, KAL기 폭파 사건과 관련, 북한을 테러 국가로 규정하는 등 3개항의 대북한 제재 조치 발표

9.17 제24회 서울 올림픽 160개국 참가 속에 개막(~10. 2.), 한국, 금 12개 · 은 10개 · 동 11개로 종합 4위 차지

11.17 농민 1만여 명, 서울 여의도광장에서 농 · 축산물 수입 개방 저지 및 제 값 받기 전국 농민 대회 가진 뒤 도심 진출 시위

12. 7 소련, 아르메니아에서 지진 발생(5만5천 명 사망)

1989

5.28 전국교직원노동조합(전교조) 결성

6. 4 중국, 톈안먼 사태 발생

6.30 전대협 대표 임수경, 청년 학생 축전에 참가하기 위해 평양 도착

11. 동서 냉전의 상징인 베를린장벽 붕괴

12. 2 미소 정상, 지중해 몰타에서 함상 회담 갖고 냉전 종식 선언

1980

1980년대는 반체제 운동의 불길이 뒤덮은 연대다. 박정희가 죽은 뒤 권력의 향방은 안개에 휩싸이고, 최규하 과도 정부 체제 속에서 김대중 · 김영삼 · 김종필 세 김씨의 대권 경쟁이 달아오른다. 전두환 보안사령관이 중앙정보부장 서리까지 겸임한다는 발표가 날 즈음, "신군부가 실권을 완전히 장악했다."는 외신이 날아든다.

1980년 3월, 전국의 대학생들은 계엄 해제, 유신 잔당 퇴진, 정부 주도 개헌 중단 등을 요구하며 거의 날마다 집회를 열고 시위를 벌인다. 5월에 들어 학생 시위와 소요가 더욱 번져나가자, 신군부는 5월 17일 24시를 기해 전국으로 계엄을 확대하고 국회와 정당을 해산하며, 세 김씨를 정치권에서 밀어내는 비상 조치를 취한다. 바로 그 때 권위주의 체제 속에서 지역 차별과 박탈감에 시달리던 호남의 중심 광주에서 거센 민중 항쟁이 일어나고, 신군부는 무장 병력을 투입해 이를 유혈 진압한다.

1981년 1월 15일 민주정의당이 창당되고 이어 간접 선거를 거쳐 신군부의 핵심 인물인 전두환이 12대 대통령에 취임하며 제5공화국을 출범시킨다. 민주주의 토착화, 복지 사회 건설, 정의 사회 구현 등을 국정 지표로 내세운 제5공화국의 '주체 세력'은 집권 과정에서의 정당성 결핍으로 말미암아 집권 기간 내내 학생과 노동자, 지식인과 종교인, 재야 민주 세력의 거센 저항과 투쟁에 시달린다.

1980년대에 들어 성장 위주 정책의 문제점이 속속 드러나며 한국 경제는 물가 폭등, 무역 수지 적자, 내수 시장 침체 등으로 허덕인다. 이에 정부는 산업 구조 조정에서 타개의 실마리를 찾아 중복 과잉 투자된 중화학 공업, 자동차, 해운업, 해외 건설업, 건설 중장비 분야 등의 통합과 조정을 시도한다. 1980년대 중반에 이르러 물가가 잡히고 경상 수지가 흑자로 돌아서면서 나라 경제는 다소 안정을 되찾는다. 이즈음 우리 경제는 개방화의 흐름과 함께 세계 자본주의 체제에 편입되는 시점을 맞는데, 정부가 느슨하게 대처하는 바람에 거대 재벌과 독점 대기업은 정부의 금융과 세제상의 지원으로 더욱 몸집을 키우나 경제의 균형 있는 발전은 더욱 멀어진다.

제5공화국은 언론인 무더기 해직, 언론사 통폐합, 언론 기본법 제정 등으로 언론 통제의 고삐를 틀어쥔 채 권력 기반을 다져나간다. 한편으로 신군부 정권은 야간 통행 금지 해제, 해외 여행 자유화, 교복 자율화 등을 시행해 국민의 일상 생활과 관련된 몇몇 통제를 풀면서 민심을 얻으려고 애쓴다. 1982년 1월 6일 자정을 기해 지난 37년 동안 계속된 야간 통행 금지가 풀리는데, 일각의 우려와는 달리 범죄의 증가나 혼란의 징후는 나타나지 않는다. 이 무렵에는 국민 소득이 늘어나고 민간 소비 부문이 활성을 띠는데, 특히 컬러 텔레비전 방송 시대가 열리면서 대중 문화 분야가 크게 성장한다. 제5공화국은 스포츠 부문 육성에 유난히 공을 들여 프로 야구와 프로 축구 리그를 출범시킨다. 1986년 아시안 게임과 1988년 서울 올림픽 개최로 국가의 위상을 높이려고 한 신군부 정권의 전략은 어쨌든 성공을 거둔다.

1987년 초여름을 뜨겁게 달군 6월항쟁으로 노태우 민정당 대표 위원이 대통령 직선제를 수용함에 따라 한국의 정치 상황은 새로운 국면으로 접어든다. 1989년 11월 베를린장벽이 무너진 뒤 소련이 해체되고 동구 사회주의 국가들이 잇달아 붕괴하며 국제 정세는 엄청난 지각 변동을 일으킨다.

1989

우리는 이 고장을 지키고 우리 부모 형제를 지키고자
손에 손에 총을 들었던 것입니다
그런데도 정부와 언론에서는 계속 불순배, 폭도로 몰고 있습니다

1980

광주 시민군 궐기문

우리는 왜 총을 들 수밖에 없었는가? 그 대답은 너무나 간단합니다. 너무나 무자비한 만행을 더 이상 보고 있을 수만 없어서 너도 나도 총을 들고 나섰던 것입니다.

본인이 알기로는 우리 학생들과 시민들은 과도 정부의 중대 발표와 또 자제하고 관망하라는 말을 듣고 학생들은 17일부터 학업에, 시민들은 생업에 종사하고 있었습니다. 그러나 정부 당국에서는 17일 야간에 계엄령을 확대 선포하고 일부 학생과 민주 인사, 정치인을 도무지 믿을 수 없는 구실로 불법 연행했습니다. 이에 우리 시민 모두는 의아해 했습니다. 또한 18일 아침에 각 학교에 공수 부대를 투입하고 이에 반발하는 학생들에게 대검을 꽂고 "돌격, 앞으로"를 감행하였고, 이에 우리 학생들은 다시 거리로 뛰쳐나와 정부 당국의 불법 처사를 규탄하였던 것입니다.

그러나, 아! 이럴 수가 있단 말입니까? 계엄 당국은 18일 오후부터 공수 부대를 대량 투입하여 시내 곳곳에서 학생, 젊은이들에게 무차별 살상을 자행하였으니! 아! 설마, 설마! 설마 했던 일들이 벌어졌으니, 우리의 부모 형제들이 무참히 대검에 찔리고, 귀를 잘리고, 연약한 아녀자들이 젖가슴을 잘리우고 차마 입으로 말할 수 없

는 무자비하고도 잔인한 만행이 저질러졌습니다. 또한 나중에 알고 보니 군 당국은 계획적으로 경상도 출신 제7공수병들로 구성하여 이들에게 지역 감정을 충동질하였으며, 더구나 이놈들을 3일씩이나 굶기고 더군다나 술과 흥분제를 복용시켰다 합니다.

시민 여러분! 너무나 경악스런 또 하나의 사실은 20일 밤부터 계엄 당국은 발포 명령을 내려 무차별 발포를 시작했다는 것입니다. …… 그래서 우리는 이 고장을 지키고 우리 부모 형제를 지키고자 손에 손에 총을 들었던 것입니다. 그런데도 정부와 언론에서는 계속 불순배, 폭도로 몰고 있습니다.

잔인 무도한 만행을 일삼았던 계엄군이 폭돕니까? 이 고장을 지키겠다고 나선 우리 시민군이 폭돕니까?

1980년 5월 광주에서 일어난 학생과 시민들의 시위에 대한 계엄군의 무력 진압으로 말미암은 유혈 사태는 한국 현대사의 커다란 비극 가운데 하나다. 광주민중항쟁은 신군부가 5 · 17 비상 계엄 확대 조치를 통해 이 고장 출신의 정치 지도자인 김대중을 내란 혐의로 구속하면서 시작된다. 이로 말미암아 좌절감에 휩싸인 광주 시민들은, 5월 18일 아침 등교하는 전남대생들에 대해 계엄군이 폭력으로 진입을 제지한 데 이어 공수 부대를 동원해 무차별 살상을 가하자, 마침내 분노를 폭발시키며 무장 항쟁으로 맞선다. 항쟁은 학생과 시민들이 무기고를 탈취해 무장하고 계엄군과 맞서며 엄청난 유혈 사태로 번진다. 광주사태 또는 광주민중항쟁은 12 · 12 하극상으로 군권을 장악한 데 이어 정권을 잡으려는 신군부의 계획된 권력 찬탈 시나리오 속에서 빚어진 비극이다.

1980

1월
22정부, 각 대학 제적 학생 복학 허용 발표

3월
17모스크바 올림픽 거부국 회의, 모스크바 올림픽 뒤 국제 스포츠 대회 분산 개최키로 합의

5월
18광주민중항쟁 발발
27계엄사, 광주사태 진압을 위해 계엄군 투입해 광주 일대 장악, 이 과정에서 민간인 17명과 군인 2명 사망하고 295명 보호중이라고 발표

7월
30국보위, '교육 정상화 및 과열 과외 해소 방안'(대입 본고사 폐지, 졸업 정원제 실시, 과외 금지 조치) 발표
31문공부, 사회 정화 작업을 이유로 『창작과 비평』 · 『씨알의 소리』 · 『뿌리깊은 나무』 · 『문학과 지성』 등 정기 간행물 172종 등록 취소

8월
16최규하 대통령 사임
19문공부, 전국 2597개 출판사 가운데 617개사 등록 취소
27전두환, 통일주체국민회의에서 제11대 대통령으로 당선
28대학 휴교령 107일 만에 해제

9월
16 '한국 미술 5000년전', 미국 보스턴에서 개막

10월
31중국, 사회주의 경제와 자유 경제를 혼합한 새로운 경제 체제 도입키로 결정

11월
1문교부, 중학교 의무 교육 실시 결정
14신문협 · 방송협, 언론 기관 통 · 폐합 결정(동아방송 · 동양방송은 한국방송공사KBS로, 『신아일보』는 『경향신문』으로, 『서울경제』는 『한국일보』로 통합)

12월
1새마을운동중앙본부 발족
7폴란드, 시장 경제 체제로 경제 계획 전환 결정
11한국방송공사KBS, 문화방송MBC과 『경향신문』의 주식 인수

이성복, 병든 세상에 세운 초월의 집

『뒹구는 돌은 언제 잠 깨는가』

1980년대에 새로운 해체 시법의 한 전범으로 떠오른 시인 이성복

1980년 7월, 한국 문학을 이끌어오던 두 계간지 『문학과 지성』과 『창작과 비평』이 갑자기 강제 폐간된다. 이는 유신 군주가 죽은 뒤 비어 있던 권좌를 무력으로 차지한 신군부 세력에 의한 문화적 폭거였다. 같은 해 10월, 등단한 지 3년밖에 되지 않은 젊은 시인 이성복李晟馥(1952~)의 첫 시집 『뒹구는 돌은 언제 잠 깨는가』가 '문학과지성사'에서 나온다. 이 시집의 발간은 당시의 문학 청년들에게 잊을 수 없는 하나의 문학적 사건으로 자리잡는다. 많은 문학 청년이 이 시집을 읽은 뒤 의식 깊이 불에 벌겋게 단 시로 찍은 화인火印을 하나씩 받는다. 시행의 지그재그식 배열, 거꾸로 끼워넣은 활자, 말장난에 가까운 말의 생략과 반복, 콜라주 수법에 의한 이질적인 이미지의 병치, "개새끼 · 씨발놈아 · 씹새끼 · 염병할 놈아 · ×이 서지 않는다" 등과 같은 비어와 속어가 춤추는 이 기념할 만한 시집을 두고 한 책은 "그의 이미지들은 분수처럼 솟구치고 폭포처럼 쏟아져내렸고, 또 멈출 줄 몰랐다."고 쓴다. 그 책은 이어 "이미지와 주제 사이의 이 극단적인 파열, 안드로메다 성운과 지구의 내핵 사이의 거리만큼 머나먼 이 간격으로부터 이성복 시의 풍요성이 탄생하였다. 그의 시는 한국 사회에 대한 정치적 알레고리라는 해석으로부터 초현실주의적 방언이라는 해석에 이르기까지 한없이 다양한 해석의 용광로가 되었다."*는 말로 더할 수 없는 화려한 수사로 장식된 찬

* 『정든 유곽에서』 기획의 말(문학과지성사, 1993)

사를 퍼붓는다. 1980년대의 젊은 시인들의 상상력에 커다란 영향을 미친 이 시집을 평론가 김현은 "따뜻한 비관주의"라고 읽고, 시인 황동규는 "행복 없이 사는 일의 훈련으로, 행복이 없는 노래의 삶으로" 읽는다.

이성복은 1952년 경북 상주읍 오대리에서 태어난다. 그의 아버지 이한구李漢求는 상주농잠고등학교를 나온 뒤 경북능금조합에서 일했다. 그는 1959년에 상주 남부국민학교에 입학한다. 당시 그 학교에는 신현득 · 김종상 같은 아동 문학가들이 교사로 재직하고 있어서, 아이들은 그들로부터 글짓기 지도를 받는다. 이성복은 이 무렵 경북 북부 지역 백일장이나 『소년한국일보』가 주최하는 전국 규모의 백일장에 나가 상을 받곤 한다. 그의 손위 누이들은 대구의 제일모직에 취직해 직장 생활을 한다.

1963년 그는 5학년 2학기 때 집안 형편과 상관없이 자신의 고집에 따라 서울 효창국민학교로 전학하는데, 셋방살이를 하던 고모네 집에 얹혀 지낸다. 그가 서울중학교에 진학할 무렵인 1965년, 아버지가 건설 회사의 경리로 취직을 해서 그의 가족은 모두 서울로 올라와 합치게 된다. 1968년 그는 경기고등학교에 진학하는데, 경기고를 선택한 가장 큰 이유는 "출세하기 위해 유력층의 자제를 사귀어야 한다는 덜 영근 생각 탓"이다. 고등 학생이 된 그는 교내 웅변반과 홍사단에 들어가 활동하는 한편 틈틈이 시를 쓴다. 이성복이 경기고 시절에 사귄 친구 가운데 하나가 나중에 소설가가 된 이인성이다. 고등 학교에 다닐 때 그는 습작시와 논문투의 수필, 영웅주의적 수상, 예술 문화 부흥론, 잠언이 뒤섞인 『사조思鳥』라는 개인 문집을 등사판 프린트물로 만들어서 학생들에게 500원씩에 파는 조숙함을 보이기도 한다.

1971년 이성복은 서울대학교 문리대 불문과에 입학해 당시 불문과 교수로 재직하고 있던 문학 평론가 김현과 운명적으로 만난다. 그는 1972년 문리대 문학회에 가입하는데, 이로써 그의 문학을 발효시키는 데 매우 중요한 시기가 열린다. 심지어 그는 "돌이켜보면 그 시절은 돌이킬 수 없는 원체험의 시기였으며,

그 이후의 삶은 덧칠과 개칠의 연속에 불과한 것으로 보인다."고 회고한다. 1973년 그는 10대 1의 높은 경쟁률을 보이던 공군 입대 시험에서 떨어진 뒤 형의 도움을 받아 공군보다 경쟁률이 더 높던 해군에 입대한다. 내륙에서 소년기와 청년기를 보낸 그에게 바다는 동경의 대상이었다. 그러나 지독한 갑판병 생활에 질린 그는 해군본부에 있던 형의 천거로 작전부장실 당번병으로 근무처를 옮긴다. 이무렵 수병 이성복은 독서 카드를 만들어 카롯사 · 카프카 · 릴케 · 도스토예프스키 · 니체 등의 책을 꼼꼼하게 읽고, 습작한 글들을 신춘 문예에 내기도 한다. 군에서 제대한 뒤인 1976년, 시인은 복학생이 되어 동숭동에서 관악산 밑으로 이전한 학교에 다닌다. 당시 서울대 불문과에는 김현 외에 이휘영 · 김붕구 · 정명환 · 곽광수 교수 등이 있었다. 1977년 여름, 연구실에 드나들며 습작 원고를 내보이던 이성복은 마침내 당대 최고 평론가 중의 한 사람인 김현의 인정을 받아 『문학과 지성』으로 등단하는 감격을 맛본다.

서울대학교 불문과
3학년 시절

1978년 그는 대학신문사의 전임 기자로 들어가 서울대 신문의 방송 통신 대학판을 만드는 일을 거든다. 그의 첫 시집 『뒹구는 돌은 언제 잠 깨는가』에 실린 시들은 거의 모두 이 시기에 씌어진다. 그 때를 시인은 "내 삶의 제1황금기"라고 부른다. 그는 1979년 같은 학교 불문과 대학원에 진학하는데, 얼마 뒤 김현의 주선으로 소설가 김원일이 상무로 있던 출판사 '국민서관'에 들어가 8개월쯤 아동 문학 서적의 교정을 본다. 그리고 이성복은 마침내 1980년에 들어, 묘한 비유법과 불규칙한 배열의 시행, 역설과 반어의 시어들이 난무하고, 위악적이며 뒤틀린 어조로 세계를 비꼬고 풍자한 시집 『뒹구는 돌은 언제 잠 깨는가』를 '문학과지성사'에서 펴낸다.

그해 겨울이 지나고 여름이 시작되어도/봄은 오지 않았다 복숭아나무는/채 꽃 피기 전에 아주 작은 열매를 맺고/불임不姙의 살구나무는 시들어 갔다/소년들의 성기性器에는 까닭없이 고름이 흐르고/의사들은 아프리카까지 이민移民을 떠났다 우리는/유학 가는 친구들에게 술 한잔 얻어 먹거나/이차 대전 때 남양南洋으로 징용 간 삼촌에게서/뜻밖의 편지를 받기도 했다 그러나 어떤/놀라움도 우리를 무기력無氣力과 불감증不感症으로부터/불러내지 못했고 다만, 그 전해에 비해/약간 더 화려하게 절망적인 우리의 습관을/수식修飾했을 뿐 아무 것도 추억되지 않았다/어머니는 살아 있고 여동생은 발랄하지만/그들의 기쁨은 소리 없이 내 구둣발에 짓이겨/지거나 이미 파리채 밑에 으깨어져 있었고/춘화春畵를 볼 때마다 부패한 채 떠올라 왔다/그해 겨울이 지나고 여름이 시작되어도/우리는 봄이 아닌 윤리倫理와 사이비 학설學說과/싸우고 있었다 오지 않는 봄이어야 했기에/우리는 보이지 않는 감옥監獄으로 자진해 갔다

이성복, 「1959년」, 『뒹구는 돌은 언제 잠 깨는가』(문학과지성사, 1980)

첫 시집 『뒹구는 돌은 언제 잠 깨는가』의 첫머리에 실려 있는 「1959년」은 여러 가지 의미에서 그의 시 세계를 이해하는 데 필요한 실마리를 제공한다. 우선 「1959년」은 다음 두 가지 점에서 주목할 만하다. 첫째는 이 시의 표면에 진술된 봄의 불모성—세계의 불모성이고, 둘째는 이질적인 이미지들의 병치를 가능케 하는 자유로운 연쇄적 연상 기법의 도입이다. 불모성의 세계—불임의 살구나무, 까닭없이 고름이 흐르는 소년들의 성기—는 본래의 것에서 크게 어긋나 있는 비진정한 가치 구조에 의해 움직이는 세계다. 봄이 오지 않는 세계, 그 불모성의 세계는 T. S. 엘리엇의 「황무지」의 세계를 연상시키기도 한다. 그 세계의 가치 구조의 지배를 받는 화자의 삶은 무기력과 불감증의 삶이다. 그것은 무엇으로도 치유될 수 없을 만큼 심화되고 고착되어 있다. 오지 않는 봄—복숭아나무—살구나무의 불임—고름이 흐르는 소년의 성기—의사의 이민—유학 가는 친구들—남양으로 징용 간 삼촌—어머니와 여동생—그들의 기쁨과 나의 적대감—오지 않는 봄이라는 이미지의 연쇄적 연상의 구조를 보여주는 이 시에서 병들어 있는 세계의 불모성과 그 병리 현상은 혈연을 매개로 하는 가족 집단 속에서조차 화해로운 관계에 손상을 입히고 있는 것으로 드러난다. 직접적으로는 살아 있는 어머니와 발랄한 여동생의 "기쁨은 소리 없이 내 구둣발에 짓이겨"지고, 그들은 "춘

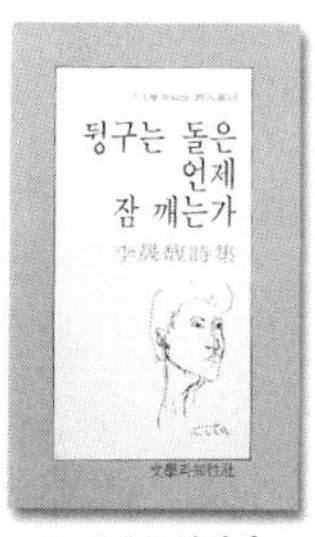

1980년대를 선취한 해체 정신을 극명하게 보여준 첫 번째 시집 『뒹구는 돌은 언제 잠 깨는가』

화를 볼 때마다 부패한 채 떠올라 왔다." 어머니의 살아 있음과 여동생의 발랄함을 춘화와 연결시킨 것은 충격적이다. 이는 훼손된 가족 관계를 말하는 것이다.

그는 아버지의 다리를 잡고 개새끼 건방진 자식 하며/비틀거리며 아버지의 샤쓰를 찢어발기고 아버지는 주먹을/휘둘러 그의 얼굴을 내리쳤지만 나는 보고만 있었다/그는 또 눈알을 부라리며 이 씨발놈아 비겁한 놈아 하며/아버지의 팔을 꺾었고 아버지는 겨우 그의 모가지를/문 밖으로 밀쳐냈다 나는 보고만 있었다 그는 신발 신은 채/마루로 다시 기어 올라 술병을 치켜들고 아버지를 내리/찍으려 할 때 어머니와 큰누나와 작은누나의 비명,……

훼손된 가족 관계는 이 「어떤 싸움의 기록」에서처럼 참담한 싸움으로 나타나거나 "한바다에서 서로/몸을 뜯어 먹는 친척들"(「너는 네가 무엇을 흔드는지 모르고」)로 드러나기도 한다. 또 「그해 가을」에서는 아버지의 권위에 정면으로 도전하는 불경스런 어조와 가족 내 위계 질서의 붕괴로 표출된다.

1980

……아버지, 아버지! 내가 네 아버지냐/그해 가을 나는 살아 온 날들과 살아 갈 날들을 다 살아/버렸지만 벽壁에 맺힌 물방울 같은 또 한 여자女子를 만났다/그 여자가 흩어지기 전까지 세상 모든 눈들이 감기지/않을 것을 나는 알았고 그래서 그레고르 잠자의 가족家族들이/매장埋葬을 끝내고 소풍 갈 준비를 하는 것을 이해했다/아버지, 아버지…… 씹새끼, 너는 입이 열이라도 말 못해……

사실 '아버지'는 『뒹구는 돌은 언제 잠 깨는가』의 중심에 놓여 있는 핵심 이미지다. 시인의 상상 세계에서 아버지는 억압자/무능력자의 이중적 이미지로 나타난다. 시인 자신은 이 시집을 "악성惡性 신화와 상징이 횡행하는 아버지의 세계"를 비꼬고 풍자한 시집이라고 말한 바 있다. 그는 자신의 시에 나오는 '아버지'에 대해 다음과 같은 글을 남기고 있다.

다른 여느 존재와 마찬가지로, 나에게 아버지라는 존재는 극히 현실적인 차원에서 시작하여 고도의 상징적인 차원을 포괄하는 매우 복합적인 존재이다. 말을 바꾸면 나의 시에서 아버지는 현실의 내 아버지이면서, 동시에 모든 사람들의 아버지이며, 하나님 아버지이기도 하다. 처음 시를 시작할 당시, 내가 이러한 생각을 갖게 된 것은 프란츠 카프카의 작품을 대하면서이다. 그의 작품들 가운데 특히 『변신』이라는 소설을 읽으면서 나는 개체와 전체, 물질과 정신, 개인과 집단 등의 문제가 결코 둘이 아니며, 내 자신의 가족 관계만을 철저히, 적나라하게 드러낼 수 있다면 인간과 신의 관계라는 종교적 문제까지도 해명할 수 있으리라는 생각을 하게 되었다. 왜냐하면 기독교를 비롯한 여러 종교에서 신과 인간의 관계는 대체로 가족 관계로 환치되어 나타나기 때문이다. 인간의 상상력은 언제나 그의 체험에 의해 지배되며, 인간의 꿈은 그의 과거가 재현되는 한 양태라 볼 수 있다. 우리나라 사람들이 극락이나 용궁을 기와집으로 묘사하는 반면, 아프리카 사람들은 용궁을 초가집으로 그리고 있다는 사실은 그것을 반증하는 것이다. 그런 점에서 나는 철저한 리얼리즘만이 완벽한 심볼리즘에 도달하는 지름길이라고 믿었다. 일체의 정신주의적 가능성을 엿보이지 않고 현실의 있는 그대로에 충실하는 것만이 궁극적으로 물질을 정신으로, 현실을 상상으로, 가족의 문제를 종교의 문제로 전도시킬 수 있다고 나는 생각했다. 그것은 이를테면 시소의 원리와 같은 것이다. 「그해 가을」이라는 시에서 내가 '아버지, 아버지가 여기 계실 줄 몰랐어요' 라고 했을 때, 그 아버지는 현실의 나의 아버지이면서 동시에 하나님 아버지이기도 하다.

이성복, 「아버지 · 어머니 · 당신」 — 『사랑으로 가는 먼 길 — 이성복 문학 앨범』 재인용(웅진출판, 1994)

「그해 가을」은 카프카의 저 끔찍한 소설 『변신』의 가족적 상황이 중요한 모티브였음을 암시하고 있는데, 화자의 가족 관계가 병신인 한 가족 성원의 매장을 끝내고 소풍 갈 준비를 하는 "그레고르 잠자의 가족" 관계와 같이 철저하게 윤리성을 상실한 비틀린 관계에 있음을 드러낸다. 이처럼 그의 시에서 삶의 불모성은 가족 구성원 사이의 불화와 소외 현상을 통해 극명하게 확인된다.

그날 아버지는 일곱시 기차를 타고 금촌으로 떠났고/여동생은 아홉시에 학교로 갔다 그날 어머니의 낡은/다리는 퉁퉁 부어올랐고 나는 신문사로 가서 하루 종일/노닥거렸다 전방前方은 무사했고 세상은 완벽했다/……/그날 태연한 나무들 위로 날아 오르는 것은 다 새가/아니었다 나는 보았다 잔디밭 잡초 뽑는 여인들이 자기/삶까지 솎아내는 것을, 집 허무는 사내들이 자기 하늘까지/무너뜨리는 것을 나는 보았다 새점占 치는 노인과 편통便桶의/다정함을 그날 몇 건의 교통사고로 몇 사람이/죽었고 그날 시내市內 술집과 여관은 여전히 붐볐지만/아무도 그날의 신음 소리를 듣지 못했다/모두 병들었는데 아무도 아프지 않았다

이성복, 「그날」, 『뒹구는 돌은 언제 잠 깨는가』(문학과지성사, 1980)

시인은 이미 살펴본 「1959년」에서 삶의 불모성의 극복에 대한 기대의 좌절 끝에 "보이지 않는 감옥으로 자진해 갔다"라고 진술한 바 있다. 이는 객체로서의 세계와 주체로서의 시인의 의식이 화해로운 관계가 아니라, 가두는 것과 갇힘을 당하는 것의 왜곡된 관계임을 암시한다. 따라서 삶의 불모성이 여전히 남아 있는 현실은 시인에게 "보이지 않는 감옥"이다. 병든 세계 속에서 자신이 병들어 있음을 아무도 자각하지 못한다는 명제는 영국의 작가이자 평론가인 콜린 윌슨이 명료하게 드러낸 바 있는 명제이기도 하다. 시인 자신은 "자신이 병들어 있음을 아는 것은, 치유가 아니라 할지라도 치유의 첫 단계일 수는 있기 때문이다. 그러나 우리가 아픔만을 강조하게 되면, 그 아픔을 가져 오게 한 것들을 은폐하거나 신비화하게 될지도 모른다."고 말한다. 이는 그의 시적 탐구가 단순히 우리가 아픔과 괴로움의 상황 또는 병든 상황 속에 있음을 보여주는 데 있는 것이 아니라, 삶을 억압하고 병들게 하는, 숨겨져 있거나 신비화되고 있는 근원적인 대상과의 싸움에 있음을 보여준다. 「그날」에서도 일상 세계의 움직임은 여느 날과 조금도 다름없고, 그래서 "세상은 완벽했다". 그러나 이것은 위장된 완벽성이다.

시인은 완벽해 보이는 세계에 속고 있는 사람들의 모습, 즉 "잔디밭 잡초 뽑는 여인들이/자기 삶까지 솎아내"고, "집 허무는 사내들이 자기 하늘까지/무너뜨리는 것을" 목격한다. 따라서 이 세계는 "모두 병들었는데 아무도 아프지" 않은 위장된 건강과 위장된 평화가 판치는, 위장된 완벽한 세계다. 이런 세계에서 시인은 고통을 느낀다. 병든 세계에서 자신도 병들어 있다는 자각은 그의 말대로 치유는 아닐지라도 치유의 첫 단계일 수는 있다.

어느날 갑자기 망치는 못을 박지 못하고 어느날 갑자기 벼는 잠들지/못한다 어느날 갑자기 재벌의 아들과 고관高官의 딸이 결혼하고 내 아버지는/예고 없이 해고된다 어느날 갑자기 새는 갓낳은 제 새끼를 쪼아먹고/캬바레에서 춤추던 유부녀有夫女들 얼굴 가린 채 줄줄이 끌려나오고 어느날/갑자기 내 친구들은 고시考試에 합격하거나 문단文壇에 데뷔하거나 미국美國으로/발령을 받는다 어느날 갑자기 벽돌을 나르던 조랑말이 왼쪽 뒷다리를/삐고 과로한 운전수는 달리는 버스 핸들 앞에서 졸도한다//어느날 갑자기 미류나무는 뿌리채 뽑히고 선생은 생선이 되고 아이들은/발랑까지고 어떤 노래는 금지되고 어떤 사람은 수상해지고 고양이 새끼는/이빨을 드러낸다 어느날 갑자기 꽃잎은 발톱으로 변하고 처녀는 양로원養老院으로/가고 엽기 살인범은 불심 검문에서 체포되고 어느날 갑자기 괘종시계는/멎고 내 아버지는 오른팔을 못 쓰고 수도꼭지는 헛돈다//어느날 갑자기 여드름 투성이 소년은 풀먹인 군복을 입고 돌아오고/조울증의 사내는 종적을 감추고 어느날 갑자기 일흔이 넘은 노파의 배에서/돌덩이 같은 태아胎兒가 꺼내지고 죽은 줄만 알았던 삼촌이 사할린에서 편지를/보내 온다 어느날 갑자기, 옆집 아이가 트럭에 깔리고 축대와 뚝에/금이 가고 월급月給이 오르고 바짓단이 튿어지고 연꽃이 피고 갑자기,/한약방 주인은 국회 의원國會議員이 된다 어느날 갑자기, 갑자기 장님이 눈을 뜨고/앉은뱅이가 걷고 갑자기, ×이 서지 않는다//어느날 갑자기 주민증을 잃고 주소와 생년월일을 까먹고 갑자기,/왜 사는지 도무지 알 수 없고,//그러나 어느날 우연히 풀섶 아래 돌쩌귀를 들치면 얼마나 많은 불개미들이/꼬물거리며 죽은 지렁이를 갉아 먹고 얼마나 많은 하얀 개미 알들이 꿈꾸며/흙 한 점 묻지 않고 가지런히 놓여 있는지

이성복, 「그러나 어느날 우연히」, 앞의 책

시인은 새가 갓 깬 제 새끼를 쪼아먹고, 꽃잎이 발톱으로 변하고, 카바레에서 춤추는 유부녀들이 끌려나오고, 선생은 생선이 되고, 아이는 발랑 까지는 병든 세계 속에서 그 증세를 알리는 품목들을 꼼꼼하게 기록한다. 차라리 이성복의 시 세계는 "어느날 갑자기" 바라보게 된 병든 세계의 양상에 놀란 의식의 기록이다. "또 비가 오고 잠 없는 육신은 집을 나선다/또 비가 오고 죽은 물고기는 하늘에서 떨어진다/또 실성한 봄은 여물지 않은 복숭아 속에서 중얼거리고/날벌레들이 서로 몸을 더듬는다/또 우는 아이의 턱이 목에서 빠져 나가고"(「또 비가 오고」)에서처럼 그것은 실성한 봄이며, 우는 아이의 턱이 목에서 달아나는 기상 천외한 일이 벌어지는 세계다. "모든 게 신비였다 길에서 오줌 누는 여자아이와/곱추 남자와 전자시계 모든 게 신비였다 채찍 맞은/말이 길게 울었다 모든 게 신비였다 사람이 사람을/괴롭히고, 그러나 죽지 않을 만큼 짓이겼다"(「구화口話」)에서처럼 그것은 사람이 사람을 괴롭히고, 그러나 죽지 않을 만큼 짓이기는 세계이

며, "고가도로 공사장의 한 사내는 새 깃털과 같은/속도로 떨어져내렸다 그해 가을 개들이 털갈이할 때/지난 여름 번데기 사 먹고 죽은 아이들의 어머니는 후미진/골목길을 서성이고 실성한 늙은이와 천부天賦의 백치는/서울역이나 창경원에 버려졌다"(「그해 가을」)에서처럼 자기를 방어할 힘을 갖지 못한 이들은 무참하게 죽거나 버림을 당하는 세계이며, "스캔들이 터진다 색色이 등등한 늙은이가/의붓딸을 범하고 습기 찬 어느날 밤 신혼 부부는/연탄 가스로 죽는다 알몸으로, 그 참 구경 좋다//철든 그날부터 변은 변소에서 보지만 마음은 늘 변 본 그 자리를 떠나지 못하고, 악에 받친 소년들은/소주 병을 깨고 제 팔뚝을 그어도……/여전히 꿈에 부푼 식모애들은 때로, 사생아를 낳지만"(「다시, 정든 유곽에서」)에서처럼 색이 등등한 늙은이가 의붓딸을 범하고, 신혼 부부는 연탄 가스로 죽고, 악에 받친 소년들은 소줏병을 깨서 제 팔뚝을 긋고, 식모 애들은 사생아를 낳는, 이해할 수 없는 일들이 끊임없이 벌어지고 있는 '유곽'의 세계다. 이 세계는 "모든 게 신비"인 세계이지만, 동시에 비이성적 세계이며, 폭력의 세계이고, 재난의 세계이며, 전도된 가치의 세계다.

인간의 본래적 삶을 허용치 않는 이 병든 세계 속에서 시인의 가족이라고 안전할 수는 없다. 시인의 "선량한 아버지와/볏짚단 같은 어머니, 티밥같이 웃는 누이"(「모래내 · 1978년」)도 저마다 다른 형태의 고통을 받으며, 훼손된 삶을 감수하지 않을 수 없게 된다. "아버지는/예고없이 해고"(「그러나 어느날 우연히」)되고, "아버지는 회사를 그만두고 집에만 계셨다/텔레비 앞에서 프로가 끝날 때까지 담배만 피우셨다 벌레들은/더 많은 구멍을 파고 고운 나무 가루를 쏟아냈다 보자 누가 이기나,/구멍마다 접착제로 틀어 막았다 아버지는 낮잠을 주무시다 지겨우면/하릴없이, 자전거를 타고 수색에 다녀오시고 어머니가 한숨 쉬었다"(「꽃 피는 아버지」)는 식의 몰가치적인 삶의 감수가 단순한 노동력의 상실에 의해 어쩔 수 없이 주어진 것이 아니라 비진정한 가치 구조의 지배를 받고 있는 병든 세계의 강제에 의한 것이어서 그 고통은 가중된다. 이 시집에서 누이와 어머니는 자주 아픈 상태로 나타난다. 이를테면 "그건 쓰러진 누이예요 엄마, 누이가 아파요"(「사랑 일기」), "하늘 한 곳에서 어머니는 늘 아팠다"(「모래내 · 1978년」) 등은 병든 세계의 전도된 가치 구조가 개인의 삶에 가하는 억압의 등가물이다. 인간의 삶은 사회와 자아 사이의 대립에서 생기는 모순과 갈등의 요인이나 실현되지 않은 개인의 내면적 충동과 욕망 등이 미분화 상태 속에서 엉켜 있다는 뜻에서 일종의 복합체라고 할 수 있다. 시는 바로 이런 삶 속에서 움직이는 실체이며 복합적인 혼돈체인 삶을 비은폐적 영역으로 끌어내서 존재의 의미를 드러내기 위한 양식이다.

왜 시인은 시로써 자신의 삶을 밝히고 드러내려고 하는가? 그것은 인간 실존을 그 핵으로 감싸고 있는 전체로서의 현실 영역이 삶의 가치 또는 삶의 진실의 체계를 분명한 형태로 드러내 보여주지 않기 때문이다. 현실 영역의 감춤 · 버려둠의 구조와 시의 밝힘 · 드러냄의 구조는 대립적이다. 그 대립에 대한 치열한 긴장이 결핍되거나 이완될 때 시는 도식적 구호나 상투적 암호의 차원으로 전락하기 일쑤다. 1970년대의 유능한 젊은 시인들이 이런 함정에 빠져들곤 하는 것을 우리는 본 바 있다. 닫힌 의식으로는 현실을 바라볼 수 없고, 현실을 바라볼 수 없는 의식 속에서 좋은 시가 나올 리 없다. 새로운 틀을 만들기 위해서는 끊임없이 자기의 틀을 깨뜨려야 하는 것이다.

이성복의 시가 보여주는 끊임없는 형태 파괴 노력은 이런 관점에서 주목할 만하다. 형태 파괴적인 시는 부드럽게 열린 의식 속에서만 가능하다. 물론 이성복이 "숟가락은 밥상 위에 잘 놓여 있고 발가락은 발 끝에/얌전히 달려 있고 담뱃재는 재떨이 속에서 미소짓고/기차는 기차답게 기적을 울리고 개는 이따금 개처럼/짖어 개임을 알리고 나는 요를 깔고 드러눕는다 완벽한/허위 완전 범죄 축축한 공포, 어째서 이런 일이 벌어졌을까"(「어째서 이런 일이 벌어졌을까」)라고 노래했을 때, 병든 세계 속에서의 우리의 지극히 정상으로 보이는 일상의 양태가 사실은 "완벽한 허위 완전 범죄 축축한 공포"임을 까발려 보여준다는 점과 개인의 고통의 형이상학을 문명 비판적 차원으로까지 확대시킨다는 점에서 평가를 받아야 하겠지만, 형태 파괴와 관련된 그의 노력이 한국 시의 새로운 영역을 열었다는 점에서도 높이 평가되어야 할 것이다. 이는 "고통과 불행의 정당성을 밝혀냈고 반복법과/기다림의 이데올로기를 완성"(「어째서 이런 일이 벌어졌을까」)하기 위한 그의 노력과도 무관하지 않다. 그는 시를 쓰면서 "사랑을 배웠다 폭력이 없는 나라,/그곳에 조금씩 다가갔다"(「아들에게」)고 고백한다. 아마 그 곳은 「1959년」이라는 작품에서 처음부터 "오지 않는 봄"이라고 체념해버린, 아픔과 고통이 없는 나라일 것이다.

추상화된 사랑의 대상인 당신을 찾아가는 여로를 보여준 두 번째 시집 『남해 금산』

1982년 이성복은 분지 도시 대구에 있는 계명대학교의 불문과 조교로 부임하고, '민음사'에서 주관하는 '김수영 문학상'을 받는다. 1984년 그는 김화영 · 김치수 · 곽광수 등이 수학한 바 있는 엑스앙프로방스대학교의 박사 과정에 등록하고 프랑스로 떠난다. 카프카와 보들레르를 제 문학의 등대로 삼을 정도로 "뼛속까지 프랑스 정신으로 살았던" 이 서구 지향적 시인은, 그러나, 프랑스에서 자괴감과 열등감에 빠져 절망하고 만다. 이 절망은 1985년 귀국한 뒤에 그가 동양 고전과 만나는 계기가 된다. 이듬해인 1986년 그의 두 번째 시집 『남해 금산』이 다시 '문학과지성사'에서 나온다. 많은 독자와 비평가는 이 시집을 연애 시집으로 받아들인다. 시인 자신도 1988년 『문예중앙』 가을호에서 「연애시와 삶의 비밀」이라는 창작 일기를 내놓는다.

이 세상에서 남녀간의 사랑이야말로 가장 단순하고 가장 포괄적인 삶의 원리가 아닐까 하는 생각이 든다. 그런 의미에서 연애시는 삶의 비밀을 밝히려는 모든 시의 원형이라고 할 수 있다. 남녀간의 사랑 속에 숨어 있는 원리들을 밝힌다는 것은 곧 삶과 죽음, 정신과 물질, 이 세상과 저 세상의 관계를 밝히는 일이 될 것이다.

송재학은 이성복의 연애시들을 두고 "동양 고전의 세계, 소월과 만해의 깊고 푸른 물을 거쳐서 나온 정서적 자아의 목소리"라고 멋지게 말하고 있다.* 시인은

1987년부터 대구 대명한의원의 서찬호로부터 동양 고전인 『대학』과 『중용』을 배우고, 1988년 계명대학교 중문과 교수들이 『논어』 윤독회를 꾸리자 거기에 참여한다. 이런 과정을 거쳐 1989년 말에 「네르발 시의 역학적 이해」라는, 서양 문학을 동양 고전의 정신으로 녹여 풀이한 특이한 논문이 완성된다. 같은 해 겨울에 이성복은 제4회 '소월 문학상'을 받게 된다. 1990년은 이성복에게 여러 가지 일이 겹친 해다. 그해에는 세 번째 시집 『그 여름의 끝』이 나오고, 그가 오래도록 스승으로 섬긴 평론가 김현이 오랜 투병 끝에 세상을 떠난다. 『그대에게 가는 먼 길』과 『꽃 핀 나무의 괴로움』이라는 두 권의 산문집이 출판사 '살림'에서 나오고, 『현대시세계』 봄호와 『문학정신』 10월호가 각각 「이성복 특집」과 「이성복 대담」을 실은 것도 같은 해의 일이다. 『그 여름의 끝』에서 시인은 '당신'으로 가는 도정을 펼쳐 보여준다. 이에 송재학은 "그 '당신'은 소월과 만해로부터 익힌 '당신'이고 동양의 음양 사상에서 비롯된 '당신'으로 내가 양이면 당신은 음, 당신이 양이면 내가 음인 그 '당신'이다. 그 '당신'은 남녀간의 당신만을 의미하는 것이 아니라 경외하는 모든 것을 포함하는 것이다."** 라는 해석을 내놓는다.

1991년 시인은 연암재단의 교수 해외 파견 기금을 받아 두 번째로 프랑스에 가서 도교의 권위자인 어느 교수의 강의를 수강한다. 그는 파리에서 기숙사 생활을 하는데, 토요일마다 기숙사 방을 개방한다. 토요일에 그의 방은 철학, 미술사, 미학 등을 전공하는 한국 유학생들이 모여들어 학문과 정보를 나누는 아카데미 구실을 한다. 1992년 그는 다시 한국으로 돌아와 박사 학위 논문을 다듬은 『네르발 시 연구』를 '문학과지성사'에서 펴낸다. 그리고 이태 뒤인 1994년 이성복은 네 번째 시집 『호랑가시나무의 추억』을 내놓는다. 『뒹구는 돌은 언제 잠 깨는가』에서 『호랑가시나무의 추억』까지 오는 동안 그려지는 변모의 궤적은 시인의 정

이성복의 네 번째 시집 『호랑가시나무의 기억』. '아이들의 아버지'로 이어지는 시인의 정신사적 궤적을 엿볼 수 있다.

* 송재학, 「정든 유곽에서 호랑가시나무까지」, 『사랑으로 가는 먼 길—이성복 문학 앨범』(웅진출판, 1994)
** 송재학, 앞의 글

신사적 궤적과 거의 일치한다. 『뒹구는 돌은 언제 잠 깨는가』—『남해 금산』—『그 여름의 끝』—『호랑가시나무의 추억』으로 이어지는 궤적은 '누이의 동생' — '어머니의 아들' — '당신의 나' — '아이들의 아버지' 로 이어지는 궤적과 상호 조응하는데, 이는 시인의 "가족의 순환 구조"이며, "안팎의 정신사"*에 다름아니다.

참고 자료

이경수, 「유곽의 체험」, 『외국문학』 1986 가을

김현, 「치욕의 시적 변용」, 『분석과 해석』, 문학과지성사, 1988

진형준, 「사랑의 확인」, 『또 하나의 세상』, 청하, 1988

임우기, 「타락한 물신에 대한 시적 대응의 두 모습」, 『살림의 문학』, 문학과지성사, 1990

홍정선, 「치욕에서 사랑까지」, 『우리 시대의 문학』 6, 1987

정과리, 「이별의 '가'와 '속'」, 『문학과 사회』 1989 여름

『사랑으로 가는 먼 길—이성복 문학 앨범』, 웅진출판, 1994

* 송재학, 앞의 글

이문열, 영광과 그늘

『사람의 아들』에서 『영웅 시대』까지

국민 작가라는
칭호와 함께
우리 시대를 대표하는
작가의 반열에 오른
이문열

작가 이문열李文烈(1948~)에 대한 수식어는 많다. 국내의 한 일간지는 '이문열 신드롬'이라는 생소한 조어를 선보이기도 한다. 유려한 문체, 다양한 소재, 그리고 능수 능란한 이야기꾼의 솜씨로 녹여낸 그의 낭만주의적 세계 인식의 소설은 그를 "국민 작가"라는 칭호와 함께 당대 최고 작가의 반열에 올려놓는다. 이문열은 "이미 한 봉우리에 도달한 자가 아니라 여전히 길 위에 선" 작가라고 겸양을 보이지만, 한 평론가가 "이문열이란 이름 그 자체가 하나의 제국"이라고* 말할 정도로, 그는 이미 당대 문학 저널의 비속한 비교 가치 판단에 따르자면 우리 시대에 하나의 커다란 봉우리로 우뚝 솟아 있는 작가다. 한편으로 그의 비판자들은 이문열이 스스로 "시대와 불화"하는 작가라고 주장하지만 사실은 이 시대의 기득권 계급의 이익을 대변하는 '보수 반동'이라고 비판하면서 그가 제 몫 이상을 누리는 "위험한 문화 권력"이라는 혐의를 유포한다. 이문열은 1980년대 한국 문학의 밤하늘에서 별처럼 빛난 '위대한 작가'일까, 아니면 그저 시대의 흐름을 잘 타서 운 좋게 부와 명성을 거머쥔 우리 시대의 '일그러진 영웅'일까. 어느 지방 신문의 기자로 평범한 생활을 하고 있던 이문열은 1979년 『동아일보』 신춘 문예 중편 소설 부문에 「새하곡塞下曲」이 당선되면서 작가 명단에 이름을 올리는 데 성공한다. 그는 같은 해 『세계의 문학』 여름호에 중편 소설 「사람의 아

* 김윤식, 「우리들의 일그러진 이문열」 — 강준만의 글에서 재인용, 『인물과 사상』 3집(개마고원, 1997)

들」을 발표하며 문단의 주목을 받는다. 「사람의 아들」은 갓 등단한 무명 작가에 지나지 않던 이문열에게 '오늘의 작가상'을 안겨주고, 1980년대를 자신의 연대로 평정하는 계기가 된 작품이다.

「사람의 아들」

'신의 아들'과 '사람의 아들'의 정면 대립을 통해 인간 존재의 근원적인 실상을 적나라하게 드러낸 『사람의 아들』. 이 작품으로 이문열은 오늘의 작가상을 받는다.

이문열은 「사람의 아들」에서 절대의 신을 찾아 떠도는 한 인간의 종교적 방황을 통해 신과 인간의 관계에 대한 근본적인 성찰을 시도하고 인간 존재의 본질에 대한 근원적인 의문을 해명하려는 몸짓을 보여준다. 이 소설은 신학도 민요섭이 의문의 피살체로 발견된 뒤 한 형사가 범인을 추적하는 이야기의 형태로 펼쳐진다. 민요섭이라는 베일에 싸인 인물의 신원을 한 꺼풀씩 벗기는 과정에서 예수 시대의 전설적 인물 아하스 페르츠의 생애를 소설 형식을 빌려 집필해놓은 노트가 발견된다. 「사람의 아들」은 이 두 가지 이야기가 병렬식으로 전개되는 액자 소설적 양식의 이중 구조로 되어 있다.

민요섭은 모범적인 신학생이다. 그가 어느 순간 종교와 관련해 심각한 회의에 빠진 나머지 신학교라는 관습적인 세계, 즉 사회 속에서 역사와 함께 발달해 그 사회의 성원들에게 널리 승인되는 규범적 세계로부터 뛰쳐나와 '새로운 신'을 찾아 방황하게 된다. 그는 실천 신학, 사회 개혁, 노동 운동, 복음 전도 같은 적극적인 사회 변혁 행동이 새로운 신의 새로운 율법의 실천이라는 확신을 갖기에 이른다. 기성 질서의 타락을 묵인하는 신의 침묵에 반발하며 이에 의해 자극된 신의 정당성에 대한 의문이 깊어지면 깊어질수록 그의 의식과 행동은 반신적이고 실존적인 방향으로 나아간다. 양아버지로부터 넉넉한 재산을 물려받은 신학도 민요섭은 그 재산을 고아원과 나환자촌, 재활원에 모두 나눠준다. 이윽고 등록금까지 스스로 벌지 않으면 안 될 만큼 궁해지자, 그는 이제 몸으로 봉사해야 하겠다며 집을 떠난다. 민요섭은 이리저리 방황하며 괴로움을 겪은 끝에 추종자인 조동팔에게 그 동안 자신이 "무슨 거룩한 소이라도 받은 것처럼 새로운 신을 힘들여 만들어냈지만, 실은 설익은 지식과 애매한 관념으로 가장 조악한 형태의 무신론을 엮었을 뿐이라고" 알리면서, 회개하고 "십자가 아래로 돌아가겠다."는 결심을 밝힌다. 이에 조동팔은 무릎을 꿇고 그에게 다시 저희의 신으로 돌아와 달라고 애원하지만 민요섭은 이를 거절한다. 마침내 조동팔은 억누를 수 없는 증오심에 불타 민요섭을 살해한다. 민요섭 피살 사건의 담당 형사는 그의 유품 가운데 사건 해결의 단서가 될 만한 것을 찾다가 일기와 노트 한 권을 손에 넣는다. 형사는 민요섭의 노트에 적힌 아하스 페르츠라는 기인의 생애와 관련된 기록을 읽어본다.

실제로 이 작품에서 작가의 전언을 머금고 있는 대목은 아하스 페르츠의 행적 묘사 부분이다. 아하스 페르츠는 예수와 같은 날 태어난다. 예수가 베들레헴의 한 마굿간에서 태어난 날 다른 곳에서 '사람의 아들'로 태어난 아하스 페르츠는 자라면서 "왜 야훼는 전지 전능으로 이 세계를 창조하였다면서 이토록 죄악과 고통이 가득 찬 세상을 방치해두는가." 하고 깊은 회의를 품는다. 이에 따라 그는 풍요롭고 안락한 삶을 버리고, '참된 지혜' 또는 '새로운 신'을 찾아나선다. 그러나 아하스 페르츠는 이후 10여 년 동안 이집트 · 가나안 · 페니키아를 거쳐 소아시아 · 북시리아 · 바빌론 · 페르시아 · 인도 곳곳을 헤매고도, 참된 신을 찾지 못한다. 그러다가 로마의 거리에서 평생 해를 연구하다가 태양 광선에 눈이 먼 걸인이 "모든 사물의 겉모습은 우리들의 온전치 못한 감각이 그때그때 나름대로 받아들인 일시적이고도 자의적인 느낌일 뿐 그 본질과 멀다."고 말하는 것을 듣는 순간, 아하스 페르츠는 그 동안 마음의 눈이 멀어 있었다는 사실을 깨닫고 방랑 생활을 접는다. 그는 이어 '쿠아란타리아'라는 광야에 들어가 40일 동안 단식과 묵상을 한 끝에 드디어 자신이 찾던 신을 만나 "왜곡되고 와전된 창조의 진실", "우주의 시원始原과 궁극" 등에 관한 이야기를 듣는다. 그 위대한 신과 헤어져 광야에서 나온 아하스 페르츠는 얼마 뒤 예수를 만나게 된다. 아하스 페르츠는 예수를 향해 비꼬는 어조로, 그 동안 가슴에 품고 있던 분노의 말을 쏟아낸다.

왜 인간은 슬퍼하고 굶주리고 목마르고 박해당해야만 참으로 복있는 자가 될 수 있는가요? 수천 년의 기다림 끝에 당신이 왔는데도 그런 고통스런 조건 없이 우리에게 내릴 참행복은 없는가요? 그것들이 사랑과 은혜의 하느님을 자처하는 분의 선물이라면 그 얼마나 초라한 것인가요? 위로받지 않아도 되도록 이땅의 슬픔을 모두 거두어들일 생각은 없소? 만족을 몰라도 좋으니 의義에 주리고 목말라 하지 않을 세상을 만들 수는 없소? 나중에 자비를 받지 못하게 되어도 좋으니 애초에 우리가 남에게 자비를 베풀 필요가 없는 세상이 되게 할 수는 없소? 저 세상에서 하느님의 아들이 못 되어도 좋으니 따로 평화를 위해 노력할 필요가 없는 이 세상을 우리에게 줄 수는 없소?

이문열, 『사람의 아들』(민음사, 1988)

예수가 메시아로서 예정된 신의 행로를 충실히 걷고 있다면, 아하스 페르츠는 메시아의 이런 행로의 정당성에 의문을 품고 메시아와 대립된, 그래서 신의 관점에 비추자면 반항적이고 악마적인 '사람의 아들'의 행로를 따른다. 종교 문제로 방황하던 끝에 신의 섭리를 받아들이고 본디 섬기던 신으로 복귀하려는 시점에서 추종자 조동팔에게 배신자로 낙인 찍혀 살해되는 민요섭은 아하스 페르츠의 현실적 구현인 셈이다. 작가는 고대의 전설적인 인물 아하스 페르츠와 민요섭을 소설의 이중 구조 속에서 동시적인 양면성으로 보여주고 있는 것이다. 「사람의 아들」은 기독교에서 소재를 빌린 작품이지만 종교 소설은 아니다. 오히려 작가는 여기서 '신의 아들'과 '사람의 아들', 즉 예수와 아하스 페르츠의 정면 대립을 통해 인간 존재의 근원적인 실상을 적나라하게 표출한다. 나아가 작가는 여기서 인간의 숙명적인 유한성으로부터 진정한 초월을 성취하려는 사람들이 겪는 형이상학적인 고뇌를 그려낸다. 신진 작가 이문열이 내놓은 「사람의 아들」은 여러 평자로부터 좋은 평가를 받는다. 그러나 한편으로는 지나친 관념과 현학성으로 말미암아 "관념에로의 경사傾斜"와 "초월적 사인성私人性"에 빠진 작품이라는 평가도 따른다.

이문열의 본명은 열烈이다. 그는 1948년 서울 청운동에서 3남 2녀 가운데 막내아들로 태어난다. 좌익 사상에 물들어 있던 그의 아버지는 6 · 25 발발 뒤 월북한다. 전란중에 어머니와 그의 형제들은 잠시 외가인 경북 영천군 금모면 섬들(島坪)로 가서 지내다가, 그가 세 살 되던 해에 아버지의 고향인 경북 영양군 석보면 원리동으로 이주한다. 1953년 다섯 살 때에는 안동으로 이사해 이듬해 안동 중앙국민학교에 입학하지만, 어떤 독지가가 지은 기숙사를 맡아 운영하게 된 어머니를 따라 1956년 상경해 서울 종암국민학교에 다닌다. 그러나 어머니의 기숙사 운영 실패로 생계 수단을 잃게 되어 1958년 열 살 때 밀양으로 이주해 밀양국민학교에 다니는 등, 이문열은 여러 고장을 떠돌며 초등 학교 과정을 마친다. 그는 이미 초등 학교 5학년 때 앙드레 지드André Gide의 「좁은 문」을 읽고서 갑자기 "홀로 되어버린 기분"을 느낄 정도로 조숙한 면을 보인다.

1964년 이문열은 집안 형편 때문에 중학교 과정은 건너뛰고 고입 검정 고시를 거쳐 안동고등학교에 진학한다. 그는 이 무렵 도스토예프스키와 헤밍웨이의 작품 세계에 심취하며 문학에 대해 막연한 동경을 품는다. 1965년 고등 학교를 중퇴하고 부산으로 이사한 뒤 그는 무위 도식하며 주로 니체 · 사르트르 · 데카르트 · 칸트 · 쇼펜하우어 등의 철학 서적을 읽으며 소일한다. 이 시기에 그가 느낀 외로움과 성장기적 우울, 앞날에 대한 불안은 뒷날 소설 「젊은 날의 초상」에서 "벌써 어른들처럼 머리를 길게 길러 넘기고 어른들의 옷을 입고, 술이며 담배 같은 어른들의 악습과 심지어는 시시껄렁한 타락까지 흉내"내는 "아이도 어른도 아니"고 "학생이랄 수도 건달이랄 수도 없는" 상태로 지낸 것으로 그려진다.

1967년께 장티푸스를 앓고 난 그는 마음을 가다듬고 입시 공부에 몰입해, 이듬해인 1968년 대입 검정 고시를 거쳐 서울대학교 사범대학 국어교육과에 진학한다. 그러나 학과 공부에 별로 흥미를 느끼지 못한 그는 문학 서클에 가입해 잡문 쓰기에 열을 올린다. 얼마 뒤 그는 생각이 바뀌어 고시 공부를 시작한다. 가을에 사법 및 행정 요원 예비 시험에 합격한 그는 이에 용기를 얻어 이듬해 아예 학교를 때려치우고 본격적으로 고시 공부에 매달린다. 그러나 몇 차례 낙방을 겪으면서 울분과 실의에 찬 나날을 보내는데, 이 무렵의 생활은 뒷날 「어둠의 그늘」이라는 중편 소설로 그려진다. 그는 이 시기에 고시 공부를 방패 삼아 황순원 · 이호철 · 최인훈 · 장용학 · 이청준 · 김승옥 등의 소설과 동양학 책, 한문 경전, 불경, 기독교 서적 등을 읽고, 한편으로 「사람의 아들」 · 「사라진 것들을 위하여」 · 「이 황량한 역에서」 · 「달팽이의 외출」 등의 초고를 써낸다. 1973년 이문열은 「사람의 아들」을 한 잡지에 투고한다. 그러나 예심도 통과하지 못하자 고시와 문학, 두 가지에 다 실패하고 말았다는 좌절감 때문에 그의 괴로움은 더욱 커진다. 좌절감과 허탈감에 시달리던 그는 얼마 뒤 결혼하고 이어 군에 입대해 서울과 서부 전선에서 통신 보급병으로 근무한다. 1976년 제대한 뒤로는 대구의 학원가에서 강사로 전전하며 틈틈이 습작을 한다. 그러다가 스물아홉 살 때인 1977년 그는 대구 『매일신문』 신춘 문예에 이문열이라는 필명으로 「나자레를 아십니까」를 응모해 당선작 없는 가작으로 뽑힌다. 그것이 인연이 되어 1978년 그는 '매일신문사' 22기 기자로 들어가 편집부에서 일한다. 어느 날 이문열은 『동아일보』 신춘 문예에 중편 부문이 신설된다는 예고 기사를 본다. 이로부터 한 달 남짓 만에 완성한 작품이 자신의 군대 체험을 바탕으로 집단적 억압의 공포와 불안 등을 그린 중편 「새하곡塞下曲」이다. 「새하곡」이 1979년 『동아일보』 신춘 문예 중편 소설 부문 당선작으로 뽑히며, 이문열은 중앙 문단에 정식으로 진출하는 꿈을 이룬다.

1977년 『대구매일신문』 신춘 문예 시상식장에서. 맨 왼쪽이 이문열

1979년 그에게 '오늘의 작가상'을 안겨준 『사람의 아들』이 '민음사'에서 단행본으로 나오자 곧바로 각 대형 서점의 베스트셀러 목록에 오른다. 무명 신진 작가 이문열은 이 소설로 독서계와 문단의 주목을 받는다. 이에 고무된 작가는 이듬해인 1980년 창작에만 전념하기로 마음먹고 '매일신문사'를 사직한다. 그는

이윽고 '민음사'에서 토마스 울프의 소설 제목을 빌려 고향 상실에 대한 아쉬움을 담은 첫 장편 소설 『그대 다시는 고향에 가지 못하리』와 아무 소속 없이 떠돌던 젊은 날의 정신적 방황과 그 내면을 그린 『젊은 날의 초상』을 펴낸다.

『젊은 날의 초상』

『젊은 날의 초상』에는 장편 소설 「젊은 날의 초상」과 중편 소설 「들소」 그리고 단편 소설 「서늘한 여름」이 함께 묶여 있다. 「젊은 날의 초상」은 축복받지 못한 젊은 날의 암울한 유적流謫의 삶과 방황을 되돌아본 내용의 작품이다. 이 소설은 1부 '하구河口', 2부 '우리 기쁜 젊은 날', 3부 '그해 겨울'로 짜여 있다. 작가는 여기서 격동하는 젊음의 순수한 고뇌를 안고 절망의 끝까지 나아갔다가 다시 삶의 장章 안에 안기게 되는 '나'의 역정을 특유의 유려한 미문체로 한 폭의 수채화처럼 보여준다.

젊은 날의 암울한 유적流謫의 삶과 방황을 그려낸 소설 『젊은 날의 초상』

> 흔히 나이가 그 기준이 되지만, 우리 삶의 어떤 부분을 가리켜 특히 그걸 꽃다운 시절이라든가 하는 식으로 표현하는 수가 있다. 그러나 세상 일이 항상 그러하듯, 꽃답다는 것은 한번 그늘지고 시들기 시작하면 그만큼 더 처참하고 황폐하기 마련이다. 내가 열아홉 나이를 넘긴 강진에서의 열 달 남짓이 바로 그러하였다.

열아홉 살은 성인의 세계로 편입되기 직전의 나이이다. 그러니까 이 작품은 청소년기 삶의 마지막 부분을 보여준다고 할 수 있다. 열아홉 살의 주인공 '나'는 낯선 도시의 싸구려 하숙방을 전전하는 떠돌이 생활의 쓰라림과 서글픔, 무분별한 충동으로 헝클어진 삶을 청산하기 위해 형에게로 돌아온다. 형의 일을 도우면서 틈틈이 검정 고시와 대학 입시를 준비하던 '나'는 뜻하지 않은 발병과 음울한 투병으로 새로운 시련을 맞는다.

영양과 영덕을 경계 짓는 창수령. 「젊은 날의 초상」에서 주인공 영훈이 폭설을 뚫고 넘어가며 "창수령, 아아 나는 아름다움의 실체를 보았다."고 감탄한 곳이다.

아아, 처참한 유적流謫이여, 그 밤을 할퀴고 지나가는 잔인한 세월의 바람소리여. 폭군처럼 군림하는 불면이여. 내 영혼은 지식으로 상처입기를 갈망했으나, 책들은 머리 깎인 삼손 곁을 뒹구는 당나귀의 턱뼈처럼 버려지고, 예지의 말씀들은 밤의 어둠 속으로 사라졌다. 결국 이 땅에는 없게 되어 있는 벗들과 여인을 향한 편지, 지금까지는 누구도 불러보지 못한 곡조의 노래, 때로 나의 밤은 그것들로 빛났지만, 편지들은 끝내 부쳐지지 않았고, 노래들은 불리워지지 못했다. 고독은 내 충실한 방문객, 그는 무료히 앉았다가 생각난 듯 고약한 벗들—채찍 같은 후회와 음흉한 불안과 날선 비애를 불러들여 나를 가학했다.

시련기에 쓴 이 단상斷想에는 독한 지식욕과 대상 없는 연모, 젊은 날의 번민과 고뇌, 불안과 비애에 짓눌려 신음하는 영혼의 상태가 드러나는데, 이런 과정은 어른의 세계로 들어서는 마지막 순간에 치러야 하는 고통스런 할례식 같은 것이다. 이 창백한 자화상은 별장집 소녀를 향한 '나'의 씁쓸한 애정을 거쳐 대학 진학으로 강진에서 보낸 유적의 삶을 청산하고도 얼마 동안 더 이어진다. 이 작품에 나오는 '나'의 삶은 피로와 혼란, 절망과 허무의 그림자가 짙게 드리운 지적 편력기라고 할 수 있다.

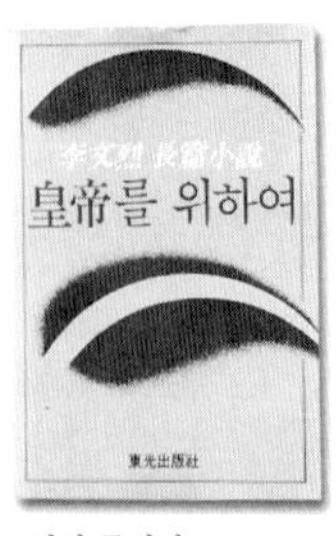

서양 문명과 동양 정신의 대결을 상고주의적 냄새가 물씬 풍기는 문체로 그려낸 장편 소설 『황제를 위하여』

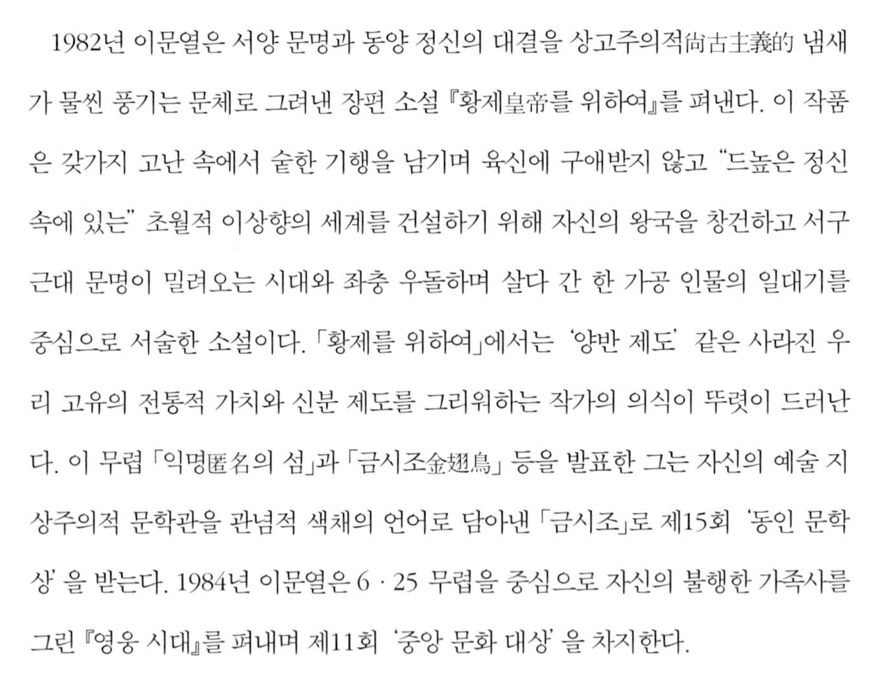
1982년 이문열은 서양 문명과 동양 정신의 대결을 상고주의적尙古主義的 냄새가 물씬 풍기는 문체로 그려낸 장편 소설 『황제皇帝를 위하여』를 펴낸다. 이 작품은 갖가지 고난 속에서 숱한 기행을 남기며 육신에 구애받지 않고 "드높은 정신 속에 있는" 초월적 이상향의 세계를 건설하기 위해 자신의 왕국을 창건하고 서구 근대 문명이 밀려오는 시대와 좌충 우돌하며 살다 간 한 가공 인물의 일대기를 중심으로 서술한 소설이다. 「황제를 위하여」에서는 '양반 제도' 같은 사라진 우리 고유의 전통적 가치와 신분 제도를 그리워하는 작가의 의식이 뚜렷이 드러난다. 이 무렵 「익명匿名의 섬」과 「금시조金翅鳥」 등을 발표한 그는 자신의 예술 지상주의적 문학관을 관념적 색채의 언어로 담아낸 「금시조」로 제15회 '동인 문학상'을 받는다. 1984년 이문열은 6 · 25 무렵을 중심으로 자신의 불행한 가족사를 그린 『영웅 시대』를 펴내며 제11회 '중앙 문화 대상'을 차지한다.

『영웅 시대』

이동영은 영남 지방 대지주의 외아들로 태어나 어린 나이에 아버지를 잃고, 강인한 생활력과 여장부 기질을 가진 홀어머니 밑에서 자란다. 그는 열여섯 살 때 처음으로 친척 뻘이 되는 한 아저씨로부터 "우리의 일생을 인도할 만한 이념의 별"이라는 말과 함께 사회주의 사상의 세례를 받고, 자신이 속한 계급의 예정된 몰락의 운명을 벗어나려면 "역사적인 단계의 비약", 즉 혁명적 영웅의 삶에 투신해야 한다는 이성적 판단에 따라 혁명 투사의 길을 선택한다. 전통 한학을 공부하던 그가 러시아에서 아나키스트로 활동하는 '노령 아재'를 통해 신학문과 사회주의 사상에 눈뜨는 것이다. 노령 아재의 친구인 박영창과 사귀면서 본격적인 아나키스트 사상에 빠져든 이동영은 박영창이 이끄는 아나키스트 모임 '자주실천연구회'에도 가입한다. 박영창이 아나키스트에서 볼셰비키로 전향하자 이동영도 그와 같은 노선을 걷는다. 일제 말기에 들어 좌익 활동이 거의 불가능해지자 이동영은 신분 위장을 위해 조직의 협조 속에 동양척식주식회사 농장 관리인으로 취직해 지내다가 해방을 맞는다. 해방 뒤 이동영은 시골의 마름들로부터 거둬들인 쌀 3백여 가마와 숯 2백 포를 낯선 사람들에게 나눠주고, 토지와 한두 마대가 넘는 지폐까지 '인민'의 것이라는 이유로 남김 없이 갈라주고 만다. 그러나 이윽고 그가 마주치게 되는 것은 혁혁한 투쟁 경력이 있음에도 '순혈의 투쟁적인 프롤레타리아' 출신이 아니고 '회개한 부르조아' 계급이라는 이유로 당하게 되는 불이익과 집단에서의 소외다. 심지어 신분 위장을 위해 동척의 농장장으로 일한 것마저 친일 기록으로 따라다니는 바람에 그는 공산당 입당조차 거절당한다. 이동영이 뒤에 밝히지만, 찬연한 이념의 광휘를 따라 들어선 길에서 그가 본 것은 추악한 권력 투쟁과 무산 대중이나 소외 계층에 대한 관심 또는 연민과 관련된 가면이다. 그는 이에 따른 환멸스런 각성과 함께, 그의 내면 깊숙이 숨어 있던 이념

한국전쟁을 중심으로 작가 자신의 불행한 가족사를 펼쳐 보인 『영웅 시대』

선택의 진정한 동기를 직시하게 된다. 회의에 빠진 의식의 표면 위로 떠오르는 진실을 옮기자면 그의 선택이 자신의 계급, 다시 말하면 아시아적 전제 국가에 뿌리 내린 봉건 귀족의 예정된 몰락에서 벗어날 수 있는 새로운 대안, 곧 부정의 부정이라는 논리에 의해 유도된 것이지만, 이념 자체에 끌린 것에 우선해 "잔존殘存의 방식—살아남기 위한 노력"이었음을 직시하게 되는 것이다. 이런 직시가, 북한의 현실이 그가 신봉하던 빛나는 이념이 제시하는 이상과는 거리가 멀 뿐 아니라, 혁명적인 구호인 형제애는 피투성이 싸움 같은 권력 추구 과정 속의 음모와 중상으로 실현되고, 폭력적인 억압이 다시 자본주의식 부패를 대신하고 사회 권력의 가장 중요한 지렛대로 작용하고 있다는 현실에 대한 인식과 각성으로 연결되면서 그의 환상은 환멸로 변질되고 만다. 이동영의 친구 김철의 자폭에 가까운 죽음 또한 이와 같은 환멸의 쓰디쓴 결과인 것이다. 작가는 「영웅 시대」에서 이동영을 비롯해 김철과 박영창 같은 사람들을 '탈주한 지식인'이라고 부르고 있다. 탈주한 지식인이란 "구체제의 혜택으로 지식층에 편입되었지만, 그 무능과 부패에 반발하거나 실망과 좌절로 이탈한 자"다. 이들은 혼란과 조급증에 빠져 '새로운 충성의 대상'을 찾다가 개항과 더불어 이 땅에 흘러든 외래의 이데올로기에 유혹되고, 이내 '광신의 열정과 독선의 강변'으로 무장하는 과정을 거친다. 이념 갈등은 끝내 이 땅을 피로 얼룩지게 하고, 탈주한 지식인들은 6·25를 겪으면서 이 전쟁이 '이데올로기의 전쟁'이라는 믿음이야말로 커다란 미망과 현혹이라는 각성에 이르게 된다. 이동영이나 김철 같은 좌익 지식인들의 쓰라린 실패의 삶 뒤에는, 현실을 있는 그대로의 결과 꼴을 가진 현실로 받아들이지 못하고, 조작된 관념의 틀에 억지로 끼워 맞추어 받아들이려고 한 어리석음이 단단히 자리잡고 있다.

이 작품의 사소한 결함으로 구성의 산만함, 사실적 감각의 구체가 뒷받침되어야 할 곳에 들어앉아 지리하게 반복되는 관념의 논리, 안나타샤라는 인물이 거듭 우연성에 기대어 출현하는 것 등을 지적할 수 있다. 안나타샤는 소작인의 딸 안

명례가 몇 차례 인생 유전을 거쳐 변신한 인물인데, 권력층을 상대로 매음을 해서 획득한 신분의 힘으로 이동영이 위기에 빠질 때면 으레 나타나 그를 구해준다. 이 작품에서 이동영과 안나타샤가 벌이는 애정 행각은 이야기 속에 자연스럽게 녹아드는 것으로 보기 어렵다. 두 사람의 만남에 거듭 우연성이 개입하기 때문이다. 작가는 이 문제와 관련해 단순히 이야기에 통속적 재미를 부여하기 위한 빗나간 배려의 소산으로 안나타샤라는 인물을 등장시킨 것이 아닐까 하는 의혹을 불식시키지 못한다. 차라리 이 작품의 커다란 감동은 이동영의 좌익 활동 때문에 그의 아내 정인과 어머니가 남쪽에서 겪는 수난과 형극의 삶의 구체에서 찾을 수 있다. 가족, 사회 집단, 신분 계층 등의 해체와 붕괴, 민족 구성원의 수평적 · 수직적 대이동과 재편성 과정의 소용돌이 속에서 그들이 거치는 삶의 신산스러운 여로는 이 작품을 분단과 전쟁에 의한 굴곡과 사회사적 변동을 "가족 구성원들의 이력과 유전을 통해 조명 포착"(김병익)하는 '가족 소설'의 전형으로 읽게 만드는 요소가 된다. 모든 가치 체계와 질서가 결딴난 상황 속에서도 꿋꿋하게 지켜나가는 인간다운 품위, 혈족보다 더 뜨거운 고부 사이의 유대, 아들에 대한 맹목에 가까운 신뢰, 정인이 보여주는 지고한 부덕婦德의 도 등은 그 자체로 감동을 불러일으킨다.

「영웅 시대」는 작가 이문열의 역사관을 날것으로 보여주고 있는 작품이다. 특히 한국 근대사에 대한 이념사적 고찰이라고 할 수 있는, 작품의 말미에 덧붙인 '동영의 노트'를 통해 작가의 해박한 지식과 정연한 논리를 바탕으로 동영의 실패에 대한 역사적 · 구조적 필연성을 검토하는 대목에서 그 점이 확연히 드러난다. 또다른 역작인 『황제를 위하여』의 후기後記에서도 드러난 바 있지만, 작가의 의식 속에는 이 땅에서 벌어진 여러 비극이 무엇보다 '이념의 과잉'에서 비롯된 측면이 크다는 판단이 단단하게 자리잡고 있다. 따라서 이 문제의 진정한 극복은 작가의 생각으로는 과잉된 그 이념의 '지움의 행위'를 통해서만 가능하다. 그러나 모든 이념과 사상을 지워버린다면 그 다음에 남는 것은 이데올로기의 아나키 또는 진공 상태일 테고, 이는 또다른 혼란과 갈등을 불러올 수 있다. 작가는 동영의 입을 빌려 과잉된 이념이 지워진 자리에 채울 것으로 휴머니즘과 민족주의를 제시한다.

이 땅에서는 이념의 선택이 곧 생존 자체의 선택을 뜻하던 시절이 있었다. 이문열의 장편 소설 「영웅 시대」는 바로 그 시절, 말하자면 6 · 25를 소설의 전면에 내세워 이데올로기의 극한 충돌과 사회 변동의 소용돌이 속에 삶의 중심이 놓이게 된 이동영이라는 젊은 좌익 지식인의 쓰라린 삶의 역정을 정공법으로 보여준다. 언뜻 「영웅 시대」는 분단 시대의 이데올로기에 대한 비판을 형상화한 뛰어난 작품으로 평가되는 최인훈의 「광장」을 떠올리게 한다. 「영웅 시대」는 제대로 알아보려고 애쓰는 것조차 오랫동안 금기시되는 바람에 과장되거나 왜곡된 형태로 접하게 되기 일쑤인 북한의 현실을 과감하게 작품의 배경 공간으로 삼은 점에서 「광장」과 공통점이 있다. 아울러 「영웅 시대」의 이동영과 「광장」의 이명준이 모두 최고 학부 출신의 지식인이자 마르크시즘 이론으로 무장하고 있다는 점에서도 두 작품은 일맥 상통한다. 그러나 이명준이 자살로 삶을 마감하는 데 비해 이동영은 맞서 싸워 '영웅의 패배'를 선택한다는 점에서 두 작품이 놓이는 세계관적 위상의 차이가 드러난다. 이명준이 이데올로기의 극한 대립으로 파탄에 빠져버린 우리 민족의 현실을 거부하고 중립국으로 가는 도중에 자살하고 만다는 것은 요동치는 시대의 격랑에 휘말려 파멸하는 한 지식인의 비극을 말하는 것이다. 그런데 「영웅 시대」의 이동영은 자신이 선택한 길에서 처절한 환멸을 겪게 되지만, 도피하지 않고 자신이 선택한 그 곳에서 끝까지 남아 싸우겠다는 결연한 의지를 드러낸다. 그는 이렇게 현장에서 몸으로 부대끼며 "어둡디 어두운 새벽"을 보여주고 '영웅의 패배'를 받아들이는 것으로 역사관의 실천에 한결 투철한 지식인의 한 전형으로 떠오른다. 「영웅 시대」는 작가 자신의 가족사를 배경으로 하고 있는 작품이다. 격동하는 역사의 소용돌이 속에서 혼돈에 빠져 방황하고 갈등하는 청년 지식인 이동영은 작가의 아버지를 모델로 하고 있다. 한때 아나키즘에 매료되고, 얼마 뒤에는 마르크시즘의 세례를 받은 이동영은 한국전쟁 도중 북한의 인민 공화국 체제를 경험한 뒤로는 사회주의 이념에 대해 극도의 환멸을 품게 된다. 결국 주인공은 "아무리 지우고 지워도 지울 수 없는 것은 우리 몸을 도는 피"임을 자각하는 데서 드러나듯이 이데올로기에서 민족적 휴머니즘으로 돌아간다. 몇몇 평론가는 이렇게 "중요한 것은 이데올로기가 아니라 인간"*이라는 휴머니즘적 주제가 지나치게 부각되어 있는 것을 이 작품의 치명적인 흠으로 지적한다. 또 어떤 이들은 「영웅 시대」가 너무 우익 이데올로기 편향적 사고에 치우쳐 반공 이념을 선전하는 소설이 되고 말았다고 비난한다. 그러나 다른 한편에서는 6 · 25와 분단의 비극을 감상이나 회고로 드러내는 작품들과 달리, 이데올로기 갈등을 정면으로 다뤄 분단 문학의 새로운 차원을 일궈냈다는 찬사가 나오는 등 이 작품에 대해서는 극단적인 찬 · 반론이 엇갈린다.

「영웅 시대」가 아니더라도 일부 운동권에서는 이문열의 정치 · 사회 · 민중에 대한 무관심, 보수주의 성향을 두고 비난을 퍼붓는다. 이런 비난에 대해 작가는 다른 작품 「변경」의 작중 인물을 통해 "당신들은 내 전망의 결여를 걱정하지만 나는 오히려 지나치게 무성한 당신들의 전망을 걱정한다. 당신들은 내 무이념을 의심쩍어 하지만 나는 오히려 당신들의 이념 과잉이 못 미덥다."**고 자신의 견해를 피력한다. 물론 이렇게 작가 스스로도 굳이 부인하지 않는 보수주의 성향과 정치 및 이데올로기에 대한 거부 반응은 그의 가족사에 새겨진 신산스런 체험과 깊이 관련되어 있다. 이문열도 한때는 자신의 아버지가 선택한 좌익 사상에 대해 "호기심"과 "근거 없는 호감"을 품은 적이 있다고 한다. 그러나 이윽고 좌익 진영이 아버지를 "이용만 하고 정당한 대가를 지불하지 않"았음을 깨달으면서 작가는 '진보 이념'으로부터 등을 돌린다. 그러나 작가는 이념에 대한 거부 반응이나 자신의 '우파 성향'을 아버지 탓으로만 돌리고 싶어하지는 않는다. 지금 같은 태

* 정호웅, 「관념 편향적 창작 방법의 한계」, 『문예중앙』(1986 봄)
** 이문열, 「변경 1부」 중에서

도를 갖게 된 훨씬 더 큰 이유는 '자유' 롭기 위해서라고 그는 말한다. 이문열은 자신이 문학을 하게 된 근본 동기가 모든 억압으로부터 해방되고자 하는 데 있다고 밝힌다. 이탈리아의 한 문예지와 가진 대담에서 작가는 다음과 같이 말한다.

작가로서의 내 주된 테마는 자유의 문제이다. 흔히 자유라고 말하면 사람들은 정치적인 의미의 자유만을 떠올린다. 그러나 내가 말하는 자유의 의미는 보다 확대되고 포괄적인 것이다. 자유의 반대 개념인 억압은 정치나 사회 제도 쪽에서만 오는 것은 아니다. 이념도 억압일 수 있고 시대의 정신적인 유행도 억압일 수가 있다. 신도 억압일 수 있으며, 때로는 시간도 공간도 억압의 양식일 수가 있다. 나는 그 모든 억압으로부터의 해방에 관심이 있다. 하지만 또한 그러한 주제가 내 정신에 하나의 억압으로 기능하는 것을 경계해왔다. 어떤 경우에도 나는 섣부르게 그런 내 주제를 앞세우거나 거기에 휘몰려 문학이 가지는 다른 미덕을 손상시키는 짓은 하지 않으려고 애썼다.

작가 스스로 자신의 불행한 가족사를 소설화한 것임을 밝히고 있는 「영웅 시대」는 이 땅을 피로 얼룩지게 한 과잉된 이념의 지움과 부정의 논리를 그 핵으로 하는, 좌익 지식인 이동영의 영웅적 패배와 삶의 굴곡 및 음영을 진지한 열정과 실감나는 묘사를 통해 드러내는 데 성공함으로써, 홍성원의 「남과 북」, 김원일의 「노을」, 아직 미완인 채 남아 있는 김성동의 「풍적」과 함께 우리 문학사가 거둔 6 · 25 문학의 커다란 성과의 하나로 기억될 것이다. 이미 우리 시대를 대표하는 작가의 한 사람으로 문학사 안에 자리매김된 이문열은 문단으로부터 "낭만적인 세계 인식과 예술", "소멸해가는 과거에 대한 그리움", "비판하면서 수락 내지 결과적 현실 옹호 논리", "개인과 자유에 대한 열망", "미래에의 폐쇄와 전망의 결여"와 같은 다양한 평가를 받는다. 1986년 그는 경기도 이천군 마장면에 창작실을 마련하고 집필 작업에 몰두한다. 그는 이 무렵 "내가 산 시대의 거대한 벽화를 남기겠노라."는 각오를 안고, 「영웅 시대」의 연장선에 놓일 대하 장편 소설 「변경」을 『한국일보』에 연재한다. 「변경」은 휴전 이후의 '변경' 을 중심으로 해서, 남과 북으로 갈라진 우리 민족의 비극적 정황과 '변경 의식' 를 극복하려는 의지를 담은 작품이다.

이문열은 1987년 7월 28일치 『조선일보』에 당시 세간의 이목을 모은 문규현 신부의 판문점 연설을 비판하는 「메시아를 거부한 사람들」이라는 내용의 칼럼을 발표해 민중론자들로부터 강한 반발을 사기도 한다. 이런 와중에서도 그는 「우리들의 일그러진 영웅」·「구로 아리랑」 등의 역작을 계속 내놓는다. 작가는 이 무렵 '민음사'에서 장편 소설로 개작한 『사람의 아들』을 펴내고, '문학과지성사'에서 『구로 아리랑』을 내놓는다. 같은 해 그는 한 시골 초등 학교 교실을 무대로 불합리한 방법으로 권력을 잡은 한 인물의 몰락을 통해 우리 사회의 정치 권력의 허위성을 우의적으로 비판한 「우리들의 일그러진 영웅」으로 '이상 문학상'을 받는다.

1988년 작가는 그해 최고의 베스트셀러가 된 『추락하는 것은 날개가 있다』를 비롯해 작품집 『익명의 섬』, 전 10권의 『평역 삼국지』를 펴낸다. 이듬해인 1989년 그는 대하 장편 소설 『변경』 1부 3권, 『우리가 행복해지기까지』를 출간한다. 1990년에는 러시아 · 독일 · 스웨덴 · 헝가리 · 폴란드 등지를 여행하고 돌아오며, 1991년에는 『금시조』·『그해 겨울』·『우리들의 일그러진 영웅』 등이 프랑스의 '악트쉬드Actes Sud'에서 번역 출간된다. 같은 해 작가는 『세계의 문학』에 방랑 시인 김 삿갓으로 알려진 김병연의 역경과 방황의 생애를 그려낸 장편 소설 「시인」을 연재한 뒤 단행본으로 펴내고, '살림'에서 산문집 『사색』을 내놓는다. 그는 1992년 『조선일보』에 「오딧세이아 서울」을 연재하고, 『변경』 2부 2권과 산문집 『시대와의 불화』를 펴내는 한편, 「시인과 도둑」으로 '현대 문학상'을 받는다. 1993년 작가는 장편 『선택』을 통해 "진실로 걱정스러운 일은 요즘 들어 부쩍 높아진 목소리로 너희를 충동하고 유혹하는 수상스런 외침들이다. 그들은 이혼의 경력을 무슨 훈장처럼 가슴에 걸고 남성들의 위선과 이기와 폭력성과 권위주의를 폭로하고 그들과 싸운 자신의 무용담을 늘어놓

중국 여행 때 들른
만리장성에서

는다. 이혼은 '절반의 성공'으로 정의되고 간음은 '황홀한 반란'으로 미화된다. 그리고 자못 비장하게 '무소의 뿔처럼 혼자서 가라'고 외친다."며 페미니즘 문학에 대해 내놓고 비판을 퍼붓는다. 『선택』에서 노골적으로 강조된 작가의 유교적 가부장제에 뿌리를 둔 현모 양처 이데올로기를 두고 여성계와 작가 사이에는 뜨거운 논쟁이 벌어지기도 한다.

1994년 작가는 『동아일보』에 「성년의 오후」를 연재하고, 『세계의 문학』에 「여우 사냥」, 『상상』에 분단과 통일 문제를 다룬 「아우와의 만남」 등을 발표한다. 한동안 세종대학교 국문과에서 학생들을 가르치던 이문열은 다시 작품 활동에 전념하기 위해 1997년에 이르러 교수직에서 물러난다.

참고 자료

신동욱, 「이문열론—시대 의식과 서사적 자아의 실현 문제」, 『한국 현대 작가 연구』, 문학사상사, 1993

김욱동, 「순례자의 문학」, 『이강에서』 해설 · 연보, 청아출판사, 1995

이동하, 「작가 정신과 시대 상황」, 『이문열 문학 앨범』, 웅진출판, 1995

유종호, 「어느 시인의 초상」, 『이문열 문학 앨범』, 웅진출판, 1995

이남호, 「신의 은총과 인간의 정의」, 『사람의 아들』 해설, 민음사, 1987

류철균 편, 『이문열』, 살림, 1993

「이문열 특집」, 『작가세계』 1989 여름

이문열에 관한 소문과 사실들

정규 교육 과정으로부터의 일탈

—당신의 이력을 훑어보면 먼저 눈에 띄는 것이 정규 교육 과정을 끝까지 밟지 못한 채 중도에서 벗어났다는 기록들이다. 당신은 정규 교육 과정 중에서 유일하게 의무 교육 과정인 초등 학교만을 마저 마쳤을 뿐이다. 거기에 어떤 특별한 이유라도 있는가? 이를테면 제도 교육을 못 견뎌내는 당신의 자유혼이 그렇게 시킨 것인가, 아니면 다른 사정이 있었는가?

작가 : 내 약력을 적어놓고 보면 학교 중퇴, 중퇴, 중퇴의 연속이다. 이것만 보면 내가 상당히 자유롭게 산 사람처럼 보인다. 실제로 많은 사람은 내가 특별히 낭만적이고 남보다 더 자유를 희구하는 마음이 강렬해서 제도권을 이탈해서 자유롭게 살다보니까 그렇게 된 것이라고 생각한다. 제도 교육 과정을 제대로 마치지 못하고 중퇴, 중퇴, 중퇴로 일관한 것은 내 자의적 선택이라기보다 나를 둘러싼 형편이 여의치 못했다고 보는 게 정확할 것이다. 대학교도 마찬가지다. 집이 서울이고, 살기가 고생스럽지 않았다면 아마 졸업은 했을 것이다. 어렵게 고학을 해야 하는 처진데, 학교도 마음에 들지 않았다. 그러니까 내가 이렇게까지 고생하면서 마음에 들지 않는 학교를 계속 다닐 필요가 있는가 하는 회의 때문에 중도에서 포기해버린 것이다. 친구들은 다 일류 학교에 진학해서 잘 다니고, 나는 계속 떠돌았다. 물론 친구들을 만나면 그들은 전혀 내색을 하지 않고 같이 웃고 떠들고 신나게 놀지만 그들과 헤어져서 집에 돌아오면 나는 뭐냐 하는 물음이 떠나지를 않았다.

안동고등학교
1학년 시절.
오른쪽이 이문열.

그 때 자주 꾸던 꿈은 나는 막막한 벌판에 서 있고 친구들은 저만큼 앞서 가는 꿈이다. 그러면 또 죽도록 따라가는데 그들은 내가 따라가는 속도보다 훨씬 빨리 간다. 한참 지나고 나면 나와 그들 사이의 거리는 막막하게 벌어져 있다. 가난 때문에 학교를 그만두었다고 말하기는 자존심이 용납하지 않는다. 그러나 사실을 말하자면 제도 교육으로부터 이탈할 수밖에 없었던 가장 커다란 이유는 바로 그 가난에 있다. 지금 와서 보면 중퇴, 중퇴, 중퇴를 하며 산 것이 정말로 용기 있게, 자유 분방하게 산 것처럼 보이지만, 그 당시 학교를 때려치우고 떠날 때는 굉장히 불안했다.

—삶의 선택이라는 것이 없고 거의 일방적으로 주어진 운명을 수동적으로 수락할 수밖에 없었던 자의 참담함! 당신은 언제나 그랬는가?

작가 : 거의 그렇다. 그러나 자의식이란 것이 있으니까 어느 정도는 내 의지와 선택이 작용했다고 본다.

—가난하게 살았다는 사실 그 자체는 부끄러운 것도 아니고, 죄도 아니다. 그럼에도 가난 체험은 사람을 왜소하게 만들고, 사람에게 열등 의식을 갖게 하고, 죄라도 지은 것처럼 사람을 부끄럽게 만든다. 당신은 어린 시절의 가난 때문에 이와 같은 체험을 한 적은 없는가?

작가 : 우리 집은 풍요하게 살던 때의 기억이 충만한 집이다. 아버지가 천석꾼이었고, 그 당시로는 드물게 영국 유학을 다녀올 정도로 풍족했다. 그런 풍요에 대한 기억들이 가난을 가난 자체로 받아들이지 않고, 가난의 상황을, 말하자면 뭔가 잘못되어 잠시 머물러야 하는 유적 같은 기분으로 받아들이게 했다. 가난이 심각하게 다가오지 않고 하나의 모험 같다는 느낌, 잠시 유배되어 왔다는 느낌, 그러니까 궁성에서 쫓겨난 왕자 같은 느낌으로만 왔다. 지금도 고향에 가면 우리 큰 집이 남아 있다. 나는 아주 비참하게 느껴질 때마다 그 집을 찾아가 보곤 했다. 그 앞에서 언젠가 나는 저 집으로, 저 풍요의 세계 속으로 돌아갈 것이라고 생각하며, 현재의 비참함을 희석시키고 위로를 받곤 했다. 내가 가난 때문에 심성에 상처를 받지 않았다면 아마 그 덕분일 것이다.

이문열 문학의 부채, 그에 대한 비판들

—1980년대 문학을 돌아보는 처지에서 얘기해보자. 1980년대의 한국 문학을 얘기할 때 민중 문학을 빠뜨릴 수 없다. 당신은 1980년대의 민중 문학에 대해 어떤 생각을 갖고 있는가? 당신은 민중 문학 진영의 젊은 비평가들로부터 줄기차게 비판을 받아왔다. 한때 당신은 그들로부터 중산층에 정치적 허무주의와 우파 이데올로기를 유포하고 있다는 혐의를 받았고, 당신의 『영웅 시대』는 운동권 대학생들의 금서 목록에 오르기도 했다. 그 동안 동구권의 몰락, 동독의 서독에 의한 합병, 소련의 해체 등으로 가시화된 바 있지만 세계는 놀랄 만큼 빠르게 바뀌었고, 이에 따라 민중 문학 진영도 변화의 조짐들을 드러내고 있다. 민중 문학 비평가나 이론가들의 당신에 대한 비판에 대해 어떤 생각들을 갖고 있는지를 솔직히 얘기해보라.

작가 : 나는 1980년대의 민중 문학 또는 계급 문학이 논리가 틀렸다거나 그 존재 자체를 부정한 적은 없다. 다만 균형과 몫의 관점에서 볼 때 그들이 지나쳤다는 생각이 든다. 물론 시대에 따라 어느 한쪽에 돌아가는 몫과 균형이 커지고 달라질 수 있다는 사실도 인정한다. 또 1980년대와 같은 정치적 상황에서는 정의를 희구하는 문학의 몫이 더 늘어날 수도 있다는 사실도 인정한다. 그런데 그들은 민중 문학의 몫을 100퍼센트로 요구했고, 그것이 아닌 걸 하는 사람들은 문학을 하는 축도 아니고 다 개새끼라고 공공연히 말했다. 그것은 이 사회의 균형을 깨뜨리는 논리다. 내가 화를 낸 것은 바로 그런 논리의 독선에 대해서다. 내가 민중 문학에 대해 균형과 몫이라는 개념을 들어 비판했을 때 결과적으로 기존 체제와 기득권층에게 반사 이익을 안겨줬다. 처음에는 그 사실을 억울하게 여겼지만 지금 와서는 그것도 책임져야 한다는 생각이다. 민중 문학 진영에 대해 비판의 논리를 펴기 전에 기득권 집단과 충분한 절연을 했어야 마땅한데, 그렇지를 못했다. 내 진실은 체제를 돕기 위해 운동권을 약화시키는 그런 반대의 논리를 편 것

은 아니었는데, 결과적으로는 체제에 반사 이익을 주었고, 그래서 내가 보수 반동이라는 비난까지 들었다. 그 점에 대해서는 내 자신의 관리에 불철저했다는 반성을 하고 있다.

—당신이 이천에 마련한 개인 집필실은 당신 자신의 집필 공간이기도 하지만 무명의 신진 작가를 키워내는 곳으로도 알려져 있다. 벌써 그 곳을 거쳐 등단한 작가만도 세 사람이나 된다. 그것은 어떤 의도로 시작되었고, 어떻게 운영되고 있는가?

작가 : 처음의 의도는 후진들을 키운다는 개념보다는 문학 지망생들에게 방 한 칸과 눈치보지 않고 글쓸 수 있는 환경을 제공하자는 것이었다. 우리가 문학 수업을 할 때 내 몸 들어앉히고 세 끼 밥먹는 것 걱정 안 하고 책읽고 글쓸 수 있는 방 한 칸이 참 절실했다. 이제는 내가 살 만해졌고, 또 이런 여유 공간도 갖게 되었다. 내 책도 다 거기에 갖다 놨다. 그래서 문학을 하고 싶기는 한데 사정이 여의치 않은 사람은 여기 와서 하라는 의도로 시작된 것이다. 그러다보니까 또 문학에 대해 묻고, 대답을 하게 되고 하는 가르침의 부분도 들어오게 되었다. 대체로 아는 사람들의 추천에 의해 오게 되며 한번 들어오면 등단할 때까지 여기에 있게 된다.

작가의 원체험으로서의 고향

—모든 작가에게 자신의 고향은 흔히 삶의 중요한 하나의 원체험으로 작품 세계 속에서 반복적으로 나타난다. 당신의 작품 속에서도 마찬가지다. 특히 당신의 「그대 다시는 고향에 가지 못하리」는 잃어버린 고향에 대한 기억과 이제는 기억 속에서만 존재하는 고향에 대한 상실감을 유려한 문체로 그려내고 있다. 당신은 「그대 다시는 고향에 가지 못하리」의 끝머리에서 고향에 대해 다음과 같이 쓰고 있다.

진정으로 사랑했던 고향에로의 통로는 오직 기억으로만 존재할 뿐 이 세상의 지도로는 돌아갈 수 없다. 아무도 사라져 아름다운 시간 속으로, 그 자랑스러우면서도 음울한 전설과 장렬한 낙일落日도 없이 무너져내린 영광 속으로 돌아갈 수 없고, 현란하여 몽롱한 유년과 구름처럼 허망히 흘러가버린 젊은 날의 꿈속으로 돌아갈 수 없으므로. 한때는 열병 같은 희비喜悲의 원인이었으되 이제는 똑같은 빛깔로만 떠오르는 지난날의 애증과 낭비된 열정으로는 누구도 돌아갈 수 없으며 강풍에 실이 끊겨 가뭇없이 날려가버린 연처럼 그리운 날의 옛 노래도 두 번 다시 찾을 길 없으므로. 우리들이야말로 진정한 고향을 가졌던 마지막 세대였지만 미처 우리가 늙어 죽기도 전에 그 고향은 사라져버린 것이었다.

그 고향 얘기를 해보자. 당신에게 고향은 어떤 감정으로 다가오는가? 그리고 당신의 집안은 그 당시로는 천석꾼이나 되는 부농이었는데 어떻게 몰락하게 되었는가?

작가 : 내 고향은 경상북도 영양군 석보면이란 곳으로 입향조 격인 14대조 서계 할아버님 이래로 300여 년 동안 우리 문중이 터를 잡고 살아온 동족 부락이다. 그리고 그런 부락의 전통에 맞게 매우 권력 지향적인 가치관을 가지고 있었는데, 그것은 또한 전통적인 유학의 영향이기도 하다. 시구에 찬란한 것은 장부의 일이 아니요, 모름지기 장부는 천하 경륜의 학문을 그 바탕으로 삼아야 한다는 식이다. 아버지는 그 모습조차 기억에 없을 만큼 일찍 나의 삶에서 사라지셨고, 내가 고향에서 머문 시기도 내 삶의 아주 작은 부분에 지나지 않지만 혈통과 고향이 거의 선험적으로 결정한 가치관은 오랫동안 내 삶에 부담을 주었다.

내게 고향은 복합 개념으로 다가온다. 한편으로는 그리움과 애틋함의 대상으로, 또 한편으로는 집안이 망해버린 땅이라는 복합적인 개념이다. 공산주의자였던 아버지 때문에 우리 가계의 부는 상당 부분 침식당했다. 나머지 토지조차 어머니의 관리 소홀로 남의 소유로 넘어갔다. 우리 집은 그렇게 망했고, 그래서 고향은 그리움의 대상이 아니라 경원의 대상이었다. 그리고 이것은 특히 6 · 25와 관련해 사상 관계로 박해를 많이 받은 어머니가 심어준 것인데, 고향의 기명성에 대한 공포다. 익명으로 섞여 사는 도시에서는 누가 누군지 잘 모르지만 고향에서는 저것이 누구 아들이고 무슨 일을 했고 하는 식의 기명성을 갖게 된다. 어머니는 내게 익명으로 살아갈 수 있는 도시는 안전한 땅이고, 기명성이 남아 있는 고향은 불안한 땅이라는 의식을 심어줬다. 우리 집은 6·25 이후 10년 동안이나 고향에 돌아가지 않고 외지로 떠돌면서 살았다. 10년이라는 세월이 지난 뒤 감수성이 예민한 시절에 돌아가 살면서 고향에 대해 어느 정도의 친화감을 획득했다. 그러나 집안이나 문중에 대해 대체적으로는 경멸기 어린, 하나의 토반에 지나지 않는다는 의식이 지배적이었다. 나이가 차츰 먹어가면서 집안이나 문중에 대한 가치 같은 것을 새롭게 인식하는 형편이다. 내 나이 서른다섯 살까지는 고향에 발길을 하지 않을 정도였다. 그런데 나이 마흔이 넘으니까 문중 일에도 간섭을 하게 되고, 문집이라도 내게 되면 없는 시간을 쪼개서 그것을 읽어보곤 한다.

아버지, 이문열 문학의 원천

—당신은 「영웅 시대」를 시작하면서 "사람은 누구든 일생을 통해 꼭 하고 싶은 얘기가, 그러기에 평소에는 오히려 더 가슴 깊이 묻어 두게 되는 하나의 얘기"를 갖고 있다고 말했다. 그것이 「영웅 시대」이고, 더 좁혀 말하면 아버지에 대한 이야기다. 당신의 부친은 6·25와 함께 월북한 공산주의자였고, 그러니까 당신은 이 땅에서 주변부에 머물 수밖에 없는 빨갱이의 자식이었다. 그것은 당신의 유년기의 삶에 하나의 원죄처럼 따라다닌다. 당신은 자신의 의지와는 아무 상관없이 당신 아버지가 선택한 사상 때문에 거의 서른 살이 될 때까지 수없는 사회적 불이익과 가치 박탈을 체험한다. 당신은 「변경」에서 아버지에 대해 다음과 쓰고 있다.

아아, 아버지, 아버지. 얼굴은 말할 것도 없고 사진조차 본 적이 없는 그 막연한 추상, 그러나 집안 구석구석 살아서 떠돌며 끊임없이 재난과 불행의 먹구름을 몰고 오던 두렵고 음산한 망령, 정액 몇 방울의 의미로서는 너무 무겁던 내 삶의 부하負荷였으며 알 수 없는 원죄原罪를 내 파리한 영혼에 덮어씌우던 악몽, 깊은 밤 선잠에서 깨어나 듣던 어머님의 애절한 흐느낌과 몽롱한 내 유년 곳곳에서 한과도 같은 그리움을 자아내던 이였으되 또한 듣기만 해도 놀라움과 두려움으로 소스라쳤던 이름의 주인……

당신의 아버지는 당신의 불행한 가족사를 그린 「영웅 시대」에도 잘 나타나 있듯이 당신 소설의 중요한 모티브 가운데 하나다. 당신은 아버지에 대해 어떤 기억들을 갖고 있는가?

작가 : 아버지와 헤어진 것은 내가 세 살 때다. 아버지의 구체적인 얼굴을 기억하지 못할 뿐 아니라 아버지가 주는 느낌조차 전혀 없다. 내 소설 속에 나오는 아버지에 대한 묘사는 집안에 내려오는 전문과 소설가적 상상력의 결합에 의해 만들어진 것이다. 아버지의 개인사는 「영웅 시대」 속에 거의 사실과 가깝게 복원되었다고 생각한다. 아버지에 대한 얘기는 집안 어른들로부터 많이 들었다. 대체로 기억이 비슷한 부분들은 그대로 쓰기도 했지만 상반된 부분들도 많다. 예를 들면 부드럽고 유순하며 남과 싸울 줄 모르는 사람이었다는 기억과, 겁이 많은 사람이었다는 기억은 상반되는 것이다. 아무튼 아버지에 대한 직접적인 기억은 하나도 남아 있지 않다. 아버지에 대한 기억을 갖고 있기에는 너무 어렸다.

작가 이문열의 아버지의 학생 시절 모습 (위에서 둘째 줄 오른쪽). 유일하게 남아 있는 아버지의 사진이다.

불행한 가족사, 일탈과 방황

—당신의 가족 구성은 어떻게 되는가?

작가 : 우리는 원래 5남매다. 그런데 위로 맏형과 아래로 여동생이 죽어서, 현재는 형과 누나 그리고 나 이렇게 3남매다. 그리고 어머니가 살아 계신다.

—고향에는 언제 처음 돌아가게 되었는가 ?

작가 : 국민 학교 3학년 때 서울로 이사갔다가 5학년이 되면서 밀양으로 다시 내려왔다. 그리고 밀양중학교에 입학하고 6개월 있다가 처음으로 고향에 돌아가게 된다. 1961년도의 일이다. 그 때 고향에 돌아가게 된 것은 5 · 16 이후 박정희

가 대통령이 되면서 대대적인 개간 작업이 시작되고 연좌제를 폐지한다고 했기 때문이다. 그 때까지만 해도 고향에 남은 땅이 좀 있어 그 땅에 생계를 의지하기 위해서 내려간 것이다.

—그 때 고향에 돌아갔다면 중학교는 어떻게 되었는가?

작가 : 사실 이 부분은 별로 얘기하고 싶지 않다. 어머니와 동생들은 나보다 먼저 고향에 돌아갔다. 내 고향 영양 석보면에는 중학교가 없다. 그래서 나는 남았던 것이다. 사실 나는 중학교에 들어가기 위해서 그 이전부터 고아원에 있었다. 그 당시에는 고아원에서 중학교까지는 보내주었다. 1960년대의 가난과 환경의 열악함은 지금 생각해도 끔찍스럽다. 그런데 한 학기를 식구들과 떨어져 고생하고 나자 더는 못 견딜 것 같았다. 어머니에게 만약 고향에 돌아가지 못하게 하면 멀리 도망가겠다고 했더니 어머니가 놀라서 고향으로 돌아오라고 했다. 그래서 나는 중학교를 그만두고 다른 식구들보다 6개월 정도 늦게 고향으로 돌아가 합류했다. 내가 고아원에 있었다는 사실은 이제까지는 전혀 얘기하지 않았던 부분이다. 그 부분이 인간 승리로 얘기되는 것은 모양이 괜찮지만 작가의 경력으로 고아원 같은 것이 나오는 것은 싫었다. 그래서 일체의 경력에서 그것은 빠져 있다. 고향에 돌아가서 형님이 남은 땅을 찾아서 시작한 개간 일을 옆에서 거들었다.

—사실 그 나이는 세계에 대한 자기 나름의 인식을 갖기 시작하는 중요한 시기다. 당신의 인문주의적 교양은 어떻게 습득된 것인가? 그 곳은 작가에게 필요한 인문주의적 교양을 쌓을 만한 환경과는 거리가 먼 지역으로 열악한 환경이었을 것 같다. 나는 당신이 그 환경과 어떻게 싸웠는지 궁금해진다.

작가 : 그렇지 않다. 그 당시만 해도 고향 문중은 거의 100여 호나 되었다. 그리고 문중의 대학생이 10여 명은 되었다. 그런 집에는 대학생들이 읽던 책들이 남아 있었고, 그 책들을 다 모으면 꽤 많았다. 열너댓 살의 소년이 읽기에는 거의 충분할 정도의 책들이 있었다. 내가 형의 개간 일을 도왔다고는 하나 책 읽을 시간은 넉넉했다. 비오는 날이라든가, 그리고 긴 겨울은 거의 내 시간이었다.

—당신은 고등 학교도 중퇴하지 않았는가?

작가 : 나는 중학교 졸업 자격 검정 고시를 거쳐 안동고등학교에 들어갔다. 하지만 한 3년 동안 놀았던 것이 체질화되고, 그것이 곧 해악을 발휘해 고등 학교를 그만뒀다. 한 1년 다니고 나니까 지겹던 차에 마침 식구들이 개간지를 팔아버리고 부산으로 이사를 갔다. 그래서 나도 학교를 그만두고 가족을 따라 부산으로 내려갔다. 물론 부산으로 내려갈 때는 전학을 염두에 두었지만 사정이 여의치 않았다. 전학 기간을 넘기게 되었고 그래서 집에서 놀게 되었다. 얼마 뒤 친구들이 대학에 간다고 했다. 그래서 다시 급한 마음에 고등 학교 졸업 자격 검정 고시를 거쳐 대학에 들어갔다. 그 때 수학 과목은 입시 학원에 다니며 배웠다.

—그 때도 책을 많이 읽었는가?

작가 : 그렇다. 마침 옆집에 소방서장이 살고 있었는데, 그 사람이 꽤 많은 장서를 갖고 있었다. 내가 읽은 책들은 주로 그 소방서장의 장서를 중심으로 한 것이었고, 그리고 부산에서 사는 몇몇 친구의 집에 있던 책들도 내 훌륭한 도서관이었다. 거기에다 책을 빌려주던 당시의 고본점들도 자주 이용했다.

—어떤 책들을 주로 읽었는가? 어디에선가 당신은 "무엇이 한 어린 영혼을 들쑤셔, 말과 글의 그 비실제적인 효용에 대한 매혹을 기르고, 스스로도 알 수 없는 모방의 열정과 그 허망한 성취에 대한 동경으로 들뜨게 한 것일까. 스스로의 문학적인 재능에 대한 과장된 절망과 또 그만큼의 터무니없는 확신 사이를 오락가락하며 소중한 젊은 날을 탕진하게 한 뒤, 마침내는 별 가망 없는 언어의 장인匠人이 되어 남은 긴 세월 스스로를 물어 뜯으며 살아가게 만든 것일까."라고 술회하고 있다. 무엇이 당신을 작가의 길로 이끌었는가? 그것은 피인가, 기질인가, 아니면 환경인가? 또 어떤 책들이 당신을 운명적으로 작가의 길로 이끄는 데 일조를 했는가?

작가 : 누가 시켜서 의무적으로 읽은 게 아니었으니까, 내가 주로 읽은 것은 쉽고 재미있는 것들, 아마도 문학에 편중된 읽기라고 해도 좋을 것이다. 물론 그

때는 문학을 하리라는 결심 같은 것은 없었어도 그쪽 방향으로 이미 가고 있었던 것이다. 내가 구체적으로 문학을 하리라고 결심한 것은 대학 시절의 일이다. 초기에 나를 문학으로 끌어들인 작가들은 감상적인 요소가 있는, 가볍고 달콤한 낭만주의적 성향이 강한 작가들이었다. 헤르만 헤세나 앙드레 지드 같은 작가들이 바로 그들이다. 그리고 또다른 세계 명작 전집에 있던 작가들, 작가 이름은 잊었는데, 『나의 사랑 안토니오』나 『폭풍의 언덕』 같은 작품들도 있다. 이런 작품을 섭렵하고 그것들이 어느 정도 채워지면 차츰 안에서부터 거부 반응이 일어난다. 대체로 다른 사람들도 나와 비슷할 것이다. 그 뒤로 내 독서 경향은 턱없이 심각해졌다. 그 때가 1965년, 1966년 무렵이다. 그 때 내가 읽은 책은 장정본만 5백여 권 정도다. 내 나이 열여덟, 열아홉 무렵 실존주의의 마지막 불길이 한창 찬연하게 타오르던 때였다. 그 당시 유행한 대로 나 역시 사르트르 · 카뮈 · 니체와 같은 실존주의적 경향이 짙은 사람들의 책들에 빠져들었고, 그것들로부터 한 차례 세례를 받게 된다. 그러면서 나는 어떤 예감 같은 걸 갖게 되었다. 필경은 내가 몽롱한 언어의 연금술사가 되고야 말리라는 불길한 예감. 사실은 작가가 되는 길로부터 의식적으로 멀어지려고 노력했다. 그런데 어느 날 문득 나는 작가가 되어 있었다. 일종의 숙명이라는 생각이 든다.

이문열 문학의 밑거름

—당신은 다시 검정 고시를 거쳐 서울대학교 사범대에 입학한다. 앞에서 말한 것처럼 그 시절에 당신은 문학을 하겠다는 구체적인 결심을 하게 되는데, 그렇게 결심하게 된 어떤 계기가 있었는가?

작가 : 서울대학교 사범대에 진학해서도 첫 해에는 열심히 술만 마셨다. 제도 교육은 나하고 인연이 없었던 것 같다. 중퇴병이 또 도졌다. 나는 6개월도 채 마치지 못하고 다시 집으로 돌아와버렸다. 그리고 또 떠돌아다녔다. 그것이 바로

『그해 겨울』에 나오는 시절이다. 한 5~6개월 헤매다가 봄이 되니까, 어쨌든 졸업은 해야 하지 않겠는가 싶어 다시 서울로 올라갔다. 두 번째 올라갔을 때 서울사대 문학회와의 만남이 이루어지는데, 사실 그것도 우연이었다. 한 친구의 권유에 의해 서울사대 문학회 합평회에 나가게 되었다. 내가 생각하던 것보다 그 합평회의 작품의 질도 높고, 분위기도 진지했다. 나를 그 합평회로 이끈 친구가, 지난 1년 동안 함께 술을 마시면서 생각한 것이라며 "아마 형이 작품을 아주 잘 쓸 것 같다."고 나를 유혹했다. 문학적 축적은 어느 정도 되어 있던 터라 그 부추김에 고무되어, 단편 소설 비슷한 것을 하나 끄적거려서 한 달 뒤에 열린 서울사대 문학회 합평회에서 발표했다. 그 작품이 나중에 조금 손질해 발표한 「이 황량한 역에서」라는 작품이다. 거기서 그 작품이 대단한 호평을 받았다. 그렇게 해서 서울사대 문학회 친구들과 어울리게 되었고, 그것이 내게 일종의 소속감 같은 것을 주었다. 서울사대 문학회의 일원이 되고부터 어떤 소속감을 갖게 되었고, 이걸 해보는 것도 괜찮겠다는 생각이 그 때 싹튼 것 같다. 그런데 사실 내 문학적 밑천이 마련된 것은 그 훨씬 이전이다. 지금 돌이켜보면 그 이전부터 뭔가를 계속 쓰고 있었다. 그 때 내가 썼던 글은 문학이 아니라, 앞으로 내가 정치를 하든지, 종교를 하든지, 어떤 학문을 하든지간에 필요한 게 문장이라는 생각이 들어서 써본 것이었다. 그래서 그런 자각으로 썼던 것은 문학이 아니라, 앞으로 살아가는 데 필요한 기술로서의 문장이었다. 그것도 나중에 내 문학의 밑거름이 되었다.

—당신은 자신의 대학 생활에 대해 「젊은 날의 초상」 속에 다음과 같은 기록을 남기고 있다.

생각해보면 분방했던 그전 몇 해에 비해 서울에서의 첫 일 년은 스스로 돌아보기에도 대견할 만큼 진지하고 성실했다. 대학 입학과 함께 쓰라린 낭인浪人 생활을 청산한 나는 겨우 등록금과 한 달치 하숙비만 들고 출발해야 했지만 조금도 낙담하거나 두려워하지 않았다. 나는 힘겹게 회복한 학창 생활을 누구보다 값지고 뜻있게 보내리라는 결의에 차 있었으며, 그 어느 때보다도 세계와 인생에 충실할 것을 굳건히 다짐했다. 그리하여 무엇이든 필요한 것은 스스로 마련해야 하는 고학의 어려움도 괴롭게 여기기는커녕 오히려 조그만 틈만 보이면 걷잡을 수 없이 되살아나는 내 탐락적貪樂的 기질과 유미적唯美的 취향을 단속하는 효과적인 계기로 삼았다. 얼핏 보아 매우 건전한 출발이었지만, 또한 처음부터 피로가 예정된 출발이었다. 그 때문에 강요된 지나친 긴장과 절제를 오래도록 견디기에는 내 나이가 너무 젊은 탓이었다.

서울대학교 사범대는 왜 또 중도에서 포기하게 되었는가? 서울사대 중퇴는 당신 내면 속에 꿈틀거리는 제도 교육에 대한 거부감 같은 내적 필연성 때문인가, 아니면 환경적 요인의 작용이 그렇게 시킨 것인가?

작가 : 굳이 따지자면 아마 환경 쪽일 것이다. 지금도 서울역은 끔찍스럽다. 방학을 끝마치고 겨우 등록금 정도를 받아서 올라오게 되는데, 서울역에 내리면, 아이구 이젠 죽었구나, 하는 심정이었다. 친구 하숙집에 짐을 부려놓고 신문에 아르바이트 광고를 낸다. "서울사대/경험 유/침식 원" 이렇게 광고를 내면 가정교사 자리는 어렵지 않게 구할 수는 있었다. 내가 자제력이 조금 더 강했더라면 아마 버텨냈을지도 모르겠다. 술 마시고 늦게 들어가고, 그러면 한 두어 달 정도 있다가 내쫓긴다. 다시 새로운 가정 교사 자리를 구할 때까지 하숙하는 친구, 자취하는 친구 집으로 동가식 서가숙하면서 헤매다가, 다시 가정 교사로 들어가게 되고, 그렇게 두어 번 하다 보면……. 지금 생각해봐도 참 힘들었다. 그렇게 힘들게 고학을 하면서 마음에도 썩 들지 않는 학교를 꼭 끝까지 다닐 필요가 있겠는가 하는 회의가 찾아들었고, 한 1년을 힘겹게 버티고 나니까, 아주 탈진해버릴 것만 같았다. 대학마저도 그렇게 중퇴로 끝맺음을 하고 말았다. 약력으로 그것들을 쭉 늘어놓으면 내가 얽매임을 싫어해서 뛰쳐나오곤 한 것으로 보이는데, 그것은 아니고 열악한 환경이 그렇게 시킨 것이다. 지금도 나는 서울역을 떠날 때는 기분이 좋다.

—서울대학교 사범대를 중퇴하고 나서 당신의 이력에 아주 흥미있는 부분이 나타난다. 당신은 사법 고시 준비를 한다. 작가의 길과 법관의 길은 꽤 다른 길인

데, 어떤 동기로 당신은 사법 고시를 준비하게 되었는가?

작가 : 그것은 순전히 서울사대를 그만두기 위한 명분 때문이었다. 당시에는 사법 고시 응시 자격이 법대를 3년 수료한 사람이나 일반 대학 졸업자에게만 주어졌다. 그 밖의 사람들이 사법 고시에 응시하려면 사법 고시 예비 시험이라는 것을 통과해야만 했다. 옛날에는 그것을 보통 고시라고 불렀다. 사법 고시 예비 시험을 통과하고 나서 나는 형님에게 이젠 사법 고시에 반 붙은 것이나 마찬가지라고 공갈을 쳤다. 그리고 곧바로 서울사대를 그만두고 사법 고시에 몰두했다. 사실 그 때 내가 사법 고시에 합격했다고 할지라도 연좌제에 걸려서 법관으로 임명되기란 불가능했다. 그렇게 되면 나는 행정부를 상대로 한 20년쯤 걸리는 소송을 제기하려고 했다. 그것은 세상에 대한 일종의 복수심 같은 것이라고 할 수 있다. 그러니까 사법 고시를 준비하게 된 가장 큰 이유는 대학을 집어치울 합리적인 명분이 필요했기 때문이다. 나는 대학을 그만두고 한 4년 동안을 떠돌아다녔다. 그 시절은 문학적으로 볼 때 내겐 참 고마운 시절이다. 결국 사법 고시에는 실패하고 말았지만 법학 공부는 여러 모로 내 문학 수업에 유익했다. 학문 중에서 언어를 가장 정확하게 쓰는 훈련을 하는 학문이 바로 법학이다. 시나 소설에서는 언어가 조금 부족해도 사람이 죽거나 사는 일이 생기지 않지만 법학에서는 언어가 부정확하게 사용되면 당장에 치명적인 불리를 가져온다. 또 문학에서는 확대 해석이나 유추 해석이 기본인데, 법학에서는 확대 해석이나 유추 해석을 못하게 한다. 내 소설에서 비교적 언어의 정확성이 돋보이고, 내 성격으로 볼 때 상당히 비논리적인 문학을 했을 가능성이 많은데, 논리적 사유가 가능하게 된 것도 바로 법학이 내게 준 이득들이다. 법학은 실패하고 말았는데, 그 때는 이미 문학병이 깊어져서 사법 고시 준비에만 몰두할 수도 없었으니까, 그것은 당연한 결과다. 그 때는 대개 고시가 1월에 있었다. 내내 누워서 빈둥거리며 책이나 읽고 글이나 끄적거리고 있다가, 찬바람이 불기 시작하면 비로소 팽개쳤던 법학 책들을 붙잡고 몇 달 동안 공부를 하는 정도였다.

삶과 이데올로기, 그 이중의 칼날

1972년 김해에서
잠시 교편을 잡았을 때
학생들과 함께

—군에서 제대를 하고 학원 강사 생활도 하지 않았는가?

작가 : 아하, 이것은 완전히 심문당하는 느낌이다. 너무 고약하다. 제대를 하고 나서 마땅히 할 일도 없었는데, 마침 형이 학원 강사를 하고 있었다. 형의 권유로 학원 강사를 시작했다. 지금은 학원 강사들의 수준이 꽤 높아졌지만, 그 당시만 해도 변두리 학원은 나처럼 오갈 데 없는 어정쩡한 얼치기 지식인들의 피난처였다. 학원 선생 중에는 정처없이 떠도는 사람이 많았기 때문에, 수강 신청을 잔뜩 받아놓고 더 많은 보수를 주겠다는 곳으로 훌쩍 떠나버리고 나면, 학원은 수강료를 다 돌려줘야 하는 등 손해가 막심했다. 그 때 나는 구멍이 난 그 과목의 강사 노릇을 했다. 학원으로서는 내가 더할 나위 없이 고마운 존재였다. 나는 수학 과목만 빼놓고는 온갖 과목의 강의를 다 했다. 학원에서는 나 같은 사람이 대단히 소중한 존재였다. 그 덕분에 몇 달 만에 학원의 교무과장을 맡았다. 그 당시의 수입은 이래저래 만만치 않은 액수였다. 당시에 수입이 적지 않았다는 건, 나중에 매일신문사에 기자로 취직하고 1년이 지나자 200만 원 정도 빚을 지게 된 걸로도 알 수 있었다. 그 빚을 나중에 『동아일보』 신춘 문예에 당선해서 받은 상금으로 갚았다.

—그 뒤로 매일신문사 기자로 일했는가?

작가 : 나이가 서른이 되고 안정된 직장을 갖지 않으면 안 되었다. 그래서 도로공사와 매일신문사에 원서를 내고 시험을 봤다. 그런데 나중에 공교롭게도 두 군데의 면접 일자가 같은 날이었다. 둘 중의 하나를 선택하지 않으면 안 되었다. 그래서 바로 전 해에 단편 소설 「나자레를 아십니까」가 『매일신문』 신춘 문예에 가작을 한 인연도 있고 해서, 매일신문사 편집국장을 찾아가 직업으로서의 기자 생활이 어떤가 조언을 들었다. 그분 얘기가 신문사가 글쓰는 데 큰 도움은 되지 않겠지만, 직장으로서는 그런 대로 괜찮은 곳이라고 했다. 신문사의 분위기가 글쓰

는 것에 호의적이지는 않았다. 신문사 상사들은 자기 밑에 소설가도 한 명쯤 있는 것이 자랑스러웠을지 모르지만 동료 기자들은 탐탁치 않게 여겼다. 신문 기자의 의식 속에는 소설가를 얕잡아보는 어떤 의식들이 아직도 있다.

—당신의 공식적인 등단 작품은 1979년 『동아일보』 신춘 문예 중편 소설 부문에서 당선의 영예를 차지한 「새하곡塞下曲」이다. 그 작품은 언제 쓴 것인가? 그리고 이전에 겪은 당신의 등단 실패의 역사를 들어보자.

작가 : 대구 매일신문사 편집부 기자 생활을 하며 내 일을 마치고 남은 시간에는 주로 신문사 자료실에서 책을 읽었다. 어느 날 우연히 『동아일보』 신춘 문예 모집 공고를 보게 되었는데, 중편 소설 부문이 신설된다는 것을 알았다. 그 때부터 두 달 정도 걸려 매일신문사 자료실에서 탈고한 소설이 바로 「새하곡」이다. 그 이전에 서울사대 문학회 시절에 신춘 문예에 응모한 기억이 있고, 등단하기 위해 『현대문학』과 『창작과 비평』에 원고를 보낸 적이 있다. 물론 두 군데 다 내 작품을 거절했다. 군에 가기 직전에 「사람의 아들」을 『문학사상』에 보낸 적도 있다. 그 작품을 보내놓고는 첫 휴가를 받아 나올 때는 내가 어엿한 작가가 되어 있으려니 하고 기대가 컸다. 그런데 거기서도 또 떨어졌다. 당선은커녕 심사평에 언급조차 되지 않아 크게 낙담하고, 분개했다. 나중에 그 「사람의 아들」은 내게 '오늘의 작가상'을 안겨주었고, 내 이름을 세상에 알리게 되는 계기를 만들어주었다.

—작가로서 당신의 1980년대를 돌이켜보자. 당신은 1980년대 내내 운동권 문학 진영 사람들로부터 비판의 대상이 되어왔다. 「변경」에서 당신은 그 점에 대해 다음과 같이 정리하고 있다.

의식의 산물인 말과 글을 다루게 되면서 이런저런 까닭으로 생겨난 그의 반대자들은 종종 그의 의식을 문제 삼았다. 적극적인 악의를 품은 이들은 그의 보수성을 거론했으며 때로는 반동 성향反動性向으로까지 의심했다. 온건한 평자評者들은 그 의식의 파행跛行이나 어떤 특정한 부분의 마비와도 같은 둔감을 이상히 여겼고, 애정을 가진 이도 이따금씩 그의 미래에 대한 전망의 결여를 애석히 여겼다.

그들의 비판대로 당신은 보수주의자인가, 아니면 이념 혐오증을 갖고 있지는 않은가? 특히 당신이라는 존재의 뿌리라고 할 수 있는 월북한 공산주의자인 아버지의, 당신의 의지나 선택이 전혀 개입되지 않은 이념적 선택은 오래도록 당신의 삶을 끈덕지게 따라다니면서 끊임없이 당신을 불편하게 하고 당신에게 고통스러운 유적의 삶을 살도록 강요했다. 그 사실 때문에 어떤 사람들은 당신이 본능적으로 이념 혐오증 같은 걸 갖고 있을지도 모른다고 생각한다.

작가 : 우선 1980년대 내내 나에 대한 일정량의 반대자를 가지고 있었다는 것은 돌이켜보면 내게 행운이었다. 우선 그들은 내게 자극이 되기도 하고, 반성의 계기를 주기도 했다. 내가 너무 일찍 완성된 작가가 되어서 작품을 쓰는 것에 대한 부담을 느끼지 않도록 그들은 일조를 한 셈이다. 선배 작가 중에서 김승옥이나 조세희 같은 경우를 보면 너무 이르게 완전한 작가가 된다는 것은 작가에게 일종의 불행이라는 생각이 든다. 나는 일정량의 반대자 때문에 항상 부족하다는 비판을 받았고, 그래서 부담 없이 작품을 쓸 수 있었다. 나는 이념 자체에 대해 어떤 혐오증도 갖고 있지 않다. 이념은 우리가 살면서 추구해야 될 어떤 것이다. 다만 그것이 획일적인 것이 되고, 억압적으로 강요될 때, 그것은 혐오의 대상이 될 수도 있다. 민중 문학 진영의 비평가 중에는 아버지의 이념 선택과 관련해 내게 이념 혐오증이 있을 거라고 의심하는 사람도 있는 것으로 안다.

그것은 내게 이중의 칼날 같은 문제다. 나의 이념에 대한 생각들이 깊은 사유나 논리에 의해 획득된 것이 아니고 일종의 본능적인 방어 기제로 만들어졌다는 비판이 그 하나고, 아버지는 썩 괜찮은 진보적 지식인이었는데 그 아들은 그렇지 못한 보수 반동이라는 비판이 다른 하나다. 그러나 이는 추측에 기댄 논리, 나를 비판하기 위해 지어낸 논리에 지나지 않는다. 다만 진보적 이념에 대한 나의 태도는 이중적이다. 무의식적으로 그것을 거부하고 밀어내려는 어떤 힘과 또 그것에 유혹되고 끌리는 내면의 어떤 상황……, 혐오의 대상인 동시에 유혹하는 것……, 혈연과 관계된 문제이기 때문일까. 그것은 설명하기가 쉽지 않다. 내 젊은 날의 독서 목록 중에 마르크스는 분명히 중요한 한 부분을 차지하고 있다.

문학 외적인 고백

―당신의 대표작은 무엇인가?

작가 : 현재로서는 「황제를 위하여」·「사람의 아들」 그리고 「변경」이다. 그러나 내 진정한 대표작은 미래에 나올 것이다. 작가라면 누구나 가장 좋은 작품은 나중에 나오기를 바라지 않겠는가.

―지금까지 당신의 책이 모두 얼마나 팔렸는지 알고 있는가?

작가 : 내 책을 주로 펴낸 출판사로부터 1천만 부가 넘는다는 얘기를 들었다. 여러 가지로 내 사회적 입지가 좁아져 있던 1987년 · 1988년 · 1989년에 집중적으로 팔렸다. 그 때는 해마다 거의 백만 부 이상씩 팔렸다. 그렇게 많이 팔린 것은 우연한 현상이었는지, 아니면 다른 무엇이 있었는지……, 진보와 민주화를 외치는 획일적인 목소리들이 바깥 세상을 장악하고 있던 때인데……, 독자들을 무시할 게 아니라는 생각이 든다. 독자들에게도 균형과 묶의 어떤 심리가 있을 것으로 생각된다. 그것이 내 책에 대한 구매력으로 나타난 것이다.

―그렇게도 많은 사람이 당신의 소설에 열광하는 이유가 어디 있다고 생각하는가?

작가 : 나는 소설을 쓸 때 옛날에 내가 독자였던 시절 소설에서 내가 기대한 것들이 무엇이었나, 어떤 기준으로 소설을 골랐나 하는 점들을 잊지 않으려고 노력한다. 지금도 나는 전날 과음을 하고 몸이 괴로울 때면 무협지를 몇 권씩 읽곤 한다. 나는 무협지의 애독자다. 지금까지 읽은 것만 해도 한 500권은 넘을 것이다. 그러나 그럴 때마다 무협지만을 읽는 것은 아니다. 그런데 어떤 경우에는 무협지나, 아니면 기분이 축축할 때 『그대 다시는 고향에 가지 못하리』나 『전야』 같은 책을 읽고 싶어진다. 내 소설이 독자들에게 꾸준히 읽히는 이유는 내가 그들의

처지로 돌아가 그들이 소설에서 무엇을 찾고 있는가, 그것을 배반하지 않고, 그것에 충실하기 때문일 것이라고 짐작해볼 따름이다.

—당신은 작가로서 엄청난 부와 명예를 얻었다. 인생에서 다른 사람들이 갖지 못하는 많은 것을 당신은 거머쥐었다. 지금 당신에게 남아 있는 꿈은 무엇인가?

작가 : 조금 부끄럽고 느닷없는 얘기인데, 시골 고등 학교 선생을 해보고 싶다는 생각이 든다. 중도에 그만둔 바 있는 사범 대학 과정을 마치고, 정식으로 고등 학교 선생이 되고 싶다.

—당신의 작품이 프랑스에서 번역되어 나온 것으로 아는데, 그쪽에서는 당신의 작품을 어떻게 평가하는가?

작가 : 지금까지 중편 소설 세 권이 프랑스의 악트쉬드에서 나왔다. 『우리들의 일그러진 영웅』·『금시조』·『그해 겨울』이 그것이다. 프랑스의 유력 일간지들에 서평이 실리고, 책도 조금 나간 것으로 알고 있다. 그들은 내 작품에 대해 '한국적'이라고 평가했다. 이 작품들은 독일·영국·네덜란드·이탈리아·스페인 그리고 일본에서도 번역될 예정이고, 악트쉬드를 통해 계약을 맺었다.

—당신은 아직 도상의 작가다. 그러나 월북자 가족으로서 성장기에 견뎌야 했던 가난과 핍박의 혹독한 삶을 밑거름 삼아 일궈낸 당신의 문학은 이미 우리 시대 문학의 중심부에 있고, 많은 논쟁의 불씨를 제공하기도 했다. 당대 최고의 작가라는 평가로부터 "봉건 양반 문화 전통을 계승한 부르주아 문학"에 불과하다는 비판까지 당신에 대한 평가도 다양하다. 당신에게 따라다니는 "낭만주의, 허무주의, 전망 결여와 이념 혐오, 민중 불신과 궁극적 체제 옹호, 관념 편향적 창작 방법에 의한 능란한 이야기꾼으로서의 재능과 한계, 고급 부르주아 문학의 기수"와 같은 비판들도 뒤집어보면*, 당신의 문학이 가진 영향력의 크기 때문이다. 앞으로 당신의 문학이 더 높은 경지의 새로운 지평으로 나아가길 바란다.

---

* 김명인, 「한 허무주의자의 길 찾기」, 류철균 엮음, 『이문열』(살림, 1993)

김성동, 연기론적 상상력

「만다라」의 작가 김성동

'소설의 시대'라고 일컬어지던 1970년대의 끝자락인 1979년에 두 편의 '종교'를 소재로 한 소설이 동시에 나와 문단과 독자의 눈길을 끈다. 기독교를 배경으로 한 이문열의 「사람의 아들」과, 불교를 배경으로 한 김성동金聖東(1947~)의 「만다라」가 그것이다. 열아홉 나이에 입산해 여러 선방과 토굴을 전전하며 화두를 붙잡고 씨름하던 김성동은 1974년 『주간종교』의 종교 소설 현상 공모에 단편 소설 「목탁조木鐸鳥」를 보내 당선한다. 그러나 이 일로 중에서 소설가로 운명의 길이 바뀌게 될 줄은 그 자신도 몰랐다. 「목탁조」가 활자화되자 "악의적으로 불교계를 비방하고 전체 승려를 모독했다."는 오해 속에 김성동은 승적을 박탈당하고 만다. 그는 어쩔 수 없이 세속의 저잣거리로 내려오게 된다. 1978년 그는 강릉 보현사 쪽 산골짜기를 헤매다가 일주일 만에 중편 소설을 써내는데, 그것이 바로 「만다라」다. 이 작품이 『한국문학』 신인 문학상에 당선되며 김성동은 정식으로 문단에 나온다.

「만다라」

법운의 아버지는 6·25 때 좌익으로 몰려 처형된다. 법운의 어머니는 밤마다 녹의 홍상綠衣紅裳 차림으로 아버지의 퉁소 소리를 찾아 헤매는데, 결국은 가출하고 만다. 그 뒤로 법운은 종조모의 집에서 얹혀 지내다가 한 스님을 만나면서 수도승의 길을 걷게 된다. 6년여 수도승 생활을 하지만 깨달음을 얻지 못한 법운은 이리저리 방랑하다가 우연히 지산이라는 파계승을 만난다. 지산은 불도에 입문한 뒤 큰 뜻을 품고 '무無'라는 공안公案을 끌어안고 참선하며 깨달음을 얻고자 애쓴다. 그러던 어느 날 한 여인과 눈길이 딱 마주치는 순간, 그의 공부는 무너져버리고 만다. 그는 이 때부터 그 동안 정진하며 참구하던 '무' 대신에 여자를 생각하게 된다. 마침내 그는 종단 체제와 공리적인 민간 불교 신앙에 오염된 사찰에 대해 회의를 품게 되고, 허무감에 더해 나약한 자신에게 절망하면서 파계승의 길을 걷는다.

불교적 체험을 바탕으로 청춘의 고뇌와 방황을 보여준 『만다라』

법운은 자신으로서는 엄두도 못 낼 행동을 하는 지산에게 처음에는 호기심을 느끼고, 나중에는 차츰 매료되어 그와 가까워지게 된다. 법운은 지산처럼 파계승이 될 용기도 없고, 그렇다고 수도에만 전념하지도 못하는 자신을 부끄럽게 여긴다. 어느 날 지산은 암자 아래 술집에서 만취해 올라온 뒤 산중에서 동사한다. 법운도 자살을 염두에 둔다. 그러나 지산처럼 열정적으로 삶을 사랑하지 못한 자신에게 자살은 어울리지 않는다는 생각에 그는 죽음을 포기한다. 법운은 한 여자와 동침한 다음날 아침 거리의 인파에 묻힌다.

「만다라」는 소년에서 청년으로 성장하는 예민한 시기에 불가에 입문한 법운이 득도하기 위해 공부하는 과정에서 느끼는 고뇌와 방황, 그리고 진정한 도는 지식이나 수도가 아니라 인간과 인간의 만남을 통해 이루어진다는 깨달음을 그리고 있다. 아울러 이 작품은 타락한 사찰 불교를 비판하는 시각을 담고 있기도 하다. 그러나 김성동은 「만다라」에서 무엇보다 인간의 허위성의 대상을 타인이나 사회에서 찾는 것이 아니라, 저마다 지닌 자기의 내면에서 찾아 이를 뒤집어 보이고 싶어한다. 작가의 이런 자세는 인간의 본질적 삶, 존재의 문제에까지 다가설 낌새를 보인다.

더러는 이 「만다라」를 놓고 현실에 대한 치열한 탐색이 모자란다거나, 불교에 관한 지식이 초보 수준에 머물고 있다는 등의 비판을 내놓기도 한다. 또 더러는 법운이 불문에 들어서는 동기가 가족과 관련된 사적 체험, 즉 아버지의 죽음이나 어머니의 가출 같은 세속적인 일과 맞물려 있기 때문에, 결말에 나오는 그의 환속 또한 심오한 철학이나 형이상학과는 거리가 먼 세속적인 동기에 따라 이루어지는 것은 이미 예정되어 있던 바라고 지적하기도 한다.

김성동은 1947년 충남 보령군 청라면 장현리에서 태어난다. 그의 할아버지는 몰락한 유생이었고, 아버지는 독학으로 대학 과정을 마치고 자작 한시를 영역할 정도로 문학에 조예가 깊은 농촌 지식인이었다. 그러나 6 · 25 때 아버지와 큰삼촌은 우익에게, 면장을 지내던 외삼촌은 좌익에게 처형당하며 멸문의 참혹한 지경에 이르게 된다. 작가의 어머니는 이 때 받은 충격으로 말미암아 평생 동안 심한 가슴앓이를 한다. 이런 와중에서도 그의 할아버지는 손자 김성동에게 한학을 가르친다. 그 덕분에 작가는 어린 시절에 『백수문白首文』에서 『통감通鑑』과 『명심보감明心寶鑑』·『소학小學』·『대학大學』을 거쳐 『맹자孟子』까지 뗀 뒤에, 1954년 옥계국민학교에 입학한다.

1961년
중학교 2학년 때
누나 김정동과 함께

1955년 김성동과 그의 어머니는 할아버지 집에서 나와 덕산에 있는 월남자와 극빈자들의 재활 마을인 '평화농장'으로 들어간다. 그러나 어머니의 속병이 도져 두 사람은 다시 본가로 돌아온다. 1957년 대전 용두동 산동네로 이사한 뒤, 김성동은 서대전국민학교로 전학한다. 이 때부터 김성동은 대본 서점에 드나들며 나라 안팎의 소설과 교양 서적을 닥치는 대로 읽어댄다. 이 무렵 그는 처음으로 글을 쓰는 사람이 되겠다는 꿈을 가진다.

1960년 김성동은 순전히 입학금이 없고 월사금이 싸다는 이유로 삼육고등공민학교에 들어간다. 그는 이 시절 학과 공부보다는 문학이나 철학 서적에 열중하고, 잠깐 동안 기독교에 빠지기도 한다. 1961년 5 · 16정변이 일어나자 삼촌 셋을 시골로 피신시킨 할아버지가 대공과 형사들에게 연행되어 가는 것을 보고 김성동은 충격을 받는다. 할아버지는 1주일 동안 구류를 살고 나오는데, 이 때 큰삼촌이 죽은 내력을 처음 전해 들은 그는 냇가로 달려가 혼자 운다. 같은 해 여름에 그는 처음으로 가출을 하는데, 기차를 타고 목포까지 가서 사흘 동안 얻어먹지도 못하고 부둣가를 헤매다가 집에 돌아온다. 1964년 그는 가족과 함께 서울로 이사와 서라벌고등학교에 편입한다.

그러나 3학년 때인 1966년, 연좌제에 매여 있는 신분으로는 정상적인 사회 생활을 할 수 없다는 사실을 깨닫고는 학교를 그만둔다. 그는 방황하던 끝에 입산해 행자가 된다.

김성동은 도봉산 천축사 곁에 있는 돌집에서 시자 노릇을 하며 스님으로부터 받은 '무無' 자 화두를 붙잡고 수행을 한다. 3년이면 깨달음을 얻을 수 있으리라는 생각을 하고 용맹 정진하나, 그에게 깨달음의 길은 아득하게만 느껴진다. 그 뒤로도 여러 선방과 토굴을 전전하며 화두와 6년여 동안 씨름하지만 별다른 소득이 없자 그는 자신의 능력에 대한 회의와 함께 조직체의 모순과 비리에 대한 분노에 휩싸여 다시 방황한다. 지효 대선사의 문하로 들어간 김성동은 3년이 두 차례나 지났음에도 공부에 뚜렷한 진전이 없자, 이후에는 이리저리 떠돌아다닌다. 그러다가 1974년 그는 지금까지의 삶을 정리해보자는 생각으로 첫 소설 「목탁조」를 써낸다. 그러나 「목탁조」의 내용을 문제 삼은 종단에서 승적을 박탈하자 그는 할 수 없이 산에서 내려와 승복을 입은 채 시험을 보고 '대한기원'의 기관지 『기도期道』 편집부에 들어간다.

이듬해인 1979년 김성동은 장편으로 개작한 『만다라』를 '한국문학사'에서 출간해 많은 독자의 사랑을 받는다. 그는 이즈음 단편 「엄마와 개구리」·「가숙의 땅」·「먼산」·「산란」·「잔월」·「등」·「별」 등을 내놓으며 비평가들로부터 주목을 받는다. 비록 몸은 종단을 떠났으나 진심으로 불교를 아끼는 마음은 여전해, 그는 이런 자신의 심정을 담은 산문 「민중 불교를 위한 수상」을 집필하기도 한다.

1981년 3월에 결혼을 한 그는 같은 해 중편 「피안의 새」·「둔주遁走」와 단편

「하산」 등을 발표하고, '한국문학사'에서 『피안의 새』, '샘터사'에서 산문집 『부치지 않은 편지』, '백제'에서 소설집 『죽고 싶지 않은 빼빼』를 각각 펴낸다. 이 무렵 작가는 현실 참여 의식을 드러내며, "일인칭에서 일인칭을 포함하는 삼인칭의 바다로, 개인사 중심으로부터 개인사를 포함한 민중사의 바다로, 주관 일변도의 시각으로부터 주관·객관이 무상히 넘나들며 자연·초자연·현실·환상이 매개나 해명 없이 혼융하는 살아 있는 화엄의 바다로"라고 자신의 소설이 나아갈 방향을 설정한다. 1982년 그는 단편 「오막살이 집 한 채」·「밤」과 중편 「황야에서」 등을 내놓고, '일월서각'에서 창작집 『오막살이 집 한 채』를 펴낸다. 7월께 충남 대전으로 이사한 뒤에는 『법륜』에 장편 「침묵의 산」을 연재한다.

1983년에 들어 그는 『문예중앙』에 해방 전후사를 배경으로 한 장편 「풍적風笛」의 연재를 시작한다. 「풍적」은 회심의 역작이지만 원고 검열과 삭제, 그리고 작가의 교통 사고 등으로 중단된 끝에 지금까지 미완으로 남아 있다. 1950년 6월이 얼마 남지 않은 어느 날, '사랑과 평화를 위한 임시 정신 통제법'을 위반해 '정신 각성소'에 수용된 수인 번호 '526번'은 궐석 재판을 거쳐 총살형을 당한다. 그러나 자신의 죽음을 받아들일 수 없던 '526번'은 삼도천三途川과 흑백강黑白江을 건너 가족과 고향집을 찾아 떠난다. 이승과 저승, 현재와 과거, 현실과 비현실의 경계를 간단히 건너뛰며 펼쳐지는 이 소설에서 가장 감동적인 장면 중의 하나는 구만리 장천을 중음신中陰身으로 떠돌던 '526번'의 영혼에 어린 아들의 영혼이 화답하는 순간을 그린 대목이다.

심장에 총알이 박히는 순간, 그러니까 갑자기 격화된 전쟁으로 인해 서둘러 총살형을 집행당하게 된 수인 번호 526번이 마침내 짓게 된 아들의 이름을 부르며 숨져 가던 그해 6월도 다 저물어 가는 어느 날 황혼 무렵, 울지 않고 웃으면서 어미의 자궁을 빠져나옴으로써 산모를 까무라치게 만들고 두 돌이 지나도록 한 번도 울지 않던 그 이상한 아이가 마침내 입을 열었다.……

"아버지! 아버지!"

그렇게 분명한 발음으로 세 번을 더 소리쳐 아버지를 부르고 난 아이는 젖혔던 고개를 꺾으며 앙 하고 울음을 터뜨렸던 것이다.

"'죽음'에 대한 민속적 의식/잠재 의식을 견인해내고 그것을 형식화한 것"(임우기)이라는 평가를 받은 이 소설은 작가의 무의식 속에 새겨진 아버지를 불러내는 소설이다. 분단 상황의 산물인 '아버지의 부재'는 끊임없이 작가의 의식을 간섭하고 실존 조건을 규정하며, 작가의 문학 세계에 영향을 미치고 있는 일종의 원체험이다. 김성동은 해방 전후부터 6·25에 이르기까지 이 땅에서 비명 횡사한 억울한 희생자들의 원혼을 천도하는 소설을 써내는 것이 자신의 소임이라는 자각을 분명히 한다.

> 마흔 살이 넘었음에도 불구하고 나는 아직 아버지로부터 자유롭지 못하다. 아버지와 아버지를 포함한 그 시대의 헌걸찬 정신들로부터. 팔일오 이후 육이오까지 이 강산에서 비명 횡사한 사람이 육백만 명에 이른다. 지금 이 순간에도 구만리 장천을 중유中有의 넋으로 떠돌고 계실 그이들의 원혼冤魂을 천도해 드릴 수 있는 소설 한 편 제대로 써내지 못하는 자를 무엇으로 일러 감히 작가라고 부를 것인가.
>
> 김성동, 『붉은 단추』(실천문학사, 1987) 후기

1983년에 들어 충남 대덕군 산내면 구도리로 삶의 거처를 옮긴 작가는 이듬해 다시 서울로 이사한다. 이 무렵 그는 중편 「왕장승 딸」과 단편 「눈오는 밤」·「바람부는 저녁」·「붉은 단추」 등을 내놓는다. 1985년 그는 『중앙일보』에 장편 「그들의 벌판」을 연재하며, 중편 「쓸쓸한 이야기」를 포함해 「비 내리는 아침」·「그 해 여름」 등을 발표한다. 같은 해 작가는 '창작과비평사'가 주관하는 '신동엽 창작 기금' 대상자로 선정되기도 한다. 1986년에는 『우리시대』에 장편 「늘 떠나는 아이」를 연재하고, 1987년에는 '실천문학사'에서 창작집 『붉은 단추』를, '삼민사'에서 산문집 『그리고 삶은 떠나가는 것』을 펴낸다. 1988년 『중도일보』에 장편 「집」을 연재한 그는 1989년 '형성사'에서 『집』 상권, '살림'에서 중·단편집 『그리운 등불 하나』를 발간한다. 『중앙일보』에 '석남 거사'라는 필명으로 프로 바둑

관전기를 쓰던 그는 이를 계기로 미국에 가서 열흘쯤 머물다가 돌아오기도 한다. 아울러 그는 한신대 국문과에서 소설 창작 이론을 강의하면서 『여성중앙』에 「집」 하편을 연재한다.

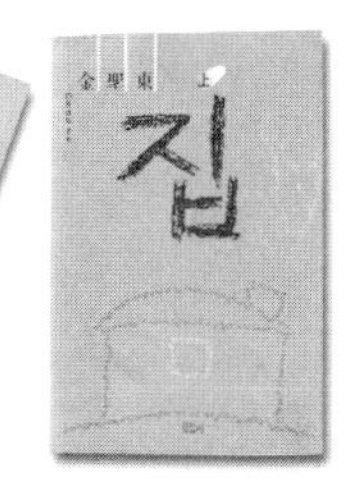

김성동의 장편 소설 『집』 상 · 하

1990년 김성동은 '청년사'에서 불교 에세이 『미륵의 세상 꿈의 나라』, '형성사'에서 장편 『집』 하권을 출간한다. 1991년에는 『한국일보』에 문명 비판 에세이 「생명 기행」을 싣고, 『민주일보』에 「소설 삼국유사」를 연재하다가 폐간으로 8회 만에 중단한다. 이어 『문화일보』에 장편 역사 소설 「국수國手」를 연재하게 된 그는 '한국소설가협회' 회원들과 함께 보름 동안 베이징 · 옌볜 · 백두산 일대를 여행하고 돌아온다. 이 무렵 '푸른숲'에서 장편 『길』 1부가 나오고, 1992년에는 『만다라』가 프랑스의 출판사 '필립피키에'에서 번역 출간된다. 1993년 작가는 불교 사상에 비추어 환경 문제의 의미를 짚어본 산문 「환경 문제와 불교 사상」을 발표하고, 『광주매일』에 「길」 2부를 연재한다. 1994년에는 '푸른숲'에서 3부작 소설 『길』 · 『만다라』 · 『집』을 간행하며, 『녹색평론』에 「말을 찾아서」, 『한겨레신문』에 「우리말 바르게」를 연재한다. 1995년에 들어 작가는 '솔출판사'에서 전 5권으로 계획된 『국수』 제1부를 펴낸다.

참고 자료

김윤식 · 정호웅, 『한국 소설사』, 예하, 1993

김수복 · 양은창, 『한국 현대 소설 이해와 감상』, 한림출판사, 1992

진정석, 「부성의 회복을 위한 도정」, 『만다라 외』 해설 · 연보, 동아출판사, 1995

임우기, 「연기적緣起的 상상력의 현실주의적 승화昇華」, 『연꽃과 진흙』 해설, 솔, 1992

이영진, 「우리 작가 김성동 — 적멸의 대지 위에 떠오르는 생명의 꽃」, 『뿌리와 날개』 1995. 3.

전기철, 「허무주의자의 방황하는 혼」, 『불교 문학 평론선』, 민족사, 1990

이동하, 「불교 체험과 6·25 체험」, 『문학의 길, 삶의 길』, 문학과지성사, 1987

우리가 지향하는 것은 생명력이 넘치는 개방 사회이며
인간의 존엄성과 가치의 능력을 존중하면서 개인의 자유와 이익을
최대로 보장하는 자유 민주주의입니다

1981

전두환 제12대 대통령 취임사

본인은 자신에게 엄격하고 타인에게 성실 · 정직한 한 인간으로서, 그리고 나라의 지속적인 전진을 바라는 대한민국의 한 국민으로서 우리의 숙제인 평화적 정권 교체의 전통을 꼭 확립하고야 말 것임을 분명하게 밝혀두는 바입니다.

우리가 지향하는 것은 생명력이 넘치는 개방 사회이며 인간의 존엄성과 가치의 능력을 존중하면서 개인의 자유와 이익을 최대로 보장하는 자유 민주주의입니다.

우리는 다양한 의견을 대화로 조정하고 종합함으로써 그것을 민족의 압력으로 승화시켜나가야 하겠습니다. 갈등과 파쟁보다는 화해와 토론을 통해 총의를 창출해내야 하며 그것은 새 역사의 조류를 굵게 하고 힘차게 하는 동력이 될 것입니다. 총의의 형성이 아니라 그것을 방해하려 하거나 그 외곽에서 방관하려는 자세는 민족사의 전진을 위해서 아무런 보탬이 되지 못할 것입니다.

국민 여러분!

우리는 이제 새 역사의 첫발을 내딛고 있습니다. 우리는 목표에 와닿은 것이 아니라 목표를 향해 지금 출발하고 있는 것입니다. 우리는 이제 겨우 국가적 난국을

극복한 단계이며 모든 것은 이제부터가 시작입니다.……

본인은 나에게 절대적인 지지를 보내준 국민 여러분의 명령에 충실할 것이며 여러분과 본인의 삶의 터전인 이 나라의 성장과 성숙을 위해 충실할 것입니다. 본인은 본인이 공약한 새 시대의 전개에 충실할 것이며 본인이 발의하고 공포한 헌법에 대해 충실할 것입니다. 그리고 정직을 생활의 신조로 삼아온 하나의 자연인으로서 자신의 신조에 충실하고자 합니다.

12 · 12쿠데타와 5 · 17 계엄 확대 조치, 5 · 18광주항쟁에 대한 무력 진압은 신군부가 권력을 장악하기 위한 일련의 각본에 따른 것이었다고 할 수 있다. 박정희의 갑작스런 유고有故와 함께 엉겁결에 대통령직을 이어받은 최규하가 별다른 통치권을 행사하지 못한 채 사임한 지 열하루 만에 전두환 국보위 상임위원장이 통일주체국민회의 제7차 회의에서 대통령으로 선출된다. 이 때 단일 후보로 나서 득표율 99.9퍼센트로 당선된 전두환은 새 헌법에 따라 임기 7년의 제12대 대통령으로 취임하며 제5공화국을 출범시킨다.

1981

1월
15 민주정의당 창당, 전두환을 초대 총재로 선출하고 제12대 대통령 후보로 지명
24 정부, 456일 만에 비상 계엄 전면 해제

2월
1 '팀스피리트 81' 한미 합동 군사 훈련 시작
13 한국방송공사KBS, 광고 방송 실시 결정
25 전두환 후보, 제12대 대통령으로 당선

3월
23 선인학원, 재단 비리와 관련해 재산 1천억 원 국가에 헌납

4월
3 광주사태 관련 83명 전원에게 감형 및 사면 단행

5월
10 프랑수아 미테랑, 프랑스 대통령에 당선
14 로마 교황 바오로 2세, 피격 부상

6월
30 중국, 마오 쩌둥 사상 폐기, 덩 샤오핑의 실용주의 지도 체제 채택 선언

7월
1 인천 · 대구가 직할시로, 동두천 · 서귀포 등 10곳이 시市로 승격
13 미 국방부, 미국 · 일본은 극동에서의 군사력 문제와 관련해 책임 분담에 합의했다고 언명

9월
7 연세대 박물관, 충북 단양의 석회암 동굴에서 12만 년 전 중기 구석기인의 뼈 화석을 다량 발굴
14 미국 최신예 전투기 F-16기 8대 한국 배치
30 독일의 바덴바덴에서 열린 제84차 국제올림픽위원회IOC 총회, 1988년 제24회 여름 올림픽 개최지로 서울 확정
30 중국, 타이완에 직접 대화 제의

11월
2 서울올림픽조직위원회 구성
27 대미 환율 700원대 돌파

12월
11 한국프로야구위원회KBO 창립
11 동 · 서독 정상 회담 개최
19 수출 실적 2백억 달러 돌파

박완서, 모계 문학의 수원지

가부장제 사회에서 소외될 수밖에 없는 여자들의 이야기를 주로 다룬 모계 문학의 작가 박완서

소설의 거리(材料)로 삼아서는 안 되는 게 있다고는 생각하지 않았습니다. 오히려 평범한 일상 속에, 버림받은 쓰레기 속에, 외면당한 남루 속에, 감추어진 추악한 것 속에서 소설의 거리는 보석처럼 반짝거리고 있을 수도 있습니다. 그러나, 그게 우연히 얻어지는 건 아닐 것입니다. 삶에 대한 꾸준한 통찰력, 따뜻한 연민, 때로 열정적인 애정에 의해서만 그것을 볼 수가 있고, 주워올릴 수가 있습니다. 문제는 주워올린 다음입니다. 어떤 거리를 소설로 만들기 위해선 주워올릴 때와는 딴판으로 일단 뜨악하게 밀어내고 객관적으로 바라보아야 하고, 정이 앞서지 않는 냉혹한 마음으로 추리고 다듬고 지켜졌을 때만 비로소 명색이 소설이라 부를 만한 것이 만들어졌지 않았나 싶습니다.

박완서, 「이상 문학상 수상 소감」, 『엄마의 말뚝』(문학사상사, 1981)

1981

박완서朴婉緖(1931~)는 한국 모계 문학의 수원지水源地다. 한국 소설사는 부계의 혈통을 잇는 소설들이 오랫동안 주류를 이룬다. 그런데 박완서의 소설은 가부장제 사회에서 소외될 수밖에 없는 존재인 여자의 이야기를 주로 다룬다. 즉 "아들보다는 딸이 아버지보다는 어머니가, 남편보다는 아내의 이야기"가 주류를 이루는 모계 문학의 특징을 보인다.* 그는 여성 특유의 "사설과 넉살, 익살과 엄살, 달램과 꾸짖음, 묘사와 설교"**라는 방법으로 여성의 삶을 한껏 아우르며 사실적으로 그려낸다. 물론 박완서의 소설을 두고 "소시민적 행복의 허위를 예리하게 간파"(염무웅)한다거나 "사회 현실에 대한 남달리 뚜렷한 비판 의식"(백낙청)

* 하응백, 「모성, 그 생명과 평화」, 『낮은 목소리의 비평』(문학과지성사, 1999)
** 조혜정, 「박완서 문학에 있어 비평은 무엇인가」, 『작가세계』(1991 봄)

을 보여준다는 비평가들도 있지만, 박완서 소설의 본령은 가부장제 사회에서 식민화되는 여성의 삶의 실상을 드러내고 여성의 삶에 구조적으로 가해지는 억압과 소외을 따지고 파헤치는 데 있다. 박완서를 "여성 해방 문학의 작가"*로 꼽게 만든 소설로는 『살아 있는 날의 시작』(1980) · 『서 있는 여자』(1985) · 『그대 아직도 꿈꾸고 있는가』(1989) 등이 있다.

박완서는 1931년 10월 20일 경기도 개풍군 청교면 묵송리 박적골의 반남 박씨 가문에서 태어난다. 박적골은 개성 시내에서 20여 리 떨어진 한촌으로 홍洪씨 문중 마을이었다. 반남 박씨 일가는 그 마을의 유일한 타성바지였다고 한다. 네 살 나던 해인 1934년 그는 아버지를 여읜다. 얼마 뒤 어머니는 어린 딸을 할아버지 밑에 떨어뜨려놓고 아들을 대처에서 공부시켜 기울어가는 집안을 다시 일으켜 세울 작정으로 서울로 올라간다. 어머니가 그를 서울로 데리고 올라온 것은 1938년의 일이다. 어머니는 맹렬한 교육열로 학군 위반까지 하며 딸을 매동국민학교에 입학시킨다. 어머니의 꿈은 딸을 '신여성'으로 키우는 것이었다. 어머니에게 신여성은 "공부를 많이 해서 이 세상의 이치에 대해 모르는 게 없고, 마음먹은 건 마음대로 할 수 있는 여자"였다.

어머니가 세운 신여성이란 것의 기준이 되었던 너무 뒤떨어진 외양과 터무니없이 높은 이상과의 갈등, 점잖은 근거와 속된 허영과의 모순, 영원한 문 밖 의식, 그건 아직도 나의 의식 내용이었다. 그러고 보니 나의 의식은 아직도 말뚝을 가지고 있었다. 제 아무리 멀리 벗어난 것 같아도 말뚝이 풀어준 새끼줄 길이일 것이다.

박완서, 「엄마의 말뚝 1」, 『엄마의 말뚝』(일월서각, 1982)

한국전쟁과 분단으로 말미암은 불행한 가족사 체험을 바탕으로 한 소설집 『엄마의 말뚝』. 여기에 실린 같은 제목의 작품으로 1981년 이상 문학상을 받는다.

어머니의 꿈은 딸을 '신여성'으로 키우는 것이었지만, 평생 동안 작가의 의식에 들러붙는 것은 다름아닌 "문 밖 의식", 즉 자신이 주변인이라는 의식이다. 박

* 박혜란, 「'여자다움'의 껍질벗기」, 『작가세계』(1991 봄)

1987년 외아들의 서울의대 졸업식장에서. 가운데가 남편. 박완서는 나중에 이 두 사람을 모두 잃는다.

완서는 1944년 숙명여고에 입학하는데, 얼마 뒤 학제가 4년제 여고에서 6년제 여중으로 바뀐다. 여중 5학년 문과반 소속일 때 담임 교사가 소설가인 박노갑朴魯甲이었고, 소설가 한말숙과 시인 김양식 등이 같은 반에서 공부한다. 당시 시중에는 일본인들이 버리고 간 책이 넘쳐나서 그는 일본어로 번역된 세계 문학 전집과 톨스토이 · 도스토예프스키 · 체호프 같은 러시아 작가들의 소설을 손쉽게 구해 읽으며 은근히 문학과 관련된 꿈을 키운다. 1950년 그는 서울대학교 문리대 국문과에 입학하지만, 6월 20일 입학식을 치른 지 불과 닷새 만에 전쟁이 터진다. 얼마 뒤 피난지 임시 천막 대학에 등록도 해보나 끝내 그는 대학 교육을 제대로 받지 못한다. 더구나 전란중에 그의 오빠와 숙부가 죽고, 고향 땅은 북한 영토가 되어버린다. 졸지에 어머니를 비롯해 올케와 연년생 어린 조카들의 생계를 떠맡게 된 박완서는 동화백화점 자리에 있던 미8군의 초상화부에 취직을 한다. 거기서 그는 박수근朴壽根 화백과 만나고, 뒷날 등단작이 되는 「나목裸木」의 영감을 얻는다. 그는 휴전 직후인 1953년 결혼하고 이어 네 딸과 외아들을 낳아 키우느라 문학과 멀어진다.

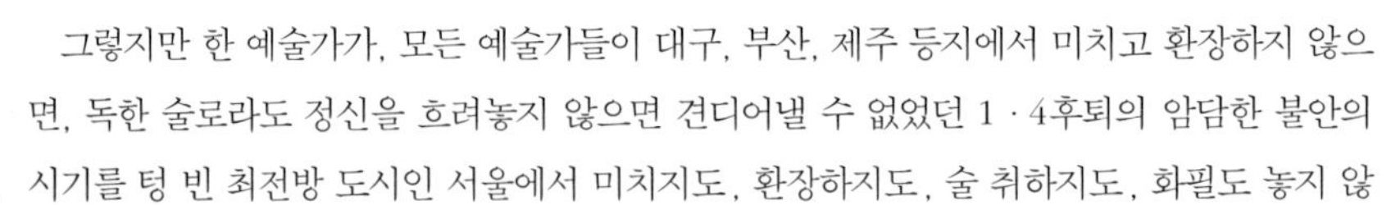

그렇지만 한 예술가가, 모든 예술가들이 대구, 부산, 제주 등지에서 미치고 환장하지 않으면, 독한 술로라도 정신을 흐려놓지 않으면 견디어낼 수 없었던 1 · 4후퇴의 암담한 불안의 시기를 텅 빈 최전방 도시인 서울에서 미치지도, 환장하지도, 술 취하지도, 화필도 놓지 않고, 가족의 부양도 포기하지 않고 어떻게 살았나, 생각하기 따라서는 지극히 예술가답지 않은 한 예술가의 삶의 모습을 증언하고 싶은 생각을 단념할 수는 없었다.

박완서, 『나목』(작가정신, 1990) 후기

1980년 한국 문학 작가상을 받은 뒤 동료 작가 한말숙(오른쪽)과 함께

박완서는 마흔 살 나던 해인 1970년에 느닷없이 전쟁 직후 미군 부대에서 만난 화가 박수근의 얘기를 장편 소설로 빚어낸 「나목」을 『여성동아』의 여류 장편 소설 공모에 보내 당선한다. 느지

막이 작가로 나선 그는 뒤늦은 출발을 벌충이라도 하듯이 왕성한 창작욕을 분출하며 문제작을 잇달아 내놓아 비평가들의 주목을 받는다. 1976년 박완서는 '일지사'에서 첫 번째 창작집 『부끄러움을 가르칩니다』를 펴낸다. 이를 시작으로 그는 거침없고 뛰어난 이야기꾼의 솜씨로 장편 소설 『휘청거리는 오후』(1977) · 『창밖은 봄』(1977), 창작집 『배반의 여름』(1978), 장편 소설 『목마른 계절』(1978) · 『도시의 흉년』(1979) · 『욕망의 응달』(1979) · 『살아 있는 날의 시작』(1980), 창작집 『엄마의 말뚝』(1982), 장편 소설 『오만과 몽상』(1982) · 『그해 겨울은 따뜻했네』(1983) · 『서 있는 여자』(1985), 창작집 『꽃을 찾아서』(1986), 장편 소설 『미망未忘』(1990) · 『그대 아직도 꿈꾸고 있는가』(1990) · 『그 많던 싱아는 다 어디로 갔을까』(1993) · 『그 산이 정말 거기 있었을까』(1995), 창작집 『너무도 쓸쓸한 당신』(1998) 등을 쉬지 않고 쏟아낸다. 박완서는 놀랄 만큼 다작多作의 작가이지만, 그 다작이 문학성을 묽게 만드는 일은 거의 없다.

가부장제 사회의 일상 생활 속에 퍼져 있는 여성 억압의 구조를 꿰뚫어보고 그것과 맞서는 여성 전사들을 내세운 박완서의 소설들. 『서 있는 여자』와 『그대 아직도 꿈꾸고 있는가』.

박완서 초기 소설의 주제는 크게 세 가지로 나뉜다. 전쟁과 분단으로 말미암은 가족사적 불행 체험을 바탕으로 하는 「나목」을 비롯한 소설, 1960년대 이후 등장하는 중산층의 물욕과 허위 의식을 비판적 시각으로 그려낸 소설, 그리고 여성의 정체성 찾기, 즉 가부장제 사회에서 여성이 겪는 억압을 파헤치며 여성 문제에 대해 첨예한 인식을 보여주는 소설이 그것이다. 박완서 소설의 첫 번째 줄기는 오빠와 숙부를 앗아 간, 그래서 그의 삶을 부성 부재의 삶에 빠뜨린 6 · 25 또는 분단 체험을 다룬 작품들이다. 등단작인 「나목」을 비롯해 「목마른 계절」 · 「세상에서 제일 무거운 틀니」 · 「부처님 근처」 · 「부끄러움을 가르칩니다」 · 「카메라와 워커」 · 「엄마의 말뚝」 · 「그해 겨울은 따뜻했네」 · 「그 산이 정말 거기에 있었을까」 등이 그것이다. 작가에게 그 체험은 "원점 같은 악몽"의 체험이고, 그의 내면을 씻을 길 없는 원죄 의식으로 물들인다. 작가는 자신의 체험이 짙게 반

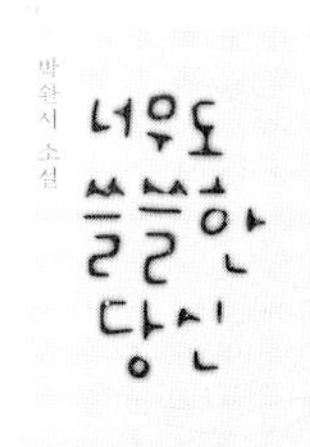

1998년에 낸 창작집 『너무도 쓸쓸한 당신』

영된 「목마른 계절」에서 한 작중 인물의 입을 빌려 그 "끔찍한 체험"에 대해 이렇게 말하고 있다.

이 동족간의 전쟁의 잔학상은 그대로 알려져야 된다고 나는 생각해요. 특히 오빠의 죽음을 닮은 숱한 젊음의 개죽음들, 빨갱이라는 손가락질 한 번으로 저 세상으로 간 목숨, 반동이라는 고발로 산 채로 파묻힌 죽음, 재판 없는 즉결 처분, 혈육간의 총질, 친족간의 고발, 친우간의 배신이 만들어낸 무더기의 죽음들, 동족간의 이념의 싸움 아니면 도저히 있을 수 없는 이런 끔찍한 일들은 고스란히 오래 기억돼야 한다고 나는 생각해요.…… 오빠의 죽음의 경우 같은 참혹의 기억, 학살의 통계, 어머니의 경우 같은 후유증, 이런 것만이 전쟁을 미리 막아보려는 노력과 인내의 밑바탕이 될 수 있을 거예요. 툭하면 '자유 민주주의를 위해서라면', 저쪽에선 '수령이나 사회주의 낙원을 위해서라면' 일전도 불사할 결의를 보여야만 하는 것으로 되어 있는 치졸한 애국 애족에서 깨어나 좀더 깊이 생각하게 될 거예요. 결국 이데올로기라는 것도 사람을 잘살게 하기 위해 만들어낸 거지 이데올로기 나고 사람 난 건 아니잖나 하고.

박완서, 「목마른 계절」, 『제3세대 한국 문학—박완서』(삼성출판사, 1983)

특히 「엄마의 말뚝」은 첫 번째 계열에 속한 작품으로 1981년 백철 · 김동리 · 최정희 · 유주현 · 김용직 · 김윤식 · 김화영 · 이상섭 등의 심사 위원들에 의해 '이상 문학상' 수상작으로 결정되며, "가족사의 특수성"을 "이 민족과 이 시대의 특수성"의 맥락 속에서 천의 무봉의 솜씨로 그려낸 분단 문학의 수작으로 평가를 받는다.

북쪽에 고향을 둔 한 가족사의 특수성을 이 민족과 이 시대의 특수성에서 유려하게 파악함으로써, 소설 속의 인물의 특성을 시대적 특성으로 이끌어냄으로써 높은 수준의 성과를 거두었다. 특히 이 작가의 유려한 문체와 빈틈없는 언어 구사는 가히 천의 무봉이라 할 만한 것으로 우리 소설사에 기여하는 바가 크다고 인정된다. 개인과 민족의 관계가 오직 가족사 속에서 깊게 파악됨으로써 추상적이기 쉬운 분단 문제가 새로운 양상으로 전개되었음은 이 작가의 삶을 바라보는 눈과 그것을 형상화하는 작가의 능력이 함께 높은 경지임을 말해주는 것이어서, 이에 본 심사 위원들은 이 뛰어난 작가의 작품에 제5회 이상 문학상을 수여할 것을 결정한다.

분단 문학은 1980년대에 들어서며 우리 문학의 중요한 영역으로 자리잡는다. 작가는 '이상 문학상' 수상 소감을 통해 "분단된 상처를 쥐어뜯어 괴롭게 피흘리"는 고통에 대해 말한다. 「엄마의 말뚝」은 굳은 딱지가 앉은 분단의 상처를 가족 단위의 체험을 바탕으로 현재의 것으로 보여준 소설임을 털어놓고 있는 것이다.

> 우리 겨레의 분단은 이제는 하나의 기정 사실입니다. 분단은 오래 전에 피흘리기를 멈추고 굳은 딱지가 되었고 통일을 꿈꾸지 않은 지도 오래된 것처럼 보입니다. 통일이란 말이 도처에 범람하고 있습니다만 산 채 분단된 자의 애절한 꿈으로서가 아니라 그것을 직업으로 삼고 사는 사람들이 만들어낸 구호로써 행세하고 있을 뿐입니다. 통일이 직업인 사람은 될 수 있는 대로 많은 구호를 만들어내어 분단을 치장하면 되겠지만 진실로 통일이 꿈인 사람은 끊임없이 분단된 상처를 쥐어뜯어 괴롭게 피흘리게 할 수밖에 없습니다.
>
> 박완서, 「이상 문학상 수상 소감」, 『엄마의 말뚝』(문학사상사, 1981)

1981년
이상 문학상
시상식장에서

박완서 소설의 또다른 줄기는 1970년대 이래 우리 사회를 뒤덮은 물질 만능주의 사고, 특히 중산층의 밑도 끝도 없는 물욕, 허위 의식, 천박스러움, 허영심, 도박 심리, 한탕주의, 간교함을 끈덕지고 앙칼지게 물고 늘어지며 비판적 시각으로 까발린 작품들이다. 이 계열의 소설을 대표하는 것으로는 「지렁이 울음 소리」·「닮은 방들」·「휘청거리는 오후」 등이 있다. 1970년대 이래 도시 중산층의 물질적 생활 수준은 눈에 띄게 나아지나, 그 내면은 더욱 황폐해지고 조잡스러워지는데, 작가는 활력이 넘치는 능변의 문체로 이와 같은 현상을 실감나게 그려낸다. 이런 세태 비판 소설을 통해 작가는 도덕적 타락의 징후를 보이는 우리 사회의 한 단면을 뛰어나게 그려냈다는 평가를 받는다.

박완서 소설의 문제 의식은 결혼과 이혼 등을 기둥 줄거리로 여성 문제를 다룬 작품들에서 가장 날카롭게 드러난다. 박완서만큼 여성의 삶에 대해 예민한 감수성과 집요한 관찰력을 보여주는 작가를 찾기란 쉽지 않다. 작가의 사실 묘사의 문체는 여성의 삶이 처해 있는 현실을 꿰뚫어보고 그것을 거침없이 파헤치고 야유하며 끔찍하리만큼 생생하게 그려낼 때 더욱 빛을 발한다. 작가가 그려내는 한심스럽고 궁상맞으며 좀스럽기조차 한 여성들의 이야기는 곧 여성들의 역사다. 그래서 비평가들이 자주 여성 해방의 시각에서 박완서의 작품 세계를 논의하는 것은 아주 자연스러운 일이다. 『살아 있는 날의 시작』(1980) · 『서 있는 여자』(1985) · 『그대 아직도 꿈꾸고 있는가』(1989)의 주인공들인 문청희 · 연지 · 차문경은 한결같이 이혼 여성이며, 그들에게 이혼은 여성 억압적이며 불평등한 남녀 관계를 청산하는 불가피한 해결 방법으로 제시된다. 그들은 가부장제 사회의 일상 속에 퍼져 있는 여성 억압 구조를 꿰뚫어보고 이 문제와 당당하게 맞서는 여성 전사女性戰士들이다.

이 세 소설들은 모두 한국 사회에서 여성들이 겪고 있는 억압의 다양한 양상을 예리한 시각으로 섬세하게 포착하고 있다. 작가는 가족 · 일 · 성 관계를 포괄하는 여성 삶의 전체 영역에서 그들을 짓누르는 핵심적 요인들을 가능한 한 샅샅이 집어내 보이고 싶었던 것 같다. 그가 원하든 원치 않든 그는 여성 해방 문학의 작가로 불리지 않을 수 없다.

박혜란, 「'여자다움'의 껍질벗기」, 『작가세계』(1991 봄)

『살아 있는 날의 시작』

문청희는 지방 대학 교수인 남편과 연애 결혼을 해 20년 동안 가정을 충실하게 건사하며 살아온 주부이자, 미용실을 운영하는 한편 저소득층 여성들의 경제 자립을 돕기 위해 미용 학원을 차린 여성이다. 1남 1녀의 어머니이며 20여 년 동안 시어머니를 모셔온 청희가 결혼 생활에서 꿈꾸는 것은 부부 사이의 진정한 화합이다. 그것은 두 남녀의 평등한 관계 속에서 실현될 수 있는 것이지만, 문청희 부부는 지배/피지배 관계의 구도를 벗어나지 못한다. 20여 년의 결혼 생활에 대해 청희는 "무참하게 유린당했다는 느낌, 교묘하게 기만당했다는 느낌"을 떨쳐내지 못한다. "그 여자는 누구나 거침없이 똑바로 바라보는 성질이었지만 인철이한테

만은 그러지를 못했다. 그 여자는 눈을 내리깔았다. 무력한 노여움이 무럭무럭 피어올랐다. 그러나 꾹 참고 다소곳했다."는 문장이 말해주고 있는 것은 가부장제 사회의 질서에 길들여진 여자의 공연히 주눅든 모습이다.

남편은 집안일과 바깥일을 조화롭게 해내는 아내에 대해 사소한 일을 빌미로 트집잡고 비아냥대며 자주 군림하려고 든다. 그럴 때마다 여자는 속에서 "무력한 노여움이 무럭무럭 피어"오르지만 굴욕감을 견디며 "다소곳"하게 사는 것이다. 남편은 가부장제 사회가 의식 속에 심어준 '남자다움' 이데올로기의 신봉자다. "그는 남자답다는 걸 좋아했다. 거의 신봉하고 있었다. 그가 신봉하는 '남자다움'에는 아내와의 약속 시간은 희미하게 기억한다는 것도 포함돼 있었다. 똑똑히 기억하고 있어도 결과는 마찬가지였을 것이다. 그들 사이의 모든 소유 관계가 명백하고도 당연하게 그의 것도 그의 것, 아내의 것도 그의 것이었던 것처럼 아내의 시간 역시 그에게 속했다. 아내만의 시간이란 걸 그는 '의식적으로' 인정하지 않았다." 치매에 걸린 시어머니가 숨진 뒤 홀로 남은 친정어머니를 모셔다가 병구완을 하는 사이에 남편은 집안일을 도우라고 들인 소녀와 강제로 성 관계를 가진다. 이 때문에 파생된 복잡한 사태를 담담하게 수습한 청희는 남편에게 강력히 이혼을 요구한다. 그 이혼 요구는 구조화된 불평등 관계를 청산하기 위한 요구이며, 여성에 대한 남성의 지배로부터 해방을 선언하는 것에 다름아니다.

『서 있는 여자』

연지와 경숙 여사는 모녀 사이이다. 연지는 대학 졸업 뒤 잡지사 기자로 일하는 적극적인 20대 여성이고, 경숙 여사는 대학 교수를 남편으로 둔 평범한 중년 여성이다. 연지는 고등 학교 시절 부모의 불평등한 관계에서 여성의 굴종적인 삶을 보고 "어머니에게서 추악한 것의 극단을, 아버지에게서 아름다운 것의 극단"을 느낀다. 그리고 "나도 아버지처럼 살게 하소서. 어머니처럼 살게 될진대 차라리 죽게 하소서."라는 소망을 품는다. 여성의 삶을 추악한 것으로 여기고 당당한 남성적 영역에서 자아를 실현하고 싶어하던 연지는 평등한 결혼 생활과 주체적 삶의 실현을 위해 대학 동창생이자 친구 사이인 철민과 결혼한다. 두 사람의 신혼 생활은 평등 관계 위에서 시작되는 듯하나 얼마 가지 않아 그 평등 관계에 균열이 생긴다. "부드럽고, 따뜻하고, 너그럽고, 겸손하고, 남자가 기고 만장할 땐 애교부리고 응석부려 그 기분을 고조시켜주고, 남자가 의기 소침했을 때는 지혜로운 격려와 꽁꽁 뭉쳐놓은 비상금으로 재기할 수 있는 용기를 주고, 남자가 집에 있을 동안만이라도 철저하게 왕이나 승리자의 환상을 가질 수 있도록 시녀나 패자 연기에도 능한 여자, 음식 잘하는 여자, 섹시한 여자, 돈 적게 들이고 옷 잘입는 여자 등등" 철민이 열거하는 '여자다움'의 세목들은 곧 가부장제 사회가 요구하는 여성상이다. 결국 일과 임신 그리고 인간 관계에서 비롯된 여러 가지 갈등을 겪으며 주체적 삶의 실현을 위해서는 불평등한 결혼 관계를 청산해야 한다는 생각을 굳힌 연지는 단호히 철민에게 이혼을 요구한다.

1981

6년 동안이나 남편으로부터 성적 소외를 당해온 경숙 여사는 하필이면 딸의 약혼식 날 남편으로부터 이혼 통고를 받고 당황한다. 제 몫의 삶은 없고 오로지 하석태의 '아내'로서 살아온 그에게 이혼은 삶의 기반으로부터 송두리째 뿌리가 뽑히는 절체 절명의 위기일 뿐이다. 경숙 여사는 남편의 기세 등등한 태도에 밀려 마음을 정리하기 위한 여행을 떠난다. 그러나 경숙 여사는 이혼한 친구들의 삶에서 본 부정적인 측면만 떠올린 나머지 이혼은 곧 삶의 실패라는 생각을 더욱 굳힌다. 이에 따라 경숙 여사는 남편에게 따로 잘못한 것도 없이 무조건 용서를 구하고 결혼 생활의 유지에 매달린다. 결국 철저하게 남편의 삶에 예속된 '아내'의 자리를 되찾은 경숙 여사는 '불행한 삶'이 예정된 이혼을 스스로 택하는 딸을 끝내 이해하지 못한다.

『그대 아직도 꿈꾸고 있는가』

차문경은 외국에 나간 남편으로부터 일방적으로 이혼을 당하고 혼자 살아가는 서른다섯 살 된 이혼녀다. 초등 학교 교사이기도 한 그는 어느 날 우연히 아내와 사별한 대학 동창생 김혁주를 만나 사랑에 빠진다. 김혁주와 성 관계를 가져 임신을 하게 된 차문경은, 가부장제 성 문화 속에서 남자에게는 별다른 책임을 묻지 않는 데 반해, 몸을 함부로 굴린 여자라는 손가락질을 받는다. 뒤늦게 임신 사실을 안 문경은 혁주에게 그 사실을 알리지만, 혁주는 그 아이를 자신의 친자로 인정할 수 없다고 냉정하게 잘라버린다. 차문경을 외면한 김혁주는 남자에게 순종적이고 미모에 재력까지 고루 갖춘 다른 여성 애숙과 중매 결혼한다. 김혁주가 애숙에게 기울게 된 결정적 계기는 알고 보면 돈이다. 문경은 좀처럼 혁주에 대해 미련을 버리지 못하지만, 혁주가 문경의 교사라는 직업을 '선생질' 이라고 경멸하자 모욕감과 함께 분노를 느낀다. "그 여자를 결정적으로 견딜 수 없게 한 것은 인간적인 모욕보다는 직업에 대한 모욕이었다. 그 여자는 자신의 직업을 존중하고 사랑했다. 직업은 여지껏 그 여자의 떳떳한 자립을 보장해줬을 뿐 아니라 자존심의 근거가 돼주었다. 그건 남이 알아주고 안 알아주고를 떠난 그 여자 스스로의 가치관의 문제였다."

혼인 관계가 아닌 남자와 상대해 아이를 낳은 문경은 교육자로서 도덕성이 문제시되어 교사 자리를 잃고 만다. 문경은 반찬 가게를 차려 생계를 꾸리게 되는데, 어느 날 그에게 혁주가 찾아온다. 혁주는 아내가 아들을 낳을 수 없는 상황에 처하자 해결책으로 문경이 낳은 아들을 빼앗아 가려고 한다. 양육권 다툼은 끝내 법정으로 번지고, 경제력을 비롯해 여러 모로 혁주보다 조건이 불리한 문경은 결정적인 증거를 제시함으로써 아들을 키울 수 있게 된다. 문경은 어린 아들을 "남자로 태어났으면 마땅히 여자를 이용하고 짓밟고 능멸해도 된다는 그 천부의 권리로부터 자유로운 신종 남자로 키우"겠다고 마음먹는다.

박완서는 1981년의 '이상 문학상' 외에도 '한국 문학 작가상' (1980) · '대한민국 문학상' (1990) · '이산 문학상' (1991) 등 많은 상을 받는다. 이런 수상 경력이 말해주듯이 그는 이미 우리 시대의 뛰어난 이야기꾼으로 공증된 "대형 작가"다. 그는 개인사와 역사를 아우르며 분단 문제부터 사회 문제와 여성 문제에 이르기까지 깊은 통찰력을 발휘하며 폭넓은 작품 세계를 펼쳐온 우리 시대의 대표 작가 가운데 한 사람이다. 특히 여성 문제를 다룬 박완서의 소설은 남성 지배의 역사가 강요한 죽음의 침묵을 뚫고 솟아오르는 여성의 "울음이자 노래"다. 그의 소설은 "직접 · 간접적인 침묵에의 강요와 회유"를 뚫고 나오는 "잡담하기, 수다 떨기, 울기, 웃기, 곡하기, 염불 외기, 비명지르기, 신음하기, 딸꾹질하기, 주정하기, 도리질하기"다.*

참고 자료

하응백, 「모성, 그 생명과 평화」, 『낮은 목소리의 비평』, 문학과지성사, 1999
황도경, 「생존의 말, 생명의 몸」, 『우리 시대의 여성 작가』, 문학과지성사, 1999
박혜란, 「여자다움의 껍질벗기」, 『작가세계』 1991 봄
조혜정, 「박완서 문학에 있어 비평이란 무엇인가」, 『작가세계』 1991 봄
「박완서 특집」, 『작가세계』 1991 봄
『박완서 문학 앨범』, 웅진출판사, 1992

* 황도경, 「생존의 말, 생명의 몸」, 『우리 시대의 여성 작가』(문학과지성사, 1999)

최승자

『이 시대의 사랑』

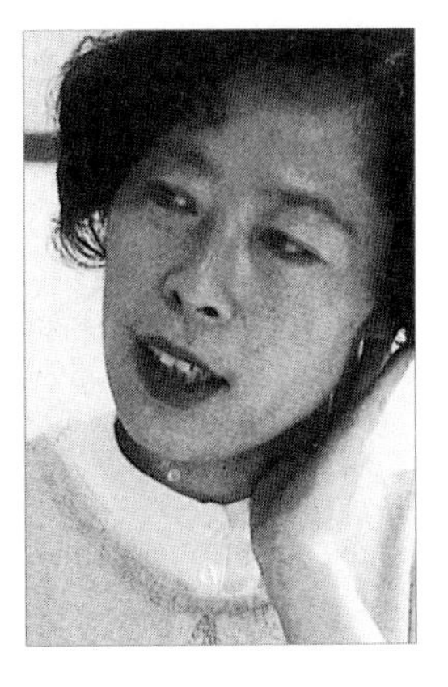

1980년대의 치욕,
삶에 대한 절망과
부정 의식을 섬뜩한
언어로 노래한
시인 최승자

최승자崔勝子(1952~)의 시는 "사랑받지 못한 사람의 고통스러운 신음 소리"(김현)이거나, "지금, 이곳의 세계를 근원이 상실된 삶의 세계로 파악하고 …… 동시에 그 근원 상실을 생래적 조건으로 받아들이고"(정과리) 있는 것으로, 또는 "아직도 자본주의적 질서에 물들어 있는 세계로부터 자신을 유폐시키는 부정성의 언어를 밀고 나감으로써 그러한 세계의 오염을 견뎌 내려는 고독한 자의식에 붙들려"(이광호) 있는 것으로 이해된다.

최승자의 시에서 '아버지'는 핵심 이미지다. 그 이미지에 대한 이해가 전제되지 않고는 그의 시에서 드러나는 도저한 절망과 부정은 이해되지 않는다. '아버지'는 "칠십년대는 공포였고/팔십년대는 치욕"이라고 할 때 그 공포와 치욕의 삶을 가져온 장본인이다. 최승자의 시는 그 공포와 치욕과의 싸움이고, 이런 것을 가져온 '아버지'와의 싸움이다. 최승자의 퇴폐주의 또는 악마주의는 그 공포와 치욕에 대한 방법적 부정이다.

최승자는 1952년 충남 연기에서 태어난다. 서울의 수도여고를 거친 그는 1971년 고려대학교 독문과에 입학한다. 고려대 재학중 교지 『고대문화』의 편집장을 맡은 최승자는 유신 시대에 자신도 알 수 없는 이유로 블랙리스트에 올라 있다가 학교에서 쫓겨난다. 졸업을 하지 못한 채 떨려난 그는 학교 선배인 정병규가 주간으로 있던 '홍성사' 편집부에 들어간다. 최승자는 1979년 계간 『문학과 지성』에 「우리 시대의 사랑」 등 몇 편의 시를 발표하며 문단에 나온다. 얼마

죽음에 뿌리를
내리고 있는
첫 번째 시집
『이 시대의 사랑』

있다가 홍성사를 그만둔 그는 이후 번역 문학가로 활동하며 시 쓰기에 전념한다. 1993년에는 미국 아이오와대학교 창작 프로그램에 다녀오기도 한다. 이제까지 그는 다섯 권의 시집을 펴낸 바 있는데, 『이 시대의 사랑』(1981) · 『즐거운 일기』(1984) · 『기억의 집』(1989) · 『내 무덤, 푸르고』(1993) · 『연인들』(1998)이 그것이다.

최승자는 1980년대를 대표하는 시인 가운데 한 사람이다. 황지우가 "갈 봄 여름 없이, 처형받은 세월"이라고 말하고, 정과리가 "완벽한 유죄성의 시대"라고 부른 1980년대는 초토의 연대이자 저주받은 연대였다. 1980년대는 치욕의 연대여서, 어떤 사람들에게는 살아남음 자체가 죄이고 부끄러움이었다. 이에 따라 어떤 죽음들은 빛나는 양심의 선택으로 널리 기려지기도 한다. 삶의 비극성이 속수무책으로 깊어진, 그 1980년대의 치욕, 상처, 죽음을 개별자의 체험으로 수렴해 보여줬다는 점에서 최승자라는 이름은 한 개별자의 이름을 넘어 1980년대 시인의 보통 명사다. 최승자의 시는 삶의 근원적 의미의 체계가 송두리째 거덜나버린, 그 텅 빈, 음산한 죽음의 연대 위에 어쩔 수 없이 삶의 체계를 세울 수밖에 없는 이의 가열한 절망과 부정의 언어를 담고 있다. 시대는 그에게 자신을 "잡초나 늪 속에서 나쁜 꿈을 꾸는/어둠의 자손, 암시에 걸린 육신"*이라고 인식하거나, "허무의 사제"라고 선언하게 만든다. 나아가 시대는 "오 맞아 죽은 개가 되고 싶다/맞아 죽은 개의 가죽으로 만든 양탄자가 되고 싶다"**는 최승자의 도저한 피학주의被虐主義를 낳는다.

죽음에 대한
끈질긴 열망을
보여준 시집
『내 무덤, 푸르고』

최승자는 죽음의 시인이다. 최승자만큼 일관되게 죽음을 노래하고 있는 시인은 흔치 않다. 그의 거의 모든 시는 죽음에 그 뿌리를 내리고 있다. 첫 시집 『이 시대의 사랑』에서부터 1990년대에 들어 펴낸 시집 『내 무덤, 푸르고』에 이르기까지 그는 끈질기게 자기 시 세계의 시

* 최승자, 「자화상」, 『이 시대의 사랑』(문학과지성사, 1981)
** 최승자, 「세기말」, 『내 무덤, 푸르고』(문학과지성사, 1993)

공간을 죽음에 대한 열망으로 가득 채운다.

쳐라 쳐라 내 목을 쳐라./내 모가지가 땅바닥에 덩그렁/떨어지는 소리를, 땅바닥에 떨어진/내 모가지의 귀로 듣고 싶고/그러고서야 땅바닥에 떨어진/나의 눈은 눈감을 것이다.

최승자, 「사랑 혹은 살의랄까 자폭」, 『이 시대의 사랑』(문학과지성사, 1981)

그의 첫 번째 시집인 『이 시대의 사랑』에서는 어느 페이지를 펼쳐도 우수수 죽음이 떨어져내린다. 왜 그는 이토록 죽음에 집착할까? 이 끔찍한 죽음에 대한 열망과 예감은 "일찌기 절망의 골수 분자"였던 그의 삶에 대한 방법적 부정의 한 양식이다. 또 죽음은 삶의 소진이지만, 그 소진 또는 무의미한 세계에 내던져진, 의미를 가질 수 없는 삶의 소멸이야말로 빛나는 승리이기 때문이다.

일찌기 나는 아무 것도 아니었다./마른 빵에 핀 곰팡이/벽에다 누고 또 눈 지린 오줌 자국/아직도 구더기에 뒤덮인 천년 전에 죽은 시체.//아무 부모도 나를 키워 주지 않았다./쥐구멍에서 잠들고 벼룩의 간을 내먹고/아무데서나 하염없이 죽어 가면서/일찌기 나는 아무 것도 아니었다.//떨어지는 유성처럼 우리가/잠시 스쳐 갈 때 그러므로,/나를 안다고 말하지 말라./나는너를 모른다 나는너를 모른다./너당신그대, 행복/너, 당신, 그대, 사랑//내가 살아있다는 것,/그것은 영원한 루머에 지나지 않는다.

최승자, 「일찌기 나는」, 앞의 책

시인에게 삶은 아무것도 아닌 것, 마른 빵에 핀 곰팡이, 오줌 자국, 천년 전에 죽은 시체다. 시적 자아의 삶을 허용한 이 세계는 어찌된 일인지 그 삶의 의미를 일궈내려는 모든 노력을 물거품으로 돌아가게 만든다. 그런 점에서 이 세계는 사랑한다고 속삭인 뒤 등을 돌려버린 변심한 애인이다. 세상으로부터 버림받고, '나'도 그 버림받은 삶을 방기放棄해버린다. 의미의 일궈냄을 허락하지 않는, "썩을 일밖에 남지 않은" 세계에서의 살아 있음은 "영원한 루머"에 지나지 않으며, 그 때의 삶이란 "푹 젖은 휴지 조각"이며, 인생은 "퓨즈 타는 냄새"를 풍긴다.

최승자는 죽음과 줄기차게 싸운다. 시인의 그 싸움은 필사적이다. "보이지 않는 벽에 들러붙어/천천히 나는 녹슬어 간다"*는 시구가 암시하듯이, 자신을 산화시키는 현실과 "너무 좁은 감옥"인 현실 속에서 "아직은 완전히 죽지는 않았다"고 확인하며 "하루하루를 살해"하는 삶을 살아간다. 이런 삶은 죽고 싶은 '나'의 의지를 배반한 그 누구에 의한 삶인데, 이런 살려둠은 시인의 자의대로 죽지도 살지도 못하는 삶이기 때문에 무자비한 살려둠이다. 인간다운 존엄과 의미가 부재하는 삶은 "부재적 실존"이며, 자신은 "부재들 중의 부재로서" 피어난 검은 독버섯이다. 이런 삶은 욕된 삶이다. 그 욕됨, 모독된 삶으로부터 육탈하는 길은 자신의 삶을, 흔적을 소멸시키는 것이다. 삶의 흔적은 "치욕의 망토"이며 시인은 그 흔적들을 "다 남김없이 주고 다 남김없이 벗어 주리라"고 외치거나, "죽음이여 너는 급행 열차를 타고 올 수는 없는가"라며 죽음에 대한 능동적인 욕망을 보여준다. 이 간절한 죽음에 대한 열망을 불러일으키도록 한 것, 무한 팽창하는 삶의 한없이 나른한 권태와, 욕됨과, 헛됨 뒤에 있는 것은 시적 자아의 삶을 짓밟는 '아버지'다.

1981

1984년
문학과지성사에서
나온 『즐거운 일기』

> 근본적으로 세계는 나에겐 공포였다./나는 독 안에 든 쥐였고,/독 안에 든 쥐라고 생각하는 쥐였고,/그래서 그 공포가 나를 잡아먹기 전에/지레 질려 먼저 앙앙대고 위협하는 쥐였다./어쩌면 그 때문에 세계가 나를/잡아먹지 않을는지도 모른다는 기대에서……
>
> 최승자, 「악순환」, 『즐거운 일기』(문학과지성사, 1984)

최승자에게 세계는 시적 자아를 "독 안에 든 쥐"처럼 생각하게 만드는, 근본적으로 공포의 대상이며, 억압의 대상이다. '나'는 그 세계로부터 벗어날 수 없다. '나'는 그 세계가 언제 '나'를 해칠지도 모른다는 공포에 사로잡혀 전전 긍긍하며, 지레 질린 채 앙앙대거나 죽겠다고 협박도 해본다. 그러나 세계는 요지 부동

* 최승자, 「산화酸化」, 『내 무덤, 푸르고』(문학과지성사, 1993)

이다. 그 세계는 "내 실패들의 전시장,/내 상처들의 쓰레기 더미"*다. 그 세계에 "흐르는 빗물은 모두가 나의 피"이고, 그 세계는 이미 "치유할 수 없이 깊이 병들어" 있으며, 따라서 그 세계에 오는 가을은 "개 같은 가을"이거나 "매독 같은 가을"이다. '나'의 삶에서 보람과 의미를 빼앗아 간 그 세계의 뒤에는 '아버지'가 있다.

> …… 짓밟기 잘하는 아버지의 두 발이/들어와 내 몸에 말뚝 뿌리로 박히고/나는 감긴 철사줄 같은 잠에서 깨어나려 꿈틀거렸다/아버지의 두 발바닥은 운명처럼 견고했다/나는 내 피의 튀어 오르는 용수철로 싸웠다/잠의 잠 속에서도 싸우고 꿈의 꿈속에서도 싸웠다
>
> 최승자, 「다시 태어나기 위하여」, 『이 시대의 사랑』(문학과지성사, 1981)

1980년대는 '아버지'에 대한 악성 신화의 시대였고, 시인은 이를 원체험으로 갖고 있다. 아버지와 '나'의 관계는 억압자/피억압자의 구도로 드러나며, '나'의 모든 절망과 불행은 아버지로부터 비롯된다. 그 아버지는 한국인의 집단 무의식 속에 숨어 있는 아버지다. 그 아버지는 "궁창의 빈터에서 거대한 허무의 기계를 가동시키는/하늘의 늙은 니힐리스트" 즉, "몇 천 년 전부터 다만 헛되이,/헛되고 헛됨을 다 이루었다고 말하기 위하여" 공중에서 허무의 기계를 돌리는 신이다.** 또 아버지는 "수십 억의 군화처럼 행군해"온다. '군화'가 남성적인 것이며 전쟁 · 폭력 · 광기 같은 의미를 거느린 상징이라면, 이 세계의 불모성은 바로 그 군화처럼 행군해오는 가부장적 세계의 권력에서 비롯된다는 암시를 강하게 풍기고 있는 대목이다. '나'의 삶을 두 발바닥으로 짓누른 채 서 있는 아버지는 유신체제와 광주 학살의 그 독재자들이며, 세속화된 신이고, 가부장적 세계의 모든 권력 기반 그 자체다. 시인에게 남은 것은 그 아버지들과의 필사적인 싸움이지만, 이는 처음부터 패배가 예정되어 있는 싸움이다.

---

* 최승자, 「일찍이 세계는」, 『기억의 집』(문학과지성사, 1989)
** 최승자, 「끊임없이 나를 찾는 전화 벨이 울리고」, 『즐거운 일기』(문학과지성사, 1984)

'나'는 인생을 똥으로 만들어버린 모든 아버지를 부정한다. 시인은 죽은 아버지도, 살아 있는 아버지도, 하나님 아버지도 "아니다 아니다"라는 거듭되는 부정 속에 가둬버린다. 최승자는 1980년대의 어떤 반체제 투사 시인보다 더 강하고 통렬하게 아버지들, 즉 우리 삶에 억압적 권력을 휘두르던, 심리적 억압의 아버지로 존재하던 독재자들을 비판하고 부정한다.

그러나 한편으로 시원始原의 아버지는 세상에 빛을 뿌리는 태양 같은 존재이며, 가슴 저 깊은 곳에 숨어 있는 그리움의 대상이기조차 하다. '나'는 이런 아버지에게 다가가기를 희망하지만 그것은 이루어지지 않는다. 왜냐하면 그 아버지는 이미 권력이 거세된 아버지이기 때문이다.

> 눈이 안 보여 신문을 볼 땐 안경을 쓰는/늙은 아버지가 이렇게 귀여울 수가./박씨보다 무섭고,/전씨보다 지긋지긋하던 아버지가/저렇게 움트는 새싹처럼 보일 수가.//내 장단에 맞춰/아장아장 춤을 추는,/귀여운 내 아버지,// 오, 가여운 내 자식.
>
> 최승자, 「귀여운 아버지」, 『내 무덤, 푸르고』(문학과지성사, 1993)

늙은 아버지란 과잉의 억압을 행사하던 권력이 거세된 아버지다. 그 아버지는 꿈속에 상투 머리 길게 풀어 헤치고 나타나 "이제 그만 가자, 가자"고 청유하는 "허망의 아버지"다. 허망의 아버지란 헛것, 실재가 없는 아버지다. 그 아버지는 이제 공포의 존재도 아니며, '나'의 여성성을 억압하지도 않는다. 그 지긋지긋하던 아버지, 독재자의 얼굴을 하고 있던 아버지가 늙어 그 힘을 잃어버리자 이제는 "새싹"처럼 사랑스러워 보인다. 삶의 온갖 의미를 박탈하던 억압적 권력자이며, 현실을 지배하는 신이나 다름없던 그 아버지는 이제 "내 장단에 맞춰/아장아장 춤을 추는," "가여운 내 자식"이다.

> 사랑하는 애기 동자,/넌 어느 시대 적 아이니?/네가 태어났던 게 구석기 시대니, 이십세기니?/언제부터 날 쫓아다녔니?/내가 그렇게 인정 많은 아줌마로 보였니?/그토록 내 몸에 들

고 싶었니?/그러면서도 왜 내 꿈엔 나타나지 않았었니?//난 나만의 일로 바빠/널 알아차리지 못했었구나.//넌 왜 흙으로 돌아가는 평안을 누리지 못하고/그렇게 몇 세기를 불안하게 떠돌아다녀야 하니?/몹시도 쉬고 싶겠구나?/지금이라도 들어오고 싶다면 들어오렴./그러면 나 죽는 날 함께 흙으로 돌아갈 수 있을 테니./하지만 내 몸은 늙어 젖도 안 나올 텐데./그때까지 어떻게 널 먹여 키워야 할까?//동자 보살, 동자 보살,/네 엄마가 누구니?//혹시 내가 네 엄마였었니?

최승자, 「애기 동자童子를 위하여」, 앞의 책

첫 번째 시집에서 삶과 꿈을 짓밟는 무법적인 존재로 나오던 '아버지'는 네 번째 시집 『내 무덤, 푸르고』에서는 힘없이 늙은 아버지, 아장거리는 아기, 애기 동자 등으로 변주된다. 가부장적 권력을 지워버린 아버지인 '애기 동자'는 몸 없이 공중을 떠도는 넋이며, 여자의 자궁으로 돌아가 다시 몸을 받아 신생의 삶을 얻어야 할 죽은 아버지다. '나'는 안식을 얻지 못하고 떠도는 가여운 아버지에 대한 연민 때문에 그 아버지의 엄마 노릇을 하려고 한다. 모든 딸은 아버지들을 낳는 신성한 어머니, 대지 모신大地母神이며, 그 어머니의 몸에서 나온 아버지들은 다시 지상의 숱한 딸에게 새로운 생명을 주는 순환 관계에 있다. 이 시는, 늙고 병든 아버지는 대지 모신의 자궁 속으로 회귀해 신생의 몸을 얻어서 다시 태어나야 한다는 제의적 상상력을 펼쳐 보인다. 『내 무덤, 푸르고』에 이르러서야 그토록 오랫동안 시인의 의식을 지배해온 살부 의식殺父意識은 엷어지며, 아버지 때문에 덧난 상처도 서서히 아무는 징후를 보여준다.

최승자의 시에서 또 한 가지 눈길을 끄는 이미지는 '자궁'이다. 여자의 자궁은 출산과 모성의 근거이며, 신화적으로 보면 다산과 재생을 뜻한다. 그러나 최승자에게 그 자궁은 더는 생명을 출산할 수 없는 불모성의 무덤, 죽은 바다 또는 오염된 바다, 폐허다.

여자들은 저마다의 몸 속에 하나씩의 무덤을 갖고 있다./죽음과 탄생이 땀 흘리는 곳,/……/모래 바람 부는 여자들의 내부엔/새들이 최초의 알을 까고 나온 탄생의 껍질과/죽음의 잔해가 탄피처럼 가득 쌓여 있다./모든 것들이 태어나고 또 죽기 위해선/그 폐허의 사원과 굳어진 죽은 바다를 거쳐야만 한다.

최승자, 「여성에 관하여」, 『즐거운 일기』(문학과지성사, 1984)

여성의 몸은 여기서 "거대한 사원의 폐허", "죽은 바다", "모래 바람 부는 내부" 같은 죽음과 불모성의 이미지들로 나타난다. 이 시는 가부장적 권력의 여성적인 것 또는 생명적인 것에 대한 수탈과 억압이 끝내 이 세계를 일체의 생산성을 상실한 죽음의 대지로 만들지도 모른다는 종말론적 위기와 관련된 통찰과 아울러 "죽음과 탄생이 땀 흘리는" 자궁의 회생만이 죽어가는 이 세계를 되살려낼 수 있다는 희망을 제시한다.

최승자의 작품에는 자연스러운 생명의 분만을 말하거나, 생명 분만의 기쁨을 노래하는 시가 없다. 그의 상상력을 사로잡고 있는 것은 낙태와 사산死産의 이미지들이다. 마취를 통한 의사 죽음의 경험과 낙태에 의한 인공적 생명 탈취라는 불행한 여성 경험의 단면을 보여주는 그의 시는 유혈이 낭자하던 1980년대의 삶에 드리운 죽임과 죽음의 문화의 어두운 그림자의 반영이다. 아울러 그의 시는 이 세계의 불임성, 즉 이 세계가 "건강한 생산성을 상실한 병든 세계"*라는 사실과 "이 지상적 삶이 죽음밖에는 잉태하지 못하는 삶이라는 전제에서 생명을 탄생시키는 여성 특유의 자궁과 결부된 분만의 은유를 의사 죽음의 장으로 변화시킴으로써 그것을 통한 새로운 존재에로의 변형에의 욕망"**을 드러낸다. 자궁을 병들게 하고 오염시킨 사람들은 누구일까? 그들은 말할 나위 없이 우리 시대의 타락한 아버지들이다. 그 아버지들이 함부로 권력을 휘두르며 여성들의 자궁을 황폐한 불모로 만든 것이다. 자궁, 그 생명의 원초적 자리가 훼손되어 불임의 자궁으로 바뀌었다는 것은, 우리의 삶이 사회적 의미의 생산이 불가능할 만큼 혼탁하

* 이광호, 「위반의 시학, 그리고 신체적 사유」, 『현대시세계』(1992 봄)
** 김경수, 「여성시의 원천과 분만의 상상력」, 『작가세계』(1990 겨울)

게 오염되었음을, 따라서 우리의 삶이 끝없이 불모화될 수밖에 없음을 뜻한다.

최승자의 시를 떠받치고 있는 것은 파괴에 대한 열정으로 충만한 어떤 독기毒氣, 죽지 못하고 누추한 삶을 꾸려가는 데 대한 풍자와 욕설이다. 그가 선보인 시는 지난 1980년대의 황당 무계한 죽임과 죽음의 문화에 대응하는, 충분히 공감되는 노래다. 이 세계를 무의미하다고 말하거나 부정하는 것은 어렵지 않다. 최승자는 이와 관련해 다채로운 죽음의 이미지들, 즉 몸 속에 말뚝 뿌리로 박혀 있는 아버지, 병든 자궁 같은 인상적인 이미지들로 1980년대의 삶에 휩쓸린 사람의 절망과 부정 의식을 섬뜩하고 뚜렷하게 보여준 시인이다.

참고 자료

김치수, 「사랑의 방법」, 『문학과 비평의 구조』, 문학과지성사, 1984
김현, 「게워냄과 피워냄」, 『말들의 풍경』, 문학과지성사, 1990
이광호, 「진실의 추한 모습, 신체적 사유」, 『현대시세계』 1991 봄
이광호, 「위반의 시학, 그리고 신체적 사유」, 『현대시세계』 1992 봄
김경수, 「여성시의 원천과 분만의 상상력」, 『작가세계』 1990 겨울
정과리, 「방법적 비극 그리고 문학」, 『문학, 존재의 변증법』, 문학과지성사, 1995

김혜순

『또 다른 별에서』

기괴한 이미지들과 속도감 있는 언어 감각으로 유니크한 세계를 구축해온 시인 김혜순

1981

대상을 주관적으로 비틀어 만든 기괴한 이미지들과 속도감 있는 언어 감각으로 자신의 독특한 세계를 구축해온 김혜순金惠順(1955~)이 시를 통해 끈질기게 말하는 것은 죽음에 둘러싸인 우리 삶의 뜻없음, 지옥에 갇힌 느낌이다. 그 죽음은 생물학적 개체의 종말로서의 현상적 · 실재적 죽음이 아니라, 삶의 내면에 커다란 구멍으로 들어앉은 관념적 · 선험적 죽음이다. 그의 세 번째 시집 제목이 『어느 별의 지옥』인 것도 우연은 아니다. 『어느 별의 지옥』은 세계의 무목적성에 대한 오랜 응시로 삶에 예정되어 있는 불행을 눈치채버린 이의, 삶의 텅 빔과 헛됨, 견딜 수 없는 지옥의 느낌에 민감하게 반응하는 비관주의적 상상력이 빚어낸 시집이다. 그의 시 세계는 일상적이고 자명한 것의 평화와 질서에 길들여져 있는 우리의 의식을 난폭하게 찌르고 괴롭힌다.

김혜순은 1955년 경북 울진에서 태어난다. 초등 학교에 입학할 무렵 강원도 원주로 이사해 거기서 청소년기를 보낸 그는 원주여고를 거쳐 1973년 건국대학교 국문과에 들어가 시를 쓰기 시작한다. 그는 1978년 『동아일보』 신춘 문예에 처음 써본 평론 「시와 회화의 미학적 교류」가 입선하고, 이어 1979년 『문학과 지성』에 「담배를 피우는 시인」 · 「도솔가」 등의 시를 발표하며 정식으로 문단에 나온다. 대학 졸업 뒤 '평민사'와 '문장'의 편집부에서 일하던 그는 1993년 「김수영 시 연구」라는 논문으로 문학 박사 학위를 받는다. 현재 그는 서울예술대학 문예창작과 교수로 재직중이다. 김혜순은 이제까지 일곱 권의 시집을 냈는데, 『또

다른 별에서』(1981) · 『아버지가 세운 허수아비』(1985) · 『어느 별의 지옥』(1988) · 『우리들의 음화陰畵』(1990) · 『나의 우파니샤드, 서울』(1994) · 『불쌍한 사랑 기계』(1997) · 『달력 공장 공장장님 보세요』(2000)가 그것이다. 1998년에 들어 '김수영 문학상'을 받음으로써, 낯설고 이색적이어서 사람들이 부담스러워하던 그의 시 세계는 비로소 문단의 공인을 받는다.

죽음에 둘러싸인 우리 삶의 뜻없음, 지옥에 갇힌 느낌을 전하는 김혜순의 첫 번째 시집 『또 다른 별에서』

김혜순 시의 착지점은 '몸', 그것도 해탈이 불가능한 '여성의 몸'이다. 해탈이 불가능한 몸에서 출발한 그의 시적 상상력은 때때로 그로테스크한 식육적 상상력으로까지 뻗친다. 이런 점에서 김혜순의 시를 "블랙유머에 바탕을 둔 경쾌한 악마주의"의 시로 이해할 수도 있겠다.* 그는 자기 시의 발생론적 근거를 '여성'과 '여성의 몸'에서 찾는다. 이에 대해 그는 "식민지에 사는 사람은 절대 해탈이 불가능하다. 여성은 식민지 상황에서 살고 있다. 사회학적인 요인이 아니라 유전자에 새겨진 식민지성이 있다. 이때의 여성은 인식론적 여성이 아니라 존재론적 여성이다."**라고 말한다. 그러면 식민지성을 유전자로 안고 있는 여성의 몸이 그의 시적 상상력 속에서 어떻게 발효될까.

거울을 열고 들어가니/거울 안에 어머니가 앉아 계시고/거울을 열고 다시 들어가니/그 거울 안에 외할머니 앉으셨고/외할머니 앉은 거울을 밀고 문턱을 넘으니/거울 안에 외증조할머니 웃고 계시고/외증조할머니 웃으시던 입술 안으로 고개를 들이미니/그 거울 안에 나보다 젊으신 외고조할머니/돌아 앉으셨고/그 거울을 열고 들어가니/또 들어가니/또 다시 들어가니/점점점 어두워지는 거울 속에/모든 웃대조 어머니들 앉으셨는데/그 모든 어머니들이 나를 향해/엄마엄마 부르며 혹은 중얼거리며/입을 오물거려 젖을 달라고 외치며 달겨드는데/젖은 안 나오고 누군가 자꾸 창자에/바람을 넣고/내 배는 풍선보다/더 커져서 바다 위로/이리 둥실 저리 둥실 불리워 다니고/거울 속은 넓고넓어/지푸라기 하나 안 잡히고/번개가 가끔 내 몸 속을 지나가고/바닷속에 자맥질해 들어갈 때마다/바다 밑 땅 위에선 모든 어머니들의/신발이 한가로이 녹고 있는데/청천 벽력./정전. 암흑 천지./순간 모든 거울들 내 앞으로 한꺼번에 쏟아지며/깨어지며 한 어머니를 토해내니/흰 옷 입은 사람 여럿이 장갑

* 김정란, 「서 있는 성모들, 스타바트 마테르」, 『비어 있는 중심 — 미완의 시학』(언어의세계, 1993)
** 김혜순, 「시의 전투, 시인의 전쟁」(이문재와의 인터뷰), 『문학동네』(1995 겨울)

낀 손으로/거울 조각들을 치우며 피 묻고 눈 감은/모든 내 어머니들의 어머니/조그만 어머니를 들어올리며/말하길 손가락이 열 개 달린 공주요!

김혜순, 「딸을 낳던 날의 기억」, 『아버지가 세운 허수아비』(문학과지성사, 1985)

다시 한 번, 김혜순의 시적 상상력의 발원지는 '여성—몸'이다. 그 몸은 타자를 잉태하고 출산하는 몸이다. 여성적 존재가 구현된 '나'의 몸 속에는 숱한 여자가 들어와 있다. '나'는 그 몸 속에서 또 하나의 여자를 바깥으로 내보내는 것이다. 여성—몸에 대한 자의식에서 발효된 상상력은 여성—몸의 계보학으로 이어진다. 그러나 여성—몸은 깨끗하지 않다. 그것은 "곡선적인 모습, 피 흘리는 생리, 다산" 때문에 오랫동안 "더럽고, 추악하고, 혹은 동물적인 것"으로 취급되어 온 것이다.* 삶의 고통은 대체로 그 몸의 불완전성, 더러움에서 비롯된다.

나는 오우크 통 속에서/꽈리처럼 익어간다/나무 옹이를 타고 오르는/빨간 플러스, 플러스/내 체온은 급상승중/몸 전체로 열꽃 같은/포도송이들이 주렁주렁 열리고/가끔 참다못해 터진 열매들이/항내 나는 검붉은 피를 게운다//너는 나를 짓밟는다/때묻은 뒷꿈치로/나를 짓뭉개고 뒤흔든다/네 발가락 사이에서/내 피가 튀고, 억울한 피들이 튄다/부끄러운 사랑이 찢어지고/연약한 살점이 짓뭉개져 드러난다/그 다음 너는 나를 쥐어짠다/입술이 비틀리고/숨겨둔 봄의 씨앗들이 터져나온다/피눈물이 주르르 쏟아진다/너는 그것을 단숨에 들이킨다//나는 네 몸통 속에서/불씨처럼 익어간다/네 목젖을 타고 오르는/빨간 플러스, 빨간 플러스/이번엔 네 체온이 급상승중/나는 너의 피 속에 불을 지른다/너의 전신이 모닥불처럼 타오른다/그 다음 나는 너의 뇌 속으로 들어간다/들어가서 나는 지랄 발광한다/덩달아 너도 고래고래 소리치고/시궁창에 처박힌다/나는 너의 눈 속으로 들어가 너의/동공을 꽉 틀어막는다/나는 너를 뒤흔들고 들쑤신다/나는 너를 패대기친다/나는 너의 골통을 쳐부순다/나는 너를 피흘리게 한다/그리고 너의 깊디깊은 잠과 함께/나도 이제 죽어간다.

김혜순, 「복수」, 앞의 책

'나'는 영원한 타자인 '너'에 의해 참혹하게 짓밟히고 짓뭉개진다. '나'의 피가 튀고, 살점이 짓뭉개지고, 입술은 비틀리고, 부끄러운 사랑은 찢어진다. '나'

* 김혜순, 「있는가 하면 없고, 없는가 하면 있는」, 『21세기 문학이란 무엇인가—2000년을 여는 젊은 작가 포럼』(민음사, 1999)

와 '너'의 관계는 이렇게 끔찍할 정도로 대립적 관계다. 마침내 '나'는 '너'에 의해 들이켜지고, '나'는 '너'의 내부로 존재를 이동한다. 그러나 '나—너'는 일체가 되어서도 화해하지 못한다. '나'의 끔찍한 복수가 시작된다. '나'는 '너'의 피속에 불을 지르고 뇌 속에 들어가 지랄 발광을 하고, 동공을 틀어막는다. 그뿐 아니라 뒤흔들고, 들쑤시고, 패대기치고, 골통을 쳐부수고, 피흘리게 한다.

「복수」는 시인의 거침없는 속도의 상상력 속에서 술 마신 뒤의 고통스러운 경험이 '나—너'의 영원히 화해를 거부하는 끔찍한 대립의 인간 관계로 환치된다. 궁극적으로 인간은 혼자인, 섬처럼 격리된 존재이며, 저 혼자 고통으로 저며지는 몸을 끌어안고 신음할 수밖에 없다는 뼈아픈 인식이 이 시의 심층에 숨어 있다. 시인도 사랑과 화해의 정신이 넘치는 세계를 꿈꾸고 있지만 현실 속에는 막상 그런 곳이 없다. 그 부재의 끔찍스러움을 이렇게 잔혹하게, 단순하고 극명하게 묘파해놓을 수 있는 시인은 흔치 않다.

술 마시고 겪은 고통을 아무런 시적 분식扮飾을 가하지 않고 직설적으로 털어놓고 있는 이 시는 끔찍하다. 그 끔찍함은 무절제하게 마신 술 탓이기도 하지만, 근본적으로 몸의 불완전성에 원인이 있다. 첫 번째 연에서 드러나는 것은 술의 발효 과정인데, 시적 화자가 술로 설정되어 있다는 점이 눈길을 끈다. 이런 대목은 김혜순의 시가 낯설게 읽히는 이유가 어디에 있는지를 보여준다. 대개의 경우에 시적 자아—시적 화자는 동일하다. 그러나 김혜순은 자주 이를 뒤집는다. 주체와 객체의 뒤집기는 대상에 대한 주관적 비틀기이다. 그 왜곡은 시적 자아의 세계에 대한 낯섦과 맞물린다. 김혜순의 경우에는 세계가 낯익지 않다는 사실에 대한 발견이 중요한 시적 모티프가 될 때가 많다. 그는 끊임없이 세계가 낯익음의 가면을 쓰고 그 낯섦을 교묘하게 은폐한 채 우리를 속이고 있는 것은 아닐까 하는 의문을 품는다.

그는 왜 이렇게 끔찍스러운 시를 쓸까? 왜 화해보다는 대립에, 사랑보다는 증오에, 희망보다는 절망에, 행복보다는 불행에 다가서고 있는 것일까? 젊은 시인들이 대립과 증오, 절망과 불행의 세계에 그토록 절실하게 매달리는 것은, 역설적으로 우리 삶의 자리에 그만큼 화해와 사랑, 그리고 희망과 행복이 고갈되어 있다는 인식 때문이다.

그는 넣었다 토마토 케첩을/끓어오르고 있는 나의 뇌수에./그는 논리정연한 태도로 발라내었다 끓어오르는 뇌수에서/실핏줄과 튀는 힘줄을./그는 맛있게 먹고 있었다/입맛마저 다시며./그의 앞엔 나의 촉수가 불을 밝히고 있었다./그는 다시 이성적으로 휘저었다 예리하고/작은 나이프로/아직 익지도 않은 마지막 뇌수마저.//다 먹어치우고 나서 그는/반질거리는 입술을 닦았다 희디흰 냅킨으로./그는 잔을 들었다/한 손에 갓 따온 먹이의 유방에 빨대를 꽂아서/코를 킁킁거리며./그 다음 그는 홀짝홀짝 즐겼다/다른 한 손에 갓 뽑아낸 피에 얼음을 조금 섞어서.//그리고 그는 불을 붙였다 내 머리칼에./그는 만들었다 동그라미를/검은 콧구멍에서 나온 연기로./그는 털었다 재를/내 시린 양 무릎에다./그 다음 그는 일어섰다./그리곤 텅 빈 나를 향해 빙긋거리며 손을 내밀었다/양미간에 내 눈동자가 달라붙은 것도 모르는 채./그래서 나는 던졌다 힘껏/그의 아가리를 향해./너덜거리는 내 영혼을 뽑아서.

김혜순, 「프레베르의 아침 식사에 대한 나의 저녁 식사」, 앞의 책

그럴 듯해 보이는 삶의 외관을 찢고, 그 이면에 숨어 있는 실체를 까발려 보인 『아버지가 세운 허수아비』

일상적이고 자명한 것의 뿌리에 음험하게 숨어 있는 죽음이 바로 의미 있는 삶의 생성을 방해하는 원흉이다. 그 죽음에 대한 시인의 인식은 선험적이다. 죽음을 선험적으로 살고 있는 이의 눈으로 세계를 바라볼 때, 세계는 한없이 낯설고 끔찍한 형상들로 이루어져 있으리라. 김혜순의 시가 보여주는 어둡고 칙칙한 기상奇想들, 섬뜩한 도착적 이미지들, 외마디 비명들은 세계가 편안한 질서와 안락한 생명의 자리가 아니라 혼란과 무질서, 죽음과 고통의 자리라는, 그의 비관주의에 물든 인식론적 사유를 실어 나른다.

그의 두 번째 시집인 『아버지가 세운 허수아비』는 절규와 비명으로 가득 차 있다. 이런 절규와 비명은 일찍이 삶의 기반이었으며, 세계에 대한 원초적인 신뢰의 근거이기도 하던 초월적 존재자, 이를테면 신과 세상 또는 아버지로부터 무참히 버림받았다는 느낌에서 비롯된다. 그 버림받음을 「기어다니는 나비」에서 시인은 다음과 같이 표현하고 있다.

음악이 피리 구멍에서 나오듯/느타리버섯이 진창에서 벗어나오듯//어두운 자궁 속에서 고고의 힘찬 울음이 터져나오듯/쓰러진 육체의 구멍 속에서부터 고통에 찬/영혼이 벗어나오듯//그렇게 무거운 살을 털어 버리며/영겁의 기억의 무게를 벗으며/터져나오려는/수천의 무지개빛 종소리를 틀어 쥐고/고치를 벗어나 더듬이를 세우고/형형색색의 날개를 펴 마악,/저 푸른 하늘로 투신하려 할 때/갑자기 스러지듯 드러눕는/무심한 번개 한 자락/내 두 날개를 짓뭉개 버렸지

김혜순, 「기어다니는 나비」, 앞의 책

언제나 삶은 고의적으로 유기된다. 버림받음으로써, 날아다녀야 할 삶이 기어다니는 삶으로 떨어진다. 이처럼 치명적인 삶의 불행과 왜곡을 불러온 고의적 유기에 대한 시적 자아의 분노는, 김혜순 시집 전체를 관통하고 있는 주조음이다. 꿈과 희망을 품고 날아오르려는 순간 두 날개가 짓뭉개진 좌절과 절망은 삶의 실체에 대한 비관주의적 인식의 바탕을 이룬다. 하늘로 날아다녀야 할 운명을 받은 이의 날개가 짓뭉개졌다는 것은 그의 삶에 큰 액운이 끼거나 재앙이 덮쳤음을 말해준다. 삶에 대한 기대가 깨지고 꿈을 짓밟혀버린 사람에게 남는 것은 삶에 대한 벗어날 길 없는 질긴 환멸과 자학의 열정뿐이다. 그 환멸과 자학의 열정이 김혜순의 시에서 상상력의 공간을 활성화시키는 에너지를 만들어내고 있는 것이다.

『아버지가 세운 허수아비』를 가로지르고 있는 끔찍함은 삶과 관련된 모든 신비를 걷어내고, 잔혹하게, 더럽고, 힘들고, 징그러운 삶의 실상을 낱낱이 폭로하고 말겠다는 의지의 한복판에서 솟구쳐 나온 난폭성 때문이다. 이런 난폭성은, 그럴 듯해 보이는 삶의 외관을 찢고, 그 이면에 숨어 있는 실체를 낱낱이 까발리는 공격적인 의지의 움직임이다. 일찍이 사랑하는 사이였던 이 세계가 그를 배반했기 때문에 생긴 이 난폭함으로 시인은 사랑의 배신자인 이 세계를 단죄한다. 그런데 이 난폭함은 때로 시인 자신을 겨냥하기도 한다. '나'의 첫사랑이던 세계가 미래의 삶에 대한 달콤한 기대와 동경을 여지없이 짓밟아 깨뜨려놓고도 태연할 뿐 아니라, 흡혈 박쥐처럼 여전히 '나'의 삶에 달라붙어 살쪄간다는 사실을 시인은 참을 수가 없다. 「껍질의 노래」에 따르면 "열려진 입술은 젖을 찾아낸다/

그리곤 내 몸 속에서 단물을 빼내간다/금방 먹고도 또 빨아먹으려고 한다". 애인의 악랄한 착취는 지독하다. 그 결과 "내 입안에서 침이 마른다/두 눈에서 눈물이 사라지고/혈관이 말라 붙는다/흐르던 피가 사라지고/산천초목이 쓰러지고/낙동강 물이 마르고 강바닥이/외마디 비명을 지르며 터진다". 애인의 착취는 마른 뼈와 가죽만 남을 때까지, 영혼마저 말라 죽을 때까지 계속된다.

그래서 '나'는 세계를 향해 앙칼진 적의의 이빨을 드러내며 대판 싸움을 벌이거나, 세계의 뻔뻔함과 추악함을 가차없이 폭로한다. 그러나 언제나 이기는 쪽은 사랑의 배신자다. '나'의 영혼의 "두 눈이 전우주를 향해 열려 있고/손가락들이 해왕성 명왕성을 꼬집고 놀 때"(「엄마」) '나'는 순결했다. 그러나 '나'의 순결성은 이 세상에 의해 치욕스럽게 더럽혀진다. 그것이 훼손되었기 때문에 '나'에게는 고통이 온다. 뇌수는 흘러내리고, 골통은 으깨져버리며, 연약한 살점은 짓뭉개지고, 마침내 삶은 시궁창에 처박힌다. 변심한 애인을 향해 "돌아와 돌아와/외치"지만, 외치는 "내 아가리 찢어"진다(「어느 날의 꿈」). '나'는 이제 무방비하게, 아니 적극적으로, 옛다 먹어버려라 하고, 정신과 육체, 영혼을 송두리째 탐욕스런 세상에 던진다. "그래서 나는 던졌다 힘껏/그의 아가리를 향해 너덜거리는 내 영혼을 뽑아서"(「프레베르의 아침 식사에 대한 나의 저녁 식사」). 이는 '나'의 분노의 역설적 표현이다. 그러나 변심한 애인은 자신의 잘못과 죄를 반성하지 않는다. 그는 뻔뻔하게도 배신감으로 말미암은 상처와 분노를 가누지 못해 옛 애인이 실성해서 벌이는 광태를 강 건너 불 보듯이, 연극을 보듯이, 구경한다. 그래서 "하나님, 비를 더 퍼부어/주세요. 더 큰 세례를 퍼부어 주세요"(「순장殉葬」)라고, 시적 자아는 세계와 자신을 함께 물 속에 잠기게 해달라고 외치는데, "그러나 아무 목소리도/하늘에 계신 아버지께 상달되지 않는다"(「함박눈」). 그 바람에 '나'는 폭발하고 싶어한다.

김혜순은 2000년에 들어 새로 제정된 제1회 현대시 작품상과 소월 시문학상을 받는 한편, 그의 일곱 번째 시집인 『달력 공장 공장장님 보세요』를 펴낸다. 이 시집에서 김혜순은 세계의 풍경에 하나의 구체적이며 감각적인 '육체'를 부여한다. "그 지하도 밖으로 나오자/녹슨 철골들이 산발한 채 상한 젖꼭지에서 붉은 물을 뚝뚝 흘리는/그 아래 입을 쓱 닦은 깨진 유리병이/피를 뚝뚝 흘리는 밤의 풍경"(「풍경 중독자」)이라는 구절을 보라. 세계는 여자의 몸을 받고 나타난다. 녹슨 철골은 머리를 풀어헤친 채 젖꼭지에서 붉은 물을 뚝뚝 흘리고, 그것을 받아먹는 깨진 유리병은 입을 쓱 닦는다. 그 세계의 몸 속에는 "통곡하는 물고기"들이 떠다니고, "죽은 아가들의 울음 소리"가 흘러나온다(「물 속에 잠긴 TV」). 그것은 "태양도 안 뜨는 내 검은 눈동자 속의 길"(「검은 눈동자」)이며, "당신이 세상에서 몸담았던 풍경이 자살한 분말처럼 부서진 채/가설 극장처럼 떠 있을 뿐"인 "몽유 비행선" 속이다(「몽유 비행선 탑승 규칙」). 시인은 이처럼 낯설고 기괴한 이미지의 세계 속으로 독자들을 종횡 무진으로 끌고 다닌다.

김혜순의 시 세계를 뒤덮고 있는 어둠과 그로테스크한 이미지들은 삶의 의미를 붙잡아보려는 어떤 노력도 허망한 것이라는 섬뜩한 인식론적 깨달음에서 흘러나온다. 삶의 신비와 가치에 대한 기대, 동경의 심연이 깊으면 깊을수록 목적이 없는 이 세계에서의 삶은 견디기 힘들어진다. 김혜순의 시적 자아들은 그 때 난폭하게 세계를 향해 자신을 벌려 스스로 찢어버린 '몸—자의식'을 드러낸다. 이는 자신의 현존을 위협하는 세계에 대한 공격적인 방어의 한 방법인데, 그 드러냄의 극단에 식육적 상상력과 시체 애호증이 자리잡고 있다.

참고 자료

김정란, 『비어 있는 중심—미완의 시학』, 언어의세계, 1993
권오룡, 「조화의 이상과 방법적 시」, 『아버지가 세운 허수아비』 해설, 문학과지성사, 1985
성민엽, 「몸의 시학, 역동적인 에로스」, 『나의 우파니샤드, 서울』 해설, 문학과지성사, 1994
정과리, 「망가진 이중 나선」, 『불쌍한 사랑 기계』 해설, 문학과지성사, 1997
김영옥, 「눈/깃털/바다/별/바이러스, 그리고 활자로 내리다」, 『달력 공장 공장장님 보세요』 해설, 문학과지성사, 2000

이제 우리 민족의 장래는 우리 스스로 결단해야 한다는 신념을
가지고, 이 땅에 판치는 미국 세력의 완전한 배제를 위한
반미 투쟁을 끊임없이 전개하자

1982

부산 미국문화원 방화 사건 성명서

—미국은 더 이상 한국을 속국으로 만들지 말고 이 땅에서 물러가라

우리의 역사를 돌이켜보건대, 해방 후 지금까지 한국에 대한 미국의 정책은 경제 수탈을 위한 것으로 일관되어왔음을 알 수 있다. 소위 우방이라는 명목하에 국내 독점 자본과 결탁하여 매판 문화를 형성함으로써, 우리 민족으로 하여금 그들의 지배 논리에 순응하도록 강요해왔다. 우리 민중의 염원인 민주화, 사회 개혁, 통일을 실질적으로 거부하는 파쇼 군부 정권을 지원하여 민족 분단을 고정시켰다. 이제 우리 민족의 장래는 우리 스스로 결단해야 한다는 신념을 가지고, 이 땅에 판치는 미국 세력의 완전한 배제를 위한 반미 투쟁을 끊임없이 전개하자. 먼저 미국 문화의 상징인 부산 미국문화원을 불태움으로써 반미 투쟁의 횃불을 들어, 부산 시민에게 민족적 자각을 호소한다.

1. 민주주의를 원하는 광주 시민들을 무참하게 학살한 전두환 파쇼 정권을 타도하자.

2. 최후 발악으로 전두환 군부 정권은 무기를 사들여 북침 준비를 이미 완료하고 다시 동족 상잔을 꿈꾸고 있다.

3. 진정한 통일을 원하는 민주 시민들을 탄압 구속한 채, 허울 좋은 통일 정책으로 더 이상 국민을 기만하지 말라.

4. 한일 경제 협력 등 한국 경제를 일본에 예속시키는 일체의 경제 협상을 즉각 중단하라.

5. 88올림픽은 한국 경제를 완전히 파탄나게 할 것이므로 그 준비를 즉각 중단하라.

6. 노동자, 농민, 시민들은 더 이상 비참한 가난 속에서 시달릴 수 없다.

1982년 3월 18일, 부산 고신대高神大 학생 몇 명이 미국문화원에 불을 지른다. 부산 미국문화원 방화 사건은 5공 초기에 일어난 '반미 사건'으로 우리 사회에 큰 파문을 일으킨다. 학생들은 분단과 광주 학살 지원에 대한 미국의 책임을 규명하고 응징하고자 문화원을 기습해 방화하며 "미국 세력의 완전한 배제를 위한 반미 투쟁을 끊임없이 전개하자."는 내용의 전단 수백 장을 뿌린다. 이 사건으로 문부식 등 피의자 15명이 구속되고 법정에서 전원에게 실형이 선고된다. 특히 문부식과 김현장은 1심에서 사형을 선고받는데, 1983년에 들어 감형된다. 이 '부미방 사건'은 1980년대의 반미 투쟁을 선도한 것으로 평가된다.

1982

1월
4 문교부, 중 · 고생 교복 자율화 발표
22 전두환 대통령, 국정 연설에서 민족통일협의회의를 구성해 통일 헌법 기초하고 이를 바탕으로 통일 국가 이룩하자고 북한측에 제의

2월
1 통일원 장관, 남 · 북한 20가지 시범 실천 사업 제의
20 문공부, 마르크스 생애 연구 서적을 1948년 이후 처음으로 시판 허용

3월
18 고신대생 문부식 등, 반미反美 유인물 뿌리고 부산 미국문화원에 방화
24 브레즈네프 소련공산당 서기장, 20년 만에 중국에 화해 제의
27 프로 야구 리그 출범

4월
2 정부, 전국 89개 대학의 지하 서클 112개 정밀 조사
13 국가안전기획부, 서울 · 안동을 거점으로 25년 동안 활동해온 안승륜(51세) 등 3개 간첩망 10명을 구속했다고 발표
30 유엔 해양법 회의, 국제 해양법 조약 채택(영해 12해리, 경제 수역 2백 해리)

5월
20 검찰, 이철희 · 장영자 거액 어음 사기 사건 전모 발표

6월
6 이스라엘, 레바논 침공

7월
23 일본, 방위력 증강 5개년 계획 확정
27 정부, 역사 교과서 왜곡 기술과 관련해 일본 정부에 진상 규명을 공식 요구

8월
17 미국 · 중국, 타이완에 대한 미국의 무기 판매 줄이고 하나의 중국을 재확인하는 공동 성명 발표

9월
17 뉴욕 금융계, 한국의 외채가 350억 달러로 세계에서 다섯 번째로 많다고 발표

11월
3 레이건 미국 대통령, 소련에 대한 금수禁輸 조치 해제 발표, 새 동서 무역 정책 선언

이동하, 폭력에 대한 탐구

『장난감 도시』

삶과 현실에 대한 치열한 성찰과 장인 정신을 바탕으로 밀도 높은 소설을 꾸준히 내놓은 작가 이동하

1982

헐벗음 · 굶주림 · 질병 · 죽음 · 헤어짐 · 가난 · 추위 · 외로움은 이동하李東河(1942~) 소설의 원형질이다. 이런 것은 세계가 실존 주체에게 가하는 '폭력'의 여러 양태 가운데 일부다. 이동하는 일제 강점기에 태어나 초등 학교 2학년 때 전쟁을 겪고 난민촌에서 자란다. 그의 세대는 피식민 지배와 전쟁의 유산인 가난을 상속받은 세대다. 이동하는 "나의 어린 시절은 전쟁의 비참과 전후의 궁핍 속에 있었다. 우리 세대가 다 경험했듯이 그 시기의 삶이란 온통 결핍투성이의 삶이었다."고 말한다. 그는 한 소설에서 들뜨지 않은 차분한 문체에 실어 "촘촘히 들어앉은 판잣집들, 깡통 조각과 루핑이 덮인 나지막한 지붕들, 이마를 비비대며 길 쪽으로 늘어 서 있는 추녀들, 좁고 어둡고 질척한 그 많은 골목들, 타고 남은 코크스 덩어리와 검은 탄가루가 낭자하게 흩어져 있는 길바닥들, 온갖 말씨와 형형 색색의 입성을 어지러이 드러내고 있는 주민들, 얼굴도 손도 발도 죄다 까맣게 탄 아이들"*로 그 가난의 실물대를 보여준다. 그의 작품들은 대부분 개인의 고난사라는 원체험을 탐구하는 데 바쳐진다.

이동하는 1966년 『서울신문』 신춘 문예에 당선되어 작가로 나선 뒤, 이제까지 창작집 『모래』(1978) · 『바람의 집』(1979) · 『저문 골짜기』(1986) · 『폭력 연구』(1987) · 『삼학도』(1989) · 『문 앞에서』(1997), 연작 중편집 『장난감 도시』

* 이동하, 『장난감 도시』(문학과지성사, 1982)

(1982), 장편 소설 『우울한 귀향』(1978) · 『도시의 늪』(1979) · 『숲에는 새가 없다』(1988) · 『냉혹한 혀』(1995) 등을 펴낸 바 있다. 작가는 목포대학교 국문과 교수를 거쳐 현재는 중앙대학교 문예창작과 교수로 재직중이다.

이동하는 1942년 일본 오사카에서 태어난다. 그의 본명은 이용李勇이다. 해방 뒤 가족과 함께 귀국한 그는 경북 경산군 남천면 대명동에서 성장한다. 남천국민학교 2학년 때 6 · 25가 터져 그의 가족은 경산에서 대구로 이사를 가서 태평로 난민촌에 정착한다. 그는 서부국민학교와 교회에서 운영하는 야학교인 천우성경구락부에 다니며 초등 학교 과정을 마치지만, 집안 형편이 어려워 몇 번이나 학업을 중단하고 다시 시작한 끝에 대구 변두리에 있는 칠성중학교를 뒤늦게 졸업한다. 고교 과정도 야간부에 등록한 그는 또래보다 3~4년 늦게 대성고등학교를 졸업한다. 이동하는 고교 시절에 한 백일장에서 김동리를 보고 강한 인상을 받는다. 또 그는 이 무렵 무능한 아버지 때문에 일찍 어머니를 여의고 만다.

어머니의 죽음은 내 작은 우주의 붕괴였다. 우리의 삶이 지닌 근원적인 비극에 대해 눈을 뜬 것도 바로 그 죽음을 통해서였고, 아직도 코흘리개 중학생의 마음 속에 이미 말한, 인생의 보다 깊은 곳을 지나온 듯한 느낌을 심은 것도 바로 그 죽음이었던 것이다. 때문에 나는 이런 것들에 대해 세상 모든 사람들에게 속시원하게 털어놓아야만 살 것 같은, 참으로 절실한 어떤 감정에 사로잡혀 있었던 것이다. 가슴 밑바닥에 고여 있는, 때로는 목구멍까지 가득 차오르곤 하는 이 절실한 감정 — 나는, 그것은 바로 내가 미처 쏟아버리지 못했던 눈물이었다고 생각한다.

이동하, 「나에게 소설은 무엇인가」, 『한국문학』(1984. 12.)

중학교 시절 소설가 지망생인 한 교사의 집필 모습에서 받은 감명과, 임신한 몸으로 굶주림과 천식에 시달리던 어머니를 끝내 잃은 그 쓰라린 체험에서 비롯된 통한이 이동하를 소설가로 이끄는 계기가 된다. 그는 서라벌예술대학 문예창작과에 입학해 문학에 대한 꿈을 더욱 단단하게 키워간다.

그는 1966년 대학 1학년 때 『서울신문』 신춘 문예에 이동하라는 필명으로 단

1967년
『현대문학』 제1회
장편 소설 공모
시상식장에서

편 「전쟁과 다람쥐」를 응모해 당선함으로써 문단에 나온다. 이듬해 그는 「겨울 비둘기」로 문공부 신인 예술상을 받고, 『현대문학』 제1회 장편 소설 공모에 유년기에서 젊은 날에 이르는 자전적 체험을 바탕으로 한 소설 「우울한 귀향」을 투고해 당선된다. 1969년 대학을 졸업한 그는 갓 창간된 『월간문학』의 편집 기자로 들어간다. 이후 몇몇 잡지사를 거친 그는 1972년에 들어 직장을 건국대학교 신문사로 옮긴 뒤 1981년까지 일하며 같은 학교 대학원 국문과 석사 과정을 마친다.

1970년대에 접어들어 그는 일상성에 함몰되어 살아가는 소시민들의 자의식을 드러내는 작품들을 내놓는다. "거의 도시 봉급 생활자고, 30 전후의 나이이며, 셋방살이를 하고, 직장은 불안정하며, 대인 관계—그 중에서도 특히 상사와의 관계가 원만치 못한" 평범한 직장인들이 어느 날 갑자기 사회와 가족을 등지고 사라진다. 이 '잠적' 모티프는 도시적 · 일상적 삶을 '허구'로 인식한 작중 인물들의 실존과 정체성의 위기를 상징적으로 드러낸다. 이동하는 1981년에 「굶주린 혼」으로 제13회 '한국 창작 문학상'을 차지한다. 이듬해인 1982년에는 그의 빼어난 소설 중의 하나인 「장난감 도시」와 「굶주린 혼」 · 「유다의 시간」을 묶은 연작 중편집 『장난감 도시』를 '문학과지성사'에서 펴낸다. 가난과 폐허와 구호 물자로 표상되는 전쟁 난민의 체험을 바탕으로 씌어진 『장난감 도시』에서 작가는 자신의 원체험인 어머니의 죽음, 가족과의 이별, 외로움, 가난 등 성장기의 상처를 돌아보면서 그것을 어루만진다.

가난과 가족과의
이별 등 작가 자신의
원체험과
전쟁 난민 체험이
짙게 배어 있는
연작 중편집
『장난감 도시』

나는 문득 도시의 소음을 들었다. 닫힌 공간을 비집고 밀려든 그 소음은 몹시 생소하고 기이한 느낌을 불러일으켰다. 사람들이 웅성대는 소리와 자동차의 경적 소리와 그리고 그 밖의 온갖 소리들이 내 비어 있던 가슴을 눅눅하게 적셨다. 나는 어머니를 생각했고 누나를 생각했다. 아버지가 아니라, 불현듯 그 얼굴들이 그리워졌다.

이동하, 「장난감 도시」, 『장난감 도시』(문학과지성사, 1982)

성장기의 체험과 상처 그리고 이를 극복하려는 노력을 힘있고 속도감 느껴지는 문체로 그려낸 이 작품으로, 그는 제1회 '한국 문학 평론가 협회상'을 받는다.

등단 때부터 작가적 양심의 요청에 따라 세상의 온갖 폭력과 치열한 싸움을 펼쳐온 그는 1980년대에 들어 『폭력 연구』 등의 소설을 통해 본격적으로 폭력에 대한 탐구에 천착한다. 작가는 "인간과 인간적인 삶을 위협하는 일체의 힘을 모두 폭력"의 범주에 넣는다. 이에 따라 그는 추위, 천재 지변, 늙음, 굶주림, 전쟁, 투옥 등도 폭력으로 인식한다.

본격적으로 폭력에 대한 탐구에 천착한 창작집 『폭력 연구』

자아와 세계와의 관계에서 빚어지는 여러 갈등과 본질적인 문제점들을 자아의 입장에서 접근 · 성찰해야 하며, 여기에 나의 문학 정신이 있다고 생각합니다.…… 1980년대는 우리 사회도 그렇고 밖에서도 그렇고, 폭력의 양상이 아주 두드러진 시기로 이해되었습니다. 그러다 보니 폭력을 주제로 한 소설을 의도적으로 써보자는 생각을 하게 되었습니다.…… 폭력을 소재로 한 그 이전의 소설들과 다른 점이라면, 삶에 본질적으로 부딪치는 문제 중 하나로서의 폭력이라는 것이지요.…… 폭력 연구 시리즈를 시작하면서 폭력에 관한 사회학적 학설을 가진 저서를 읽고 소설을 쓰는 게 합당할 것이냐 아니냐 하는 문제를 놓고 한동안 생각하다 읽지 않기로 했습니다. 왜냐면 폭력에 대한 책들을 읽을 경우, 폭력에 대한 사회학적 시각에서 이해하고 그것을 소설화하는 작업을 하는 게 되지 않겠느냐—내가 제일 싫어하는 점이 그런 것입니다. 이념적인 문제를 정면에서 다루지 않는 것도 그런 이유에서입니다.

이동하, 『문예중앙』(1993. 4.)

이동하에게 폭력은 세계 안에 던져진 실존 주체가 피할 수 없는 삶의 근원적 조건 가운데 하나다. 따라서 이에 대한 탐구는 세계가 개인에게 가하는 압력과 지배의 양태를 실존적이며 존재론적 범주 안에서 성찰하는 것이다. 작가는 성급하게 폭력 자체를 문제 삼지 않는다. 그는 폭력이 개인의 내면을 어떻게 일그러뜨리고, 어떤 심리 변화를 가져오는지를 꼼꼼하게 따지고 든다. 그의 폭력 탐구는 실존의 위기와 자신의 정체성에 대한 탐구이며, 궁극적으로는 폭력 앞에 노출된 생명을 향한 신뢰와 진실의 옹호로 이어진다.

그러자 예기치 못했던 어떤 느낌이 문득 가슴을 쳤다. 나는 망연해졌다. 장가의 저 거친 폭력들이 순서 없이 내 머리에 떠올랐고, 그것들은 곧 뭉뚱그려져서 하나의 몸짓이 되었다. 내가 도무지 이해할 수 없는 점은 그것들이 어째서 더 없이 간절한 몸짓으로 내 가슴에 와 닿는가였다. 나로부터, 그리고 우리 모두로부터 황망히 달아나고 있는 그의, 더할 나위 없이 위축되고 참혹하게 꺾여진 등판을 바라보며 읍내까지 이르는 동안, 한 번 가슴을 친 그 절실한 느낌은 내내 나의 우울을 깊게 하였다.

이동하, 「폭력 요법」, 『폭력 연구』(한겨레, 1987)

이동하의 폭력에 대한 탐구는 신춘 문예 당선작 「전쟁과 다람쥐」에서 시작되어 『장난감 도시』 · 『폭력 연구』에서 정점을 이루고 『냉혹한 혀』와 『문 앞에서』까지 이어진다.

1980년대에 빈발한 의문사를 소재로 삼은 장편 소설 『냉혹한 혀』

1982

1991년 중앙대학교 문예창작학과 부교수로 임용된 그는 1995년 '고려원'에서 『냉혹한 혀』를 펴낸다. 『냉혹한 혀』는 1980년대에 자주 일어난 의문사를 소재로 삼고 있다. 정치 폭력이 난무하던 시절, 갑자기 우리 곁에서 사라진 사람들이 어느 날 엉뚱한 곳에서 싸늘한 주검으로 발견된 일이 한두 번이 아니다. 그 군사 정권 시절에 일어난 한 의문사 사건의 피해 유가족은 진실 규명을 위해 애쓰는 과정에서 다시 공권력의 기만성, 폭력과 마주친다.

이동하는 "일상사 속에 감추어진 예외적 사건이나 범상한 인간 속에 깃들여 있는 예외성"에 주목한다.* 이에 따라 작가는 약자 · 빈자 · 병자 · 노인 등 사회적으로 소외된 인물들을 내세워 그들의 기행이나 기벽을 보여준다. 이는 자아를 억압하는 현실에 대한 저항의 한 형식이고, 일탈과 자유를 향한 주체의 갈증을 드러내는 것이기도 하다. 인과론적 결말을 부정하는 것도 이동하 소설의 한 특징으로 꼽을 수 있다. 그는 고전적 소설 문법에서 벗어난 열린 결말의 형식을 택함으로써 실제로 우리의 삶이 안고 있는 여러 양태의 문제들이 언제나 해결되는 것은 아니라는 인식을 드러낸다.

* 조남현, 「장삼 이사의 서사, 그 프락시스」, 『작가세계』(1998 여름)

이동하는 장편 소설보다 중 · 단편에 치중하고, 대중의 요구에 따르기보다는 고집스럽게 장인 정신을 고수하며 밀도 높은 작품들을 써낸다. 이와 같은 까닭에 그는 1970년대와 1980년대를 거치며 주류 작가의 대열에 끼지 못한다. 그러나 이동하는 들뜸이 없는 문체, 삶과 현실에 대한 치밀한 성찰, 그리고 "글자 한 자를 원고지 빈 칸에 박아넣기 위해" 몇 날을 진을 뺄 정도로 문체에 공들이기 등에 모범을 보인다. 바로 이런 점이 이동하를 당대의 어떤 작가보다 우리 소설의 정통성을 잇고 있는 작가로 평가하게 만드는 요인들이다.

1990년 가을
제자들과 함께

참고 자료

권성우, 「폭력에 대한 심원한 탐구」, 『냉혹한 혀』 해설, 고려원, 1995
이승하, 「폭력에 대한 관심, 그리고 못질하기」, 『작가세계』 1998 여름
서준섭, 「이동하 또는 고단한 삶의 소설적 탐구」, 『작가세계』 1998 여름
「이동하 특집」, 『작가세계』 1998 여름
진형준, 「유년의 체험과 상처의 변용들」, 『장난감 도시 외』 해설, 동아출판사, 1995

윤후명, 또는 '자멸파'의 상상력

「돈황의 사랑」

'나'에 의해 견인되는 사소설의 범주를 영토로 삼아 환상으로 현실의 폐허와 맞선 작가 윤후명

1982

1980년대로 접어들자 우리 문단의 평론가들은 이구 동성으로 소설의 빈곤을 말하기 시작한다. 한 평론가는 1970년대 소설의 취약점으로 "사회학적 상상력에의 과다한 편중, 반지성적 태도, 가난한 사람들의 덕성을 너무나 쉽게 믿어버리는 순진함, 이야기의 흥미에의 지나친 의존"*을 지적한다. 다른 한 평론가는 1970년대 소설들이 현실 문제의 핵심 포착에는 어느 정도 성과가 있었음을 인정하면서도 "문제 해결을 지향하는 객관적 비전 제시에 실패함으로써 그 성과가 한정"될 수밖에 없었다며, 그 원인으로 작가들의 "관념론적 허위"**를 든다. 인간 이해가 지나치게 순진하다거나 관념론적이라는 말은 1970년대 작가들의 소재주의 경향, 민중에 대한 거의 맹목적인 우상화, 표피적 사회 현상에 대한 지나친 집착, 단순 흑백 논리에 따른 도식적 시각 등으로 나타난 현실 인식의 단원성에 대한 비판으로 받아들여진다. 1970년대의 급격한 정치 · 사회 · 경제의 변동과 구조의 재편성 과정에서 드러난 모순과 비리를 까발리며 찬란하고 영광스런 위치에서 태평 성대를 뽐내던 작단作壇에 찾아든 돌연한 침묵과 빈곤은 사람들을 갸우뚱하게 만든다. 이에 따라 소설은 이제 문학 예술의 중심이 아니라는 생각이 퍼지고, 자본주의의 발흥과 함께 발전한 장르인 소설의 전성기는 끝난 것처럼 보인다. 이런 현상은 1980년대로 들어서며 안개처럼 눈앞

* 이동하, 「불운한 동생을 위하여」, 『언어의 세계』 2집(청하, 1983)
** 성민엽, 「관념론의 유혹과 그 극복」, 앞의 책

을 가로막은 현실 상황의 모호함과 어떤 관련이 있는 것일까.

환상으로 현실의 폐허와 맞서려고 한 작가 윤후명尹厚明(1946~)은 이 시기에 등장해 철저하게 '나'에 의해 견인되는 사소설의 범주를 자신의 영토로 삼는다. 작가 자신을 1인칭 주인공으로 내세워 작가의 일상과 그 주변의 잡다한 얘기로 채워가는 이 사소설은 그에 의해 비로소 깊이를 얻는다.

1980년대의 작가들은 너나없이 '현장'과 거대 이념 쪽으로 달려간다. 거대 이념이 광풍처럼 휘몰아친 그 1980년대에 '돈황'과 '누란'과 '별들의 음악 소리'에 매달린 작가의 마음 한구석에 도사리고 있던 것은 자신의 문학이 혹시 '현장'을 떠난 "신선이나 유령의 삶, 허풍선이의 삶"에 기울어 있는 것은 아닌가 하는 불안이다.

> 내게 주어진 임무는 열심히 일하는 사람들의 현장에 대한 접근이었다. 그 일은 이제까지의 내 삶이 '현장'을 떠난 삶, 신선이나 유령의 삶, 허풍선이의 삶이었음을 전제하고 있는 듯이 느껴졌다. 그 동안 나는 '현장'에 있지 않고 어디를 헤매고 있었더란 말인가. 출퇴근 버스에 시달리며 직장 생활을 하고, 술 취해서 돼먹지 않은 울분을 토하고, 밥 먹고 똥 싸고, 결혼하고, 그리고 이혼한 그것 모두는 구름 위에서 있었던 일이었는가.
>
> 윤후명, 「섬」, 『부활하는 새』(문학과지성사, 1985)

현실의 압력이 커지면 커질수록 마음속에서는 그것으로부터 탈주하려는 꿈도 커지게 마련이다. 윤후명은 누추하고 초라한 삶을 가까스로 견디며 현실과 환상의 사이에 난 오솔길을 혼자 걸어가는데, 그 길에서 찾아낸 것이 '돈황', '누란', '별들의 음악 소리', '협궤 열차', '알함부라 궁전'이다. 그것은 현실 저 너머에 있는 또다른 현실이다. 그것이 "문학은 물신의 시대에 물신을 배격하고, 자아의 고독을 옹호하지 않으면 안 된다."고 굳게 믿은 윤후명의 '현장'인 것이다. 윤후명은 현실과 환상 사이의 긴장 속에서 1980년대의 서사 문학이 결락시키고 있는 내면성의 서사 세계를 일궈나간 작가다.

윤후명은 1946년 1월 17일 강원도 강릉에서 태어난다. 그의 본명은 상규常奎

다. 육군 법무관 생활을 하던 아버지의 근무지를 따라 그는 이 고장 저 고장으로 옮겨다니며 어린 시절을 보낸다. 그는 대전에서 춘천으로, 대구를 거쳐 다시 대전으로, 경기도 양주에서 부산으로 이사를 다니며 전학을 거듭한 끝에 초등 학교 과정을 마친다. 1961년 중학교 3학년 때 그의 가족은 5 · 16을 계기로 서울로 올라온다. 이 때 아버지는 혁검의 검사였는데, 서울 생활에 잘 적응하지를 못한다. 어느 날 이 혁검 검사는 숙정 대상에 올라 야인 신세가 된다. 이로 말미암아 그의 집안은 하루 아침에 몰락의 길을 걷고, "아버지는 이미 과거의 환상에 갇혀 사는 사람"이 되고 만다.*

1962년 윤후명은 용산고등학교에 진학하면서 문학의 길로 들어선다. 고교 시절 그는 대학 백일장과 『학원』 공모 등을 통해 문학적 재능을 드러낸다. 이 무렵 "시란 현실에서 낙오한 자들의 넋두리"라고 믿는 아버지와 "인생의 가치를 문학에서 찾아야 한다고 믿는" 그는 장래 진로 문제를 두고 심각한 대립을 보인다. 그는 1965년 연세대학교 철학과에 입학하면서 시인의 길을 가겠다고 스스로 굳게 다짐한다. 집안의 몰락으로 그는 학비와 생활비 걱정을 하며 시에 대한 열정을 연소하는 시기를 보낸다. 그는 『연세춘추』에 작품을 발표하고, 거처할 곳이 마땅치 않아 『연세춘추』가 있던 학교 건물로 숨어들어 신문지를 깔고 덮은 채 잠을 청하기도 한다.

집안은 점점 쪼들려 갔고 대학 생활의 꿈은 흐려져 갔다. 그리고 시는 언제나 아득히 먼 허상 같기만 했다. 그래도 내가 붙들고 있어야 하는 하나의 가치는 시뿐이었다. 시인이 못 된다면 나의 존재 이유도 없었다.

윤후명, 「시인의 말—저 25년」, 『홀로 등불을 상처 위에 켜다』(민음사, 1992)

1966년 대학 2학년 때 그는 '연세춘추 문화상'의 문학상 시 부문에 입선한다.

* 윤후명, 『약속 없는 세대』(세계사, 1990)

이어 1967년 윤후명은 『경향신문』 신춘 문예에 시 「빙하의 새」가 당선되어 문단에 나온다. 1969년 대학을 졸업하며 그는 강은교 · 박건한 · 임정남 등과 어울려 시 동인지 『70년대』를 창간한다. 『70년대』는 박건한이 빠지고 정희성 · 석지현 등을 새 동인으로 받아들인 뒤 1973년까지 5집을 내며 문단의 주목을 받는다. 윤후명은 대학을 나온 뒤 삼중당을 시작으로 샘터사 · 삼성출판사 · 노벨문화사 · 계몽사 · 독서신문사 · 현암사 같은 여러 출판사를 전전하며 일한다. 1977년 그는 드디어 첫 시집 『명궁名弓』을 '문학과지성사' 에서 펴낸다.

윤후명의 첫 시집 『명궁』

시집 『명궁』은 내 젊음의 이른바 질풍 노도의 십 년 동안의 기록이지만 스스로 보면 몸이 옥죄도록 고독에 찌들린 정조가 짙어 보인다. 시인 조정권이 어느 날 말한 것처럼 그것은 지극히도 황폐한, 황폐한 세계에의 방황이었을까?

윤후명, 「모든 별들은 음악 소리를 낸다」, 『돈황의 사랑』(문학과지성사, 1983)

윤후명은 기어코 시인이 되었지만 그 앞에 기다리고 있던 것은 도피와 패배의 길이다. 그는 이 시절을 '자멸파' 의 시절이라고 명명한다.

산다는 게 너무나 허무하고 안타까워서 몸을 내던져 무애춤을 흉내내던 시절이 있었다. 일컬어 쑥스럽게 '자멸파' 의 시절이다. 하지만 어차피 그건 한 시절 겪어야 할 통과 제의였다. 그 나이테로 굵어진 내 삶을 지금은 깨닫고 싶다. 그렇다고 해도 나는 첫 시집에서 일찍이 '늙도록 나는 젊어 있었는가' 하고 스스로에게 물었던 바 있다. 그리하여 나는 결코 머무르지 않을 것이다. 언제나 가장 먼 곳까지 갈 것이다. 그리고 기필코 다시 돌아온다. 그리고 새롭게 더욱 가장 먼 곳까지 갈 것이다. 영겁 회귀의 형벌일지라도, 축생의 길일지라도, 시인이기 때문에.

윤후명, 『문학정신』(1992. 6.)

10여 년 동안 여러 직장을 떠돌며 보낸 불안한 세월, 이혼, 지나친 음주 등으로 황폐해질 대로 황폐해진 삶을 가까스로 추스르며 그는 인생의 궤도 수정을 은밀히 모색한다. 윤후명은 시인에서 소설가로 새 출발을 하기로 마음먹는다. 그는

가난한 중년 실직자의 정처 없는 마음의 편력기를 통해 오늘의 척박한 삶에 대한 우수 어린 성찰을 담아낸 「돈황의 사랑」을 표제로 삼은 첫 소설집

1979년 『한국일보』 신춘 문예에 단편 「산역山役」이 당선되어 이 꿈을 이룬다. 서울 변두리 봉천동과 천왕동의 셋집을 전전하며 막막한 세월을 보내면서도 그는 소설 창작에 매달린다. 그는 이제까지 두 권의 시집 『명궁』(1977) · 『홀로 등불을 상처 위에 켜다』(1992)를 내놓은 바 있다. 소설로는 창작집 『돈황의 사랑』(1983) · 『부활하는 새』(1985) · 『원숭이는 없다』(1989), 장편 『별까지 우리가』(1990) · 『약속 없는 세대』(1990), 문학 선집 『알함브라 궁전의 추억』(1990), 중편으로 발표한 「돈황의 사랑」 · 「누란의 사랑」 · 「돌사자의 길로 가다」를 한데 엮은 연작 장편 『비단길로 오는 사랑』(1991), 장편 『협궤 열차』(1992) · 『이별의 노래』(1995) 등을 펴낸다. 윤후명은 소설가로 나선 뒤 제3회 '소설 문학상' (1984), '한국 창작 문학상' (1986), 제19회 '이상 문학상' (1995)을 받으며 10여 년 만에 중견 작가의 위치를 굳힌다.

시인에서 느닷없이 소설가로 변신한 윤후명은 1980년대 초반에 김원우 · 김상렬 · 김채원 · 서동훈 · 손영목 · 유익서 · 이문열 · 이외수 · 정종명 등 비슷한 연배들과 『작가作家』라는 소설 동인을 꾸린다. 1983년 그는 자신의 첫 창작집 『돈황의 사랑』을 내놓는다.

「돈황의 사랑」은 한 가난한 중년 실직자의 정처 없는 마음의 편력기다. 신문사 기자이던 '나' 는 단칸 전셋방에 중고 쇠침대를 들여놓고 아내와 잠을 잔다. 아내가 자궁 종양으로 낙태 수술을 받고 돌아온 날 밤, 그 쇠침대에서 잠든 '나' 는 현실 저 너머 꿈속의 세계를 여행한다. 그 꿈속의 세계는, 서역 삼만 리의 타클라마칸사막과 그 곳을 건너가는 한 마리의 사자, 그리고 신라승 혜초와 돈황 벽화 속의 천녀 옷자락, 벽화 속의 사자가 있는 세계다. 이 소설은 망각의 저편으로 사라지려는 어느 긴 하루, 즉 오늘의 삶에서 꿈속에 들어갔다가 다시 현실로 돌아오는 구조로 되어 있다. 현실—꿈—현실의 구조로 되어 있는 이 소설을 통해 작가는 오늘의 척박한 삶을 영원이라는 척도에 비춰보고 그 본질을 캐려는 진지한 노력과 의미 깊고 우수 어린 성찰을 담아낸다. 「돈황의 사랑」에서 작가는 범상한

'나'의 어느 하루를 묘사하며 그 "먼 길, 긴 하루"의 삶, 서역과 현실, 영원과 찰나, 단절과 지속, 참여와 방관, 과거와 현재, 욕망과 좌절, 사라지는 것과 남아 있는 것 등을 끊임없이 뛰어넘고 오가며 오늘의 척박한 삶이 숨기고 있는 의미를 캐내고 있는 것이다.

'나'는 왜 중국 서역의 고대 불교 유적지 돈황이나 누란에서 발견된 여자 미라 같은 것에 그토록 집요한 관심을 보이는 것일까. 이 수수께끼를 푸는 것이 이 작품의 핵심을 파악하는 지름길이라고 할 수 있다. '내'가 돈황의 유적이나 누란의 미라 같은 서역 문물 또는 서역 자체에 집착하는 이유는 그것이 '나'의 의식의 심층에 감추어진 어떤 꿈의 실체와 관련되어 있기 때문이다.

> 벽화에 있어서도 마찬가지로서 처음 북량 시대에는 인도 · 서역의 영향이 깊지만 수나라를 거쳐 당나라에 와서는 사실주의의 극치를 보여주는 현란한 변상도變相圖들이 아름답고 신비한 이상 세계의 모습을 그리고 있다.
>
> 윤후명, 「돈황의 사랑」, 『돈황의 사랑』(문학과지성사, 1983)

말하자면 서역은 "아름답고 신비한 이상 세계", 즉 현실 저 너머에 존재하는 꿈의 현실이다. 지금-여기의 삶이 찰나적으로 사라져버리는 덧없는 것의 표상이라면, 유구한 시간의 파괴력을 이겨낸 서역의 유적은 사라짐의 운명을 딛고 선 초시간성이 배어든 세계의 상징이다. 지금-여기가 아닌 저기 있는 어떤 것을 꿈꾸는 것, 또 그것을 궁극적인 것의 표상으로 받아들이는 것, 이는 자아와 현실 사이의 대립과 불일치에서 비롯되는 현실 부정의 한 양상이다. '내'가 지금 딛고 있는 실존의 현장인 이 자리는 '저 곳', 서역이 상호 조응하고, 그 현실의 삶이 실현되는 지금 이 시간은 '저 시간', 즉 아득한 과거의 심층에서 홀연히 떠오르는 서역의 시간과 대칭을 이룬다. '나'의 삶을 감싸고 있는 세계의 근원을 따라가면, 그 뿌리에서 서역을 만난다. 현실이 속俗의 실재라면,

1992년
러시아 모스크바의
크렘린궁 앞에서
아내와 함께

서역은 성聖의 실재다. '나'는 속된 현실에 발을 딛고 있지만, 그 눈은 현실 저 너머 피안으로 향하고 있다. 서역은 '나'의 눈길이 가 닿은 영원과 궁극의 세계를 상징한다. '나'는 사라짐의 운명에서 벗어나 그 영원과 자유, 그리고 궁극의 세계에 가 닿고 싶은 것이다.

현실은 사라져간 것과 머지않아 사라져갈 것을 함께 끌어안고 있다. 우리의 삶은 이런 바탕 위에 세워지는 것이다. 죽은 아이, 공후, 돈황, 누란, 옛 문서, 경전, 그림들, 강령 탈춤, 수마노탑, 알함브라궁전, 미라, 수인선 협궤 열차 등은 사라져간 것의 세계에 속해 있다. 그리고 '나'와 '나'의 아내는 머지않아 사라져갈 운명을 안고 있다. 쇠침대에서 잠든 아내는 이미 잠을 통해 과거 속으로 서서히 잠겨들고, 마침내는 달빛 속의 미라가 되어 무無의 심연으로 가라앉는다.

'나'를 둘러싸고 있는 것은 실직 상태, "역사나 전설에서 얼쩡"거리며 연극 소재를 발굴하려는 친구와의 교유, 이틀 동안의 황금 연휴를 믿고 낙태 수술을 위해 병원 신세를 져야 하는 아내와의 동거 등으로 집약된다. 첫째로 실직 상태가 말해주고 있는 것은 '나'의 오랜 궁핍 상태, 사회와 격절된 데 따른 고립감, 삶의 균형의 파괴, 육체의 피로감과 의식의 무력감이다. 둘째로 친구는 '내'게 역사나 전설에서 취재한 소재들을 제공하며 끊임없이 희곡을 쓸 것을 권유하는데, 연극이나 글쓰기 같은 것은 현실과 직접 부딪치며 관계를 맺는 삶이 아니라 현실로부터 한 걸음 물러선 간접적인 관계 양태의 삶이며, 심하게 말하면 도피 양식의 삶이다. 셋째로 아내의 낙태 수술은 이 부부가 비생산적인 성, 불모의 삶에 갇혀 있음을 암시한다. 소설의 끝머리에서 잠자는 아내의 모습을 바라보며 '나'는 "묻혀 있던 달빛 속에서 20세기 옷차림 그대로의 여인 미라 발굴에 참가한 고고학자들과 인체 과학자 및 에너지 과학자들은 달빛이 농축되어 부패 현상을 막은 결과 완벽한 미라가 된 것으로 보고 있다. 서울의 미라라고 이름 붙여진 이 미라는……" 하고 상념을 펼친다. 이런 상념의 배후에는 '나'와 아내가 꾸려가는 오늘의 삶이 건강한 생명력을 탈취당한 미라의 삶이라는 인식이 잠재되어 있다고 봐야 할 것이다. 이는 T. S. 엘리엇의 「황무지」의 주제를 떠올리게 하는 대목이다. "메마른 돌엔 물 소리도 없다." 같은 구절은 현실의 황무지성, 재생이 배제된 죽음, 불모의 성性 등을 강하게 암시한다. 우리의 삶 속에 가득 차 있는 죽음의 상황을 투시하며 삶의 불모성과 무의미성을 노래한 「황무지」에서도 죽음에 대한 희구가 단순한 현실 부정이 아니라 새로운 삶에 대한 강렬한 희구이듯이, 「돈황의 사랑」의 밑바닥에 깔려 있는 "메마른 돌—미라" 같은 이미지로 표상되는 삶에 대한 어두운 인식은 역설적으로 생명의 활력과 가치 있는 삶에 대한 희구의 간절함을 드러낸다.

"오늘은 참 기인 하루에요."
아내가 계단을 내려가면서 말했다. 정말 그랬다. 그러나 그 긴 하루가 어쩐지 현실 같지 않아서 나는 확인이라도 하려는 듯이 아내의 얼굴을 새삼스럽게 쳐다봤다. 동네의 언덕 아래서 택시를 내릴 때까지도 그런 비현실감은 가시지를 않았다.
윤후명, 「돈황의 사랑」, 앞의 책

이 인용문은 '나'의 의식이 아내와 함께 "낯익은 현실의 동네"로 돌아오면서도 현실이 현실 같지 않다는 느낌, 즉 비현실감에 잠겨 있는 것을 보여준다. '나'는 자신을 둘러싸고 있는 현실 세계를 비현실의 겹으로 받아들인다. 그 비현실감의 이면에는 삶의 소외가 음험하게 도사리고 있다. 바로 여기에 윤후명의 작품들이 왜 한결같이 우수憂愁를 머금고 있는가 하는 비밀을 밝히는 데 필요한 실마리가 있다.

아득한 고립감이 온몸을 휩쌌다. 나는 빠르게 걸었다. 이제부터는 혼자다. 나는 뚜렷이 깨닫고 있었다. 목이 꽉 매어 왔다. 그러면서 나는 가슴 속 깊은 곳에서 치밀어 오르는 생명의 소리를 들을 수 있었다. 그리고 그 생명의 소리는 철저한 개인의 발견에서 오는 것임을 나는 어렴풋이 알아차리고 있었다. 삶은, 모든 타인에 대한 나만의 뜻이며 말이었다. 나만의 외로움이며 고행이었다.
윤후명, 「모든 별들은 음악 소리를 낸다」, 앞의 책

이것은 「모든 별들은 음악 소리를 낸다」라는 작품의 한 부분인데, "개인의 발견"이라는 작가의 원체험을 보여주는 대목이다. 이 대목은 시위 대열에 무의식중에 휩쓸린 어린 '내'가 어느 결에 대열에서 멀어진 자신을 발견한 뒤의 각성을 전해주고 있다. 이 "개인의 발견"은 작가의 의식 속에 "삶은, 개인의, 타인에 대한 영원한 대립인가……"(「모든 별들은 음악 소리를 낸다」)라는 생각으로 이어지며, 윤후명의 작품 세계 전체를 물들이게 된다. 다시 말해 윤후명의 모든 소설은 "개인의 발견"에서 출발해 다시 "개인의 발견"으로 돌아오는 얼개로 짜여 있다. 이는 타자성에 맞선 유일한 현존의 실체인 '나'야말로 삶의 근원적 조건이라는 신념의 반영이다. 「돈황의 사랑」에서도 인간은 소외와 고독에 유폐된 존재, 더 넓고 깊은 어떤 지평을 향해 열려야 하는, 인간 보편의 삶의 커다란 테두리 안에 갇혀 있는 존재다. 이런 형이상학적 각성은, '나'를 감싸고 있는 비현실적인 현실 세계에서 돌아서서 '나'를 현실 속의 비현실 세계에 몸담게 한다.

먼 달빛의 사막으로 사자 한 마리가 가고 있다. 무거운 몸뚱어리를 이끌고 사구沙丘를 소리없이 오르내린다. 매우 느린 걸음이다. 쉬르르쉬르르. 명사산의 모래가 미끄러지는 소리인가. 사자는 아랑곳없이 네 발만 차례차례 떼어 놓는다. 발자국도 모래에 묻힌다. 달이 더 화안히 밝자, 달빛이 아교에 이긴 은니銀泥처럼 온몸에 끈끈하게 입혀진다. 막막한 지평선 끝까지 불빛 한 점 반짝이지 않는다. 사막의 한복판에 사자의 그림자만 느릿느릿 느릿느릿 움직이고 있다. 세상은 정밀하게 정체되어 있다. 움직이는 그림자도 정체되어 있는 것만 같다. 그래도 사자는 쉬지 않고 걷고 있다. 달빛의 은니가 낡은 시계의 멕기처럼 벗겨지고 있었다. 아득한 시간이 사막처럼 드러나고 그 가운데서도 사자는 하염없이 걷고 있다. 시간의 사막 역시 끝간 데가 없다.

윤후명, 「돈황의 사랑」, 앞의 책

이것은 우리 근대 소설 문학사의 맥락에서 찾아보기 힘든, 의식의 심층에서 현실과 비현실이 하나로 혼융하며, '내'가 고립에서 벗어나 영원에 안기는 장엄한 서사의 한 대목이다. 「돈황의 사랑」의 중심 이미지인 '사자'는 바로 그 현실/서역, 찰나/영원 사이에 걸쳐 있는 '나'의 의식의 현실적 구현이다. 그 '사자'는

"오랜 세월 춤추는 사자에 대한 꿈을 꾸어왔던" '나'의 은밀한 욕구 속에 숨어 있던 사자이며, 강령 탈춤 속의 북청 사자이고, 신라 산예의 사자이며, 더 거슬러오르면 돈황 벽화에 나오는 사자다. '나'는 오늘의 삶을 둘러싼 세계의 근원을 추적하다가 마침내 그 뿌리가 서역에까지 뻗어 있음을 알아낸다. '나'의 삶의 정체와 근원적인 의미는 서역과의 관련을 떠나서는 생각할 수 없다.

피로에 지친 "먼 길, 긴 하루"라는 여로의 끝에서 '나'는 잠들어야 하지만, 그러지를 못한다. 그 대신에 '나'는 "아득한 길"로 눈길을 보낸다. 잠든다는 것은 영원히 찰나에 귀속하는 것이며, 삶의 일회성이라는 허무한 숙명에 굴복하는 것이다. '나'는 쉽게 잠들지 못하고, 아득한 길, 서역으로 눈길을 보낸다. 그 곳이 영원과 초월의 세계의 표상이기 때문이다. 세상의 빛을 한 번도 못 보고 아내의 자궁에서 낙태된 아이는 돈황의 유물, 북청사자놀이와 관련된 금옥, 누란의 미라, 석굴암, 공후인 등과 함께 현실 저 너머로 사라져가는 세계의 상징이다. '사자'는 사라져가는 것의 세계와 피안의 세계인 영원을 잇는 매개, 그 영원한 세계를 향해 가는 꿈의 현실태다. '내'가 오늘이라는 찰나와 이를 감싸 안은 현실이라는 거대한 카오스를 뛰어넘어, 서역이라는 영원성의 세계로 눈을 돌릴 때, '나'는 바로 그 곳, 끝 모를 사막으로 간다.

나는 늘 내가 뿌리내리지 못한 인간이라고, 그것이 못마땅해서 애달캐달해왔다. 그 얽매임이 차라리 내게는 병소였다. 나는 뿌리내림이 옳다는 고정 관념에 사로잡혀서 지난 세월 쓸데없이 한탄만 하고 있었었다. 그것이 더욱 나 자신에게 해독을 끼쳐서 삶을 속속들이 골병들게 하고야 말았었다. 뿌리내리지 않고 무지개처럼 하늘에 떠서만이 존재하는 찬연한 것도 있을 수 있음을 깨닫지 못했었다.

윤후명, 「별을 사랑하는 마음으로」, 『윤후명 수상 소설집』(문학아카데미, 1995)

작가는 어느 문예지와의 인터뷰*에서 자신의 소설이 "지금의 이 나를 과거 ·

* 『문예중앙』(1984 봄)

어느 해 겨울
공원에서 작가 박기동
(오른쪽), 시인 김창완
(왼쪽)과 담소를 나누며

현재 · 미래의 지금의 이 나"로 파악하고, "백년 동안의 삶의 고독"을 보여주려는 의도에서 씌어진다고 밝힌다. 그의 소설이 사회적 현상에 집착해 속악한 현실의 논리를 복사하거나 재현하는 차원을 벗어나 자아와 세계의 심층을 들여다보고 초월 · 영원 · 자유 같은 삶의 근원적인 진실을 추구하려는 의지에서 비롯되고 있음을 말한 것이다. 문학의 장 안에서의 현실은, 현실과는 다른 굴절된 현실이다. 이는 문학 창조 주체자의 시각에 의해 이해된, 또는 질서가 부여된 현실이다. 따라서 현실의 논리와 문학의 장 안에서의 논리가 언제나 확연하게 구분되어 다른 형태를 띠는 것은 아니다. 현실의 논리가 몸의 논리라면, 문학의 논리는 혼의 논리다. 현실의 논리는 삶의 차원에서 감성적이자 실천적이고 실체 지향적인 특성을 갖고 있으며, "지금-여기에 있음"이라는 현장성의 기반을 떠나서는 존재할 수 없는 논리다. 이에 비해 문학의 논리는 "있어야 할-삶의 차원"에서 이성적이자 반성적이고 가치 지향적이며, 현실의 모순성과 부정성을 뛰어넘는 "지금-여기에 있어야 할-삶의 차원" 즉 당위적 삶의 가능성을 찾는 이상의 논리다.

윤후명의 소설 세계에서는 찰나와 영원의 머나먼 공간 사이에 사자가 있고(「돈황의 사랑」), 현실과 이상의 괴리 사이에 새가 날고 있다(「높새의 집」). 그리고 현실—전락/꿈—비상의 대립 구도 사이에는 말(馬)이 있다(「모든 별들은 음악 소리를 낸다」). 그런데 이 말은 폐마廢馬이면서 동시에 천마天馬이기도 하다. 현실에서는 쓸모없는 말로 낙인 찍혀 경마장에서 쫓겨난 폐마이지만, 그래서 가축 사육에 필요한 음식 찌꺼기를 운반하는 데나 쓰이는 비참한 상태이지만, 다시 상상의 세계로 들어가면 그 폐마는 절망 상태에 빠져 있는 가족의 기원을 천신天神에게 전달하기 위해 하늘로 날아가는 "날개가 달린 천마 페가수스"다. 그 때 변호사라는 상류층에 속하는 신분으로 살아갈 수 있었음에도 타락한 현실 사회에 적응하지 못하고 자격 정지 상태에서 가축이나 기르다가 인생을 매듭짓는 아버지도 비로소 긍정되어, "이제 아버지의 별은 어떤 음악 소리를 내며 빛날 것인가……." 하고 받아들여진다. 이런 폐마/천마의 이중적 이미지야말로 윤후명 소설의 특성을 잘 보여준다고 하겠다.

동물의 이미지를 통해 주제를 선명하게 드러내는 수법은 윤후명만의 독특한 기법이라고 할 수는 없다. 그의 상상 세계 속에서 사자는 오늘이라는 찰나적 불모의 삶을 벗어나 영원을 향해 가고, 새와 붕은 현실의 차꼬로 말미암은 속박에서 풀려나 하늘로 자유롭게 날아오른다. 여기에 치밀하면서도 시적인 문체, 시공을 자유롭게 오가는 분방한 상상력, 재래 소설 문법에서 벗어난 자유 연상 기법으로 다양한 이야기의 켜들이 만들어지고, 그 이야기의 켜들에 다중적 의미가 스며든다. 그러나 무엇보다 윤후명의 작품들이 보여주는 가장 뛰어난 점은 인간의 비극적인 삶에 대한 관조의 눈길에 의해 드러나는 서늘한 아름다움에 있다.

윤후명은 비진정한 가치의 지배를 받는 현실이라는 껍질을 찢고, 삶의 근원을 간직한 '서역'으로 우리를 데려간다. 서역은 아마 진정한 가치가 살아 숨쉬는 세계일 것이다. 그 곳은 가슴을 아프게 하는 별리―그의 여러 소설에 나오는 이혼과 따로 떨어져 사는 아이들과의 어쩌다가의 만남을 감싸고 있는 고통스러운 애정을 상기하기 바란다.―가 없는 나라일 것이며, 죽음도 없는, 생명의 활력이 넘치는, 사랑의 나라일 것이다. 사람들은 그 곳으로 가는 길을 모를 뿐이다. 너무 오랜 세월 동안 사람들은 그 곳을 잊은 채 살아온 것이다. 윤후명의 소설은 그 곳으로 가는 길가에 세워진 이정표를 하나씩 보여주고 있다.

참고 자료

이남호, 「현실, 부재, 꿈」, 『세계의 문학』 1989 여름
김훈, 「윤후명―'돈황의 사랑'」, 『문학 기행』, 한국일보사, 1987
홍정선, 「삶의 쓸쓸함, 혹은 체험의 장엄함」, 『정통문학』 1집, 1985
권명아, 「세계로 향한 구석, 무한으로 향한 내밀(內密)」, 『작가세계』 1995 겨울
「윤후명 특집」, 『작가세계』 1985 여름

온 국민의 민주화에 대한 열망 앞에서 우리 두 사람은
백의 종군하는 자세로 하나가 되어 손잡고 우리 민족사의
지상 과제를 향하여 함께 나아가려 합니다

1983

김대중 · 김영삼 8 · 15 공동 선언

민주주의를 실현시킴으로써만이 나라의 위신과 민족의 존엄을 국제 사회에서 회복시킬 수 있습니다. 불의하고 부도덕한 정권은 남에게 얕보일 뿐만 아니라 국제 사회에서 부정과 불의를 저지르게 되는 것입니다. 지금도 계속되고 있는 쌀 도입과 관련된 추문이 그것을 밑받침하고 있습니다.

유신 정권 이래 국제 사회에서 저질러지고 있는 추태로 인하여 한국 국민이 국제 사회에서 얼굴을 들 수 없는 것도 바로 독재 정권의 현실적 존재로 인한 것입니다.

민주화로써만이 이 사회에, 지역에 내재하는 모든 불균형과 그릇된 감정을 씻어 낼 수 있습니다. 오직 민주화로써만 화해의 정치를 이룩할 수 있고 사랑의 사회를 건설할 수 있습니다. 민주화로써만 교육의 비인간화가 시정되고 야만적 고문이 영원히 청산될 것입니다. 민주화를 통해서만 자유, 정의, 진리, 양심을 지키는 모든 사람들의 고통이 치유될 수 있으며, 삼켜졌던 말을 되찾아 인간답게 말하고 살 수 있습니다.……

1980년 봄 온 국민이 한결같이 열망하던 민주화의 길에서 우리는 당시 야당 정

치인들로서 하나로 되는 데 실패함으로써 수백 수천의 민주 국민이 무참히 살상당하는 사태에 이르게 되고, 계속 국민의 수난이 연속됨은 물론 민주화의 길을 더욱 멀게 한 사태를 막지 못한 데 대한 책임을 면할 길 없습니다. 이제 국민 앞에 자책과 참회의 뜻에서, 그리고 온 국민의 민주화에 대한 열망 앞에서 우리 두 사람은 백의 종군하는 자세로 하나가 되어 손잡고 우리 민족사의 지상 과제를 향하여 함께 나아가려 합니다.

국민 여러분, 우리들의 부족하였음을 너그러이 용서해주시고 여러분의 민주 전열에 전우로 받아주시기 바랍니다. 우리 두 사람은 오로지 국민의 한 사람으로서, 국민과 함께 그 뜻을 받들어 민족과 민주 제단에 우리의 모든 것을 바칠 것을 엄숙히 맹세하는 바입니다. 그 성스러운 싸움과 승리의 현장에서 뜨겁게 만납시다.

제5공화국이 출범하면서 주요 정치인들이 정치 정화법에 묶이고 망명하거나 구속 · 연금된 상태에서 제도권에서는 한동안 '허가받은' 인사들만 '정치'에 참여한다. 따라서 당시의 정계는 겉보기에 '안정'된 채로 전두환 체제의 '태평 성대'가 이어진다. 1983년 봄, 나라 안에서 김영삼이 5 · 18 광주항쟁 3주년을 기해 단식에 들어가며 '5공 체제'에 첫 도전장을 내밀고, 나라 밖에서는 미국에 망명중이던 김대중이 신군부 정권을 비판하고 반대하는 활동에 나선다. 이윽고 양김 진영은 좀더 효율적인 정권 반대 투쟁을 위해 공동 전선을 펼치기로 합의한다. 이에 따라 8 · 15를 앞두고 서울과 워싱턴에서 두 김씨의 공동 선언이 발표된다.

1983

1월
1 정부, 50세 이상의 국민에게 해외 관광 자유화
11 나카소네 일본 총리 방한, 정상 회담에서 한국측에 차관 40억 달러를 7년에 걸쳐 제공키로 합의

2월
25 국방부, 북한의 이웅평 대위가 미그기를 몰고 귀순했다고 발표

3월
11 국가안전기획부, 미군 부대를 거점으로 활동해온 2개 간첩망 4명을 검거
12 정부, 독과점 품목 수입 자유화 방침 발표
16 최초의 한국과 미국 합작 은행인 한미은행 업무 개시

4월
9 해저 유물 조사단, 충남 태안군 태안반도 앞 해저에서 청자, 백자 등 1천여 점의 자기류 발견
18 레바논 주재 미국대사관 폭발 사고로 외교관 등 63명 사망, 130명 부상

5월
5 105명을 태운 중국 여객기, 공중 납치된 뒤 춘천의 군 기지에 불시착
30 서방 7개국 정상 회담 개최, 인플레 억제와 금리 인하 등 경제 회복 방안에 관한 선언문 채택

6월
12 청소년 축구 대표 팀, 멕시코에서 열린 제4회 세계 청소년 축구 선수권 대회에서 4강 진출
24 서방 19개국 지도자, 사회주의인터내셔널에 맞서기 위해 국제민주연합IDU 발족
30 한국방송공사KBS, 이산 가족 찾기 텔레비전 생방송 시작(~11. 14.)

8월
7 중국군 소속 MIG21기 1대가 비상 착륙, 서울·경기 지역에 공습 경보 발령

9월
1 소련 전투기, 자국 영공을 침범했다는 이유로 사할린 부근에서 항로 벗어난 KAL기 격추(탑승자 269명 모두 사망)

10월
9 버마 아웅산묘소 폭발 사건 발생, 서석준 부총리 등 17명 사망
22 서독 · 영국 · 이탈리아 · 미국 등지에서 수십만 명 반핵 시위 벌임

1980년대 문학의 '소집단' 운동

현실의 전위로 나선 동인지들

1983

1980년대 한국 문학의 양상에서 가장 두드러진 것은 동인 활동과 부정기 간행물의 융성이다. 1980년 7월 우리 문학을 실질적으로 견인하던 『창작과 비평』과 『문학과 지성』이 강제 폐간되자 문학의 탈중심화 현상이 빚어지는데, 바로 이것이 소집단 운동 확산의 직접적인 계기가 된다. 그 소집단 운동의 융성에는 "1980년대 새로운 상황에 대한 문화적 대응"(백낙청) 의지와, "기존의 문학에 대한 관념을 극복하면서 새로운 문학의 뜻을 밝히며 세우려는 이들의 노력"(정과리)이 작용했다는 지적은 너무 당연한 것이다. 그러나 한편으로 소집단 운동의 융성은 무엇보다 지난 연대에 우리 문학 운동의 역량이 부쩍 커진 것과 관련이 깊다. 그 역량이 우리 문학을 주도적으로 이끌던 두 매체의 강제 퇴출로 말미암아 생긴 공백을 메우며 소집단 운동의 형태로 나타난 것이다. 이런 흐름 속에서 기성 매체들을 압도하는 생산력을 앞세워 동인지와 부정기 간행물들이 새로운 전성 시대를 열어간다.

1980년대의 문학 현장에서 나온 주요 부정기 간행물로는 『실천문학』·『우리 세대의 문학』·『한국문학의 현단계』·『언어의 세계』·『삶의 문학』·『문학의 시대』·『공동체문화』·『지평』·『민족과 문학』·『현실시각』 등이 있다. 그리고 주요 동인지로는 『반시』·『자유시』·『열린 시』·『시운동』·『시와 경제』·『오월시』·『남민시』·『목요시』·『시힘』·『오늘의 시』 등이 있다. 1980년대에는 부정기 간행물과 시 동인지들이 이처럼 봇물처럼 쏟아지며 한국 문학의 지형을 바꿔 놓는다. 한 평론가는 이런 움직임을 한데 묶어 '소집단 운동'으로 명명하면서, 그것의 의미를 다음과 같이 설명하고 있다.

근래의 동인 운동들을 소집단 운동으로 규정하는 전제의 이면엔 그것이 일관된 문학적 이념과 형태를 지향하며 생성시키는 사람들의 모임의 활동이란 뜻이 들어 있다. 그 이념과 형태는 외부로부터 절대적으로 주어진 것이 결코 아니라, 운동자들이 운동의 과정 속에서 스스로 배태하고 튼튼하게 형성시킨 것이다. 기존의 문학에 대한 관념을 극복하면서 새로운 문학의 뜻을 밝히며 세우려는 이들의 노력은, 그것이 막연히 자기 유희에 빠지지 않는 한, 현실의 구체적인 집단과 맥락을 가진다. 문학적으로는 과거의 문학관의 한계를 넘어서서 새로운 문학관을 정립하려는 노력이지만, 사회적으로 그것은 과거의 문학관이 채 조명하지 못했거나 명료하게 디디지 못한 현실의 생활 집단에 깊이 몸담음으로써, 그 집단의 현상 안주를 의식적으로 깨뜨리고, 집단 자체 내에서 발현되고 있는 삶의 힘을 일깨움으로써, 잠재되어 있는 새로운 삶에의 지적 · 감정적 열망의 총체를 표면에 부상시켜, 사회 형성의 핵심적인 동력으로 움직이게 한다.

정과리, 「소집단 운동의 양상과 의미」, 『문학, 존재의 변증법』(문학과지성사, 1985)

1980년대의 동인 운동이 공통으로 내세우고 있는 것은 "현실에의 몸담음"이며, 이를 역사적 · 사회적 체험의 맥락 속에서 바라보겠다는 의지의 강조다. 이를테면 "시는 삶의 모든 문제와 만나는 현장이며 그렇게 해서 생겨난 자연스러운 피와 땀의 결정임에 다름아니다."(『시와 경제』), "역사 속에 처한 인간이 현재를 조명하는 데 있어서 시는 여타의 문학 언어보다 강한 명징성을 가지고 있다고 우리는 믿는다."(『목요시』), "우리는 이 시대를 살고 있다. 우리의 시는 이러한 삶이 떠올린 언어가 되어야 한다. 우리의 꿈과 정서와 상상력은 궁극적으로 우리가 살고 있는 이 땅에서 마련되는 것이다."(『자유시』)라는 말들 속에서도 그 점은 명백하게 드러난다. 이런 문학 동인 운동은 기존의 문학에 대한 방법적 쇄신, 그리고 주체적 문학의 정립이라는 숙제를 떠안게 된다. 1980년대의 시 동인 운동은 그 방법적 쇄신과 관련해 크고 작은 차이를 드러내지만, 문학과 현실을 하나로 겹쳐 보며 그 안에서 의미를 길어내 "사회 형성의 핵심적인 동력"이 되고자 하는, "현실에의 몸담음"이라는 이념 속에 하나로 수렴된다.

1980년 그 짧은 '서울의 봄'이 신군부의 발 밑에서 으깨진 뒤 암울하게 이어진 현실—악몽의 구조 속에서 자아와 세계, 현실과 전망 사이의 긴장 위에 세워진 고통스런 삶을 그러안는 것, 그것이 질곡의 시대가 시에 부여한 신성한 소임이었다고 할 수 있다. 1980년대의 우리 시문학은 첫째, 시적 생산의 유례없는 융성, 둘째, 시적인 것에 대한 인식의 확대, 셋째, 현실 인식과 그 사회적 대응의 방법론적 세련화와 다양성의 확보, 넷째, 물신화된 문학주의라는 자기 구속성으로부터의 해방 같은 성과를 거둔다. 이런 성과의 대부분은 시 동인 운동의 활성화와 직접적으로 관련되어 있다.

동인지는 기본적으로 "기존의 문학적 기구(신문 · 잡지 · 단행본)에 쉽게 뚫고 들어갈 수 없는 시인들이 하나의 집단을 이뤄 그 집단성으로 기존의 문학적 세력에 대항"하는 매체다.*

1980년대에 동인지들이 봇물을 이룬 것은 시적 생산력이 엄청나게 늘어났지만 이를 수용할 만한 기성 매체는 턱없이 부족한 상황이 이어진 것과 관련이 깊다. 간행물 규제에 묶여 문학 매체의 출현이 원천 봉쇄된 매우 부자연스럽고 기이한 상황이 시 동인지의 잇단 출현을 낳은 배경이 되었다는 뜻이다. "재야 차원의 매체 개발 의지"가 그 봉쇄의 틈을 뚫고 생산력과 발표 지면 사이의 불균형을 해소하며 하나의 큰 흐름을 일궈낸 것이다. 아울러 동인지는 단순히 발표 지면의 확보라는 측면뿐 아니라, 비주류 소집단에 의한 새로운 문학 운동의 토대가 되어 기존의 문학에 충격을 주는 다양한 논의의 장을 열어가는 구실을 담당하기도 한다. 이런 까닭에 김명인은 동인지가 "문학 상업주의와 대결하는 전위"이며, "실험 정신의 요람과 진원지"라고 말한다.**

동인지 문학 운동은 일찍부터 한국 현대 문학사에서 하나의 물줄기를 이룬 것이기도 하다. 일제 강점기인 1921년에 '자유시의 선구'라는 부제를 달고 나온 『장미촌』은 본격적인 동인지 운동의 효시로 꼽힌다. 워낙 발표 지면이 부족한 상황에서 나온 동인지는 『장미촌』을 거쳐 『금성』에 와서 더욱 구체적인 형태를 드

본격적인 동인지 운동의 출발점이 된 1920년대의 시 전문지 『장미촌』

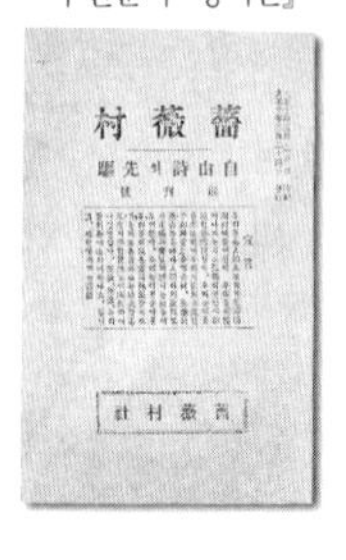

1983

* 손진은, 「동인지의 의미와 점검」, 『현대시』(1997. 9.)
** 김명인, 「'반시', 시대와 삶의 언어」, 『현대시』(1997. 9.)

러낸다. 『금성』은 동인들의 발표 욕구를 충족시킬 뿐 아니라 이장희 · 김동환 같은 뛰어난 신인들을 내놓아 기존의 문단에 '새로운 피'를 대기도 한다. 또 동인들이 공동 출자 형식으로 발간 경비를 충당하고 소수의 정선된 독자들을 상정한 것 등은 이윽고 동인지 발간의 관행으로 자리잡는다. 1930년대에는 『시문학』 · 『시인부락』 · 『3 · 4문학』 · 『학』 등이 기존의 순문예지에 버금가는 활동을 보여준다. 1950년대에는 1930년대에 일어난 모더니즘 운동의 성과를 받아들이고 그 기법과 감각을 이으려고 한 『후반기』가 대표적인 동인지로 떠오른다. 이 밖에 『죽순』 · 『낭만파』 등도 여러 시인의 발표의 장이 되면서 기억에 남을 만한 활동을 펼친다.

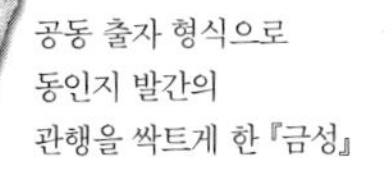
공동 출자 형식으로 동인지 발간의 관행을 싹트게 한 『금성』

동인지 문학의 전범을 보인 1930년대 동인지 가운데 하나인 『3 · 4문학』

1960년대에는 많은 시인이 참여하며 동인지들이 성황을 이룬다. 구자운 · 박재삼 · 박희진 · 성찬경 등이 주도한 『60년대 사화집』, 내면 탐구 경향의 시를 유행시킨 이승훈 · 박의상 · 이유경 · 김종해 · 이수익 · 정진규 · 오세영 · 이건청 등이 참여한 『현대시』와 『사계』 등이 1960년대를 대표하는 동인지들이다. 특히 『현대시』는 기교주의와 애매성에 빠져 시를 난해하게 만들었다는 비판도 받지만 언어에 대한 천착과 개성적 실험, 시의 방법 의식을 심화시키며 내면성 지향의 순수시를 1960년대 문학의 주류로 끌어올린다.

황동규·박이도·김주연·김현·정현종·김영태 등이 주도한 1960년대의 대표적 동인지 『사계』

1970년대에 접어들며 우리 문단에는 동인지가 문학 활동의 중요한 토대라는 인식이 넓게 퍼진다. 당시의 중요한 시인들이 적지 않게 동인지 운동에 참여했다는 사실이 이를 입증한다. 『반시』와 『자유시』가 1970년대의 문단을 주도한 신인 그룹이며, 이 밖에 『70년대』 · 『적과 적』 · 『한국시』 · 『신감각』 · 『육성』 · 『시법』 등이 나온다.

1980년대에 들어 동인지 운동은 '무크'라고 하는 소집단에 의한 부정기 간행물 형식의 출판물이 폭발적으로 늘어나며 절정기를 맞는다. 1980년대에는 이념 · 지역 · 세대를 축으로 하는 다양한 소집단 운동이 활기를 띠고, 상업 출판사의 지원을 받기도 하는 등 동인지의 위상 자체가 예전과 달라진다. 이와 같은 전성기에 주목할 만한 활동을 펼친 동인지로는 『시운동』·『시와 경제』·『오월시』·『열린 시』 등과 1970년대부터 역량을 쌓아온 『반시』 등을 들 수 있다. 1990년대에 접어들며 동인지 활동은 차츰 위축된다. 이는 무엇보다 정치 사회적 상황의 변화와 함께 지면이 엄청나게 늘어났기 때문인 것으로 여겨진다. 이 시기에는 『시운동』 2기와 『21세기 전망』·『슬픈 시학』 등의 활동이 겨우 눈에 띌 뿐이다.

1990년대에 나온 '21세기 전망'의 동인 시집 『떠나는 그대 눈부신 명상입니다』

『실천문학』

1983

1970년대에 주요 비평 담론을 형성하던 '창비'와 '문지'가 한꺼번에 사라지자 새로운 시대의 문학인들은 『반시反詩』 동인을 모델로 삼아 동인지를 펴내며 저희의 위치를 다진다. 그러나 동인지 활동이 어쩔 수 없이 안고 있는 개별성과 고립성 때문에 그들은 좀더 문학적 지반을 넓히고 폭넓은 독자층을 확보하기 위해 이윽고 잡지라는 돌파구를 필요로 하게 된다. 이런 필요성에 부응해 나온 것이 무크(Mook, 잡지Magazine와 단행본Book의 영문자를 합성한 조어로 부정기 간행물을 가리킴)인데, 가장 먼저, 그리고 가장 뚜렷한 성격을 보이며 나온 무크가 바로 『실천문학』이다. 『실천문학』은 1980년 4월 비상 계엄 체제하에서, 더구나 문학의 현실 참여라는 당시로서는 위험하고도 불온한 주장을 들고 나온다. '자유실천문인협의회'의 회원인 소설가 박태순과 『동아일보』 해직 기자 출신으로 출판사 '전예원'의 대표인 김진홍이 무크를 발간해 그 수입으로 반체제 운동을 하다가 구속된 문인들을 돕고 민주화 운동에 필요한 자금을 조달하자는 데 뜻을 모음으로써 탄생한 것이 『실천문학』이다. 『실천문학』은 처음에 동인지 성격의 부정기 간행물로 선을 보인다. 창작 동인이 아니라 편집 동인 체제라는 것이 『실

계엄 체제 아래서 문학의 현실 참여를 주장하며 나온 『실천문학』 창간호

천문학』의 특징 가운데 하나다. 『실천문학』은 비록 동인 체제로 꾸려졌으나 그 때까지의 동인지들과는 달리 우리 문단을 주도하겠다는 의욕과 앞 세대의 두 계간지를 비판적으로 극복하겠다는 의지를 강하게 표명한다.

『실천문학』 창간호 표지 문제를 놓고 박태순과 『동아일보』 해직 기자 출신인 박병서 사이에 소란이 인 것은 이 무크의 노선과 무관하지 않다. 박태순이 의도한 『실천문학』의 빛깔과 어울리지 않게 박병서는 창간호 발행을 앞두고 "여학생 취향에나 맞을 성싶은 야들야들한 디자인을 선택"(김병걸)한다. 이로 말미암아 두 사람 사이에 심한 언쟁이 벌어지는데, 결국 박병서가 제안한 표지는 파기되고 새로 만든 표지로 창간호가 발행된다.

『실천문학』은 1980년대 중반에 이르러 정기 간행물로 다시 창간된다. 그 얼마 전에 '자유실천문인협의회' 회원들은 따로 출판사를 세워 '전예원'에서 나오던 무크 『실천문학』을 정기 간행물로 펴내자는 데 뜻을 모은다. 이에 따라 『실천문학』의 정기 간행물 등록과 독립 출판사 등록이 추진되는데, 여기에는 당시 '김대중 내란 음모 사건'에 연루되어 옥살이를 하고 나온 소설가 송기원에게 일자리를 마련해주자는 뜻도 들어 있었다. 1985년 2월 6일 드디어 『실천문학』이 정기 간행물 등록을 마친다. 잡지는커녕 출판사 등록도 봉쇄되어 있다시피 하던 당시의 상황에 비추어보면 이는 기적 같은 일이었다. 『실천문학』의 정기 간행물 등록은 문공부와 실천문학사 사이의 대화 창구로 나선 염재만 한진출판사 주간과 성기조 '예총' 사무 총장의 중재가 주효한 결과였다. 계간 『실천문학』은 최원식 · 성완경 · 이건용 · 오종우 · 채희완 · 이장호 등을 편집 위원으로 내세우고 고은과 박태순을 편집 고문으로 삼아 1985년 봄 창간호를 펴낸다. 그러나 계간 『실천문학』은 창간호를 내놓은 지 두 달 만에 폐간 명령을 받고 난파되는 불운을 겪는다.

1984년부터 추진된 정부의 이른바 '자율화 정책'은 이듬해인 1985년에 급전하게 된다. 5월로 접어들자 정부는 이념 서적을 금서로 규정해 다시 압수하기 시작한다. 8월에는 『민중교육』을 펴낸 문인 교원들에 대한 형사 처벌이 단행되더니, 급기야 이와 연계해 『실천문학』을 등록 취소하기에 이른다. 당초의 발행 목적을 어겼다는 것이 정부 당국이 밝힌 등록 취소 이유였다. 즉 등록할 당시에 내세운 "문학과 예술 부문의 창작품을 게재하여 문화 창달과 예술 발전에 기여한다."는 목적과 달리 통권 2호를 발행하는 동안 정치 · 경제 · 사회 문제를 다루었다는 것이다. 『실천문학』은 이렇게 받아들이기 어려운 이유로 강제 폐간 조치를 당하며, 곧바로 '실천문학사'의 송기원 주간과 『민중교육』의 집필진인 김진경 · 윤재철 시인이 구속되고 20여 명의 교사들이 무더기로 해직된다. '『민중교육』지 사건'으로 불린 이 사태가 진행되는 동안 서울 서대문우체국 뒤편의 충정로 동사무소 옆에 있던 당시의 실천문학사 사무실은 기자 회견장과 항의 농성장으로 변해 연일 사람들로 북적댄다.

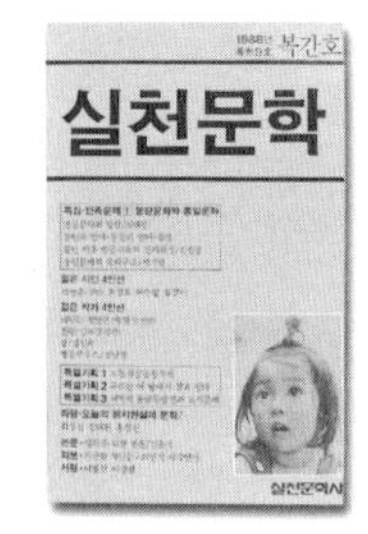

1988년에 계간지로 다시 나온 『실천문학』 복간호

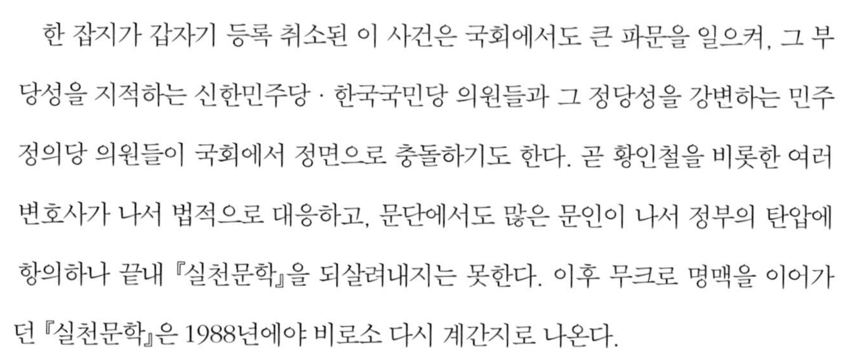
한 잡지가 갑자기 등록 취소된 이 사건은 국회에서도 큰 파문을 일으켜, 그 부당성을 지적하는 신한민주당 · 한국국민당 의원들과 그 정당성을 강변하는 민주정의당 의원들이 국회에서 정면으로 충돌하기도 한다. 곧 황인철을 비롯한 여러 변호사가 나서 법적으로 대응하고, 문단에서도 많은 문인이 나서 정부의 탄압에 항의하나 끝내 『실천문학』을 되살려내지는 못한다. 이후 무크로 명맥을 이어가던 『실천문학』은 1988년에야 비로소 다시 계간지로 나온다.

『실천문학』이 다른 어느 잡지보다 심한 탄압을 받은 이유는 그 진보적 이념성 때문이다. 『실천문학』은 주로 진보적 민족 문학 진영의 문학인들에 의해 내용이 채워지고 창간 취지에서도 알 수 있듯이 문학의 현실 참여와 실천을 주장하며 일관되게 민중 문학 이념을 선도한다. 물론 민중 문학은 이전에도 있던 것이지만, 1980년대 이전의 민중 문학은 지식인이 주도하는 양상에서 거의 벗어나지 못한다. 그러던 것이 1980년대에 노동 · 농민 · 도시 빈민 운동 등이 급속히 발전하면서 민중 스스로 저희의 방식으로 현실을 인식하고 실천에 나섬에 따라 민중 문학에도 새로운 힘이 실린다. 이제는 민중 스스로 주체가 되어 저희의 생활과 현실을 형상화할 수 있으며, 나아가 문학을 통해 현실을 변혁 · 개조할 수 있다고 믿게 되는 것이다. 바로 이 믿음의 선봉에 서 있던 것이 『실천문학』이다. 『실천문학』은 문학의 운동성과 정치성을 바탕으로 민중 의식을 고취하고, 기존의 지식인 문학에 도전해 문학의 민주화를 일궈내는 성과를 거둔다. 그러나 이념과 구호가 곧 좋은 문학을 담보하는 것은 아니다. 따라서 일각에서는 누가 누구인지 모를 외침의 상투성과 선동성, 이념 경도, 문학성과 대중성 확보 실패 등을 들어 『실천문학』을 비판하기도 한다.

『반시反詩』

철저히 현실에 바탕을 둔 시적 상상력을 추구한 『반시』. 김창완·김명인·김성영·이동순·정호승 등이 참가한다.

우리가 옹호하는 시는 언제나 삶의 문제에 귀일하는 것이고, 시의 바탕은 삶과 동일성으로 이해될 수 있으므로, 우리의 시는 잊혀져가는 사람들이 살아가는 사회 속에서 개성과 자유의 참모습을 되찾아내어 그것을 사랑의 위치로 환원시키는 일이며, 다수의 삶이 누려야 할 당연성을 옹호하는 일이다. 아울러 우리의 시는 민족의 애환을 함께 하며, 역사의 소용돌이 속에서 찢겨버린 조국의 아픈 상처와 비장감을 어루만지는 데에 있다. 또한 우리의 시는 모든 관계의 이질감으로부터 동질감을 획득하는 데에 있고, 시인과 시인이 아닌 자의 구분을 지양하는 데에 있다. 이러한 우리들의 신념이 『반시反詩』—결코 반소설이나 반연극 등에서 보이는 바의 상대적 개념으로서의 의미가 아닌—라는 이름으로, 민중의 차원 속에 동화되지 못한 오만한 언어에 대하여, 시의 본질인 정신보다는 수단일 뿐인 언어 세공에 대하여, 우리가 살아 온 역사의 맥락으로부터 이탈해버린 관념적 세계성에 대하여 부정의 입장에 서고자 하는 것이다.*

『반시』는 "시와 삶의 동질성 회복"이라는 뚜렷하고 단일한 명제를 내세워, 다양화라는 명분 때문에 오히려 몰개성으로 치달을 수 있는 다른 여러 동인지 가운데 우뚝 서게 된다. 철저히 현실에 바탕을 둔 시적 상상력을 추구한 『반시』 동인들은 1980년대를 풍미한 민중시의 흐름에 커다란 영향을 미친다. 『반시』 동인들은 시와 삶의 동질성을 회복하는 데 걸림돌이 되는 것으로 자연미 또는 정서적

* 『반시』, 창간호(1976)

영탄에 치우친 무기력하고 수동적인 언어, 난해시와 사회 의식이 결여된 시, 그리고 상업 문예지의 횡포 등을 꼽는다. 그들은 이런 폐해를 극복할 대안으로 동인지 활동의 당위성을 부각시킨다.

『반시』는 1976년에 처음 나오며, 창간 동인으로는 김창완 · 김명인 · 정호승 · 김성영 · 이동순이 참여한다. 이후 1984년 8집을 내기까지 몇몇 동인이 나가고 들어오는데, 이동순 · 김성영이 나가고 권지숙 · 이종욱 · 김명수 · 하종오 등이 새로 들어온다. 이들 중에서 정확한 현실 이해에 바탕을 두고 소외된 삶을 서정적인 언어로 감싼 김명인, 향토적 서정주의를 바탕으로 노동의 의미를 노래한 김창완, 등단 당시의 빼어난 감수성이 현실과 부딪치면서 상당한 변모를 보인 김명수, 반복되는 리듬과 시어 운용 능력이 뛰어난 정호승, 전통적인 시 형태를 개발하려고 애쓴 하종오 등이 주목을 받는다.

주로 민중의 현실과 역사에 눈길을 준 이들은 5집 『우리들 서울의 빵과 사랑』, 8집 『반시反詩의 시인들』 등에서 과감하게 잡지 편집 체제를 도입해 새로운 방향을 모색하기도 한다. 『반시』는 "시대의 현실에 대한 통렬한 관심과 예리한 언어감각을 올바르게 결합시키는 데 성공"(염무웅)했다는 평가를 받는다. 『반시』 동인들은 우리 현대시의 구조적 병폐와 관련된 문제 의식을 공유한 채 작품을 통해 구체적으로 이를 극복하려고 애쓴다. 이런 노력은 현대시의 난해성을 씻어내고 개인의 자유, 상호 유대와 화해, 인간 존엄이라는 이상 실현을 위한 공동선 추구 등으로 나타나 우리 시에 건강성을 불어넣는다.

『자유시』

『자유시』는 1976년 4월 박정남 · 박해수 · 이경록 · 이기철 · 이태수 · 이하석 · 정호승 등 여덟 명의 젊은 시인이 결성한 동인지다. 『자유시』 또한 창간호에 참여한 정호승이 『반시』로 옮겨가고 강현국과 서원동이 새로 들어오며, 이경록 시인의 요절과 유일한 여성 시인 박정남의 탈퇴 등으로 동인 구성의 변화를 겪는다. 『자유시』 동인은 "모든 사물, 모든 구조, 모든 기능으로부터의 자유"라는 명제를 내걸고 출발한다. 그들이 내세운 자유는 참여 문학이 주장하는 문학의 사회적 책임으로부터의 자유이지만, 문학의 사회적 책임을 무조건 외면하겠다는 뜻은 아니고, 사회성의 지나친 강조가 불러오는 문학의 경직성으로부터 벗어나겠다는 선언적 의미를 담고 있다. 이런 집단주의의 거부, 개인성의 존중이 『자유시』 동인의 공동 이념이라고 할 수 있는데, 이들은 어떤 논리로도 서로 시 세계를 구속하지 않고 동인 각자의 개성에 따라 현실에 대해 다양한 시적 응전 태도를 보인다.

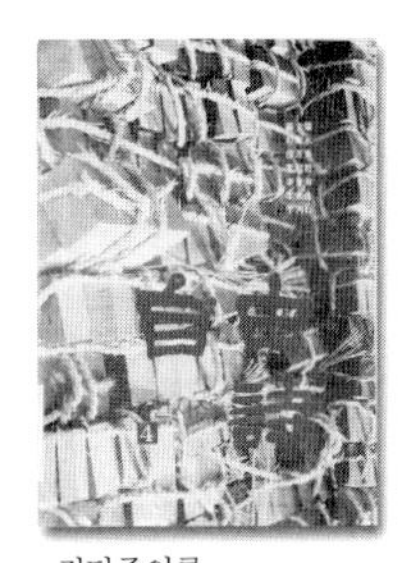

집단주의를 거부하고 동인 각자의 개성을 존중한 『자유시』

『자유시』는 이념적 결속력보다 '대구'라는 지역성에 기반을 둔 까닭인지 동인의 변동이 잦다. 그러나 이는 『자유시』가 집단주의적 함정에 빠지지 않고 개성과 개인의 자유를 중시한 결과로 볼 수도 있다. 따라서 『자유시』의 성과는 새로운 에콜의 형성보다는 동인 각자의 작품으로 나타난다. 시를 고통의 언어라고 생각한 『자유시』 동인들은 현실 속의 삶이 상실한 것, 삶의 왜곡상을 개인의 체험을 통해 반성하며 그 부정성을 시적 전언으로 담아낸다. 이들은 현실의 질곡이나 모순에 맞서 격앙된 어조로 사회 의식이나 현실 참여를 주장하기보다는 그것을 내면화해 다시 한 번 언어로 굴절해 표현하는 간접 화법을 선택한다.

이하석은 분석적이고 객관적인 시선으로 도시 산업 사회가 안고 있는 물신화나 인간 소외 같은 부정적 징후를 드러낸 시인이다. 환상적인 언어미를 추구한 이태수는 삭막한 현실과 상상력을 버무려 일그러진 환상 세계를 보여준다. 이동순은 『자유시』 동인 가운데 드물게 역사 의식으로 리리시즘을 뒷받침한 시인이다. 이 밖에 고도의 기교로 짙은 서정성과 독특한 유미주의를 선보인 이기철, 엄격한 언어론자의 면모를 보여준 이경록 등이 『자유시』를 통해 부각된다.

동인지 창간호에서 "시는 자유로와야 함을 우리는 믿고 있다. 모든 것에로의 자유, 혹은 모든 것으로부터의 자유, 우리는 시가 자유로우면 그만큼 언어도 자유로우리라는 기정 사실을 믿는다."고 밝힌 바 있는 이들은 1977년에 2집을 내놓은 뒤 꼭 1년 간격으로 4집까지 내고, 이태를 거른 다음 1982년과 1983년에 5집과 6집을 낸다.

『목요시』

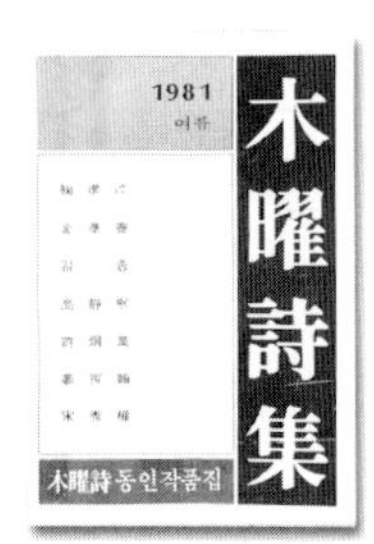

광주를 지역 거점으로 삼은 시인들이 모여 만든 '목요시' 동인의 작품집 『목요 시집』. 일상적 종합성을 추구한 것으로 평가된다.

1983

『목요시』는 '광주'를 지역 거점으로 삼은 시인들이 모여 만든 동인지다. 이들은 "시인은 가수도 정치가도 아니다. 시인은 다만 운율 있는 언어로 자기의 성을 구축하는 언어의 주인일 뿐이다. 주제가 없이 도도히 범람하는 현란한 의상과 공허한 핏대를 똑같이 우리는 배격한다."는 선언과 함께 출발한다. 『목요시』 동인은 두 가지 시적 태도를 경계한다. 첫째는 "현란한 의상"으로 비유되는 시인데, "언어를 위한 언어의 놀이"로 규정된 이 시작 태도는 "상업적 장인주의"로 배격된다. 둘째는 "공허한 핏대"로 비유되는 상투적 참여시인데, 『목요시』 동인들은 이를 또다른 상업주의로 평가한다. 이들은 이 두 극단주의를 지양하고 "올바른 주제와 아름다움이 있는 참다운 시"를 쓰겠다는 건강한 자기 성찰의 자세로 동인지를 출범시킨다. '참다운 시'라는 개념은 새로움에 대한 도전, 개성을 획득하기 위한 몸부림으로 받아들여야 하는 것인 만큼, 모든 시인에게 커다란 관심사가 될 수밖에 없지만 아울러 몹시 풀어나가기 어려운 문제이기도 하다.

『목요시』 동인들의 '참다운 시'를 위한 노력은 1979년 가을부터 거의 해마다 한 권씩 동인지를 세상에 내놓는 것으로 결실을 본다. 『목요시』는 1986년 가을에 6집이 나오는데, 이 동인지의 특징을 굳이 들자면 종합성의 추구라고 할 수 있다. 『목요시』에 동인으로 참여한 시인들은 '참다운 시'를 소시민적 중산층의 일상 의식에 비판적 현실 인식을 덧댄 일상적 종합성의 추구에서 길어낸다.

동인 가운데 강인한은 평범한 일상에서 발견되는 경이적인 진실과 감동을 추구한 시인이다. 송수권은 전통 가락을 현대적으로 이어받아 겨레의 한과 비애를 빼어난 서정성으로 녹여내며, 고정희는 날카로운 현실 인식과 기독교적 상상력을 버무려 팽팽한 긴장의 시를 토해낸다. 이 밖에 특별한 기교나 소재 없이 평이함 속에서 현실 응시의 자세를 보여준 국효문, 남성적인 강건한 어조에 곁들인 서정성으로 현실을 폭넓게 아우르며 1970년대를 대표하는 민중 시인으로 부각된 김준태, 따뜻한 일상의 편린들을 진솔하게 드러낸 허형만 등 호남 시단의 주축을 이룬 여러 시인이 『목요시』 동인으로 참여한다.

『열린 시』

『열린 시』 동인은 1980년 3월 '부산' 지역에 거주하는 젊은 시인들에 의해 결성된다. 강영환 · 박태일 · 엄국현 · 이윤택 등이 창간 동인으로 참여한 『열린 시』는 2집에 강유정이 가담하며 동인 구성이 마무리된다. 『열린 시』는 2집 발간 이후 고유성을 지킨다는 이유로 새 동인을 받아들이지 않는 폐쇄성을 보이기도 한다.

부산 지역에 거주하는 젊은 시인들이 모여 만든 『열린 시』. 박태일·엄국현·이윤택·강영환·강유정 등이 참가한다.

『열린 시』 동인을 묶어주는 것은 '열림'과 '다양성'에 대한 집착과 옹호다. "시는 개인적 사유에서 출발한다."는 공동의 시적 이념을 내세운 『열린 시』는 시와 현실에 대해 '열린' 태도를 지향한다. 이들이 도식적 민중주의를 거부한 것도 그것이 시인의 발랄한 개성을 억압한다고 여겼기 때문이다. 『열린 시』 동인 사이에 '다양성'은 엄연히 존재한다. 이들이 보여주는 여러 갈래의 현실 탐색과 그것의 방법적 드러냄은 다양성 속에서 동인이라는 시적 이념의 구속성과 상관없이 자유롭게 발현된다.

"바라보는 광장 의식의 구도미"* 라는 개성을 보여준 강영환, 일상성을 관조하며 그 속에서 초월 의지를 길어내어 선적禪的 미의식을 보여준 강유정, 역사 속에서 주체가 되지 못한 이의 내면을 한국적 리듬과 서경적 이미지를 통해 포착한

* 이윤택, 「시에 있어서의 '다양성'과 열림」, 『해체, 실천, 그 이후』(청하, 1988)

박태일, 투명한 순결성으로 말미암아 현실에 상처받고 은둔하는, 그러나 다시 그것의 극복으로 나아가는 엄국현, 블랙유머로 엄숙주의를 질타하고 중산층의 허위 의식과 도시적 일상성을 일상 화법의 극적 구조 속에 끌어들이려고 애쓴 이윤택 등이 『열린 시』의 동인들이다.

반성하는 중간층의 세계관을 대변한 이들은 극단적 파탄의 징후를 드러내며 '막 가는' 현실과 시적 사유의 긴장을 팽팽하게 유지하지 못하고, 자기 완결적 폐쇄성과 소극적 기교주의에 머물렀다는 비판을 받는다. 『열린 시』는 '닫힌' 사회에서의 유토피아가 되겠다고 선언하지만, 시적 실천에서는 막상 괴리를 드러낸다. 바로 이런 이유로 말미암아 이들의 시 의식과 상상력이 현실과 역사에 대해 '열려' 있지 못하고 오히려 '닫혀' 있다는 비판도 어느 정도 설득력을 얻는다.

"문학은 결코 몸담음의 형식이 아니다. 언어를 매개로 하는 한 문학은 현실의 바깥에 존재하려는 노력이며, 그 노력에 대한 절망이며 절망하지 않기 위해서 부르는 현실에 대한 연가이어야 한다. 말하자면 문학은 방법적 삶이라는 것이다."라는 선언에 따르면 이들의 시의 입지는 "현실의 바깥"이다. 시의 입지를 "현실의 바깥"에 둠으로써 얻어지는 효과는 현실과 시적 자아 사이의 거리다. 그 거리 때문에 이들의 상상력은 현실 속에 맹목적으로 함몰되지 않고, 이들의 시는 현실에 대한 방법적 관여의 한 형식으로 남을 수 있게 된다. 『열린 시』는 동인지로서의 이념적 결속력이 그리 강하지 않음에도 1987년까지 10권이 나온다.

『시운동』

"현실에의 몸담음"이라는 1980년대 문학의 전체 맥락 속에서 젊은 시인 집단인 『시운동』 동인의 작업은 독특하고, 아울러 예외적이다. 1980년대에 들어 온통 현실 변혁을 외치는 민중주의 문학이 득세하는 가운데 '신화'와 '상상력'을 들고 나온 『시운동』은 우리 시단에서 하나의 이단으로 불린다. 『시운동』에 참여한 이들은 "시는 삶의 현장인 동시에 꿈의 실현이고, 예술인 동시에 현실인 것이다." 라고 말한다.

『시운동』이 1980년대의 시적 새로움으로 받아들여진 것은 동인들의 화려한 신화적 · 신비적 · 현실 유영적 시들이 새로운 모더니즘의 징후였기 때문이다. "선택받은 프로 문사"로 대학 재학 시절부터 이름을 알린 이 동인지의 시인들은 대부분 화려하고 섬세한 수사학의 명수들이다. 그러나 이들의 작품은 현실과 동떨어져 고립된 채 순수 상상력의 세계만을 고집스럽게 추구함으로써 시적 한계를 드러내고 있다.

자리를 함께 한 『시운동』 동인들. 왼쪽부터 하재봉·류시화·남진우·박덕규.

1980년대 시의 주류로부터 일정한 거리를 두고 자유로운 상상력에 의한 시 세계를 구축해온 『시운동』의 작업은 민중 문학 진영의 비평가들로부터 "개꿈"이니 "외계인의 상상력"이니 하는 식으로 집중 포화를 맞는다. 『시운동』 동인들에게 가해진 가장 폭력적인 비판은 이들의 시를 "부끄러움의 부재"로 이해한 채광석의 비판이다. 채광석은 "이들에게서 일견 현란하고 일견 아름다운 무엇이 발견된다 하여도 그것은 나약한 정신 분열증의 소산에 불과하며 인간다운 삶에의 참다운 고행의 소산과는 무관한 것이다. 시는 자기 완결적 폐쇄 구조에 갇힌 공깃돌이 아니라 총체적 삶의 각 부분간의 살아 있는 관계 및 진정한 통합을 거듭 새롭고 끈질기게 추구하는 노동의 결과여야 하기 때문이다. 따지고 보면 1970년대의 일군의 상상력사들이 금박을 입혀 퍼뜨린 일종의 중금속 오염인 상상력의 마술이 종당에는 극도로 자기 폐쇄적인 '신통술'의 공해병을 일으킨 일면도 간과할 수는 없을 것이다. 섣부른 중도 통합론은 언제나 도피자의 온상으로 귀결됨을 우리는 얼마나 더 보아야 한단 말인가. 문학적 상상력은 '순수한' 상상력을 낳고, 이것은 신통술을 낳고, 이것들은 외계인을 동반하고, 외계인은 '공중의' 상투성 · 천지 조화의 요술을 낳"는다며 『시운동』 동인들의 시를 정신 분열증의 소산으로, 이들의 문학을 '신통술'의 공해병을 가져오는 문학 오염원으로 매도한다.* 급진적 좌파 비평가인 채광석의 눈에 『시운동』의 신화에 바탕을 둔 상상력으로 빚어낸 미궁과 신비주의의 시 세계는 퇴폐적이며 퇴영적인 그 무엇으로 비친 것이다.

『시운동』은 1980년 12월에 1집이 나오고, 1981년 6월에 2집 『꿈꾸는 시인』, 11월에 3집 『그리고 우리는 꿈꾸기 시작하였다』, 1982년 6월에 4집 『그 저녁 나라로』가 나온다. 이문재 · 하재봉 · 남진우 · 박덕규 · 안재찬 · 이륭으로 구성된 『시운동』 동인은 다른 어떤 소집단보다 왕성한 시적 생산력을 보인다. 남진우를 빼고는 초기 동인들이 모두 경희대 국문과 출신으로 이루어진 것도 『시운동』의 한 특징이다.

민중주의 문학이 득세하는 가운데 신화와 상상력의 깃발을 들고 나온 '시운동'의 세 번째 동인 시집 『그리고 우리는 꿈꾸기 시작하였다』

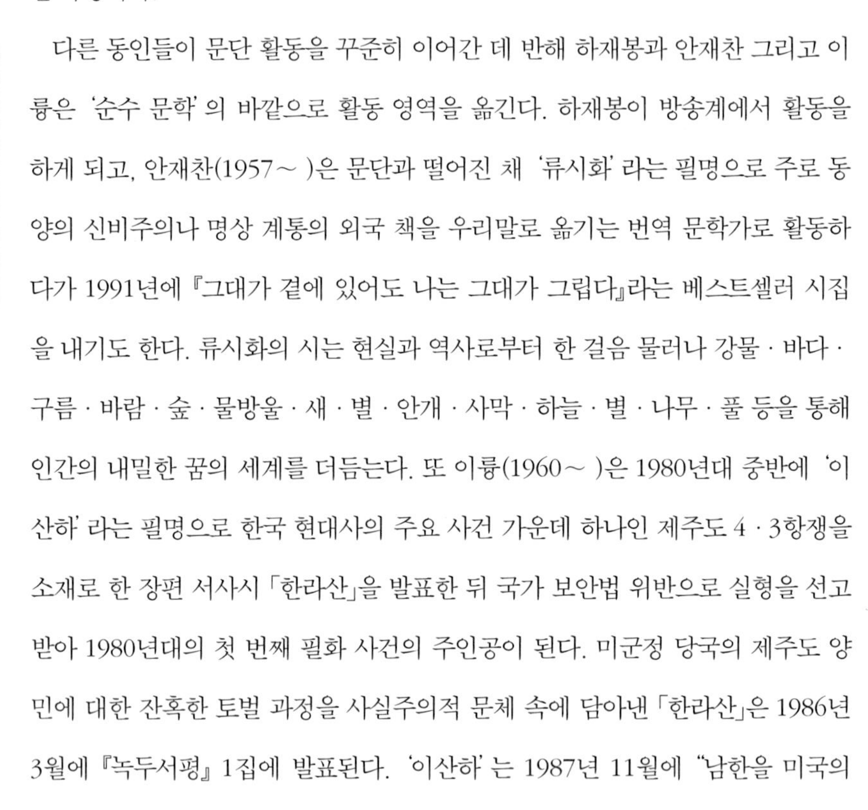

다른 동인들이 문단 활동을 꾸준히 이어간 데 반해 하재봉과 안재찬 그리고 이륭은 '순수 문학'의 바깥으로 활동 영역을 옮긴다. 하재봉이 방송계에서 활동을 하게 되고, 안재찬(1957~)은 문단과 떨어진 채 '류시화'라는 필명으로 주로 동양의 신비주의나 명상 계통의 외국 책을 우리말로 옮기는 번역 문학가로 활동하다가 1991년에 『그대가 곁에 있어도 나는 그대가 그립다』라는 베스트셀러 시집을 내기도 한다. 류시화의 시는 현실과 역사로부터 한 걸음 물러나 강물 · 바다 · 구름 · 바람 · 숲 · 물방울 · 새 · 별 · 안개 · 사막 · 하늘 · 별 · 나무 · 풀 등을 통해 인간의 내밀한 꿈의 세계를 더듬는다. 또 이륭(1960~)은 1980년대 중반에 '이산하'라는 필명으로 한국 현대사의 주요 사건 가운데 하나인 제주도 4 · 3항쟁을 소재로 한 장편 서사시 「한라산」을 발표한 뒤 국가 보안법 위반으로 실형을 선고받아 1980년대의 첫 번째 필화 사건의 주인공이 된다. 미군정 당국의 제주도 양민에 대한 잔혹한 토벌 과정을 사실주의적 문체 속에 담아낸 「한라산」은 1986년 3월에 『녹두서평』 1집에 발표된다. '이산하'는 1987년 11월에 "남한을 미국의 식민지 사회로 파악하고, 무장 폭동을 민족 해방을 위한 도민 항쟁으로 미화하

* 채광석, 「부끄러움과 힘의 부재」, 『한국 문학의 현단계 Ⅱ』(창작과비평사, 1983)

며, 인공기를 찬양하는 등 북한 공산 집단의 활동에 동조했다."고 구속 기소되어 1심 재판에서 1년 6월의 실형을 선고받고 안양교도소에서 복역중 1988년 10월 3일 개천절 특사로 풀려난다.

1980년대의 유례없는 시적 생산의 팽창 속에서도 『시운동』 동인들의 화려한 신화적 · 신비적 · 현실 유영적 시 작업은 돌올하게 솟아 있다. 그러나 1980년대 내내 『시운동』 동인들이 보여준 사물의 자아화, 환상적 이미지의 추구, 미답의 신화 영역의 탐색, 초현실적 세계 체험의 시적 형상화는 비평적 홀대를 감수해야만 한다. 『시운동』 동인들의 시 작업에 대한 중세 암흑기의 이단 종파에 대한 가혹한 종교 재판과 같은 비평적 폭력은 1990년대에 들어서면서 사라진다. 초기의 하재봉 · 안재찬 · 박덕규 · 남진우 등이 보여준 탄력적 상상력과 이미지의 연금술로 빛나는 천진한 신화의 시편들로부터 장정일 · 박기영 · 황인숙 등이 가담하면서 나타나는 해체와 신서정의 시편들까지 『시운동』 동인들의 작업은 1980년대 한국 시의 유의미한 개성으로 자리매김된다. 『시운동』에 의해 그 가능성이 탐구된 도시시와 일상적 초월시 등도 1990년대의 시에 어떤 방향을 계시한 바 있다. 『시운동』의 일관된 주관적 자아 중심주의에 의한 시적 생산은 1980년대의 문학 공간에서 일정한 지분을 배당받아야 마땅할 것이다.

『시와 경제』

1980년대의 한국 시가 거둔 가장 큰 성과 가운데 하나는 개체적 삶에 고통과 불행을 가져오는 모순과 파행의 현실과 당당하게 맞서는 사회적 응전으로서의 시학을 정착시킨 것이다. 1980년대에 한국 시는 상징과 난해의, 자폐적 · 비의적 밀실의 언어에서 대중의 현실 변혁 열망을 수렴하는 공감과 열광의, 광장의 언어로 자리를 옮기는 큰 흐름을 탄다. 역사에 대한 배반과 환멸을 경험한 뒤 한국 시는 현실 변혁 운동의 이데올로기를 고양시키고, 현실의 모순과 파행성을 분쇄하는 사회적 실천의 유의미한 양식으로 확고하게 자리잡는다.

"시는 삶의 모든 문제와 만나는 현장이며 그렇게 해서 생겨난 자연스러운 피와 땀의 결정"이라는 상식을 『시와 경제』에 모인 젊은이들은 새삼스레 확인한다. 이들은 다시 서문에서 시를 개인적인 창조의 산물로 귀속시킨 채 그것의 사회적 효용성에 회의를 품는 사람들에 대해 "계층간의 언어 단절, 고답적인 태도로 객기와 호사 취미에 머물고" 있다고 비판한다. 『시와 경제』 동인은 1981년 홍일선 · 정규화 · 황지우 · 박승옥 · 나종영 · 김정환 · 김사인으로 출발해 2집에 노동자 시인 박노해가 가담한다. 지식인 시인과 노동자 시인의 결합이라는 독특한 동인 구성으로 화제를 모은 이들이 내세운 것은 『반시』와 통하나, 거기서 더 나아가 민족의 화해와 계층 사이의 소통을 제시해 1980년대 민중시의 최전선에 서게 된다.

『시와 경제』는 등장 자체가 문단의 '충격'이고 '사건'이었다. 이들은 급진적 현실 변혁 이념을 당당하게 드러낸 1980년대 문학의 '전위'이자 현실의 '최전선'이었다. 무엇보다 『시와 경제』가 거둔 가장 큰 성과는 노동 해방이라는 이념을 시 속에 담아내며, 참혹한 노동 현장의 비인간적인 삶의 실상을 고발한 박노해라는 뛰어난 노동자 시인을 발굴한 데 있다. 오랫동안 "얼굴 없는 시인"으로 불린 박노해는 시집 『노동의 새벽』을 내놓아 1980년대 최고의 문제 시인으로 떠오른다. '시와 경제'라는 이색적인 명칭에 걸맞게 이들의 논리에는 싱싱함이 묻어나기도 한다. 시의 개념과 영역 확장의 필요성에 동감한 『시와 경제』 동인은, 현실 참여시에 대한 비판을 극복하는 방식으로, 그 비판을 수용하는 것이 아니라, 저희의 결점을 오히려 극대화해 그 결점을 스스로의 특성으로 존중하고 시에 대한 기존의 관념을 수정토록 요구한다. 이들이 시라는 비능률적인 장르를 택하고서도, 기존의 시 전통을 무시하고, "올바른 역사 의식으로 무장한 문화 게릴라" 구실을 하겠다고 나선 것은 하나의 신선한 실험 의식으로 받아들여진다. 아울러 이들의 실험 의식은 충격 효과를 노리는 시적 방법론의 실천으로 더욱 눈길을 끈다. 이런 효과는 새로움이라는 시적 논리를 위한 전략과 통하며, 주변적 성격을 갖기에 한편으로 위험하다고 볼 수 있다.

채광석은 『시와 경제』 동인에 대해 "그 선언을 통해 그들이 온당한 세계 인식에 기초하고 있음을 힘차게 보여주고 있으나 작품에 이르면 전반적으로 그 세계 인식을 힘겨워하고 있다는 느낌이 짙다. 이것은 대체로 의식의 치열도가 아직 그것을 감당할 만한 정도까지 이르지 못한 점과 시작詩作에의 안이한 접근 탓으로 보인다. 그 결과 이들은 감상주의(냉소주의도 이것의 일종이다), 단편성, 생경성, 상투성 등 1970년대의 이른바 구호적 감상주의의 유산을 시원스럽게 청산하지 못함으로써 가슴을 통통 울려주거나 가슴 속에 헤집으며 들어와 꽂히는 힘을 얻지 못하고 있다."고 그 한계를 지적한다.

민족의 화해와
계층 사이의 소통을
제시하며
1980년대 민중시의
최전선에 선
'시와 경제' 제2집
『일하는 사람들의 미래』

"운동 개념으로서의 문학"을 추구하고, 방법론적 새로움을 지향점으로 세운 『시와 경제』는 바로 그 구심점 형성의 가능성을 애초부터 배제해버린 이질성 때문에 단명하고 만다.

『5월시』

"그 시대의 어둠을 명명命名하도록 부름을 받아, 그 순순한 구속을 기꺼이 받아들일 때 비로소 시를 쓰는 자는 진정한 시인일 수 있다."(김진경)는 것을 암묵적인 공동 이념으로 받아들이는 『5월시』 동인은 문학과는 거리가 느껴지는 그 이름에서처럼, 결성과 출발의 측면에서 그 성격이 가장 뚜렷하다. 묵시적으로 이름이 부여되고 있는 1980년 5월의 한 역사적 분기점에서 그 사건의 의의를 환기해 한결 극적으로 삶다운 삶을 추구하기 위한 활로를 모색하고자 한 것이 『5월시』의 존재 이유다.

전라도의 젊은 시인들이
주축을 이룬 '5월시' 동인지
제4집 『다시는 절망을
노래할 수 없다』

『5월시』의 일차적 지향은 '5월 광주'가 거느린 역사적 의미의 재생산과 확산에 있었는데, 그것이 한낱 지역적 사건이 아니라 범민족사적 비극의 하나이자 민중 항쟁이라는 것을 밝히는 작업 속에 당위성이 놓인다. 따라서 이들은 '5월 정신'의 시적 형상화에 힘을 기울이며, 그 구체적 방법으로 민중적 삶의 어둠을 평이하게 제시한다.

『5월시』 동인의 성격은 어떤 이념의 새로운 전개라기보다는 한 이념의 다양한 전개 가운데 한 갈래라고 할 수 있다. 한 갈래로서 가치를 획득하려면 방법론적 새로움을 통한 뚜렷한 개성, 즉 단순한 지적 유희가 아니라 현실 인식의 진실성과도 연결되어야 한다. 이들은 "이념적인 것을 과도하게 앞세워 문학이 사회에 대응하는 독특한 방식을 부정하는 입장도 거부한다."고 스스로 밝힌다.

20대 후반에서 30대 초반까지의 나이와 전라도가 삶의 근거인 시인들이 주축을 이룬 『5월시』 동인은 다른 어떤 동인보다 지역적 · 세대적 연대감이 강하다. 그래서인지 이들의 작업은 매우 유사한 주제 의식과 방법론을 보여주며, 동인 문학의 집단적 에콜 형성과 관련해 새로운 가능성을 연 것으로 평가된다. 반면 이런 측면은 단점으로도 작용하는데, 특히 문체상의 유사성은 치명적이다. 이들은 1981년 봄에서 여름으로 넘어갈 무렵 처음 모임을 가진다. 김진경 · 박상태 · 나종영 · 이영진 · 박주관 · 곽재구가 1집을 내고, 윤재철 · 최두석 · 나해철이 2집에, 그리고 고광헌이 5집에 가담한다.

이들은 다른 매체와의 결합, 즉 판화와 공동 작업을 시도한 바 있으며, 연작시와 장시 등을 통해 장르 확산 노력도 게을리하지 않는다. 시 전문 무크 『민중시』의 탄생은 이들이 거둔 하나의 결실이라고 하겠다.

『신감각』

『신감각新感覺』은 1975년 가을에 첫 앤솔로지를 내는데, 권달웅 · 김성춘 · 김용범 · 윤석산 · 이명수 · 이준관 · 이진호 · 조우성 · 조정권 · 한광구 · 한기팔 등이 출범 당시의 구성원이다. 1984년에 나온 9집에는 구석본 · 권석창 · 권택명 ·

김광만 · 김선굉 · 김영재 · 목철수 · 박기동 · 박상천 · 백미혜 · 서경온 · 서종택 · 손석일 · 손한범 · 신승근 · 신현정 · 오승강 · 원구식 · 윤동재 · 이구락 · 이상국 · 이상호 · 이세룡 · 이승하 · 이언빈 · 추명희 · 한명옥 · 황근식 등이 동인으로 가세한다. 『신감각』의 특징은 여느 동인과 견주어 훨씬 많은 40여 명에 이르는 시인으로 구성되어 있다는 점, 그리고 특정 지역 정서나 공동 이념을 처음부터 배제하고 있다는 점이다. 그만큼 구심점도 약하고 동인으로서의 빛깔도 흐릿했기 때문에 크게 눈길을 끌지는 못한다.

1980년대에도
메시지 중심주의를
거부하고
시의 표현미를
추구한 『신감각』

창간호 서문에서 "우리는 시에 있어서 방법보다는 표현의 문제에 더 치중한다."고 밝힌 데서도 알 수 있듯이, 이들은 시에서 주제나 내용에 비중을 두기보다는 이미지를 어떻게 만들어낼 것인지에 더 고심한다. 이는 결국 상상력의 실현과도 연결된다. 이들은 저희의 시 세계를 새로운 세계관과 역사 의식에 기대기보다 언어에 대한 자의식과 감각화된 시적 문법을 통해 구현하려고 애쓴다.

리얼리즘 시의 시대라고 할 수 있는 1970년대와 1980년대에 걸쳐 메시지 중심주의를 거부하고 시의 표현미를 추구한 『신감각』은 "현실에의 몸담음"을 내세우는 주류 문학의 주변부에 머물 수밖에 없게 된다. 역사 의식에 바탕을 둔 '우리'의 문제에 치중하던 당시의 흐름에서 비켜나, 깊은 심연의 '나'를 들여다보고 인간 본연의 문제에 천착함으로써 『신감각』은 다른 동인 모임과 저희를 차별화한다.

참고 자료

백낙청, 「1983년의 무크 운동」, 『한국 문학의 현단계 Ⅲ』, 창작과비평사, 1984

채광석, 「부끄러움과 힘의 부재— '시운동'과 '시와 경제'에 대하여」, 『한국 문학의 현단계 Ⅱ』, 창작과비평사, 1983

정과리, 「소집단 운동의 양상과 의미」, 『문학, 존재의 변증법』, 문학과지성사, 1985

이남호, 「동인지 시대의 비판적 검증」, 『한심한 영혼아』, 민음사, 1986

이윤택, 「우리 시대의 동인지 문학」, 『해체, 실천, 그 이후』, 청하, 1988

손진은, 「동인지의 의미와 점검」, 『현대시』 1997. 9.

남송우, 「동인지의 자리와 그 의미」, 『현대시』 1997. 9.

황지우, '초토'에서 '화엄'으로

1980년 5월 '광주', 그리고 형태 파괴의 시

첨예한 현실 인식과 형태 파괴의 시로 1980년대의 중요한 시적 성취를 일궈낸 황지우

1980년 5월 광주에서는 한국 현대사의 비극으로 꼽히는 학살 사건이 일어나고, 시인은 살점을 도려내는 듯한 아픔과 함께 크게 마음의 상처를 입는다. 시인에게 시는 그 상처입은 마음을 지탱하는 부목이었다고 할 수 있다. 정치적 무의식에서 발화한 황지우黃芝雨(1952~)의 시는 1980년대 문학이 일종의 숙명으로 내재화한 가장 큰 스캔들로 불거진다. 문학적 위악으로 포장된 그 스캔들의 거칠거칠한 표면은 시의 형태 파괴이고, 그 이면에서 미끈거리는 것은 과장법으로 부풀어 오른 정치적 수사학과 냉소주의다. 재기 발랄한 시인은 색이 등등한 스캔들을 제 시의 의장意匠으로 삼고, 그것으로 내외에 시위를 한다. 이 섬세한 태생적 모더니스트에게 그 유전적 형질을 배반하고 리얼리스트가 되도록 강요한 것은 바로 남한 자본주의의 총체적 모순이 화농化膿되었다가 한꺼번에 터져버린 '1980년 5월 광주'다. 그 '광주'는 시인을 일상의 사물과 사건 일체를 정치로 환원시켜버리는 하염없는 정치적 무의식을 내장한 채 1980년대 시의 '전위'로 나서 현실의 '최전선'에서 복무하게 만든다.

황지우는 1952년 전남 해남군 북일면 신월리 배다리 마을에서 아버지 황길주와 어머니 선귀례 사이의 네 아들 가운데 셋째아들로 태어난다. 그의 본명은 '재우'다. 그의 집안이 광주로 삶의 근거를 옮긴 것은 1955년 초봄의 일이다. 이 가난한 가족은 군용 트럭 짐칸에 솥단지며 이불 보따리 같은 세간을 잔뜩 싣고 강진 · 성전 · 영암 · 영산포 나루를 거쳐 저물녘이 되어서야 피붙이 하나 없는 광주

1983

에 부려진다. 황지우는 상업 지역인 금남로나 충장로 쪽 아이들이 주로 다니는 광주 중앙국민학교에 들어가나 심한 대인 기피증으로 말미암아 여러 사람 앞에서 책을 읽어야 하는 "국어 시간이 젤 싫었다." 미친 듯 책읽기에 빠져든 중학교 시절, "처음으로 수음을 실시한 사춘기 때부터/이 부끄러움은 약탈, 동성 연애 감정, 광태로 변하기 시작했다." 이 무렵 그는 학교 도서관에서 헤밍웨이 · 카뮈 · 사르트르 · 니체 등의 책과 '정음사' 판 세계 문학 전집을 차례대로 독파하고, 조금씩 뭘 써나간다. 그는 중학교 3학년 때 『학원』에서 공모한 '학원 문학상'에 투고해 입상하기도 한다.

광주일고 시절 그는 찢어진 교복과 풀어진 호크, 그리고 검정 고무신을 신고 다니는 일종의 데카당스 흉내를 내며 "격렬한 사춘기적 반항기"를 거친다. 1972년 그는 서울대학교 문리대 철학과에 입학한다. 집안은 여전히 가난했고, 그는 이 때 "거지와 도둑이 사는 마을, 닐니리 동네와 철로변 하꼬방촌을/전전하며, 땅 바깥으로 삶을 내동댕이치는 울타리가/도둑질이며 도둑질을 하게 한다는 것을" 알았다고 털어놓는다. 한편으로 가난은 그에게 보호막이 되기도 한다.

미美는 나의 본능이었다. 가난하게 살길 참 잘했다. 하마터면 난 구제할 수 없는 놈이 될 뻔했다. 남이 토해낸 것을 한 번만 더 보면 참 다채롭다.

황지우, 「시의 얼룩」, 『사람과 사람 사이의 신호』(한마당, 1986)

1970년대 말까지 그의 대학 시절이 이어지는데, 동정童貞을 버린 것에서부터 문리대 친구들과의 교유, 강제 입영, 군대 체험, 연애 등으로 점철된 이 시기의 행적은 「활엽수림에서」라는 시에서 엿볼 수 있다.

1972년 : 대학 입학, 청량리 일대에서 하숙. 그해 여름, 어느날, 혼자, 몰래, 588에서 동정을 털고 약먹다. 약값을 친구들한테 뜯기도 하고 새 책을 팔기도 하다. 가을, 국회 의사당 앞, 탱크가 진주하고 학교 문 닫다. 새 헌법 선포되다. 추운 다다미방에서 겨울 내내 신음하다. 독毒이 전신에 번지는 꿈에서 화다닥 깨어나기도 하고, 가끔 인천 방면으로 나가 서해

갯벌에서 고은 시집高銀詩集을 읽다.

1973년 : 동숭동 개나리꽃 소주병에 꽂고 우리의 위도緯度 위로 봄이 후딱 지나간 것을 추도하다. 가정교사 때려치우다. 이 집 저 집 떠돌아다니다. 여자를 만났다 헤어지고, 그때 홍표 · 성복이 · 석희 · 도연이 · 정환이 · 철이 · 형준이 · 성인이와 놀다. 그들과 함께, 스메타나, '몰다우강江' 쏟아지는 학림學林다방, 목木계단에 오줌을 갈기거나, 지나가는 버스 세워놓고 욕지거리, 감자먹이기 등 발광發狂을 한다. 발정기發情期, 그 긴 여름이 가다. 어디선가 머리카락 타는 냄새가 나고, 어디선가 바람이 다가오는 듯, 예감의 공기를 인 마로니에, 은행나무 숲위로 새들이 먼저 아우성치며 파닥거리다. 그때 생生을 어떤 사건, 어떤 우연, 어떤 소음에 떠맡기다. 그 활엽수 아래로 생生이, 그 개 같은 생生이, 최루탄과 화염병이 강림하던 순간, 그 계절의 성城 떠나다. 친구들 '아침 이슬' '애국가' 부르며 차에 올라타다. 황금빛 잎들이 마저 평지에 지다.

황지우, 「활엽수림에서」, 『새들도 세상을 뜨는구나』(문학과지성사, 1983)

1979년 그는 서울대학교 '문리대 철학과'에서 '인문대 미학과'로 이름이 바뀐 학과를 졸업한다. 그는 이듬해 시 「연혁沿革」이 『중앙일보』 신춘 문예에 입선하고, 「대답 없는 날들을 위하여」 등이 『문학과 지성』에 실리면서 시단에 이름을 올린다. 1980년 광주항쟁에 가담한 혐의로 구속된 그는 이로 말미암아 1981년 서울대학교 대학원에서 제적되어 서강대학교 대학원 철학과에 등록한다. 황지우는 이제껏 『새들도 세상을 뜨는구나』(1983) · 『겨울—나무로부터 봄—나무에로』(1985) · 『나는 너다』(1987) · 『게 눈 속의 연꽃』(1990) · 『어느날 나는 흐린 주점酒店에 앉아 있을 거다』(1998) 등 다섯 권의 시집과 『구반포 상가를 걸어가는 낙타』(1991) · 『성聖가족』(1991) 등 두 권의 시선집 그리고 산문집 『사람과 사람 사이의 신호』(1986)를 펴낸 바 있다. 그의 시집들은 문학 기성 세대가 불편한 마음을 숨기고 마지못해 공증을 해준 데 반해, 젊은 세대로부터는 열광적인 환영을 받는다. 그 동안 황지우는 민음사에 주관하는 제3회 '김수영 문학상' (1983), 『현대문학』에서 주관하는 제26회 '현대 문학상' (1991), 그리고 『문학사상』에서 주관하는 제8회 '소월 시문학상' (1993)을 받은 바 있다. 그는 한신대학교 문예창작과 교수를 거쳐 한국예술종합학교 연극원 교수로 재직중이다.

1987년에 나온
세 번째 시집
『나는 너다』.
황지우는
이 시집을 내고
긴 침묵과 방황 끝에
선적 직관의 세계로
건너간다.

형태 파괴의 시가
여기저기 눈에 띄는
문제의 첫 시집
『새들도 세상을 뜨는구나』

1983년 황지우의 첫 시집 『새들도 세상을 뜨는구나』가 세상에 나왔을 때 사람들은 시를 모독하는 불경스런 말장난으로 가득 찬 이 시집을 어떻게 받아들여야 할 것인지 퍽 곤혹스러워한다. 그는 전략적으로 시집 여기저기에 오랫동안 사람들이 '시적인 것'으로 공인해온 어떤 인식을 깨뜨리는 장치를 풀어놓는다. 격렬한 풍자와 야유, 질타와 저주 그리고 환멸, 냉소, 자기 연민, 고백의 언어들을 버무려 '형태 파괴의 시'라는 딱지가 붙게 된 시편으로 곳곳을 채운 이 문제의 첫 시집을 그는 "1980년의 문지방을 넘자마자 바닥에 낭자한 그 피바다"의 한복판에 슬쩍 밀어넣는다.

저의 처녀 시집 『새들도 세상을 뜨는구나』는, 이렇게 제가 저의 육체로써 경험한 1980년대 초반의, 세계에 대한 환멸을 혼잣말처럼 중얼거렸던 것이고, 침묵은 '부역'을 의미했던 우울한 시기에 그렇게라도 쓰지 않으면 미쳐버릴 것 같은 광적인 필연성으로 기록한 저의 젊은 날의 괴상망측한 팬터마임이었다고 할 수 있겠습니다. 그 팬터마임은 좀 넓게 말하면 제 삶을 이끌어온 모더니티의 은폐된 본질이 파시즘임이 여지없이 드러나버린 시점에서 파시즘의 진짜 얼굴인 공포에 대응하는 방법이었다고 할까요?(공포를 이기는 방법 중의 하나는 그 공포를 직시하는 것입니다.) 아마도 그것이 저의 악명이 된 '형태 파괴의 시'로 나타난 것이 아닐까, 생각됩니다. 그러니까 형태 파괴의 전략은 ⅰ)우리 삶의 물적 기초인 파편화된 모던 컨디션과 짝지어진 '훼손된 삶'에 대한 거울이며 ; ⅱ)파시즘에 강타당한 개인의 '내부 파열'에 대한 창이며 ; ⅲ)의미를 박탈당한 언어의 넌센스, 즉 지배 이데올로기에 대한 교란이었으며 ; ⅳ)검열의 장벽 너머로 메시지를 넘기는 수화手話의 문법이었다고나 할까요?

황지우, 「끔찍한 모더니티」, 『문학과 사회』(1992 겨울)

황지우의 상상 세계 속에서 '세상으로부터의 떠남'이라는 주제는 자주 반복되고, 다양하게 변주되며 나타난다. 그의 시적 인식 구조를 밝힐 수 있는 이 주제와 관련해 시집 『새들도 세상을 뜨는구나』의 맨 앞에 나오는 「연혁」을 눈여겨볼 필요가 있다. 「연혁」은 황지우의 원체험을 담고 있다. 이 작품을 비교적 자세하게 분석하고 있는 비평가는 정과리와 박철화다. 정과리는 「안녕/파탄 : 떠남/묶임 : 연속/단절」에서 이 시를 "애매 모호한 정황 속에 갇혀 있는 시적 자아가 그 정황에서 벗어나려는 충동과 주저"를 노래한 것으로 이해한다. 현실이 죽음과 무의미로 가득 차 있기 때문에 새로운 세계로 떠나려는 충동이 생긴다. 그러나 그 떠남이 죽음과 결부되어 있고, 그 죽음에 대한 공포는 시적 자아의 강렬한 충동을 무화시키고, 시적 자아는 다시 현실에 묶인다. 박철화의 「푸르름의 세계, 그 이후」는 시적 자아가 그에게 열려 있는 두 세계, '바다'와 '내지' 그 어느 쪽으로도 나아가지 못하고 괴로워한다는 사실에 주목한다. 시적 자아가 서 있는 '연안'은 바다(존재론적 · 탈사회적 공간)와 내지(현실적 · 사회적 공간)의 경계에 위치한 곳이다. 이런 경계에서 "떠남의 욕망이 이원적 추구" 때문에 찢기며 그 어떤 선택도 하지 못하고 괴로워하는 시적 자아를 통해 연구자는 "자아와 세계와의 불화 의식"을 밝혀낸다. 박철화의 분석은 꼼꼼하고, 설득력이 있다. 그러나 이 서정적 자아의 담화 체계에서 보이는 표면의 균열들은 「연혁」에 대한 또다른 읽기가 가능함을 암시한다.

섣달 스무아흐레 어머니는 시루떡을 던져 앞바다의 흩어진 물결들을 달래었습니다. 이튿날 내내 청태靑苔밭 가득히 찬비가 몰려왔습니다. 저희는 우기雨期의 처마 밑을 바라볼 뿐 가난은 저희의 어떤 관례와도 같았습니다. 만조滿潮를 이룬 저의 가슴이 무장무장 숨가빠하면서 무명옷이 젖은 저희 일가一家의 심한 살냄새를 맡았습니다. 빠른 물살들이 토방문土房門을 빠져 나가는 소리를 들으며 저희는 낮은 연안沿岸에 남아 있었습니다.

모든 근경近景에서 이름없이 섬들이 멀어지고 늦게 떠난 목선木船들이 그 사이에 오락가락했습니다. 저는 바다로 가는 대신 뒤안 장독의 작게 부서지는 파도 소리를 들었습니다. 빈 항아리마다 저의 아버님이 떠나신 솔섬 새울음이 그치질 않았습니다. 물 건너 어느 계곡이 깊어 가는지 차라리 귀를 막으면 남만南灣의 멀어져 가는 섬들이 세차게 울고울고 하였습니다.

어머니는 저를 붙들었고 내지內地에는 다시 연기가 피어 올랐습니다. 그럴수록 근시近視의 겨울 바다는 눈부신 저의 눈시울에서 여위어 갔습니다. 아버님이 끌려가신 날도 나루터 물결이 저렇듯 잠잠했습니다. 물가에 서면 가끔 지친 물새떼가 저의 어지러운 무릎까지 밀려오기도 했습니다. 저는 어느 외딴 물나라에서 흘러 들어온 흰 상여꽃을 보고는 했습니다. 꽃 속이 너무나 환하여 저는 빨리 잠들고 싶었습니다. 언뜻언뜻 어머니가 잠든 태몽胎夢중에 아버님이 드나드시는 것이 보였고 저는 석화石花밭을 넘어가 인광燐光의 밤바다에 몰래 그물을 넣었습니다. 아버님을 태운 상여꽃이 끝없이 끝없이 새벽물을 건너가고 있었습니다.

삭망朔望 바람이 불어왔습니다. 그러나 바람 속은 저의 사후死後처럼 더 이상 바람 소리가 나지 않고 목선木船들이 빈 채로'돌아왔습니다. 해초 냄새를 피하여 새들이 저의 무릎에서 뭍으로 날아갔습니다. 물가 사람들은 머리띠의 흰 천을 따라 내지內地로 가고 여인들은 환생還生을 위해 저 우기雨期의 청태靑苔밭 넘어 재배 삼배再拜三拜 흰떡을 던졌습니다. 저는 괴로워하는 바다의 내심內心으로 내려가 땅에 붙어 괴로워하는 모든 물풀들을 뜯어 올렸습니다.

내륙內陸에 어느 나라가 망하고 그 대신 자욱한 앞바다에 때아닌 배추꽃들이 떠올랐습니다. 먼 훗날 제가 그물을 내린 자궁子宮에서 인광燐光의 항아리를 건져 올 사람은 누구일까요.

황지우, 「연혁沿革」, 『새들도 세상을 뜨는구나』(문학과지성사, 1983)

시적 자아의 삶의 자리인 '낮은 연안'은 바다와 내지의 경계에 있다. 낮은 연안은 바다와 내지의 경계이면서, 동시에 삶과 죽음, 현생과 내생, 현실과 비현실, 어머니—자궁—집과 아버지—바다—세상의 경계이기도 하다. '저'는 바다로 나아가고자 하는 강렬한 욕망이 있음에도 그렇게 하지 못한다. 바다로의 나아감이 자아 실현의 공간으로 진입하는 의미를 지닌 것이라면, "저는 바다로 가는 대신 뒤안 장독의 작게 부서지는 파도 소리를 들었습니다."라는 구절은, 어떤 이유에서든지 그 좌절을 내면화하고 있음을 보여주는 것이다. 근경의 섬과 섬 사이를 오락가락하는 목선들이나 바라보고 있는 시적 자아의 태도는 세상으로의 출분이라는 꿈을 유보하고 내면화할 수밖에 없는, 유폐적 자아의 쓸쓸한 한가로움을 드러낸다. 바다는 떠남의 실현 공간이고, 부재하는 아버지의 삶의 공간이고, 또한 시적 자아가 아직 경험해보지 못한 신비하고 두려운 죽음의 자리다.

"침묵할 수 있으므로
나는 조각에 매혹된다."
1993년 조각 작업실에서.

바다로 나아가지 못하고 뒤안에서 파도 소리나 듣는 '저'의 이 수동적 정서의 수락, 여성적 내향주의는 어디에서 비롯되는 것일까. 그것은 바다의 흩어진 물결들을 달래는 어머니와 관련되어 있다. 어머니는 내지의 삶, 붙박음의 상징이고, 그 어머니는 현세 지상주의적 욕망의 구현의 가시적 실체다. "어머니는 저를 붙들었고 내지에는 다시 연기가 피어 올랐습니다." 어머니가 바다—세상으로 나아가려는 시적 자아를 만류하는 것은 그 바다—세상이 아버지가 끌려간—일제 때의 징용을 말하는 것일까? 그렇다면 이는 한국인의 내면에 깊은 비애와 한을 각인한 뜻없는 생죽음의 역사 체험을 뜻하리라.—시련 · 죽음의 자리이기 때문이다. 어머니가 붙들지만 떠나고 싶은 '저'의 충동은 쉽게 가라앉지 않는다. 왜냐하면 아버지가 끌려간 바다—세상으로 나아가려는 시적 자아의 충동은 아버지—나를 일체화하려는 무의식에서 솟아난 것이기 때문이다. "흘러 들어온 흰 상여꽃"의 밝음 속에서 잠들고 싶다는 욕망은—잠들고 싶다는 욕망은 황지우의 시편에서 자주 나타난다.—단순히 "무기력한 도피주의적 성향"(성민엽)을 드러낸 것이거나 "고통스런 세계 자체를 잊고 싶다는 무의식적 욕망"(박철화)을 표현한 것만은 아니다. 그 잠은 이 고통스러운 삶을 벗고 새로운 삶으로 나아가고자 하는, 부활의 앞 단계로서의 죽음, 환생을 예비하는 잠에 가깝다. 아버지의 죽음은 아들의 삶으로 환생하는 죽음이다.

흰 상여꽃 속의 잠에 대한 '저'의 욕망은 아버지의 떠도는 원혼을 불러들여 한 죽음을 이루고, 새 삶으로 다시 나고 싶다는 무의식적 욕망을 드러낸다. '저'는 산 어머니의 태몽 속을 드나드는 죽은 아버지를 엿본다. '저'의 엿봄은, 실은 삶이 그 속에 내면화하고 있는 실재의 죽음에 대한 엿봄이다. 죽은 아버지에 대한 그리움과 시적 자아의 떠남에 대한 충동은 맞물려 있다. 현실적 고통의 상당 부분은 아버지의 부재에서 말미암은 것이다. 따라서 아버지의 죽음에서 환생하기 위해서는 바다—세상으로 나아가야 한다. 그러나 어머니는 '저'를 가로막는다. 그 경계에서의 괴로운 삶이, "저는 괴로워하는 바다의 내심으로 내려가 땅에 붙어 괴로워하는 모든 물풀들을 뜯어" 올리는 행위로 표현된다. 붙들려 있는 자아, 붙어 있는 물풀들은, 그 어머니—대지의 고착성과 존재 구속성 때문에 괴로워하는 것이다. 「연혁」은 아버지—바다와 어머니—대지의 경계인 '낮은 연안'에 있는 자아의 떠나고 싶은 충동과 떠날 수 없는 괴로움, 그 마음의 유혹과 저항의 움직임을 섬세하게 그려 보임으로써, 인간 실존의 보편적 조건인 삶과 죽음에 대한 깊고 풍부한 느낌과 암시를 끌어낸 뛰어난 시다. 이 시는 황지우가 훌륭한 서정 시인으로서의 면모도 갖추고 있음을 보여주는 뚜렷한 증거라고 할 것이다.

당신은 죄악과 연루되어 있다!

황지우의 첫 시집 『새들도 세상을 뜨는구나』가 눈길을 끈 것은 주로 기존의 시 형식에 대한 파괴의 과격성에서 비롯된다. 그러나 이런 시 형식의 파괴는 세계에 대한 의미 심장한 인식의 깊이를 머금고 있지 못한, 그 착상의 기발함과 재치만이 무책임하게 두드러지는 측면이 없지 않다. 따라서 그 형태 파괴의 시가 완벽한 유죄성이 폭로된 세계를 온몸으로 감당하려는 인식 주체의 진정성 속에서 발현된 것이라기보다는, 지나치게 성급한 자기 현시적이거나 자기 방기적인 욕망에서 나온 것은 아닌가 하는 의구심을 불러일으킨다. 물론 기성 제도가 허용하고 있는 시 형식에 대한 혐오는 곧 타락한 현실에 대한 항의와 거부의 의미를 띠기도 하나, 그것은 어디까지나 소극적이고 간접화된 방법이다.

1991년 제36회 현대 문학상을 받고 심사 위원인 김용직(오른쪽) 교수와 소설가 김영현(왼쪽)과 함께

황지우의 시가 보여주는 양식화된 형태 파괴의 시는 기존의 시 형식에 길들여진 우리의 의식을 불편하게 하는 '낯섦'을 갖고 있다. 또 그 낯섦은 당연한 것처럼 여겨지는 현실의 모든 것을 의혹의 눈으로 바라보게 하고 반성하게 만드는 효과를 낳는다. 그러나 이는 일회적인 것이며, 부분적인 방법이다. 그 시 형식의 이면에 숨어 있는 욕망은, 1980년대라는 전망 부재의 닫힌 현실 속에서 절망하는 사람의 세계 부정 욕망이다. 그의 초기 시의 표면에 뚜렷하게 나타나는 국외자적 냉소성에서도 그것은 드러난다. 그 냉소는 저질러진 역사의 추악성을 삶의 현실로 도저히 받아들일 수 없는 사람의, 그렇다고 그것을 일시에 분쇄하고 새롭게

현실을 건설할 수 있다는 낙관론적 확신도 가질 수 없는 사람의 괴로움이 낳은 냉소다. 이런 냉소성 때문에 그의 시는 때로 현실 변혁 의지가 결핍되어 있으며, 세계에 대한 어떤 확신이 없는 공허한 현실 인식 태도로 일관하고 있다는 비판을 받는다.

황지우의 『새들도 세상을 뜨는구나』는 1980년대의 중요한 시적 징후이자 성과다. 이 시집에서는 신문 일기 예보, 해외 토픽, 비명, 전보, 광고 문안, 공소장, 예비군 통지서, 만화 같은 비시적 대상물들에 시적 긴장을 부여하는 방법, 비관습적 활자 조작, 규범적 언어 관행에 대한 의도적 일탈 등을 보게 된다. 이런 것은 그의 시가 목표하는 현실의 억압적 지배 체계를 충격할 수 있는, '탈규칙 반형식'의 의사 소통 양식, 다시 말하면 중첩된 현실 모순에 대응하는 사회적 실천의 체계로서 의미를 획득한다. 기존의 시적 방법을 답습하는 것으로는 현실을 제대로 드러낼 수 없고, 시대 상황이 요청하는 방법적 대응이라는 측면에서도 미흡하다는 판단에 따라 시인은 "양식을 파괴"하고 "파괴를 양식화"한다.

시인은 개체적 삶의 꿈들을 철저하게 압살하는 현실의 엄청난 폭력을 피동적으로 받아들일 수밖에 없던 1980년대의 상황을 "갈 봄 여름 없이, 처형받은 세월"이라거나 "혼수 상태의 세월"(「대답 없는 날들을 위하여 · 21」)이라고 규정한다. 황지우의 시는 바로 그 처형받은 세월, 혼수 상태의 세월 속에서 사는 것의 의미화라는 욕망의 공간에서 배태된다.

황지우의 시를 거론하는 비평가들이 자주 인용하는 두 편의 시는 완벽한 유죄성이 폭로된 세계로부터 도피하거나 탈출할 수 없는 사람의 절망과 환멸을 1980년대의 현실에 대한 명석한 상징성, 극단의 자학 어법, 촌철 살인적 현실 풍자로 드러낸다. 이와 같은 시는 의식의 순결성을 겁탈하는 반인간적 현실에 대한 유용한 각성 기제로 작용한다.

어제 나는 내 귀에 말뚝을 박고 돌아왔다/오늘 나는 내 눈에 철조망을 치고 붕대로 감아버렸다/내일 나는 내 입에 흙을/한 삽 처넣고 솜으로 막는다//날이면 날마다/밤이면 밤마다/나는 나의 일부를 파묻는다/나의 증거 인멸을 위해/나의 살아남음을 위해

황지우, 「그날그날의 현장 검증」, 앞의 책

이 시는 귀에 말뚝을 박고, 눈에 철조망을 치고, 입에 흙을 처넣는 극단적 자기 훼손 행위를 통해 살아 있음의 세계에 개입하는 야만적 지배 체계의 반생명적 폭력성을 까발린다. 스스로 귀 · 눈 · 입의 기능을 마비시키는 훼손과 죽음의 자학적 몸짓이 "증거 인멸"과 "살아남음"이라는 동기로부터 발현된다는 점에서, 이 시는 현실의 뒤틀려 있음에 대한 압도적 부정성을 적나라하게 보여준다. 그의 증거 인멸은 이 타락한 세계에 어쩔 수 없이 몸담고 사는 치욕에 따른 것이자, 도착적 현실의 일부로서의 자신에 대한 부정 행위다. 그는 1980년대에 살았다는 증거를 끊임없이 지워버리고 싶은 욕망에 시달린다. 왜냐하면 1980년대에 살았다는 것은 죄악이고 저주이고 추문이기 때문이다. 그의 시는 죄악과 저주와 추문으로 얼룩진 1980년대의 현실 속에서 보낸 나날의 삶에 대한 "현장 검증의 시"다.

여기는 초토입니다//그 우에서 무얼 하겠습니까//파리는 파리 목숨입니다//이제 울음 소리도 없습니다//파리 여러분!//이 향기 속의 살기에 유의하시압!

황지우, 「에프킬라를 뿌리며」, 앞의 책

이 시에서 1980년대 현실의 환멸성과 부정성에 대한 첨예한 의식은 1980년대의 지금-여기를 '초토'라고 일컫게 한다. 그 초토 위에서의 삶은 현실에 대한 기대와 열망이 철저하게 꺾이고 짓밟힌 삶이다. 현실의 의미 있는 일체의 전망이 파탄나버린 세계 속에서 "그 우에서 무얼 하겠습니까"라는 외침은 삶의 뜻없음에 대한 외침이다. 시인은 야만적 생존의 방식에 의해 지탱되는 세계, 더 직접적으로는 죽음에 의해서만 그 체계의 유지가 가능하던 1980년대 초반의 현실의 불모성과 파탄 양상을 "향기 속의 살기"라는 징후 읽기로 드러낸다. 인간다운 삶을 허락하지 않는 절망과 환멸의 현실 속에서 인간이 취할 수 있는 의미 있는 삶의

방식은 무엇인가. "쑥밭의 땅", "살균된 땅"(「만수산 드렁칡 · 2」), "산 전체가 뫼똥"(「만수산 드렁칡 · 4」)인 현실 속에서 시인은 "환생"을 꿈꾸며, "율도국"으로 흘러가고 싶어한다.

> 오 환생幻生을 꿈꾸며 새로 태어나고 싶은 물소리, 엿듣는 풀의 누선淚線, 살아 있는 것은 살아 있는 동안의 이름을 부르며 살 뿐, 있는 것이 있는 것이 아니고 사는 것이 사는 것이 아니로다 저 타오르는 불 속은 얼마나 고요할까 상한 촛불을 들고 그대 이슬 속으로 들어가, 곤히, 잠들고 싶다
>
> 황지우, 「초로草露와 같이」, 앞의 책

"오 빨래처럼/시신屍身으로 떠내려가도/저 율도국으로 흘러가고 싶다"(「파란 만장」). 잠들고 싶다거나 어디론가 흘러가고 싶다거나 하는 것은 도피적 삶의 방식이다. 그래서 이 지긋지긋한 현실로부터 지금-여기가 아닌 곳으로 떠나고 싶다는 소망이 피력된 황지우의 어떤 시편들은 비평가들로부터 나약한 '병든 낭만주의' 성향의 표출이 아닌가 하는 혐의를 받기도 한다. 그러나 우리는 지금-여기가 아닌 어디로 떠나고 싶다는 시인의 욕망의 발원지가 바로 지금-여기라는 사실을 간과해서는 안 된다. 전망 부재의 현실 속에서 온몸으로 현실의 억압과 훼손을 체현하는 시적 자아의 어디론가 떠나겠다는 욕망은 실제로 어디론가 떠나는 행위를 낳는 것이 아니라, 그 어디—유토피아를 향한 통로를 만들어냄으로써 현실 반성 기제를 낳는다. 시인은 이미 그가 몸담고 있는 현실을 떠날 수 없다는 사실을 너무 명민하게 의식하고 있는 것이다. 지금-여기가 의미 있는 삶의 자리가 되지 못한다는 사실이 명백하게 드러났을 때 "지금 신문사에 남아 있거나/지금도 대학에 남아 있는 사람들은/다 불쌍한 사람들이다". 이어 시인은 말한다. "잘 들어라, 지금/잘 먹고/잘 사는 사람들은 지금의/잘 먹음과 잘 삶이 다 혐의점이다"(「같은 위도 위에서」).

부정성으로 가득 찬 현실에서의 "잘 먹음과 잘 삶"은 세계악과 어떤 형태로든지 연루되었다는 혐의로부터 자유롭지 못하다. 황지우의 시는 잘 먹고 잘 살아서는 안 되는 세계에서의 살아냄의 의미화는 어떻게 가능한가 하는 고뇌를 바탕으

로 하고 있다. 그 살아냄의 의미화의 개별적 추구가 현실의 지배 체계에 의해 무화될 때 시인의 현실에 대한 풍자와 야유는 극단으로 치닫는다.

위의 글은 황지우의 시집 『새들도 세상을 뜨는구나』를 크게 두 가지 측면에서 살펴본 것이다. 「연혁」에 대한 분석을 통해 황지우 시의 형성 원리를 더듬어본 것이 그 한 가지이며, 개체의 삶을 억압하고 훼손하는 지배 체계에 대한 시적 응전으로 타락한 현실 세계 안에서 좌충 우돌하며 날카로운 풍자와 야유를 퍼붓는 우상 파괴적인 해체시로 나아간 도정을 훑어본 것이 다른 한 가지다. 황지우의 시 세계가 1980년대의 중요한 시적 성취로 받아들여지는 것은 서정성과 정치적 무의식의 훌륭한 결합, 그리고 시적 방법론의 확대 때문이다. 그의 시는 고통과 불모의 1980년대 현실 속에서 어떻게 살아냄의 의미화를 획득해낼 수 있을 것인가 하는 데 대한 진지하고 의미 깊은 모색과 통찰을 보여준다. 때로 무차별적이고 과장된 자학과 냉소가 무책임성을 낳기도 해서, 시인 스스로 전망 부재의 현실에 대한 비관과 허무를 고착화하는 자기 소모적 패배주의에 빠져 있지 않나 하는 혐의를 받기도 한다. 그 의문이 씻기려면 현실에 대한 압도적 부정의 표현들이 궁극적으로 큰 긍정에 이르기 위한 것임을 보여주어야 한다. 그의 시는, 김인환이 '정치적 무의식'이라고 부른, 타성화된 의식의 굳은 표면을 날카롭게 찌르며 들어오는 부정적 현실 인식과, 지배 이데올로기에 의해 길들여진 자동화된 의식을 기습하는 '낯설게 하기'의 시적 방법론을 결합한 것이다. 뒤로 가면서 그의 시는 초기 시의 형태 파괴가 엷어지는 대신에 더욱 깊은 삶의 성찰을 담아내고 있다. 이것은 시로 "생, 지리 멸렬"을 버티고 견디며, "몸으로 닻을 내려" 사는 삶의 의미화에 기여하려는 그의 열망을 보여준다.

시인 고은(왼쪽)과 함께

황지우의 시 세계는 신중산 계층에 편입된 지식인의 현실 인식의 시적 양식화에 그 중심이 놓여 있다. 그러나 황지우가 눈길을 끈 것은 무엇보다 시적 방법론의 측면에서 널리 통용되는 상식의 거부, 공인된 틀의 파괴로 이어지는 기발하고 새로운 시 형식을 개발한 것과 관련이 깊다. 이런 다채롭고 새로운 시 형식을 자기 현시적인 욕망의 분화나 자기 만족적인 형식 실험의 지평에 매몰시키지 않고 타락한 현실에 대한 강력한 응전력의 결집으로서 의식-형식의 일치로까지 밀고 나아간다는 점에서 그의 시는 1980년대 의식의 가장 새로운 전형이라는 신화를 창조한다.

> 나의, 문학, 행위는 답이 아니라, 물음이, 다. 속, 없는 질문이, 며 덧 없는, 의, 문이, 다. 끝, 없는 의혹이, 며 회의, 이며……끝없는의혹이며회의일까?
>
> 황지우, 「버라이어티 쇼, 1984」, 『겨울—나무로부터 봄—나무에로』(민음사, 1985)

문학과지성사 사람들과 함께 한 황지우(앞줄 왼쪽에서 세 번째). 김병익·이인성·임철우 등의 모습이 보인다.

시인은 여기서 현실에 관계하는 방법으로서의 자신의 문학 행위가 문제 해결적인 것이 아니라 문제 제기적인 것임을 밝히고 있다. 현실-의식 사이에서 솟구쳐 나오는 의문, 의혹, 회의는 현실 부정적 상상력의 산물이다. 끝없는 의혹과 회의에 잠겨 있는 그의 의식의 끝간 데는 어디일까? 이를 명료하게 보여주는 시가 「박쥐」다.

한 젊은 시인의 의식 속으로 끊임없이 밀고 들어오는 '탄색炭色의 현실'과 시적 자아 사이의 고통스러운 의사 소통의 교접 끝에 수태된 「박쥐」는 우리 시대의 지식인으로서의 삶이 품고 있는 고뇌의 결을 생생하게 드러낸 작품이다. 「박쥐」는 그 고뇌에 대한 심리학적인 보고서다. 그 고뇌는 무질서한 단상斷想의 집합 속에 녹아들어 비체계적이고 단편적이며 혼란스러운 양상으로 나타나고 있다. 이에 따라 「박쥐」는 더러 정신 분열적 갈등의 무절제한 배설이 아닌가 하는 혐의를 받기도 하지만, 이 시의 혼란성은 계산된 혼란성이다. 그렇다면 시인은 왜 시의 혼란성을 의도적으로 노출하고 있는 것일까?

그는 자유롭다 : 그는 외롭다 : 캄캄한 날들과 환한 밤들 사이의 경계를 그는 알기 때문에, 그 불가능성을 그는 넘나들기 때문에./나는 시궁창에 살고 있다. 이 편안한 더러움이여. 전후戰後에/태어난 후, 나는 아무것도 믿지 않았으며, 아무도 사랑해 본 적이 없다./아무것도, 아무도./사랑하는 천적天敵 : 이상하다, 천적에게서 묘한 애정 같은 것이 생기는 것은,/내 안에 이적利敵이 있기 때문이다. 나의 접선자여./1985년 5월 21일 p.m. 3시, 종로서적 앞으로 나오라(ps : 반드시 신분증을 지참할 것). 종로 1가에서 5가까지의 거리는 전투경찰의 거리다./붙들려 가 털 깎인 경험의 소유자여, 견뎌라, 모독감을, 이 땅에 살기 위해서는, 살아 남기 위해서는./안심하라, 흰 이 드러내며 파르르르 떨며,/털 세운 하이에나, 난,/죽은 고기만 안심하고 탐식하는 이빨들을 위한 살덩어리가 아냐./때로는, 유학이나 가버릴까,/다시 감옥으로 갈까,/왔다리 갔다리 하는 내 험악한 무의식의 요양소는 어디, 어디/식은 팥죽을 담은 내 염통이여./다른 것은 다 속여도 시만은 못 속이겠다./도대체 그것이 무엇이관대, 누가 나에게 그것이 무어냐고 물으신다면(「사랑이 무어냐고 물으신다면」)/현실에로 열린 나의 시적 통로는 련민이오./련민은 두 가지가 있오./하나는 도덕적으로 우월한 위치에 있는 자의 그것이요,/다른 하나는 상처받은 자의 그것이오./나의 그것은 나의 상처요./라고 답할까? 아냐, 연민은 도덕적 임포야, 혁명의 설사제야./미문화원을 점거한 학생들, 자진 해산 하고 나오다./국민들 크게 안도./아이들은 고도孤島로 갔다./기자놈들, 체제의 합승자들, 그들의 충성심은/가면 같이 간다는 위기감이야./나의 동시대인들에게는 해태 타이거즈와 광주 사태를 연관짓는 묵시록적 경향이 있다/시는 나에게 성적性的이다 : 매혹과 수치심이 함께 있다. 중요한 것은, 이를 통한 현실의 수태受胎이다./헛물 키지 말고, 낳고 낳아라./나의 스승, 유 아무개 아무개는 위대한 무위 도식주의자이다./당신을 숭배합니다 : 너를 죽일거야./이중배 보아라. 어서 와서 나를 들것으로 옮겨 가다오./여기는 막막한 섬이다./85－05－27/종로에서/똥개로부터/날뛰는 나의 정신을 나는 유물론으로 치유한다./미치광이병에는 이게 약이요, 극약이다./어느 날, 나는 월경越境할 것이다./어느 날, 나는 만원 버스 속에서 늙은 여자에게 자리를 양보했다 : /그 늙은 여자는 창 밖만 내다볼 뿐, 내 무거운 가방은 받아주지 않는다. 철판이 깔린 가슴. 개. 똥. 씹. 걸레. 튀김. 죽일. 다음날 아이 업은 젊은 여자가 내 자리 쪽으로 다가온다./겁부터 난다. 나는 눈을 감고 가수 상태假睡狀態에 들어간다./너, 민중 없는 민중주의자! 가짜! 냄새 나! 꺼져!/나는 왜 적敵에 대해서 말하지 않고, 적전敵前에서 자꾸 뒤돌아보는가./80년대는 막장이냐,/최전선이냐./너 살아 넘어갈래. 죽어 돌아올래. 그렇지만,/돌아보라. 가장 현실적인 색色은 탄색炭色이다. 그대 손은 묻어 있다./내 마음 속의 동굴 속의 외로운 박쥐여/내 피를 빨아먹어라. 실컷, 그대 투명한 색

의/악령이 임할 때까지. 내 알몸의 투명한 색의 닻이 해저海底의,/밑 모를 심연의 땅을 찍을 때까지.

황지우, 「박쥐」, 앞의 책

이 시에는 황지우의, 세계와 자아 사이의 의사 소통 방법, 세계관, 의식과 양식 사이에서 분열되어 있는 무의식의 미시적 움직임, 그 세목들이 드러내는 방법론적 충격 등 많은 것이 들어 있다. 이 한 편의 시에 대한 충실한 이해는, 그의 전체 시 세계에 대한 이해에 값한다.

황지우는 1983년에 제3회 김수영 문학상을 받음으로써 이미 그 시 세계의 가치를 공인받고 있는 시인이다. 그의 시는 발표될 때마다 시 속에 도입한 신문의 일기 예보나 해외 토픽, 심인 광고, 도표, 그림, 비명碑銘, 전보, 연보, 공소장, 예비군 통지서, 벽보 등과, 범속한 교양인의 상식과 윤리 의식을 뒤엎는 비어와 속어, 반윤리적 발언을 뒤섞은 형태 파괴가 눈길을 끌며 여러 사람의 입에 오르내리곤 한다. 어떤 이들은 그의 시를 보고 이런 것도 시라고 할 수 있느냐며 당혹에 빠지거나 분개하는가 하면, 어떤 이들은 발랄한 말투와 기발한 착상의 조합을 통해 삶의 자유로움을 드러낸 것으로 여겨 높이 사기도 한다. 아무튼 나올 때마다 얘깃거리가 되었다는 사실은 그의 시가 사람들의 고정 관념을 적잖이 깨뜨리거나 불편하게 했다는 증거에 다름아니다. 그는 어느 지면에서 "나는 말할 수 없으므로 양식을 파괴한다. 아니 파괴를 양식화한다."라고 얘기한 바 있는데, 그의 시 형식의 독자성은 바로 이와 같은 의식의 산물이다. 황지우 시를 둘러싼 논란은 사회적으로 공인된 문학상이 그에게 주어지며 차츰 수그러든다. 그의 시가 우리 눈에 낯설고 신기하게 보인 것은 그가 추구하는 전통적 시 양식에 대한 파괴와 반란에서 얻어지는 방법론적 충격 효과 때문이다. 그 양식의 파괴는 단순히 문학 방법론상의 문제일 뿐 아니라 이 세계에서 관습적으로 승인되고 유통되는 기존 문화 체계에 대한 이의와 의문의 표출이다.

황지우의 시가 놓여 있는 주제론적 위상은, 시대적 범죄의 혐의로부터 면죄부를 획득하려는 가열한 자기 반성의 공간, 아니 그 반성이 변태적 극단으로 치달아 닿곤 하는 자기 폭로의 공간에 있다. 그는 시를 통해 거듭 발가벗거나 발가벗긴다. 사람들은 그의 시를 읽을 때면 으레 대상을 지나치게 발가벗긴다는 느낌에 빠진다. 이는 그의 "나는 시를 쓸 때, 시를 추구하지 않고 시적인 것을 추구한다. 바꿔 말해서 비시非詩에 낮은 포복으로 접근한다."는 말과 깊게 맞물려 있다. 그는 시의 미적 조형에 관심을 두는 것이 아니라 대상을 까발릴 때의 충격 효과를 노린다. 대상의 실체를 냉혹하게 발가벗겨 폭로하는 것이 그의 주된 관심사다. 그 폭로의 어법은 흔히 노골적인 풍자와 야유, 냉소에 바탕을 두고 있다.

황지우의 시는 그것이 자신을 향하고 있든지 타자를 향하고 있든지 "냉각화된 폭력의 시학" 또는 "자기 방기적 좌충 우돌의 시학"이다.

「박쥐」는 "편안한 더러움"에 빠져 있는 자기 의식에 대한 발가벗김의 시다. "전투경찰의 거리"에서 '나'는 삶을 모독당한다. 그러나 살아남기 위해 그 모독감을 견디지 않으면 안 된다는 사실을 잘 알고 있다. "죽은 고기만 안심하고 탐식하는 이빨들을 위한 살덩어리가 아냐."라는 강력한 자기 부정을 통해 '나'는 무저항으로 체제 내에 안주하고만 있지 않을 것임을 앙칼지게 드러내기도 한다. 그 앙칼짐은 '유학'과 '감옥' 사이에서 방황하는 "내 험악한 무의식의 요양소"의 현재적 좌표에 대한 물음으로 나아가며, 다시 그 물음은 곧바로 "식은 팥죽을 담은 내 염통이여."라는 단정적인 자기 폭로로 이어진다. 이런 자기 폭로는 영웅적 자기 희생의 체제 전복적 행동화로 나아가지 못하는 죄의식에서 비롯된다. 아울러 이는 체제 내에 적당히 자리잡고 안주해버린 자신에 대한 준엄한 자기 단죄다. 그 자기 단죄가 "기자놈들, 체제의 합승자들, 그들의 충성심은/가면 같이 간다는 위기감이야."라고 타자에게 확대되는 것도 우연은 아니다. 범죄의 냄새가 나는 현실 체계 또는 체제로부터 자신을 분리하려는 욕구는 뜨거운 것이다. 그 뜨거움은 "어느 날, 나는 월경할 것이다."라는 다짐을 만들어낸다. 동시대인들의 의식 속에서 "해태 타이거즈와 광주 사태를 연관짓는/묵시록적 경향"을 판독해내는 시인의 의식은, 체제가 그어놓은 경계를 뛰어넘어, 체제 내의 편안한 더러움으로부터 벗어나고 싶지만 그럴 수 없다. 무엇이 그것을 가로막고 있을까? 시인은 제 속에 남아 있는 몰의식성, 모순성, 비겁성 때문이라고 자신을 해부해 보인다. 그 "가수 상태—민중 없는 민중주의자!—적에 대해서 말하지 않고, 적전에서 자꾸 뒤돌아"봄에 대한 가열한 자기 반성은 "80년대는 막장이냐,/최전선이냐." 하는 물음이 고양시킨 것이다. 그 물음은 이미 시인 자신의 역사 의식 속에 답이 주어져 있는 물음이다. 우리 시대가 막장이며, 최전선이라는 의식은 자신의 몰의식성, 모순성, 비겁성을 발가벗기게 만들고, 자신의 삶을 "너 살아 넘어갈래. 죽어 돌아올래."라는 식의 극단적 선택의 갈림길에 세운다. 그러나 시는 거기서 머물고 만다. 그 갈림길에서 결단을 내려 앞으로 나아가지 않고 다만 몸부림치는 것으로 끝난다. 그의 상습화된 도피주의적 허위 의식은 마침내 백일하에 폭로된다. 왜 그런가? 그의 마음에 박쥐가 있기 때문이다. 자신을 향해 '박쥐 같은 놈'이라고 능욕하면서도 끝끝내 그 마음속의 박쥐를 없애지 않고, 체제와 타협하기 때문이다. 의식의 심층에 자리잡고 있는, "비타협의 가면을 쓴 타협주의"의 추악한 실상이 여지없이 노출되면서 그는 좌충 우돌하기 시작한다. 따라서 체제에 대한 그의 분노는 공소하기 짝이 없다. "내 마음 속의 동굴 속의 외로운 박쥐"에 대한 그의 연민은, 앞서의 모든 자기 반성, 자기 폭로, 자기 단죄를 일거에 무화시키고, 스스로를 체제 내에 단단하게 안주시킨다. 그의 머리는 진보주의자의 영역에 가 있고, 그의 발은 보수주의자의 영역을 딛고 있는 것이다. 이 불일치, 이 모순에서 황지우의 극명한 한계가 비롯된다. 황지우는 결정적인 순간에 사태의 중심에서 슬쩍 몸을 돌려버린다. 그 도피가 만들어내는 죄의식의 심화는 다시 그를 가열한 자기 폭로, 좌충 우돌의 야유와 풍자의 세계로, 악순환으로 이끌어간다. 행동이 거세된 지식인의 모순성은 지적 조작을 통해 은폐하려 든다고 가려지는 것이 아니다. 냉혹하게 말해버린다면, 그의 시의 극렬성은 위장의 극렬성이다! 그의 시는 의식과 양식 사이에 찢어져 있다.

자기를 발가벗기거나, 찢긴 상태를 그대로 전시한다고 해서 면죄부가 생기는 것은 아니다. 그것은 방향성이 결핍된 자기 폭로, 몰가치적 자기 방기에 의한 좌충 우돌의 발가벗김에서 벗어나, 시대와의 정당한 대응, 의식과 양식의 일치로 나아감으로써 획득될 수 있는 것이다.

시인이 첫 시집에서 보여준 '형태 파괴의 시'는 자아를 억압하는 시대에 대한 치열한 응전 전략의 산물이다. 시인은 '형태 파괴의 시'로 현실의 '최전선'에서 복무한 것이다. 그러나 황지우의 시는 변화하고 있다.

이제 황지우는 '초토'에서 '화엄'의 세계로, 가열찬 현실 부정에서 현실을 감싸안는 초월의 세계로 왔다. 여기에 이르는 황지우의 시적 에움길은 얼마나 먼가? 그러나 그의 시적 탈속과 환속은 언제나 진행형이다. 그는 자신을 연료로 불태운다. 그는 아직도 '분신중焚身中'이다. 끝없이 "자기를 매질하여" "연안으로 가고 있는" 그의 시적 운명은, 우리 시대의 '뜨거운 상징'이다. 황지우는 자신의 표현대로 "시를 반역한 죄"를 범하고 "요절의 운명"과 싸우는 시인이다. 놀랍게도 황지우의 시적 궤적 속에는, 1980년대를 관통하고 흐르는 역사의 오욕과 광휘가, 현실을 넘어서고자 하는 사람들의 고행과 회한과 지울 수 없는 희망이, 한 실존의 손금으로서 새겨져 있는 것이다. 그것은 시적 실천이 역사적 범주에 속한다는 문학적 명제에 대한 빛나는 예증이며, 모든 첨예한 문학적 운명들의 저주받은 육체성이다.

이광호, 「초월의 지리학」, 『황지우 문학 앨범』(웅진출판사, 1995)

참고 자료

이광호, 「초월의 지리학」, 『황지우 문학 앨범』, 웅진출판사, 1995
임동확, 「솔섬에서 율도국, 화엄에서 진흙밭으로의 여행」, 『황지우 문학 앨범』, 웅진출판사, 1995
김훈, 「사막건너기의 노래」, 『선택과 옹호』, 미학사, 1991
정과리, 「안녕/파탄 : 떠남/묶임 : 연속/단절」, 『존재의 변증법 2』, 청하, 1986
김현, 「황지우에 대한 두 개의 글」, 『젊은 시인들의 상상 세계/말들의 풍경』, 문학과지성사, 1992

민정당은 학생 운동이 민주주의의 실현을 위해 사회의 아픔을 대변하려는 대다수 학생의 지난한 몸부림에도, '소수', '극렬'로 매도하면서 독재 정당의 구축의 정치적 흥정물로 악용하고 있다

1984

우리는 왜 민정당을 찾아왔는가?

민정당은 작금의 학생 운동이 이 땅의 참된 민주주의의 실현을 위해 사회의 아픔을 대변하려는 대다수 학생의 지난한 몸부림에도 불구하고, '소수', '극렬'로 매도하면서 독재 정당의 구축의 정치적 흥정물로 악용하고 있다. 그것은 그들이 국민적 지지 없이 물리적으로 등장한 독재 정당으로 다가오는 총선을 앞두고 또 한번 이 땅에 암울한 민주주의의 죽음을 자기화하려는 음모의 일환이다.

지난11월 3일 우리 민주화투쟁학생연합(이하 민투학련)은 이 땅의 암울한 현실이 전두환 독재 정권과 독재 정당인 민정당에 의해 자행되는 민주 · 민족의 탄압에 근거하고 있음을 직시하고 학생들이 민주화 투쟁의 결집체로 민투학련의 창립을 선언한 바 있다.

이제 우리는 한 걸음 더 나아가 이 땅의 참된 민주주의를 짓밟고 있는 민정당에 그 모든 책임을 묻고자 한다.

1. 노조 탄압 중지하고 노동 악법 개정하라

2. 파쇼 악법 폐지하고 전면 해금 실시하라

3. 학원 탄압 중지하고 폭력 경찰 물러가라

1984년 11월 14일, 대학생 2백여 명이 서울 종로구 안국동에 있는 '민정당' 중앙당사에 들어가서 농성을 시작한다. 당사를 기습 점거한 이들은 「우리는 왜 민정당을 찾아왔는가?」라는 제목의 성명서를 내놓는다. 이들은 민정당이 12 · 12와 5 · 17 이후 일당 독재 체제를 제도적으로 확보하고 567명의 정치인을 정치 풍토 쇄신법으로 묶어놓은 상태에서 군부 세력을 중심으로 만든 군사 정당일 뿐 아니라, 독자적 정치 역량 및 정치 사상 없이 물리력과 금력으로 급조한 정당이며, 대중성이 결여된 철새 정치인들의 집합소이자 소수 지배 정당이라고 비난한다. 농성 학생들은 민정당이 말하자면 폭력 정권의 합법적 외피로서 의회 민주주의의 위장물이라고 규정하면서 민정당의 즉각 해체를 요구한다.

1984

1월

12 통일원, 남 · 북한 최고 책임자 회담 수락을 촉구

12 미국, 남한 · 북한 · 중국 · 미국의 4자 회담 제의

20 경제기획원, 390가지 상품 수입 개방 발표

4월

2 국가안전기획부, 1978년 홍콩에서 실종된 최은희 · 신상옥이 북한에 납치되었다고 발표

9 판문점에서 제1차 남북 체육 회담 개최

19 레이건 미국 대통령, 중국 방문

5월

3 교황 요한 바오로 2세 방한

4 6개 대학생 5천여 명, 고려대에서 강제 징집 철폐 등을 주장하며 반정부 시위

14 미연방 대법원, 통일교 교주 문선명 피고상대로 징역 18개월 확정 판결

22 서울시 지하철 2호선 완전 개통

23 이란 · 이라크기, 페르시아만에서 유조선 거듭 공격, 북해산 유가油價와 금가金價 및 선박 보험료 폭등

6월

9 제10차 서방 경제 정상 회담, 국제 금융 위기 논의(런던헌장 발표)

27 올림픽고속도로 개통

8월

12 로스엔젤레스 올림픽에서 한국 금메달 6개, 은메달 6개, 동메달 7개 획득

9월

29 대한적십자사, 북한 적십자사의 수재 구호 물자 인수

10월

5 재일 교포 1천여 명, 지문 날인 거부 집회

31 간디 인도 총리, 시크교도 경호원에 의해 피살

11월

6 미국, 대통령 선거에서 레이건 당선

14 고려대 · 성균관대 · 연세대생 264명, 민정당사 점거 농성

18 청계피복 노조원과 재야 인사 및 대학생 등 5백여 명, 마석 모란공원에서 전태일 열사 추도식 개최

12월

7 여성 산악인 김영자, 세계 최초로 겨울에 히말라야 안나푸르나봉(8091m) 등정

29 영국 · 중국, 홍콩 반환 협정 조인

박노해

『노동의 새벽』

참혹한 노동 현장의 비인간적인 삶의 실상을 고발한 노동자 시인 박노해

1971년 재단사 전태일이 서울 청계천 평화시장 앞길에서 불길에 휩싸인 채 "근로 기준법을 지켜라!", "우리는 기계가 아니다!"라고 외친 지 열세 해 만에 박노해(1957~)가 시집 『노동의 새벽』을 들고 나온다. 박노해는 저임금과 장시간 노동, 열악한 작업 환경이라는 최악의 한계 상황을 기어서, 낮은 포복으로 통과해야만 하는 노동자들의 목소리를 대변한 노동자 시인이다.

1984

노동 현장의 생생한 체험들을 자생적 문학으로 드러내면서 현장성과 예술성을 동시에 성취했다는 찬사와 함께 선풍을 일으킨 『노동의 새벽』

박노해는 1957년 11월 20일 전남 함평군 함평읍 기각리에서 태어난다. 필명인 박노해는 '박해받는 노동자 해방'에서 따온 것으로 알려져 있으며, 본명은 기평이다. 아버지 박정묵은 고흥 동강면 남로당 세포책으로 활동하면서 여순 반란군을 지원 선동한 인물로 약장수 행상을 하다가 삶을 마친다. 박노해는 "나의 아버지 박정묵은 빈농의 가정에서 자라났으나 정의감이 넘치고 총명한 풍운아였다. 나는 내 아버지의 경력에 대하여 잘 모른다.…… 그는 일제 때 독립 운동에 참여하고 목포에서 남로당 활동에 열성이다가 '여순반란사건' 때 주동급으로 빨치산 투쟁을 했다고 한다."라고 전한다. 시인의 기억 속에 아버지는 "불행한 인물" 또는 "철저한 사회주의 혁명가가 되지 못한 채 패배한 역사 속에서 무력한 패배자"로 떠돈 인물이다.

박노해는 고흥의 동강국민학교를 거쳐 벌교중학교를 마친 뒤 서울에 올라와 1977년에 선린상고 야간부를 졸업한다. 객지를 떠돌며 노동과 행상으로 가족을 부양하던 어머니를 만나기 위해 그는 중학교에 입학하던 해 처음으로 서울 땅을 밟는다. 가난한 집안과 전라도 태생, 게다가 '빨갱이'의 자식으로 철저하게 남한 자본주의 사회의 주변부에 머물 수밖에 없는 최저 빈민 계급 출신인 그의 눈에 '서울'은 가난한 이들의 희생 위에 세워진 '죽음의 도시'로 비친다. 그래서 서울은 시인에게 "작은 환희가 절대적인 죽음 위에 피어나고 있는 땅, 거대한 강물처럼 흐르는 슬픔 위에 화려한 네온사인처럼 반짝이는 웃음들, 미도파 백화점 앞의 부유한 얼굴들과 천막촌의 시들은 미소들……. 아 서울아, 기다려라, 내 다시 돌아와 너와 싸우리라. 나는 꼭 정치가가 되어 이 죽음의 도시를 갈아엎으리라."는 마음을 먹게 한다. 시인은 상업 고등 학교 야간부를 졸업한 뒤 삼원철강에 취직하는 한편 향린교회 청년부와 야학 모임에서 활동한다. 1982년께 군대에 다녀온 그는 야학 일을 하다가 만난 김진주와 결혼하고, 안남운수에 취직한 뒤 본격적으로 노동 운동에 투신한다.

1983년 그는 황지우 · 김정환 · 김사인 등이 꾸리고 있던 동인지 『시와 경제』 2집에 「시다의 꿈」 · 「하늘」 · 「얼마짜리지」 · 「바겐세일」 · 「그리움」 · 「봄」 등 여섯 편의 시를 발표하며 '얼굴 없는 시인'으로 문단에 나온다. 시인의 신원은 오랫동안 철저하게 베일에 가린 채 그에 대한 갖가지 유언 비어성 풍문만 떠돈다. 박노해는 1984년 『노동의 새벽』을 '풀빛' 출판사를 통해 내놓으며 1980년대를 관통하는 '뜨거운 상징'이 된다. 『노동의 새벽』이 나오기까지 시인은 군자동 섬유 공장, 청량리 공사판, 성수동 영세 공장, 안양의 버스 회사 등에서 노동자로 전전하며 '노동자 시인'이기에 앞서 '철저한 조직 운동가'가 되기 위한 단련의 시기를 거친다. 이렇게 7년의 세월을 보낸 뒤 비로소 내놓은 것이 『노동의 새벽』이다. 시인 자신은 『노동의 새벽』의 출간 의미를 "뼈저린 자기 부정과 해체이자 불철저한 나 자신과의 투쟁"으로 규정짓는다.

우리 노동자 계급은 나에게 한 사람의 노동자 시인보다는 보다 철저한 조직 운동가로 서 줄 것을 요구했다. 당시에 나는 철저한 조직적 노동 운동가가 되기에는 아직 부족했다. 나에게는 아직도 극복해야 할 '시적인 요소'가 남아 있었으며, 1인칭이 남아 있었으며, 계급적 직관에만 의존하는 '추상성' 과 '감성' 이 과학적 사고를 가로막고 있었던 것이다.

박노해, 「이 땅의 자식으로 태어나서」, 『신동아』(1990. 12.)

1991년 3월 12일 '사노맹' 활동에 앞장서온 박노해가 서울 중부경찰서에 구속되고 있다.

그는 1987년에 노동자계급해방투쟁동맹, 그리고 1989년부터는 사회주의노동자동맹을 결성해 급진적인 사회주의 혁명 투쟁에 나서는 한편 월간 『노동해방문학』에 시와 「윤상원 평전」·「김우중 회장의 '자본 철학' 에 대한 전면 비판」 같은 글을 발표한다. 그러다가 1991년 3월 10일 국가안전기획부에 체포되어 고문을 당한 그는 백태웅 등과 함께 이른바 '사노맹 사건' 의 핵심 인물로 지목되어 재판에서 사형 선고를 받으나 무기 징역으로 감형되어 수감 생활을 한다. 1993년 두 번째 시집 『참된 시작』을 '창작과비평사' 에서 발간한 그는 1997년에 시 산문집 『사람만이 희망이다』를 '해냄' 출판사에서 펴낸다.

『노동의 새벽』이 처음 나왔을 때 그 표현의 가열성과 사실성에 사람들은 놀라움을 감추지 못한다. "노동 속에 문드러져" "지문이 나오지 않"는 노동자들의 처절한 생존을, 연일 계속되는 고된 노동과 잔업에 지쳐 "차라리 포근한 죽음을 갈구"하는 노동자들의 절규를 거침없이 토해내는 박노해의 시들은 온몸을 고압 전류로 감전시키는 듯한 느낌을 준다.

길고긴 일주일의 노동 끝에/언 가슴 웅크리며/찬 새벽길 더듬어/방안을 들어서면/아내는 벌써 공장 나가고 없다//지난 일주일의 노동,/기인 이별에 한숨지며/쓴 담배연기 어지러이 내어뿜으며/바삐 팽개쳐진 아내의 잠옷을 집어들면/혼자서 밤들을 지낸 외로운 아내 내음에/눈물이 난다//깊은 잠 속에 떨어져 주체못할 피로에 아프게 눈을 뜨면/야간일 끝내고 온 파랗게 언 아내는/가슴 위에 엎으러져 하염없이 쓰다듬고/사랑의 입맞춤에/내 몸은 서서히 생기를 띤다//밥상을 마주하고/지난 일주일의 밀린 얘기에/소곤소곤 정겨운/우리의 하룻밤이 너무도 짧다//날이 밝으면 또다시 이별인데,/괴로운 노동 속으로 기계 되어 돌아가는/우리의 아침이 두려웁다//서로의 사랑으로 희망을 품고 돌아서서/일치 속에서 함께 앞을 보는/가난한 우리의 사랑, 우리의 신혼행진곡

박노해, 「신혼 일기」, 『노동의 새벽』(풀빛, 1984)

단 한 권의 시집으로 "현실 세계의 모순과 맞닥뜨려 그것을 온몸으로 끌어안고 적극적으로 극복"하는 삶의 건강한 힘과 그 힘을 "고통받는 사람의 현실과 꿈으로 제기하여 그들로 하여금 현실 속의 허위와 맞서게" 만든 현장성과 예술성을 동시에 성취했다는 찬사와 함께 선풍을 일으킨 박노해는 1980년대 내내 완벽하게 자신의 모습을 숨긴다. 당시 그에 대해 알려진 것은 1957년 전남 출생으로 열다섯 살에 서울로 와서 공단의 노동 현장에서 일하고 있다는 사실 정도였다.

> 긴 공장의 밤/시린 어깨 위로/피로가 한파처럼 몰려온다//드르륵 득득/미싱을 타고, 꿈결 같은 미싱을 타고/두 알의 타이밍으로 철야를 버티는/시다의 언 손으로/장미빛 꿈을 잘라/이룰 수 없는 헛된 꿈을 싹뚝 잘라/피 흐르는 가죽본을 미싱대에 올린다/끝도 없이 올린다//아직은 시다/미싱대에 오르고 싶다/미싱을 타고/장군처럼 당당한 얼굴로 미싱을 타고/언 몸뚱아리 감싸 줄/따스한 옷을 만들고 싶다/찢겨진 살림을 깁고 싶다//떨려 오는 온몸을 소름치며/가위질 망치질로 다림질하는/아직은 시다,/미싱을 타고 미싱을 타고/갈라진 세상 모오든 것들을/하나로 연결하고 싶은/시다의 꿈으로/찬 바람 치는 공단거리를/허청이며 내달리는/왜소한 시다의 몸짓/파리한 이마 위으로/새벽별 빛나다
>
> 박노해, 「시다의 꿈」, 앞의 책

박노해의 시들이 다루고 있는 것은 「시다의 꿈」에서처럼 저임금 · 장시간 노동과 열악한 작업 환경으로 대변되는 노동 현장에서의 애환과 인간다운 삶에 대한 꿈 그리고 그 좌절이다. 여기서 우리가 지나쳐서 안 될 대목은 박노해의 『노동의 새벽』이 어느 날 갑자기 솟구쳐 나온 게 아니라는 사실이다. 『노동의 새벽』이 나올 만한 사회적 여건의 성숙과 문학적 에너지의 축적이라는 선행 작업이 있었다는 얘기다. 1970년대의 문학은 크게 봐서 지식인을 위한 문학이라는 범주를 벗어나지 못한다. 그러나 1980년대에 이르러 지식인을 위한 지식인에 의한 문학은 일반적이며 자생적인 문학의 단계로 접어든다. 1970년대 후반부터 석정남의 『공장의 불빛』, 유동우의 『어느 돌멩이의 외침』, 한윤수 엮음 『비바람 속에 피어난 꽃』 등이 나오더니, 1980년대에 들어 송효순의 『서울로 가는 길』, 장남수의 『빼앗긴 일터』, 노동자 글 모음 『우리들 가진 것 비록 적어도』 등이 잇달아 쏟아지면

서 노동 문학의 분위기를 성숙시키는 것이다.

박노해의 시들은 어느 토론 보고서에서 지적된 대로 1970년대의 노동 문학보다 훨씬 "구체적 · 실천적"이라는 1980년대 노동 문학의 일반적 특징을 포괄하고 있다.

어디로 갈꺼나/눈부시게 푸르른 오월/얼마 만에 찾아먹는 휴일인데/정순이는 오늘도 특근이란다/어디로 갈꺼나/프로야구 중계도 끝난/테레비도 싱거워/전자오락실에서 동전 몇 닢 쓩쓩 날리고/이 거리 저 거리 돌아다니기도 지쳐/시원한 생맥주 한 잔 하고/영화라도 한 편 보고/디스코장에라도 가고 싶은데/벌써 가불이 오만원째다/무엇을 할꺼나/얼마 만의 휴일인데/자꾸만 초조해/편지도 못쓰겠고 책도 안잡히고/에라 장기판 두드리다/짤짤이나 하다가 그도 시진하여/쥐포에 소줏잔을 돌리면서도/무언가 해야 하는데,/어디론가 가야 하는데,//등산친목회도 축구동우회도/한자공부도 독서모임도/잔업에 밀려 휴일특근에 깨져/아무것도 계획할 수 없어,/이러다간 삼주째 못본/사랑스런 정순이마저/날아가 버릴지 몰라

박노해, 「어디로 갈꺼나」, 앞의 책

실제적 체험의 깊이를 보여주는 이런 시는 노동 현장과 차단된 환경에 놓여 있는 사람에게서는 나올 수 없는 것이다. 박노해의 시가 충격 속에 읽힌 것도 노동 현장의 구체성과 노동자의 일상에서 뿜어져 나오는 체험의 강렬함 때문이다. 시인은 사회적 모순의 깊은 골에 방치된 채 "기름 먼지 자욱한 작업장"에서 "저임금의 포승"에 끌려다니는 노동자들이 꿈꾸는 인간다운 삶을 평이한 언어로 구체화하고 있다.

공장 뜨락에/다사론 봄볕 내리면/휴일이라 생기 도는 아이들 얼굴 위로/개나리 꽃눈이 춤추며 난다//하늘하늘 그리움으로/노오란 작은 손/꽃바람 자락에 날려 보내도/더 그리워 그리워서/온몸 흔들다/한 방울 눈물로 떨어진다//바람 드세도/모락모락 아지랑이로 피어나/온 가슴을 적셔 오는 그리움이여/스물다섯 청춘 위로/미싱 바늘처럼 꼭꼭 찍혀 오는/가난에 울며 떠나던/아프도록 그리운 사람아

박노해, 「그리움」, 앞의 책

그러나 박노해 시에 나타나는 단호한 결의, 다시 말하면 "푸르른 생명"을 부르

고 "새봄"을 부르는, 기다리는 소극적 자세가 아니라 적극적인 부름의 행위 속에 맺혀 있는 능동적 의지는, 비인간적 환경에서 비롯된 절망과 비탄을 훨씬 넘어서고 있다. "타오르는 갈망"에서 발원한 의지와 희망의 끝간 데에, "지루하고 괴로운 노동자의 길" 끝에, "밥상을 마주하고/지난 일주일의 밀린 얘기에/소곤소곤 정겨운/우리의 하룻밤이 너무도 짧다"고 묘사된 너무나도 소박한 행복이 있다.

『노동의 새벽』에 대해 현준만은 『한국 문학의 현단계 Ⅳ』에서 "1970년대부터 쏟아져 나온 기층 노동자들의 여러 형태의 노동 문학 작품들이 양적 확산의 수준에서 질적 심화로 이행하는 것을 촉진케 한 중요한 계기가 되었을 뿐 아니라 1970년대의 민족 문학에 무한한 충격을 가하여 그것을 심화 고양"시켰다고 말한다. 한편 김지하는 한 계간지 창간호에서 "박노해 씨 시에서 제일 먼저 발견되는 건 신선함입니다.…… 삶 자체를 건강하게 살려고 애를 쓰면서 살아온 것이 그대로 나와서 그럴 겁니다. 또한 문학 안에 들어 있는 속셈 그 자체를 평가해야 할 것 같아요. 그런데 중요한 것은 그 속을 표현하는 것입니다. 그 속셈이 요구하는 형식을 시인이 아직 얻지는 못한 것 같습니다.…… 형식이 내용을 확산시켜 주어야 하는데 박노해 씨의 경우 오히려 이것을 깎아먹고 들어가는 것 같아요. 박노해 씨의 시의 형식은 소외된 노동자의 불안정한 생활을 의미 연관에 따라서 단편적으로 끊어가지고 축조하는 시적 전개를 가지고 있어요. 그런데 그런 시적 전개 구조를 따라가다보면 자칫 요즈음 노동 운동에서 주장하는 슬로우건 차원에 머물기 쉬워요. 그걸 뛰어넘을 수가 없어요. 박노해 씨의 속셈이 가진 신선한 활기 속에서 밀고 나오는 노동자만의 새로운 방향까지 제시할 수 있는 어떤 형태의 예감까지도 나타날 수 있었을 텐데 결국은 통상의 노동 운동이 제기하고 있는 슬로우건 이상의 시적 결말에 이르지 못하고 말았어요."라고 말한다.* 양적 확산의 단계에 있던 노동 문학이 박노해의 시에 의해 질적 심화의 단계에 들어서게 되었

* 김지하 · 백낙청, 「권두 대담 — 민족, 민중 그리고 문학」, 『실천문학』(1985 봄)

다는 찬사나, 박노해 시의 형식의 한계에 대한 비판은 모두 근거가 있다.

박노해의 시가 솟아날 수 있었던 사회 · 경제 · 문화적 바탕, 그 문학적 성취와 의미는 분명히 소중한 것이다. 노동자 스스로, 노동자 계급의 삶에 대한 깊은 통찰 끝에 당당한 자기 세계관을 정립하고, 삶의 현장에서 그 생생한 체험들을 자생적 문학으로 드러냈다는 점에서 그것은 하나의 충격이었고, 그 신선한 충격 때문에 추상적 · 관념적 세계 인식으로 문학을 논의하던 지식인 집단으로부터 뜨거운 지지와 찬사를 받은 것이다.

그러나 박노해의 시에 대해 "정치주의적 문학 실천의 과정 속에서 그의 시는 생명력을 소진당하고 말았다."*는 부정적인 평가도 없지 않다. 박노해는 '시적인 요소', '일인칭'과 같은 개체적 체험에서 길어올린 서정성을 부정하고, 조직 운동가로서의 혁명 이념을 고취하는 관념적 급진성을 추구하며 시적 긴장을 놓치는 것이다. 그는 시인이 아니라 조직 운동가로 서기를 원한다. 그래서 "주관의 밀실에서 객관의 광장으로, 1인칭의 샘물에서 3인칭의 바다로, 자기 확인에서 자기 해체로, 단절되고 고립된 나 자신이 아니라 역사와 객관 사물 속에 존재하고 있는 나를 향하여"** 나아가기를 바란다. 여러 시편에서 나타나는 투박함과 거침, 그리고 세계를 절대악과 절대선의 이분법적 대립 관계로 파악하고 있는 점 등은 그의 시가 아직은 현실 이해의 단순성에서 크게 벗어나지 못한 감상과 고발의 단계에 머물고 있다는 증거가 되기도 한다. 그것이 감동적인 문학이 되고, 현실 변혁 의지를 고양하는 '시'가 되기 위해서는 현장에서 느끼는 슬픔과 절망을 직설적으로 토하기보다는, 더 넓은 세계 인식의 틀 속에서 그 체험의 생생함과 의미를 양식화해야 할 것이다.

노동자의 삶은 가능한 여러 형태의 삶의 한 부분이다. 다시 말하면 특수한 삶이다. 그것을 감동의 차원으로 승화시키기 위해서는 그 특수한 삶에 내재해 있는

---

* 방민호, 「문학적 연대기」, 『작가세계』(1997 봄)
** 박노해석방대책위원회 편, 『민들레처럼』(노동자의벗, 1991)

인간 보편의 가치에 대한 통찰이 요구된다. 근원적 통찰이 결핍될 때, 그것은 특수한 것에 대한 호기심만을 자극할 뿐, 삶의 질적 전환을 일으키는 진정한 문학은 될 수 없다.

이 겨울이 언제 끝날지는 아무도 말할 수 없었다/죽음 같은 자기비판을 앓고 난 수척한 얼굴들은/아무데도 아무데도 의지해서는 안된다는 것을 잘 알고 있었다/마디를 굵히며 나이테를 늘리며 뿌리는 빨갛게 언 손을 세워 들고/촉촉한 빛을 스스로 맹글며 키우고 있었다/오직 핏속으로 뼛속으로 차오르는 푸르름만이/그 겨울의 신념이었다/한점 욕망의 벌레가 내려와 허리 묶은 동아줄에 기어들고/마침내 겨울나무는 애착의 띠를 뜯어 쿨럭이며 불태웠다/살점 에이는 밤바람이 몰아쳤고 그 겨울 내내/뼈아픈 침묵이 내면의 종울림으로 맥놀이쳐갔다/모두들 말이 없었지만 이 긴 침묵이/새로운 탄생의 첫발임을 굳게 믿고 있었다/그해 겨울,/나의 패배는 참된 시작이었다

박노해, 「그해 겨울나무」, 『참된 시작』(창작과비평사, 1993)

그의 두 번째 시집 『참된 시작』에는 「그해 겨울나무」와 같은 빼어난 작품이 들어 있다. 이 시에서 두드러지는 것은 그가 다시 체험의 직접성 속에서 시를 길어내고 있다는 사실이다. 묵묵히 고난을 견디며 서 있는 겨울 나무에서 자신의 삶에 대한 그윽한 성찰을 끌어낸 이 시는 한결 성숙해진 그의 면모를 엿보게 한다. 이는 그가 "추상과 관념의 세계"에서 "피와 살이 도는 인간의 세계, 구체성과 행동의 세계"로 돌아왔다는 신호다.

지금은 '개인의 시대' 라고 합니다/우주 기운으로 태어나 우주만큼 소중한 한 생명,/한 인간이 먼저, 내가 먼저입니다/국가와 민족을 위하여 내 한 몸 바치는 것을 미덕으로 교육받아온/ '개인 없는 우리' 에서/자유롭고 독립하여 주체적인 개인들의 연대—/ '개인 있는 우리' 가 되어야 합니다.

박노해, 「인다라의 구슬」, 『사람만이 희망이다』(해냄, 1997)

박노해는 이윽고 "개인 있는 우리"가 되어야 한다고 말하며, 그가 오래도록 부정해온 '일인칭', 즉 개인을 긍정하기에 이른다. 그는 냉전 해소 이후 세계를 강타한 "변화의 빅뱅"에 적지 않은 충격을 받고 "이 거대한 대단절을 이어내기 위

해 우리가 먼저 변화해야 합니다."라고 말한다.

1998년 광복절 특사로 풀려난 뒤 그가 쏟아낸 말과 행동, 이를테면 '서태지와 아이들'의 열렬한 팬임을 자처하거나 록 콘서트 현장에 나타난 것 등은 '혁명가 박노해'와 하나로 잘 겹쳐지지 않는다. 그러나 이런 것이 달라진 박노해의 참모습이다. 그가 감옥에서 나올 때 담당 교도관은 "반입 도서 리스트가 1만 권"이라고 전하기도 한다. 그러나 박노해는 자신의 실제 독서량은 그것을 넘어설 것이라고 말한다. 그는 10여 개 일간지와 각종 주간지며 월간지 등을 형광펜으로 주요 부분을 그어가며 읽어가는 동안 세계를 강타하고 있는 "변화의 빅뱅"을 실감하고, 21세기의 패러다임은 제도 개혁이 아니라 사람 자체의 변화 속에서 나올 것이라는 결론에 도달한다. '얼굴 없는 시인'은 지난 1980년대의 신화 속에 묻어버리고, 이제 박노해는 새롭게 태어나고 있는 것이다.

참고 자료

임철규, 「평등한 푸르른 대지—박노해론」, 『창작과 비평』 1993 겨울
윤지관, 「1980년대 노동시와 리얼리즘」, 『현대시세계』 1990 봄
조정환, 「'노동의 새벽'과 박노해 시의 변모를 둘러싼 쟁점 비판」, 『노동해방문학』 1989. 9.
채광석, 「노동 현장의 눈동자」, 『노동의 새벽』 해설, 풀빛, 1984
백낙청 · 김지하, 「권두 대담—민족, 민중 그리고 문학」, 『실천문학』 1985 봄
「박노해 특집」, 『작가세계』 1997 겨울

김주영, 야성적 인간의 발견

『고기잡이는 갈대를 꺾지 않는다』에서 『객주』까지

현실 체험과 역사를 넘나들며 뛰어난 이야기꾼의 면모를 보여준 작가 김주영

20대부터 30대까지 16년 동안 엽연초 조합의 4급 주사 경리 직원으로 이름 없이 살던 한 남자가 어느 날 직장을 그만두고 소설을 쓰기 시작한다. 얼마 뒤 그는 소설가로 세상에 제 이름을 알리는데, 그가 바로 김주영金周榮(1939~)이다. 그는 1970년에 『월간문학』 신인상 공모에 단편 「여름 사냥」이 입선하고, 이듬해에 「휴면기」가 당선하며 문단에 나온다.

작가 김주영은 "나에게 한글로 소설을 쓴다는 것은 크나큰 행복이었다. 한글의 맛깔스러움과 그 포용력에 나는 늘 압도되어 있다."고 말한다. 이처럼 소설 쓰기를 절체 절명의 운명으로 받아들이는 것으로 비치던 그가 1989년 10월 21일 갑자기 '절필 선언'을 해서 세상 사람들을 놀라게 만든다. 이 때 그는 "나는 어렸을 때부터 배가 고파서 떨어진 감꽃을 주워 먹으며 자랐다. 그 배고픈 아이의 꿈은 소설가가 되는 것이었다. 나는 그 꿈 때문에 50년을 시달려왔다. 그리고, 나는 이제…… 그 꿈을 버린다. 단념하고 포기한다."고 말한다. 자신의 절필 선언이 즉흥적인 감정이나 기분에서 나온 것이 아님을 그는 "나의 절필은 오랫동안의 망설임과 심사 숙고 끝에 이루어진 것이다. 이것은 번복할 수 없는 내 생명의 마지막 절규다. 내 자신의 내면 속에 더 이상 글을 써나갈 힘이 남아 있지 않다는 것을 나는 내 50살의 분별력으로 확인했다. 나의 절필에 호기심을 가질 수 있는 어떤 저널리즘과의 면담에도 나는 응하지 않겠다."*라는 말로 강조한다.

---

* 김주영, 「절필 선언」—김훈, 『선택과 옹호』(미학사, 1991) 재인용

소설 쓰기의 어려움과 자신의 반문학적 성향에 대한 반성에서 우러나온 작가의 고백이 신문 지상에 과장되게 보도되며 일어난 이 절필 소동은 1년여 만에 끝난다. 작가 김주영은 다시 '문학'으로 돌아온다.

김주영은 1939년 경북 청송군 진보면에서 태어난다. 그는 일제 말기와 해방, 그리고 한국전쟁으로 이어진 시기에 매우 궁핍한 어린 시절을 보낸다. 자전적 성장 소설인 『고기잡이는 갈대를 꺾지 않는다』에서 그는 자신이 겪은 가난에 대해 다음과 같이 쓰고 있다.

김주영의 자전적 성장 소설 『고기잡이는 갈대를 꺾지 않는다』

> 나는 그곳에서 유년 시절과 1950년대에 이르는 그 암울하고 스산했던 소년 시절 모두를 보냈다. 물론 유아기 때는 그것을 깨닫지 못한 터였지만, 뒤를 가릴 줄 알게 되고 말문이 트이기 시작하게 되면서 나는 매우 혹독한 굶주림에 시달렸다. 어른들은 그때 벌써, 허기를 잠으로 때울 만치 일제 말기의 궁핍을 참아가는 데 이골이 나 있었다. 그러나 바깥 세상에 굶주림이 기다리고 있다 해서 태어나는 아이들의 뱃구레가 삼가서 작아지는 것은 아니었다. 오히려 조악粗惡한 음식의 섭생攝生으로 배꼽이 밖으로 불거져 나올 정도로 커져 있기 마련이었다. 내가 그러했듯이, 우리들은 닥치는대로 아무것이나 주워먹었다. 소낙비 뒤에 여울가로 떠내려오는 과일의 껍질에서부터 개구리와 메뚜기에 이르기까지 우리들이 먹지 않을 수 없는 것이 없었다.
>
> 김주영, 『고기잡이는 갈대를 꺾지 않는다』(민음사, 1988)

고향의 진보국민학교와 진보중학교를 마친 그는 열여섯 살이 되던 해에 고등학교 진학을 위해 대구로 나온다. 아들이 농고를 나와 농장을 경영하기를 바라는 아버지의 뜻에 따라 그는 대구농림고등학교 축산과에 진학한다. 그는 이 시기에 문학에 눈을 떠서 시 습작을 하고 더러 지방 신문에 투고도 한다. 1959년 그는 시인이 되기 위해 서라벌예대 문예창작과에 진학한다. 그의 입학 동기로는 소설가 송상옥 · 천승세 · 유현종 · 김문수 · 오찬식, 시인 이근배 · 김민부, 그리고 평론가 홍기삼 등이 있다. 그는 당시 서라벌예대 교수이던 박목월에게 몇 편의 시를 보여주지만, 문학적 자질이 시와 맞지 않는다는 지적을 받는다. 군대에 다녀온 뒤 결혼을 한 그는 고향에 정착해 문학에 대한 꿈을 뒤로 밀쳐두고 십여 년 동안 안동에 있는 엽연초 생산 조합의 주사로 근무한다. 지역 사회의 정서와 인습에 맞추어 자신을 길들이며 살아간 그 시기는 겉보기에 평화로웠으나 속으로는 고통스런 시기였다. 그는 이런 고통을 술로 달래곤 한다.

> 겉으로는 그러한 지역 사회의 대세에 따라가는 척하였지만 가슴 속에는 날이 갈수록 뭔가 응어리 같은 것이 쌓여가기 시작했고 그 응어리는 나를 자꾸만 술자리로 데리고 다녔다. 갈등과 정면으로 대결해서 해결의 실마리를 찾으려는 것이 아니라 술로 그것을 잊어버리자는 심산이었다.…… 조그만 시골 읍내에선 모주가로 소문나게 되자 인근의 소도시로 나가 술을 마시고 집으로 돌아오는 방법까지도 동원하게 되었다. 나의 음주 행각에는 동행이 있었다. 같은 직장의 동년배였는데 그는 이미 술을 마시지 않을 땐 손까지 떠는 사람이었다. 손은 떨지 않았지만 또 한 사람의 동료가 있었다. 우리 세 사람은 거의 매일을 몰려 다니면서 마셔댔다.
>
> 김주영, 『새를 찾아서』(나남, 1987) 서문

김주영은 마침내 직장을 그만두고 습작을 재개해 1971년 『월간문학』을 통해 소설가로 등단한다. 그의 등단작 「휴면기」는 어린아이를 화자로 내세워 6·25 때 우연히 만난 북한군, 노루를 사이에 두고 벌어지는 갈등 등 유년기 체험을 다룬 일종의 입사식담入社式談이다. 이 입사식담 또는 성장 소설은 뒷날 『고기잡이는 갈대를 꺾지 않는다』로 이어진다.

김주영은 『경향신문』의 연재 소설 집필 제의를 받고 1976년 가족을 이끌고 서울로 올라온다. 이 때 그가 신문에 연재한 소설이 『목마 위의 여자』다. 그는 연재 소설을 쓰는 한편 다른 작품들도 많이 내놓는데, 이 시기에 씌어진 그의 초기 소설들은 창작집 『여름 사냥』(1976)·『머저리에게 축배를』(1976)·『도둑 견습』(1977)·『칼과 뿌리』(1977)·『위대한 악령』(1978)·『즐거운 우리 집』(1978) 등에 묶인다. 김주영의 초기 소설들은 크게 「악령」·「도둑 견습」·「모범 사육」 같은 악동 소설, 「차력사」·「마군 우화馬君寓話」·「이장 동화貳章童話」·「즉심

작가적 관심이 도시 세태에서 유년기의 기억으로 이동하며 무르익은 솜씨를 보여준 작품 가운데 하나인 「겨울새」를 표제로 내세운 소설 선집

대기소」 같은 서울에 올라온 '촌놈'들이나 하층민들이 생존을 위해 교활하게 변모하는 과정을 풍자적 문체에 담아낸 세태 소설로 나뉜다. 1978년에 내놓은 장편 성장 소설 「아들의 겨울」(이 작품은 나중에 나오는 『고기잡이는 갈대를 꺾지 않는다』의 원형이라고 할 수 있다.), 그리고 「붉은 노을」·「천궁의 칼」·「익는 산머루」·「겨울새」 등에서 작가적 관심이 도시 세태에서 유년기의 기억으로 이동하며 그는 한결 무르익은 솜씨를 보여준다.

『고기잡이는 갈대를 꺾지 않는다』는 「아들의 겨울」(1978)에서 작가의 무르녹은 기량으로 사춘기 소년의 심리와 가족사, 한 처녀에 대해 은밀하게 품은 욕망을 그려낸 정통 소설 『홍어』(1998)로 이어지는, 김주영 성장 소설의 중심에 위치한 소설이다. 작중 인물의 회상 속에 떠오르는 "휘어지고 찌든 모습으로 성장을 멈춘 채 스산하게 서 있던" 어린 시절의 감나무는 곧 성장을 멈춘 작중 인물의 삶을 표상하는 나무다. 주인공 소년은 "거울의 함정"에 빠져 "경이적인 혼란과 모순"을 겪고, "마루 밑의 미로"를 헤매며, 어머니의 영역인 "고미 다락"에 몰래 들어가고, 아무도 없는 운동장에서 혼자 "물구나무서기로 철봉에 매달"려 세상을 바라본다. 소년 주인공의 행위들은 다분히 자폐증의 양상을 드러내고 있다. 메마르고 건조한 세계 속에 내던져진 소년 주인공의 삶은 더 성장하기를 거부한다. 이는 "응석이 통하는 세계에서 현실의 세계로 진입하는 과정에서 내가 첫 번째로 겪었던 어떤 만남은 너무나 냉담하고 가혹한 것이었다."라는 진술이 암시하듯이 "냉담하고 가혹한" 세계 앞에서 자신을 닫아버렸기 때문이다. 따라서 이 소설은 왜곡된 성장의 이야기 또는 반反성장 소설로 읽을 수 있다.

1984

해방에서 6·25로 이어지는 격동의 역사를 한 시골 과부가 겪게 되는 고난의 삶으로 육화해낸 『천둥 소리』

김주영의 또다른 대표작 『천둥 소리』(1986)는 해방에서 6·25로 이어지는 동안 나타난 이념의 혼란상과 죽고 죽이는 살벌한 격동의 역사를 신길녀라는 시골 과부가 겪게 되는 고난의 삶으로 육화해낸 소설이다. 개체의 삶을 물고 늘어지며 진절머리치게 만든 그 폭력적인 시대의 파장은 두메의 한 무지랭이 과부의 삶의 실감 속으로, 현품인 몸 속으로 고스란히 파고든다.

김주영이 대하 역사 소설 『객주』를 『서울신문』에 연재하기 시작한 것은 1980년대에 들어설 무렵의 일이다. 『객주』는 이전의 궁중 비화나 실록 중심의 역사 소설의 정형화된 틀에서 벗어나 조선 말기 보부상들을 주인공으로 내세워 "백성들 쪽에서 바라보는 역사 인식"을 담아낸 작품이다. 작가는 창작과비평사에서 『객주』를 펴내며 책 뒤에 다음과 같은 글을 덧붙이고 있다.

조선 말기 보부상들을 주인공으로 내세워 민중 생활의 세부를 풍부한 토속어 문체로 되살려낸 『객주』. 김주영의 뛰어난 이야기꾼다운 기량이 유감없이 발휘된 대표작이자 우리 소설사의 큰 성과다.

왕권의 계승이나 쟁탈, 혹은 그것에 따른 궁중 비화나 권문 세가들의 권력 다툼이나 혹은 그들에 대한 인간사가 주류를 이루고 있었던 반면 백성들의 이야기는 뒤꼍에 비치는 햇살처럼 잠깐 비치고 말거나 야담으로 봉놋방 구석으로 밀려나 있었다. 백성들 쪽에서 바라보는 역사 인식에 대한 배타성이 우리 역사 기술에는 너무 강하게 작용하고 있지 않는가 생각된다.

"봉놋방 구석"으로 밀려난 민중 생활의 세부를 풍부한 토속어 문체로 되살려낸 『객주』는 뛰어난 이야기꾼의 기량이 유감없이 발휘된 김주영의 대표작일 뿐 아니라 우리 소설사의 큰 성과다. 작가는 이 소설을 쓰면서 시골 장터를 돌아다니며 화석으로 굳어가는 조선 시대의 언어와 풍속을 발굴하고, 당대의 풍속사를 유장한 서사 형식으로 완벽하게 재현한다. 평론가 황종연은 『객주』를 두고 "신분과 지역의 경계를 넘나드는 그 상인들의 모험은 피카레스크 소설의 코드, 숱하게 많은 모략과 술수의 이야기들은 의협義俠 로맨스의 코드, 저잣거리를 비롯한 사회적 장소에 대한 치밀한 묘사는 풍속 소설의 코드, 작중 인물의 대화, 육담 · 사설 · 타령 등은 구술 연희演戲의 코드와 연결"되어 있다고 말한다.* 『객주』는 조선 말기의 특정 집단을 내세워 당대 풍속사를 꼼꼼하게 그려낸 작품일 뿐더러, 더 나아가 제국주의 열강의 경제적 침탈이 본격화되는 시기에 이루어진 봉건 권력 집단의 와해와 사회 질서의 재편 과정을 실감나게 재현한 작품이다. "『객주』

* 황종연, 「원초적 유목민의 발견」(작가와의 대담), 『김주영 깊이 읽기』(문학과지성사, 1999)

1990년 2월
아프리카 여행중
케냐 마사이족
거주 지역에서

에의 곳곳에는 당대 상업의 현황, 다시 말하면 특권 상업 체제인 시전, 그것과 대립하는 사상 도가私商都賈와 난전, 전국 각처의 외장外場, 객주와 여각, 금난 전권, 매점 매석, 밀무역, 개항 이후 왜상의 진출 상황 등" 조선 말기의 물화物貨의 생산과 유통의 양상이 사실적이며 박물적博物的으로 그려진다.* 김주영은 『객주』에 이어 『활빈도』(1987) · 『화척禾尺』(1995) · 『야정野丁』(1996) 등의 역사 소설을 펴내고, 2000년에 들어 장편 소설 『아라리 난장』을 내놓는다.

참고 자료

김경수, 「작가, 혹은 편력하는 인간」, 『김주영 깊이 읽기』, 문학과지성사, 1999
황종연, 「원초적 유목민의 발견」, 『김주영 깊이 읽기』, 문학과지성사, 1999
김병익, 「성장 소설의 문화적 의미」, 『세계의 문학』 1981 여름
김종철, 「역사 소설의 재미와 민중 생활의 재현」, 『객주』 해설, 창작과비평사, 1984
김화영, 「겨울 하늘을 나는 새의 문학」, 『소설의 꽃과 뿌리』, 문학동네, 1998
김훈, 『선택과 옹호』, 미학사, 1991
「김주영 특집」, 『작가세계』 1991 겨울

* 김종철, 「역사 소설의 재미와 민중 생활의 재현」, 『객주』(창작과비평사, 1984) 해설

김광규, 평이한 어조에 실은 객관주의

『희미한 옛사랑의 그림자』

중산층의 평이한 언어 속에 범속한 삶과 사회에 대한 통찰을 담아내는 시인 김광규

김광규金光圭(1941~)는 서울 중산층의 평이한 언어 속에 범속한 삶과 사회에 대한 통찰을 담아내는 시인이다. 1941년 서울에서 태어난 그는 서울대학교 독문과를 졸업한다. 1968년 중앙고등학교 독일어 교사를 시작으로, 그는 1974년 부산대학교 사범대학 독어과 전임 강사를 거쳐, 1980년 이후 한양대학교 독문과 교수로 재직중이다. 그는 1975년 『문학과 지성』에 「시론」 등의 시를 발표하며 문단에 나와 기복 없는 작품 활동을 펼친다. 김광규는 첫 시집 『우리를 적시는 마지막 꿈』(1979)을 선보인 뒤 이제까지 『아니다 그렇지 않다』(1983) · 『크낙산의 마음』(1986) · 『좀팽이처럼』(1988) · 『아니리』(1990) · 『가진 것 하나도 없지만』(1998) 등을 잇달아 펴내고, 시선집 『반달곰에게』(1981) · 『희미한 옛사랑의 그림자』(1988) 등을 내놓는다. 이처럼 꾸준히 시를 써오는 동안 그는 제1회 '녹원 문학상'(1981), 제5회 '오늘의 작가상'(1981), 제4회 '김수영 문학상'(1984), 제4회 '편운 문학상'(1994) 등을 받은 바 있다.

4 · 19가 나던 해 세밑/우리는 오후 다섯시에 만나/반갑게 악수를 나누고/불도 없이 차가운 방에 앉아/하얀 입김 뿜으며/열띤 토론을 벌였다/어리석게도 우리는 무엇인가를/정치와는 전혀 관계 없는 무엇인가를/위해서 살리라 믿었던 것이다/결론 없는 모임을 끝낸 밤/혜화동 로우터리에서 대포를 마시며/사랑과 아르바이트와 병역 문제 때문에/우리는 때묻지 않은 고민을 했고/아무도 귀기울이지 않는 노래를/누구도 흉내낼 수 없는 노래를/저마

대상에 대한 차분한 관조를 통해, 삶의 진실에 다가서려는 김광규의 시선집 『희미한 옛사랑의 그림자』

다 목청껏 불렀다/돈을 받지 않고 부르는 노래는/겨울밤 하늘로 올라가/별똥별이 되어 떨어졌다//그로부터 18년 오랜만에/우리는 모두 무엇인가 되어/혁명이 두려운 기성 세대가 되어/넥타이를 매고 다시 모였다/회비를 만원씩 걷고/처자식들의 안부를 나누고/월급이 얼마인가 서로 물었다/치솟는 물가를 걱정하며/즐겁게 세상을 개탄하고/익숙하게 목소리를 낮추어/떠도는 이야기를 주고받았다/모두가 살기 위해 살고 있었다/아무도 이젠 노래를 부르지 않았다/적잖은 술과 비싼 안주를 남긴 채/우리는 달라진 전화 번호를 적고 헤어졌다/몇이서는 포우커를 하러 갔고/몇이서는 춤을 추러 갔고/몇이서는 허전하게 동숭동 길을 걸었다/돌돌 말은 달력을 소중하게 옆에 끼고/오랜 방황 끝에 되돌아온 곳/우리의 옛사랑이 피흘린 곳에/낯선 건물들 수상하게 들어섰고/플라타너스 가로수들은 여전히 제자리에 서서/아직도 남아 있는 몇 개의 마른잎 흔들며/우리의 고개를 떨구게 했다/부끄럽지 않은가/부끄럽지 않은가/바람의 속삭임 귓전으로 흘리며/우리는 짐짓 중년기의 건강을 이야기했고/또 한 발짝 깊숙이 늪으로 발을 옮겼다

김광규, 「희미한 옛사랑의 그림자」, 『우리를 적시는 마지막 꿈』(문학과지성사, 1979)

대학생으로 4 · 19를 겪은 시인은 오랜만에 학창 시절의 친구들을 만난다. 어느덧 "혁명이 두려운 기성 세대"가 된 그들은 자잘한 일상 속에 주저앉아 "목소리를 낮추어" 생활과 직접 연관되는 월급과 물가 등을 화제에 올린다. 4월혁명은 그 세대의 자의식의 기반이며 양심의 발원지이기도 하다. 그러나 이제 그들에게 부정적인 현실 구조를 타파하기 위한 순교자적 투신 같은 도덕적 열정을 기대하기는 어렵다. 그들은 4월혁명이 그 내포적 의미로 머금고 있는 이상주의를 탕진한 채 현실에 안주하는 중년이 되어버린 것이다. 이 시는 "현실을 있는 그대로 보고 듣고 생각하고 말하는 것은 결코 유보할 수 없는 삶의 권리"라고 말하는 김광규의 시작詩作 태도를 잘 보여준다. 그의 시는 철저하게 객관주의를 지향하고 있는데, 이는 대상을 과장 · 왜곡하는 주관주의를 최소한으로 억제하고, 현실을 있는 그대로 드러내는 방식이다. 이처럼 김광규의 시는 지적 통어, 사실감의 확보, 커다란 흐름 속에서의 대상에 대한 차분한 관조를 통해 삶의 진실에 다가서려는 주체적 노력에서 흘러나온다. 산문적 서술체로 실어 나르는 당대의 삶에 대한 평균적 인식은 그의 시 세계에 일관되게 나타나는 특성이라고 할 수 있다.

중산층 소시민의 범속한 일상 세계를 향해 열린 김광규의 차가운 객관주의는, 중산층 소시민의 왜소하고 볼품없는 구체적 삶의 꼴과 그 뒤에 감춰진 형성 원리로서의 이기성 · 익명성 · 속물성을 폭로하는 데 뛰어난 솜씨를 발휘한다. 때로 그의 시적 관심은 "거리마다 침묵의 구호들/시체처럼 널려 있"(「1981년 겨울」)는 시대의 악몽과 불안을 붙잡아내기도 한다. 「매미가 없던 여름」이라는 시에서 그는 "추녀 끝에 숨어 있던 거미가/몸부림치는 매미를 단숨에 묶어버렸다/양심이나 이념 같은 것은/말할 나위도 없고/후회나 변명도 쓸데없었다"라고, 암담한 어조로, 거미줄에 걸려 덧없이 거미의 먹이가 되고 마는, 노래하던 매미의 운명에 대해서 얘기한다. 거미줄에 걸려 몸부림치는 매미가 1980년대적 삶의 질곡에 대한 우의적 표현임은 누구라도 알 수 있을 것이다. 같은 시의 "그렇다 걸리면 그만이다"와 같은 구절은 어조 자체가 담담함에도 그것이 나르고 있는, 1980년대의 억압적 지배 구조가 자주 휘두르던 무자비한 폭력의 완강함이라는 전언 때문에 전율을 불러일으킨다. 김광규의 차가운 객관주의가 포착한 「어린 게의 죽음」만큼 그 죽임과 죽음의 문화에 깃들인 폭력을 간명하게 그리고 섬뜩하게 보여준 작품을 찾기란 쉽지 않다.

어미를 따라 잡힌/어린 게 한 마리//큰 게들이 새끼줄에 묶여/거품을 뿜으며 헛발질할 때/게장수의 구럭을 빠져나와/옆으로 옆으로 아스팔트를 기어간다/개펄에서 숨바꼭질하던 시절/바다의 자유는 어디 있을까/눈을 세워 사방을 두리번거리다/달려오는 군용 트럭에 깔려/길바닥에 터져 죽는다//먼지 속에 썩어가는 어린 게의 시체/아무도 보지 않는 찬란한 빛

김광규, 「어린 게의 죽음」, 앞의 책

구럭에서 빠져나와 아스팔트를 기어가다가 달리는 군용 트럭에 깔려 길바닥에 터져 죽는 '어린 게의 죽음'에 대한 증언은, 1980년대의 현실을 지배하고 있던 음험한 군사 독재의 폭력에 대한 강력한 항의의 언어다. 힘없고 보잘것없는 생물이 "군용 트럭"의 바퀴에 깔려 죽는 장면은 당대의 폭압 정치에 대한 우의성을

품고 있다. 어린 게의 주검을 비추는 "아무도 보지 않는 찬란한 빛"은, 항의하기보다 침묵으로 그것을 관용한, 죽임과 죽음의 문화가 거느린 폭력성에 의해 지탱된 1980년대의 현실 지배 체제의 비윤리성을, 우리의 부끄러움으로 드러낸다.

갱도가 무너져내린 캄캄한 죽음의 막장이 눈앞을 가로막곤 하던 1980년대의 현실을 통과해 나올 때, 김광규의 「오래된 물음」과 같은 시는 사람들에게 커다란 위안을 준다.

보아라/새롭고 놀랍고 아름답지 않으냐/쓰레기터의 라일락이 해마다/골목길 가득히 뿜어내는/깊은 향기/볼품없는 밤송이 선인장이/깨어진 화분 한 귀퉁이에서/오랜 밤을 뒤척이다가 피워낸/밝은 꽃 한 송이/연못 속 시커먼 진흙에서 솟아오른/연꽃의 환한 모습/그리고/인간의 어두운 자궁에서 태어난/아기의 고운 미소는 우리를/더욱 당황하게 만들지 않느냐

김광규, 「오래된 물음」, 『아니다 그렇지 않다』(문학과지성사, 1983)

시간이 가면 모든 꽃은 시들고, 짐승은 죽는다. 「오래된 물음」은 우주 만물이 영고 성쇠榮枯盛衰의 순환적 질서에 매여 있음을 얘기하면서, 놀랍게도 삶의 절망이 아니라 희망과 경이의 근거를 제시한다. 삶과 죽음이라는 순환의 고리를 끊고, 새롭게 쓰레기터나 깨어진 화분 한 귀퉁이 또는 시커먼 진흙 바닥 같은 볼품없는 환경과 조건 속에서 피어나는 꽃의 아름다움과 향기, 아기의 고운 미소는, 우리를 의혹과 당혹감에 사로잡히게 한다. 그 세계의 끊임없는 자기 갱신, 황홀한 창조는, 삶—세계를 경이로운 눈으로 다시 바라보게 한다. 이처럼 그는 비관스런 삶 속에서도 낙관의 근거를 찾아내는 눈을 가진 시인이다. 그의 「희망」은 희망에 대해 "어디선가 이리로 오는 것이 아니라/누군가 우리에게 주는 것이 아니라/싸워서 얻고 지켜야 할" 것이라고 말한다. 김광규의 시는 근본적으로 낙관주의적 세계관에서 흘러나온 시다. 이런 낙관주의가 삶의 의의와 미래의 전망을 박탈하는 질곡의 현실, 일그러진 현실 속에서도 살아냄의 정당성과 그 의미를 얻기 위한 치열한 의식의 근거가 된다.

누가 그것을 모르랴/시간이 흐르면/꽃은 시들고/나뭇잎은 떨어지고/짐승처럼 늙어서/우리도 언젠가 죽는다/땅으로 돌아가고/하늘로 사라진다.

김광규, 앞의 시

비교적 초기 시에 해당하는 「오래된 물음」에서 꽃과 나뭇잎의 시들어 떨어짐, 동물의 늙음, 그리고 같은 맥락에서 머지않아 닥칠 사람의 죽음을 노래한 김광규. 그의 이마적 시집 『가진 것 하나도 없지만』(1998)에서 그 늙음과 죽음은 한결 주체적인 것의 징후로 포착되고 있다. 그것은 이 시집에 이르러 생명 일반의 보편적 사건으로서가 아니라 주체적 시간 경험의 범주에서 '나'의 감각적 증언을 바탕으로 노래된다. "내가 먼저 죽어야/마누라가 깨끗하게 치워주지/하지만 늙은 홀어미를 자식들이 얼마나 구박할까/마누라 병구완을 하고/무덤이라도 가꾸어주려면/그래도 내가 더 오래 살아야지"(「약수터 가는 길」), "살았을 때 묘지를 마련해야 한다"(「빨리 먼저 앞질러」)와 같은 시구를 보면 시인이 늙음과 죽음에 대해 퍽 구체적인 사유를 하고 있음을 알게 된다. 그것은 이 시집 전체를 관통하는 가장 중요한 시적 전언이다.

지나간 봄은 아름다웠고/여름은 생각보다 짧았다 어느새/인적없는 들판에 어둠이 내리는데/가을은 걸어서 간다 해도/다가오는 겨울은 어떻게 맞으리

김광규, 「생각보다 짧았던 여름」, 『가진 것 하나도 없지만』(문학과지성사, 1998)

늙음과 죽음에 대해 구체적으로 사유하는 자세가 보이는 시집 『가진 것 하나도 없지만』

이런 점에서 시간의 흐름에 민감하게 반응하는 시인의 마음 밑자리에 깔려 있는 다소 무겁고 우울한 기색도 예사롭지 않다. 아주 범속하게 풀이하자면 "생각보다 짧았던 여름"은 아마도 그의 삶 전체에서 보자면 일에 대한 의욕도 넘치고 왕성한 활력으로 뜻을 펼친 청년기의 시간일 것이다. 그것은 너무 짧았고, 짧았기 때문에 아쉬움이 남는다. 이제 그 봄과 여름은 어느덧 과거의 일이다. 시적 화자가 서 있는 자리는 "가을"이다. 시적 화자는 "가을"이라는 시간의 지평에 서서 "다가오는 겨울"을 근심하고 있는 것이다. 그것은 어쩌면 장년기를 지나 서서히

노년기로 접어들고 있는 그의 생물학적 나이가 가져온 자연스러운 현상일 수도 있다.

> 미끄러운 이 길을/누구나 혼자서 걸어가야 한다
> 김광규, 「막스 리버만 길」, 앞의 책

이런 단순한 시구에도 한 생애에 대한 깊은 통찰에서 우러나왔을 법한 쓸쓸함과 고단함이 서려 있다. 지각의 명징성을 배경으로 하고 있는 이런 시구에는 객관적 현실의 풍경은 흐릿하게 지워져 있고, 유한성을 실존적 조건으로 받아들이며 "미끄러운 이 길"을 "혼자" 가야 하는 단독자로서의 인간의 삶에 대한 쓸쓸한 정조만 강조되어 있다. 그러나 시인은 쉽게 감정 과잉으로 빠져들지 않는다. 어느새 그는 자신의 감정을 잘 통제하는 이지적인 사람으로 돌아와 있다. 그래서 죽음도 동물의 그것이 아니라 식물의 그것으로 슬쩍 바꿔놓는다. 「서서 죽는 나무」가 바로 그것이다. "여름내 대추나무 가지에/꽃 피지 않고/열매 맺지 않더니…… 낯선 이파리들 노랗게 피어나서/겨울에도 잎이 지지 않았다". 자연의 순리에 어긋난 행태를 보이던 나무는 결국 "머리도 없이/내장도 없이/몸 밖으로 암세포를 길러내며/살아 있는 모습으로 서서 죽는 나무"가 된다. "혼자서 바짝 마른 채 열반"하는 나무의 형상에서 길어올린 이 작품은 식물에 의탁해 사람의 죽음을 노래하고 있는 매우 이채로운 시다.

객관적 서술은 김광규의 초기 세계부터 현재까지 움직일 수 없는 분명한 시적 특질이다. 이것은 시인이 감정이 잘 절제된 단정한 문법적 서술 안에 삶의 움직임과 세태를 담아내려고 애써왔다는 말과 같다. 현실을 바라보는 그의 눈길은 언제나 명료하고, 그 명료성은 언어의 명징성으로 드러난다. 옥타비오 파스는 "시는 단어들이 함께 모여 만드는 반사광들, 광채들, 무지개 빛깔들을 발한다."고 말한 바 있는데, 어쩌면 그의 시는 의도적으로 그런 반사광들, 광채들, 무지개 빛깔들을 가능한 한 지워내고 있는지도 모른다. 오늘의 범속한 삶을 평이한 언어로 정확하게 드러내려 하다 보면 이는 필연적인 결과에 가까울 것이다.

> 벽돌담을 넘어 한 뼘쯤/자기 집 뒤뜰로 뻗은 이웃집 목련/나뭇가지를 전정가위로 싹둑 잘라버리고/앞마당에서 쓰레기를 태우는 사내/담을 넘어 옆집으로/퍼져가는 고약한 연기는 아랑곳없이/뒤로 걷기 연습에 열중하고 있다/건강에 좋다는 것이다
>
> 김광규, 「뒤로 걷는 사내」, 앞의 책

이 시가 말하고자 하는 메시지는 전혀 모호하지 않다. 이는 자신의 시에 모호함이 섞여드는 것을 기피하는 시인의 기질 때문이다. 범속한 언어 속에 담긴 이 시의 메시지는 이기적 삶에 대한 비판이다. 남에게 조금도 손해보지 않고 살겠다는 삶의 태도는 그다지 신기할 것도 새로울 것도 없는 오늘날 널리 퍼져 있는 이기주의적인 삶의 태도다. 이는 말하자면 세태의 한 가지다. 그러나 문제는 자신이 알게 모르게 남에게 손해를 끼치고 있다는 사실은 잊고 산다는 점이다. 자신의 건강을 위해 "뒤로 걷기 연습에 열중하고" 있는 사내는 옆집의 나뭇가지가 제 집 담 너머로 들어왔다고 싹둑 잘라버린 바로 그 사내다. 그 사내는 자신이 태우는 고약한 쓰레기 연기가 옆집으로 퍼져가는 것에 대해서는 전혀 반성하지 않는다. 그 반성 없는 삶의 기반 위에 타자와의 관계를 배제한 맹목적 건강 추구의 세태가 뚜렷하게 부조되어 있다. 남은 없고 나만 있는, 즉 타자에 대한 일체의 배려가 사라져버린 이런 세태는 끔찍한 삶의 정황을 전한다. 그러나 김광규의 시에서 그 끔찍함은 냉정하게 감정이 통제된 평이한 어조 속에 완벽하게 감추어져 있다.

김광규의 시에서 가장 많이 다루어지는 것은 문명화에 대한 의심과 비판이다. 문명화는 인간의 삶의 편리를 목표로 한다. 사람들은 문명적 삶의 조건이 우리에게 주는 편리함을 추구하고 그것을 아무 거리낌없이 삶의 정황으로 받아들인다. 그러나 시인은 그것의 반생명적 측면을 부각시키며 거기에 깃들인 부정성을 드러내 보인다. 이를테면 「편리한 세상」과 같은 시를 보자.

파괴 공학의 눈부신 발전으로/대형 건물을 허물기도 쉬워졌다/25층 남산 맨션 아파트가/눈 깜짝할 사이에 폭삭 주저앉는다/그리고 각종 첨단 무기와 살상 가스의 개발로/사람 죽이기도 아주 쉬워졌다

김광규, 「편리한 세상」, 앞의 책

문명화는 "편리한 세상"을 가져다 주었지만 아울러 "사람 죽이기도 아주 쉬워"진 세상을 만든 것이다.

마주치지도 않고/되돌아갈 수도 없는 길/한가운데 멈추어 선 민달팽이/양쪽에서 질주해오는 자동차들/전조등을 번쩍거리며 달려와/쏜살같이 눈앞을 스쳐가는 지점에/위험하게 벌렁 누워서/선인장꽃을 바라본다

김광규, 「선인장꽃」, 앞의 책

미친 듯이 질주하는 "자동차들"은 오늘의 우리 삶을 둘러싸고 있는 문명적 체계의 비인간적 또는 반생명적 속도의 대표적인 표상물이다. 이에 반해 느릿느릿 제 갈 길을 가는 "민달팽이"는 반생명적 속도의 문명적 정황 속에 위태롭게 노출되어 있는 인간을 포함한 생명 일반의 표상이다. 아주 느린 속도로 공간 이동을 하는 "민달팽이"는 문명의 속도가 감추고 있는 무서운 파괴성 앞에 "위험하게" 알몸으로 드러나 있다. 그 가공할 속도에 대해 시인은 직설적으로 "빨리 먼저 앞질러 달려가서 그러나/어디로 가겠다는 것이냐"(「빨리 먼저 앞질러」)라고 비아냥거리기도 한다.

장독대도 빨랫줄도 울타리도 없는 도시/아스팔트와 콘크리트와 철근과 유리창 사이에 갇혀/지친 몸으로 이승을 헤맨다/숨막히는 한길 바람을 피하여/점점 높이 날아오르다가/힘없이 팔랑개비처럼 아래로 떨어지는/잠자리 한 마리/태어난 뒤 처음으로/죽어서 땅 위에 내려앉는다

김광규, 「마포 사거리」, 앞의 책

이처럼 민달팽이는 "아스팔트와 콘크리트와 철근과 유리창 사이에 갇혀/지친

몸으로 이승을 헤"매다가 땅 위에 떨어져 죽는 "잠자리 한 마리"로 변주되기도 한다. "아스팔트와 콘크리트와 철근과 유리창"은 무엇인가. 이는 곧 우리 삶의 물적 토대를 가리킨다. 이 삭막한 문명의 세계에서 평화롭게 쉴 곳을 찾지 못하고 지쳐 떠돌다가 "죽어서 땅 위에 내려앉는" 잠자리는 "생명의 꿈을 화석"으로 남기고 죽은 시조새와 조응하고 있다(「시조새」). 우리는 이미 지구 생태계에서 사라져버린, 생명의 꿈을 화석으로 남기고 멸종한 시조새처럼, 절멸을 향해 "느릿느릿" 걸어가고 있는 것이다.

참고 자료

김사인, 「지금 이곳에서의 시」, 『한국 문학의 현단계 Ⅰ』, 창작과비평사, 1981
김현, 「시원의 빛과 시」, 『문예중앙』 1982 봄
신범순, 「김광규 시의 현실성과 소시민적 의식의 한계」, 『오늘의 시』 1989
유종호, 「시와 구비적 상상력」, 『예술과 비평』 1984 봄
김영무, 「'영산' 에서 '크낙산' 으로」, 『희미한 옛사랑의 그림자』 해설, 문학과비평사, 1988

김종해, 소시민의 눌린 마음과 '항해 일지'

『항해 일지』

『현대시』 동인이면서 현실에 대한 인식을 짙게 드러내 다른 동인들과 자신을 차별화한 시인 김종해

1984

김종해金鍾海(1941~)에게 바다는 세계의 또다른 이름이다. 따라서 산다는 것은 그 바다를 헤치며 나아가는 것이다. 그 바다에 떠다니는 '상어' 나 '아구', 그리고 곳곳에 도사리고 있는 암초는 명백하게 인간의 삶을 약탈하고 억압하는 존재다. "상어가 출몰하는 흉흉한 바다"는 매우 위험한 삶의 현장이다. 시인은 소시민적 일상을 바다—항해의 알레고리 속으로 끌어들여 꼼꼼하게 '항해 일지' 를 쓴다.

부산에서 태어난 김종해는 1963년 『자유문학』 신인상에 시 「저녁」이 당선되고, 이어 1965년 『경향신문』 신춘 문예에 시 「내란內亂」이 당선되어 문단에 나온다. 1966년 첫 시집 『인간의 악기樂器』를 펴낸 그는 『현대시』 동인으로 활동한다. 그는 이 뒤로 시집 『신의 열쇠』(1971) · 『왜 아니 오시나요』(1979), 장편 서사시 『천노賤奴, 일어서다』(1982), 시집 『항해 일지』(1984) · 『바람부는 날은 지하철을 타고』(1990) · 『별똥별』(1994) 등을 펴낸 바 있다. 그는 1982년에 '현대문학상' 을 받은 데 이어 1985년에 '한국 문학 작가상' 을 차지한다.

김종해는 1960년대의 매우 중요한 동인지 가운데 하나인 『현대시』에서 활동한 시인이다. 『현대시』 동인들이 표나게 내세운 것은 '내면 의식' 의 추구다. 김종해의 초기 시에는 모호하고 난해한 이미지가 적잖게 눈에 띄는데, 이는 한동안 그가 『현대시』의 자장磁場에서 크게 벗어나지 않은 채 활동한 시인임을 보여주는 증거다. 다시 말해 그의 초기 시는 현실 인식을 포기하고 인간의 '내면' 에 유폐됨으로써 과도한 추상성과 관념성을 낳곤 한다. 성민엽은 『현대시』가 추구한 내면 탐구의 시들이 "현실 인식을 포기하거나 거부하고 그 포기 · 거부의 현실 도피성을 내면 세계라는 추상적이며 관념적인 실체에 대한 물신화로 은폐"하고 있다는 점을 비판하면서, 김종해의 시는 "비『현대시』적 성격이 짙다."고 말한다. 김종해는 1970년대에 들어 내놓은 장시 「서울의 정신」과 고려 시대의 노예 반란인 '만적萬積의 난'을 그린 장편 서사시 『천노, 일어서다』에서 내면 탐구 노선을 버리고 현실에 대한 인식을 거침없이 드러냄으로써 『현대시』의 다른 동인들과 자신을 차별화한다.

상어는 이 도시의 어느 건물 안에서도 몸을 숨기고 있는 것이 보였지만/정작 나는 갑판 위에서 작살을 날리지 못하였다./날마다 작살의 날을 시퍼렇게 갈고 또 갈았지만/나는 작살을 쓸 수 없었다./무엇인가 그물에 걸려서 퍼덕일 것 같은 번쩍임의 예감을 끌어올리기 위하여/날마다 을지로나 청계천으로 노를 저어 가지만/헛일이었다. 아아, 헛일이었다./눈은 와서 이미 겨울 바다는 서쪽으로 서쪽으로 기울어지고/석유는 얼마 남지 않았다./그물 사이로 빠지는 눈오는 바다를 금전 출납부 위에 올려놓고/아침마다 도장으로 눌러대지만,/계산기 위에 결재 서류의 숫자를 두드리고 또 두드리지만,/한 장의 방한복으로 추위를 가린 젊은 수부의 항로는 어디로 열려 있나./상어가 출몰하는 흉흉한 바다,/그물을 물어뜯고 배를 뒤엎어 놓는 저놈의 상어,/음흉한 상어는 이 도시의 어느 건물 안에서도 몸을 숨기고 있었지만/아아, 나는 왜 작살을 날려 저놈의 심장을 꿰뚫지 못하나,/춥고 어두운 겨울 항로 가운데/오늘은 한 젊은 수부가 사는 화곡동에 닻을 잠시 내리고 잔을 나누다.

김종해, 「항해 일지 4—도시의 상어」, 『항해 일지』(문학세계사, 1984)

소시민적 일상을 바다—항해의 알레고리 속으로 끌어들여 풀어낸 연작 시집 『항해 일지』

「항해 일지」 연작은 소시민의 현실 인식을 매우 유려한 은유와 알레고리로 풀어내고 있다. 이 연작에서 중요한 것은 인간의 내면이 아니라 인간의 내면과 몸을 규정하는 사회적 '현실'이다. 「항해 일지」 연작을 관류하고 있는 현실 인식은 "사라져 가는 것, 떨어져 가는 것, 시들어 가는 것들의 흘러내림/그것들의 부음訃音 위에 떠서 노질을 하다."(「항해 일지 1」), "아무리 노질을 해도 이 도시 바깥으로 빠져나갈 수는 없구나."(「항해 일지 3」)에서 볼 수 있듯이, 허무주의와 패배주의다. 이 연작에서 소시민은 "힘없고왜소한것들"(「항해 일지 18」)이며, '아구'에게 속수 무책으로 잡아먹히는 "오징어 · 전광어 · 칼치 · 고등어 · 가오리 · 게" 등에 다름아니다.

말할 나위 없이 '상어'나 '아구'가 상징하는 것은 1970년대에서 1980년대에 걸친 파행적 정치 상황을 비롯해 일상 속에 파고든 일체의 파시즘적 거대 권력이다. 그것은 소시민의 삶 위에 군림하며, 삶의 억압과 왜곡을 자행한다. 이 때 시인은 수동적 고뇌를 내면에 담아놓고 다만 "아아, 나는 왜 작살을 날려 저놈의 심장을 꿰뚫지 못하나."라고 탄식할 뿐이다. 수난의 삶을 강요하는 압도적 현실이 만들어내는 패배주의와 허무주의는 그것을 피동적으로 받아들이게 할 뿐, 그것을 바꾸려는 영웅적 · 자기 희생적 행동으로 나아가지는 않는다. 김종해의 「항해 일지」 연작은 "상어가 출몰하는 흉흉한 바다"로 알레고리화된 현실을 통과해온 한 소시민의, 현실에 맞서지 못한 피동적 정서를 실물대로 보여준다.

1984

참고 자료

성민엽, 「신음의 시와 희원의 시」, 『항해 일지』 해설, 문학세계사, 1984
정규웅, 「현실과 삶에 대한 비판 정신」, 『무인도를 위하여』 해설, 미래사, 1991
김주연, 「일상적 자아와 시적 자아」, 『한국 대표시 평설』, 문학세계사, 1983

정진규, 몸을 화두로 삼은 시인

『몸시詩』

산문시에서
독자적인 세계를
일궈낸 정진규

별 · 밥 · 뼈 · 집 · 몸 · 알 등은 산문시에서 독자적인 세계를 일궈낸 정진규鄭鎭圭(1939~) 시의 중요한 상징들이다. 그의 초기 시는 주로 "불가시의 세계에 대한 존재론적인 파악"을 시적 지향으로 삼고, 내면의 천착과 그 모색에 빠져 다소 모호하고 관념적인 편향을 보인다. 그러다가 구체적 일상 사물과 생체험을 화두로 삼은 뒤로 그의 시는 생채生彩를 띠기 시작한다.

경기도 안성에서 태어난 정진규는 안성농고를 거쳐 고려대 국문과를 졸업한다. 그는 1960년 『동아일보』 신춘 문예에 「나팔 서정」이 입선하며 문단에 나온다. 1960년대의 모더니즘 시 운동을 주도한 『현대시』 동인으로 있던 시인은 1967년에 갑자기 탈퇴하는데, 다른 동인들과 시적 이념이 달랐기 때문이다. 『현대시』 동인에서 탈퇴한 뒤 내놓은 두 편의 글, 즉 「시의 애매함에 대하여」(1969) · 「시의 정직함에 대하여」(1969)에서 그는 자신의 시적 지향과 노선을 분명하게 밝히고 있다. 정진규는 이제까지 『마른 수수깡의 평화平和』(1966) · 『유한有限의 빗장』(1971) · 『들판의 비인 집이로다』(1977) · 『매달려 있음의 세상』(1980) · 『비어 있음의 충만을 위하여』(1983) · 『연필로 쓰기』(1984) · 『뼈에 대하여』(1986) · 『별들의 바탕은 어둠이 마땅하다』(1990) · 『몸시詩』(1994) · 『알시詩』(1997) 등 여러 시집을 펴낸 바 있다. 대학 졸업 뒤 10여 년 동안 교사 생활과 기업체 홍보 업무 등에 종사한 그는 현재 시 전문지인 『현대시학』 주간 겸 한국시인협회 회장으로 활동하고 있다.

모든 작품을
스스로 개발한
산문시법으로 쓴
『뼈에 대하여』

어쩌랴, 하늘 가득 머리 풀어 울고우는 빗줄기, 뜨락에 와 가득히 당도하는 저녁나절의 저 음험한 비애悲哀의 어깨들. 오, 어쩌랴, 나 차가운 한 잔의 술로 더불어 혼자일 따름이로다. 뜨락엔 작은 나무의자椅子 하나, 깊이 젖고 있을 따름이로다. 전재산全財産이로다.//어쩌랴, 그대도 들으시는가. 귀 기울이면 내 유년幼年의 캄캄한 늪에서 한 마리의 이무기는 살아남아 울도다. 오, 어쩌랴, 때가 아니로다, 때가 아니로다, 때가 아니로다. 온 국토國土의 벌판을 기일게 기일게 혼자서 건너가는 비에 젖은 소리의 뒷등이 보일 따름이로다.//어쩌랴, 나는 없어라. 그리운 물, 설설설 끓이고 싶은 한 가마솥의 뜨거운 물. 우리네 아궁이에 지피어지던 어머니의 불, 그 잘 마른 삭정이들, 불의 살점들. 하나도 없이 오, 어쩌랴, 또다시 나 차가운 한 잔의 술로 더불어 오직 혼자일 따름이로다. 전재산全財産이로다, 비인 집이로다, 들판의 비인 집이로다. 하늘 가득 머리 풀어 빗줄기만 울고울도다.

정진규, 「들판의 비인 집이로다」, 『들판의 비인 집이로다』(교학사, 1977)

초기의 모호성 또는 애매성의 어휘를 떨치고 구체적 생활 체험의 실감으로 나아간 『들판의 비인 집이로다』

「들판의 비인 집이로다」에서는 이미 초기 시에서 나타나곤 하던 모호성의 자취는 찾아보기 힘들다. 그는 여기서 구체어들을 통해 절대적인 격리와 이에 따른 고독을 노래한다. "들판의 빈 집"은 시인의 내면을 은유한 것이다. 아직 시인의 시적 사유는 '나'를 중심으로 이루어지고 있지만, 관념과 추상을 떨쳐내고 구체적 생활 체험의 실감에 바탕을 두고 있는 것이 눈에 띈다. 모호성 또는 애매성의 어휘에서 구체어로 나아가는 과정은 정직한 삶으로 나아가는 과정이다. 시집 『연필로 쓰기』와 『뼈에 대하여』에 이르러 정진규는 산문시의 양식을 자신의 독자적인 시법으로 개발하게 된다.

나는 지금 병이 깊지만 나의 몽매를 몸으로 깨우치는 이 전폭의 매질이 오히려 안락하다 비로소 나는 감추었던 것들 다 몸으로 불고 있다 이렇게 편안한 걸 괜히 그랬다 어둠만 골라 디뎠다 나는 나의 병을 끝까지 데리고 가리라 그와 함께 놀리라 나는 분명히 쾌차할 것이다 벌써 순백의 은총 하나가 내 곁에 당도해 있다 그는 맨발로 걸어왔다 우리집엔 요즈음 천사天使 한 분이 와 계시다 우리 식구들은 그 아기 천사天使의 옹알이로 소리로 교감하는 성가족聖家族이 되어 있다 아무 부족함이 없다 우리집의 말씀은 우리집의 구문構文은 날마다 '최초의 사물 앞에 최초로 서 있다' 그분께서 내게 그와 함께 걸음마를 가르치신다

정진규, 「몸시 · 78」, 『몸시』(세계사, 1994)

1990년대에 들어 정진규의 시적 사유는 '몸'을 중심으로 이루어진다. 그 '몸'의 발견은 정진규 시의 격을 한 단계 끌어올리는 계기가 된다. 김인환은 "『몸시』는 인간의 신체를 더 이상 물러설 수 없는 투쟁의 교두보로 구축하려는 완강하고 치열한 실험이다."라고 말한다. '몸'은 탄생과 병과 늙음, 그리고 소멸과 죽음을 경험하는 자리다. 시인은 '몸'을 활짝 열고 삶과 세계를 받아들이며 곱씹는다. 이윽고 시인은 욕망의 근원인 '몸'이 돌아다니는 길이 곧 '마음'의 길임을 알아낸다. 이에 따라 그 '몸'을 통해 "명제로 표현할 수 없는 신체화된 상상력의 지도"(김인환)를 그려낸다. 그 '몸' 사유의 끝에 찾아낸 것이 '알'이다.

1990년대에 들어 '몸'을 통해 신체화된 상상력의 지도를 그려낸 『몸시詩』

'알'은 알몸을 가둔 알몸이다. 순수 생명의 실체이며 그 표상이다. 흔히 말하는 부화를 기다리는 그런 미완으로서의 존재가 아니라, 그것 자체가 완성이며 원형이다. 하나의 소우주小宇宙이다. 이 소우주에는 어디 은밀히 봉합된 자리가 있을 터인데 그런 흔적이 전혀 없다. 무봉無縫이다. 절묘한 신의 솜씨! 알, 실로 둥글다. 소리와 뜻이 한몸을 이루고 있는, 몸으로 경계를 지워낸 이 절대 순수 생명체에 기대어 나는 지금 이 어두운 통로를 어렵게 헤쳐나가고 있다.

정진규, 「자서」, 『알시』(세계사, 1997)

'알'은 순수 생명체의 실체이며 그 표상이다. 관념과 추상의 사변들을 던져버리고 삶의 구체적 실감으로 '몸'을 찾아낸 시인은 다시 그 정점에서 '알'의 표상을 발견한다. "내가 기댈 곳은 몸밖에 없다."라고 말하는 시인이 찾아낸 '알'은 몸과 마음의 경계가 허물어진 자리에 있다. 그것은 몸과 마음이 완벽하게 한몸을 이루는 하나의 원형이다. '알'은 몸이며 완벽한 내면이다. 정진규의 시적 사유는 '몸'이라는 긴 탐구의 도정을 거쳐 다시 내면으로 돌아가고 있는 것이다.

여학교 교사 시절의 정진규

참고 자료

김인환, 「'몸시'에 대하여」, 『몸시』 해설, 세계사, 1994
오형엽, 「발견의 시학」, 『작가세계』 1999 가을
강웅식, 「말씀의 집, 몸, 알」, 『작가세계』 1999 가을

우리는 오늘 노동자가 민족의 역사를 창조하는 진정한 주인이며,
노동자가 억압받지 않는 사회를 건설하는 것이야말로
노동 운동의 궁극적 과제임을 선언한다

1985

서울노동운동연합 창립 선언문

우리는 오늘 노동자가 우리 민족의 역사를 창조하는 진정한 주인이며, 노동자가 억압받지 않는 사회를 건설하는 것이야말로 노동 운동의 궁극적 과제임을 선언한다.

그러나 지난 70여 년 동안 일본 제국주의 침략과 독재 정권의 탄압으로 노동자의 생존권은 철저히 유린되어왔다. 특히 '80년 광주 민중의 민주화 투쟁을 짓밟고 올라선 군사 독재 정권은, 외세를 등에 업고 독점 재벌과 결탁하고 '농산물 수입 정책'과 '임금 동결 정책'을 강행함으로써 이 땅의 노동자 · 농민을 절망 속으로 몰아넣고 있다.

지난 1970년대를 돌이켜볼 때 우리의 선배 노동자들은 민주 노조를 통하여 생존권 요구 투쟁을 전개해왔으나 개별 사업장 단위의 투쟁을 통해서는 독재 정권의 폭압을 이겨낼 수 없었다. 이러한 한계를 극복하기 위하여 지난 2년간 우리들은 노동 악법의 테두리를 과감히 벗어나서 청계피복노동조합을 복구하였으며 노동운동탄압저지투쟁위원회와 구로지역노조민주화추진위원회연합을 결성하여 연대 투쟁의 새로운 가능성을 제시하였다.

대우어패럴을 중심으로 한 6월 노동자 연대 투쟁은 우리 노동자들이 각성하여 단결될 때 얼마나 큰 힘을 발휘할 수 있는지를 실천적으로 확인하는 중요한 계기가 되었으며, 어떠한 합법적 민주 노조도 용납되지 않는 현재의 탄압 상황 아래서는 새로운 형태의 대중 조직을 건설하지 않고서는 노동 운동의 궁극적 목표를 실현할 수 없다는 사실을 철저히 깨닫게 하였다.

이에 우리는 서울노동운동연합의 결성을 통하여 모든 민중 · 민주 운동 세력과 굳건히 연대하여, 이 땅의 1천만 노동자에게 부과된 역사적 책무를 수행하고자 한다.

대우어패럴 · 효성물산 · 가리봉전자 노동자들을 중심으로 일어난 1985년 6월의 구로 연대 투쟁을 계기로 노동 조합의 한계를 뛰어넘을 수 있는 새로운 대중 조직을 모색하던 노동 운동 세력은 정부의 탄압 속에서도 같은 해 8월 25일 서울노동운동연합(약칭 서노련)을 꾸린다. 민종덕이 위원장을 맡고 김문수가 지도 위원을 맡으며 출범한 서노련은 "노동자가 주인이 되는 사회 건설" 등의 구호를 내걸고 최초의 정기적 지역 노동자 정치 신문인 『노동자신문』을 발행하는 한편, 산하에 따로 위원회를 구성해 삼민 헌법 쟁취 투쟁을 벌여나간다.

1985

1월
10 북한, 한미 팀스피리트 훈련을 이유로 남북 경제 회담과 적십자 회담 불참 통보

2월
18 정부, 설날(구정)을 '민속의 날'로 지정

3월
11 고르바초프 소련공산당 서기장, 동서 긴장 완화와 평화 공존 정책 추구 선언

4월
9 북한, 남북 국회 회담 제의
19 전국 56개 대학 2만6천8백여 명, 학교별로 4 · 19 기념 행사 가진 뒤 시위

5월
30 대한생명 63빌딩 완공

6월
7 국방부, 국회 국방위에서 '광주사태 전모' 발표(사망 191명)
8 김대중 『옥중 서신』, 김지하 시집 『타는 목마름으로』 등 서적 78종 해금

8월
1 '창작과 표현의 자유에 대한 문학인 401인 선언' 발표
17 국내 처음으로 냉동 정액으로 인공 수정시킨 아기 탄생
0 『실천문학』 폐간당함

9월
13 미 국방부, 위성 요격 무기 실험 성공 발표
20 남북 고향 방문단과 예술 공연단 각 151명, 서울과 평양 교환 방문
23 슐츠 미 국무 장관, 유엔 총회 연설에서 남 · 북한 유엔 동시 가입 언급

10월
15 서울시, 택시 요금 체계를 거리 · 시간 병산제로 전환

11월
3 한국 축구, 32년 만에 월드컵 본선 진출
21 서울 소재 10개 대학 2천여 명, 서울대에서 독재 종식과 제5공화국 헌법 철폐를 위한 범국민 토론회 개최
22 일본사회당, 1986년도 운동 지침으로 북한의 3자 회담 제의 지지, 조선로동당과의 협력 관계 강화, 한국의 민주 세력과의 연대 강화 및 교류 추진 표방

12월
9 서울시, 『창작과 비평』 등록 취소

이인성, 또는 실험 소설의 현단계

전통적 소설 문법의 교란

재래의 소설 문법을 교란하고 나서며 1980년대의 유일한 해체주의 작가로 자리매김된 이인성

1974년 여름, 아버지의 죽음으로 의가사 제대를 한 젊은이가 대학로 한 골목의 "술과 음악 · 지하실地下室"이라는 아크릴 간판이 달려 있는 지하 주점 밀실의 노란 조명 밑에서 '그림자'라고 불리는 정체 불명의 사내와 사과술을 마신다. 독재 정권의 정치적 억압에 무겁게 짓눌려 있는 삶에 대한 고뇌, 그리고 배신과 자기 혐오를 앓고 있는 이 젊은이가 싸구려 술로 의식을 마비시켜가는 동안 지하 주점에는 양희은의 「세노야」가 흐르고, 이어 송창식의 「딩동댕 지난 여름」이 흐른다. 이인성李仁星(1953~)의 첫 소설집 『낯선 시간 속으로』의 한 대목이다.

이인성은 우리 나라 소설가 중에서 소설 속에 쉼표를 가장 많이 쓰는 작가다. 소설의 구문 속에 쉴새없이 출몰하며 문맥의 자연스러운 흐름을 인위적으로 끊어놓는 쉼표는 이인성 소설의 트레이드 마크가 된 지 오래다. 김진석은 그 쉼표를 두고 "벌써, 처음부터, 쉼표는 위협적이다. 쉼표는, 오히려 쉬지 못하게 하면서, 상처의 흔적이고자 한다. 잘려지지 않은 문장에 익숙해진 인간을, 그리고, 그런 문장을 몸의 일부분인 양 가졌던 소설을, 그 쉼표는, 조금은 드러내놓고, 위협한다. 그것은 자른다. 숨결을, 손가락을, 몸뚱어리를, 시간을…… 그것은 더 이상 '쉼표'가 아니다. 더 이상 쉬게 하지 않는다.…… 혹은, 차라리, 죽음의 쉼표이다. 죽음도, 빨리 오지 않고 쉬면서 온다."*라고 말한다. 이인성에게 쉼표는 단

* 김진석, 「사랑이여, 나의 광기에 투명함을 다오」, 『마지막 연애의 상상』(솔, 1992) 해설

순한 문장 부호가 아니다. 이는 야만스럽고 기괴스럽게 하나의 틀 속에 세상을 쓸어 담으려는 시대의 폭력에 맞서 그것을 끊임없이 흐트러뜨리고 분화시키려는 한 지식인 소설가가 지닌 오기의 자취를 보여준다.

말로, 오지, 가지, 않는, 어떤……/여태껏……, 그러나, 말로 못 나서니……, 말, 말아야 할까?……, 말컨대……, 말로 되어야만……, 되는, 있는, 것이라면……,, 더듬거려도……, 어쨌거나, 더듬, 말은……, 엄연히, 는 아니라도……, 말 모양을, 좇으니……,, 한쪽에선, 그러자……,, 그거, 보라며……, 말의, 흉내짓, 마저 안 되면……, 더듬거리기, 조차 멈출, 일이라며……,, 한쪽에선 그런 소리를, 내서……,, 더듬거리는 건……, 게다가, 말, 제, 그늘이 아니라며……,, 비낀 말을 헛, 더듬는……, 옹근 말인 양……, 어두운 더듬이?……

이인성, 「한없이 낮은 숨결」, 『한없이 낮은 숨결』(문학과지성사, 1989)

실험적인 문체로 의식의 미궁을 더듬으며 삶과 세계의 의미를 묻는 이인성의 두 번째 소설집 『한없이 낮은 숨결』

문장 안에서 끝없이 세포 분열을 하고 있는 쉼표와 더불어, '나'와 '그'의 혼용, 불확정적인 시공의 설정, 현실과 비현실 또는 과거와 현재를 넘나드는 방식, 의식과 무의식의 혼재 등이 뭉뚱그려져 있는 이인성의 소설은 소설을 물 흐르듯 편하게 읽으려는 독자의 욕망을 간섭하고 훼방한다. 독자가 편한 꼴을 생리적으로 견디지 못하는 이 소설가는, 1980년대에는 드물게 일부러 문장을 비틀고 쉼표로 끊임없이 분절하는 실험적인 문체로 의식의 미궁을 더듬으며 삶과 세계의 의미를 묻는다. 이렇듯 전통 소설의 문법을 해체하고, 그것의 인과론적 줄거리를 해체하고, 문장 체계를 해체함으로써 그는 1980년대의 유일한 해체주의 작가로 자리매김된다. 그에 관한 얘기는 이미 너무 많거나, 아니면 턱없이 모자란다. 그는 이미 충분히 해명되었거나, 그의 소설은 여전히 해명 이전에 놓여 있다.

이인성은 1953년에 피난지인 경남 진해에서 태어난다. 이듬해 가족과 함께 상경한 뒤 그는 줄곧 서울에서 살고 자란다. 1971년 경기고등학교를 졸업한 그는 재수를 해서 1973년 서울대학교 인문대 불문과에 입학한다. 『대학신문』 등의 학내 지면에 작품을 발표하며 문학에 관심을 내비치던 그는 권오룡 · 이동하 · 최시

한 등과 동인지 『언어탐구』를 결성해 3집까지 펴낸다. 이인성은 1980년 『문학과 지성』 봄호에 중편 소설 「낯선 시간 속으로」를 발표하며 정식으로 문단에 나온다. 1982년에는 이성복 · 정과리 등과 함께 무크 『우리 세대의 문학』을 창간해 편집 동인으로 활동하기도 한다. 그는 이제까지 『낯선 시간 속으로』(1983) · 『한없이 낮은 숨결』(1989) · 『강 어귀에 섬 하나』(1999) 등 세 권의 소설집과 장편 소설 『미쳐버리고 싶은, 미쳐지지 않는』(1995)을 펴낸 바 있다. 1982년 한국외국어대학교에서 교수 생활을 시작한 그는 현재 서울대학교 인문대 불문과 교수로 재직중이다.

1995년에 발표한 장편 소설 『미쳐버리고 싶은, 미쳐지지 않는』

젊은 연극도의 의식 세계를 따라가며 삶에 대한 절망에서 빠져나와 새로운 긍정에 이르기까지의 정신 궤적을 밀도 있게 그려나간 첫 번째 소설집 『낯선 시간 속으로』

『낯선 시간 속으로』는 「길 한 이십 년」 · 「그 세월의 무덤」 · 「지금 그가 내 앞에서」 · 「낯선 시간 속으로」 등 네 편의 중편 소설로 이루어져 있는데, 이 소설들은 저마다 독립되어 있으면서 동시에 유기적으로 짜인 한 편의 소설이다. 작가는 여기서 1974년 봄부터 겨울에 이르는 네 철을 배경으로 한 젊은 연극도의 의식 세계를 따라가며 어눌하게 삶의 풍경을 그려낸다.

문학은 눌변으로부터 시작되는 것이 아닐지. 달변을 믿을 수 없으므로, 그것은 '저들'의 체계이자 함정이므로, 문학은 더듬거리며 허우적거리며 자기 말을 찾아 나서는 것이 아닐지. 마치 모든 것을 처음으로 말하듯이 그토록 어렵게.

눌변이란 침묵이 최선이라는 걸 알면서도 침묵할 수 없는 자들의 서투름이라고나 할까. 더듬거리는 꼴에도 결국 삶을 사랑하므로 침묵으로 초월하지 못한 자가, 또는 그런 초월을 거부한 자가 침묵하듯 말하는 방식. 덧붙여, 이 모순을 끝끝내 밀고 나가는 방식. 고쳐지지 않는 서투름 때문에 그는 언제나 실패하겠지만, 그렇지만……

이인성, 「문학에 대한 짧은 생각들」, 『우리 시대 우리 작가 30—이인성 편』(동아출판사, 1987)

그러니까 이인성의 소설 문체의 어눌함은 "침묵이 최선이라는 걸 알면서도 침묵할 수 없는 자들의 서투름"이며, "삶을 사랑하므로 침묵으로 초월하지 못한 자"가 침묵하듯 더듬거리며 말하는 방식에서 비롯된다. 1974년 봄에 거리를 헤매는 명문대 학생이며 외아들인 한 젊은이의 의식은 바로 그 전해 겨울에 의가사 제대로 집으로 돌아올 때의 의식과 겹쳐 나타난다. 작가는 여기서 1970년대에 대학생이 된 작중 인물이 정치적 혼란과 정체성의 혼란이라는 겹의 혼란 속에서 제 삶의 방향을 찾으려고 애쓰는 몸짓을 섬세하게 복원해낸다. 작중 인물은 여름날 아버지의 무덤을 찾아가거나, 객석에 앉아 자신의 작품이 무대에서 공연되는 것을 바라보며, 배신을 겪으면서 얻은 상처가 아물기를 기다리고 정체성의 혼란에 빠진 자기 삶에 대한 성찰을 내재화한다. 이인성의 문체는 반성과 숙고를 계속 내재화하는 문체다. 그 문체는 제 의식의 미궁을 헤매며 끊임없이 새로운 삶을 모색하는 작중 인물의 몸과 정신의 동선을 따라간다.

「낯선 시간 속으로」는 그 헤맴과 더듬어 찾음의 끝을 보여준다. 1974년 겨울에 자살하기 위해 찾은 '미구' 라는 가공의 도시에서 삶에 대한 절망에서 빠져나와 새로운 긍정에 이르기까지의 작중 인물의 긴 정신적 궤적을 작가는 현재와 과거, 현실과 환상을 교차시키며 밀도 있게 그려나간다. 김현은 이 『낯선 시간 속으로』를 두고 "한국 문학은, 이제, 그를 통해, 1974년에 23살, 혹은 24살에 이르른 한 상처받은 젊은이의 전형적인 모습을 갖게 되었다."고 말한다.*

나는 물론 이 소설의 이야기꾼이지만, 이 소설에선 이야기꾼으로서의 다른 이름을 가지고 있지 않다. 나는 본문 안에서도 여전히 이 책 표지에 인쇄되어 있는 이름의 존재와 동일한 이인성이고자 하는 것이다.…… 작가와는 다른 이름으로 무수히 가능한 다른 이야기꾼들이란, 새로운 두께로 겹쳐져, 나로 하여금 바로 나와 또 하나의 나 사이를 오가게 하는, 그 사이 속에 개입해 들어오는 타인의 얼굴로 다가오는 것이다.…… 이름과 함께, 그는 나를 벗어나 독자적인 주체이자 대상이 될 테지. 나로부터의 분열이든 확산이든, 그때 하나의 실체인 그는 이미 그인 것이다. 그렇지만 오늘, 나는 그를 고스란히 나 자신으로 품고 싶다. 원심력의 욕구를 가지고 나로부터 떨어져나가려는 한 의식의 반대편으로 일종의 구심력을 작용시키며, 내가 팽팽하게 둥근 하나의 폭으로 열리도록.

이인성, 「당신에 대해서」, 『한없이 낮은 숨결』(문학과지성사, 1989)

---

* 김현, 「전체에 대한 통찰」, 『낯선 시간 속으로』(문학과지성사, 1983) 해설

1987년
시인 이성복(오른쪽)과 함께 해운대에서

이인성의 소설에서 화자와 작가 자신을 겹쳐 보여 주는 일은 그리 드물지 않다. '그'와 '나'는 경계가 지워진 채 서로 넘나드는 하나다. 서사를 실어 나르는 '그'는 동시에 그것을 관찰하고 반성하며 실행하는 '나'이기도 하다. 3인칭과 1인칭을 혼용하는 이런 서술 방식은 전통적 소설 규범을 위반하는 것이다. 이는 이광호의 말처럼 "자기 의식의 외재적 관찰자에서 내재적 입장"으로 돌아서서 진실 또는 실체를 드러내려는 작가의 욕망을 보여준다. 이 때 작가는 "근대 소설 문법의 지배적 규범을 교란하면서 소설을 쓴다는 것, 혹은 소설을 쓰는 의식이란 무엇인가 하는 근본적 질문들을 소설의 몸을 통해 재인식"시키게 되는 것이다.*

참고 자료

김현, 「전체에 대한 통찰」, 『낯선 시간 속으로』 해설, 문학과지성사, 1983
정과리, 「겹으로 놓인 허구」, 『한없이 낮은 숨결』 해설, 문학과지성사, 1989
김진석, 「사랑이여, 나의 광기에 투명함을 다오」, 『마지막 연애의 상상』 해설, 솔, 1992
이광호, 「치명적인 사랑의 실험」, 『강 어귀에 섬 하나』 해설, 문학과지성사, 1999

* 이광호, 「치명적인 사랑의 실험」, 『강 어귀에 섬 하나』(문학과지성사, 1999) 해설

최수철, 중간자적 작가의 선택

1980년대 소설의 주요 흐름인 리얼리즘 계열에서 벗어난 실험적 양식의 소설을 선보인 작가 최수철

한 소설가가 눈 쌓인 휴양지에 머물고 있다. 거기에 어떤 특별한 사건이나 짜릿한 모험은 없다. 그저 나날의 평범한 일상과 "온갖 과거의 기억들, 앞날에 대한 두려움, 지금 이 순간의 막막함…… 현재와 과거와 미래의 모든 것들이 한데 뒤섞여 꼬리에 꼬리를 물고서" 있는 미궁과도 같은 의식의 세계만 펼쳐진다. 소설가는 모자이크와 같은 17장의 조각난 이야기 속에 "무수한 소리의 상징성과 소리의 효과 활용, 거듭 되는 삶의 '급소'에 대한 의식, '나'의 객체화와 사물화, '그'와 '나'의 전위, '열'·'냉', 그리고 이쪽·저쪽의 대칭적 대비, 유폐 의식"을 새겨 넣는다.* 이것이 1993년 '이상 문학상' 수상작인 최수철(1958~)의 「얼음의 도가니」라는 소설이다. 이 소설에는 일관되게 이어지는 줄거리가 없다. 잘게 분절된 일상과 그 일상에 켜켜이 스며들며 분화되는 의식만 있다. 최수철은 이인성과 함께 "성찰하는 행위와 글쓰는 행위를 동시에 수행하는 메타 픽션의 계열"에 속하는 작가다. 그들은 소설 쓰기란 이 압도적 환멸의 시대에 어떤 뜻을 갖고 있는지를 소설 속에서 끊임없이 묻는다. 두 사람은 1980년대 소설의 주요 흐름인 리얼리즘 계열에서 벗어난 실험적 양식의 소설을 선보인 작가로 분류된다.

최수철은 1958년 강원도 춘천에서 태어난다. 아버지가 국문학을 전공한 고등학교 국어 교사이자 한때 소설가 지망생이기도 해서 『현대문학』과 『문학사상』

* 이재선, 「새로운 가능성의 스펙트럼을 연 실험주의 작품」, 『얼음의 도가니』(문학사상사, 1993) 심사평

1982년 소설가로 나선 이듬해 어느 출판 기념회 자리에서

같은 문학 잡지를 정기 구독하고 있었기 때문에 그는 자연스럽게 문학과 가까워진다. 그는 1974년 춘천고등학교에 입학해 문예반 활동을 하며 많은 시를 쓰기도 한다. 고등 학교 2학년 때 읽은 이제하의 『초식』에서 그는 "기질적인 일체감"을 느낀다. 그러나 눈앞에 닥친 입시 준비 때문에 문학에 대한 몰입은 잠정 유보된다. 1977년 서울대학교 인문 계열에 입학한 최수철은 다시 시를 쓰며 『대학신문』에 「모를 일」이라는 작품을 투고하는데, 영문과 교수인 황동규 시인의 호평과 함께 실린다. 1978년 그는 『대학신문』의 대학 문학상 공모에 「신파극」이라는 단편을 투고해 떨어지나 심사 위원으로 그 작품을 읽은 정명환 교수의 칭찬과 격려를 받고 소설을 써야겠다는 마음을 굳힌다. 4학년 때 그는 다시 「결국結局」이라는 단편을 응모해 가작으로 뽑힌다. 최수철은 대학원 시험을 준비하며 쓴 단편 「맹점」이 1981년 『조선일보』 신춘 문예에 당선되면서 문단에 나온다. 이제까지 그는 『공중 누각』(1985) · 『화두, 기록, 화석』(1987) · 『내 정신의 그믐』(1995) · 『분신들』(1999) 등 네 권의 소설집과, 『고래 뱃속에서』(1989) · 『즐거운 지옥의 나날』(1991) · 『어느 무정부주의자의 사랑』(1991) · 『녹은 소금, 썩은 생강』(1991) · 『알몸과 육성』(1991) · 『벽화 그리는 남자』(1992) · 『불멸과 소멸』(1995) 등 일곱 권의 장편 소설을 펴낸 바 있다. 그는 앞서 밝힌 대로 1993년에 중편 소설 「얼음의 도가니」로 '이상 문학상'을 받는다. 강원대학교 등에서 강사 생활을 하던 그는 1997년부터 한신대학교 문예창작과 교수로 임용되어 재직중이다.

성찰하는 행위와 글쓰는 행위를 동시에 수행하는 최수철의 창작집들

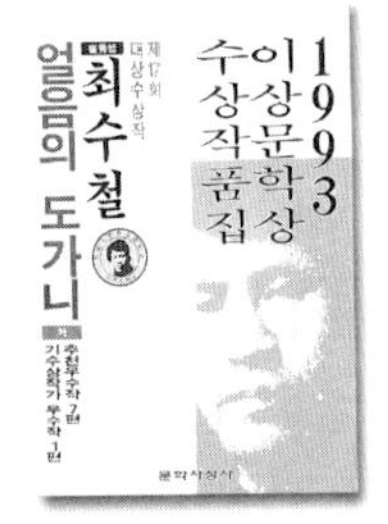

1993년 최수철은 중편 소설 「얼음의 도가니」로 이상 문학상을 받는다.

나의 삶의 궤적은 대단히 평범하고, 어떤 하나의 궤도에서 크게 벗어나지 않는 것이었습니다. 이처럼 극적 사건이나 굉장히 충격적인 현실 경험이 부재하였다는 이유 때문으로라도 나의 소설은 일상적이고, 보편적이고, 평범한 삶의 단면들만을 취급하기에 이른 것입니다. 이것은 매사에 중간자적 작가로서의 나의 운명이나 다름없지요.

최수철, 「역설, 암유, 새로운 형식 실험과 반성적 글쓰기」, 김종회 · 한기와의 대담, 『문학정신』(1990. 11.)

작가 스스로 술회하고 있듯이 그의 소설은 주로 일상을 다룬다. 김정란은 "작가의 시선은 언제나 '엑스트라들'에 머문다. 이데올로기의 매끈한 관념성에 반기를 들면서, 둘쭉날쭉한 일상성을 복권시키려고 하는 이 일상주의자는 언제나 시시하고 구체적인 생에 관심을 기울인다."고 말한다.* 작가는 자신의 소설이 일상성을 주로 다루게 된 이유를 극적인 현실 경험의 결여에서 찾고 있다. 작가는 극적 경험의 빈곤 때문에 "결국 나는 나의 주변에 편재하는 일상적 현실을 소설화하는 수밖에 다른 도리가 없었고, 나의 주변의 삶 그 중에서도 특히 나의 삶 자체가 소설적 대상화의 중심을 이루게 되었던 것은 이러한 맥락에서 필연적이고도 운명적인 조건"이라고 말한다.** 그렇다고 해도 1970년대 말에 대학에 다닌 세대로서 '유신 체제'의 실상을 보고 겪으며, 다시 1980년 5월에 '서울의 봄'과 '광주사태'를 거치며 아무런 영향을 받지 않을 수는 없는 일이었다. 그 억압적 현실은 작가의 의식에 "비극적 세계관, 패배주의, 혹은 죄의식이나 피해 의식, 허무주의에의 침윤"을 하나의 흔적으로 남긴다. 그는 이런 현실의 억압에 끊임없이 저항하는데, 그것은 직접적인 언술 행위를 통해서가 아니라 은밀하고도 집요하게 이루어진다. 작가는 기존의 관행화된 소설 문법을 해체하고 전복하는 방법으로 현실의 억압에 맞선 것이다. 그러나 작가 최수철이 지닌 의식의 밑바닥에 숨어 있는 것은 소설 쓰기에 대한 근본적인 회의주의다. 작가는 소설 쓰기가 세상을 바꾸거나 타자들과 진정으로 소통하는 데 유효한 방법이 될 수 없음을, 즉 공허한 몸짓일 뿐임을 이미 알고 있다.

최수철의 장편 소설들

그날 나는 하나의 커다란 벽화, 아니 아직 벽화라기보다는, 내가 상상할 수 있는 모든 것이 넘쳐나는 하나의 거대한 벽을 다시, 그러나 더욱 선명하게 볼 수 있었다. 우선 그 벽은 인간 몸의 가장 축축하고, 그래서 그만큼 섬세한 막들, 망막, 고막, 각막, 그리고 온갖 점막들

* 김정란, 「부재하는 여자, 또는 내면의 순결한 붉음」, 『작가세계』(1998 겨울)
** 최수철, 앞의 대담

로 이루어져 있었다.…… 그 벽으로부터 무수히 많은 손과 팔과 다리가 나무 뿌리처럼, 혹은 나무 넝쿨처럼 뻗어 나와서 허공에서 허우적거리고 있는 것을 또한 나는 볼 수 있었다.…… 그리고 그때 나 자신의 모습은 몇몇 공허한 몸짓으로 그 속에 들어앉은 채 간간이 손가락을 꼼지락거리고 있을 뿐이었다.

최수철, 『벽화 그리는 남자』(세계사, 1992)

작가에게 주어진 소임은 무수한 '나'와 타자의 세계, 축축한 타자의 점막들로 이루어져 있는 벽화 그리기다. 그리고 이는 근본적으로 불모와 불임의 세계에서 타자와 진정으로 소통하며 의미를 분만하지 못하는 "공허한 몸짓"이다.

최수철의 주제는 첫 창작집 『공중 누각』으로부터 이마적의 『내 정신의 그믐』에 이르기까지 일관되게 일상성의 복원, 억압에 대한 저항, 자아와 타자 사이의 사회적 소통과 관련되어 있다. 평범하기 그지없는 일상인들의 자질구레한 말과 행동을 따라가는 그의 소설은 1980년대를 휩쓴 도도한 현실 비판적 리얼리즘의 흐름을 거스르면서 현실을 끝없이 잘게 분절시키며, 저 어두컴컴한 인간의 내면을 탐사한다.

참고 자료

정과리, 「허기와 식도락, 그 단속 순환의 세계」, 『문학, 존재의 변증법』, 문학과지성사, 1985
김병익, 「낯선 의식과 인간의 존재의 해체」, 『공중 누각』 해설, 문학과지성사, 1985
이경호, 「무정부주의자의 벽화, 혹은 오로라」, 『문학과 사회』 1992 겨울
김정란, 「부재하는 여자, 또는 내면의 순결한 붉음」, 『작가세계』 1992 겨울
김영옥, 「정신의 몸으로, 몸의 정신으로 근대 넘어가기」, 『작가세계』 1992 겨울
최수철 외, 『얼음의 도가니—이상 문학상 수상 작품집』, 문학사상사, 1993

해체시, 그 이후의 지형학

'아우슈비츠' 이후에도 서정시는 씌어지는가

'아우슈비츠' 이후에도 서정시가 가능할까 하는 인간을 향한 도저한 절망의 벼랑 끝에서 터져 나온 물음은 우리 시대에도 여전히 유효하다. '아우슈비츠'는 단순한 지명이 아니라 반인간적 폭력과 무참한 살육이라는 인간이 저지른 죄악의 추문을 가리키는 기호이고, 인간성의 파멸과 타락에 대한 증거 인멸이 불가능한 뜨거운 상징이다. 도대체 인간성이 파탄나버린 세계 속에서 서정시란 무슨 쓸모가 있단 말인가 하는 절망적인 부르짖음은 죽음의 연대로 기록된 1980년대 내내 큰 의미를 거느린 물음으로 울려 퍼진다. 적어도 그것은 문학의 타락을 억제하는 방부제였으며, 문학의 사회적 유용성에 대한 반성을 끊임없이 자아낸다.

1980년대의 '광주'는 한국인의 아우슈비츠이며, 그 '피의 5월'은 한국인 일반의 내면에 원죄 의식이라는 화인火印을 찍는다. 1980년대 젊은 시인들의 의식의 한복판에서 솟아난, '광주' 이후에도 서정시가 가능할까 하는 물음은 따라서 의미 심장할 수밖에 없다. 1980년대에 이 땅의 젊은 시인들을 사로잡은 해체 정신은 바로 그 물음에서 배태된 것이다.

시는 시대의 징후에 가장 민감하게 반응하는 인간 정신의 역동성에서 나온다. 1980년대 내내 시인들의 의식을 강박 관념으로 짓누른 원죄 의식이야말로 해체시의 발생론적 조건이다. 서정시 양식은 근본적으로 수동적이고 정관적이며, 닫혀 있는 미적 구조다. 의미 있는 삶의 토대 자체가 균열되고 붕괴된 1980년대는 서정적 자아가 설 자리를 아예 없애버린다. 자아가 부재하는 서정시 양식은 어떤 운명을 맞게 될까. 서정적 자아는 기대와 환상이 야만적인 폭력에 의해 한꺼번에 무너져내리며 돌출한 현실에 대한 압도적 환멸의 자아로부터 거부된다. 빈

껍데기에 지나지 않는 서정시 양식에 대한 파괴와 해체의 열정은 이런 환멸에서 나온다.

우리 시대의 시는 교양적 잉여의 산물이기를 거부한다. 변화하는 삶과 파편화된 세계의 진실과 소통하지 못하는 폐쇄적 미학의 서정시 양식은 당연히 갈등과 혼란, 균열과 해체의 시대에 의미 있는 사회적 응전이 되지 못한다. 그렇다면 파괴되어버린 서정시 양식을 대체할 수 있는 새로운 양식은? 1980년대의 진보적 시인들은 해체라는 충격 요법으로 "양식을 파괴"하고 곧바로 "파괴의 양식화"를 시도한다. 일부의 비판적 시각이 없지 않지만 "파괴의 양식화"라고 불린 해체 시학의 구축은 1980년대의 시적 전위이며, 현실의 변혁에 조금이나마 이바지하기를 바란 1980년대 시인들의 역동적인 정신이 낳은 죄악의 현실에 대한 방법론적인 대응이었다고 할 수 있다.

근본적으로 서정시 양식은 고대의 조각상들처럼 그 자체로 완벽한 미적 체계의 통일성과 총체성을 지향한다. 그러나 해체의 시대는 "부서져 조각난 벽돌과 잔존물의 시대"다.* 해체의 시대에는 통일성과 총체성에 대한 믿음이 더 허용되지 않는다. 따라서 1980년대 시문학의 진정성은 현실의 총체적 반영이나 재현에서가 아니라 "현실의 부서진 단면에 숨어 있는 실태realitat"**를 건져 올리는 것에서 발견할 수 있다. 해체시는 바로 부서져 조각난 폐허의 현실, 그 파편화된 삶과 세계의 양상 속에서 시인들이 찾아낸 응전의 양식이다.

그 방법적 응전의 이면에 숨은 해체 전략은 현실 모독이다. 해체 시학은 곧 현실 모독의 시학이다. 현실로부터 모독당한 시인들은 그들이 받은 모독을 해체라는 방법을 통해 그대로 현실에 되돌려준다. 현실이 그들을 모독했으므로 그들도 현실을 모독하는 것이다. 서정적 자아의 죽음 이후 새삼스레 솟아난 해체시는 통일성과 총체성이 아니라 정신 분열증의 징후인 다양성과 산만함 그리고 파편화

* 빈센트 B. 라이치, 권택영 옮김, 『해체 비평이란 무엇인가』(문예출판사, 1988)
** 박상배, 「텍스트 시와 그 근원」, 『현대시학』(1988. 9.)

의 원리에 지배되는 문학 양식이다. 해체시를 읽고 정신 분열증이 낳은 시라고 책잡는 것은 비난이 아니다. 서정시에서 해체시로의 이동은 통일성과 총체성에서 다양성과 파편화로 치닫는 길에 다름아니다.

1980년대의 해체시는 어떤 정신사적 토대 위에서 성립되었을까. 과연 어떤 범주의 시들이 해체시일까. 1980년대의 해체시는 한국 문학사 속에서 어떤 위상을 갖게 될까. 해체 시인들은 길게 봐서 한때 반짝 하고 사라질 운명에 처한 과도기적 이단일까, 아니면 새로운 양식의 출현을 예고하는 진정한 전위일까. 해체시에 대한 논의는 이제껏 파편적으로만 이루어진 느낌을 준다. 왜 그랬나? 우선 해체시는 하나의 신념 체계에 의해 발생한 것이 아니다. 해체시는 1980년대 현실의 균열과 해체를 반영하는 다원적 신념 체계를 그 바탕으로 하고 있으며, 다양한 양식의 파괴와 변용으로 나타나는 데 그 논의의 어려움이 있다. 해체시는 하나의 신념, 하나의 방법, 하나의 체계를 거부한다.

1980년대에 들어 해체시에 대한 논의에 불을 지핀 사람은 이윤택이다. 그의 「해체의 시론」에 따르면 한국 현대시의 풍토에서 별다른 반성 없이 용인되어온 단순성의 논리를 해체하는 급진적 양식의 시들이 해체시의 범주에 속한다. 그는 해체되어야 할 '단순성의 논리'에 드는 개략적 범주를 감상적 인식, 프로파간다적 인식, 소재주의적 전통 인식, 쉬운 시를 빙자한 대중 함몰 인식, 상징의 틀에 갇힌 조작 인식* 등으로 파악한다. 한 마디로 단순성의 논리란 '시적인 것'에 대한 낡고 굳은 의식, 타성과 경직화에 매몰된 의식의 논리를 말한다. 그것은 이윽고 점증하는 현실의 압력에 대한 방법적 응전이 될 수 없다는 양식의 한계 문제에 직면한다.

유례를 찾기 힘든 야만의 시대, 억압의 시대를 통과하면서 의식의 한복판에 떠오른, 이 암울한 시대에 시는 무엇을 할 수 있을까 하는 젊은 시인들의 비관과 회

* 이윤택, 「해체의 시론」, 『해체, 실천, 그 이후』(청하, 1988)

의 속에서 '시적인 것'에 대한 전면적인 반성이 이루어지는 것이다. 전통적으로 용인되어온 '시적인 것'은 한 시대의 병적 징후들을 해부하고, 해체하려는 젊은 시인들의 가열한 상상력 속에서 무용지물이 되고 만다. 젊은 시인들은 '시적인 것' 앞에 붙는 전통적이라는 말에서 일체의 변혁 의지를 수용하지 않으려는 반동적 이데올로기, 몰역사적 보수성의 낌새를 읽어낸다. 그것은 달라진 시대의 삶에 대한 뜻있는 방법적 응전이 되지 못한다는 결론과 함께 추호의 망설임도 없이 폐기 처분되기에 이른다.

양식의 한계에 대한 각성은 필연적으로 새로운 양식에 대한 창조 열망으로 이어진다. 따라서 1980년대의 해체시가 "양식의 파괴"에서 "파괴의 양식화"로 나아간 것은 극히 당연한 도정이다. 해체는 일차적으로 '시적인 것', 다시 말하면 전통적 문학 담론의 체계를 대상으로 하는 것이다. 전통적 담론 체계에 대한 파괴와 해체는, 곧 위기의 징후가 뚜렷한 당대의 현실 앞에서 굴종과 무관심으로 일관한 보수적 · 반동적 미학 체계에 대한 거부와 반란의 정신에서 솟아난다. 1980년대의 젊은 시인들이 추구한 해체 정신은 곧 시대의 도덕적 소청인 셈이다.

문학은 유의미한 당대 삶의 인식과 표현을 이끌어냄으로써 현실에 참여하고, 그 의미를 일궈낸다. 그 인식과 표현이 당대 문학의 양식사적 당위를 획득했는가 아닌가 하는 것은 당대적 삶의 진실과 총체성을 얼마나 담아냈는지에 따라 판가름된다. 그러나 1980년대의 해체 논리에 따르면, 폭력과 광기에 의해 거덜나버린 1980년대의 현실—폐허에서는 삶의 총체성을 길어내는 것 자체가 뜻없는 행위였다. 1980년대는 길어내야 할 삶의 의미 있는 총체성 같은 게 이미 남김 없이 사라져버린 의미 부재의 시대였다. 황지우는 "여기는 초토입니다/그 우에서 무얼하겠습니까?"(「에프킬라를 뿌리며」)라고 물으며 1980년대의 우리 삶의 토대가 다름아닌 초토라고 규정한다. 눈앞에 펼쳐진 것은 뜻없음으로 그 황폐함을 드러내 보이는 현실—폐허와, 견뎌야 할 악몽과도 같은 환멸의 현존뿐이니까. 환멸의 현존이라고? 그렇다. 황지우의 또다른 시를 보면 그 초토 위에서 환멸에 몸서리치는 자아는 귀에 말뚝을 박고, 눈에 철조망을 치고, 입에 흙을 한 삽 처넣고, "증거 인멸"과 "살아남음"을 위해 자신의 일부를 날마다 "파묻는다"(「그날그날의 현장 검증」). 피학적 자기 훼손의 상상에 매달리면서 시적 자아가 추구하는 것은 삶의 본원적 가치나 사회적 의미의 생산이 아니라 치욕의 삶에 대한 증거 인멸과 최소한의 살아남음이다. 그것이 세계의 완벽한 유죄성을 확인한 환멸의 자아가 밀고 나간 위태로운 삶의 양식이다. 살아냄의 의미화가 불가능한 현실 체계에 대한 전면적인 부정과 이로부터 일탈의 끝간 데까지 나아가는 것, 그것이 환멸의 현존 앞에 열린 유일한 길이다. 그 현실 부정, 현실 일탈의 욕망 추구가 문학의 층위에서는 기존 시 형식의 부정과 파괴, 장르 해체 등의 움직임으로 나타나는 것이다.

해체주의, 악몽의 세계에서 : 이성복과 황지우

이성복과 황지우는 1980년대가 낳은 최고의 시적 전위라고 할 수 있다. 그들이 1980년대 시의 깊이를 견인한 두 주역임은 누구도 부정할 수 없으리라. 이성복이 『뒹구는 돌은 언제 잠 깨는가』에서 보여준 도저한 우상 파괴의 상상력과, 황지우가 『새들도 세상을 뜨는구나』·『겨울—나무로부터 봄—나무에로』·『나는 너다』에서 보여준 형태 파괴의 시학은 1980년대 해체 시법의 태동에 대한 예시였다. 해체시의 구체적인 전개 양상은 어떠했나. 우리는 그것을 1980년대 전반기 해체시의 흐름을 주도한 두 시인, 이성복과 황지우의 시를 통해 살펴볼 수 있다. 그들은 해체 정신에서 만나고, 해체 방법에서 갈라진다.

어디로도 갈 수 없고 어디로 가지 않을 수도 없을 때/마음이여, 몸은 늙은 풍차, 휘이 돌려 보시지/몸은 녹슬은 기계, 즐거움에 괴로움 섞어/잠을 만드는 기계/몸은 벌집, 고통이 들쑤신 벌집/몸은 눈도 코도 없지만 몸을 쏘아보는 엽총과/몸을 냄새 맡는 누리의 미친 개들/어디로도 갈 수 없고 어디로 가지 않을 수도 없을 때/마음이여, 몸은 낡은 신발, 뒤집어

신고 날아 보시지/―당대의 몸값은 신발 값과 같으니/당대의 몸이 헤고 닳아, 참으로 연한 뱃가죽 보이누나

이성복, 「사랑 일기」, 『뒹구는 돌은 언제 잠 깨는가』(문학과지성사, 1980)

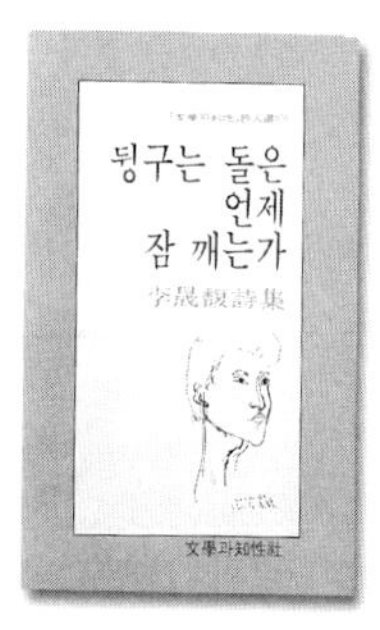

1980년대의 해체 정신을 극명하게 보여준 첫 번째 시집인 이성복의 『뒹구는 돌은 언제 잠깨는가』

이성복의 『뒹구는 돌은 언제 잠깨는가』는 1980년대의 해체 정신을 극명하게 보여준 첫 번째 시집이다. 1980년대 벽두에 이성복의 시는 기상 천외한 이미지들의 돌출과 당돌한 결합, 언어의 파격성, 세계의 산문적 개진, 끝없는 요설, 가차없는 우상 파괴 등으로 새로운 해체 시법의 한 전범으로 떠오른다. 이성복의 시는 그 자체로 일종의 경이였다. 지금-여기에서의 악몽 같은 현재 진행형의 삶을 탐색하는 자유로운 상상력의 저공 비행은 과거의 어떤 시인도 보여주지 못한 정신적 해방감을 맛보게 한다. 그의 시는 한편으로 "나날의 횡설 수설의 기록"이라거나 "당대 폐품들의 무의미한 나열"이라는 비판도 받지만, 절망과 환멸의, 1980년대의 삶과 현실에 대한 탄력적 대응으로 평가된다.

1980년대의 주요 시적 징후로서 이성복의 우상 파괴 상상력이 포착해낸 타락한 현실―유곽, 능욕당한 누이, 아버지―개새끼의 이미지들은 1980년대가 품어 안고 있는 죄악 · 불륜 · 파탄 · 치욕의 삶을 일거에, 충격적으로 드러낸다. 그의 시의 사변성思辨性은 크고 넓은 그릇처럼 타락한 현실 체계의 전모를 담아내는 유용한 시적 장치였고, 그의 시의 해사적解事的 구조는 1980년대의 훼손된 삶의 개별적 체험들을 개인의 국지적 체험으로 고립 · 매몰 · 파편화시키지 않고, 보편적 양상으로 펼쳐 보인다. 그의 『뒹구는 돌은 언제 잠 깨는가』는 시집 전체가, 날카로운 눈과 섬세한 손을 가진 장인에 의한, 병든 세계의 세목과 고통에 대한 꼼꼼한 조형물이다. 이 시집의 핵심을 이루는 충격적인 고통의 이미지들은, 곧 고통에 대한 민감한 각성이야말로 살아 있음의 유일한 징후이며, 그것을 넘어서려는 의지의 주체적 발현의 시작이라는, 시인의 생각의 반영이다. 보편적 삶의 근저에 가득 차 있는 심화된 고통의 양상에 대한 성찰은, 시인을 치유할 길 없는 비관주의의 극단으로 나아가게 한다.

그의 「사랑 일기」에 나오는 "몸은 벌집, 고통이 들쑤신 벌집", "그래, 온몸으로 번지는 매독의 사랑", "어머니, 저의 밥은 따뜻한 죽음이요 저의 잠은 비좁은 수의요", "네 혓바닥은 괴로움의 혓바닥이요 네 손바닥은 병든 나무의 나뭇잎이요", "내 사지는 못박혀 고름 흘려요"와 같은 시구들은 삶에 대한 깊고 깊은 비관주의를 보여준다. 가볍고 속도감 넘치는 상상력은, 그의 비관주의가 현실과의 객관적 긴장 관계를 상실하고 폐쇄적 자아 속에 파묻혀 절대화되는 것을 막아내는 방어벽이다.

앵도를 먹고 무서운 애를 낳았으면 좋겠어/걸어가는 시가 되었으면 물구나무 서는/오리가 되었으면 구토하는 발가락이 되었으면/발톱 있는 감자가 되었으면 상냥한 공장이/되었으면 날아가는 맷돌이 되었으면 좋겠어/죽고 싶어도 짓궂은 배가 고프고/끌려다니며 잠드는 그림자, 이맘 때 먼 먼 저 별에 술 한잔 따르고 싶더라 내 그리움으로/별아, 네 미끄럼틀을 만들었으면 좋겠어

이성복, 「구화口話」, 앞의 책

1980년대 벽두에 화농된 환부가 터지며 피고름이 낭자하게 튀어오르는 그 살기 등등한 세월 속에서, 이성복의 초현실주의적 자유 연상의 시법은 신선한 충격이었다. 앵두를 먹고 낳는 무서운 애, 걸어가는 시, 물구나무 서는 오리, 구토하는 발가락, 발톱 있는 감자, 상냥한 공장, 날아가는 맷돌 등 기상 천외한 상상력의 주체인, 살아 움직이는, 시인의 천진한 마음은, 굳어 상투화된 세계와 그 세계를 떠받치고 있는 지배 체제의 이데올로기를 있어서는 안 될 추문으로 만든다. 「다시, 정든 유곽에서」 같은 작품이 머금고 있는 시적 진정성은, 이성복의 시가 당대의 폐품들에 대한 점묘법적 묘사, 위악적 요설, 방향성 없는 우상 파괴를 넘어서 있음을 보여주는 움직일 수 없는 증거다.

우리는 어디에서 왔나 우리는 누구냐/우리의 하품하는 입은 세상보다 넓고/우리의 저주는 십자가보다 날카롭게 하늘을 찌른다/우리의 행복은 일류 학교 뱃지를 달고 일류 양장점에서/재단되지만 우리의 절망은 지하도 입구에 앉아 동전/떨어질 때마다 굽실거리는 것이

니 밤마다/손은 죄를 더듬고 가랑이는 병약한 아이들을 부르며/소리 없이 운다 우리는 어디에서 왔나 우리는 누구냐/우리의 후회는 난잡한 술집, 손님들처럼 붐비고/밤마다 우리의 꿈은 얼어붙은 벌판에서 높은 송전탑처럼/떨고 있으니 날들이여, 정처 없는 날들이여 쏟아부어라/농담과 환멸의 꺼지지 않는 불덩이를 폐차의 유리창 같은/우리의 입에 말하게 하라 우리가 누구이며 어디에서 왔는지를

이성복, 「다시, 정든 유곽에서」, 앞의 책

수긍할 만한 살아냄의 논리를 허용하지 않는 타락한 세계에서의 이 본원적 물음들은, 그것 자체로 드높은 양심의 고양에서 발현된 현실 변혁의 행동은 아니지만 현실—삶을 끌어안고 거기서 살아냄의 논리를 이끌어내려는, 삶에 대한 치열성과 진정성을 보여주는 행위다. 그것은 삶의 고통을 물신화해버리고, 그 뒤에 비겁하게 숨어 절망, 자학하는 것과는 다르다. 그것은 삶의 고통을 온몸으로 받아들이면서, 그 고통으로부터 벗어날 수 있는 삶의 정당성과 의의를 길어내려는, 현실에 대한 주체적 대응이다.

이성복의 시가 내뱉은 "아버지, 아버지…… 씹새끼, 너는 입이 열이라도 말 못해"(「그해 가을」) 같은 구절을 보라. 아버지는 현실 위에 군림하는 지배 체계와 이념의 상징이고, 세계를 지배하는 권위와 우상의 상징이다. 그 아버지는 시인의 시 세계 속에서 권위가 땅에 떨어져 형편없이 짓밟히거나 아주 무력한 존재로 나타난다. 부권에 대한 모독적이고 불경스런 태도는 유교적 가부장제의 질서에 알게 모르게 길들여져 있는 우리의 의식을 몹시 불편하게 만든다. 이런 구절은 우리에게 충격을 준다. 어떻게 이런 일이 벌어질 수 있을까? 이는 무엇보다 그 권위에 걸맞은 도덕성과 힘을 결핍하고 있는 아버지 탓이다. 그 나약하거나 타락한 아버지 때문에 현실의 불모성이 비롯되었고, 세계는 치욕스러운 삶의 자리로 우리 앞에 드러난다. 부권이란 역사-현실을 움직여나가는 주체의 상징이고, 1980년대는 그 부권이라는 우상이 파괴되는 와중에 있던 시대다. 그래서 "아버지, 아버지…… 씹새끼, 너는 입이 열이라도 말 못해"라는 구절이 튀어나온 것이다.

해체시는 이미 굳어진 시 형식의 해체를 넘어 궁극적으로 현실과 그것을 안으

로 떠받치고 있는 이념과 가치관의 해체를 목표로 한다. 그것이 진정한 해체 정신이다. 이성복의 시적 자아는 지금-여기서 "어디로도 갈 수 없고 어디로 가지 않을 수도 없다"고 고백한다. 그 자아는, 어디로 떠날 수도 없고 떠나지 않을 수도 없는 이 치욕스러운 삶의 자리에서 엉거주춤한 자세로 신음을 듣는다. "아무도 그날의 신음 소리를 듣지 못했다/모두 병들었는데 아무도 아프지 않았다"(「그날」). 해체 정신은 시대의 병적 징후에 민감하게 반응한다.

뉴욕, 흐림, 0℃, 레이건 국방비 증액/런던, 짙은 안개, 4~2℃, 무가베, 엔코모 비난/파리, 비, 2℃, 미테랑 무기 판매 결정/본, 눈, -5℃, 파波 계엄 위반자 14만 5천 명/모스크바, 폭설, -5℃~ -11℃, 행정 조직에 당黨 통제 중요/동경, 흐림, 11~5℃, 파波 수천 명 검거/리오데자네이로, 폭우, 37~20℃, 미美, 엘살바도르 파병 부인//집으로 돌아오는 골목길에 오줌 싸려는 나의 포즈를 가로등이 등뒤에서 길게 내 이마 앞에 때려 눕혀 논다. 섬찟 놀라며 멈춘 나는 섬찟 놀란 체하는, 그런 몸짓을 하는 그 놈을 노려본다. 그 놈에게 질질 갈기면서, 좌우로 흔들면서, 부르르 떨다가 탈탈 털면서, 그리고 나는 아주 작은 소리로 말한다. 못살아 못살아. 들어가면 아내에게 소리지를 거다./여보, 우리 꺼지자. 남미로, 남극으로, 우리의 대척지對蹠地로. 어디든!//현실 : 꼼짝 못함. 체형 : 부동자세. 경제 : 빚더미. 교육 : 무지몽매. 예술 : 신선한 거품의 OB맥주. 아, 삶 : 입구멍·똥구멍·오줌구멍만 뚫려 있음. 여기저기에 핀포인팅. 종교 : 없음.//불쌍한 지구. 불쌍한 폴란드./불쌍한 태양계. 불쌍한 20세기말./그리고 끝으로 불쌍한 이 시공時空 어디서/눈이 오려는지/호남 산간 내륙으로 불연속 전선이 다가간다.

황지우, 「그대의 표정 앞에」, 『새들도 세상을 뜨는구나』(문학과지성사, 1983)

황지우의 형태 파괴의 극단화라는 방법적 선택은, 제도 이데올로기에 의해 주조되는 현실적 삶을 해체해 그 삶의 하부 구조가 품어 안고 있는 허위 의식과 환멸성을 뒤집어 보여주기 위한 것이다. 1980년대 벽두의 비극적 역사 경험을 속수 무책으로 수수收受할 수밖에 없었던 젊은 시인의 의식은 그 내면의 주체할 길 없는 환멸로 일그러지고 금이 간다. 그 균열은 있을 수 없는 일이 벌어진 불륜의 역사 앞에서, 미처 대응의 전열을 갖추기도 전에 그 죄악의 피동적 수납자가 되어버린 사람의 자의식 속에 콜타르처럼 달라붙는, 스스로도 그 죄악의 세계에 연루되어 있다는 혐의로부터 비롯된다. 삶—세계에 대한 환멸의 과잉은 그 삶—세계를 깨뜨리고 지금-여기가 아닌 다른 어디로 사라져버리고 싶다는 일탈 욕구를 부른다. 그의 서정적 자아의 담화 체계에 대한 "파괴의 양식화", 그 현실 해체 시법은 다름아니라 삶—세계에 대한 파괴 욕망의 반영이자 간접화된 드러냄의 방식이다. 시 「박쥐」에 나오는 구절을 보자. "시는 내게 성적性的이다. 매혹과 수치심이 함께 있다. 중요한 것은 이를 통한 현실의 수태受胎이다." 그의 시는 삶의 내면에 생긴 균열에서 흘러나오는 수태된 현실인 것이다.

나는 왜 적敵에 대해서 말하지 않고, 적전敵前에서 자꾸 뒤돌아보는가./80년대는 막장이냐,/최전선이냐./너 살아 넘어갈래. 죽어 돌아올래. 그렇지만,/돌아보라. 가장 현실적인 색色은 탄색炭色이다. 그대 손은 묻어 있다./내 마음 속의 동굴 속의 외로운 박쥐여.

황지우, 「박쥐」, 『겨울—나무로부터 봄—나무에로』(민음사, 1985)

현실의 탄색은, 1980년대 현실의 도덕적 오염의 정도를 묶어내는 이미지다. 같은 시의 "나는 시궁창에 살고 있다. 이 편안한 더러움이여."라는, '나'의 삶의 자리에 대한 현실—시궁창이라는 인식은, '나'의 현실 안주에 대해, 편안한 더러움이라는 야유를 낳는다. 더럽혀진 현실 위에 삶을 세울 수밖에 없는 막다른 인식의 배면에는, 더러운 삶을 수락할 수밖에 없는 사람의, 저질러진 역사의 도도한 흐름 속에 수렴되는 개별자의 작고 무력한 삶에 대한 체념이 일렁거린다. 개별자의 체념은 시인의 표현대로 "체제에의 합승", 모독당한 삶의 수락으로 나타난다. 이런 체제 합승과 모독의 수락을 참아내기 힘들 때, 그는 삶—세계를 향해 거침없는 야유와 냉소를 퍼붓는다. 그 야유와 냉소는, 더러움 · 모독과 자신의 삶을 분리시키려는 의식이 만들어내는 것이다. 그러나 그의 시적 진정성은, 타락한 삶—세계의, 중심부로 진입하고자 하는 욕망과, 그 바깥의 세계로 일탈하고자 하는 욕망 사이의, 현실—당위 앞에서 분열을 일으키는 양가 감정의, 모순의 긴장을, 온몸으로 받으며, "벗이여, 나의 근황은 위독하다. 위문 와다오, 붉고 흰 국화꽃을 들고"라고 노래할 때 획득된다. 그의 『나는 너다』는 "세계에 대한 확신 없는 공허한 인식의 태도"(이재현)를 넘어, 현실과 당위의, 찢긴 틈으로 보이는, 막막히 펼쳐진 사막에서의 고통과 불모의 삶을 담아내고 있다.

> 나는 사막을 건너왔다, 누란이여./아, 모래바람이 데리고 간 그 옛날의 강이여./얼굴을 가린 여인들이 강가에서 울부짖는구나./독수리 밥이 되기 위해 끌려가는 지아비, 지새끼들./무엇을 지켰고, 이제 무엇이 남았는지./흙으로 빚은 성곽, 다시 흙이 되어/내 손바닥에 서까래 한줌./잃어버린 나라, 누란을 지나/나는 사막을 건너간다./나는 이미 보아버렸으므로./낙타야, 어서 가자./바람이, 비단 같다, 길을 모두 지워 놨구나.
>
> 황지우, 「나는 너다 126」, 『나는 너다』(풀빛, 1987)

서정시 양식의 해체를 과격한 형태 파괴로 밀고 나간 황지우의 『새들도 세상을 뜨는구나』

황지우의 시집 『새들도 세상을 뜨는구나』는 이성복이 선보인 서정시 양식의 해체를 더욱 과격한 형태 파괴로 밀고 나가면서 해체시의 입지를 확고하게 다진다. 황지우의 해체시는 시의 극단적인 형태 파괴와 풍자를 그 형성 원리로 하는 세계다. 그의 좌충 우돌하는 발랄한 풍자 정신에서는 시적인 것에 대한 관념 해체와 현실 해체를 가능케 하는 역동적 에너지가 솟아난다. 황지우의 시 세계를 지배하는 해체 정신 또한 다른 해체 시인들의 경우와 마찬가지로 일그러진 현실 앞에서 맛보는 압도적인 절망과 좌절에서 비롯된 현실 부정을 바탕으로 하고 있다. 황지우의 시는, 비시적 요소들—이를테면 신문 기사, 일기 예보, 심인 광고, 만화, 도표, 예비군 통지서, 벽보—의 "방법적 인용", 활자 조작 그리고 현저한 비어와 속어의 범람, 산문적 진술 체계 등으로 서정시에 길들여져 있던 독자들의 의식에 경악과 혼란을 불러일으킨다. 이와 같은 기존 언어 양식에 대한 해체와 일탈은 그것을 지배 · 관리 · 조작하는 기존 현실 체제에 대한 강력한 부정을 머금고 있다.

황지우의 시적 자아가 "여보, 우리 꺼지자. 남미로, 남극으로, 우리의 대척지對蹠地로. 어디든!"이라고 외칠 때 그 외침 속에 들어 있는 전언은, 의미 있는 미래 전망이 차단된 불확실한 현실에 대한 혐오와 부정이다. 그 혐오와 부정은, "아

그 무엇, 그 무엇, 더 말 못 하겠다, 더 하늘 못 보겠다, 더 땅 못 딛겠다, 꽃이 안 피었으면!"(「천사들의 계절」)처럼, 눈앞의 현실을 훌쩍 벗어나 어디로 사라져버리거나, 지금-여기가 아닌 그 어디로 가자는 식의 '병든 낭만주의'를 낳는다. 이런 것에서 우리는 현실 부정, 현실 포기, 현실 도피를 넘어서는 진정한 현실 변혁에 대한 열망, 유토피아적 전망에 대한 강렬한 희구를 읽는다. 황지우의 해체시는 세계-안에서 세계-밖을 꿈꾸는 해체시다. 그의 시는 세계-밖의 꿈을 보여줌으로써 세계-안을 구성하는 온갖 것을 추문으로 만든다.

자기 고백적, 그리고 위악적 해체주의 : 이윤택과 박남철

박남철朴南喆(1953~)의 『지상의 인간』(문학과지성사, 1984) · 『반시대적 고찰』(한겨레, 1988)과 이윤택李潤澤(1952~)의 『시민』(청하, 1983) · 『춤꾼 이야기』(민음사, 1986)는 시대의 위악성을 개별적 삶의 구조 속으로 수렴하면서, 1980년대의 강고한 현실에 대한 1980년대 시의 방법적 응전으로 빛난다. 그들의 현실 대응은 과격한 현실 변혁을 부르짖는 지사적 저항주의와는 변별되는, 드넓은 일상성에 바탕을 둔 현실 개량주의식 시적 응전이었다고 할 만한다. 박남철과 이윤택의 길들여지지 않은 저돌적 상상력은 그들을 1980년대의 과도기적 전위 시인으로 드러나게 하는 데 충분한 역동성과 파행성을 그러안고 있다.

길들여지지 않은 저돌적 상상력으로 1980년대의 과도기적 전위 시인으로 떠오른 이윤택

1980년대 벽두부터 전개된 해체시의 기류가 정리되는 단계에 이르고 있고, 이 성난 젊은 세대의 거부와 고백체 시법이 다음 단계로 어떻게 수용 극복되는가란 검증의 과제를 던지고 있다. 한 시대의 전위, 혹은 새로움이 진정한 의미의 전위로 성립되려면 전시대와 다른 해방의 문학을 다음 시대에게 열어주는 통로가 되어야 한다. 1980년대적 해체의 시법이 과연 다음 시대를 위한 길트기가 되고 있는가? 이 문제는 해체, 그 이후의 시적 징후를 통해 증거되는 문학사적 위상이다. 이러한 문학사적 위상

을 구축하지 못할 때의 전위는 역사 단층적 미아이며, 유행병적 패션의 한계를 벗어나지 못한다.

이윤택, 「해체, 그 이후」, 『프로이드식 치료를 받는 여교사』(열음사, 1988)

이윤택의 『춤꾼 이야기』는 추악한 현실을 소시민적 세계관으로 해체하고, 시민적 삶의 전망을 일상 화법의 극적 구조로 드러내 보여준다. 그는 게임의 규칙이 무너져버린 1980년대라는 아수라장의 한복판에서 "내가 할 일은 깽판을 치는 일"*이라고 선언한다. 그의 깽판 놓기의 문학적 입지는, 삶의 부분적 진실밖에 포섭하지 못하는, 노동자의 세계관에 입각한 민중 문학의 현실 변혁 운동 노선과 문학주의자들의 초월적 상상력 노선 사이에 보이는 틈, 삶의 구체적 기반으로서의 신중산층 소지식인의 생활의 장場이다. 그의 계급적 기반이기도 한 신중산층 소지식인의 생활 영역은 양극화된 이념성에 의해 분해되지 않는 복합적 · 다중적 세계다. 그 세계의 원초적 삶 의식들이 엉켜 뿜어내는 활기는 이윤택 시의 진정한 동력이다. 그의 시는 삶의 부분적 진실만을 반영하는, 1980년대의 진보와 보수로 양극화된 이데올로기에 대한 복무를 거부하고, 구체적 · 일상적 삶의 장 안에서 온몸으로 나뒹굴며 얻게 되는 생체 감각의 기반 위에 서 있다.

추악한 현실을 소시민적 세계관으로 해체하고, 시민적 삶의 전망을 일상 화법의 극적 구조로 드러내 보여준 『춤꾼 이야기』

이제 책을 덮고 거리로 내려오라/방 안에 갇힌 문법학자여

이윤택, 「청바지를 입은 파우스트」, 『우리는 지금 제네바로 간다』(문학사상사, 1988)

그의 상상력은, 끝내 길들여지기를 거부하는 방목된 자유의 정신에서 솟아나는 거리의 상상력이다. 거리의 상상력이란, 척박한 삶의 구체적 지평에 뿌리를 내린, 검열되지 않은 상상력이다. 그것은 제도에 수렴되기를 거부하는, 화염병과

* 이윤택, 「깽판」, 『춤꾼 이야기』(민음사, 1986)

돌멩이가 어지러이 날아다니는 거리의, 거칠게 살아 있는 상상력이다. 그래서 때로 이윤택의 시들은 거칠고, 생경하고, 조악하기조차 하다. 그러나 그는 문법학자라고 야유되고 있는 자폐적 관념론자들의 추상적 현실 인식과 세련된 시법을 거부한다. 왜냐하면 그것으로는 삶의 총체적 진실을 담아낼 수 없기 때문이다.

> 책상다리로 앉아 있으면 떨어져 죽을 염려는 없겠지만/우리 마음은 아직 저 컴컴한 안개골목/풍문에 싸인 산장여관/그 알리바이를 증명할 수 없는 호각소리/그러나 주검은 아름답게 존재한다
>
> 이윤택, 앞의 시

그는 혼돈 상태인 현실의 알리바이를 증명하기 위해 거리로 내려서려고 한다. 파우스트를 향해 그는 "청바지를 입어라" 하고 외친다. 난해한 플래카드와 수수께끼들이 떠다니는 거리로 내려서는 것, 이는 바로 현장의 "술렁이는 혼돈 속으로" 들어가는 것이다. 그는 삶의 구체적 현장에서만 삶의 총체적 진실을 해독할 수 있다고 믿는다. 그의 현실 극복 의지의 과잉이 혼돈의 현장 속에서 좌충 우돌할 때, "나는 짐승이다 으르릉"* 하는 극단적 어법도 성립된다. 「강철 흑인」 같은 아름다운 시편은 그의 현실 해체 시법의 참다운 동력이, 파탄나버린 현실—악몽의 구조 속에서 끊임없이 현실 가능태를 도출하고 싶어하는 자유 정신에 있음을 뚜렷하게 보여준다.

형태 파괴적 상상력으로 해체 양식의 시를 보여준 1980년대의 대표적 해체 시인 박남철

박남철은 황지우와 함께 형태 파괴적 상상력으로 해체 양식의 시를 보여준 1980년대의 대표적 해체 시인이다. 박남철의 해체 양식의 시는 그 도전적인 시집 제목만큼 1980년대 후기의 시문학이 빠져들고 있던 경직된 메커니즘과 소아병적 집착, 유형화의 악습을

* 이윤택, 「개꿈」, 앞의 책

일거에 뒤엎을 만한 반시대적 미학 구조와 충격적 의미망을 구축하고 있다. 한마디로 『반시대적 고찰』은 우리 시대의 삶과 세계의 근본 구조에 대한 진지한 성찰이 낳은 건강한 시 정신, 즉 반시대성을 날카롭게 드러낸 시집이다. 「텔레비전」 연작이나 「해미르」 연작이 보여주는 왕성한 실험 의식이 눈에 띄지 않는 것은 아니나, 전반적으로 그의 시 세계가 보여주고 있는 것은 부재와 결핍이 불가피하게 낳은 개인사적 형편과 처지에 대한 자기 해명적 발언들이다. 박남철의 거침없는 비속어와 형태 파괴적 시 형식이 보여준, 무사 안일주의에 매몰되어 있는 중산층의 반성 없는 기만적 교양주의에 대한 증오와, 도덕적 엄숙주의가 그 내면에 감추고 있는 위선과 거짓에 대한 통렬한 야유는 충분히 의미 있는 것이다.

우리 시대의 삶과 세계의 근본 구조에 대한 통찰이 낳은 반시대성을 날카롭게 드러낸 『반시대적 고찰』

혁명을 민족적 분단문제인 이데올로기를 비판할 수 전권주의를/자유를 정의를 '새로운 희망' 을 설파할 수 좆도 니기미이/역사는 항상 나를 보고 넌 ×이나 빨며 살아라 하거늘/사람들은 좆도 나는 그러면 아얏싸 그 여자의 옷이나 벗긴다

이 길들여지지 않은 야성의 매운 언어들이 반시대적 통찰의 심연 속에서 솟아날 때, 그의 시는 세속 시대의 가치 체계에 대한 통렬한 패러디가 된다. 그러나 그의 시가 보편적 · 근원적 가치의 공증을 받지 못하는 사적 체험의 진술로 과도하게 채워질 때, 그것은 시인의 위험한 자기 분열적 의식의 한 징후임을 부인할 수 없게 된다. 이윤택은 『반시대적 고찰』에 대한 서평에서 "모종의 피해 의식과 과대 망상이 뒤섞이는 사적 언어의 한계"를 지적하기도 하는데, 그의 이런 지적이 아주 틀린 것은 아니다. 사실 『반시대적 고찰』에는 시인 자신의 사적 체계, 가족 구성원 사이의 일상적 체험들에 대한 진술이 넘쳐난다.

내 시에 대하여 의아해 하는 구시대의 독자놈들에게→차렷, 열중쉬엇, 차렷,//이 좆만한 놈들이……/차렷, 열중쉬엇, 차렷, 열중쉬엇, 정신차렷, 차렷, OO, 차렷, 헤쳐 모엿!//이 좆만한 놈들이……/헤쳐모엿,//(야, 이 좆만한 놈들아, 느네들 정말 그 따위로들밖에 정신 못 차리겠어, 엉?)//차렷, 열중쉬엇, 차렷, 열중쉬엇, 차렷……

박남철, 「독자놈들 길들이기」, 『지상의 인간』(문학과지성사, 1984)

박남철의 시에서 우리는 다시 한 번 해체의 시학이 야유와 비아냥거림의, 현실 모독의 시학이라는 것을 확인한다. 시인은 해체의 정신에 길들지 못한 채 어리둥절해 있는 "구시대의 독자놈들"에게 가차없는 욕설과 야유를 퍼붓고 얼차려를 준다. "차렷, 열중쉬엇, 차렷, 열중쉬엇……" 이쯤에서는 아무리 근엄한 독자라고 해도 웃음을 터뜨리지 않을 도리가 없다. 시인은 웃음을 참을 수 없게 만드는 촌철 살인적 해학을 통해 현실의 이면에 감춰진 진상을 폭로한다. 그 쓰디쓴 해학에 의해 위선과 허위에 빠져 있는 현실은 통렬하게 폭로되고 야유의 대상이 된다. 서정시의 미덕으로 여겨지던 일체의 요소는 여기서 의도적으로 배제된다.

극단화된 형태 파괴의 상상력과 욕설의 시학을 선보인 『지상의 인간』

1985

뒤틀리고 파렴치한 시대의 한복판에서 박남철의 『지상의 인간』과 『반시대적 고찰』이 보여준 극단화된 형태 파괴 상상력과 욕설의 시학은, 일체의 굳은 것— 지배 체제의 억압 구조를 깨뜨리고 나아가기 위한 절박한 몸부림이었다고 할 수 있다. 그의 「안 미친 소」에 "말은 곧 행동이다(제도가 검열이라는 야비한 수단으로 시인의 말을 통제하고 있음을 보더라도 말이 곧 행동임은 이미 주지의 사실이다)"라고 진술되어 있듯이, 그의 말-시는 반인간적 지배 체제의 억압적 통제 구조를 뚫으려는 구체적 행동이다.

새벽에 잠들어 오후에 깨는/나는 시라는 이름의 병 앓는 사람/오래간만에 하늘이 내려준 축복에 행복하게 잠들 수 있었다//……//배가 고파 잠을 깨니/앞집 지붕은 그대로 허연데/하숙집 마당은 싹 치워져 콘크리이트 바닥이 드러나 있었다/담배를 사려고 대문을 나서니 골목이 홍해처럼 갈라졌다/……/역시, 너무 시적인 것은, 거부당하는 이 생활의 공간이여

박남철, 「시인의 집 · 뒤」, 앞의 책

삭막하게 드러난 콘크리트 바닥은 너무 시적인 것을 거부하는 현실의 불모성에 대한 일종의 예시다. 시인은 「시인의 집 · 뒤」의 흰—눈 덮인 풍경/검은—콘

크리트 바닥의 분명하게 드러나는 색채적 대비를 통해, 자아의 전망/시적인 것과 현실의 조건/시적인 것은 거부당하는 생활 공간 사이의 메울 수 없는 틈을 보여준다. 그 틈이 시인의 삶의 비극과 고뇌의 근원지다. 그 틈을 쉽게 수락해버리고, 삶의 비극적 수동성 속에 몸을 담그면, 전망과 현실 사이의 해소되지 않는 긴장은 덜 고통스러울 수도 있으리라. 그러나 시인은 시적인 것을 거부하는 현실에 정면으로 대응하기 위해 기존의 시적인 것에 대한 과격한 파괴를 자신의 시로 양식화한다.

박남철의 반지성주의적 양식 파괴와 자기 고백적 현실 해체의 시법이 진정한 1980년대식 전위인가 아닌가 하는 것은 중요한 문제가 아니다. 더 중요한 것은 현실 해체의 시법에 충실한 「텔레비전」과 「해미르」 같은 연작 시편들이 과연 지배 체제의 이면에 감춰진 위악성과, 증오와 폭력의 현실 구조에 얼마나 유의미한 대응인가, 아울러 그것이 해체 이후의 세대를 위한 길트기의 역할을 제대로 감당하고 있는가 하는 점일 것이다. 물론 박남철의 1980년대 현실—억압 구조가 강요하는 눌린 삶, 훼손된 삶에 대한 가열한 분노에서 솟구치는 과격한 형태 파괴의 시편들은 1980년대 시의 유의미한 현실 응전임에 틀림없다. 「어머니」·「아버지」·「멍게」·「실업」과 같은, 개인사적 삶의 진실 앞에서 속수 무책으로 내면의 좌절·울분·슬픔을 수사적 분식 없이 드러내고 마는 시들은 감동적으로 읽힌다. 박남철의 「겨울강」은 충분히, 그가 기존의 시 형식들을 비틀지 않고도 삶에 대한 인식의 심연을 보여줄 수 있는 단계에 이르렀음을 증명한다.

겨울강에 나가/허옇게 얼어붙은 강물 위에/돌 하나를 던져본다/쩡 쩡 쩡 쩡 쩡//강물은/쩡, 쩡, 쩡,/돌을 튕기며, 쩡,/지가 무슨 바닥이나 된다는 듯이/쩡, 쩡, 쩡, 쩡, 쩡,//강물은, 쩡,//언젠가는 녹아 흐를 것들이, 쩡/봄이 오면 녹아 흐를 것들이, 쩡, 쩡/아예 되기도 전에 다 녹아 흘러버릴 것들이/쩡, 쩡, 쩡, 쩡, 쩡,//겨울 강가에 나가/허옇게 얼어붙은 강물 위에/얼어붙은 눈물을 핥으며/수도 없이 돌들을 던져 본다/이 추운 계절 다 지나서야 비로소 제/바닥에 닿을 돌들을./쩡 쩡 쩡 쩡 쩡 쩡 쩡

박남철, 「겨울강」, 『반시대적 고찰』(한겨레, 1988)

겨울 강가에서 돌을 던지는 무상無償의 행위, 그 돌을 튕기는 얼어붙은 강물의 수면! 그러나 시인은 안다. 지금은 얼어붙은 그 표면이 내가 던지는 돌을 거부하며 튕기지만, 그것은 "언젠가는 녹아 흐를 것들", "봄이 오면 녹아 흐를 것들", 아니 "아예 되기도 전에 다 녹아 흘러버릴 것들"임을. 「겨울강」은 이 성난 젊은 세대의 시인이 참혹한 1980년대를 거쳐 나오면서, 어느덧, 얼어붙음, 이 비관의 더할 나위 없이 견고한 정황 속에서도 낙관적 미래 전망을 투시할 수 있는 깊이에 이르렀음을 보여준다. 그 발견은 감동으로 다가온다.

약속 없는 세대의 해체주의 : 장정일과 기형도

철저한 도시 감수성과 발랄한 상상력에서 뿜어져 나오는 요설과 경박함으로 해체 양식을 밀고 나간 장정일. 1995년 겨울 서울 대학로의 어느 재즈 바에서.

해체시는 한 시대를 휩쓸고 지나간 일종의 유행병을 넘어서는, 우리 시사에 뚜렷한 획을 그은 전위의 한 징후다. 이제는 해체시 제1세대가 이룩한 문학적 성취가 다음 문학 세대에 의해 어떻게 수용되고 극복되는지를 예의 주시해야 한다. 우리는 해체시의 새로운 가능성을 『햄버거에 대한 명상』(민음사, 1987) · 『길안에서의 택시잡기』(민음사, 1988)의 장정일蔣正一(1962~), 『입 속의 검은 잎』(문학과지성사, 1989)의 기형도奇亨度(1960~1989), 『반성』(민음사, 1987) · 『차에 실려가는 차』(우경, 1988)의 김영승(1959~)과 같은 시인에게서 찾을 수 있다. 그들은 이성복 · 황지우와 같은 해체 1세대의 방법론적 해체의 외관을 모방하지 않고, 해체 정신을 계승한다. 장정일 · 기형도의 시는 이성복 · 황지우의 시와 분명히 다르다. 그러나 이들이 세계를 바라보고 인식하는 태도와 시에 구현되는 현실 응전의 방법론은 해체 1세대가 보여준 해체 정신, 또는 해체적 속성으로부터 나온다.

우리들은 약속 없는 세대. 노상에서 태어나 노상에서 자라고 결국 노상에서 죽는다. 하므로 우리들은 진실이나 사랑을 안주시킬 집을 짓지 않는다. 우리들은 우리들의 발 끝에 끝없이 길을 만들고, 우리가 만든 그 끝없는 길을 간다./우리들은 약속 없는 세대다. 하므로, 만났다 헤어질 때 이별의 말을 하지 않는다. 우리들은 헤어질 때 다시 만나자는 약속을 하지 않는다. '거리를 쏘대다가 다시 보게 될텐데, 웬 약속이 필요하담!' —그러니까 우리는, 100퍼센트, 우연에, 바쳐진, 세대다.

장정일, 「약속 없는 세대」, 『길안에서의 택시잡기』(민음사, 1988)

1960년대에 출생한 시인 가운데 가장 먼저 떠오른 장정일의 경우, 그 스스로 자신을 "해체주의자"라고 규정한다. 자신을 "우연에, 바쳐진, 세대"라고 말하는 이 조숙한 해체주의자의 시는 철저한 도시 감수성과 발랄한 상상력에서 뿜어져 나오는 요설과 경박함으로 해체 양식을 밀고 나간다. 장정일은 시 속에서 방법적으로 인용한 소설을 펼쳐 보이는가 하면(「p. 13-35」), 시를 희곡이나 시나리오 기법으로 해체하고(「잔혹한 실내극」·「즐거운 실내극」·「자동차」), 한 편의 영화 감상문을 느닷없이 시로 둔갑시키기도 한다(「슬픔」). 그는 장르 해체 현상을 시 속에서 구체적 작업의 양상으로 보여주고 있는 것이다. 그러나 장정일의 해체 시학은 단순히 그 앞 세대가 구축한 해체 문법의 화려한 전위성이나 혁신성에 현혹된 방법적 모방이 아니라 "노상에서 태어나 결국 노상에서 자라고 노상에서 죽"는 그 세대, 즉 "약속 없는 세대"의 정신과 이념의 필연성 속에서 생성되는 점에 주목해야 한다. 이들 "진실이나 사랑을 안주시킬 집"을 갖지 못한 세대, 따라서 온전히 "우연에, 바쳐진, 세대"의 해체는 현실의 불확정성과 정신의 부유성浮游性을 잔뜩 머금고 있다.

장정일의 시는 때로 불온하다. 그 불온성은 시 속에 그의 삶을 뒤틀리게 만든 알 수 없는 근원을 향한 적의가 극단적인 반사회적 분자의 의식으로 굴절되어 날카롭고 공격적인 파편처럼 숨겨져 있기 때문이다. 그러나 이런 파편은 시인의 본래적인 선의와 부드러움으로 감싸인다. 무엇보다도 그의 시 세계는 가난의 사회학이라고 이름 붙일 수 있는 상상력의 세계를 두드러지게 보여준다. 그러면서도 이를 과장하지 않는다는 데 그의 미덕이 있다. 그는 적절하게 통제된 감수성을 통해 오늘의 산업 사회가 만들어낸 물질적 풍요의 뒤안길에서 사회적 · 도덕적 · 물질적 가난에 짓눌리며 병들어가는 인간의 내면과, 이에 대한 정서적 반응으로서의 소외 · 고립 · 쓸쓸함의 세계를 형상화하고 있다.

그의 시적 상상력을 자극하는 것은 「안동에서 울다」가 직접적으로 보여주고 있듯이 가난이다. 더 정확하게 말하자면 그 가난의 결과 아울러 삶의 중심부에서 멀리 떨어져 나와 삶의 변두리, 삶의 끝을 고단하게 떠돌고 있다는 인식이 낳은 절망과 비극이다. 산업 사회의 진보와 함께 진보의 외곽 지대에 고립된 빈곤 계층은 기술 수준의 향상, 생산 과정의 자동화로 말미암아 산업 사회가 요구하는 더 많은 지식과 기술 및 훈련을 요하는 고급 노동으로부터 소외되어 비천하고 하찮은 일거리 속에서 삶의 대부분을 소모할 수밖에 없게 된다. 이 때 고립된 빈곤 계층이 맞닥뜨리는 것은 이중의 고통이다. 낮은 수입과 가난의 심화로 인한 물질적 고통이 그 한 가지라면, 무의미한 일 속에 파묻혀 헛되이 삶을 소모하고 있다는 심리적 고통이 다른 한 가지다. 「안동에서 울다」에서 그들은 서적 외판원, 남성 향수 외판원, 캘린더 주문 배수원 같은 밑바닥 인생이라고 할 수 있는 뜨내기들로 그 실체를 드러낸다. 그들은 "끊임없이 서울식의 삶을 반추해야 하는 소도시/출세를 결심한 자들이 칼을 갈며 떠나간/텅 빈 소도시"까지 흘러 들어와 싸구려 여관에 몸을 누이며, 베개 속에 얼굴을 묻고 운다. 그 울음은 "내가 왜 여기까지 왔지? 여기가/어디지? 끝? 끝?/그래 너는 이제 끝이야. 네 삶의 끝이야!"라는 삶의 끝, 즉 '너'는 어떻게 해볼 수 없는 막다른 곳, 희망 없는 삶의 밑바닥에 도달해 있다는 암울한 각성이 불러일으킨 정서적 반응이다.

「방」 같은 시에서는 가난이 물질적 궁핍의 문제일 뿐 아니라 도덕적 차원의 문제를 낳는 소인이며, 눈에 보이지 않는 비물질적인 또다른 억압성을 갖고 있음을 보여주고 있다. "방이 하나면/근친상간의 소문을 무릅쓰고/어머니와 아들이 함께/지낸다. 아니/아들과 어머니 사이에/진짜 근친 같은 일이 벌어지기도 한다." 이처럼 시인의 상상력 속에서 가난은 인간 윤리의 체계를 전면 부정하고 일그러뜨리는 삶의 비윤리적 전도, 도덕적 외상을 만들어내는 불행의 씨앗이기도 하다. 이 시의 끝에 나오는 "아아 개새끼!/나는 사람도 아니다."라는 단호한 자기 단죄의 외침은, 그 외침만큼 통렬하게 가난이 얼마나 무섭게 인간의 본성을 왜곡시키고, 병들게 하고, 파괴시키는지를 보여준다.

그의 또다른 시 「물 속의 집」에서는 가난이 직접 드러나지는 않는다. 그러나 "물 속의 집"에 대한 동경의 배후에는 가난이 그 내재적 이유로 자리잡고 있음을 다음과 같은 시행에서 엿볼 수 있다.

냇물 속에 집이 있다./냇물 속의 집은 물풀에 싸여 아늑하고/잘 씻은 자갈 위에 기초 놓아/튼튼해 보였다. 그리고/어질고 순한 꽃게와 송사리떼가/물 속의 집을 들날락거렸다./언제나 나는…… 물…… /속의 집에 가고 싶었다. 그/집에 들어가 밀린 때가 굳은/등짝을 밀고 싶었다.

장정일, 「물 속의 집」, 『햄버거에 대한 명상』(민음사, 1987)

"물 속의 집"으로 가고 싶어하는 욕구는 다름아닌 도피에 대한 욕구다. 시적 자아는 현실로부터 도망치고 싶은 것이다. 왜 도망치고 싶은 걸까? 시적 자아의 "그 집에 들어가 밀린 때가 굳은/등짝을 밀고 싶었다."라는 진술로 미루어보건대, 현실이 그에게 강요하는 것은 더러움, 또는 욕된 삶이다. 아울러 같은 시의 셋째 연에 나오는 "왼쪽 목에 무서운 칼집을 가진/나와 같은 한 불행한 청년이 있어"라는 시행이 암시하듯이, 현실이 그에게 부과하는 삶은 무서운 상처와 불행의 삶이다. 그는 그 더러움 · 욕됨 · 상처 · 불행의 밀린 때를 씻고 깨끗한 세계 속에서 깨끗하게 살고 싶은 것이다. 그러나 인간다운 삶을 보장해주는 아늑하고 평화로운 물 속의 집은 어디까지나 환영이다. 허망한 환영의 세계에 몰입하는 것은 타락과 훼손의 삶에서 해방되는 길이 아니다. 그것은 오히려 씁쓸한 좌절과 허무, 불행의 심화만을 가져올 뿐이다. 이제부터 그가 해야 할 일은, 자신에게 주어진 불가피한 상처와 불행의 운명과 끊임없이 싸우며, 그 싸움으로 존재의 내부에서 경험하게 될 개인적인 의식의 세계를 인간의 보편적 실존의 조건에 대한 물음으로 연결시켜서, 인간 존재에 대한 의미 있는 성찰의 빛을 담은 새로운 이미지들을 빚어내는 일이다.

장정일처럼 1960년대에 출생해 갑자기 요절한 뒤 새삼스레 비평적 조명을 받은 기형도의 시는 해체가 시적 양식의 해체로 진행되기보다는 일종의 정신성으로 질적 변화를 일으키면서 내면화로 이행하는 경우다. 기형도의 시는 양식상으로 과격한 해체를 보여주지는 않는다. 그의 시는 형식이라는 측면만 갖고 얘기한다면 전통적이라고 할 만큼 견고한 서정시 양식을 유지하고 있다. 이는 아마도 그의 드넓은 인문주의적 교양에서 그 배경을 찾아야 할 것이다. 그러나 누가 기형도의 시를 전통 서정시로 볼까. 평론가 김현은 그의 시에 '그로테스크 리얼리즘'이라는 이름을 붙이고 있다. 그의 시가 그로테스크한 것은, 김현에 따르면, "괴이한 이미지들 속"에 타인과의 의사 소통이 불가능한 상황, 그리고 "자신 속에서 암종처럼 자라나는 죽음을 바라보는 개별자, 갇힌 개별자의 비극적 모습"* 이 시의 문면 위로 뚜렷하게 돌출해 있기 때문이다. 삶과 세계에 대한 도저한 비관주의 속에서 솟아나는 기형도의 절망과 환멸의 시편들은 그와 마찬가지로 1960년대 태생인 장정일의 시와 방법적 편차를 보이면서도, "…… 어쩌다가 집을 떠나왔던가/그곳으로 흘러가는 길은 이미 지상에 없으니"라는 시구가 암시하고 있듯이, 집 없음 또는 방향 없이 길 위에서 떠돎이라는, 비극적 세계관에서 만난다. 기형도의 시 세계는 삶에 대한 압도적인 환멸과 절망으로 일그러진 자아와 내면의 균열을 보여주는 세계다.

1985

미안하지만 나는 이제 희망을 노래하련다/마른 나무에서 연거푸 물방울이 떨어지고/나는 천천히 노트를 덮는다/저녁의 정거장에 검은 구름은 멎는다/그러나 추억은 황량하다, 군데군데 쓰러져 있던/개들은 황혼이면 처량한 눈을 껌벅일 것이다/물방울은 손등 위를 굴러다

* 김현, 「영원히 닫힌 빈 방의 체험」, 『입 속의 검은 잎』(문학과지성사, 1989) 해설

닌다, 나는 기우뚱/망각을 본다, 어쩌다가 집을 떠나왔던가/그곳으로 흘러가는 길은 이미 지상에 없으니/추억이 덜 깬 개들은 내 딱딱한 손을 깨물 것이다/구름은 나부낀다, 얼마나 느린 속도로 사람들이 죽어갔는지/얼마나 많은 나뭇잎들이 그 좁고 어두운 입구로 들이닥쳤는지/내 노트는 알지 못한다, 그동안 의심 많은 길들은/끝없이 갈라졌으니 혀는 흉기처럼 단단하다/물방울이여, 나그네의 말을 귀담아들어선 안 된다/주저앉으면 그뿐, 어떤 구름이 비가 되는지 알게 되리/그렇다면 나는 저녁의 정거장을 마음 속에 옮겨 놓는다/내 희망을 감시해 온 불안의 짐짝들에게 나는 쓴다/이 누추한 육체 속에 얼마든지 머물다 가시라고/모든 길들이 흘러온다, 나는 이미 늙은 것이다

기형도「정거장에서의 충고」,『입 속의 검은 잎』(문학과지성사, 1989)

삶의 부조리와 황량한 이면의 이미지들을 풍요하게 거느리고 있는「정거장에서의 충고」에서 그가 전하는 것은 결국 "그곳으로 흘러가는 길은 이미 지상에 없"다는 삶의 길 없음에 대한 절박한 인식이다. 삶의 길 없음에 대한 인식은 무의식적이긴 하지만 죽음과 이어져 있다. 이를테면 "나는 기우뚱 망각을 본다"는 시구에서 "기우뚱"이라는 말이 암시하고 있는 동작의 무의지적 · 무생명적 측면, 그리고 망각에 고정되는 눈, 또 추억이 덜 깬 개들이 깨무는 나의 딱딱한-굳은, 움직임이 정지된 손, 흉기처럼 단단해진 혀는 생명의 특징인 부드러움, 활력과는 거리가 멀다. 그 이미지들은 견고한 죽음의 형상을 새겨낸다. 시 들머리의 "나는 이제 희망을 노래하련다"라는 진술은 역설적으로 시인의 의식이 세계를 뒤덮고 있는 삶의 절망과 불안, 파멸과 죽음에 대한 인식에 얼마나 깊이 침윤되어 있는지를 드러낸다. 시인이 마음속에 옮겨놓는 저녁의 정거장은 시인이 보는 이 세계의 실상이다. 그 저녁의 정거장을 둘러싸고 있는 검은 구름, 쓰러져 있는 개들, 느린 속도로 죽어가는 사람들과 같은 황량한 추억의 상징물들, 그리고 무엇보다도 살아 있는 상태에서 서서히 무의지적 · 무감각적 죽음에 빠져들고 있는 징후들을 발견해내는, 누추한 육체로 떠올라 있는 시적 자아의 모습은, 인간 실존의 근저에 암세포처럼 퍼져 있는 부조리성과 삶의 길 없음에 대한 오랜 응시로 촉발된 내면의 불안과 공포, 비관을 보여주는 객관적 상관물이라고 할 수

견고한 서정시 양식 속에 정신성으로 질적 해체를 보여준 기형도. 1982년 학내의 윤동주 문학상을 받고 연세대에 있는 윤동주 시비 앞에서.

있다. 「정거장에서의 충고」는 다소 추상적이고 비약적인 이미지들이 섞여 있긴 하지만 인간 실존의 근원에 대한 끈질긴 천착과 탐구의 노력 없이는 도달할 수 없는 곳에서 피어난 작품이다.

기형도의 시 세계는 삶의 길 없음에 대한 인식을 그 창조의 원천으로 하고 있다. 그 길 없음은 시인의 비관주의적 세계 인식을 보여주는데, 이는 인간 실존의 근원적 조건으로서의 부조리성에 바탕을 두고 있다. 시인이 본 바에 따르면 근본적으로 삶은 헛된 것이고, 인간은 부질없는 잉여의 정열이다. 세계의 무의미성, 실존의 부조리성과 같은 현실의 비극적 정황을 응시하는 시인의 눈은 세계-현실을 괴기한 것, 낯선 것, 비현실적인 것으로 바라보게 한다. 기형도의 여러 시행에 불쑥불쑥 끼어드는 초현실주의적 이미지들은 그렇게 만들어진 것이다. 그 초현실주의적 이미지들은 삶에 대한 떨쳐버릴 수 없는 공포와 전율을 품고 있다. 그의 시에서 현실은 일그러져 있고, 삶은 맹목적 에너지의 덩어리에 불과하다.

시간에 대한 공포, 삶을 뿌리부터 흔들어놓는 죽음이라는 부조리, 순간과 영원 사이의 간극, 삶의 척추를 거머쥐고 있는 공허에 대한 두려움, 의미 있는 세계로부터의 알 수 없는 소외, 구원의 가능성이 일절 배제된 삶의 불안, 불확실성에 저당 잡혀 있는 미래 등을 부여잡고 피어난 기형도의 아름다운 신표현주의 비극시는 인간 실존의 무의미성과 부조리성에 조응하는 풍부한 암시와 의미 심장한 상징의 세계다. 손써볼 틈도 없이 깊어지고 만 질환과 같은 삶, 스스로 실존의 자리로 선택하지 않았음에도 불가항력적으로 이미 주어진 악몽의 심연과 같은 현실-세계를 불안한 눈길로 더듬으며 그의 상상 세계가 창조한 길 없음의 시학은 상처와 고통으로 얼룩진 1980년대의 한 젊음이 갈무리한 내면에 대한 기념비적 표현으로 남을 것이다.

세속주의의 한 지평 : 김영승

김영승의 「반성」 연작(그의 첫 번째 시집인 『반성』의 시들만이 아니라 두 번째 시집인 『차에 실려가는 차』의 시들에도 모두 「반성」이라는 제목이 붙어 있다.)이 강하게 드러내는 불경과 외설스러움은 현실의 권위나 속박에 대한 반항과 항의의 한 표현이다. 젊고 명민한 이 시인은 아마 기존의 권위나 제도, 전통과 적당히 타협하며 현실 속에 안주할 수도 있었을 것이다. 그러나 시인의 내면 속에 웅크리고 있는 '도덕적 천재'가 그것을 가로막는다. 그는 현실 속의 불의, 부도덕, 위선, 불행, 속물주의와 타협하고 이런 것에 길들여지기보다는 차라리 이런 것을 거부한 채 파멸을 맞겠다는 도덕적 의지로 삶을 강화한다. 그 길이 얼마나 힘들고 고통스러운지를 「반성 564」는 이렇게 말한다.

불경스러움과 외설, 배설의 시학으로 현실 세계의 허위와 기만을 야유하고 풍자하는 김영승

알몸으로/커다란 선인장을 끌어 안고/변태성욕자처럼/성교하듯 숨막히는 애무를 하면/얼굴에 눈에 입술에 혀에/성기에 가슴에 무릎에 엉덩이에/피……//더는 꽃이 피지 않는 내 몸에/이 서러운 육신에 펑펑/수줍은 꽃 수천 수만 송이

김영승, 「반성 564」, 『반성』(민음사, 1987)

양심을 괴로운 시대의 한복판에 던져놓고, 온몸이 피투성이가 되는 상처와 훼손의 삶을 감수하며 시대의 중심을 뚫고 나가는 이 젊은 도덕의 천재는 바로 그것, 인간을 인간답게 만드는 중심적 요소의 하나인 부정과 불의에 대한 거부와 저항 때문에, 당당하게 우리를 탄핵하고, 우리 삶의 반성을 요구하고, '도덕적 천재'에 대한 경배를 요구한다.

당신은 한번도 공포에 질려 까무라친 적도 없고/버스에 치어 즉사한 내 동생같이/두개골이 깨져 뇌수가 흘러나왔으되/의식은 말짱한 상태로//아아, 그 아득한 절망의 장마/폭우가 쏟아진 흙탕물 속을/배터진 붕어처럼 둥둥 떠내려갔던 적도/당신은 없지요.//그렇다면 당신은/나에게 경배하시오.

김영승, 「반성 706」, 앞의 책

공포, 까무러침, 즉사, 두개골의 깨짐, 절망과 장마, 흙탕물 속, 배 터진 붕어처럼 떠내려감 등의 술어가 난무하는 김영승의 시 세계는 그것이 암시하고 있듯이 비명 횡사와 오욕의 현실적 삶에 대한 견딤과 그 견딤의 의미에 대한 반성적 성찰의 탐구를 중심으로 하고 있다. 그의 시에서는 발랄한 재치, 거침없는 언어 구사, 추상성의 혼란을 극복하고 있는 현실 인식 등이 돋보인다. 더러는 그의 시가 삶의 비극성만 고양시킬 뿐이지 삶의 전망을 고양시키지는 않는다는 비판도 할 수 있으리라. 이는 별개의 것으로 단절 · 유리되어 있는 삶의 비극성과 삶의 전망을 식물의 줄기처럼 하나의 문제로 통합하고, 삶의 비극성의 고양에서 삶의 전망의 고양까지 힘차게 뻗어나갈 수 있는가 하는 것이 그의 앞에 과제로 놓여 있음을 뜻한다.

김영승의 「반성」 연작을 지배하고 있는 것은 국외자의 세계관이다. 이 말은 그의 시가 한 사회 집단의 초개인적 정신 구조의 반영에 소극적인 태도를 보인다는 뜻이다. 아울러 우리 시대의 특정 계급이 공유하고 있는 "관념과 가치와 열망의 구조"(뤼시앵 골드만)와는 다른, 독자적인 기반 위에 그의 세계관이 놓여 있음을 뜻한다. 따라서 그의 시는 세계관의 형성에 소극적으로밖에 작용하지 않는 집단적 · 사회적 · 역사적 조건에 대해 좀처럼 세부적 관찰을 시도하거나 능동적 관심을 기울이지 않는다. 설사 이런 것에 대한 관심의 표명이 있다 할지라도 그것은 산발적으로 부분화되어 나타나거나 철저하게 개체적 삶과의 관련 아래서만 의미를 갖는, 그의 현재적 삶과 의식 저 너머에 있는 원경 또는 배경으로 개입하는 데 그친다. 드물게 「반성 70」 같은 작품에서 시인은 삶을 둘러싸고 있는 구체적 현실에 대해 주관의 개입을 억제하며 객관 묘사의 방법을 통한 접근을 시도한다. 이는 풍자와 야유를 위해 대상에 대한 주관적 왜곡을 서슴지 않던 그의 다른 시편들과 견주면 아주 예외적인 경우다.

방범대원과 전경대원들이 노점 상인들을 철거시키느라 진땀이다./완장 찬 순경이 호루락을 불고 모판을 걷어차도 돈주머니 찬 아주머니들 결코/혼비백산하지 않은 채 땅바닥에 구르는 과일 흩어진 봄나물을/쓸어모으며 별로 분개하지도 않은 채 대강대강 피해 숨는다./거리에는 그들이 파는 음식이나 물건을 사는 사람들이 있다./착하고 귀엽게 생긴 여대생들이 핫도그를 사먹고도 있었다. 예쁜 아기엄마가/아기를 업고 간장 종지를 고르고 있었으며 아이들 옷가지를 사고 있는 주부도 있었다./방범대원과 전경대원과 순경이 돌아가자 거리에 또 다시 삶의 축제가 열렸다./평화롭고 떠들썩한 팽팽한 긴장과 투쟁의 평범하고 고달픈 이 모습 저 모습의 우리 모두가/다시 모였다. 막잡채에 오뎅국물 그리고 소주 한 병을 시켜 놓고 파출소를 바라보았다.

김영승, 「반성 70」, 『차에 실려가는 차』(우경, 1988)

비명 횡사와 오욕의 현실적 삶을 견디며 그 견딤의 의미에 대한 성찰을 보여주는 『반성』

우리가 어렵지 않게 마주칠 수 있는 일상의 한 장면에 대한 사실감이 돋보이는 묘사다. 쫓고 쫓김의 관계에 있는 방범대원, 전경대원과 노점상들이 있는 거리야 신기할 것도 없고 새로운 것도 아니며, 그 자체로 어떤 중요한 삶의 기울이나 도덕적 의미를 보여주는 정경도 아니다. 시인은 노점상들을 내모느라 진땀을 흘리는 '완장'을 찬 사람들과, 그들에게 혼비 백산 쫓기거나 걷어채여 과일과 봄나물 등 땅바닥에 흩어져 뒹구는 물건을 쓸어모으는 노점상들 중에서 어느 쪽이 선인이고 악인인지를 묻고 있지 않다. 만일 그가 이른바 참여주의 민중 시인이었다면, 이런 밀고 당김을 지배 계급의 하부 구조인 '완장'들의 비인간적인 폭력에 노점상(민중)들이 수난을 당하는 장면으로 규정하고, 이를 분노의 언어 속에 담아냈을 법하다. 그러나 김영승은 세계를 그렇게 이분법적 흑백 논리로 단순화하거나 추상화하지 않는다. 아마 이런 점이 시인 김영승의 문학적 미덕일 것이다. 시인은 그 밀고 당김의 소란스러운 풍경 속에서 지배/피지배 계급의 대립 또는 갈등의 구조로 상황을 치환하고 싶은 관념론의 유혹을 뿌리치고, "긴장과 투쟁"의 연속으로 평화로움과 떠들썩함이 교차하는 살아 있는 생활의 구체를 끄집어낸다. 그 발견은 "평범하고 고달픈" 삶의 진실의 발견에 값한다. 밀고 당김의 한 차례 폭풍이 지나간 뒤에 이 거칠고 숨가쁜 거리에는 다시 "삶의 축제"가 열린다. 핫도그를 사먹는 여대생들이나 아기를 업고 간장 종지를 고르는 엄마나 아이들 옷가지를 사는 주부—거리의 풍경을 이루는 이 사람들을 착하고 아름다운 것으로 받아들이는 태도는 그 자체로 직접적인 현실 개조의 에너지가 되지는 않을 테지만 적어도 관념의 허위성으로 추락하는 것을 막아주기는 한다. 삶의 구체에 대한 정직한 인식(진실)은 관념의 조작(허위성)에 의한 현실 바라보기의 위험에 빠져드는 것을 예방하는 작용을 할 때가 적지 않다.

시인은 한편 이 세상을 무법 천지의 "서부 영화관" 같은 곳이거나 더러운 배설물의 집합소인 "요강"과 같은 곳으로 이해한다.

하얀 눈이 눈부시게 쌓인 새벽/요강에 쭈그려 오줌을 누는데 어머니가/요강 넘지 않어? 하신다/아니요 아직 스무 번도 더 싸도 돼요/나는 또 아무렇지도 않게 대답했다//너는 내가/몇 번이나 더 싸야 넘치느냐/여인아, 이 세상아//아무렇지도 않게.

김영승, 「반성 880」, 앞의 책

세상을 인간의 배설물을 받아내는 간이 용기인 '요강'에 견주는 말 속에는, 세상은 더러운 것이라는 시적 자아의 가치 판단이 들어 있다. 그 노골적인 혐오의 표현은 세상의 더러움에 의해 자신도 알게 모르게 더럽혀지기 때문에 더욱 짙어진다. 더구나 탐욕과 위선의 덩어리인 이 세상은 '나'를 한낱 노리개감으로 취급하기도 한다.

전기세 수도세 채소값 쌀값 신문대/차라리 아아롭게 강강수월래/원무를 춘다 이리 오세요 옷고름 풀며/하나씩 하나씩 옷을 벗으며/단속곳 속속곳 황홀히 벗어 던지며 관능적으로/다시 쥔 소줏잔 속에서 오랄섹스 하듯 쭉쭉/빨다가 알라딘의 요술 램프 호리병 속에서 나온 거인같이/주인인 나를 제 손바닥에다 올려 놓고 갈마들다가/개구리처럼 나를 땅바닥에 태질 칠까 말까 내 알몸을/입 안에 털어 넣고 이리 뒹굴 저리 뒹굴 우물//거리다가 잘근잘근 깨물다가/꽈리처럼 딱딱/씹다가 버찌씨 뱉듯/탁!

김영승, 「반성 821」, 앞의 책

비진정한 가치 체계의 지배를 받는 세상은 '나'에게 참을 수 없는 수모와 훼손을 가하며, 삶을 누추한 것으로 만든다. 수모와 훼손을 떠안기는 세상의 짓누름이 늘 그의 힘과 의지보다 크기 때문에 시인은 그것에 짓눌려 있다. 그 짓눌림 속에서 터져 나오는 세상을 향한 욕설은 일종의 한풀이다. 그의 시 표현 일반에 퍼져 있는 현저한 불경과 외설스러움은 바로 세상의 짓누름을 떨쳐버리고 일어설 수 없는 사람의 세상을 향한 원망, 그리고 거부와 저항의 의지에서 비롯된다.

탈신성화된 세계에 대한 시인의 현실적 대응은 술 취하기다. 사실 「반성」 연작시를 지배하는 중추적인 이미지는 술이다. 그의 지나친 술 마시기 습관은 어떻게 만들어진 것일까? 시적 진술의 표면에 넘치고 있는 과도한 술 마시기의 이미지들은 그의 시 세계가 지향하는 의미망의 형성과 어떻게 관련될까? 이 비밀을 풀면 적어도 그의 시가 품고 있는 닫힌 의미 체계의 문이 반쯤은 열릴 것이다. 술 마시기의 시초는 삶의 억압으로부터 잠시나마 벗어나려는 의도에서 비롯되었을지도 모른다. 그러나 술 마시기는 곧 시인의 의지로는 다스릴 수 없는 것이 되고 만다. 그의 삶은 술 마시기에 질질 끌려다니는 삶이다. "여름방학이라고 이모님하고 어린 조카 계집애들이/집에 왔다. 삼촌 술 안 마시기로 약속해요/아이들이 또 성화다./날더러 왜 술 마시지 말라는 걸까./아이들도 이상하다."(「반성 188」), "벌써 오래 전에/나는 그렇게 된 것 같다//그렇게 술 마시다/그렇게 발광하다/죽어간 것 같다."(「반성 505」), "양다라에 담아 엿장수한테 내다 준/소주병을 생각ᄒᆞ니/....../기분 좋아 1,000원 갖고/소주 두 병 사다 또 마시고/열심히 또 모으기로 했다."(「반성 895」), "새벽에 마시는 술은/하하 좋다/인생 끝장났나 하고/어머니 걱정하게 만들고/....../한 병씩 한 병씩 소주를 까다 보면/노을빛이 징그러운/저녁이다."(「반성 461」), "내가 거역한 건 오직 하나/술 마시지 말라고 시켰는데/마신 것뿐"(「반성 807」), "그저께는 모르는 총잡이와 소주 마시다 함께 넘어져/항아리집 항아리를 죄다 깼고/어제는 실업자 후배 건달들과 술 마시고/구월동 벌판에서 뻗어 잤고"(「반성 821」), "술 마시고 고꾸라져 머리통이 깨져 갖고/대학병원 응급실로 옮기던 중"(「반성 831」), "술 안 마시니까 이렇게 좋아 아 참 좋다 참"(「반성 896」), "하나님 아버지/저는 술을 너무 많이 먹어서 그런지/날이 갈수록 머리가 띨띨해져 갑니다/고맙습니다."(「반성 902」) 등 그의 시집에서 술과 관련된 구절을 찾는 것은 강가에서 자갈 줍기만큼 쉽다. 그는 첫째, 어린 조카들로부터도 술 끊으라는 성화를 받고 있으며, 둘째, "옥 속에 갇혀 만세 부르다/푸른 하늘 그리며" 숨져간 애국 열사의 행위와 자신의 줄기찬 술 마시기 행위에 의한 몸의 황폐화를 희화적으로 연결시키기도 하고, 셋째, 그 동안 쌓인 빈 병들을 엿장수에게 내주고 받은 얼마 안 되는 돈으로 또 술부터 사다 마시며, 넷째, 새벽부터 저녁까지 하루 내내 술을 마시기도 하며, 다섯째, 술 마시기는 제 의지의 통제력 밖에 있음을 고백하기도 하고, 여섯째, 술에 취해 기물을 부수거나 한데서 뻗어 자기도 하고, 일곱째, 술에 취한 나머지 몸까지 다치며, 여덟째, 술에 젖지 않은 육신의 쾌적함을 느끼며 술을 끊어보려 하지만 결심은 다시 쉽게 허물어지고, 아홉째, 술에 찌들어 의식이 명료하지 못한 상태에 이르렀음을 실토하기도 한다.

『반성』의 여러 시편에서 시적 화자는 술 마시는 사람, 술 취해 있는 사람, 술 마시고 남하고 싸우는 사람, 그 싸움 때문에 다치는 사람, 지나친 술 마시기로 건강 상태가 썩 좋지 못한 사람, 주위의 친지들로부터 술을 덜 마시라거나 아예 끊으라는 권유에 시달리는 사람으로 나타난다. 김영승 시의 전면에 나타나는 품위 없는 횡설 수설, 외설 섞인 패설, 잡다한 요설은 술 취한 사람의 담론 구조와 퍽 닮아 있다. 단순히 시적 진술의 표면에 기대어 유추한다면, 시인의 삶은 술에 완전히 예속되어 있는 듯하다. 그가 내놓은 시편들의 제목이 고집스럽게 「반성」으로 일관하고 있는 것과는 모순되게 그의 술 마시기에 대한 탐닉의 정도는 '반성'의 억제력을 넘어서고 있는 것으로 보인다. 술에 대한 과도한 탐닉은 골치 아픈 현실의 문제로부터 벗어나고 싶어하는 도피주의 심리의 한 노정일 뿐이며, 문제의 해결을 잠시 유보하는 임시 방편적인 것이다. 살아내기의 쓰라림은 그것으로 극복되지 않는다. 시인 자신도 그 사실을 잘 알고 있다. 스스로 빠져 있는 구제 불능의 술 마시기에 대한 섬광 같은 각성이 그의 의식 속에서 머리를 쳐들 때, 그는 "으악! /나는 준비하는 게 없다"(「반성 771」)고 비명을 지르거나, "나 같은 지리멸렬한/술태백이를 만난다고 제 딸을 두들겨 팼던/지난날 그 보디 · 빌더, 인 · 화이터들은/어떻게 지내고 있을까"(「반성 668」)처럼, 자신을 "지리멸렬한 술태백이"라고 규정하는 데 망설이지 않는다. 그러나 그 비명과 자기 비하적 표현들은, 의미 있는 노동으로부터의 소외와, 그 결과 어떤 사회적 의의도 생산해내지 못하리라는 예감에 따른, 깊고 진지한 자신의 삶에 대한 총체적인 반성의 비극성과 절망의 무거움을 담고 있기보다는 과장 · 허세 · 재치 · 유희에 가깝다. 그래서 그는 당당하게 "다 부서진 놈이지만/ '인간 승리' 라고?//내가 언제 패배했던 적이 있었던가"(「반성 837」)라고 당당하게 외치거나, "저의 그 아득한 알콜 중독과 함께/제가 간직했던 곱고 순수한 마음도/주님이 아옵나이다!"(「반성 754」)라고 능청을 떤다. 그는 으레 술에 빠져 있고 겉보기에 백수 건달이나 폐인과 같은 행동 거지 속에 예속되어 있긴 하지만, 속으로는 "너보다는 내가 더 외롭다/왜냐구?/너보다는 내가 더 아름다우니까//너보다는 내가 더 괴롭다/왜냐구?/너보다는 내가 더 심오하니까//너보다는 내가 더 슬프다/왜냐구?/너보다는 내가 더 순결하니까"(「반성 463」)라고 생각한다. 시인의 생각 속에서, 그는 세상의 그 무엇보다도 아름답고, 심오하고, 순결한 존재다. 그래서 그는 세상보다 더 외롭고, 괴롭고, 슬픈 것이다. 시인은 세상이 지나치게 세속적이고, 위선적이며, 타락해 있다고 여긴다. 세상의 모든 비세속적인 것, 권위 있는 것, 순결해 보이는 것, 아름다워 보이는 것은 모두 허위와 기만의 껍질을 뒤집어쓰고 있다. 이런 것은 모두 그 추악한 진상이 밝혀져야 하고, 정체가 까발려져야 할 더러운 것이다. 그런데 이런 것은 단단하게 세상의 질서와 체계를 이루고 있다. 그것을 깨뜨려야 하겠지만, 시인에게는 그럴 만한 힘이 없다. 시인이 그 앞에서 할 수 있는 일이라곤 욕 보이기와 배설밖에 없다. 그의 배설은 입 ― 구토, 욕설, 성에 대한 노골적인

현실의 권위와
속박에 대한
거부와 항의의 뜻을
밝힌 김영승의
두 번째 시집
『차에 실려 가는 차』

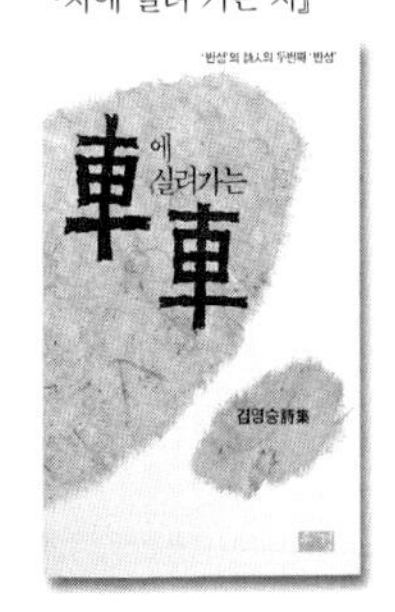

희롱, 비속한 표현들—을 통해 나오는 것과, 성기—오줌, 정액—를 통해 나오는 이미지들로 구축되어 있다. 김수영이 침 뱉기의 시론(「시여, 침을 뱉어라」)으로 그의 도저한 현실에 대한 야유와 풍자의 세계를 수렴했듯이, 김영승은 배설의 시학이라고 부를 수 있는 그의 시작 행위 속에서 스스로 감수할 수밖에 없는 더럽고 파렴치한 세상을 향한 혐오감과 분노를 노골적인 야유와 풍자의 형태로 드러내고 터뜨리는 것이다. 그의 배설은 단순히 배설로만 끝나는 것이 아니라, 세상의 허위와 기만, 과도한 세속성을 정화해보려는 안쓰러운 제의적 성격을 그 안에 숨기고 있다. 말하자면 배설의 시학은 타락한 이 세계의 허위성과 그 세속성에 대한 김영승식 시적 응전인 것이다. 김영승의 시는, '요강'과 같은 이 세상에 대한 그의 욕하기, 침 뱉기, 희롱하기, 오줌 누기다. 맨정신으로 그것을 할 수 없을 때 그는 술을 마시고, 예의 그 배설을 하는 것이다.

해체시는 과도기적 이단인가, 새로운 양식의 징후인가

1980년대의 해체 시인들에게 해체 정신의 구현은 곧 문학의 사회적 실천의 한 방법으로 인식된다. 그 해체 정신에 의해 체제 내에 안주하고 있는 것처럼 보이던 막연한 서정시 양식은 조롱당하고, 문학의 물신화 내지 신비화는 단호하게 거부된다. 그들의 해체적 방법의 선택은 곧 그들의 세계관의 한 표현으로 이해된다. 이런 점에서 1980년대에 나온 해체 형식의 시는 헤겔의 말처럼 "내용은 형식을 내용으로 변형시킨 것에 지나지 않으며, 형식 또한 내용을 형식으로 변형시킨 것에 지나지 않는다."* 해체 시인들에게는 해체시의 급진적 양식 자체가 내용이고, 세계에 대한 이념이며, 사회적 실천의 한 방법이다.

해체시는 이성복 · 황지우 · 박남철 · 이윤택에서 최승호 · 김혜순 · 장정일 · 김

* 김욱동, 『리얼리즘과 그 불만』(청하, 1988) 재인용

영승 · 하재봉 · 김정란 · 기형도 등에 이르기까지 그 너비와 깊이 면에서 명실 상부한 1980년대 시문학의 큰 흐름이다. 해체시는 황폐한 시대의 억압 상황과 물신주의에 대항하는 자아의 방법적 싸움이자 1980년대의 독자적인 시적 방법론이다. 해체시의 밑바닥에 깔려 있는 삶에 대한 고통스러운 인식은 삶과 세계에 대한 진지한 관찰과 사색에서 나온다.

1980년대의 해체시, 그것은 과도기적 이단이 아니라 새로운 양식의 징후였다. 그러나 해체시에 대해서는 긍정적이고 낙관적인 평가만 있는 것이 아니다. 해체시에 대한 비판은, 심하게는, 후기 자본주의의 논리에 종속된 정신 분열증적 발작이라는 비판부터, 세계에 대한 확신과 방향성이 없는 중산층의 공허한 현실 인식의 반영이라는 비판까지 다양하게 나온다. 젊은 비평가 구모룡은 해체시에 대해 "과도기 내지는 형성기의 문학이며 서사시적 공간이 도래하기까지의 모색의 문학"*이라고 평가한다. 실제로 삶에 대한 진정성이 결핍된 동어 반복이나 언어 학대, 경박스럽고 자극적인 언어 유희를 해체 정신의 추구라고 잘못 이해하는 새로운 세대의 해체시에 대한 구태 의연한 답습은, 해체시를 자기 의식 베끼기라는 폐쇄 회로 속에 가두는 짓이 되기 쉽다. 해체시는 그 방법을 계승해야 하는 대상이 아니라, 방법 뒤에 숨어 있는 해체 정신을 끊임없이 갱신해야 하는, 새로운 해체의 대상이다.

해체시, 그 이후

소통이 막힌 시대의 낯선 "의사 소통의 한 형식"이던 해체, 그 자유 정신은 어디를 향해 가고 있을까. 해체시의 제1세대인 이성복은 『남해 금산』 이후 연애 담론의 세계로, 황지우는 『나는 너다』 이후 긴 침묵과 방황 끝에 선적禪的 직관의

* 구모룡, 「형태 파괴의 해체시」, 『앓는 세대의 문학』(시로, 1989)

세계로 망명한다. 그 망명은 해체시의 종언을 전하는 신호일까. 그렇다고 말하는 것은 너무 성급한 결론이다.

1990년대로 접어들며 싹튼 해체시 이후의 도시시와 인문주의에 바탕을 둔 신서정의 시는 해체시의 정신을 잇고 있다. 이런 것은 시대의 변화에 따른 새로운 시적 대응이 낳은 산물로 보인다. 1990년대 시인들의 세계가 보여주는 탈이념화, 탈중심화의 가속과 확산 그리고 새로운 낙관주의는 그들이 1980년대의 급박한 정치 또는 이념의 논리에 얽매여 있지 않다는 증거다. 그들은 1980년대의 시인들과 달리 타락한 현실에 절망한 나머지 이 세계가 정말 살 만한 가치가 있는 곳일까 하고 심각하게 묻지 않는다. 쓸데없는 원죄 의식에 사로잡혀 쩔쩔매지도 않는다. 그들은 깃털처럼 가볍게 현실-제도 그리고 이런 것의 숨은 원리로 작용하는 도덕과 이데올로기 위로 떠다닌다.

해체 1세대 시인들의 자아 속에 드리워 있던 정치적 무의식을 털어버리고 가뿐해진 이들 해체 이후의 신세대, 이를테면 송찬호 · 유하 · 김기택 · 진이정 · 장경린 · 이연주 등에게서 해체적 속성의 내면화를 읽을 수 있는 것은 그리 놀랄 만한 일이 아니다. 그들의 시를 해체 운동의 퇴조와 직결시키거나 탈해체 경향의 새로운 징후라고 단정하는 것은 너무 성급하다. 그들의 시에서 읽을 수 있는 것은 해체 정신과의 단절이 아니라 해체 정신의 새로운 전개 양상이다. 그들은 해체 1세대의 과격한 양식 해체를 무반성 속에 답습하지 않고 해체 정신에 대한 끝없는 모반과 일탈을 통해 새롭게 갱신된 해체 양식으로 나아간다.

신서정과 도시시 계열에 드는 시들을 선보인 1990년대 시인들은 해체 1세대의 방법적 해체를 단순 계승하거나 해체시 이전의 전통 서정시 양식으로의 복귀를 꿈꾸지 않고 해체시 이후의 정신을 추구한다. 이런 식으로 그들은 저희가 해체시와 동궤의 세계관으로 연결되어 있으며 서로 '한 핏줄' 임을 보여준다. 그들은 해체시와 정신사적으로 단절-지속 또는 지속-단절의 관계를 유지하면서 새로운 방법적 인식의 세계로 나아간다.

파괴와 일탈의 자아로부터 불거져 나오는 탈규범의 반형식, 해체시. 일회성일 때만 의미 있는 것(의미? 무엇에 대한 그리고 무엇을 위한?). 극단적 회의주의. 1980년대는 거대한 정신 병동이었는가? 존재와 생성이 붕괴된 이후 당대적 삶의 파편화, 다원주의, 분열, 우연성의 결과. 그리고 환멸과 절망, 무질서와 허무주의의 양식화. 해체는 해체로써 끝난다. 해체는 해체가 끝나는 곳에서부터 출발한다. 해체는 해체를 계승하지 않는다. 해체의 불연속성의 원리. 해체, 그 이후 실패의 잉여물들. 해체의 해일이 휩쓸고 지나간 황량한 들판에서 이삭 줍기를 하는 바보들. 해체를 방법적으로 흉내내고 있는 가짜 해체주의자들. 해체, '장난의 예술들과 놀이의 형이상학'. 무해 무익한 놀이의 양식. 새로운 정신의 과학으로 가기 위한 자생적이면서도 필연적인 소모의 양식, 소멸의 문학—세례 요한이여, 너는 아직도 빈 들에 있는가? 이미 메시아는 성 안에 와 계시다. 세기말의, 세기초의 해체주의자로 불리고 싶어하는 이들의 징후에 대한 둔감함, 몰의식성. 그들은 먼 구릉 지대로부터 오는 새로운 변화의 '서늘한 속삭임'을 듣지 못한다. 침묵. 언어가 부재할 뿐이지, 의미가 부재하는 것은 아니다. 1980년대의 해체시를 괄호 속에 묶는다. 괄호 속에 묶인 해체. 어떤 전위가 그 괄호를 풀 것인가? 세계의 변화를 선취하는 이들의 새로운 언어, 새로운 상상력, 새로운 양식. 총체성과 완전성, 조화에 대한 무한 회귀 의지? 해체시 그 이후의 예감.

참고 자료

이윤택, 「해체의 시론」, 『해체, 실천, 그 이후』, 청하, 1988
황지우, 『사람과 사람 사이의 신호』, 한마당, 1986
정과리, 「시적 태도의 자리옮김」, 『문학, 존재의 변증법』, 문학과지성사, 1985
정효구, 『상상력의 모험』, 민음사, 1992
구모룡, 「형성기 시의 전개와 방향」, 『앓는 세대의 문학』, 시로, 1986

국가의 공권력이 거꾸로 국민의 인간적 존엄성을 훼손하고
인간적 가치의 실현을 제약하는 파괴적 힘으로 작용하게 된다면,
그 같은 공권력은 존재 의의를 상실하게 되는 것입니다

1986

권인숙 변호인단 변론 요지서

대학에 진학한 후 권양은 노동자들의 아픈 현실에 대하여 알게 되었습니다. 그리하여 번민을 거듭하던 끝에 같은 세대의 다른 많은 젊은이들처럼 대학생으로서의 특권을 포기하고 스스로 노동자가 되어 노동자들의 권리를 증진시키는 데에 헌신하기로 결단을 내렸습니다. 그래서 가명으로 어떤 공장에 취업하였고 그로부터 불과 며칠 만에 가명 입사 사실이 발각될까 우려한 나머지 자진 퇴사하였습니다. 이것이 권양이 한 일의 전부입니다. 변호인들은 여기에 무슨 잘못이 있는지를 묻고자 합니다. 누가, 무슨 권리로, 이러한 권양의 행위를 그 양심의 표현을 단죄할 수 있는가를 묻고자 합니다.……

국가란 그 구성원인 국민의 인간적 존엄과 가치를 보장하고 실현하기 위해서만 존재할 정당한 이유를 지니는 것입니다. 만약 국가의 공권력이 거꾸로 국민의 인간적 존엄성을 훼손하고 인간적 가치의 실현을 제약하는 파괴적 힘으로 작용하게 된다면, 그 같은 공권력은 더 이상 존재하여야 할 의의를 상실하게 되는 것입니다.

이 성 고문 사건의 진전 과정을 통하여 우리는 우리 국가와 사회의 모든 기성의

권력과 권위들이 심각한 도덕적 위기에 봉착하고 있음을 똑똑히 볼 수 있었습니다. 이제까지 우리가 경찰과 검찰과 사법부 그리고 언론에 대하여 말한 것은 우리 국가와 사회가 권양에게 가한 온갖 부도덕하고 비열한 박해의 일단에 지나지 않는 것이며, 우리가 봉착하고 있는 전반적인 도덕적 위기의 한 징후에 불과한 것이었습니다. 본변호인단은 확신하거니와 이 도덕적 위기야말로 그 어떤 군사적, 정치적 혹은 사회 경제적 위기보다도 앞서는 우리 국가와 사회의 가장 근본적인 위기인 것이며, 이것이 정당하게 극복되지 아니하는 한 우리들과 우리 자녀들의 앞날은 실로 암담한 것이 될 것입니다.

서울대 가정의류학과 학생이던 권인숙은 '위장 취업'을 해서 노동 운동에 뛰어들었다는 이유로 영장도 없이 연행되어 성 고문을 당한다. 한 달 뒤 권인숙은 변호사를 통해 성 고문 경찰인 문귀동을 인천지검에 고소한다. 그러나 권력의 시녀 노릇을 하던 검찰은 성 폭행 주장을 "혁명을 위해 성까지 도구화하는" 급진 좌경 세력의 상습 전술이라며 거꾸로 권인숙과 운동권을 매도한다. '부천경찰서 성 고문 사건'은 정부의 은폐 조작에 맞서 변호인단이 재정 신청을 하는 등 여러 방법을 동원해 싸우는 동안 나라 밖에까지 알려진다. 진실 확인 과정에서 인권 탄압의 실상과 정권의 부도덕성, 공권력의 횡포가 드러나며 이 사건은 제5공화국을 주저앉힌 이듬해 봄과 여름에 걸친 민주화 투쟁의 밑거름이 된다.

1986

1월
22 일본사회당, 마르크스·레닌주의 청산, 서유럽형 사회 민주주의로의 전환 등을 내용으로 하는 '신선언' 채택
28 미국, 우주 왕복선 챌린저호 발사 직후 공중 폭발, 승무원 9명 전원 사망

2월
4 경인 지역 15개대 학생 1천여 명, 서울대에서 전학련 신년 투쟁 및 개헌서명운동추진본부 결성 대회를 갖고 시위

3월
13 북한에 납치된 최은희·신상옥 부부, 서유럽 통해 탈출

4월
15 미국, 리비아 폭격
26 소련, 체르노빌핵발전소 원자로 화재 사고로 3천 명 이상 사망

5월
3 학생·노동자 등 5천여 명, 신민당 개헌추진위 인천지부 결성 대회에서 경찰과 충돌(5·3 인천 사태)
15 대학 교수와 전·현직 교사 120여 명, 민주교육실천협의회 발족

6월
8 후 야오방胡耀邦 총서기, 중국공산당 지도자로서는 처음으로 유럽 4개국 순방
12 남아프리카공화국, 전국에 비상 사태 선포하고 종교인·학생 등 인종 차별 반대 운동가 검거

7월
2 인천 지역 양심수 가족 30여 명, 문귀동 경장의 성 고문 규탄하며 항의 농성
21 한미 통상 협상 일괄 타결(9월부터 담배 수입, 1987년 7월부터 지적 소유권 보호)

9월
20 서울 잠실종합운동장에서 제10회 아시안게임 개막

10월
25 한강 유람선 운항 개시
31 후천성 면역 결핍증AIDS 병원체, 내국인 첫 검출

12월
10 최저 임금법과 상급 노동 단체를 제3자에서 제외한 노동 관계법 등 국회 상임위 통과

박상륭

『칠조 어론』

도저한 관념성으로
무장한 채
세상과 우주의
본질을 탐구하며
한국 문학사에서
독특한 위치를
차지하고 있는
작가 박상륭

1986

한국 문학계에서 박상륭朴常隆(1940~)의 소설은 소수 집단을 위한 문학, 마니아들을 위한 문학의 범주를 크게 벗어나지 못한다. 그는 신화와 현실, 기독교와 밀교, 선禪과 무속巫俗, 연금술과 신비주의를 뒤섞어 기원을 찾아볼 수 없는 소설을 빚어낸 작가다. 오랫동안 주류 문학 집단으로부터 소외된 채 오직 소수 집단에 의해서만 향유되는 자신의 소설을 두고 작가는 '잡설雜說'이라고 부른다. '관능'과 '죽음'을 화두로 붙잡고 있는 그의 잡설은 경전과 소설 사이로 난 길을 빠져나간다.

박상륭은 1940년 8월 26일 전북 장수군 장수면에서 9남매 가운데 막내로 태어난다. 태임을 하기에는 늦은 어머니 나이 마흔다섯 살 때, 그는 태어난다. 허리 굽은 촌로인 어머니가 거무스름하게 탄 얼굴로 학교에 오면 어린 박상륭은 수치심을 느껴 숨곤 한다. 나중에 이런 것은 어머니 콤플렉스의 변용으로 작용해 박상륭 소설의 핵심을 이루게 된다. 장수의 대농大農으로 꼽히던 집안에서 태어난 그는 유복한 환경에서 책과 더불어 유년기와 초년기를 보낸다. 그는 어릴 적에 유교적 전통 속에서 한학을 익힌 아버지로부터 동양학을 배우고, 천자문을 읽을 무렵에는 아버지가 읽어주는 두보의 시에 귀를 기울이며 자란다. 게다가 형과 누이들도 모이면 문학 이야기를 하는 등 어릴 적부터 박상륭은 문학적 분위기에 둘러싸여 자연스레 문학에 대한 꿈을 키운다.

장수국민학교를 거친 그는 1956년 장수중학교를 졸업하는데, 병상에 누워 있던 어머니가 심장 마비로 숨진 것도 같은 해의 일이다. 어머니의 죽음은 박상륭에게 적지 않은 충격을 준다. 부유하던 집안도 많이 기울어 박상륭은 이윽고 농고 진학을 결심하게 된다. 이 무렵 박상륭은 5백여 편이나 되는 습작시를 써대는데, 이것은 문장의 기본기를 다지는 훌륭한 훈련이 된다. 장수농고에 입학한 박상륭은 계속 시 쓰기와 책읽기에 몰두하며 문예부에서 활동한다. 1959년 1회로 장수농고를 졸업한 그는 이태 뒤인 1961년 서라벌예대 문예창작과에 입학한다. 박상륭은 스물세 살 때인 1963년 『사상계』에 「아겔다마」가 입상해 등단하고, 이어 「장끼전」·「강남 견문록」 등을 발표한다.

박상륭의 등단작인 「아겔다마」는 동서 고금을 아우르는 그의 독서 편력과 종교·신화·무속에 대한 해박한 지식을 유감없이 보여준다. 「아겔다마」는 특이하게도 소설의 배경을 예수 시대로 설정하고, 성서의 기록을 패러디하고 있다. 여기서 유다는 파란 눈과 갈색 눈을 가진 사팔뜨기로 묘사된다. 왼쪽의 파란 눈은 예수로 표상되는 천상의 세계에 대한 갈망과 의지를, 오른쪽의 갈색 눈은 바라바로 상징되는 지상적인 세계의 가치에 대한 끌림을 뜻한다. 이렇듯 유다는 지상/천국, 현실 세계/초월 세계의 이원적 가치의 대립 속에서 괴로워하는 인물이다. 유다는 예수임이 분명한 '푸른 눈'의 사내를 만나 그를 추종하지만, 상호 모순된 두 세계를 동시에 욕망함으로써 곧 좌절한다.

특이하게 예수 시대를 배경으로 성서의 기록을 패러디한 등단작을 표제로 삼은 소설집 『아겔다마』

눈 앞에는 하늘보다도 넓게 보이는 두 개의 파란 눈이 유다를 지켜보고 있었다. 웃음도 없고, 다정스럽지도 않고, 그렇다고 미워하는 눈도 아닌,—의미가 바래버리고 빛이 없는 눈이었다. 그 눈 속에서는 아무리 훌륭한 포도주 담그는 사람이라고 해도 한 방울의 즙도 짜낼 수 없는 듯했다. 그 눈 속엔 무無가 있었고, 휴지休止가 있었고 그리고 그것은 불멸 그 자체이기도 했다. 그러나 유다는 그런 눈을 원하진 않았다. 증오든 사랑이든 그 어느 쪽의 의미를 담은 눈을 원했다.

박상륭, 「아겔다마」, 『사상계』(1963)

결국 유다는 예수처럼 파란 눈을 가진 노파를 강간하고 그 치욕을 이기지 못해 분노하는 노파를 죽음에 이르게 함으로써 현실 속에서 별다른 힘을 쓰지 못하는 무능한 신을 모독한다. 이처럼 '살욕'과 '성욕'이 뒤엉킨 「아겔다마」에는 "특이한 시공간의 설정, 가학적인 성의 탐닉, 죽음과 광기 등을 바탕으로 기독교 성서를 패러디하여, 구원의 갈망이라는 본원적 욕망의 원형을 추구"*하는 박상륭 소설의 주요 모티프가 잘 드러나 있다.

1965년 박상륭은 서라벌예대 동기생인 배유자와 결혼하고 경희대 정외과에 편입학하지만 곧 휴학한다. 편입학한 뒤 곧 휴학한 이유에 대해 그는 "문예창작과가 지루하고 그때 생각에는 정치과가 화려하게 보였지만 가서 보니까 별 재미가 없었어요. 전 학교는 재미가 없는 곳으로 알았어요. 건방지게 말하자면 배울 것이 없었고 솔직하게 말한다면 재미가 없었어요."**라고 털어놓는다. 그는 한편 금호동에 신혼 살림을 차리는데, 직장도 없이 떠돌면서 서라벌예대 동창생인 이문구와 만나 술을 마시며 소일한다. 이문구는 박상륭을 자존심과 고집이 대단하고 그만큼 자기 자신에 대해 당당하며 "자기 존재를 분명히 한 작가"였다고 말한다. 이 무렵 박상륭은 사서 삼경, 신 · 구약 성경, 팔만대장경 등을 탐독하며 뒷날 자기 소설의 기조를 이루게 되는 종교와 신화의 세계에 대한 이론적 전거를 확실히 마련한다. 그의 독서량은 엄청난 것으로 알려져 있는데, 다양한 분야에 눈길을 주지만 종교 · 신화 · 무속에 특히 관심을 기울이며, 캐나다에 건너가서는 영역판 코란과 아프리카 신화의 연구에 몰두한다.

1967년 『사상계』에 들어가서 문예 담당 기자로 일하던 작가는 간호사인 아내가 먼저 캐나다로 취업 이민을 떠나자 여섯 달 뒤인 1969년 3월 자신도 캐나다로 건너간다.

제가 몸담았던 사상계사가 박정희 정권 아래서 문을 닫게 되었고 저처럼 소설을 써서는 살

* 김명신, 「말씀의 우주에서 마음의 우주로의 편력」, 『작가세계』(1997 가을)
** 강금숙, 「작가를 찾아서 — 죽음을 매개로 한 문학과 삶」, 『작가세계』(1997 가을)

아가기 힘들었지요. 거기서는 이민 온 것을 도망쳤다고 하는가 본데 사실은 떠밀어낸 것이지요. 중이든 소설가든 인간인 이상 먹고 살아야 하는데 당시 한국에서는 지성인들의 활동에 많은 제약이 있었지요. 필요한 책도 제대로 볼 수 없었고, 한마디로 소설로서 설 자리가 없었다고 할 수 있겠지요.

강금숙, 「작가를 찾아서—죽음을 매개로 한 문학과 삶」, 『작가세계』(1997 가을)

박상륭의 소설은 "우리의 전통을 탐색하면서 고대의 무격과 근대의 기독교를 포함하는 보편선禪을 정립하려(는) 시도"다.* 이문구의 주선으로 여러 문예지에 발표된 그의 초기작들, 이를테면 「뙤약볕」(1966) 연작과 「남도」(1969) 연작, 「열명길」(1967) · 「산동장山東場」(1968) · 「자정녀子正女」(1969) · 「숙주宿主」(1972) · 「심청이」(1973) · 「왕모전」(1973) 등은 도저한 관념성을 거느린 독특한 문체로 이루어져 있다. 주로 1960년대에 발표된 이 작품들은 밑도 끝도 없이 이어지는 점액질 같은 문체, 종교적 관념성, 기독교적 사유 체계에 바탕을 둔 메시아 콤플렉스, 그리고 쉽게 해독되지 않는 난해성 등으로 어떤 작가의 소설과도 변별되는 독자적인 세계를 펼쳐 보인다. 박상륭의 초기 소설에 깊은 영향을 미친 기독교는 그의 사유 체계 안에서 동양 사상과 혼융되어 질적 변환의 과정을 거친 기독교다.

한국 문학사에서 비교 대상을 찾을 수 없는 작품 세계를 일궈나가던 그는 1971년에 『박상륭 소설 전집 1』을 '민음사'에서 펴내고, 1973년에 작품집 『열명길』을 '삼성출판사'에서 내놓는다. 여기에 수록된 중편 「유리장美里場」은 이전에 나온 「뙤약볕」 연작에서부터 이후에 나오는 『죽음의 한 연구』에 이르는 박상륭의 문학 지형도의 원형을 보여준다. 「유리장」은 일반 독자의 눈으로 읽으면 황당 무계하고 신비스러우며 초자연적인 구도 소설이다. 이 소설의 주인공들인 따님, 따님의 아들, 그의 양자인 사복蛇福은 3대에 걸친 인물이며, 동시에 한몸이

기독교적 사유 체계의 완성과 밀교적인 정신 세계를 아울러 내포한 『죽음의 한 연구』

* 김인환, 「독룡과의 동침」, 『작가세계』(1997 가을)

다. 이에 대해 작가는 다음과 같이 설명한다.

> 소설인 것을 최대한 가능시키려는 노력 때문에, 따님과, 시계공과, 사복은 삼대三代의 관계를 갖는 것으로 되었지만, 사복의 구도적 측면에서 볼 때, 거기엔 사복 하나만이 있어온 걸로 된다. 그러니까 따님은, 사복 속의 '여성적 경향', 시계공은 '남성적 경향'이 된다. 이때 사복의 거세는, 그 양자를 싸안게 하는 제삼의 존재의 출산으로 화한다.
>
> 박상륭, 『열명길』(문학과지성사, 1988)

늙은 따님과 얼룩뱀과의 괴이한 정사로 시작되는 이 소설은 뱀의 인류학적 상징을 이해하지 못하고는 도저히 해독이 불가능하다. 나중에 사복은 뱀을 죽이게 되고, 뱀이 죽자 늙은 따님은 쇠약해진다. 이어 늙은 따님은 자신의 손자인 사복과 한몸을 이룬다. 이 장면은 소설에서 상징적으로 처리되어 있다.

> 육실하게 달만 밝고, 가을 같은 한숨에 달만 밝고, 사복의 잠은 앉은 수캐처럼 빼드러만 올라왔고, 그런데 그때 다시 털빠진 고양이가 사복의 그 잠 위를 느실느실 넘어가자 귀신 같은 계집이 히히 웃더니 자궁을 꺼내 입에 물고, 그 수캐 같은 잠을 향해, 발정한 똥갈보처럼 달리기 시작했다.
>
> 박상륭, 앞의 책

모호하고 상징적으로 처리된 이 대목은 사복 아버지의 말을 통해 그 뜻이 명료해진다. "사복의 홍수 같은 정수精水의 마지막 방울까지 취"하는 늙은 따님의 행위는 "엇 어머니—어떻게, 히히, 히히히, 그, 그렇게 하실 수가 있습니까?…… 어머님, 당신의 손줍니다. 결국 당신은 손주에게도 그렇게 하시는군요."에서 드러나듯이 근친 상간이다. 사복은 뱀을 죽이고 거세되는 벌을 받지만, 결국은 제 속의 여성적 경향인 따님과 남성적 경향인 시계공을 싸안으며 제3의 존재로 새롭게 태어난다. 이 소설에서도 주인공 사복이 신생에 이르는 도정에서 '살욕'과 '성욕'은 매우 중요한 역할을 감당한다.

1975년, 드디어 1971년부터 1973년에 걸쳐 탈고한 원고지 3천 장 분량의 『죽음의 한 연구』가 '한국문학사'에서 나온다. 김현은 이 『죽음의 한 연구』를 읽고 나서 "1970년대 초에 씌어진 가장 뛰어난 소설이었을 뿐 아니라, 『무정』 이후에 씌어진 가장 좋은 소설 중의 하나"라고 평가한다. 주인공 '나'는 바닷가에서 창녀의 아들로 태어나는데, 나이 서른셋이 되던 해에 수도를 하기 위해 '유리'로 온다. '나'는 5조 촌장을 죽이고 6조 촌장이 되고 다시 뒤에 7조 촌장이 될 촛불중의 손에 죽는다. 이 모든 살인이 구도 과정의 일환으로 묘사되는데, 주인공 '나'는 여러 묘사를 통해 예수를 떠올리게 하면서 동시에 혼돈으로서의 유다적인 인물이기도 하다. 이른바 상극적인 것이 한데 통합되어 구현되는 양상이다. 박상륭 소설에서 꾸준히 추구되는 지상적인 것과 천상적인 것의 대비라는 주제 의식은 이 작품에서도 나타난다. 결국 작가는 「아겔다마」에서 그런 것처럼 여기서도 역시 유다라는 지상적인 인물에 더 비중을 둔다.

1983년
한국 방문 때
작가 박경리의 집
마당에서

박상륭 소설의 지속적인 주제인 '죽음'과 '재생'은 상극적인 두 요소인 '살욕'과 '성욕'이라는 모티프를 통해 구현된다. 이를 통해 작가는 삶을 위해서 죽음은 필연적이며 죽음을 통해서만 삶이 가능함을 말한다. 작가는 남녀의 성교 속에서 한 우주를 보고 한 죽음과 삶을 본다. 이런 상극적 질서 안에서의 생명성 탐구는 그의 작품에서 자주 나오며 작품의 주요 골격을 형성하고 있는 '기이한 정사'와 좀처럼 이해가 안 되는 '살해'의 장면에서 드러난다.

박상륭은 『죽음의 한 연구』로 그 동안 자신의 작품 속에서 간헐적이고 중복적으로 드러내던 내적 계기와 모티프들을 하나로 융해시키며 스스로도 사상적 체계화 및 사유 과정을 매듭짓는다. 그는 『죽음의 한 연구』를 탈고하기까지 일고여덟 번의 가필과 수정을 거치는데, 작품 전체를 처음부터 원고지에 다시 쓰는 전면적인 것이었다고 한다.

그는 『죽음의 한 연구』를 내놓은 지 17년 만인 1990년에 『칠조 어론七祖語論 1』을 선보인 뒤 1994년에 이르기까지 장장 3부 4권을 5년에 걸쳐 한 권씩 펴낸다. '중도론中道論'·'진화론進化論'·'역진화론逆進化論'의 3부로 이루어져 있는 『칠조 어론』은 그 동안 작가가 일관되게 천착해온 삶과 죽음의 의식에 대한 심오한 형이상학적 사유를 바탕으로 하고 있다. 그러나 『칠조 어론』에서는 기독교적 메시아의 열망을 직접적인 근원으로 하는 초기 단편에서부터 기독교적 사유체계의 완성과 불교의 한 갈래인 밀교적인 정신 세계를 아울러 내포한 『죽음의 한 연구』에 이르기까지 작가 박상륭이 상상력을 길어내던 기독교라는 심연 대신에 선불교가 그의 새로운 상상력의 심연이 된다. 『죽음의 한 연구』에 나오는 촛불중이 7조가 된다는 가상적 계보를 설정해 인신人神적인 구도의 편력을 묘파하고 있는 이 소설은 『죽음의 한 연구』에 비해 서사 구조가 느슨해진 반면 관념이 강화되고 환상적 요소를 한결 많이 머금은 채 떠오른다.

1986

하나의 죽음이, 처음에 아주 느리게 살아나고 있었는데, 그때는, 가얏고 위를 나르거나 춤추는 손은 손이 아니라 온역이었으며, 청황색 고름이었으며, 광풍이었고, 그것이 병독의 흰 비둘기들을 소금처럼 흩뿌리는 것이었다. 그러며, 내가 저 소리에 의해 병들고, 그 소리의 번열에 주리틀려지며, 소리의 오한에 뼈가 얼고 있는 중에 저 새하얗게 나는 천의 비둘기들은 삼월도 도화촌에 에인 바람 람드린 날 날라라리리루 루러 러르르흐 흩어지는 는 는 는느 느등 등드 드등 등드 드도 도동동 동도 도화 이파리 붉은 도화 이파리, 이파리로 흩날려 하늘을 덮고 덮어 날을 가리고, 가려 날도 저문데, 저문 해 삼동 눈도 많은 강마을, 강마을 밤중에 물에 빠져 죽은 사내, 사내 떠 흐르는 강흐름, 흐름을 따라 중몰이의 소용돌이 잦은몰이의 회오리 휘몰아치는 휘몰이, 휘몰려 스러진 사내, 사내 허긴 남긴 한 알맹이의 흰소금 흰소금 녹아져서, 서러이 봄 꽃질 때쯤이나 돼설랑가, 돼설랑가 모르지,

박상륭, 『칠조 어론』(문학과지성사, 1990)

박상륭의 소설은 그 주제나 내용 못지않게 문체가 아주 독특해 눈길을 끈다. 『칠조 어론』에 이르면 그의 독창적인 문체는 거의 절정을 이룬다. 가야금 소리와 문장이 한데 어우러진 이 대목에서는 소리의 흐름과 함께 글의 유연한 흐름이 굽

이굽이 흔들리며 나부끼고 있다.

박상륭의 모든 소설에는 정확한 시간과 장소가 밝혀져 있지 않다. 더러 그의 소설에는 「2월 30일」처럼 존재하지 않는 허구의 시간이 명기되기도 한다. 그뿐 아니라 사건을 생략하고 관념적인 언어 유희를 되풀이하거나 해서 그의 작품은 일정한 시공간에서 사건의 자세하고 사실적인 전달을 목표로 하는 재래 소설 문법의 규범을 뒤집거나 크게 벗어나기 일쑤다. 그러면서도 문장에 토속적인 표현과 불교적인 개념이 적지 않게 담겨 있어 작가가 모더니스트로 여겨지지는 않는다.

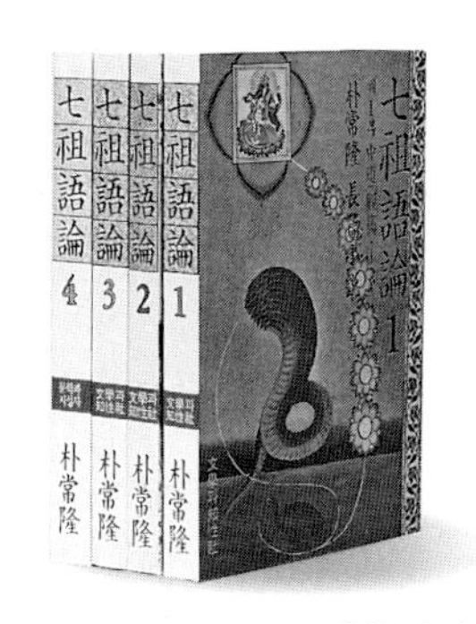

박상륭이 일관되게 천착해온 삶과 죽음의 의식에 대한 심오한 형이상학적 사유가 배어 있는 『칠조 어론』

그의 소설에는 작가의 원체험이라고 유추할 만한 자전적 내용은 거의 들어 있지 않다. 주로 구도자의 세계를 그리는 박상륭의 소설은 기독교를 비롯해 불교, 정신 분석학, 민속학 등에 이르는 작가 자신의 깊은 사유와 끝없는 독서, 인간의 운명에 대한 탐구로 엮여 있다. 그의 소설에는 많은 각주와 생경하고도 난해한 개념과 어휘들이 쏟아져 나온다. 사건의 진행이나 이야기의 구조 또한 여느 소설 독자의 책읽기 경험을 훌쩍 뛰어넘는다. 그의 소설은 난해할 수밖에 없는 필연성을 함유하고 있다. 이런 점을 두고 작가 자신은 다음과 같이 말한다.

'대중과 유리된 문학이 존립할 수 있는지?' 와 같은, 어떤 부분은, 약간 혼란을 겪고 있어 보이는 바, 그런 경우, 그런 혼란은 어떻게 하면 극복되어질 수 있는지를, 한번 실험해 보이고 싶어 그럽니다.…… 오는 세상을 운영하려는, 모든 메시아 콤플렉스를 가진 이들은, '대중' 이라는, 하나의 실實한 환상을 깨는 일부터 성공시키는 일이 권고될 터입니다.…… '대중' 이란, 그것의 훈륜을 벗어나지 못한 자들의 알맹이 없는 환상, 다시 말하면, 역사라는 큰 물의 물결에서 이뤄졌다 스러졌다 이뤄지는 포말과 같은 것보다 더 실實함이 없다고 알게 될 것입니다.…… 요컨대, '대중과 유리된 문학이 존립할 수 있는지?' 라는 설문은, 이렇게 되어, 이 자리에서 다시 고려해본다면, '충분히 이해력을 계발하지 못한 다수의 독자들과 유리된 문학이 존립할 수 있는지?' 라는 식으로 번안이 된 것을 알게 됩니다. 이런 자리엔 그렇다면 문학적 메시아의 출현이 매우 갈급하게 기대되어집니다.

박상륭, 1997년 7월 14일자 사신, 『작가세계』(1997 가을)

박상륭의 소설은 일반 대중뿐 아니라 문단과 한국 문학사에서도 기피 대상이 되곤 한다. 즉물적으로 현실을 반영하는 소설이 득세를 하는 한국 문단의 상황 속에서 도저한 관념성으로 무장한 채 세상과 우주의 본질을 탐구하는 그의 난해하기 짝이 없는 형이상학적 소설은 주류로부터 멀찍이 벗어나 있는 까닭이다. 박상륭에게 소설 쓰기는 바로 구도 과정이다.

> 이 우주는 마음의 우주, 말씀의 우주, 몸의 우주로 이루어졌다고 봅니다. 신이 인간과 짐승의 아름다운 부분만 닮은 희랍 신화의 우주는 몸의 우주랄 수 있고 예수가 등장하면서 말씀의 우주가 도래했습니다. 그러나 인간이 최고로 도달해야 할 곳은 마음의 우주가 아닌가 하는 것이 제 소설이 던지는 질문입니다.…… 저는 글쓰기를 통해 종교나 샤머니즘과는 다른 어떤 '원형'을 찾아가고 있습니다. 그것이 바로 생명이겠지요.
>
> 박상륭, 『조선일보』(1993. 5. 11.)

박상륭 소설은 인류의 '원형'을 찾아가는 기나긴 도정이다. 작가는 "저는 글쓰기를 통해 종교나 샤머니즘과는 다른 어떤 '원형'을 찾아가고 있습니다. 그것이 바로 생명이겠지요."라고 말한다. 박상륭의 소설은 "명민한 자아 의식, 언어 구축, 영적 직관을 각기 확보하고 있는 우리 문학의 근대적 탈근대적 성과물"(김정란) 또는 "종교 인류학의 시각으로 근대의 뿌리를 우리 문학 안에서 찾으려는 여행"(김인환)으로 이해된다. 흔히 그의 소설은 「뙤약볕」·「남도」 연작, 『죽음의 한 연구』를 포괄하는 장타령 시리즈인 「각설이」 연작 등의 형태로 나오는데, 달리 찾을 수 없는 주제 의식을 앞세운 형이상학적 소설이라는 점에서 어떤 작가의 세계와도 비교되지 않는 독자성을 확보하고 있다.

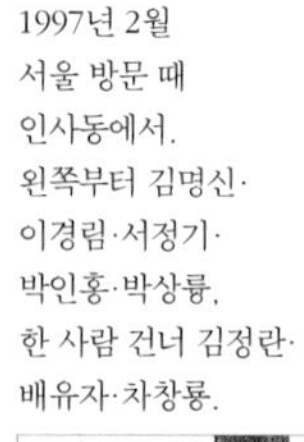
1997년 2월
서울 방문 때
인사동에서.
왼쪽부터 김명신·
이경림·서정기·
박인홍·박상륭,
한 사람 건너 김정란·
배유자·차창룡.

1994년 6월에서 10월까지 『월간 에세이』에 「산해기山海記」를 선보인 박상륭은 『문학동네』로 지면을 옮겨 작품 연재를 계속한다. 그는 1994년 겨울호부터 1996년 여름호까지 『문학동네』에 '동화 한 자리'라는 부제로 산문을, 1995년 『창작과 비평』 겨울호에 「로이

가 산 한 삶」을, 1997년 『현대문학』 3월호에 중편 「왈튼 씨 부인이 죽은 한 죽음」을 발표한다. 박상륭은 1998년에 오랜 캐나다 이민 생활을 청산하고 영구 귀국해 새롭게 작가 생활을 펼칠 채비를 마친다.

참고 자료

김정란, 「사유의 호몬쿨루스」, 『작가세계』 1997 가을

김현, 「인신人神의 고뇌와 방황」, 『문학과 유토피아』, 문학과지성사, 1992

서정기, 「살 속에서 살을 넘어 나아가기」, 『작가세계』 1990 가을

김경수, 「삶과 죽음에 대한 연금술적 탐색」, 『작가세계』 1990 가을

조정래, 소설로 빚은 민족 정신의 백두대간

『태백산맥』에서 『아리랑』까지

『태백산맥』과 『아리랑』의 작가 조정래. 왼쪽이 『태백산맥』 1만6천5백 장, 오른쪽이 『아리랑』 2만 장의 원고들이다.

1986

벌교는 행정 구역상 전남에 속하는, 주로 농업을 생업으로 삼고 있는 사람들이 모여 사는 평범한 소읍이다. 그러나 어린 시절을 이곳에서 보낸 한 소설가에 의해 벌교는 세습 봉건 지주와 일제의 수탈, 그리고 여순반란사건과 6·25 같은 고난에 찬 한국 현대사가 휩쓸고 지나간 땅으로 되살아난다. 『태백산맥』의 작중 인물 염상진이 자폭하자 그를 뒤쫓던 군경은 그의 떨어진 머리를 수습해 고향인 벌교로 갖고 와서 "악질 빨갱이 염상진 사살"이라는 현수막과 함께 벌교역 앞마당에 효수한다. 벌교는 조정래趙廷來(1943~)의 대하 소설 『태백산맥』의 주요 무대로 떠오르면서 이념 갈등과 국토 분단, 그 상처의 연원을 표상하는 우리 시대의 지명 가운데 하나가 된다. 이 『태백산맥』을 두고 김윤식은 "우리 문학이 여기까지 이르기 위해서는 해방 40년의 기간이 필요하였다."고 쓴다.

조정래는 1943년 전남 승주군 쌍암면 선암사에서 태어난다. 그의 아버지 조종현은 대처승이었다. 1947년 선암사의 부주지인 아버지가 사답寺畓을 소작인들에게 나눠준 일로 주지와 충돌이 생기자 그의 가족은 선암사를 떠나 순천으로 이사한다. 소작인들의 가난과 고통을 헤아리고 그들을 배려한 아버지의 행동은 1948년 10월에 일어난 여순반란사건 뒤 우익 일색의 경직된 분위기 속에서 그의 가족이 모략에 휘말리고 갖은 고초를 겪는 빌미가 된다. 이 때 그의 아버지는 우익 단체인 서북청년단 단원들에게 몰매를 맞고 피를 흘리며 끌려가고, 이튿날에는 어머니와 형제 넷이 재판소 앞마당에 끌려나가는 수모를 겪는다.

1949년 조정래는 순천 남국민학교에 입학한다. 이듬해인 1950년 초, 폐인이 되다시피 한 아버지가 풀려나자 그의 가족은 순천을 떠나 논산으로 이주한다. 어린 시절 조정래는 이렇게 승주 · 순천 · 논산 등지를 떠돌며 자라는데, 그 와중에 토박이 아이들의 텃세에 시달리면서도 끝내 굴복하지 않고 맞서 싸우는 독하고 고집스런 면모를 보여준다.

누가 먼저 코피를 쏟을 때까지, 누가 앙 울음을 터뜨릴 때까지, 그리고 또 한 놈과의 싸움이 끝나면 조금 더 센 놈과, 그놈에게 이기면 좀더 센 놈과 맞붙어야 하는, 그런 끝도 없는 싸움이었다.…… 물론 나는 늘 이길 수는 없었다. 그러나 나는 얼굴을 할퀴어 피가 흐르거나 코피가 터져 진 일은 있어도 울어서 진 일은 없었다.

조정래, 「암울한 계절의 파편들」, 『나』(청람, 1978)

수난은 좀처럼 끝나지 않아 1951년 1 · 4후퇴 무렵 그의 가족은 다시 한 번 시련을 맞는데, 느닷없이 집안에 들이닥친 외국 군인들에 의해 아버지와 아저씨가 폭행을 당하는 일이 생긴다. 조정래는 공포감에 휩싸인 채 그 장면을 고스란히 바라보고만 있어야 했다.

석구는 꼼짝 않고 쪼그리고 앉아 피 흘리고 있는 아버지를 내려다보고 있었다. 아버지는 언제나 높아 보였고, 모든 사람 앞에 나섰으며, 모르는 것이 없었고, 그래서 엄하고도 어려운 존재였다. 그런데 아버지가 이렇듯 힘없고, 약하고, 볼품없고, 허망하게 당하는 것을 벌써 두 번째 보는 것이었다. 석구는 그게 그렇게 분하고 서러울 수가 없었다.

조정래, 『태백산맥 8』(해냄, 1988)

『태백산맥』에도 묘사되어 있는 이 사건으로 크게 충격을 받은 어린 조정래는 한동안 야뇨증에 시달리기도 한다. 1953년 휴전 협정이 체결된 뒤 그의 가족은 피난 생활을 마감하고 아버지의 형제가 살고 있던 벌교로 간다. 작가는 이 벌교 시절을 뒷날 행복한 시절로 돌아보곤 한다. 아버지는 벌교상고의 교단에 서게 되는데, 딸린 식구가 많아서 집안 형편은 어려운 편이었다. 어린 조정래는 동네 사랑방에서 펼쳐지는 어른들의 이야기에 빠져 학교 숙제를 못 해 가서 야단을 맞거나 벌을 받기도 하지만 벌교는 그의 야뇨증을 낫게 해준 안식의 땅이었다.

1956년 아버지가 광주제일고등학교로 직장을 옮기자 식구들도 광주로 삶의 터전을 옮긴다. 1959년 아버지가 다시 서울 보성고등학교로 직장을 옮기게 되어 조정래는 광주서중을 거쳐 보성고교에 진학한다. 농촌 사회 활동에 뜻이 있어 이과반에 적을 두고 있던 조정래는 3학년 2학기가 되어서야 국문과로 진학 목표를 바꾸고 입시 준비에 전념, 동국대학교 국문학과에 들어간다.

대학 시절 조정래는 교내 학술상 창작 부문상을 타는가 하면, 재학중 등단한 시인이 네댓씩이나 되는 동국대 국문과 주최 '문학의 밤' 행사 때 1학년에 할당된 단 한 명으로 나서 시를 낭송하기도 한다. 같은 과 동기이자 뒷날 그의 아내가 되는 시인 김초혜를 만난 것도 이 무렵의 일이다. 일찍부터 문학에 재능을 보이건만 막상 등단하기까지 그는 적지 않은 어려움을 겪는다. 조정래는 1970년 『현대문학』에 오영수의 추천으로 「누명」·「선생님 기행紀行」을 발표하며 문단에 나온다. 소설가로 문단의 말석에 이름을 올린 그는 『황토』(1974) · 『20년을 비가 내리는 땅』(1977) · 『한, 그 그늘의 자리』(1978) · 『유형의 땅』(1982) · 『어머니의 넋』(1988) 등 다섯 권의 창작집과, 장편 소설 『대장경』(1976), 연작 장편 『불놀이』(1983) 등을 펴낸다. 이 작품들은 1985년부터 집필에 들어가는 대하 소설 『태백산맥』과 『아리랑』을 위한 준비 작업이었다고 할 수 있다.

조정래는 1999년에 이르러 '해냄'에서 그 동안 발표한 작품들을 정리해 모두 9권으로 된 『조정래 문학 전집』을 내놓는다. 제1권 『대장경』은 1981년에 출간된 장편 소설로 흔히 '팔만대장경'으로 알려져 있는 해인사 고려대장도감판 대장경의 조성 과정을 기둥 줄거리로 삼은 소설이다. 대장경을 둘 판당을 세운 대목수

근필, 개태사 주지인 승려 수기, 그리고 이름 없는 여러 민중이 나오는 소설 『대장경』은 부패한 권력에 대한 비판과 민중에 대한 신뢰, 예술적 완성을 향한 집념 등을 주제로 하고 있는 작품이다. 제2권에 실린 『불놀이』는 「인간 연습」 · 「인간의 문」 · 「인간의 계단」 · 「인간의 탑」 등 네 편의 연작 중편으로 구성되어 있다. 작가는 여기서 하나의 역사적 사실을 두고 사람들이 처지에 따라 이를 어떻게 서로 다르게 받아들이는지, 그리고 어떻게 맺힌 한을 풀어가는지 꼼꼼하게 재현함으로써 역사가 지닌 다양한 의미를 풀어 보여준다. 제3권에는 카투사들의 생활과 주한 미군의 부정적 행태를 다룬 「누명」과 미국적인 것에 환멸을 느끼는 한 소시민의 이야기인 「거부 반응」, 폭력적 인간과 사회 구조에 대한 비유적 보고서인 「선생님 기행」 등 단편 10편이 실려 있다. 작가는 2000년 현재 『한겨레신문』에 대하 소설 「한강」을 연재중이다.

조정래의 초기 작품은 어린 시절이나 역사 체험과 직접적인 관계가 없는 주제들을 다루고 있다. 이를테면 칼갈이, 제책소나 염색 공장의 노동자, 구두닦이, 택시 운전사 등 도시 빈민 계층을 내세워 우리 사회에서 소외된 주변부적 삶의 실상을 담거나, 무기수를 주인공으로 내세워 인간의 실존적 한계 상황을 그리거나, 예술가를 내세워 참다운 예도가 무엇인지를 더듬는다. 또 「청산댁」 · 「황토」 · 「유형의 땅」 · 『불놀이』와 같은 소설을 통해서는 우리 현대사의 질곡에서 억울하게 짓밟히고 소외당한 사람들을 내세워 한국적 정서의 핵심으로 일컬어지는 '한' 의 실체를 그리려고 애쓴다. 이 가운데 「청산댁」은 조정래의 초기 작품 세계를 대표할 만한 소설인데, 그는 여기서 거대한 시대적 격변이 어떻게 한 인간의 삶을 부서뜨릴 수 있는지를 보여준다.

박정희의 유신 독재 시대가 끝나고 다시 1980년 5월의 광주사태를 거쳐 암담한 시련의 역사가 펼쳐지는 동안 조정래는 갑오농민전쟁과 3 · 1운동, 광주민중항쟁으로 이어지는 민중 항쟁의 역사를 대하 소설로 풀어낼 계획을 세우고 『태백산맥』의 집필 준비에 열중한다. 이즈음 작가는 "광주에서 큰 사태가 발생했다.

견디다 못해 아내와 아들을 이끌고 그곳을 찾아가 하룻밤을 자고, 여러 곳을 샅샅이 살펴보았다. 참담한 죄의식과 소설을 쓴다는 일과…… 많은 것을 생각했다."고 쓰고 있다. 1983년 조정래는 이제까지 지켜온 "직접 체험을 소설로 쓰지 말아야 한다."는 자신의 창작 원칙을 전면 철회하고, 어린 시절에 본 여순반란사건 등 자신의 체험을 기억 속에서 끄집어내서 『태백산맥』에 버무려 넣는다.

『태백산맥』

좌익 운동의 실상을 객관적으로 파헤치는 한편, 분단과 6·25의 비극성 그리고 우리 민족 내부에 도사리고 있는 모순을 비판적 시각으로 다룬 『태백산맥』. 집필 기간 6년, 총 10권의 대작이다.

『태백산맥』은 1983년 『현대문학』 9월호에 처음 연재를 해서 6년 만인 1989년에 마무리된 대하 소설이다. 『태백산맥』의 집필 과정은 그야말로 고투였다. 작가는 뒷날 그 어려움에 대해 "5공의 짙은 어둠과 서릿발 같은 상황 속에서 역사 바로잡기를 하겠다고 나서고 보니 얼굴 없는 전화는 거의 매일 밤 걸려오지, 입 다문 사람들을 상대로 취재는 어렵지, 소설을 쓰고 사무실을 나가면 어김없이 형사의 문안은 받아야지, 나를 방송에 출연시킨 스태프진 모두가 한직으로 몰렸다는 소식은 들려오지, 여기저기서 충고성 경고는 날아들지, 소설을 쓰는 일의 힘겨움을 압도하는 그런 일들 때문에 피가 바작바작 타들 지경이었다."고 술회한다. 밤이면 오곤 하는 협박 전화로 순간순간 생명의 위험을 느끼면서도 작가는 소설 쓰기를 멈추지 않는다. 『태백산맥』은 1990년 9월 대검찰청에 의해 이적 표현물로 분류된 이래 10년이 넘도록 분류에서 해제되지 않는다. 1994년 봄에는 한 극우 반공 단체가 작가를 국가 보안법 위반 혐의로 고소하기에 이른다. 무엇보다 작가를 곤경에 빠뜨린 것은 당시의 격동을 겪은 사람들이 아직도 증언하기를 꺼린다는 점이었다.

그들이 약속이나 한 것처럼 간신히 하는 한마디는 '다 잊어버렸다'는 것이었다. 늙은 그들은 거의가 얼굴에 표정이 없었고, 헛것을 바라보고 있는 것처럼 초점 없이 흐리게 마련이었다.…… 그들은 자신들의 보장 없는 목숨을 지키기 위해서 오랜 세월에 걸쳐 '인위적인 망각' 을 연습하다 보니 정말 그렇게 멍한 망각증에 빠져버린 것이었다. 그것이야말로 비감한 인간의 모습이 아닐 수 없었다.

조정래, 「'태백산맥' 창작 보고서」, 『작가세계』(1995 가을)

1989년 11월, 이런 온갖 어려움을 극복하고 원고지 1만6천5백 장 분량의 『태백산맥』이 전 10권의 소설로 완간된다. 『태백산맥』이 나오기 이전의 조정래에 대한 문단의 평가는 평범한 작가 이상이었다고 보기 어렵다. 『태백산맥』은 완간되자마자 신문사 문학 담당 기자와 문학 평론가들에 의해 '1980년대 최고의 작품', '1980년대 최대의 문제작' 으로 꼽힌다. 이와 아울러 조정래는 단숨에 우리 시대의 작가 정신을 담보한 인물로 떠오른다.

『태백산맥』의 시간은 해방과 분단, 6 · 25로 이어지는 민족사의 격동기를 통과하며, 그것이 펼쳐지는 무대는 남도의 벌교를 기점으로 해서 지리산 일대로 동심원을 그리며 퍼져나간다. 작가는 '여순반란사건' 으로 알려진 좌익 반란 사건을 그리면서 군경의 토벌 작전에 밀려 지리산 빨치산으로 쫓기는 그들의 행적을 추적한다. 이야기는 6 · 25와 겹치며 확장되는데, 작가는 여기서 이런 일련의 사건을 통해 분단 현실과 그 상황 전개가 갖는 역사적 의미를 꼼꼼하게 짚어낸다. 그러나 무엇보다 소설로서 『태백산맥』이 뛰어난 점은 이념이나 분단 문제를 추상이나 관념이 아니라 살아 있는 인간들의 구체적 경험 속에 녹여낸 것에 있다. 다시 말해 작가는 역사를 하나의 전체로 조망하며 개별적 인물들의 생동하는 삶 속에서 그 세부를 묘사함으로써, 크고 작은 낱낱의 사건과 삽화를 유기적으로 연결하고 이를 하나의 거대한 사회 · 역사적 흐름 속에 녹여내어 대규모 문제작 『태백산맥』을 동시대인 앞에 내놓는다.

『태백산맥』에 나오는 개별적 인물들은 이야기 속에서 살아 움직이며 그 하나하나가 모두 역사 상황성의 의미를 구현하고 있다. 이 가운데서도 가장 중심이

『태백산맥』의 주인공 가운데 한 명인 소화가 살던 집터에서

되는 인물은 염상진이다. 그는 노비 집안 출신으로 분단 상황과 전쟁에 이르게 된 우리 민족사에 대한 확고하고 명료한 역사 의식을 갖고 좌익 운동에 뛰어든 공산주의자다. 염상진 주위로 몰려든 농민 출신 빨치산들은 그를 무결점의 완전한 인간으로 떠받들며, 그는 민중주의 또는 착취가 없는 평등한 세상을 이루기 위해 기꺼이 목숨을 바친다. 염상진과 대비되는 인물로는 지주 집안의 아들이며 진보주의자인 김범우가 있다. 염상진이 식민지 현실 속에서 중첩된 계급적 · 민족적 모순을 뛰어넘기 위해 좌익 운동에 투신한 인물이라면, 김범우는 중간자적인 지식인의 자리에서 역사의 격동에 휘말린 민족이 나아갈 길을 더듬으며 고뇌하는 인물이다. 그러나 김범우의 중도적 태도는 좌 · 우익 모두로부터 배척당하고, 그는 극단적인 두 세력 사이에 낀 힘없는 이상주의자로 낙인 찍힌다.

『태백산맥』은 여순반란사건과 빨치산 활동 등으로 이어지는 좌익 운동의 실상을 객관적인 시각으로 깊이 파헤치고, 분단과 6 · 25의 비극성 그리고 우리 민족 내부에 도사리고 있는 모순을 비판적인 시각으로 다룬 작품이다. 이처럼 『태백산맥』은 오랫동안 금기시된 채 가려져온 역사적 사실을 복원해 문제 의식과 곁들여 제시하는 데 일정한 성과를 보였다는 점에서 우리 소설의 수준을 한 단계 끌어올린 것으로 평가된다. 정호웅이 말하고 있듯이 "언제 도래할지 모르는 궁극의 세상, 절대 평등의 인내천 세상을 지향하는 열망을 이끄는 것은 개개인의 이기적 욕망의 제어와 자기 희생의 정신"*이다. 여기에는 『태백산맥』의 주제가 스며 있다. 염상진이나 지리산 골짜기에서 숨을 거두는 빨치산들은 말할 나위 없고, 기독교 사회주의자인 서민영이나 민족주의자인 김범우에 이르기까지 그들의 삶을 이끄는 것은 바로 그 "이기적 욕망의 제어와 자기 희생의 정신"이다. 조정래의 한

* 정호웅, 「주제의 중층성」, 『작가세계』(1995 가을)

걸음 앞선 역사 의식이 배어든 『태백산맥』은 젊은이들의 커다란 공감을 불러일으키며 유례없는 판매 부수를 기록하게 된다.

『아리랑』

조정래는 『태백산맥』을 끝내고 다시 1년쯤의 취재와 자료 정리 기간을 거쳐 1990년 12월 『아리랑』의 집필에 착수해 1995년 7월에 탈고한다. 『태백산맥』이 분단의 고통과 비극의 뿌리를 파헤치며 분단 극복의 가능성을 찾아보려 한 소설이라면, 『아리랑』은 일제의 식민지 지배 체제 속에서 왜곡된 민족 의식을 바로 세우려는 작가의 집념이 낳은 소설이다. 『태백산맥』이 벌교를 중심으로 그 주변인 지리산 일대와 해방부터 6·25까지라는 제한된 시공간을 크게 벗어나지 못한 데 반해, 『아리랑』은 구한말인 1890년대부터 1945년까지의 한결 넓은 시간대를 아우른다. 이야기의 발원지는 식민지 시대에 조선에서 수탈한 곡물을 일본으로 실어내던 항구 군산이지만, 이 군산항을 기점으로 핵심 작중 인물의 궤적을 따라 『아리랑』의 소설 공간은 한반도를 넘어 만주·러시아·하와이·동남 아시아 등으로 드넓게 펼쳐진다. 작가는 여기서 우리 민중이 일제에 의해 어떻게 수탈과 억압을 당하고, 또 그것에 맞서는지를 추적하며, 토착 자본이 어떤 경로를 거쳐 무너지고, 아울러 기회주의적인 지배층은 어떻게 일제와 야합하는지를 보여준다.

일제의 폭압과 수탈에 맞서 싸운 우리 민중의 저항과 투쟁의 역사를 그린 또 하나의 대하 소설 『아리랑』

『아리랑』은 제1부 「아, 한반도」, 제2부 「민족혼」, 제3부 「어둠의 산하」, 제4부 「동트는 광야」로 이루어져 있으며, 각 부는 37장·35장·48장·54장으로 되어 있다. 대하 역사 소설의 골격에 맞게 이 소설에서는 여러 작중 인물이 2대 또는 3대에 걸쳐 등장한다. 친일파로 백종두와 백남일, 장덕풍과 장칠문 부자가 나오고, 여기에 맞서 송수익—송중원, 송가원—송준혁, 공허 스님—전동걸, 지삼출—

지만복, 김판술—김건오, 손판석—손일남 등이 역시 대를 이어 투쟁하는 것으로 그려진다. 『아리랑』에서 작가가 창조한 인물들은 역사적 실존 인물들과도 만난다. 이를테면 송수익이 실존 인물인 의병장 전해산에 이어 신채호와 이회영 등을 차례대로 만나는 것이 그 대표적인 보기다.

『아리랑』은 『태백산맥』과 마찬가지로 한반도의 격동하는 역사를 그리되 이를 "개별적인 인물들의 생동하는 삶"으로 드러내며 풍부한 사실감을 더한다. 정호웅은 "작중 인물들은 삶을 위한 투쟁, 자신의 생존을 위한 투쟁을 전개해가는 과정에서 불가피하게 시대적 현실로 진입하게 되고, 그들의 행위에는 이제 민족적 또는 역사적 의미가 실린다. 다시 이것은 자기 몫의 삶을 치열하게 살아가면서 민족의 독립을 위해 헌신하는 사람들의 다양한 생활과 투쟁, 세태와 풍속, 전통적 생활 양식을 보여주는 세부 묘사를 통해 생생한 현실감을 얻는다."*고 말한다.

조정래는 『아리랑』에서 일제 강점기의 민족사를 단순히 수난과 굴욕의 세월로 그리는 것이 아니라 저항과 투쟁의 시기로 그림으로써 소설 속에 민족주의 정신을 선명하게 새겨 넣는다. 여기서 작가는 나라를 잃고 고향 땅을 떠나 만주 · 연해주 · 하와이 · 일본 · 중앙 아시아 · 동남 아시아 등지로 흩어져 고단하게 떠돌며 사는 우리 민족 구성원 하나하나의 곡절과 애환을 어루더듬고, 그들이 어떻게 민족적 수난과 치욕을 안겨준 일제에 저항하는지를 보여준다.

송수익은 자신을 돌이켜 보았다. 만주에 와서 군왕 신봉자들과 단호하게 결별했었다. 그 표시로 상투를 잘라버렸던 것이다. 상투가 무슨 죄가 있어서가 아니라 왕권 재건을 독립 투쟁의 목표로 삼고 있는 복벽주의자들이 하나같이 상투를 신주 단지 모시듯 했기 때문이었다. 왕권의 부정은 곧 공화제의 선택이었다. 그런데 다시 불어닥친 바람이 공산주의였다. 그러나 자신은 공산주의보다는 민족 자결주의에 더 관심을 써왔던 것이다.

조정래, 『아리랑 6』(해냄, 1994)

---

* 정호웅, 앞의 글

1986

『아리랑』에는 친일파와 항일파, 기회주의자 그리고 갖가지 이념의 분파주의자들이 나타났다가 사라진다. 송수익은 의병장으로 일제에 맞서 싸우는 중심 인물 가운데 하나다. 그는 온건 노선을 택한 다른 군왕 신봉자들과는 달리 일제에 맞서는 방법은 오로지 무장 투쟁밖에 없다는 신념을 갖고 이를 관철하는 인물이다. 이윽고 그는 만주로 무대를 옮겨 처음에는 대종교 신자로, 나중에는 무정부주의자로 독립군을 지휘하다가 관동군에 잡혀 옥사한다. 다른 한편에 사회주의자 정도규가 있는데, 그는 이론에 해박하고 적극적인 활동가이지만 사회주의 세력의 확대보다는 궁핍과 압박에 시달리는 동포 노동자와 농민의 구제에 더 역점을 둔다.

『아리랑』은 하와이 이민, 동학 운동, 의병 투쟁, 병탄, 토지 조사 사업, 3 · 1운동, 조선공산당의 결성과 와해, 만주사변, 태평양전쟁, 해방으로 이어지는 한국 근대사를 배경으로 하고 있는 대하 소설이다. 작가 조정래는 일제의 폭압과 수탈 정책에 맞서 싸운 저항의 역사를 중심으로 소설을 풀어나감으로써 민족 정체성에 대한 자신의 확고한 신념을 소설 속에 새긴다. 그러나 『아리랑』은 밝은 분위기로 끝나지 않는다. 해방 전야, 일본군이 철수한 만주의 조선인 부락에 중국 사람들이 몰려와 조선 사람들을 쳐죽이는 유혈극이 벌어진다. 이렇게 작가는 한민족 앞에 놓인 비극적 운명을 예고하는 것이다.

처절한 비명 속에 피가 튀는 난투극이 벌어지고 있었다. 그러나 그 싸움은 쉽사리 끝나지 않고 있었다. 조선 사람들이 피를 흘리면서도 중국 사람들에게 덤벼들고 또 덤벼들었다. 어떤 사람들은 중국 사람의 연장을 뺏어 싸우기도 했다.

여자들은 아이들을 데리고 광막한 벌판 저쪽으로 기를 쓰며 도망가고 있었다. 그들은 압록강과 두만강과는 점점 멀어지고 있었다. 남자들이 거의 다 쓰러져갈 즈음 여자들과 아이들의 모습은 끝없이 광야 저쪽에 점으로 사라져가고 있었다.

조정래, 『아리랑 12』(해냄, 1995)

조정래는 『아리랑』을 쓰는 동안 수시로 찾아온 위궤양과, 집필 막바지에는 오른쪽 어깨와 손가락의 통증에 시달린다. 게다가 협박 전화가 자꾸 와서 신경이

곤두서고, 극우 반공 단체에 의해 국가 보안법을 어긴 혐의로 검찰에 고소되기도 한다. 이런 와중에도 작가는 『아리랑』의 무대가 되는 중국 · 동남 아시아 · 러시아 · 하와이 · 미국 등지를 답사하고 현지의 지형과 풍물을 스케치북에 그리거나 사진에 담는 등 집필 준비에 만전을 기한다. 해방 50주년을 맞이한 1995년 7월 25일, 마침내 조정래는 집필을 시작한 지 4년 8개월 만에 원고지 2만 장 분량의 대하 소설 『아리랑』을 아퀴짓는다.

참고 자료

황광수, 「억압된 기억의 해방과 역사의 지평」, 『작가세계』 1995 가을
정호웅, 「주제의 중층성」, 『작가세계』 1995 가을
조남현, 「역사적 진실과 소설적 흥미의 상성相性」, 『작가세계』 1995 가을
김윤식, 「내가 보아온 '태백산맥'」, 『김윤식 전집 5』, 솔, 1996
김훈, 「인간성 위에 그린 혁명의 진정성」, 『선택과 옹호』, 미학사, 1991

김명인, 고난의 시학

고아와 혼혈아들의 삶에 주목하여 현실의 어두운 진상을 보여준 김명인

경북 울진에서 태어난 김명인金明仁(1946~)은 고려대학교 국문과를 졸업하고 같은 학교 대학원에서 문학 박사 학위를 취득한다. 그는 경기대 국문과 교수를 거쳐 현재 고려대 문예창작과 교수로 재직중이다. 김명인은 1973년 『중앙일보』 신춘 문예에 「출항제」가 당선되어 문단에 나온다. 『1973』 동인을 거친 그는 김창완 · 이동순 · 정호승 등과 함께 『반시』 동인에 참여해 왕성한 작품 활동을 벌인다. 그는 이제까지 『동두천』(1979) · 『머나먼 곳 스와니』(1988) · 『물 건너는 사람』(1992) · 『푸른 강아지와 놀다』(1994) · 『바닷가의 장례』(1996) · 『길의 침묵』(1999) 등 여섯 권의 시집을 펴낸 바 있다.

김명인의 첫 번째 시집인 『동두천』을 가로질러 흐르는 중요한 의식은 세계에 대한 낯섦과 통로가 차단된 실존의 막막함이다. 그는 고아나 혼혈아의 고통스러운 삶을 집중 조명함으로써 행복에 대한 열망을 실현시켜주지 않는 우리의 삶의 자리인 현실의 어두운 진상을 보여준다.

어느날 잠 깨니 개울물 소리는/일일이 내 머리칼마다 부딪치며 흘러/이 세상 꿈 아닌 또 다른 새벽 한기에도 웅크리면/허기 속을 더듬어 너는 어느새/무밭에 엎드려 있었다 십일월/손끝보다 매운 바람을 가르며 기차는 달려가고/되살아나는 무서움 살아나는 적막 사이로/먼 듯 가까운 곳 어디 다시 개짖는 소리 쫓아와/움켜쥐면 손바닥엔 날카로운/얼음 조각이 잡혔다 일어서서 힘껏 내달리면 나보다/항상 한 걸음 앞서도/너 또한 쉽사리 빠져나가지 못한 송천/그 어둠을 휘감고 흐르던 안개

김명인, 「안개」, 『동두천』(문학과지성사, 1979)

동두천이라는
특수한 공간 속에서 사는
고아와 혼혈아들의 삶을
면밀한 관찰을 통해
시로 형상화한
『동두천』

『동두천』에 실린 시들에는 고아나 혼혈아처럼 뿌리 없이 떠돌 수밖에 없는 아이들, 겨울이라는 계절적 배경, 실존의 궁핍함과 답답함을 표상하는 막막한 어둠이 자주 보인다. "어둠을 휘감고 흐르던 안개"가 짙게 끼여 있는 송천, 그 삶의 미망迷妄 속에서 허기와 추위에 시달리며 남루한 삶을 꾸려가는 이들은 그 막막함 속에서 떠돈다. 그들은 막막함 속에서도 "그 세상 속에서도 좋은 일들이/기다리고 있으리라 믿으면서/믿음이 만드는 부질없는 내일 속으로" 떠난다. 주어진 현실이 고통스럽기 때문에 더 나은 현실을 찾아 떠나지만 이미 그들은 저희의 기대와 믿음이 성취될 수 없다는 것을 잘 알고 있다. 삶의 본향本鄕을 찾아 떠나지만 끝내 거기에 닿을 수 없다는 사실로 말미암아 그 비극성과 암담함은 한결 깊어진다.

송천동의 고아원을 배경으로 하고 있는 「캔터키의 집 · Ⅰ」·「캔터키의 집 · Ⅱ」나 보산리의 혼혈아들이 나오는 「동두천」 연작에 숨겨진 시의 모티프도 바로 이런 삶의 어려움과 그 어려운 삶으로부터 벗어나고자 하는 욕망이다. 그의 시에서 송천동 또는 동두천은 고유 지명이라기보다 이미 하나의 상징이다.

1986

내가 국어를 가르쳤던 그 아이 혼혈아인/엄마를 닮아 얼굴만 희었던/그 아이는 지금 대전 어디서/다방 레지를 하고 있는지 몰라 연애를 하고/퇴학을 맞아 고아원을 뛰쳐 나가더니/지금도 기억할까 그때 교내 웅변 대회에서/우리 모두들 함께 울게 하던 그 한마디 말/하늘 아래 나를 버린 엄마보다는/나는 돈 많은 나라 아메리카로 가야 된대요

김명인, 「동두천 · Ⅳ」, 앞의 책

걸어가면 발바닥에 돋는 피 어느새 저녁이 되어/공지에 떨어지는 바람 안개는/한 벌판을 지우고 돌아서고 있다/내 귀에 갇히는 새들/떠돌 곳은 다 떠돌아서 이곳 또한 정처 없나니/세상엔 기댈 곳 없고 내 뜻인가 우리들은/철길에 들풀처럼 쓰러져 있다/서로 정답게 혹은 남매처럼 키를 맞추며/아버지, 밤이면 아메리카를 꿈꿔도 될까요?

김명인, 「동두천 · Ⅸ」, 앞의 책

이해하기가 그리 어렵지 않은 구문으로 이루어진 이 시들에서 유추할 수 있는 것은, 동두천은 우리 민족의 내적 상처와 불행의 다른 이름이며, 혼혈아들은 우리 민족의 상처를 대신 앓고 있는 속죄양이라는 점이다. 동두천은 아메리카에서 태어나지 못한 혼혈아들에게는 외로움과 슬픔과 배고픔과 추위와 어둠이 뒤범벅되어 있는 춥고 시린 삶의 공간이다. 그들의 비극은 아메리카의 피를 받고 이 땅의 동두천에서 태어난 데 있다. 거기서는 "태어나서 죄가 된 고아들과/우리들이 악쓰며 매질했던 보산리 포주집 아들들이/의자를 던지며 패싸움을 벌이"(「동두천 · Ⅱ」)거나, "우리들이 가르치던 여학생들은 더러 몸을 버려 학교를/그만두었고/소문이 나자 남학생들도 덩달아 퇴학을 맞아/지원병이 되어 군대에"(「동두천 · Ⅲ」) 가거나, 「동두천 · Ⅳ」에서처럼 타지로 흘러가서 "다방 레지"를 하는 삶이 이어진다. 이런 삶은 흔히 「동두천 · Ⅸ」에서처럼 "떠돌 곳은 다 떠돌아서 이곳 또한 정처 없나니"라는 식의 암울한 막장 의식을 거느리게 된다.

무엇이 "등을 밀어/캄캄한 어둠 속으로 흘러가게" 하는 것일까 하고 자문하는 「동두천 · Ⅰ」은 동두천에서 빚어지는 삶의 특수한 일면을 보여준다. 동두천은 혼혈아들이 나고 자란 곳이면서도 살 빛깔이 다르다는 이유로 그들을 받아들이기를 거부한다. 혼혈아들은 '동두천'이라는 현실과 '아메리카'라는 꿈 사이의 어둠 속에서 방황하기 일쑤다. 그들은 막막한 어둠 속에서 다만 "나는 돈 많은 나라 아메리카로 가야 된대요"라고 절박하게 외치거나, "아버지, 밤이면 아메리카를 꿈꿔도 될까요?"라고 묻는다. 그러나 이들은 저희의 의지와 상관없이, "첩첩 수령 너머의 세상은 알 수도 없지만/아무것도 더 이상 알 필요도 없으리라"(「동두천 · Ⅰ」)라는 구절이 전하고 있는 것처럼, "첩첩 수령" 안쪽의 세상으로 떼밀리곤 한다. "첩첩 수령"의 안쪽이 고통스러운 삶으로 차 있는 동두천이라면, 그 너머는 혼혈아들이 "함께 울음이 되어 넘기던 책장이여 꿈꾸던/아메리카"(「동두천 · Ⅱ」)일지도 모른다. 그러나 시인은 단호한 목소리로 "아무것도 더 이상 알 필요"가 없다고 말한다. 그들은 "첩첩 수령"의 어두운 땅, 동두천을 벗어나기 위해 끊임없이 떠나려고 하면서도 그 불행한 삶, 행복이 유보된 그 남루한 삶에서 좀처럼 벗어날 수가 없다. 시인은 그 불행의 근원이 어디에 있는지 밝히는 일 자체가 부질없는 것이라고 말함으로써 비관주의적 시각을 드러낸다.

김명인은 동두천이라는 특수한 현실 공간 속에서 고아와 혼혈아들이 '왜' 그리고 '어떻게' 또 '얼마나' 힘들게 저희에게 주어진 불행과 싸우며 살고 있는지를, 면밀한 관찰을 통해 시로 형상화하고 있다. 시인은 동두천이라는 그 무질서와 혼돈의 총화를 머금은 공간 속에 던져진 존재들이 겪는 불행의 양태를 확인하고, '무엇이', '어떻게', '왜', '얼마나' 인간의 인간답게 살고 싶어하는 삶의 원천적인 욕망의 성취를 가로막고 있는지를 보여주고 싶은 것이다. 아울러 시인은 불행한 세계 속에서 인간이 어떻게 행복을 추구할 수 있는가 하는, 삶과 관련된 보편적인 물음을 던지고 있다.

김명인의 시에서 세계는 자주 어둠에 파묻힌다. 어둠의 이미지는 그의 시집 곳곳에 깔려 있다. 때때로 어둠의 이미지는 안개의 이미지로 대체되기도 한다. 흔히 그의 시에서 두 이미지는 같은 상징적 기능을 내포하고 있다.

> 안개로군. 누가 말했다. 지독한 안개야./사방이 끊어지고 문득/되돌아보면 캄캄한 안개 바다. 바다가 안개를 퍼올리는 것이 아니라 안개가/파도를 가려 놓고 있었다./네가 홀로 웅크린 곳은 어디든지 절벽 같은 파도의 끝.//일확천금을 꿈꾸면서 안개 속에/그물을 던지면서 몸을 버리면서/너도 여기에 묶여 있었느냐?/마침내 스스로 풀 때 꺼져버리는 네 모습의 안개 위로 내 모습의 안개가/포개더니 천천히 비워져 간다.//무엇을 잡는 것이 아니라 잡히는 거라고 안개는/살아갈수록 어리석고 뼈아픈/우리들의 욕심일까, 욕심의/갈고리를 하고 안개가/바다 쪽에서 끊임없이 우리들을 끌어당겼다.//그러나, 안개 개자 아주/몸을 버린 사람들은 여기 남아 물결에 떠밀리고/덜 젖은 또 다른 사람들은/천천히 몇 명씩/다시 안개를 좇아 바다를 등지고 떠나고 있었다.
>
> 김명인, 「안개 바다」, 앞의 책

이 시는 바다가 안개에 가려지는 어떤 순간의 서정적인 아름다움을 포착하기 위해 쓴 것이 아니다. 시인은 "지독한 안개야./사방이 끊어지고"라는 표현으로 안개에 의해 소통이 차단된 비극의 세계 속에 놓여 있음을 첫 연에서 제시하고, 마지막 연에서 다시 안개가 걷히자 몸을 버려 머무는 사람들과 안개를 쫓아 바다를 등지고 떠나는 사람들에 대해 말한다. 이 시에서 '안개'는 어떤 음산하고 부정적인 것의 알레고리로 쓰이고 있다. 세계는 자주 '어둠'과 '안개'에 의해 그 본질적인 실체가 은폐되곤 한다. 이런 세계 안에서의 삶은 "묶여" 있는 삶일 수밖에 없다. 따라서 이 시에서 '안개'는 어떤 정경에 대한 사실적 묘사가 아니라, 덫으로 작용하는 현실의 속성을 드러내기 위해 차용된 이미지다. 그것은 우리가 사는 이 세계를 에워싸고 있는, 명료하게 규정지을 수 없는 막막한 어둠과 같은 이미지다.

"첩첩 수렁"이 가로놓여 있고, 안개와 막막한 어둠에 싸여 있는 '동두천'은 곧 세계의 다른 이름이다. '동두천'에서의 고통스러운 삶은 근원적인 귀소 의식을 자극한다. 그러나 '삶의 본향本鄕'으로 동경의 대상이 되는 '아메리카'는 너무 멀어서 닿을 수 없는 곳에 있다. 따라서 사람들은 '동두천'을 떠나려고 마음먹고 있거나, 떠나도 끝내 '아메리카'에는 가지 못하고 중도에서 헤매고 있다. 이런 양상을 「고산행高山行」이라는 시는 다음과 같은 간결한 풍경으로 보여준다.

> 열차는 평산을 지나쳤다 한다./산역山驛에서는 낡은 의자에 기댄 남자들 두엇,/불을 끄고 통과할 어느 역에도/어쩌면 정거하지도 않을 기차를 우리들은 기다렸다./밤은 깊고 자정 가까이/달은 떠올라 헌 거적대기 같은 빛이/세상을 덮어 주기도 하였지만/오늘 가지 못하면 내일/갈 수도 없고/마침내 영영 가지 못할 그곳에 가기 위하여/저쪽 어느 역에서도 우리들처럼/정든 마을에서 빠져나와 어둠 속에/서성대는 사람들이 있었을까./발 밑에서는 버리고 가는 낙엽 또한 떨어져 뒹구는/적은 노자 몇 닢.
>
> 김명인, 「고산행」, 앞의 책

이 시에서 언급된 "정든 마을"과 "영영 가지 못할 그곳"은 '동두천'과 '아메리카'가 상징하던 현실 공간과 이상적 세계 공간일 것이다. 어쩌면 우리는 정든 마을에서 빠져나와 영영 가지 못할 그 곳에 가기 위해, 멈추지도 않을 기차를 기다리며 어둠 속에서 서성대고 있는 사람들이 아닐까.

시인의 고백처럼 『동두천』은 "유년 시절의 추위와 주림, 동두천에서의 쓰라렸던 경험 그리고 월남전의 체험"이 투사된 공간이며, "시의 바탕이 진정성으로 이해될수록 더욱 불가해한 고통의 뿌리에 나는 닿아갔고, 스스로를 확인하는 괴로움"을 겪게 한다. 남루한 삶을 깊고 넓게 감싸 안으려는 따뜻한 마음과 도덕적 열정으로 획득한 삶과 세계에 대한 뜻 깊은 통찰이 배어 있는 까닭에 「동두천」 시편들은 적지 않은 공감을 불러일으킨다. 그러나 한편으로 시인이 그 막막한 세계의 바깥에 있는 관찰자에 지나지 않아 「동두천」 시편들에서는 어쩔 수 없는 한계가 드러나기도 한다. 이것은 그가 자신의 제자들인 고아나 혼혈아들의 삶의 실체에 부딪칠 때마다 부끄러움이나 무력감을 토로하는 데서 입증된다. 아울러 그가 현실의 어려움을 뚫고 나아가려는 적극적인 의지를 보여주지 못하고, 다만 세계는 우리의 힘으로 넘어설 수 없는 절대적인 한계 상황이라는 비관 또는 체념에 물든 현실 인식에 머문 이유도 여기서 찾을 수 있을 것이다.

어둡고 어지러운 세상일수록 좋은 시는 우리 영혼에 말할 수 없는 위안과 삶의 빛을 준다. 김명인의 『물 건너는 사람』에 실린 시들, 이를테면 「유타 시편詩篇 V」·「물 나르기」·「소금」·「등, 슬픈 빙하氷河」 등은 우리 영혼의 눈길을 어둡고 어지러운 근경近景의 세상으로부터 저 멀고 낯선 곳으로 이끈다. 특히 「유타 시편 V」는 이국 여행길에 마주친 험준한 산들의 능선, 호수에서 첨벙거리는 물새들, 침엽수림 군단, 구릉 사이로 쏟아지는 만년 빙하萬年氷河, 눈 녹은 호수에 쉬는 구름 등으로 우리를 이끈다. 나날의 익숙한 삶, "인연에 기댄 삶"은 볼 수 없는 산 등성이 너머 저쪽에 있고, 낯선 세계의 저녁 어스름 속에 잠시 멈춰 선 시적 자아는 말할 수 없는 고립감을 맛본다. 그 고립은 "까닭없이 막막하고 아득"하지만, "내일이면 나도 여기에 있지는 않을 것"이라는 깨달음을 낳는다. 왜냐하면 모든 삶은 스쳐 지나가는 것이기 때문이다. 저문 뒤 스쳐 지나온 고단한 삶의 역정歷程을 응시하면서 시인이 "우리는 전인미답의 길을 밟고 가는 것은 아니다"라고 말할 때, 우리는 삶의 미혹과 무명無明으로부터 깨어난다. 우리가 스치듯이 걸어온 길은 이미 누가 걸어간 길이며, 다시 누가 걸어갈 길인 것이다. 이런 깨달음을 전하는 시인의 목소리는 이미 지혜로운 이의 목소리다. 그리고 시인이 "끊길 듯 세로細路를 이어 별들과 별들 사이로 뻗어 있는" "겹겹이 적시고 건너야 할" 눈에 보이지 않는 길에 대해 말할 때, 우리는 어둡고 고단한 이승의 길을 마저 간 뒤 우리가 가야 할 저 너머에 있는 길고 긴 또다른 삶의 길에 대한 사유로 벌써 이끌린다. 그 길은 편안한 안식과 영원으로 이어진 길이리라.

우리의 삶이란 "욕망의 십이지장을 건너는 느린 구름"을 보는 일이며, "미풍의 멀미에 내내 시달"리는 일이고, "잠깐의 광휘"이며, 고작해야 "바람의 공중돌기에 얹혔던 노역이 끝나면/잎들은 다시 처음의 물안개로 흩어"(「물 나르기」)지고 마는 것과 다름없다. 이렇게 말할 때 김명인의 시적 어조 속에는 허무주의에 침윤된 이의 비탄과 슬픔이 묻어난다. 바람의 공중돌기에 얹혀 있는 노역! 그것이 우리의 삶이다. 그러나, 그것도 잠깐, 이내 물안개로 흩어지고 만다. 자취도 없이 왔다가 자취도 없이 사라지고 마는, 영원이라는 잣대로 보면 찰나 속에 명멸하는 안개는 또 얼마나 덧없는 것이냐! 이승에서의 그 노역이 끝나고 나면 우리는 소멸의 안개 바다 속에 덧없는 몸뚱이를 던져야 하리라. 그것이 우리의 여로다. 그것은 또 나만이 가야 하는 "전인미답의 길"도 아니다. 그 뒤를 또다른 삶의 길이 있어 우리의 고단한 삶을 받는다 한들 "얽히고 설킨 길들"을 오래 걸어온 우리 슬픈 영혼은 어떤 위로를 받을 수 있을 것인가. 김명인의 이런 시편은 우리에게 눈에 보이지 않는 길, 즉 마음으로만 볼 수 있는 길에 대해 사유토록 한다.

참고 자료

김현, 「더러운 그리움의 세계」, 『젊은 시인들의 상상 세계』, 문학과지성사, 1984

김훈, 「대동여지도에 대한 내 요즘 생각」, 『현대시세계』 1989 겨울

김인환, 「필연의 벼랑」, 『물 건너는 사람』 해설, 세계사, 1992

김주연, 「그리움과 회한」, 『머나먼 곳 스와니』 해설, 문학과지성사, 1988

정호승, 슬픔과 희망의 시인

슬픔과 기다림의 시인 정호승

시인들은 별 · 달 · 이슬 · 첫눈 · 풀 · 꽃 · 나무 · 새 · 이슬 · 새벽을 즐겨 노래한다. 정신의 순결과 맑음을 표상하는 이런 것이 덕지덕지 때가 끼고 타락한 이 세계에서 "맑음의 참혹성"(김승희)을 건져 올리는 시인 정호승鄭浩承(1950~)의 본령이다. 우리 민요에서 흔히 나타나는 4 · 4조나 7 · 5조의 정형 율격을 잘 활용한 그의 초기 시편 중에는 맹인 · 걸인 · 구두닦이 · 고아 · 혼혈아 같은 소외 계층 사람들을 시적 화자로 내세워 슬픔과 고통을 노래한 것이 많다.

시대 현실에서 오는 슬픔이 흐르고 있는 정호승의 첫 시집 『슬픔이 기쁨에게』

정호승은 슬픔의 시인이며, 이별의 시인이다. 아울러 그는 새벽과 별의 시인, 곧 기다림과 희망의 시인이다. 그의 상상력은 가난 · 고통 · 불행 · 소외를 겪고 있는 사람들의 처지를 모른체해서는 안 된다는, 그들과 함께 괴로워하며 함께 울어야 한다는 강한 윤리성을 바탕에 깔고 있다. 첫 시집 『슬픔이 기쁨에게』의 후기에서 그는 "이 어렵고 괴로운 세상을 살아가면서 우연히 나의 시집을 읽는 사람들에게 나는 이 시대의 한 사람 시인으로서 얼마만큼 슬픔과 기쁨을 함께 나눌 수 있을 것인지, 깊은 밤 홀로 추위에 떨며 생각하면 할수록 부끄럽고 또 부끄러울 뿐이다."라고 말한다.

정호승은 1950년에 경남 하동에서 태어나 대구에서 자란다. 경희대학교 국문과를 졸업한 그는 같은 학교 대학원을 더 거친다. 1973년 『대한일보』 신춘 문예에 시 「첨성대」가 당선되어 문단에 나온 그는 다시 1982년 『조선일보』 신춘 문예에 단편 「위령제」가 당선되어 소설에도 손을 댄다. 그는 이제까지 『슬픔이 기쁨에게』(1979) · 『서울의 예수』(1982) · 『새벽 편지』(1987) · 『별들은 따뜻하다』(1990) · 『사랑하다가 죽어버려라』(1997) · 『외로우니까 사람이다』(1998) · 『눈물이 나면 기차를 타라』(1999) 등의 시집을 펴내고, 장편 소설 『서울에는 바다가 없다』(1993) 1 · 2 · 3권을 선보인 바 있다. 이렇게 문학 활동에 힘쓰는 동안 그는 1989년 제3회 '소월 시문학상'과 1997년 제10회 '동서 문학상'을 받는다.

1982년에 낸 두 번째 시집 『서울의 예수』

정과리는 정호승 시 세계의 핵심을 "슬픔과 희망의 변증법적 개진"에서 찾고, 그 뿌리를 이루는 근원적 정서를 "한국 민중의 한"이라고 본다. 정과리는 "정호승이 바라보고 있는, 또는 몸담고 있는 한국 민중의 한은 탐닉의 대상도 체념의 대상도 숭배의 대상도 방관의 대상도 아니다. 그것은 현실의 위악적 구조를 넘어서기 위한 단단한 지반이며, 동시에 그것 스스로, 시인-인간의 노력에 의해, 살아냄의 아름다움으로 승화될 극복의 대상이다."라고 말한다.*

정호승이 제3회 소월 시문학상을 받은 1989년에 나온 『임진강에서 — 소월 시문학상 수상 작품집』

사람들이 잠든 새벽 거리에/가슴에 칼을 품은 눈사람 하나/그친 눈을 맞으며 서 있습니다./품은 칼을 꺼내어 눈에 대고 갈면서/먼 별빛 하나 불러와 칼날에다 새기고/다시 칼을 품으며 울었습니다./용기 잃은 사람들의 길을 위하여/모든 인간의 추억을 흔들며 울었습니다.//눈사람이 흘린 눈물을 보았습니까?/자신의 눈물로 온몸을 녹이며/인간의 희망을 만드는 눈사람을 보았습니까?/그친 눈을 맞으며 사람들을 찾아가다/가장 먼저 일어난 새벽 어느 인간에게/강간당한 눈사람을 보았습니까?//사람들이 오가는 눈부신 아침 거리/웬일인지 눈사람 하나 쓰러져 있습니다./햇살에 드러난 눈사람의 칼을/사람들은 모두 다 피해서 가고/새벽 별빛 찾아나선 어느 한 소년만이/칼을 집어 품에 넣고 걸어갑니다./어디선가 눈사람의 봄은 오는데/쓰러진 눈사람의 길 떠납니다.

정호승, 「눈사람」, 『슬픔이 기쁨에게』(창작과비평사, 1979)

첫 시집 『슬픔이 기쁨에게』를 적시고 있는 기본 정서는 슬픔이다. 「슬픔으로

* 정과리, 「민중적 감성의 부드러운 일깨움」, 『서울의 예수』(민음사, 1982) 해설

1976년
서울 도봉동에 있는 김수영 시비를 찾아서. 왼쪽은 시인 김창완.

가는 길」·「슬픔을 위하여」·「슬픔은 누구인가」·「슬픔이 기쁨에게」·「슬픔 많은 이 세상에도」와 같은 시들의 제목만 봐도 시인이 '슬픔'을 얼마나 편애하고 있는지를 알게 된다. 그 슬픔의 대부분은 시대 현실로부터 온다. 정호승은 군부 독재가 기승을 부리던 유신 시대에 들어 활동에 나선 시인이다. 정치적 억압과 부자유, 폭력과 불평등의 어두운 시대를 통과하며 그가 눈여겨본 것은 민중의 불행과 고통이다. 민중이 감당해야 하는 많은 불행과 고통의 뿌리는 유신 시대의 폭압 정치를 넘어 분단 상황과 일제 강점기까지 뻗어간다. 그러나 시인에게 슬픔은 나약한 사람의 정서가 아니다. 그 슬픔 속에는 칼이 숨어 있다.

시인은 직설 어법으로 불행과 고통을 가져오는 시대에 항의하지 않고, 그 저항 의지를 부드러운 서정성으로 감싸곤 한다. 햇볕을 받으면 녹고 마는 "눈사람"은 힘없는 민중을 절묘하게 표상한다. 불의의 시대와 격렬하게 맞서 싸우진 못하지만 그는 "가슴에 칼을 품"고 눈을 맞으며 거리에 서 있다. 그는 더러 "칼을 꺼내어 눈에 대고 갈"거나, "먼 별빛 하나 불러와 칼날에다 새기고" 뒷날을 도모한다. "눈사람"은 쓰러지나 새벽 별빛을 찾아 나선 소년이 눈사람의 칼을 수습해 품에 넣고 "쓰러진 눈사람의 길을 떠"난다. 소년은 어두운 시대에 "새벽 별빛"을 가져올 다음 세대의 눈사람인 것이다.

울지 마라/외로우니까 사람이다/살아간다는 것은 외로움을 견디는 일이다/공연히 오지 않는 전화를 기다리지 마라/눈이 오면 눈길을 걸어가고/비가 오면 빗길을 걸어가라/갈대숲에서 가슴검은도요새도 너를 보고 있다/가끔은 하느님도 외로워서 눈물을 흘리신다/새들이 나뭇가지에 앉아 있는 것도 외로움 때문이고/네가 물가에 앉아 있는 것도 외로운 때문이다/산 그림자도 외로워서 하루에 한 번씩 마을로 내려온다/종소리도 외로워서 울려퍼진다

정호승, 「수선화에게」, 『외로우니까 사람이다』(열림원, 1998)

정호승은 외로움을 실존의 본질적 조건으로 받아들이는 시인이다. "외로우니

까 사람이다"라는 구절은 이런 맥락에서 나온 것이다. 시적 화자를 둘러싸고 있는 삼라 만상뿐 아니라 하느님까지 "외로워서 눈물을 흘리신다". 슬픔과 외로움은 정호승의 시적 상상력을 자극하는 근원적 정서다. 시인의 어법을 빌리자면, "외로우니까 시인이다."라고 할 수 있다. 그는 외로운 영혼을 위로하는 것이 시인의 소임 중에서 가장 중요한 것이라고 생각하고 있는지도 모른다.

영등포역 어느 뒷골목에서 봤다고 하고/청량리역 어느 무료급식소에서 봤다고 하는/아버지를 찾아 한겨울 내내/서울을 떠돌다가/동부시립병원 행려병동으로 실려가/하루에도 몇 명씩 죽어나가는 행려병자들을 보고 돌아와/늙은 소나무 한 그루 청정히 눈을 맞고 서 있는/아버지의 텅 빈 방문 앞에 무릎을 꿇고 앉다/바람은 차고 달은 춥다/솔가지에 내린 눈은 더 이상 아무 데도 내릴 데가 없다/젊은 날 모내기를 끝내고 찍은/아버지의 빛바랜 사진 옆에 걸려 있는/세한도 속으로/새 한 마리 날아와 앉아 춥다

정호승, 「세한도」, 앞의 책

「세한도」는 1990년대 후반기 한국 경제가 국제통화기금IMF의 구제 금융에 기대어 가까스로 연명할 때의 상황을 떠올리게 한다. 구제 금융 시대에 이 땅에서는 기업들이 잇달아 도산하고 일터며 집을 잃은 가장들이 노숙자가 되어 거리를 떠돈다. 노숙자로 떠돌던 사람 중에 더러는 병을 얻어 시립 병원의 행려병동으로 실려간 뒤 죽어 나가기도 한다. 영등포역 뒷골목과 청량리역 앞 무료 급식소를 기웃거리던 '아버지'는 어쩌면 그 때 직장에서 쫓겨난 사람일지도 모른다. 그 아버지가 없는 빈 방의 문 앞에서 시적 화자는 무릎을 꿇고 앉아 있다. '세한도'와 같은 춥고 시린 삶의 한 대목을 시인은 이처럼 절절하게 담아낸다.

참고 자료

윤여탁, 「현실 인식의 시 세계」, 『한국 현대 시인 연구』, 민음사, 1989
김현, 「고아 의식의 시적 변용」 『문학과 지성』 1978 여름
정과리, 「민중적 감성의 부드러운 일깨움」, 『서울의 예수』 해설, 민음사, 1982
염무웅, 「시에 있어서의 정직성」, 『창작과 비평』 1979 여름

이태수, 좌절된 꿈과 현실

1987년
마카오의
폐성당 앞에서

이태수李太洙(1947~)는 경북 의성에서 태어나 1974년 『현대문학』 추천으로 등단한 시인이다. 문단에 나온 뒤 그는 『자유시』 동인으로 기복 없는 작품 활동을 펼쳐 보인다. 현재 대구 『매일신문』의 편집 부국장인 그는 이제까지 『그림자의 그늘』(1979) · 『우울한 비상의 꿈』(1982) · 『물 속의 푸른 방』(1986) · 『안 보이는 너의 손바닥 위에』(1990) · 『꿈 속의 사닥다리』(1993) · 『그의 집은 둥글다』(1995), 『안동 시편』(1997) · 『내 마음의 풍란』(1999) 같은 시집을 펴낸 바 있다.

비상에 실패한
시적 자아의
좌절된 꿈의 세계를
보여준 시집
『우울한 비상의 꿈』

『우울한 비상飛翔의 꿈』은 그 제목이 머금고 있듯이, 비상에 실패한 시적 자아의 좌절된 꿈의 세계를 보여준다. 그의 꿈은 "금이 간 꿈"(「다시 낮술」)이며, "날이면 날마다 가위눌리는/가난한 꿈"(「망아지의 풋풋한 아침이 되고 싶다」)이다. 시인의 꿈은 금이 가거나 가위눌림을 당하고 있다. "시멘트 틈으로 팔을 내민 몇 포기의 풀"(「아침, 장난감 비행기를 타고」)은 도시적 삶의 공간에 내던져진 시인의 실존 상황에 대한 은유다. 무정물無情物인 시멘트로 표상되는 문명적인 것의 억압성과, 그 가혹한 억압의 틈으로 가까스로 팔을 내밀어 생존의 자리를 마련한 풀은, 존재와 상황의 부조화 속에서 살아냄의 끈질기고 눈물 겨운 의지를 보여준다. 삶을 이루어가는 자리로서의 세계의 척박한 조건에 대한 비극적 전망은 곧 시인의 꿈의 좌절로 이어진다. 이 비극적 전망은 행복의 한 원형으로서의 고향에서 뿌리 뽑혀 나왔다는, 또는 고향을 상실했다는 시적 자아의 상실감과 슬픔을 그 축으로 하고 있다.

뛰어가고 싶다. 때로는/물거품처럼 부서지더라도/식어가는 가슴에 하나, 불을 달고/오랜 망설임도/주저앉아 기다리던 기다림도 박차 버리고.//이마를 부딪고 싶다. 휘어지지 않고/하루살이처럼 맹렬하게/하지만 싸늘하게 눈 부릅뜨고/화살 되어 꽂히고 싶다./어딘가 가닿아 뜨겁게 불붙고 싶다.

이태수, 「망아지의 풋풋한 아침이 되고 싶다」, 『우울한 비상의 꿈』(문학과지성사, 1982)

그 슬픔이 더러는 상실감과 슬픔의 자리를 떨치고 일어서려는 격렬한 의지를 깨우기도 하지만, 근본적으로 시인의 꿈은 "어둠 낭자한 벌판에 서서/지워질 듯 흔들리는 꿈"(「나는 꿈꾼다」)이다. 그의 꿈은 "꺼질 듯 켜져 있는 내 꿈은/어둠 저켠으로 비명을 지르"(「길은 안 보이고」)거나, "어둠과 어둠 사이/신음과 신음 사이를 나의 꿈은/날아오르기도 했어."(「갑 속의 칼은 울고」)에서처럼 비명과 신음을 동반하고 있다. 소시민적 삶의 안정 위에 세워진 그의 소박한 꿈은 가까스로 명맥을 유지하지만, 작은 바람에도 쉽게 흔들리는 애처로운 꿈이다. 시인은 그 "흔들리면서도 끝내는 흔들리지 않는/꿈을 부여 안"(「불빛은 멀고」)고 살아가는 것이다.

꿈의 좌절은 앞에서 지적한 대로 가장 크게는 고향 상실감이 그 원인이다. 고향 상실감의 안쪽에는 꿈—고향/현실—도시 또는 유년—행복/성년—불행과 같은 대립이 버티고 있다. 이태수의 시 세계는 그 대립 사이에 걸쳐 있을 때가 많다. 그의 이마적 시집인 『내 마음의 풍란』에 해설을 보태고 있는 이성복은 이태수 시의 매력을 "자아와 대상, 불안과 행복, 기이함과 친숙함 사이의 미묘한 균형에서 얻어지는 것"이라고 말하고 있다.

1999년에 나온 이태수의 시집 『내 마음의 풍란』

낯익은 길을 걷는다. 그런데도 이 길은/점점 더 낯설다. 캄캄하다는 생각이나/그 끝이 안 보인다는 느낌과 마주칠 때는//멈춰 섰다 다시 걷는다. 밑도끝도없이/나뭇가지를 흔드는 바람, 나부끼는 잎새들……//비 내리고, 그 줄기를 타고 오르던 나는/빗소리에 스며든다. 젖으면 젖을수록/허공에 뜨는 마음, 붙잡아도 이지러진다.//저 가혹한 내 마음의 풍란 한 포기/허공에 발 뻗는, 이 세기말의 길 위에서//길을 잃고, 낯익은 길들마저 더욱 낯선데/느낌의 저쪽에는 끌어안고 싶은 새 길들이/제 먼저 어느덧 까마득하게 달리고 있다.

이태수, 「느낌의 저쪽에는」, 『내 마음의 풍란』(문학과지성사, 1999)

낯익은 물상의 세계에서 낯섦을 느끼는 의식의 이면에는 현실과 자아 사이의 불화가 숨어 있다. 시인은 그 불화를 "캄캄하다는 생각", 또는 "그 끝이 안 보인다는 느낌"이라는 표현으로 녹여낸다. 그것은 "허공에 발 뻗는" 풍란이 보여주는 실존의 위태로움으로 조심스럽게 변주된다. 그러나 이태수의 시들은 그 불화의 구체적 국면을 보여주지는 않는다. 시인은 그것을 생략한 채 자아와 현실 사이의 미묘한 불안과 불화에서 빚어지는 "느낌의 저쪽"을 따라간다. 이태수의 시에서 흔히 그 "느낌의 저쪽"은 범속한 문체로 그려내는 풍경으로 대체되는데, 그 안에 드러나 있는 시인의 즉물적 세계 인식을 찾아 읽는 재미가 적지 않다.

참고 자료

김병익, 「꿈과 기다림, 혹은 말을 위하여」, 『들린 시대의 문학』, 문학과지성사, 1985
정과리, 「분열된 자아의 꿈, 혹은 원의 위상학」, 『스밈과 짜임』, 문학과지성사, 1988
이성복, 「꽃잎이 없는 녹색 꽃의 시」, 『내 마음의 풍란』 해설, 문학과지성사, 1999

이기철, 고향 회귀

고향에서 강제로 박리된 현대인의 근원적 상실 체험을 노래한 이기철

초목과 새와 길짐승들의 평화로운 공존의 이미지를 빚어온 이기철李起哲(1943~)은 경남 거창에서 태어난다. 영남대 국문과를 졸업한 그는 현재 같은 학교의 교수로 재직중이다. 이기철은 1972년 『현대문학』에 「오월에 들른 고향」 등이 추천되어 문단에 나온 뒤 『자유시』 동인으로 활동하면서 고른 수준의 작품들을 내놓은 중견 시인이다. 그는 이제까지 『낱말 추적』(1974) · 『청산행靑山行』(1982) · 『전쟁과 평화』(1985) · 『우수의 이불을 덮고』(1988) · 『내 사랑은 해지는 영토에』(1989) · 『지상에서 부르고 싶은 노래』(1993) · 『열하를 향하여』(1995) · 『유리의 나날』(1998) 같은 시집을 펴낸 바 있다. 1993년 김수영 문학상을 받음으로써 그의 시는 작품성을 공증받는다.

그의 초기 시는 "교양 체험에서 생체험"(염무웅)으로 나아가는 흔적을 보여준다. "나는 와이셔츠를 갈아입고 개념만 무성한 대학 노—트를 가방에 넣고/또 하나의 패배敗北를 가꾸기 위하여/대동大洞과 만촌동晩村洞을 기계처럼 오고갔다"(「너의 시詩를 읽는 밤엔」) 같은 소시민적 지식인의 수동적인 삶에서 오는 무력감과 패배주의에 물든 시 세계는 다른 시인들에게서도 볼 수 있는 것이다. 다만 이기철은 누구보다도 진지하게 소지식인의 자의식에 대한 의미 있는 성찰을 보여준다. 이기철의 시적 자아를 지배하는 것은 정당성이 뒷받침되지 않는 정치 권력의 행태에 대해 항의하지 못하고, 숨죽이며 굴종할 수밖에 없는 소시민적 지식인의 자의식이다. 그 자의식에는 소외 의식, 부끄러움, 그리고 양심의 괴로움이 강박 관념처럼 달라붙어 있다. 실존의 핍진성이 그의 자의식을 억압할 때 "지난 겨울 내리자 녹던 싸락눈아 얼마나 슬프냐/티눈아 먼지야 너는 얼마나 슬프냐"(「슬픔에 대하여」) 같은, 싸락눈 · 티눈 · 먼지처럼 눈에 띄지 않을 만큼 작고 곧 사라질 운명에 있는 것에 기대어 자신의 처지와 심정을 노래하는 시가 나온다.

생가와 청산에 대한 그리움, 말하자면 고향 회귀 의식을 담은 『청산행』

자연에 속한 것은 삶을 억압하지 않거나 훨씬 덜 억압한다. 그러나 문명에 속한 것은 삶을 억압하기 일쑤다. 그것이 으레 삶을 억압함에도 이기철의 시적 자아는 도시 문명적인 것을 제 삶의 물적 기반으로 삼을 수밖에 없는 정황 속에 놓여 있다. 억압적 도시 문명의 기반 위에 삶이 세워지나 그의 눈길은 언제나 어린 시절의 생가生家, 청산青山으로 표상되는 고향을 향한다. 시인의 생가와 청산 주변에는 숱한 꽃과 나무들이 자라고 있다. 『청산행』이라는 시집에 들어 있는 식물의 목록만을 보더라도 아까샤꽃 · 복숭아꽃 · 포플라 · 등꽃 · 풍매화 · 홰나무 · 안개꽃 · 느티나무 · 박꽃 · 탱자나무 · 보리싹 · 풀꽃 · 능금 · 패랭이꽃 · 봉숭아 · 소나무 · 잣나무 · 냉이 · 칡순 · 할미꽃 · 살구꽃 · 싸리꽃 · 호박꽃 · 도라지 · 산두릅 · 더덕잎 등 일일이 늘어놓기 어려울 만큼 수두룩하다. 이런 꽃이나 나무 같은 식물 외에도 생솔 냄새 · 저녁 연기 · 따스한 숭늉 · 귀뚜라미 · 산가재 · 말매미 · 올챙이 · 다람쥐 · 개울물 · 간이역 · 농로 · 야산길 · 저수지 · 염소 · 실개천 · 말똥구리 · 염소 · 잠자리 같은 것도 생가와 청산을 향한 시인의 그리움을 일깨우는 세목들이다. 김우창은 인간이 자연에 대해 본능적으로 이끌리는 이유가 "우리의 모든 지적 활동의 밑에 어려 있는 것은 어릴 때부터 함께 있던 꽃과 나무와 산의 그림자이다. 맨 처음의 감각적인 '더불어 있음'에 섞인 이러한 것들은 가장 근원적인 교사로서 우리의 생각과 삶을 지배"하기 때문이라고 설명하고 있다.

『청산행』은 생가와 청산에 대한 그리움, 그것으로 표상되는 고향 회귀 의식을 담아내고 있는 시집이다. 사람이 고향을 그리워하는 것은 대부분 우리의 기억 속에 존재하는 고향에서의 삶이, 자연과 사람 사이의 근원적 조화와 그 어떤 것으로부터 침해받거나 손상되지 않은 본래적 삶을 보여주기 때문이다.

신발을 벗지 않으면 건널 수 없는 내(川)를 건너야/비로소 만나게 되는/불과 열 집 안팎의 촌락은 봄이면 화사했다./복숭아꽃이 바람에 떨어져도 아무도 알은 체를 안 했다./아쉽다든지 안타깝다든지./양달에서는 작년처럼, 너무도 작년처럼/삭은 가랑잎을 뚫고 씀바귀 잎새가 새로 돋고/두엄 더미엔 자루가 부러진 쇠스랑 하나가/버려진 듯 꽂혀 있다./발을 닦으며 바라보면/모래는 모래대로 송아지는 송아지대로/모두 제 생각에만 골똘했다./바람도 그랬다.

이기철, 「고향」, 『청산행』(민음사, 1982)

고향 회귀 의식은 이기철의 가장 중요한 시적 주제다. 이를 뒤집어 보면, 스스로 몸담고 있는 삶의 자리, 즉 도시-문명적인 사회가 인간의 본래적 삶을 허락하지 않는 타락한 세계라는, 문명 비판적인 관점을 시인이 견지하고 있음을 알게 된다. 고향의 삶은, 복숭아꽃이 바람에 떨어져도 아무도 아는 체를 하지 않고, 봄이 오면 화사하고, 양달에서는 작년과 같이 삭은 가랑잎을 뚫고 씀바귀 잎새가 새로 돋고, 모래는 모래대로 송아지는 송아지대로 저마다 다른 것을 억압하지 않고 제 현존에 골똘하는 조화롭고 평화로운 삶이다. 어김없는 계절의 순환과 이에 적응하는 자연의 삶이 우리에게 가르쳐주는 것은 근원적인 질서와 조화의 삶, 전체성이 파괴되지 않은 본래적 삶의 가치다.

고향이 아닌 곳, 즉 도시-문명적인 현재의 삶의 자리는 이런 조화롭고 평화로운 삶으로부터 멀리 벗어난, 헛된, 후회와 자책을 낳는 삶임을 「너의 시를 읽는 밤엔」은 이렇게 표현한다.

나의 관습慣習은 허위의 껍질로 튼튼하게 잠겨 있어/질타의 물을 끓이며 풀리는 고뇌의 가마솥에 앉으면/참으로 헛된 일에 몸바친 부질없는 시간들이/후회와 자책으로 밀려오지만/자책은 또 다른 새벽을 오게 하고/그러나 모든 사람 다 잠들고 나면/누가 이 가을 빈 들에 남아/쥐똥열매를 쥐똥열매라고 불러줄 수 있을까

이기철, 「너의 시를 읽는 밤엔」, 앞의 책

잠들어야 할 밤에 잠들지 못하는 것은 현재의 삶이 패배를 가꾸는 삶, 기계처럼 무의미한 반복의 삶이라는 자성 때문이다. 그 자성의 안쪽에는 지금의 삶이 고향에서의 삶이 아니라는 인식, 쥐똥열매를 쥐똥열매라고 불러주지 못하는 삶이라는 시적 자아의 비극적 인식이 자리잡고 있다.

제대를 하고 대학을 졸업하면/나는 개나리꽃이 한 닷새 마을의 봄을 앞당기는/산란초山蘭草 뿌리 풀리는 조그만 시골에서/시나 쓰는 가난한 서생書生이 되어 살려고 생각했다./고급장교가 되어 있는 국민학교 동창과/개인회사 중역이 되어 있는 어릴 적 친구들이 모두 마을을 떠날 때/나는 혼자 다시 이 마을로 돌아와 탱자나무 울타리를 손질하는/초부樵夫가 되어 살려고 생각했다./눈 속에서 지난 해 지워진 쓴냉이 잎새가 새로 돋고/물레방앗간 뒤쪽에 비비새가 와서 울면/간호원을 하러 독일로 떠난 여자친구의 항공엽서나 기다리며/느린 하학종下學鐘을 울리는 낙엽송 교정에서/잠처럼 조용한 풍금소리를 듣는 2급정교사가 되어 살려고 생각했다./용서할 줄 모르는 시간은 물처럼 흘러갔고/논 속에 묻히는 봄보리들의 침묵이 나를 무섭게 위협했을 때/관습의 신발 속에 맨발을 꽂으며 나는/눈에 익은 수많은 돌멩이들의 정분情分을 거역하기 시작했다.

이기철, 「이향離鄕」, 앞의 책

1986

이기철의 초기 시의 상상력은 고향을 떠나서 살게 된 이의 고달픔과, 그 시원에 대한 끊임없는 회귀 욕망을 중심축으로 하고 있다. 고향은 이기철의 시 세계를 관통하고 있는 상상력의 원형질이다. 대개의 경우 고향은 삶의 원초적 기억의 자리이며 아울러 행복한 삶의 한 원형이다. 따라서 고향을 떠나 살게 된 이는 그 행복한 삶의 자리에서 뿌리 뽑혔다는 것을 뜻한다. 이기철의 초기 시를 물들이고 있는 비애 · 연민 · 소외 의식 · 고통 · 절망은 바로 고향으로부터의 '뿌리 뽑힘'에서 비롯된 것이다.

「이향」이 보여주고 있는 것처럼 시적 자아의 염원은 "조그만 시골"에서 "시나 쓰는 가난한 서생" 또는 "2급정교사"가 되어 "탱자나무 울타리를 손질"하며 사는 초부의 삶이다. 초부의 삶이란 자연에 순응하는 삶, 세속의 영토로부터 한 걸음 비켜난 은거 또는 초월의 삶에 다름아니다. 그것은 자본주의 사회의 비인간적 무한 경쟁, 타락한 욕망이 부추기는 출세주의, 냉혹한 시장 경제 논리의 지배 아래 있는 현실에 대한 부정 정신이 배태한 순결한 꿈이다. 초부에 대한 꿈을 낳은 그 부정 정신의 밑바닥에 깔려 있는 것은 "문명에 대한 비판"이며, 그것은 또 "상실되어가는 고향에의 회귀" 정신과 맞물려 있다. 이기철의 상상력은 고향/도시, 근대/현대, 진정성/비진정성의 대립 구조 위에 세워져 있다. 바꿔 말하면 의식을 억압하는 도시, 현대, 비진정성의 세계에서 억압이 없거나 훨씬 덜한 고향, 근대, 진정성의 세계로 회귀하려는 욕망에서 그의 시는 길어올려진다.

시인의 고향시에는 현실의 모순과 이에 따른 갈등이 없다. 이기철의 고향시는 목가적인 만큼 따뜻하고 아름다우며 위안을 주는 게 사실이지만, 단순히 초야에 묻혀 사는 삶이 곧바로 행복을 보장해주지는 않을 것이다. 왜냐하면 한국의 농촌 현실은 예전과는 많이 다르기 때문이다. 생가나 청산으로 표상되는 고향은 이미 옛 고향이 아니다. 고향은 전통 사회의 가치 체계를 무너뜨린 일제의 식민지 지배, 해방 뒤 걷잡을 수 없이 밀려든 서구식 가치관, 그리고 근대화라는 거대한 물결이 밀려들며 시인의 기억 속에 있는 이런저런 것은 찾아보기 힘들 만큼 크게 변한 지 오래다. 혈연과 지연에 의한 인간 관계는 계약과 이익에 의한 인간 관계로 바뀌었는가 하면, 토지에 기반을 둔 농경 문화 고유의 정착성이 붕괴되면서 이향민離鄕民이 엄청나게 쏟아졌으며, 이와 더불어 오랫동안 대를 이어 집단으로 삶을 영위하며 가꿔온 공동체 의식은 크게 훼손되거나 거의 사라질 지경에 이른 것이다. 이기철의 시가 서정시로서 높은 수준을 보여주면서도 어떤 한계를 뛰어넘지 못하고 있다는 느낌을 주는 것은 고향을 목가적으로만 바라보는 의식의 단순성, 즉 고향에 주어진 안팎의 충격과 이에 따른 변화를 보지 못했거나 보지 않으려는, 엄정한 현실 인식에서 한 발 비켜나 있는 태도에서 비롯된다.

『열하를 향하여』에서도 여리고 애틋하고 작은 것을 향한 그의 각별하고 따뜻

여리고 애틋하고
작은 것을 향한
각별한 관심과
사랑이 드러나는
『열하를 향하여』

한 관심과 사랑은 여전하다. 「작은 이름 하나라도」에서 "이 세상 작은 이름 하나라도/마음 끝에 닿으면 등불이 된다"고 그는 노래한다. "이 세상 가장 여린 것, 가장 작은 것,/이름만 불러도 눈물겨운 것"에 대한 시인의 따뜻한 응시는 물신 시대의 반생명적이고 삭막한 상품과 자본의 논리를 넘어 자연과 생명을 감싸 안으려는 생명주의적 외경감에서 비롯되는 것이다. 사람의 관심은 공리적·효용적 기준에 따라 움직일 때가 많지만, 작고 여린 것을 기리고 감싸 안는 마음은 사람의 내면에 깃들여 있는 숭고한 도덕의 발현이며 실천이라고 할 수 있다.

그의 현재적 삶은 도시 문명 위에 세워져 있다. 도시 문명적 기반 위에 세워진 삶의 구체적 세목은 그의 시 세계 속에 별로 뚜렷하게 드러나 있지 않지만, "흐린 밤에는 이념理念과 강변强辯만 남은/서책書冊을 뒤진다"(「하산下山」), "몇 줄기 이념理念이 우리들을 혹사해도/땀방울 흘리고 술을 마시며/우리들은 근사하게 또는 소심하게 그런 것을 외면했다"(「낙동강과 한강 사이」)는 구절 등은 약간의 편린을 내비치기도 한다. 그의 현재적 삶을 규정하는 도시 문명은 시적 자아에게 "일일一日 노동勞動과 길들은 굴종屈從"(「도시都市의 온도溫度」)을 요구하며, 그를 혹사하고 소심하게 만든다. 다시 말해 이런 것은 모두 그에게 억압으로 작용한다.

산사山寺로 가는 길이 있고/있는 듯 없는 듯 마을이 있고/풍매화風梅花가 시름시름 시들고 있다./언제부턴가, 숲으로 난 외길섶에는/버린 지 오랜 신짝이 하나/세월을 비껴 누워 있고/붉은 열매는 혼자서 익어 가고/있다./울타리에 바람이 와서 잠드는 마을/홰나무만 정직하게 크고 있고/슬픔을 모르는 나무들보다/슬픔을 아는 인간들만/어제보다 오늘은 늙어 가고 있다.

이기철, 「소경」, 앞의 책

「소경小景」이라는 이 시에서도 문명/자연의 대립은 뚜렷하게 새겨져 있다. 숲길에 버려진 지 오래인 신짝은 상품과 자본의 논리에 지배되고 있는 문명의 폐기물의 한 상징이다. 그것은 삶의 터전인 자연을 오염시키고, 훼손시킨다. 그러나 붉은 열매는 혼자서 익어간다. 홀로 익어가는 붉은 열매의 이미지는 여기서 자족적 삶의 한 이상태理想態로 제시되어 있다. 누구에게나 꽃과 나무, 산은 잃어버린 고향을 떠올리게 하고 특별한 정감을 불러일으키지만, 자연에 대한 이기철의 쏠림은 거의 본능적이라고 할 수 있다. 이 때 자연이란 단순한 관상의 대상으로서의 자연이 아니라, 우리가 낳고 자라고 죽는 삶의 터전으로서의 자연이며, "삶에 전체성을 부여해주는 테두리로서의 자연"(김우창)이다. 이기철 시인에게 꽃과 나무, 산과 강물 같은 자연은 그의 육체 속에 근원적으로 각인된 자연이며, 따라서 이를 잃어버린다는 것은 세계와의 원초적인 조화의 관계가 깨짐을 뜻하고, 삶의 통일된 질서의 파괴로 이어지는 것이다.

꽃과 나무와 산 같은 자연의 풍경은 시인의 심미적 본능을 자극한다. 이기철의 경우 자연과의 친화 정도는 곧 행복의 한 지표가 된다. 초기 시부터 끊이지 않고 이어져온 자연에 대한 관심은 그의 몸에 새겨져 있는 농경 사회적 삶에 대한 감각적 체험의 발현이며, 더 나아가 개체적 존재로서의 '나'는 그것을 넓게 끌어안고 있는 자연의 일부이며, 따라서 '나'와 '자연'은 한몸이 되어 하나의 세계로 있어야 한다는 이 시인이 지닌 확신의 반영이다. 우리네 삶에 전체성을 부여하는 자연-고향과의 조화로운 '있음'의 관계가 전제되지 않고서는 행복한 삶의 실현이 불가능하다는 이런 식의 믿음은 이기철 시 세계의 밑바닥에 일관되게 나타나는 주제라고 할 수 있다. 이에 따라 그의 마음은 언제나 자연-고향으로 달려가고, "움 돋는 나무들은 나를 황홀하게 한다/흙 속에서 초록이 돋아나는 걸 보면 경건해진다"(「생生의 노래」)라고 노래하게 되는 것이다.

이기철은 1980년대의 한국 시단을 말하는 자리에서 빠뜨릴 수 없는 시인이다. 그의 시는 자궁과 같은 원초적 삶의 자리인 자연-고향으로부터 강제로 박리된 현대인의 근원적 상실 체험을 노래하며, 그것을 동시대의 체험으로 공유하고 있는 사람들의 공감대를 끌어내는 데 모자람이 없다. 그의 시는 식민지 지배, 전쟁,

쿠데타와 같은 역사의 격변을 맨몸으로 감당하며 자연-고향으로부터 뿌리 뽑혀 떠돌던 체험을 내면의 상처로 간직하고 있는 현대 한국인들의 마음에 따뜻하게 스며든다. 그는 이것만으로도 이미 중요한 시인의 반열에 들 만하다.

이기철은 단순히 자연-고향으로 돌아가자고 외치는 것이 아니다. 그가 일궈내고 있는 자연-고향이라는 시원적인 것이 우리네 삶에 대해 갖는 의미의 탐색, 자연-고향의 풍경 속에 깃들여 있는, 우리가 이미 많이 잃어버린 도덕적 신성성神聖性에 대한 그의 통찰은 우리네 마음에 의미 심장한 울림을 만들어낸다.

참고 자료

염무웅, 「이기철의 시에 대하여」, 『청산행』 해설, 민음사, 1982

이윤택, 「시는 개인적 아픔으로부터」, 『해체, 실천, 그 이후』, 청하, 1988

반경환, 「천복의 길」, 『지상에서 부르고 싶은 노래』 해설, 문학과지성사, 1993

김형영, 비극적 인식의 시

동물시를 통해 자아의 본질에 대한 비극적 인식을 드러내는 한편, 사랑의 열락을 노래하며 초월에 대한 열망을 내비친 시인 김형영

김형영金炯榮(1944~)은 전북 부안에서 태어난 시인이다. 서라벌예대 문예창작과를 졸업한 그는 1966년 『문학춘추』 신인 작품 공모에 「소곡」이 당선해 문단에 나온다. 그는 이제까지 『침묵의 무늬』(1973) · 『모기들은 혼자서도 소리를 친다』(1979) · 『다른 하늘이 열릴 때』(1987) · 『기다림이 끝나는 날에도』(1992) · 『새벽달처럼』(1997) 같은 시집을 펴낸 바 있다.

그의 두 번째 시집인 『모기들은 혼자서도 소리를 친다』는 개구리 · 풍뎅이 · 올빼미 · 까마귀 · 여우 · 박쥐 · 구렁이 · 모기 · 강아지 · 뱀 · 늑대 · 금붕어 · 지렁이 · 갈매기 같은 동물들이 소재가 된 동물시와 관능적 사랑의 열락을 노래한 연애시가 두 개의 큰 기둥을 이루고 있다. '동물'과 '사랑의 열락'을 노래하는 두 계열의 시 사이에 있는 그의 의식은 겉보기에 이질적이고 단절되어 있는 것처럼 비친다. 그러나 조금만 주의 깊게 살펴보면 이 두 계열의 시가 내면적으로 깊이 연결되어 있으며, 한마음에서 갈라져 나온 가지임을 쉽게 눈치챌 수 있다.

김형영의 동물시는 극복되어야 할 자아의 부정적 성향을 동물적 특성 속에 투사해 보여주는 시다. 이를테면 「능구렁이」라는 시에는 "너는 영원한 동경의 몸짓으로/아이의 울음을 운다"라는, 숙명적으로 타고난 동물적 성향의 조건 안에 갇혀 있는 어떤 비극을 노래하는 구절이 있다. 이것은 '능구렁이'에 의탁해 자아의 본질에 대한 비극적인 인식을 드러내고 있는 구절이다. 현실과 동경 사이에서 자아는 뜨거운 몸짓으로 저를 둘러싼 현실의 고통과 저주의 운명을 떨쳐내려고 안

간힘을 쓴다. 이처럼 동물시의 중요한 시적 탐구는 영원한 동경의 몸짓일 수밖에 없는 삶의 비애와 그것을 초월하려는 의지를 보여주는 데 맞춰져 있다.

한편 김형영의 시적 모험은 관능적 열락의 세계에 몰입할 때 홀연히 솟는 극치감과 환희의 지평을 찾아 나선다. 「복상사腹上死」라는 시는 "쾌락이여, 공간에/쌓인 육체여//다른 하늘이 열린다"라는 구절이 암시하듯이 남녀의 성 행위가 가져다 주는 삶의 열락을 노래한다. 시인은 인간의 어떤 행위보다도 집중적이고 격렬한 에너지의 분출이 요구되는 성 행위, 열락을 불러오는 그 동물적 몰입 속에서 아름다운 생명력의 번쩍임을 발견한다. 성 행위는 인간을 사회적 · 심리적 억압으로부터 해방시켜주는 가장 본능적인 방법 가운데 하나다.

이것은 「…에게」라는 시에서도 잘 표현되어 있다. "불같이 타오르던 성욕/꺼지지 않던 성욕/우리들 삶의 증거였던 성욕"이라는 진술은 관능이라는 감각적 열락에 완전히 빠져드는 것은 뜨거운 삶의 증거이며, 현상적 세계와 "다른 하늘", 즉 영원한 동경의 세계 사이를 이어주는 매개임을 내비친다. 현재적 삶과 육체의 조건은 끊임없이 억압의 요인으로 작용한다. 이런 것을 부정하고 저주하는 의식의 소유자가 이런 것으로부터 벗어나는 길이 바로 관능과 죽음의 일체화를 통해 이룩되는 "다른 하늘"로의 거듭남이다. 「복상사」라는 시는 제목에서부터 극적인 쾌락은 죽음과 맞닿아 있으며 그 정점에서 비로소 "다른 하늘"이 열린다는 암시를 품고 있다.

김형영의 시 세계를 떠받치고 있는 '동물시'와 '연애시'는 자아에 대한 부정의식과 초월에 대한 열망이라는 두 개의 축에 수렴되며, 이것이 시의 내면에 감춰진 통일된 원리다.

1986

모기들은 끝없이 소리를 친다/모기들은 살기 위해 소리를 친다/어둠을 헤매며/더러는 맞아 죽고/더러는 피하면서//모기들은 죽으면서도 소리를 친다/죽음은 곧 사는 길인 듯이

김형영, 「모기」, 『모기들은 혼자서도 소리를 친다』(문학과지성사, 1979)

「모기」는 인간의 생존 양상에 대한 비관적 이해가 짙게 배어 있는 시다. 시인은 작고 하찮은 존재이며, 무의미하고 가치 없는 삶에 얽매여 소리를 치는 '모기'에서 인간의 실상을 찾아낸다. 그 소리는 현실과의 갈등에서 생긴 비판적 이성으로부터 우러나온 외침 소리가 아니라 "살기 위해" 지르는 절박한 소리다. 어둠 속을 헤매며 더러는 맞아 죽고 더러는 피하면서 소리를 치는 모기처럼 인간은 무가치한 것에 얽매인 채 살아가는 데 지쳐 있다. 우리는 시인이 이런 현재적 삶에 대한 비관적인 인식의 연장선 위에서 죽음에 대한 긍정에 이르렀음을 보게 된다.

이제 지는 달은 아름답다/캄캄한 하늘에/저리 밀리는 구름떼들 데리고/우짖는 초목 사이에서/이제 지는 달은/6천만 개 눈 깜짝이는 바람에/다시 뜨리니//누가 이 세상 벌판에 혼자 서서/먼 초목 새로 지는 달을/밝은 못물 건너듯 바라보느냐/4월 초파일/절간에 불 켜지듯 바라보느냐

김형영, 「지는 달」, 앞의 책

동물시와 관능적 사랑의 열락을 노래한 연애시가 섞여 있는 두 번째 시집 『모기들은 혼자서도 소리를 친다』

이 시에는 소멸하는 것을 감싸는 시인의 따뜻한 긍정이 스며 있다. "지는 달"은 "6천만 개 눈 깜짝이는 바람에" 다시 떠오르고, "4월 초파일/절간에 불 켜지듯" 더욱 풍요하고 아름다운 생명으로 되살아난다. 이처럼 죽음이 삶의 끝이 아니라 다른 삶의 시작이라는 뜻을 품고 있기 때문에 죽음 또는 잠적이나 소멸에 끌리는 것은 관능적 환희를 거느리고 있거나 달콤하고 긍정적이다. 그러므로 「단상斷想」이라는 시에서 그는 "죽음도 죽음이 아니라"는 결론을 내리기도 한다.

참고 자료

김현, 「자아 파괴의 욕망과 그 극복」, 『모기들은 혼자서도 소리를 친다』 해설, 문학과지성사, 1979
김병익, 「의식의 절제와 의식의 진화」, 『새벽달처럼』 해설, 문학과지성사, 1997

4 · 13 호헌 성명이 무효임을 선언하며 현행 헌법에 의거한
현 정권과 민정당의 일방적 정치 일정의 진행을 철폐하기 위한
범국민적 운동을 더 한층 가열화할 것임을 결의한다

1987

6 · 10 국민 대회 결의문

우리는 오늘 6 · 10 고 박종철 군 고문 치사 은폐 조작 규탄 및 호헌 철폐 국민 대회를 맞아 아래와 같이 우리의 결의를 거듭 밝힌다.

1. 이 땅에서 권력에 의한 고문 테러 불법 연행 불법 연금 등 여하한 인권 유린도 영원히 추방되어야 한다는 것은 그 누구도 거스를 수 없는 국민적 요구이다.

그러므로 우리는 현 정권하에서 지금까지 헤아릴 수 없이 자행되어온 각종 인권 유린 행위의 진상을 낱낱이 파헤칠 것을 다짐함과 동시에 그 같은 인권 유린의 확산이 마침내 고 박종철 군의 고문 치사에까지 이르렀음에도 불구하고 아직도 진정으로 뉘우치고 인권 유린을 발본 색원할 의사를 갖고 있지 않은 현 정권이 앞으로도 자행하게 될 국민의 자유와 권리에 대한 각종 침해에 대해 단호히 거부하고 항거하고 규탄할 것을 결의한다.

2. 우리는 위와 같은 불행한 사태가 소수의 정치 군부 세력이 국민들의 의사와는 아랑곳없이 그들의 권력을 제멋대로 휘두르며 국민 위에 군림하려 하고 또 그 같은 독재 권력을 물리적 힘으로 영속화하려는 데서 빚어진다는 범국민적 깨달음에 바

탕하여 이 땅에 진정한 민주 헌법을 확립하고 진정한 민주 정부를 수립하기 위해 온 국민이 참여할 수 있는 평화적인 모든 수단과 방법을 총동원할 것임을 결의한다.

3. 그러므로 우리는 위와 같은 국민들의 민주화에 대한 열망을 일방적으로 짓밟고 정치 군부 세력의 몇몇 핵심자들끼리 독재 권력을 무슨 사유물인 것처럼 주고받으려는 음모에서 비롯된 이른바 4 · 13 호헌 성명이 무효임을 선언하며 앞으로 현행 헌법에 의거한 현 정권과 민정당의 일방적 정치 일정의 진행을 철폐하기 위한 범국민적 운동을 더 한층 가열화할 것임을 결의한다.

4 · 13 호헌 조치와 박종철 고문 치사 등 폭압 정치의 폐해가 꼬리를 물면서 5공 타도 운동이 거세게 일어나고 민주헌법쟁취국민운동본부(국본)가 결성된다. '국본'은 민정당 전당 대회가 열리는 6월 10일에 맞춰 서울을 비롯한 전국 주요 도시에서 일제히 규탄 집회에 나선다. '6·10 국민 대회 결의문'에서 민주화 운동 세력은 "동장에서부터 대통령까지" 국민의 손으로 뽑게 될 때까지 저항 운동을 계속 벌여나갈 것임을 밝힌다. 호헌 철폐 국민 대회에 참가한 학생들과 이에 합세한 시민들은 "호헌 철폐"와 "독재 타도" 그리고 "직선제 개헌"을 외치며 도심으로 몰려든다. 이들 가운데 일부가 경찰에 쫓겨 명동성당 안으로 들어가 농성을 벌이면서 이어진 투쟁 열기는 '6월항쟁'의 '태풍의 눈'이 된다. 제5공화국 출범 이래 가장 많은 사람이 참가한 6 · 26 행진 뒤 5공 정권은 사태의 심각성을 알아차리고 마침내 '6 · 29선언'을 하기에 이른다.

1987

1월
14 서울대생 박종철, 치안본부 대공수사단에 연행되어 조사받던 중 고문으로 사망
15 김만철 일가 11명, 북한에서 탈출해 남한에 입국

3월
1 양영자 · 현정화 조, 인도에서 열린 세계 탁구 선수권 대회에서 우승
25 전두환 대통령, 노태우 민정당 대표에게 정국 타개 전권 부여

4월
9 서울의 택시 기사들 파업
29 문학인 193명, 개헌 촉구 성명서 발표

5월
10 서머 타임제(일광 절약 시간제) 부활
19 고르바초프 소련공산당 서기장, 미국이 한국 · 일본 · 필리핀에서 핵 무기를 철수하면 유럽 · 아시아의 중거리 미사일을 폐기하겠다고 제의

6월
9 평양에서 비동맹 회의 개막(김일성, 외채 상환 연기 촉구)
26 전국 37개 도시에서 평화 대행진 시위, 시위 참가자 3467명 경찰에 연행(6월항쟁)
29 노태우 민정당 대표 위원, 직선제 개헌과 김대중 사면 · 복권 등 8개항의 시국 수습을 위한 특별 선언 발표(6 · 29선언)

7월
5 연세대생 이한열, 교문 앞에서 시위 도중 최루탄에 맞아 부상당한 뒤 사망

8월
18 「동백 아가씨」 · 「고래 사냥」 · 「왜 불러」 등 공연 금지 가요 186곡 해금
19 전국 95개 대학 학생 3천5백여 명, 충남대에서 전국대학생대표자협의회(전대협) 결성

9월
17 자유실천문인협의회를 확대 개편해 민족문학작가회의 창립

10월
27 대통령 직선제 새 헌법안 국민 투표로 확정(찬성 93.1%)

12월
16 제13대 대통령 선거 실시, 민정당의 노태우 후보 당선

'여성성'의 드러냄과 자기 모색

서영은, '여성성' 또는 초극의 길

형극을 딛고 일어나서 초극의 길을 가는 게 작가의 소임이라고 말하는 서영은

서영은徐永恩(1943~)은 작가를 "가장 아프게 가장 늦게까지 우는 자"라고 정의한다. 그는 '불굴의 낙타' 또는 '불사不死의 낙타' 이미지를 빌려 작가의 길, 작가의 소임을 말한다. 범인凡人들은 고난과 형극의 길을 피해 가지만, '낙타'는 "어떤 그윽하고 참된 상태"가 되어 "아주 높은 곳에 있는 어떤 존재와 겨루면서 몇만 리나 되는 고독의 길을 홀로 걸어"간다. '불사의 낙타'는 스스로 형극의 길을 찾아간다. 서영은은 초극超克의 존재인 '낙타'가 가는 길을 "신의 길"이며, "푸른 물길이 있는 길"이라고 말한다.

강릉에서 태어난 서영은은 강릉사범대학을 졸업한 뒤 교사 임용 시험을 거부하고 다시 입학 시험을 거쳐 건국대 영문과에 들어가지만 중도에 그만둔다. 그는 이어 서울시 수도국에 취직해 일하는 한편 『현대문학』 창작 실기 강의를 수강하며 작가 박경리를 알게 된다. 이후 소설 습작에 정진한 그는 1968년 『사상계』 신인 문학상에 당선하고, 이듬해 『월간문학』 신인상 공모에 당선하며 문단에 나온다. 서영은은 이제까지 창작집 『사막을 건너는 법』(1977) · 『살과 뼈의 축제』(1978) · 『술래야 술래야』(1981) · 『황금 깃털』(1984) · 『길에서 바닷가로』(1992), 장편 소설 『그리운 것은 문이 되어』(1989) · 『꿈길에서 꿈길로』(1995) 등을 펴낸 바 있다. 그는 1983년에 「먼 그대」로 제7회 '이상 문학상'을 받고, 1990년에 「사다리가 놓인 창」으로 제3회 '연암 문학상'을 받는다.

서영은의 여자 주인공들은 "남을 아프게 하지 않으려는 노력, 남에게 피해를 주지 않기 위해 자신의 체적體積을 최대한도로 작게 가지려는 노력"(「술래야 술래야」)을 한다. 「먼 그대」의 '문자'는 그가 빚어낸 '자기 희생을 통해 구원에 이르는 길'에 선 대표적인 인물이다. 「먼 그대」는 얼핏 보면 유부남에게 헌신적으로 사랑을 바치는 여자의 비련을 그린 것으로 읽힌다. 그러나 작가는 단호하게 상식적 독법이 옳지 않다고 말한다. 비련의 이야기가 아니라는 것이다.

한수는 그녀가 살코기를 집어 줄 때마다 입을 딱 벌려 받아먹기만 할 뿐, 자기도 그녀의 입에 그 고기를 먹여주려는 생각은 한 번도 해보지 않았다. 한수의 마음은 무디고 이기적이어서 온 방 안에 가득 찬 금빛을 보지 못했고, 가만히 있어도 그 침묵이 노래임을 알지 못했다. 심지어는 그녀의 몸을 만지면서도 잘 익은 과육에서 나는 것과 같은 향기가 자기 손가락에 묻어나는 것도 몰랐다.

서영은, 「먼 그대」, 『황금 깃털』(나남, 1984)

유부남이고 무딜 뿐 아니라 너무 이기적이기까지 한 '한수'는 문자의 것을 끊임없이 수탈하며 미혼모로 만들더니, 마침내는 아이까지 빼앗아 간다. 이쯤 되면 대체로 여자들은 절망의 나락에 빠져 자포 자기하고 말거나 목숨을 끊거나 한다. 그런데 문자는 자기에게서 모든 것을 빼앗아 간 남자를 미워하지 않는다. 그에게 모든 것을 내주고 고통의 정점에 섰을 때, 문자는 제 내면에 있는 '낙타'가 우뚝 몸을 일으키는 것을 느끼며 기쁨에 젖는다. 물론 그 내면의 '낙타'는 불굴의 의지로 운명의 온갖 시련을 이겨나가는 어떤 초월적 존재의 표상이다. '낙타'는 문자에게 말한다, "너는 할 수 있어. 도달하기 위한 높은 것을 맘속에 지님으로써 너는 고통스러울지 모르지만, 그 고통이 너를 높은 곳에 이르게 하는 사닥다리가 되는 거야."라고.

1984년에 나온 창작집 『황금 깃털』. 서영은에게 이상 문학상을 안겨준 「먼 그대」도 실려 있다.

가엾어요. 그리고 너무너무 데려오고 싶어요. 하지만, 나는 그 아이를 데려옴으로써 나 자신을 만족시키고 싶지 않아요. 옥조를 내놓을 때 이미 그 아이는 제 맘에서 떠나갔어요. 그렇다고 그 아이를 사랑하지 않는다는 얘기가 아네요. 제가 옥조를 사랑하는 맘은 여느 엄마들이랑 달라요. 얼마 전 징기스칸에 관한 전기를 보았어요. 그는 금나라를 치고 나서, 그 낯선 나라의 낯선 사람에게 자기 아들을 버리고 떠나더군요. 징기스칸으로 하여금 영원한 영웅이 되게 한 것은 아들을 버림으로써 사랑까지도 밟고 지나갈 수 있었던 바로 그 힘이었던 것 같아요. 소유에 대한 집념과 마찬가지로 혈육 역시도 초극超克되어야 할 그 무엇이라 여겨져요. 나는 꼭 누구랑 끊임없이 대결하는 긴장 상태 속에서 살고 있는 것 같아요.

서영은, 「먼 그대」, 앞의 책

문자는 왜 강한가. 다른 사람에게는 없는 '내면의 낙타'가 있기 때문이다. 범인들은 "자신의 삶을 보드라운 소파와 양탄자와 금칠을 한 벽난로와 비싼 그림과 쾌적한 침대 위에 세운다. 그런 뒤엔 그 물질로 해서 알게 된 쾌적한 맛에 길들여져 그들은 이내 물질의 노예가 된다." 그러나, 문자는 그런 안락을 거부하고, 혈연에 대한 집착마저 끊고 초극의 길로 나아간다.

한수는 그녀에게 천 개의 흉터를 내었을 뿐, 그녀가 그 흉터를 스스로 딛고 일어선 지금에 이르러서 그는 이미 그녀의 맘속으로부터 지나가버린 그 무엇이었다. 그가 무자비한 칼처럼 그녀에게 낸 상처 하나하나를 딛고 일어설 때마다, 문자의 정신은 마치 짐을 얹고 또 얹고 그러는 동안 자기 속에서 그 짐을 이기는 영원한 힘을 이끌어 낸 불사不死의 낙타 같았다.

서영은, 「먼 그대」, 앞의 책

운명이 강요하는 형극과 정신의 나태를 딛고 일어서는 「먼 그대」의 문자는 사막의 길을 묵묵히 걸어가는 '불사의 낙타'이며, 아울러 고통의 사닥다리를 오르는 작가의 분신이기도 하다. 작가가 「먼 그대」를 통해 하려는 것은 한과 비련의 이야기가 아니라, 파란 만장한 궤적을 딛고 일어서는 삶에 대한 절대 긍정에 이르는 이야기이며, 주인공의 내면에 숨어 있는 '낙타'의 이야기다. 서영은이 이상 문학상의 '수상 소감'에서 말한 "가장 아프게, 가장 늦게까지 우는 자"는 다름아닌 작가 자신이며, 자신의 내면에서 불굴의 힘을 끄집어내는 '낙타'인 것이다.

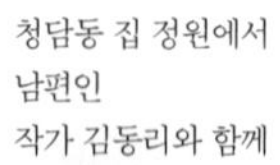
청담동 집 정원에서
남편인
작가 김동리와 함께

작가는 그들이 원하던 것, 서러워하던 것에 대해 이미 다 잊어버린 뒤에도, 그것을 주지 못한 아픔으로 오래오래 신음하고 남몰래 혼자 웁니다. 그런 점에서 작가는 가장 아프게, 가장 나중까지 우는 자입니다.

참고 자료

김종회, 「우리 시대의 정신적 모험주의—서영은의 '먼 그대'」, 『문학사상』 1989. 8.

권오룡, 「인간과 초월 사이의 거리」, 『우리 시대 우리 작가 12』 해설, 동아출판사, 1987

김경수, 「일상의 거부와 실존의 확인」, 『사다리가 놓인 창』 해설, 문학과비평사, 1992

김윤식, 「서영은론 — 허무를 실천하는 섬세한 촉수」, 『한국 현대 작가 연구』, 문학사상사, 1991

강석경, 시대와 불화하는 영혼

『숲 속의 방』의 작가 강석경

강석경姜石景(1951～)은 「숲 속의 방」으로 널리 알려진 작가다. 그는 1980년대 중반에 보수주의와 급진주의의 틈바구니에 끼여 부유하다가 현실에 불시착하고 마는 한 여대생의 방황과 고민을 깔끔한 문체로 그려내어 사랑을 받는다. 「숲 속의 방」의 주인공인 '소양'은 사회의 부조리에 저항하며 현실을 개혁하기 위해 적극적으로 학생 운동에 뛰어들지도 못하고, 그렇다고 현실과 타협하며 부르주아의 향락에 탐닉하지도 못한 채 회색 지대에서 서성거리는 중간자를 표상한다. 소양이 자주 들르는 '종로'는 현실의 혼돈과 미로를 품어 안고 있는 곳이며, 젊은 욕망의 배출구다. 그러나 자의식이 강한 소양은 '종로'를 부유하다가 출구 없는 현실에 절망해 끝내는 자살에 이르는데, 작가는 소양이 죽어 있는 걸 보고 "붉은 지도 위에 잠들어 있는 혁명가" 같다고 묘사한다. 작가는 「숲 속의 방」을 두고 "극단적으로 경직된 사회 구조 속에서 설 자리를 잃게 된 한 여대생의 내면 기록을, 청춘의 상처를 씻고 막 기성 세대로 안주하려는 언니의 눈을 통해 추적한 소설"이라고 말한다. 작가는 이 소설의 제목에서 "숲은 무리이며 혼돈이며 또한

1986년
「숲 속의 방」으로
녹원 문학상을 받던 날.
가운데가 강석경.

외부와 차단되는 안티(反)였다. 그것은 바로 젊음의 상징이었고 여기에 방房을 연결시켜서 제 방(자아)을 갖고자 숲에서 헤매는 한 영혼을 창조하게 되었다."는 설명을 덧붙인다.

대구에서 태어난 강석경은 1974년 이화여대 미대 조소과를 졸업한 뒤, 같은 해에 『문학사상』 제1회 신인상 공모에 당선하며 작품 활동을 시작한다. 1986년 「숲 속의 방」으로 제10회 '오늘의 작가상'과 '녹원 문학상'을 받은 그는 이제까지 창작집 『밤과 요람』(1983)·『숲 속의 방』(1986), 장편 소설 『가까운 골짜기』(1989)·『세상의 별은 다, 라사에 뜬다』(1996)·『내 안의 깊은 계단』(1999) 등을 펴낸 바 있다.

현실 사회의
두 극단 사이에서
부유하는 한 여대생의
방황과 고민을
깔끔한 문체로 그려낸
『숲 속의 방』

「숲 속의 방」의 화자는 소양의 언니인 현실주의자 '미양'이다. 「숲속의 방」은 학교·가정·사회 어느 한 군데에도 마음을 주지 못하고 가출과 휴학을 하며 방황하는 소양에 대한 미양의 관찰기 형식을 취하고 있다. 소양은 '명주'와 '경옥'의 삶 사이에 있다. 더 나아가 소양의 잿빛 영혼은 보수와 진보, 기성 세대와 신세대, 물질적 안락과 급진 이데올로기 사이에 있다. 소양은 어디에도 정착하지 못하고 그 사이에서 떠도는 영혼이다.

명주는 학생 운동에 투신한 인물의 전형인데, 소양은 명주의 삶에서 위선과 오만을 읽는다. 그래서 소양은 "그것이 그토록 너에게 절실하냐. 겉멋 든 엘리트 의식이다. 자기 자신도 잘 모르면서 어떻게 남을 깨우치고 민중 운동을 나서느냐. 또 운동하는 건 좋은데 다른 고통, 갈등도 포용하고 인정해야 한다. 너희들만 의식 있는 인간이고 절실하다고 생각하는 건 오만이고 너희들이 대항하려는 체제만큼 비인간적"이라고 내뱉으며 명주의 삶에 동의하지 않는다. 경옥은 경양식집에서 아르바이트로 용돈을 벌어 디스코장에서 밤샘을 하며 소비 욕망의 길을 따르는 인물이다. 그러나 소양은 "종로도 내겐 한정된 수족관처럼 권태롭다. 아이들은 그곳에다 묵은 울분과 비린내나는 감각의 찌꺼기를 열심히 토한다. 나는 그러는 척할 뿐이다."라고 말한다. '종로'는 환락과 소비의 해방구이지 진정한 출구는 아닌 것이다.

나는 내가 무엇을 하고 싶어하는지 모른다. 특별히 갖고 싶은 것도 없다. 헛되고 부질없는 카드, 새틴 옷깃 같은 하얀 꽃양초, 체크 무늬 순모 목도리. 거리의 상점을 기웃거리며 갖고 싶은 것들을 의무적으로 점찍어 보지만 영혼의 빈곤을 더 느낄 뿐.

사실은 시가 쓰고 싶은데 생각이 늘 머리에 맴돌다가 흩어진다. 산만하고 지속성이 없다. 정화되어야 한다. 그래서 선을 하듯 촛불을 지켜보기도 하고 어둠 속에 묻혀 있기도 하지만 내 속에서 나를 응시하는 또 하나의 '나'가 자꾸 반란을 일으킨다. 헛되다고, 무력하다고.

강석경, 「숲 속의 방」, 『숲 속의 방』(민음사, 1986)

소양은 두 극단만이 존재하는 현실 속에서 지표를 잃어버린 채 떠도는 영혼의 표상이다. 소양의 외형적 삶은 경옥의 삶과 겹치는 듯하지만 둘은 근본적으로 다르다. 경옥에게 '종로'는 소비 욕망의 분출구이지만, 소양에게 그 곳은 자학과 저항의 공간이다. 현실 어느 쪽도 소양의 회색적 진실을 받아주지 못한다. 결국 소양은 현실에 불시착한다.

1989년에 내놓은 장편 소설 『가까운 골짜기』

방바닥은 피로 온통 붉게 물들었다. 검은 옷을 입은 소양이가 방바닥에 창백한 얼굴로 누워 있었다. 얼마 전 내가 사다준 검은 옷은 피로 온통 젖어 검붉었고 두 손은 펴져 있었다. 입도 약간 벌려 있었으나 피로 얼룩진 장판 위에 누워 있는 소양의 그 모습은 붉은 지도 위에 잠들어 있는 혁명가 같았다.

강석경, 「숲 속의 방」, 앞의 책

소양은 이처럼 죽음이라는 극단의 방법을 통해 억압적이고 폐쇄적인 현실에 항의한다. 1980년대를 거치는 동안 시대와 불화하며 고뇌하던 많은 젊음이 온몸을 던져 시대에 항의한 소양의 그 선택에 전율을 느끼고 공감을 표시한다.

참고 자료

이남호, 「회색 지대의 진실」, 『숲 속의 방』 해설, 민음사, 1986
권택영, 「여성적 글쓰기, 여성으로서의 읽기」, 『작가세계』 1990 겨울
이동하, 「오만과 폐쇄 기질로 관념 벽 못 뚫은 희생양 — 강석경 '숲 속의 방'의 자살한 소양」, 『동서문학』 1986. 9.
김치수, 「고통의 기록과 절망의 표현」, 『밤과 요람』 해설, 민음사, 1983

김향숙, 심리주의 기법으로 드러낸 '사회'와 '시대'

개인의 삶과 심리의 맥락을 통해 시대와 현실이 안고 있는 문제를 끌어내는 작가 김향숙

김향숙金香淑(1951～) 소설의 입지는 1980년대다. 1980년대는 정치적 폭압과 파행적 자본주의 체제가 뒤엉키며 이 땅에 현실 모순과 사회 갈등이 첨예하게 드러난 시기다. 김향숙의 소설은 죄의식과 불의 연대라고 할 수 있는 그 시대의 모순과 갈등을 꿰뚫어보며 그것의 개인적 · 사회적 진원지가 어디인지를 가리켜준다. 김향숙은 남녀 · 이념 · 계층 사이의 대립과 갈등을 중간자적 시선으로 아우르는 한편 작중 인물의 내면 심리를 따라가며 '사회'와 '시대'의 환부를 보여준다. 그는 분단 문제와 노동 문제, 여성 문제를 다루면서 "심리 소설의 방법으로 사회 소설을 쓰는 작가"(염무웅) 또는 사회 소설과 심리 소설을 하나의 작업 안에서 동시에 추구하는 작가로 알려져 있다. 이런 특징과 관련해서는 "개인적 삶과 역사적 현실이 한 작품에서 교차되기 위한 접합점으로 정교한 심리 분석이라는 방법이 동원된 것"(최인자)이라는 지적이 옳을 듯하다.

부산에서 태어난 김향숙은 아버지가 공무원이어서 다섯 군데의 초등 학교를 옮겨다닌다. 그는 이화여대 화학과에서 공부하지만 이과 공부에 흥미를 갖지 못해 대학 시절을 어렵게 보낸다. 1974년에 결혼을 한 그는 이 무렵부터 소설 습작을 시작한다. 그는 1977년 『여성동아』 장편 소설 공모에 「기구야 어디로 가니」가 당선되어 문단에 나온다. 이제까지 창작집 『겨울의 빛』(1986) · 『수레바퀴 속에서』(1988) · 『그물 사이로』(1988) · 『그림자 도시』(1992), 장편 소설 『종이로 만든 집』(1989) · 『떠나가는 노래』(1991) · 『스무 살이 되기 전의 날들』(1993) 등을 펴낸 바 있는 그는 1989년 「종이로 만든 집」으로 제2회 '연암 문학상'을 차지한 데 이어 1990년 「안개의 덫」으로 제21회 '동인 문학상'을 받는다.

중편 「겨울의 빛」을 앞세운 소설집. 김향숙은 1984년에 발표한 이 작품으로 문단의 주목을 받기 시작한다.

김향숙이 문단의 눈길을 끈 것은 1984년에 중편 소설 「겨울의 빛」을 내놓으면서부터다. 「겨울의 빛」은 "부모도 모른 채 고아원에서 중학교를 졸업한 뒤 스물넷이 되도록 자립해서 살아온" 혜자와 광부인 현규의 이야기다. 두 사람은 지난 여름 바닷가에서 우연히 만나 몸을 섞은 뒤 아무런 기약도 없이 헤어진다. 나중에 임신 사실을 알게 된 혜자는 아이의 아버지인 현규를 찾아 광산촌으로 간다.

신도 벗지 못한 채 방안으로 끌려들어간 혜자는 탄가루가 저벅이고, 얼룩투성이인 요 위에서 그를 받아들이지 않으려고 몸부림쳤다. 그는 한 마리 더럽고 난폭한 짐승 같았다.
"혜자야, 제발……."
그는 결국 혜자의 몸안으로 들어왔다. 이번에는 그가 눈을 감았다. 혜자의 두 눈의 살기와 다를 바 없는 적의를 보지 않으려고. 그가 혜자의 몸안에 들어와 있는 동안 혜자의 몸은 석고상처럼 굳어 있었다.
"다시는 못 보나 해서…… 얼마나 조마조마했던지…… 혜자야."
그가 흘린 뜨거운 눈물이 혜자의 귀를 적셨다. 그의 손이 혜자의 불룩한 배를 어루만졌다. 아주아주 조심스럽게 어루만졌다. 여전히 닫혀 있던 혜자의 눈꺼풀이 열렸다. 혜자는 이불을 머리끝까지 끌어올렸다. 어느덧 그와 함께 오래오래 이 방에 머물러 있고 싶다는 생각을 하고 있는 자신의 변덕스러움에 심히 아연해하며, 그를 이토록 쉽사리 받아들여서는 안된다고 자신에게 꾸중하듯 말했지만 허사였다. 적의는 뜨거운 물 속의 얼음처럼 응집력을 잃고 있었다. 온몸을 옥죄이던 쇠사슬이 풀어진 듯 나른하고 편안한 기분이었다.
김향숙, 「겨울의 빛」, 『겨울의 빛』(창작사, 1986)

혜자가 광산촌에서 만난 것은 오랜 가난에 지쳐 성격이 삐뚤어지고 자학적인 현규, 현규네 가족의 빠듯한 살림살이, 탄광촌을 뒤덮고 있는 신산스럽고 음울한 분위기와 절망이다. 혜자는 현규와 한 가정을 이룰 희망과 기대를 접고 떠나기로 한다. 혜자가 현규에게 강제로 끌려 여관방에 들어갔을 때 극적 전환이 일어나는데, 작가는 현규의 몸을 받아들이지 않으려고 몸부림치는 혜자의 심리 변화의 추이를 사실적으로 그려낸다. 혜자가 "받아들이지 않으려고 몸부림쳤"던 현규는 하나의 개체이기 이전에, 그가 끌어안고 있는 탄광촌의 암담한 현실이며, 그 가난이 강요하는 삶의 질곡의 표상이다. 현규의 몸이 들어왔을 때 혜자는 눈을 감고 나중에는 "이불을 머리끝까지 끌어올"려 덮는다. 이는 탄광촌의 현실을 받아들이지 않으려는 혜자의 무의식적 심리가 신체적으로 어떤 반응을 낳게 되는지를 날카롭게 드러낸 대목이다. 그러나 두 사람은 고립과 단절, 소원함을 넘어서며 마침내 한몸이 된다. 작가는 혜자가 현규와 탄광촌의 현실을 있는 그대로 받아들이며 그 자리에서 현실을 넘어서는 어떤 기획을 실천할 것이라는 암시를 새겨 넣는다.

> 굵직하고 거창한 사회 현실의 문제를 다루면서도 일상적인 삶으로부터 결코 시선을 거두지 않았으며, 그와 동시에 사소하고 평범한 생활을 묘사하면서도 결코 그 위에 어두운 그늘을 드리우고 있는 사회적 문제를 잊어버리지 않았다. 이 작가의 작품은 진부함과 독특함, 소박함과 장엄함, 사적 체험과 역사적 사건이 서로 미묘하게 교차하고 있기 때문에, 어느 한 극단의 시각으로 섣불리 평가하기 어렵다.
>
> 최인자, 『송기원/김향숙』 한국 소설 문학 대계 81권(동아출판사, 1995) 해설

미국 뉴욕시립미술관 앞에서 남매를 데리고

김향숙은 비판적 사실주의 문체로 현실의 문제를 폭넓게 다루어온 작가다. 1980년대에 분단 현실과 계층 사이의 갈등과 대립에 관심을 기울이던 그는 1990년대에 들어 가부장제 질서가 고착된 사회에서 여성이 받는 고통과 억압에도 눈길을 돌린다. 개인의 삶과 심리의 맥락을 통해 시대와 현실이 안고 있는 문제를 끌어내서 작품화하는 그의 솜씨는 눈여겨볼 만하다. '거대 역사'를 사소한 '개인 심리'의 맥락에서 포착하는 녹록치 않은 역량을 선보이며 김향숙은 1980년대의 한국 소설을 말할 때 빠뜨릴 수 없는 작가가 된다.

참고 자료

염무웅, 「분단 현실의 소설적 탐구」, 『겨울의 빛』 해설, 창작사, 1986
김병익, 「중산층적 삶의 반성과 자기 실현의 페미니즘」, 『그림자 도시』 해설, 문학과지성사, 1992
김혜순, 「푸른 몸으로 글쓰기」, 『스무 살이 되기 전의 날들』 해설, 문학과지성사, 1993
최인자, 『송기원 / 김향숙』 한국 소설 문학 대계 81권 해설, 동아출판사, 1995
박혜경, 「가부장적 제도하에서의 여성들의 삶」, 『상처와 응시』, 문학과지성사, 1997

'월경의 피'로 쓰는 시

'여성다움', 그 거짓 신화를 벗기는 시인들

오랫동안 이 세계를 지배해온 것은 가부장제에 바탕을 둔 남성 중심주의 문화다. 인구의 반을 차지하는 여성은 그 남성 중심주의 문화의 폐해 속에서 소외와 질곡, 희생의 삶을 강요당하며 구조화된 불행을 대물림한다. 여성의 입에는 재갈이 물려지고, 여성의 활동력과 창조력은 사회적 의미의 생산성으로 좀처럼 쳐주지 않는 가사 노동에 갇혀 시들거나 빛을 잃는다. 근대의 개발 논리는 철저하게 남성 중심주의에서 나온 것이다. "개발은 근대 서구 가부장제의 경제적 시각에서 재화를 창조하는 기획을 확장하는 것이었고, 이것은 (서구와 비서구) 여성의 착취 혹은 소외와 자연의 착취와 오염, 그리고 다른 문화의 착취와 침식에 기반했다. '개발'은 여성과 자연 그리고 예속된 문화들의 파괴를 초래할 수밖에 없었다."* 남성 중심주의 문화 또는 남성 지배라는 착취 구조 속에서 여성이 가진 원초적인 생명력과 본능, 신성성은 끊임없이 훼손되며, 이로 말미암아 여성의 삶은 메말라가고 바스러진다.

이제 남성 중심주의 문화가 여성에게 강요하던 '여성다움'이라는 거짓된 신화는 벗겨지고 있다. 여성은 결코 나약하지 않으며, 남성에 비해 창의력이 뒤떨어지거나 무능력하지도 않다. 오랜 세월을 통해 손상된 여성성의 원형은 재발견되고, 부당한 왜곡과 소외를 넘어 여성이 가진 원초의 생기와 모성, 통찰력과 지혜의 가치와 의미는 재평가되고 있다.

여성이 내놓은 문학 작품이라고 해서 모두 페미니즘 문학의 정신을 구현하고

* 반다나 시바, 강수영 옮김, 『살아남기—여성 · 생태학 · 개발』(솔, 1998)

있다고 할 수는 없다. 창작의 주체가 여성이라는 것만으로 페미니즘 문학이 되지는 않는다. 진정한 페미니즘 문학이란 '월경의 피'로 찍어 쓴 글, 다시 말해 여성성에 대한 투철한 자의식을 갖고 있는 문학만이 페미니즘 문학이다. 이는 지배문화인 남성 중심주의의 해독을 씻어내고, 여성으로서 산다는 것의 본래적 의미를 짚어내는 문학이다. 말하자면 페미니즘 문학은 여성의 감정 · 의식 · 행동에 깃들여 있는 건강하고 생명력 넘치는 '여성'을 함축적이고 깊이 있게 드러내는 문학이다.

김승희, 묘지파 시인

'왼쪽', 영원한 비주류인 여성의 삶을 노래하고 그것의 의미를 묻는 시인 김승희

김승희金勝熙(1952~)는 유난히 왼쪽을 편애하는 시인이다. 김승희는 『왼손을 위한 협주곡』을 연주하고, 『왼쪽 날개가 약간 무거운 새』로 비행을 시도할 만큼 왼쪽으로 기울어 있다. 그는 자신의 왼쪽 편향을 두고 "내게 왼쪽은 정치적 좌파란 의미보다는, 사회와 집단이란 오른쪽 가치에 어울리지 못하는 개인의 고독과 예술을 뜻한다. 우리 사회는 통념, 인습, 모럴이란 오른쪽 가치의 되풀이가 심하다. 그래서 나는 독립적 예인의 섬세한 꿈을 향해 왼쪽으로 기울어진다. 그렇게 약간 무거운 왼쪽 때문에 삶은 기우뚱거리는 것이 아닌가."라고 말한다.

'오른쪽'이 주류고 '왼쪽'이 비주류라면, 여성의 삶은 틀림없이 왼쪽이겠다. 김승희는 이렇게 '왼쪽', 영원한 비주류인 여성의 삶을 노래하고 그것의 의미를 진지하게 묻는다. 한 평론가는 그의 '왼손' 편애를 두고 다음과 같이 말한다.

김승희에게 오른손은 성공이나 행운, 지식, 법, 제도를 통해 행복을 쟁취하려는 세계의 상징이다. 즉 오른손은 '당연'과 '물론'의 세계에 길들여져 정해진 규칙에 따르면서 가족과 사회가 원하는 모습으로 사는 '정주定住'의 손이다. 반면 왼손은 곰이 아닌 호랑이, 표준말이 아닌 방언, 이성이 아닌 감성, 지상(의식)이 아닌 지하(무의식)의 세계를 떠도는 '유랑'의 손이다. 소외와 결핍, 부재와 실패를 통해 오른손의 지형에 단층과 습곡, 지진을 일으키는 것이 바로 왼손이다. 때문에 혼돈이나 회의, 불투명함, 비일상성이 왼손잡이들의 천형天刑이다.

김미현, 「어떤 사람만이 어떻게 날아야 하는지를 안다」, 『왼쪽 날개가 약간 무거운 새』(열림원, 1999) 해설

광주에서 태어난 김승희는 서강대학교 영문과를 졸업하고 같은 학교 대학원의 박사 과정을 수료한다. 『문학사상』 편집부 등에서 일한 바 있는 그는 1995년에 들어 미국으로 건너간다. 그는 1996년부터 1997년까지 캘리포니아대학교 버클리 캠퍼스에서, 1998년 한 해 동안은 같은 학교 어바인 캠퍼스에서 한국 문학을 강의한다. 1999년에 귀국한 그는 현재 서강대학교 국문과 교수로 재직중이다. 김승희는 1973년 『경향신문』 신춘 문예에 시 「그림 속의 물」이 당선되어 문단에 나온다. 이제까지 그는 『태양 미사』(1979) · 『왼손을 위한 협주곡』(1983) · 『미완성을 위한 연가』(1987) · 『달걀 속의 생』(1989) · 『어떻게 밖으로 나갈까』(1991) · 『세상에서 가장 무거운 싸움』(1993) 등 여섯 권의 시집을 낸 바 있다. 한편 그는 1994년 『동아일보』 신춘 문예에 단편 「산타페로 가는 사람」이 당선되어 소설 창작에도 나선다. 소설가로서 그는 창작집 『산타페로 가는 사람』(1997), 장편 소설 『왼쪽 날개가 약간 무거운 새』(1999)를 펴낸 바 있다.

1999년에 펴낸 장편 소설 『왼쪽 날개가 약간 무거운 새』

김승희는 불꽃의 시인이다. 정열과 본능의 표상인 불은 그에게 인류가 태초에 잃어버린 원초적 생명력을 상징하는 이미지다. 흔히 불꽃은 석탄이나 나무 같은 질료를 완전 연소시키는 과정에서 희고 붉고 파란 아름다운 수직의 형상을 유지한다. 수평의 세계를 뚫고 솟아난 수직의 불꽃은, 되풀이되는 일상에 구속된 의식의 탈일상적 반항의 뜨거운 몸짓이며, 빛을 뿌리며 타오르는 생명력의 상징적 현시顯示다. 불꽃은 외계의 저항과 싸우며 질료에서 공급받는 힘으로 끊임없이 존재의 수직성을 유지한 채 초월적 현실인 하늘로의 비상飛翔 또는 존재의 상승

욕망을 드러낸다.

1979년에 펴낸 첫 번째 시집 『태양 미사』

어떤 마법의 한 마디를/이 타들어 가는 갈색 육체 위에서 간직할 수 있을까./푸른 공작새를 위한 어떤 먹이,/어떤 황홀한 불의 최면 상태가/형태도 없이 떠가는 이 피의 방주를/다시 완전케 할 것인가/어떤 주문의 모짜르트,/어떤 장미의 원소,/어떤 태양의 기억이?

김승희, 「어떤 흑연빛 시간의 오이디프스」, 『태양 미사』(고려원, 1979)

의식을 구속하고 억압하는 일상적 도그마의 그물로부터 벗어나려는 욕구는 "어떤 황홀한 불의 최면 상태"에 대한 동경과 비례해 커진다. 우리가 사는 시간이 "흑연빛"이라는 이성적 인식이 없다면 "불의 최면 상태"에 대한 열정적인 꿈도 있을 수 없다.

운명이 나에게 불의 옷을 입혔을 때/나는 쉽게도 쓰러지고 말았지./더 이상 깊을 수 없는 불의 병病 속에/나는 오래 서 있었네.//운명으로서의 기하학, 저 모퉁이를 돌아오지도 않고/불어왔던 바람./그 시험 속에/나는 조각조각, 심장을 내바쳤네./촛불의 복습을 하기 위한/가장 슬픈 칸나꽃의 십자형 하프를.//백 개의 죽음 속에 도사린/저 백 개의 탄생./백 개의 겨냥 속에 있는/저 백 개의 눈물 사냥./그리고도 그것의 또 영원한 복습.//기하학의 운명이 나에게 왔을 때/나는 모든 것을 주고 말았네./화려한 사랑. 스펙트럼의 꿈./안전한 통행증 옛 계보마저도.//그리고 나도 싸움을 걸었다./치료법으로서의 전쟁, 촛불의 천국에로 이르를/그 영원한 피의 복습을./나도 조각조각 불을 가지고서/태양경鏡을 만들었네.//나도 조각조각 심장을 가지고서/저 유명한 십자로에 있어서의 운명,/오이디프스와 함께 울지 않고 조용히/그를 비추면서 건너 가려고 하네.

김승희, 「슬픈 적도」, 앞의 책

운명이 시인에게 불의 옷을 입혔으니, 시인이 불에 그토록 탐닉하는 것은 당연한 일이리라. 시인은 깊은 불의 병 속에 오래 서 있다. 그 자체가 살아 있는 하나의 불꽃이며 존재의 수직성이다. 이제 시인은 생존의 조건인 수평적 대지의 세계 속에서 회색적 친화를 거부하며 초월에 대한 욕망을 예비하고 "치료법으로서의 전쟁, 촛불의 천국에로 이르를/그 영원한 피의 복습을" 시작한다.

불꽃이 질료의 연소를 통해 그 존재성을 지속하듯이 인간도 스스로를 소모해야만 존재의 빛나는 상승적 상태에 머물 수 있다. 시인은 존재가 소멸의 불에 투신해 스스로를 소모함으로써 존재의 극치인 불의 무도舞蹈에 도달할 수 있다는 황홀한 비극성을 노래한다. 상승 개념인 극치와 하강 개념인 소멸이라는 존재의 이원론적 양면성에 시인은 전율과 공포를 함께 느낀다.

> 하얗고 단단하고 깨끗한 여름날,/우리들은 게오르그 · 브라끄의 해안에 있으면서/사유안에/하나의 급한 흰 나무를 갖는다./흰 나무는 그네다./불꽃의 날아가는 맨발에 올라/내 일상은 훨훨 비늘이 되고/바람이 되고./우리는 하나의 붉은 사과를 나눠 먹으며/타오르는 해안의 태양 옆길을 간다.
>
> 김승희, 「흰 나무 아래의 즉흥」, 앞의 책

흰 나무의 그늘 아래서 시인은 "타오르는 해안의 태양 옆길"을 꿈꾼다. 삶이 이루어지는 대지에는 "고통과 숙명과 산고"(「천왕성의 생각」), "전쟁과 기아"(「초금은 이 땅에서 무엇을 보았나?」)가 있다. 따라서 그는 "그리운 지구, 그리운 지옥"(「사냥— 음악 학교」)이라고 말하면서도 끊임없이 하늘을 꿈꾼다. 그러나 대지에 매여 있는 우리가 자유롭게 풀려나 하늘로 날아오를 수 있는 것은 "꿈의 시간"에서뿐이다. "불꽃의 날아가는 맨발에 올라" 훨훨 난다는 것은 환상이다.

시인은 자신을 하나의 작은 불꽃으로 생각한다. 「천진한 태양제」에서는 "그 마술적 자연주의의 냉혹함에/압도당하지 않으려고/가는 몸을 떨며/더욱 더 입술을 깨물고 있었다./밤이 주는 그 축축한 마취제의 무덤 속에/나는 갇히지 않으려고./내 책상 위에 빛나는/촛불 한 자루,/다가서서 더욱 더 가까이 다가가서/나는 내 방황하는 동생들과 함께/그곳으로 들어가는 길을 알고 싶었지."라고 노래함으로써 촛불에 들어가 존재가 불이 되는 길만이 일상적 삶의 "축축한 마취제" 속에 갇히지 않는 방법이라고 말한다. 그러므로 시인은 불멸성을 내포한 불인 "태양좌에 슬픈 전화라도 하여 볼까"(「안개의 법전」)라고 생각하며, "영원한 궤도 위에서 나의 불이/태양으로 회귀하는 것을"(「태양 미사」) 감히 상상하기도 한다.

한편 「나는 황색의 의자」라는 시에서 그는 "망원경으로 생각하고 싶다/생각하며 꿈꾸며/거시안적으로 별들을 연구하며 보고/가령 태양풍으로 가는 돛단배처럼/그렇게 훨훨/존재의 바다 속으로 벵갈꽃불 속으로/예수의 혼 속으로/혜성들의 고향 사이로"라고 지상의 삶이 아닌 저 너머 "혜성들의 고향"의 삶에 대한 희구를 보여준다.

흔히 시인들은 외적 가시可視의 세계를 유일한 현실로 인정하는 과학적 실증주의자와는 달리 그 너머 피안의 세계를 본다. 시인들이 보곤 하는 이런 세계를 우리는 초월적 환상의 공간이라고 부를 수 있을 것이다.

……샤갈은 어디에 있을까……어린 모짤트와 이베리아 금빛 해안에서……흰 맨발을 벗고……머리칼을 풀르고……옷깃도 나비처럼 다……풀르고 꿈처럼, 연기처럼, 색안개처럼……이마엔 동그란 해……손에는 꽃, 꽃, 노란꽃……움직이는 푸른 숲……튼튼한 나무의 밑둥 부분에……피어오르는 환상의 연기……나비, 나비, 잠자리……조각, 조각, 금빛 별들……물속에는 가재와 연어가 산다……찬물 안엔 청어……따슨 물안엔 도미, 도미, 연분홍 도미……작은 돌, 돌, 돌멩이……한 폭풍우가 금방 나타나 검은 돌을 들어 나를 때리는데……던지지 마라, 던지지 마라, 물의 이마에 파란 호두를 던지면 물의 평화는 깨지고……고기들은 아프단다……히이스, 히이스숲, 넘어지는 늪의 꽃들……덤벼라, 덤벼라, 달팽이……운명의 전차가 와도 이젠 아플 것 같지 않아……은실, 은실, 금실……우리는 이제 어느 힘으로도……잊을 수 없어, 잊을 수 없어, 흰빛 맨발로써 타오르는 해안을 가도……파스텔 유년의 맨발은 따갑지 않은……햇빛 풍경 한 장의 바다, 바다……하프와 물……

김승희, 「모짤트 주제에 의한 햇빛 풍경 한 장」, 앞의 책

이 시는 유토피아의 상징인 "햇빛 풍경 한 장의 바다"를 꿈꾸는 시인의 자동 기술을 통한 무의식 드러내기를 보여준다. 이 시에서는 가재 · 연어 · 청어 · 도미가 사는 물 속의 평화에 대한 간절한 소망이 따뜻하고 아름다운 이미지들로 교직되어 있으며, "햇빛"과 "바다"의 이미지가 결합함으로써 이상적 현실이 환상적 형

태를 가진 풍경으로 나타난다.

간결하고 아름다운 한 편의 동화를 읽는 듯한 감흥을 일으키는 「수렵의 요정은 가다」를 보면 "무덤으로부터/하나의 짧은 화살이 반짝이면서/내려와/잠자고 있는/세계의 아이들 위해" 내려오는 것을 묘사함으로써 시인은 순결한 생명 상태를 상징하는 "세계의 아이들"이 화살에 맞아 죽는 것의 아픔을 노래한다. 그는 또 「이 염색공장 아이들을 위해」라는 시에서 "아이들아, 이리온/팔목까지 짙게 물감이 들었구나./황색물감 · 잿빛물감 혹은 보라물감이/너의 피(血)엔 유전자/너의 살(肉)엔 염색체 지도의 그물"과 같은 구절을 통해, 순수하고 원초적인 존재를 훼손하고 오염시키는 과학 문명의 무서움을 고발한다.

좋은 시인詩人이란 여느 사람들이 잘 보지 못하는 것을 잘 보는 '시인視人'이다. 과학 문명의 공해가 저항력이 없는 어린 생명의 순수성을 침식할 때 우리가 할 수 있는 일은 무엇일까. 시인은 "꽃을 주겠다, 너의 탯줄 위에/비를 주겠다, 너의 태반 위에/화염을 놓아주겠다, 너의 배꼽 위에"라고 노래하며, "지상의 헌색 염색 공장./뼈를 지켜. 아이들아. 다음 생이 두려우니"라고 경고한다.

김승희의 시에 여러 가지 형태로 변형되어 나타나는 불의 이미지는, 존재의 역동성 · 순수성을 말살하고 구속하는 운명과 죽음, 과학 문명의 가공할 만한 병폐, 범속한 일상적 행위와 의무로부터 벗어나려는 격렬한 의식의 가시적 실체다. 김승희는 존재의 궁극적인 지향, 즉 생명의 원초적 상태로서의 천상 세계의 중심축이라고 할 수 있는 태양으로의 복귀를 추진하는 동력은 예술 행위에 의한 공상 능력뿐이라고 굳게 믿고 있다. 때로 시인은 고대 그리스의 신화적 인물들을 차용해 아무것에도 오염되지 않은 존재의 눈부신 모습을 보여주기도 한다

피와 죽음에 대한 탐닉과 자기 파괴 열정이 한데 엉켜 뿜어내는 광기 어린 이미지들이 출렁거리는 시집 『왼손을 위한 협주곡』

김승희의 두 번째 시집 『왼손을 위한 협주곡』은 매우 난폭한 시집이다. 불교적 상상력에 깊이 침윤된 것으로 보이는 이 시집이 펼쳐 보여주는 세계는, 거기에 덧붙여 무녀적 신명과 통렬한 아픔, 기독교적 원죄 의식, 피와 죽음에 대한 기갈 들린 듯한 탐닉, 그리고 자기 파괴 열정이 한데 엉켜 뿜어내는 광기 어린 이미

지들이 좌충 우돌하면서 우리의 의식 세계를 기습해 마구 뒤흔든다. 그것은 뇌에 화상을 입은 듯한 충격을 주는 전율스러운 테러다. 이 시집을 읽는 사람들은 잔혹하고 고통스러운 악몽을 꾸거나, 느닷없는 정신적 테러를 당했다는 느낌에 빠지기 일쑤다. 이 시집의 세계는 "말들끼리 교간交姦하고 살인하는 광기의 난장"(「뇌병원 마당에서」)이다. 무엇이 그의 시 세계를 이토록 난폭한 것이 되도록 이끌었을까? 무엇이 그의 시 세계를 "눈을 후벼파는 듯한 따가움, 눈알에다 후춧가루라도 뿌려대는 듯한 자극 없이"(김열규)는 읽을 수 없는 세계가 되도록 만들었을까?

……어둠이 가득찬 내 척추의 흰뼈에 누가 자꾸만 한 덩어리 촛불을 당기는지……

김승희, 「낙화암 벼랑 위의 태양의 바라의 춤」, 『왼손을 위한 협주곡』(문학사상사, 1985)

나 스스로 몸을 굽혀/저 가혹한 불꽃의 먹이가 되지 않는다면/나는 대체 어디에서/삶의 젖을 빨아야 하나요?

김승희, 「태양 성서」, 앞의 책

삶이라는—주단 위에—/수놓아진—죽음의—/붉은 꽃들

김승희, 「붉은 종양」, 앞의 책

나의 모가지를 병마개처럼 따고/한 송이 조화弔花로 꽂고

김승희, 「난폭」, 앞의 책

검은 눈동자마다 은빛 바늘이 가득 꽂혀/향기로운 불을 철철 흘리고 있는/한 여자의 모가지가/삼천 개의 전기접시 위에/듬뿍듬뿍 담겨진 것을,

김승희, 「어둠의 거울」, 앞의 책

아직도 외로움이 있거든 네 외로움의 손발을 잘라버려라……아니 아직도 그리움이 남았거든 네 그리움의 골통을 부셔버리고 그 골통의 잔해를 찻잔 삼아 마지막 한 잔의 차를 마셔보거라……

김승희, 「차신茶神이 필 때」, 앞의 책

이런 구절은 시인의 상상력의 뿌리가 죽음이라는 심연에 드리우고 있음을 보여준다. 김승희의 시는 죽음의 직시와 삶의 정점이라는 두 극단 사이에 위치해 있다. 고전 정신 분석학에서는 자기애가 본능적 삶이 시작되는 첫 번째 단계이며, 인간 본능의 근원적 충동이 리비도와 자기 보존의 욕구에 있다고 말한다. 따라서 사람이 죽음을 본능적으로 무서워하고 피하려고 하는 것은 당연한 일이다. 그러나 김승희 시의 시적 자아들은 그 죽음에 스스로 과격하게 부딪치며 깨지려고 한다. 이는 죽음이라는 인간 실존의 조건에 대한 통찰에서 비롯된 압도적인 공포 때문이다. 그의 시에서 이따금 터져 나오는 단말마적 절규나 광기는 이와 무관하지 않으리라. 이에 반해 삶은 찬란한 것이다. "햇덩어리 물덩어리 마음덩어리들이 부딪쳐…… 피톨 속에 피어나는 일만 덩이의 바라의 태양꽃들을 보았느냐…… 목숨이여"(「낙화암 벼랑 위의 태양의 바라의 춤」), "신비로와라/삶의 무늬나 태양의 무늬가/어느 허공중에 가벼이 부딪쳐/저리도 찬란한/색채의 거울을 세움이여—"(「태양의 면죄부」)라는 시구들은 모두 찬란하고 아름답고 신비한 삶을 예찬하고 있다. 그러나 시인은 이 찬란한 것을 차마 향유하지 못하고 오히려 이로부터 도망가려는 몸짓을 보인다. 그래서 '묘지파 시인' 답게 단호하게 자신의 삶을 "가혹한 불꽃의 먹이"로 던져버리거나, "모가지를 병마개처럼 따고" 거기에 한 송이 조화를 꽂거나, "골통의 잔해를 찻잔 삼아" 차를 마시라고 자신에게 명령한다. 삶으로부터 달아나는 이런 행위는, 삶의 정점에 대한 희구가 크면 클수록 난폭하고 광기 어린 것이 된다. 죽음을 탐닉하는 듯한 시편이나 시집 곳곳에서 출몰하는 죽음의 이미지들은 곧 죽음으로부터 해방되고 싶다는 욕구의 역설적 표현이다.

1991년
소월 시문학상
수상식장에서
시인 김남조(오른쪽),
평론가 김용직
(가운데)과 함께

부끄러운 죄와 어리석은 욕망이 고불고불 서리서리 끼어 있을 테지요, 그대여, 어둠의 태속에서 영문 모르고 튀어나와 정처없이 죄를 짓고 죽어가는 그대여, 그대여,//우리는 배꼽위에서 평등하다/그것은 생일날의 흉터,/고아들의 패찰,/인광을 칠한 백골의 주황색 입술

이/아삭아삭 제일 먼저 뜯어먹는/온순한 육체의 이삭,

김승희, 「배꼽을 위한 연가 (1)」, 앞의 책

시인이 평범한 일상 생활의 뜻없음과 권태가 가져오는 내압을 견디지 못해 일상의 친숙함을 난폭하게 해체하고, 그 뒤에 숨은 실존의 낯섦과 공포를 적나라하게 드러내려 하는 것은 인간이 "어둠의 태 속에서 영문 모르고 튀어나와 정처없이 죄를 짓고 죽어가"고 있다는 인식 때문이다. 죽음의 그림자를 안고 태연하게 참고 산다는 것은 시인의 생각에 속임수나 다름없는 것이다. 죽음 의식을 갖고 세계와 인간의 삶을 바라볼 때 "매일 나누는 밥그릇의 무심함/정다움"(「흑장미가 있는 연가」)도 참혹한 것이 되듯이, 일상의 친숙함이라는 게 너무 뻔뻔스러운 기만과 허위의 껍질에 지나지 않기 때문이다.

참고 자료

김경수, 「현대 세계와 신화적神話的 투시」, 『문학의 편견』, 세계사, 1994

김열규, 「태양의 양수 속에 타오르는 동통의 신명」, 『왼손을 위한 협주곡』 해설, 문학사상사, 1983

김성곤, 「시인 김승희와 '달걀 속의 생'」, 『달걀 속의 생』 해설, 문학사상사, 1989

오탁번, 「천재와 광기를 분별 있게 소유한 시인」, 『현대시의 이해』, 청하, 1989

고정희, 여성 해방 전사

어떤 여성 시인보다 투철한 여성 해방 의식을 시에 구현한 고정희高靜熙(1948~1991)는 "자그마하고 깡마른 몸집에 커다란 두 눈, 연약하면서도 완강한 조선 여자의 골상"을 하고 있던 시인이다.* 그는 대학의 여성학 관련 전공 교수들과 '또 하나의 문화' 동인을 결성해 활동하고, 1988년 『여성신문』의 창간에 발벗고 나서 편집 주간을 맡는다. 시인은 평소에도 입버릇처럼 "나는 이상과 현실을 분

* 차미례, 「'눈물꽃'의 뜨락에서 역사의 바다로」, 『광주의 눈물비』(동아, 1990) 발문

리해서 생각지 않으며 정치 현실과 예술의 혼을 따로 떼어놓지 못한다. 삶과 이데아는 동전의 안과 밖의 관계이다."라고 말한다. 남녀 차별과 사회 모순을 꿰뚫어보며 군더더기 없는 직설적이며 강건한 문체로 여성 해방을 노래한 고정희는 시와 삶을 한 덩어리로 밀고 나간다.

투철한 여성 해방 의식을 시에 구현한 시인 고정희

남자가 모여서 지배를 낳고/지배가 모여서 전쟁을 낳고/전쟁이 모여서 억압세상을 낳았기 때문에,//국토분단 장벽보다 먼저/민족분단 장벽보다 먼저/남녀분단 장벽 허물 일이 급선무

고정희, 『여성 해방 출사표』(동광출판사, 1990)

작지만 당찬 '여성 해방 전사' 고정희는 1948년 전남 해남에서 평범한 집안의 5남 3녀 가운데 맏딸로 태어난다. 그의 본명은 고성애다. 그가 시를 쓰기 시작한 것은 스무 살 무렵의 일이며, 광주에서 나오는 『새전남』 · 『주간전남』의 사회부 기자로 1970년부터 근무하며 시대 의식과 여성 문제에 눈을 뜬다. 고정희는 1975년 『현대시학』에 「연가」 · 「부활과 그 이후」 등을 추천받아 정식으로 문단에 나온다. 1979년 한국신학대학을 졸업한 그는 허형만 · 김준태 · 장효문 · 송수권 · 국효문 등과 『목요시』 동인으로 활동한다. 그는 민족문학작가회의 이사로 여성문학인위원회 위원장과 시창작분과위원회 부위원장을 지내기도 한다. 문단에 나온 뒤 『누가 홀로 술틀을 밟고 있는가』(1979) · 『실락원 기행』(1981) · 『이 시대의 아벨』(1983)을 펴내며 비평가들의 눈길을 끈 그는 장시집 『초혼제』(1983)를 내고 나서 '대한민국 문학상'을 받기도 한다.

마당굿시라는 형식으로 서사성과 희곡성을 아우르려고 한 장시집 『초혼제』

『초혼제』에서 그가 선보인 '마당굿시'라는 형식은 서사성과 희곡성을 아우르려는 뜻깊은 실험이라는 평가를 받는다.

고정희는 기독교신문사, 크리스찬아카데미 출판 간사, 가정법률상담소 출판부장, 『여성신문』 초대 편집 주간을 거쳐 여성 문화 운동 동인 '또 하나의 문화'에서 활동한다. 동인지 『또 하나의 문화』에서 그는 출판인으로서의 경험을 살려 그 동안 모아둔 여성 문제 자료를 바탕으로 여성사 새로 쓰기 작업을 구체화한다. 그는 『또 하나의 문화』 2호에 여성 문학 70년사를 점검하는 논문 「한국 여성 문학의 흐름」을 발표하는데, 이 작업은 여성 문학의 개념도 정립되어 있지 않은 상황에서 이루어진 선구적인 시도여서 관심을 모은다.

고정희가 활동하던 여성 문화 운동 동인 『또 하나의 문화』 9호. 고정희 추모 특집 글들이 실려 있다.

> 우리는 최선의 이념으로서 참된 민주 공동체의 형성을 지향하고 있다. 더 구체적으로 문학인들이 추구하는 궁극적 목표 중의 하나가 일차적으로는 인간을 인간답게 만드는 민주 문화 형성이라고 말할 수 있다면 여성 문학은 진정한 여성 문화 양식을 형성시켜 나가는 데 자기 자리를 확보할 수 있어야 한다. 이때 여성 문화란 현재 우리가 직면해 있는 지배 문화 혹은 가부장제 부성 문화의 모순을 극복하려는 '대안 문화'를 의미한다. 즉 여성 문화 운동은 지금까지 주종의 관계로 일반화된 남녀를 동시에 구원하려는 해방적 차원을 지니고 동시에 새로운 사회의 비전을 제시하는 모성적 생명 문화의 차원이어야 한다고 본다.
>
> 고정희, 「한국 여성 문학의 흐름」, 『또 하나의 문화 2호—열린 사회 자율적 여성』(1995)

1987년 문학과지성사에서 낸 『지리산의 봄』

고정희는 1986년에 새로 쓰는 여성사를 다룬 『눈물꽃』을 '실천문학사'에서, 1987년에 『지리산의 봄』을 '문학과지성사'에서, 1989년에 수난자의 빛으로 광주항쟁을 재해석한 『저 무덤 위에 푸른 잔디』를 '창작과비평사'에서 낸다. 1988년에는 12명의 시인이 쓴 75편의 여성 해방시를 엮어 『하나보다 더 좋은 백의 얼굴이어라』를 펴내 한국 여성 문학사에 중요한 성과를 남긴다. 이어 그는 『광주의 눈물비』(1990), 여성 해방과 사회 변혁에 대한 갈망을 노래한 시편들을 묶은 『여성 해방 출사표』(1990)를 내놓는다. 『여성 해방 출사표』에서 시인은 황진이 · 이옥봉 · 허난설헌 · 신사임당 등 역사 속의 여성 문학가들을 내세워 역사와 여성 해방을 연결시키고, 시공을 초월해 여성들이 대화를 나눌 수 있는 마당을 마련한다. 황진이가 혁명을 꿈꾸며 스스로 기생이 된 선각자로 그려지는 등 이 시집에서 그는 여성의 시각으로 시대를 앞서 간 여성 문학가들의 생애를 재해석하며 여남 해방 세상의 도래를 힘차게 노래한다. 고정희는 남녀 동등권 쟁취 투쟁에서 더 나아가 인간 해방 운동의 차원에서 여성 운동이 펼쳐져야 한다는 생각을 갖고 이를 시에 구현하려고 애쓴다.

지금의 조선 한반도 여자들은/안팎으로 힘이 세지고 슬기로워/학식이나 주장이나 실천 능력 어느 면인들/남성에 견줄 바가 아니라지요?/농자천하지본이라는 말이 부끄럽게/해동의 옥토는 여자 농민들이 떠맡다시피 하고/여자 노동자들 또한 대동단결하여/여성 해방 운동의 흐름을 이끌며/지식인 여자들도 학문이 고강해져/평등세상 땅고르기 한창이라지요?/규방일 관청일 출입문 따로 없고/밥짓기 빨래하기 남녀가 구별 없고/벼슬길 풍류마당 신분차별 없다지요?/얼마나 학수고대했던 세상입니까

고정희, 『여성 해방 출사표』(동광출판사, 1990)

1990년 그는 필리핀에 있는 아시아종교음악연구소 초청으로 아시아 여러 나라의 시인 및 작곡가들과 '탈식민지 시와 음악 워크숍'에 참여, 제3세계에서 자행되고 있는 억압의 현장을 눈으로 보고 분노하기도 한다.

상한 갈대라도 하늘 아래선/한 계절 넉넉히 흔들리거니/뿌리 깊으면야/밑둥 잘리어도 새순은 돋거니/충분히 흔들리자 상한 영혼이여/충분히 흔들리며 고통에게로 가자// 뿌리 없이 흔들리는 부평초 잎이라도/물 고이면 꽃은 피거니/이 세상 어디서나 개울은 흐르고/이 세상 어디서나 등불은 켜지듯/가자 고통이여 살 맞대고 가자/외롭기로 작정하면 어딘들 못 가랴/가기로 목숨 걸면 지는 해가 문제랴//고통과 설움의 땅 훨훨 지나서/뿌리 깊은 벌판에 서자/두 팔로 막아도 바람은 불듯/영원한 눈물이란 없느니라/영원한 비탄이란 없느니라/캄캄한 밤이라도 하늘 아래선/마주잡을 손 하나 오고 있거니

고정희, 「상한 영혼을 위하여」, 『뱀사골에서 쓴 편지』(미래사, 1991)

이처럼 서정성이 무르녹아 있는 초기의 시편에 비해 고정희의 시 세계는 1980년대에 들어서며 역사 현실에 대한 투철한 인식을 담아내기 시작한다. 한편 그의 시 세계를 물들이고 있는 커다란 정서는 짙은 슬픔이다. 김주연은 이 슬픔에 대해 "떳떳한 죽음 앞에서 떳떳하지 못한 삶을 살고 있는 시인의 자괴감을 반영하

는데, 그 감정 속에는 죽음을 가져온 현실과 그 세력에 대한 공분이 깃들여 있다."고 설명한다.* 민중, 독재, 광주항쟁 등을 화두로 삼았던 고정희의 슬픔은 막연한 정서의 산물이 아니라 의롭지 못한 역사에 희생당한 무고한 생명들에 대한 연민과 그 역사를 주도한 이들을 향한 공분이 버무려진 슬픔이다.

가까이 오라, 죽음이여/동구 밖에 당도하는 새벽 기차를 위하여/힘이 끝난 폐차처럼 누워 있는 아득한 철길 위에/새로운 각목으로 누워야 하리/거친 바람 속에서 밤이 깊었고/겨울 숲에는 눈이 내리고 있다/모닥불이 어둠을 둥글게 자른 뒤/원으로 깍지 낀 사람들의 등뒤에서/무수한 설화가/살아남은 자의 슬픔으로 서걱거린다

고정희, 「땅의 사람들 1」, 『지리산의 봄』(문학과지성사, 1987)

그의 시에서는 슬픔이 허무나 좌절, 타인에 대한 분노로 연결되는 대신에 자신이 그 슬픔을 낳는 어둠의 자식, 죄지은 자아라는 기독교적 참회와 고백으로 나아갈 때가 많다. 결국 어둠의 자아, 죄지은 자아에 대한 각성은 용서와 연결되면서 새로운 전망과 힘을 고취시킨다.

빨래터에서도 씻기지 않은/고高씨 족보의 어둠을 펴놓고/그 위에 내 긴 어둠도 쓰러뜨려/네 가슴의 죄 부추긴 다음에야/우리는 따스히 손을 잡는다/검은 너와 검은 내가 손잡은 다음에야/우리가 결속된 어둠 속에서/캄캄하게 쓰러지는 법을 배우며/흰 것을 흰 채로 버려두고 싶구나/너와 나 검은 대로 언덕에 서니/멀리서 빛나는 등불이 보이고/멀리서 잠든 마을들 아름다워라/우리 때묻은 마음 나란히 포개니/머나먼 등불 어둠 주위로/내 오랜 갈망 나비되어 날아가누나/네 슬픈 자유 불새 되어 날아가누나/오 친구여/오랫동안 어둠으로 무거운 친구여/내가 오늘 내 어둠 속으로/순순히 돌아와보니/우리들 어둠은 사랑이 되는구나/우리들 어둠은 구원이 되는구나/공평하여라 어둠의 진리/이 어둠 속에서는/흰 것도 검은 것도 없어라

고정희, 「서울 사랑」, 『뱀사골에서 쓴 편지』(미래사, 1991)

* 김주연, 「슬픔의 힘」, 『뱀사골에서 쓴 편지』(미래사, 1991) 해설

따라서 고정희의 시는 슬픔을 얘기하면서도 투쟁을 얘기하는 것만큼 힘이 넘치기 일쑤다. 그의 시는 활력이 가득한 슬픔의 힘을 자주 보여준다. 이런 것이 탄탄한 시적 구성과 힘찬 리듬, 시를 빚어내는 맵찬 솜씨 등과 어울려 고정희의 시를 더욱 돋보이게 만든다.

1991년에 사랑하는 이를 향한 간절한 기다림과 절망, 자기 비판과 희생을 담은 연시집 『아름다운 사람 하나』를 펴낸 고정희는 같은 해 6월 9일 지리산 산행 중 갑자기 내린 비로 불어난 계곡 물에 빠지는 불의의 사고로 아깝게 목숨을 잃는다. 이듬해인 1992년 그의 유고 시집 『모든 사라지는 것들은 뒤에 여백을 남긴다』가 '창작과비평사'에서 나온다.

참고 자료

『또 하나의 문화』 제9호 『여자로 말하기, 몸으로 글쓰기』, 또하나의문화, 1992
박혜경, 「역사와 통속성의 문제」, 『한길문학』 1991 봄
성민엽, 「다양한 진실화의 과정들」, 『세계의 문학』 1983 겨울
송현호, 「고정희론—리얼리즘의 시」, 『한국 현대 시인 연구』, 민음사, 1989
정과리, 「자신을 부르는 소리」, 『여성 해방 출사표』 해설, 동광출판사, 1990

김정란, '나비' 그것은 나의 엠블럼

'나비'의 시인 김정란

김정란(1953~)은 '나비'의 시인이다. 『다시 시작하는 나비』(1989)를 첫 시집의 제목으로 내세운 그는 스스로 "나비, 그것은 나의 엠블럼이었다."고 말한다.* 나비는 "약하고 가벼운 것, 떨며 두려워하며, 그러나 언제나 다시 날아오르는 것."이다. 그 나비는 시인의 자아이며, 즉 "모든 사람들의 내면에 숨어 있는 원초적 자아,

* 김정란, 「나비를 위한 변명」, 『거품 아래로 깊이』(생각의나무, 1998)

현대인들이 룰루랄라 재미있게 사느라고 잊어버리고 있는, 그러나 언제나 숨어서 자아의 인지를 기다리는 가엾은, 버림받은 존재. 영혼의 누이."다.* 김정란의 시는 바로 그 나비, 여성적 자아의 내면 탐구의 길로 접어든다. 시인은 "여성적 인식에 의해 강화된 시적 · 언어적 자의식의 길을 따라 근대적 자아와 동시에 여성적 자아를 구축하고 해체하고 재구축"해왔다고 말한다.**

서울에서 태어난 김정란은 한국외국어대학교 불어과에 들어가 문학과 만난다. 대학 시절 그는 『문학과 지성』에 실린 김현의 평론을 읽고, 박상륭의 『죽음의 한 연구』를 끼고 다니며 탐닉한다. 그는 문학 동아리 선배들이 이끄는 시 합평회에 얼굴을 내밀기도 한다. 4학년 때 그는 기독교방송국 아나운서로 입사하지만 결혼하면서 해고당한다. 김정란은 이 해고를 통해 우리 사회에 널리 퍼져 있는 성차별의 실상을 처음으로 접하게 된다. 외국어대를 졸업하고 프랑스로 유학을 떠난 그는 그르노블 3대학에서 박사 학위를 받는다. 현재 그는 상지대학교 인문대 교수로 재직하고 있다.

김정란은 1976년 김춘수의 추천으로 『현대문학』에 시를 선보인다. 문단에 나온 뒤 그는 이제까지 『다시 시작하는 나비』(1989) · 『매혹, 혹은 겹침』(1992) · 『그 여자, 입구에서 가만히 뒤돌아보네』(1997) · 『스 · 타 · 카 · 토 · 내 영혼』(1999) 등의 시집과 평론집 『비어 있는 중심—미완의 시학』(1993), 사회 문화 에세이집 『거품 아래로 깊이』(1998) 등을 펴낸 바 있다.

여성적 자아의 내면 탐구를 모색한 김정란의 첫 번째 시집 『다시 시작하는 나비』

나비를 보았다//깊은 밤, 내 숨소리 허공을 향해 올라갔을 때.//우리의 기질이 나비의 날개를 가진다면//우리는 다만 있는 일만으로 족하리라. 왜냐하면/버려버릴 것을 모두 가벼운 날개짓으로 벗어버린 뒤에//우리는 알몸으로 비로소 남아 있을 수 있으므로.//그때에 내가 내 육체를 향해 새삼스러이 말을 걸리라./"안녕! 예쁜 나여!"//나비는 언제나 내 영혼의 깊은 곳을 찾는다. 그가 말했다./"가능하면 더 깊은

* 김정란, 「나비를 위한 변명」, 앞의 책
** 김정란, 「인간의 한계를 뒤흔드는 문학을 꿈꾸며」, 『사랑으로 나는—소월 시문학상 수상 작품집』(문학사상사, 1999)

곳을" //어느 날인가 나는 그가 수줍은 목소리로 말하는 것을 들었다.// "난 금이 간 영혼을 사랑해." //어째서지?// "잘 몰라, 하지만 어쨌든 그들에게선 좋은 냄새가 나."

김정란, 「나비의 꿈」, 『다시 시작하는 나비』(문학과지성사, 1989)

가벼운 날개짓으로 날아가던 이 나비는 곧 현실이라는 절벽과 부딪친다. 시인은 "암흑과 절망이 내 사지를/눌렀다"(「장미 화환을 쓴 암흑」)고 쓴다. 뒤이어 나오는 이미지가 '두부'와 '넝마'다. 이런 것은 암흑과 절망의 시대에 아무것도 하지 못한 채 그저 지리 멸렬하기만 한 일상적 자아의 상징물이다.

「나의 병」 연작은 "내 한길 작은 몸뚱이 안으로/흐르는 생명—이, 삶이라는 질병에 대하여"(「나의 병 Ⅰ」), "내 존재라는 병의 병원病源인 존재여"(「나의 병 Ⅳ」)라는 시구들처럼, 자신의 삶과 존재를 지겹고 진절머리나는 병으로 이해한 사람의 성난 외침을 들려준다. 그 성난 외침은, 간접적이긴 하지만 가부장제 사회에서 억압받는 여성적 삶의 거덜난 내면에 대한 증언이다. 이를테면 「나의 병 Ⅱ」가 보여주는 "별볼일없음. 텅 빈 내부. 그럼에도 불구하고 지겹게 버리지 못하는 내적 위대함의 대차대조표.", "이월 0 잔고 0 지불능력 0", "그러나 존재하시거나 마시거나 하는 신이여/내게 자유를 돌려주소서. 내가 내 삶의 양태를 통해/나이게 하소서. 유령이 아니게 하소서, 최소한,"과 같은, 사회적 의의가 남김없이 탕진된 채 황폐한 바닥을 드러낸 텅 빈 내부, 공허한 자아, 유령-헛것으로 인식되는 자기 삶의 양태에 대한 성찰과 인식은 시적 자아를 절망과 자학, 자기 증오로 이끈다. 그 때 자아는 진절머리나는 것, 넝마와 같은 것(「어느 밤의 울기」)으로 받아들여진다. 김정란의 시적 자아는 그 내면의 지독한 불행 의식, 거덜남, 지겨움, 때로는 "내가, 살아서 외로움과, 외로움의 핏물 떨어지는 실체감으로"(「나의 병 Ⅳ」) 같은 구절이 슬쩍 내비치고 있는 극한의 외로움으로 "바짝 바짝 여위면서", 그리고 알 수 없는 바닥으로 "천천히 가라앉는다"(「나의 병 Ⅲ」). 그의 시들이 아프게 다가오는 것은 자신의 사회적 삶과 그 내면에 대한 일체의 타협을 거절하는 부정의 상상력의 진정성 때문이다. 최승자나 김혜순의 좋은 시들이 그렇듯이, 김정란의 어떤 시들은 문득 어떤 전율과 함께 그것을 읽고 있는 사람을 자아에 대한 깊이 있는 반응과 성찰로 이끈다.

내면 속의 타자와 더욱 깊이 만난 기록으로 차 있는 『그 여자, 입구에서 가만히 뒤돌아보네』

시인은 다시 한 번 자신의 내면 속에 숨어 있는 타자와 만난다. 존재론적 질문으로 가득 찬 두 번째 시집 『매혹, 혹은 겹침』은 바로 그 내면 속의 타자와 만난 기록이다. 이런 만남이 더욱 깊어진 것이 『그 여자, 입구에서 가만히 뒤돌아보네』다. 그는 이 시집에서 "자신의 내면이 완전히 체험된 실체이며, 그것의 언어인 이미지들이 초현실주의자들의 횡설수설이 아니라는 확신을 가지고 여성성에 대해 단호한 어조로 말하기 시작" 한다.

한 여자 어떤 여자 혹은 여자 다른 여자가/(감추어진)//쓰러지는 것이 보였다 나는 똑똑히 보았다 왜냐하면/나는 내 타락한 말로 그녀를 향한 원한의 독침을/쏘아댔었으니까 나쁜 년 너 때문이야/내 썩은 침이 그녀 위로 날아갔다//……그녀가 당장 푹푹 썩기 시작했다 알게 뭐야/나는 되는 대로 지껄였다 지겨워 난 지쳤어/나는 그녀를 내려다보았다……//가슴이 덜덜 떨렸다 오 아냐 내가 너를/얼마나 사랑하는데 나는 엉엉 울며 다가가/타락한 말의 독즙毒汁 밑에서 썩어가는//한 여자 어떤 여자 혹은 다른 여자를//꼭 껴안았다 부패의 냄새가 확 풍겨왔다/(오 아냐! 어떻게든 널 살려볼 방법을 찾아볼께)

김정란, 「내가 아무렇게나 죽인 여자」, 『매혹, 혹은 겹침』(세계사, 1992)

김정란은 1999년에 제14회 소월 시문학상을 받는다. 『사랑으로 나는— 소월 시문학상 수상 작품집』.

김정란은 "티베트, 사막, 바람, 먼 종소리, 순례자들, 먼 곳, 저승." 같은 어사에 하염없이 매혹당하며, 자신의 시를 말할 때 "신비神秘, 영성靈性, 영혼, 신화, 아우라, 신성함" 같은 단어를 즐겨 쓴다. 이런 그의 시를 두고 소설가 박상륭은 "우주적 여성성"이라고 말하기도 한다. 그의 시 세계는 오랫동안 비평가들의 인지 바깥에 머문다. 모호한 관념이나 형이상학에 기대고 있는 시가 눈길을 끌기란 워낙 어렵기 때문이다. 이런 점에서 김정란에게 1999년 제14회 '소월 시문학상'이 주어진 것은 뜻밖의 일로 비치기도 한다.

신화적 상징과 여성의 내면 탐구 언어가 결합된 독특한 시 세계를 일궈나가던 이 여성 시인은 1990년대 후반이 되면서 신문과 잡지 등에 시사 평론과 문화 비평 에세이를 꾸준히 내놓으며 당대가 낳은 숱한 화제와 논쟁의 복판에 뛰어든다.

참고 자료

황현산, 「여자의 말과 공동체의 말」, 『작가세계』 1997 겨울

김현, 「딱딱함과 가벼움」, 『다시 시작하는 나비』 해설, 문학과지성사, 1989

정과리, 「날개 깁는 여인의 노래 속에 담긴 것」, 『사랑으로 나는 — 소월 시문학상 수상 작품집』 해설, 문학사상사, 1999

이광호, 「일상성의 저주와 최후의 시」, 『작가세계』 1992 겨울

도시시의 계보학

도시/일상성에 관한 담론

이 시대는 혼돈과 전환의 시대이자 유럽의 한 시인이 날카롭게 지적한 대로 "영웅적 승리의 시대, 혁명적 건설의 시대"가 아니라 "데몽타쥬(해체)의 시대, 후퇴의 시대"다.* 영웅·혁명이 비일상의 것이라면, 해체·후퇴는 일상의 영역에 속하는 것이다. 김지하도 "현대는 우주 진화의 대차원의 변화, 인류 문명사 전체의 대전환기요, 혼란한 세기말이며, 다차원적 중층적인 생산, 생활 양식의 전면 교체기"이고, "세계는 해체 확산 추세에 있으며 전체가 개체를 억압하는 시대에서 개체가 자기 안에 전체를 실현하는 개별화의 시대로 변하고 있다."고 말한다.** 엔첸스베르거나 김지하 같은 뛰어난 시인들이 선취하고 있듯이 세계는 영웅·혁명의 시대에서 해체·후퇴의 시대로, 또 전체주의에서 개별화의 시대로 넘어가고 있다. 역사나 정치적 신념 또는 체제 이데올로기 같은 크고 무거운 것에서 인간의 내면이나 욕망의 문제 같은 상대적으로 작고 가벼운 것으로 관심의 일반 범주가 이동하는 현상도 이와 같은 변화와 관련이 깊다. 이런 징후와 기미는 현실 변화에 민감한 시인과 작가들에 의해 선취되어 이미 문학적 형상화가 이루어지고 있다.

1980년대는 사회 과학의 시대였다고 할 수 있는데, 그 사회 과학의 요체는 마르크스-레닌주의다. 우리는 1980년대의 영웅·혁명의 사회 과학의 시대를 거쳐 이윽고 혼란스러운 세기말의 해체·후퇴의 개별화의 시대에 들어선다. 개별화의

---

* 이 말은 독일의 시인이며 비평가인 엔첸스베르거와 최정호 교수의 대담에서 나온 바 있다. 이 대담은 세계가 맞고 있는 동·서독의 통일, 동구 사회주의의 붕괴 같은 대변혁의 국면이 지닌 의미와 그것의 주체는 누구인가 하는 점 등을 짚어보기 위해 마련된 것으로 보인다.(『동아일보』 1991. 4. 20.)

** 김지하, 「꽃을 피워야 봄바람이 분다」, 『월간 중앙』(1991. 4.)

시대란 어떤 이데올로기나 사상 체계보다 한 사람 한 사람의 욕망 · 인식 · 상상력이 중요성을 갖는 시대다. 따라서 큰 것, 영웅적인 것, 심오한 것의 시대에는 작고 하찮고 뜻없고 권태롭고 자질구레한 것으로 간주되던 개체의 삶의 구체적 실감과 일상성을 중히 여기고 그것에 대한 관심과 인식을 확대하려는 노력이 커지는 것은 필연적인 현상이다.

일상성이란 농경 문화 사회와는 잘 어울리지 않는 생소한 개념이다. 이는 후기 산업 사회의 피할 수 없는 삶의 조건인 도시적 삶의 산물이다. 일상성이란 인류가 자연/환경의 자식으로서 별다른 갈등이나 불편 없이 산 저 근대 이전부터 있던 개념이 아니라 인간의 생태와 삶의 토대가 현대 도시로 이행된 뒤에 비로소 생긴 개념이다. 따라서 인간/욕망, 도시/환경의 관계를 살피려 할 때 현대 세계의 일상성에 대한 고찰이 전제되지 않고서는 공허한 미궁 더듬기에 그치고 말 것이다.

일상성은 주체의 욕망이 작용하는 도시 환경이라는 구체적 장 속에 잠복해 있다.

일상성 · 도시성 · 현대성은 하나의 짝을 이루고 있다. 일상성에 대한 이해는 곧 현대성에 대한 이해에 다름아니며, 일상성이란 주체의 욕망이 작용하는 도시 환경이라는 삶의 구체적 장場 속에 잠복해 있는 어떤 것이다. 그것은 우리의 삶을 움직이는 숨은 원리인 진리 · 도덕 · 이념의 체계에 스며들며, 살아 움직이는 우리의 순간적으로 명멸하는 욕망과 나날의 생활과 구체적 사고와 행위 속에 구현되어 있다. 주체가 자기 동일성을 확보하는 것도 바로 그 일상성을 통해서다. 그 일상성은 1980년대가 얹어주며 지나간 이데올로기의 중압감을 견뎌내고 우리의 삶의 장 안에 의미 있는 유일한 현존의 토대로 존재한다. 한편으로, 우리는 그 일상 속에서 숨쉬고 일하며 살아 있음의 체계를 세우면서도 끊임없이 그 일상으로부터 단절과 일탈을 암암리에 모색한다. 우리의 현존은 일상 속에 머물고자 하는 욕망과 그것으로부터 벗어나고자 하는 욕망 사이에서 머뭇거린다. 그 머뭇거림이 우리네 생활의 실체다.

일상성과 관련해 몇 마디 해봤지만 그것은 복잡하고 중층적이어서 쉽게 해명되지 않고, 여전히 모호함의 영역 속에 남아 있다. 일상성에 대한 이해는 후기 산업 사회의 인간의 삶에 대한 인식의 출발점이다. 과연 일상성에 대한 이해는 도시/환경과 주체의 욕망, 그리고 삶의 위기와 관련된 인식에 도달하려는 우리의 노력에 징검돌 하나를 보태줄 수 있을 것인가.

삶의 토대가 농경 사회에서 도시 환경으로 이행한 근대 이후 우리에게 주어진 일상성이란 하찮은 것, 덧없는 것, 무의미한 것, 권태로운 것, 반복적이고 지루한 것 등으로 이해되어왔다. 일상의 저편에 있는 것, 즉 일상이 아닌 것은 무엇인가. 가공되지 않은 채 그대로 있는 자연, 전설, 신화, 꿈, 축제, 전쟁, 혁명, 광기, 기적은 비일상의 범주에 든다. 일상이란 그 비일상의 저편에 있는 것, 이른바 후기 산업 사회의 문화의 소비 영역에 속해 있는 삶의 이런저런 토대다. 일상성의 범주에 드는 것을 범박하게 열거하자면 가정, 직업, 식구, 일과표, 기상과 취침, 요리, 유행, 신문이나 잡지 읽기, 텔레비전 시청하기, 광고, 오락 거리, 취미 활동, 여가 생활, 관광, 소비품 구매, 가구의 배치, 집 안팎 치장하기, 사적 인간 관계 등을 포괄한다. 이런 것은 순환적이며, 일과성이고, 무목적성이라는 외관을 특징으로 하고 있다. 이런 것은 사적 범주에서 조직되고 체계화된 어떤 것이며, 사회의 제도나 조직 속으로 수렴되어 물거품처럼 사라지는 어떤 것이다. 진부한 것의 반복으로 여겨지는 일상성은 흔히 무의미, 불안, 소외, 익명성, 권태, 피로 같은 것과 동일시되거나 철학적 고구考究의 가치가 없는 것으로 여겨져왔다. 그러나 이제는 일상성이라는 것의 의미에 대한 해명 없이는 도시 산업 사회에서의 실존의 의미를 제대로 밝혀낼 수 없다는 설이 널리 받아들여지고 있다.

참고 자료

강대기, 『현대 도시론』, 민음사, 1987
한국 사회 연구소 편, 『한국 사회론』, 민음사, 1980
최재현, 「삶을 살리는 환경, 환경을 살리는 사회 체제」, 『사회평론』 1991. 5.

이하석, 반생명적 광물질의 세계

광물성의 풍경을 일체의 주관적 감정을 배제한 채 극사실주의적인 언어로 묘사한 시인 이하석

이하석李河石(1948～)의 시를 뒤덮고 있는 것은 차갑고 강인한 무생명의 금속성 이미지들이다. 이하석의 초기 시 세계의 상상력은 철 · 활주로 · 아스팔트 · 알루미늄 · 합성 세제 · 나사 · 철모 · 수통 · 치약 튜브 · 타이어 조각 · 기름 · 타이프라이터 · 핀 · 은종이 · 병마개 · 비닐 · 수은 · 유리 조각 · 빈 병 · 포탄 · 방독면 · 총기 등의 인공물에 달라붙어 부풀어오른다. 그의 시를 두고 비평가들은 "광물성의 시학", "도시시", "하이퍼 리얼리즘", "주관이 거세된 객관 묘사" 등으로 설명한다.

이하석은 1948년 경북 고령군 운수면에서 태어난다. 전쟁 직후인 1953년 가족과 함께 대구로 이사한 그는 대명동 난민촌 언저리에서 자란다. 대구고등학교를 거쳐 경북대학교 사회학과에 입학하나 중도에 그만둔 그는 1977년 『영남일보』에 입사해 오늘에 이르고 있다. 이하석은 1971년 『현대시학』에 전봉건의 추천으로 시를 선보인다. 문단에 나온 뒤 그는 1976년 대구에서 거주하는 젊은 시인들을 중심으로 결성된 '자유시' 동인으로 참여한다. 그는 이제까지 『투명한 속』(1980) · 『김씨의 옆 얼굴』(1984) · 『우리 낯선 사람들』(1989) · 『측백나무 울타리』(1992) · 『금요일엔 먼 데를 본다』(1996) 등의 시집을 낸 바 있다. 특히 대구 지역의 젊은 시인들에게 큰 영향력을 발휘하던 그는 1990년에 들어 '김수영 문학상' 을 받음으로써 문학성을 공증받는다.

반생명적 금속성의 이미지에서 벗어나 생명과 그 생명의 터전으로서의 자연을 담은 시집 『측백나무 울타리』

"대책 없는 말들, 책임질 수 없는 구호들, 경직된 감정의 과잉 배설"의 시대에 이하석은 "카메라를 가지고 다니며 수백 장의 사진을 찍고 그것을 다양하게 현상 인화하고, 그렇게 모아진 자료들을 분석하고 그 분석된 자료 사진들에서 묘사 하나 하나를 만들어 시 한 편을 제작"하는 태도를 견지한다. 시를 "쓰는" 게 아니라 "제작"하는 그의 이와 같은 태도는 1970년대에 대구 화단에서 일어난 팝 아트, 하이퍼 리얼리즘, 설치 미술 등의 전위적 경향으로부터 일정한 영향을 받은 것이다.*

활주로는 군데군데 금이 가, 풀들/솟아오르고, 나무도 없는 넓은 아스팔트에는/흰 페인트로 횡단로 그어져 있다. 구겨진 표지판 밑/그인 화살표 이지러진 채, 무한한 곳/가리키게 놓아 두고.//방독면 부서져 활주로변 풀덤불 속에/누워 있다. 쥐들 그 속 들락거리고/개스처럼 이따금 먼지 덮인다. 완강한 철조망에 싸여/부서진 총기와 방독면은 부패되어 간다./풀뿌리가 그것들 더듬고 흙 속으로 당기며./타임지와 팔말 담배갑과 은종이들은 바래어/바람에 날아가기도 하고, 철조망에 걸려/찢어지기도 한다, 구름처럼/우울한 얼굴을 한 채.//타이어 조각들의 구멍 속으로/하늘은 노오랗다. 마지막 비행기가 문득/끌고 가 버린 하늘.

이하석, 「부서진 활주로」, 『투명한 속』(문학과지성사, 1980)

이하석에게 도시는 광물성의 폐기물로 가득 찬 곳으로 이해된다. 광물성의 폐기물들은 녹슨 채 버려져 있다. 시인은 그 풍경을 일체의 주관적 감정을 배제한 채 극사실주의적인 언어로 묘사할 뿐이다. 첫 시집에 해설을 쓴 김현은 "그의 광물질은 쓰임새를 잃고 부패하고 썩는 광물질이다."라고 말한다.

차가, 달려온다. 그의 몸은, 멈칫,/솟구치고, 순간, 모든 시선을 팽개치며,/내동댕이쳐진다. 그의 팔은 꺾이고,/찢어진 채, 나부끼는 옷 조각들, 화학 섬유 가벼이/무늬를 흩이며 난다. 급한 브레이크로/뜨겁게 정지한 채 멍해진 바퀴 밑,/몇 개의 돌들은 튀어오르며, 긴장된/그의 가슴을 쥐어박는다. 젠장, 신, 세, 조졌군, 하고/운전수가 투덜거릴 때, 그의 구두는 황급히/하수구로 뛰어들고, 그의 반짝이는/단추들이 사방으로 흩어지면서, 급히/차들을 세운다. 그의 주민 등록증은 무표정한/얼굴 하나를 경찰관의 발 앞에, 내동댕이/친다. 경찰관은 갑자기 분노해서, 그를 노려보면서,/차를 걷어찬다. 부서진 유리창 속에 경찰관의/얼굴이

시인의 주관적 감정을 배제한 채 극사실주의적 묘사의 수법을 견지한 『김씨의 옆 얼굴』

* 송재학 · 류철균과의 대담, 『문학정신』(1993. 3.)

어둡게 비친다. 사람들은, 웅성대며,/그의 얼굴을 보기를 원하지만, 그의 얼굴은/이미 유리창을 떠나 부서졌고,/경찰관은 호각을 불어, 그의 죽음을,/확인한다. 그의 피는 부서진 차의 기름과/녹물에 엉기면서, 고즈넉히, 또는 급히,/땅 속으로 스며든다, 경찰관도 그도/아무도 모르게.//그가 실려서 어디론가 떠난 후,/도로 인부는 그의 피부터 흙으로 덮는다./크레인으로 들어올려져 차도 떠나고,/사람들도 흩어진 후, 비로소 인부는 담배를 피워 물며,/지나가는 차들을 향해 손을 흔든다. 길에서/주운 몇 개의 단추는 먼지와 흙을 닦은 후/얼른 주머니에 챙긴다. 하수구에서 주운/두 쪽의 구두를 인부는 제 신과 바꿔/신는다. 푸른 유리 조각이 인부의 빗자루에 쓸려/길가 풀덤불 속에 버려질 때, 아무도 보지 못하게/핏물이 유리에 묻어 급히 흙 속으로/숨는다. 향기로운 풀잎 그윽한 오월의 정오를/인부는 나른히 그곳을 떠나간다.

이하석, 「교통 사고」, 『김씨의 옆 얼굴』(문학과지성사, 1984)

두 번째 시집에서도 시인의 주관적 감정을 배제한 극사실주의적 묘사 수법은 여전하다. 시인은 "나의 감정, 나의 말, 나의 입장은 그 지루하리만치 집요한 '제작' 과정에서 완전히 뒤로 숨어버"린다고 말한다. 교통 사고 현장을 전하고 있는 위의 시는 죽은 사람이 무정물無情物인 광물질과 크게 다르지 않음을 비정하게 드러내 보인다. 죽은 사람의 몸에서 흘러나온 피는 이미 부서진 차에서 흘러나온 기름과 녹물에 엉겨 땅 속으로 스며든다. 교통 사고는 도시적 삶의 한 부분으로 자리잡은 지 오래다. 산업 문명의 산물인 도시는 인간의 삶조차 사물화한다는 사실을 이 시는 간접 화법으로 말하고 있다.

자신의 내면 세계를 드러내며 변화의 징후를 보이기 시작한 시집 『우리 낯선 사람들』

1980년대가 끝날 무렵에 펴낸 『우리 낯선 사람들』에서 그의 시 세계는 변화의 징후를 보여준다. 서준섭은 한 계간지에 실린 글에서 "문명의 쓰레기라든가 변두리의 녹물 같은 사람들에 대한 극사실주의적, 객관적인 묘사에 치중해오던 시인이 이 시집에 이르러 비로소 자기 자신의 내면 세계를 드러내고 있다."고 지적한다.*

풀무치와 방아개비, 여치, 잠자리들은 그들의 빛나는 날개로 여름을 분주히 날았고, 어쩌다 이곳까지 왔었고, 죽을 때가 되어서 죽은 것이다. 그 이상은 아무것도 아니다. 다만 이 아

* 서준섭, 「도시와 자연 사이」, 『작가세계』(1990 봄)

파트의 가까운 이웃이 죽었을 때, 애통해 하는 가족들의 울음 속으로 여치 울음이 끊임없이 들렸음을 나는 슬퍼한다. 죽은 이는 밧줄에 묶여 지상에 내려가 장의차를 타고 도심을 빠져 나갔다. 이 도시와 산을 눈물로 이은 길을 만들면서. 또 나는, 사랑하는 이를 그릴 때 풀벌레의 울음을 끊임없이 들어야 하는 길고 고적한 밤도 보냈다. 내가 발견한 풀벌레의 주검들은 그때 내 영혼을 흔들던 그것들이었으리라. 지금은 모든 풀벌레 소리도 끊기고, 밤은 너무나 고요하다. 모든 풀벌레들의 울음은 죽었다. 그러나 나는 그것들 하나 하나가 온 길을 비로소 찾아 나설 마음이 인다. 풀무치는 초록의 길을 따라, 산이나 들에서 이 도시의 깊은 곳으로 왔다. 처음엔 들판에서 쉽게 이어진 초록의 길이 도시 변두리의 빈터로 이어졌으리라. 그 다음엔 우리가 모르는 풀에서 풀로 이어진 길이 풀무치를 미세하게 이끌었으리라. 그렇다, 이 도심의 회색 콘크리트의 세계에도 자세히 보면—풀무치의 눈으로 보면—들과 산으로 이어진 초록의 길이 있다. 아무도 찾으려 하지 않는 그런 신비한 길이. 단순하게 자연이라 단정지을 수는 없지만 우리 삶 속에는 그렇게 열린 길이 있다.

이하석, 「초록의 길」, 『우리 낯선 사람들』(세계사, 1989)

반생명의 무기물이 뒤덮어버린 도시에서의 삶은 근본적으로 죽음의 삶이다. 사람들이 만들어 쓰고 버린 그 숱한 산업 폐기물, 광물질의 세계는 반생명적이며 생태 파괴적이라는 점에서 억압의 세계다. 시인은 그 억압과 죽음의 삶에서 어렵게 빠져나와 "들과 산으로 이어진 초록의 길"로 들어선다. "아무도 찾으려 하지 않는 그런 신비한 길", "단순하게 자연이라 단정지을 수는 없지만 우리 삶 속에" "그렇게 열린 길"은 곧 자기 갱신력을 가진 목숨붙이들이 한데 어우러져 있는 생명의 길일 것이다. 1992년에 나온 『측백나무 울타리』에 이르면 몇 편의 시에 아직 "쇳더미 조각", "쇠의 붉은 녹물" 같은 반생명적 금속성의 이미지들이 조금 남아 있긴 하지만, 산 · 폭우 · 태풍 · 냇물 · 측백나무 · 봄 · 들 · 고추잠자리 · 밀양강 · 영일만 · 명금폭포 · 지리산 · 대가천 · 태화강 · 합강 · 가야산 · 오봉산 · 별 · 찌르레기 · 화암벌 같은 목숨붙이나 어떤 곳의 이름 그리고 자연 현상 또는 풍경이 시집을 채우고 있다. 이하석의 상상력은 어느덧 생명이 깃들이고 그 생명을 번성하게 만드는 터전으로서의 자연과 소통하며 자연 속에 깊이 들어와 있는 것이다.

참고 자료

홍정선, 「'초록의 길' 에 이르는 길」, 『비밀』 해설, 미래사, 1991

김현, 「녹슴과 끌어당김」, 『젊은 시인들의 상상 세계』, 문학과지성사, 1984

서준섭, 「도시와 자연 사이」, 『작가세계』 1990 봄

장정일, 「근대인의 초상」, 『현대시세계』 1990 가을

정과리, 「선 또는 인간주의적 세계의 횡포」, 『자유시』 6집, 1982

최승호, 세속 시대의 객관주의

세속 도시의
내면을 살피고
그 의미를 복원하는
시적 탐색의 길을
걸어온 시인 최승호

도시 환경에 대한 사람의 정서적 반응은 체험 내용과 삶의 배경에 따라 편차가 있겠지만, 생태계의 훼손과 파괴, 왜곡으로 말미암아 파생되는 부정적 양상에 대한 본능적인 공포와 종말론적 위기 의식에 닿을 때가 많다. '도시시' 나 '문명 비판시' 에서 다루어지는 주제가 바로 그것이다. 이를테면 '세속 도시' 의 내면을 꼼꼼하게 살피고 그 의미를 복원하는 시적 탐색의 길을 걸어온 최승호崔勝鎬(1954～)의 『세속 도시의 즐거움』에는 일일이 늘어놓기 어려울 만큼 현대 도시 문명을 뒤덮고 있는 온갖 병적 현상, 죽임과 죽음의 문화 체험에서 비롯된 공동空洞, 괴기한 죽음이 가득 차 있다.

최승호는 1954년 강원도 춘천에서 태어나 춘천교육대학을 졸업한다. 그는 1977년 『현대시학』에 「비발디」 등의 시를 추천받아 문단에 나온다. 강원도 사북 등지에서 초등 학교 교사로 근무하던 최승호는 1982년에 『세계의 문학』이 주관하는 '오늘의 작가상' 을 받으며 문단의 주목을 받기 시작한다. 그는 이제까지 『대설주의보』(1983) · 『고슴도치의 마을』(1985) · 『진흙소를 타고』(1987) · 『세속 도시의 즐거움』(1990) · 『회저의 밤』(1993) · 『반딧불 보호 구역』(1995) · 『눈사람』(1996) · 『여백』(1997) · 『그로테스크』

시골의 삶을 단아하면서도
날카로운 틀에 담아
보여준 첫 번째 시집
『대설주의보』

(1999) 등의 시집을 펴낸 바 있다. 이처럼 꾸준히 시를 쓰는 동안 그는 1985년 제5회 '김수영 문학상', 1990년 제2회 '이산 문학상'을 받는다.

첫 시집 『대설주의보』에서 시골의 삶을 단아하면서도 날카로운 틀에 담아 보여준 최승호는 두 번째 시집 『고슴도치의 마을』에서 정체를 알 수 없는 불안과 음울함으로 감싸여 있는 도시의 삶을 형상화하는 데 힘쓴다. 이는 삶의 배경이 강원도 두메에서 도시 문명의 병폐와 부정적 기능을 고스란히 드러내고 있는 서울로 바뀐 시인의 사정과 무관하지 않을 것이다. "춘천과 부천에서 쓴 몇 편을 제외하면 나머지는 모두 서울에서 씌어"졌다는 시인 자신의 고백이 없더라도 『고슴도치의 마을』을 가로지르며 흐르는 것은 인간다운 삶을 허용하지 않고 헛된 반복과 미궁 속에 빠뜨리거나, 생명의 본래적 활기를 빼앗고 자꾸 박제화하는 도시에서의 부정적 체험이다. 시인은 도시적 삶의 부정적인 편린들을 지적으로 통제된 정확한 소묘의 구문 속에 담아내고 있다. 우리가 그의 시에서 들썽거림이 아니라 단단한 무엇을 느낀다면, 어떤 대상이든지 철저하게 객관화하는 그 소묘의 선이 보여주는 적확성 때문일 것이다.

그늘 없는 곳이 사막이라고/중얼거리는 서울의 햇빛//무교동에서 보았다 공 치는 남자/뙤약볕 속에 공 치는 남자를/배꼽에/긴 고무줄이 달린 공은/치면 고무줄이 늘어나서 허공으로 날아갔다/다시 날아왔다 공은/일거리는/치면 허공으로 날아갔다/다시 탄력 있게 날아왔다/뙤약볕 속에 뻘뻘 땀을 흘리며/라켓을 쥐고 공 치는 남자의/말없는 동작은/지루하고 외롭게 반복되고/배꼽에 긴 고무줄을 단 테니스 공은/잘 팔리지 않았다//저렇게 열심인 노동의 대가가 없어서야/공 치는 직업의 남자는/정말 공치는 남자라고/시간이 늘어났다 줄어드는 고무줄의 선들로 메워진다고/중얼거리는 서울의 햇살 아래

최승호, 「조명된 남자」, 『고슴도치의 마을』(문학과지성사, 1985)

도시 한복판에서 "공치는 남자"를 사실적으로 그려낸 이 시의 심층에 숨어 있는 의미망은, "놀라울 것 없는 이 평범한 삶이/놀랍다는 생각이 든다"(「새장 같은 얼굴을 향하여」)는 구절이 함축적으로 보여주고 있는 대로, 평범한 삶의 진상

에 대한 정직한 인식이다. 그가 들여다본 도시적 삶의 밑바닥에는 "지루하고 외롭게 반복되"는 행위에 매달리는 생활 양식이 깔려 있다. 이런 행위가 노동의 양상으로 이어지면서도 대가조차 제대로 따르지 않을 때 삶은 자꾸 공허해질 수밖에 없다. 그 권태로운 반복, 그 무의미의 발견이 일으키는 경이로움은 그의 시적 인식의 단초를 이루곤 한다. 「자동판매기」·「앵무새」·「나무말」 같은 시에서 한결같이 흘러나오고 있는 현실 인식 또한 저도 모르는 사이에 어느덧 자동화·획일화 속에 함몰되어버린 삶의 무서운 비극성이다.

세속 시대의 도시적 삶의 병적 징후들을 차가운 객관주의로 묘파한 최승호의 『고슴도치의 마을』·『진흙소를 타고』는 1980년대의 한국 시문학이 거둔 의미 있는 성과다. 한 비평가는 이즈음 그의 시를 두고 "도시화 현상에 대한 정직한 문학적 반응"(유종호)이라고 지적한다. 『대설주의보』에 나타난 자아/자연 사이의 긴장과 대립에 대한 사실적 관찰과 형상화에서, 자아/도시로 관심의 무게 중심이 이동한 것은 그의 삶의 공간이 시골에서 서울로 바뀌면서 일어난 자연스러운 변화다.

도시 문명의 병적 징후들을 객관주의 시선으로 묘파한 『고슴도치의 마을』과 『진흙소를 타고』

자본주의적 생산 양식과 소비 체계의 공간적 집중과 팽창을 특징으로 하는 20세기 후반기의 서울은 도시 문명의 온갖 부정적 양상을 품고 있는 삶의 현장이다. 최승호의 시 세계는 1970년대 이래 급격하게 진행된 농경 사회 구조의 해체와 후기 산업 사회로의 구조적 변동이 한데 엉긴 과도기의 한국 사회를 그 물적 기반으로 삼고 있다. 서울은 그 해체와 변동의 총체다. 최승호는 도시적 삶의 병적 징후를 "오렌지 쥬스를 마신다는 게/커피가 쏟아지는 버튼을 눌러 버렸다/습관의 무서움이다"(「자동판매기」)에서처럼 일상적 체험의 세목을 통해 읽어낸다. 자동판매기 앞에서 의지와 달리 커피 버튼을 눌러버린 인간의 손은, 자동화된 습관에 지배되는 도시적 삶의 부정적 면모의 한 예시다.

돈만 넣으면 눈에 불을 켜고 작동하는/자동판매기를/매춘부賣春婦라 불러도 되겠다/황금黃金 교회라 불러도 되겠다/이 자동판매기의 돈을 긁는 포주는 누구일까 만약/그대가 돈의 권능權能을 이미 알고 있다면/그대는 돈만 넣으면 된다/그러면 매음賣淫의 자동판매기가/한 컵의 사카린 같은 쾌락을 주고/십자가十字架를 세운 자동판매기는/신神의 오렌지 쥬스를 줄 것인가

최승호, 「자동판매기」, 앞의 책

자동판매기는 자아-욕망에게 쾌락을 제공하는 매춘부다. 그것은 또 물신주의라는 20세기 새로운 신의 복음과 구원까지 파는 황금 교회이기도 하다. 물론 그 쾌락 · 구원은 돈의 권능에 의해서만 가능하다. 그 자동판매기 뒤에는 돈을 긁는 포주가 버티고 있다. 포주는 인간의 자아-욕망을 조작하고 통제해 이윤 추구를 극대화하는 자본주의의 생리 그 자체다. 부패한 자본주의는 인간의 자동화된 습관을 조작해 끊임없는 가짜 욕망을 창출해낸다.

그 가짜 욕망이 추구하는 바 끝은 어디인가. 「썩는 여자」는 부패한 자본주의의 가짜 욕망을 따라간 한 여자의 삶을, 내부로부터의 싸움과 곪음을 보여준다.

그녀는 지하생활자가 되어 간다/지하철을 타고 지하상가의 많은 물건들을/방에다 가득 채우는 그녀의 머리에/끈끈한 음지식물들이 자라는 것을/나는 보고 있다 그녀는/지하생활자가 되어 간다 습기와 시멘트 냄새,/하수구의 악취,/그녀의 살가죽은 눅눅하고 퀴퀴하게/속으로부터 썩으며 곪고 있지만 아직/구멍이 난 것은 아니다 새끼들을 치고/부엌에 나타나 뻴뻴거리는/쥐며느리, 바퀴벌레, 그리마/축축한 벽지를 들고 일어나는 곰팡이와/그녀의 싸움은 결국 곰팡이들의 승리로 끝날 것이다

최승호, 「썩는 여자」, 앞의 책

"습기와 시멘트 냄새, 하수구의 악취"들, 그리고 생활 공간의 구석진 곳에서 서식하는 온갖 해충은 도시적 삶의 외관 뒤에 숨어 있는, 인간의 삶을 일그러뜨리는 도시의 부정적 요소들에 대한 가시화에 다름아니다. "어떻게 살아야 할지를 모르겠다고 중얼대다 잠"드는 여자의, 삶의 전망 없음은 1980년대 시인들의 속 깊은 비관주의를 보여준다.

그는 「네모를 향해서」에서 규격화된 도시적 삶에 수동적으로 길들여지고 얽매이는 인간의 실상을 그린다. 또 「붕붕거리는 풍경」에서는 도시적 삶이 비이성적 속도와 귀가 먹먹해지는 소음에 싸여 있음을 지적한다. 그는 미친 속도로 질주하는 "욕망의 바퀴"들이 궁극적으로 고철을 향해 가고 있음을 보여줌으로써, 가짜 욕망의 헛된 추구를 비웃기도 한다. 이처럼 그의 시는 순결한 자아/타락한 도시라는, 대립과 긴장의 구도로 1980년대 도시적 삶의 환부를 해부한다. 통제된 감정, 사실적 언어, 잘 짜여진 시적 구조는 그 해부의 유용한 조건들이면서, 최승호 시의 돋보이는 개성이기도 하다.

인류에게 닥칠 환경 괴멸의 재앙을 예언하고 경고한 『세속 도시의 즐거움』

1990년께부터 도시의 삶에 대한 시인의 비관과 절망은 한결 깊어진다. 이즈음 펴낸 『세속 도시의 즐거움』은 머지않아 인류에게 닥칠 환경 괴멸의 재앙을 예언하는 시집이다. 환경 괴멸은 자본의 재생산과 축적 자체를 아예 불가능하게 만드는 상황에 우리를 빠뜨릴 것이다. 환경 괴멸은 인체에도 회복 불능의 치명적인 손상을 입히고, 이내 생태계의 파국을 부르게 된다. 시인은 환경 괴멸의 징후를 "무뇌아"라는 이미지를 통해 전달한다. 무뇌아란 반성 없는 인류에 의한 환경 오염의 누적과 확산의 결과 황폐해질 대로 황폐해진 자연의 반생명성에 대한 끔찍스런 표상이다. 무뇌아의 세계란 인성人性을 파괴하는 그로테스크한 도시/문명 속에서의, 최승호의 어법으로 말하자면 뜻없음으로 부풀어 있는 "무인칭의 삶"들만 걸어다니는 세계다. 결단나버린 생태 환경은 그 결과와 책임을 인간에게 "죽음"으로 되돌린다.

무뇌아를 낳고 보니 산모는/몸 안에 공장지대가 들어선 느낌이다./젖을 짜면 흘러내리는 허연 폐수와/아이 배꼽에 매달린 비닐끈들./저 굴뚝들과 나는 간통한 게 분명해!/자궁 속에 고무인형 키워온 듯/무뇌아를 낳고 산모는/머릿속에 뇌가 있는지 의심스러워/정수리털들을 하루종일 뽑아댄다.

최승호, 「공장지대」, 『세속 도시의 즐거움』(세계사, 1990)

'공장 지대'는 무엇보다 뚜렷한 산업화의 상징적 약호다. 공장은 독점 자본의 이윤을 극대화하는 생산 설비의 상징이며, 동시에 환경 오염 또는 환경 파괴의 원인이 되는 폐수, 폐가스, 산업 폐기물 같은 공해 물질의 배출처다. 자본주의적 축적과 발전의 미명 아래 오염 물질을 자꾸 내놓으면 대규모의 환경 파괴가 일어나고, 이는 마침내 자본 축적과 재생산의 토대인 환경을 괴멸시킨다.

「공장지대」 같은 시편에서 그는 한결 직접적인 언술로 생명의 체계를 파괴하는 산업화의 폐해와 관련된 환경적 상상력을 보여준다. "산모는 무뇌아를 낳고", "젖을 짜면 폐수가 흘러내리고", "정수리털들을 하루종일 뽑아대"는 이 그로테스크한 그림은 우리 시대의 삶과 생명이 처한 형편에 대한 날카로운 상징이다. 여기에 나타나는 섬뜩한 반생명의 이미지들은 환경 오염이 생태계와 인류의 앞날에 가져다 줄 죽음과 재앙을 경고하는 시인의 전언을 담고 있다. 인간의 정서는 황폐해지고, 자꾸 정수리털을 뽑아대는 파괴적 자학은 그 황폐한 인간 정서의 상징이다. 그 끔찍함은 일체의 전망 자체를 무화시켜버리는 시인의 도저한 비관주의에서 비롯된다. 시인은 여기서 환경을 살리고, 궁극적으로 생명을 살리는 삶의 대안적 양식에 대한 어떤 희망적인 전망도 제시하지 않는다. 시집 전체를 봐도 전망 대신 도시/환경의 삶의 양식 이면에 감추어진 극한의 불모성과 파멸의 징후를 읽어내는 시인의 차가운 비관주의만 돌출해 있다. 시인이 제시할 수 있는 전망은 생명성의 희원希願과 결부된 전망일 것이다. 그러나 시인은 어떤 전망도 제시하지 않는다. 다만 죽음과 불모의 현실성만 차갑게 제시할 뿐이다. 인간의 바닥 없는 욕망에 대한 절망 때문일까, 비극적 세계관에 대한 시인의 본능적 친화 때문일까.

도시는 우리가 감각적으로 경험할 수 있는 삶의 거의 유일한 지평이다. 2000년대 문학의 도시/환경 주제에 대한 접근은 환경 오염 또는 환경 파괴 같은 가시적 현상에 대한 주체의 대응이라는 측면에서도 다루어질 것이나, 한편으로 도시/환경 문제와 겹치는 우리 사회의 여러 모순과 함께, 이런 것이 인간의 내면과 자아에 가하는 비가시적 억압성과 부정적 양상에 대한 탐구라는 방향에서 활발하게 다루어질 것으로 보인다. 현대 사회가 안고 있는 많은 문제가 그렇듯이 도시/환경 문제는 그 자체로 따로 떨어져 있는 문제가 아니다. 그것은 자본주의 사회에 내재해 있는 갖가지 사회 모순과 복합적으로 연결되고 중첩된다.

「복면의 서울」은 생태 환경의 위기와는 결이 다르지만, 도시적 삶의 양식이 안고 있는 또다른 문제, 즉 삶의 익명성, 자아의 고립, 강박 관념적 불안 등을 다루고 있는 시편이다.

하루에도 너댓번씩 전화가 온다/그는 늘 말이 없다/나의 목소리를 듣기만 한다/그는 내가 누구인지 아는 것 같은데/나는 그가 누군지 모른다/자신을 숨은 신이라 생각하는 정신병자?/밤중에도 새벽에도 전화가 온다/그녀인지도 모르겠다/내 애를 낳았다고 주장하던/결혼 전 그 거머리 여자는 아닌지/집으로도 사무실로도 전화가 온다/저쪽은 늘 말이 없다/내가 있는지 없는지 듣기만 한다/혹시 나를 뒷조사해 컴퓨터로 읽고 있는/전지전능한 형사는 아닌지/나는 불안에 끄달리기 시작한다/저쪽이 노리는 것은 바로 이것이다/모든 전화기들이 복면을 쓰고 일어나/나를 둘러싸고 킬킬대는 밤/전화선을 뽑아버린다/불통의 밤/벽이 나를 막아주는 밤/잡귀雜鬼들은 무심無心으로 물리쳐야 한다고 나를 달래며/사악해지는 밤 속에서/한결같은 달빛을 쳐다본다

최승호, 「복면의 서울」, 앞의 책

전화라는 통신 수단 자체가 자신을 익명성 속에 묻어두고 의사 소통을 할 수 있는 도구다. 마음만 먹으면 전화라는 문명의 이기도, 마음먹은 쪽에서 철저하게 복면을 쓰고, 즉 익명성 속에 숨어 상대방을 가해할 수 있는 폭력의 도구로 쓸 수 있는 것이다. 전화와 도시적 일상 생활은 떼려야 뗄 수 없는 관계에 있다. 그런데 전화 벨이 울려 수화기를 들면 저쪽에서는 아무 말도 없다. 그러다가 뚝 끊어지고 만다. 이런 경험은 누구에게나 있을 것이다. 어느 날 갑자기 그 전화를 통해 알 수 없는 메시지가 끊임없이 시적 자아에게 전달된다. 전화선의 저쪽에 숨어서 '나'를 괴롭히는 '그'는 누구인가. 그는 자신의 정체를 드러내지 않고 익명성 속에 숨어 있다. 그는 "자신을 숨은 신이라 생각하는 정신병자?", 아니면 잡귀雜

鬼? 공동체적 유대감이 사라져버린 세계 속에서 타자는 모두 잠재적인 정신 병자이거나 잡귀다. 그가 누구이든 도시 환경의 사회 구조가 대규모로 파생시킨 익명성 속에 숨어 타자를 괴롭히는 그는 가해자일 뿐만 아니라, 심리적 불안과 강박 관념적 소외 의식에 빠져 있는 병든 주체임에 틀림없다. 병든 주체라는 점에서 그는 가해자이면서 동시에 가련한 피해자다.

연탄재 담은 상자를 안고/문을 나선다 죽음의 경계선을/넘은 뒤에 누가 내 불꺼진 뼈들을 절굿공이로 빻을 것인지/눈구멍에 겨울 해 불타고/혀 없는 석양천夕陽天이/분홍색 뱀꼬리 햇살을 삼키는 저녁/상자에서 식은 해골들이/굴러떨어지며/부스스 먼지를 일으킨다

최승호, 「저녁의 상자」, 앞의 책

위의 시는 예전에 서울의 골목에서 쉽게 마주칠 수 있었던 연탄재를 버리는 일상적인 삶의 한 풍경을 간명하게 묘사한 것이다. 그러나 이 평범해 보이는 일상의 풍경에서조차 시인의 상상력은 "죽음"으로 치닫는다. 용도를 다한 연탄재에서 시인은 활동을 그친 개체의 죽음을 보고 "누가 내 불꺼진 뼈들을 절굿공이로 빻을 것인지"를 상상한다. 시인의 상상력 속에서 연탄재는 곧바로 "식은 해골"이라는 영상으로 태어난다. 죽음은 최승호 시 세계의 시작이고 끝이며, 시인의 의식을 온통 지배하고 있는 원체험이다. 시인의 상상력의 근저는 갖가지 죽음의 형상으로 꽉 차 있다. 무의미와 허망함으로 가득 차 있는 삶이 그렇듯이 죽음도 하나의 '환幻'이라고 시인은 말한다.

환幻으로 배 불러오는 욕정과/환이 불러일으키는 흥분이 있다

최승호, 「세속 도시의 즐거움 Ⅰ」, 앞의 책

환은 매혹적인 것, 가상의 세계다. 그러나 그 본질은 헛것, 신기루, 거대한 무의미의 공동空洞이다. 다시 말해 그것은 물신화된 도시 시대의 인간 욕망이 만들어낸 뜻없음으로 부풀어오른 가짜-천국, 즉 거짓 만족 · 향유 · 행복의 헛구렁이

다. 세속화된 도시 속에서 시적 자아는 "환인 줄 알면서 환에 취해" 환을 한없이 좇아가며 환에 몰입한다. 자본주의 시장 경제 체제 속에서 유통되는 상품들을 사들일 때 사람들은 단순히 상품을 사는 것이 아니라 광고에 의해 상품에 부여된 헛된 수사修辭, 즉 '환의 이미지', 만족 · 향유 · 행복의 상징을 산다. 환의 헛구렁은 무엇으로도 채울 수가 없다. 환은 도시적 삶의 밑바닥에서 커다란 아가리를 벌린 채 우리가 거기로 빠져들기를 기다리는 하나의 함정이다.

환은 최승호의 시에서 올라가도 내려가도 거대한 수렁 속에 빠졌다는 느낌으로부터 벗어날 수 없게 하는 엘리베이터로(「엘리베이터 속의 파리」), "미치고 싶거나 죽고 싶은 사람들이/구멍을 찾는다 구멍 속 수렁에/온몸을 쑤셔넣는다"(「아이쿠 사막」)에서처럼 구멍으로, 숟가락의 움푹 팬 부분으로(「밥숟갈을 닮았다」), 귀뚜라미가 빠진 끝도 시작도 알 수 없는 거대한 변기(「변기」)로 구체적 이미지를 얻으며 변용되기도 한다. 심지어 시인은 더 직접적으로 "변기의 소용돌이 뒤에/마지막 물 빠지는 소리는/왜 이리 크윽크윽/죽음의 트림 소리로 들리는지"(「거품좌의 별에서」)라고 세속 도시의 실존을 거대한 변기 속에 빠져 허우적거리는 삶으로 묘사한다. 김현은 이런 최승호의 시 세계를 두고 "거대한 변기의 세계관"이라고 이름 붙이기도 한다.*

> 움푹해라 내 욕망은/밥숟갈을 닮았다/천만 개의 숟갈이 한 냄비에 덤비듯/꿀꿀거리고 덜그럭대는 서울에서/나도 움푹한 욕망 들고 뛰어가고/보름달 뜨면 먹고 싶어라/둥근 젖/움켜쥘 그때부터 나는 아귀였던가/부르도자가 움푹한 입 벌리며 굴러가고/기름진 돼지 머리가/웃고 있는 좌판 위의 서울/움푹해라 뒤뚱거리는 영혼도/밥숟갈을 닮았다/죽어서도 배가 부르게 해주십사/거위 주둥이를 벌린다
>
> 최승호, 「밥숟갈을 닮았다」, 앞의 책

인간의 욕망이란 그 자체로 옳거나 그른 것은 아니다. 인간은 "욕망의 존재"

* 김현, 「거대한 변기의 세계관」, 『말들의 풍경』(문학과지성사, 1990)

또는 "욕망 그 자체"라고 말할 수 있다. 욕망은 세계를 향한 존재의 자기 표현으로서의 삶의 충동과 본능, 그 역동적 에너지, 또는 사회적 의미 발현의 인간적 조건이다. 흔히 인간의 노동은 그 욕망의 충족과 깊이 관련되어 있다. 「밥숟갈을 닮았다」가 말하고 있는 욕망은 현대의 병든 욕망, 타락한 욕망이다. 시인은 숟가락의 움푹 팬 형태적 특성과 음식을 떠먹는 기능에 주목해 인간의 욕망을 밥숟갈과 연관시킨다. 그 발상 자체에 이미 인간 욕망의 본질에 대한 지적 통찰이 들어 있다. 움푹 팬 숟가락의 단단한 형태는 무엇으로도 채워지지 않은 영원히 빈 형태다. 인간의 욕망도 이와 다를 바 없는 것이다.

채워도 채워도 채워지지 않는 욕망의 구조를 가진 인간의 영혼은 "뒤뚱거리는 영혼"이다. 뒤뚱거린다는 것은 자기 조정 기능을 잃어버린 주체의 삶의 부조화성, 불구성에 대한 암시를 담고 있다. 후기 산업 사회의 인간이 맞닥뜨리고 있는 위기의 적지 않은 부분은 바로 이와 같은 인간의 병든, 과도한 욕망에서 비롯된다는 것이 이 작품의 내면 속에 숨어 있는 시인의 전언이다.

참고 자료

도정일, 「다시 우화의 길에 선 시인을 위하여」, 『시인은 숲으로 가지 못한다』, 민음사, 1994
이남호, 「상처받은 마음의 변증법」, 『녹색을 위한 문학』, 민음사, 1998
이광호, 「환멸의 시학」, 『위반의 시학』, 문학과지성사, 1993
박혜경, 「성속聖俗의 하나됨, 혹은 선적禪的 부정의 정신」, 『상처와 응시』, 문학과지성사, 1997
김우창, 「관찰과 시」, 『대설주의보』 해설, 민음사, 1983

장정일, 검은 사제

1980년대 전반기와 달리 감정 과잉의 시, 상투화된 분노의 시는 1980년대 후반에 이르면 우리의 정서를 더 충격하지 못한다. 이성복 · 황지우 세대가 전통적 시 문법에 대한 우상 파괴 또는 한국 시의 갱신이라는 차원에서 제시한 해체적 기류를 장정일은 "나의 일상적 화법이다"라고 말해버린다. "해체란 삶 자체를 일컬음이며, 사람들이 그것을 가리켜 해체주의라고 부르기 훨씬 이전부터 나는 해체주의자였다"고. 확실히 시의 해체 문법은 장정일에게 오면 거의 일상이 되어 버린다. 1980년대 후반 상투화와 동어 반복을 넘어서지 못하는 목소리의 혼재 속에서 해체의 문법을 과감하게 일상화한 장정일의 시 세계는 충분히 이채롭고 새로웠다.

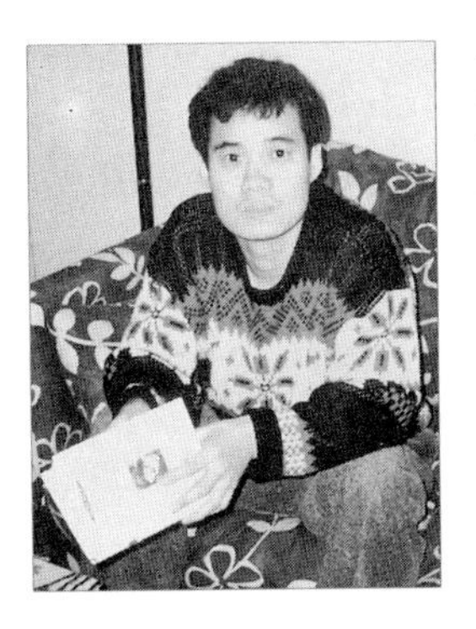

재기 발랄한 도시적 상상력과 경쾌한 해체 문법의 일상화로 시단에 바람을 일으킨 장정일

한국 시에서 장정일莊正一(1962~) 시의 문학사적 자리는 한국인들에게 질곡의 삶을 강요한 구조악과 모순에 대한 방법적 해체의 열기가 드높던 1980년대 후반이다. 장정일 시 세계의 자리가 이념 과잉의 시대에 균열이 가고 거대 담론이 흔들리거나 무너지면서 문학의 주제가 이념에서 주체의 내면, 욕망의 생태학 쪽으로 이동하기 시작한 1980년대 후반이라는 사실은 의미 있다.

장정일은 1962년 1월 6일 경북 달성에서 태어나 1977년 대구 성서중학교를 졸업한다. 학력 인플레 사회에서 제도 교육의 이력이 중학교 졸업으로 끝나버렸다는 점과, 사춘기에 소년원 체험을 했다는 사실은 그를 매우 이채롭게 만든다. 그는 우연히 시 쓰기에 나서게 되었고, 1984년 '청하'에서 나온 무크 『언어의 세계』 3집에 「강정 간다」 외 4편의 시를 선보이며 문단에 나온다. 그 뒤에 '시운동' 동인으로 활동하던 그는 1987년 '민음사'에서 『햄버거에 대한 명상』을 내고, 같은 시집으로 '김수영 문학상'을 받으며 문단의 주목을 받기 시작한다. 그의 가장 뛰어난 시집인 『햄버거에 대한 명상』에 실린 작품들은 이미 1985년에 펴낸 바 있는 박기영과의 2인 시집 『성聖 · 아침』에 실은 것과 많이 겹친다. 2인 시집 『성 · 아침』은 비평가들의 눈길을 끌지 못한 채 묻히고 만다. 1988년에 그는 『길 안에서의 택시잡기』 · 『서울에서 보낸 3주일』을 잇달아 내놓는다. 1987년에 지방의 한 출판사에서 나온 『상복을 입은 시집』이나, 1989년에 나온 『통일주의』, 1991년에 나온 『천국에 못 가는 이유』는 기왕의 그의 시적 명성에 흠집을 내기

1985년에 발간한 박기영과의 2인 시집 『성 · 아침』. 별로 주목을 받지 못한다.

에 딱 좋은 시집들이다. 그의 관심과 문학적 상상력이 시가 아닌 다른 장르, 소설과 희곡 그리고 시나리오 등으로 확산되면서 나타난 결과일 것이다.

1980년대 후반, 그의 시는 충분히 새로웠다. 장정일 시의 새로움을 두고 이윤택은 "1960년대산 세대의 외설 혹은 불경스런 시적 징후"라고 말한다. 실제로 그의 어떤 시편들은 놀랄 만큼 외설적이고, 경박하고, 조율이 제대로 되지 않은 악기들이 쏟아내는 불협화음과 같은 요설로 가득 차 있다. 이런 것은 어느 정도 의도적이었고, 우리 문학이 그 이전까지 경험한 적이 없는 새로움의 한 징후로 읽힌다. 그의 시가 보여준 재기 발랄한 도시적 상상력과 문명 비판적 주제, 경쾌한 해체의 방법론은 오늘에 이르도록 여전히 시적 유효성을 갖고 있다.

장정일의 시는 뚜렷하게 탈역사적 · 탈정치적이다. 1980년대의 시인들은 대부분 정치적이었다. 흔히 그들은 사유를 정치로 환원시키는 데 열중한다. 그들은 무의식에서조차 정치적이었다. 그만큼 1980년대의 '정치'는 시인들의 의식을 압도하는데, 그것은 어떤 면에서 정당했고, 또 어떤 면에서 지나쳤다는 느낌도 준다. 1980년대의 우리 삶에 뿌리칠 수 없는 큰 규정력으로 작용한 것이 바로 정치였기 때문에 그것은 옳았고, 또 삶과 현실의 모든 명제가 정치로 환원되는 것은 아니기 때문에 그것은 옳지 않았다.

1980년대의 젊은 시인들이 흔히 '5월 광주'와 민주화, 분단과 통일 같은 커다란 명제에 함몰되어 있을 때 장정일은 개체적 존재의 세속화된 일상성으로 구현된 '자그마한 역사', '자그마한 정치', 즉 삶과 욕망의 미세한 결들을 시 속에 드러내 보임으로써 다른 시인들과 자신을 차별화한다. 민주화에 대한 열망이 비등점을 향해 끓어오르고 있을 때 그는 이런 현실을 뒤따르는 것이 아니라, 현실의 변화를 선취하며 그 위에 자신의 시 세계를 구축한다. 어느 시대에나 좋은 시인들은 시대를 앞서 간다. 그들은 새로운 삶과 문화의 징후를 선취하고, 그것을 시적 질료로 삼는다. 그래서 뛰어난 시인들의 작품은 범상치 않은 예언성을 머금곤 한다.

1980년대 전반에는 개체적 삶을 둘러싸고 있는 훨씬 커다란 것의 변화를 위한 시의 복무, 이를테면 역사 의식, 이데올로기, 현실 변혁 열망 등이 중요한 시적 주제였지만, 1980년대 후반에는 개체의 미시적 삶, 삶을 움직이는 자잘한 욕망, 일상의 구체적 국면, 반성하는 주체의 의식 자체가 중요한 시적 주제로 떠오른다. 장정일은 그 전환기에 떠오른 별이다.

1987년에 나온 『햄버거에 대한 명상』. 장정일은 이 시집으로 김수영 문학상을 받으며 문단의 주목을 받기 시작한다.

장정일의 시적 관심은 볼품없는 자신의 삶 그 자체다. 아니, 그 삶을 만들어가는 욕망의 움직임이다. 다시 말해 장정일이 주목한 것은 '정치'처럼 커다란 것이 아니라 그것에 의해 규정되는 구체적 국면, 후기 산업 사회의 권태롭고 하찮은 익명적 삶 그 자체다. 그러나 그 익명적 삶은 '정치'와 무관하지 않다. 정치는 끊임없이 개체의 삶 속으로 파고든다. 그러면 삶은 그대로 있지 못하고 정치가 그렇듯이 일그러지거나 뒤틀린다. 왜곡 · 전도된 삶의 체계는 바로 '자그마한 정치' 그 자체라고 할 수 있다. 물론 삶은 복합적이고 변화 무쌍한 것이다. 그러나 정치는 그 복합성의 이면에서, 변화 무쌍의 이면에서 작용한다. 장정일은 정치의 의미를 읽지 않고 그 작용 체계의 의미를 읽는다. 장정일은 그 '자그마한 정치'의 의미를 해독하려고 애쓴다. 그의 의식은 열려 있고 따라서 그는 익명의 개체적인 삶, 그 자그마한 정치에서 단순히 한반도의 정치적 지형학의 의미만을 해독하지 않고 그것 속에 구현된 후기 산업 사회 문명 전반의 운명과 의미를 읽어내려고 한다.

그의 현대 문명에 대한 인식과 태도는 대체로 부정적이며, 비판적이다. 그는 잃어버릴 것을 더 갖고 있지 않은 '망명 세대'이며, "세계는 머리가 텅 빈 거대한 껍질"*에 지나지 않는다고 노래한다. 그의 세대에게 침묵은 용서받을 길 없는 죄악이고 끊임없이 떠벌린 사람만이 용서받기 때문에 그는 "끊임없이, 혀가 빠지도록!" 떠벌린다. "하지만 핵심은 모호하다"고 그는 고백한다.** 장정일 세대의 요설

* 장정일, 「텅 빈 껍질」, 『햄버거에 대한 명상』(민음사, 1987)
** 장정일, 앞의 시

은 이미 요설이 아니다. 그것은 일종의 양식화된 문법이다. 요설 속에 빠져서 그는 "이해 못할 삶!"*이라고 외치기도 한다. 그는 "내 이름은 스물두 살/한 이십 년쯤 부질없이 보냈네"**라고 노래한다. 부질없이 보낸 삶, 그것은 낭비한 삶이다. 그의 내면을 물들이고 있는 것은 따라서 부끄러움이다.

초기 시 중에서도 매우 뛰어난 작품으로 꼽히는 「석유를 사러」에서 장정일은 "난관을 모면하기 위하여 무엇인가 시도한다는 것/그것은 얼마나 가슴 벅찬 일인가"***라고 난관에 빠져 있는, 삶을 부질없이 보내고 있는 젊음을 노래한다. 이 시는 조금밖에 돈이 없는 그가 석유를 사서 하룻밤을 따뜻하게 보낼 것인가, 아니면 그 돈을 아꼈다가 다음날 라면이라도 사서 끓여 먹을 것인가 고민하다가 석유를 사러 간다는 이야기를 담고 있다. 그는 겨울밤을 따뜻하게 보내기 위해서 석유를 사는 데 그 돈을 다 써버렸기 때문에 이튿날은 굶어야 한다. 그의 상상력은 삶의 궁핍함의 세목들을 따라가며 이런 것을 끌어안는다. 그의 생각을 지배하고 있는 것은 "오랫동안 늙지 않고 배고픔과 실직 잠시라도 잊"는 것이다. 그는 겨우 사철나무 그늘 아래서 지친 몸을 쉬며 "아픈 일생"****의 상처가 아물기를 꿈꾼다. 그가 현실에서 읽는 것은 거칠고도 사실적인 "빈곤의 냄새"*****다. 그는 이런 것에서 세계가 썩는 냄새를 맡고 "여기가 사막인가?"라고 묻기도 한다. 현실의 불모성에 진저리를 치며, 현실에서 사막을 읽는 그에게 나날의 삶은 견디기 힘든 "생에서 공포가 제거된 다음의 짜증스런 세월"******일 뿐이다. 따라서 그는 그 가난한 삶, 짜증스런 현실로부터 끊임없이 도망가고 싶어한다. 그것은 「도망」·「도망중」·「도망중인 사나이」 같은 시에서 직접적인 언술로 나타나거나, 「지하도로 숨다」·「물에 잠기다」·「물 속의 집」 같은 시에서처럼 밀폐된 곳 또는

* 장정일, 「험브리 보가트에게 빠진 사나이」, 앞의 책
** 장정일, 「지하 인간」, 앞의 책
*** 장정일, 「사철나무 그늘 아래 쉴 때는」, 앞의 책
**** 장정일, 「빈곤의 냄새」, 앞의 책
***** 장정일, 「석유를 사러」, 앞의 책
****** 장정일, 앞의 시

물 속에 숨고 싶어하는 욕망으로 나타난다. 지하도의 이미지가 죽음과 매장을 상징한다면, 물의 이미지는 그 죽음으로부터의 부활과 신생의 상징이다.

1) 모든 것은 잠기리라/지각변동에 의해/세계는 물에 잠길 것이다*

2) 각종 의류며 생활용품 그리고 식당에서 화장실까지 거의 완벽한 지하도/그러면 이런 공상을 해보기도 한다. 이곳에서 여자 만나/연애하고 아이 낳고 평생 여기 살 수도 있을 것이라고.……/바깥에서 비가 그쳤는지 어떠한지 도무지 여기서는 알 수가 없다/도무지 바깥의 기상을 알 수 없는 여기는 무덤인가**

장정일의 상상력 속에서는 개체적 삶만이 아니라 인류 문명 전체가 수장水葬된다. 수장의 상상력은 범박하게 말하자면 문명을 무화시키고 싶다는, 세계를 뒤엎어버리고 싶다는 무의식적인 욕망에서 생기는 상상력이다.

장정일의 시에서 묵시록적 종말론의 상상력을 발견하는 것은 그리 어렵지 않다. 어느 날 갑자기 불이나 물에 의해 인류 문명 전체가 파괴되고 소멸되고 말 것이라는 시적 진술들은 그렇게 커다란 공포감이나 생생한 위기 의식을 거느리고 있지는 않다. 그것이 상투화에 빠지지 않고 죽음을 통해 새로 태어나고 싶다는 자아의 은밀한 욕구와 겹칠 때 장정일의 시는 탄력을 얻는다. 이를테면 "언제나 나는…… 물……/속의 집에 가고 싶었다. 그/집에 들어가 밀린 때가 굳은/등짝을 밀고 싶었다"*** 같은 구절을 보면 그 점은 한결 뚜렷해진다. 물 속에 잠기는 것은 죽음이지만, 그것은 동시에 밀린 때와 같이 개체의 삶에 덧씌어진, 인간의 존엄성을 훼손하는 삶의 더러움, 불행, 오욕과 수모를 씻어내고, 순결한 몸으로 새로 태어난다는 상징성을 머금는다. 그것은 물에 잠김으로써 옛 사람은 죽고 새로운 사람으로 다시 태어난다고 믿는 기독교의 침례 의식이 갖는 상징성과 닮아 있다.

그는 "불행한 청년"****이다. 죽어서 다시 태어날 수만 있다면! 그의 꿈은 간절

---

* 장정일, 「물에 잠기다」, 앞의 책
** 장정일, 「지하도로 숨다」, 앞의 책
*** 장정일, 「물 속의 집」, 앞의 책
**** 장정일, 앞의 시

하다. 그의 삶에 족쇄 채워진 그 불행의 삶을 벗어날 수는 없을까. 그는 환영으로나마 헛되이 꿈꿔보는 것이다. 수장의 상상력은 새로운 삶에 대한 간절한 욕망이 만들어낸 것이다.

자신의 삶과 그것의 기반인 문명적인 것 전체를 물 속에 가라앉히는 상상력과 지하도에 숨어서 살고 싶다는 상상력은 다른 표현이지만, 그 뜻으로 보면 하나로 겹친다. 시인은 지하도를 걷다가 죽을 때까지 지상으로 나가지 않고 그 곳에서 평생을 보낼 수는 없을까 하는 공상을 하게 된다. 바깥의 기상을 도무지 알 수 없는 지하 세계에 완벽한 생존 환경이 조성된다면 그 곳에서 여자와 만나 연애하고 아이 낳고 평생을 보낼 수도 있으리라. 가상의 지하 세계에서의 삶에 매달리는 것은 현실 도피 심리에서 비롯된 것이다. 이런 도피 심리는 앞에서 제목을 든 바 있는 '도망' 시편들에서 한결 직접적으로 진술되고 있다. 시인의 의식의 근저를 물들이고 있는 현실로부터의 끊임없는 도피의 심리학은 어디에서 비롯된 것일까.

후기 자본주의의 거대 소비 사회 속에서 장정일의 시적 자아들이 겪는 가장 근원적인 고통은 소외다. 「샴푸의 요정」을 보자. 이 시는 한 상품 광고의 모델에 하염없이 빠져드는 인간의 물화된 의식을 묘사한 작품이다. 요정은 실재가 아니다. "우리 곁에 날아오는 샴푸의 요정. 그녀는 15초 동안 지껄이고/캄캄한 화면 뒤로 사라진다"*. 샴푸의 요정은 일종의 환영幻影이고, 허상이다. 광고 언어 그리고 광고의 내용물은 철저한 계산을 바탕으로 만들어지는 이미지이며, 끊임없는 재화의 소비와 그 욕망을 부추기고 창출하기 위해 전문가 무리가 조작해 내놓은 가짜 신화의 세계다. 앙리 르페브르가 말한 것처럼 "광고는 신화를 생산한다". 광고가 끝나고 샴푸의 요정이 사라져버리면, '요정'에 매혹당한 사내는 무참하게 버림받은 느낌을 지우지 못하며(단절, 소외), 무기력해지고(박탈감, 저항할 수 없음), 걷잡을 수 없는 공허에 빠진다.

---

* 장정일, 「샴푸의 요정」, 앞의 책

보다 단순했던 시대에는 광고란 단지 제품에 대한 관심을 불러일으키고, 그 제품의 이점을 극구 칭찬하는 것에 불과했다. 이제 광고는 그 자체의 제품을 만들고 있는데, 즉 영구히 만족되지 않고 들떠 있고 불안해하며 무료한 소비자가 바로 그것이다. 광고는 제품을 광고한다기보다는 소비를 하나의 생활 양식으로 장려하는 역할을 한다. 광고는 대중이 상품에 관해서만이 아니라 새로운 경험과 개인적 성취를 위한 달랠 수 없는 욕구를 가지도록 '교육시킨다'. 광고는 소비를 고독 · 질병 · 권태, 성적 만족의 결핍이라는 해묵은 불만에 대한 해답으로 견지하며 그와 동시에 그것은 현대에 특유한 불만의 새로운 형태를 만들어낸다. 광고는 산업 문명의 불안을 교묘히 이용한다. 당신의 직업은 무료하고 무의미한 것인가? 그것은 당신에게 무익과 피로감을 갖게 하는가? 당신의 삶은 공허한 것인가? 소비는 그 고통스러운 빈 공간을 채워줄 것을 약속한다. 그리하여 상품을 로맨스의 향기와 이국적인 장소와 생생한 경험의 암시와 그리고 모든 축복이 흘러나오는 여자의 유방의 이미지로 둘러싸려고 한다.

크리스토프 라쉬, 최경도 옮김, 『나르시시즘의 문화』(문학과지성사, 1989)

거대 소비 사회의 광고는 제품을 광고하는 것이 아니라 끊임없이 "영구히 만족되지 않고 들떠 있고 불안하며 무료해 하는 소비자"들을 만들어내고, 소비자들은 "달랠 수 없는 욕구를 가지도록" 교육된다. 그래서 인간은 어느덧 상품의 노예가 된다. 「낙인」이라는 시의 끝 구절은 그 점을 절묘하게 보여준다. 장정일은 이 시에서 야생마의 엉덩이에 제 이름이 새겨진 뜨거운 부젓가락을 사정없이 눌러 찍는 서부극의 화면과 "말같이 튀어나온 한국 아가씨의 엉덩이에/리바이스 청바지 상표가 빨갛게" 찍히는 광고를 병치하고, "양키들은 잔인하구나!"*라는 말을 덧붙인다. 「낙인」이라는 시는 우리의 소비 문화가 신식민지적 구조 속에서 인위적으로 조정 · 관리되고 있음을 보여준다.

1985년
대구시민회관 앞에서.
소설가인 신이현에게
한창 결혼을 조르던 무렵.

장정일의 시적 자아들은 소비의 유토피아, 가짜 신화의 세계 속에 빠져 허우적거리고 있다. 가짜 신화의 세계에 사로잡힐 때 우리는 광고가 지시하는 재화나 상품 그 자체보다 광고가 주입하는 기호와 이데올로기에 의해 조작된 욕망을 쫓

* 장정일, 「낙인」, 앞의 책

으며 산다. 그 결과는 어떠할까? 다음의 시 구절을 보자. "그 순하고 얌전하던 눈들이,/광고들 선전탑들 영화간판들 또는 무분별한 씨 에프에 의해,/하루아침에 시들다니"*. 참담하다. 욕망의 인공 낙원—헛것에 홀린 삶은 결국 시들고 만다. 장정일의 시적 자아들은 가짜 신화를 생산해내는 이 거대 소비 사회 속에서 어떻게 살아야 할지를 모른다. 달랠 수 없는 욕구를 가진 그들은 철저하게 소외되어 있고, 끊임없이 떠돌며, 그리고 소모당한다. 소비의 감옥에 갇혀 뜻없이 삶을 탕진하고 있다는 끔찍한 자각에 이르게 될 때, 그들은 인공 낙원, 그 가짜 신화의 세계로부터 도망치는 것이다.

어느 시인이나 시 쓰기의 의미에 대한 자의식과 싸운 흔적을 조금씩은 보여준다. 그러나 장정일만큼 그것을 노골적으로·드러내는 시인은 흔치 않다. 주체의 소외, 물신화의 거대 소비 사회 속에서 시 쓰기란 과연 뜻있는 삶의 한 선택이 될 수 있는가 하는 물음은, 그 물음이 진지하면 진지할수록 고통스러운 물음일 수밖에 없다. 장정일의 시 쓰기에 대한 자의식의 중심에 자리잡고 있는 것은 대체로 회의적, 부정적 인식이다.

1987

1) 시로 덮힌 한 권의 책, 이 지상엔/그런 애매모호한 경전이 있는 것이다

장정일, 「시집」, 『햄버거에 대한 명상』(민음사, 1987)

2) 그런데 내 내가 누 누구냐고요/아마 무 묻지 마쉽시요/으 은 유 와 푸 풍자를 내뱉으며/처 처 천 년을 장슈한 나 나 나는/쉬 쉬 쉬 쉬인입니다요

장정일, 「쉬인」, 앞의 책

3)……시쓰기 또한 내 가슴 속에/시를 모아 두는 일일 것! 새로운 시를 쓰고 싶은/열망은 우표수집가가 자신의 스토크 북 속에/없는 볼리비아산 나비 우표를 간직하고 싶어하는/그 열망 이상의 것에 다름 아닐 것이다……/……/다 썼다. 3연의 시./나는 그것을 읽어본다. 엉망이구나./한숨을 쉰다. 이렇게 어려운 시./이렇게 하기 어려운 일을 하며, 한평생/사는 것이 내 꿈이었다니! 나는/방금 쓴 3연의 시를 찢는다……

장정일, 「길안에서의 택시잡기」, 『길안에서의 택시잡기』(민음사, 1988)

* 장정일, 「성난 눈」, 『길안에서의 택시잡기』(민음사, 1988)

삶의 시공간에 대한 자본주의적 지배가 강화되면 될수록 개체의 삶에 대한 자본주의의 규정력은 극대화될 수밖에 없다. 자본주의가 구축한 소비의 메커니즘 속에서 개체의 삶의 욕망들은 자유 자재로 조작되고, 소비의 메커니즘이 보여주는 인공 낙원이라는 신기루—헛것에 끊임없이 현혹된다. 소비의 메커니즘에 의해 조작된 욕망들은 개체의 진정한 삶의 실현과는 무관하며, 따라서 주체는 소외되고, 뿌리 없는 욕망들만 아우성치게 된다. 이미 우리는 뿌리 없는 욕망들이 용광로 속의 쇳물처럼 들끓는 악몽의 세계 속에 들어와 있다는 여러 징후를 보면서 살아간다.

장정일은 「서울에서 보낸 3주일」에서 아무런 수사 없이 "그 욕망의 용광로 속에 짐을 풀고 창밖을 내다본다"*라고 쓰고 있다. 그가 서울에서 본 것은 들끓는 욕망들이고, "코카콜라가 길을 가르쳐 주는 서울—서울 시내의 버스 노선 안내기는 모두 코카콜라 캄파니 제공이다"**라는 사실이다. 이것은 「낙인」이라는 시와 마찬가지로 우리의 물질적 삶의 토대가 제국주의 소비 문화의 지배적 구조 속에 있음을 확연하게 보여준다.

『햄버거에 대한 명상』에 이어 요설과 재치, 경박함과 재기 발랄함이 주조를 이룬 시집 『길안에서의 택시잡기』

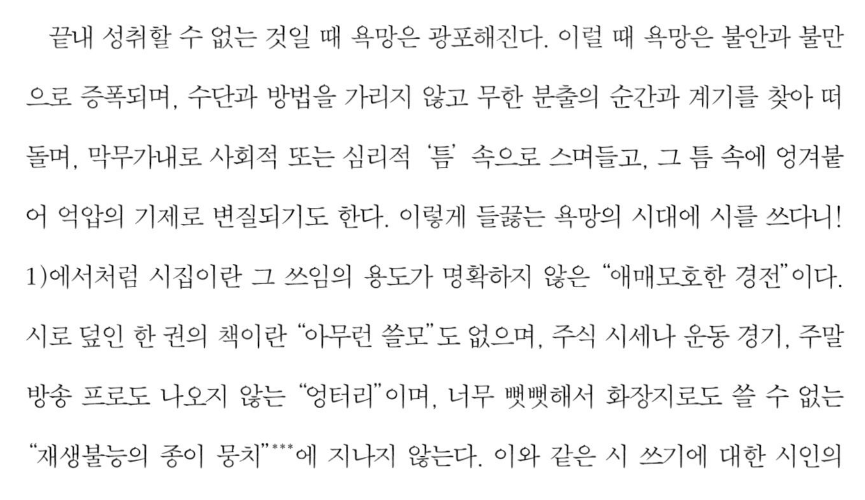

끝내 성취할 수 없는 것일 때 욕망은 광포해진다. 이럴 때 욕망은 불안과 불만으로 증폭되며, 수단과 방법을 가리지 않고 무한 분출의 순간과 계기를 찾아 떠돌며, 막무가내로 사회적 또는 심리적 '틈' 속으로 스며들고, 그 틈 속에 엉겨붙어 억압의 기제로 변질되기도 한다. 이렇게 들끓는 욕망의 시대에 시를 쓰다니! 1)에서처럼 시집이란 그 쓰임의 용도가 명확하지 않은 "애매모호한 경전"이다. 시로 덮인 한 권의 책이란 "아무런 쓸모"도 없으며, 주식 시세나 운동 경기, 주말 방송 프로도 나오지 않는 "엉터리"이며, 너무 빳빳해서 화장지로도 쓸 수 없는 "재생불능의 종이 뭉치"***에 지나지 않는다. 이와 같은 시 쓰기에 대한 시인의

* 장정일, 「서울에서 보낸 3주일」, 『서울에서 보낸 3주일』(청하, 1988)
** 장정일, 앞의 시
*** 장정일, 「시집」, 『햄버거에 대한 명상』(민음사, 1987)

자조적인 태도는 2)에서 더듬거리는 어조로 시인을 은유와 풍자를 내뱉으며 천년을 장수한 "쉬인"이라고 말하게 한다. 쉬인이란 시인의 비틀린 발음이며, 동시에 쉬어버린 인간이라는 비꼼이 담긴 언사다. 시인은 쉰, 쉬어버린 인간이다! 그는 시 쓰는 자신을 조롱하고 비꼰다. 구체적인 시작 과정을 보여주고 있는 3)의 시에서 그것은 한결 직접적이다. 그는 "시인이 아무리 좋은 시를 쓴들, 또한 세계는 변함 없"*으리라는 것을 알고 있다. 그래서 시를 쓰며 한평생 살기 바란 스스로의 꿈에 대해 한숨을 토하게 된다.

이념 과잉이던 1980년대 중반까지만 해도 문학의 사회적 응전과 관련된 전략은 언뜻 단순해 보이기조차 했다. 정치적 폭압을 생산해내는 거대 악惡의 실체는 현실의 전면에 돌출해 있었고, 그것은 개체의 삶에 도저한 절망의 그림자를 드리운다. 그것에 대한 문학의 사회적 응전의 방법론은 그것이 은폐하고 있는 부정성을 폭로하는 것, 해체하는 것, 전복시키는 것으로 충분했다. 이런 것은 거의 도식화가 될 정도였다. 그러나 거악이 해체되고 '탈화脫化'의 문화적 징후를 보여주는 1980년대 후반에 들면서 사정은 달라진다. 예전의 진리와 이성과 기원이 사라지고, 우리의 현실은 이미 동시 다발로 진행되는 숱한 '탈화'의 징후를 끌어안으며 새로운 문화의 태동을 알리기에 이른다. 따라서 1980년대 후반에 이르러 문학은 그 얼마 전과 달리 단순한 전략으로 사회의 변동에 대응할 수가 없게 된다. 지배 권력이 해체된 자리를 미시 권력들이 스며든 도시적 일상성이라는 매우 규정하기 어려운 것이 채우게 된 까닭이다. 어느덧 문학은 거대 욕망이 아니라 미시 욕망들과 싸우게 된 것이다. 장정일은 한 지면에서 이런 점을 '문학의 위기'론의 대두와 관련해 "이제 커다란 이야기 거리는 역사의 배면으로 가라앉고 작은 이야기 거리가 찬양된다."고 언급한 바 있다.**

앞서의 두 시집에 비해 진부하고 상투화된 상상력과 감성을 보인 『서울에서 보낸 3주일』

여러 젊은 시인이 1980년대 후반에 접어들면서 이런 물질적 삶의 조건의 변화

* 장정일, 「길안에서의 택시잡기」, 『길안에서의 택시잡기』(민음사, 1988)
** 『오늘의 시』 통권 5호(1990 하반기)

를 선취하며 '인식의 전환' 을 보여주는데, 그 중에서도 장정일은 블랙유머 계통의 시를 써낸다. 장정일은 의도적으로 '심각함' 을 거부하고(그는 심각함 속에 숨어 있는 권위주의와 위선의 악취에 진절머리를 낸다.), 낙서처럼 조악하고 경박해 보이기조차 하는 가벼운 시를 써낸다. 그 가벼움은 바로 정신의 가벼움이다. 장정일은 그의 시를 통해 우리 시대의 한복판에서 들끓고 있는 욕망의 정황을 꿰뚫어보고 그것 밑에 놓여 있는 '인식의 지형학' 을 펼쳐 보인다. 절대적인 악도, 절대적인 선도 사라져버린 전환과 탈화의 시대의 문화적 징후를 선취한 장정일의 시가 품고 있는 무국적주의, 장르의 혼융, 불확정성, 파편화, 세속화, 탈경전화, 깊이 없음, 혼성 모방, 아이러니, 패러디 같은 인식소들은 후기 산업 사회 속에서도 여전히 시가 어떻게 인간에게 의미를 되돌려주는 하나의 유효한 예술 양식으로 존재할 수 있는지를 보여준다.

장정일의 시집들은 끊임없이 욕망이란 무엇인가 하는 물음을 불러일으킨다. 현실이란 무수한 욕망이 어우러져 만들어진 실체이고, 풍경이다. 따라서 그 물음은 현실-욕망이란 무엇인가 하는 물음이다. 아주 단순화해서 말한다면 장정일의 시 세계는 그 물음을 기원으로 삼고 있다. 그의 시는 욕망, 존재 속에 움푹 패여 있는, 그 결핍의 자리에서 발원하고 다시 그 자리로 돌아간다. 그 욕망은 의미를 만들려는 욕망이다. 왜 의미를 만들려고 할까? 그것은 현실-욕망에 의미가 없기 때문이다. 아니, 더 정확하게 얘기하자면 없어 보이기 때문이다. 현실-욕망에 의미가 없다면, 개체들의 욕망이 일궈낸 세계도 의미가 없다. 그것의 부재는 인간으로 하여금 그것을 어떻게든 꿈꾸게 한다. 바로 그것의 비어 있음이 비어 있는 자리에 그것을 채워 넣으려는 욕망을 만들어낸다. 그 욕망-꿈이 장정일로 하여금 시를 쓰게 하는 원동력(말하자면 그것은 욕망이다.)이다.

한 직할시의 변두리에 거주 공간을 가진 시적 화자가 그 울적하고 찌그러진 생활로부터 달아나기 위해 유원지에 원족가는 얘기를 어리둥절할 만큼 길게 늘어놓고 있는 「강정 간다」는 장정일의 초기 시의 활달한 상상력과 어법을 잘 보여준다. 그것은 천진한 눈으로 바라본 세계의 풍경이다. 이 시편은 마치 모래톱을 적시는 물처럼 읽는 이를 조금씩 적시는, 얄궂은 감흥에 젖게 하는 구석이 있다.

알고 보면 사람들은 모두 강정 가고 있는 것은 아닌가/하나같이 환한 얼굴 빛내며 꼭 내가 물어보면/금방 대답이라도 해줄 듯 자신 있는 표정으로/토요일 저녁과 일요일 아침, 내가 아는 사람들은/총총히 떠나간다. 울적한 직할시 변두리와 숨막힌/스레이트 지붕 아래 찌그러진 생활로부터 달아나기 위해/제비처럼 잘 우는 어린 딸 손 잡고 늙은 가장은 3번 버스를 탄다./무얼 하는 곳일까? 세상의 숱한 유원지라는 곳은/행여 그런 땅에 우리가 찾는 희망의 새가 찔끔찔끔 파란/페인트를 마시며 홀로 비틀거리고 있는지. 아니면/순은의 뱀무리로 모여 지난 겨울에 잃었던 사랑이/잔뜩 고개 쳐들고 있을까?/나는 기다린다. 짜증이 곰팡이 피는 오후 한때를/그리하여 잉어 비늘 같은 노을로 가득 처진 어깨를 지고/장석 덜그럭거리는 대문 앞에 돌아와 주름진 바짓단에 묻은/몇 점 모래 털어놓으며, 그저 그런 곳이더군 강정이란 데는/그렇게 가봤자 별 수 없었다는 실망의 말을 나는 듣고 싶었고/경박한 입술들이 나의 선견지명 칭찬해 오길 기다렸다./그러나 강정 깊은 물에 돌팔매를 하자고 떠났거나/여름날 그곳 모래치마에 누워 하루를 즐기고 오겠다던 사람들은/안 오는 걸까, 안 오는 걸까, 기다림으로 녹슬며 내가 불안한 커텐/젖힐 때, 창가의 은행이 날마다 더 큰 가을우산을 만들어 쓰고/너무 행복하여 출발점을 잊어버린 게 아닐까/강정 떠난 사람처럼 편지 한 장 없다는 말이/새롭게 지구 한 모퉁이를 풍미하기 시작하고/한 솥밥을 지으신 채 오늘은 어머니가, 얘야 우리도/강정 가자꾸나. 그래도 나의 고집은 심드렁히,/좀더 기다렸다 외삼촌이 돌아오는 걸 보고서. 라고 우겼지만/속으로는 강정 가고 싶어 안달이 날 지경./형과 함께 우리 세 식구 제각기 생각으로 김밥의 속을 싸고/골목 나설 때, 집사람 먼저 보내고 자신은 가게/정리나 하고 천천히 따라가겠다는 구멍가게 김씨가/짐작이나 한다는 듯이 푸근한 목소리로/오늘 강정 가시나 보지요. 그래서 나는 즐겁게 대답하지만/방문 걸고 대문 나설 때부터 따라온 조그만 의혹이/아무래도 버스 정류소까지 따라올 것 같아 두렵다./분명 언제부터인가 나도 강정 가는 길을 익히고 있었던 것 같은데/한밤에도 두 눈 뜨고 찾아가는 그 땅에 가면 뭘 하나/고산족이 태양에게 경배를 바치듯 강둔덕 따라 늘어선/미루나무 높은 까치집이나 쳐다보며 하품하듯 내가/수천 번 경탄 허락하고 나서 이제 돌아나 갈까 또 어쩔까/서성이면, 어느새 세월의 두터운 금침 내려와/세상 사람들이 나의 이름을 망각 속에 가두어 놓고/그제서야 메마른 모래를 양식으로 힘을 기르며/다시 강정의 문 열고 그리운 지구로 돌아오기 위해/우리는 이렇게 끈끈한 강바람으로 소리쳐 울어야 하겠지/어쨌거나 지금은 행복한 얼굴로 사람들이 모두 강정 간다.

장정일, 「강정 간다」, 『햄버거에 대한 명상』(민음사, 1987)

장정일의 『햄버거에 대한 명상』은 그 스스로 '지하 인간'이라고 생각하는 한 몽상가의 관념적 세계 이해가 현저한 시집이다. 몽상가란 대낮의 일상성, 노동의 세계로부터 도피해 말 그대로 몽롱하게 꿈에 취해 사는 사람이다. 시인을 몽상의 세계 속으로 도피하게 만든 것은 "그랬으면 좋겠다 살다가 지친 사람들/가끔씩 사철나무 그늘 아래 쉴 때는/계절이 달아나지 않고 시간이 흐르지 않아/오랫동안 늙지 않고 배고픔과 실직 잠시라도 잊거나/그늘 아래 휴식한 만큼 아픈 일생이 아물어진다면/좋겠다 정말 그랬으면 좋겠다"*라는 구절에 따르면 현실적 삶의 고달픔 때문이다. 이를테면 삶의 피로, 늙음, 배고픔, 실직의 고달픔으로부터 벗어나고 싶은 욕구가 시인의 삶을 망각의 세계로, 몽상의 세계로 몰아가는 것이다. 그늘이란 엷은 어둠이다. 밤과 어둠 속에서의 삶이란 노동의 삶이 아니라 꿈의 삶이다. 같은 시의 "그늘 아래 앉은 그것이 그대로 하나의 뿌리가 되어/나는 지층 깊은 곳에 내려앉은 물맛을 보고"라는 구절을 보면 그 도피 욕구는 지하로 숨고 싶은 하강의 상상력을 낳는다. 이 하강의 상상력은 이미 살펴본 대로 「지하 인간」의 '무덤', 「지하도로 숨다」의 '지하도', 「도망」의 '깊은 바닷속', 「물 속의 집」의 '물 속', 「물에 잠기다」의 '물에 잠긴 세계'로 도피하려는 자아의 욕구로 표현된다. 이런 무덤, 지하도, 물 속의 세계로의 도피·하강·침잠은 정신 분석학의 측면에서 보면 모태 회귀 본능의 표현이다. 이와 같은 욕구의 이면에는 삶의 고달픔에서 풀려나고 싶다는 자아의 간절한 욕구뿐 아니라 이 세계로부터 받은 상처, 훼손된 삶을 보상받고 싶다는 욕구도 숨어 있다.

그러나 장정일의 상상 세계의 축을 이루고 있는 것은 현실 체험보다는 독서에 의한 교양 체험이다. 이것은 그의 세계 이해가 왜 관념적일 수밖에 없는지를 보여주는 단서다. 어린 나이에, 이미, 세계가 비틀려 있다는 사실을 봐버린, 그래서 삶의 근원으로서의 소외와 결핍을 알아버린 사람의 도피의 상상력, 하강의 상상

* 장정일, 「사철나무 그늘 아래 쉴 때는」, 『햄버거에 대한 명상』(민음사, 1987)

력이 만든 세계가 바로 『햄버거에 대한 명상』의 세계인 것이다.

참고 자료

김종욱 외, 「장정일 특집―햄버거에서 거짓말까지」, 『작가세계』 1997 봄
이인화 외, 「장정일, 비전의 아웃사이더」, 『상상』 1997 봄
이영준 외, 「장정일, 그 악마적 정직의 얼굴」, 『리뷰』 1996 겨울
정효구, 「80년대의 시인들―장정일론」, 『현대시학』 1992. 1.

하재봉, 텔레비전, 또는 컴퓨터 키드의 상상력

초기 시 세계에서 현실을 지워내고 그 자리에 대신 신화적 상상력을 채워넣은 하재봉

하재봉河在鳳(1957～)의 시는 이제 자명하지 않게 된 새로운 '문학'의 관점으로 살피면 진부하고 낡아 보인다. 비신화화非神話化한 현대 세계에서 그의 '신화적 진술'로 가득 찬 『안개와 불』은 기이하고 어리둥절한 느낌을 준다. 『안개와 불』의 세계는, 하재봉이 1980년대 내내 힘차게 이끈 『시운동』이 구축한, 들끓는 혈기의 좌파 비평가 채광석으로부터 "개꿈"이라고 비판받은, 비역사 환원적인, 신화적 · 신비주의적 · 현실 유영적 시 세계의 중심에 있다. 그의 '도저한 주관주의'와, 줄기차고 자유로운 상상력에 의지한 신화 만들기는 뒤를 잇는 시인들에게 일정한 영향을 미치며, 장정일 · 황인숙 · 박기영 · 김기택 · 박용하 · 원재훈 등의 신감각주의의 시적 지평으로까지 이어진다. 그의 한 10년에 걸친 시적 노력을 압축하고 있는, 1988년에 펴낸 첫 시집 『안개와 불』은 그 자체로 하나의 신화를 일구려는 집념이 돋보이는 시집이다. 그 신화란 "나는 나의 변신을 꿈꾼다"(「물의 지붕」)라는 시구가 암시하고 있듯이 다른 무엇으로 새롭게 태어나고 싶다는 '변신의 신화'다. 변신이란 지금의 '내'가 아닌 그 무엇이 되고 싶다는 욕망의 표현이다. 그 욕망은, 지금의 '나'보다 강한 것, 신비한 것, 귀중한 것, 멋진 것, 신성한 것, 중심적

인 것이 되고 싶다는 욕망이다. 그 욕망은 추상화되어 있고, 복잡 다단하게 변용되어 있다. 따라서 헷갈리는 바람에 실체를 알아보기가 쉽지 않지만, 그 실체를 가리고 있는 추상화와 다양한 변용의 장식을 거둬내고 근원을 냉철하게 투시하면 그것은 일종의 중심 욕망 또는 권력 욕망임이 드러난다. 그 권력 욕망은 소박하게 말한다면 현실을 제 의지대로 하나의 통일된 실체로 뭉뚱그리고, 그것을 마음껏 통어하고 지배하고 싶다는 바람이다. 흔히 권력 욕망은 정치적 현실주의로 분출되는 데 비해, 하재봉은 권력 욕망의 실현 방법으로 대체 현실이라고 말할 수 있는 신화의 창조에 골몰한다. 하재봉의 시적 자아들은 그 신화의 세계 속에서 '변신' 하고 싶은 것이다.

변신 의지는 어떻게 생성되었을까. 그것은 주체의 삶을 감싸고 있는 현실적 조건들에 대한 관찰에서 비롯된다. 현대인의 일상이란 얼마나 덧없고, 하찮고, 가볍고, 무의미한가. 우리는 그 무한 소모적인 덧없음의 일상성에서 허우적거리며 산다. 시인의 삶 또한 거기서 크게 벗어날 수 없다. 주체의 삶이 의미의 광채를 갖기 위해서는 주체의 삶을 감싸고 있는 현실을 바꿔야 하는데 이는 불가능하다. 따라서 시인은 그 꿈이 실현될 수 있는 무한대의 몽환적 · 신화적 우주를 꿈꾸게 된다. 시인은 '상상' 속에서 합리-현실을 비틀어 비합리-몽환으로 만들어버리고, '나' 를 그 세계 속에 집어넣는다. 그것은 일종의 상상의, 자폐적 놀이의 공간이다. 그 안에서 '나' 는 무엇이든지 '내' 가 원하는 것이 된다. 합리-현실의 관점에서 그것은 일종의 도피이며, 의미와 가치가 부재하는 일상의 그 '텅 빔' 을 찢고 나아가려는 일종의 싸움이다.

그 도피와 싸움은 어떻게 발단되었을까? 시인은 이와 관련해 명확한 대답을 하고 있지 않다. 그러나 우리는 추론을 시도할 수 있다. 『안개와 불』에 실린 시들은 그가 1980년 『동아일보』 신춘 문예를 통해 등단한 뒤부터 시집이 나온 1988년까지 써낸 것이다. 작품들이 씌어지고 발표된 연대가 1980년대에 활동한 대부분의 시인들의 무의식 속에 원죄 의식으로 각인된 광주 학살과 그 뒤를 잇는 정

비의적 신화의 세계를 일구려는 집념이 낳은 첫 번째 시집 『안개와 불』

치적 폭압에 짓눌려 있던 시대와 맞물려 있다는 사실은 암시적이다. 많은 시인이 그 비극과 압박감을 직접적인 언술로 증언함으로써 시대와 정면 대응하는 길로 나아간 데 비해, 하재봉은 홀연히 신화의 세계 속으로 잠입함으로써 새로운 존재로 다시 태어나고 싶다는 주체의 갱생 의지와, 세계를 바꾸고 싶다는 꿈꾸기의 길로 나아간 것이다. 하재봉의 시는 현실 또는 역사 부재의 시이지만, 이런 것은 우리의 현실 또는 역사 속에 부재하는 꿈 또는 신화를 채워 넣는다. 그럼에도 그의 사유와 의식 속에 끔찍한 역사 경험의 흔적이 완전히 지워져 있는 것은 아니다. 이를테면 "그 저녁 무수히/작은 돌들이 얼마나 오랫동안/금강석으로 몸을 바꾸기 위해 몰래/숨쉬고 있었는지"라고 부드러운 어조로 시작한 시의 중간에, 느닷없이 완강한 고딕체 활자로 박힌, "**나는 죽었다, 그들이 눈꺼풀에 큰못을, 박았으므로/나는 죽었다, 그들이 목구멍에 모래를, 뿌렸으므로/나는 죽었다, 그들이 귓바퀴의 뚜껑을, 덮었으므로**"*와 같은 구절을 보면, 절망과 환멸의 역사 경험의 그림자가 어른거림을 느낄 수 있다. 일상과 역사가 지워져 있는 하재봉의 신화의 세계를 구성하는 강 · 숲 · 안개 · 태양 · 달 · 푸른 비 · 언덕 · 동굴 · 나무 · 동물 등은 저마다 시인의 주관적 정서와 심상을 대변하는 구실을 나누어 맡은 채 그의 시집 속에 박혀 있다. 이런 것은 있는 그대로의 자연물이 아니라 시인의 주관 속에서 내면화되고 관념화된 자연이다. 이렇듯 변형된 자연물은 섬세하게 읽지 않으면 그것이 거느리고 있는 의미망을 알아채기도 전에 시선 저편으로 뜻없이 흘러가버리고 만다. 시인이 무리하게 자연물을 관념의 그물코로 걸러가며 드러내려고 하는 것은 시원始原의 세계에 대한 그의 그리움이다. 그 시원의 세계 속에는 일상의 세계와는 전혀 다른 태양이 솟고, 강물이 흐른다. 숲 속에는 알 수 없는 힘으로 부풀어오른 나무들이 있는가 하면, 태양의 불을 머금은 호랑이가 어슬렁거리고, 공중에는 태양의 알을 품고 날아오르는 독수리 떼(「숲과 동굴」)가 떠 있다.

* 하재봉, 「그들과 함께 언덕을 오르면서」, 『안개와 불』(민음사, 1988)

시원에 대한 그의 그리움은 "처음으로 다시 돌아가고 싶어 하리라"(「달의 현상」)라는 시구처럼 직접적인 표현을 얻기도 한다. 현실 속에서 그의 존재는 누추하고, 지리 멸렬하고, 분열된다. 시인은 그것이 못마땅한 것이다. 시집 『안개와 불』의 본문 마지막 페이지를 고딕체 활자로 장식하고 있는 "**다시는 돌아오지 않겠다**"(「추방」)라는 단호한 외침은 그의 지상에서의 현실적 삶에 대한 부정과 증오를 과격하게 보여준다. 그의 시는 현실이 지워진 그 다음부터 시작된다. 현실의 삶을 지워낸 그 자리에 그는 신화적 현존現存을 세우는 것이다. 하재봉의 시적 자아들은 권태롭고 무의미하고 하찮은 일상의 세계로부터 벗어나 끊임없이 신화적 현존을 살고 싶어하는 욕망을 지니고 있다. 신화란 궁극적으로 '의미의 모색'이며, '의미의 경험'이기 때문이다.* 그는 언어적 몽상 속에서 하나의 신화적 우주를 창조해내고 그 자신의 존재를, 그 자신의 삶을 그 공간 속에 욱여넣는다. 상상 속에서 시원의 우주 속으로 들어가면 그는 태양이 만든 호랑이로 변신하기도 한다. 그 호랑이는 천상에서 "가슴에 운명적인 불의 영광을 품고" "땅의 중심에 뿌리박고 솟아오른/거대한 나무를 타고"(「호랑이」) 지상의 세계로 내려온 호랑이다. 그 호랑이는 불의 영광을 품고 있는 존재답게 엄청난 힘을 갖추고 있다. 그 호랑이 때문에 "이제 지상은 새롭게 변모한다"(「호랑이」).

빛은 종일토록 머리 위를 비추어 나무들은/알을 품고, 그 뿌리로부터 생명의 강이 흘러나간다/내 타오르며 다시 태양을 향해 솟아오를 때/사람들은 흔히 보지 못한다, 나의 날개를/너무나 눈부신 빛에 가려져 있으니까

하재봉, 「호랑이」, 『안개와 불』(민음사, 1988)

어느 민족이나 그들의 삶의 숨결이 배어 있는 고유하고 독자적인 상징 세계와 신화를 갖고 있다. 호랑이는 단군 신화부터 갖가지 전설과 민화, 또 무속과 민속

---

* 조셉 캠벨 · 빌 모이어스 『신화의 힘』(고려원, 1992)

문화 속에 자주 나오는, 우리 민족의 정서에 아주 친숙한 동물 가운데 하나다. 그러나 하재봉의 호랑이는 우리의 전설과 민화 속에 나오는 그 호랑이가 아니라 시인의 내면 속에서 도저한 주관주의에 의해 변형된, 눈부신 빛에 가려져 있는 날개를 달고 있는 호랑이다. 그 호랑이는 지상을 새롭게 변모시켜놓고, 다시 태양을 향해 날개를 퍼덕이며 솟구쳐 날아올라 천상으로 돌아가는 호랑이다. 이 시에서 우리는 하재봉의 시 세계를 이해하는 데 중요한 몇 가지 사실을 끌어낼 수 있다. 우선 하재봉의 시 세계에 그토록 자주 나타나는 태양이 여기에도 나오는데, 태양은 흔히 생명의 원천을 뜻하며, 신화적으로는 우주의 중심을 뜻한다. 하재봉의 시적 자아는 바로 그 태양으로부터 생명을 받고 지상으로 내려온 호랑이로 표상되어 있다. 태양의 아들답게 가슴에 불을 품고 있는 그 호랑이는 세계를 떠받치는 거대한 나무를 타고 내려와 지상을 변모시키고 다시 그 우주의 중심으로 돌아간다. 하재봉이 창조해내는 신화는 일정 부분 현실에 대한 부정적 인식을 머금고 있지 않은 바는 아니나, 그보다는 현실과는 무관한 자족적인 신화로 보아 마땅하다.

눈을 감으며 나는/충만한 그 무엇을 들이삼킨다 모든 작업은/조용히 분주하게 계속되고 있다/반죽된 흙속으로부터 쉴새없이/온갖 생명들이 걸어나온다/섬세한 뿌리의 힘으로 물 끌어올려/비밀의 꽃잎과 살을 섞게 하고/식물성인 나의 아이들 그 밑에 키워간다

하재봉, 「달의 현상」, 앞의 책

하재봉의 시적 자아는 다시 태어나기 위해 동굴로 간다.(「동굴 · 전」) 동굴—그것은 어둡고 습기 찬 대지의 자궁이다.—에서 "나는 수천의 나로 번식한다"(「동굴」). 그 '나'는 동굴에서 태아로 되돌아가 새로운 존재로의 갱신을 모색할 뿐 아니라, "새로운 운명의 어머니"(「달의 현상」)—그것은 가슴에 태양의 불을 품고 하늘에서 땅으로 내려온 호랑이의 변형 이미지일 것이다.—가 되어 온갖 우주 만물을 은밀하게 새로 낳으려고 한다! 하재봉의 시적 자아가 꿈꾸는 것은

세계를 뱃속으로 "들이삼"키고, 세계를 다시 낳으려는 거대한 꿈이다! 마침내 반죽된 흙 속에서 "온갖 생명들이 걸어나온다".

여가 시간에 거실 바닥이나 소파에 비스듬히 누워 최소한의 움직임마저 귀찮은 듯 꼼짝도 않고 텔레비전 화면에만 멍하니 눈길을 보내고 있는 사람의 모습은 우리에게 너무나 익숙한, 피로에 찌들고 지쳐 있는 현대 도시인의 일상적 풍경 가운데 하나일 것이다. 그것은 바로 우리 자신의 모습이기도 하다. 조금 벌어진 입, 초점이 분명하지 않으나 어쨌든 화면을 향하고 있는 시선, 한껏 풀린 몸의 힘살, 그리고 비스듬히 누운 편안한 자세 등은 그가 수동성에 푹 빠진 채 텔레비전 화면이 제공하는 오락물에 종속되어 있음을 여실히 보여준다. 텔레비전 시청에 몰입하고 있는 인간은 고립된 인간, 소외된 인간이다. 그는 타인의 강제에 의해서가 아니라 자발적으로 고립과 소외를 선택한다. 텔레비전 시청에 몰두하고 있는 인간은 타인과의 대화, 협업, 여럿이 함께 하는 운동 경기에서 빠져나와, 그 사회적 관계로부터 스스로 단절되어 '자폐적 소단위'의 삶을 산다. 그 자폐적 소단위의 삶의 배후에서 소용돌이치고 있는 꿈과 욕망, 그리고 신화는?

하재봉의 두 번째 시집인 『비디오/천국』은 후기 산업 사회의, 그 '자폐적 소단위'의 삶의 양태와 그 의미를 드러내 보이려는 노력의 산물로 여겨진다. 그러나 『비디오/천국』이 그의 첫 시집 『안개와 불』의 정신적 맥락에서 그리 크게 벗어난 것처럼 보이지는 않는다. 『안개와 불』에서 비의적 신화의 세계를 떠돌던 하재봉의 상상력은 『비디오/천국』에서도 여전히 신화의 세계 속에 머물러 있다. 그는 여전히 사적 신화를 만드는 데 골몰하고 있으며, 끊임없이 자신이 만든 그 자폐적인 신화의 공간 속으로 망명하고 있다. 달라진 것이 있다면 『안개와 불』에서는 태양 · 강 · 안개 · 불 · 숲 · 동굴 같은 자연물이 그 신화의 재료인 데 비해, 『비디오/천국』에서는 텔레비전 · 비디오 · 퍼스널 컴퓨터 · 지하철 · 심야 도시 · 슈퍼마켓 · 스트립 걸 · 재즈 같은 도시 문명의 세계가 그 신화의 재료가 되고 있다는 점이

첨단 도시 문명의 세계를 재료로 후기 산업 사회의 자폐적 삶의 양태와 그 의미를 더듬은 두 번째 시집 『비디오/천국』

다. 하재봉은 왜 갑자기 비디오에 주목했을까. 그는 왜 갑자기 어머니의 품과 같은 '자연'을 버리고 텔레비전 · 비디오 · 컴퓨터와 문명 세계의 중심으로 뛰어들었을까. 『비디오/천국』의 본문 첫 페이지를 열면, "TV는 나의 눈"(「비디오/TV는 나의 눈」)이라는 시구와 마주치게 된다. 이 시구는 충격적으로, 후기 산업 사회의 인간, 즉 주체적 삶의 의지가 없거나 모자라며, 전자 매체 같은 것에 철저하게 종속 · 조종되는 일그러진 인간의 조건을 보여준다. '나'는 주체적으로 세계를 바라보지 못하고, 맹목적으로 TV가 보여주는 것만을 본다. 섹스 · 거짓말 · 폭력을 무한정 방출하는 텔레비전에 중독된 '나'는 그래서 "나의 현실은 TV 나는/TV 시민"(「비디오/TV는 숨을 쉰다」)이라고 말하게 된다. '나'는 TV 프로그램을 선택해 시청하는 문화 소비자가 아니라, TV 프로그램이라는 문화 상품의 정치 경제적, 이데올로기적 생산의 논리에 종속되는 노예로 전락하는 것이다. 이런 논리의 맥락에서 "나는, 내 몸 속으로 힘을 공급해주는 누군가에 의해 사육된다"(「비디오/퍼스널 컴퓨터」)라는 시구는 생생한 울림을 갖게 된다. 비디오나 텔레비전 같은 전자 매체는 사람들의 정보 욕구와 문화 욕구를 충족시켜주는 대중 매체 차원을 넘어 개인의 삶을 규정하는, 지배적 영향력을 행사하는 새로운 신神에게 부여된 이름이다. 그것은 신처럼, 절대 군주처럼, 보이지 않는 곳에 숨어서 사람들을 조종하고, 군림한다.

> 나는 명령을 받았다 그들은 누구인가/보이지 않는 거미줄로 묶어놓고/리모콘을 움직여 마음대로 조종하는,/컬러 화면 뒤에 숨어 덧칠된 이 세상
>
> 하재봉, 「비디오/비디오 1984」, 『비디오/천국』(문학과지성사, 1990)

그 신은 '나'에게 명령을 내리며, 주체적 삶을 박탈당하고 현실과 세계에 대해 수동성을 갖고 있을 뿐인 '나'를 리모컨으로 원격 조종한다. 그러나 "지배자들은/끝내, 얼굴을 보이지 않는다"(「비디오/비디오 1984」). 그래서 싸움은 더욱 어렵다. 한편, 그의 시적 자아는 주민 등록증이나 크레디트 카드, 공무원 신분증,

운전 면허증이나 지하철 정기 할인권 같은 게 없이는 자신의 존재를 "증명할 수 없다"고 외친다. 이런 외침은 "나의 사고는 컴퓨터/단말기 스위치를 손끝으로 누르기만 하면 된다"(「비디오/나는 채널 0번을 본다」)라는 시구가 암시하듯이 후기 산업 사회의 기술 문명에 삶의 자리를 내준, 기술 문명에 의해 철저하게 관리 · 통제 · 조종 · 사육되는 삶에 절망한 인간의 외침이다. 그 시구는 이면에, 컴퓨터가 복잡한 생각을 대신해주고(「비디오/나는 채널 0번을 본다」), 사회화되지 못한 욕망과 개인적 삶의 흔적마저 얼마든지 소멸시킬 수 있는(「비디오/퍼스널 컴퓨터」) 현대 문명 속에서의 안쓰러운 인간 소외 현상이라는 절망과 불행을 감추고 있다. 그러나 이런 외침은 외침이라고 느낄 수 없을 만큼 불투명하고 낮은 외침이다. 그 외침이 낮은 것은 시인 자신이 후기 산업 사회의 기술 문명에 거부감을 나타내기보다 친숙해질 수밖에 없는 정황과 맞물려 있다. 그의 의식은 기술 문명의 비인간성을 짚어내지만, 이런 문화적 통찰과 별개로 그의 몸은 이미 그것이 제공하는 편의와 안락, 그리고 쾌락에 길들여져 있다. 이런 점에서 그의 의식과 몸은 분열되어 있다. 김주연이 시인의 비디오나 텔레비전에 대한 선호를 "도피 메카니즘"(「덧칠된 세상/분열된 자아」)으로 이해한 것은 이런 측면에서 옳다. 하재봉의 시적 자아들은 현란한 빛을 뿜어내는 텔레비전이나 비디오의 화면 속으로 빨려 들어간다. 그의 시적 자아들은 끊임없이 그 속으로, 비디오와 감상자의 관계 속으로, 즉 "세상으로부터 격리된 배타적이고 고립적인 둘만의 밀월 관계"* 속으로 도피한다. 이런 도피는 텔레비전이나 비디오 또는 컴퓨터와의 종속 관계를 심화시킨다. 이에 따라 주체의 삶과 그 형상의 실재는 마침내 그런 것이 만들어내는 무수한 시뮬라크르 속으로 흡수되어 사라져버린다. 텔레비전이나 비디오는 순간적으로 스쳐 지나가는 소리와 그림들을 제공한다. 그런 것이 재현하고 증폭해내는 것은 사물이 아니라 사물의 환영들이고, 현존이 아니라 현존의

* 김홍희, 「비디오 아트 : 소통의 문제와 대중 미학」, 『문학과 사회』(1992 겨울)

재현들이다. 우리는 이미 그 무수히 복제된 현실 속에서 실재가 없는 삶을 살고 있다. "영사막과 방송망이 세계를 지배하는 가운데 현대인은 상상력과 개인적 표현을 상실하고, 텔레비전 이미지는 현실을 반영한다기보다는 현실의 일부가 되어 이미지 세상을 구축"* 하고 있다. 비디오나 텔레비전의 화면에서 쏟아지는 숱한 이미지는 현실을 반영하거나 위조하는 데 그치지 않고, 놀랍게도 현실을 위조한 그것이 곧바로 실재가 없는 현실 자체가 된다! 텔레비전들은 쓰레기 더미 속에서 썩지 않고 부패한 가스의 힘으로 끊임없이 "부화" 하며, 캄캄한 허공 위로 떠올라 "거대하게 팽창" 해 우리를 "감시" 한다(「비디오/TV는 알을 깨고 부화」). 그것은 어떤 경우에도 파괴되지 않고, 불사조처럼 다시 살아나서 우리가 사는 곳의 하늘을 "검은 날개로" (「비디오/TV는 알을 깨고 부화」) 덮고 있다.

> 나의 사유는 16비트 컴퓨터의 스위치를 올리는 순간부터 작동된다
> 하재봉, 「비디오/퍼스널 컴퓨터」, 앞의 책

컴퓨터 같은 전자 기기에 의존하지 않고는 사유하는 것조차 불가능해진 현대인의 삶이란 "나는 있지만 나는 없다" (「비디오/부재 증명」)라는 시구가 말하고 있는 바와 같이 실재가 부재하는 삶, 다시 말해 죽은 삶이다. 그 죽은 삶 살기를 시인은 "복면을 하고 견디는 나날의 삶" (「비디오/부재 증명」)이라고 말한다. 『비디오/천국』은 파편화된, 우리의 실재가 부재하는 삶의 형상들을 끌어안고 있다. 우리는 시집을 덮으며, 그 제목이 '비디오/지옥' 의 반어적 표현이라는 것을 알아차린다.

하재봉은 1980년대 내내 몰역사주의에 바탕을 둔 환상적 신화에 골몰해 있다고 비판받았고, 비평적 홀대를 받는다. 그러나 1990년에 들어 『비디오/천국』을

* 김홍희, 앞의 글

내놓으면서, 그는 '비디오' 라는 전자 매체를 우리 삶을 새롭게 조망하는 패러다임으로 제시하며 1990년대 한국 시의 새로운 영역을 탐구하는 선두 주자로 떠오른다. 순간적으로 스쳐 지나가는 빛을 쏟아내는 비디오가 그렇듯이, 『비디오/천국』에서 하재봉의 시가 보여주는 어조와 형태, 그 시 세계를 지탱하고 있는 사유와 의식은 파편적이고, 분열적이고, 불연속적이고, 즉흥적이고, 찰나적이다. 그것은 세계를 지배하던 이데올로기의 블록들이 급격하게 붕괴되고 해체되는 시대와, 그 안에서 무수히 파편화되고 분열되고 있는 우리의 미시적 삶과 욕망의 세계를 적절하게 드러낸 '해체주의적 어법' 으로 판단된다. 그는 해체주의적 어법으로 텔레비전이나 비디오가 재현하는, 무수한 시뮬라크르의 세계 속에서 가까스로 숨쉬고 있는, 끔찍하지만, 그 실재 부재의, '있지만 없는' 삶을, 그것의 의미를 천착해낸다. 그것은 후기 산업 사회 속에서 훼손된 삶의 양태를 드러내기 위한, 또는 지하철 출구와 곧바로 연결되는 백화점 속으로 사람들이 무의식적으로 빨려 들어가도록 설계되어 있는 거대 소비 욕망의 구조를 가진 '도시' 의 '신화' —도시적 일상성의 의미화, 욕망의 생태학 수립하기—를 끌어내기 위한 시도였는지 모른다. 아니, 그의 분열되고 파편화되어 있는 언어들은, 텔레비전이나 비디오에서 날마다, 매순간 명멸하는 무수한 시뮬라크르 속에 묻혀 가뭇없이 사라져버리는 인간의 회복을 꿈꾸는 그의 메시지를 실어 나르는 수레였는지도 모른다. 하재봉은 안개 낀 '숲' 에서 빠져나와, 이 도시 복판에서 홀연히 부화하고 있는 '비디오' 화면 저편으로 사라져버린다. 도시 게릴라처럼 발빠르게 치고 빠진 그는 비디오 화면의 저편에 숨어서 또 어떤 '꿈' 을 조립하고 있을까.

참고 자료

김훈, 「신 없는 사제의 춤」, 『선택과 옹호』, 미학사, 1991

정효구, 「태초의 꿈과 도시의 폭력」, 『상상력의 모험』, 민음사, 1992

김홍희, 「비디오 아트 : 소통의 문제와 대중 미학」, 『문학과 사회』, 1992 겨울

남북 모든 동포의 삶의 질을 향상시킬 수 있도록 민족 경제의
균형적 발전이 이루어지기를 희망하며 비군사적 물자에 대해
우리 우방들이 북한과 교역을 하는 데 반대하지 않는다

1988

7 · 7 북방 정책 선언

친애하는 6천만 동포 여러분, 나는 오늘 자주 · 평화 · 복지의 원칙에 입각하여 민족 구성원 전체가 참여하는 사회 · 문화 · 경제 · 정치 공동체를 이룩함으로써 민족 자존과 통일 번영의 새 시대를 열어나갈 것임을 약속하면서 다음과 같은 정책을 추진해나갈 것을 내외에 선언합니다.

1. 정치인 · 경제인 · 언론인 · 종교인 · 문화 예술인 · 체육인 · 학자 및 학생 등 남북 동포간의 상호 교류를 적극 추진하며 해외 동포들이 자유로이 남북을 왕래하도록 문호를 개방한다.

2. 남북 적십자 회담이 타결되기 이전이라도 인도주의적 견지에서 가능한 모든 방법을 통해 이산 가족들간에 생사 · 주소 확인, 서신 거래, 상호 방문 등이 이루어질 수 있도록 적극 주선 · 지원한다.

3. 남북간 교역의 문호를 개방하고 남북간 교역을 민간 내부 교역으로 간주한다.

4. 남북 모든 동포의 삶의 질을 향상시킬 수 있도록 민족 경제의 균형적 발전이 이루어지기를 희망하며 비군사적 물자에 대해 우리 우방들이 북한과 교역을 하는

데 반대하지 않는다.

5. 남북간의 소모적인 경쟁 · 대결 외교를 종결하고 북한이 국제 사회에 발전적 기여를 할 수 있도록 협력하며, 또한 남북 대표가 국제 무대에서 자유롭게 만나 민족의 공동 이익을 위하여 서로 협력할 것을 희망한다.

6. 한반도의 평화를 정착시킬 여건을 조성하기 위하여 북한이 미국 · 일본 등 우리 우방과의 관계를 개선하는 데 협조할 용의가 있으며, 또한 우리는 소련 · 중국을 비롯한 사회주의 국가들과의 관계 개선을 추구한다.

나는 오늘의 이 선언이 통일을 향한 남북간의 관계 발전에 새로운 장을 여는 계기가 되기를 바랍니다. 6천만 우리 겨레 모두가 슬기와 힘을 모은다면, 이 세기가 가기 전에 남과 북은 하나의 사회적 · 문화적 · 경제적 공동체로 통합될 수 있을 것입니다.

새로 들어선 노태우 정권은 한반도의 안전 보장과 사회주의권 시장의 확보를 염두에 두고 이른바 북방 정책을 펼쳐나간다. 이런 배경 속에서 우리 사회에서는 통일 논의가 활발해지고 대학가를 중심으로 통일 운동이 가열된다. 노태우 대통령은 7월 7일 '민족 자존과 통일 번영을 위한 대통령 특별 선언'을 통해 북한과 중국 · 소련에 대해 문호 개방의 뜻을 밝힌다. 이 선언은 북한의 대화 방침과 맞물려 국회 회담 등 남북 대화의 촉매제가 되고, 사회주의권 국가와의 경제 교류 및 수교를 도모하는 등 북방 정책을 추진하는 시발점이 된다.

1988

1월
12 KAL기 폭파 사건 수사 결과 발표
14 문교부, 새 한글 맞춤법과 표준어 규정을 확정 발표
20 미 국무부, KAL기 폭파 사건과 관련, 북한을 테러 국가로 규정하고 제재 조치 발표

2월
17 남극의 세종과학기지 준공

3월
31 문교부, 납북 시인 정지용과 김기림의 작품 공식 해금

4월
1 옥포 대우조선 노조원 9천여 명, 임금 인상 촉구 대회를 열고 파업에 돌입

5월
13 서울 지역 28개 대학 3천여 명, 연세대에서 서울지역총학생회연합(서총련) 발대식 가짐
15 『한겨레신문』 창간호 발간

7월
7 노태우 대통령, 남북 경쟁·대결 외교 종식, 이산 가족 방문 등을 골자로 한 대북 정책 6개항 선언
19 전국 축협 조합원 3천여 명, 여의도광장에서 미국산 쇠고기 수입 반대 시위
19 정부, 홍명희 등 다섯 명을 제외한 월북 작가의 해방 전 작품 해금

9월
17 서울에서 제24회 올림픽 개막(~10. 2. 참가 160개국 가운데 한국 금 12 · 은 10 · 동 11개로 종합 4위 차지)
19 영화 감독 50여 명, 미국 UIP의 영화 직접 배급에 항의하며 철야 농성

10월
7 나웅배 경제기획원 장관, 7개항의 대북 경제 개방 조치 발표

11월
9 조지 부시, 제41대 미국 대통령에 당선
17 농민 1만여 명, 여의도광장에서 전국 농민대회 가진 뒤 도심 진출 시위
26 전국 41개 언론사 노조, 전국언론노조연맹 창립 대회 가짐

12월
7 소련, 아르메니아에서 지진 발생(5만5천 명 사망)

복거일, 대체 역사 소설로 현실 짚어보기

『비명을 찾아서 : 경성, 쇼우와 62년』

대체 역사 소설을 들고 나온 뒤 공상 과학·미래 소설을 쓰는 작가이자 칼럼니스트로 활동하고 있는 복거일

복거일卜巨一(1946~)은 한국 문단에서 매우 보기 드문 유형의 작가다. 한편에서 "복거일은 강인한 의지와 명철한 두뇌와 따뜻한 가슴, 이 세 가지를 함께 지니고 있는 이 시대의 특출한 작가이자 사상가이다."(이동하)라는 평가를 받는가 하면, 다른 한편에서 역사를 거스르는 보수주의자로 지탄을 받기도 한다.* 복거일은 한국 문학에서는 찾아보기 힘든 공상 과학 · 미래 소설을 쓰는 작가일 뿐 아니라, 사회 · 경제 칼럼니스트이며, 1998년 영어를 공용어로 채택해 국어와 함께 쓰자는 주장으로 우리 사회에 논쟁을 불러일으킨 '영어 공용화론자' 이기도 하다.

1946년 충남 아산에서 태어난 그는 대전상고를 거쳐 서울대학교 상과대를 졸업한다. 그 뒤 은행, 무역 회사, 연구소 등에서 일하던 그는 1983년에 이르러 창작 활동에 전념하기 위해 16년 만에 직장 생활을 그만둔다. 복거일은 1987년에 『비명碑銘을 찾아서 : 경성, 쇼우와 62년』이라는 전작 장편을 '문학과지성사' 에서 펴내며 문단에 나온다. 같은 해 『현대문학』에 시를 추천받아 그는 시단에도 얼굴을 내민다. 그는 이제까지 『높은 땅 낮은 이야기』(1988) · 『역사 속의 나그네』(1991) · 『파란 달 아래』(1992) · 『캠프 세네카의 기지촌』(1994) 등의 장편 소설과, 시집 『오장원의 가을』(1988)을 내놓은 바 있다.

전작 장편 『비명을 찾아서』는 일본 추밀원 의장 이토 히로부미가 1909년 10월

* 강준만, 「'희귀한 문학인' 복거일을 해부한다」, 『인물과 사상 10』(개마고원, 1999)

26일 만주 하얼빈에서 안중근의 저격을 받으나 죽지 않고 부상만 입는다는 기발하고도 흥미로운 가정 아래 씌어진 대체 역사 소설代替歷史小說이다. 그의 대체 역사 소설은 국제 역학 관계에 대한 해박한 지식과 역사에 대한 뛰어난 통찰력에서 나온 방법적 대안이다. 『비명을 찾아서』의 전제인 대체 역사에서 피살 위기를 모면한 이토 히로부미는 군부를 통제하며 여섯 해를 더 산다. 일본은 제2차 세계대전에서 미국과 영국에 우호적인 중립 노선을 지켜 번영을 누리고, 국공전쟁에서 승리한 장 제스가 이끄는 중화민국과 깊은 유대 관계를 유지하며, 1910년에 병합한 한반도를 1987년 현재 시점까지 식민지로 통치하고 있다. 말하자면 『비명을 찾아서』에서 한반도는 아직 일제의 식민 통치를 벗어나지 못한 상태이며, 1987년을 기준으로 '경성 쇼우와 62년'이라는 연호를 쓴다. 정치적 통제, 언론 자유의 제약, 올림픽 개최, 텔레비전 드라마 논쟁, 무역 개방 요구, 반상회, 공습 경보, 운동권 학생의 시위와 최루탄 진압, 직업 군인의 사회 진출 같은, 1987년 한반도의 정치 · 경제 · 사회 정황은 식민지 상황이라는 가상의 역사 속에서 펼쳐진다. 이 대목에서 대체 역사를 통해 오늘의 우리 사회를 진단하고 탐색하려는 작가의 의도가 여실히 드러난다. 이런 점에서 『비명을 찾아서』가 "대체 역사를 통한 현재 진행형의 이야기"라고 지적한 정과리의 관점은 적확한 것이다.

일제 강점기가 계속되고 있다는 가정 아래 씌어진 대체 역사 소설 『비명을 찾아서』

이 대체 역사 속에 나와서 주인공 노릇을 하는 인물은 기노시다 히데요라는 서른아홉 살 난 반도인(조선인)이다. 경성제대 출신의 엘리트로 한 기업체의 과장으로 일하는 히데요는 내지(일본) 명문 출신의 부하 직원 도끼에를 속으로 사랑하고 있으며, 합작 투자 업무의 실무 책임자로 일하고 있다. 그는 민족 말살이라는 일제의 철저한 식민지 정책에 의해 조선이라는 나라가 있었다는 사실도, 조선말 · 조선글이 있었다는 사실도 모른 채 살아간다. 히데요를 포함한 대다수의 조선인들은 대동아 공영권이라는 이름 아래 진행된 제국주의식 동화 정책에 의해 민족적 정체성을 잃어버리고 일본에 동화된 채 역사의 미아로 표류하고 있는 것이다.

일본에 의한 조선 역사의 말살 · 왜곡은 이젠 거의 완벽하게 되었습니다. 70년이 넘는 세월의 이끼를 얹어서, 그 가공의 역사가 이젠 진실처럼 자연스럽게 보입니다. 과연 조선 사람들이 지금 노력한다고 해서 자신들의 역사를 되찾을 수 있을까요?

히데요는 일제의 집요하고도 철저한 말살 · 왜곡 정책에 의해 지워진 "역사를 되찾는" 가망 없는 일에 나선다. 어느 날 우연히 지방 도시의 서점에서 발견한 『조선 고시가선』에서 민족혼의 자각이라는 운명적인 상황에 놓이게 된 히데요는 직장 상사인 다나까 부장으로부터 『죽산 박씨 족보』를 입수하며 말살되고 유실된 민족혼 찾기에 본격적으로 나선다. 『조불 사전』 · 『님의 침묵』 · 『조선왕조실록』 · 『조선어 회화』 · 『조선 통사』 같은 숨어 있는 책 찾기나 금지된 책 열람하기는 곧 사라진 조국에 대한 탐구이며, 말살된 기억 되살리기다. 무력한 분노와 체념에 길들여져 있던 히데요는 남몰래 조선말을 배우며 자신의 민족적 정체성에 눈을 떠간다.

빚진 것 없고, 달리 신세를 크게 진 사람 없고, 통행 금지 한 번 어겨본 적 없이 조심스럽게 살아 온 덕분에, 몸 성하고 앞으로의 사회 생활에 장애가 될 경력 없고, 그러니 부채는 없는 셈이지. 아니지, 조선인이라는 커다란 부채가 있지……. 하지만 그거야 어쩔 수 없는 것 아닌가? 오천 만 조선 사람들 모두에게 해당되는 것이니. 따지고 보면, 제법 충실한 대차 대조표인가?

어쩌면 히데요는 대기업의 엘리트 사원으로 자신이 원한다면 편안한 삶을 살 수도 있었을 것이다. 히데요가 제 인생의 '대차 대조표'를 뽑아보며 미래의 삶을 두고 고민하는 것도 그 편안한 정주의 삶이 주는 매력 때문이다. 그러나 그는 기노시다 히데요로 사는 삶이 근본과 본질을 가린 허상의 삶이며, 정신적 · 물질적 종속이라는 것을 이미 깨달은 뒤다. 그는 허상과 종속의 삶이 아닌 다른 삶을 살기를 열렬히 원한다. 이 지점에서 작가가 대체 역사 소설이라는 장치를 빌린 까닭 가운데 한 가지가 드러난다. 정과리는 말한다. 대체 역사 소설의 "또다른 측면은 '새롭게 다시 살기'이다. 허상을 걷어내고 실상만으로 조형된 공간에서 완전히 다르게 살아보는 것에 대체 역사라는 실험의 근본적인 목표가 놓여 있는 것이다. 그 점에서 대체 역사의 특성은 이중적이다. 그것은 본래 역사의 허울을 벗겨낸다는 점에서 본질 지향적이다.…… 그것은 일종의 현상학적 환원이다."라고.* 히데요는 불온 서적 소지죄로 체포되어 철저한 정신 교육을 받고 반성문을 쓰고 나서 기소 유예로 풀려난다. 그러나 조선의 말과 얼을 지켜야 한다는 그의 결심조차 묶어둘 수는 없다. 그는 자신의 가정을 파탄으로 몰아넣은 일본군 헌병 소좌를 죽이고, 중국에 있는 상하이 임시 정부로 망명의 길을 떠난다.

복거일의 또다른 장편 소설들. 『높은 땅 낮은 이야기』와 『파란 달 아래』.

저만큼 아오끼의 차가 보였다. 그는 마음 속으로 그것에게 고개짓을 한 다음, 고개를 들어 하늘을 올려다보았다. 동이 트고 있었지만, 별들은 아직 초롱초롱했다. 작은곰자리를 찾았다. 높다란 아파트에 가려 보이지 않았다. 그래도 그의 길을 가리켜줄 북극성이 거기 걸려 있다는 생각은 그의 마음을 든든하게 해주었다. 그는 가슴에 고인 슬픔을 깊은 곳으로 밀어 넣었다. '길이 보이는 한, 나는 도망자가 아니다.' 그는 자신에게 일렀다. '길이 보이는 한, 난 망명객이다. 내가 나일 수 있는 땅을 찾아가는 망명객이다.'

식민지 조선의 기노시다 히데요는 망명의 길 위에 서 있다. 그가 찾으려고 하는 것은 독립국 조선의 박영세라는 오랫동안 잃어버린 채 살아온 민족적 · 개인적 정체성이다.

참고 자료

정과리, 「소설, 곧 다시 살기」, 『문학과 사회』 1995 여름
권오룡, 「시간 이겨내기의 의미」, 『문학과 사회』 1988 가을
김종회, 「유토피아 의식의 반어적 형상」, 『위기의 시대와 문학』, 세계사, 1996
오생근, 「분단 현실의 새로운 체험과 이해」, 『현실의 논리와 비평』, 문학과지성사, 1994

* 정과리 「소설, 곧 다시 살기」, 『문학과 사회』(1995 여름)

김원우, 표류하는 중산층

『방황하는 내국인』

당대 풍속의
이모저모를 헤집고
집요하게 되살려내며
세태 소설의
지평을 넓힌 작가
김원우

좀스러울 정도로 꼬장꼬장하게 당대 풍속의 이모저모를 헤집고 소설 속에서 집요하게 되살려내는 김원우(1947 ~)는 염상섭의 계보를 잇고 있는 작가다. 김현은 그의 소설에 대해 현실의 세속화된 측면을 "지나치게 심리적이지도 않고, 지나치게 과장되어 있지도 않으며,…… 덤덤한 것 같으면서도 통찰력 있고, 밋밋한 것 같으면서도 탄력" 있는 문체로 복원하고 있다고 말한다. 김원우의 소설은 염상섭 이후로 기세가 누그러진 세태 소설 또는 풍속 소설이 새 지평을 열 가능성을 보여준다. 작가는 언어가 '잡음'이 되어버린 현실을 두고 곤혹스러워한다. 때때로 긴 관형 어구를 거느리는 "밋밋한 것 같으면서도 탄력" 있는 그의 문체는 이 '잡음'의 껍질을 벗겨내려는 꼬장꼬장한 자의식에서 나온다. 더러 거칠고 어색하게 길어지기도 하는 문체가 빚어내는 그의 소설 세계를 두고 한편에서는 "반성적 언어"(오생근)로, 다른 한편에서는 "좀스럽고 평범하기 짝이 없는 소시민의 발언"(이윤택)으로 보는 등 평가가 엇갈리기도 한다.

김원우는 본명이 김원수金源守이고, 1947년 경남 김해군 진영읍에서 태어난다. 소설가 김원일은 그의 형이다. 김원우의 아버지는 남로당 당원으로 활동하던 끝에 그가 아직 어릴 때인 1950년 9 · 28수복 무렵에 월북한다. 이런 가족사는 그의 작품 속에 나타나는 부권 상실 모티프의 계기가 된다. 반면 성품이 대쪽 같고 근검과 청결을 몸에 붙이고 살던 그의 어머니는 "영원한 고향이자 그 자구字句 하나도 잊을래야 잊을 수 없는 교과서"와 같은 분인데, 작가에게 깊은 영향을 끼친다. 어린 동생을 업은 채 멸치젓 장사를 하고, 밤 늦게까지 삯바느질을 하던 어머니는 현실의 고통을 극복하는 강인한 의지의 전형을 보여준다. 어머니는 월북자를 남편으로 둔 탓에 수시로 파출소 등에 불려가서 아버지의 행적에 대해 문초를 받는 등 월북자 집안의 수난을 고스란히 겪는다.

1952년 김원우는 가족과 함께 어머니의 이종 사촌이 있는 대구로 가서 시장 주변의 셋방을 전전하며 어린 시절을 보낸다. 시장 언저리에서 보낸 소년기 시절의 기억 속에 아로새겨진 다양하고 복잡한 삶의 풍속이야말로 뒷날 그가 써내는 소설의 밑천이 된다.

> 예를 들면 바로 지척간이었던 염매시장 안의 떡전 골목, 생선전, 유기 그릇전, 신발 가게들, 심지어 우리 집이 단골로 쌀을 팔아먹던 쌀가게 집의 억척스럽던 새댁의 얼굴까지 훤히 떠올릴 수 있다.…… 뿐인가. 장관동은 개미집처럼 골목이 유달리 길고 여러 갈래로 뚫려 있는 동네였다. 그곳에는 정원의 수목이 아주 좋은 '조양여관'도 있었고, 길 밖으로 나붙어 있는 시멘트 쓰레기장에 언제나 고름이나 피가 밴 붕대와 마이신 약병들이 켜켜이 쌓여 있는 '옥천병원'도 있었다. 방공호 위에 호박덩굴과 아주까리가 빽빽했던 '대광산부인과'의 널찍한 공터는 내 또래에게 놀이터로 안성맞춤이었다. 한동안 그 방공호의 돌담벽에는 누르끼한 군복을 걸친 사내가 파리한 몰골로 붙어 서 있었는데, 그 사내는 성기 노출증에 걸린 정신병자였다.
>
> 김원우, 「탈향민脫鄕民의 고향, 외로웠던 도시」, 『월간조선』(1991. 12.)

김원우는 점심을 굶을 때가 많고 월사금을 제때에 못 내는 등 어려움을 겪으며 어린 시절을 보낸다. 내성적인 탓에 친구도 잘 사귀지 못하고 학과 공부에도 별로 흥미를 붙이지 못하던 김원우는 당시 서라벌예대에 다니던 형 김원일의 영향으로 책에 빠져든다. 그는 형이 방학 때 들고 내려오는 『사상계』를 읽거나, 일반인에게 대출하던 『세계 문학 전집』을 도서관에서 빌려보며 급속히 책과 가까워진다. 1964년 경북대부속고등학교에 입학한 뒤에도 그는 여전히 학과 공부는 뒷전이고 교과서 외의 책에 몰두한다.

언제부터인가 나는 선생으로부터 가르침을 받는다든지, 누구에게 듣고 배운다는 행위를 부정하는 시건방진 학생이었다. 학교의 수업 시간은 시간 낭비 같았다. 책이 선생이었고, 책 속에는 선생의 '그 뻔한 강의' 보다 훨씬 더 정확하고 조리 정연한 가르침이, 곧 새로운 세계가 씌어 있었다.

김원우, 앞의 글

1967년 김원우는 각박한 서울살이의 어려움을 잘 아는 형의 만류로 상경을 포기하고 경북대학교 문리대 영문과에 입학한다. 대학에 들어가서는 도서관의 정기간행물실에 죽치고 앉아 문예지 · 종합지 · 신문 등은 물론 사전을 찾아가며 『타임』의 시사란 · 북 리뷰 · 영화평 등을 샅샅이 뒤적이곤 한다. 이 때 들인 버릇은 뒷날 소설의 에세이화 현상을 낳게 되어 그는 이른바 '시론時論 소설' 이라는 것을 내놓기도 한다. 이를테면 그의 「무기질 청년」은 정도전의 『삼봉집』, 김천택의 『청구영언』, 레비 스트로스의 『슬픈 열대』, 이광수의 『민족 개조론』 같은 저서와 갖가지 외신 사진, 박수근의 그림, 대학 등록률, 족보 등 매우 다양하고 이질적인, 비소설적이기까지 한 요소들을 뒤섞은 형태의 소설이다.

신춘 문예에 여러 번 떨어진 김원우는 1977년 중편 「임지任地」를 『한국문학』에 응모해 준당선하며 문단에 나온다. 출판사와 잡지사를 전전하던 작가는 1978년 한 잡지에 펑크난 원고를 대신해 실은 「추도追悼」가 김현의 호평을 받게 되어 문단에 이름이 알려진다. 이듬해 3월, 다시 홍성사로 직장을 옮긴 그는 윤후명 · 유익서 등과 만나며 『작가』라는 동인지의 발간을 서두른다. 1980년 『문학사상』에 중산층의 세속적인 삶을 소재로 삼은 「죽어가는 시인」을 내놓은 것을 시작으로 김원우는 무기력한 개인의 삶이나 의식에 관심을 기울이며, 이윽고 새로운 풍속 소설의 방향을 보여준 「무기질 청년」을 발표한다.

무기력한 개인의 삶이나 의식에 관심을 기울이며 새로운 풍속 소설의 방향을 보여준 『무기질 청년』

나는 무기질이므로 존재 가치가 있다.…… 그런데 나 같은 부류의 인간은 자생할 능력이

나 권리가 없다고, 따라서 필요없는 존재라고 윽박지르는 놈과 나는 오늘 대판으로 싸웠다. 꼭 필요한 존재만이 살아갈 이유와 가치가 있다는 단성생식의 유충 같은 놈들이야말로 필요없는 존재다.…… 그럼에도 불구하고 유충들도, 그보다 더 해악을 끼치는 유기물질들도 무기물질과 함께 살아가야 한다는 데 나는 적어도 동의한다.

김원우, 「무기질 청년」, 『무기질 청년』(민음사, 1981)

「무기질 청년」은 가난과 미래에 대한 불안 속에서 방황하며 자신의 운명과 현실에 대한 절망을 금전 출납부와 일기 형식을 섞어 기록하는 젊은 불문학도와 세상 물정에 밝은 회사원을 등장시켜 삶의 불투명성을 드러내 보인 작품이다. 이 작품을 표제로 삼은 그의 첫 번째 창작집 『무기질 청년』은 1981년에 '민음사' 에서 나온다. 1983년 김원우는 「불면 수심佛面獸心」으로 『한국일보』가 주관하는 '한국 창작 문학상' 을 받고, 두 번째 창작집 『인생 공부』를 펴낸다. 1984년 민음사에 사표를 낸 그는 이듬해 봄 서강대학교 대학원 국문과에서 「염상섭 소설의 변모 양상」이라는 논문으로 석사 학위를 받는다.

1985년 그는 장편 「짐승의 시간」을 『문예중앙』에 연재한다. 「짐승의 시간」은 1970년대 말의 서울을 배경으로 우리 시대의 병적 징후를 파헤친 작품이다. 30대 극작가이며 소극단 대표인 '나' 는 세계와 자아의 관계 양상을 꼼꼼하게 살펴 이해하고 설명하려는 탐구인이다. 이 작중 화자의 임상적 관찰의 시각에 의해 1970년대 한국 사회의 병증이 낱낱이 드러나는데, 이 가운데 대표적인 것이 폭력성이다.

1970년대 말의
서울을 배경으로
우리 시대의 병적
징후를 파헤친
『짐승의 시간』

점증하는 우리 시대의 폭력. 싱싱한 팔뚝 하나가 짓이겨졌다.…… 산업 사회에서 우발적인 폭력과 제도적인 폭력은 철길처럼 평행선을 달린다. 하나는 안전 사고이고, 다른 하나는 안전핀의 사전 제거이다.…… 매문 행위도 내 정신 건강에는 일종의 폭력이다. 우리 사회의 모든 구조를 폭력에다 대입시킬 것. 그리고 나 자신의 행동은 물론이거니와 나와 관계를 맺고 있는 타인들의 모든 행동 거지도 폭력의 의미망 안에서 관찰해볼 것.

김원우, 『짐승의 시간』(민음사, 1986)

'나'의 창작 구상이 보여주고 있듯이 폭력은 여러 양상으로 사회 구석구석, 구성원들의 의식과 행위에 교묘하게 스며들어 삶에 부정적으로 작용한다. 이 폭력의 시대에 이성은 입지를 잃고 이성을 대신해 부황한 소문이 세상을 휩쓰는데, 사람들은 짐승처럼 그 소문에 달라붙어 기생한다. 김원우는 「짐승의 시간」에서 한국 사회에 내재해 있는 갖가지 폭력의 양상과 그것의 부정적 영향 속에서 삶을 꾸려가는 사람들의 일그러진 삶과 의식을 밋밋하지만 끈질긴 탐색의 문체로 그려낸다.

1986년 그는 세 번째 창작집 『장애물 경주』를 '문학과지성사'에서, 장편 소설 『짐승의 시간』을 '민음사'에서 각각 펴낸다. 이 무렵 김원우는 형의 집필실 한구석에 자신의 책상을 두고 규칙적으로 출·퇴근하며 소설 쓰기에 매달린다. 그가 가장 존경하며 사표로 삼은 작가는 토마스 만이다. 그는 "산문 정신의 체현자"이자 "매일 오전중에만 넥타이까지 매고 세 시간씩 일한" 토마스 만의 성실성과 규칙적인 생활을 본받으려고 애쓴다. 김원우의 부지런함은 열매로 나타나서 그는 1987년에 장편 소설 『가슴 없는 세상』, 중편 소설 『거울 속의 너』를 펴내는 한편, 여러 문예지에 단편을 잇달아 발표한다.

그는 1988년 6월부터 『대구매일신문』에 몇 해 전부터 구상한 역사 소설 「우국憂國의 바다」를 연재한다. 이 작품의 주인공은 실존 인물 고영근을 모델로 하고 있다. 「우국의 바다」는 한말 양반 가문의 청지기를 거쳐 군수와 만민공동회 회장까지 지내고, 요인 저택 폭발물 투척 사건을 배후 조정한 혐의로 일본으로 망명한 뒤 명성황후 시해 사건의 일본측 일급 하수인을 죽여 사형을 언도받는 등 격동의 시대를 헤쳐나간 주인공의 파란 만장한 삶을 그리고 있다. 같은 해 작가는 네 번째 창작집 『세 자매 이야기』를 '문학과지성사'에서 펴내고 창작 선집 『소인국』을 '나남'에서 펴낸다.

김원우의 네 번째 창작집이자 중편 소설집인 『세 자매 이야기』

1991년 『현대소설』의 주간을 맡은 김원우는 같은 해 『작가세계』 여름호에 발표한 「방황하는 내국인」으로 제22회 '동인 문학상'을 받는다. 「방황하는 내국인」은 계절의 순환에 따라 각기 다른 주인공을 내세운 연작형 중편 소설이다. 이 소설의 특징은 각기 다른 주인공을 내세워 각기 다른 소재를 다루면서, 각각의 이야기가 그 나름으로 완결된 형태를 갖추고 있다는 것이다. 첫 번째 '가을편'에는 노동 현장과 집안 사이에서 방황하는 중년의 중산층이, 두 번째 '겨울편'에는 월남한 노인의 입을 통해 통일의 무의미함이, 세 번째 '봄편'에는 오늘의 해체된 가족 사회의 단면이, 네 번째 '여름편'에는 포스트모던 시대를 살아가는 내국인의 방황이 그려져 있다. 이처럼 「방황하는 내국인」은 우리 사회 여러 계층의 삶의 양태를 계절의 추이와 함께 보여준다. 이 소설은 화자가 직접 개입하는 지문을 되도록 배제한 채 잡다한 일상의 대화를 중심으로 펼쳐지는데, 이런 형식을 통해 작가는 속물 세계의 혼돈과 무질서를 가감 없이 드러내려고 한다. 한편, 그는 같은 해에 다섯 번째 창작집 『아득한 나날』을 '현대소설사'에서 펴낸다.

김원우 소설의 독특함은 무엇보다 밋밋하고 긴 문장으로 이루어진 문체에서 나온다. "현실을 제시하면서 그 현실에 제일 가깝게 접근하려는 사람의 망설임과 꼼꼼함을 모두 함축하고 있"*는 작가의 문체와 현실에 대한 관심은 이른바 '세태 소설' 또는 '풍속 소설'의 양식과 관계가 있다. 타락한 현실은 타락한 방법으로 그리게 된다. 김원우의 소설은 타락한 '중산층 소설'로도 분류되곤 하는데, 타락한 중간층 인물들의 삶을 반성적 시각으로 그려내며, 그들의 속물적 사고와 실체를 폭로한다는 점에서 그렇다.

아마도 이 속물은 최근에 어렵사리 18평짜리 아파트를 가지게 되었을 것이고, 딸애가 그 방면에는 분명히 소질이 없음에도 불구하고 부득부득 피아노나 바이올린을 가르치려는 마누라쟁이와 자주 말다툼을 할 게고, 그것이 스트레스의 한 요인이라고 실토함으로써 회사

---

* 오생근, 「삶과 글쓰기의 얽힘과 긴장 관계」, 『소인국』(나남, 1988) 해설

동료들로부터는 꽤나 분별있는 가장에다 제몫 일은 충분히 감당해내는 직장인으로 대접받을 터이며, 어느날 밤 숨소리를 씩씩거리며 자는 진부한 몸뚱어리를 물끄러미 내려다보며 이 여자가 도대체 누군가 하는 새삼스러운 느낌도 어룰 것이다.

김원우, 「미궁 뒤지기」, 『아득한 나날』(현대소설사, 1991)

독일 동베를린의 알렉산드광장에서 박완서와 함께

그의 작품에 등장하는 주인공들은 하나같이 주변에서 쉽게 만날 수 있는 밋밋하기 짝이 없는 속물이다. 이들은 사회 현실이나 역사는 안중에 없으며 하찮고 자질구레한 것에 집착하는 소시민이다. 김원우는 작품 속에서 중산층의 시각으로 일상의 들떠 있음과 뜻없음을 비웃고 경멸하는 비판적인 자세를 견지한다. 중산층의 삶이 흔히 속물성에 물들어 있기는 하지만, 합리적인 균형 의식과 반성 의식에 바탕을 둔 그것은 우리 사회 전체의 균형 잡기와 관련해 눈에 보이지 않는 힘을 발휘하기도 하는 것이다.

참고 자료

김현, 「세속과 트임의 의미」, 『무기질 청년』 해설, 민음사, 1981
우찬제, 「그토록 불길한 욕망」, 『문학과 사회』 1991 가을
오생근, 「삶과 글쓰기의 얽힘과 긴장 관계」, 『소인국』 해설, 나남, 1988
「김원우 특집」, 『작가세계』 1992 봄

한승원, 원혼을 달래는 씻김굿

「목선」에서 『동학제』까지

반어 반농半漁半農의 빈궁한 남도 갯마을은 한승원韓勝源(1939~)에게 원체험의 공간이다. 그의 소설 세계에서 갯가의 척박한 자연 환경은 욕망과 반역의 공간이다. 그 곳은 구체적으로는 '득량만' · '덕도' · '회령나루' · '십리포' · '안개섬' · '해매포' · '약산동' · '장흥' 등의 이름으로 지칭되는데, 작가의 고향인 남해 바닷가 마을이거나 그 언저리일 때가 많다. 한승원의 상상 세계에서 그 곳은 "시꺼먼 빛깔의 한없이 큰 입과 끝없이 넓고 깊고 부드러운 자궁을 가진 바다"(「낙지 같은 여자」)로 그려지고 있듯이 생명이 잉태되는 '자궁'이며, 원시적 생명력이 용솟음치는 곳이다.

남도 갯마을 사람들이 지닌 한의 뿌리와 생명력을 끈적거리는 문체에 담아낸 작가 한승원

한승원은 1939년 전남 장흥에서 태어난다. 고등 학교를 졸업한 뒤 그는 농사를 짓고 김 양식을 하며 3년 남짓 고향에 머문다. 한편으로 그는 『사상계』를 정기 구독하고 중등 학교 준교사 검정 고시 준비도 한다. 이 시절 그는 오전에는 쟁기질과 바닷일을 하고, 일이 끝난 오후에는 책을 본다. 1961년 그는 서라벌예대 문예창작과에 입학해 소설가의 꿈을 갈고 다듬는다. 이문구 · 박상륭 · 조세희 · 강호무 등이 그와 같은 강의실에서 공부한 작가들이다. 한승원은 1968년 『대한일보』 신춘 문예에 「목선」이 당선되어 비로소 작가의 길로 들어선다. 그는 1970년대 말에 교사직을 그만둔 뒤 따로 직장을 거의 갖지 않은 채 소설 창작에 매달린다. 이제까지 그는 창작집 『한승원 창작집』(1972) · 『앞산도 첩첩하고』(1977) · 『여름에 만난 사람』(1978) · 『안개 바다』(1979) · 『신화』(1981) · 『날새

1979년 문학과지성사에서 펴낸 창작집 『안개 바다』

1988년
이상 문학상을
받고 나서 소감을
밝히고 있다.

들은 돌아갈 줄 안다』(1981) · 『미망하는 새』(1987) · 『누군들 나그네가 아니랴』(1990) · 『새터말 사람들』(1993), 장편 소설 『그 바다 끓며 넘치며』(1980) · 『신들의 저녁노을』(1980) · 『지신』(1981) · 『바다의 뿔』(1982) · 『불의 딸』(1983) · 『포구』(1984) · 『아제아제 바라아제』(1985) · 『우리들의 돌탑』(1989) · 『아버지와 아들』(1989) · 『새』(1993) · 『시인의 잠』(1994) · 『동학제』(1994) · 『까마』(1995) · 『아버지를 위하여』(1995) 등을 펴낸 바 있다. 기다랗게 이어지는 작품 목록이 말해주듯이 그는 워낙 다산성의 작가다. 그는 1988년 단편 「해변의 길손」으로 '이상 문학상'을, 장편 「갯비나리」로 '현대 문학상'을 한꺼번에 받는다.

1988년
현대 문학상
수상작 장편
『갯비나리』

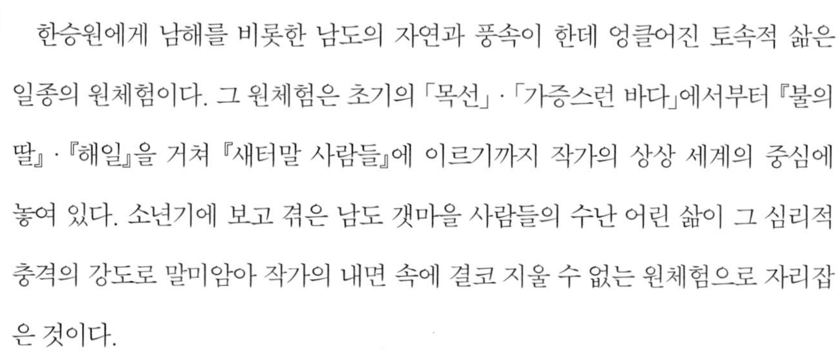

한승원에게 남해를 비롯한 남도의 자연과 풍속이 한데 엉클어진 토속적 삶은 일종의 원체험이다. 그 원체험은 초기의 「목선」 · 「가증스런 바다」에서부터 『불의 딸』 · 『해일』을 거쳐 『새터말 사람들』에 이르기까지 작가의 상상 세계의 중심에 놓여 있다. 소년기에 보고 겪은 남도 갯마을 사람들의 수난 어린 삶이 그 심리적 충격의 강도로 말미암아 작가의 내면 속에 결코 지울 수 없는 원체험으로 자리잡은 것이다.

그의 초기작인 「여름 낙지」는 '순한네'라는 여자의 수난의 삶을 그리고 있다. 순한네가 당하는 수난은 '나'의 가계家系로부터 당하는 수난이다. 떠돌이 상장수의 딸로 어려서 '나'의 집에 '애기업개'로 들어온 순한네는 바깥에서 주어지는 고난과 불행을 일방적으로 받아들여야만 하는 '민중'의 한 상징이다. 큰아버지집 머슴이던 그의 오빠가 6 · 25 때 짚 더미 속에 숨은 큰아버지를 가리켜줘서 당세포 위원들에게 잡혀 죽은 것이라고 오해하는 사촌형은 기회가 있을 때마다 애꿎은 순한네에게 분풀이를 한다. 또 '나'와의 성 교섭으로 임신한 순한네는 낙태를 바라는 '나'의 부모가 강요하는 대로 독한 약을 먹으나 실패로 돌아가자, 아예 "송장 싸다 버리대끼" 서둘러 시집을 가야만 한다. 「땅가시와 보리알」은 어린 시절 '나'의 어머니가 겨울에 맨발로 다니는 두 동생을 위해 고무신 두 켤레를 훔치다가 들켜 고무신 장수로부터 말할 수 없는 수모와 시련을 당한 이야기를 담고 있다. 그 이야기는 회상 형식으로 서술되고, 그 회상 위로 공장에 나가는 누나의 도움으로 공부하는 한 학생의 현재 이야기가 겹친다. 이 소설은 가난 때문에 받은 모욕와 시련이 어린 주인공의 감수성을 얼마나 사납게 할퀴고 지나갔으며 뼈아픈 기억으로 새겨졌는지를, 또 주인공이 가난으로 말미암아 받은 정신적 상처를 어떻게 딛고 일어설 수 있었는지를 감명 깊게 보여준다. 소설의 끝머리에서 주인공이 가해 당사자를 찾아가 "저는 먹피 묻은 보리알들을 생각하면서 게으름을 쫓았고, 이를 갈았고, 밤낮 가림없이 닥치는 대로 일을 하곤 했습니다. 그 덕으로 웬만큼 살 만하게 되었습니다."라고 말하는 대목에서는 가난을 딛고 일어선 사람 특유의 자부심과 당당한 기상이 느껴진다.

한승원에게 고향은 생명의 시원의 자리이며, 동시에 가난의 땅이고, 숱한 죽음이 함께 하는 자리다. 그것은 어머니의 자궁이며, 무덤이다. 큰아버지의 주검이 엎어져 있는 모래밭, 인민군의 대창에 찔려 죽은 매형의 아버지, 어머니가 떨어져 죽은 벼랑, 죽은 아기가 묻힌 야산, 반동 분자로 몰려 엉겁결에 총살당한 이들……. 이처럼 고향은 "제 명대로 살지 못하고 억지 죽음들을 한" 사람들의 한이 서려 있는 곳이다. 그래서 그 곳은 체념과 원한과 비애와 탄식으로 끈적거리는 "빌어먹을 놈의 세상"이다. 김화영은 "한승원의 수많은 작중 인물들이 예외없이 결행하는 '고향 찾아가기'는 바로 오이디푸스의 행로하고 할 수 있다."고 말한다.

> 사립을 나서서 어둠에 묻힌 길을 걸었다. 그의 머릿속에 어머니의 얼굴이 불처럼 켜졌다. 어둠은 동굴이 되었다. 그는 태어나기 이전에 그가 살았던 자궁 속 같은 어둠 속을 걸어갔다. 아니 그것은 아버지로 하여금 어느 산기슭에서 깸 없는 오랜 잠을 자게 한 토굴 속의 어둠 같은 것이었다. 어웅한 계곡을 치올라가면서 그는, 다시 태어나자, 하고 소리쳤다.
>
> 한승원, 『미망하는 새』(정음사, 1987)

1981년 10월
유럽 여행중
아기에게 젖을
먹였다는 로마의
늑대상 앞에서

고향은 동굴이고, 자궁이다. 그 곳은 바다, 어머니, 자궁, 낙지, 밧줄 뭉치, 구덩이, 혼돈으로 뒤얽힌 운명의 공간이다. 한승원은 남도 갯마을 사람들의 그 숙명적인 삶을 에워싸고 있는 억압의 상황을 그려 보인다. 혼돈의 소용돌이에 휘말린 역사의 폭력과 가난으로 점철된 질곡의 삶, 훼손된 삶을 살 수밖에 없던 남도 갯마을 사람들이 지닌 한의 뿌리를 파헤치는 작가의 문체는 매우 끈적거리는 점액질의 문체다. 그 질곡의 삶의 이면에, 작게는 '가진 자'들의 위선의 논리에 의한 교묘한 수탈 행위가, 크게는 일제 강점기의 제도적인 침탈과 6·25나 분단 같은 역사의 폭력이 가해자로서 숨어 있다.

한승원은 자신의 소설 쓰기를 일러 『우리들의 돌탑』에 나오는 소설가 '기성춘'의 입을 빌려 다음과 같이 말한다. "구천의 명명한 가운데로 걸어가버린 아버지, 어머니, 할머니, 삼촌과 그들 주변의 많은 죽은 사람들……. 언젠가 그들을 이 세상의 빛 가운데로 끌어들이는 일"이라고. 한승원의 소설은 "굶주리던 속에 술재강을 먹고 비틀거리는 서로를 향해 바보같이 헤프게 웃던 웃음과 그 어지러움 속에서 본 콜록거리는 아이의 충혈된 눈과, 배가 동산만한 누님의 얼굴"이 말해주는 가난과, 무고한 죽음들과, 사무친 한으로 덧난 삶을 살아가는 민초들이나 이미 죽어 묻힌 원혼들을 어르고 달래기 위해 한바탕 벌이는 씻김굿이다.

참고 자료

김화영, 「어둠 속에서 날아오른 새는 빛살이 되어」, 『소설의 꽃과 뿌리』, 문학동네, 1998
김종회, 「바다, 고향, 그리고 원시적 생명력의 절창」, 『작가세계』 1996 겨울
「한승원 특집」, 『작가세계』 1996 겨울

현실의 전위로 나선 민중시

1980년대는 죄의식과 고통의 연대이고, 아울러 불의 연대다. 그 1980년대는 1990년대가 시작되면서, 재고와 부채를 정리하며 폐업하는 점포처럼 역사의 뒤안길로 사라져버린 것일까.

1980년대의 시는 잠깐 피어난 '서울의 봄'이 신군부의 발밑에서 으깨어진 뒤 암울하게 이어진 현실—악몽의 구조 속에서 자아와 세계, 현실과 전망 사이의 긴장 위에 세워진다. 유신 체제의 종식과 함께 열린 1980년대는 사람들이 품었음직한 장밋빛 환상을 '피의 5월'로 철저하게 환멸로 바꿔버린다. 그 질곡의 시대에 분신 · 투신과 같은 형태의 죽음은 곧 폭압의 정치 속에서 확대 재생산되는 민족 · 분단 · 계급 모순을 혁파하고 나아가려는 숭고한 의지의 표현이었고, 순결한 삶이었다. 반면, 대다수 사람들의 살아남음은 곧 타락한 현실과의 타협, 또는 죄의식을 떨쳐낼 수 없는 더러운 현실 안주, 훼손과 상처를 말없이 견뎌야 하는 부끄러운—죽은—삶이었다.

1980년대의 시는 그 악몽의 현실을 깨뜨리고 나아갈 수 있는 도구로서, 현실 변혁을 향한 들끓는 양심의 사회적 표현으로서, 실천의 방법으로서 그 입지를 확보한다. 삶의 총체적 인식을 담아내기 위한 다양성과 열림의 추구조차 이 연대에는 "역사적, 사회적 현실에 대한 바른 인식의 결여"나 "잠재적 기회주의의 표면화"(채광석)라고 매도되곤 한다. 물론 1980년대 전반의 문학과 관련해 "행위로써 문학을 재규정하려는 방향과 문학으로써 행위에 관여하려는 방향"(홍정선)이 있음을 눈여겨본 비평가도 있지만, 이 무렵의 시는 피의 냄새가 진동하는 1980년대의 현실 전선에서 복무하는 선전 선동의 시, 현실 변혁 운동으로서의 시가 주류를 형성한다. 그러나 흔히 민중시라고 하는, 그 현실 변혁 열망에서 발현된 민중 지향성의 시는 삶의 구체적 경험의 세목들을 새로운 인식론적 자아가 결여된 과잉의 도덕주의와 이념의 추상성에 무리하게 종속시킴으로써 편협한 교조주의로 빠져든다. 그럼에도 시의 "선언성(혹은 예언성), 습격성, 의외성"(김정환)은, 급박한 대응을 요구하는 현실 상황 속에서 시의 융성을 부추기며 시의 백화제방百花齊放 시대를 연다.

김정환, 선전 선동의 시

시대의 억압과
계급 착취 구조를
까발리며
이에 항의해온
시인 김정환

1988

아마도 1980년대 민중시의 맨 앞자리에 서야 할 시인은 김정환金正煥(1954～)일 것이다. 그가 1980년대 민중시의 맨 앞자리에 서야 하는 이유는 그의 시가 강한 사회성을 드러내며 "한국 사회의 중첩된 모순과 그 모순에의 현실 변혁 의지를 형상화"하고 있을 뿐 아니라, "1980년대 민중 운동의 성장 과정과 그리고 한 지식인의 의식의 성장 과정을 가장 전형적으로 반영"하고 있기 때문이다.*

민중의 건강한 생명성과
소시민적 현실 인식을
버무린 밀도 높은
서정시들이 실려 있는
김정환의 첫 시집
『지울 수 없는 노래』

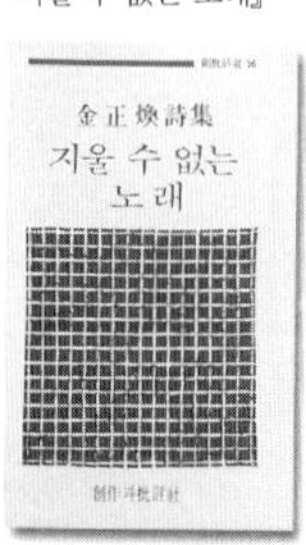

김정환은 1954년 서울에서 태어나 보성고등학교를 거쳐 서울대학교 영문과를 졸업한다. 학생 운동에 투신해 감옥살이와 강제 징집을 체험한 그는 1980년 『창작과 비평』에 시 「마포, 강변 동네에서」 등을 발표하며 문단에 나온 뒤 『시와 경제』 동인, '노동자문화예술운동연합' 의장 그리고 '자유실천문인협의회' 간사 등으로 활동한다. 이제까지 그는 시집 『지울 수 없는 노래』(1982) · 『황색 예수전 1』(1983) · 『황색 예수전 2』(1984) · 『좋은 꽃』(1985) · 『해방 서시序詩』

* 송기한, 「노동 해방의 시」, 『함성 위에 굵은 눈물로』(미래사, 1991) 해설

(1985) · 『사랑 노래』(1985) · 『회복기』(1985) · 『황색 예수전 3』(1986) · 『우리, 노동자』(1989) · 『기차에 대하여』(1990) · 『희망의 나이』(1992) · 『노래는 푸른 나무 붉은 잎』(1994) · 『순금의 기억』(1996) 등을 펴내는 한편, 『사랑의 생애』(1992) 등 여러 권의 장편 소설을 내놓은 바 있다.

김정환의 『좋은 꽃』은 이 시대의 갖가지 억압과 착취를 까발리고 그것에 항의해온 젊은 시인의 거친 숨결을 그대로 담고 있다. 그 거친 숨결이 「영등포」에서는 이렇게 뿜어져 나온다.

유격적 감수성에서
나오는
전투적 진보성을
담보하고 있는
『좋은 꽃』

오늘도 영등포시장엔 휘황한 불빛과/바닥에 널려진 질척함 그리고/악다구니만 요란해/핏줄 솟구친 사내들이 씨근덕거렸고/국수를 마는 아낙네들 더 거친 숨결/네온싸인 아우성 너무 요란한 속에서도/숨가쁘게/아무도 그날을 잊지 못했다/역사는 엄연하지 않았다 방둑을 때리는 해일과 같이/사람들이 밀려들었다 소방차 싸이렌 솟구쳐오르며//……//역사는 소란하기만 했고/그 밑을 흐르는 더 거대한 고요/흘러가지 않았다 바위에 부딪는 급류처럼/아무도 그날을 잊지 못해 몸부림쳤을 뿐/짓밟혀도 죽어도 그날을 잊을 수는 없었을 뿐/오늘도 영등포시장엔 쓰러지는 번영, 솟구치는 비명 소리 그리고/악다구니만 요란해/아무도/저질러지는 역사를 바라볼 틈이 없었다 영등포

김정환, 「영등포」, 『좋은 꽃』(민음사, 1985)

시인은 온갖 파행과 모순을 안으로 쌓으며 나아가는 역사를 외면하거나 회피하는 게 아니라 정면으로 당당히 맞서 대응하며 꿈틀거림으로써 "목숨의 냄새, 오염의 냄새, 살아감의 냄새, 버팅김의 냄새"(「한강 · 넷」)를 펼쳐 보인다. 다시 말해 유격적 감수성에서 나오는 전투적 진보성을 담보하고 있는 『좋은 꽃』은 바로 이런 살아감 · 버팅김의 문제에 대한 끈질긴 천착이 낳은 것이다. 진정한 의미에서의 살아감 · 버팅김은 파행과 모순을 저지르는 역사의 실체에 대한 정직한 응시가 전제되어야 한다. 영등포시장의 휘황한 불빛과 질척함과 악다구니 뒤에 숨어 있는 그날의 역사, 흘러간 역사를 투시하고, "그 밑을 흐르는 더 거대한 고요"까지 바라봐야만 비로소 역사의 한복판에서 참다운 살아냄, 버팅김과 겨룸을

일궈낼 수 있는 것이다. 그것은 하나의 싸움이다.

이렇게 생생할 수야 전생의 그대, 욕망의 흔적이/이길 수 없는 싸움에 지쳐 흐려진 내 이생의 눈망울을 때리는/그대 잎사귀의 원색,/그 순결한 운명에 짐지워진/피할 수 없는 충동을/피 흘려 지금은 다만 그대를 건드려 보기 위한/손가락의 마구 떨림과 그대의 그 아직도 의연한 자태 사이/내 비인 주먹과 그대의 그 복수심 같은 아름다움 사이/숨이 막히는 공간 속에 갇혀서/나는 와들들 떨려 그대의 그 진한 향기도 참지 못하고/그대도 아아 조금씩 눈물 반짝이며 흔들리며 섰나니, 그대의 꽃잎/자꾸자꾸 벗어버리는 고운 살결 같은/그대의 경련 벌써 끝없이 들키고 있음!//설운 몸, 수습하기도 전에/경미한 흔들림으로 그대가 내 발에 흘린/그대의 향기 그 피비린 맛에/나도 막강한 설레임만으로/그대를 사랑하기/훨씬 이전에//앙칼진 복수심으로 내 눈을 때리는/아름다운 꽃,/좋은 꽃.

김정환, 「좋은 꽃」, 『좋은 꽃』(민음사, 1985)

김정환의 뛰어난 자질, 이를테면 활달한 언어 감각, 힘이 느껴지는 동적 리듬, 정치적 상상력이 아름답게 조화를 이루고 있는 이 시에서 그 싸움, 즉 역사에 뛰어드는 싸움은 이길 수 없는 싸움이다. 시인은 패배주의적 인식에 빠진 것일까. 결코 그렇지 않다. 이길 수 없는 싸움에 지쳐 있는 순간 홀연히 비친 원색의 한 송이 꽃에서, 그 꽃의 아름다움이 앙칼진 복수심에 원천을 둔 것임을 인식하면서, 시적 자아의 저질러지는 역사 속에서의 의연한 살아감, 당당한 버팅김이 곧 "그 진한 향기도 참지 못하고/그대도 아아 조금씩 눈물 반짝이며 흔들리며 섰나니"에서의 흔들리며 서 있음과 동일한 것이라는 사실 인식에 도달하는 것이다. 이 시의 마지막 부분이 보여주고 있는 "앙칼진 복수심으로 내 눈을 때리는/아름다운 꽃/좋은 꽃."이라는 시구는, 시인이 꿈꾸고 있는 삶의 이상적 상태, 아름다움의 윤리를 극명하게 드러낸다.

1980년대 초반에 민중의 건강한 생명성과 소시민적 현실 인식을 버무린 밀도 높은 서정시를 길어내던 김정환은 1980년대 후반으로 넘어가며 차츰 민중 민주 운동을 위한 선전 선동의 시로 나아간다. 이는 김수영 · 신동엽이 추구한 바 있는 현실 참여보다 한 걸음 더 정치 쪽으로 나아간 것인데, 그 바람에 시에서 생활의 구체성이 증발해버리고 이념의 추상성만 두드러지게 된다.

> 물론 그렇지 단순한 모순은 우리가/자본주의에 살고 있다는 사실을/망각하게 만든다 그렇다/자본주의는 복잡하다/그러나 단순성에는 반동적인 것과/혁명적인 단순성이 있다 요는/단순성에도 계급성이 있다/이를테면 그것은 태권V와 외계 로봇의 싸움이 아니다/자본가는 괘씸해서, 나쁜 편이라서 단순한 것이 아니고/노동자는 선량해서 단순한 것이 아니다/노동자는 독점자본의 노동력이므로/자본보다 엄혹하고/노동자는 독점자본의 파괴자므로/자본보다 강하다/그리고 노동자는 더 나은 세상의 건설자이므로/이미 사랑과 투쟁은 둘이 아니다/그것은 단순하기보다는 기본적이고/이를테면 지는 해와/찬란한 완성의 단순함이다
>
> 김정환, 「사랑과 투쟁은 둘이 아니다」, 『기차에 대하여』(창작과비평사, 1990)

이와 같은 작품에는 시는 없고 이념만 있다. 심하게 말하면 1980년대 후반에 이르러 김정환의 시는 1980년대 중반 이래 폭발적으로 분출한 노동 운동과 민중 항쟁 의식을 총체적으로 담아내려는 조급함 때문에 시적 긴장을 잃어버린 채 '선전 선동'의 구호로 전락하고 만다. 이 무렵에 나온 그의 시가 "과학적 이론과 철의 규율로 단련된 조직과 강철의 무기와 합류한 피로써 무장되기를 요구"(김남주)하는 시라고 높이 평가한 이도 없지 않다. 그러나 이 무렵에 들어 김정환의 시는 엄밀하게 말하면 준엄한 추상적 훈육만을 강요한다.

그 1980년대가 끝나자 김정환은 시집 『희망의 나이』에 "구겨진 종이처럼 끝난 한 시대"(「사랑 노래 5」)의 좌절을 새겨 넣는다. 몰락 · 실패 · 타락 · 무지 · 어둠 · 쓸쓸함 등의 음울한 언어들로 채색된 이 시집은 지난 연대의 삶을 반성적으로 회고하며 절망과 희망의 사잇길로 빠져나가는 시인의 정신을 보여준다.

지난 연대의 삶을 반성적으로 회고하며, 절망과 희망의 사잇길로 빠져나가는 시인의 정신을 보여준 『희망의 나이』

참고 자료

구모룡, 「꽃과 무기의 사상」, 『문학과 사회』 1990 여름

송기한, 「노동 해방의 시」, 『함성 위에 굵은 눈물로』 해설, 미래사, 1991

고종석, 「단심에서 흘러나온 푸른 노래들」, 『노래는 푸른 나무 붉은 잎』 해설, 실천문학사, 1994

김명인, 「해방시로 가는 길」, 『해방 서시』 해설, 풀빛, 1985

배효룡, 「방법론적 반성 또는 반성의 방법론」, 『희망의 나이』 해설, 창작과비평사, 1992

하종오, 이야기시 · 극시 · 굿시

이야기시와 굿시라는 실험적 양식의 시들을 선보이며 문단의 주목을 받은 하종오

하종오河鍾五(1954~)는 경북 의성에서 태어나 1975년 『현대문학』에 「허수아비의 꿈」 등이 추천되어 문단에 나온다. 전통적인 서정시를 쓰던 이 시인은 『반시』 동인에 참여하며 사회성이 강한 시를 내놓더니 민중 시인으로서는 드물게 이야기시와 굿시라는 실험적 양식의 시를 선보여 문단의 주목을 받는다. 그는 이제까지 『벼는 벼끼리 피는 피끼리』(1981) · 『사월에서 오월로』(1984) · 『분단동이 아비들하고 통일동이 아이들하고』(1986) · 『넋이야 넋이로다』(1986) · 『정』(1987) · 『어미와 참꽃』(1989) · 『꽃들은 우리를 봐서 핀다』(1989) · 『젖은 새 한 마리』(1990) · 『님시편』(1994) · 『쥐똥나무 울타리』(1995) · 『사물의 운명』(1997) 등의 시집을 펴낸 바 있다.

1988

『넋이야 넋이로다』는 「시인굿」 · 「통일굿」 · 「거리굿」 · 「오월굿」 · 「반핵굿」 · 「반공해굿」 · 「노동굿」 · 「열사굿」 · 「여성굿」 · 「매춘굿」 · 「소리굿」 · 「의병굿」 등 열두 편의 굿시로 구성되어 있다. 이 시집에는 '굿시집' 이라는 퍽 생소한 이름이 붙어 있다. 굿시집이란, 이 시집에 실린 시들이 강신굿의 현장 연행 대본으로 씌어진 것이며, 따라서 이 시들이 시집 속에서 활자로 정착되어 독자와 만나는 서정시로서의 약속을 넘어 굿판에서 질편하게 연행되는 것을 그 예술적 완성의 형태로 삼았기 때문에 붙여진 이름이리라. 시인은 시집 말미에서 굿시라는 것을 "시적 형상화와 무속적 연희"의 종합— 통일을 염두에 두고 썼다고 말한다. 그 말이 없더라도 조금만 눈치가 있는 독자라면 이 시집에 실린 시들이 서정시의 문법을 깨뜨리고 굿시의 형식으로 나아간 것은 새로운 시 형식을 창조하려는 시인의 야심과 관련이 있으리라는 사실을 모를 리 없다.

내 살아야겠다 타는 불 되어/살아야겠다 내 불로 살아나/캄캄한 이 세상 어둠을 태우고/시뻘건 노여움으로 사시장철 살아야겠다/거리거리 팔도거리 피냄새 나는 거리마다/형제 형제 죽은 형제 누굴 위해 싸웠던가/죽은 형제 싸울 적에 누구 땜에 피 흘렸던가/청산에 나무들은 흙 속에 뿌리 얽고/산맥들 솟아내어 국토를 만들건만/산 형제는 모여서 마을 하나 못 만들고/가위 눌린 칼잠에 밤마다 신음하네

하종오, 「거리굿」, 『넋이야 넋이로다』(창작사, 1986)

서정시의 문법을 깨뜨리고 강신굿의 현장 연행 대본으로 씌어진 굿시집 『넋이야 넋이로다』

십년들이로 죽음이 봄을 몰고와/오래비는 사월에 죽고 누이는 오월에 죽어/하늘에도 죽음이요 땅에도 죽음이니/어쩔거요 어쩔거요 저 냄새를 어쩔거요/묏골을 휘어돌면 풀섶마다 살비린내가/꽃송이 키워서 우리 역사 보여주고/들판을 가로지르면 두렁마다 뼈비린내가/볏잎 보릿잎 엉겨놓아 우리 겨레 드러내고/강가에 다다르면 물길마다 피비린내가/물결을 일으켜 우리 목숨 알으켜주는데/눈 속에도 죽음이요 눈 밖에도 죽음이니/어쩔거요 어쩔거요 저 아우성을 어쩔거요

하종오, 「오월굿」, 앞의 책

하종오의 시 세계는 1980년대에 눈에 띄게 나타난 문학의 정치적 전략화의 맥락에서 이해되어야 한다. 그의 시 세계의 성립을 가능케 한 배경에는 시대의 모순—억압—죽음의 문화를 넘어서려는 시인 자신의 정치—운동—참여에 대한 당위적 신념 · 세계관 · 이데올로기가 놓여 있다. 기왕의 소비적 · 비생산적 문화 유통 구조에 대한 거부와 함께 새로운 시 형식 개발의 정당성에 대한 적극적 인식의 표출은 자기 세계관의 대중적 확산이라는 목표를 이루기 위한 방법론적 모색의 결과라고 할 수 있을 것이다. 그의 이런 시도는 1980년대 문학의 한 흐름인 장르 해체-확산 운동과도 맥을 같이하고 있다.

위의 시들에서도 나타나는 대로 이 시집을 뒤덮고 있는 것은 무엇보다 칙칙한 죽음의 냄새다. 『넋이야 넋이로다』는 살아서는 "가위눌린 칼잠"에 신음하다가 결국 억울하게 죽어 저승으로도 가지 못하고 한반도 구석구석에서 떠도는 넋들을 위로하는 시들로 채워진 시집이다. 그 억울한 죽음들이 뿜어내는 기운은 "풀섶마다 살비린내", "두렁마다 뼈비린내", "물길마다 피비린내"로 진동한다. 그 죽음들은 모두 당대의 폭정과 첨예한 갈등, 모순 구조 속에서 생긴 것이다.

1985년
창작과비평사에서
근무하던 시절
야유회에서.
맨 앞에 보이는 이는
신경림, 뒷줄
오른쪽에서 두 번째가
하종오.

그러나 저승으로 가지 못하고 떠도는 넋들의 원한을 풀어주는 굿 형식으로 환원시킨 죽음의 문화 구조에 대한 시인의 인식은 지나치게 추상성을 띠고 있으며 단선적이다. 굿이라는 총체적 형식의 반성 없는 차용도 그가 시적 대상 앞에서 경직성을 보이게 된 커다란 이유 가운데 하나일 것이다. 『넋이야 넋이로다』는 그 형식의 한계에 부딪쳐서 달리 새로운 전망을 열어주지 못한다. 따라서 하종오는 과거 지향적이며 복고적 형식의 재생산에 매몰되고 말았다는 비판을 면하기 힘들 것이다.

참고 자료

김정환, 「시의 태풍 속의 고요와 절규」, 『쥐똥나무 울타리』 해설, 문학동네, 1995
박혜경, 「민중성과 자연의 사이」, 『꽃들은 우리를 봐서 핀다』 해설, 푸른숲, 1989
송기원, 「하종오에 대한 몇 마디」, 『사월에서 오월로』 해설, 창작과비평사, 1984
김명수, 「평야에 굽이치는 뜨거운 노래」, 『벼는 벼끼리 피는 피끼리』 해설, 창작과비평사, 1981

이동순, 농본 사회적 전망

강한 역사 의식과
리리시즘을 바탕으로
내향적 토속 정서를
추구하는 이동순

이동순李東洵(1950～)은 일찍이 백석에서 발원한 내향적 토속 정서를 추구하는 계보에 드는 시인이다. 임우기는 이동순이, 『사슴』(1936)에서 백석이 보여준 이야기시의 모범적인 창작 원리를 그대로 전수, 응용하고 있다고 말한다. 즉 "종속절의 연쇄를 통한 복문 구조, 그리고 이를 바탕으로 한 단편화되고 인상적인 얘깃거리를 긴장감 있게 배열하는 것"이 백석 시의 창작 원리인데, 이동순의 여러 시편도 이를 충실하게 따르고 있다는 것이다.*

이동순은 경북 상좌원에서 태어나 경북대학교 국문과와 같은 학교 대학원을 나온다. 현재는 영남대 국문과 교수로 재직중이다. 그는 1973년 『동아일보』 신춘 문예에 「마왕의 잠」이 당선되어 문단에 나온다. 이어 1975년에 이하석과 2인 시집 『백자도』를 펴낸 그는 1976년부터 『자유시』 동인으로 활동한다. 이제까지 그는 『개밥풀』(1980) · 『물의 노래』(1983) · 『지금 그리운 사람은』(1986) · 『철조망 조국』(1991) · 『그 바보들은 더욱 바보가 되어 간다』(1992) · 『봄의 설법』(1995) · 『꿈에 오신 그대』(1995) 등의 시집을 펴낸 바 있다.

『지금 그리운 사람은』에는 기계화와 함께 차츰 밀려나는 재래 농경 문화에 대한 상실감과 그리움을 노래한 시편들이 주로 실려 있다. 구체적으로는 소멸의 운명에 놓인 재래 농구農具들에 대한 애틋한 농본주의적 정서의 재현이 이 시집에서 그가 목표한 바처럼 보인다. 재래 농구들에 대한 박물적 지식과 사멸된 토착어의 발굴 같은 이 시집이 거둔 성과는 "농업 사회적 전망의 추구"와 잘 어울린다.

『지금 그리운 사람은』의 세계는 크게 두 부분으로 나뉜다. '농구 시편' 이라는 제목으로 묶여 있는 26편의 연작 시편이 한 덩어리라면, 농촌에 생활 근거를 둔 이들의 핍박한 생활과 그 마음의 골짜기에 서려 있는 시린 응달을 조명한 시편들이 다른 한 덩어리다. 이 시집의 중요한 성취는 '농구 시편' 연작을 통해 드러나며, 뜻깊은 시인의 관심이 광채를 발하고 있는 부분 또한 아무래도 여기다.

기계화에 밀려나는
재래 농경 문화에 대한
그리움을 노래한
『지금 그리운 사람은』

푸석푸석 무너져 내리는/흙담 옆에서 빛 바랜 풀이엉 하나 둘/삭아 흐르는 빈지쪽 뒤꼍 찬 응달 구석에/그는 앉아 있다 단정하게/오지로 빚었건 말건 나무통으로 엮었건 말건/모두 한 자리에서 좁은 주둥이를 열고/하늘조차 밝고 동그랗게 받아들이며/이따금 날아드는 길 잃은 벌레/곁에서 장작 팰 때 튀어드는 나무 푸서기도 아랑곳없이/조용히 조용히 썩어간다/오, 거룩한 부식이여 아름다운 포말이여/수십 개의 나무로 만든 장군이/소달구지에 실려 밭으로 나가는 것을 본 적이 있다/희뿌연 새벽 안개 속에서/그들은 흙과 하나 되려는 당당함, 혹은/어떤 엄숙성마저 보여주고 있었다/삐걱거리는 소리가 천천히 멀어져 갈 때/나는

* 임우기, 「농촌 현실과 '이야기' 적 상상력」, 『살림의 문학』(문학과지성사, 1990)

척박한 땅 속에 반쯤/몸을 묻고 있는 또 다른 장군 하나를 보았다/철모에 자루를 박아 만든 바가지를 들고/나는 오줌구유의 잘 익은 오줌을 가득 떠서/빈 장군에다 정성껏 부어 담았다

이동순, 「오줌장군」, 『지금 그리운 사람은』(창작사, 1986)

1973년 『동아일보』 신춘 문예 시상식을 마치고. 뒷줄 왼쪽에서 두 번째가 이동순.

우리 민족의 살림살이는 오랜 세월 동안 농업 경제의 토대 속에서 성장, 변모해왔다. 그렇다면 농업 경제의 바탕을 이루는 실제적 연장인 농구들은 농사를 위한 연장이나 노동의 부속물이라는 의미를 넘어 우리 민족의 살림 그 자체이며, 노동 그 자체이고, 삶 그 자체다. 따라서 '농구 시편'의 소재들인 따비 · 오줌장군 · 개똥삼태기 · 도리깨 · 뒤웅박 · 연자매 · 똥바가지 · 멍석 · 쇠스랑 · 낫 · 작두 · 지게 · 호미 같은 우리 농촌의 중요한 세간 속에 깃들여 있는 혼에 대한 탐색은 그 농구 하나하나에 새겨진 역사의 시련과 삶의 애환, 민중의 슬픔과 기쁨, 그 근원적 민족 정서의 생생한 결을 드러내고자 하는 시인의 의지가 낳은 것이다.

시인의 상상 체계 속에서 농구들은 인간을 돕는 연장이 아니라 인간과 하나 된 삶 그 자체다. 이런 것이 인격화되어 스스로 꿈꾸고, 아파하며, 애마르는 모습을 보이는 것은 자연스럽다. 응달 구석에서 조용히 썩어가는 오줌장군의 모습에서 "거룩한 부식, 아름다운 포말"을 보는 것은 사물과 사람, 도구와 주체라는 이원적 구별을 넘어 땅의 일이라는 신성한 노동 속에서 서로 하나 된 존재이기 때문이다. 다시 말하면 오줌장군의 부식과 소멸은 그것을 통해 자신의 꿈을 실현해가던 인간의 부식이며, 소멸이기 때문이다. 그 뒤를 잇는 "수십 개의 나무로 만든 장군이/소달구지에 실려 밭으로 나가는 것"을 "흙과 하나 되려는 당당함" 또는 어떤 "엄숙성"을 보여주는 의미로 발견할 수 있는 것도 바로 이런 생각의 고리 속에서다. 오줌장군은 흙과 하나 되려는 노동이며, 그것과 한치의 빈틈도 없이 하나 된 의연한 노동의 주체인 인간 자신이며, 연장—일—인간이 조화를 이루어 창조하는 진정한 삶 그 자체인 것이다.

진정한 삶의 단단한 기반 그 자체이던 재래 농구들은 이제 그 노동으로부터 소외된 채 조용히 부식과 소멸의 운명을 받아들이고 있다. 시인의 참마음이 그 농구들에 가 닿을 때 시인은 문득 귀를 열어 그런 것이 전하는 소리를 "쟁쟁히" 듣는다. 이동순 시인은 농구들의 이런저런 얘기를 다시 우리에게 고스란히 들려주는데, 그 소리 그릇이 바로 '농구 시편' 연작이다.

1990년 대구 팔공산에서. 왼쪽부터 시인 서종택·이동순·이태수·이성복.

재래 농구들은 오랫동안 우리 생활의 참다운 동반자였다. 시인은 이제 사라질 운명 속에 놓인 그 농구들을 그리움 속에서 떠올려보고 그 뜻을 되새김질하고 있다. 이동순의 『지금 그리운 사람은』의 세계는 재래 농구들의 조용한 소멸을 거룩하고 아름다운 것으로 받아들이는 참마음의 세계다. 시인은 참마음으로 농구들을 단순한 농업 생산 도구나 연장으로서가 아니라 사람처럼 숨쉬고 인격을 가진 주체로 끌어안는다. 시인의 그윽한 어조 속에 되살아난 농구들은 그 하나하나마다 매섭고 서늘한 아름다움의 빛을 뿌리며 제자리에 그렇게 박혀 있다.

참고 자료

최원식, 「시와 민중」, 『물의 노래』 해설, 실천문학사, 1983

임우기, 「농촌 현실과 '이야기' 적 상상력」, 『살림의 문학』, 문학과지성사, 1990

영무웅, 「정서적 감응과 일치의 세계」, 『꿈에 오신 그대』 해설, 문학동네, 1995

찾아보기

가

나

다

라

마

바

사

아

자

차

카

타

파

하